P9-DTP-235

# LA CRUZ ARDIENTE

# DIANA GABALDON

# LA CRUZ ARDIENTE

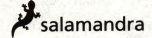

salamandra

Traducción del inglés de
Edith Zilli

Título original: *The Fiery Cross*

Ilustración de la cubierta: Mark Fearon/Arcangel

*Copyright © Diana Gabaldon, 2001*
*Publicado por acuerdo con la autora c/o BAROR INTERNATIONAL, INC.,*
*Armonk, New York, U.S.A.*
*Copyright de la edición en castellano © Ediciones Salamandra, 2016*

Publicaciones y Ediciones Salamandra, S.A.
Almogàvers, 56, 7º 2ª - 08018 Barcelona - Tel. 93 215 11 99
www.salamandra.info

ISBN: 978-84-9838-706-3
Depósito legal: B-112-2016

1ª edición, enero de 2016
*Printed in Spain*

Impresión: Liberdúplex, S.L. Sant Llorenç d'Hortons

*Este libro está dedicado a mi hermana,*
*Theresa Gabaldon, a quien narré los primeros cuentos*

*He vivido la guerra y he perdido mucho. Sé por qué cosas vale la pena pelear y por cuáles no.*

*El honor y el valor son cuestiones de fondo; si un hombre está dispuesto a matar por algo, en ocasiones también estará dispuesto a morir por ello.*

*Y es por eso, oh, pariente, por lo que las mujeres tienen caderas anchas; esa cuenca ósea alberga por igual a un hombre y a su hijo. La vida del hombre mana de los huesos de su mujer, y en la sangre de ella su honor recibe bautismo.*

*Sólo por amor volvería yo a caminar a través del fuego.*

# Índice

# PRIMERA PARTE

## In medias res

# 1

## *Dichosa la novia sobre la que brilla el sol*

*Monte Helicon*
*Colonia Real de Carolina del Norte*
*Finales de octubre de 1770*

Desperté con el repiqueteo de la lluvia contra la lona; aún sentía en los labios el beso de mi primer marido. Parpadeé, desorientada, y me llevé por instinto la mano a la boca. ¿Para conservar la sensación o para ocultarla?, me pregunté mientras lo hacía.

Jamie, a mi lado, se agitó murmurando en sueños; su movimiento arrancó una nueva oleada de aroma a las ramas de cedro sobre las que descansaba la colcha. Quizá lo había perturbado el paso del espíritu. Hice un gesto ceñudo dirigido al aire frente a nuestra tienda.

«Vete, Frank», pensé con severidad.

Fuera todavía estaba oscuro, pero la bruma que se elevaba de la tierra húmeda era de un color gris perlado; faltaba muy poco para que llegara el alba. Nada se movía, dentro ni fuera, aunque percibí claramente una diversión irónica posada sobre mi piel como el más leve de los roces.

«¿No debería ir a su boda?»

No habría sabido decir si las palabras se habían formado por sí solas en mi pensamiento o si eran, ellas y el beso, mero producto de mi subconsciente. Me había dormido con la mente aún colmada por los preparativos del enlace. No era de extrañar que hubiera soñado con bodas. Y con noches de boda.

Alisé la muselina arrugada de mi camisa, con molesta conciencia de que la tenía recogida en torno a la cintura y de que no era sólo el sueño lo que arrebolaba mi piel. No recordaba nada concreto del sueño que me había despertado, sólo una confusa maraña de imágenes y sensaciones. Me dije que tal vez fuera lo mejor.

Me di la vuelta sobre las ramas crujientes, y me apreté contra Jamie. Estaba tibio y desprendía un agradable olor a humo de

17

leña y a whisky, con un leve dejo de virilidad dormida, como la nota grave de un acorde prolongado. Me desperecé muy lentamente, arqueando la espalda para tocarle la cadera con la pelvis. Si estaba muy dormido o desganado, el gesto sería lo bastante leve como para pasar desapercibido. Si no...

No. Sonrió apenas, con los ojos aún cerrados, y una de sus grandes manos se deslizó muy despacio por mi espalda, hasta posarse en mi trasero con un apretón firme.

—¿Humm? —dijo—. Hummm.

Luego, con un suspiro, volvió a relajarse en el sueño, sin soltarme.

Me acurruqué contra él, reconfortada. La inmediatez física de Jamie de sobra bastaba para borrar el recuerdo de los sueños persistentes. Y Frank (si es que era Frank) tenía razón hasta cierto punto. Estoy segura de que, de haber sido posible, Bree habría querido que sus dos padres estuvieran en su boda.

Ya estaba completamente despierta, pero demasiado cómoda para moverme. Fuera llovía; era una lluvia tenue, y el aire, frío y húmedo, hacía más atractivo el cálido nido de edredones que la distante perspectiva del café caliente. Sobre todo porque, para obtenerlo, habría que bajar al arroyo en busca de agua, encender la fogata —¡Dios!, la leña estaría húmeda, aunque el fuego no se hubiera apagado por completo—, moler los granos en un mortero de piedra y luego prepararlo, con las hojas mojadas volando en torno a mis tobillos y las gotas que cayeran de las ramas deslizándoseme por el cuello.

Me estremecí sólo de pensarlo, me cubrí el hombro desnudo con el edredón y reanudé la lista mental de los preparativos con la que me había quedado dormida.

Comida, bebida... Por suerte no necesitaba preocuparme de eso. Yocasta, la tía de Jamie, se encargaría de los arreglos; mejor dicho, lo haría Ulises, su mayordomo negro. En cuanto a los invitados a la boda... en esto no habría dificultades. Como nos encontrábamos dentro de la comunidad de escoceses de las Highlands más importante en las colonias, ya contábamos con la comida y la bebida; y no haría falta mandar las invitaciones.

Al menos Bree estrenaría vestido; eso también era regalo de Yocasta. Sería de lana de color azul oscuro; la seda era demasiado cara y muy poco práctica para quienes vivíamos en los bosques. No se parecía en nada al satén blanco y al azahar con el que yo me había imaginado que se casaría algún día, claro que a nadie se le hubiera ocurrido en el año 1960 una boda como ésta.

Me pregunté qué habría opinado Frank del marido de Brianna. Probablemente le habría gustado. Al igual que él, Roger era historiador (o al menos lo había sido). Estaba dotado de inteligencia y sentido del humor; era un músico de talento y un hombre dulce, totalmente dedicado a Brianna y al pequeño Jemmy.

«Algo admirable, por cierto —pensé en dirección a la bruma—, dadas las circunstancias.»

«Lo admites, ¿verdad?» Las palabras se formaron en mi oído interno, como si él las hubiera pronunciado: irónicas, burlándose a la vez de él y de mí.

Jamie frunció el ceño y crispó los dedos contra mi nalga mientras emitía pequeños bufidos en sueños.

«Tú sabes que sí —dije en silencio—. Siempre lo admití y lo sabes, así que no me fastidies, ¿quieres?»

Di firmemente la espalda al aire exterior y apoyé la cabeza en el hombro de Jamie, buscando refugio en el contacto con la tela suave y arrugada de su camisa.

En realidad, me daba la impresión de que Jamie no veía tanto mérito como yo (o como Frank, quizá) en el hecho de que Roger hubiera aceptado a Jemmy como hijo propio. Para Jamie era, simplemente, un deber; ningún hombre honorable podía actuar de otra manera. Y parecía dudar de que Roger fuese capaz de mantener y proteger a una familia en los páramos de Carolina. Aunque era alto, hábil y fornido, para él los asuntos «de capa y espada» eran letras de canciones; para Jamie, herramientas de su oficio.

Súbitamente noté presión de la mano apoyada en mi trasero, y me sobresalté.

—Sassenach —dijo Jamie, soñoliento—, te estás retorciendo como un renacuajo en el puño de un crío. ¿Necesitas levantarte e ir a la letrina?

—Ah, estás despierto. —Me sentí algo tonta al decirlo.

—Ahora sí. —Retiró la mano y se desperezó con un gruñido. Los pies descalzos asomaron por el otro extremo del edredón, con los largos dedos bien separados.

—Lo siento. No quería despertarte.

—No te preocupes —me tranquilizó. Luego carraspeó y, parpadeando, se pasó una mano por las ondas rojizas del pelo suelto—. Estaba soñando algo diabólico. Me sucede siempre que paso frío mientras duermo. —Levantó la cabeza y se miró los pies mientras movía los dedos con gesto de fastidio—. ¿Por qué no me acosté con los calcetines puestos?

—¿En serio? ¿Con qué soñabas? —pregunté, con una pequeña punzada de inquietud. Ojalá no hubiera estado soñando lo mismo que yo.

—Con caballos —respondió para mi alivio.

Me eché a reír.

—¿Tan diabólico puede haber sido un sueño con caballos?

—¡Dios!, ha sido terrible. —Se frotó los ojos con ambos puños. Luego sacudió la cabeza, como si tratara de quitarse el sueño de la mente—. Tenía que ver con los reyes irlandeses. ¿Recuerdas lo que contaba MacKenzie anoche, junto a la fogata?

—Los reyes ir... ¡Ah, sí! —El recuerdo me hizo reír otra vez.

Roger, arrebolado por el triunfo de su reciente compromiso, había obsequiado al grupo reunido en torno a la fogata con canciones, poemas y entretenidas anécdotas históricas; entre ellas, los ritos con los que se decía que los antiguos irlandeses coronaban a sus reyes. Uno de éstos requería que el candidato triunfador copulara con una yegua blanca ante las multitudes congregadas, presumiblemente para demostrar su virilidad; en mi opinión, no obstante, parecía más bien una prueba de la *sangfroid* del caballero.

—El caballo estaba a mi cargo —me informó Jamie—. Y todo salía mal. El hombre era demasiado bajo y yo debía buscar algo donde pudiera subirse. Encontré una roca, aunque no pude levantarla. Luego, un taburete, pero al cogerlo se le desprendió una pata. A continuación, traté de apilar ladrillos para hacer una plataforma, y se deshicieron en arena. Al final, me dijeron que no importaba, que podían cortarle las patas a la yegua. Yo trataba de que no lo hicieran, mientras el hombre que iba a ser rey tiraba de sus pantalones, quejándose de que no podía desabotonarse la bragueta. En ese momento alguien se fijó en que la yegua era negra y dijo que no servía.

Sofoqué la risa contra un pliegue de su camisa, para no despertar a nadie de los que dormían cerca.

—¿Es ahí cuando te has despertado?

—No. Por algún motivo eso me ofendió mucho. Dije que sí que serviría, y que en realidad era mucho mejor la yegua negra, pues todo el mundo sabe que los caballos blancos son débiles y que la descendencia sería ciega. Y ellos que no, que no, que el negro traería mala suerte. Y yo insistiendo en que no era cierto y...

Se interrumpió con un carraspeo.

—¿Y entonces?

Se encogió de hombros, mirándome de soslayo; un vago sofoco le subía por el cuello.

—Pues nada, dije que serviría perfectamente, y que lo demostraría. Y sujeté a la yegua por la grupa, para impedir que siguiera moviéndose, y ya estaba listo para... eh... para convertirme en rey de Irlanda. Y ha sido entonces cuando he despertado.

Entre bufidos y carcajadas ahogadas, sentí que su costado vibraba por su propia risa.

—¡Vaya!, ahora sí que lamento haberte despertado. —Me enjugué los ojos con una punta del edredón—. No dudo que fuera una dura pérdida para los irlandeses. Sin embargo, me pregunto qué pensarían las reinas de Irlanda de esa ceremonia tan especial —agregué.

—No creo que las damas salieran en absoluto perjudicadas en la comparación —me aseguró Jamie—. Aunque he sabido de hombres que prefieren...

—No me refería a eso —dije—. Más bien, a las consecuencias higiénicas, ¿comprendes? Poner el carro antes que el caballo es una cosa, pero eso de anteponer la yegua a la reina...

—La... Ah, sí. —Su cara estaba roja de risa, y ante esto su tez se oscureció aún más—. Puedes decir lo que quieras de los irlandeses, Sassenach, aunque creo que se lavan de vez en cuando. Y dadas las circunstancias, es posible que el rey encontrara útil un poco de jabón en... en...

—*In media res?* —sugerí—. Seguro que no. Al fin y al cabo, el caballo es bastante grande, relativamente hablando...

—No es sólo cuestión de espacio, Sassenach, sino también de disposición —observó él, lanzándome una mirada de reproche—. Y en esas circunstancias, comprendería que el hombre necesitara un poco de ánimo. De todas maneras, se dice *in medias res* —añadió—. ¿No has leído a Horacio? ¿Ni a Aristóteles?

—No. No todo el mundo puede ser tan instruido como tú. Y nunca me ha interesado mucho Aristóteles, sabiendo que, en su clasificación del mundo natural, situaba a las mujeres por debajo de los gusanos.

—Seguro que no estaba casado. —La mano de Jamie descendió lentamente por mi espalda, palpando los nudos de la columna a través de la camisa—. De lo contrario habría detectado los huesos.

Con una sonrisa, alcé una mano hasta su pómulo, que destacaba limpiamente sobre una marea de rojiza barba crecida.

Conforme lo hacía, vi que el alba iluminaba el cielo. Su cabeza se recortaba contra la lona clara de nuestro refugio; aun así podía verle la cara con nitidez. Su expresión me recordó exactamente por qué se había quitado los calcetines la noche anterior. Por desgracia, ambos estábamos tan cansados por las prolongadas celebraciones que nos quedamos dormidos en medio del abrazo.

Ese tardío recuerdo me resultó bastante tranquilizador, pues explicaba el estado de mi camisa y los sueños que había tenido antes de despertar. Al mismo tiempo me estremecí, al sentir que una ráfaga helada deslizaba sus dedos bajo el edredón. Frank y Jamie eran hombres muy diferentes; en el fondo no tenía ninguna duda sobre cuál de los dos me había besado justo antes de despertar.

—Bésame —dije de pronto.

Ninguno de los dos se había lavado aún los dientes, pero él, complaciente, rozó mis labios con los suyos; luego, como yo lo cogí de la camisa y lo atraje hacia mí, sostuvo su peso con una mano, a fin de colocar mejor la maraña de edredones que nos envolvía las piernas.

—¿Eh? —se extrañó al ver que yo lo soltaba. Luego sonrió; los ojos azules se arrugaron hasta formar triángulos oscuros en la penumbra—. De acuerdo, Sassenach. Aunque antes tendré que salir un momento.

Arrojó el edredón a un lado para levantarse. Desde mi posición en el suelo, gozaba de una visión poco ortodoxa, que me proporcionó tentadoras vistas por debajo de su larga camisa de lino. Ojalá lo que estaba viendo no fuera consecuencia persistente de su pesadilla; me pareció más oportuno no preguntar.

—Será mejor que te des prisa —dije—. Está aclarando; la gente se levantará pronto.

Él asintió con la cabeza y se agachó para salir. Permaneció inmóvil, escuchando. Algunos pájaros piaban débilmente en la distancia, pero estábamos en otoño; ni a plena luz formarían los coros bulliciosos de la primavera y el verano. La montaña y sus numerosos campamentos aún yacían en un sueño profundo, aunque ya se percibían pequeños movimientos en derredor, apenas audibles.

Me pasé los dedos por el pelo, ahuecándolo en torno a los hombros, y rodé sobre mí misma en busca de la botella de agua. Al sentir el aire frío en la espalda, miré por encima del hombro; la aurora ya estaba allí y la bruma había desaparecido; fuera, el aire estaba gris pero quieto.

Toqué el anillo de oro que llevaba en la mano izquierda; me había sido devuelto la noche anterior y aún me era extraño, después de su larga ausencia. Quizá era ese anillo lo que había convocado a Frank a mis sueños. Quizá esa noche, durante la ceremonia de la boda, lo tocaría de nuevo deliberadamente, con la esperanza de que él pudiera ver la felicidad de su hija a través de mis ojos. Por ahora, sin embargo, él había desaparecido y eso me alegraba.

Un sonido leve, no más potente que el lejano reclamo de los pájaros, llegó flotando en el aire: el fugaz llanto de un bebé al despertar.

En otros tiempos, yo había pensado que, cualesquiera que fuesen las circunstancias, no debía haber más de dos personas en un lecho conyugal. Aún lo creía. Con todo, un bebé era más difícil de borrar que el espectro de un antiguo amor; el lecho de Brianna y Roger debía dar cabida a tres a la fuerza.

La cara de Jamie apareció junto al borde de lona reflejando nerviosismo y alarma.

—Será mejor que te vistas, Claire —dijo—. Los soldados están formando junto al arroyo. ¿Dónde están mis calcetines?

Me incorporé de un brinco. Lejos, ladera abajo, los tambores comenzaron a redoblar.

La niebla fría se acumulaba como si fuera humo alrededor de las hondonadas; como una gallina clueca sobre un único huevo, una nube se había posado sobre el monte Helicon, y la humedad adensaba el aire. Parpadeando y legañosa, crucé un tramo de pastos duros, rumbo al lugar donde se había congregado un destacamento del 67.º Regimiento de las Highlands; formados en todo su esplendor en la orilla, con los tambores rugientes y el gaitero de la compañía tocando a pleno pulmón, parecían majestuosamente impermeables a la lluvia.

Yo sentía mucho frío y no poco fastidio. Al acostarme esperaba despertar con café caliente y un desayuno nutritivo al que seguirían dos bodas, tres bautizos, dos extracciones de muelas, la extirpación de una uña infectada y otras entretenidas formas de sano contacto social, de esas que requieren whisky.

En lugar de eso, tras despertar de un sueño inquietante, se me había conducido a un juego amoroso para luego arrastrarme bajo una llovizna fría *in medias* maldita *res*, al parecer para que escuchara alguna proclama. Y aún no había café.

Los escoceses del campamento habían tardado en levantarse, para bajar la colina con paso vacilante; cuando al fin el gaitero emitió la última ráfaga y concluyó con un jadeo discordante, tenía la cara purpúrea. Con los ecos aún resonando en las laderas, el teniente Archibald Hayes dio un paso al frente.

Su nasal acento de Fife era bien audible, además tenía el viento a favor. Aun así, creo que quienes estaban algo más arriba podían oír muy poco. Nosotros, en cambio, nos encontrábamos al pie de la cuesta, a escasos veinte metros del teniente; pese al castañeteo de mis dientes, oí cada una de sus palabras.

—«Por su excelencia, el caballero William Tryon, capitán general de Su Majestad, gobernador y comandante en jefe, en y sobre esta provincia» —leyó Hayes, levantando la voz hasta el aullido para imponerse a los ruidos del viento y el agua, y a los murmullos premonitorios de la muchedumbre.

La humedad amortajaba árboles y rocas en una bruma chorreante; de las nubes caía intermitentemente aguanieve o lluvia helada; los vientos erráticos habían hecho descender la temperatura unos quince grados. Mi pantorrilla izquierda, sensible al frío, palpitaba allí donde dos años atrás me había roto un hueso. Alguien dado a los presagios y las metáforas habría sentido la tentación de extraer comparaciones entre ese clima horrible y la lectura de la proclama gubernamental; las perspectivas eran de igual modo estremecedoras.

—«Considerando» —tronó Hayes, conforme dirigía a la multitud una mirada fulminante por encima de su papel— «que he recibido información de que gran número de escandalosos y alborotadores se reunieron tumultuosamente en la ciudad de Hillsborough, en los días veinticuatro y veinticinco del mes pasado, durante la sesión del Tribunal Superior de Justicia de ese distrito, para oponerse a las justas medidas de gobierno y en abierta violación de las leyes de su país, atacando audazmente al juez asociado de Su Majestad en la ejecución de su cargo, y asimismo golpeando e hiriendo bárbaramente a varias personas durante la sesión de dicho tribunal, y manifestando otras indignidades e insultos al gobierno de Su Majestad, cometiendo violentísimos atropellos contra las personas y propiedades de los habitantes de dicha ciudad, brindando por la condena del legítimo soberano, el rey Jorge, y por el éxito del aspirante...»

Hayes hizo una pausa y cogió aire con el que llegar al fin de la cláusula siguiente. Después de inflar el pecho con un zumbido audible, continuó leyendo:

—«Por lo tanto, con el fin de que las personas involucradas en dichos actos escandalosos puedan ser llevadas ante la justicia, actuando con el asesoramiento y el consentimiento del consejo de Su Majestad, pronuncio ésta mi proclama, instando y comprometiendo estrictamente a todos los jueces de paz de Su Majestad existentes en este gobierno para que ejecuten diligentes investigaciones en cuanto a los crímenes anteriormente citados, y para que reciban las declaraciones de aquellas personas que se presenten ante ellos para proporcionar información sobre lo antedicho; declaraciones estas que me serán transmitidas, con el fin de ser presentadas ante la Asamblea General en New Bern, el trigésimo día del próximo mes de noviembre, fecha hasta la cual permanecerá prorrogada para el inmediato despacho de asuntos públicos.»

Una inhalación final. Llegado ese momento, la cara de Hayes estaba casi tan purpúrea como la del gaitero.

—«Librado de mi puño y letra y con el gran sello de la provincia en New Bern, el día dieciocho de octubre, en el décimo año del reinado de Su Majestad, Anno Domini 1770. Firmado: William Tryon» —concluyó Hayes, con un último bufido de aliento vaporoso.

—¿Te has fijado? —comenté a Jamie—. Creo que todo eso era una sola frase, menos el cierre. Asombroso, incluso para un político.

—Calla, Sassenach —dijo él, con la mirada todavía fija en Archie Hayes.

Detrás de mí la muchedumbre emitió un rugido apagado, de interés y consternación, con cierto dejo de diversión ante las frases referidas a los brindis desleales.

Ése era un encuentro de escoceses, muchos de ellos exiliados a las colonias tras el Alzamiento del Estuardo; si Archie Hayes hubiera querido tomar nota oficial de cuanto se decía la noche anterior, mientras las jarras de cerveza y whisky pasaban en torno a la fogata... Claro que entonces sólo tenía consigo cuarenta soldados; cualesquiera que fuesen sus propias opiniones sobre el rey Jorge y la posible condena del monarca, se las reservó con toda prudencia.

Convocados por el batir de los tambores, unos cuatrocientos escoceses de las Highlands rodeaban el lugar elegido por Hayes para su asentamiento, en el ribazo del arroyo. Hombres y mujeres se protegían entre los árboles que crecían sobre el claro, con los tartanes y los mantos bien ceñidos contra el viento que arreciaba. Ellos también se reservaban su opinión, a juzgar por la serie de caras pétreas que se veían bajo el aletear de bufandas y sombreros. Claro que esas expresiones podían derivarse tanto del frío como de la natural cautela; yo misma tenía las mejillas rígidas; se me había entumecido la punta de la nariz y no había vuelto a sentir los pies desde el amanecer.

—Toda persona que desee hacer declaraciones relativas a estos gravísimos asuntos puede confiarlas a mi atención —anunció el teniente, con su redonda cara oficialmente inexpresiva—. Pasaré el resto del día en mi tienda con mi secretario. ¡Dios salve al rey!

Tras entregar la proclama a su cabo, saludó con una inclinación a la muchedumbre, como para despedirla, y giró con firmeza hacia una gran tienda de lona erigida cerca de los árboles; en el mástil vecino flameaban con furia las banderas del regimiento.

Yo temblaba; deslicé una mano por la abertura del capote de Jamie, buscando el hueco de su brazo, y reconforté mis dedos fríos en el calor de su cuerpo. Jamie apretó por un instante el codo contra su costado, reconociendo la presencia de esa mano helada, pero no me miró; estaba estudiando la espalda en retirada de Archie Hayes, con los ojos entornados contra el azote del viento.

El teniente era un hombre compacto y sólido, de poca estatura, aunque dotado de considerable presencia; caminaba con firmeza, como si ignorara la presencia de la gente reunida en la ladera. Desapareció dentro de su tienda tras dejar la lona levantada por si alguien quería entrar.

No era la primera vez que, en contra de mi voluntad, admiraba el instinto político del gobernador Tryon. Era obvio que se estaba leyendo esa proclama en todas las ciudades y aldeas de la colonia; podría haber dejado que un alguacil o un magistrado local llevara a nuestra reunión su mensaje de furia oficial. En cambio se había tomado la molestia de enviar a Hayes.

Archibald Hayes había tomado el campo de Culloden al lado de su padre, cuando sólo tenía doce años. En el combate fue herido, capturado y enviado al sur. Cuando se le ofreció la posibilidad de elegir entre ser trasladado o incorporarse al ejército, escogió la mesnada del rey y sacó el máximo partido a la situación. El hecho de que hubiera llegado a oficial antes de cumplir los cuarenta, en una época en que la mayoría compraba sus nombramientos en vez de ganarlos, era testimonio suficiente de su talento.

Era tan atractivo como competente; el día anterior, invitado a compartir nuestra comida y nuestro fuego, había pasado la mitad de la noche conversando con Jamie... y la otra mitad paseando de fogata en fogata, bajo la tutela de mi esposo, que lo presentó a los jefes de todas las familias importantes que allí se encontraban.

¿Y de quién fue la idea?, me pregunté, levantando la vista hacia Jamie. Su nariz larga y recta estaba enrojecida por el frío, y los ojos, entornados por el viento; pero su cara no dejaba entrever lo que pensaba. Y eso era señal de que estaba pensando algo bastante peligroso. ¿Acaso sabía de antemano lo de esa proclama?

Ningún oficial inglés al mando de tropas inglesas habría podido llevar semejante noticia a una reunión como la nuestra y esperar la menor colaboración. Sin embargo, Hayes y sus escoceses, tan leales, con sus faldas de tartán... No se me pasaba por alto que Hayes había hecho levantar su tienda de espaldas a un denso pinar; si alguien deseaba hablar en secreto con el teniente, podía aproximarse a través del bosque sin que nadie lo viera.

—¿Acaso Hayes espera que alguien se aparte de la multitud, corra a su tienda y se rinda de inmediato? —murmuré a Jamie. Personalmente sabía que, entre los presentes, al menos una docena de hombres había tomado parte en los disturbios de Hillsborough; tres de ellos estaban allí mismo, al alcance de mi brazo.

Al ver la dirección de mi mirada, Jamie apoyó una mano sobre la mía y me la estrechó, recomendándome en silencio que fuera discreta. Lo miré levantando las cejas. ¿No iría a pensar que yo iba a denunciar a nadie por descuido? Él me dedicó una leve sonrisa y una de esas irritantes miradas maritales que decían, con más claridad que las palabras: «Ya sabes cómo eres, Sassenach. Basta verte la cara para saber lo que piensas.»

Me acerqué un poco más para darle un discreto puntapié en el tobillo. Aunque mi semblante fuera transparente, ¡no despertaría ningún comentario en una muchedumbre como ésa! Él no hizo el menor gesto de dolor; por el contrario, su sonrisa se amplió un poco más. Deslizando un brazo por debajo de mi capote, me estrechó contra sí, con la mano contra mi espalda.

Hobson, MacLennan y Fowles, agrupados frente a nosotros, conversaban en voz baja. Los tres provenían de un diminuto asentamiento llamado Drunkard's Creek, a unos veinticuatro kilómetros de nuestra casa del Cerro de Fraser. Hugh Fowles, yerno de Joe Hobson, era muy joven; no tenía más de veinte años; aunque estaba haciendo lo posible por mantener la compostura, su cara había palidecido, cubierta de sudor frío, durante la lectura de la proclama.

Yo ignoraba qué pensaba hacer Tryon con quien hubiera tomado parte en los disturbios, pero percibí las corrientes de inquietud que el mensaje del gobernador había creado; cruzaban la muchedumbre como las ondulaciones del agua que corría sobre las piedras en el arroyo cercano.

En Hillsborough, la gente había destruido varios edificios y sacado a rastras a unos cuantos funcionarios públicos para atacarlos en la calle. Según los rumores, un juez de paz (irónico título) había perdido un ojo a consecuencia de un cruel golpe de látigo. Al ver que esas manifestaciones de desobediencia civil podían afectarlo, el juez Henderson había escapado por una ventana para huir de la ciudad, lo cual impidió efectivamente que hubiera sesión en el tribunal. Era obvio que el gobernador estaba muy irritado por lo sucedido.

Joe Hobson miró a Jamie; luego apartó la vista. La presencia del teniente ante nuestra fogata, la noche anterior, no había pasado desapercibida.

Si Jamie detectó esa mirada, no la devolvió. Se limitó a encoger un hombro, al tiempo que inclinaba la cabeza hacia mí.

—Dudo que Hayes espere que nadie se entregue. Quizá está obligado a pedir información; gracias a Dios, yo no estoy obligado a responder.

No había hablado en voz muy alta, pero sí lo suficiente como para que sus palabras llegaran a los oídos de Joe Hobson.

Éste volvió la cabeza para dedicar a Jamie un pequeño gesto de irónico reconocimiento. Luego tocó a su yerno en el brazo, y ambos se alejaron, subiendo por la cuesta hacia los campamentos diseminados arriba, donde las mujeres estaban atendiendo las fogatas y ocupándose de los niños más pequeños.

Era el último día del encuentro; esa noche habría bodas y bautizos: la bendición formal del amor y de sus bulliciosos frutos, surgidos de las entrañas de esa multitud carente de iglesia durante todo el año anterior. Después se entonarían las últimas canciones, se contarían los últimos cuentos y se bailaría entre las llamas saltarinas de muchas hogueras, con lluvia o sin ella. Al llegar la mañana, los escoceses y sus familias se dispersarían para regresar a sus hogares, diseminados desde las riberas pobladas del río Cape Fear hasta las montañas silvestres del oeste, llevando noticias de la proclama gubernamental y de los hechos de Hillsborough.

Moví los dedos dentro de los zapatos húmedos, intranquila, preguntándome quién, entre toda esa multitud, podía sentirse en el deber de responder a la invitación de Hayes a confesar o incriminar. Jamie no, por descontado. Pero tal vez otros sí. Durante la semana de la reunión se había oído con frecuencia alardear sobre los disturbios de Hillsborough, aunque no todos los que lo escucharon estaban dispuestos a considerar héroes a los alborotadores.

Sentí el murmullo de conversación que rompía tras la proclama: las cabezas giraban, las familias se reunían y algunos hombres iban de grupo en grupo, transmitiendo el discurso de

Hayes colina arriba, repitiéndolo a quienes no lo habían oído por estar demasiado lejos.

—¿Nos vamos? Hay mucho que hacer antes de las bodas.

—¿Sí? —Jamie me echó un vistazo—. Yo creía que los esclavos de Yocasta se encargarían de la comida y la bebida. Entregué los toneles de whisky a Ulises, que será el *soghan*.

—¿Ulises? ¿Ha traído su peluca?

La idea me hizo sonreír. El *soghan* era el hombre que se encargaba de servir la bebida y el refrigerio en las bodas de las Highlands; en realidad, la palabra significaba algo así como «hombre alegre y cordial». Ulises era posiblemente la persona más digna que yo hubiera visto jamás, aun sin su librea y su peluca de crin empolvada.

—Si la ha traído, por la noche la tendrá pegada a la cabeza. —Jamie levantó la vista hacia el cielo encapotado mientras negaba—. Dichosa la novia sobre la que brilla el sol —citó—. Dichoso el cadáver sobre el que cae la lluvia.

—Eso es lo que me gusta de los escoceses —comenté secamente—. Tienen un refrán adecuado para cada ocasión. No te atrevas a decir eso delante de Bree.

—¿Por quién me tomas, Sassenach? —acusó, mirándome con una media sonrisa—. Es mi hija, ¿no?

—Por supuesto. —Reprimí el súbito recuerdo del otro padre de Brianna, y eché una mirada por encima del hombro para comprobar que ella no estuviera al alcance de mi voz.

Entre los que estaban cerca no había señales de su flamígera cabeza. Digna hija de su padre, descalza medía un metro ochenta; distinguirla en medio de una multitud era casi tan fácil como detectar a Jamie.

—De cualquier modo, no es el banquete de bodas lo que me preocupa —dije a mi esposo—. Debo encargarme del desayuno y luego atender el consultorio matutino con Murray MacLeod.

—¿Sí? ¿No dijiste que Murray era un charlatán?

—Dije que era ignorante, terco y una amenaza para la salud pública —corregí—. No es lo mismo... exactamente.

—Exactamente —corroboró Jamie, sonriendo—. Conque piensas educarlo... ¿o envenenarlo?

—Lo que resulte más efectivo. Si al menos pudiera pisarle por accidente la lanceta y rompérsela, quizá le impediría aplicar sangrías. Vámonos, que me estoy congelando.

—Sí, vamos —asintió él, y echó un vistazo a los soldados, todavía formados a lo largo del arroyo, en posición de descanso—. Parece que el pequeño Archie piensa mantener a sus muchachos allí hasta que la multitud se haya retirado. Se están poniendo un poquitín azules.

A pesar de estar armados y con el uniforme completo, la fila de escoceses permanecía tranquila; sin duda, eran imponentes, pero ya no parecían amenazadores. Unos pequeños (entre los cuales no faltaban algunas niñas) correteaban entre ellos, tirando con descaro del borde de las faldas o acercándose, con gran atrevimiento, para tocar los mosquetes relucientes, las cantimploras y las empuñaduras de puñales y espadas.

—¡Abel, *a charaid*! —Jamie se había detenido para saludar al último de los hombres de Drunkard's Creek—. ¿Ya has desayunado?

MacLennan había acudido al encuentro sin su mujer; por eso comía donde la suerte lo llevara. Aunque la muchedumbre se estaba dispersando en derredor, él se mantenía impasible en su sitio, sujetando los extremos de un pañuelo de franela roja sobre la cabeza medio calva, para protegerla del tamborileo de la lluvia. «Quizá espera que lo inviten a desayunar», pensé cínicamente.

Al tiempo que observaba su corpulenta silueta, hice un cálculo mental de su posible consumo de huevos, gachas y pan tostado, comparándolo con las menguantes provisiones de nuestra cesta. La simple escasez de alimentos no impediría a ningún escocés ofrecer su hospitalidad, y mucho menos a Jamie, que estaba invitando a MacLennan a desayunar con nosotros, mientras yo dividía para mí dieciocho huevos entre nueve personas en vez de ocho. Fritos no alcanzarían; tal vez en buñuelos, con patatas ralladas. Y convenía, en el trayecto montaña arriba, pedir prestado más café en el campamento de Yocasta.

Cuando íbamos a retirarnos, Jamie deslizó súbitamente la mano por mi trasero. Ante mi poco digna exclamación, Abel MacLennan se volvió a mirarme, boquiabierto. Le sonreí de oreja a oreja, resistiendo el impulso de dar otro puntapié a mi esposo, esta vez con menos discreción.

MacLennan nos dio la espalda y comenzó a subir a toda prisa la cuesta; los faldones de la chaqueta se batían contra los gastados pantalones. Jamie me cogió del codo para ayudarme a pasar entre las piedras, mientras se agachaba hacia mi oído, murmurando:

—¿Por qué diablos no te has puesto enaguas, Sassenach? No llevas absolutamente nada bajo la falda. ¡Vas a morir de frío!

—En eso no te equivocas —respondí, temblando a pesar del capote. En realidad, llevaba una camisa de lino bajo el vestido: una prenda raída y liviana, adecuada para acampar a la intemperie en verano, pero insuficiente contra las ráfagas invernales que atravesaban mi falda como si estuviera hecha de gasa.

—Ayer llevabas una buena enagua de lana. ¿Qué ha sido de ella?

—No creo que quieras saberlo.

Ante eso enarcó las cejas, pero antes de que pudiera hacer ninguna otra pregunta resonó un grito detrás de nosotros.

—¡Germain!

Al volverme, vi una cabecita rubia con el pelo al viento; su dueño surcaba la cuesta como un rayo, por debajo de las rocas. Con sus dos años, Germain había aprovechado que Marsali, su madre, estaba ocupada con su hermana recién nacida para escapar de su custodia y correr hacia los soldados. Eludiendo la captura, se lanzó de cabeza cuesta abajo. Iba cobrando velocidad como una piedra rodante.

—¡Fergus! —aulló Marsali.

Al oír su nombre, el padre de Germain interrumpió su conversación justo a tiempo para ver cómo su hijo tropezaba con una piedra y caía de bruces. El niño era un acróbata nato; no hizo nada por salvarse, sino que se dejó caer con gracia y, al tocar con el hombro la cuesta cubierta de hierba, se enroscó formando una pelota, como un puercoespín. Pasó por entre las filas de soldados como una bala de cañón, dejando atrás el borde de un saliente rocoso, y se hundió en el arroyo con un chapoteo.

En medio de una consternada exclamación general, varias personas corrieron colina abajo para ayudar, pero uno de los soldados ya estaba junto a la ribera. Allí se arrodilló para clavar la punta de la bayoneta en la ropa flotante del niño y remolcó el bulto empapado hacia la orilla.

Fergus se metió en el agua helada y poco profunda, estirándose para asir a su chorreante hijo.

—*Merci, mon ami, merci beaucoup* —dijo al joven soldado—. *Et toi, garnement* —agregó, sacudiendo a su vástago, que escupía—. ¿*Comment vas-tu*, pequeño cabeza hueca?

El soldado parecía sorprendido, pero no supe si era por la particular manera de hablar de Fergus o por el centelleante garfio que ocupaba el lugar de la mano izquierda.

—Todo está bien, señor —dijo, con una sonrisa tímida—. Creo que no se ha hecho daño.

31

Brianna salió de pronto de detrás de un castaño, con Jemmy, de seis meses, apoyado en su hombro, y cogió a la pequeña Joan de brazos de Marsali.

—Dame a Joanie —dijo—. Tú ocúpate de Germain.

Jamie se quitó el pesado capote de los hombros para tendérselo a Marsali.

—Sí, y dile a ese muchacho, al soldado que lo ha rescatado, que venga a compartir nuestra fogata —le dijo—. ¿Podemos alimentar a otro, Sassenach?

—Por supuesto —dije, rehaciendo velozmente mis cálculos mentales. Dieciocho huevos, cuatro hogazas de pan duro para tostar (no, debía reservar una para el viaje de vuelta a casa, al día siguiente), tres docenas de tortillas de avena (si es que Jamie y Roger no se las habían comido ya), medio frasco de miel...

El rostro flaco de Marsali se iluminó con una sonrisa melancólica, dirigida a los tres. Luego desapareció, corriendo en auxilio de los empapados y tiritones hombres de su familia.

Jamie la siguió con la vista mientras dejaba escapar un suspiro de resignación y el viento inflaba las mangas anchas de su camisa con un zumbido sordo. Luego cruzó los brazos en el pecho, encorvando los hombros contra el viento, y me sonrió de soslayo.

—Supongo que nos congelaremos juntos, Sassenach. Pero no importa. De cualquier modo no querría vivir sin ti.

—¡Venga! —dije amistosamente—. ¡Jamie Fraser, pero si tú eres capaz de vivir desnudo en un témpano de hielo, y derretirlo! ¿Qué ha sido de tu chaqueta y tu tartán?

Aparte de zapatos y calcetines, no llevaba puesto más que la falda escocesa y la camisa; sus altos pómulos estaban enrojecidos por el frío, al igual que las puntas de las orejas. Pero al deslizar una mano en el hueco de su brazo, lo encontré tan tibio como siempre.

—No preguntes —respondió, muy sonriente, mientras me cubría la mano con una palma grande y encallecida—. Vamos. Estoy famélico y quiero desayunar.

—Espera —dije, apartándome.

Nada dispuesto a compartir los brazos de su madre con la recién llegada, Jemmy chillaba y se retorcía a modo de protesta; su cara pequeña y redonda estaba enrojeciendo de irritación bajo la gorra azul de punto. Alargué los brazos para cogerlo, mientras se retorcía envuelto en las ropas.

—Gracias, mamá. —Brianna sonrió brevemente, mientras acomodaba a la recién nacida contra su hombro—. ¿Estás segura de que prefieres a Jemmy? La niña es más tranquila... y pesa la mitad.

—No, está bien. Calla, tesoro, ven con tu abuelita.

Sonreí al decirlo, nueva aún la sensación de sorpresa y deleite que me causaba ser abuela de alguien. Al reconocerme, el pequeño abandonó su escandalera para asumir sin más su papel de lapa aferrada a la piedra, agarrándose a mi pelo con los puños regordetes. Desenredé sus dedos para mirar por encima de su cabeza, pero allá abajo parecía estar todo bajo control.

Fergus, con los pantalones y los calcetines chorreando agua, se había envuelto los hombros con el capote de Jamie y estaba estrujando la pechera de la camisa con una sola mano mientras decía algo al soldado que había rescatado a Germain. Marsali se había quitado el manto para envolver al pequeño; su pelo rubio volaba por debajo del pañuelo como telarañas al viento.

Atraído por el bullicio, el teniente Hayes espiaba desde la abertura de su tienda, como un molusco desde su concha. Al levantar la mirada se encontró con la mía; después de alzar la mano en un breve saludo, seguí a mi familia hacia nuestro campamento.

Jamie le dijo a Brianna algo en gaélico, mientras la ayudaba a cruzar un tramo pedregoso del sendero, delante de mí.

—Sí, estoy lista —respondió ella en nuestro idioma—. ¿Dónde está tu chaqueta, papá?

—Se la he prestado a tu marido —dijo él—. No conviene que se presente a su boda con aspecto de mendigo, ¿verdad?

Bree se echó a reír, al tiempo que con la mano libre apartaba de su boca un mechón de pelo rojo.

—Antes mendigo que suicida fallido.

—¿Cómo has dicho?

Me puse a la altura de ellos en el momento en que salíamos de la protección de las rocas. El viento se lanzó a través del espacio abierto, azotándonos con aguanieve y punzantes fragmentos de grava. Estiré la gorra tejida de Jemmy para cubrirle más las orejas y luego le tapé la cabeza con la manta.

—¡Uf! —Brianna encorvó los hombros hacia el bebé que tenía en brazos, protegiéndola de las ráfagas.

—Cuando ha comenzado el redoble de tambores, Roger se estaba afeitando; ha estado a punto de rebanarse el cuello —le explicó Jamie—. La pechera de su chaqueta se ha manchado de sangre.

Bree miró a su padre, con los ojos lagrimosos por el viento.

—Conque lo has visto esta mañana. ¿Sabes dónde está ahora?

—Sano y salvo —le aseguró él—. Le he dicho que fuera a hablar con el padre Donahue mientras Hayes nos leía lo suyo.

—La miró con aspereza—. Podrías haberme dicho que el chico no era católico.

—Podría —dijo ella, sin perturbarse—, pero no quise. A mí no me preocupa

—Si con esa peculiar expresión quieres decir que no tiene importancia... —empezó Jamie secamente, pero lo interrumpió la llegada de Roger, resplandeciente con la falda de tartán verde y blanco de los MacKenzie, y la manta escocesa de la misma tela sobre la chaqueta y el chaleco de mi marido.

La chaqueta le sentaba bastante bien, pues ambos eran del mismo tamaño, de miembros largos y anchos de hombros (aunque Jamie le sacaba tres o cuatro centímetros), y el color gris iba tan bien con su pelo oscuro y su piel olivácea como con los mechones rojizos de Jamie.

—Te queda muy bien, Roger —comenté—. ¿Dónde te has cortado?

Su cara tenía el tono rosado típico de la piel recién afeitada, pero por lo demás no había marcas a la vista.

Roger entregó el envoltorio de tartán rojo y negro que traía bajo el brazo: su manta escocesa. Luego inclinó la cabeza a un lado para mostrarme un tajo profundo, justo debajo de la mandíbula.

—Justo aquí. No ha sido nada, pero ha sangrado como el demonio. Por algo llaman a esas navajas «degolladoras», ¿verdad?

La herida ya tenía una nítida línea oscura de costra, de siete u ocho centímetros; cruzaba el cuello por un lado, desde el ángulo de la mandíbula. Toqué la piel circundante. No estaba mal: el filo había penetrado limpiamente, sin dejar colgajos que necesitaran sutura, aunque no me extrañó que hubiera sangrado tanto; desde luego, daba la impresión de que había tratado de cortarse el cuello.

—¿Algo nervioso esta mañana? —bromeé—. ¿Acaso te estás arrepintiendo?

—Es un poco tarde para eso —zanjó Brianna, acercándose a mí—. Al fin y al cabo, tiene un crío que necesita apellido.

—Tendrá tantos apellidos que no sabrá qué hacer con ellos —le aseguró Roger—. Y también tú... señora MacKenzie.

El nombre encendió un pequeño rubor en la cara de Brianna, que le sonrió. Él se inclinó para besarla en la frente y, al mismo tiempo, cogió al bebé arropado. Al sentir el peso del bulto, por su cara pasó una expresión consternada. Lo miró, estupefacto.

—No es el nuestro —explicó Bree, muy sonriente—. Es Joan, la de Marsali. Jemmy está con mamá.

—Gracias a Dios —dijo él, sosteniéndolo con mucha más cautela—. Pensaba que se habría evaporado o algo así. —Apenas levantó la manta, descubriendo la cara dormida de la diminuta Joan. Sonrió, como hacía todo el mundo, al ver el gracioso mechón de pelo castaño terminado en punta, parecido al de un muñeco.

—¡De evaporarse nada! —gruñí mientras acomodaba mejor a Jemmy, tan bien alimentado, apaciblemente comatoso envuelto en su manta—. Creo que ha engordado un kilo mientras subíamos la cuesta.

Acalorada por el esfuerzo, aparté un poco al bebé de mi cuerpo. Una súbita oleada de calor me enrojeció las mejillas; bajo las ondas desordenadas de mi pelo noté la transpiración.

Jamie se hizo cargo del bebé y se lo colocó con ademán experto bajo un brazo, como si fuera una pelota de fútbol, al tiempo que le sostenía la cabeza con una mano.

—Dime, ¿has hablado con el sacerdote? —preguntó, mirando a Roger con aire escéptico.

—Sí —confirmó Roger, secamente, en respuesta tanto a la mirada como a la pregunta—. Ha podido comprobar que no soy el anticristo. Mientras esté dispuesto a que el niño reciba el bautismo católico, no hay oposición a la boda. He dicho que estoy dispuesto.

Jamie gruñó, mientras yo reprimía una sonrisa. Aunque él no tenía prejuicios religiosos (había tratado, combatido y dirigido a muchos hombres de todos los orígenes posibles), el descubrimiento de que su yerno era presbiteriano, sin intenciones de convertirse, había provocado algún comentario.

Bree me buscó la mirada para dedicarme una sonrisa de soslayo; sus ojos se arrugaron en triángulos azules de gatuna diversión.

—Has sido muy prudente al no mencionar la religión antes de tiempo —susurré, cuidando de que Jamie no pudiera oírme.

Los dos hombres caminaban delante de nosotras, aún bastante tiesos, aunque los extremos de las mantas de los bebés, que iban colgando, malograban un poco la formalidad de su actitud.

Jemmy dejó escapar un súbito berrido; como su abuelo lo incorporó sin alterar el paso, volvió a quedarse tranquilo; a través del hombro de Jamie fijó en nosotras los ojos redondos, protegido por la capucha de su manta. Yo le hice una mueca y entonces rompió en una enorme sonrisa sin dientes.

—Roger quería explicarlo, pero le pedí que guardara silencio. —Bree le sacó la lengua a Jemmy; luego clavó una mirada de esposa en la espalda de Roger—. Sabía que, si esperábamos hasta un momento antes de la boda, papá no armaría un alboroto.

Reparé a un tiempo en su astuta evaluación de la conducta paterna y su desenvuelto uso del escocés. Su parecido con Jamie iba mucho más allá de la apariencia externa; tenían el mismo talento para evaluar a la gente y la misma facilidad para el lenguaje. Aun así, algo me rondaba por la cabeza, algo relacionado con Roger y la religión...

Nos habíamos aproximado a los hombres lo suficiente como para oír su conversación.

—... con respecto a Hillsborough —decía Jamie, inclinándose hacia Roger para hacerse oír por encima del viento—, quería información sobre los alborotadores.

—¿Ah, sí? —El joven parecía a un tiempo interesado y cauteloso—. A Duncan Innes le gustará oír eso. Él estaba en Hillsborough durante los disturbios, ¿lo sabías?

—No. —Jamie puso mucha atención—. Esta semana apenas he visto a Duncan. Puede que se lo pregunte después de la boda... si sale vivo de ésta.

Esa noche Duncan se casaría con Yocasta Cameron, la tía de Jamie, y la perspectiva lo tenía postrado, de los nervios.

Roger se volvió para hablar con Brianna, protegiendo a Joan del viento con su cuerpo.

—Tu tía ha dicho al padre Kenneth que puede celebrar las bodas en su tienda. Eso será una ayuda.

—¡Brrrr! —Bree encorvó los hombros, estremecida—. Gracias a Dios. No es el mejor día para casarse bajo los árboles.

Un enorme castaño dejó caer una lluvia de mojadas hojas amarillas, como para mostrar su conformidad. Roger parecía algo inquieto.

—No creo que sea la boda que imaginabas cuando eras pequeña —dijo.

Brianna levantó la vista hacia él; una sonrisa lenta y ancha se extendió por su cara.

—La primera, tampoco —le respondió—. Pero me gustó.

La tez de Roger no era susceptible al sonrojo; de cualquier modo, sus orejas ya estaban rojas por el frío. Abrió la boca como para replicar, pero al sorprender la mirada de advertencia de Jamie volvió a cerrarla. Parecía azorado, mas innegablemente complacido.

—¡Señor Fraser!

Uno de los soldados ascendía la colina hacia nosotros, con los ojos fijos en Jamie.

—Cabo MacNair, a su servicio, señor —dijo al llegar, respirando ruidosamente. Saludó con una seca inclinación de cabeza—. Con los saludos del teniente, ¿tendría usted la bondad de visitarlo en su tienda? —Al verme, volvió a inclinarse, esta vez de forma menos brusca—. Mis respetos, señora Fraser.

—A su servicio, señor. —Jamie respondió a la reverencia del cabo—. Transmita mis disculpas al teniente; tengo obligaciones que requieren mi presencia en otro sitio.

Hablaba en tono cortés, pero el cabo lo miró con dureza. Aunque joven, no era novato; una rápida expresión de entendimiento cruzó su cara morena y delgada. Lo último que nadie querría era que le viesen entrando solo en la tienda de Hayes justo después de esa proclama.

—El teniente me ha ordenado que solicite también la asistencia de los señores Farquard Campbell, Andrew MacNeill, Gerald Forbes, Duncan Innes y Randall Lillywhite, además de la suya, señor.

Los hombros de Jamie perdieron parte de la tensión.

—¿Eso ha hecho? —comentó secamente.

Así que Hayes quería consultar a los hombres poderosos de la zona. Farquard Campbell y Andrew MacNeill eran grandes terratenientes y magistrados locales; Gerald Forbes, juez de paz y eminente procurador de Cross Creek; Lillywhite, magistrado de la corte ambulante. Y Duncan Innes estaba a punto de convertirse en propietario de la plantación más grande de la mitad occidental de la colonia, en virtud de su inminente boda con la tía viuda de Jamie. Mi marido, por su parte, no era rico ni funcionario de la Corona, pero poseía una gran concesión de tierras en territorio salvaje, aunque la mayor parte permaneciera desocupada.

Con un leve encogimiento de hombros, se pasó el bebé al otro brazo.

—Ah, entonces bien. Diga al teniente que lo visitaré tan pronto como sea conveniente.

En absoluto intimidado, MacNair hizo una reverencia y se alejó, presumiblemente en busca de los otros caballeros de su lista.

—¿A qué viene esto? —pregunté a Jamie—. ¡Uy! —Levanté la mano para enjugar en la barbilla de mi nieto un hilillo de baba, antes de que llegara a la camisa de Jamie—. Conque te está saliendo un diente, ¿no?

—Tengo dientes de sobra —me aseguró mi esposo—. Y tú también, por lo que veo. En cuanto a qué quiere Hayes de mí, no lo sé con certeza. Y tampoco tengo intenciones de averiguarlo antes de lo necesario.

Me miró enarcando una ceja rojiza. Yo me eché a reír.

—Ah, así que eso de «conveniente» tiene cierta flexibilidad, ¿no es cierto?

—No he dicho «conveniente para él» —señaló Jamie—. Ahora bien, con respecto a tu enagua, Sassenach, y por qué andas correteando por el bosque con el trasero desnudo... ¡Duncan, *a charaid*!

La expresión irónica de su rostro se fundió en auténtico placer al ver a Duncan Innes, que venía hacia nosotros atravesando un bosquecillo de cornejos.

Con cierta dificultad debido a la falta del brazo izquierdo, Duncan trepó sobre un tronco caído y salió al sendero donde estábamos, sacudiéndose las gotas de agua del pelo. Ya iba vestido para la boda. Llevaba una camisa de volantes limpia y almidonada sobre el kilt, y una chaqueta de paño escarlata, ribeteada de encaje dorado; la manga vacía estaba recogida hacia arriba y prendida con un broche. Nunca había visto a Duncan tan elegante, y así se lo dije.

—Oh, bueno —dijo, azorado—. Es lo que deseaba la señorita Yo. —Luego se encogió de hombros, para descartar a un tiempo el cumplido y la lluvia, mientras se sacudía la pinaza y los trocitos de corteza que se le habían adherido a la chaqueta al pasar entre los pinos—. ¡Brrr! Un día espantoso, Mac Dubh, no te engañes. —Levantó la vista al cielo mientras negaba con la cabeza—. Dichosa la novia sobre la que brilla el sol; dichoso el cadáver sobre el que cae la lluvia.

—En realidad, no sé hasta qué punto se puede esperar que un cadáver sea feliz —comenté—, cualesquiera sean las condiciones meteorológicas. Pero estoy segura de que Yocasta será feliz, a pesar del día. —Al ver la expresión de desconcierto que cruzaba las facciones de Duncan, me apresuré a añadir—: ¡Y también usted, por supuesto!

—Oh... sí —murmuró, algo inseguro—. Sí, desde luego. Se lo agradezco, señora.

—Cuando te vi venir a través del bosque, pensé que tendrías al cabo MacNair pisándote los talones —observó Jamie—. No vas a visitar a Archie Hayes, ¿verdad?

Duncan pareció sobresaltarse.

—¿A Hayes? No. ¿Para qué me querría el teniente?

—En septiembre estuviste en Hillsborough, ¿no? Oye, Sassenach, llévate a esta pequeña ardilla.

Jamie se interrumpió para entregarme a Jemmy, que había decidido participar más activamente de lo que estaba sucediendo e intentaba trepar por el torso de su abuelo, clavándole las puntas de los pies y emitiendo fuertes gruñidos. No obstante, no era esa súbita actividad el motivo principal por el que mi marido se liberaba de la carga, según descubrí al recibir al niño.

—Muchísimas gracias —dije, arrugando la nariz. Jamie me sonrió de oreja a oreja y echó a andar con Duncan camino arriba, mientras reanudaban la conversación. Yo olfateé con cautela—. Hum... ¿ya has terminado? No, creo que no.

Jemmy cerró los ojos, se puso muy rojo y emitió un ruido restallante, como el de una ametralladora con sordina. Aflojé sus envolturas apenas lo suficiente para echarle un vistazo.

—¡Uf! —exclamé mientras retiraba a toda prisa la manta. Justo a tiempo—. ¿Con qué te alimenta tu madre?

Encantado al verse libre de sus ataduras, Jemmy agitó las piernas como si fuesen aspas de molino, con lo que una desagradable sustancia amarillenta manó por las perneras abolsadas del pañal.

—¡Puaj! —exclamé tan sólo, y cargando al niño con los brazos estirados, me alejé del sendero hacia uno de los pequeños arroyuelos que serpenteaban por la ladera.

Iba pensando que, si bien podía prescindir de comodidades como el agua corriente y los coches, sinceramente a veces echaba de menos cosas tales como las bragas de plástico para los pañales. Por no mencionar los rollos de papel higiénico.

Encontré un buen sitio a la orilla del arroyuelo, con una gruesa capa de hojas caídas, que formaban una especie de lecho. Allí me arrodillé y, extendiendo un pliegue de mi capa, coloqué encima a Jemmy, a cuatro patas; luego le quité el pañal sucio sin molestarme en desabrocharlo.

—¡Uy! —exclamó él, sorprendido por el contacto del aire frío. Apretó las gordezuelas nalgas, encorvándose como un sapo rosado.

—¡Ja! —le dije—. Si te asusta un poco de aire frío en el trasero, espera y verás.

Con un puñado de hojas mojadas, amarillas y pardas, lo limpié con brío. El niño fue bastante estoico; se retorció, pero sin chillar. En cambio se quejó cuando hurgué por sus repliegues. Lo tendí rápidamente de espaldas y, con una mano sobre la zona peligrosa, apliqué un tratamiento similar a sus partes íntimas. Eso provocó una enorme sonrisa sin dientes.

39

—Ah, conque eres todo un escocés de las Highlands, ¿eh? —comenté, devolviéndole la sonrisa.

—¿Y qué quieres decir con eso, Sassenach?

Al levantar la vista, descubrí a Jamie apoyado en un árbol, al otro lado del arroyuelo. Los atrevidos colores de su tartán de gala y la camisa de lino blanco se destacaban, intensos, contra el descolorido follaje otoñal; no obstante, la cara y el pelo le daban el aire de algún morador del bosque, todo él de color bronce y castaño rojizo; el viento sacudía los mechones libres del pelo, haciéndolos bailar igual que las hojas escarlatas del arce bajo el que se encontraba.

—Al parecer, es insensible al frío y la humedad —expliqué, arrojando el último puñado de hojas sucias al terminar mi tarea—. Por otra parte... Bueno, no he tenido mucho trato con bebés varones, pero ¿esto no es bastante precoz?

Jamie curvó hacia arriba una comisura de la boca ante la visión que se revelaba bajo mi mano. El diminuto apéndice asomaba tan erguido como mi pulgar y aproximadamente del mismo tamaño.

—Ah, no —explicó—. He visto a muchos pequeños en cueros. Todos hacen eso de vez en cuando. —Y se encogió de hombros, ensanchando la sonrisa—. Ahora bien, no sé si ocurre sólo con los pequeños escoceses.

—Habilidad que mejora con los años, me atrevería a decir —concluí secamente. Arrojé el pañal sucio al otro lado del arroyuelo, donde cayó a sus pies, con un ruido de chapoteo—. Quítale los imperdibles y enjuaga eso, ¿quieres?

Arrugó un poco la nariz larga y recta, pero se arrodilló al momento. Luego levantó con tiento y entre dos dedos aquella cosa repugnante.

—Ah, conque esto era lo que habías hecho con tus enaguas —comentó.

Yo había abierto el bolsillo que me colgaba de la cintura para sacar un rectángulo de tela limpia, ya plegado. No era del tipo de pañal que él sostenía, sino una franela suave, gruesa, muy lavada y teñida de rojo claro con zumo de bayas.

Me encogí de hombros. Después de revisar a Jemmy, por si hubiera nuevas explosiones, lo coloqué encima del pañal limpio.

—Con tres bebés de pañales y un clima tan húmedo, nada se seca. Andamos escasos de trapos limpios.

Alrededor del claro donde habíamos acampado, los arbustos estaban festoneados de colada que flameaba, casi toda aún mojada gracias a esa lluvia inoportuna.

—Toma.

Jamie se estiró por encima de los treinta centímetros de agua sembrada de piedras, para entregarme los imperdibles que había extraído del pañal sucio. Los cogí con cuidado, para que no cayeran en el arroyo. Tenía los dedos rígidos y helados, y los imperdibles eran valiosos; Bree los había hecho con alambre caliente, mientras Roger tallaba en madera las capuchas del extremo, guiándose por los dibujos de mi hija. Eran auténticos imperdibles, si bien algo más grandes y toscos que la versión moderna. El único defecto era, en realidad, la cola utilizada para pegar la cabeza de madera al alambre, hecha con leche hervida y trozos de pezuña; como no era del todo impermeable, había que volver a pegar las cabezas de vez en cuando.

Plegué cómodamente el pañal en torno a la ingle de Jemmy y atravesé la tela con un alfiler, sonriendo al ver la cabeza de madera. Bree había tallado en un juego una pequeña y cómica rana, con una ancha sonrisa sin dientes.

—Hala, ranita, ya estás listo. —Con el pañal bien asegurado, me senté con el niño en mi regazo, para bajarle el vestido y tratar de envolverlo de nuevo en su manta—. ¿Adónde ha ido Duncan? ¿A ver al teniente?

Jamie negó con la cabeza, agachado y pendiente de su tarea.

—Le he dicho que no fuera aún. Es cierto que estaba en Hillsborough durante aquellos disturbios. Es mejor que espere un poco; de ese modo, si Hayes pregunta, él podrá jurar sin faltar a la verdad que ninguno de los hombres presentes aquí participó en el alboroto. —Levantó la vista con una sonrisa carente de humor—. Cuando caiga la noche ya no habrá ninguno.

Observé sus manos, grandes y hábiles, que escurrían el pañal enjuagado. Por lo general, las cicatrices de su diestra eran casi invisibles, pero en ese momento se destacaban en melladas líneas blancas contra la piel enrojecida por el frío. Todo aquello me inquietaba un tanto, aunque parecía que no guardaba vinculación directa con nosotros.

En general, no experimentaba más que un leve nerviosismo cuando pensaba en el gobernador Tryon; al fin y al cabo, él estaba cómodamente refugiado en su nuevo palacio de New Bern, separado de nuestro pequeño asentamiento del Cerro de Fraser por cuatrocientos ochenta kilómetros de ciudades costeras, plantaciones, pinares, montañas sin caminos y un páramo aullante. Con tantos motivos como él tenía para preocuparse, como los autoproclamados «reguladores» que habían aterrorizado a Hillsborough, y los comisarios y jueces corruptos que habían provocado ese terror, a duras penas tendría tiempo para pensar en nosotros. Eso esperaba yo.

Aun así, seguía en pie el incómodo hecho de que Jamie fuera titular de una gran concesión de tierras en las montañas de Carolina del Norte, como un presente del gobernador Tryon... Y el gobernador, a su vez, tenía en el bolsillo del chaleco un dato pequeño, pero importante: que Jamie era católico. Y las concesiones de tierras por cuenta del rey sólo se podían hacer en beneficio de protestantes.

Dado el poco significativo número de católicos de la colonia y la falta de organización que imperaba entre ellos, la religión rara vez era un problema. No había iglesias ni sacerdotes católicos residentes; el padre Donahue había hecho el arduo viaje desde Baltimore, a petición de Yocasta. La tía de Jamie y su difunto esposo, Hector Cameron, tenían influencia en la comunidad escocesa local desde hacía tanto tiempo que a nadie se le habría ocurrido poner en tela de juicio su religión; pocos de los escoceses con los que habíamos estado celebrando esa semana debían de saber que éramos papistas.

Sin embargo, era probable que se enteraran muy pronto. Esa noche, el sacerdote casaría a Bree y Roger, que vivían juntos desde hacía un año, así como a otras dos parejas católicas de Bremerton... y también a Yocasta y Duncan Innes.

—Archie Hayes... —dije de pronto— ¿es católico?

Jamie colgó el pañal húmedo de una rama cercana. Luego se sacudió el agua de las manos.

—No se lo he preguntado —dijo—, pero creo que no. Es decir, su padre no lo era. Me sorprendería que lo fuera él, y más aún siendo oficial.

—Cierto.

Las desventajas de haber nacido escocés, pobre y exjacobino eran ya bastante abrumadoras; resultaba sorprendente que Hayes las hubiera superado para elevarse hasta su rango actual, sin la carga adicional del papismo.

No obstante, no era por el teniente Hayes y sus hombres por quienes yo estaba preocupada, sino por Jamie. De puertas afuera se lo veía tan sereno y seguro de sí mismo como de costumbre, con esa vaga sonrisa siempre escondida en los labios. Pero yo lo conocía muy bien; la noche anterior, mientras intercambiaba chistes y anécdotas con Hayes, había notado que los dos dedos rígidos de su mano derecha (mutilados en una prisión inglesa) se contraían contra su pierna. Incluso en ese mismo instante podía ver la fina arruga que se formaba en su ceño cuando estaba atribulado, y no tenía que ver con lo que andaba haciendo.

¿Sería, simplemente, porque le preocupaba la proclama? Yo no le veía sentido, puesto que ninguno de los nuestros había participado en los disturbios de Hillsborough.

—... presbiteriano —estaba diciendo. Me miró con una sonrisa irónica—. Como el pequeño Roger.

De pronto caí en la cuenta de qué era lo que me había estado importunando.

—Lo sabías —señalé—. *Sabías* que Roger no era católico. Viste cómo bautizaba a esa criatura de la Aldea de la Serpiente, cuando... se lo quitamos a los indios.

Demasiado tarde, vi cruzar una sombra por su cara y me mordí la lengua. Al quitarles a Roger, habíamos dejado en su lugar a Ian, el sobrino a quien Jamie tanto quería. La sombra duró un momento, luego sonrió, apartando el recuerdo de Ian.

—Lo sabía, sí —dijo.

—Pero Bree...

—Se habría casado con el muchacho aunque fuera hotentote —me interrumpió él—. Estaba claro. Y si he de ser franco, ni siquiera yo pondría muchas objeciones si lo fuera —agregó, para sorpresa mía.

—¿De veras?

Jamie se encogió de hombros. Luego cruzó el arroyo hacia la orilla donde yo me encontraba, al tiempo que se secaba las manos con el extremo de su manta.

—Es recto y bueno. Ha aceptado al niño como hijo suyo, sin decir una palabra del asunto a la muchacha. Es lo menos que debe hacer un hombre... pero no cualquiera lo hace.

Sin querer, miré a Jemmy, que se había acurrucado tan cómodo en mis brazos. Yo misma trataba de no pensar en eso, aunque de vez en cuando no podía dejar de analizar sus facciones, francamente simpáticas, en busca de alguna pista que identificara a su verdadero padre.

Dos días después de unirse a Roger y pasar una sola noche con él, Brianna había sido violada por Stephen Bonnet. No había modo de saber con certeza quién era el padre, y por ahora Jemmy no se parecía en absoluto a ninguno de los dos. En ese momento, se mordisqueaba el puño con cara de concentración; con su suave pelusa rojo-dorada, no se parecía a nadie tanto como al propio Jamie.

—Hum... ¿Y por qué tanta insistencia en que el sacerdote lo aprobara?

—De todas formas, se casarán —dijo él, con lógica—. Pero quiero que el pequeño reciba el bautismo católico. —Puso una manaza en la cabeza de Jemmy, alisando con el pulgar las diminutas cejas pelirrojas—. Se me ocurrió que, si yo alborotaba un poco por MacKenzie, aceptarían con gusto *an gille ruaidh* aquí, ¿no?

Riendo, cubrí con un pliegue de la manta los oídos de Jemmy.

—¡Y yo tan convencida de que Brianna había descubierto cómo eres!

—Y es cierto —dijo él, muy sonriente.

De pronto se inclinó para besarme. Su boca era suave y muy cálida. Sabía a pan con mantequilla; su cuerpo despedía un fuerte olor a hombre y a hojas frescas, con un leve efluvio de pañales.

—¡Oh, qué agradable! —dije con aprobación—. Hazlo de nuevo.

Alrededor del bosque todo estaba en silencio, como siempre ocurre en los bosques. No se oían pájaros ni bestias: por arriba, sólo el susurro del follaje, y el murmullo del agua bajo nuestros pies. Movimiento constante, sonido constante... y en el centro de todo, una paz perfecta. Aunque había mucha gente en la montaña y la mayoría no estaba tan lejos, en ese lugar, en ese momento, era como estar solos en Júpiter.

Abrí los ojos con un suspiro, percibiendo un sabor a miel. Con una sonrisa, Jamie me quitó una hoja amarilla del pelo. El bebé era un peso cálido en mis brazos, el centro del universo.

Ninguno de los dos habló, por no perturbar la quietud. Era como estar en el extremo de una peonza en movimiento: un torbellino de sucesos y personas que pasaban alrededor; un paso en cualquier dirección nos arrojaría de regreso a ese vertiginoso frenesí, pero allí, en el centro mismo... había paz.

Me estiré para sacudirle del hombro unas cuantas semillas de arce. Él me cogió la mano y se la llevó a la boca, con una fiereza súbita que me sobresaltó. Sin embargo, sus labios eran tiernos, caliente la punta de su lengua contra el montículo carnoso en la base del pulgar; monte de Venus, lo llaman: la sede del amor.

Cuando levantó la cabeza, sentí el frío repentino en mi mano, allí donde se veía la antigua cicatriz, blanca como un hueso. Una «J» trazada en la piel. Su marca sobre mí.

Apoyó la mano contra mi cara y yo la cubrí con la mía, como si pudiera sentir, contra mi fría mejilla, la descolorida «C» que él tenía en su palma. Aunque no dijimos nada, el voto estaba hecho, tal como lo hicimos en otros tiempos, en un lugar sagrado, con los pies en un trozo de roca viva en medio de las arenas movedizas que eran las amenazas de guerra.

No estaba cerca, aún no, pero yo la oía llegar en el redoblar de tambores y de proclamas; la veía en el destello del acero; sentía mi miedo hacia ella en el corazón y en los huesos cuando miraba a Jamie en la profundidad de sus ojos.

El frío pasó; la sangre caliente palpitaba en mi mano como para abrir aquella antigua cicatriz y verterse nuevamente por él. Llegaría sin que yo pudiera detenerla.

Pero esta vez no lo abandonaría.

Salí de entre los árboles siguiendo a Jamie; cruzamos un trecho de piedras, arena y pastos duros hacia un camino ya pisado que subía hasta nuestro campamento. En el trayecto, Jamie me comunicó que había invitado a otras dos familias a compartir con nosotros el desayuno. De nuevo, yo hacía cálculos mentales para que me bastara con lo que tenía.

—Robin McGillivray y Geordie Chisholm —dijo, apartando una rama para que yo pasara—. Me ha parecido que debíamos darles la bienvenida; tienen intenciones de instalarse en el cerro.

—¿De veras? —comenté, esquivando la rama que volvía hacia mí por detrás—. ¿Cuándo? ¿Y cuántos son?

Eran preguntas importantes. El invierno estaba cerca, demasiado cerca como para que fuera posible edificar ni aun la más tosca de las cabañas que les sirviera de alojamiento. Si en esos días alguien venía a las montañas, lo más probable es que tuviera que vivir con nosotros en la casa grande, o bien apiñarse en una de las cabañas para pobladores que sembraban el cerro. Si era necesario, los escoceses de las Highlands eran capaces de compartir una sola habitación entre diez. Como inglesa, yo no tenía el sentido de la hospitalidad tan desarrollado y esperaba que eso no fuera necesario.

—Los McGillivray, seis; los Chisholm, ocho —respondió Jamie, sonriente—. Pero los McGillivray no llegarán hasta la primavera. Robin es armero y tiene trabajo en Cross Creek durante el invierno. Su familia vivirá en Salem con unos familiares hasta que pase el frío; su esposa es alemana.

—Ah, qué bien —contesté mientras calculaba: así que catorce más para desayunar; además, Jamie y yo, Roger y Bree,

Marsali y Fergus, Lizzie y su padre... Abel MacLennan, no debía olvidarme de él. Ah, y también el joven soldado que había rescatado a Germain. La suma daba veinticuatro.

—Iré a pedir a mi tía que me preste un poco de café y arroz, ¿de acuerdo?

Jamie había estado interpretando la creciente consternación de mis facciones. Con una gran sonrisa, alargó los brazos para recibir al bebé.

—Dame al pequeño para que lo lleve de visita; así tendrás las manos libres para cocinar.

Los seguí con la vista, con una ligera sensación de alivio. Sola, siquiera por algunos momentos. Inspiré hondo el aire húmedo, mientras cobraba conciencia del suave tamborileo de la lluvia contra mi capucha.

Me encantaban las congregaciones y las reuniones sociales, aunque tenía que admitir que la tensión de la compañía constante durante varios días seguidos me ponía de los nervios. Después de pasar una semana entre visitas, cotilleos y consultas médicas diarias y de atravesar pequeñas pero continuas crisis, me habría gustado cavar un pequeño hoyo bajo un tronco para meterme en él, sólo por pasar un cuarto de hora en soledad.

Pero en ese momento parecía que iba a ahorrarme el esfuerzo. De más arriba llegaban voces, llamadas y fragmentos de música de gaitas; la reunión, perturbada por la proclama del gobernador, empezaba a recuperar su ritmo normal; todo el mundo regresaba al hogar familiar, al claro donde se celebraban las competiciones, a los corrales para ganado más allá del arroyo, o a las carretas instaladas para vender cualquier cosa, desde cintas y mantequeras hasta polvo de cemento y limones frescos... o al menos relativamente frescos. Por ahora nadie me necesitaba.

Sería un día muy atareado y ésa bien podía ser mi única oportunidad de estar a solas en toda una semana o más. Ése era el tiempo que requeriría el viaje de regreso, avanzando a paso lento con un grupo numeroso, que incluía a bebés y carretas. La mayoría de los nuevos arrendatarios no tenían caballos ni mulas, así que harían el trayecto a pie.

Necesitaba un minuto para mí misma, a fin de reunir fuerzas y concentrar la mente. Aun así, en ese instante era incapaz de centrarme en la logística del desayuno, en las bodas, ni siquiera en la inminente operación quirúrgica que pensaba realizar. Miraba más adelante, más allá del viaje; anhelaba estar en casa.

El Cerro de Fraser era un sitio elevado en las montañas de occidente —mucho más allá de cualquier población y aun de cualquier ruta establecida—, un lugar remoto y aislado; teníamos pocos visitantes. Y éramos pocos, aunque la población del cerro iba en aumento; más de treinta familias habían venido a instalarse en las tierras otorgadas a Jamie, bajo su patrocinio. En su mayoría eran hombres a quienes él había conocido durante su encarcelamiento en Ardsmuir. Se me ocurrió que Chisholm y McGillivray debían de ser también exconvictos; Jamie había extendido una invitación permanente a todos esos hombres. Y la mantendría en pie, cualesquiera que fuesen los costos de ayudarlos, pudiéramos afrontarlos o no.

Un cuervo pasó en silencioso vuelo, lento y pesado, con las plumas cargadas de lluvia. Los cuervos eran aves de agüero; me pregunté si ése representaba algo bueno o algo malo. Debía de ser un presagio especial, pues era raro que un ave volara con ese tiempo.

Me golpeé la cabeza con el canto de la mano, tratando de ahuyentar la superstición. ¡Si vives por un tiempo con escoceses de las Highlands, hasta la última piedra y el último árbol pasan a tener algún significado!

Y tal vez así era. Aun rodeada de gente en esa montaña, me sentía casi sola, amparada por la lluvia y la bruma. Todavía hacía frío, pero yo no lo sentía. La sangre palpitaba cerca de la piel; sentí crecer el calor en mis palmas. Alargué una mano hacia el pino que se erguía a mi lado, con gotas de agua temblando en cada aguja, negra la corteza de puro mojada. Aspiré su aroma, dejando que el agua, fresca como el vapor, me tocara la piel. La lluvia caía a mi alrededor, silenciosa, mojándome la ropa hasta hacer que se me adhiriera suavemente, como nubes contra la montaña.

Cierta vez, Jamie me había dicho que necesitaba vivir en las montañas; ahora yo sabía por qué, aunque no pudiera expresar la idea en palabras. Todos mis pensamientos dispersos se retiraron mientras escuchaba, atenta a la voz de las rocas y los árboles... Y oí la campana de la montaña que tañía una sola vez, muy hondo, por debajo de mis pies.

Podría haber pasado algún tiempo así hechizada, olvidando por completo el desayuno, pero las voces de las rocas y los árboles desaparecieron ante el repiqueteo de pisadas en el sendero cercano.

—Señora Fraser.

Era Archie Hayes en persona, resplandeciente con su sombrero y su espada, pese a la humedad. Si le sorprendió verme sola de pie junto al sendero, no lo demostró. En cambio inclinó la cabeza en un saludo cortés.

—Teniente. —Yo también me incliné, sintiendo que me ruborizaba como si me hubiera sorprendido en pleno baño.

—¿Está por aquí su esposo, señora? —me preguntó, con aire indiferente.

Pese a mi azoramiento sentí una punzada de desconfianza. El joven cabo MacNair había venido en busca de Jamie y no había logrado que lo acompañara. Si la montaña venía a Mahoma, no se trataba de algo indiferente. ¿Acaso Hayes intentaba arrastrar a Jamie a una persecución tras los reguladores?

—Supongo que sí. En realidad, no sé dónde está —dije, haciendo un esfuerzo consciente por no mirar colina arriba, hacia el punto entre los castaños donde asomaba un pico de lona de la gran tienda de Yocasta.

—Sí, supongo que ha de estar muy ocupado —dijo Hayes, sin alterarse—. Un hombre como él, en el último día del encuentro, debe de tener mucho que hacer.

—Sí, supongo que... eh... sí.

La conversación murió.

Quedé en un estado de inquietud creciente, preguntándome cómo diablos me libraría de invitar al teniente a desayunar. Ni siquiera una inglesa podía cometer la grosería de no ofrecer comida sin provocar comentarios.

—Eh... el cabo MacNair ha dicho que usted deseaba ver también a Farquard Campbell —comenté, cogiendo el toro por los cuernos—. Puede que Jamie haya ido a hablar con él. Con el señor Campbell, quiero decir.

Como si tratara de ayudarlo, le indiqué el campamento de los Campbell, que estaba en el extremo opuesto de la pendiente, a unos cuatrocientos metros del de Yocasta.

Hayes parpadeó; las gotas de lluvia cayeron de sus pestañas y se deslizaron por sus mejillas.

—Sí —dijo—. Podría ser. —Se demoró un momento más antes de levantarse la gorra para saludarme—. Buenos días, señora.

Se alejó camino arriba... hacia la tienda de Yocasta. Lo seguí con la vista, perdida toda sensación de paz.

—¡Mierda! —dije por lo bajo.

Y me puse en marcha para ocuparme del desayuno.

# 2

## *Los panes y los peces*

Habíamos escogido un sitio apartado del sendero principal, pero situado en un pequeño claro rocoso, con buena vista al ancho ribazo del arroyo. Mirando hacia abajo, a través de una cortina de acebos, distinguí los destellos del tartán verde y negro, al dispersarse los últimos soldados. Archie Hayes instaba a sus hombres a mezclarse con la gente de la reunión, y la mayoría de ellos obedecía de muy buen grado.

No sabría decir si Archie dictaba esta política como una treta, por penuria o por simple humanidad. Muchos de sus soldados eran jóvenes que se encontraban lejos de sus casas y sus familias; para ellos era una alegría volver a oír voces escocesas, ser bien recibidos junto al fuego del hogar, con el ofrecimiento de *brose* y gachas, y regodearse en la momentánea calidez de la familia.

Al salir de entre los árboles, vi que Marsali y Lizzie se afanaban por atender al tímido joven que había sacado a Germain del arroyo. Fergus, de pie junto a la fogata, despedía volutas de vapor de sus prendas húmedas, murmurando en francés mientras, con una sola mano, frotaba con brío la cabeza a Germain con una toalla. Tenía el garfio apoyado contra el hombro del pequeño, para mantenerlo quieto, y la cabeza rubia se bamboleaba de un lado a otro. El niño, con la cara serena, no prestaba ninguna atención a las regañinas paternas.

Ni Roger ni Brianna estaban a la vista, pero me alarmó ver a Abel MacLennan sentado al otro lado del claro, mordisqueando un trozo de pan tostado en el extremo de un palo. Jamie había regresado con las provisiones que había pedido prestadas y las estaba desenvolviendo en el suelo, junto al fuego. Aunque tenía el ceño fruncido, al verme cambió el gesto por una sonrisa.

—¡Por fin llegas, Sassenach! —dijo, levantándose—. ¿Por qué has tardado tanto?

—¡Oh!, es que en el sendero me he encontrado con un conocido —dije, dirigiendo una mirada expresiva al joven soldado.

Pero por lo visto no fue lo suficientemente expresiva, pues Jamie juntó las cejas, intrigado.

—El teniente te está buscando —siseé, inclinándome hacia él.

—Pero si eso ya lo sé, Sassenach —replicó él, con voz normal—. Y me hallará bastante pronto.

—Sí, pero...

Carraspeé, enarcando las cejas y mirando alternativamente y con intención a Abel MacLennan y al joven soldado. Jamie, con su concepto de la hospitalidad, no toleraría que arrancaran a sus huéspedes de su casa, y yo suponía que el mismo principio se aplicaba también a la fogata de su campamento. Al joven soldado podía resultarle incómodo arrestar a MacLennan, aunque seguro que el teniente no vacilaría.

Jamie puso cara de diversión. Enarcando también las cejas, me cogió de un brazo para llevarme hacia el joven.

—Querida mía —dijo, muy formal—, permíteme presentarte al recluta Andrew Ogilvie, de la aldea de Kilburnie. Recluta Ogilvie, mi esposa.

El joven, rubicundo y con el pelo oscuro y rizado, me hizo una reverencia al tiempo que se sonrojaba.

—¡A su servicio, señora!

Jamie me apretó apenas el brazo.

—El recluta Ogilvie me estaba diciendo que el regimiento se dirige hacia Portsmouth, en Virginia... donde se embarcará rumbo a Escocia. Supongo que se alegrará de volver a la patria, ¿verdad, muchacho?

—¡Oh, sí, señor! —aseguró fervorosamente el soldado—. El regimiento se licencia en Aberdeen. Y luego me iré a casa, tan rápido como me lo permitan las piernas.

—¿Conque el regimiento va a licenciarse? —preguntó Fergus, acercándose para participar en la conversación, con una toalla al cuello y Germain en los brazos.

—Sí, señor. Ahora que los franchutes... eh... con perdón, señor... están apaciguados y los indios a salvo, no tenemos nada que hacer aquí. Y la Corona no nos paga por quedarnos de brazos cruzados —respondió el joven, melancólico—. Bien mirado, la paz puede ser algo bueno y no deja de alegrarme. Pero no se puede negar que es difícil para el militar.

—Casi tan difícil como la guerra, ¿no? —replicó Jamie, seco.

El muchacho enrojeció; joven como era, no podía haber visto mucho en materia de combate. La guerra de los Siete Años había terminado casi una década atrás, cuando con toda probabilidad el recluta Ogilvie aún correteaba descalzo por Kilburnie.

Sin prestar atención al bochorno del joven, Jamie se volvió hacia mí.

—Me ha dicho —añadió— que el 67 es el único regimiento que queda en las colonias.

—¿El último regimiento escocés? —pregunté.

—No, señora: el último de las tropas regulares de la Corona. Supongo que hay guarniciones aquí y allá, aunque todos los regimientos permanentes han sido convocados a Inglaterra o a Escocia. Somos los últimos... y, además, vamos con retraso. Deberíamos haber embarcado en Charleston, sólo que allí las cosas se pusieron feas, de modo que vamos de camino a Portsmouth tan rápido como seamos capaces. El año ya está avanzado, pero el teniente ha sabido de un barco que podría arriesgarse a hacer la travesía para llevarnos. Si no... —Se encogió de hombros, tomándoselo con apenada filosofía—. Si no, pasaremos el invierno en Portsmouth, supongo, y nos las apañaremos como podamos.

—¿Así que Inglaterra piensa dejarnos sin protección? —Marsali parecía bastante escandalizada por la idea.

—¡Oh!, no creo que haya ningún peligro serio, señora —la tranquilizó el recluta—. Hemos llegado a un acuerdo definitivo con los franchutes. Y si ellos no arman revuelo, los indios no podrán hacer gran cosa. Hace tiempo que todo está tranquilo y sin duda así seguirá.

Hice un pequeño ruido en el fondo de la garganta; Jamie me apretó levemente el codo.

—¿Y no ha pensado usted en quedarse, quizá? —Lizzie, que había estado mondando y rallando patatas mientras escuchaba, dejó el cuenco lleno de relucientes hilachas blancas junto al fuego y comenzó a engrasar la sartén—. Quedarse en las colonias, quiero decir. Aún queda mucha tierra hacia poniente.

—¡Ah...! —El recluta Ogilvie miró desde arriba el pañuelo blanco, pudorosamente inclinado hacia la faena, y volvió a ruborizarse—. Bueno, reconozco que he oído perspectivas peores, señorita. Pero me temo que debo irme con mi regimiento.

Lizzie cogió dos huevos y los rompió con un golpe limpio contra el costado del cuenco. Su cara, por lo general pálida como el suero, tenía un leve reflejo rosado del intenso rubor del recluta.

—¡Oh!, bueno, es una pena que deba irse tan pronto —comentó. Sus rubias y largas pestañas rozaban sus mejillas—. De cualquier modo, no lo dejaremos ir con el estómago vacío.

Ogilvie enrojeció un poco más a la altura de las orejas.

—Es... usted muy amable, señorita. Muy amable.

Lizzie levantó tímidamente la vista y su arrebol se acentuó.

Jamie se disculpó con una suave tos y se alejó de la fogata, llevándome consigo.

51

—¡Jesús! —dijo por lo bajo, inclinándose para que yo lo oyera—. ¡Y no hace ni un día que se ha hecho mujer! ¿Le has estado dando lecciones, Sassenach, o todas las mujeres nacen así?

—Supongo que es un talento natural —dije, circunspecta.

En realidad, el inesperado advenimiento de la primera menstruación de Lizzie tras la cena de la noche anterior había sido la gota que colmó el vaso respecto a los paños limpios, precipitando el sacrificio de mis enaguas. Naturalmente, Lizzie no había llevado consigo paños menstruales y no quise obligarla a usar pañales de bebé.

—Mmfm... Supongo que debo comenzar a buscarle marido —comentó Jamie, resignado.

—¡Marido! Pero ¡si apenas tiene quince años!

—¿Ah, sí? —Echó un vistazo a Marsali, que frotaba el pelo oscuro de Fergus con una toalla, y lo desvió hacia Lizzie y el soldado; luego me dirigió una mirada cínica, con una ceja enarcada.

—Pues, sí —repliqué, algo molesta—. Es cierto que Marsali sólo tenía quince años cuando se casó con Fergus, pero eso no significa...

Jamie prosiguió, descartando por ahora a Lizzie:

—El hecho es que el regimiento parte mañana hacia Portsmouth; así que no tienen tiempo ni voluntad de atender ese asunto de Hillsborough. Eso le incumbe a Tryon.

—Pero lo que Hayes dijo...

—¡Oh!, no dudo que, si alguien le dice algo, él enviará las declaraciones a New Bern. Pero, por su parte, no creo que le interese mucho si los reguladores incendiaron el palacio del gobernador, mientras eso no le impida embarcarse a tiempo.

Dejé escapar un profundo suspiro, tranquilizada. Si Jamie estaba en lo cierto, lo último que haría Hayes sería tomar prisioneros, cualesquiera que fuesen las pruebas que tuviera. MacLennan estaba a salvo.

—Pero en ese caso, ¿para qué os quiere Hayes, a ti y a los otros? —pregunté mientras me agachaba para revolver en una de las cestas de mimbre, en busca de otra hogaza de pan—. Te está buscando, sí, y personalmente.

Jamie echó una mirada por encima del hombro, como si esperara ver aparecer al teniente entre los acebos. Como el fondo de erizado verdor permanecía intacto, se volvió hacia mí con el ceño algo fruncido.

—No lo sé —dijo, negando con la cabeza—, pero no tiene nada que ver con este asunto de Tryon. De ser así, podría habérmelo dicho anoche. Más aún: si se interesara por el asunto, no habría dejado de decírmelo. No, Sassenach, puedes creerlo: para el pequeño Archie Hayes, los alborotadores no son más que un deber que cumplir. En cuanto a por qué me busca... —Estiró un brazo por encima de mi hombro para pasar un dedo por el borde del tarro de miel—. No quiero pensar en eso antes de lo necesario. Me quedan tres toneles de whisky; antes de que caiga la noche tengo que haberlos convertido en un arado, una hoja de guadaña, tres cabezas de hacha, cinco kilos de azúcar y un astrolabio. Es un juego de magia que requiere cierta atención, ¿no crees?

Después de pasarme con gesto dulce el dedo pringoso por los labios, me levantó la cabeza para besarme.

—¿Un astrolabio? —dije, paladeando la miel. Le devolví el beso—. ¿Para qué?

—Y luego quiero volver a casa —susurró sin prestar atención a mi pregunta. Tenía la frente apretada contra la mía y sus ojos estaban muy azules—. Quiero acostarme contigo... en mi lecho. Y voy a pasar el resto del día pensando en lo que te haré una vez que te tenga allí. Así que el pequeño Archie puede irse a jugar a las canicas con sus huevos, ¿de acuerdo?

—Excelente idea —susurré—. ¿Quieres decírselo tú mismo?

Había visto un destello de tartán verde y negro al otro lado del claro, pero cuando Jamie irguió la espalda y se volvió, vi que nuestro visitante no era el teniente Hayes, sino John Quincy Myers, que llevaba una manta escocesa de soldado envuelta a la cintura, con los extremos flameando libremente en la brisa.

Esto añadía un nuevo toque de color a la vestimenta de Myers, de por sí llamativa. Enorme como era, resultaba difícil no verlo; iba decorado, de la cabeza a los pies, con un sombrero gacho, atravesado por varias agujas y una pluma de pavo; con dos plumas de faisán anudadas a su largo pelo negro, un chaleco de púas secas de puercoespín sobre la camisa adornada de cuentas, sus habituales gregüescos y varias sartas de campanillas enroscadas a las calzas.

—¡Amigo James! —Al ver a Jamie se adelantó deprisa, con una amplia sonrisa, extendida la mano y haciendo sonar las campanillas—. ¡Suponía que te encontraría desayunando!

Mi esposo parpadeó un poco ante esta aparición, pero respondió con cordialidad al apretón de manos del gigante.

—Sí, John. ¿Quieres acompañarnos?

—Eh... sí —me sumé, echando una mirada clandestina a la cesta de la comida—. Quédese, por favor.

John Quincy me hizo una ceremoniosa reverencia, al tiempo que se quitaba el sombrero.

—A su servicio, señora, y muy agradecido. Tal vez más tarde. Ahora he venido para llevarme al señor Fraser. Lo necesitan con urgencia.

—¿Quién? —preguntó Jamie, cauteloso.

—Robbie McGillivray, dice llamarse. ¿Lo conoces?

—Sí, claro que sí. —Fuera lo que fuese lo que Jamie sabía de ese tal McGillivray, hizo que buscara en el pequeño arcón donde guardaba sus pistolas—. ¿Qué sucede?

—Bueno... —John Quincy se rascó meditativamente la poblada barba negra—. Fue su esposa quien me pidió que viniera a por ti. Y como ella no habla lo que se dice un buen inglés, puede que haya confundido un poco el relato. Pero, según creo, cierto rastreador de criminales apresó a su hijo con la excusa de que el muchacho era uno de los rufianes que alborotaron en Hillsborough, y tiene intenciones de llevarlo a la cárcel de New Bern. Sólo que Robbie dice que nadie va a llevarse a un hijo suyo y... Bueno, a partir de ahí la pobre mujer se aturulló y ya no pude entenderle una palabra. Sin embargo, creo que Robbie estaría muy agradecido si pudieras ir a ayudarlo.

Jamie cogió la chaqueta verde de Roger, colgada de una mata a la espera de que le limpiaran las manchas de sangre. Después de ponérsela, se sujetó la pistola recién cargada bajo el cinturón.

—¿Adónde? —preguntó.

Myers hizo un breve gesto con uno de sus grandes pulgares y se adentró entre los acebos, con Jamie pisándole los talones. Fergus, que había estado escuchando el diálogo con Germain en brazos, dejó al niño junto a los pies de Marsali.

—Debo ir a ayudar al *grand-père* —le dijo. Luego cogió un palo entre la leña y lo puso en manos de su hijo—. Tú quédate; protege a *maman* y a la pequeña Joan contra la gente mala.

—*Oui, papa.* —Con un gesto ferozmente ceñudo bajo el flequillo rubio, Germain asió el palo con firmeza, disponiéndose a defender el campamento.

Marsali, MacLennan, Lizzie y el recluta Ogilvie habían asistido a la escena con expresión vacua. Cuando Fergus se adentró con paso decidido en los arbustos tras coger otro leño, el soldado volvió a la vida, moviéndose con inquietud.

—Eh... —dijo—. Quizá debería ir a por mi sargento, ¿no le parece, señora? Si hay algún disturbio...

54

—No, no —dije a toda prisa. Lo último que necesitábamos era que Archie Hayes y su regimiento se presentaran en masa. Se trataba de ese tipo de situaciones en las que es mejor que todo sea extraoficial—. Estoy segura de que todo saldrá bien. Sin duda es sólo un malentendido. El señor Fraser lo resolverá personalmente. No tema.

Mientras hablaba, yo iba bordeando con sigilo la fogata para acercarme hacia el lugar donde había dejado mis útiles médicos, protegidos de la llovizna bajo una lona. Tras meter la mano por debajo del borde, cogí mi pequeño equipo de emergencia.

—Lizzie, ¿por qué no ofreces al recluta Ogilvie un poco de compota de fresas para su tostada? Y seguramente al señor Mac-Lennan le gustará poner un poco de miel en su café. Me disculpa, ¿verdad, señor MacLennan? Debo ir a... eh...

Con una sonrisa tonta, me escurrí entre las hojas de acebo. Mientras las ramas crujían detrás de mí, me detuve para orientarme. El viento lluvioso me trajo un leve retintín de campanillas. Girando hacia el sonido, eché a correr.

El camino era difícil. Cuando los alcancé, ya cerca del campo de competición, estaba sin aliento y sudorosa por el ejercicio. Aquello no había hecho más que comenzar; me llegó el zumbido de las conversaciones entre la multitud de hombres que se estaban reuniendo, pero aún no había gritos de aliento ni aullidos de desencanto. Unos cuantos ejemplares corpulentos iban de un lado a otro, desnudos hasta la cintura y balanceando los brazos para entrar en calor: eran los fortachones de diferentes asentamientos.

Había empezado a lloviznar otra vez; la humedad relucía en los hombros curvos y aplastaba en remolinos el oscuro vello contra la piel clara de pechos y antebrazos. No obstante, no tuve tiempo para apreciar el espectáculo; John Quincy se abría paso con habilidad entre los apretados grupos de espectadores y competidores, saludando cordialmente con la mano a los conocidos mientras pasábamos. En el lado opuesto de la multitud, un hombre menudo se separó de la masa para correr a nuestro encuentro.

—¡Mac Dubh! Has venido. ¡Gracias por molestarte!

—No es molestia, Robbie —le aseguró Jamie—. ¿Qué es lo que pasa?

McGillivray, visiblemente atribulado, echó un vistazo a los participantes y a sus hinchas, luego señaló con la cabeza los árboles cercanos. Lo seguimos, sin llamar la atención de la muchedumbre que se reunía en torno a dos grandes piedras envueltas en cuerdas; supuse que algunos de los fortachones iban a levantarlas a manera de proeza.

—¿Es por tu hijo, Rob? —preguntó Jamie, esquivando una rama de pino cargada de agua.

—Sí —respondió el hombrecito—. Es decir, ya no.

Eso sonó muy siniestro. Vi cómo la mano de Jamie acariciaba la culata de su pistola, mientras la mía se dirigía a mi instrumental médico.

—¿Qué ha pasado? —pregunté—. ¿Está herido?

—Él no —fue la críptica respuesta. Y McGillivray se inclinó para pasar bajo una arqueada rama de castaño, de la que colgaba una enredadera escarlata.

Atrás había un pequeño espacio abierto —era tan pequeño que no llegaba a ser un claro—, erizado en pastos secos y pinos tiernos. Mientras Fergus y yo nos agachábamos para pasar bajo la enredadera siguiendo a Jamie, una mujer corpulenta que vestía ropas de confección casera vino hacia nosotros; sus hombros se abultaron al levantar la rama de árbol que aferraba en una mano, pero al ver a McGillivray se relajó un poco.

—*Wer ist das?* —preguntó, mirándonos con suspicacia.

En ese momento John Quincy pasó por debajo de la enredadera. Ella bajó su garrote; sus facciones, sólidas y agradables, se calmaron todavía más.

—¡Ja, Myers! Me traes a *den* Jamie, *oder?* —Me miró con curiosidad, aunque estaba demasiado interesada en Fergus y Jamie como para prestarme demasiada atención.

—Sí, amor mío. Éste es Jamie Roy; *Sheumais Mac Dubh.* —McGillivray se apresuró a atribuirse la aparición de Jamie, apoyándole respetuosamente una mano en la manga—. Ute, mi esposa, Mac Dubh. Y el hijo de Mac Dubh —añadió, señalando a Fergus con un vago ademán.

Ute McGillivray parecía una valkiria a dieta de almidón: alta, muy rubia y muy fuerte.

—A su servicio, señora —saludó Jamie al tiempo que se inclinaba.

—*Madame...* —añadió Fergus, con una pronunciada reverencia cortesana.

La señora McGillivray les respondió con una profunda inclinación, sin apartar la vista de las visibles manchas de sangre que surcaban la chaqueta de Jamie... o mejor dicho, de Roger.

—*Mein Herr* —murmuró, con aire impresionado.

Luego se volvió para llamar por señas a un joven de diecisiete o dieciocho años, que había estado acechando algo más
atrás. Era menudo, fibroso y moreno, tan parecido a su padre que
a duras penas se podría haber dudado de su identidad.

—Manfred —anunció su madre, orgullosa—. *Mein* muchacho.

Jamie inclinó la cabeza en un grave saludo.

—Encantado, señor McGillivray.

—Eh... a su servicio, señor. —El jovencito parecía indeciso,
pero alargó la mano.

—Es un placer conocerlo, señor —le aseguró mi esposo,
estrechándosela.

Una vez cumplidas las formalidades, recorrió brevemente
con la vista aquel lugar tranquilo, con una ceja enarcada.

—Me han informado de que ha sufrido alguna molestia por
parte de un rastreador de criminales. ¿Debo entender que el asunto está resuelto? —Miró con aire interrogativo a los McGillivray,
padre e hijo.

Los tres miembros de la familia intercambiaron miradas. Por
fin Robin tosió como pidiendo disculpas.

—Bueno, Mac Dubh, no se puede decir que esté resuelto. En
realidad...

Dejó la frase en el aire; a sus ojos volvió la expresión atribulada. Su mujer le clavó una mirada severa; luego se volvió
hacia Jamie.

—*Ist kein* molestia —le dijo—. *Ich haf den* pequeño asunto
listo. Sólo queremos saber cómo esconder *den Korpus*.

—¿El... cuerpo? —repetí, bastante sofocada.

Hasta Jamie parecía algo perturbado.

—¿Lo has matado, Rob?

—¿Yo? —McGillivray se mostró espantado—. Por todos los
santos, Mac Dubh, ¿por quién me tomas?

Jamie volvió a enarcar una ceja; estaba claro que la posibilidad de que McGillivray cometiera un acto violento no le parecía del todo descabellada. El hombrecillo tuvo la decencia de
avergonzarse.

—Bueno, supongo que podría haber... que en efecto... Pero
¡ese asunto de Ardsmuir, Mac Dubh, ocurrió hace mucho y es
agua pasada! ¿Verdad?

—Verdad —dijo Jamie—. Pero ¿qué me dices de ese rastreador? ¿Dónde está?

Una risita sofocada detrás de mí hizo que me diera la vuelta
y descubriera allí al resto de la familia McGillivray, silenciosa

hasta entonces. Se trataba de tres jovencitas, sentadas en hilera encima de un tronco caído. Iban inmaculadamente ataviadas con pulcros delantales y cofias blancas, apenas ajadas por la lluvia.

—*Meine* niñas —anunció la señora, moviendo la mano hacia ellas. No era necesario, pues las tres muchachas parecían versiones reducidas de ella misma—. Hilda, Inga *und* Senga.

Fergus les dedicó una elegante reverencia.

—*Enchanté, mes demoiselles.*

Las niñas, entre risitas agudas, inclinaron la cabeza a modo de respuesta, pero sin levantarse, lo cual me pareció extraño. Entonces noté que algo raro sucedía bajo las faldas de la mayor; era una especie de bulto que se agitaba acompañado por un gruñido ahogado. Hilda clavó con ganas su talón en lo que fuera, sin dejar de sonreírme de oreja a oreja.

Se oyó otro gruñido, esta vez mucho más audible, proveniente de debajo de sus faldas. Jamie dio un respingo y se volvió hacia ella. Siempre con su alegre sonrisa, Hilda se inclinó para recoger con delicadeza el borde de su falda, bajo la cual se vio una cara frenética, dividida en dos por una tira de paño oscuro atada alrededor de la boca.

—Es él —dijo Robbie, que parecía compartir el talento de su esposa para exponer lo obvio.

—Ya veo. —Jamie contrajo levemente los dedos contra el costado de su kilt—. Eh... podríamos dejarlo salir, ¿no?

Robbie hizo un gesto a las niñas, que se levantaron a una y se hicieron a un lado, dejando al descubierto a un hombrecito, tendido contra el tronco, atado de pies y manos con algo que parecía medias de mujer, y amordazado con un pañuelo. Estaba mojado, cubierto de barro y algo magullado.

Myers se inclinó para cogerlo por el cuello y alzarlo.

—Bueno, no parece gran cosa —dijo con aire crítico, mirándolo con los ojos entornados, como si evaluara una piel de castor mala—. Se diría que lo de cazar criminales no está tan bien pagado como uno cree.

En realidad, el hombre era bastante esmirriado y estaba harapiento, además de desaliñado, furioso... y asustado. Ute lanzó un bufido de desprecio.

—*Saukerl!* —exclamó, escupiendo directamente a las botas del prisionero. Luego se volvió hacia Jamie, llena de encanto—. Bien, *mein Herr.* ¿Cómo cree que deberíamos matarlo?

El rastreador abrió mucho los ojos, retorciéndose entre las manos de Myers. Se arqueaba de un lado a otro, conforme emitía gemidos frenéticos a través de la mordaza. Jamie lo observó de pies a cabeza, frotándose la boca con un nudillo. Luego, se dirigió a Robbie, que se encogió apenas de hombros y miró de soslayo a su esposa, como si pidiera disculpas.

Mi marido carraspeó.

—¡Mmfm! ¿Quizá ya tenía alguna idea, señora?

Ante esa muestra de solidaridad con sus intenciones, Ute, radiante, extrajo un largo puñal de su cinturón.

—Pensaba que se podría destripar, *wie ein Schwein, ja?* Pero mire.

Pinchó con tiento al prisionero entre las costillas. El hombre lanzó un chillido a través de la mordaza mientras en la camisa harapienta florecía una pequeña mancha de sangre.

—Mucha *Blut* —explicó ella, con un mohín de desencanto. Señaló con un ademán hacia los árboles. Más allá, el espectáculo de levantamiento de piedras parecía estar en plena marcha—. *Die Leute volerá.*

—¿*Volerá?* —Desvié la vista hacia Jamie, pensando que se trataba de alguna desconocida expresión alemana. Él carraspeó, frotándose la nariz con una mano—. ¡Ah!, olerá —exclamé, esclarecida—. Sí, supongo que sí.

—Si no desean llamar la atención, tampoco convendría matarlo de un disparo —consideró Jamie, pensativo.

—Yo voto por que le partamos la crisma —dijo Robbie McGillivray, observando apreciativamente al hombre maniatado—. Eso es bastante fácil.

—¿Te parece? —Fergus entornó los ojos, concentrándose—. Yo creo que es mejor matarlo a cuchillo. Si se lo clavas en el lugar correcto, no sale tanta sangre. En el riñón, justo debajo de las costillas, por atrás, ¿eh?

A juzgar por los insistentes sonidos que provenían de la mordaza, el cautivo parecía rechazar las sugerencias. Jamie se frotó el mentón, dubitativo.

—Bueno, no es tan difícil —reconoció—. También podríamos estrangularlo. Claro que movería los intestinos. Y si queremos evitar el olor, aun aplastándole el cráneo... Pero dime, Robbie, ¿cómo ha llegado este hombre hasta aquí?

—¿Eh? —McGillivray parecía perplejo.

—¿Tu campamento no está cerca? —Mi esposo señaló con un breve ademán el diminuto claro, para explicarse. No había rastros de fogata; en realidad, nadie había acampado en ese lado del arroyo. Sin embargo, todos los McGillivray estaban allí.

—¡Oh, no! —La comprensión alumbró las enjutas facciones de Robbie—. No, nuestro campamento está algo más arriba. Sólo vinimos para hacer una pequeña prueba con las pesas —explicó, apuntando hacia el campo de competición—. Y este condenado buitre vio a nuestro Freddie y se apoderó de él como para llevárselo a rastras.

Dirigió una mirada de encono al prisionero. Entonces vi que de su cinturón pendía una cuerda, como si fuera una víbora. A poca distancia, en el suelo, había un par de esposas de hierro; el metal oscuro ya tenía un encaje de herrumbre anaranjada por la humedad.

—Le vimos apresar a nuestro hermano —intervino Hilda—. Entonces, nosotras lo agarramos y lo empujamos hasta aquí, donde nadie pudiera verlo. Como dijo que pensaba entregárselo al comisario, mis hermanas y yo lo derribamos y nos sentamos sobre él. Mamá le dio unos cuantos puntapiés.

Ute le dio a su hija unas palmaditas afectuosas en el robusto hombro.

—Son *gut Mädchen*, fuertes, *meine* niñas —dijo a Jamie—. Vinimos *fer hier die Wettkämpfer*, tal vez escoger esposo para Inga o Senga. Hilda tiene *einen Mann* ya prometido —añadió, con aire de satisfacción.

Observó a Jamie sin ningún disimulo, demorando la mirada aprobatoria en su estatura, la amplitud de sus hombros y la prosperidad general de su aspecto. Luego me dijo:

—Buen *Mann*, grande, el tuyo. ¿Tienes hijos varones?

—No, lo siento —me disculpé—. Eh... Fergus está casado con la hija de mi esposo —añadí, viendo que su mirada evaluadora pasaba a él.

El rastreador de criminales pareció percatarse de que nos estábamos desviando del tema y volvió a concentrar la atención sobre sí, con un chillido de indignación a través de la mordaza. Su cara, que había palidecido ante el análisis de su teórica defunción, estaba roja de nuevo; tenía el pelo pegado a la frente, formando púas.

—¡Ah, sí! —exclamó Jamie—. ¿Por qué no permitimos que el caballero diga lo que tenga que decir?

Ante eso, Robbie entornó los ojos, pero asintió de mala gana. A esas alturas las competiciones estaban bastante avanzadas y del campo emanaba un bullicio considerable. Nadie oiría un grito aislado.

—¡No permita que me maten, señor! Bien sabe que eso no es del todo correcto. —Ronco por la dura prueba vivida, en cuanto le quitaron la mordaza, el hombre dirigió su apelación a Jamie—. Sólo cumplo con mi deber al poner a los delincuentes en manos de la justicia.

—¡Ja! —exclamaron de inmediato todos los McGillivray.

Por unánime que pareciera el sentimiento, su expresión se desintegró de inmediato en una serie de palabrotas, opiniones y puntapiés dirigidos a las pantorrillas del caballero por parte de Inga y Senga.

—¡Basta! —ordenó Jamie, elevando la voz lo suficiente para hacerse oír por encima del alboroto. Como no obtuvo resultados, cogió al joven McGillivray por el cuello, bramando a todo pulmón—: *Ruhe!*

Esto provocó un sorprendido silencio y una serie de miradas culpables en dirección al campo donde se celebraban las competiciones.

—Bien —dijo mi marido con firmeza—. Myers, trae al caballero, ¿quieres? Rob, Fergus, acompañadme. *Bitte, madame?*

Y se inclinó ante la señora. Ella lo miró parpadeando, pero luego hizo un lento gesto de aquiescencia. Jamie desvió la mirada hacia mí. A continuación, siempre sujetando a Manfred por el cuello, arreó al contingente masculino hacia el arroyo, dejando a las damas a mi cargo.

—¿Tu *Mann* salvará a mi hijo? —Ute se volvió hacia mí, con las cejas rubias arrugadas por la preocupación.

—Lo intentará. —Eché un vistazo a las niñas, que se habían apiñado detrás de la madre—. ¿Sabéis si vuestro hermano estuvo realmente en Hillsborough?

Las muchachas intercambiaron una mirada y, en silencio, escogieron a Inga como portavoz.

—Bueno, *ja*, estuvo, en ese momento —dijo ella, algo desafiante—. Pero no alborotando, ni un poquito. Sólo fue para hacer remendar una pieza del arnés y se encontró envuelto en la muchedumbre.

Al sorprender una rápida ojeada entre Hilda y Senga, deduje que ésa no debía de ser toda la verdad. Gracias a Dios, no me correspondía juzgar.

La señora McGillivray mantenía la vista fija en el grupo de los hombres, que conversaban en murmullos a cierta distancia. El rastreador había sido desatado, con excepción de las manos; de pie, con la espalda apoyada contra un árbol, mostraba los incisivos como una rata acorralada. Jamie y Myers erguían ante él toda su estatura mientras Fergus, en un lado, los miraba con ceñuda atención, apoyando el mentón en el garfio. Rob McGillivray había desenfundado un cuchillo, con el que despuntaba contemplativamente una ramita de pino mientras miraba de vez en cuando al prisionero con aire de sombría concentración.

—No dudo que Jamie podrá... eh... hacer algo —dije.

En mi fuero interno confiaba que ese algo no requiriera demasiada violencia. Se me ocurrió la desdichada idea de que el diminuto rastreador de criminales podía caber sin el menor problema en una de las cestas de comida vacías.

—*Gut*. —Ute McGillivray asintió despacio, sin dejar de observarlos—. Si yo no matarlo, mejor. —De pronto giró hacia mí los ojos, de un azul muy claro y brillante—. Aunque si debo, yo hacerlo.

La creía.

—Comprendo —dije con cautela—. Pero... Discúlpeme usted, pero aun si ese hombre se hubiera llevado a su hijo, ¿no podría presentarse ante el comisario y explicar...?

Más miradas entre las niñas. Esta vez fue Hilda quien habló.

—*Nein*, señora. Verá... las cosas no habrían estado tan mal si ese hombre hubiera ido a nuestro campamento. Pero aquí abajo...

Dilató los ojos, señalando con la cabeza el campo de competición, donde un golpe sordo y un rugido de aprobación marcaban el éxito de algún esfuerzo.

Al parecer, la dificultad radicaba en el prometido de Hilda, un tal Davey Morrison, de Hunter's Point. El señor Morrison era un próspero granjero y un hombre de gran valía, además de atleta hábil en el arte de arrojar piedras y en el lanzamiento de troncos. Su familia (padres, tíos y primos) era gente de carácter muy recto y, por lo que entendí, de actitudes muy críticas. Si un rastreador de criminales hubiese apresado a Manfred frente a semejante multitud, poblada por los parientes de Davey Morrison, la noticia se habría extendido a la velocidad de la luz; el resultado del escándalo habría sido la inmediata ruptura del compromiso de Hilda, perspectiva que obviamente perturbaba a Ute mucho más que la idea de degollar al prisionero.

—Malo, también, que yo lo mata y alguien ve —dijo con franqueza, señalando la tenue cortina de follaje que nos ocultaba al campo donde se competía—. *Die* Morrison no contentos.

—Supongo que no —murmuré, preguntándome si Davey sabría dónde iba a meterse—. Pero usted...

—Quiero casar bien *meine* niñas —replicó ella con firmeza, con varios cabezazos afirmativos a modo de énfasis—. Busco *gut* hombres *für Sie*, hombres guapos, grandes, *mit* tierra y dinero. —Rodeó con un brazo los hombros de Senga, estrechándola con fuerza—. *Nicht wahr, Liebchen?*

—*Ja, mama* —murmuró la jovencita, apoyando con afecto la cofia en el ancho seno de su madre.

En el bando masculino estaba sucediendo algo. Habían desatado las manos al preso, que se frotaba las muñecas; ya sin el gesto ceñudo, escuchaba con expresión cauta lo que Jamie le decía. Nos echó un vistazo; luego, a Robin McGillivray, quien le dijo algo y asintió enfáticamente. El hombre movió la mandíbula como si rumiara alguna idea.

—Así que esta mañana han bajado todos para ver las competiciones y buscar buenos candidatos para maridos de sus hijas. Sí, ya comprendo.

Jamie hundió la mano en su morral y extrajo algo que acercó a la nariz del prisionero, como invitándolo a olfatear. A esa distancia no se veía qué era, pero la expresión del hombre cambió de golpe pasando de la cautela al asco y la alarma.

—*Ja*, solamente para mirar. —La señora McGillivray, que no los estaba observando, soltó a Senga después de darle unas palmaditas—. Ahora vamos a Salem, donde *ist meine Familie*. Tal vez allí encontramos un buen *Mann*, también.

Myers se había apartado del grupo algo más relajado. Después de insertar un dedo bajo el borde de sus gregüescos para rascarse cómodamente las nalgas, echó un vistazo en derredor; por lo visto, los procedimientos ya no le interesaban. Al ver que yo lo estaba observando, se acercó a través del bosquecillo.

—No hay por qué preocuparse, señora —aseguró a Ute—. Yo sabía que Jamie Roy se encargaría de todo. Y así ha sido. Su muchacho está a salvo.

—*Ja?* —dijo ella, mirando con aire dubitativo hacia los arbolillos.

Era cierto. Todos los hombres habían asumido una actitud relajada. Jamie estaba devolviéndole las esposas al rastreador de criminales. Vi que se las entregaba con brusco desagrado. En Ardsmuir le habían puesto grillos.

—*Gott sei dank* —dijo Ute, con un suspiro explosivo. Su voluminosa silueta pareció disminuir súbitamente al exhalar el aliento.

El hombrecito se alejaba ya hacia el arroyo. Hasta nosotros llegó, entre los gritos de la muchedumbre, el tintineo metálico de las esposas que se balanceaban. Jamie y Rob McGillivray conversaban, muy juntos, mientras Fergus, un tanto ceñudo, seguía con la vista la retirada del rastreador.

—¿Qué es exactamente lo que le ha dicho Jamie? —pregunté a Myers.

—Oh, bueno... —El gigante me dirigió una ancha sonrisa desdentada—. Jamie Roy, muy serio, le ha dicho al tipo... (que, dicho sea de paso, se llama Boble, Harley Boble), le ha dicho que había tenido mucha suerte de que todos llegáramos a tiempo. Le ha dado a entender que, de otro modo, la dama aquí presente —hizo una reverencia a Ute— lo habría llevado a casa en su carreta, para trocearlo como a un cerdo donde nadie la viera.

Myers se frotó con un nudillo la nariz, surcada de venillas rojas, riendo suavemente bajo la barba.

—Boble no lo ha creído. Ha dicho que ella sólo trataba de asustarlo con ese cuchillo. Entonces Jamie Roy se le ha acercado como para hacerle una confidencia, y le ha dicho que él habría podido pensar lo mismo... de no ser por la reputación de Frau McGillivray, famosa por sus salchichas, y porque había tenido el privilegio de probarlas en el desayuno de la mañana. Ahí es cuando Boble ha comenzado a perder el color. Y cuando Jamie Roy ha sacado un trozo de embutido para mostrarle...

—¡Oh, santo cielo! —dije, recordando vívidamente cómo olía esa salchicha.

El día anterior se la había comprado a un vendedor en la montaña, para luego descubrir que estaba mal curada; una vez que la corté, despidió un olor tan fuerte a sangre podrida que nadie pudo comérsela. Jamie había guardado los ofensivos restos en su morral, envueltos en un pañuelo, con intención de que le devolviera el dinero o de hacérselos tragar al vendedor.

—Ahora lo entiendo.

Myers hizo un gesto afirmativo y se volvió hacia Ute.

—Y su esposo, señora... Este bendito Rob McGillivray es un mentiroso nato. Asentía solemnemente a todo eso, moviendo la cabeza y diciendo que se las había ingeniado para proveerla de carne suficiente.

Las niñas no pudieron contener su risa.

—Papá no es capaz de matar una mosca —me dijo Inga, por lo bajo—. No puede retorcer el cogote a un pollo.

Myers elevó los hombros en un gesto de buen humor mientras Jamie y Rob se acercaban por la hierba húmeda.

—De modo que Jamie le ha dado a Boble su palabra de caballero de que lo protegería de usted. Y Boble ha dado su palabra de... Bueno, ha dicho que no se acercaría al joven Manfred.

—Humm —murmuró Ute, algo desconcertada. No le molestaba en absoluto que la hicieran pasar por asesina habitual y la complacía mucho que Manfred estuviese fuera de peligro; lo que la ofendía era que se criticara la reputación de sus salchichas—. ¡Yo, hacer una porquería como ésa! —Arrugó la nariz hacia el maloliente trozo de carne que Jamie sometía a su inspección—. *Pfaugh! Ratzfleisch!*

Al tiempo que desechaba el embutido con un ademán melindroso, se dirigió a su marido, murmurando algo en alemán. Luego inspiró hondo y, expandiéndose otra vez, reunió a sus hijos como una gallina a sus pollos, instándolos a agradecer como es debido la ayuda de Jamie. Él le hizo una reverencia, algo ruborizado por el coro de gratitud.

—*Gern geschehen* —dijo—. *Euer ergebener Diener, Frau Ute.*

Ella lo miró, radiante y ya recuperada la compostura, mientras mi esposo se despedía de Rob.

—Qué *Mann* guapo y grande —musitó mientras lo observaba de arriba abajo, moviendo levemente la cabeza.

De inmediato notó que yo estaba comparando a Jamie con Rob; el armero era bastante guapo, de facciones cinceladas y pelo negro rizado, muy corto, pero tenía los huesos de un gorrión y le llegaba más o menos al hombro a su fornida esposa. No pude dejar de preguntarme cómo, dada su evidente admiración por los hombres corpulentos...

—¡Oh!, bueno... —Ella se encogió de hombros como pidiendo disculpas—. El amor, ya sabe usted.

Lo decía como si el amor fuera un estado realmente lamentable, pero imposible de evitar. Eché una mirada a Jamie, que estaba envolviendo cuidadosamente su embutido para guardarlo en el morral.

—Vaya si lo sé —dije.

Cuando regresamos a nuestro campamento, los Chisholm se estaban despidiendo, ya bien alimentados por las muchachas. Por suerte, Jamie había traído abundante comida del campamento de Yocasta, así que pude sentarme ante un grato desayuno de buñuelos de patata, *bannocks* con mantequilla, jamón frito y café (¡por fin!), mientras me preguntaba qué más podía suceder ese día. Quedaba tiempo de sobra; el sol apenas asomaba por encima de los árboles, casi invisible tras las nubes de lluvia.

Algo más tarde, gratamente satisfecha y con la tercera taza de café en la mano, aparté la lona que cubría lo que yo llamaba mis utensilios de medicina. Era hora de preparar las operaciones de la mañana; debía inspeccionar los frascos de suturas, reaprovisionarme de hierbas, volver a llenar la gran botella de alcohol y preparar todos los remedios que debían estar recién hechos.

Agotadas las hierbas más comunes que había llevado conmigo, había aumentado mi provisión gracias a los buenos oficios de Myers, quien me trajo varias cosas raras y útiles desde las aldeas indias del norte, y a mis juiciosos intercambios con Murray MacLeod, joven y ambicioso boticario que se había adentrado en el continente para establecer su tienda en Cross Creek.

Al pensar en el joven Murray, me mordisqueé la cara interior de la mejilla. Albergaba todas aquellas horribles ideas que pasaban por conocimientos médicos en esa época... y afirmaba sin ninguna timidez la superioridad de métodos científicos tales como la sangría y las ventosas, por encima de la anticuada tendencia a curar con hierbas que preferían las viejas ignorantes como yo.

Aun así, su condición de escocés lo dotaba de una fuerte veta pragmática. Después de echar un vistazo a la poderosa complexión de Jamie, se había tragado las opiniones más insultantes. Yo tenía cien gramos de ajenjo y un frasco de jengibre silvestre que él deseaba. Además, había observado astutamente que la mayoría de los montañeses acudían a mí y no a él cuando les afectaba alguna dolencia... y también que mis curas los hacían mejorar. Si yo tenía secretos, él quería conocerlos. Y yo, con mucho gusto, dejaría que los conociera.

Por suerte, aún me quedaba mucha corteza de sauce. Vacilé ante la pequeña hilera de frascos que ocupaba la bandeja superior del cofre. Había allí varios emenagogos fuertes: cimífuga, cornezuelo y poleo, pero escogí los más suaves: atanasia y ruda. Puse un puñado en el cuenco y lo dejé a remojo en agua hirviendo. Además de aplacar las molestias de la menstruación, la atanasia tenía fama de calmar los nervios... y resultaba difícil imaginar a una persona más nerviosa que Lizzie Wemyss.

Eché un vistazo a la fogata, donde Lizzie untaba con lo que quedaba de conserva de fresas la tostada del recluta Ogilvie, quien parecía repartir su atención entre la muchacha, Jamie y el pan, dedicando la mayor proporción a su tostada.

La ruda era también un buen antiparasitario. Yo no estaba segura de que Lizzie tuviera lombrices, pero era algo común entre la gente de la montaña. No le vendría mal una dosis.

Observé a hurtadillas a Abel MacLennan, preguntándome si convendría echarle un poco del brebaje en el café; pese a su corpulencia, tenía el aspecto demacrado y anémico de quien alberga parásitos intestinales. Aun así, el pálido desasosiego de sus facciones bien podía deberse al hecho de que estaba al tanto de la presencia de rastreadores de criminales en la zona.

La pequeña Joan volvía a llorar de hambre. Marsali se sentó y, metiendo la mano bajo el manto para aflojarse el corpiño, la puso a mamar, mordisqueándose el labio con ansiedad. Hizo un gesto de dolor, aunque se relajó cuando la leche comenzó a fluir. Pezones agrietados. Con las cejas fruncidas, volví a estudiar el cofre de los remedios. ¿Había traído ungüento de lana de oveja? Pues no, ¡qué pena! Y mientras Joan mamara, no convenía utilizar grasa de oso; tal vez aceite de girasol...

—¿Un poco de café, querida? —El señor MacLennan, que había estado observando a Marsali con preocupada solidaridad, le ofreció su taza de café intacta—. Mi esposa solía decir que el café caliente calmaba los dolores de la lactancia. Es mejor con whisky —sus delgados carrillos se animaron un poco—, pero aun así...

—*Taing*. —Marsali aceptó la taza con una sonrisa agradecida—. Llevo helada toda la mañana.

Sorbió con cautela el líquido humeante y un leve rubor le subió a las mejillas.

—¿Piensa volver mañana a Drunkard's Creek, señor Mac-Lennan? —le preguntó en tono cortés al devolverle la taza vacía—. ¿O viajará a New Bern con el señor Hobson?

Jamie levantó la mirada de golpe, interrumpiendo su conversación con el recluta Ogilvie.

—¿Hobson va a New Bern? ¿Cómo lo sabes?

—Eso dijo la señora Fowles —respondió Marsali de inmediato—. Me lo contó cuando fui a pedirle prestada una camisa seca para Germain; ella tiene un niño del mismo tamaño. Está preocupada por su esposo Hugh, porque el padre de ella, el señor Hobson, quiere que él lo acompañe, pero Hugh tiene miedo.

—¿A qué va Joe Hobson a New Bern? —pregunté, espiando por encima del cofre de los remedios.

—A presentar una petición al gobernador —dijo Abel Mac-Lennan—. ¡De mucho servirá! —Y sonrió a Marsali con cierta tristeza—. No, muchacha. A decir verdad, no sé adónde ir. Pero no será a New Bern.

—¿No lo espera su esposa en Drunkard's Creek? —Ella lo observó con aire afligido.

—Mi esposa ha muerto, muchacha —fue la suave respuesta. MacLennan planchó con su mano las arrugas del pañuelo rojo contra la rodilla—. Murió hace dos meses.

—Oh, señor Abel. —Marsali se inclinó hacia delante para estrecharle la mano, llenos de dolor los ojos azules—. ¡Lo siento mucho!

Él le dio unas palmaditas en la mano, sin levantar la vista. En su escaso pelo refulgían diminutas gotas de lluvia; un hilo de agua se deslizó tras una de sus grandes orejas coloradas, sin que él hiciera ademán alguno de enjugarlo. Jamie, que se había puesto de pie para interrogar a la muchacha, tomó asiento en el tronco, junto a MacLennan, y le puso con gesto amable una mano en la espalda.

—No lo sabía, *a charaid* —dijo en voz baja.

—No. —El otro miró las llamas transparentes, sin verlas—. Es que... bueno, la verdad es que no se lo he dicho a nadie. Hasta ahora.

Jamie y yo intercambiamos una mirada por encima del fuego. Drunkard's Creek no podía albergar a más de veinticinco almas en esas pocas cabañas diseminadas por las riberas. Sin embargo, ni los Hobson ni los Fowles habían mencionado la pérdida de Abel; debía de ser verdad que no se lo había dicho a nadie.

—¿Cómo sucedió, señor Abel? —Marsali seguía reteniendo su mano, aunque yacía muy laxa en el pañuelo rojo, con la palma hacia abajo.

MacLennan levantó la vista, parpadeando.

—Bueno... —dijo en tono vago—. Sucedieron tantas cosas. Y no obstante... al fin y al cabo no fue tanto. Abby... Abigail, mi esposa, murió de unas fiebres. Cogió frío y... y murió.

Parecía algo sorprendido. Jamie echó un poco de whisky en una taza vacía y la puso en las manos dóciles de MacLennan, curvándole los dedos hasta que él la sujetó.

—Bebe, amigo —dijo.

En silencio, todo el mundo observó a Abel, que probaba el whisky, obediente: un sorbo, luego otro. El joven recluta Ogilvie se removió en su piedra, incómodo; parecía que estaba deseando regresar a su regimiento, pero él tampoco se movió, como si temiera que una partida abrupta hiciera sufrir a ese hombre aún más.

La misma quietud de MacLennan atraía todas las miradas, acallaba cualquier conversación. Mi mano revoloteó sobre los frascos del cofre, inquieta. Pero no había remedio para eso.

—Yo tenía bastante —dijo de pronto—. De verdad. —Apartó los ojos de su taza para mirar en torno a la fogata, como si nos desafiara a contradecirlo—. Para los impuestos, ¿comprenden? El año no fue tan bueno como esperaba, aunque fui prudente. Tenía en reserva diez toneles de maíz y cuatro magníficos cueros de venado. Todo eso valía más que los seis chelines del impuesto.

Pero los impuestos no se pagaban en cereales, cueros y bloques de añil, sino en efectivo. Entre los agricultores, el trueque era la manera habitual de hacer negocios. Yo lo sabía de sobra, me dije, echando un vistazo a las diversas cosas que la gente me traía como pago por mis hierbas y mis remedios. Nadie pagaba nada en efectivo, salvo los impuestos.

—Bueno, es razonable —dijo MacLennan, parpadeando severamente hacia Ogilvie, como si el joven hubiera protestado—. ¿Para qué quiere Su Majestad una piara de cerdos o unos cuantos pavos? No, comprendo que se deba pagar en efectivo. Cualquiera lo entiende. Y yo tenía el cereal; podía venderlo sin mucho esfuerzo por seis chelines.

La única dificultad, desde luego, era convertir diez toneles de cereal en seis chelines de impuestos. En Drunkard's Creek había quienes podrían habérselos comprado, pero allí nadie tenía dinero. Era preciso llevar ese maíz a Salem, la población más cercana donde se podía obtener efectivo. Aun así, Salem estaba a unos sesenta kilómetros de Drunkard's Creek: se requería una semana para ir y regresar.

—Yo tenía dos hectáreas de cebada tardía —explicó Abel—. Madura, lista para la siega. No quería dejar que se perdiera. Y mi Abby era una mujer menuda, delgada. No podía ponerla a segar y trillar.

Como no quería perder una semana de las tareas de la cosecha, Abel buscó ayuda en sus vecinos.

—Es buena gente —insistió—. Uno o dos podían prestarme algún céntimo, pero ellos también tenían que pagar sus impuestos, ¿entienden?

Aún confiado en obtener, de algún modo, el dinero necesario sin realizar el arduo viaje a Salem, Abel se demoró... demasiado tiempo.

—El comisario es Howard Travers —dijo, enjugándose de forma automática la gota de humedad que se le había formado en la punta de la nariz—. Vino con un papel y dijo que debía expulsarnos por no pagar los impuestos.

Frente a la necesidad, Abel dejó a su esposa en la cabaña y viajó a toda prisa hacia Salem. Sin embargo, cuando regresó, con los seis chelines en la mano, su propiedad había sido confiscada y vendida (al suegro de Howard Travers), su esposa había desaparecido y unos desconocidos ocupaban la cabaña.

—Yo sabía que ella tenía que estar cerca —explicó—, porque no abandonaría a los críos.

Y allí fue donde la halló, envuelta en un edredón raído, temblando bajo la gran pícea de la colina que protegía las tumbas de los cuatro niños MacLennan, todos fallecidos en el primer año de vida. Pese a todas sus súplicas, Abigail no quiso bajar a la que había sido su cabaña; no quería pedir ayuda a quienes la habían echado. Abel no supo decirnos si aquello fue la locura de la fiebre o simple tozudez; su esposa se aferró a las ramas del árbol con fuerza demencial, diciendo a voces los nombres de sus hijos... y allí murió, durante la noche.

La taza de whisky estaba vacía. MacLennan la dejó cuidadosamente en el suelo, junto a sus pies, mientras ignoraba a Jamie, que le señalaba la botella.

—La habían autorizado a llevarse lo que pudiera. Tenía un hatillo con su paño mortuorio. Todavía la veo ante la rueca, apenas después de nuestra boda, hilando para tejerlo. Tenía pequeñas flores a lo largo de un borde. Ella era hábil con la aguja.

Envolvió a Abigail en la mortaja bordada. Luego, la sepultó junto al menor de sus hijos y caminó tres kilómetros por la carretera, con intención de contarles lo sucedido a los Hobson.

—Pero cuando llegué a su casa los encontré a todos yendo de un lado a otro, como avispones. Hugh Fowles había recibido la visita de Travers, que acudía por los impuestos, y no había dinero con que pagar. Travers, sonriendo como un simio, le había dicho que le daba igual. Diez días después, había vuelto con un papel y tres hombres. Y los había expulsado.

Hobson había reunido a duras penas el dinero para pagar sus tasas; los Fowles se habían apiñado con el resto de la familia, sanos y salvos, pero Joe estaba furioso por la manera de tratar a su yerno.

—Joe vociferaba, enloquecido de ira. Janet Hobson me hizo pasar, me ofreció asiento y comida. Y allí estaba Joe, gritando que se cobraría la tierra con el pellejo de Howard Travers. Y Hugh, que parecía un perro apaleado, y su esposa que me saludaba, y todos los críos chillando por su comida como una camada de lechones y... bueno, pensé en darles la noticia, pero luego...

Movió la cabeza, como si volviera a confundirse.

Sentado en el rincón de la chimenea, medio olvidado, había sentido una extraña especie de fatiga; se había sentido tan cansado que cabeceó, vencido por el letargo. El ambiente estaba caldeado; lo había invadido una sensación de irrealidad. Si los atestados confines de aquel único cuarto no eran reales, tampoco lo era la tranquila ladera, la tumba nueva al lado de la pícea.

Había dormido bajo la mesa y despertado antes del alba. La sensación de irrealidad persistía. Todo a su alrededor le había parecido un sueño. Era como si él mismo hubiera dejado de existir. Su cuerpo se había levantado, se había aseado. Comía, hacía gestos y hablaba sin que él lo supiera. Ya nadie existía en el mundo exterior. Y cuando Joe Hobson se había puesto en pie para anunciar que él y Hugh irían a Hillsborough para buscar justicia en el tribunal, Abel MacLennan se había descubierto marchando por la carretera con ellos, asintiendo y respondiendo cuando se le hablaba, sin más voluntad que los muertos.

—Mientras caminaba se me ocurrió que sí, que estábamos todos muertos —dijo, con aire soñador—. Joe, Hugh, yo y los demás. Me daba igual estar en un sitio que en cualquier otro; sólo era cuestión de moverse hasta que llegara el momento de tender mis huesos junto a Abby. No me importaba.

Al llegar a Hillsborough no se había percatado de las intenciones de Joe. Se había limitado a seguirlo, obediente y sin pensar. Había ido tras él, caminando por las calles cenagosas y llenas de cristales rotos de las ventanas destrozadas. Había visto la luz de las antorchas y la muchedumbre, había oído los gritos y los alaridos, todo sin conmoverse.

—Sólo eran hombres muertos, un repiquetear de huesos contra huesos —dijo, encogiéndose de hombros. Por un instante, guardó silencio. Luego se volvió hacia Jamie y lo miró larga, severamente—. ¿Es así? ¿Tú también estás muerto?

Una mano laxa, encallecida, flotó desde el pañuelo rojo hasta posarse apenas contra el pómulo de mi esposo.

En vez de rechazar el contacto, Jamie cogió aquella mano para estrecharla entre las suyas.

—No, *a charaid* —dijo con voz suave—. Todavía no.

MacLennan asintió despacio.

—Sí. Tiempo al tiempo —dijo.

Liberó las manos para alisar el pañuelo. Seguía cabeceando, como si el resorte del cuello se le hubiera estirado en demasía.

—Tiempo al tiempo —repitió—. No es tan malo.

Entonces se puso de pie, cubriéndose la cabeza con el cuadrado de tela roja. Se volvió hacia mí con un saludo cortés, y sus ojos vagos y atribulados.

—Le agradezco el desayuno, señora.

Y se alejó.

# 3

## *Humores biliosos*

La partida de Abel MacLennan puso brusco fin al desayuno. El recluta Ogilvie se retiró dando las gracias; Jamie y Fergus se fueron en busca de guadañas y astrolabios; Lizzie, que se marchitaba en ausencia de su soldado, declaró que no se sentía bien y desapareció en uno de los refugios, fortalecida con una gran tisana de atanasia y ruda.

Por suerte, Brianna decidió reaparecer en ese momento, sin Jemmy. Según me dijo, ella y Roger habían desayunado con Yocasta. El niño se había dormido en brazos de la anciana y, como ambos parecían contentos con la situación, lo había dejado allí para venir a ayudarme con las consultas de la mañana.

—¿Estás segura de querer ayudarme hoy? —pregunté, mirándola con aire dubitativo—. Después de todo, es el día de tu boda. Creo que Lizzie o la señora Martin podrían...

—No, lo haré yo —me aseguró, pasando un paño por el asiento del taburete que yo utilizaba para atender—. Lizzie se encuentra mejor, pero no creo que esté como para soportar pies infectados y estómagos pútridos.

Con un leve estremecimiento, cerró los ojos al recuerdo del anciano caballero a quien, el día anterior, yo había curado un talón ulcerado. El dolor le había hecho vomitar copiosamente sobre sus pantalones harapientos, lo cual provocó que muchos de los que esperaban ser atendidos vomitaran también. El recuerdo me dio un poco de náuseas, pero las dominé con un último sorbo de café amargo.

—No, supongo que no —reconocí de mala gana—. Aunque tu vestido no está del todo terminado, ¿verdad? ¿No deberías ir a...?

—Todo está bien —me aseguró—. Fedra está cosiendo el dobladillo. Y Ulises anda dando órdenes a los sirvientes como si fuera un sargento del ejército. Yo no haría más que estorbar.

Cedí sin más reparos, aunque me extrañaba un poco esa prontitud. Si bien Bree no era remilgada frente a las exigencias de la vida normal, tales como desollar animales y limpiar pescado, yo sabía que la perturbaba la proximidad de personas con malformaciones o enfermedades visibles, aunque hiciera lo posible por disimularlo. No era asco, me dije, sino una empatía que la paralizaba.

Retiré el hervidor del fuego para verter agua hirviendo en un frasco grande medio lleno de alcohol destilado, mientras entornaba los ojos para protegerlos contra las nubes de vapor etílico. Era muy duro ver que tantas personas sufrían de cosas que en otra época podrían tratarse fácilmente con antisépticos, antibióticos y anestesia. Pero en los hospitales de campaña, en un momento en que todas esas innovaciones eran nuevas y raras, yo había aprendido a mantener la objetividad, que sabía necesaria y valiosa.

Si se interponían mis propios sentimientos, se me haría imposible ayudar a nadie. Y debía ayudar: la cosa era así de simple. Pero Brianna no tenía ese tipo de conocimientos para usarlos como escudo. Todavía no.

Cuando acabó de limpiar los taburetes y las cajas, y quitó todo lo que pudiera estorbar a los pacientes de la mañana, irguió la espalda con una pequeña arruga entre las cejas.

—¿Recuerdas a la mujer que viste ayer? ¿La que trajo al niñito retrasado?

—No es algo que puedas olvidar —dije, con tanta ligereza como me fue posible—. ¿Por qué? Oye, ¿puedes ocuparte de esto?

Señalé la mesa plegable, que se negaba tercamente a cerrarse como era debido; sus articulaciones se habían hinchado con la humedad. Brianna frunció apenas el ceño, estudiándola; luego dio un golpe a la articulación correspondiente con el canto de la mano. El mueble obedeció de inmediato, como si reconociera la presencia de una fuerza superior.

—Listo. —Se frotó el costado de la mano, distraída y aún con las cejas fruncidas—. Insististe mucho en recomendarle que tratara de no tener más niños. ¿Lo del pequeño era hereditario?

—Se podría decir que sí —respondí secamente—. Sífilis congénita.

Ella levantó la vista, palideciendo.

—¿Sífilis? ¿Estás segura?

Hice un gesto afirmativo, mientras enrollaba una tira de lino hervido para vendajes. Aún estaba muy mojado, aunque no había alternativa.

—La madre aún no presentaba los signos visibles de los últimos estadios de la enfermedad, pero en los niños son inconfundibles.

La mujer había venido simplemente a que le abriera una fístula, con el pequeño aferrado a sus faldas. Él tenía la característica nariz aplastada a la altura del puente, y su mandíbula estaba tan mal formada que no me sorprendió verlo tan desnutrido: apenas podría masticar. Era imposible saber cuánto de su evidente retraso se debía al daño cerebral y cuánto a la sordera; parecía sufrir ambas deficiencias, pero no intenté evaluarlas, pues no había nada que pudiera hacer por remediarlas. Le había aconsejado a la madre que le diera el caldo que queda después de hervir los nabos, para aliviar un poco la desnutrición; por lo demás, en poco podíamos ayudar al pobrecito.

—Aquí no la veo tan a menudo como en París o en Edimburgo, donde había muchas prostitutas —le dije a Bree, arrojando la bola de vendas al saco de lona que ella mantenía abierto—. Pero sí de vez en cuando. ¿Por qué? ¿Acaso piensas que Roger tiene sífilis?

Me miró boquiabierta. Su expresión espantada se borró ante un instantáneo torrente de rojo furioso.

—¡Claro que no, mamá! —exclamó.

—Bueno, no es que yo lo haya pensado —expliqué suavemente—. Pero pasa en las mejores familias... y como preguntabas...

Ella lanzó un fuerte resoplido.

—Yo te preguntaba por anticonceptivos —corrigió entre dientes—. Al menos es lo que pensaba hacer, antes de que te lanzaras con la *Guía médica de enfermedades venéreas*.

—Ah, es eso. —La observé con aire pensativo, reparando en las manchas de leche seca que tenía en el corpiño—. Bueno, amamantar es bastante efectivo. No te brinda seguridad absoluta, desde luego, pero sí bastante. Después de los primeros seis meses, menos.

Jemmy ya tenía seis meses.

—Mmfm... —musitó ella, tan al estilo de Jamie que debí morderme el labio inferior para no reír—. ¿Y qué otra cosa efectiva hay?

Yo no había hablado con ella de métodos anticonceptivos, al estilo del siglo XVIII. Cuando apareció por primera vez en el

Cerro de Fraser no parecía necesario. Y la verdad es que después no lo fue, pues ya estaba embarazada. ¿Así que ahora sí que lo necesitaba?

Con el ceño fruncido, fui guardando poco a poco rollos de vendas y manojos de hierbas dentro de mi saco.

—Lo más común es una barrera de cualquier tipo. Un trozo de seda o una esponja, empapadas en toda clase de cosas, desde vinagre a coñac, aunque si dispones de aceite de atanasia o de cedro, se supone que es lo mejor. Me han dicho que algunas mujeres, en las Indias, usan medio limón, pero obviamente aquí no sería una opción adecuada.

Ella dejó escapar una breve risa.

—No, no creo. Y tampoco creo que el aceite de atanasia dé muy buenos resultados. Es lo que usaba Marsali cuando se quedó embarazada de Joan.

—¡Ah!, ¿lo estaba usando? Supongo que alguna vez no se tomaría la molestia... y basta con una vez.

Más que verla, la sentí tensarse y me mordí los labios de nuevo, ahora de mortificación. Para ella, una única vez había sido suficiente; lo que no sabíamos era cuál de esas dos únicas veces. Pero Brianna se encogió de hombros y los dejó caer, descartando deliberadamente los recuerdos que mi irreflexivo comentario pudiera haber conjurado.

—Me dijo que lo había estado usando, aunque quizá lo olvidó. De cualquier modo no siempre da resultado, ¿verdad?

Me cargué al hombro el saco de vendas y hierbas secas; luego cogí el cofre de las medicinas por la correa de cuero que Jamie le había hecho.

—Lo único que funciona siempre es el celibato —respondí—. Supongo que, en el caso que nos ocupa, no es una opción satisfactoria.

Ella negó con la cabeza, cavilando tristemente, fija la mirada en un grupo de hombres jóvenes que se entreveían tras los árboles de abajo; se estaban turnando para arrojar piedras al otro lado del arroyo.

—Era lo que me temía —dijo mientras se inclinaba para levantar la mesa plegable y un par de taburetes.

Recorrí el claro con una mirada analítica. ¿Algo más? No me preocupaba abandonar la fogata; aunque Lizzie se quedara dormida, con ese tiempo no había en la montaña nada que pudiera quemarse; hasta la yesca y la leña almacenadas en un extremo del cobertizo estaban húmedas. Pero faltaba algo. ¿Qué? Ah, sí.

Tras dejar un momento la caja, me arrodillé para arrastrarme al interior del cobertizo y revolví en la maraña de edredones. Al salir, por fin llevaba mi taleguilla de remedios.

Después de recitar una breve oración a santa Bride, me lo colgué del cuello, por debajo del corpiño. Estaba tan habituada a usar ese amuleto cuando iba a practicar la medicina que ya casi no percibía lo ridículo de ese pequeño rito. Casi. Bree me estaba observando con expresión bastante extraña, pero no dijo nada.

Yo tampoco; me limité a recoger mis cosas y la seguí a través del claro, evitando con cuidado los sitios más cenagosos. Ya no llovía, aunque las nubes, posadas en lo alto de los árboles, prometían más agua en cualquier momento; de los troncos caídos y los arbustos goteantes manaban volutas de bruma.

¿Qué motivos tendría Bree para interesarse por los anticonceptivos? Me parecía sensato, desde luego, pero ¿por qué ahora? Tal vez guardase alguna relación con el hecho de que estaba a punto de casarse con Roger. Si bien llevaban varios meses viviendo como marido y mujer, la formalidad de los votos pronunciados ante Dios y ante los hombres bastaban para imponer una mayor sobriedad a los jóvenes más alocados. Sólo que ni Roger ni Brianna lo eran.

—Existe otra posibilidad —dije a su espalda, pues iba delante de mí por la senda resbaladiza—. No sé hasta qué punto es fiable, porque aún no la he probado con nadie. Nayawenne, la vieja tuscarora que me regaló el saco de medicinas, me dijo que había hierbas de mujeres. Mezclas diferentes para cosas diferentes, pero una planta especial para eso; dijo que sus semillas impedían al espíritu del hombre imponerse al de la mujer.

Bree hizo una pausa y se volvió a medias al acercarme yo.

—¿Así ven los indios el embarazo? —Una comisura de su boca se curvó irónicamente—. ¿El hombre gana?

Me eché a reír.

—Bueno, en cierto modo. Si el espíritu de la mujer es demasiado fuerte para el del hombre o no cede ante él, ella no podrá concebir. Por eso, cuando una mujer quiere tener un hijo y no puede, con mucha frecuencia el chamán trata a su esposo o a ambos, en vez de tratarla sólo a ella.

Ella lanzó una exclamación gutural, en parte sólo por diversión.

—¿Cuál es esa planta, la hierba de las mujeres? —preguntó—. ¿La conoces?

—No tengo la certeza —admití—. Es decir, no estoy segura de su nombre. Ella me mostró tanto la planta en crecimiento como las semillas secas, y estoy segura de que podría reconocerla, pero no era una planta que yo conozca por un nombre inglés. —Y añadí, por ayudar—: Eso sí: era de la familia de las umbelíferas.

Bree me dirigió una mirada adusta, que de nuevo me recordó a Jamie. Luego se apartó para dejar pasar a unas cuantas de las Campbell, que iban en un grupo pequeño, con resonar de hervidores y cubos vacíos. Al pasar rumbo al arroyo nos saludaron una a una, con una reverencia o una cortés inclinación de cabeza.

—Buenos días tenga usted, señora Fraser —dijo una pulcra joven; era una de las hijas menores de Farquard Campbell—. ¿Está su marido por aquí? Dice mi padre que le gustaría hablar con él.

—No, me temo que se ha ido. —Hice un gesto vago; Jamie podía estar en cualquier parte—. Pero si lo veo, se lo diré.

Ella hizo un gesto afirmativo y continuó la marcha; cada una de las mujeres que la seguían se detuvo a felicitar a Brianna por su boda; sus faldas y sus mantos de lana arrancaban pequeñas gotas a las matas que bordeaban el camino. Bree aceptaba sus buenos deseos con gentil cortesía, pero detecté la pequeña arruga que se había formado entre sus gruesas cejas rojizas. Algo la preocupaba, estaba claro.

—¿Qué te pasa? —dije sin rodeos, en cuanto las Campbell ya no pudieron oírnos.

—¿Qué me pasa, de qué? —preguntó ella, sobresaltada.

—¿Qué es lo que te preocupa? Y no me digas que nada, porque veo que sí. ¿Tiene algo que ver con Roger? ¿Tienes dudas sobre la boda?

—No exactamente —respondió con aire precavido—. Quiero casarme con Roger. Es decir, respecto a eso no hay ningún problema. Es que... es que se me ha ocurrido algo...

Dejó morir la voz y un lento rubor subió a sus mejillas.

—¿Sí? —pregunté, bastante alarmada—. ¿Qué es?

—Imagina que yo tuviese una enfermedad venérea —barbotó—. No porque me la haya contagiado Roger, él no, pero... ¿y Stephen Bonnet?

Su cara estaba tan encendida que me sorprendió no ver hervir las gotas de lluvia cuando tocaban su piel. La mía estaba helada; sentí el corazón apretado en el pecho. Entonces la posibilidad de que hubiera ocurrido ya se me había pasado por la cabeza, aunque no quise sugerirla siquiera si ella misma no lo había pensado. Recordaba haberla observado con disimulo semanas enteras, buscando alguna señal de la enfermedad; pero a menudo las mujeres tardaban en presentar síntomas. El saludable nacimiento de Jemmy había sido un alivio en más de un sentido.

—¡Oh! —murmuré. Alargué una mano para estrecharle el brazo—. No te preocupes, cariño. No tienes nada.

Ella inspiró hondo y dejó escapar el aire en una clara nube de vapor; sus hombros perdieron parte de la tensión.

—¿Estás segura? —insistió—. ¿Puedes afirmarlo? Me encuentro bien, aunque se me ocurrió... Las mujeres no siempre tienen síntomas.

—Es cierto —confirmé—, pero los hombres sí. Si Roger hubiera contraído algo feo, algo que tú le hubieses contagiado, yo me habría enterado hace mucho tiempo.

Su cara había palidecido un poco, pero ante eso volvió el rubor. Tosió, lanzando vaho con el aliento.

—¡Qué alivio! ¿Así que Jemmy está bien? ¿Estás segura?

—Por completo —la tranquilicé.

Al nacer le había puesto en los ojos gotas de nitrato de plata que había conseguido gracias a grandes gastos y mucha dificultad, sólo por si acaso. Pero estaba segura. Aparte de no presentar ningún síntoma específico de enfermedad, Jemmy reflejaba un aire de salud y robustez que hacía increíble cualquier idea de infección. Irradiaba frescura, como una manzana.

—¿Por eso te has interesado por los anticonceptivos? —pregunté, saludando con la mano hacia el campamento de los MacRae—. Te preocupa tener más hijos, por si...

—¡Oh, no! Es decir... No había pensado en las enfermedades venéreas hasta que mencionaste la sífilis; sólo entonces se me ocurrió la horrible idea... de que él pudiera... —Se interrumpió para carraspear—. Eh... no, sólo quería saber.

Un trecho resbaladizo del sendero puso fin a esa conversación, pero no a mis especulaciones.

No es raro que una joven desposada piense en anticonceptivos, aunque dadas las circunstancias me pregunté a qué se debía. ¿Miedo por sí misma o por un segundo bebé? El parto podía ser peligroso, desde luego, y quien hubiera visto a las pacientes de mi consulta, quien oyera las conversaciones de las mujeres junto a la fogata por la noche, conocía bien los peligros que corrían los bebés y niños. Rara era la familia que no hubiera perdido al menos un pequeño por las fiebres, las infecciones de garganta o las diarreas incontrolables. Muchas mujeres habían perdido tres, cuatro o más bebés. Al recordar el relato de Abel MacLennan, un escalofrío me recorrió la espalda.

Aun así, Brianna estaba muy sana; si bien carecíamos de cosas importantes, como antibióticos e instalaciones médicas sofisticadas, yo le había recomendado no subestimar el poder de la simple higiene y la buena alimentación.

No, pensé, observando la potente curva de su espalda mientras levantaba el pesado equipo por encima de una raíz enmarañada en el sendero. No era eso. Aunque tuviera motivos para preocuparse, básicamente no era una persona temerosa.

¿Roger? Tal y como estaban las cosas, cualquiera pensaría que lo mejor era concebir cuanto antes otro niño, que fuera definitivamente hijo de él. Eso ayudaría a cimentar el nuevo matrimonio. Por otra parte, ¿qué sucedería en ese caso? Roger estaría más que feliz, pero Jemmy...

Al aceptar al niño como hijo propio, Roger había hecho un juramento de sangre. Sin embargo, la naturaleza humana es como es; si bien yo estaba segura de que él jamás lo descuidaría o abandonaría, era muy posible que sus sentimientos cambiaran cuando tuviese un vástago que fuera hijo suyo sin lugar a dudas. ¿Se arriesgaría Bree a eso?

Pensándolo bien, me pareció que ella actuaba con prudencia al esperar, si le era posible. Daba tiempo a Roger para que estableciera un vínculo estrecho con Jemmy, antes de complicar la situación familiar con otro niño. Era muy sensato, sí... y Brianna era una persona eminentemente sensata.

Sólo cuando llegamos por fin al claro donde atendía las consultas por la mañana, se me ocurrió otra posibilidad.

—¿Podemos ayudar, señora Fraser?

Dos de los niños Chisholm, los menores de los varones, se apresuraron a liberarnos de nuestra pesada carga y, sin que nadie les dijera nada, comenzaron de inmediato a desplegar las mesas; trajeron agua limpia, encendieron el fuego y ayudaron en general. No tenían más de ocho y diez años; mientras los veía trabajar, comprendí nuevamente que en esa época un muchacho de doce o catorce años podía ser, en esencia, un hombre adulto.

Brianna también lo sabía. Yo estaba segura de que jamás abandonaría a Jemmy mientras él la necesitara. Pero ¿y más adelante? ¿Qué pasaría cuando él abandonara a su madre?

Tras abrir mi cofre empecé lentamente a preparar los elementos necesarios para el trabajo de la mañana: tijeras, sonda, fórceps, alcohol, bisturí, vendas, pinzas para dientes, agujas para sutura, ungüentos, bálsamos, lavativas, purgas...

Brianna tenía veintitrés años. Jemmy podía llegar a la independencia total cuando ella tuviera alrededor de treinta y cinco. Y si ya no necesitaba de sus cuidados... ella y Roger podrían regresar. Volver a su propia época, a un tiempo seguro, reanudar la vida que les correspondía por derecho.

Pero sólo si no tenía otros hijos cuya indefensión la retuviera aquí.

—Buenos días tenga usted, señora.

El primer paciente de la mañana era un hombre bajo y ya maduro, de pie ante mí. Aunque en la cara se le erizaba la barba de una semana, estaba notablemente pálido, con aspecto viscoso, tan irritados los ojos por el humo y el whisky que su mal era visible de inmediato. La resaca era endémica entre los pacientes matutinos.

—Tengo un pequeño retortijón en las tripas, señora —dijo, tragando saliva con aire desdichado—. ¿Tendría usted por casualidad algo que me lo calme?

—Tengo lo más adecuado —le aseguré, echando mano de una taza—. Huevo crudo y un poco de ipecacuana. Después de un buen vómito se sentirá como nuevo.

El consultorio funcionaba en el margen del gran claro, al pie de la colina, donde por las noches ardía la gran hoguera de la reunión. El aire húmedo olía a hollín y al regusto acre de las cenizas húmedas, pero el trozo de tierra ennegrecida (tres metros de diámetro, cuanto menos) ya iba desapareciendo bajo un cruce de ramas y yesca nuevas. Si continuaba lloviznando, esa noche les costaría encender la hoguera de nuevo.

Una vez atendido el caballero de la resaca, se produjo una breve pausa. Entonces pude concentrar mi atención en Murray MacLeod, que se había instalado a poca distancia.

Noté que Murray había comenzado temprano: junto a sus pies, la tierra estaba oscura; las cenizas esparcidas, empapadas y viscosas de sangre. Estaba atendiendo a uno de los primeros pacientes, un fornido caballero, cuya nariz roja y esponjosa, así como la papada floja, eran testimonio de toda una vida de excesos alcohólicos. Pese a la lluvia y el frío, tenía al hombre en camisa, con la manga recogida y el torniquete en su sitio; sobre las rodillas del paciente, el cuenco de la sangría.

Yo estaba a tres metros largos del taburete donde Murray practicaba su oficio; aun así, y a pesar de lo tenue que era la luz matinal, noté que el paciente tenía los ojos amarillos como la mostaza.

—Dolencia hepática —le dije a Brianna, sin molestarme en bajar la voz—. La ictericia se ve desde aquí, ¿verdad?

—Humores biliosos —anunció MacLeod en voz bien alta, mientras abría su navaja de sangrar—. Un exceso de humores. Claro como el agua.

Murray, menudo, moreno y pulcro en el vestir, no tenía una presencia muy impresionante, pero era enérgico en sus opiniones, sí.

—Cirrosis causada por la bebida, diría yo —continué, acercándome más para observar con imparcialidad al enfermo.

—Un impacto de la bilis, debido al desequilibrio de la flema. —Murray me fulminó con la mirada. A todas luces pensaba que yo tenía intención de robarle, si no el paciente, sí el efecto.

Sin prestarle atención, me incliné para examinar al hombre, que pareció alarmado por mi escrutinio.

—Tiene usted un bulto duro justo debajo de las costillas, a la derecha, ¿verdad? —señalé amablemente—. Su orina es oscura, y sus heces, negras y sanguinolentas. ¿Me equivoco?

El hombre negó con la cabeza, boquiabierto. Comenzábamos a llamar la atención.

—Ma... dre. —Brianna, de pie a mi lado, me susurró mientras saludaba a Murray con la cabeza y se inclinó para decirme al oído—: ¿Qué puedes hacer contra la cirrosis, mamá? ¡Nada!

Me interrumpí, mordiéndome los labios. Ella tenía razón: llevada por el impulso de exhibirme haciendo un diagnóstico (y de impedir que Murray utilizara con él su navaja oxidada), había pasado por alto el detalle de que no podía ofrecer ningún tratamiento alternativo.

El paciente pasaba la mirada de uno a otra, obviamente intranquilo. Hice un esfuerzo por sonreírle e incliné la cabeza ante Murray.

—El señor MacLeod lo ha dicho bien —dije, forzando las palabras entre los dientes—. Dolencia hepática, sin duda, causada por un exceso de humores.

Después de todo, el alcohol se podía considerar como humor si los que habían estado bebiendo el whisky de Jamie, la noche anterior, lo encontraban tan divertido.

La cara de Murray, hasta entonces tensa de suspicacia, quedó cómicamente estupefacta ante mi capitulación. Brianna se me adelantó un paso para aprovechar la ocasión.

—Hay un hechizo —dijo, dedicándole una sonrisa encantadora—. Es para... eh... afilar el cuchillo y facilitar el flujo de los humores. Permítame demostrárselo.

Antes de que él pudiera apretar los dedos, Bree le arrebató la navaja de la mano y giró hacia nuestra pequeña fogata, donde un caldero lleno de agua humeaba desde su trípode.

—En el nombre de Miguel, que blande las espadas, el defensor de las almas —entonó.

Confiaba en que no fuera una blasfemia tomar el nombre de san Miguel en vano, o al menos en que el arcángel no se opusiera si la causa era buena. Los hombres que preparaban la hoguera se habían detenido a mirar, al igual que unas cuantas personas que se acercaban al consultorio.

Bree elevó la navaja en una señal de la cruz grande y lenta, mirando de un lado a otro para asegurarse de contar con la atención de todos los presentes. Así era: estaban fascinados. Más alta que la mayoría de los curiosos, con los ojos azules entornados en concentración, se parecía mucho a Jamie en alguna de sus actuaciones más valerosas. Sólo cabía esperar que fuera tan hábil como él.

—Bendice este filo por la curación de tu sirviente —dijo Bree, alzando los ojos al cielo, mientras sostenía la navaja sobre el fuego, como los sacerdotes que ofrecen la eucaristía. Algunas burbujas atravesaban el agua, pero aún no había llegado a la ebullición.

»Bendice este filo que ha de extraer sangre, que ha de verter sangre, que ha de... eh... quitar el veneno del cuerpo de tu humildísimo peticionario. Bendice el filo... bendice el filo... bendice el filo en la mano de tu humilde servidor. Gracias sean dadas a Dios por el brillo del metal.

«Gracias sean dadas a Dios por el carácter repetitivo de las oraciones gaélicas», pensé cínicamente.

Y ¡gracias a Dios!, el agua estaba hirviendo. Ella bajó la hoja breve y curva hasta la superficie, mientras clavaba en la muchedumbre una mirada cargada de intención, y declamó:

—¡Que la pureza de las aguas que brotaron del costado de Nuestro Señor Jesucristo impere sobre este filo!

Hundió el metal en el agua y allí lo sostuvo hasta que el vapor, al elevarse sobre el marco de madera, le enrojeció los dedos. Entonces levantó la navaja y la pasó a toda prisa a la otra mano, elevándola en el aire mientras agitaba subrepticiamente la mano escaldada a su espalda.

—Que la bendición de san Miguel, el que defiende contra los demonios, impere sobre este filo y la mano de quien lo blanda, para la salud del cuerpo, para la salud del alma. ¡Amén!

Y dio un paso adelante para ofrecer con gesto ceremonioso el instrumento a Murray, con el mango por delante. MacLeod, que no era nada tonto, me echó una mirada en la que una aguda sospecha se mezclaba con la renuente apreciación de la pericia teatral de mi hija.

—No toque la hoja —recomendé, con una graciosa sonrisa—. Rompería el hechizo. ¡Ah!, y debe repetir el encantamiento cada vez que la use. Tenga presente que se debe hacer con agua hirviendo.

—Mmfm —refunfuñó él.

Sin embargo, cogió la navaja por el mango, cuidadosamente. Después de saludar a Brianna con un breve movimiento de cabeza, se volvió hacia su paciente. Y yo, hacia la mía: una jovencita con urticaria. Brianna me siguió, secándose las manos en la falda, muy satisfecha de sí misma. Detrás de mí se oyó el suave gruñido del enfermo y el resonante repiqueteo de la sangre que caía en el cuenco metálico.

Me sentía bastante culpable por el paciente de MacLeod, pero Brianna tenía toda la razón: yo no podía hacer nada de nada por él, dadas las circunstancias. Un cuidadoso tratamiento a largo plazo, acompañado de excelente alimentación y total abstinencia de alcohol, podía prolongarle la vida. Las dos primeras posibilidades eran muy remotas; la tercera no existía.

Mientras lo salvaba de una posible infección generalizada, Brianna había aprovechado la oportunidad de proporcionar la misma protección a los futuros pacientes de MacLeod. Pero no pude menos que sentir una insistente culpa por no haber hecho algo más. Aun así, todavía se aplicaba el primer principio médico que había aprendido en mis tiempos de enfermera, en los campos de batalla de Francia: trata al paciente que tienes ante ti.

—Aplícate este ungüento —dije con voz severa a la jovencita de la urticaria—. ¡Y no te rasques!

# 4

## *Regalos de boda*

El cielo no se había despejado, pero por el momento la lluvia había cesado. Las fogatas humeaban como chimeneas, y la gente se apresuraba a aprovechar esa pausa momentánea para alimentar las brasas mantenidas con esmero, empujando leña húmeda hacia la yesca, en un rápido esfuerzo por secar ropas y mantas. Sin embargo, aún había desasosiego en el aire; las nubes de humo se levantaban como fantasmas entre los árboles.

Una de esas columnas cruzó el sendero delante de Roger, que giró para evitarla, abriéndose paso entre penachos de hierbas húmedas que le empaparon los calcetines, y de ramas colgantes de pino que dejaron oscuros parches de humedad en los hombros de su chaqueta. No prestó atención a la mojadura, concentrado como estaba en su lista mental de recados que cumplir ese día.

Primero iría a la carreta de los hojalateros, a comprar alguna pequeñez como regalo de bodas para Brianna. ¿Qué le gustaría? ¿Una joya, una cinta? Tenía muy poco dinero, pero necesitaba celebrar la ocasión con algún presente.

Le habría gustado ponerle un anillo suyo en el dedo cuando pronunciaran sus votos matrimoniales, aunque ella insistía en que el rubí cabujón de su abuelo serviría perfectamente; le quedaba bien y no haría falta gastar dinero en otra sortija. Bree era pragmática, a veces hasta el fastidio, en contraste con la veta romántica de Roger.

Tendría que ser algo práctico pero ornamental. ¿Una bacinilla pintada, por ejemplo? La ocurrencia lo hizo sonreír, aunque la idea de lo práctico persistía, teñida con cierta duda.

Recordaba vívidamente a la señora Abercrombie, una matrona seria y sensata perteneciente a la congregación del reverendo Wakefield; una noche, en medio de la cena, había llegado a la casa parroquial en estado de histeria, diciendo que había matado a su esposo y preguntando qué debía hacer. Tras dejar a la señora al cuidado de su ama de llaves, el reverendo Wakefield se dirigió a toda prisa a la residencia de los Abercrombie, en compañía de Roger, que por entonces era aún adolescente.

Encontraron al esposo de la mujer en el suelo de la cocina; por fortuna seguía con vida, aunque estaba mareado y sangrando a mares de una pequeña herida en el cuero cabelludo, consecuencia de un golpe dado con la plancha eléctrica de vapor que le había regalado a su esposa, en ocasión del vigésimo tercer aniversario de bodas.

«Pero ¡ella me dijo que la plancha vieja chamuscaba las servilletas!», repetía el señor Abercrombie, a quejosos intervalos, mientras el reverendo le cubría hábilmente la herida con esparadrapo y Roger limpiaba la cocina.

Fue el vívido recuerdo de aquellas manchas sangrientas en el linóleo gastado lo que acabó por decidirlo. Por pragmática que Bree fuera, se trataba de su boda. Para bien o para mal, hasta que la muerte nos separe. Buscaría algo romántico, lo más romántico que se pudiera conseguir por un chelín y tres peniques.

Entre las agujas de las píceas cercanas distinguió un destello rojo. Se detuvo y se inclinó para espiar por un hueco entre las ramas.

—¿Duncan? —dijo—. ¿Eres tú?

Duncan Innes salió de detrás de los árboles, mientras asentía con aire tímido. Aún llevaba el tartán escarlata de los Cameron, pero se había quitado la espléndida chaqueta para envolverse los hombros con el extremo de su manta, a manera de chal, en el cómodo estilo antiguo de las Highlands.

—¿Podemos hablar un rato, *a Smeòraich*? —preguntó.

—Por supuesto. Voy a la carreta de los hojalateros; acompáñame.

Roger volvió a la senda, donde el humo ya había desaparecido, y ambos marcharon a través de la montaña, uno al lado del otro, como buenos compañeros. El joven no decía nada, esperando cortésmente a que Duncan eligiera su modo de iniciar la conversación. Aunque de temperamento tímido y reservado, era observador, perceptivo y terco, a su manera callada. Si tenía algo que decir, lo diría a su debido tiempo. Al fin, Duncan tomó aliento y comenzó:

—Mac Dubh me dijo que tu padre era pastor presbiteriano. ¿Es cierto eso?

—Sí —confirmó Roger, bastante sorprendido por el tema—. Es decir... cuando mataron a mi verdadero padre, fui adoptado por un tío de mi madre; él era pastor.

Mientras hablaba, Roger se preguntó por qué sentía la necesidad de dar explicaciones si durante casi toda su vida se había referido al reverendo llamándolo padre. A Duncan le daba igual, sin duda.

Su compañero chasqueó la lengua en señal de compasión.

—Pero, entonces, eres presbiteriano, ¿verdad? Oí a Mac Dubh hablar de eso.

Pese a sus buenos modales de siempre, bajo el mostacho desigual de Duncan asomó una breve sonrisa.

—Sí, ya me imagino —replicó Roger, seco. Lo raro habría sido que alguien, en toda la reunión, no hubiera oído a Mac Dubh hablar del asunto.

—Bueno, el caso es que yo también soy presbiteriano —reconoció Duncan, casi como pidiendo disculpas.

El joven lo miró, atónito.

—¿Tú? Pero ¡si yo pensaba que eras católico!

Su compañero encogió el hombro del brazo amputado, con un leve ruido de azoramiento.

—No. Mi bisabuelo materno era covenantario y muy sólido en sus creencias, ¿comprendes? —Duncan sonrió con cierta timidez—. Cuando llegaron a mí estaban bastante diluidas. Mi madre era religiosa, pero a mi padre no le gustaba mucho la Iglesia, y a mí tampoco. Y cuando conocí a Mac Dubh... Bueno, él no iba a pedirme que lo acompañara a misa los domingos, ¿verdad?

Roger asintió, con un breve gruñido de comprensión. Duncan y Jamie se habían conocido en la prisión de Ardsmuir, después del Alzamiento. Si bien la mayoría de los soldados jacobitas eran católicos, también había entre ellos protestantes de diversas variedades... que probablemente guardaban silencio sobre su credo al convivir codo a codo con una mayoría de católicos. También era cierto que, al dedicarse luego al contrabando, Jamie y Duncan habrían tenido pocas oportunidades para discutir de religión.

—Sí, comprendo. Y tu boda con la señora Cameron, esta noche...

El otro asintió con la cabeza, mascando con aire reflexivo una punta del bigote.

—Eso es. ¿Crees que tengo la obligación de decir algo?

—¿La señora Cameron no lo sabe? ¿Jamie tampoco?

Duncan negó en silencio con la cabeza, fijos los ojos en el barro pisoteado del camino. Desde luego, la opinión que más importaba era la de Jamie, antes que la de Yocasta Cameron. A todas luces, Duncan no había creído que las diferencias religiosas tuvieran importancia; en cuanto a Yocasta, Roger nunca había oído decir que fuera devota en absoluto. Pero la reacción de Jamie ante el presbiterianismo de su futuro yerno había alarmado al pobre hombre.

—Mac Dubh dijo que fuiste a hablar con el cura. —Duncan lo miró de soslayo y carraspeó, enrojecido—. ¿Te... te obligó a un bautismo romano?

Perspectiva atroz para todo protestante devoto, y visiblemente incómoda para Duncan. Roger cayó en la cuenta de que a él también le resultaba molesta. ¿Lo habría aceptado, de ser necesario para casarse con Bree? Quizá sí, pero era preciso admitir que había sentido un profundo alivio al ver que el sacerdote no exigía ningún tipo de conversión formal.

—Eh... no —respondió. Otro abanico de humo se abatió de pronto sobre ellos, haciéndolo toser—. No —repitió, enjugándose los ojos lagrimosos—. Pero no bautizan a los que ya han recibido los óleos. ¿Tú estás bautizado?

—¡Oh!, sí —exclamó Duncan, como si eso lo reanimara—. Sí, cuando era... es decir... —Una vaga sombra le cruzó la cara, aunque esa idea, cualquiera que fuese, fue descartada con un nuevo encogimiento de hombros—. Sí.

—Bien. Déjame pensar un poco, ¿quieres?

La carreta de los hojalateros estaba ya a la vista, acurrucada como un buey, con lonas y mantas protegiendo la mercancía de la lluvia. Pero Duncan se detuvo; era obvio que quería resolver ese asunto antes de pasar a otra cosa. Se frotó la nuca, pensativo.

—No —dijo por fin—, no hace falta que digas nada. No habrá misa; sólo el oficio matrimonial, que es más o menos el mismo. Aceptas a esta mujer, aceptas a este hombre, en la pobreza y en la riqueza, etcétera.

Duncan asintió, muy atento.

—Eso puedo decirlo, sí —dijo—. Aunque me costó un poco asimilar eso de en la riqueza y en la pobreza. Tú sabes a qué me refiero.

Lo dijo sin ninguna ironía, como si enunciara un hecho obvio; la reacción de Roger ante el comentario le cogió obviamente por sorpresa.

—No lo he dicho con mala intención —se apresuró a aclarar—. Es decir... me refería a que...

El joven agitó una mano, tratando de zanjar el tema.

—No tiene importancia —dijo, con una voz tan seca como la del otro—. La verdad no ofende, como dicen, ¿no?

Y era la verdad, aunque de algún modo se las hubiera arreglado para pasarla por alto hasta entonces. En realidad (lo comprendió con abatimiento) ambos estaban en la misma situación: un hombre sin propiedades ni dinero que se casaba con una mujer rica o con grandes posibilidades de serlo.

Nunca se le había ocurrido pensar que Fraser fuera rico, tal vez por su talante naturalmente modesto, tal vez sólo porque aún no lo era. Pero lo cierto es que poseía cuatro mil hectáreas de tierra. Si bien una buena parte era aún territorio yermo, no tenía por qué continuar así. Ya había arrendatarios en esa propiedad, y pronto habría más. Y cuando esos arriendos comenzaran a rendir dinero, cuando hubiera moliendas en los arroyos, asentamientos, tiendas y tabernas, cuando el puñado de vacas, cerdos y caballos se hubiera multiplicado hasta formar grandes rebaños de buen ganado bajo la atenta vigilancia de Jamie...

... entonces Fraser sería muy rico. Y Brianna era su única hija biológica.

Allí estaba también Yocasta Cameron, ya visiblemente rica, que había manifestado sus intenciones de nombrar heredera a Brianna. La muchacha se había negado en redondo a aceptar la idea, pero Yocasta era tan terca como su sobrina y tenía más años de práctica. Además, poco importaba lo que Brianna hiciera o dijera: la gente supondría...

Y era eso lo que le estaba apretando el estómago a Roger como una piedra: no sólo saber que iba a casarse con alguien que estaba muy por encima de sus medios y su posición social, sino el hecho de que toda la colonia se hubiera dado cuenta de ello hacía mucho tiempo. Seguro que comentaban su extraña suerte, si es que no pensaban que era un cazafortunas.

El humo le había dejado en el fondo de la boca un amargo sabor a ceniza. Después de tragárselo, le dedicó a Duncan una sonrisa torcida.

—Sí —dijo—. Bueno, para bien o para mal. Supongo que algo habrán visto ellas en nosotros, ¿verdad? ¿Las mujeres?

Duncan sonrió con cierta melancolía.

—Algo, sí. Oye, ¿de veras crees que no habrá problemas con lo de la religión? No me gustaría que la señorita Yo o Mac Dubh pensaran mal de mí por no haber dicho nada. Es que no quería armar un revuelo sin necesidad.

—No, claro que no —contestó Roger. Luego inspiró hondo, apartándose el pelo mojado de la cara—. Creo que no habrá ningún problema. Cuando hablé con el... con el sacerdote, la única condición que me impuso fue que debía permitir que nuestros hijos recibieran el bautismo católico. Pero como tú y la señora Cameron no tenéis que pensar en eso...

Dejó la frase delicadamente inconclusa, aunque su compañero pareció aliviado.

—¡Oh, no! —dijo, con una risa algo nerviosa—. No creo que eso deba preocuparme.

—Pues bien... —Roger se obligó a sonreír y le dio una palmada en la espalda—. Que tengas suerte.

Duncan se pasó un dedo bajo el mostacho.

—También tú, *a Smeòraich*.

El joven esperaba que Duncan siguiera su camino, puesto que había contestado su pregunta. Sin embargo, el hombre continuó caminando a paso lento a su lado, junto a la fila de carretas, estudiando las mercancías exhibidas con una leve arruga en la frente.

Tras toda una semana de regateos y trueques, las carretas estaban tan cargadas como al principio... o más aún. En ellas se apilaban sacos de cereales y lana, toneles de sidra, bolsas de manzanas, cueros y otros cien productos distintos aceptados a cambio de otros. El inventario de objetos lujosos había disminuido de manera considerable, pero aún se podían comprar algunas cosas, tal como lo evidenciaba la multitud arracimada en torno a los carros, espesa como los áfidos en un rosal.

Su gran estatura permitía a Roger mirar por encima de las cabezas de la mayoría; así avanzaba a paso lento, echando una ojeada aquí y allá, mientras trataba de imaginar cómo reaccionaría Brianna ante eso.

Era una mujer hermosa, pero no daba importancia a su belleza. En realidad, él apenas había podido disuadirla de cortarse la mayor parte de su gloriosa melena roja; le molestaba que se le manchara continuamente y que Jemmy tirara de ella. Quizá una cinta fuera un regalo práctico. O una peineta decorada. No, mucho mejor un par de esposas para el pequeño.

Se detuvo junto a un puesto de telas y se agachó para mirar debajo de la lona; allí había cofias y cintas de colores, que se agitaban en la fresca penumbra como tentáculos de medusas brillantes. Duncan, con la manta levantada hasta las orejas para protegerse contra los golpes de viento, se acercó para ver qué estaba mirando.

—¿Buscan algo en especial, señores? —La vendedora se inclinó hacia ellos sobre su mercancía, apoyando el pecho en los brazos cruzados, y dividió entre ambos una sonrisa profesional.

—Sí —dijo Duncan, inesperadamente—. Un metro de terciopelo. ¿Tiene usted algo así? Que sea de buena calidad; el color no importa.

La mujer enarcó las cejas (aun con su ropa de domingo, Duncan no tenía pinta de petimetre), pero no hizo comentarios mientras rebuscaba entre sus mermadas existencias.

—¿Sabes si a la señora Claire le queda algo de lavanda? —preguntó él, volviéndose hacia Roger.

—Sí tiene, sí —confirmó éste. El desconcierto debió de reflejársele en la cara, pues Duncan sonrió con un gesto tímido.

—Es una idea que he tenido —explicó—. La señorita Yo sufre de migrañas y no duerme muy bien. Mi madre tenía una almohada rellena de lavanda y aseguraba que se quedaba dormida como un bebé en cuanto apoyaba la cabeza en ella. Y se me ocurrió que un trozo de terciopelo, para que lo apoye en la mejilla, ¿comprendes?... y si la señorita Lizzie me la cosiera...

«En la salud y en la enfermedad...»

Roger hizo un gesto aprobatorio. Se sentía conmovido y algo avergonzado ante tanta consideración. Había tenido la impresión de que la boda de Duncan y Yocasta era, por encima de todo, cuestión de conveniencia y buenos negocios. Tal vez lo era, sí, pero la falta de una loca pasión no impedía la ternura ni el gesto considerado, ¿no es verdad?

Realizada su compra, Duncan se alejó con el terciopelo bien protegido bajo su manta, mientras Roger recorría despacio el resto de los puestos. Seleccionaba, sopesaba y descartaba para sí, estrujándose el cerebro en un intento por decidir cuál de esa miríada de objetos podía complacer a su novia. ¿Pendientes? No, el niño tiraría de ellos. Lo mismo con un collar... o una cinta para el pelo, bien pensado.

Aun así, su mente seguía rondando las joyas. Por lo general, ella las usaba muy poco, pero durante todo el encuentro había lucido el anillo de rubí de su padre, el que Roger le había dado en el momento de aceptarse para siempre. Jem lo babeaba de vez en cuando, pero eso no le haría daño.

Se detuvo en seco, dejando que la muchedumbre fluyera a su alrededor. En su mente, veía el oro, el rosado intenso del rubí cabujón vívido en su dedo largo y pálido. El anillo de su padre. Por supuesto, ¿cómo no se había percatado antes?

Aunque Roger hubiera recibido esa joya de Jamie, no era su dueño y no podía darla a su vez. Y de pronto deseaba con todas sus fuerzas darle a Brianna algo que fuera de verdad suyo.

A paso decidido, regresó a una carreta cuyas mercancías de metal centelleaban aun bajo la lluvia. Había observado que el dedo anular de Brianna tenía el grosor de su meñique.

—Éste —decidió, levantando una sortija barata.

Estaba hecha de hilos trenzados de cobre y bronce; seguramente le pondría el dedo verde en pocos minutos. «Mucho mejor», pensó mientras pagaba. Aunque no lo usara siempre, llevaría la marca que la identificaría como suya.

«Por este motivo abandonará la mujer la casa de su padre, se unirá a su esposo y los dos serán una misma carne.»

# 5

## *Disturbios*

A pesar de la intermitente llovizna, hacia el final de la primera hora de pasar consulta aún esperaba su turno una considerable multitud de pacientes. Como era el último día de reunión, quienes venían soportando un dolor de muelas o la duda de un sarpullido habían decidido súbitamente aprovechar la ocasión para ser atendidos.

Despedí a una joven afectada por un bocio incipiente, aconsejándole que se procurase una cantidad de pescado seco (al vivir tan lejos del mar no tendría la seguridad de conseguirlo siempre fresco) y comiera todos los días un poco, por su alto contenido en yodo.

—¡El siguiente! —llamé, mientras me apartaba el pelo mojado de los ojos.

La muchedumbre se abrió como el mar Rojo, dejando ver a un anciano menudo, tan flaco que parecía un esqueleto andante, vestido con harapos; traía en los brazos un lío de pieles. Cuando lo tuve cerca, descubrí a qué se debía la deferencia de la gente: hedía a mapache muerto.

Por un momento supuse que ese montón de pieles grisáceas podía ser, en verdad, un mapache muerto. Ya tenía unas cuantas pieles cerca de los pies, aunque por lo general mis pacientes se tomaban la molestia de separarlas de sus propietarios originales antes de traérmelas. Pero entonces aquello se movió y un par de ojos brillantes me miraron desde la masa enmarañada.

—Mi perro está herido —anunció sin más el hombre. Después de apartar con brusquedad los instrumentos y depositar al animal en mi mesa, señaló un desgarro en el flanco del animal—. Usted lo atenderá.

No había dado a su frase un tono de solicitud, aunque a fin de cuentas mi paciente era el perro, que parecía bastante más cortés. De tamaño mediano, tenía las patas cortas, el pelaje hirsuto y unas orejas desflecadas. Jadeaba plácidamente, sin hacer intento alguno de escapar.

—¿Qué le ha sucedido? —pregunté mientras ponía fuera de peligro la vasija tambaleante. Cuando me agaché para buscar suturas esterilizadas en el frasco, el perro me lamió la mano.

—Se ha peleado con un mapache.

—Hum —musité, observando al animal con gesto dubitativo.

Teniendo en cuenta su improbable ascendencia y su evidente cordialidad, cualquier aproximación a un mapache hembra se habría debido antes a la lujuria que a la ferocidad. Como para confirmar esa impresión, el animal proyectó hacia mí unos cuantos centímetros de su rosado miembro reproductor.

—Le gustas, mamá —comentó Bree, muy seria.

—¡Qué honor! —murmuré, rogando que a su propietario no se le ocurriera hacer alguna demostración similar. Por suerte, se diría que el hombre no me tenía la menor simpatía; me ignoraba por completo, con los ojos hundidos tristemente fijos en el claro, donde los soldados realizaban unas maniobras—. Tijeras —pedí, ya resignada, al tiempo que extendía la palma.

Después de recortar el pelaje apelmazado en torno a la herida, me alegró comprobar que no había mucha tumefacción, ni otras señales de que estuviera infectada. El tajo había coagulado bien; por lo visto había pasado algún tiempo. Me pregunté si el perro había encontrado su castigo en la montaña. El anciano no me resultaba conocido, ni hablaba con entonación escocesa. Parecía dudoso que hubiera participado en el encuentro.

—Eh... ¿quiere usted sujetarle la cabeza, por favor?

Por amistoso que fuera el perro, su buen carácter no permanecería invariable cuando yo le atravesara el pellejo con una aguja. Pero el dueño, sumido en sus tristes cavilaciones, no hizo ademán alguno de colaborar. Busqué a Bree con la vista, aunque ella había desaparecido súbitamente.

—Veamos, *a bhalaich*, vamos a ver —dijo una voz sedante a mi lado.

Al volverme, sorprendida, vi que el perro olfateaba con interés los nudillos de Murray MacLeod. Ante mi cara de asombro, él se encogió de hombros con una sonrisa; luego se inclinó hacia la mesa y aferró al estupefacto animal por la piel del cuello y el hocico.

—Le aconsejaría que actuara deprisa, señora Fraser —dijo.

Sujetando con firmeza la pata más próxima, comencé. El animal reaccionó tal como lo hace la mayoría de los humanos en circunstancias similares: retorciéndose con vigor en un intento de escapar; sus uñas rascaron la madera tosca de la mesa. Por fin logró liberarse de Murray; de inmediato saltó fuera de la mesa, lanzándose hacia el espacio abierto, con las suturas a rastras. Me arrojé sobre él y ambos rodamos entre las hojas y el barro, diseminando a los curiosos, hasta que una o dos almas audaces acudieron en mi auxilio e inmovilizaron al chucho contra el suelo, para que yo pudiera terminar mi trabajo.

Até el último nudo, corté la hebra encerada con la navaja de Murray (aunque pisoteada en el forcejeo, por desgracia no se había roto) y por fin retiré la rodilla con que sujetaba el flanco del sabueso, jadeando casi tanto como él.

Los espectadores aplaudieron.

Hice una reverencia, algo aturdida, y aparté con ambas manos los mechones de rizos desaliñados. Murray no estaba mejor; se le había deshecho la coleta, y la chaqueta, cubierta de barro, se había desgarrado en un costado. Se inclinó para levantar al perro y volvió a ponerlo sobre la mesa, junto a su propietario.

—Su perro, señor —le dijo, con un jadeo sibilante.

El anciano apoyó una mano en la cabeza del animal y nos miró a Murray y a mí con el ceño fruncido, como si no supiera cómo interpretar ese nuevo enfoque de cirugía en equipo. Luego echó un vistazo a los soldados, por encima de su hombro, y finalmente volvió hacia mí las cejas escasas fruncidas sobre la nariz ganchuda.

—¿Quiénes son? —preguntó en tono de profundo desconcierto.

Sin esperar respuesta, se alejó con un encogimiento de hombros. El perro bajó de un brinco y, con la lengua colgando, marchó junto a su dueño en busca de nuevas aventuras.

Inspiré hondo, sacudí el barro de mi delantal y, tras darle las gracias a Murray con una sonrisa, fui a lavarme las manos antes de atender al próximo paciente.

—¡Ja! —exclamó Brianna por lo bajo—. ¡Aquí lo tienes! —Levantó apenas la barbilla mientras señalaba algo a mi espalda, y me volví para mirar.

El siguiente paciente era un caballero. Un caballero de verdad, a juzgar por su ropa y su porte, ambos bastante por encima de lo habitual. Yo lo había visto rondar por el extremo del claro, observando de forma alternativa mi centro de operaciones y el de Murray, como si se preguntara a cuál de los médicos brindar el privilegio de atenderlo. Por lo visto, el incidente del perro había inclinado la balanza en mi favor.

Eché un vistazo a Murray, que estaba visiblemente disgustado. Los caballeros solían pagar en efectivo. Me encogí un poco de hombros, como pidiéndole disculpas. Luego, con una simpática sonrisa profesional, indiqué al nuevo paciente que tomara asiento en mi taburete.

—Siéntese, señor, y dígame dónde le duele.

El caballero era un tal señor Goodwin, de Hillsborough; su principal dolencia, una molestia en el brazo. Pero noté que ése no era su único problema; una herida recientemente cicatrizada serpenteaba por el costado de su cara, estirando la comisura del ojo hacia abajo en un bizqueo feroz. El cardenal de la mejilla señalaba el sitio donde había recibido el golpe de un objeto pesado, por encima de la mandíbula, y sus facciones tenían el aspecto hinchado de quien se ha ganado una fea paliza en un pasado no muy lejano.

Bastaba una provocación para que los caballeros se enzarzasen en una pelea, igual que cualquiera; pero éste parecía de una edad avanzada como para ese tipo de entretenimientos. Aparentaba unos cincuenta y cinco años, la próspera barriga presionaba contra los botones de plata de su chaleco. Tal vez lo habían emboscado para robarle, aunque no había sido en su camino a la reunión, pues esas lesiones databan de hacía varias semanas.

Palpé con tiento el brazo y el hombro, mientras le pedía que lo levantara y lo moviera un poco, y le hacía breves preguntas. El problema era bastante obvio: se había dislocado el codo; aunque por suerte la lesión se había reducido por sí sola, parecía tener desgarrado un tendón, que ahora estaba atrapado entre el olécranon y la cabeza del cúbito; de ese modo, cualquier movimiento del brazo empeoraba la lesión.

Eso no era todo; palpando cautelosamente hacia abajo, descubrí no menos de tres fracturas simples en el antebrazo, ya a medio soldar. No todo el daño era interno: observé los restos descoloridos de dos grandes moretones en el antebrazo, encima de las fracturas; cada uno de ellos era una mancha irregular, de tono amarillo verdoso; en el centro, el negro rojizo de la hemorragia profunda. «Si éstas no son lesiones recibidas en defensa propia —me dije—, yo soy china.»

—Bree, búscame unas tablillas adecuadas, ¿quieres? —pedí.

Brianna asintió sin decir nada y desapareció, mientras yo untaba las contusiones más leves del señor Goodwin con ungüento de cajeput.

—¿Cómo se ha lesionado, señor Goodwin? —pregunté como de pasada, mientras escogía una venda de lino—. Parece que ha librado un verdadero combate. Espero al menos que su contrincante haya quedado aún peor.

El señor Goodwin sonrió débilmente ante mi ocurrencia.

—Pues sí, fue todo un combate, señora Fraser —dijo—, aunque no me incumbía. Más bien ha sido cuestión de mala suerte:

se podría decir que me encontraba en el sitio equivocado en el peor momento. Aun así...

Cerró por acto reflejo el ojo dañado al tocar yo la cicatriz. Se la habían suturado sin habilidad, pero estaba bien cerrada.

—¿De veras? —comenté—. ¿Qué sucedió?

Aunque dejó escapar un gruñido, no parecía molesto por tener que contármelo.

—Sin duda usted ha escuchado al oficial, señora, el que ha leído las palabras del gobernador con respecto a la atroz conducta de los alborotadores.

—Dudo que las palabras del gobernador hayan escapado a la atención de alguien —murmuré, tirando con suavidad de la piel con la punta de los dedos—. Conque usted estuvo en Hillsborough. ¿Es eso lo que me está diciendo?

—Ya lo creo. —Suspiró, pero se relajó un poco al ver que mis manos hurgaban sin hacer daño—. En realidad, vivo en Hillsborough. Y si me hubiera quedado tan tranquilo en casa, como me rogaba mi buena esposa... —Sonrió a medias, con tristeza—. Sin duda habría podido escapar.

—Como dice el refrán inglés, la curiosidad mató al gato. —Su sonrisa me había hecho descubrir algo; presioné suavemente con el pulgar en la zona amoratada de la mejilla—. Alguien le ha golpeado aquí con cierta fuerza. ¿Tiene dientes rotos?

Pareció algo sorprendido.

—Sí, señora. Pero no es algo que usted pueda reparar.

Se levantó el labio superior, descubriendo un hueco donde faltaban dos piezas dentales. Un premolar había sido arrancado de cuajo, pero el otro estaba partido a la altura de la raíz; una línea mellada de esmalte blanco brillaba contra el rojo oscuro de la encía.

Brianna, que llegaba en ese momento con las tablillas, emitió un leve sonido de asco. Los otros dientes del señor Goodwin, esencialmente enteros, tenían incrustaciones de sarro amarillo y las manchas pardas del tabaco mascado.

—¡Bueno!, creo que algo sí que puedo hacer —le aseguré, sin prestar atención a mi hija—. Duele al morder, ¿verdad? No puedo arreglarlo, pero sí extraer los restos del diente roto y tratar la encía para evitar infecciones. ¿Quién lo golpeó?

Apenas se encogió de hombros, mientras observaba con un interés algo aprensivo las tenazas relucientes y el escalpelo de hoja plana que yo preparaba.

—La verdad, señora, es que no lo sé seguro. Yo sólo me aventuré a ir a la ciudad para visitar los tribunales. Voy a entablar juicio contra un tipo en Virginia —explicó, arrugando las cejas al recordarlo—, y se me requiere que presente algunos documentos para respaldar mi posición. Pero no pude realizar el trámite, pues delante de los tribunales la calle estaba repleta de hombres, muchos de los cuales habían ido armados con garrotes, látigos y toscos instrumentos de ese tipo.

Al encontrarse con esa turba había pensado retirarse, aunque en ese momento alguien había arrojado una piedra contra una ventana del edificio. El ruido del vidrio roto había actuado sobre el gentío como una señal: todos se lanzaron hacia delante, derribando puertas y lanzando amenazas a gritos.

—Sabía que un amigo mío, el señor Fanning, estaba dentro, y empecé a preocuparme por él.

—Fanning... ¿Se refiere usted a Edmund Fanning?

Estaba escuchando sólo a medias, mientras buscaba la mejor manera de realizar la extracción, pero reconocí el nombre. Farquard Campbell lo había mencionado al narrar a Jamie los sangrientos detalles de los disturbios que siguieron a la Ley del Timbre, pocos años atrás. Habían nombrado a Fanning jefe de correos de la colonia, lucrativo puesto que probablemente le costó bastante dinero. Y pagó un precio aún mayor cuando fue obligado a renunciar por la fuerza. Por lo visto, su impopularidad había aumentado en los cinco años transcurridos.

El señor Goodwin apretó los labios.

—Sí, señora, de ese caballero se trata. Y pese a las cosas escandalosas que la gente divulga sobre él, conmigo y con los míos se ha comportado siempre como un buen amigo. Por eso, al oír que se expresaban sentimientos tan lamentables, esas amenazas contra su vida, decidí acudir en su auxilio.

El señor Goodwin no había tenido mucho éxito en su gallarda empresa.

—Traté de abrirme camino entre la multitud —dijo, con la vista fija en mi mano. Yo estaba acomodándole el brazo a lo largo de la tablilla y disponiendo debajo el vendaje de lino—. Pero no pude hacer gran cosa. Apenas había alcanzado el pie de la escalinata cuando desde dentro me llegó un fuerte grito. La muchedumbre retrocedió, arrastrándome consigo.

Mientras se esforzaba por conservar el equilibrio, el señor Goodwin había visto con horror cómo sacaban a Edmund Fanning del edificio por la fuerza, cómo lo derribaban y luego lo arrastraban por las escaleras con los pies por delante; su cabeza golpeaba cada uno de los peldaños.

—¡Ese ruido! —exclamó, estremecido—. Podía oírlo por encima del griterío, como un melón que rodara escaleras abajo.

—¡Cielo santo! —murmuré—. Pero no lo mataron, ¿verdad? No he oído que muriera nadie en Hillsborough. Afloje el brazo, por favor, e inspire hondo.

El señor Goodwin cogió aire, sí, pero sólo para lanzar un fuerte resoplido. Le siguió una exclamación mucho más grave: yo acababa de girar el brazo, liberando el tendón atrapado y alineando la articulación como Dios manda. Se puso muy pálido y sus mejillas pendulares adquirieron el brillo del sudor, aunque después de parpadear unas cuantas veces se recuperó noblemente.

—Pues si no murió, no fue por misericordia de los desmandados —dijo—. Fue sólo porque decidieron que sería más divertido arremeter contra el juez mayor. Entonces dejaron a Fanning inconsciente allí tirado para correr al interior del edificio. Otro amigo y yo nos apresuramos a levantar al pobre hombre. Cuando tratábamos de llevarlo a un refugio cercano, oímos gritos a nuestra espalda, y de inmediato nos atacó la multitud. Fue así como me hicieron esto —se tocó el brazo recién entablillado— y esto.

Señaló la cicatriz junto al ojo y el diente destrozado. Luego me miró con las gruesas cejas contraídas.

—Créame, señora: espero que algunos de estos hombres decidan revelar los nombres de los alborotadores, a fin de que reciban justo castigo por actos tan bárbaros. Pero si encontrara aquí a quien me golpeó, no lo entregaría a la justicia del gobernador. ¡Por supuesto que no lo haría!

Mientras cerraba despacio los puños, me clavó una mirada fulminante, como si sospechara que yo tenía al criminal escondido bajo la mesa. Brianna se removió, inquieta. Sin duda estaba pensando, como yo, en Hobson y Fowles. En cuanto a Abel MacLennan, sin importar lo que hubiera hecho en Hillsborough, me sentía inclinada a tomarlo por espectador inocente.

Después de murmurar algunas palabras solidarias sin comprometerme, saqué la botella de whisky que utilizaba como desinfectante y tosca anestesia. Al verlo, el señor Goodwin pareció reanimarse de manera notable.

—Sólo un poquito de esto para... eh... fortalecer el espíritu —sugerí, llenándole una copa. Así le desinfectaría también el horrible interior de la boca—. Reténgalo un momento antes de tragar; eso le entumecerá el diente.

Me volví hacia Brianna mientras un obediente Goodwin sorbía una buena cantidad de licor, con las mejillas infladas como las ranas a punto de cantar. Mi hija estaba un poco pálida, pero no supe si la había afectado el relato del paciente o la visión de su dentadura.

—Creo que no voy a necesitarte el resto de la mañana, cariño —dije mientras le daba unas palmaditas tranquilizadoras en el brazo—. ¿Por qué no vas a ver si Yocasta está lista para las bodas de la noche?

—¿Estás segura, mamá?

Mientras lo preguntaba, desató su delantal manchado de sangre y lo redujo a un ovillo. Viendo que miraba hacia lo alto del sendero, seguí la dirección de su vista. Roger estaba acechando detrás de un arbusto, con los ojos fijos en ella. Noté que se le iluminaba el rostro al verla y eso me despertó una cálida alegría. Hacían una buena pareja, sí.

—Ahora, señor Goodwin, beba usted una gota más, para que podamos terminar con este pequeño asunto.

Me volví hacia mi paciente con una sonrisa resplandeciente, y cogí las tenazas.


# 6

## *Por los viejos tiempos*


Roger esperaba al borde del claro, observando a Brianna. De pie junto a Claire, la muchacha trituraba hierbas, medía líquidos y hacía vendas. A pesar del frío, estaba arremangada; en el esfuerzo de desgarrar el recio lino, los músculos de sus brazos desnudos se henchían y flexionaban bajo la piel pecosa.

«Tiene muñecas fuertes», pensó él, con un recuerdo un tanto perturbador de Molly, la de *Grandes esperanzas*, de Dickens. Notablemente fuerte de pies a cabeza; el viento pegaba la falda a la pendiente maciza de las caderas. Cuando giró hacia el costado, un largo muslo presionó por un instante contra la tela, suave y redondo como los troncos de aliso.

Él no era el único que la observaba. De las personas que esperaban su turno con uno de los médicos, la mitad también estaba contemplando a Brianna; algunas (las mujeres, en su mayoría), con expresión vagamente intrigada; otras (hombres todos ellos), con encubierta admiración, teñida de especulaciones terrenales, que provocaron en Roger el impulso de salir al claro y hacer valer en el acto sus derechos sobre ella.

«Bueno, que miren —pensó, conteniendo el impulso—. Mientras ella no les devuelva la mirada, no importa, ¿verdad?»

Salió de entre los árboles, apenas un poco, y al instante ella se dio la vuelta para mirarlo. El gesto algo ceñudo desapareció de inmediato y su cara se iluminó. Él le devolvió la sonrisa, con un movimiento de cabeza que la invitaba a seguirlo, y echó a andar por el sendero, sin esperar.

¿Acaso era tan mezquino como para querer demostrar a esos papamoscas que esa mujer lo dejaba todo para acudir a su menor señal? Bueno, pues sí, lo era. La vergüenza de comprobarlo se atemperó con una sensación gratamente intensa: la de saberla suya. Ante el ruido de sus pisadas en el camino, más arriba, supo que ella, en efecto, acudía a él.

Había abandonado el trabajo y traía algo en la mano: un paquete pequeño, envuelto en papel y atado con cordel. Él alargó una mano para conducirla fuera del sendero, hacia un bosquecillo donde el follaje rojo y amarillo de los arces ofrecía una agradable sensación de intimidad.

—Perdóname por apartarte de tu trabajo —dijo, aunque no lo sentía.

—No importa. Ya quería escapar. Me temo que no aguanto eso de la sangre y las tripas —admitió con una mueca melancólica.

—Me alegro —le aseguró él—. No es eso lo que pretendo de una esposa.

—Pues te convendría —apuntó ella, echándole una mirada tristemente reflexiva—. Aquí, en este lugar, no te vendría mal tener una esposa capaz de arrancarte los dientes si se te echan a perder y de coserte los dedos si te los cortas al trocear la leña.

El día gris parecía haberle afectado el ánimo... o tal vez era por el trabajo que había estado haciendo. Ver el desfile de pacientes de Claire era deprimente para cualquiera, salvo para la misma Claire: toda una serie de deformidades, mutilaciones, heridas y enfermedades horribles.

Cuando menos, lo que pensaba decir distraería a Brianna de los detalles más horripilantes del siglo XVIII. Cubriéndole la mejilla con una mano, alisó una de las pobladas cejas rojas con el pulgar helado. Ella también tenía la cara fría, aunque detrás de la oreja, bajo el pelo, la piel estaba tibia... como sus otros lugares ocultos.

—Yo he encontrado lo que deseaba —dijo con firmeza—. Pero ¿qué me dices de ti? ¿No habrías preferido a un hombre capaz de arrancar el cuero cabelludo a los indios y proveer la cena con su escopeta? A mí tampoco me gusta mucho la sangre, ¿sabes?

En los ojos de Bree reapareció una chispa de humor, que vino a aliviar su aire preocupado.

—No, creo que no necesito a un sanguinario. Así llama mi madre a papá, aunque sólo cuando está enfadada con él.

Roger rió.

—¿Y cómo me llamarás tú cuando te enfades? —la provocó.

Ella lo miró, como evaluando la pregunta, y la chispa se hizo más intensa.

—Oh, no te preocupes. Papá no ha querido enseñarme palabrotas en gaélico, pero de Marsali he aprendido un montón de cosas muy feas en francés. ¿Sabes qué significa un *soûlard*? ¿Y una *grand gueule*?

—*Oui, ma petite chou*, aunque nunca he visto una col con una nariz tan roja. —Le apuntó con el dedo directamente a la nariz; ella lo esquivó, riendo.

—*Maudit chien!*

—Reserva algo para después de la boda —le aconsejó él—. Quizá te haga falta.

La cogió de la mano para llevarla hacia una piedra donde estuviera cómoda, y entonces volvió a reparar en el pequeño envoltorio que ella traía.

—¿Qué es eso?

—Un regalo de bodas.

Bree se lo alargó sosteniéndolo con dos dedos, asqueada, como si fuera un ratón muerto. Él lo aceptó con desconfianza, pero no se percibían formas siniestras bajo el papel. Lo sopesó en la palma; casi no pesaba.

—Hilos de seda para bordar —explicó ella, en respuesta a su mirada interrogante—. De la señora Buchanan.

Entre sus cejas había reaparecido la arruga y esa expresión... ¿preocupada? No, era otra cosa, aunque Roger fue incapaz de saber qué.

—¿Qué tiene de malo la seda para bordar?

—Nada, pero ¿sabes para qué es? —Bree volvió a coger el paquete y se lo guardó en el bolsillo que llevaba atado bajo la enagua. Miraba hacia abajo, colocándose las faldas; él notó que tenía los labios apretados—. Me ha dicho que es para nuestros paños mortuorios.

La extraña versión que Brianna hacía de ese término escocés, con su acento bostoniano, hizo que Roger tardara un momento en descifrarlo.

—Paños mo... ¿Mortajas, quieres decir?

—Sí. Al parecer, mi deber de esposa es sentarme a hilar mi mortaja, desde la mañana siguiente a la boda. —Lo dijo con los dientes apretados—. Así ya estará tejida y bordada cuando muera de parto. Y si soy rápida para las labores, tendré tiempo de hacer también una para ti; de otro modo tendrá que ser tu siguiente esposa quien la termine.

Roger sintió deseos de reír, pero era obvio que ella estaba afligida.

—La señora Buchanan es una idiota —dijo él, estrechándole las manos—. No dejes que te preocupe con sus tonterías.

Brianna lo miró por debajo de sus cejas fruncidas, y dijo con toda claridad:

—La señora Buchanan es ignorante, estúpida y tiene muy poco tacto. Pero no se equivoca.

—Por supuesto que sí —aseguró él, fingiendo seguridad, aunque experimentaba una punzada de aprensión.

—¿Cuántas esposas ha enterrado Farquard Campbell? —inquirió ella—. ¿Y Gideon Oliver? ¿Y Andrew MacNeill?

Nueve, entre los tres. MacNeill se casaría esa noche por cuarta vez, con una muchacha de Weaver's Gorge, de dieciocho años. La punzada volvió, esta vez de forma más intensa, pero él no le prestó atención.

—Sin embargo, Jenny Ban Campbell ha tenido ocho hijos y enterrado a dos esposos —contraatacó, firme—. La propia señora Buchanan sigue vivita y coleando después de haber tenido cinco críos. Los he visto con mis propios ojos: todos cabezahuecas, pero sanos.

Eso provocó una renuente contracción de labios, que lo alentó a continuar:

—No tienes nada que temer, tesoro. Con Jemmy no tuviste ninguna dificultad, ¿no es cierto?

—¿No? Pues si crees que eso es tan fácil, la próxima vez puedes hacerlo tú —le espetó ella. Aun así, la comisura de su boca se curvó un poquito más arriba. Quiso liberar su mano, aunque él se la retuvo y ella le dejó hacer.

—Pero estás dispuesta a que haya una próxima vez, ¿verdad? ¿A pesar de lo que diga la señora Buchanan? —Aunque su tono era deliberadamente ligero, la estrechó contra sí, ocultando la cara en su cabellera, para que no viese lo importante que era esa pregunta para él.

Sin dejarse engañar, Bree se apartó un poco hacia atrás. Sus ojos, azules como el agua, investigaron en los de él.

—¿Te casarías conmigo, a pesar de tener que observar el celibato? —preguntó—. Es el único método seguro. El aceite de atanasia no siempre da buen resultado. ¡Ahí tienes a Marsali!

La existencia de la pequeña Joan era un testimonio elocuente de lo inefectivo que resultaba ese método anticonceptivo. Aun así...

—Debe de haber otros recursos —expresó él—. Pero si quieres celibato... pues bien, sea.

Ella se echó a reír, porque la mano de Roger se había tensado con gesto posesivo contra su trasero, mientras sus labios pronunciaban la renuncia. Sin embargo, la risa se apagó y el azul de sus ojos se tornó más oscuro, más turbio.

—Lo dices en serio, ¿verdad?

—Sí —aseguró él. Y era cierto, aunque la sola idea le pesaba en el pecho como si se hubiera tragado una piedra.

Con un suspiro, ella le acarició la mejilla con una mano, siguiendo la línea del cuello, el hueco de la base. Presionó con el pulgar contra el pulso palpitante, dejándole sentir sus propios latidos, aumentados por la sangre.

Lo había dicho en serio, pero inclinó la cabeza hacia ella y le buscó la boca. Necesitaba unirse a ella, con tanta urgencia que lo haría de cualquier manera posible: con las manos, con el aliento, la boca, los brazos; su muslo presionó entre los de Bree, separándole las piernas. Ella apoyó una mano contra su pecho, como para rechazarlo, pero luego la tensó, aferrando a un tiempo la camisa y la carne. Sus dedos se clavaron con fuerza en los músculos del pecho. Y luego quedaron pegados, con la boca abierta, jadeantes, entrechocando dolorosamente los dientes en el arrebato del deseo.

—No puedo... no debemos... —Él se desasió por un segundo. Su mente, entorpecida, echó mano de palabras fragmentadas. En ese instante la mano de Bree encontró el camino bajo su kilt: un toque frío y firme en su carne acalorada. Entonces perdió por completo la facultad del habla.

—Una última vez, antes de renunciar —dijo Bree. Su aliento lo coronó de calor y bruma—. Por los viejos tiempos.

Y cayó de rodillas entre las hojas mojadas, arrastrándolo con ella.

Llovía otra vez; la cabellera esparcida se le veteaba de humedad. Tenía los ojos cerrados y la cara vuelta hacia la llovizna; las gotas le golpearon las mejillas, rodando como lágrimas. En realidad, no sabía si reír o llorar.

Roger yacía a su lado, medio cubriéndola; su peso era un consuelo tibio y sólido; su kilt protegía de la lluvia las piernas desnudas y enredadas de los dos. Ella curvó una mano contra su nuca, acariciándole el pelo mojado y lustroso como piel de foca negra.

Entonces él se incorporó, con un gruñido de oso herido. Una ráfaga fría golpeó el cuerpo de Bree, húmedo y caliente allí donde habían estado en contacto.

—Perdona —murmuró él—. Lo siento, lo siento. No debería haber hecho eso.

Ella abrió apenas un ojo. Roger se incorporó sobre las rodillas, balanceándose, y le bajó las faldas arrugadas para cubrir su cuerpo. Había perdido el corbatón y el corte de su mandíbula estaba nuevamente abierto. Bree le había desgarrado la camisa; tenía el chaleco abierto y le faltaban la mitad de los botones. Estaba manchado de barro y sangre, con hojas secas y fragmentos de bellotas en las ondas de pelo negro.

—No importa —dijo ella, incorporándose.

No estaba en mejores condiciones; tenía los pechos hinchados por la leche, que había empapado la camisa y el corpiño en grandes manchas, helándole la piel. Roger, al notarlo, recogió el manto que ella había dejado caer y le cubrió suavemente los hombros.

—Lo siento —repitió mientras le apartaba el pelo enmarañado de la cara, fría la mano contra su mejilla.

—No te preocupes. —Ella trató de ordenar los fragmentos dispersos de sí misma, que parecían rodar por el diminuto claro como cuentas de mercurio—. Todavía estoy amamantando a Jemmy; son sólo seis meses. Creo que aún no hay peligro.

Pero ¿por cuánto tiempo más? Todavía le atravesaban el cuerpo pequeñas descargas de deseo, entremezcladas con el miedo.

Necesitaba tocarlo. Cogió una punta de su manto para presionar la herida que sangraba bajo la mandíbula de Roger. ¿Abstinencia, cuando su contacto, su olor, el recuerdo de los últimos minutos la hacían desear derribarlo entre las hojas para recomenzar? ¿Cuando la ternura brotaba de ella como la leche que acudía a sus pechos sin que nadie la convocara?

Los pechos le dolían de deseo insatisfecho; sintió el goteo de la leche que le corría por las costillas, bajo la tela. Se tocó un pecho, pesado y lleno. Su garantía de protección... por un tiempo.

Roger le apartó la mano de su rostro y se tocó el tajo.

—Está bien —dijo—. Ya no sangra.

Su expresión era muy extraña, o tal vez eran muchas. Normalmente su cara era agradablemente reservada, quizá algo severa. Ahora sus facciones parecían incapaces de asentarse; pasaba de una innegable satisfacción a una consternación de igual modo innegable.

—¿Qué pasa, Roger?

Él le echó un fugaz vistazo y apartó la vista; a las mejillas le trepó un leve rubor.

—Bueno —dijo—. Es que... en realidad... todavía no nos hemos casado.

—Desde luego que no. La boda será esta noche. Y a propósito... —Bree lo observó con un borboteo de risa en la boca del estómago—. Oh, querido —exclamó, esforzándose por dominar un ataque de risa—. Se diría, señor MacKenzie, que alguien lo ha sometido a su voluntad en medio del bosque.

—Muy graciosa, señora Mac —replicó él, señalando su propio desaliño—. Usted también parece haber librado un raro combate. Pero me refería a que estamos comprometidos desde hace un año... y eso es un vínculo legal, por lo menos en Escocia. Aun así, hace tiempo que se cumplió el período de un año y un día... y no estaremos formalmente casados hasta la noche.

Ella lo miró con los ojos entornados mientras se enjugaba la lluvia con el dorso de la mano. Una vez más cedió al impulso de reír.

—¡Santo cielo, no me digas que eso te importa!

Él sonrió con cierta renuencia.

—Bueno, no, pero me crió un predicador. Ya sé que está bien, sólo que el viejo calvinista escocés que llevo dentro me susurra que esto es un poco pecaminoso, hacerlo con una mujer que en realidad no es mi esposa.

—¡Ja! —exclamó ella, reposando los brazos en las rodillas recogidas. Luego se inclinó a un lado para darle un suave codazo—. No me vengas con ésas del viejo calvinista escocés. ¿Qué es lo que pasa?

Por no mirarla de frente, él mantuvo los ojos bajos, fijos en el suelo. En las cejas y las pestañas oscuras, fuertemente marcadas, centelleaban gotitas que plateaban la piel de sus pómulos. Inspiró hondo y dejó escapar el aire poco a poco.

—No puedo decir que tu miedo no esté justificado —dijo en voz baja—. Hasta hoy no me había percatado de lo peligroso que es el matrimonio para una mujer. —Levantó la vista para sonreírle, aunque la expresión preocupada no abandonó sus ojos verde musgo—. Te quiero, Bree, más de lo que puedo expresar. Pero he estado pensando en lo que acabamos de hacer, en lo estupendo que ha sido, y he caído en la cuenta de que quizá... No, con seguridad... si continúo haciéndolo, pondré tu vida en peligro. ¡Y maldito si quiero dejar de hacerlo!

Las finas hebras de miedo se habían congregado en una fría serpiente que descendía por la columna vertebral de Bree hasta enroscársele en el vientre. Ella sabía qué deseaba Roger; no era sólo aquello que acababan de compartir, por poderoso que fuera. Pero al saber qué deseaba y por qué, ¿cómo no brindárselo?

—Sí. —Inspiró tan hondo como él y dejó escapar el aire en una voluta blanca—. Bueno, supongo que es demasiado tarde para preocuparse por eso. —Le tocó el brazo—. Te quiero, Roger.

Y bajó la cabeza para besarlo, buscando consuelo contra sus temores en la fuerza del brazo que la rodeaba, en el calor de ese cuerpo.

—¡Oh, Bree! —murmuró él contra su pelo—. Quiero manteneros a salvo, a ti y a Jemmy, de cualquier cosa que pueda amenazaros. Es terrible pensar que yo mismo podría ser la amenaza, que mi amor podría matarte... pero es cierto.

El corazón de Roger latía bajo su oído, sólido y firme. Bree sintió la tibieza que le volvía a las manos, entrelazadas contra los huesos de su espalda; el deshielo fue más hondo, hasta desenredar algunas hebras heladas del miedo que tenía dentro.

—Todo está bien —dijo por fin, por ofrecerle el consuelo que él no lograba brindarle—. No creo que haya problemas. Tengo buenas caderas. Todo el mundo me lo dice. Trasero de vasija, ¿verdad?

Deslizó con aire melancólico una mano por la generosa curva de una cadera. Él siguió el recorrido con su propia mano, sonriente.

—¿Sabes qué me dijo anoche Ronnie Sinclair, después de verte recoger un leño del suelo? Me dijo, con un suspiro: «¿Sabes cómo se escoge una buena muchacha, MacKenzie? Comienzas por el trasero y vas ascendiendo.» ¡Ay!

Recibió el coscorrón con un respingo, entre risas. Luego se inclinó para besarla con mucha suavidad. La lluvia seguía repiqueteando contra la capa de hojas muertas. Los dedos de Brianna aún estaban pringosos por la sangre de su herida.

—Quieres que tengamos un bebé, ¿verdad? —preguntó ella, con suavidad—. ¿Un bebé que sea tuyo sin lugar a dudas?

Él mantuvo por un momento la cabeza inclinada, pero al fin levantó la vista, dejándole ver la respuesta en su rostro: un gran anhelo mezclado con preocupación.

—No quiero decir... —empezó.

Pero ella le tapó la boca con una mano para acallarlo.

—Sí. Comprendo.

Y era cierto... o casi. Ambos eran hijos únicos; sabía de la necesidad de vínculo, de afecto; pero la suya estaba satisfecha. Había tenido no un padre cariñoso, sino dos. Una madre que la amaba más allá de los límites del espacio y el tiempo. Los Murray de Lallybroch, como si alguien le hubiera regalado una familia sin previo aviso. Y sobre todo su hijo: su carne, su sangre, un peso pequeño y confiado que la ataba con firmeza al universo.

Roger, en cambio, era huérfano. Durante mucho tiempo había estado solo en el mundo, tras perder a sus padres antes de conocerlos; muerto su viejo tío, no tenía a nadie que lo amara sólo por ser de su propia sangre. Sólo a ella. Era comprensible que ansiara la certeza que ella sostenía en los brazos al amamantar a su hijo.

De pronto Roger carraspeó.

—Eh... Pensaba dártelo esta noche, pero tal vez... bueno... —Hundió la mano en el bolsillo interior de la chaqueta y le entregó un objeto blando, envuelto en una tela—. Vendría a ser un regalo de bodas, ¿no?

Sonreía, aunque Bree detectó la vacilación en sus ojos. Al apartar la tela se encontró con un par de ojos de botón negro que la miraban. La muñeca lucía un informe vestido de calicó verde; en su cabeza estallaba el pelo de lana roja. Sintió un nudo en la garganta y el peso del corazón en el pecho.

—Se me ha ocurrido que al niño podría gustarle... quizá para morderla.

Bree se movió; la presión de la tela empapada hizo que le escocieran los pechos. Tenía miedo, sí, aunque había cosas más potentes que el miedo.

—Habrá una próxima vez —le dijo, apoyando una mano en su brazo—. No puedo decirte cuándo, pero la habrá.

Roger estrechó con fuerza aquella mano, sin mirarla.

—Gracias, caderas de vasija —dijo por fin, muy quedo.

La lluvia arreciaba; ya era torrencial. Roger se apartó con el pulgar el pelo mojado de los ojos y se sacudió como un perro, diseminando gotas de agua desde la trama cerrada de su chaqueta y su manta. La pechera azul tenía una mancha de barro; la frotó sin resultado alguno.

—¡Cristo! No puedo casarme así —dijo, tratando de aligerar el humor de ambos—. Parezco un mendigo.

—Todavía estás a tiempo, ¿sabes? —bromeó ella, con voz algo trémula—. Aún podrías echarte atrás.

—Ha sido demasiado tarde desde el día en que te conocí —rezongó él. Luego enarcó una ceja—. Además, tu padre me destriparía como a un cerdo si se me ocurriera pensarlo mejor.

—¡Ja! —exclamó ella. Pero la sonrisa disimulada puso un hoyuelo en sus mejillas.

—¡Mujer! ¡No me digas que la idea te gusta!

—Sí. No, o sea... —Ahora Bree reía; eso era lo que él buscaba—. No quiero que te destripe, pero me gusta saber que lo haría. Todo padre debe ser protector. —Lo tocó apenas, sonriente—. Como usted, señor MacKenzie.

Eso le provocó una extraña opresión en el pecho, como si se le hubiera encogido el chaleco. Luego, una punzada de frío, al recordar lo que debía decirle. Después de todo, había diferentes padres y distintas concepciones de lo que era protección; él no estaba seguro de cómo podía sentarle aquélla.

La cogió por un brazo para conducirla hacia un lugar a resguardo de la lluvia, al amparo de un grupo de tejos, donde la pinaza formaba una capa seca y fragante bajo los pies, protegida por las anchas ramas.

—Bueno, venga a sentarse un momento conmigo, señora Mac. Hay una pequeñez, nada importante, que quiero decirle antes de la boda.

Hizo que ella se sentara a su lado, en un tronco podrido y cargado de liquen. Luego carraspeó, buscando el hilo del relato.

—Cuando aún estábamos en Inverness, antes de seguirte a través de las piedras, dediqué algún tiempo a revisar los papeles del reverendo; allí encontré una carta que le había escrito tu padre. Me refiero a Frank Randall. No importa mucho... ahora ya no... pero me pareció que... Bueno, que no debía haber secretos entre nosotros antes de casarnos. Anoche se lo conté a tu padre. Deja que ahora te lo cuente a ti.

La mano de Bree cubría cálidamente la suya, pero los dedos se fueron tensando según él hablaba; entre las cejas de la muchacha creció un surco profundo.

—Otra vez —pidió ella, al terminar Roger—. Cuéntamelo otra vez.

Por darle gusto, él repitió la carta tal como la había memorizado, palabra por palabra. Tal como se la había recitado a Jamie Fraser la noche anterior.

—¿Conque esa lápida que está en Escocia, con el nombre de papá, es falsa? —La estupefacción le hizo alzar un poco la voz—. Papá... Frank... hizo que el reverendo la pusiera allí, en el cementerio de Santa Kilda, pero él no está... es decir, ¿no estará bajo ella?

—Sí, así fue, y no, no estará —dijo Roger, siguiendo escrupulosamente el rastro a la pregunta—. Frank Randall quería que la piedra fuera una especie de reconocimiento, supongo: una deuda que tenía con tu padre... tu otro padre, Jamie.

La cara de Brianna estaba morada por el frío, con la punta de la nariz y de las orejas teñidas de rojo; el calor del sexo se iba esfumando.

—Pero ¡si no tenía seguridad de que mamá y yo la encontráramos!

—No sé si quería que la encontrarais —opinó Roger—. Tal vez él tampoco lo tenía claro. Pero se sintió en la obligación de hacer ese gesto. Por otra parte —agregó, recordando de pronto algo—, ¿no dijo Claire que él quería llevarte a Inglaterra, justo antes de su muerte? Tal vez pensaba llevarte allí y ocuparse de que la encontraras, para luego dejar que tú y Claire decidierais qué hacer.

Ella permaneció inmóvil, rumiando aquello.

—Así que él lo sabía —dijo despacio—. Que él... que Jamie Fraser había sobrevivido a la batalla de Culloden. Lo sabía... ¿y no dijo nada?

—No creo que puedas reprochárselo —observó Roger, suave—. No era puro egoísmo, ¿comprendes?

—¿No? —Aún estaba horrorizada, pero no había llegado al enojo.

Él la vio dar vueltas al asunto, tratando de evaluarlo desde todos los frentes para saber qué pensar, qué sentir.

—No. Piénsalo, tesoro —la instó él. La pícea estaba fría contra su espalda; la corteza del tronco caído, húmeda bajo la mano—. Amaba a tu madre, sí, y no quería arriesgarse a perderla otra vez. Eso puede ser egoísmo, pero al fin y al cabo ella se casó primero con él. Nadie puede reprochar a Frank que no quisiera cederla a otro hombre. Y eso no es todo.

—¿Qué más hay? —La voz de Bree sonaba serena; sus ojos azules miraban de frente.

—Pues... ¿qué habría pasado si se lo hubiera dicho? Allí estabas tú, una criatura pequeña. Recuerda que ninguno de ellos habría imaginado que tú también podías cruzar a través de las piedras.

Bree seguía mirándolo con atención, pero sus ojos habían vuelto a empañarse.

—Mamá habría tenido que escoger —dijo con suavidad, sin dejar de mirarlo—. Entre quedarse con nosotros... o reunirse con él. Con Jamie.

—Dejarte atrás —completó Roger, con un gesto afirmativo— o quedarse y continuar con su existencia, sabiendo que su Jamie estaba con vida, quizá a su alcance... pero fuera de su alcance. Romper sus votos esta vez a propósito, y abandonar a su hija. O vivir anhelando. No creo que eso fuera muy bueno para tu vida familiar.

—Comprendo. —Ella suspiró. El vapor de su aliento desapareció en el aire frío como un espectro.

—Tal vez Frank tuvo miedo de permitir que escogiera —apuntó Roger—, pero lo cierto es que le ahorró (y también a ti) el dolor de hacerlo. Por lo menos entonces.

Los labios de Brianna se fruncieron, se proyectaron, se relajaron.

—Me gustaría saber qué habría decidido ella si él se lo hubiera dicho —musitó, algo triste.

Él le estrechó ligeramente la mano.

—Se habría quedado —dijo con seguridad—. ¿Acaso no lo decidió una vez? Jamie la obligó a retornar para mantenerte a salvo, y ella se fue. Se habría quedado contigo mientras la necesitaras, sabiendo que era lo que él deseaba. Incluso cuando volvió, tampoco lo habría hecho si tú no hubieras insistido. Supongo que lo sabes bien.

Ella relajó un poco las facciones, aceptando la idea.

—Creo que tienes razón. Pero aun así... saber que él estaba con vida y no tratar de ir a su encuentro...

Roger se mordió la cara interior de la mejilla para no preguntar: «¿Qué decidirías tú, Brianna, si tuvieras que escoger entre el pequeño y yo?» ¿Qué hombre podía imponer una alternativa así a la mujer que amaba, aunque fuera de manera hipotética? Ya por el bien de Bree, ya por el suyo propio... no lo preguntaría.

—Pero él puso allí esa lápida. ¿Para qué? —El surco entre sus cejas aún era profundo, mas ya no recto; lo contraía una creciente preocupación.

Roger no había conocido a Frank Randall, aunque experimentaba cierta empatía con ese hombre. Y no era tan desinteresada. Hasta entonces no habría podido decir por qué necesitaba que Bree supiera lo de la carta justo ahora, antes de la boda, pero sus propios motivos iban surgiendo con más claridad (y más inquietantes).

—Creo que fue por obligación, como te he dicho. Obligación no sólo con Jamie o tu madre, sino también contigo. Si... —Hizo una pausa para estrecharle la mano con fuerza—. Oye, piensa en el pequeño Jemmy. Es tan mío como tú y siempre lo será. —Inspiró hondo—. Pero si yo estuviera en el pellejo del otro hombre.

—Si fueras Stephen Bonnet —aclaró ella, con los labios tensos, blancos de frío.

—Si yo fuera Bonnet —concordó él, con un escalofrío de rechazo a la idea—, y supiera que un desconocido está criando a mi hijo, ¿no querría que el niño supiera algún día la verdad?

Los dedos de Bree se tensaron en los suyos. Sus ojos se oscurecieron.

—¡No debes decírselo! ¡Por el amor de Dios, Roger, prométeme que no se lo dirás nunca!

Él la miró sin parpadear, atónito. Las uñas de la muchacha se le clavaban dolorosamente en la mano, pero no hizo nada por liberarse.

—¿A Bonnet? ¡No, mujer! Si alguna vez volviera a verlo, no malgastaría el tiempo hablando.

—No me refiero a Bonnet. —Bree se estremeció, sin que él supiera si temblaba de frío o de emoción—. ¡No te acerques a ese hombre, por Dios! No: me refería a Jemmy. —Mientras tragaba saliva con dificultad, le aferró las manos—. Prométemelo, Roger. Si me amas, prométeme que jamás dirás a Jemmy lo de Bonnet. Jamás. Incluso si me sucediera algo...

—¡No te sucederá nada!

Ella lo miró con una pequeña sonrisa irónica.

—El celibato tampoco va conmigo. —Tragó saliva—. Y si me sucediera algo... Promételo, Roger.

—Lo prometo, sí —dijo él, de mala gana—. Si estás segura...

—¡Estoy segura, sí!

—Pero ¿no te habría gustado saber... lo de Jamie?

Bree se mordió el labio. Sus dientes se hundieron al punto de dejar una marca purpúrea en la suave carne rosada.

—Jamie Fraser no es Stephen Bonnet.

—De acuerdo —reconoció él, seco—. Pero yo no me refería a Jemmy, para empezar. Sólo quería decir que, si yo fuera Bonnet, me gustaría saberlo y...

—Él lo sabe. —Brianna apartó de golpe la mano y se levantó, volviéndole la espalda.

—¿Cómo que lo sabe? —Roger la alcanzó en dos zancadas y la aferró por el hombro para girarla hacia sí. Al ver que ella hacía una leve mueca, aflojó los dedos e inspiró hondo, tratando de mantener la voz serena—. ¿Que Bonnet sabe lo de Jemmy?

—Peor aún. —Bree apretó los labios para impedir que temblaran; luego los abrió, apenas lo necesario para dejar que escapara la verdad—. Cree que Jemmy es hijo suyo.

Consciente de que no volvería a sentarse a su lado, Roger le enlazó el brazo con fuerza para obligarla a caminar consigo, a través de la lluvia y las piedras sueltas, más allá del murmullo del arroyo y de los árboles oscilantes, hasta que el movimiento la calmó lo suficiente. Entonces ella pudo hablar de aquellos días que había pasado sola en River Run, prisionera de su embarazo. Hablarle de lord John Grey, el amigo de su padre y de ella misma, a quien había podido revelar sus miedos y sus conflictos.

—Temía que todos vosotros hubierais muerto. Todos: mamá, papá, tú. —Aunque la capucha se le había caído hacia atrás, no hizo nada por reacomodarla. El pelo rojo pendía sobre sus hombros como chorreantes colas de rata; tenía gotas de lluvia adheridas a las pobladas cejas rojas—. Lo último que papá me dijo... No, no lo dijo siquiera; tuvo que escribirlo, porque yo no le dirigía la palabra. —Tragó saliva, al tiempo que se pasaba una mano bajo la nariz para enjugar la gota que allí pendía—. Me dijo que... debía encontrar la manera de... de perdonarlo. A Bo... a Bonnet.

—¿La manera de qué?

Como ella trató de liberar su brazo, Roger cayó en la cuenta de que le estaba clavando los dedos en la carne. Entonces aflojó la mano y se disculpó con un pequeño gruñido. Bree inclinó brevemente la cabeza.

—Él sabía de eso —dijo. Y se interrumpió para mirarlo, ya dominados los sentimientos—. Ya sabes lo que le sucedió... en Wentworth.

Con cierta torpeza, él hizo un breve gesto afirmativo. En realidad, no tenía una idea clara de lo que le habían hecho a Jamie Fraser... ni deseos de saber más. Había visto las cicatrices en su espalda y sabía, por algunos comentarios de Claire, que eran sólo un vago recordatorio.

—Él sabía de eso —repitió Bree—. Y sabía qué era necesario hacer. Me lo dijo. Si quería sentirme... íntegra otra vez, debía hallar el modo de perdonar a Stephen Bonnet. Así que lo hice.

Roger estrechaba la mano de Brianna con tanta fuerza que percibió el leve movimiento de sus huesos. Ella no se lo había contado y él nunca hizo preguntas. Hasta ese momento nunca habían mencionado el nombre de Stephen Bonnet.

—Lo hiciste. —La voz le salió gruñona; tuvo que detenerse a carraspear—. ¿Lo encontraste, pues? ¿Hablaste con él?

Ella asintió, mientras se quitaba el pelo mojado de la cara. Grey había venido a decirle que Bonnet estaba preso y condenado. Mientras aguardaba que lo transportasen a Wilmington para su ejecución, lo retenían en el sótano, bajo el depósito que la Corona tenía en Cross Creek. Allí fue donde Brianna acudió a visitarlo, llevando consigo lo que confiaba que fuera la absolución: para Bonnet, para sí misma.

—Estaba enorme. —Su mano esbozó el bulto del embarazo avanzado—. Le dije que el bebé era hijo suyo. Iba a morir; tal vez lo consolaría un poco pensar que... dejaba algo tras de sí.

Roger sintió que los celos le apretaban el corazón, en un ataque tan abrupto que por un momento el dolor le pareció físico. «Que dejaba algo tras de sí —pensó—. Algo suyo. ¿Y yo? Si yo muriera mañana... ¡Y bien podría ser, muchacha! Aquí la vida es tan peligrosa para mí como para ti. ¿Qué dejaría de mí atrás, dime?»

Supo que no debía preguntarlo. Había jurado no expresar jamás el pensamiento de que Jemmy pudiera no ser suyo. Si entre ellos había un verdadero matrimonio, Jem era su fruto, cualesquiera que fuesen las circunstancias de su nacimiento. Sin embargo, sentía que las palabras se le escapaban, que ardían como ácido.

—Entonces, ¿estabas segura de que el niño era de él?

Bree se detuvo en seco para mirarlo, con los ojos dilatados por el horror.

—No. ¡No, por supuesto! Si estuviera segura, te lo habría dicho.

En el pecho de Roger el dolor se calmó un poco.

—Vale. Pero le dijiste que era... ¿No le dijiste que había dudas?

—¡Iba a morir! Mi intención no era contarle la historia de mi vida, sino ofrecerle algún consuelo. Él no tenía por qué enterarse de tu existencia, de nuestra noche de bodas o... ¡Vete al diablo, Roger! —Le dio una patada en la espinilla.

Él se tambaleó por la fuerza del ataque, pero la sujetó por un brazo, impidiéndole huir.

—¡Perdona! —dijo antes de que ella pudiera golpearlo otra vez. O morderlo: parecía dispuesta—. Perdona. Tienes razón. Él no tenía por qué enterarse. Y yo tampoco tengo por qué obligarte a recordar todo eso.

Brianna inspiró hondo por la nariz, como si fuera un dragón y se dispusiera a reducirlo a cenizas. La chispa de furia se atenuó en sus ojos, aunque aún seguía ardiendo en sus mejillas. Le apartó la mano, pero no huyó.

—Claro que sí —dijo clavándole una mirada sombría—. Has dicho que no debería haber secretos entre nosotros. Y tenías razón. Aunque a veces, cuando revelas un secreto hay otro escondido detrás, ¿cierto?

—Sí. Pero no se trata... no es mi intención...

Antes de que él pudiera decir nada más, lo interrumpió un ruido de pisadas y conversación. Cuatro hombres salieron de la bruma, hablando en gaélico con aire despreocupado. Llevaban redes y palos afilados; todos iban descalzos y mojados hasta las rodillas. Las sartas de pescado fresco relumbraban bajo la luz lluviosa.

—*A Smeòraich!* —Un hombre los vio por debajo del ala empapada de su sombrero; de inmediato rompió en una ancha sonrisa, mientras recorría su desaliño con una mirada astuta—. Pero ¡si eres tú, Zorzal! ¡Y la hija del Rojo! ¡Hombre! ¿No podíais controlar vuestros impulsos hasta que oscureciera?

—Sin duda es más dulce probar la fruta robada que esperar la bendición de un sacerdote marchito. —Echándose el gorro hacia atrás, otro de los hombres había hecho un gesto rápido con las manos, para dejar en claro a qué se refería con la palabra *marchito*.

—Ah, no —dijo el tercero, enjugándose las gotas que pendían de su nariz mientras miraba a Brianna, que se había ceñido el manto—. Él sólo estaba cantándole una canción de bodas, ¿verdad?

—Bien que conozco la letra de esa canción —aseguró su compañero, ensanchando la sonrisa hasta exhibir la falta de un molar—. Pero ¡yo la canto con más dulzura!

A Brianna volvían a arderle las mejillas; aunque no hablaba el gaélico con tanta fluidez como Roger, no se le escapaba el sentido de esas bromas groseras. Roger se plantó delante de ella, protegiéndola con su cuerpo, pero los hombres no tenían mala intención. Pese a los guiños y a las sonrisas apreciativas, no hicieron más comentarios. El primero se quitó el sombrero para golpearlo contra su muslo, sacudiéndole el agua. Luego fue al grano.

—Me alegra mucho haberte encontrado, *a Òranaiche*. Anoche mi madre te oyó tocar junto al fuego, y ha comentado con mi tía y mis primas que tu música le hacía bailar la sangre en los pies. Ahora todas quieren que vengas a Spring Creek, a cantar en el *ceilidh*. Es que va a casarse mi prima pequeña, la única hija de mi tío, el dueño del molino harinero.

—¡Será una gran fiesta, sin duda! —intervino uno de los más jóvenes; por su parecido con el primero que había hablado, debía de ser su hijo.

—Ah, ¿una boda? —dijo Roger, en gaélico lento y formal—. Habrá otro arenque, pues.

Los dos hombres mayores estallaron en una carcajada; sus hijos, en cambio, parecían desconcertados.

—Ah, podrías abofetear a estos chavales con un arenque, y ellos no sabrían qué es —dijo el hombre de la gorra, moviendo la cabeza—. Los dos han nacido aquí.

—¿Y dónde vivía en Escocia, señor?

El hombre dio un respingo, sorprendido ante esa pregunta, que una voz clara había formulado en gaélico. Durante un instante miró fijamente a Brianna; al responder, su cara había cambiado.

—En Skye —dijo con voz suave—. Skeabost, al pie de las Cuillins. Soy Angus MacLeod; Skye es la tierra de mis padres y de mis abuelos. Pero mis hijos han nacido aquí.

Hablaba en voz baja, pero su tono apagó la hilaridad de los jóvenes, como si sobre ellos hubiera caído una manta húmeda. El hombre del sombrero gacho miró a Brianna con interés.

—Y tú, *a nighean*, ¿has nacido en Escocia?

Ella movió mudamente la cabeza, ciñéndose el manto a los hombros. Ante la expresión interrogante de los hombres, Roger respondió:

—Yo sí. En Kyle de Lochalsh.

—¡Ah! —La satisfacción se extendió por las facciones marchitas de MacLeod—. Por eso conoces todas las canciones de las Highlands y las Islas.

—No todas —corrigió él, sonriendo—. Pero sí muchas... y quiero aprender más.

—Hazlo —dijo el otro, cabeceando despacio—. Hazlo, cantante, y enséñaselas a vuestros hijos. —Su mirada se posó en

114

Brianna, con una leve sonrisa curvándole los labios—. Que se las canten a mis hijos, y así ellos conocerán el lugar del que han venido, aunque jamás lo vean.

Uno de los jóvenes se adelantó con aire tímido y ofreció a Brianna una sarta de pescados.

—Para usted —dijo—. Un regalo de bodas.

Roger vio que ella contraía un tanto una comisura de la boca. ¿Sería humor o histeria incipiente? Pero Bree alargó la mano para coger la sarta chorreante, con grave dignidad. Luego, recogiendo el borde del manto con una mano, les hizo a todos una profunda reverencia.

—*Chaneil facal agam dhuibh ach taing* —dijo, con su gaélico pausado, de acento extraño. «No tengo palabras para decirles, salvo gracias.»

Los jóvenes se ruborizaron. Los mayores se mostraron profundamente complacidos.

—Es buena, *a nighean* —dijo MacLeod—. Deja que tu esposo te enseñe... y enséñales *Gaidhlig* a vuestros hijos varones. ¡Que tengáis muchos!

Y se quitó la gorra en una extravagante reverencia, apretando el barro con los dedos de los pies para no perder el equilibrio.

—¡Muchos hijos varones, fuertes y sanos! —añadió su compañero.

Los dos muchachos asintieron, sonrientes, y murmuraron con timidez:

—¡Que tenga usted muchos hijos varones, señora!

Roger hizo automáticamente los arreglos para el *ceilidh*, sin atreverse a mirar a Brianna. Cuando los hombres se marcharon, lanzando miradas curiosas hacia atrás, ellos permanecieron en silencio, separados por uno o dos pasos. Brianna mantenía la vista fija en el barro y la hierba, cruzada de brazos. En el pecho de Roger perduraba el ardor, aunque algo alterado. Quería tocarla, volver a disculparse, pero pensaba que con eso no lograría sino empeorar las cosas.

Al final fue ella quien dio el primer paso: se le acercó para apoyar la cabeza en su pecho; la frescura de su cabellera húmeda le rozó la herida del cuello. Sus pechos estaban enormes, duros como piedras; pujaban contra él, como apartándolo.

—Necesito a Jemmy —dijo ella, en voz queda—. Necesito a mi bebé.

Las palabras se atascaron en la garganta de Roger, atrapadas entre la disculpa y el enojo. Hasta entonces no había imaginado lo penoso que sería pensar que Jemmy pertenecía a otro, que no era hijo suyo, sino de Bonnet.

—Yo también lo necesito —susurró al fin.

Y le dio un beso fugaz en la frente. Luego volvió a cogerle la mano para cruzar la pradera. La montaña, arriba, seguía amortajada en la bruma, invisible, aunque de ella descendían gritos y murmullos, fragmentos de diálogos y música, como ecos de algún Olimpo.

# 7

## *Metralla*

A media mañana, la llovizna había cesado; la fugaz visión de un cielo azul que asomaba entre las nubes me daba alguna esperanza de que hacia el anochecer despejaría. Dejando a un lado los proverbios y los presagios, por el bien de Brianna no quería que se aguaran las ceremonias nupciales. Ya que no se casaba en la iglesia de Saint James, con arroz y raso blanco, al menos quería que el lugar estuviera seco.

Me froté la mano derecha, tratando de quitarme el calambre que me habían provocado las tenazas de extracción dental. La muela rota del señor Goodwin me había dado más trabajo del que yo había esperado, aunque me las arreglé para arrancarla, con raíz y todo. Luego lo envié a su casa con una pequeña botella de whisky e instrucciones de hacer gárgaras con él cada hora para evitar la infección. Tragarlo era opcional.

Al desperezarme, el bolsillo de mi falda chocó contra mi pierna, emitiendo un tintineo leve pero gratificante. El señor Goodwin había pagado en efectivo; me pregunté si bastaría para pagar un astrolabio, y para qué querría Jamie tener uno. De repente, un leve carraspeo oficial interrumpió mis especulaciones.

Giré en redondo. Allí estaba Archie Hayes, con un aire algo burlón.

—¡Vaya! —exclamé—. Eh... ¿Puedo ayudarlo en algo, teniente?

—Pues... podría ser, señora Fraser. —Me miraba con una leve sonrisa—. Según dice Farquard Campbell, sus esclavos están convencidos de que puede hacer usted que los muertos se levanten. Si ése es el caso, un trocito de metal perdido no ha de ser gran cosa para sus habilidades quirúrgicas, ¿verdad?

Al oír eso, Murray MacLeod emitió un fuerte resoplido y se volvió hacia sus propios pacientes.

—¡Vaya! —repetí.

Y me froté la nariz con un dedo, azorada. Cuatro días antes, uno de los esclavos de Campbell había sufrido un ataque de epilepsia; por casualidad, se recuperó de golpe en el momento en que yo apoyaba en su pecho una mano exploratoria. Fue inútil tratar de explicar lo que había sucedido; mi fama se extendió como un incendio en las hierbas secas de la montaña.

Ahora había un pequeño grupo de esclavos sentados en cuclillas cerca del borde del claro, jugando a los dados mientras esperaban a que los otros pacientes fueran atendidos. Yo los vigilaba, por si acaso: sabía que, si alguno de ellos estaba grave o a punto de morir, los otros no harían ningún esfuerzo por comunicármelo, tanto por respeto a mis pacientes blancos como por la confiada seguridad de que, si ocurría algo drástico mientras esperaban, yo no tendría más que resucitar al cadáver cuando me conviniera, para tratar entonces el problema.

Por ahora todos parecían vivos, fuera de peligro y con probabilidades de permanecer así en el futuro inmediato. Me volví hacia Hayes, al tiempo que me limpiaba las manos en el delantal.

—Bien, permítame ver ese trozo de metal, y veremos qué se puede hacer.

Sin rechistar, el teniente se quitó la gorra, la chaqueta, el chaleco, el corbatón y la camisa, junto con el gorjal de plata de su cargo. Después de entregarle las prendas al ayuda de campo que lo acompañaba, tomó asiento en mi taburete, sin que su plácida dignidad se alterara por efecto de la desnudez parcial, de la piel de gallina que le erizaba la espalda y los hombros o por el murmullo de sobrecogida sorpresa que se elevó entre los esclavos al verlo.

Su torso carecía prácticamente de vello y tenía el color pálido del suero, característico de la piel que ha pasado años sin exponerse al sol, en marcado contraste con el bronceado curtido de la cara, las manos y las rodillas. Pero los contrastes iban aún más allá.

Sobre la piel lechosa de la tetilla izquierda tenía una enorme mancha negra azulada, que lo cubría desde las costillas hasta la clavícula. El pezón de la derecha presentaba un color normal, entre rosado y pardusco, pero el de la izquierda era muy blanco. Al verlo, parpadeé. Detrás de mí se oyó un suave: «*A Dhia!*»

—*A Dhia, tha e'tionndadh dubh!* —dijo otra voz, algo más audible. «¡Por Dios, se está volviendo negro!»

Como si no oyera nada de todo eso, Hayes se sentó para que yo realizara mi examen. Una inspección más detallada reveló que la coloración oscura no era una pigmentación natural, sino una serie de manchas, provocadas por la presencia de innumerables gránulos oscuros incrustados en la piel. El pezón había desaparecido por completo, reemplazado por una reluciente cicatriz blanca, del tamaño de una moneda.

—Pólvora —dije, deslizando la punta de los dedos por la zona oscurecida.

Había visto cosas semejantes causadas por un disparo fallido o recibido desde corta distancia, lo cual hundía en las capas más profundas de la epidermis partículas de pólvora y, a menudo, trocitos de tela o del forro. Como cabía esperar, había pequeños bultos bajo la piel, evidentes bajo la yema de los dedos: fragmentos oscuros de la prenda que llevaba puesta al recibir la descarga.

—¿Aún tiene usted el proyectil dentro?

El sitio por donde había penetrado estaba a la vista. Toqué el parche blanco, tratando de imaginar la trayectoria que la bala podía haber seguido.

—La mitad —respondió él, tranquilamente—. Se fragmentó. El cirujano que me la extrajo me dio los trozos. Más adelante intenté ajustar los fragmentos, pero sólo obtuve media bala, así que el resto debe de seguir dentro.

—¿Que se fragmentó? Me extraña que los trozos no le atravesaran el corazón o los pulmones —comenté, acuclillándome para observar la herida con más atención.

—Sí, lo hizo —informó—, o por lo menos eso creo, pues me entró por el pecho, como ve, pero ahora está asomando por mi espalda.

Para estupefacción de la muchedumbre (y también mía) estaba en lo cierto. No sólo pude palpar un bulto pequeño, justo bajo el borde exterior de la escápula izquierda, sino que también la vi: una hinchazón oscura, que presionaba contra la piel blanca y suave.

—¡Por todos los diablos! —dije.

Él dejó escapar una exclamación divertida, no sé si por mi sorpresa o por mi lenguaje.

Por extraño que fuera, el trocito de metralla no ofrecía ninguna dificultad quirúrgica. Después de sumergir un paño limpio en mi cuenco de alcohol destilado, limpié la zona con esmero y esterilicé un bisturí. Luego hice un corte rápido. Hayes se mantuvo muy quieto. Era militar y escocés; tal como lo demostraban las marcas de su pecho, había soportado cosas mucho peores.

Cuando presioné con dos dedos a los lados de la incisión, los labios del pequeño corte se abultaron: de pronto asomó un trozo mellado de metal oscuro, como si algo me sacara la lengua. Me fue posible sujetarlo con un par de fórceps y retirarlo. Con una pequeña exclamación de triunfo, dejé caer el fragmento en la mano de mi paciente y apliqué contra su espalda un paño empapado en alcohol.

Él dejó escapar un largo suspiro entre los labios ahuecados; luego me sonrió por encima del hombro.

—Se lo agradezco, señora Fraser. Este amiguito me acompaña desde hace mucho, pero no me apena separarme de él.

Ahuecó la palma manchada de sangre, mientras observaba con gran interés el fragmento metálico que sostenía.

—¿Cuánto hace que sucedió? —pregunté con curiosidad.

No parecía que el trocito de metralla hubiera atravesado por completo su cuerpo, aunque ésa era la impresión que causaba. Lo más probable era que hubiese permanecido cerca de la superficie de la herida original, desde donde viajó lentamente alrededor del torso, impulsado entre el músculo y la piel por los movimientos de Hayes, hasta llegar a su localización actual.

—Hace veinte años o más, señora. —Tocó la mancha blanca e insensible que, en otra época, había sido uno de los sitios de su cuerpo con más sensibilidad—. En Culloden.

Lo dijo como sin darle importancia, pero el nombre me erizó la piel de los brazos. Veinte años o más... veinticinco, probablemente más. Y por entonces...

—Pero ¡si no tendría usted más de doce años! —exclamé.

Él enarcó una ceja.

—Once. Cumplí los doce al día siguiente.

Callé lo que habría podido responderle. Creía haber perdido la capacidad de espantarme ante las realidades del pasado, pero por lo visto no era así. Alguien había disparado a quemarropa contra un niño de once años. No había posibilidades de error, no era un tiro desviado en el calor del combate. El hombre que lo hizo sabía que estaba matando a un niño. Y a pesar de eso había disparado.

Con los labios muy apretados, examiné la incisión que le acababa de hacer. Medía apenas dos o tres centímetros de longitud y no era profunda; la bala fracturada había quedado justo debajo de la superficie. No necesitaría sutura. Después de presionar un paño limpio contra la herida, me puse delante de él para vendarlo con una tira de lino.

—Es un milagro que sobreviviera —dije.

—En efecto —afirmó—. Estaba tendido en la tierra, con la cara de Murchison sobre mí, y...

—¡Murchison!

La exclamación se me escapó. Vi un destello de satisfacción en la expresión de Hayes. Entonces experimenté una breve inquietud premonitoria, al recordar lo que Jamie había dicho sobre Hayes la noche anterior. «Piensa más de lo que dice, ese pequeño Archie... y mira que habla. Ten cuidado con él, Sassenach.» Pero ya era algo tarde para tener cuidado; además, dudaba de que tuviera importancia, aun si se trataba del mismo Murchison.

—Veo que conoce usted su nombre —observó él, cordialmente—. En Inglaterra oí decir que cierto sargento Murchison, del vigesimosexto, fue enviado a Carolina del Norte. Pero cuando llegamos a Cross Creek, la guarnición ya no estaba. Creo que fue por un incendio, ¿verdad?

—Eh... sí —confirmé, algo nerviosa por esa referencia.

Me alegró que Bree se hubiera retirado; sólo dos personas conocían la verdad de lo sucedido al incendiarse el depósito que la Corona tenía en Cross Creek; una de las dos era ella. En cuanto a la otra... No era probable que Stephen Bonnet se cruzara con el teniente en un futuro próximo... incluso si seguía con vida.

—Y los hombres de la guarnición —insistió Hayes—, Murchison y los otros, ¿sabe adónde han ido?

—El sargento Murchison ha muerto, por desgracia —dijo a mi espalda una voz grave y queda.

Hayes miró más allá de mí, sonriendo.

—*A Sheumais ruaidh* —dijo—. Esperaba que tarde o temprano viniera usted a reunirse con su esposa. He pasado la mañana buscándolo.

El nombre me sobresaltó tanto como a Jamie. Una expresión de asombro le cruzaba las facciones; pero de inmediato desapareció, reemplazada por la cautela. Desde los tiempos del Alzamiento, nadie lo llamaba Jamie *el Rojo*.

—Así me lo han dicho —respondió secamente. Luego se sentó en mi segundo taburete frente a Hayes—. Veamos, pues. ¿De qué se trata?

Hayes cogió el morral que colgaba entre sus rodillas, revolvió en él durante un instante y extrajo un papel plegado, sellado con lacre rojo y marcado con un escudo. Al reconocerlo, se me detuvo el corazón durante un segundo. Parecía difícil que el gobernador Tryon me enviara una tardía tarjeta de cumpleaños.

Después de verificar con esmero que el nombre inscrito en el frente fuera el de Jamie, el teniente se la entregó. Para mi sorpresa, mi esposo siguió sentado, con los ojos fijos en la cara de Hayes, sin abrirla.

—¿Qué lo trae por aquí? —preguntó de golpe.

—¡Ah!, el deber, sin duda —respondió el militar, con las finas cejas arqueadas en inocente sorpresa—. ¿Por qué otro motivo actuamos los soldados?

—El deber —repitió Jamie, golpeándose ociosamente la pierna con aquella misiva—. Pues bien. El deber podría llevarlos a ustedes de Charleston a Virginia, pero hay maneras más rápidas de llegar hasta allí.

Hayes iba a encogerse de hombros, aunque desistió en el acto, pues el ademán perturbó la zona que yo estaba vendando.

—Tenía que traer la proclama del gobernador Tryon.

—El gobernador carece de autoridad sobre usted y sobre sus hombres.

—Es cierto —coincidió él—, pero ¿por qué no hacerle un favor, si estaba en mi mano?

—Sí. ¿Y él le pidió a usted que le hiciera ese favor o fue idea suya? —inquirió Jamie, con claro tono de cinismo.

—La edad lo ha vuelto a usted algo suspicaz, *a Sheumais ruaidh* —observó Hayes mientras negaba con la cabeza con aire de reprobación.

—Es así como he llegado a viejo —replicó mi marido, con una ligera sonrisa. Luego hizo una pausa, observando a su interlocutor—. ¿Dice usted que fue un hombre llamado Murchison quien le disparó en el campo de Drumossie?

Yo había terminado de vendarlo. Hayes movió el hombro, probando el dolor.

—Pero ¡si lo sabe de sobra, *a Sheumais ruaidh*! ¿No recuerda usted ese día, hombre?

La cara de Jamie sufrió un cambio sutil. Sentí un leve estremecimiento de inquietud. Lo cierto era que él casi no recordaba el último día de los clanes, la matanza que había dejado a tantos hombres sangrando bajo la lluvia; a él, entre otros. Yo sabía que a veces, en sueños, le venían pequeñas escenas de aquel día, fragmentos de la pesadilla. Pero fuera por el trauma, por las lesiones o por simple fuerza de voluntad, la batalla de Culloden estaba perdida en su memoria, al menos hasta ahora. Y no parecía probable que deseara recuperarla.

—Ese día sucedieron muchas cosas —dijo—. No recuerdo todo, no.

Tras inclinar de pronto la cabeza, hundió el pulgar bajo el pliegue de la carta. La abrió con tanta brusquedad que el sello de lacre se hizo pedazos.

—Su esposo es un hombre muy modesto, señora Fraser —me dijo Hayes, mientras convocaba a su ayuda de campo con un gesto de la mano—. ¿Nunca le ha contado lo que hizo aquel día?

—En ese campo hubo muchas muestras de valentía —murmuró Jamie, con la cabeza inclinada hacia el papel—. Y mucho de lo contrario.

No parecía estar leyendo. Tenía la mirada fija, como si viera otra cosa más allá de la carta que sostenía.

—Así fue —reconoció Hayes—. Pero cuando un hombre te salva la vida, vale la pena recordarlo, ¿verdad?

Jamie levantó bruscamente la mirada, sobresaltado. Yo me había detenido detrás de él, con una mano apoyada en su hombro. Hayes cogió la camisa que le ofrecía su ayudante y se la puso despacio, sonriendo de manera extraña, casi vigilante.

—¿No recuerda usted que golpeó a Murchison en la cabeza, cuando estaba a punto de clavarme al suelo con su bayoneta? ¿O que luego me alzó para llevarme fuera del campo, a un pequeño pozo cercano? Allí, en la hierba, yacía uno de los jefes, y sus hombres le estaban limpiando la cabeza con aquella agua. Pero estaba muy quieto; comprendí que había muerto. Allí había alguien que me atendió. Querían que se quedara, pues estaba usted herido y sangrando, aunque se negó. Me deseó suerte en nombre de san Miguel, y regresó al campo de batalla. —Hayes se acomodó la cadena del gorjal, colocando la pequeña medialuna de plata bajo el mentón. Sin su corbatón, el cuello se diría desnudo, indefenso—. Parecía un hombre salvaje, con el pelo suelto al viento y la sangre corriéndole por la cara. Para cargarme, había usted envainado la espada, pero volvió a extraerla al emprender el regreso. En ese momento pensé que jamás volvería a verlo; nunca he visto a nadie ir de ese modo al encuentro de la muerte.

Movió la cabeza, con los ojos entornados, como si no viera al hombre sobrio y robusto que tenía ante sí, no a Fraser, del Cerro de Fraser, sino a Jamie *el Rojo*, el joven guerrero que no había regresado al campo por valentía, sino porque deseaba perder la vida: tras haberme perdido a mí, la sentía como una carga.

—¿De veras? —murmuró Jamie—. Lo había... olvidado.

Percibí su tensión, que vibraba bajo mi mano como un cable tenso. En la arteria de debajo de la oreja latía el pulso. Había olvidado muchas cosas, sí, pero eso no. Y yo, tampoco.

Hayes inclinó la cabeza para que el asistente le sujetara el corbatón en el cuello. Luego se irguió para saludarme.

—Se lo agradezco, señora. Ha sido usted muy gentil.

—No tiene importancia —dije con la boca seca—. Ha sido un placer.

Llovía otra vez; las gotas frías me golpearon las manos y la cara. La humedad centelleaba en las fuertes facciones de Jamie, temblaba en su pelo y en sus gruesas pestañas.

Hayes se puso la chaqueta y sujetó su manta con un pequeño broche dorado: el que le había dado su padre antes de Culloden.

—Así que Murchison ha muerto —dijo, como para sus adentros—. Me comentaron... —sus dedos forcejearon durante un momento con el cierre del broche— que había dos hermanos con ese nombre, parecidos como dos gotas de agua.

—En efecto. —Jamie lo miró a los ojos. La cara del teniente sólo expresaba un vago interés.

—Ah, ¿y sabe usted, por ventura, cuál de ellos fue...?

—No, pero no importa. Ambos han muerto.

—Ah —repitió Hayes. Se detuvo un instante, como si reflexionara. Luego se inclinó formalmente ante Jamie, con la gorra apoyada contra el pecho—. *Buidheachas dhut, a Sheumais mac Brian.* Y que san Miguel lo defienda.

Me dedicó un saludo breve con la gorra y, después de plantársela en la cabeza, giró para marcharse. Su ayuda de campo lo siguió en silencio.

Una ráfaga atravesó el claro, trayendo consigo un estallido de lluvia helada, igual que la gélida lluvia de abril en Culloden. Jamie se estremeció de pronto a mi lado, mientras arrugaba la carta que aún sostenía en la mano.

—¿Qué recuerdas? —le pregunté, siguiendo con la vista a Hayes, que pisaba con cautela el suelo empapado de sangre.

—Casi nada —respondió. Luego se levantó para mirarme, oscuros los ojos como el cielo encapotado de allá arriba—. Y eso aún es mucho.

Me entregó el papel ajado. La lluvia había corrido la tinta en algunas líneas, pero aún era legible. En contraste con la proclama, contenía dos frases, pero el punto adicional para la despedida no diluía su impacto.

New Bern, 20 de octubre
Coronel James Fraser

Considerando que la paz y el buen orden de este gobierno han sido violados últimamente, y que las personas y propiedades de muchos habitantes de esta provincia han sido dañadas por un grupo de gente que se autodenomina «reguladores», les ordeno, por asesoramiento del consejo de Su Majestad, que convoquen a un reclutamiento general a tantos hombres como consideren adecuados para servir en un regimiento de milicianos, y que me informen ustedes con la mayor brevedad posible del número de voluntarios que están dispuestos a prestar servicio a su rey y a su país, cuando se los convoque, y también qué número de efectivos pertenecientes a su regimiento pueden recibir órdenes de salir en caso de emergencia, y en caso de que los insurgentes intenten nuevos actos violentos. Su diligente y puntual obediencia a estas órdenes será bien recibida por

Su obediente servidor,

Wm. Tryon

Plegué con esmero la carta manchada por la lluvia, notando apenas que me temblaban las manos. Jamie volvió a cogerla entre el pulgar y el índice, como si fuera un objeto repugnante. Y la verdad es que lo era. Me miró a los ojos, torciendo la boca en un gesto irónico.

—Esperaba contar con algo más de tiempo —dijo.

# 8

## *El capataz*

Mientras Brianna iba a por Jemmy a la tienda de Yocasta, Roger ascendió sin prisa la colina hacia su propio campamento. Aunque iba intercambiando saludos y aceptando las felicitaciones de la gente con la que se cruzaba, apenas escuchaba lo que le decían.

«Habrá una próxima vez», había dicho ella. Y él retenía esas palabras, les daba vueltas en la mente como a un puñado de monedas en el bolsillo. No habían sido meras palabras: había en ellas intención, una promesa en ese momento más importante que cuantas Bree le había hecho en la primera noche de bodas.

El pensar en bodas le recordó, por fin, que había otra en ciernes. Al echarse un vistazo comprobó que, en verdad, Bree no había exagerado al hablar de su aspecto. ¡Demonios, y, por añadidura, la chaqueta era de Jamie!

Comenzó a sacudirse la pinaza y las manchas de barro, pero lo interrumpió un «hola» desde el sendero, más arriba. Al levantar la vista vio que Duncan Innes descendía con cautela la empinada pendiente, con el cuerpo inclinado para compensar el brazo que le faltaba. Llevaba puesta su espléndida chaqueta escarlata, con las vueltas de color azul y los botones dorados, y el pelo bien trenzado bajo un elegante sombrero negro, nuevo y flamante. Su transformación, de pescador de las Highlands a próspero terrateniente, era asombrosa; hasta su actitud parecía haber cambiado; se lo veía mucho más seguro de sí mismo.

Lo acompañaba un caballero entrado en años, alto y delgado, de aspecto muy pulcro, aunque raído; los escasos mechones blancos, recogidos hacia atrás, descubrían una frente alta, extendida por la calvicie. La boca se había hundido por falta de dientes, pero retenía su curva humorística; los ojos eran azules y brillantes; en la larga cara, la piel estaba tan tensa sobre los huesos que apenas quedaba suficiente para arrugarse en torno a los ojos, aunque había surcos profundos tallando la boca y la frente. La nariz larga y picuda, la ropa negra, descolorida y gastada, le daban el aspecto de un afable buitre.

—A Smeòraich —saludó Duncan, complacido—. ¡Justamente la persona que deseaba encontrar! Confío en que estés preparado para tu enlace —añadió, contemplando con aire interrogante la chaqueta manchada del joven y su pelo lleno de hojarasca.

—¡Oh, sí! —Roger carraspeó, convirtiendo su cepillado en un breve golpeteo en el pecho, como para aflojar la flema—. Qué humedad para las bodas, ¿verdad?

—«Dichoso el cadáver sobre el que cae la lluvia» —añadió Duncan, riendo con cierto nerviosismo—. Ojalá no muramos de pleuresía antes de casarnos, ¿eh, muchacho? —Y se acomodó sobre los hombros la fina chaqueta carmesí, al tiempo que se quitaba del puño una imaginaria mota de polvo.

—Estás muy elegante, Duncan —comentó Roger, con la esperanza de distraer la atención de su maltrecho estado—. ¡Todo un novio!

Su interlocutor enrojeció un poco tras el mostacho caído; la única mano retorció los botones blasonados de su chaqueta.

—Oh, bueno —dijo, algo azorado—. La señorita Yo dijo que no quería presentarse con un espantajo. —Y tosió, volviéndose de golpe hacia su compañero, como si ante esa palabra hubiera recordado su presencia—. Señor Bug, éste es Roger Mac, de quien le hablé, el yerno de Jamie.

Miró nuevamente a Roger, señalando con un gesto vago a su compañero, que se adelantó con la mano extendida y una reverencia tiesa, pero cordial.

—Arch Bug, *a Smeòraich.*

—A su servicio, señor Bug —saludó Roger cortésmente. Notó, con cierto sobresalto, que a la mano huesuda que estrechaba la suya le faltaban los dos primeros dedos.

—Hum —respondió el otro.

Su actitud indicaba que correspondía con sinceridad al sentimiento. Tal vez pensaba extenderse sobre el tema, pero de su boca, cuando la abrió, pareció emerger una aguda voz femenina, algo quebrada por los años.

—Qué amabilidad por parte del señor Fraser, caballero, y seguro que no tendrá motivos para arrepentirse, claro que no, y se lo he dicho personalmente. No puedo expresarle a usted qué bendición ha sido, cuando no sabíamos de dónde vendría nuestra próxima comida, ni cómo conseguiríamos cobijo. Debemos confiar en Cristo y en Nuestra Señora, le dije a Arch, eso le dije, y si tenemos que pasar hambre, lo haremos en estado de gracia. Y Arch me ha respondido...

Ante nosotros surgió una mujer pequeña y regordeta, tan entrada en años como su esposo y vestida con ropa igualmente gastada, pero bien zurcida. Como era tan baja, Roger no la había visto, pues la ocultaban los voluminosos faldones de la vetusta chaqueta de su marido.

—La señora Bug —le susurró Duncan, sin que hiciera falta.

—... y sin un penique con que contar, y yo pensando qué iba a ser de nosotros, y entonces Sally McBride me dice que había sabido que Jamie Fraser necesitaba un buen...

El señor Bug sonrió sobre la cabeza de su esposa. Ella se interrumpió en medio de una frase, dilatados los ojos de espanto al ver la chaqueta de Roger.

—Pero ¡mira eso! ¿Qué le ha sucedido, hijo? ¿Ha sido un accidente? ¡Se diría que alguien le ha derribado y arrastrado por los talones sobre el estiércol!

Sin aguardar respuesta, sacó un pañuelo limpio del abultado bolsillo que colgaba de su cintura y, tras escupir en él, empezó a limpiar hacendosamente las manchas de barro de la pechera.

—Oh, no es necesario... Es decir... eh... gracias. —Roger, que se sentía como atrapado en una especie de maquinaria, miró a Duncan a la espera de que él lo rescatara.

—Jamie ha pedido al señor Bug que vaya a trabajar como capataz en el cerro. —Duncan aprovechó la pausa momentánea que la tarea imponía a la señora Bug para ofrecer una explicación.

—¿Capataz? —Roger sintió un pequeño impacto ante esa palabra, como si alguien le hubiera dado un golpe debajo del esternón.

—Sí, para cuando él deba viajar al extranjero o esté ocupado con otros asuntos. Es cierto que los campos y los arrendatarios no se cuidan solos.

Duncan hablaba con un ligero tono de melancolía; era un sencillo pescador de Coigach, por lo que a menudo las responsabilidades de manejar una plantación grande le resultaban onerosas. Echó un vistazo al señor Bug con un destello de codicia, como si pensara por un instante en esconder a esa útil persona en su bolsillo para llevársela a River Run. Claro que también debería llevarse a la señora Bug.

—Y tan buena suerte nos ha venido como anillo al dedo, y apenas ayer le decía a Arch que a lo sumo podríamos conseguir trabajo en Edenton o en Cross Creek, él como marinero, pero es una vida tan peligrosa, ¿verdad? Todo el día mojado hasta los huesos, y los vapores mortíferos que salen de los pantanos, como fantasmas, y el aire tan cargado de miasmas que no se puede respirar; y yo tal vez podría trabajar como lavandera en la ciudad mientras él estuviera de viaje, aunque no me gustaría nada, porque no nos hemos separado una sola noche desde que nos casamos, ¿verdad, amor mío?

Alzó una mirada devota a su alto esposo, que le sonrió con dulzura. A Roger se le ocurrió que el hombre debía de ser sordo. O que quizá sólo llevaban una semana casados.

Sin necesidad de hacer preguntas, se le informó de que los Bug eran marido y mujer desde hacía más de cuarenta años. Arch Bug había sido capataz de Malcolm Grant, de Glenmoriston, pero los años siguientes al Alzamiento habían sido duros. Cuando la Corona inglesa confiscó la finca que administraba en nombre de Grant, Bug sobrevivió algunos años como arrendatario, pero las privaciones y el hambre lo obligaron a buscar una vida nueva en América, con su esposa y el poco dinero que les quedaba.

—Habíamos pensado probar en Edimburgo —dijo el anciano. Su dicción era lenta y elegante, con la suave cadencia de las Highlands.

«Conque no es sordo... —se dijo Roger— todavía.»

—... pues yo tenía allá un primo que estaba relacionado con una empresa bancaria, y pensamos que tal vez él podría hablar con alguien...

—Pero yo era demasiado viejo y no tenía suficiente preparación...

—¡... y menuda suerte hubieran tenido de contar con él! Pero no, esos tontos no quisieron saber nada del asunto, así que hemos venido a intentar, si podemos...

Duncan buscó la mirada de Roger, disimulando una sonrisa bajo el mostacho, mientras la historia de las aventuras de los Bug manaba en ese estilo sincopado. El joven le devolvió la sonrisa, aunque en su interior se esforzaba por desechar una insistente sensación de incomodidad.

Capataz. Alguien que cuidara de los asuntos del cerro, que atendiera la siembra y la cosecha, y que escuchara los problemas de los arrendatarios cuando Jamie estuviera ocupado o ausente. Una necesidad obvia, dada la reciente llegada de familias nuevas y de lo que podía suceder en los años venideros.

No obstante, sólo en ese momento Roger cayó en la cuenta de que, de manera inconsciente, había supuesto que él sería la mano derecha de Jamie en esos asuntos. O cuando menos, la izquierda.

Fergus ayudaba a Jamie en lo que podía, haciendo recados y llevando información, pero el hecho de que le faltara una mano limitaba su capacidad física; tampoco podía ocuparse de papeles y cuentas; Jenny Murray había enseñado a leer, a su manera, al huérfano francés adoptado por su hermano, pero nunca logró hacerle entender los números.

Roger echó una mirada subrepticia a la mano del señor Bug, que ahora descansaba con afecto en el rollizo hombro de su esposa. Era una mano ancha, curtida por el trabajo y de aspecto fuerte, pese a la mutilación, pero los dedos estaban muy deformados por la artritis; las articulaciones nudosas parecían dolerle.

Así que Jamie pensaba que hasta un anciano medio baldado estaba en mejores condiciones que su yerno para atender los asuntos del Cerro de Fraser... La idea era inesperadamente amarga.

Él sabía que su suegro dudaba de su capacidad, más allá de la desconfianza natural que inspira en todo padre el hombre que se acuesta con su hija. Como Jamie carecía por completo de oído, no podía apreciar sus dones musicales. Y aunque Roger era trabajador y de buen tamaño, resultaba lamentablemente cierto que apenas tenía conocimientos prácticos sobre la cría de animales, la caza y el uso de armas mortíferas. Y, además, carecía de la gran experiencia del señor Bug en el manejo de una finca grande. Era el primero en admitir todo eso.

Aun así, él iba a convertirse en el yerno de Jamie. Pero ¡si el mismo Duncan acababa de presentarlo así! Aunque se hubiera educado en otra época, era un escocés de las Highlands y de sobra sabía que la sangre y el parentesco estaban por encima de todas las cosas.

Por lo general, cuando sólo había una hija, se consideraba que su esposo era el hijo varón de la casa; en cuanto a autoridad y respeto; sólo el jefe de la familia estaba por encima de él... a menos que tuviera un defecto drástico: si fuera un alcohólico reconocido, por ejemplo, o disoluto hasta lo criminal. O débil mental... ¡Santo cielo! ¿Sería eso lo que Jamie pensaba de él? ¿Que era un idiota sin remedio?

—Siéntese, joven, que yo me ocuparé de este bonito desastre. —Era la señora Bug quien interrumpía sus lúgubres cavilaciones. Se arremangó con desaprobatorios chasquidos de lengua, observando las hojas y las ramillas que tenía en el pelo—. Pero ¡mire usted cómo está, todo embarrado y cubierto de manchas! ¿Se ha estado peleando? Oh, bueno, espero que el otro haya quedado peor. No se hable más.

Antes de que él pudiera protestar, ya lo había sentado en una piedra y, después de sacar un peine del bolsillo y soltarle el pelo, se ocupó de su enredada melena con movimientos tan enérgicos que parecía que iba a arrancarle tiras de cuero cabelludo.

—Lo llaman Zorzal, ¿verdad? —La señora Bug hizo una pausa en su actividad de peluquera, observando con suspicacia el mechón de lustroso pelo negro que sostenía, como si sospechara la presencia de parásitos.

—Oh, sí, pero no es por el color de sus hermosos cabellos —intervino Duncan, muy sonriente ante la obvia incomodidad del joven—. Es por su canto. Tiene la voz tan dulce como los ruiseñores.

—¿Canta? —exclamó la señora Bug, cautivada, dejando caer el mechón—. ¿Era usted quien cantaba anoche? ¿*Ceann-ràra* y *Loch Ruadhainn*? ¿Y además tocando el *bodhran*?

—Bueno, tal vez —murmuró él con modestia.

La ilimitada admiración de la señora, expresada largo y tendido, era un halago que lo hizo avergonzarse de ese momentáneo resentimiento contra su esposo. Después de todo —pensó, observando los muchos remiendos de su delantal y las arrugas de su cara—, era obvio que esos ancianos habían pasado malos tiempos. Tal vez Jamie los hubiera contratado tanto por caridad como porque necesitaba ayuda.

Sintiéndose ya algo mejor, agradeció gentilmente a la señora Bug la asistencia prestada.

—¿Vendrán ahora a nuestro campamento? —preguntó, mirando al marido con aire inquisitivo—. Supongo que aún no conoce usted a la señora Fraser ni...

Lo interrumpió un ruido que parecía una alarma de bomberos; aunque lejana, era evidente que se aproximaba. Como ya estaba familiarizado con ese estrépito no se sorprendió al ver que su suegro aparecía por una de las sendas que serpenteaban por la montaña, con Jem en los brazos, retorciéndose y chillando como gato escaldado.

Jamie, que parecía algo intimidado, le entregó al niño. A falta de mejor inspiración, Roger metió un pulgar en aquella boca bien abierta, con lo que el alboroto cesó de golpe. Todos se relajaron.

—¡Qué pequeño tan dulce! —La señora Bug se puso de puntillas para arrullar a Jem, mientras su abuelo, sumamente aliviado, se volvía para saludar al señor Bug y a Duncan.

«Dulce» no era el adjetivo que Roger habría escogido. «Loco de atar» era una expresión más adecuada. El bebé tenía la cara muy roja, con surcos de lágrimas manchándole las mejillas, y chupaba con furia el pulgar consolador, con los ojos cerrados con fuerza, en un intento por escapar de un mundo que le era a todas luces insatisfactorio. El poco pelo que tenía se erizaba en púas y remolinos sudorosos; sus mantillas, medio desprendidas, pendían en pliegues y colgantes nada recomendables. Además, olía a letrina descuidada, por motivos demasiado obvios.

Roger, padre experimentado, aplicó de inmediato las medidas de emergencia.

—¿Dónde está Bree?

—Sólo Dios lo sabe y no quiere decirlo —se limitó a responder su suegro—. La he estado buscando por toda la montaña desde que el crío ha despertado en mis brazos y ha decidido que no era feliz en mi compañía. —Después de olfatear con suspicacia la mano con que había sostenido a su nieto, se la limpió en los faldones de la chaqueta.

—Parece que tampoco le satisface la mía. —Jem había empezado a roerle el pulgar, entre chillidos de frustración; la baba le corría por la barbilla y goteaba sobre la muñeca de Roger—. ¿No has visto a Marsali?

Sabía que a Brianna no le gustaba que otra mujer amamantara a Jemmy, pero estaban ante una emergencia. Echó una mirada en derredor, con la esperanza de que hubiera por allí alguna madre lactante que se compadeciera de la criatura, si no de él.

—Venga, deme a ese pobre pequeñín —dijo la señora Bug, alargando los brazos. Por lo que a Roger concernía, pasó en el acto de entrometida charlatana a ángel de luz—. Bueno, bueno, *a leannan*, ya ha pasado todo.

Jemmy, que sabía reconocer la autoridad a simple vista, calló al instante y contempló a la mujer con ojos dilatados por un enorme respeto. Ella se sentó con el niñito en el regazo y comenzó a atenderlo, con la misma eficiente firmeza con que había atendido a su padre. Roger se dijo que Jamie se había equivocado de Bug al elegir capataz.

No obstante, Arch estaba demostrando su inteligencia y aptitud con sensatas preguntas sobre el ganado, las cosechas, los arrendatarios, etcétera. «Pero ¡si yo podría hacer todo eso!—pensó Roger, que seguía el diálogo con atención—. En parte», se corrigió honestamente, en cuanto la conversación viró hacia los parásitos. Tal vez Jamie tenía motivos para buscar a alguien con más conocimientos... pero él podía aprender, después de todo.

—¿Y quién es este chaval tan majo, eh? —La señora Bug se había puesto de pie, arrullando a Jemmy, ya respetablemente transformado en un capullo bien ceñido. Siguiendo con un dedo romo la línea de aquella mejilla redonda, echó un vistazo a Roger—. Sí, sí, tiene los ojos del padre, ya se ve, ¿no?

Él enrojeció, olvidando por completo a los parásitos.

—¿Sí? Yo diría que se parece mucho más a su madre.

La anciana frunció los labios, estudiándolo con ojos entornados. Luego negó con la cabeza con gesto decidido mientras daba unas palmaditas a la coronilla de Jem.

—El pelo quizá no, pero el cuerpo sí, es el suyo, joven. ¡Esos buenos hombres, bien anchos! —Después de un breve gesto de aprobación dirigido a Roger, besó al niño en la frente—. Y no me sorprendería que, con el tiempo, tuviera los ojos verdes. Recuerde lo que le digo, joven: cuando crezca será su viva imagen.

131

¿Verdad que sí, hombrecito? —añadió, hociqueando a Jemmy—. Serás un mozo grande y fuerte como tu papá, ¿no es cierto?

«Es el tipo de cosas que se dicen siempre —se recordó a sí mismo, tratando de apagar el absurdo arrebato de placer que le causaban esas palabras—. Las viejas siempre dicen que los críos se parecen a uno o a otro.» De pronto descubrió que temía admitir siquiera la posibilidad de que Jemmy pudiera ser suyo, de tanto como lo deseaba. Se dijo con firmeza que no importaba; fuera o no de su sangre, por supuesto que lo amaría y cuidaría como a un hijo. Pero sí que importaba, ¡y de qué manera!

Antes de que pudiese decir nada a la mujer, el señor Bug se volvió hacia él para incluirlo de buenas maneras en la conversación de los hombres.

—¿MacKenzie? —dijo—. ¿Es usted de los MacKenzie de Torridon? ¿O quizá de Kilmarnock?

Desde el comienzo de la reunión, Roger había estado enfrentándose a preguntas similares; explorar los orígenes de cada uno era, entre los escoceses, una manera normal de entablar conversación, algo que no cambiaría ni un ápice en los doscientos años siguientes, se dijo él, atemperada su cautela por la reconfortante familiaridad del procedimiento. Pero Jamie le estrujó un hombro, sin darle tiempo a responder:

—Roger Mac es pariente mío, por parte de madre —dijo como si tal cosa—. De los MacKenzie de Leoch, ¿verdad?

—¿Ah, sí? —Arch Bug parecía impresionado—. ¡Pues sí que ha llegado lejos, muchacho!

—Oh, no más que usted, señor, sin duda... o cualquiera de los que están aquí. —Roger señaló con un breve gesto montaña arriba, desde donde llegaban, flotando en el aire húmedo, gritos gaélicos y música de gaitas.

—¡No, no, joven! —La señora Bug se sumó a la conversación, con Jemmy apoyado contra el hombro—. No es eso lo que Arch quiere decir. Es que está usted muy lejos de los otros.

—¿De qué otros? —Roger intercambió una mirada con Jamie, quien se encogió de hombros, igualmente intrigado.

—Los de Leoch —alcanzó a decir Arch, antes de que su esposa cogiera el hilo del diálogo entre sus dientes.

—Nos enteramos en el barco, ¿saben? Había un grupo grande de los MacKenzie, todos de las tierras que están al sur del viejo castillo. Cuando su señor se marchó con el primer grupo, ésos se quedaron, pero ahora querían ir a reunirse con lo que resta del clan, para ver si podían cambiar su suerte porque...

—¿El señor? —la interrumpió Jamie, áspero—. ¿No era Hamish mac Callum?

«Hamish, hijo de Colum», tradujo Roger para sus adentros. E hizo una pausa. Es decir, Hamish mac Dougal. Pero en el mundo había sólo cinco personas que lo supieran. Ahora, quizá únicamente cuatro.

La anciana asintió con energía.

—Sí, sí, así lo llamaban ellos. Hamish mac Callum MacKenzie, señor de Leoch. El tercero. Así lo dijeron. Y...

Al parecer, Jamie había encontrado la manera de entenderse con la señora Bug; por medio de implacables interrupciones, logró extraerle la historia en menos tiempo del que su yerno habría creído posible. Los ingleses habían destruido el castillo de Leoch en la purga de las Highlands que siguió a Culloden. Jamie conocía esa parte, pero después, prisionero él también, no había tenido noticias del destino de quienes vivían allí.

—Y no tuve valor para preguntar —añadió, con una melancólica inclinación de cabeza.

Los Bug intercambiaron una mirada, suspirando al unísono, con los ojos ensombrecidos por el mismo dejo triste que apagaba la voz de Jamie. Era una expresión a la que Roger estaba ya muy habituado.

—Pero si Hamish mac Callum aún vive... —Jamie, que no había retirado la mano de su hombro, se lo estrechó con fuerza al decir esto—. Es una noticia que alegra el corazón, ¿no?

Y sonrió con tan obvia alegría, que Roger, inesperadamente, sintió brotar en su cara una enorme sonrisa a modo de respuesta.

—Sí —dijo, aligerado el peso en su corazón—. ¡Sí, eso es!

El hecho de que no tuviera la menor idea de quién era Hamish mac Callum MacKenzie no tenía la menor importancia; el hombre era en verdad un pariente, de su misma sangre, y la idea lo regocijaba.

—¿Sabéis adónde han ido? —inquirió su suegro, dejando caer la mano—. ¿Hamish y sus seguidores?

A Acadia... no, a Canadá, respondieron los Bug. ¿O a Nueva Escocia? ¿A Maine? No... a una isla, decidieron, después de una compleja consulta mutua. O quizá...

Jemmy los interrumpió con un aullido que indicaba su inminente fallecimiento por inanición. La señora Bug dio un respingo, como si alguien le hubiera clavado un palo.

—Deberíamos llevar a este pobre pequeño con su mamá —dijo en tono de reproche, repartiendo de forma imparcial su mirada fulminante entre los cuatro hombres, como si los acusara en grupo de una conspiración para asesinar al niño—. ¿Dónde está su campamento, señor Fraser?

—Yo la guiaré, señora —se ofreció a toda prisa Duncan—. Acompáñeme.

Roger echó a andar tras los Bug, pero Jamie lo retuvo poniéndole una mano en el brazo.

—No; deja que Duncan los lleve —dijo, despidiéndose de la pareja con una inclinación de cabeza—. Más tarde hablaré con Arch. Ahora tengo algo que decirte, *a chliamhuinn*.

Roger sintió que se ponía algo tenso ante ese término formal. ¿Había llegado el momento en que Jamie le diría qué defectos de carácter y formación lo hacían inadecuado para asumir la dirección de las cosas en el Cerro de Fraser?

Pero no: su suegro estaba sacando un papel arrugado de su morral. Se lo entregó con una leve mueca de disgusto, como si le quemara en la mano. Roger lo recorrió velozmente con los ojos; luego apartó la vista del breve mensaje del gobernador.

—¿Milicia? ¿Cuándo?

Jamie encogió un hombro.

—Nadie lo sabe, pero antes de lo que cualquiera querría, supongo. —Dedicó al joven una sonrisa desmayada y triste—. ¿Has oído las conversaciones mantenidas en torno al fuego?

Roger asintió con seriedad. Había escuchado los diálogos entre una canción y otra, durante las competiciones de lanzamiento de piedra, entre los pequeños grupos que bebían bajo los árboles, el día anterior. En el lanzamiento del tronco había comenzado una pelea a puñetazos, rápidamente sofocada sin que se hubieran producido daños; pero la ira pendía como una fetidez en el aire de la reunión.

Jamie se pasó una mano por la cara y el pelo. Luego se encogió de hombros, suspirando.

—He tenido suerte al encontrarme hoy con Arch Bug y su esposa. Si se llega a la lucha (y supongo que así será, si no ahora, más adelante), Claire vendrá con nosotros. Y no me gustaría dejar que Brianna se las arreglara sola. Pero se puede solucionar.

Roger sintió que lo abandonaba el pequeño peso de la duda; de pronto lo veía todo claro.

—Sola. ¿Eso significa que... deseas que yo te acompañe? ¿Para ayudarte a reclutar hombres para la milicia?

Jamie lo miró con aire sorprendido.

—Por supuesto. ¿Quién, si no?

Y ciñó los bordes de su manta a los hombros, encorvado contra el viento que arreciaba.

—Vamos, pues, capitán MacKenzie —dijo, con una nota irónica en la voz—. Tenemos mucho que hacer antes de su boda.

# 9

## *La semilla de la discordia*

Una parte de mi mente estaba en el pólipo nasal de un esclavo de Farquard Campbell; la otra, en el gobernador Tryon. De los dos era el pólipo quien me inspiraba más compasión, y mis intenciones eran acabar con él cauterizándolo con un hierro caliente.

Parecía muy injusto, me dije, ceñuda, mientras esterilizaba el bisturí y ponía el más pequeño de mis cauterizadores en un cuenco de brasas.

¿Sería ése el comienzo? ¿O uno de ellos? Terminaba 1770; en cinco años más, las trece colonias estarían en guerra. Pero cada una llegaría a ese punto por un proceso distinto. Después de haber vivido tanto tiempo en Boston, sabía, por los textos escolares de Bree, cómo había sido el proceso en Massachusetts... o cómo sería. Los impuestos, la masacre de Boston, Harbor, Hancock, Adams, el Motín del Té, todo eso. Pero ¿en Carolina del Norte, cómo había sucedido? Es decir, ¿cómo sucedería?

Bien podía estar produciéndose ya. La disensión llevaba varios años hirviendo a fuego lento, entre los plantadores de la costa oriental y los curtidos moradores de la zona occidental. En su mayor parte, los reguladores surgían de entre estos últimos; los primeros apoyaban de todo corazón a Tryon, es decir, a la Corona.

—¿Ya estás bien?

Había dado al esclavo un buen sorbo de whisky medicinal para darle fuerzas. Le dediqué una sonrisa esperanzadora y él asintió; parecía inseguro pero resignado.

Yo nunca había oído hablar de los reguladores, y aun así allí estaban. Y a esas alturas, con lo que yo había visto, sabía cuánto omiten los libros de historia. ¿Acaso las semillas de la revolución se estaban sembrando justo delante de mis narices?

Con un murmullo tranquilizador, me envolví la mano izquierda con una servilleta de hilo y, sujetando con firmeza el mentón del esclavo, metí el escalpelo por su fosa nasal. Corté el pólipo con un diestro movimiento de la hoja; la sangre manó a borbotones, caliente, a través del paño que me rodeaba la mano, aunque al parecer no dolía demasiado. El esclavo parecía sorprendido, pero no angustiado.

El cauterizador tenía la forma de una pala diminuta: un pequeño cuadrado plano en el extremo de una varilla fina, con mango de madera. La parte aplanada humeaba en el fuego, con los bordes ya rojos. Apreté el paño con fuerza contra la nariz del hombre, para detener la hemorragia, y luego lo retiré. En una fracción de segundo, antes de que la sangre volviera a manar, presioné el hierro caliente contra el tabique nasal, esperando contra todo pronóstico haberlo hecho en el punto correcto.

El esclavo emitió un sonido estrangulado, pero no se movió, aunque las lágrimas le corrían por las mejillas, mojadas y calientes contra mis dedos. El olor a carne chamuscada y sangre era el mismo que en las barbacoas. Mi estómago lanzó un fuerte gruñido. Los ojos dilatados y enrojecidos del esclavo se encontraron con los míos, atónitos. Al ver que mi boca se contraía, dejó escapar una débil risita entre las lágrimas y los mocos.

Retiré el hierro, con el paño preparado. No hubo más sangre. Luego incliné bien hacia atrás la cabeza del hombre, bizqueando para mirar dentro de su nariz, y tuve el gusto de detectar una marca pequeña y limpia en la parte alta de la mucosa. Sabía que la quemadura debía de ser vívidamente roja, aunque sin la luz adecuada parecía negra, como una garrapata escondida en las sombras velludas de la fosa nasal.

El hombre no hablaba inglés; le sonreí, pero al hablar me dirigí a su compañera, una joven que no le había soltado la mano durante toda esa dura prueba.

—Se repondrá perfectamente. Por favor, dile que no se quite la costra. Si se hincha, si hay pus o fiebre... —Hice una pausa; el resto de la frase debía ser: «... consulta inmediatamente con tu médico», pero eso no era posible—. Consulta con tu ama —dije a cambio, de mala gana—. O busca a una curandera que sepa de hierbas.

Por lo poco que sabía, la actual señora Campbell era joven y bastante aturullada. Aun así, en cualquier plantación, el ama debía saber cómo tratar una fiebre. Y si aquello pasaba de una simple infección a la septicemia... en tal caso nadie podría hacer mucho por él.

Me despedí del esclavo dándole una palmada en el hombro y llamé al siguiente con una señal.

Una infección: eso era lo que se estaba gestando. En general todo parecía tranquilo; al fin y al cabo, la Corona estaba retirando todas sus tropas. Pero sin duda perduraban decenas, cientos, millares de diminutos gérmenes, semillas de la discordia, conformando bolsas de conflicto en todas las colonias. La Regulación era sólo uno de ellos.

Tenía a mis pies un pequeño cubo de alcohol destilado para desinfectar los instrumentos. Hundí el cauterizador en él y luego volví a ponerlo en el fuego. El alcohol se encendió con un breve *¡pif!*, sin levantar llama.

Tuve una sensación desagradable, como si la nota escrita que en esos momentos quemaba en el morral de Jamie fuera una llama similar, aplicada a una entre un millón de pequeñas mechas. Algunas serían sofocadas; otras se apagarían por sí solas. Pero unas cuantas seguirían ardiendo, chamuscando un camino destructivo a través de hogares y familias. El final sería una escisión limpia, pero correría mucha sangre antes de que el hierro caliente de las armas pudiera cauterizar la herida abierta.

¿Acaso Jamie y yo jamás tendríamos un poco de paz?

—Allí está Duncan MacLeod. Posee ciento veinte hectáreas cerca del río Yadkin, pero allí no hay nadie, salvo él y su hermano.

Jamie se frotó la cara con una manga para secar el brillo de humedad que se le adhería y le calaba hasta los huesos. Después de parpadear para despejar la vista, se sacudió como los perros, esparciendo las gotas que se le habían condensado en el pelo. Luego prosiguió, al tiempo que señalaba la voluta de humo que marcaba la fogata de MacLeod:

—Sin embargo, es pariente del viejo Rabbie Cochrane. Rabbie no ha venido al encuentro (creo que está enfermo de hidropesía), pero tiene once hijos ya mayores, diseminados por las montañas como granos de maíz. Roger, dedícale a MacLeod todo el tiempo que sea necesario; asegúrate primero de que venga porque quiere hacerlo; luego le dices que mande aviso a Rabbie. Dile que nos reuniremos en el Cerro de Fraser dentro de quince días.

Vaciló, con una mano en el brazo de Roger para impedir que partiera abruptamente. Con los ojos entornados ante el resplandor, sopesó las posibilidades. Habían visitado juntos tres campamentos y contaban con la palabra de cuatro hombres. ¿Cuántos más podrían hallar en la reunión?

—Cuando acabes con Duncan, ve a los corrales de ovejas. Allí estará seguramente Angus Og. ¿Conoces a Angus Og?

Roger asintió, esperando que fuera quien él creía. En la última semana le habían presentado al menos a cuatro hombres llamados Angus Og, pero a uno de ellos lo seguía un perro y hedía a lana cruda.

—Og Campbell, ¿verdad? ¿Encorvado como un anzuelo y con un ojo desviado?

—Ése es, sí. —Jamie hizo un gesto de aprobación mientras aflojaba la mano—. Está demasiado cojo para combatir, pero se encargará de que vayan sus sobrinos y divulgará la noticia entre los asentamientos próximos a High Point. Conque tenemos a Duncan, Angus... ah, sí: Joanie Findlay.

—¿Joanie?

Fraser sonrió de oreja a oreja.

—La vieja Joan, la llaman. Acampa cerca de mi tía. Ella e Iain Mhor, su hermano.

Roger asintió, dubitativo.

—Bien. Pero es con ella con quien debo hablar, ¿verdad?

—A la fuerza —dijo Jamie—. Iain Mhor no puede hablar. Ella tiene otros dos hermanos y dos hijos varones en edad de combatir. Los enviará.

Alzó la mirada; el día se había templado un poco y ya no llovía; más bien era una llovizna muy tenue, casi neblina. Las nubes se habían diluido lo suficiente como para mostrar el disco del sol, como una oblea pálida y borrosa, todavía alta en el cielo, pero ya descendente. Quedaban tal vez dos horas de buena luz.

—Con eso basta —decidió, secándose la nariz con la manga—. Vuelve a la fogata cuando hayas terminado con la vieja Joan, y comeremos algo antes de tu boda, ¿vale?

Despidió a Roger con una ceja enarcada y una leve sonrisa. Luego le volvió la espalda, pero antes de que el joven pudiera dar un paso se volvió otra vez.

—Diles enseguida que eres el capitán MacKenzie —le aconsejó—. Te prestarán más atención.

Y se alejó a grandes pasos, en busca de los candidatos más recalcitrantes de su lista.

La fogata de MacLeod humeaba en la bruma como una chimenea. Roger se dirigió hacia allí, repitiendo los nombres por lo bajo, como si fueran un mantra: «Duncan MacLeod, Rabbie Cochrane, Angus Og Campbell, Joanie Findlay... Duncan MacLeod, Rabbie Cochrane...» No había ninguna dificultad; con tres repeticiones lo grababa todo, ya fuera la letra de una nueva canción, los datos de un libro de texto o las instrucciones sobre la psicología de posibles reclutas para la milicia.

Le parecía razonable buscar allí a los escoceses que vivían apartados antes de que se dispersaran hacia sus granjas y sus cabañas. Y lo reconfortaba el hecho de que hasta el momento los hombres abordados hubieran aceptado el reclutamiento sin más que una mirada furibunda y un carraspeo de resignación.

Capitán MacKenzie... El título que Fraser le había otorgado tan a la ligera le provocaba un azorado orgullo. «Soldado instantáneo a la taza —murmuró despectivamente para sus adentros, cuadrando los hombros bajo el abrigo empapado—. Tan sólo añádase agua.»

Al mismo tiempo, debía admitir que experimentaba un pequeño escozor de entusiasmo. Tal vez aquello, por el momento, fuera sólo jugar a la guerra. Pero la idea de marchar con un regimiento de milicianos, con los mosquetes al hombro y el olor a pólvora en las manos...

Faltaban menos de cuatro años, se dijo, para que los milicianos pisaran la hierba de Lexington. Hombres que no eran más soldados que aquéllos con quienes hablaba en medio de la lluvia, no más que él mismo. Ser consciente de ello le erizó la piel y se le asentó en el vientre con un extraño peso de trascendencia.

Ya se avecinaba. ¡Santo cielo!, se avecinaba de verdad.

MacLeod no presentó ningún problema; sin embargo, tardó más de lo esperado en encontrar a Angus Og Campbell, hundido entre ovejas hasta el trasero e irascible por la interrupción. Lo de «capitán MacKenzie» no causó mucho efecto en ese viejo cretino; más suerte tuvo al invocar al «coronel Fraser», pronunciado con cierto dejo de amenaza. Angus Og mascó su largo labio superior con malhumorada concentración; luego asintió de mala gana y volvió a sus negociaciones con un gruñón: «Lo haré saber, sí.»

Cuando ascendió nuevamente hacia el campamento de Joan Findlay, la llovizna había cesado y las nubes comenzaban a abrirse.

Se llevó la sorpresa de descubrir que «la vieja Joan» era una mujer atractiva, de unos treinta y cinco años, con penetrantes ojos de color avellana que lo observaron con interés bajo los pliegues de su manto mojado.

—Conque a eso hemos llegado, ¿eh? —dijo tras la breve explicación de su visitante—. Casi lo esperaba, después de escuchar lo que aquel muchacho ha dicho esta mañana.

Se tocó con gesto reflexivo los labios con el mango de la cuchara de madera.

—Tengo una tía que vive en Hillsborough, ¿sabe usted?, con una habitación en la Casa del Rey. Justo enfrente está la casa de Edmund Fanning... es decir, estaba. —Soltó una carcajada breve, sin humor—. Me ha escrito. Dice que la muchedumbre llegó agitada por la calle, blandiendo palos como un tropel de demonios. Arrancaron de sus cimientos la casa de Fanning y la arrastraron con cuerdas, frente a los ojos de mi tía. Así que ahora debemos enviar a nuestros hombres para que saquen las castañas del fuego por Fanning, ¿verdad?

Roger se mostró cauteloso; había oído muchas cosas sobre Edmund Fanning: no se lo apreciaba demasiado.

—No sabría qué decirle, señora Findlay —manifestó—. Pero el gobernador...

Joan Findlay bufó de manera expresiva.

—¡El gobernador! —exclamó, escupiendo al fuego—. ¡Bah! Más bien, los amigos del gobernador. Aunque así son las cosas y así serán siempre: los pobres deben verter su sangre por el oro del rico.

Se volvió hacia dos niñitas que habían aparecido detrás de ella, silenciosas como pequeños fantasmas envueltos en chales.

—Annie, ve a buscar a tus hermanos. Tú, Joanie, remueve la olla. Cuida de rascar bien el fondo, para que no se queme.

Después de entregar la cuchara a la más pequeña, se alejó, indicando a Roger que la siguiera.

El campamento era miserable: apenas una manta de lana estirada entre dos matas para proporcionar algún abrigo. Joan Findlay se agachó ante la cueva así formada y Roger la imitó, inclinándose para mirar por encima del hombro de la mujer.

—*A bhràthair*, ha venido el capitán MacKenzie —dijo ella, mientras alargaba una mano hacia el hombre que yacía en un jergón de hierba seca, bajo la manta.

Roger sintió una brusca impresión al verlo, pero se dominó. En la Escocia de su época se habría dicho que era espástico; ¿qué nombre le darían ahora? Tal vez ninguno; Fraser se había limitado a decir que no podía hablar.

No, y tampoco moverse como Dios manda. Sus miembros huesudos estaban consumidos; su cuerpo, contraído en ángulos imposibles. Sus movimientos espasmódicos habían desplazado el edredón que lo cubría, amontonándolo entre sus piernas, con lo que el torso quedaba expuesto; en sus forcejeos, se había quitado a medias la camisa. La piel pálida de los hombros y las costillas relumbraba en la sombra con fríos tonos azulados.

Joan Findlay le cubrió la mejilla con una mano para girarle la cabeza, a fin de que pudiera mirar a Roger.

—Mi hermano Iain, señor MacKenzie —presentó con voz firme, como si lo desafiara a reaccionar.

La cara también estaba distorsionada, con la boca torcida y babeante, pero en aquella ruina humana había un bello par de ojos color avellana, llenos de inteligencia, que sostuvieron la mirada del visitante. Roger, dominando con firmeza sus sentimientos y sus propias facciones, alargó la mano para estrechar la garra del enfermo. La sensación fue terrible: huesos agudos y frágiles bajo una piel tan fría que bien habría podido ser la de un cadáver.

—Iain Mhor —dijo con suavidad—. He oído hablar de usted. Jamie Fraser le envía sus saludos.

Los párpados descendieron en un delicado gesto de reconocimiento; luego tornaron a subir y contemplaron a Roger con tranquila inteligencia.

—El capitán ha venido para reclutar milicianos —dijo Joan, detrás del visitante—. El gobernador ha dado órdenes. Parece que está cansado de los disturbios y el desorden, según dice, y quiere acabar con eso por la fuerza.

Su voz encerraba un fuerte tono de ironía.

Los ojos de Iain Mhor se detuvieron en la cara de su hermana. Su boca se movía, luchando por recobrar la forma; el pecho angosto se tensó con el esfuerzo. De él emergieron unas pocas sílabas roncas, espesas de saliva. Luego cayó hacia atrás, respirando con fuerza, la vista fija en Roger.

—Pregunta si se le pagará al que se aliste, capitán —tradujo Joan.

Roger vaciló. Jamie había previsto esa pregunta, pero no había una respuesta definitiva. Aun así, la ansiedad dominada era perceptible, tanto en la mujer que tenía detrás como en el hombre que yacía delante. Los Findlay eran muy pobres; eso saltaba a la vista en los delantales raídos de las niñitas, en sus pies descalzos, en las sábanas gastadas y las mantas que apenas protegían a Iain Mhor del frío. La franqueza lo obligó a responder.

—No lo sé. Aún no se ha anunciado nada... pero tal vez se haga.

El pago de un reclutamiento dependía de la respuesta que tuviera la convocatoria del gobernador; si la sola orden no bastaba para reclutar tropas, las autoridades podían considerar adecuado ofrecer un mejor incentivo a los milicianos que respondieran al llamamiento.

En los ojos de Iain Mhor chispeó una expresión desencantada, casi en el acto reemplazada por otra de resignación. Cualquier ingreso habría sido bien recibido, aunque en realidad no lo esperaban.

—¡Qué se le va a hacer!

La voz de Joan expresaba la misma resignación. Roger la oyó apartarse hacia un lado, pero aún seguía preso de aquellos ojos avellana, de largas pestañas, que sostenían su mirada sin ceder, curiosos. No estaba seguro de poder retirarse sin más; quería ofrecer ayuda, sólo que ¿había ayuda posible?

Alargó una mano hacia la camisa abierta y el edredón enredado. Era poco, pero mejor que nada.

—¿Me permite?

Los ojos avellana se cerraron durante un instante y volvieron a abrirse, conformes. Él se dedicó a ponerlo todo en su sitio. Iain Mhor, aunque consumido, era asombrosamente pesado y levantarlo desde ese ángulo resultaba difícil.

Aun así no tardó más que un momento; el hombre quedó cubierto y al menos más abrigado. Roger sostuvo de nuevo su mirada; luego, con una inclinación de cabeza y una sonrisa turbada, retrocedió hasta salir de aquel nido revestido de hierbas, tan mudo como el mismo Iain Mhor.

Los dos hijos varones de Joan Findlay ya estaban allí, junto a su madre; eran robustos muchachos de dieciséis y diecisiete años, que observaban al visitante con cautelosa curiosidad.

—Éste es Hugh —indicó ella, estirándose para apoyar una mano en su hombro. Luego hizo lo mismo con el otro—: Y éste, Iain Og.

Roger inclinó la cabeza en un gesto educado.

—A su servicio, caballeros.

Los muchachos intercambiaron una mirada; luego bajaron la vista a los pies, sofocando una gran sonrisa.

—Bien, capitán MacKenzie. —La voz de Joan remarcó el título—. Si le presto a mis hijos, ¿me promete usted devolverlos a casa sanos y salvos?

Los ojos de color avellana de la mujer eran tan agudos e inteligentes como los de su hermano... y tampoco cedían. Roger reunió fuerzas para no apartar la vista.

142

—Hasta donde esté en mi mano, señora... cuidaré de que estén a salvo.

La mujer elevó apenas la comisura de la boca; sabía de sobra qué estaba en su mano y qué no. Aun así sonrió, al tiempo que dejaba caer los brazos a los costados.

—Irán.

Entonces él se despidió. Mientras se alejaba, el peso de su confianza le pesaba en los hombros.

# 10

## *Los regalos de la abuela Bacon*

Una vez atendido el último de mis pacientes, me desperecé con fruición, de puntillas. Experimentaba una agradable sensación de éxito. A pesar de todas las dolencias que no podía tratar, de todas las enfermedades que no podía curar, había hecho lo que podía, y lo había hecho bien.

Cerré la tapa de mi cofre de medicinas y lo levanté. Murray se había ofrecido gentilmente a llevar el resto de mi carga, a cambio de un saco de semillas de Senna secas y una piedra para amasar píldoras. Por su parte, él aún estaba atendiendo al último paciente: con el entrecejo arrugado, palpaba el abdomen de una anciana que llevaba un gorro y un chal. Cuando agité la mano para despedirme, respondió con un gesto abstraído y recogió su navaja de sangrar. Al menos recordó sumergirla en agua hirviendo; vi que sus labios se movían recitando por lo bajo el encantamiento de Brianna.

Estar de pie sobre la tierra fría me había entumecido las piernas y me dolían la espalda y los hombros, pero en realidad no estaba cansada. Esa noche algunas personas podrían dormir, ya aliviadas de su dolor. Otros cicatrizarían bien, con vendajes limpios y fracturas bien reducidas. De unos cuantos podía decir, sin faltar a la verdad, que los había salvado de infecciones graves y hasta de la muerte.

Y había dado una versión más de mi propio sermón de la montaña, predicando el evangelio de la nutrición y la higiene a las multitudes reunidas.

—Bienaventurados quienes comen verduras, porque conservarán los dientes —murmuré a un cedro.

Me detuve para arrancar algunas de sus bayas fragantes y triturar una con la uña del pulgar, disfrutando de su aroma limpio y penetrante.

—Bienaventurados los que se lavan las manos después de limpiarse el trasero —añadí, apuntando con un dedo amonestador a un arrendajo azul que se había posado en una rama cercana—, pues ellos no enfermarán.

El campamento ya estaba a la vista y, con él, la deliciosa perspectiva de una taza de té caliente.

—Bienaventurados quienes hierven el agua —le dije al pájaro, mientras veía brotar una voluta de vapor del pequeño recipiente que pendía sobre nuestra fogata—, pues ellos serán llamados salvadores de la humanidad.

—¡Señora Fraser! ¡Señora! —gorjeó una vocecita junto a mí, interrumpiendo mis ensoñaciones.

Al bajar la vista me encontré con Eglantine Bacon, de siete años, y Pansy, su hermana menor: un par de niñitas pelirrojas, de cara redonda y generosamente rociada de pecas.

—Ah, hola, querida. ¿Cómo estás? —pregunté, sonriéndole. Bastante bien, a juzgar por su aspecto; en los niños, la enfermedad suele apreciarse a simple vista; las pequeñas Bacon rebosaban salud.

—Muy bien, señora, muchas gracias. —Eglantine me hizo una breve reverencia, luego dio un empellón a la cabeza de Pansy para que hiciera lo mismo.

Una vez observadas las reglas de cortesía —los Bacon eran gente de ciudad, provenientes de Edenton, que habían enseñado buenos modales a sus niñas—, Eglantine hundió la mano en su bolsillo y me entregó un gran envoltorio de tela.

—La abuela Bacon le envía este regalo —explicó con orgullo, mientras yo desplegaba la tela. Resultó ser una cofia enorme, decorada con encajes y cintas de color malva—. Este año no ha podido venir al encuentro, pero dijo que debíamos traerle esto y darle las gracias por el remedio que envió usted para su... reu-ma-tismo.

Pronunció la palabra con cuidado, frunciendo la cara al concentrarse; luego se relajó, radiante de orgullo por haberlo hecho todo correctamente.

—¡Muchas gracias! ¡Qué bonita! —Levanté la cofia para admirarla, mientras se me ocurrían unas cuantas cosas sobre la abuela Bacon.

Había conocido a esa formidable dama algunos meses atrás, durante su estancia en la plantación de los Campbell para visitar a la vieja y odiosa madre de Farquard. La señora Bacon era casi tan anciana como ella e igual de capaz de irritar a sus descendientes, pero además poseía un vivo sentido del humor.

Había expresado audible y repetidamente mi costumbre de andar con la cabeza descubierta; por fin me dio cara a cara su opinión de que era indecoroso, en una mujer de mi edad, no usar gorra ni pañuelo, algo reprensible en la esposa de un hombre tan importante; más aún, tan sólo «las busconas de los andurriales y las mujeres de baja condición» llevaban el pelo suelto sobre los hombros. Yo me limité a reír, sin prestarle atención, y le di una botella de whisky bastante bueno, con instrucciones de beber un poquito con el desayuno y después de la cena.

La mujer, que siempre saldaba sus deudas, había decidido pagarme a su manera.

—¿No va usted a ponérsela? —Eglantine y Pansy me miraban con aire confiado—. La abuelita nos dijo que debía ponérsela, para que pudiéramos decirle cómo le quedaba.

—¿Eso dijo?

Al parecer, no había remedio. Sacudí la prenda para desplegarla y, después de recoger mi cabellera con una mano, me encasqueté la cofia. Me caía sobre la frente, casi hasta el puente de la nariz, y rodeaba mis mejillas de guirnaldas encintadas, haciéndome sentir como una ardilla que espiara desde su madriguera.

Eglantine y Pansy palmotearon en un paroxismo de placer. Me pareció oír sofocados ruidos de diversión a mi espalda, pero no me volví.

—Decidle a vuestra abuelita que le agradezco este encantador regalo, ¿de acuerdo?

Les di a las niñas unas graves palmaditas en las rubias cabezas y sendos caramelos de melaza, sacados de mi bolsillo, antes de enviarlas a reunirse con su madre. Justo cuando alzaba una mano para quitarme esa excrecencia de la cabeza, caí en la cuenta de que la madre estaba allí: probablemente había estado desde un principio, acechando detrás de un caqui.

—¡Oh! —exclamé, convirtiendo mi ademán en un intento de reacomodar el blando tocado. Levanté con un dedo la parte colgante, para ver mejor—. ¡Señora Bacon! No la había visto a usted.

—Hola, señora Fraser.

La cara de Polly Bacon mostraba un delicado color rosado, sin duda provocado por el frío. Tenía los labios muy apretados, pero le bailaban los ojos bajo el volante de su correctísima cofia.

—Las niñas querían entregarle eso —dijo. Tuvo el tacto de no mirarla—. Pero mi suegra le ha enviado otro pequeño regalo. Me pareció que sería mejor dárselo yo misma.

Yo no estaba segura de querer más regalos de la abuela Bacon, pero acepté el envoltorio que se me ofrecía con toda la gentileza que me fue posible. Era un saquito de seda encerada, relleno de algo que despedía un olor botánico, dulzón y un tanto aceitoso. Sobre la tela alguien había dibujado una planta con mano torpe y tinta pardusca; con un tallo recto y algo que semejaba las umbelas. Me pareció vagamente familiar, pero no logré reconocerla. Desaté el cordel y dejé caer en mi palma una pequeña cantidad de semillas diminutas, de color pardo oscuro.

—¿Qué es? —le pregunté a Polly, intrigada.

—No sé qué nombre tiene en nuestro idioma —respondió ella—. Los indios la llaman *dauco*. La abuela Bacon es nieta de una curandera catawba, ¿lo sabía usted? Así fue como aprendió a usar estas semillas.

—¿De verdad? —Aquello sí que me interesaba. Ahora comprendía que el dibujo me resultara familiar: debía de ser la planta que Nayawenne me había mostrado una vez, la planta de las mujeres. No obstante pregunté, para mayor seguridad—: ¿Para qué sirve?

En las mejillas de Polly aumentó el rubor. Antes de inclinarse hacia mí recorrió el claro con la vista, para asegurarse de que nadie pudiera oírnos.

—Para impedir que una quede embarazada. Tomas una cucharadita todos los días, en un vaso de agua. Todos los días, ¿entiende? Entonces la semilla del hombre no arraiga en el vientre femenino. —Sus ojos se enfrentaron a los míos; al destello divertido que perduraba en ellos se agregaba algo más serio—. La abuela se dio cuenta de que es usted mujer de conjuros. Y siendo así, a menudo tendrá que ayudar a las mujeres que sufren abortos, cuando no se trate de niños que nacen muertos o de fiebres puerperales, por no hablar de lo que se padece al perder a un niño que nace vivo... Me encomendó decirle que más vale prevenir que curar.

—Dígale a su suegra que se lo agradezco mucho —manifesté con sinceridad.

A la edad de Polly, la mayoría de las mujeres tenían cinco o seis hijos y se las veía desgastadas por la sucesión de embarazos inoportunos; ella, con sólo dos niñas, no tenía ese aspecto. Obviamente, las semillas eran efectivas.

La sonrisa estalló en su cara.

—Se lo diré. ¡Ah!... dijo algo más. Que su abuela le dijo que era magia de mujeres; así que no se la mencione a ningún hombre.

Eché una mirada pensativa al otro lado del claro, donde Jamie conversaba con Archie Hayes, con Jemmy adormilado en el hueco de su brazo. Sí, era comprensible que el remedio de la vieja abuela Bacon fuera ofensivo para algunos hombres. ¿Sería Roger uno de ésos?

Tras despedirme de Polly Bacon, llevé mi cofre a nuestro cobertizo y guardé cuidadosamente en él aquel saquito de semillas. Una utilísima adquisición para mi farmacopea si Nayawenne y la abuela Bacon estaban en lo cierto. Además, era un regalo muy oportuno, teniendo en cuenta mi anterior conversación con Bree.

Aún era más valioso que el pequeño montón de pieles de conejo que había acumulado, aunque éstas fueran bien recibidas. ¿Dónde las había puesto? Busqué con la mirada entre los trastos diseminados por el campamento, escuchando a medias la conversación de los hombres a mi espalda. Allí estaban, justo bajo el borde de la lona. Levanté la tapa de una cesta vacía; guardaría las pieles allí para el viaje de regreso.

—... Stephen Bonnet.

El nombre se clavó en mis oídos como una picadura de araña, e hizo que dejara caer con un golpe seco la tapa del cesto. De inmediato eché una mirada a mi alrededor, pero no vi ni a Brianna ni a Roger. Jamie estaba de espaldas a mí, era él quien había hablado.

Me quité la cofia y, después de colgarla cuidadosamente de una rama de cornejo, salí decidida para reunirme con él.


No sé de qué estaban hablando los hombres, pero se interrumpieron al verme. El teniente Hayes se marchó, después de agradecerme una vez más la asistencia quirúrgica. Su cara redonda y blanda no revelaba nada.

—¿Qué pasa con Stephen Bonnet? —pregunté en cuanto él estuvo demasiado lejos para oírme.

—Eso era lo que yo le estaba preguntando, Sassenach. ¿Ya está listo el té? —Jamie se acercó al fuego, pero yo lo detuve poniéndole una mano en el brazo.

—¿Por qué? —inquirí.

Como no lo soltaba, se enfrentó a mí de mala gana.

—Porque quiero saber dónde está —dijo sin alterarse.

No se molestó en fingir que no me entendía. Una sensación de frío me aleteó en el pecho.

—¿Hayes sabe dónde está? ¿Ha sabido algo de Bonnet?

Él negó con la cabeza, mudo. Me estaba diciendo la verdad. Cuando aflojé los dedos, aliviada, él retiró el brazo; lo hizo sin enfado, con una objetividad tranquila y decidida.

—¡Esto es asunto mío! —apunté, respondiendo al gesto.

Hablaba en voz baja, mirando a mi alrededor para asegurarme de que ni Bree ni Roger me oyeran. Él no estaba a la vista; ella se encontraba de pie junto a la hoguera, sumida en conversación con los Bug, la anciana pareja que Jamie había contratado para que le ayudaran a atender sus tierras. Me volví de nuevo hacia Jamie.

—¿Para qué buscas a ese hombre?

—¿No es prudente saber de dónde puede venir el peligro? —me contestó sin mirarme; con una sonrisa y un movimiento de cabeza saludó a alguien que se hallaba a mi espalda. Allí estaba Fergus, caminando rumbo al fuego y frotándose bajo el brazo la mano enrojecida por el frío. Nos saludó agitando alegremente el garfio, y Jamie medio alzó una mano, como para responderle, pero se volvió sin dejar de mirarme para impedir que el francés se acercara a nosotros.

Regresó la sensación fría, penetrante, como si alguien me hubiera perforado el pulmón con una astilla de hielo.

—¡Oh!, claro —dije, con toda la desenvoltura posible—. Quieres saber dónde está para evitar ir allí, ¿no?

Algo parecido a una sonrisa le cruzó la cara.

—Justo para eso —dijo.

Dada la escasez de población en Carolina del Norte, en general, y lo lejos que estaba el Cerro de Fraser, en particular, las posibilidades de que tropezáramos accidentalmente con Stephen Bonnet eran más o menos las mismas que teníamos de pisar una medusa en nuestra propia casa. Y Jamie lo sabía de sobra.

Lo miré con los ojos entornados. Él contrajo por un momento la comisura de la boca; luego la aflojó; sus ojos habían recobrado la seriedad. Había un solo motivo para que deseara localizar a Stephen Bonnet... Y yo lo sabía de sobra.

—Jamie. —Volví a ponerle una mano en el brazo—. Déjalo en paz. Por favor.

Él me cubrió la mano con la suya, pero el gesto no me tranquilizó.

—No te preocupes, Sassenach. Me he pasado la semana preguntando a todos los presentes que viven desde Halifax a Charleston. Ni rastro de él en ningún punto de la colonia.

—Mejor así —dije. Aun así, no se me escapaba el hecho de que había estado buscando a Bonnet sin decirme nada. Y por añadidura no me prometía dejar de buscarlo—. Déjalo en paz —repetí por lo bajo, mirándolo a los ojos—. Ya vamos a tener demasiados problemas. No necesitamos más.

Él me había atraído hacia sí para impedir interrupciones; percibí su poder en el contacto: su brazo bajo mi mano, su muslo rozando el mío. Fuerza en los huesos y fuego en la mente, todo rodeando un centro de férrea voluntad que, cuando iba tras un objetivo, hacía de Jamie un proyectil mortífero.

—Has dicho que es asunto tuyo. —Sus ojos estaban serenos; la luz de otoño decoloraba su tono azul—. Yo sé que es mío. ¿Me apoyas o no?

El hielo floreció en mi sangre, en espículas de pánico. ¡Maldito sea! Iba en serio, sólo había un motivo para buscar a Stephen Bonnet.

Giré sobre los talones, arrastrándolo conmigo, de modo que ambos quedamos mirando al fuego, muy juntos y con los brazos entrelazados. Brianna, Marsali y los Bug escuchaban embelesados a Fergus, quien estaba relatando algo, con la cara encendida por el frío y la risa. Jemmy nos miraba por encima del hombro de su madre, con los ojos redondos y llenos de curiosidad.

—Debes pensar en ellos —le dije, con la voz grave y trémula de apasionamiento—. Y en mí. ¿No crees que Stephen Bonnet ya les ha hecho bastante daño?

—Sí, más que bastante.

Me estrechó contra sí. Aunque sentía su calor a través de la ropa, su voz sonó fría como la lluvia. Fergus desvió una mirada hacia nosotros y, después de sonreírme cálidamente, continuó con su relato. Sin duda veía en nosotros una pareja que compartía un instante de afecto, con las cabezas unidas en intimidad.

—Lo dejé en paz —dijo Jamie, muy quedo— y eso condujo al mal. ¿Puedo permitir que siga libre, sabiendo qué clase de hombre es, sabiendo que yo lo he liberado para que continúe esparciendo miseria? Es como haber soltado a un perro rabioso, Sassenach, y tú no querrías que yo hiciera eso.

Su mano estaba dura; sus dedos, fríos sobre los míos.

—Una vez lo dejaste ir, y la Corona volvió a atraparlo. Si ahora está libre, no es por tu culpa.

—Tal vez no sea culpa mía que esté libre —afirmó—, pero tengo la obligación de impedir que siga así... hasta donde esté en mi mano.

—¡Tu obligación es tu familia!

Me cogió la barbilla e inclinó la cabeza, clavados sus ojos en los míos.

—¿Crees acaso que os pondría en peligro?

Me mantuve rígida, resistiendo por un largo instante; luego encorvé los hombros y dejé caer los párpados, en un gesto de capitulación. Inspiré honda, largamente, temblando. Pero no cedí del todo.

—Cazar es peligroso, Jamie —apunté con suavidad—. Y tú lo sabes.

Su mano se relajó, pero sin soltarme la cara; su pulgar siguió el contorno de mis labios.

—Lo sé —susurró. La bruma de su aliento me tocó la mejilla—. Pero soy cazador viejo, Claire. No habrá peligro para ellos, lo juro.

—¿Sólo para ti? ¿Y qué será de nosotros si tú...?

En ese momento vi a Brianna con el rabillo del ojo. Nos miraba y sonreía con tierna aprobación, suponiendo que estaba ante una escena de ternura entre sus padres. Jamie también la vio; le oí emitir un vago resoplido de diversión.

—No me pasará nada —dijo con firmeza.

Y me estrechó contra sí para sofocar la discusión con un amplio beso. Desde el fuego nos llegó un breve aplauso.

—*Encore!* —gritó Fergus.

—No —le dije a Jamie mientras me soltaba. Aunque hablaba en susurros, mi tono era vehemente—. *Encore* no. No quiero oír nunca más el nombre de Stephen Bonnet.

—Todo va a salir bien —murmuró él, estrechándome la mano—. Confía en mí, Sassenach.

# 11

## *Orgullo*

Roger caminaba colina abajo sin mirar atrás, entre la maleza y la hierba hollada; pero siguió pensando en los Findlay mientras se alejaba de su campamento.

Los dos muchachos eran pelirrojos y bajos (no tanto como su madre), pero de hombros anchos. Las dos niñas menores, morenas, altas y delgadas, tenían los ojos color avellana de su madre. Considerando la diferencia de edad entre los varones y sus hermanas, Roger llegó a la conclusión de que la señora Findlay debía de haberse casado por partida doble. Y parecía que estaba viuda otra vez.

Tal vez debería mencionarle a Brianna el caso de Joan Findlay como la mejor prueba de que el matrimonio y los partos no eran necesariamente mortales para las mujeres. O quizá era mejor abandonar el tema por un tiempo.

No obstante, más allá de Joan y de sus hijos, lo perseguían los ojos suaves y brillantes de Iain Mhor. ¿Qué edad tendría? Mientras se asía a la rama de un pino para no resbalar por un trecho de grava, Roger se dijo que era imposible saberlo a simple vista; la cara pálida y torcida estaba devastada y llena de arrugas, pero no debido a los años, sino al dolor y a la lucha. No era más grande que un muchacho de doce años, aunque Iain Mhor era mayor que su sobrino, obviamente... e Iain Og ya tenía dieciséis.

Probablemente fuera menor que Joan, pero quizá no. Ella lo había tratado con deferencia, presentándole a Roger tal como las mujeres presentan a cualquier visitante al jefe de la familia. Así pues, no podía ser mucho menor. ¿Treinta años o más, tal vez?

«¡Santo cielo! —pensó—, ¿cómo puede un hombre sobrevivir así tanto tiempo en una época como ésta?» Pero mientras él retrocedía incómodamente para salir del cobertizo alejándose del enfermo, una de las niñas había entrado por la parte de atrás con un cuenco lleno de natillas; para sentarse junto a la cabeza de su tío, con una cuchara en la mano. A Iain Mhor no le faltaban manos: tenía una familia.

Al pensarlo, Roger experimentó una sensación tensa en el pecho, mezcla de dolor y alegría... y un vacío más abajo, al recordar las palabras de Joan Findlay. «Devuélvalos a casa sanos y salvos.» Si no lo cumplía, Joan quedaría sola con dos pequeñas y un hermano inválido. ¿Tendría alguna propiedad?

Desde la mañana de la proclama, en la montaña no se hablaba de otra cosa que de la Regulación. Si ésta no había sido tan importante como para llegar a los libros de historia, lo más probable era que ese asunto de la milicia quedara en nada. En cualquier caso, se juró a sí mismo que buscaría la manera de mantener a Iain Og y a Hugh Findlay bien lejos de todo peligro. Y si se pagaba por el reclutamiento, ellos cobrarían su parte.

Mientras tanto... Vaciló. Acababa de pasar junto al campamento de Yocasta Cameron, que bullía como una pequeña aldea, con su racimo de tiendas, carretas y cobertizos. Ante la perspectiva de su boda (ahora, de la doble boda), Yocasta había traído a casi todos sus esclavos domésticos y también a unos cuantos de los peones. Además de ganado, tabaco y mercancías traídas para comerciar, había baúles llenos de ropa, sábanas, vajillas, caballetes, mesas, toneles de cerveza y montañas de comida, destinadas a la celebración posterior. Esa mañana, Bree y él habían desayunado con la señora Cameron; la vajilla de porcelana, con rosas pintadas, contenía lonchas de suculento jamón frito, atravesado con clavos de olor; gachas de avena con crema y azúcar; compota de frutas en conserva; panecillos tiernos de maíz untados de miel; café de Jamaica... Al recordarlo, el estómago se le contrajo con un agradable gruñido.

El contraste entre esa abundancia y la pobreza del campamento de los Findlay era demasiado grande como para soportarlo con complacencia. Con súbita decisión, dio la vuelta e inició el breve ascenso hacia la tienda de Yocasta.

La señora Cameron estaba en casa, por así decirlo; vio sus botas embarradas junto a la tienda. Pese a ser ciega, aún salía para visitar a los amigos, acompañada por Duncan o Ulises, su mayordomo negro. Sin embargo, era más frecuente que permitiera a la congregación acudir a ella. Su tienda bullía de visitantes durante todo el día; toda la sociedad escocesa de Cape Fear y de la colonia acudía a disfrutar de su renombrada hospitalidad.

No obstante, por fortuna, en ese momento parecía sola. Roger la vio a través de la solapa abierta de la tienda; se encontraba reclinada en su silla de caña, calzada con unas pantuflas y con la cabeza hacia atrás, en evidente reposo. Fedra, su criada, ocupaba un taburete junto a la entrada, con una aguja en la mano y bizqueando sobre la tela azul que le cubría el regazo.

Yocasta fue la primera en percibir su presencia; se incorporó en el sillón en cuanto él tocó la solapa de la tienda, girando la cabeza hacia allí. Fedra levantó la vista más tarde, reaccionando más al movimiento de su ama que a la presencia de Roger.

—Señor MacKenzie. Es realmente el Zorzal, ¿verdad? —dijo la señora Cameron, sonriendo en esa dirección.

Él rió. Luego, obedeciendo a su gesto, inclinó la cabeza para entrar.

—El mismo, pero ¿cómo lo sabe usted, señora Cameron? No he dicho una palabra, mucho menos he cantado. ¿Acaso respiro de alguna manera melodiosa?

Brianna le había hablado de la asombrosa habilidad con que su tía compensaba la ceguera con los otros sentidos, pero aun así le sorprendía tanta agudeza.

—He oído sus pisadas y luego he sentido el olor de su sangre —respondió ella, sin darle importancia—. Esa herida ha vuelto a abrirse, ¿no? Venga, siéntese, hijo. ¿Prefiere usted una taza de té o un buen trago? Fedra, un paño, por favor.

Él se llevó involuntariamente los dedos al corte que tenía en el cuello. Los precipitados sucesos del día habían hecho que lo olvidara por completo, pero la dama tenía razón: había vuelto a sangrar, dejando una costra seca bajo la mandíbula y en el cuello de su camisa.

Fedra ya estaba de pie, poniendo una bandeja con pasteles y bizcochos encima de una mesita, junto al sillón de Yocasta. «Si no fuera por la tierra y la hierba que estoy pisando —se dijo Roger—, parecería que estoy en su salón de River Run.» La señora Cameron estaba envuelta en un manto de lana, pero lo sujetaba con un hermoso broche.

—No es nada —dijo con timidez.

Aun así, Yocasta cogió el paño que le entregaba su criada e insistió en limpiarle la herida con sus propias manos. Sus largos dedos estaban fríos y eran hábiles en extremo. Olía a humo de leña, igual que todos los que estaban en la montaña, y al té que había estado bebiendo, pero no se percibía en ella ese aroma vagamente alcanforado y rancio que él solía asociar a las señoras mayores.

—Vaya, le ha manchado la camisa —lo informó, palpando con aire desaprobador la tela tiesa—. ¿Podremos lavarla? No sé si querrá ponérsela empapada. Es imposible que esté seca para el anochecer.

—¡Ah!, no, señora. Se lo agradezco, pero tengo otra. Para la boda, claro.

—Bien.

Fedra había traído un botecito con grasa medicinal; debía de ser de Claire, por el olor a espliego e hidrastis. Yocasta cogió un poco de ungüento con la uña del pulgar y untó con cuidado la herida, presionando los dedos contra el hueso de su mandíbula.

Su piel, aunque suave y bien cuidada, mostraba los efectos del clima y los años. Tenía manchas rojizas en las mejillas, diminutos vasos capilares rotos que, a cierta distancia, le daban un aire de salud y vitalidad. No tenía manchas en la piel de las manos (claro que, proviniendo de una familia adinerada, nunca habría salido al aire libre sin guantes), pero las articulaciones estaban inflamadas, y las palmas, algo encallecidas por las riendas. Pese al ambiente que la rodeaba, esa hija de Leoch no era una flor de invernadero.

Cuando hubo terminado, le pasó ligeramente la mano por la cara y la cabeza; después de retirar del pelo una hoja marchita, lo sorprendió limpiándole el rostro con el paño mojado. Luego, lo dejó caer para tomarle la mano, envolviéndole los dedos con los suyos.

—Listo. ¡Presentable de nuevo! Y ahora que está usted en condiciones de aparecer en público, señor MacKenzie, ¿ha venido a hablar conmigo o sólo pasaba por aquí?

Fedra puso a su lado un cuenco de té y un platito con pastel, pero Yocasta no le soltó la mano izquierda. Eso le pareció extraño, aunque la inesperada atmósfera de intimidad le facilitó un poco abordar lo que quería pedirle.

Lo expresó con sencillez; había escuchado al reverendo hacer esos llamamientos a la caridad en ocasiones anteriores y sabía que lo mejor era permitir que la situación hablara por sí misma, dejando la decisión final librada a la conciencia del oyente. Yocasta escuchaba con atención, con un pequeño surco entre las cejas. Al terminar de hablar, creyó que la anciana se daría tiempo para pensar, pero su respuesta fue inmediata.

—Sí, conozco a Joanie Findlay y también a su hermano. Tiene usted razón: la tisis se llevó a su esposo hace dos años. Jamie Roy me habló ayer de ella.

—Ah, ¿de verdad? —Roger se sintió algo tonto.

Yocasta hizo un gesto afirmativo. Luego se reclinó un poco, con los labios ahuecados, pensando.

—No es sólo cuestión de ofrecer ayuda, ¿sabe? —explicó—. Me alegra poder hacerlo. Pero Joan Findlay es una mujer orgullosa; no acepta caridades.

Su voz encerraba una leve nota de reproche, como si Roger hubiera tenido que saberlo.

Y tal vez así era. Sin embargo, él había actuado dejándose llevar por el impulso, conmovido por la pobreza de los Findlay. No se le había ocurrido que, al carecer de casi todo, para Joan sería mucho más importante aferrarse a su única posesión valiosa: su orgullo.

—Comprendo —dijo despacio—. Aun así, debe de haber una manera de ayudarla sin que se sienta ofendida.

Yocasta inclinó la cabeza a un lado, luego hacia el otro, en un gesto que a él le resultó peculiarmente familiar. Por supuesto: Bree lo hacía algunas veces, cuando reflexionaba.

154

—Puede ser —dijo—. En el banquete de bodas, esta noche. Allí estarán los Findlay, desde luego, y comerán bien. Ulises podría envolverles un poco de comida para el viaje de regreso; de cualquier modo se echaría a perder.

Sonrió por un instante; luego la expresión concentrada regresó a sus facciones.

—El sacerdote —dijo, con súbito aire de satisfacción.

—¿Qué sacerdote? ¿Se refiere usted al padre Kenneth Donahue?

Una ceja gruesa y bruñida se enarcó hacia él.

—Naturalmente. ¿Hay acaso algún otro en la montaña?

Luego levantó la mano libre. Fedra, siempre alerta, acudió a su lado.

—¿Señorita Yo?

—Busca algunas cosas en los baúles, muchacha —ordenó Yocasta, tocándole el brazo—. Mantas, gorras, uno o dos delantales, pantalones de montar y camisas sencillas... Los mozos de cuadra pueden prescindir de algunas.

—Medias —apuntó Roger, pensando en los pies descalzos y sucios de las niñitas.

—Medias —asintió Yocasta—. Cosas sencillas, pero de lana buena y bien remendadas. Ulises tiene mi bolsa; dile que te entregue diez chelines (de plata esterlina) que envolverás en uno de los delantales. Luego harás un hatillo con todo y se lo llevarás al padre Kenneth. Dile que es para Joan Findlay, pero que no debe decir de dónde proviene. Él sabrá qué hacer.

Con gesto satisfecho, retiró la mano del brazo de su criada y la despidió con un breve ademán.

—Anda, vete, ocúpate ya de eso.

Fedra asintió con un murmullo y salió de la tienda, deteniéndose sólo para sacudir la prenda azul que había estado cosiendo y doblarla con esmero sobre el taburete. Roger vio que era un corselete para el vestido de bodas de Brianna, decorado con elegantes cintas entrecruzadas. Tuvo una súbita visión de los blancos pechos de Brianna asomando por un gran escote de color añil oscuro. Con cierta dificultad, retomó la conversación.

—¿Decía usted, señora?

—Preguntaba si con eso bastará.

Yocasta le sonreía con una expresión un tanto maliciosa, como si le hubiera estado leyendo los pensamientos. Sus ojos eran azules, como los de Jamie y los de Bree, pero no tan oscuros. Estaban fijos en él... o por lo menos se dirigían a él. No podía verle la cara, sin duda, aunque daba la extraña impresión de que podía ver a través de él.

—Sí, señora Cameron. Ha sido usted... muy bondadosa. —Hizo ademán de levantarse, esperando que ella le soltara la mano de inmediato. La anciana, en cambio, apretó los dedos, reteniéndolo.

—Todavía no. Tengo una o dos cosas que decirle, joven.

Él volvió a instalarse en el asiento, muy compuesto.

—Desde luego, señora Cameron.

—No estaba segura de si era mejor hablar ahora o esperar a que estuviera hecho, pero ya que está usted aquí, solo... —Se inclinó hacia él, concentrada—. ¿Le ha contado mi sobrina que yo quería nombrarla heredera de mi propiedad?

—Sí, en efecto.

De inmediato se puso en guardia. Brianna se lo había dicho, sí... dejando muy claro lo que pensaba de esa propuesta. Roger se preparó para repetir sus objeciones, con la esperanza de poder hacerlo con más tacto del que habría empleado ella. Tras un carraspeo, empezó con cautela:

—No dudo de que mi esposa es muy consciente del honor que le hace usted, señora Cameron, pero...

—¿Sí? —se extrañó Yocasta, seca—. Nadie lo habría pensado, oyéndola hablar. Aunque sin duda usted conoce lo que piensa mejor que yo. De cualquier modo, debo decirle que he cambiado de idea.

—¿Sí? Bueno, creo que ella...

—Le he dicho a Gerald Forbes que redacte mi testamento, legando River Run y todo cuanto contiene a Jeremiah.

—¿A...? —El cerebro de Roger tardó un instante en relacionar ambas cosas—. ¿Cómo? ¿Al pequeño Jemmy?

Ella seguía algo inclinada hacia delante, como si le estudiase la cara. Por fin se echó hacia atrás con un gesto afirmativo, siempre sin soltarle la mano. Roger comprendió que, al no poder verlo, esperaba interpretar sus reacciones por el contacto físico. Pues bien, podía enterarse de todo lo que sus dedos le dijeran. La noticia lo había dejado tan aturdido que no sabía cómo reaccionar. ¿Qué diría Bree cuando se enterara?

—Sí —dijo ella, con una cordial sonrisa—. Verá usted: se me ocurrió que, cuando una mujer se casa, sus propiedades pasan a manos de su esposo. No es que no haya forma de resolver eso, pero siempre es difícil. Y no quiero recurrir a los abogados más de lo indispensable. En mi opinión, recurrir a la ley es siempre un error, ¿no está de acuerdo, señor MacKenzie?

Completamente estupefacto, Roger cayó en la cuenta de que le estaba insultando adrede. Y no era sólo un insulto, sino también una amenaza. Esa mujer pensaba... ¡Sí! Pensaba que él iba tras la supuesta herencia de Brianna, y le estaba advirtiendo que no recurriera a artilugios legales para obtenerla. Una mezcla de sorpresa e indignación le selló la boca por un instante, pero luego recuperó la palabra.

—Pero ¡esto es lo más...! ¡Piensa usted mucho en el orgullo de Joan Findlay! ¿Cree que yo no lo tengo? ¿Cómo se atreve a sugerir algo así, señora Cameron?

—Es usted un joven apuesto, Zorzal —dijo ella, reteniéndole la mano con fuerza—. He palpado su cara. Y lleva el apellido MacKenzie, que es de los buenos, sin duda. Pero en las Highlands abundan los MacKenzie, ¿verdad? Hombres de honor y hombres que no lo tienen. Jamie Roy lo trata como a un pariente, aunque tal vez es sólo porque está usted comprometido con su hija. Yo no creo conocer a su familia.

La sorpresa estaba cediendo paso a una nerviosa necesidad de reír. ¿Conocer a su familia? Probablemente no. ¿Cómo explicarle que él era descendiente directo, de sexta generación, de Dougal, hermano de la propia Yocasta? ¿Que no sólo era sobrino de Jamie, sino también suyo, aunque un poco más abajo en el árbol genealógico?

—Nadie de cuantos han hablado conmigo durante esta semana la conoce —añadió ella, con la cabeza inclinada a un lado, como el halcón que observa a la presa.

Conque así estaban las cosas. Esa mujer había estado haciendo averiguaciones sobre él entre sus conocidos... sin encontrar a nadie que estuviera al tanto de sus antecedentes, por motivos obvios. Circunstancia sospechosa, sin duda.

¿Lo tenía acaso por un estafador que había embaucado a Jamie? ¿O tal vez suponía que ambos estaban involucrados en algún plan? No, eso era difícil; según le había dicho Bree, en un principio Yocasta quería dejar su propiedad al mismo Jamie, quien se había negado, pues no deseaba mantener relaciones estrechas con esa vieja astuta. Eso fortaleció su concepto de la inteligencia de su suegro.

Antes de que hallara alguna réplica digna, ella le dio una palmadita en la mano, sin dejar de sonreír.

—Por eso he pensado legárselo todo al pequeño. Será una buena manera de hacer las cosas, ¿no le parece? Brianna podrá utilizar el dinero, desde luego, hasta que el pequeño Jeremiah sea mayor de edad... a menos que al niño le suceda algo.

Su voz encerraba una clara nota de advertencia, aunque sus labios continuaban sonriendo, con los ojos inexpresivos todavía fijos en él.

—¿Qué? Pero ¿qué diablos quiere usted decir con eso?

Roger empujó su taburete hacia atrás, aunque ella no le soltó la mano. Era muy fuerte, a pesar de sus años.

—Gerald Forbes será mi albacea testamentario y hay tres fideicomisarios para administrar la propiedad. Sin embargo, si Jeremiah sufriera algún percance, todo iría a manos de mi sobrino Hamish. —Ahora la mujer estaba muy seria—. Usted no verá ni un penique.

Él retorció sus dedos bajo los de ella y apretó con fuerza, hasta apiñar los nudillos huesudos. ¡Que lo interpretara como quisiera! Yocasta ahogó una exclamación, pero Roger no la soltó.

—¿Me está usted diciendo que yo podría hacer daño a ese niño? —Su voz sonó áspera a sus propios oídos.

Ella, aunque pálida, conservó su dignidad, con los dedos apretados y el mentón erguido.

—¿He dicho eso?

—Ha dicho muchas cosas... y lo que ha callado habla aún más alto. ¿Cómo se atreve usted a hacerme esas insinuaciones?

Le soltó la mano, casi arrojándosela al regazo. Ella frotó lentamente los dedos enrojecidos mientras reflexionaba con los labios fruncidos. Los flancos de lona de la tienda restallaban al viento, con un sonido crepitante.

—Pues bien —dijo al fin—, le ofrezco mis excusas, señor MacKenzie, si lo he ofendido en algo. Aun así, he pensado que sería mejor que supiera mis intenciones.

—¿Mejor? ¿Mejor para quién? —Él estaba ya de pie, camino de la salida. Se contuvo con dificultad para no estrellar contra el suelo las bandejas de porcelana, cargadas de pasteles y bizcochos, a modo de despedida.

—Para Jeremiah —respondió ella a su espalda, sin alterarse—. Y para Brianna. Quizá también para usted mismo, joven.

Él giró en redondo.

—¿Para mí? ¿Qué significa eso?

Ella se encogió apenas de hombros.

—Si no puede usted amar al niño por sí mismo, quizá pueda tratarlo bien por sus expectativas.

Roger seguía con la vista clavada en ella y las palabras atascadas en la garganta. Sentía el rostro caliente; la sangre le palpitaba sordamente en los oídos.

—¡Oh!, ya sé lo que sucede. Es comprensible que un hombre no tenga mucho afecto al niño que su esposa ha tenido con otro, pero si...

Entonces él dio un paso adelante y la aferró por un hombro, sobresaltándola. Yocasta dio un respingo y parpadeó; las llamas de las velas refulgieron al reflejarse en su broche.

—Señora —pronunció Roger, hablándole muy quedo, frente a frente—: no quiero su dinero. Mi esposa no lo quiere. Y *mi hijo* no lo tendrá. ¡Métaselo por el trasero!

Y la soltó para salir a grandes pasos de la tienda, rozando al pasar a Ulises, que lo siguió con la vista, desconcertado.

# 12

## *Virtud*

La gente se movía entre las sombras crecientes de la avanzada tarde, yendo de una hoguera a otra para verse, igual que hacían todos los días; pero hoy en la montaña imperaba una sensación distinta.

En parte era la dulce tristeza de la despedida, el separarse de los amigos, cortar amores recién encontrados, saber que esa noche se veían algunas caras por última vez sobre la tierra. En parte era expectación: las ansias de volver a casa, los placeres y los peligros del viaje inminente. En parte, también, simple cansancio: niños nerviosos, hombres acosados por la responsabilidad, mujeres exhaustas por el trabajo de cocinar sobre fogatas al aire libre; por tener que ocuparse de la ropa y mantener a la familia saludable y con apetito, con las provisiones en las mochilas y a lomos de una mula.

Yo misma podía solidarizarme con esas tres actitudes. Más allá del entusiasmo que me causaba conocer gente nueva y oír cosas distintas, había tenido el placer —pues era decididamente un placer, pese a sus aspectos más sombríos— de atender a pacientes nuevos, ver enfermedades diferentes y curar lo que tenía cura, mientras buscaba la manera de tratar lo que no la tenía.

Con todo, el anhelo de estar en casa era fuerte: mi hogar espacioso, con su enorme caldero y su asador; la paz de mi luminoso consultorio, con fragantes manojos de ortigas y espliego seco en la parte de arriba, de color oro polvoriento en el sol de la tarde. Mi lecho de plumas, blando y limpio, con sábanas de hilo que olían a romero y milenrama.

Cerré por un momento los ojos, convocando una melancólica visión de ese refugio deleitoso. Luego los abrí a la realidad: una parrilla pegajosa, ennegrecida por los restos chamuscados de las tortas de avena; los zapatos empapados y los pies helados; las ropas húmedas, ásperas de arena y polvo; grandes cestas cuya abundancia se había reducido a una sola hogaza de pan, bien roído por los ratones, diez manzanas y un resto de queso; tres bebés aullantes; una joven madre rendida de cansancio, con los pechos doloridos y los pezones agrietados; una novia a punto de casarse, atacada de los nervios incipientes; una criada pálida con calambres menstruales; cuatro escoceses ligeramente ebrios (y un francés en estado similar) que vagaban por el campamento como otros tantos osos y no serían de ninguna ayuda a la hora de empaquetar, esa noche. Y en el bajo vientre, un dolor penetrante me traía la ingrata noticia de que mi propio flujo mensual (que en los últimos tiempos era mucho menos que mensual, por suerte) había decidido hacer compañía al de Lizzie.

Rechinando los dientes, arranqué de una rama de la maleza un paño frío y húmedo. Luego recorrí con pies de pato, apretando los muslos, la senda que llevaba hacia la zanja que servía de letrina a las mujeres.

A mi regreso, lo primero que me saludó fue un hedor caliente a metal quemado. Dije algo muy expresivo en francés, parte de la útil fraseología adquirida en L'Hôpital des Anges, donde el lenguaje soez solía ser la mejor herramienta médica de la que se disponía.

Marsali quedó boquiabierta. El pequeño Germain, mirándome con admiración, repitió la frase correctamente y con un bello acento parisino.

—Lo siento —me disculpé, mirando a Marsali—. Alguien ha dejado que se consumiera el agua en la tetera.

—No importa, madre Claire —dijo ella con un suspiro, acunando a la pequeña Joanie, que empezaba a llorar otra vez—. Cosas peores le enseña su padre adrede. ¿Hay algún paño seco?

Yo también estaba buscando con urgencia un paño seco o algo con que coger el asa de alambre, pero no había nada a mano, salvo pañales empapados y medias húmedas. Aun así, no era fácil conseguir hervidores y yo no pensaba sacrificar ése. Después de envolverme la mano con un pliegue de la falda, sujeté el asa y retiré bruscamente la tetera de las llamas. El calor atravesó la tela húmeda como un relámpago, obligándome a soltarla.

—*Merde!* —dijo Germain, en un alegre eco.

—Sí, desde luego —confirmé yo, chupándome la ampolla del pulgar.

La tetera siseaba y humeaba entre las hojas mojadas. De un puntapié, la hice rodar hasta un charco de barro.

—*Merde, merde, merde, merde* —cantó Germain, aproximándose bastante a la melodía de *Rose, Rose*; por desgracia, las circunstancias hicieron que esa muestra de precocidad musical pasara inadvertida.

—Calla, niño —dije.

No calló. Jemmy comenzó a chillar al unísono con Joan. Lizzie, que había sufrido una recaída por la renuente partida del recluta Ogilvie, gemía bajo una rama. Y se sumó el granizo: pequeños proyectiles de hielo blanco bailaban en la tierra y rebotaban contra mi cuero cabelludo. Arranqué la cofia empapada de una rama para plantármela en la cabeza; me sentía como un sapo irritado bajo una seta especialmente fea. «Sólo me faltan las verrugas», pensé.

El granizo duró poco, y al amainar el torrente y el repiqueteo, se oyó por el camino un ruido crepitante de botas cubiertas de barro. Por allí venía Jamie, con el padre Kenneth Donahue a remolque, con el pelo y los hombros cubiertos de granizo.

—He traído al padre a tomar el té —dijo, iluminando el claro con su sonrisa.

—No, de eso nada —repliqué, bastante ominosa. Y si él pensaba que lo de Stephen Bonnet estaba olvidado, en eso también se equivocaba.

Girando hacia el sonido de mi voz, dio un respingo exagerado al verme con la cofia.

—¿Eres tú, Sassenach? —preguntó con fingida alarma, inclinándose con mucha ostentación para mirar por debajo del volante caído del tocado.

Por respeto a la presencia del sacerdote, me abstuve de darle un rodillazo en algún sitio sensible; a cambio, intenté convertirlo en piedra con los ojos, al estilo de Medusa.

Él no pareció percatarse; lo distrajo Germain, que ahora bailaba en pequeños círculos, mientras cantaba distintas versiones de mi expresión francesa inicial, con la música de *Row, Row, Row Your Boat*. El padre Kenneth iba adquiriendo un intenso tono rosado por el esfuerzo de fingir que no entendía el francés.

—*Tais toi, crétin* —dijo Jamie, hundiendo la mano en su zurrón.

Lo dijo con bastante cordialidad, pero su tono fue el de quien espera ser obedecido de inmediato. Germain se interrumpió de golpe, con la boca abierta; Jamie se apresuró a meter en ella un dulce. El niño cerró la boca y, concentrado en el asunto que lo ocupaba ahora, olvidó las canciones.

Alargué la mano hacia el hervidor, utilizando de nuevo parte del vuelo de mi falda como agarradero. Jamie se agachó para recoger un palo resistente, con el que enganchó el asa de la tetera, apartándola de mi mano.

—*Voilà* —me la ofreció.

—*Merci* —repliqué, con evidente falta de gratitud. Aun así, acepté el palo y me encaminé hacia el arroyo más próximo, llevando ante mí la tetera humeante como si fuera una lanza.

Al llegar a un remanso sembrado de piedras, la dejé caer con estruendo y, arrancándome la cofia, la arrojé a un juncal; luego la pisé, dejando una gran huella de barro en el lino.

—No he dicho que te sentara mal, Sassenach —dijo una voz divertida a mi espalda.

Enarqué una ceja fría hacia allí.

—¿Acaso vas a decirme que me sienta bien?

—No. Te da el aspecto de una seta venenosa. Estás mucho mejor sin ella —me aseguró.

Y me atrajo hacia sí para besarme.

—No es que no valore la intención —le dije. El tono de mi voz lo detuvo a un centímetro de mi boca—. Pero si avanzas un pelo más, creo que voy a arrancarte un cachito de labio con los dientes.

Él irguió la espalda como el hombre que, tras levantar tranquilamente una piedra, se percata de que en realidad era un nido de avispas. Con muchísima lentitud, apartó las manos de mi cintura.

—¡Oh! —dijo. E inclinó la cabeza a un lado, estudiándome con los labios ahuecados—. Pareces algo nerviosa, Sassenach.

No había duda de que era cierto, pero al oírlo me sentí al borde del llanto. Por lo visto, el impulso era visible, pues me cogió la mano con mucha suavidad y me condujo a una roca grande.

—Siéntate —dijo—. Cierra los ojos, *a nighean donn*. Descansa un momento.

Me senté con los ojos cerrados y los hombros caídos. Los chapoteos y los ruidos metálicos anunciaron que él estaba limpiando y llenando el hervidor.

Después de ponerlo a mis pies con un tintineo apagado, se sentó en la hojarasca, a un lado, y permaneció en silencio. Sólo me llegaba el suspiro de su aliento y algún ruido ocasional, seguido de un rumor de hojas, cuando se limpiaba la nariz goteante con la manga.

—Perdóname —dije al fin, abriendo los ojos.

Él se volvió a mirarme, sonriendo a medias.

—¿Por qué, Sassenach? No es que hayas rechazado mi lecho; al menos, espero que aún no hayamos llegado a eso.

En ese momento, hacer el amor era lo último de mi lista, pero le devolví la media sonrisa.

—No —dije, melancólica—. Después de pasar dos semanas durmiendo en el suelo, no rechazaría el lecho de nadie.

Ante eso enarcó las cejas. Me eché a reír; me había cogido desprevenida.

—No —repetí—. Sólo estoy... exhausta.

Algo me aferró la parte baja del vientre y procedió a retorcerla. Con una mueca, apreté las manos contra el dolor.

—¡Ah! —dijo él una vez más—. Exhausta en ese sentido.

—Exhausta en ese sentido —confirmé. Luego toqué el hervidor con la punta de un pie—. Será mejor que lleve eso al campamento. Tengo que hervir agua para una tisana de corteza de sauce. Requiere mucho tiempo.

Era cierto: se necesitaría una hora o más; para entonces los calambres habrían empeorado de manera considerable.

—Al diablo con la corteza de sauce —dijo él, extrayendo una petaca de plata de debajo de la camisa—. Prueba esto. Al menos no hay que hervirlo de antemano.

Desenrosqué el tapón para inhalar. Whisky, y muy bueno.

—Te quiero —dije de corazón.

Él rió.

—Yo también te quiero, Sassenach —dijo, tocándome el pie con suavidad.

Me llené la boca y dejé que corriera por la garganta. Después de empapar agradablemente las membranas mucosas, tocó el fondo y se elevó en una bocanada de sedante aroma ambarino, que llenó todas mis grietas y comenzó a extender zarcillos calientes, calmantes, hacia la fuente de mis molestias.

—¡Ooooooh! —suspiré. Y bebí otro sorbo, cerrando los ojos para apreciarlo mejor. En cierta ocasión, un irlandés me había asegurado que un whisky excelente podía resucitar a un muerto, y yo no pensaba rebatírselo—. ¡Qué maravilla! —musité al abrir de nuevo los ojos—. ¿Dónde lo has conseguido?

A pesar de lo poco que sabía del tema, podía afirmar que era de origen escocés, envejecido durante veinte años; muy distinto del fuerte licor que Jamie destilaba detrás de la casa, en el cerro.

—A través de Yocasta —respondió—. Iba a ser un regalo de bodas para Brianna y Roger, pero me pareció que tú lo necesitabas más.

—Tienes razón —afirmé.

Seguimos juntos, en amistoso silencio; yo bebía a sorbos, despacio; el impulso de enloquecer y masacrar a todos iba disminuyendo poco a poco, junto con el contenido de la petaca.

La lluvia había vuelto a alejarse, y el follaje goteaba apaciblemente a nuestro alrededor. A poca distancia había un grupo de abetos; hasta mí llegaba el aroma fresco de su resina penetrante y limpia, por encima del olor más pesado de la hojarasca húmeda, las fogatas y las telas mojadas.

—Han pasado tres meses desde tu último período —observó Jamie, como si nada—. Supuse que ya no había más.

Siempre me desconcertaba un poco notar lo observador que era para esas cosas. Claro que, por ser granjero, conocía íntimamente la historia ginecológica y el período de celo de todos los animales hembras que poseía. Era de suponer que no había motivos para hacer una excepción conmigo, sólo porque yo no tuviera celo ni pariera.

—No es un grifo que se cierre sin más, ¿sabes? —dije, algo fastidiada—. Por desgracia. Más bien se vuelve errático y al fin cesa, pero no sabes cuándo.

—¡Ah!

Se inclinó hacia delante, con los brazos cruzados sobre las rodillas, contemplando distraído las ramas y las hojas que flotaban en la corriente del arroyo.

—Supongo que sería un alivio acabar con todo eso. Menos complicaciones, ¿verdad?

Reprimí el impulso de extraer envidiosas comparaciones sexuales sobre los fluidos corporales.

—Tal vez —dije—. Ya te informaré, ¿de acuerdo?

Sonrió apenas, pero tuvo la prudencia de no insistir sobre el tema; sabía percibir la irritación en mi voz.

Sorbí un poquito más de whisky. El grito agudo de un pájaro carpintero despertó ecos en el bosque; luego se apagó en el silencio. Eran pocas las aves que salían con ese tiempo; casi todas se quedaban acurrucadas en cualquier refugio que hubieran encontrado, aunque desde el arroyo, corriente abajo, me llegaba el cloqueo de una pequeña bandada de patos migratorios. A ellos, al menos, no les molestaba la lluvia.

De pronto Jamie se estiró, diciendo:

—Eh... Sassenach...

—¿Qué pasa? —pregunté, sorprendida.

Él agachó la cabeza con rara timidez.

—No sé si he hecho mal o no, Sassenach. En todo caso te pido perdón.

—Claro —dije, algo vacilante. ¿Qué era lo que le estaba perdonando? Difícilmente sería un adulterio, pero podía tratarse de cualquier otra cosa, sin excluir ataques físicos, incendios intencionados, asaltos y blasfemias. ¡Dios mío!, que no tuviera nada que ver con Bonnet—. ¿Qué has hecho?

—Bueno, yo nada —dijo, algo avergonzado—. Sólo he dicho que tú lo harías.

—¿Qué? —Tenía una leve sospecha—. ¿De qué se trata? Si has prometido a Farquard Campbell que visitaría a esa vieja horrible de su madre...

—¡Oh, no! —me aseguró—. Nada de eso. Le he prometido a Josiah Beardsley que hoy tratarías de extirparle las amígdalas.

—¿Cómo?

Lo fulminé con la mirada. El día anterior había conocido al joven Josiah Beardsley, el peor caso de abscesos en las amígdalas que yo hubiera visto en mi vida. El estado pustuloso de sus adenoides me impresionó hasta tal punto que se los describí con detalle a todos durante la cena, haciendo que Lizzie se pusiera verde y cediera su segunda patata a Germain; en ese momento había mencionado que la única cura posible era una operación quirúrgica, pero no esperaba que Jamie saliera a buscarme trabajo.

—¿Por qué? —pregunté.

Él se meció un poco hacia atrás, mirándome desde abajo.

—Lo necesito, Sassenach.

—¿Sí? ¿Y para qué?

Josiah apenas tenía catorce años; al menos, eso creía él. En realidad, no sabía con certeza cuándo había nacido y sus padres había muerto hacía demasiado tiempo como para contarlo. Era menudo hasta para los catorce años y estaba muy desnutrido, con las piernas algo curvadas por el raquitismo. Además, mostraba señales de diversas infecciones parasitarias y su respiración era sibilante; podía ser tuberculosis o, simplemente, un caso grave de bronquitis.

—Para ser mi arrendatario, por supuesto.

—Pues yo diría que ya tienes más candidatos de los que puedes aceptar.

Era cierto. No teníamos dinero en absoluto, aunque las operaciones de intercambio que Jamie había hecho durante la reunión saldaban parcialmente (no del todo) nuestras deudas con varios mercaderes de Cross Creek, por arroz, herramientas, sal, elementos de ferretería y otras pequeñas cosas. Teníamos tierras en abundancia, la mayor parte cubiertas de bosques, pero carecíamos de medios para ayudar a quienes quisieran instalarse en ellas y cultivarlas. Tener a los Chisholm y a los McGillivray era ya ir mucho más allá de nuestras posibilidades, como para sumar más arrendatarios.

Jamie se limitó a asentir con la cabeza, desechando tales complicaciones.

—Sí, pero Josiah es un muchacho prometedor.

—¡Hum! —murmuré, dubitativa. La verdad es que el chico parecía recio; probablemente a eso se refería Jamie al decir que era prometedor; lo demostraba el simple hecho de que hubiera sobrevivido hasta entonces—. Puede ser. Pero hay muchos otros como él. ¿Qué tiene él de especial para que lo necesites?

—Catorce años.

Lo miré con una ceja enarcada en un gesto de pregunta. Su boca se torció en una sonrisa irónica.

—Todos los hombres de entre dieciséis y sesenta años deben servir en la milicia, Sassenach.

Sentí una pequeña y desagradable contracción en la boca del estómago. Aunque no había olvidado la inoportuna convocatoria del gobernador, entre una cosa y otra no había tenido tiempo libre para reflexionar sobre cuáles serían, exactamente, las consecuencias prácticas de aquello.

Jamie estiró los brazos con un suspiro, flexionando los nudillos hasta que crujieron.

—¿Lo harás, pues? —pregunté—. ¿Formar una compañía de milicianos y marcharte?

—Debo hacerlo —respondió simplemente—. Tryon me tiene cogido por los huevos y no quiero comprobar si está dispuesto a estrujar, ¿comprendes?

—Eso me temía.

Por desgracia, esa pintoresca evaluación del caso era acertada. El gobernador Tryon, que buscaba un hombre leal y competente, deseoso de iniciar la colonización de un gran sector de territorio virgen, le había ofrecido a Jamie unas tierras justo al este de la Línea del Tratado, libre de pagar arriendos durante un período de diez años. La oferta era buena, aunque las dificultades de asentarse en las montañas lo hacían menos generoso de lo que podía parecer.

La norma era que los beneficiarios de esas concesiones debían ser, por ley, hombres blancos y protestantes, de buen carácter y mayores de treinta años. Si bien Jamie cumplía casi todos los requisitos, Tryon sabía perfectamente que era católico.

Mientras hiciera lo que el gobernador le pedía... Bueno, el gobernador era un político de éxito; sabía mantener la boca cerrada cuando convenía. Pero si lo desafiaba, bastaría con una sencilla carta enviada desde New Bern para privar al Cerro de Fraser de sus residentes Fraser.

—Hum, conque estás pensando que, si retiras del cerro a todos los hombres disponibles... ¿No puedes dejar a algunos?

—Para empezar, no tengo tantos, Sassenach —señaló—. Puedo dejar a Fergus, por lo de su mano. Y al señor Wemyss para que cuide la casa. Él es siervo, hasta donde todos saben, y sólo los hombres libres tienen obligación de unirse a la milicia.

—Y sólo los hombres sanos. Eso excluye al marido de Joanna Grant, que tiene un pie de madera.

—Sí, y al viejo Arch Bug, que pasa holgadamente de los setenta. Son cuatro hombres y quizá ocho chicos menores de dieciséis años, para cuidar de treinta casas y más de ciento cincuenta personas.

—Supongo que las mujeres pueden arreglárselas bastante bien por sí solas —dije—. Después de todo estamos en invierno; no hay cosechas que atender. Y no creo que los indios causen problemas en estos días.

Al quitarme la cofia se me había aflojado la cinta; el pelo escapaba de las trenzas deshechas hacia todos lados, y se me pegaba al cuello en mechones rizados y húmedos. Después de arrancarme la cinta, traté de peinarme con los dedos.

—De cualquier modo, ¿por qué das tanta importancia a Josiah Beardsley? No creo que sumar otro chico de catorce años cambie mucho las cosas.

—Beardsley es cazador —explicó Jamie—, y de los buenos. Trajo a la reunión casi doscientos pesos en pieles de lobo, venado y castor, y todos los cazó él mismo, sin ayuda, según dijo. Ni yo podría superarlo.

Era una verdadera alabanza; fruncí los labios en silenciosa apreciación. En las montañas, las pieles eran el principal producto (si no el único) de algún valor. Ya no teníamos dinero, ni siquiera papel moneda de la Proclamación, que sólo valía una fracción en plata esterlina. Y sin pieles que vender, en primavera tendríamos dificultades para obtener las semillas de trigo y maíz que necesitábamos. Y si se exigía a todos los hombres que pasaran la mayor parte del invierno recorriendo la colonia para someter a los reguladores en vez de cazar...

La mayoría de las mujeres del cerro sabían manejar armas, pero casi ninguna podía dedicarse a cazar, atadas como estaban al hogar por las necesidades de sus hijos. La misma Bree, que era muy buena cazadora, no podía aventurarse a más de medio día de distancia de Jemmy; y eso no bastaba para hallar lobos y castores.

Me pasé una mano por el cabello húmedo, ahuecando los mechones sueltos.

—Está bien, comprendo eso, pero ¿qué tienen que ver las amígdalas con el asunto?

Jamie me miró con una sonrisa. En vez de responder de inmediato, se levantó para ponerse detrás de mí y, con mano firme, reunió los mechones rebeldes, cogió los extremos que se escapaban y congregó todo en una trenza apretada, desde la base del cuello. Luego se inclinó sobre mi hombro para recoger la cinta que yo tenía en el regazo y la ató con pulcritud.

—Listo —dijo mientras volvía a sentarse a mis pies—. Vamos ahora a las amígdalas. Le dijiste al chico que debía quitárselas si no quiere que su garganta empeore.

—Y así será.

Josiah Beardsley me había creído. El invierno anterior había estado al borde de la muerte, cuando un absceso en la garganta estuvo a punto de asfixiarlo hasta que reventó, y no tenía muchas ganas de arriesgarse a que se repitiera.

—Eres la única cirujana al norte de Cross Creek —señaló Jamie—. ¿Quién más podría hacerlo?

—Bueno, es cierto —titubeé—, pero...

—De modo que le he hecho una oferta —me interrumpió él—. Una parcela de tierra donde, llegado el momento, Roger y yo le ayudaremos a construir una cabaña, y a cambio él me dará la mitad de las pieles que consiga en los tres inviernos venideros. Acepta... siempre que tú le extirpes las amígdalas como parte del trato.

—Pero ¿por qué hoy? ¡No puedo extirpar amígdalas aquí! —Señalé con un gesto el bosque empapado.

—¿Por qué no? —Jamie enarcó una ceja—. ¿No dijiste anoche que era una nimiedad, sólo unos cuantos cortes con el más pequeño de tus cuchillos?

Me froté la nariz con un nudillo, en un gesto de exasperación.

—Mira, aunque no sea un trabajo sanguinario como amputar una pierna, eso no significa que sea sencillo.

En realidad, era una operación relativamente fácil, desde un punto de vista quirúrgico. Lo que podía provocar complicaciones era la posibilidad de una infección posterior; era necesaria una atención cuidadosa que, aunque pobre sustituto de los antibióticos, era mucho mejor que el abandono.

—No es cuestión de arrancarle las amígdalas y dejarlo ir —expliqué—. En cambio, cuando lleguemos al cerro...

—No tiene pensado regresar directamente con nosotros —me interrumpió.

—¿Por qué?

—No me lo ha dicho; sólo ha aclarado que tenía algo que hacer. Vendrá al cerro la primera semana de diciembre. Puede dormir en el cobertizo donde se guarda el heno —añadió.

—Así que ambos esperáis que yo le extraiga las amígdalas, le dé un par de puntos y lo deje ir tranquilamente —pregunté, sardónica.

—Con el perro lo has hecho muy bien —apuntó él, sonriente.

—¡Ah!, te has enterado.

—Pues sí. Y con el muchacho que se cortó el pie con un hacha, y con los críos que tenían sarpullido de leche, y con el dolor de muelas de la señora Buchanan... y tu batalla con Murray MacLeod por los conductos biliares del caballero...

—He tenido mucho que hacer esta mañana, sí. —El recuerdo me provocó un breve estremecimiento; bebí otro sorbo de whisky.

—Toda la congregación está hablando de ti, Sassenach. Lo cierto es que, al ver a toda esa multitud clamando por ti, me he acordado de la Biblia.

—¿De la Biblia? —Debí de poner cara de incomprensión, pues su sonrisa se tornó más ancha.

—«Y toda la multitud quería tocarlo» —citó Jamie—. «Pues de él manaba virtud y los curaba a todos.»

Reí melancólicamente, pero me interrumpió un pequeño hipido.

—Me temo que, en estos momentos, me he quedado sin virtud.

—No te preocupes. En esta petaca hay de sobra.

169

Eso me recordó que debía ofrecerle whisky, pero él lo rechazó con un gesto, con las cejas fruncidas en reflexión. El granizo, al derretirse, le había dejado vetas mojadas en el pelo y en los hombros, cintas como de bronce fundido. Parecía la estatua de algún héroe militar, reluciente y desgastada por la intemperie en un parque público.

—¿Le operarás las amígdalas, una vez que venga al cerro?

Después de reflexionar durante un momento, hice un gesto afirmativo y tragué. Aun así había riesgos; por lo general yo no realizaba operaciones que pudieran evitarse, pero el estado de Josiah era realmente horrible; si no se tomaban medidas para remediarlo, las infecciones constantes podrían acabar matándolo.

Jamie asintió, satisfecho.

—Bien, me ocuparé de eso.

Mis pies se habían descongelado, aun mojados como estaban, y comenzaba a sentirme abrigada, dócil. Aún sentía el vientre como si me hubiera tragado una gran piedra volcánica, pero eso ya no me importaba tanto.

—He estado pensando algo, Sassenach —dijo él.

—¿Qué?

—Hablando de la Biblia...

—Hoy no puedes quitarte las Escrituras de la cabeza, ¿verdad?

Cuando me miró, la sonrisa tiraba hacia arriba de una comisura de su boca.

—Pues no. Es que he estado pensando. Cuando el ángel del Señor se presenta a Sara y le dice que al año siguiente tendrá un niño, ella ríe, y dice que es una extraña broma, pues eso ya no está en ella como está en las mujeres.

—En su situación, casi todas las mujeres lo tomarían a broma —le aseguré—. Pero muchas veces pienso que Dios tiene un sentido del humor muy peculiar.

Él contempló la gran hoja de arce que estaba destrozando entre el pulgar y el índice, pero sorprendí una leve contracción en su boca.

—Yo también lo he pensado una y otra vez, Sassenach —dijo, con cierta sequedad—. Comoquiera que fuese, ella tuvo un niño, ¿verdad?

—Así lo dice la Biblia. No seré yo quien acuse al Génesis de mentir.

Valoré la conveniencia de beber un poco más, pero me pareció mejor reservar el resto para un mal día (bueno, para un día todavía peor) y tapé la petaca. En aquel momento mis oídos captaron cierta agitación en el campamento y una pregunta traída por la brisa glacial.

—Alguien pregunta por ti —dije—. Una vez más.

Echando un vistazo sobre el hombro, él hizo una leve mueca, pero no mostró intención inmediata de responder a la llamada. Carraspeó. Un leve rubor le trepaba por el costado del cuello.

—Bueno, el caso es que hasta donde sé —dijo, poniendo cuidado en no mirarme—, si no te llamas María y el Espíritu Santo no ha tenido intervención alguna, hay una sola manera de quedar embarazada. ¿Me equivoco?

—Hasta donde yo sé, sí. —Me cubrí la boca con una mano para sofocar el hipo.

—Sí. Y en ese caso... Bueno... Eso significaría que Sara aún se acostaba con Abraham, ¿no?

Seguía sin mirarme, pero las orejas se le habían puesto rojas. A buenas horas comprendí el motivo de ese análisis religioso, y estiré un pie para rozarlo con suavidad.

—¿Pensabas que quizá dejaría de desearte?

—Ahora no me deseas —señaló con lógica, fija la mirada en los restos destrozados de su hoja.

—Me siento como si tuviera el vientre lleno de cristales rotos, estoy medio empapada y cubierta de barro hasta las rodillas, y la persona que te busca, quienquiera que sea, va a aparecer entre los arbustos en cualquier momento, con una jauría de sabuesos —dije, con cierta aspereza—. ¿Me estás invitando a gozar carnalmente contigo en este montón de hojarasca mojada? Porque en ese caso...

—No, no —se apresuró a decir—. Ahora no. Sólo quería decir... me preguntaba si...

Las puntas de sus orejas habían llegado al rojo opaco. Se levantó de golpe, mientras se sacudía las hojas marchitas de la falda con exagerada fuerza.

—Si a estas alturas pretendieras dejarme embarazada, Jamie Fraser —le dije, midiendo el tono—, te asaría los cojones *en brochette*. —Me balanceé hacia atrás, levantando la vista hacia él—. Pero en cuanto a acostarme contigo...

Interrumpió lo que estaba haciendo para mirarme. Yo le sonreí, dejándole ver con claridad lo que pensaba.

—Una vez que tengas de nuevo un lecho —dije—, te prometo no rechazarlo.

—Ah... —Inspiró hondo, súbitamente feliz—. Entonces todo está bien. Es que... tenía mis dudas, ¿sabes?

A un súbito susurro del follaje siguió la aparición del señor Wemyss, cuya cara delgada y ansiosa asomó entre dos matas de grosella.

—¡Ah!, es usted, señor —dijo, con evidente alivio.

—Supongo que sí —confirmó Jamie, resignado—. ¿Hay algún problema, señor Wemyss?

El hombre tardó en responder, pues se había enredado con la mata. Fue preciso que yo lo ayudara a liberarse. El antiguo tenedor de libros, obligado a venderse como siervo, no estaba preparado para vivir en territorio silvestre.

—Debo disculparme por molestarlo, señor —dijo, muy rojo, al tiempo que tiraba con gesto nervioso de una ramilla espinosa que se le había enredado en el pelo rubio, ya ralo—. Es que... Bueno, ella dice que va a partirlo con el hacha desde la coronilla hasta la ingle si él no la deja en paz; y él dice que ninguna mujer le habla en ese tono. Y ella tiene un hacha, sí...

Acostumbrado a los métodos de comunicación del señor Wemyss, Jamie suspiró y, echando mano de la petaca, la descorchó para darle un buen trago vigorizante. Tras bajar el recipiente taladró al señor Wemyss con la mirada.

—¿Quiénes? —interpeló.

—¡Oh!... eh... ¿No lo he dicho? Rosamund Lindsay y Ronnie Sinclair.

—Mmfm.

No era una buena noticia. Rosamund Lindsay tenía un hacha, es verdad. Estaba asando varios cerdos sobre ascuas de nogal, en un foso próximo al arroyo. Además, pesaba cerca de noventa kilos y, aunque solía tener buen carácter, tenía un buen genio cuando se enojaba. Por su parte, Ronnie Sinclair era capaz de irritar al arcángel Gabriel, y mucho más a una mujer que intentara cocinar bajo la lluvia.

Jamie me devolvió la petaca con un suspiro. Luego cuadró los hombros, conforme sacudía las gotas de su manta escocesa.

—Vaya usted a decirles que voy hacia allí, señor Wemyss —dijo.

El rostro flaco del tenedor de libros expresó una vivísima aprensión al imaginarse frente a frente con el hacha de Rosamund Lindsay, pero mayor aún era el respeto que le inspiraba Jamie. Después de hacernos una rápida y pulcra reverencia, se arrojó torpemente a las matas de grosella.

Un chillido como de ambulancia anunció la aparición de Marsali con Joan en brazos. Esquivó con cuidado al señor

Wemyss, arrancándole al pasar una rama que se le adhería a la manga.

—Tienes que venir, papá —dijo sin preámbulos—. El padre Kenneth ha sido arrestado.

Las cejas de Jamie se dispararon hacia arriba.

—¿Que lo han arrestado? ¿Ahora? ¿Quién?

—¡Ahora mismo, sí! Un hombre gordo, horrible, que dice ser el comisario del condado. Ha llegado con dos hombres; han preguntado quién era el sacerdote y, cuando el padre Kenneth se ha presentado, lo han cogido por los brazos y se lo han llevado sin más, sin pedir permiso a nadie.

La sangre inundaba la cara de mi esposo; sus dos dedos tiesos golpetearon un instante el muslo.

—¿Se lo han llevado de mi hogar? —dijo—. *A Dhia!*

Obviamente, era una pregunta retórica. Antes de que Marsali pudiera responder, llegó un crujir de pisadas de la dirección opuesta. Brianna apareció ante nosotros, desde detrás de un pino.

—¡Qué! —ladró él.

Bree parpadeó, desconcertada.

—Eh... Geordie Chisholm dice que un soldado le ha robado un jamón que tenía en el fuego, que vayas a hablar con el teniente Hayes.

—Sí —replicó él de inmediato—. Después. Mientras tanto ve con Marsali a averiguar adónde han llevado al padre Kenneth. Y usted, señor Wemyss...

Pero el hombre había podido, al fin, escapar del abrazo insistente de la mata. Un estruendo lejano indicó que corría a cumplir con sus órdenes.

Una breve mirada a la cara de Jamie convenció a las muchachas de que se imponía una veloz retirada. En pocos segundos nos encontramos otra vez a solas. Él inspiró hondo y, poco a poco, dejó escapar el aliento entre los dientes.

Yo habría querido reír, pero no lo hice. En cambio me aproximé; a pesar del frío y la humedad sentí el calor de su piel a través de la manta escocesa.

—A mí, al menos, sólo quieren tocarme los enfermos —dije, ofreciéndole la petaca—. ¿Qué haces tú cuando la virtud te abandona?

Me echó una mirada, y una lenta y radiante sonrisa se le extendió por la cara. Acto seguido, sin prestar atención a la petaca, se inclinó para coger mi cara entre las manos y me besó con mucha suavidad.

—Esto —dijo.

Luego giró en redondo y echó a andar colina abajo. Presumiblemente iba otra vez pleno de virtud.

# 13

## *Alubias y barbacoa*

Volví con la tetera a nuestro campamento, para encontrar el lugar momentáneamente desierto. Voces y risas lejanas indicaban que Lizzie, Marsali y la señora Bug, es de suponer que con los niños a remolque, iban rumbo a la letrina de las mujeres, una zanja excavada tras un práctico biombo de enebros, a cierta distancia de los campamentos. Después de colgar la tetera llena de agua sobre el fuego, para que hirviera, me detuve a reflexionar hacia dónde sería mejor dirigir mis esfuerzos.

Si bien la situación del padre Kenneth podía ser la más grave a largo plazo, a duras penas mi presencia podría cambiar las cosas. Sin embargo, yo era médico y Rosamund Lindsay tenía un hacha. Di unos golpes con la mano a mi ropa y a mi pelo húmedo, para imponerles algo de orden, y partí colina abajo hacia el arroyo, abandonando la cofia a su suerte.

Al parecer, Jamie había pensado lo mismo respecto a las prioridades. Después de abrirme paso entre los brotes de sauces que bordeaban el arroyo, lo encontré de pie junto al foso de la barbacoa, en apacible conversación con Ronnie Sinclair, apoyado como si tal cosa en el mango del hacha, de la que había logrado adueñarse.

Como ver eso me tranquilizó un poco, no me di prisa por unirme al grupo. A menos que Rosamund decidiera estrangular a Ronnie con sus propias manos o matarlo a golpes con algún jamón (contingencias éstas en absoluto inconcebibles), después de todo mis servicios médicos no serían necesarios.

El foso era amplio: un declive natural, formado por alguna remota inundación en la ribera arcillosa y, en los años siguientes, profundizado gracias a un juicioso trabajo a pala. A juzgar por las piedras ennegrecidas y los trozos de carbón diseminados, llevaba algún tiempo en uso. En ese mismo momento había varias personas utilizándolo; los aromas a cerdo, aves, cordero y zari-güeya se mezclaban en una nube de leña de manzano y pacanas; duras; sabroso incienso que me hizo la boca agua.

La visión del foso era menos apta para despertar el apetito. La leña mojada despedía nubes de humo blanco, que ocultaban a medias varios bultos tendidos sobre las piras de ascuas; muchos de ellos parecían vaga y espeluznantemente humanos a través del aire turbio. Me trajeron un vívido recuerdo de los fosos de Ja-maica, donde se quemaban los cadáveres de aquellos esclavos que no habían sobrevivido a los rigores del viaje transatlántico. Tragué saliva con dificultad, mientras trataba de no recordar el macabro olor a carne quemada de aquellas piras funerarias.

En ese momento, Rosamund estaba trabajando abajo, en el foso; con la falda bien recogida por encima de las rodillas regor-detas y las mangas remangadas, descubiertos los sólidos brazos, vertía una salsa rojiza sobre las costillas de una enorme canal de cerdo. Al lado se veían otras cinco siluetas gigantescas, amortajadas en tela alquitranada húmeda; los zarcillos de humo fragante que se rizaban a su alrededor se iban desvaneciendo en la suave llovizna.

—¡Te digo que es veneno! —estaba diciendo Ronnie Sinclair, acaloradamente, cuando aparecí tras él—. ¡Los vas a echar a per-der! Cuando esa mujer termine, no servirán ni para los cerdos.

—Pues son cerdos, Ronnie —dijo Jamie, con notable pacien-cia, desviando la mirada hacia mí. Luego echó un vistazo a la barbacoa, donde la grasa siseante goteaba sobre las ascuas de nogal acumuladas abajo—. Si quieres saber mi opinión, nada de lo que hagas con un cerdo al cocinarlo puede dejarlo incomestible.

—Es cierto —apoyé al tiempo que sonreía a Ronnie—. To-cino ahumado, costillas asadas, solomillo al horno, jamón asado, queso de cerdo, embutidos, pan de grasa, pudin negro... Alguien dijo una vez que del cerdo se puede aprovechar todo, salvo el chillido.

—Pues sí, pero esto es una barbacoa, ¿no? —adujo Ronnie, tozudo, sin prestar atención a mis débiles intentos humorísti-cos—. Cualquiera sabe que el cerdo asado se sazona con vinagre. ¡Ésa es la manera adecuada de hacerlo! Nadie pone cascajo en los embutidos, ¿verdad? Ni hierve el tocino con la basura reco-gida en el gallinero. ¡Bah!

Y señaló con un brusco movimiento del mentón el cuenco de loza blanca que Rosamund tenía bajo el brazo, dejando claro que, en su opinión, su contenido caía dentro del mismo tipo de adulterantes no comestibles.

Al cambiar el viento me llegó una apetitosa vaharada. A juzgar por el olor, la salsa de Rosamund parecía incluir tomates, cebollas, ajíes rojos y azúcar en cantidad suficiente para dejar una gruesa costra negruzca en la carne, además de un tentador aroma a caramelo en el aire.

—Supongo que la carne, cocida de esa manera, quedará muy jugosa.

Sentí que mi estómago empezaba a gruñir y enmarañarse bajo el corpiño acordonado.

—Sí, y son cerdos estupendos —añadió Jamie, para congraciarse con Rosamund, que había levantado una mirada fulminante. Estaba ennegrecida hasta las rodillas y sus mandíbulas cuadradas mostraban surcos de lluvia, sudor y hollín—. ¿Son cerdos salvajes o domésticos, señora?

—Salvajes —respondió ella, enderezándose con cierto orgullo, mientras se apartaba de la frente un mechón de pelo mojado y entrecano—. Engordados con castañas. ¡No hay nada como eso para dar sabor a la carne!

Ronnie Sinclair expresó su desprecio y su burla con un ruido muy escocés.

—¡Pues tan bueno no debe de ser el sabor si tienes que esconderlo bajo un montón de esa asquerosa salsa, que da a la carne ese aspecto sanguinolento, como si estuviera cruda!

Rosamund hizo un comentario muy terrenal con respecto a la supuesta virilidad de los hombres que se impresionan al pensar en la sangre. Ronnie parecía dispuesto a tomárselo a pecho, pero Jamie maniobró con habilidad para interponerse entre ellos, manteniendo el hacha bien lejos del alcance de ambos.

—¡Oh!, sin duda está muy bien cocida —replicó para calmarlos—. Seguro que la señora Lindsay lleva trabajando por lo menos desde el amanecer.

—Desde mucho antes, señor Fraser —replicó la dama, con cierta satisfacción sombría—. Si quieres una barbacoa decente, comienzas al menos un día antes y la atiendes durante toda la noche. Llevo cuidando estos cerdos desde ayer por la tarde. —E inspiró una gran bocanada del humo que ascendía, con expresión beatífica—. ¡Ah, así debe ser! Aunque sea un desperdicio ofrecer esta rica salsa a escoceses cretinos. —Volvió a colocar la tela impermeable, poniéndola en su sitio con tiernas palmadas—. Tienen ustedes la lengua encurtida de tanto vinagre como les echan a sus vituallas. Apenas puedo impedir que Kenny lo ponga en el pan de maíz y en las gachas, por las mañanas.

Jamie alzó la voz, ahogando la indignada respuesta de Ronnie a semejante calumnia.

—¿Ha sido Kenny quien ha cazado esos cerdos para usted, señora? Los cerdos salvajes son imprevisibles; es peligroso acechar a una bestia de ese tamaño. Como los jabalíes que cazábamos en Escocia, ¿verdad?

—¡Ja! —Rosamund echó una mirada de cordial desdén hacia lo alto de la cuesta, donde su esposo, que le llegaba más o menos a la cintura, debía de estar dedicado a empresas menos agotadoras—. Pues claro que no, señor Fraser. A éstos los maté yo misma. Con esa hacha —añadió con intención, señalando con la cabeza el instrumento en cuestión; luego miró a Ronnie con los ojos entornados de manera siniestra—, les hundí el cráneo de un solo golpe.

Ronnie, que no era muy avispado, no pilló la indirecta.

—Es esa fruta de tomate que usa, Mac Dubh —siseó al tiempo que tiraba a mi marido de la manga y señalaba el cuenco chorreado de rojo—. ¡Manzanas del diablo! ¡Nos envenenará a todos!

—No lo creo, Ronnie. —Jamie lo cogió con firmeza del brazo mientras dedicaba a Rosamund una encantadora sonrisa—. Su intención es vender la carne, ¿verdad, señora Lindsay? Mal mercader es el que mata a sus clientes, ¿no?

—Todavía no he perdido a ninguno, señor Fraser —añadió ella, apartando otra tela impermeable para rociar un pernil humeante con la salsa de su cazo—. Y nunca he oído otra cosa que elogios de su sabor. Claro que eso era en Boston, de donde provengo.

«Donde la gente tiene buen criterio», implicaba obviamente su tono.

—La última vez que fui a Charlottesville conocí a un hombre de Boston —dijo Ronnie, con las cejas de zorro fruncidas en un gesto desaprobatorio. Tiró del brazo, tratando de liberarse de Jamie, pero no le sirvió de nada—. Me dijo que tenía por costumbre comer alubias de desayuno, y ostras de cena, y que así lo había hecho siempre desde que era un crío. ¡Me extraña que no estallara como una vejiga de cerdo, si se llenaba con esa porquería!

—*Alubias, alubias, son buenas para el corazón* —canturreé alegremente, aprovechando la oportunidad—. *Cuanto más las comes, mayores los pedos son. Cuantos más pedos, mejor te sientes. ¡Pues comamos alubias constantemente!*

Ronnie, al igual que la señora Lindsay, quedó boquiabierto. Ante la carcajada de Jamie, la expresión atónita de la mujer se disolvió en una risa estrepitosa. Al cabo de un momento, el otro se unió de mala gana, con una pequeña sonrisa que le torcía la comisura de la boca.

—Pasé un tiempo en Boston —dije suavemente, al ceder un poco la hilaridad—. ¡Eso huele de maravilla, señora Lindsay!

Rosamund asintió muy digna, gratificada.

—Pues claro que sí, señora, aunque sea yo quien lo diga. —Se inclinó hacia mí, bajando apenas un poco su estridente voz—. Es mérito de mi receta secreta —dijo al tiempo que daba una palmada de propietaria al cuenco de loza—. Saca a relucir el sabor, ¿ve usted?

Ronnie abrió la boca, pero sólo emitió un pequeño chillido, resultado evidente de la presión que los dedos de Jamie aplicaban a su bíceps. La mujer, sin prestarle atención, se enzarzó en una amable discusión con mi marido, que concluyó con la reserva de una pieza entera para la celebración de nuestras bodas.

Al oír eso eché un vistazo a Jamie. Como parecía que el padre Kenneth estaba camino de Baltimore o de los calabozos de Edenton, costaba creer que esa noche pudiera celebrarse boda alguna.

Aunque, por otra parte, había aprendido a no subestimar a Jamie. Tras un cumplido final a la señora Lindsay, se alejó del foso llevándose a Ronnie por la fuerza; apenas se detuvo para ponerme el hacha en las manos.

—Cuida bien esto, Sassenach —me dijo, dándome un beso breve. Luego me sonrió—. Y dime, ¿dónde has aprendido tanto sobre la historia natural de las alubias?

—En realidad, es una cancioncita. Brianna la aprendió en la escuela cuando tenía unos seis años —respondí, devolviéndole la sonrisa.

—Dile que se la cante a su marido —aconsejó él, ensanchando la sonrisa—. Así él la escribirá en su librejo.

Rodeó con brazo amistoso y firme los hombros de Ronnie Sinclair, que tenía toda la pinta de querer escapar hacia la barbacoa.

—Acompáñame, Ronnie —dijo—. Debo hablar con el teniente. Creo que quiere comprar un jamón a la señora Lindsay —añadió, dirigiendo hacia mí uno de esos parpadeos de búho, que en él pasaban por guiño—, pero le gustará escuchar lo que puedas contarle sobre su padre. Gavin Hayes y tú erais grandes amigos, ¿verdad?

—Pues sí. —El ceño de Ronnie se suavizó un poco—. Sí, sí. Gavin era un hombre hecho y derecho. Lástima de aquello. —Movió la cabeza; obviamente, se refería a la muerte de Gavin, acaecida algunos años atrás. Levantó una mirada hacia Jamie, ahuecando los labios—. ¿Sabe el muchacho lo que sucedió?

Ésa sí que era una pregunta delicada. La verdad era que a Gavin lo habían ahorcado por ladrón en Charleston.

—Sí, tuve que decírselo —respondió Jamie, en voz baja—. Pero creo que le haría bien conocer cosas de su padre en otros tiempos. Cuéntale lo que significó para nosotros Ardsmuir.

Algo que no llegaba a ser una sonrisa se reflejó en su cara. Vi en la de Sinclair una ternura similar.

La mano de Jamie se tensó en el hombro de su compañero; luego cayó a un lado. Ambos ascendieron la colina codo con codo, olvidando las sutilezas de la barbacoa.

«Lo que significó para nosotros...» Los seguí con la vista, ambos ligados por el conjuro de esa única frase. Cinco palabras que rememoraban una intimidad forjada en días, meses y años de privaciones compartidas; un parentesco inaccesible para quienes no hubiéramos vivido aquello. Jamie rara vez hablaba de Ardsmuir; tampoco lo hacían los otros hombres que habían logrado salir de allá y sobrevivir para ver el Nuevo Mundo.

La niebla ya se levantaba en las hondonadas de la montaña; en pocos minutos desaparecieron de la vista. Desde el bosque brumoso, más arriba, dos voces de varón escocés descendieron hacia el foso humeante, cantando en amistoso unísono:

—*Alubias, alubias, son buenas para el corazón...*


De regreso al campamento encontré en él a Roger, que había terminado con sus recados. Estaba de pie cerca del fuego, conversando con Brianna; se lo veía preocupado.

—No te aflijas —le dije, estirando el brazo junto a su cadera para retirar el ronroneante hervidor—. Jamie lo arreglará de algún modo. Ha ido a ocuparse del asunto.

—¿En serio? —Parecía algo sobresaltado—. ¿Ya lo sabe?

—Sí. Supongo que lo resolverá en cuanto encuentre al comisario.

Con una mano volqué la tetera mellada que utilizaba cuando acampábamos, dejé que cayeran los posos al suelo, luego la puse en la mesa y vertí en ella un poco de agua hervida, para calentarla. La jornada había sido larga; probablemente la velada también lo sería. Anhelaba el sustento de una taza de té bien preparada, acompañada por un trozo del pastel de frutas que me había traído uno de los pacientes esa mañana.

—¿El comisario? —Roger miró a Brianna con estupefacción teñida de alarma—. No creo que me haya denunciado al comisario, ¿o sí?

—¿Denunciarte? ¿Quién? —pregunté, sumándome al coro de estupefactos. Después de colgar de nuevo el hervidor en su trípode, busqué la lata de té—. ¿Qué has estado haciendo, Roger?

Un leve rubor apareció en sus altos pómulos, pero antes de que pudiera responder, Brianna lanzó un bufido de risa.

—Le ha dicho a la tía Yocasta hasta dónde puede llegar. —Miró a Roger con los ojos encogidos en triángulos de maliciosa diversión, conforme imaginaba la escena—. ¡Dios, cómo me habría gustado estar allí!

—¿Qué le has dicho, Roger? —inquirí con interés.

Su rubor se acentuó. Apartó la vista.

—No quiero repetirlo —dijo, breve—. No es algo que debas decir a una mujer, menos aún a una anciana, y mucho menos si estás a punto de ingresar en su familia. Le he preguntado a Bree si no debería ir a pedirle disculpas antes de la boda.

—No —replicó ella en el acto—. ¡Qué descaro el suyo! Tenías todo el derecho a decir lo que has dicho.

—Es que no lamento el contenido de mi comentario, sino la forma —explicó él con un irónico asomo de sonrisa. Luego se volvió hacia mí—. Mira, tal vez debería ir a disculparme, para no sentirme incómodo esta noche. No quiero estropear la boda de Bree.

—¿La boda de Bree? ¿Crees que voy a casarme sola? —preguntó ella, arrugando las cejas pelirrojas.

—¡Oh, no! —admitió él, sonriendo un poco. Le acarició la mejilla—. Yo estaré a tu lado, no lo dudes. Siempre que nos casemos, me da igual cómo sea la ceremonia. En cambio, tú querrás que sea bonita, ¿verdad? Y no es cuestión de estropearla; si lo hiciera, tu tía me daría con un leño en la cabeza antes de que pudiese decir «Sí, quiero».

Para entonces, me consumía la curiosidad por saber qué le había dicho a Yocasta, pero me pareció que era mejor ocuparse del asunto más inmediato: al cierre de la edición, por lo visto no habría boda que estropear.

—Así que Jamie ha ido en busca del padre Kenneth —concluí—. Que Marsali no haya reconocido al comisario que se lo ha llevado complica las cosas.

Roger elevó las cejas oscuras antes de unirlas en un gesto preocupado.

—No sé si... —Se volvió hacia mí—. Oye, es posible que lo haya visto hace unos instantes.

—¿Al padre Kenneth? —pregunté, con el cuchillo suspendido sobre el pastel de frutas.

—No, al comisario.

—¿Qué? ¿Dónde? —Bree giró a medias sobre sus talones, paseando en derredor una mirada flamígera, con el puño cerrado. Agradecí a la suerte que el comisario no estuviera a la vista. Que Brianna fuera arrestada por agresión sí que estropearía la boda.

—Se ha ido por allí. —Roger señalaba colina abajo, hacia el arroyo... y la tienda del teniente Hayes.

En ese momento oímos un ruido de pisadas que chapoteaban en el barro. Un instante después apareció Jamie, con aspecto de fatiga, preocupación y gran fastidio. Por lo visto aún no había encontrado al sacerdote.

—¡Papá! —lo saludó Bree, excitada—. Roger cree haber visto al comisario que se ha llevado al padre Kenneth.

—¿Sí? —Jamie se reanimó de inmediato—. ¿Dónde?

Había cerrado el puño, como preparándose, y no pude menos que sonreír.

—¿De qué te ríes? —preguntó al darse cuenta.

—De nada —le aseguré—. Anda, come un poco de pastel.

Y le entregué un trozo, que él se metió inmediatamente en la boca, mientras volvía a concentrar su atención en Roger.

—¿Dónde? —farfulló.

—No sé si era el hombre que estás buscando —aclaró el joven—. Era un hombrecito harapiento. Pero llevaba a un prisionero esposado, uno de los tipos de Drunkard's Creek. Creo que era MacLennan.

Jamie tosió, atragantado, y escupió al fuego trocitos de pastel masticado.

—¿Ha arrestado al señor MacLennan? ¿Y tú lo has permitido? —Bree miraba a su pareja, consternada. Ni ella ni Roger habían estado presentes a la hora del desayuno, cuando Abel había contado su historia, pero ambos lo conocían bien.

—No podía hacer mucho por impedirlo —señaló él, con suavidad—. Lo que he hecho ha sido preguntar a MacLennan si necesitaba ayuda. Pensaba ir en busca de tu padre o de Farquard Campbell. Pero él me ha mirado como si yo fuera un fantasma. Y cuando he vuelto a preguntar ha negado con la cabeza, con una sonrisa extraña. Por una cuestión de principios, no me ha parecido correcto golpear a un comisario. Aunque si...

—No es comisario —dijo Jamie, con voz ronca y lagrimeando. Hizo una pausa para toser otra vez, explosivamente.

—Un rastreador de criminales —expliqué a Roger—. Algo así como un cazarrecompensas, por lo que entiendo.

El té aún no estaba listo, pero encontré media botella de cerveza, que entregué a Jamie.

—¿Adónde llevarán a Abel? —pregunté—. ¿No has dicho que Hayes no quería prisioneros?

Jamie negó con la cabeza. Después de unos tragos bajó la botella. Ya respiraba un poco mejor.

—No los quiere, no. El señor Boble, porque ha de ser él, llevará a Abel al magistrado más próximo. Y si Roger acaba de verlo...

Con las cejas fruncidas, se dio la vuelta para inspeccionar la ladera en derredor, pensativo.

—Probablemente sea Farquard —concluyó relajando un poco los hombros—. Sé que en el encuentro hay tres jueces de paz y tres magistrados. De todos ellos, el único que acampa en este lado es Campbell.

—¡Ah, qué bien! —Suspiré aliviada. Farquard Campbell era un hombre justo; se ceñía estrictamente a la ley, pero no carecía de compasión. Además (y eso era lo más importante, quizá), era viejo amigo de Yocasta Cameron.

—Sí, le pediremos a mi tía que hable con él. Quizá sea mejor hacerlo antes de las bodas. —Se volvió hacia Roger—. ¿Quieres ir, MacKenzie? Yo debo encontrar al padre Kenneth si queremos que haya bodas.

Por la cara que puso, el joven también parecía haberse atragantado con el pastel.

—Eh... bueno... —musitó, incómodo—. En estos momentos no creo ser el más indicado para llevar un mensaje a la señora Cameron.

Jamie lo miraba con una mezcla de interés y exasperación.

—¿Por qué?

Roger, intensamente ruborizado, relató la parte esencial de su conversación con Yocasta; al final bajó la voz hasta hacerla casi inaudible. Aun así le oímos con claridad. Jamie me miró con la boca contraída. Luego sus hombros empezaron a estremecerse. Yo sentía que la risa me burbujeaba bajo las costillas, pero no era nada comparada con la hilaridad de mi marido. Reía casi en silencio, pero tanto que se le llenaron los ojos de lágrimas.

—¡Oh, Cristo! —jadeó al fin, apretándose los costados—. Creo que me he roto una costilla de la risa. —Y alargó la mano hacia uno de los paños tendidos, que usó para secarse la cara. Un momento después, ya más repuesto, dijo—: Está bien. En ese caso, ve a casa de Farquard. Si Abel está allí, dile a Campbell que yo respondo por él. Y tráelo de regreso.

Y lo puso en marcha con un breve gesto. Roger, pálido de mortificación, pero lleno de dignidad, partió de inmediato. Bree fue tras él, echando una mirada de reproche a su padre, cuyo único efecto fue hacerlo reír en silencio un poco más.

Yo ahogué mi propio regocijo con un trago de té humeante, deliciosamente perfumado. Ofrecí la taza a mi marido, pero él la rechazó con la mano y se contentó con el resto de la cerveza. Por fin comentó, bajando la botella:

—Mi tía sabe muy bien qué se puede comprar con dinero y qué no.

—Y acaba de comprar para sí, y para todos los del condado, una buena opinión del pobre Roger, ¿no es así? —repliqué, bastante seca.

Yocasta Cameron era de los MacKenzie de Leoch, familia que Jamie había descrito cierta vez con estas palabras: «Encantadores como las alondras del campo... y, además, astutos como zorros.» Ya fuera que de verdad Yocasta dudara de los motivos por los que Roger se casaba con Bree, ya fuera que había querido acallar los cotilleos ociosos en Cape Fear, no había duda de que sus métodos eran efectivos. Probablemente ahora estaba en su tienda, muy satisfecha de su sagacidad, deseosa de divulgar la anécdota de su ofrecimiento y la reacción del joven.

—Pobre Roger —reconoció Jamie, con la boca todavía contraída—. Pobre pero virtuoso. —Levantó la botella de cerveza hasta vaciarla y la bajó con un leve suspiro de satisfacción—. Aunque bien mirado, también ha comprado algo de valor para el muchacho, ¿verdad?

—«Mi hijo» —cité suavemente, asintiendo—. ¿Crees que él mismo se ha dado cuenta antes de decirlo? ¿Que de verdad quiere a Jemmy como a un hijo?

Él hizo un gesto indefinido con los hombros, sin llegar a encogerlos.

—No lo sé. Pero más vale que esa idea se le haya fijado en la mente antes de que llegue el próximo bebé, que será suyo sin lugar a dudas.

Recordé mi conversación con Brianna esa mañana, pero decidí que era mejor no decir nada, al menos por ahora. Después de todo, eso incumbía a Roger y a Bree. Me limité a hacer un gesto afirmativo mientras limpiaba la vajilla del té.

El suave calor que sentía en la boca del estómago no era sólo a causa de la infusión: Roger había jurado aceptar a Jemmy como hijo propio, cualquiera que fuese su verdadero padre; era un hombre de honor y ésa era su intención. Sin embargo, la voz del corazón habla más alto que ningún juramento pronunciado tan sólo por los labios.

En la época en que yo retorné a través de las piedras, embarazada, Frank me había jurado que me conservaría como esposa, que trataría al niño como hijo propio, que me amaría como antes. Sus labios y su mente habían hecho lo posible por cumplir con esos tres votos, pero su corazón, a fin de cuentas, pronunció uno solo. Desde el momento en que recibió a Brianna en sus brazos, ella fue su hija.

Aun así, ¿qué habría pasado si hubiéramos tenido otro hijo? Esa posibilidad nunca existió, pero de haber sucedido... Sequé lentamente la tetera y la envolví en un paño de cocina mientras contemplaba la visión de esa criatura mítica, la que Frank y yo habríamos podido tener, nunca tuvimos y jamás tendríamos. Deposité la tetera envuelta en el cesto, con tanta suavidad como si fuera un bebé dormido.

Cuando me di la vuelta, Jamie seguía de pie allí, mirándome con una expresión bastante extraña: tierna, pero melancólica.

—¿Alguna vez se me ha ocurrido darte las gracias, Sassenach? —dijo, con voz algo ronca.

—¿Por qué? —pregunté, intrigada.

Él me cogió la mano para que me acercara. Olía a cerveza y a lana mojada. También, muy vagamente, a la dulzura del pastel de frutas con coñac.

—Por mis niños —dijo suavemente—. Por los hijos que me has dado.

—¡Oh...! —Me incliné despacio hacia delante, hasta posar la frente contra la sólida calidez de su pecho, y encerré entre mis manos la parte baja de su espalda, por debajo de la chaqueta, mientras suspiraba—. Fue... un placer.


—¡Señor Fraser, señor Fraser!

Al levantar la cabeza, me encontré con un niñito que descendía corriendo la empinada pendiente, agitando los brazos para no perder el equilibrio, con la cara muy roja por el frío y el esfuerzo.

—¡Uf!

Jamie alargó las manos justo a tiempo para sujetarlo en el momento en que atravesaba el último par de metros, ya fuera de control. Luego lo alzó en brazos, sonriéndole. Lo reconocí: era el menor de los hijos de Farquard Campbell.

—Sí, Rabbie, ¿qué sucede? ¿Tu padre quiere que vaya por el señor MacLennan?

Rabbie negó con la cabeza; sus mechones desiguales se alzaron como el pelaje de un perro pastor.

—No, señor —jadeó en busca de aliento. En el esfuerzo por respirar y hablar al mismo tiempo, tragó una bocanada de aire que le hinchó la garganta como a una rana—. No, señor. Mi padre dice que se ha enterado de dónde está el sacerdote y que yo debo mostrarle el camino, señor. ¿Vendrá usted conmigo?

Las cejas de Jamie se alzaron en momentánea sorpresa; después de echarme un vistazo, dedicó a Rabbie una sonrisa y un gesto de asentimiento, mientras se agachaba para depositarlo en el suelo.

—Sí, muchacho, iré. Anda, guíame.

—¡Qué delicadeza la de Farquard! —comenté a Jamie por lo bajo, mientras Rabbie correteaba delante, echando de vez en cuando una mirada por encima del hombro para asegurarse de que podíamos seguirle el paso.

Nadie repararía en un pequeño entre los enjambres de niños que andaban por la montaña. En cambio, habría llamado la atención de todos que Farquard Campbell viniera personalmente o enviara a uno de sus hijos adultos.

Jamie bufó un poco; la bruma de su aliento fue una hebra de vapor en el frío glacial.

—Al fin y al cabo no es asunto de Farquard, pese al gran aprecio que siente por mi tía. Y supongo que, si me ha enviado al pequeño, es porque conoce al responsable y no quiere escoger bandos apoyándome contra él. —Echó una mirada al sol poniente y luego me miró a mí, con melancolía—. He dicho que hallaría al padre Kenneth antes del atardecer, pero aun así... No creo que esta noche haya boda, Sassenach.

Rabbie nos conducía hacia arriba, siguiendo sin vacilar el laberinto de senderos y hierba pisoteada. Por fin el sol se abrió paso entre las nubes; aunque ya se había hundido en la muesca de las montañas, aún estaba lo bastante alto como para bañar la cuesta con una luz cálida, rojiza, que negaba momentáneamente lo frío del día. La gente ya se estaba congregando en torno al fuego familiar, deseosa de cenar, y nadie nos dedicó una mirada.

Por fin Rabbie se detuvo al pie de un sendero bien marcado, que conducía hacia arriba y hacia la derecha. Durante la semana del encuentro yo había cruzado varias veces la falda de la montaña, pero sin aventurarme nunca tan arriba. Me pregunté quién tendría al padre Kenneth bajo custodia, y qué se proponía Jamie.

—Allí arriba —dijo Rabbie sin necesidad alguna, mientras señalaba el extremo de una tienda grande, apenas visible entre el follaje de un pino.

Al verla, Jamie emitió un sonido escocés desde el fondo de la garganta.

—¡Ah! —dijo muy quedo—, conque así son las cosas.

—No me digas cómo. Dime de quién. —Yo observaba dubitativamente esa tienda: grande, de lona parda encerada, pálida en el crepúsculo. A todas luces pertenecía a alguien adinerado, pero no me resultaba conocido.

—El señor Lillywhite, de Hillsborough —dijo Jamie, frunciendo las cejas mientras reflexionaba. Luego dio unas palmaditas en la cabeza a Rabbie Campbell y le entregó un penique que sacó de su zurrón—. Gracias, muchacho. Ahora corre a tu casa, que es hora de cenar.

El niño cogió la moneda y desapareció sin comentarios, feliz de haber cumplido con su recado.

—Ya, comprendo.

Contemplé la tienda con ojo desconfiado. Eso explicaba unas cuantas cosas, pero no todas. El señor Lillywhite era magistrado de Hillsborough. Yo no sabía más de él, pero lo había visto una o dos veces durante la reunión: un hombre alto, algo encorvado, que se caracterizaba por su chaqueta verde botella con botones de plata. No me lo habían presentado formalmente.

Los magistrados eran los responsables de designar a los comisarios; eso explicaba el vínculo con el «gordo horrible» que había descrito Marsali y por qué el padre Kenneth estaba encarcelado allí. Pero quedaba por saber si era el comisario o Lillywhite quien había querido retirarlo de la circulación.

Jamie apoyó una mano en mi brazo para apartarme del sendero, hacia la protección de un pino pequeño.

—Tú no conoces al señor Lillywhite, ¿verdad, Sassenach? —preguntó.

—Sólo de vista. ¿Qué quieres que haga?

Él me sonrió con un destello travieso en los ojos, pese a estar preocupado por el sacerdote.

—¿Estás dispuesta?

—Supongo que sí, a menos que me ordenes que golpee en la cabeza al señor Lillywhite y libere al padre Kenneth por la fuerza. Ese tipo de cosas te pega más a ti que a mí.

Él rió ante eso, echando a la tienda una mirada que me pareció anhelante.

—Nada me gustaría más —dijo, confirmando esta impresión—. Y no sería difícil —añadió, observando los flancos de lona, que flameaban al viento—. Mira su tamaño; allí adentro no puede haber más de dos o tres hombres, además del sacerdote. Podría esperar a que oscureciera por completo y luego, con uno o dos muchachos...

—Sí, pero ¿qué quieres que haga yo ahora? —lo interrumpí. Me parecía mejor poner coto a un hilo de pensamientos a todas luces criminal.

Él abandonó sus maquinaciones (por ahora) para evaluarme con ojos entornados. Me había quitado el delantal ensangrentado por las cirugías y tenía el pelo recogido de manera pulcra; mi aspecto era razonablemente respetable, aunque tenía algo de barro en el dobladillo de mi falda.

—¿No has traído algo de tu equipo médico? —preguntó con aire dubitativo—. ¿Un frasco de brebaje, un pequeño cuchillo?

—¡Frasco de brebaje, dices! No... ¡Oh!, espera un momento. Sí, he traído esto. ¿Servirá?

Hurgando en el bolsillo que me colgaba de la cintura, había encontrado la pequeña caja de marfil en la que guardaba mis agujas de acupuntura, con punta de oro.

Él asintió, obviamente satisfecho, y sacó del morral la petaca de plata.

—Servirán, sí —dijo, entregándome el whisky—. Lleva esto también, para impresionar. Sube hasta la tienda, Sassenach, y di a quien esté custodiando al sacerdote que está enfermo.

—¿El guardia?

—El cura —corrigió con leve exasperación—. A estas horas todos han de saber que eres curandera y te reconocerán al verte. Di que has estado tratando al padre Kenneth por una enfermedad y que necesita inmediatamente una dosis de su remedio. De lo contrario se les morirá. No creo que quieran eso... y de ti no tendrán miedo.

—No creo que tengan motivos —reconocí, algo cáustica—. Bien, no debo apuñalar al comisario con mis agujas, ¿verdad?

La idea le hizo sonreír de oreja a oreja, pero negó con la cabeza.

—No. Sólo quiero que averigües por qué lo han apresado y qué piensan hacer con él. Si fuera yo mismo a preguntar, los pondría en guardia.

Eso significaba que no había abandonado por completo la idea de lanzar un ataque comando contra la fortaleza del señor Lillywhite si las respuestas resultaban insatisfactorias. Eché un vistazo a la tienda e, inspirando hondo, me acomodé el chal sobre los hombros.

—Está bien. ¿Y tú qué harás mientras tanto?

—Voy a por los niños —dijo.

Y después de apretarme un segundo la mano para desearme suerte, partió cuesta abajo.


Aún estaba preguntándome qué significaría esa críptica declaración (¿qué niños y para qué?) cuando distinguí la solapa abierta de la tienda; todas las especulaciones volaron de mi mente ante la aparición de un caballero que correspondía a lo descrito por Marsali, «un gordo horrible», con tanta exactitud que no me cupieron dudas sobre su identidad. Era bajo y tenía aspecto de sapo; se estaba quedando calvo y la panza tensaba los botones del chaleco manchado de comida; sus ojillos de cuentas me observaron como si evaluara las posibilidades de que yo fuera comestible.

—Buenos días tenga usted, señora —dijo sin entusiasmo, como si me encontrara poco apetitosa pero inclinó la cabeza con respeto formal.

—Buenos días —respondí en tono jovial, mientras le hacía una breve reverencia. Nunca va mal ser cortés, al menos de entrada—. Usted debe de ser el comisario, ¿verdad? Temo que no he tenido el placer de serle formalmente presentada. Soy la señora Fraser, la esposa de James Fraser, del Cerro de Fraser.

—David Anstruther, comisario del condado de Orange. Un servidor, señora. —Se inclinó otra vez, aunque sin muchas muestras de placer. Tampoco parecía haberlo sorprendido el nombre de Jamie, ya fuese porque no le resultaba familiar (cosa extraña) o porque esperaba una embajada como ésa.

Siendo así, no tenía sentido andarme con rodeos.

—Tengo entendido que aloja aquí al padre Kenneth Donahue —dije cordialmente—. He venido a verlo. Soy su médico.

No sé qué esperaba, pero no era eso; quedó algo boquiabierto, dejando ver un grave caso de mala oclusión, gingivitis avanzada y falta de un premolar. Antes de que pudiera cerrar la boca, de la tienda salió un caballero alto, de chaqueta verde botella.

—¿La señora Fraser? —dijo, enarcando una ceja. Luego se inclinó puntillosamente—. ¿Ha dicho usted que deseaba hablar con el caballero clerical arrestado?

—¿Arrestado? —Ante eso fingí gran sorpresa—. ¿Un sacerdote? Vaya, ¿qué puede haber hecho?

El comisario y el magistrado intercambiaron una mirada. Luego éste carraspeó.

—Tal vez ignora usted, señora, que en la colonia de Carolina del Norte sólo el clero de la Iglesia establecida (es decir, la Iglesia anglicana) puede celebrar legalmente sus oficios.

Yo estaba al tanto, aunque también sabía que rara vez se aplicaba la ley; para empezar, en la colonia había muy pocos clérigos de cualquier especie; nadie se molestaba en reparar oficialmente en los predicadores itinerantes que aparecían de vez en cuando, muchos de ellos independientes en el sentido más básico de la palabra.

—¡Válgame Dios! —exclamé, afectando horrorizada sorpresa hasta donde me era posible—. No, no tenía la menor idea. Pero ¡qué cosa tan extraña!

El señor Lillywhite parpadeó un poco, gesto que interpreté como indicación de que había logrado crear una impresión de educada sorpresa. Después de aclararme la garganta, mostré la petaca de plata y el estuche de las agujas.

—Bueno, espero que las dificultades se resuelvan pronto. Aun así, me gustaría mucho ver un momento al padre Donahue. Tal como he dicho, soy su médico. Él tiene una... indisposición... —Deslicé hacia atrás la cubierta del estuche para exhibir con delicadeza las agujas, permitiendo que imaginaran algo adecuadamente virulento—, que requiere tratamiento regular. ¿Podría verlo un instante, a fin de administrarle su remedio? No querría que... eh... que sucediera algo inconveniente por falta de atención por mi parte, como comprenderán.

Y sonreí con todo mi encanto.

El comisario encogió el cuello dentro de la chaqueta, asumiendo un aspecto malévolamente anfibio, pero el señor Lillywhite pareció más afectado por mi sonrisa. Me observó de pies a cabeza, vacilando.

—Bueno, no estoy seguro de que... —comenzó a decir.

En ese momento unas pisadas chapotearon en el sendero, detrás de mí. Me volví, casi esperando ver a Jamie; en cambio me encontré con el señor Goodwin, mi paciente de la mañana; tenía una mejilla aún hinchada por mi tratamiento, pero el cabestrillo permanecía intacto.

Él también se sorprendió al verme, aunque me saludó con gran cordialidad, en una nube de vapores etílicos. Por lo visto se había tomado muy en serio mi consejo de desinfectar.

—¡Señora Fraser! Confío que no haya venido para atender a mi amigo Lillywhite. Al señor Anstruther, en cambio, no le vendría mal una buena purga para despejar los humores biliosos, ¿verdad, David? ¡Ja, ja!

Palmoteó al comisario en la espalda con afectuosa camaradería; el hecho de que Anstruther tolerara el gesto con sólo una pequeña mueca me dio una idea de la importancia que tenía el señor Goodwin en el esquema social del condado.

—Querido George —saludó el señor Lillywhite, con afecto—, veo que ya conoces a esta encantadora dama.

—¡Oh!, ya lo creo, amigo. —El señor Goodwin volvió hacia mí un semblante muy sonriente—. ¡Esta misma mañana la señora Fraser me ha hecho un gran servicio! Un gran servicio, sí. ¡Mira esto!

Blandió su brazo entablillado; noté con placer que no parecía que estuviese causándole ningún dolor, aunque quizá eso se debía a la anestesia que se estaba autoadministrando, antes que a mi obra.

—Me ha curado el brazo con sólo un toque aquí, un toque allá... y me ha extraído un diente roto con tanta limpieza que apenas lo he notado. ¡Uch! —Metió un dedo por un lado de la boca para retirar la mejilla, dejando ver el trozo de algodón ensangrentado en el hueco del diente y una pulcra línea de puntos negros en la encía.

—Estoy realmente impresionado, señora. —Lillywhite, con cara de interés, olfateó el vaho de whisky y clavo que surgía de aquella boca. Vi que su lengua formaba un bulto en su mejilla, al sondear con tiento una muela.

—Pero ¿qué la trae por aquí, señora Fraser? —El recién llegado volvió hacia mí el rayo de su jovialidad—. Tan avanzado el día... ¿Quizá me haga usted el honor de compartir mi cena ante la fogata?

—¡Oh!, muchas gracias, pero la verdad es que no puedo —dije, con la más encantadora de mis sonrisas—. He venido a ver a otro paciente... es decir...

—Quiere ver al sacerdote —interrumpió Anstruther.

Ante eso Goodwin parpadeó, desconcertado sólo por un instante.

—¿Al sacerdote? ¿Hay un sacerdote aquí?

—Un papista —amplió el señor Lillywhite, curvando un poco los labios ante esa palabra impura—. Se me hizo saber que había un sacerdote católico camuflado en la reunión y que se proponía celebrar una misa durante las festividades de esta noche. Desde luego, he enviado al señor Anstruther para que lo arrestara.

—El padre Kenneth Donahue es amigo mío —intervine, con toda la energía posible—. Y no estaba camuflado, sino invitado sin disimulos, como huésped de la señora Cameron. Además, es paciente mío y requiere tratamiento. He venido a garantizar que lo reciba.

—¿Amigo suyo? ¿Es usted católica, señora Fraser?

El señor Goodwin parecía sobresaltado; obviamente, no se le había ocurrido que su odontóloga fuera papista; se llevó la mano a la mejilla hinchada, en un gesto de extrañeza.

—Lo soy —manifesté, con la esperanza de que ser católica no fuera ilegal, según la concepción de Lillywhite.

Desde luego, no era así. El señor Goodwin dio un codazo a su amigo.

—¡Venga, Randall! Deja que la señora vea a ese hombre. ¿Qué daño puede hacer? Y si en realidad es invitado de Yocasta Cameron...

El señor Lillywhite frunció los labios, reflexionando un momento. Luego se hizo a un lado y apartó la solapa de lona para que yo pasara.

—No creo que haya ningún mal en que vea a su... amigo —manifestó despacio—. Pase, pues, señora.

El anochecer era inminente y el interior estaba a oscuras, aunque uno de los laterales de lona aún relumbraba, con el sol poniente atrás. Cerré los ojos un instante, para habituarlos al cambio de luz; luego miré a mi alrededor.

La tienda estaba desordenada, pero parecía relativamente lujosa; contaba con un catre y otros muebles; en el aire no imperaba sólo el olor a lona y madera húmeda, sino también un perfume a té de Ceilán, vinos caros y bizcochos de almendra.

La silueta del padre Kenneth Donahue se recortaba frente a la lona iluminada; estaba sentado en un taburete ante una pequeña mesa plegable en la cual se veían unas pocas hojas de papel, un tintero y una pluma. Lo mismo podrían haber sido instrumentos de tortura, a juzgar por su rígida actitud defensiva, evocativa de alguien que esperara el martirio.

Desde atrás me llegó un ruido de pedernal y yesquero; luego, un vago resplandor que fue creciendo. Un niño negro —el sirviente del señor Lillywhite, con toda probabilidad— se adelantó en silencio para poner una pequeña lámpara de aceite sobre la mesa.

Ahora que podía ver al sacerdote con claridad, la impresión de martirio se hizo más pronunciada. Parecía san Esteban tras la primera pedrada, con un cardenal en el mentón y un ojo negro de primera clase amoratado desde el puente de la nariz hasta el pómulo y casi cerrado por la tumefacción.

El ojo no ennegrecido se dilató al verme; hubo un respingo y una exclamación de sorpresa.

—Padre Kenneth. —Le estreché la mano con una amplia sonrisa, en honor de quienquiera que pudiese estar espiando por la abertura—. Le he traído su remedio. ¿Cómo se siente?

Alcé las cejas para indicarle que debía seguirme el juego. Él me miró fijamente un segundo, fascinado, pero luego pareció entender y tosió un poco. Alentado por mi gesto afirmativo, lo hizo otra vez, ya con más entusiasmo.

—Ha sido... muy amable al pensar en mí, señora Fraser —jadeó entre más toses.

Destapé la petaca y le serví una generosa medida de whisky.

—¿Está usted bien, padre? —pregunté en voz baja, al inclinarme para ofrecérsela—. Su cara...

—¡Oh!, no es nada, querida señora Fraser, nada en absoluto —me aseguró, dejando asomar su tono irlandés en la tensión del momento—. Es que cometí el error de resistirme cuando el comisario me arrestó. No sólo eso, sino que, llevado por la impresión, causé algún perjuicio a los cojones del pobre hombre, que sólo cumplía con su deber, Dios me perdone.

El padre Kenneth dirigió el ojo indemne hacia arriba en una expresión piadosa, arruinada por la irredenta sonrisa que se extendía por debajo. No era muy alto y parecía mayor de lo que era, en virtud del desgaste que le imponían los largos períodos pasados a caballo. Aun así, no superaba los treinta y cinco años y, bajo su gastado abrigo negro, era enjuto y recio como un látigo. Empezaba a comprender a qué se debía la beligerancia del comisario.

—Además —añadió, tocándose con cautela el ojo negro—, el señor Lillywhite me ha ofrecido la más gentil de las excusas por el daño sufrido.

Entre los elementos de escritura había una taza de peltre y una botella de vino abierta; la taza aún estaba llena y el nivel de la botella no había descendido gran cosa.

El sacerdote cogió el whisky que yo le había servido y lo apuró, cerrando los ojos en soñadora bendición.

—No podría disfrutar de mejor remedio —dijo al abrirlos de nuevo—. Se lo agradezco mucho, señora Fraser. Estoy tan repuesto que podría caminar sobre las aguas.

Entonces recordó que debía toser; esta vez lo hizo con delicadeza, con un puño apoyado en la boca.

—¿Qué tiene el vino de malo? —pregunté, echando un vistazo hacia la entrada.

—¡Oh!, nada en absoluto —respondió, retirando la mano—. Sólo que no me ha parecido correcto aceptar el refrigerio del magistrado, dadas las circunstancias. Puede usted atribuirlo a una cuestión de conciencia.

Me sonrió otra vez, pero ya con una nota de ironía en el rictus.

—¿Por qué lo han arrestado? —pregunté, bajando la voz.

Eché otro vistazo a la entrada de la tienda, pero estaba desierta; desde fuera llegaba un murmullo de voces. Por lo visto Jamie tenía razón: no sospechaban de mí.

—Por celebrar la Santa Misa —respondió él, bajando la voz para equipararla a la mía—. Al menos, eso han dicho, aunque es una perversa mentira. No he celebrado ninguna misa desde el domingo pasado, y eso fue en Virginia.

Contemplaba la petaca con aire melancólico. La cogí para servirle otra medida generosa. Mientras él la bebía, esta vez con más lentitud, fruncí el ceño, reflexionando. ¿Qué se traían entre manos el señor Lillywhite y compañía? Sin duda, no podían llevar a juicio al sacerdote por el cargo de oficiar misa. Desde luego, no les costaría mucho conseguir testigos falsos para probar que lo había hecho, pero ¿qué ganarían con eso?

Si bien el catolicismo no era popular en Carolina del Norte, yo no veía qué sacaban en arrestar a un cura que, de cualquier modo, se iría por la mañana. El padre Kenneth provenía de Baltimore y pensaba regresar allí. Sólo había concurrido a la reunión por hacer un favor a Yocasta Cameron.

—¡Oh! —exclamé. El sacerdote me miró inquisitivamente por encima de su taza—. Es sólo una idea —dije, indicándole con un gesto que continuara—. Por casualidad, ¿sabe usted si el señor Lillywhite tiene alguna relación personal con la señora Cameron?

Yocasta, mujer prominente y adinerada, tenía carácter fuerte; por ende no le faltarían enemigos. No me explicaba por qué el señor Lillywhite quería fastidiarla de una manera tan peculiar, pero aun así...

—Conozco a la señora Cameron —dijo el magistrado a mi espalda—. Sin embargo, ¡ay!, no puedo decir que tenga una amistad íntima con esa dama.

Me giré en redondo. Estaba de pie a la entrada de la tienda, seguido por el comisario Anstruther y el señor Goodwin. Jamie cerraba la marcha. Mi marido me hizo un imperceptible gesto con una ceja, manteniendo por lo demás una expresión de solemne interés.

El señor Lillywhite se inclinó ante mí.

—Acabo de explicarle a su esposo, señora, que por consideración a la señora Cameron he intentado regularizar la situación del señor Donahue, a fin de permitir su presencia en la colonia. —Inclinó fríamente la cabeza hacia el cura—. Sin embargo, temo que mis sugerencias han sido rechazadas de manera sumaria.

El padre Kenneth dejó su taza e irguió la espalda, refulgente el ojo sano a la luz de la lámpara.

—Quieren que firme un juramento, señor —le dijo a Jamie, señalando con un gesto el papel y la pluma que tenía ante sí—. Debo declarar que no suscribo la creencia en la transubstanciación.

—¿De veras? —La voz de Jamie no revelaba más que un interés amable, pero yo comprendí de inmediato lo que había querido decir el sacerdote con su comentario sobre la conciencia.

—Bueno, pues no puede, ¿verdad? —dije, mirando al círculo de hombres—. Los católicos... es decir, nosotros —aclaré con cierto énfasis, mirando al señor Goodwin— creemos ciertamente en la transubstanciación. ¿No es así? —pregunté, volviéndome hacia el cura, que asintió con la cabeza, sonriendo apenas.

El señor Goodwin parecía disconforme pero resignado; la incomodidad social había reducido su jovialidad etílica.

—Lo siento, señora Fraser, pero así lo manda la ley. Sólo con una condición se permite a los clérigos no pertenecientes a la Iglesia establecida permanecer de manera legal en la colonia, y es que firmen ese juramento. Son muchos los que lo hacen. ¿Conoce al reverendo Urmstone, el predicador metodista itinerante? Él ha firmado el juramento, y también el señor Calvert, el ministro de la Nueva Luz que vive cerca de Wadesboro.

El comisario parecía muy ufano. Conteniendo mi impulso de pisarle un pie, me volví hacia el señor Lillywhite.

—Pues como el padre Kenneth no puede firmarlo, ¿qué se proponen hacer con él? ¿Arrojarlo a una mazmorra? No pueden hacer eso: ¡está enfermo!

Como obedeciendo a una señal, el padre Kenneth tosió como es debido. El señor Lillywhite me miró con aire dubitativo, aunque prefirió dirigirse a Jamie.

—En justicia podría encarcelar a este hombre, pero por consideración a usted y a su tía, señor Fraser, no lo haré. No obstante, deberá abandonar mañana la colonia. Haré que lo escolten hasta Virginia, donde será puesto en libertad. Puede usted confiar en que se cuidará de su bienestar durante el viaje.

Y desvió una fría mirada gris hacia el comisario, que se irguió en toda su estatura, tratando de parecer digno de confianza.

—Comprendo. —Jamie habló en tono ligero, mientras paseaba la mirada de uno a otro de los hombres; por fin la posó en el comisario—. Espero que así sea, señor... pues si llegara a mi conocimiento que el buen padre ha sufrido algún daño, mi... desasosiego sería mayúsculo.

El comisario le sostuvo la mirada, pétrea la cara, hasta que el señor Lillywhite, carraspeando, le dirigió un gesto ceñudo.

—Le doy mi palabra, señor Fraser.

Jamie le hizo una leve reverencia.

—No podría pedir más, señor. Sin embargo, si me permite la audacia... ¿no podría el padre pasar la noche cómodo, entre sus amigos? Así podría despedirse de ellos. Y mi esposa, atender sus lesiones. Yo me haría responsable de entregárselo a usted sin falta mañana por la mañana.

El señor Lillywhite ahuecó los labios, fingiendo estudiar la propuesta, pero era mal actor. No sin interés, me percaté de que había previsto esa solicitud y ya tenía decidido negarse.

—No, señor —trató de adoptar un tono renuente—. Lamento no poder acceder a su petición. Pero si el sacerdote desea escribir cartas a sus conocidos... —Señaló con la cabeza el montón de papeles—. Yo me encargaré de que sean prontamente entregadas.

Mi marido también carraspeó, estirándose un poco.

—Pues bien —dijo—, si tolera mi atrevimiento...

Hizo una pausa, como si estuviera algo avergonzado.

—Diga, señor. —Lillywhite lo miraba con curiosidad.

—¿Permitiría usted que el buen padre me escuchara en confesión? —Jamie había clavado la mirada en el poste de la tienda, evitando la mía con diligencia.

—¿En confesión?

El magistrado parecía atónito. El comisario, en cambio, emitió un ruido que alguien muy caritativo podía interpretar como risita burlona.

—¿Tiene algún peso en la conciencia? —preguntó con rudeza—. ¿O quizá una premonición de muerte inminente, eh?

Lo dijo con una sonrisa maligna. El señor Goodwin, con cara de escandalizado, murmuró una protesta. Jamie, ignorándolos a ambos, centró su atención en el señor Lillywhite.

—Sí, señor. Hace algún tiempo que no he tenido oportunidad de confesarme, ¿comprende? Y es muy posible que pase aún más antes de que vuelva a presentarse la ocasión. Tal como están las cosas... —En ese momento cruzó una mirada conmigo y señaló la solapa de la tienda con un gesto breve pero enfático—. ¿Nos disculparían un momento, caballeros?

Sin aguardar la respuesta, me cogió por el codo para empujarme afuera a toda velocidad.

—Brianna y Marsali están sendero arriba, con los críos —me siseó al oído, en cuanto estuvimos fuera de la tienda—. Cuando Lillywhite y ese cabrón del comisario estén bien lejos, ve a por ellos.

Y me dejó de pie en el camino, atónita, para entrar de nuevo en la tienda.

—Con su perdón, caballeros —le oí decir—. Me ha parecido que... hay cosas que un hombre no debe decir frente a su esposa, ¿comprenden?

Hubo un murmullo de comprensión masculina; también capté la palabra «confesión», repetida por el señor Lillywhite en tono dubitativo. Para responder, Jamie bajó la voz a un ronroneo confidencial, interrumpido sólo por un potente: «¿Cómo es eso?» del comisario y un perentorio chitón del señor Goodwin.

Hubo un fragmento de conversación confusa, seguido de movimiento. Apenas pude abandonar el sendero y refugiarme entre los pinos antes de que los tres protestantes emergieran de la tienda. La tarde se había esfumado casi por completo, dejando ascuas de nubes iluminadas por el sol; no obstante, estaban tan cerca que pude ver el aire de vago azoro que los incomodaba.

Tras descender algunos pasos por el camino, se detuvieron a conferenciar a poca distancia de mi escondrijo, mirando hacia la tienda, donde se oía la voz del padre Kenneth, elevada en una bendición formal en latín. La lámpara se apagó; las siluetas de Jamie y el sacerdote, sombras difusas contra la lona, desaparecieron en la penumbra confesional.

El bulto de Anstruther se acercó algo más al señor Goodwin.

—¿Qué demonios es la transubstanciación? —murmuró.

Vi que el señor Goodwin erguía los hombros, estirándose, pero de inmediato los elevó hacia las orejas.

—Con toda franqueza, señor, no estoy seguro de lo que significa esa palabra —dijo con cierta gazmoñería—; no obstante, percibo en ella alguna forma de doctrina papista perniciosa. Tal vez el señor Lillywhite pueda ofrecerle una definición más completa. ¿Randall?

—Por supuesto —dijo el magistrado—. Es el concepto de que, al pronunciar el sacerdote determinadas palabras durante la celebración de la misa, el pan y el vino se transforman en la sustancia misma del cuerpo y la sangre de nuestro Salvador.

—¿Qué? —Anstruther parecía confundido—. ¿Cómo es posible hacer eso?

—¿Cambiar el pan y el vino en carne y sangre? —dijo el señor Goodwin, bastante desconcertado—. Pero ¡eso es brujería!

—Lo sería si en realidad se produjera —objetó el señor Lillywhite, algo más humano—. La Iglesia sostiene, con mucha razón, que no es así.

—¿Y estamos seguros de eso? —El comisario parecía desconfiar—. ¿Usted lo ha visto hacer?

—¿Que si he asistido a una misa católica? ¡Claro que no! —La alta silueta del magistrado se alargó, austera en las sombras crecientes—. ¡Por quién me toma, señor!

—Calma, Randall. No creo que el comisario quisiera ofenderte. —Goodwin apoyó una mano tranquilizadora en el brazo de su amigo—. Después de todo, por su oficio debe atender a cuestiones más terrenales.

—No, no, no he tenido ninguna intención de ofenderlo, señor, en absoluto —se apresuró a aclarar Anstruther—. Más bien he querido decir... si alguien ha visto ese tipo de actividades, alguien que pudiera ser un buen testigo para llevar a cabo un juicio.

El señor Lillywhite, que parecía aún ofendido, respondió con voz fría.

—No hay ninguna necesidad de presentar testigos de esa herejía, comisario, puesto que los mismos sacerdotes la admiten de manera voluntaria.

—No, no, por supuesto que no. —La forma achaparrada de Anstruther pareció aplanarse obsequiosamente—. Pero si no me equivoco, señor, los papistas... eh... participan de esa... esa transubs-no-sé-qué, ¿verdad?

—Tengo entendido que sí.

—Pues bien. Eso es canibalismo puro y duro, ¿no? —La mole del comisario volvió a estirarse, entusiasmada—. ¡Eso sí que va contra la ley! ¿Por qué no dejamos que este tipo haga su

197

truco de magia y los arrestamos a todos? Creo que podríamos encerrar a un montón de esos cabrones de un solo golpe.

El señor Goodwin emitió un gemido grave. Parecía estar masajeándose la cara, sin duda para calmar un dolor recurrente en la encía. Su amigo exhaló con fuerza por la nariz.

—No —dijo sin alzar la voz—. Temo que no, comisario. Tengo instrucciones de no permitir que el sacerdote realice ninguna ceremonia y que se le impida recibir visitantes.

—¿Ah, sí? ¿Y qué es lo que está haciendo ahora? —acusó Anstruther, señalando hacia la tienda a oscuras, donde la voz de Jamie había empezado a sonar, vacilante y apenas audible. Probablemente hablaba en latín.

—Eso es muy diferente —dijo Lillywhite, irritado—. El señor Fraser es un caballero. Y la prohibición de recibir visitas es para evitar que el cura celebre matrimonios secretos, cosa que ahora no puede preocuparnos.

—Bendígame, padre, pues he pecado —dijo Jamie, alzando de pronto la voz.

El magistrado dio un respingo, mientras el padre Kenneth murmuraba una interrogación.

—He cometido pecados de lujuria e impureza, tanto de pensamiento como de hecho —anunció Jamie, en un volumen que no me pareció muy discreto.

—¡Oh! Ya veo —repuso el padre Kenneth, levantando también la voz, como si estuviera interesado—. Ahora bien, hijo mío, esos pecados de impureza, ¿de qué forma se han manifestado, y en cuántas ocasiones?

—Pues bien... Para empezar, he mirado a algunas mujeres con deseo lujurioso. En cuántas ocasiones... calculemos un centenar, por lo menos, pues ha pasado bastante tiempo desde mi última confesión. ¿Tiene que saber con qué mujeres sucedió, padre, o basta con que le diga lo que pensé hacerles?

El señor Lillywhite se envaró a ojos vistas.

—Creo que no tendremos tiempo para tanto, querido Jamie —dijo el cura—. Pero si quieres hablarme de una o dos de esas ocasiones, para que yo pueda formarme una idea en cuanto al... eh... a la gravedad del pecado...

—¡Oh!, bien. Bueno, la peor debe de haber sido aquella vez, con la mantequera.

—¿Mantequera? Ah... ¿de ésas con un mango que asoma? —El tono del padre Kenneth expresaba una triste compasión por las libidinosas posibilidades que eso sugería.

—¡Oh, no!, padre. Era uno de esos barriles que se ponen de lado, con una pequeña manivela para darle vueltas, ¿sabe? Pues bien, ella estaba dándole vueltas con mucho vigor, y tenía los cordones del corpiño desatados de modo que sus pechos se bamboleaban hacia aquí y hacia allá. Y la tela se le pegaba al cuerpo con el sudor del trabajo. Pues bien: el barril tenía la altura exacta, y era curvado, ¿comprende? Y eso me hizo pensar en tumbarla encima y levantarle las faldas y...

Sin poder evitarlo, abrí la boca en un gesto de horror. ¡El corpiño que estaba describiendo era el mío, y mis pechos, y mi mantequera! Por no hablar de mis faldas. Tenía un recuerdo muy vívido de aquella ocasión. Si se había iniciado con un pensamiento impuro, desde luego no quedó sólo en eso.

Un ruido susurrante y un murmullo volvieron mi atención a los hombres que conversaban en el camino. El señor Lillywhite había cogido de un brazo al comisario, que aún se inclinaba con avidez hacia la tienda, irguiendo las orejas, y lo regañaba con un siseo, mientras lo obligaba apresuradamente a alejarse por el camino. El señor Goodwin los siguió, aunque con aire renuente.

Por desgracia, el ruido que hicieron al alejarse ahogó el resto del pecado que Jamie describía, pero también, por fortuna, el susurro de hojas y ramillas rotas que anunciaba la aparición de Brianna y Marsali a mi espalda, con Jemmy y Joan en brazos y Germain aferrado a la espalda de su madre, como un monito.

—Ya temía que no se fueran nunca —susurró Bree, espiando sobre mi hombro hacia el lugar por donde habían desaparecido el magistrado y sus compañeros—. ¿Queda alguien?

—No. Vamos. —Alargué los brazos hacia Germain, que vino a ellos de buena gana.

—*Ou qu'on va, grand-mère?* —preguntó con voz soñolienta, mientras besuqueaba afectuosamente mi cuello.

—Chist. Vamos a ver al *grand-père* y al padre Kenneth —le susurré—. Pero tenemos que ir muy callados.

—¡Oh!, ¿así? —siseó en un fuerte susurro. Y comenzó a cantar por lo bajo una canción francesa muy vulgar.

—¡Chist! —Le planté una mano contra la boca, húmeda y pegajosa por lo que había estado comiendo—. No cantes, tesoro. No conviene despertar a los bebés.

Al oír una exclamación sofocada de Marsali y la risa estrangulada de Bree, comprendí que Jamie seguía confesándose. Al parecer había entrado en calor y estaba inventando libremente...

o al menos eso esperaba yo, pues nada de eso había sucedido conmigo.

Asomé la cabeza para mirar a ambos lados, pero no había nadie en el camino. Después de hacer una seña a las muchachas, nos escabullimos hacia la tienda a oscuras.

En cuanto entramos, Jamie se interrumpió de golpe. Luego le oí decir, deprisa:

—Y pecados de ira, orgullo y envidia... ¡ah!, y también alguna mentira, padre. Amén.

Cayó de rodillas, recitando a la carrera un acto de contrición en francés, y antes de que el padre Kenneth acabara de decir: «*Ego te absolvo*», ya estaba de pie, retirando a Germain de mis brazos.

Mis ojos se iban adaptando a la oscuridad; llegaba a distinguir las siluetas voluminosas de las muchachas y el alto contorno de Jamie, que plantó al niño en la mesa, ante el sacerdote, a la vez que decía:

—Deprisa, padre. No tenemos mucho tiempo.

—Tampoco tenemos agua —observó el cura—. A menos que las señoras hayan recordado traer un poco...

Había cogido el pedernal y el yesquero, con los que estaba tratando de encender de nuevo la lámpara. Bree y Marsali intercambiaron una mirada de horror. Luego negaron con la cabeza al unísono.

—No os preocupéis, padre —dijo Jamie, tranquilizador.

Lo vi alargar la mano hacia algo que estaba sobre la mesa. Se oyó el breve chillido de un corcho al salir; luego, el olor caliente y dulce del buen whisky llenó la tienda mientras de la mecha brotaba una llama vacilante, que se estabilizó en una luz pequeña y clara.

—Dadas las circunstancias... —dijo Jamie, ofreciendo la petaca abierta al sacerdote.

El padre Kenneth apretó los labios, aunque me pareció que no era un gesto de irritación, sino de hilaridad contenida.

—Dadas las circunstancias, sí —repitió—. Después de todo, ¿hay algo más apropiado que el agua de la vida?

Acto seguido se desató el corbatón para retirar de su cuello un cordel fino del que colgaban una cruz de madera y un pequeño frasco de vidrio, tapado con un corcho.

—Los óleos bautismales —explicó, descorchando el frasco antes de ponerlo en la mesa—. Gracias a la Virgen que lo llevaba encima. El comisario se apropió de la caja con los elementos para la misa. —Hizo un rápido inventario de los objetos depositados en la mesa, contándolos con los dedos—. Fuego, óleos, agua... o algo así... y un niño. Muy bien. Supongo, señora, que usted y su esposo serán los padrinos de éste.

Eso iba dirigido a mí. Jamie había ido a apostarse junto a la entrada de la tienda.

—De todos, padre —dije, sujetando con firmeza a Germain, que parecía dispuesto a bajar de un salto—. No te muevas, tesoro. Es sólo un momento.

Detrás de mí se oyó un suave *fizzz* de metal desenvainado contra cuero aceitado. Al volverme vi difusamente a Jamie entre las sombras; montaba guardia junto a la puerta con el puñal en la mano. Un escrúpulo aprensivo se me enroscó en el vientre. Bree ahogó una exclamación a mi lado.

—Jamie, hijo mío —dijo el padre Kenneth, en tono de suave reprimenda.

—Continúe, padre, por favor —fue la tranquila respuesta—. He decidido que mis nietos reciban el bautismo esta misma noche. Y nadie podrá impedirlo.

El cura inspiró hondo con un leve siseo. Luego negó con la cabeza.

—Sí. Pero si matas a alguien, espero tener tiempo para confesarte otra vez antes de que nos ahorquen a los dos —murmuró mientras cogía los óleos—. Si puedes escoger, que sea el comisario, por favor, querido.

Mientras pasaba de pronto al latín, empujó hacia atrás la rubia cabeza de Germain y movió con gesto diestro el pulgar sobre su frente y sus labios; luego, hundiendo la mano bajo la camisa del niño, que se encogió entre risitas, trazó también la señal de la cruz sobre su corazón.

—¿En-nombre-de-este-niño-renunciáis-a-Satanás-y-a-todas-sus-obras? —preguntó, hablando tan deprisa que apenas me di cuenta del nuevo cambio de idioma.

Reaccioné justo a tiempo para unirme a Jamie en la respuesta de los padrinos, recitando de forma abnegada:

—Sí, renunciamos.

Estaba en ascuas, con el oído atento a cualquier ruido que pudiera anunciar el regreso del señor Lillywhite y el comisario, imaginando el follón que se produciría si descubrían al padre Kenneth en mitad de lo que, sin duda alguna, sería considerada como una «ceremonia ilícita».

Jamie, que me estaba mirando, me dedicó una vaga sonrisa, quizá para tranquilizarme. Fracasó: lo conocía demasiado bien.

Quería que sus nietos fueran bautizados y haría lo necesario para poner sus almas en las manos de Dios, aunque muriera en el intento... o todos acabáramos en prisión, Brianna, Marsali y los niños incluidos. De esa madera están hechos los mártires. Y sus familias tienen la obligación de tragarla.

—¿Creéis-en-el-único-Dios-Padre-Hijo-y-Espíritu-Santo?

—Cabezota —articulé con los labios, hacia Jamie. Él ensanchó la sonrisa, mientras yo me apresuraba a acompañar su firme: «Creemos.»

¿Era una pisada lo que había oído fuera, en el camino, o sólo el viento del anochecer, que hacía crujir a su paso las ramas de los árboles?

Terminadas las preguntas y respuestas, el sacerdote me sonrió de oreja a oreja; la luz parpadeante de la lámpara le daba aspecto de gárgola. Su ojo sano se cerró brevemente en un guiño.

—Damos por sentado que responderán lo mismo por los otros, ¿verdad, señora? ¿Y cuál será el nombre de pila de este dulce pequeño?

Sin quebrar el ritmo, tomó la petaca de whisky y dejó caer un cauteloso goteo de licor en la cabeza del pequeño, al tiempo que repetía:

—Yo te bautizo, Germain Alexander Claudel MacKenzie Fraser, en el nombre del Padre, del Hijo y del Espíritu Santo, amén.

El niño observaba esa operación con profundo interés; sus ojos azules y redondos bizquearon cuando el líquido ambarino corrió por el puente plano de su nariz, goteando desde la punta roma. Alargó la lengua para probar las gotas, pero de inmediato hizo una mueca.

—¡Puaj! —dijo con toda claridad—. Pipí de caballo.

Marsali le espetó un breve chasquido escandalizado, pero el cura se limitó a reír entre dientes. Después de bajar a Germain de la mesa, llamó a Bree con una seña.

Ella sostuvo a Jemmy por encima de la mesa, acunándolo en los brazos como si fuera la víctima de un sacrificio. Aunque estaba atenta a la cara del bebé, vi que torcía un poco la cabeza, distraída por algo que sucedía fuera. Se oían ruidos en el sendero, sí. Y voces. Un grupo de hombres que conversaban; las voces eran joviales, pero no estaban ebrios.

Ya tensa, traté de no mirar a Jamie. Si entraban, lo mejor sería coger a Germain, gatear por debajo del extremo opuesto de la lona y salir huyendo. Por si acaso, lo sujeté por el cuello de la camisa. En ese momento sentí un ligero toque: Bree había movido el cuerpo contra mí.

—Todo está bien, mamá —susurró—. Son Roger y Fergus.

Después de un movimiento con la cabeza hacia la oscuridad, concentró de nuevo su atención en Jemmy.

Era cierto; la piel de mis sienes se erizó de alivio. Ahora reconocía la voz imperiosa y algo nasal de Fergus, que recitaba una larga oración, y un grave ronroneo escocés que debía de ser el de Roger. Una risita aguda, la del señor Goodwin, flotó en la noche, seguida por algún comentario del señor Lillywhite, con su pronunciación aristocrática.

Esa vez sí miré a Jamie. Aún tenía el puñal desenvainado, pero había dejado caer la mano a un costado y sus hombros estaban menos tensos. Me sonrió otra vez, y en esta ocasión le devolví el gesto.

Jemmy estaba despierto aunque adormilado. Si bien no presentó objeciones al óleo, dio un respingo ante el frío contacto del whisky en la frente, abrió mucho los ojos y emitió un agudo chillido de protesta. Como Bree corrió a estrecharlo contra el hombro, envuelto en su manta, el bebé arrugó la cara, preguntándose si lo habían molestado tanto como para llorar.

Su madre le dio suaves golpes en la espalda como si fuera un bongo, distrayéndolo con un pequeño murmullo al oído. Él se conformó con chuparse el pulgar, fulminando a los reunidos con una mirada suspicaz. Para entonces, el padre Kenneth ya estaba vertiendo whisky sobre Joan, que dormía en brazos de Marsali.

—Yo te bautizo, Joan Laoghaire Claire Fraser —dijo, siguiendo las indicaciones de la muchacha.

La miré sorprendida. Sabía que se llamaba Joan, como la hermana menor de Marsali, pero ignoraba cuáles serían sus otros nombres. Sentí un pequeño nudo en la garganta al ver la cabeza que se inclinaba hacia la niña, cubierta por el chal. Su hermana y su madre, Laoghaire, estaban en Escocia; las probabilidades de que vieran jamás a esa diminuta tocaya eran fantasmagóricamente pequeñas.

De pronto, los ojos inclinados de la niña se abrieron de par en par, junto con su boca, que emitió un alarido penetrante. Todo el mundo dio un brinco, como si entre nosotros hubiera estallado una bomba.

—¡Id en paz a servir al Señor! ¡E id aprisa! —dijo el padre Kenneth, que ya estaba tapando diestramente la botella y la petaca, escondiendo como un loco todo rastro de la ceremonia.

Sendero abajo se oían voces alzadas en intrigadas preguntas.

Marsali salió de la tienda como el rayo, con la aullante bebé apretada contra el pecho y Germain, pese a sus protestas, sujeto por la mano. Bree se detuvo apenas para besar en la frente al padre Kenneth.

—Gracias, padre —susurró.

Y desapareció en un revoloteo de faldas y enaguas.

Jamie me había cogido por el brazo y estaba empujándome también hacia fuera, pero se detuvo durante medio segundo.

—¿Padre? —susurró hacia atrás—. *Pax vobiscum!*

El cura ya había vuelto a sentarse detrás de la mesa, con las manos cruzadas y las acusadoras hojas en blanco extendidas ante él. Levantó la vista con una leve sonrisa. Su cara, a la luz del candil, expresaba una paz perfecta, a pesar del ojo negro.

—*Et cum spiritu tuo*, amigo —dijo mientras levantaba tres dedos en una última bendición.

—¿Por qué has hecho eso?

El susurro de Brianna flotó hasta mí, potente de irritación. Ella y Marsali iban unos pocos pasos por delante, caminando a paso lento debido a los niños. Pese a estar tan cerca, sus siluetas envueltas en chales apenas se distinguían de las matas que bordeaban el camino.

—¿Por qué he hecho qué? Deja eso, Germain; vamos a buscar a papá, ¿quieres? ¡No, no te metas eso en la boca!

—Pellizcar a Joanie. ¡Te he visto! ¡Casi haces que nos pillen a todos!

—¡Es que era preciso! —Marsali parecía sorprendida ante la acusación—. Y en realidad, no habría importado, porque el bautismo ya estaba hecho. No podían obligar al padre Kenneth a que lo deshiciera, ¿verdad? —Rió como una niña ante la idea, pero enseguida se interrumpió—. ¡Germain, te he dicho que dejes eso!

—¿Cómo que era preciso? ¡Suelta, Jem, que es mi pelo! ¡Ay! ¡Suelta, te digo!

Obviamente, Jemmy estaba ya del todo despierto, interesado por lo novedoso de los alrededores y con deseos de explorar, a juzgar por sus repetidos «¡Arg!», puntuados de vez en cuando por curiosos «¿Glo?».

—Pero ¡si la niña estaba dormida! —dijo Marsali, escandalizada—. No se ha despertado cuando el padre Kenneth le ha vertido el agua... es decir, el whisky... en la cabeza. ¡Germain, ven aquí! *Thig air ais a seo!* Y ya se sabe que trae mala suerte que un niño no chille un poco cuando se lo bautiza; es así como sabes que el pecado original lo está abandonando. ¿Iba yo a permitir que el *diabhol* quedara en mi pequeña, *mo mhaorine?*

Se oyeron pequeños ruidos de beso y un vago gorgorito de Joanie, prontamente sofocado por Germain, que había empezado a cantar otra vez.

Bree dejó escapar un bufido de risa, ya borrada su irritación.

—¡Oh!, ya veo. Bueno, puesto que tenías buenos motivos... Aunque no parece que haya funcionado con Jemmy y con Germain. ¡Mira cómo se están comportando! Se diría que están posesos. ¡Ay! ¡No me muerdas, pequeño tunante, que en un minuto te daré de comer!

—Al fin y al cabo son varones —dijo Marsali, tolerante, alzando un poco la voz para hacerse oír sobre el barullo—. Ya se sabe que los varones tienen el diablo en el cuerpo; supongo que para ahogarlo hace falta algo más que un poco de agua bendita, aunque tenga una graduación alcohólica del noventa por ciento. ¡Germain! ¿Dónde has aprendido esa canción tan sucia, grandísimo guarro?

Sonreí. A mi lado, Jamie reía por lo bajo al escuchar la conversación de las muchachas. Entonces ya nos habíamos alejado lo suficiente como para que no importara que nos oyeran, entre los fragmentos de canciones, la música de violines y las risas que llegaban entre los árboles, con la luz de las fogatas, refulgente contra la oscuridad.

Los asuntos del día estaban resueltos y la gente se iba sentando a cenar, antes de iniciar las canciones y la última ronda de visitas. El olor a humo y a comida arrastraba dedos tentadores en el aire frío y oscuro; el estómago me rezongaba con suavidad en respuesta a su convocatoria. Ojalá Lizzie se hubiera repuesto lo suficiente como para empezar a cocinar.

—¿Qué significa *mo mhaorine*? —le pregunté a Jamie—. Es la primera vez que lo oigo.

—Significa «mi patatita», según creo —respondió él—. Es irlandés, ¿no? Ella lo ha aprendido del cura.

Suspiró, como si estuviera profundamente satisfecho con la acción de esa noche.

—Santa Bride bendiga al padre Kenneth. Por un momento he temido que no pudiéramos hacerlo. ¿Es Roger el que está allí, con Fergus?

Un par de sombras habían salido del bosque para reunirse con las niñas. Hasta nosotros llegó, desde el pequeño grupo de familias jóvenes, un sonido de risas apagadas y murmullos, interrumpido por los gritos alegres de los niñitos al ver a sus padres.

—Es él, sí. Y hablando de eso, mi dulce patatita —añadí, cogiéndolo con firmeza del brazo para que aminorara el paso—, ¿cómo se te ha ocurrido contarle al padre Kenneth ese asunto de la mantequera?

—¡No me digas que te ha ofendido, Sassenach! —exclamó en tono de sorpresa.

—¡Por supuesto que me ha ofendido!

La sangre me subió a las mejillas, cálida, aunque no habría podido decir si se debía al recuerdo de su confesión o al del episodio original. También mis entrañas se caldearon un poco ante la idea; los últimos restos de calambres empezaban a ceder mientras mi vientre se tensaba y relajaba, aliviada por ese agradable fulgor interno. Aunque no estuviéramos en el momento ni en el lugar adecuados, tal vez más tarde, por la noche, encontráramos suficiente intimidad... Aparté a toda prisa la ocurrencia.

—Dejando a un lado la intimidad, eso no fue pecado —dije, gazmoña—. ¡Hombre, pero si estamos casados!

—Bueno, también he confesado que había mentido, Sassenach —dijo él.

No podía verle la sonrisa, pero la oía muy bien en su voz. Supongo que él también oyó la mía.

—Tenía que pensar un pecado lo bastante horrible como para ahuyentar a Lillywhite. Y no podía confesar robos ni estafas. Puede que algún día deba hacer negocios con ese hombre.

—¡Claro!, y piensas que esos delitos podrían repugnarle, mientras que tu actitud hacia las mujeres de blusas mojadas le parecerá sólo un pequeño defecto.

Su brazo estaba tibio bajo la tela de la camisa. Toqué la cara interior de su muñeca, ese sitio vulnerable donde la piel estaba desnuda, y acaricié la línea de la vena que palpitaba allí antes de desaparecer bajo el hilo, hacia su corazón.

—Más bajo, Sassenach —murmuró, tocándome la mano—. Que los chicos no te oigan. Además —añadió, bajando tanto la voz que se vio obligado a susurrarme al oído—, no me sucede con todas las mujeres. Sólo con las que tienen un trasero encantador, bien redondo.

Y me soltó la mano para palparme el trasero con familiaridad, con notable puntería a pesar de la penumbra.

—No me molestaría en cruzar la calle por una mujer flaca, aunque estuviera completamente desnuda y chorreando. En cuanto a Lillywhite —resumió, en un tono más normal, pero sin retirar la mano que moldeaba reflexivamente la tela de mi falda—, aunque sea protestante, Sassenach, no deja de ser hombre.

—Ignoraba que esos dos estados fueran incompatibles —dijo en tono seco la voz de Roger, surgiendo de la oscuridad.

Jamie retiró de inmediato la mano, como si mis posaderas estuvieran en llamas. No era así (no del todo), pero no se podía negar que su pedernal había disparado una o dos chispas entre la yesca, por húmeda que estuviera. No obstante, faltaba mucho para la hora de acostarse.

Me detuve el tiempo indispensable para administrar a la anatomía de Jamie un breve e íntimo estrujón, que le arrancó una exclamación ahogada. Luego me di la vuelta hacia Roger. Tenía en los brazos un objeto grande que se retorcía, imposible de identificar en la penumbra. Supuse que no era un lechón, pese a los fuertes gruñidos que emitía, sino Jemmy, quien parecía estar royendo con ferocidad los nudillos de su padre. Un pequeño puño rosado se disparó hacia un parche de luz, apretado en un gesto de concentración; luego fue a chocar con las costillas de Roger, con un ruido sordo.

Jamie también gruñó, divertido, pero no lo alteró en absoluto el hecho de que su opinión sobre los protestantes hubiera llegado a otros oídos.

—Si todas son buenas muchachas —citó, en tosco escocés—, ¿de dónde salen las malas esposas?

—¿Eh? —exclamó Roger, algo desconcertado.

—Los protestantes nacen con polla —explicó mi marido—. Los varones, al menos. Pero algunos la dejan marchitarse por falta de uso. El hombre que se pasa el tiempo metiendo la... nariz en los pecados ajenos no tiene tiempo para atender los propios.

Convertí mi carcajada en una tosecilla más diplomática.

—A otros, en cambio, con la práctica les crece cada vez más —dijo Roger, aún más seco—. Bueno, he venido a darte las gracias, eh... por arreglar lo del bautismo.

Noté aquella breve vacilación; aún no había encontrado un apelativo cómodo para Jamie. Éste lo llamaba a él, imparcialmente, «pequeño Roger», «Roger Mac» o «MacKenzie»; con menos frecuencia se dirigía a él por el apodo gaélico que Ronnie Sinclair le había dado: a Smeòraich, en honor a su voz. Significaba «zorzal cantor».

—Soy yo quien debería darte las gracias, a charaid. Al final no lo habríamos logrado, de no ser por ti y por Fergus —dijo Jamie. La risa le entibiaba la voz.

Roger se recortaba, alto y delgado, perfectamente visible contra una hoguera. Encogió un solo hombro mientras se pasaba a Jemmy al otro brazo, y limpió el residuo de baba que tenía en la mano contra el costado de los pantalones.

—No ha tenido importancia —dijo, algo gruñón—. ¿El... el padre está bien? Me ha dicho Brianna que lo habían maltratado. Espero que no vuelvan a hacerlo una vez que se vaya.

Ante eso, Jamie se puso serio. Encogiéndose levemente de hombros, se acomodó la chaqueta.

—Creo que no tendrá problemas, no. He hecho una pequeña recomendación al comisario.

El énfasis ceñudo que puso al decir «pequeña recomendación» lo expresó con claridad. Habría sido más efectivo un buen soborno, pero yo sabía de sobra que, en esos momentos, sólo teníamos dos chelines, tres peniques y nueve céntimos. Era mejor ahorrar dinero y confiar en las amenazas. Por lo visto, él pensaba lo mismo.

—Hablaré con mi tía —continuó—, para que envíe esta noche una nota al señor Lillywhite, expresando su opinión sobre el asunto. Eso protegerá mejor al padre Kenneth que cuanto yo pueda decir.

—No creo que se alegre al enterarse de que se pospone la boda —comenté. Yocasta Cameron, hija de un señor de las Highlands y viuda de un rico terrateniente, estaba habituada a salirse con la suya.

—No, en efecto —dijo Jamie, irónico—. Para Duncan, en cambio, quizá sea un alivio.

Roger rió, no sin cierta compasión, y ajustó su paso al nuestro para descender por el sendero; llevaba al pequeño Jemmy bajo el brazo, como si fuera una pelota de fútbol, y el bebé seguía gruñendo como una fiera.

—Es verdad. Pobre Duncan. Así que las bodas se han postergado definitivamente, ¿no?

No pude ver el gesto ceñudo de Jamie, aunque noté que asentía con la cabeza, dubitativo.

—Me temo que sí. No quisieron devolverme al cura, y eso que les di mi palabra de entregarlo por la mañana. Podríamos rescatarlo por la fuerza, pero aun así...

—Dudo de que sirviera de algo —interrumpí. Y les conté lo que había escuchado mientras esperaba fuera de la tienda—. No creo que se queden de brazos cruzados y permitan al padre Kenneth celebrar matrimonios —concluí—. Aunque lo ayudaras a escapar, lo buscarían por toda la montaña, vaciando las tiendas y provocando disturbios.

Al comisario Anstruther no le faltaría ayuda; pese a que Jamie y su tía merecieran mucha estima entre la comunidad escocesa, no se podía decir lo mismo de los católicos en general y de los curas en particular.

—¿Instrucciones? —repitió Jamie, atónito—. ¿Estás segura, Sassenach? ¿Fue Lillywhite quien dijo que tenía instrucciones?

—Fue él. —Sólo entonces me percaté de lo peculiar que era eso. Obviamente, el comisario recibía instrucciones del señor Lillywhite, pues ése era su deber, pero ¿quién podía estar dando instrucciones al magistrado?

—Aquí hay otro magistrado además de un par de jueces de paz, pero... —dijo Roger lentamente, moviendo la cabeza.

Un fuerte chillido interrumpió sus pensamientos. La luz de la fogata cercana se reflejó en el puente de su nariz, bordeando una leve sonrisa al bajar la vista hacia su vástago.

—Qué, ¿tienes hambre, pequeño? No te alteres. Mami volverá pronto.

—Pero ¿dónde está esa mami? —pregunté, tratando de ver en la movediza masa de sombras que tenía delante.

Se había levantado un viento suave, que hacía repiquetear como si fueran sables las ramas desnudas de robles y nogales. Aun así, la voz de Jemmy era lo bastante potente como para que Brianna lo oyera. Capté la de Marsali, hablando amistosamente de la cena con Germain y Fergus. Pero no se oía el tono más grave y sensual de Bree, con su entonación bostoniana.

—¿Por qué? —preguntó Jamie a Roger, alzando la voz para hacerse oír a pesar del viento.

—¿Por qué qué? Oye, Jem, ¿ves esto? ¿Lo quieres? Sí, por supuesto. Así está bien, pequeño, máscalo un rato.

Una chispa de luz se reflejó en algo que Roger tenía en la mano libre; luego el objeto desapareció y los gritos de Jemmy cesaron de golpe, reemplazados por fuertes ruidos de succión.

—¿Qué es eso? No será un objeto pequeño que pueda tragar, ¿verdad? —pregunté, ansiosa.

—¡Oh, no!, es una cadena de reloj. No te preocupes —me tranquilizó Roger—. Tengo el extremo bien sujeto. Si se la traga, puedo recuperarla.

—¿Por qué alguien podría tener motivos para impedir que te casaras? —preguntó Jamie, paciente, ignorando el peligro que corría el sistema digestivo de su nieto.

—¿Yo? —Roger parecía sorprendido—. No creo que a nadie le importe que yo me case o no, salvo a mí mismo... y a ti, quizá —añadió con un toque de humor—. Pero has de querer que el niño tenga apellido, supongo. A propósito... —Se volvió hacia mí. El viento, que había liberado largos mechones de su pelo, lo convertía en una salvaje silueta negra—. ¿Qué nombre le han puesto, por fin? En el bautismo, quiero decir.

—Jeremiah Alexander Ian Fraser MacKenzie —dije, tratando de recordarlo correctamente—. ¿Es lo que deseabas?

—¡Oh!, no me importaba demasiado —dijo él, esquivando con cautela un gran charco que se extendía a través del sendero.

Lloviznaba otra vez; además de sentir las gotitas heladas en la cara, vi los hoyos que formaban en el agua del charco, allí donde lo tocaba la luz del fuego.

—Yo quería que se llamara Jeremiah —continuó—, pero le dije a Bree que eligiera los otros nombres. Ella no podía decidirse entre John, por John Grey, o... o Ian, por su primo. De cualquier modo son el mismo nombre.

Una vez más detecté una leve vacilación, mientras que el brazo de Jamie se ponía algo rígido bajo mi mano. Ian, el sobrino de Jamie, era un punto álgido, fresco en la mente de todos, gracias a la nota que de él habíamos recibido el día anterior. Eso debía de haber decidido a Brianna, al final.

—Bueno, si no es por tu boda con mi hija —insistió Jamie, porfiado—, ¿por cuál es? ¿La de Yocasta con Duncan? ¿O la de los de Bremerton?

—¿Piensas que alguien se ha propuesto impedir las bodas de esta noche? —Roger aprovechó la oportunidad para hablar de algo que no fuera Ian Murray—. ¿No crees que sea por aversión general contra las prácticas romanas?

—Podría ser, pero no es por eso. Si no, ¿por qué han esperado hasta ahora para arrestar al cura? Un momento, Sassenach; te ayudaré.

Jamie me soltó la mano para rodear el charco: luego me cogió por la cintura para cruzarme por encima, con un revuelo de faldas. Las hojas mojadas resbalaron bajo mis botas con un ruido de chapoteo, aunque recobré el equilibrio apoyándome en su brazo.

—No. —Jamie continuó la conversación, volviéndose hacia Roger—. Supongo que a Lillywhite y Anstruther no les gustan los católicos, pero ¿por qué armar un alboroto ahora, si de cualquier modo el sacerdote se iría por la mañana? ¿Acaso creen que podría corromper a las buenas gentes de la montaña antes del amanecer si no lo detenían?

Roger soltó una risa breve.

—No, supongo que no. ¿Hay alguna otra cosa que el sacerdote debiera hacer esta noche, además de las bodas y los bautismos?

—Quizá unas cuantas confesiones —dije, pellizcando a Jamie en el brazo—. Nada más, que yo sepa.

Algo dentro de mí se movió de manera alarmante, obligándome a apretar los muslos. ¡Maldita sea!, al levantarme Jamie, uno de los broches que sostenían el paño se había soltado. ¿Lo habría perdido?

—No creo que quieran impedirle escuchar a alguien en confesión. ¿Alguien en especial? —Roger parecía dubitativo. Pero Jamie le dio vueltas a la idea, reflexionando.

—No se opusieron a que escuchara la mía. Y no creo que fuese porque les importara que un católico estuviera en pecado mortal. De cualquier manera, a su modo de ver estamos todos condenados. Pero si supieran que alguien necesita confesarse a vida o muerte y tuvieran algo que ganar...

—¿Si ese alguien estuviera dispuesto a pagar por ver al cura? —pregunté, escéptica—. ¡Venga, que estamos hablando de escoceses! Si se tratara de pagar una buena cantidad de dinero por un sacerdote, cualquier católico escocés, fuera adúltero o asesino, se limitaría a recitar un acto de contrición y ponerse en manos de Dios.

Jamie lanzó un bufido de risa; la bruma blanca de su aliento se enroscó en su cabeza como el humo de una vela; el frío se estaba acentuando.

—Creo que sí —dijo, seco—. Y si Lillywhite tuviera alguna intención de hacer negocios con las confesiones, comienza demasiado tarde para obtener grandes ganancias. Pero ¿y si la idea no fuera impedir que alguien se confiese, sino asegurarse de escuchar lo que diga?

Roger emitió un gruñido satisfecho; al parecer, la suposición le parecía acertada.

—¿Extorsión? Podría ser, sí —asintió.

«Lo lleva en la sangre», pensé. Aunque hubiera estudiado en Oxford, no cabía duda de que era escocés. Bajo su brazo se produjo una violenta conmoción, seguida por un alarido. Roger bajó la vista.

—¡Oh!, ¿has dejado caer tu golosina? ¿Dónde está?

Con Jemmy al hombro como si fuera un lío de ropa lavada, se puso en cuclillas para hurgar en el suelo, en busca de la cadena, que Jemmy debía de haber arrojado en la oscuridad.

—¿Extorsión? Me parece un poco descabellado —objeté, frotándome la nariz, que había empezado a gotearme—. Si he entendido bien, ellos, por ejemplo, sospecharían que Farquard Campbell ha cometido algún crimen espantoso y, si tuvieran la certeza, podrían extorsionarlo. ¿Es así? Me parece una idea muy retorcida. Roger, si encuentras un broche, es mío.

—Lillywhite y Anstruther son ingleses, ¿no? —apuntó Jamie, con un delicado sarcasmo que hizo reír a Roger—. Los de esa raza son retorcidos y traicioneros por naturaleza, ¿no, Sassenach?

—¡Tonterías! —dije, tolerante—. No es cuestión de que la sartén se ría del cazo. Además, ellos no trataron de escuchar tu confesión.

—No tengo con qué pagar una extorsión —señaló él, aunque era perfectamente obvio que sólo discutía por entretenerse.

—Aun así... —empecé.

Me interrumpió Jemmy; cada vez más inquieto, se arrojaba de un lado a otro, lanzando gritos intermitentes como un silbato de vapor. Roger pellizcó algo entre los dedos, con cautela, y se incorporó.

—He encontrado tu broche —dijo—. Pero no hay señales de la cadena.

—Alguien la verá por la mañana —respondí, alzando la voz para hacerme oír, pues la barahúnda iba en aumento—. Será mejor que me des al niño.

Alargué los brazos para recibir al bebé; Roger me lo entregó con visible aire de alivio, que entendí al captar una vaharada que venía de los pañales.

—¿Otra vez? —me extrañé.

Él debió de interpretar eso como reproche personal, pues cerró los ojos y comenzó a aullar como una alarma antiaérea.

—Pero ¿dónde se ha metido Bree? —pregunté, mientras trataba a la vez de acunarlo y mantenerlo a una higiénica distancia—. ¡Ay!

Jemmy parecía haber aprovechado la oscuridad para desarrollar varios miembros adicionales, todos los cuales estaban agitándose o buscando algo que aferrar.

—Sólo ha ido a un pequeño recado —explicó Roger.

Su vaguedad hizo que Jamie girara la cabeza en el acto. La luz lo recortó de perfil, con las gruesas cejas pelirrojas fruncidas en un gesto de sospecha. El fuego brilló en el largo puente de su nariz, levantada con aire interrogante. Por lo visto olfateaba algo raro. Se volvió hacia mí con una ceja enarcada. ¿Estaba yo en el juego?

—No tengo ni idea —le aseguré—. Oye, cruzaré hasta la fogata de McAllister para pedir que me presten un pañal limpio. Nos vemos en nuestro campamento.

Sin esperar respuesta, sujeté al bebé con firmeza y me abrí paso entre las matas, rumbo al campamento más cercano. Georgiana McAllister, que tenía gemelos recién nacidos (yo había atendido el parto, cuatro días atrás), me proveyó encantada de un pañal limpio y una mata privada, tras la cual poder hacer mis arreglos personales. Cumplidos éstos, me quedé conversando con ella y contemplando a los gemelos, sin dejar de reflexionar sobre las recientes revelaciones. Entre el teniente Hayes y su proclama, las maquinaciones de Lillywhite y compañía y lo que Bree y Roger se traían entre manos, fuera lo que fuese, la montaña parecía esa noche un perfecto semillero de conspiración.

Me alegraba de que hubiéramos podido concretar los bautizos —en realidad, era sorprendente que eso me hiciera sentir tan bien—, pero debía reconocer cierta inquietud por el hecho de que se hubiera cancelado la boda de Brianna. Aunque no había dado voz a mayores comentarios, yo sabía que tanto ella como Roger anhelaban ver bendecida su unión. La luz del fuego parpadeó breve, acusadoramente en la alianza de oro de mi mano izquierda. Alcé en la imaginación las palmas hacia Frank. «¿Y qué pretendes que haga?», le pregunté en silencio, mientras de puertas afuera coincidía con la opinión de Georgiana sobre el tratamiento de los parásitos intestinales.

—¿Señora? —interrumpió la conversación la mayor de las niñas McAllister, que se había ofrecido para cambiar a Jemmy; entre dos dedos sostenía con delicadeza un objeto largo y viscoso—. He encontrado este abalorio en el pañal del bebé. ¿Puede ser de su marido?

—¡Virgen Santa!

La reaparición de la cadena me impactó, pero un instante de racionalidad corrigió mi primera alarma, al pensar que Jemmy se la había tragado. Cualquier objeto sólido habría tardado varias horas en recorrer el conducto digestivo, por muy activo que fuera el infante. Por lo visto, había dejado caer su juguete por la pechera de su camisa, con lo que fue a parar a su pañal.

—Dame eso, niña.

El señor McAllister cogió la cadena con una leve mueca. Tras sacar un gran pañuelo de la cintura de sus pantalones, la limpió con esmero, hasta hacer brillar los eslabones de plata y un pequeño reloj redondo, con cierto tipo de sello.

Mientras observaba con severidad ese reloj, resolví mentalmente que le echaría una buena regañina a Roger por permitir que Jemmy se metiera cualquier cosa en la boca. Gracias a Dios no se había desprendido.

—Pero ¡si ése es el pequeño reloj del señor Caldwell! —Georgiana se inclinó hacia delante, mirando por encima de las cabezas de los gemelos que estaba amamantando.

—¿De veras? —Su esposo entornó los ojos para observar el objeto mientras se palpaba la camisa en busca de las gafas.

—Sí, estoy segura. Lo vi el domingo, cuando predicaba. Fue entonces cuando comenzaron mis dolores —explicó, volviéndose hacia mí— y tuve que salir antes de que él terminara. Al ver que me retiraba, debió de pensar que estaba abusando de nuestro tiempo, pues extrajo el reloj del bolsillo para echarle un vistazo; vi el destello de ese adorno que cuelga de la cadena.

—Eso es un sello, *a nighean* —la informó su marido, que se había plantado unas gafas en forma de medialuna en lo alto de la nariz y estaba dando vueltas al pequeño emblema entre los dedos—. Pero tienes razón: es del señor Caldwell. ¿Ves?

Un dedo encallecido siguió el contorno de la figura: una maza, un libro abierto, una campana y un árbol, sobre un pez que tenía una anilla en la boca.

—Eso es de la Universidad de Glasgow. El señor Caldwell es erudito —me dijo, con los ojos azules dilatados por un gran respeto—. Estuvo allí para aprender a predicar, ¡y qué bien lo hace! Te perdiste un bonito final, Georgie —añadió, volviéndose hacia su esposa—. ¡Si hubieras visto lo rojo que se puso al hablar de la abominación de la desolación y la ira ante el fin del mundo! Temí que le diera una apoplejía, y entonces ¿qué habríamos hecho? Porque no se dejaría tocar por Murray MacLeod, que para él es un hereje. Murray es de la Nueva Luz —me explicó aparte—. Y la señora Fraser, aquí presente, es papista, y además, en ese momento estaba ocupada contigo y los críos.

Se inclinó para dar una suave palmadita en la cabeza de uno de los bebés. El niño, sin prestarle atención, siguió mamando.

—Hum... Pues por mí, el señor Caldwell podría haber reventado, por lo poco que me importaba en esos momentos —dijo su esposa con franqueza, mientras recolocaba su doble carga para buscar una posición más cómoda——. Tampoco me importaba que la comadrona fuera india o inglesa... ¡oh!, perdone, señora Fraser... mientras supiera recibir a un bebé y detener la hemorragia.

Murmuré alguna frase modesta, rechazando las disculpas de Georgiana en aras de averiguar algo más sobre los orígenes de esa cadena.

—¿Dicen que el señor Caldwell es predicador? —Cierta sospecha comenzaba a agitarse en el fondo de mi mente.

—¡Oh, sí!, el mejor que yo haya escuchado —me aseguró el señor McAllister—. ¡Y créame que los he escuchado a todos! El señor Urmstone es magnífico para los pecados, pero ya está entrado en años y se ha puesto un poco ronco, así que debes estar en las primeras filas si quieres oírlo. Pero eso es algo peligroso, ¿sabe?, porque siempre comienza con los pecados de los que están delante. El tipo de la Nueva Luz, en cambio, no es gran cosa; no tiene voz.

Desechó al infortunado predicador con el desdén de un conocedor.

—El señor Woodmason no está mal; algo tieso, como todo inglés, pero nunca deja de presentarse a los oficios, a pesar de que está bien entrado en años. En cambio el joven señor Campbell, de la Iglesia de la Barbacoa...

—Este bebé está hambriento, señora —intervino la niña que tenía a Jemmy en brazos. Eso era evidente por sus alaridos y su cara roja—. ¿Podríamos darle unas gachas?

Eché un vistazo al caldero colgado sobre el fuego; estaba borboteando, de modo que la mayor parte de los gérmenes habrían muerto. Entregué a la niña la cuchara de cuerno que llevaba en el bolsillo, con la seguridad de que estaría razonablemente limpia.

—Muchísimas gracias. Ahora bien, este señor Caldwell, ¿es presbiteriano, por casualidad?

El señor McAllister pareció sorprendido; luego sonrió con toda la cara ante mi capacidad de percepción.

—¡Pues sí, claro! ¿Se lo han mencionado, señora Fraser?

—Creo que mi yerno tiene cierta relación con él —dije, con un tinte de ironía.

Georgiana comentó, entre risas:

—Yo diría que su nieto lo conoce, sin duda. —Señaló con la cabeza la cadena que su esposo tenía en la ancha palma—. Los críos de esa edad son como las urracas. Se apoderan de cuanta cosa brillante ven.

—Es cierto —dije muy despacio, contemplando los eslabones de plata y el reloj que colgaba de ellos.

Eso daba un nuevo cariz al asunto. Si Jemmy había asaltado el bolsillo del señor Caldwell, obviamente había sido antes de que Jamie planeara el improvisado bautismo. Pero Bree y Roger sabían mucho antes que el padre Kenneth había sido arrestado y que era posible que se cancelase su boda; habrían tenido tiempo de sobra para hacer otros planes mientras Jamie y yo nos ocupábamos de Rosamund, Ronnie y otras crisis diversas. Tiempo de sobra para que Roger fuera a hablar con el señor Caldwell, el ministro presbiteriano... llevando a Jemmy consigo.

Y en cuanto Roger hubo confirmado que difícilmente el sacerdote iba a poder celebrar esa noche ninguna boda, Brianna había desaparecido para un vago «recado». Pues bien, si el padre Kenneth había querido entrevistar al novio presbiteriano antes de casarlo, era de suponer que al señor Caldwell se le podía otorgar el mismo privilegio con respecto a una posible novia papista.

Jemmy estaba devorando las gachas con el empecinamiento de una piraña famélica; aún no podíamos retirarnos. Mejor así, pensé; que Brianna diera a su padre la noticia de que habría boda, después de todo, con sacerdote o sin él.

Extendí mis faldas para secar el dobladillo mojado; la luz del fuego arrancó destellos a mis dos anillos. Dentro de mí burbujeaba una fuerte necesidad de reír, al pensar en lo que diría Jamie cuando se enterara; pero la contuve por no explicar a los McAllister el motivo de mi hilaridad.

—¿Puedo llevarme eso? —le dije en cambio al padre de familia, señalando con la cabeza la cadena de reloj—. Es posible que vea al señor Caldwell dentro de un rato.

## 14

### *Dichosa la novia sobre la que brilla la luna*

Tuvimos suerte. No volvió a llover y las nubes desmadejadas revelaron una luna de plata, que se elevaba luminosa, aunque ladeada, sobre la cuesta de Black Mountain; era la luz adecuada para una íntima boda familiar.

Yo ya conocía a David Caldwell, aunque sólo al verlo me acordé de él; era un caballero menudo, pero sumamente atractivo y muy pulcro en el vestir, a pesar de llevar una semana acampando a cielo abierto. Jamie también lo conocía y respetaba. Eso no impidió que hubiera cierta rigidez en su expresión cuando el ministro apareció a la luz del fuego, con el gastado libro de oraciones en las manos. Sin embargo, le di un codazo de advertencia, y de inmediato adoptó un semblante inescrutable.

Vi que Roger nos miraba; luego se volvió hacia Bree. Quizá tenía una leve sonrisa en las comisuras de la boca, o tal vez era sólo efecto de las sombras. Jamie exhaló con fuerza por la nariz y recibió otro codazo.

—En lo del bautismo te has salido con la tuya —susurré.

Él levantó un poco el mentón. Brianna nos miró, algo nerviosa.

—No he dicho una palabra, ¿verdad?

—Es una boda cristiana perfectamente respetable.

—¿Acaso he dicho que no lo fuera?

—¡Pues pon cara de felicidad, hombre! —siseé.

Después de exhalar una vez más, asumió una expresión benévola a la que le faltaba un grado para llegar a la imbecilidad absoluta.

—¿Mejor? —preguntó con los dientes apretados en una sonrisa simpática.

Duncan Innes, que por casualidad se volvió hacia nosotros, dio un respingo y nos volvió la espalda deprisa para murmurar algo a Yocasta, que estaba de pie cerca de la fogata, con su reluciente pelo blanco y una venda sobre los ojos enfermos, para protegerlos de la luz. Ulises, que se encontraba a su lado, se había puesto la peluca en honor a la ocasión; era lo único que yo veía de él, como si colgara en la oscuridad por encima del hombro de la anciana. Cuando giró hacia nosotros divisé el leve brillo de sus ojos.

—¿Quién es ése, *grand-mère*?

Germain, que como de costumbre había escapado de la custodia paterna, apareció cerca de mis pies, y señalaba con curiosidad al reverendo Caldwell.

—Es un ministro de la Iglesia querido. La tía Bree y el tío Roger van a casarse.

—*C'est quoi «mimistro»?*

Inspiré hondo, pero Jamie me ganó por la mano.

—Es una especie de cura, pero no un cura como Dios manda.

—¿Cura malo? —Germain observó al reverendo Caldwell con mucho más interés.

—No, no —intervine—. No es nada malo. Sólo que... Pues verás, nosotros somos católicos, y los católicos tenemos curas, pero el tío Roger es presbiteriano.

—O sea, un hereje —colaboró Jamie.

—No es un hereje, querido. El *grand-père* es muy gracioso, al menos, eso cree él. Los presbiterianos son...

El niño no prestaba atención a mis explicaciones; había inclinado la cabeza hacia atrás y observaba a Jamie con fascinación.

—¿Por qué el *grand-père* está haciendo muecas?

—Porque estamos muy contentos —explicó él, con el semblante aún fijo en un rictus de cordialidad.

—¡Ah! —De inmediato Germain estiró su cara, extraordinariamente móvil, en un tosco facsímil de la misma expresión: una sonrisa de fuego fatuo, con los dientes apretados y los ojos saltones—. ¿Así?

—Sí, querido —dije, con intención—. Exactamente.

Marsali, al vernos, parpadeó y tiró de la manga a Fergus. Éste se volvió hacia nosotros, entornando los ojos.

—¡Cara de contento, papá! —Germain señaló su gigantesca sonrisa—. ¿Ves?

Fergus paseó la mirada entre su vástago y Jamie. La boca se le contrajo y puso un gesto de incomprensión; pero al instante lo cambió por una enorme sonrisa falsa, llena de dientes blancos. Marsali le dio un puntapié en el tobillo. Él hizo una mueca, aunque la sonrisa no vaciló.

Al otro lado del fuego, Brianna y Roger mantenían una charla de última hora con el reverendo Caldwell. Al apartarse, mientras echaba atrás la cabellera suelta, Bree vio el batallón de caras sonrientes y quedó atónita, algo boquiabierta. Me buscó con los ojos; yo me encogí de hombros, impotente.

Ella apretó los labios, pero se le curvaron irreprimiblemente hacia arriba. Le temblaban los hombros de risa contenida. Sentí que Jamie se estremecía a mi lado.

El reverendo Caldwell se adelantó, marcando el libro con un dedo en el sitio debido; después de ajustarse las gafas en la nariz, dedicó una simpática sonrisa a los presentes. Apenas parpadeó al encontrarse con la hilera de semblantes risueños.

Carraspeando un poco, abrió su libro de oraciones.

—Amados fieles: nos hemos reunido aquí, en presencia de Dios...

Sentí que Jamie se relajaba un poco al oír esas palabras, que quizá no le eran familiares, pero tampoco encerraban muchas peculiaridades. Probablemente nunca había participado de una ceremonia protestante, a menos que contáramos el improvisado bautismo que el mismo Roger había celebrado entre los mohawk. Tras cerrar los ojos, elevé una breve oración por el joven Ian, tal como hacía cuando pensaba en él.

—Por lo tanto, recordemos con reverencia que Dios ha establecido y santificado el matrimonio por el bienestar y la dicha de la humanidad.

Al abrir los ojos vi que todas las miradas se concentraban en Roger y Brianna, que permanecían de pie frente a frente, con las manos entrelazadas. Formaban una bonita pareja; ambos eran casi de la misma estatura; ella, luminosa; él, moreno: como una fotografía y su negativo. Aunque sus facciones no se parecían en absoluto, ambos tenían los huesos marcados y las curvas claras, legado compartido del clan MacKenzie.

Eché un vistazo al otro lado del fuego, buscando la misma semejanza de huesos y carne en Yocasta: alta y distinguida, la cara ciega absorta en la voz del ministro. Vi que extendía la mano para posarla en el brazo de Duncan; los largos dedos blancos apretaron con suavidad. El reverendo Caldwell se había ofrecido gentilmente a celebrar también su boda, pero Yocasta se había negado, pues prefería esperar para una ceremonia católica.

«Después de todo no tenemos prisa, ¿verdad, querido mío?», le había preguntado a Duncan, dirigiéndose hacia él con una exhibición de deferencia que no había engañado a nadie. Aun así me pareció que Duncan parecía más aliviado que decepcionado por el aplazamiento de sus nupcias.

—A través de sus apóstoles, Él ha enseñado a quienes formen esta relación que fomenten la mutua estima y el amor...

Duncan había cubierto la mano de Yocasta con la suya, en un sorprendente gesto de ternura. Ése no sería un matrimonio por amor, me dije, pero sí por mutuo afecto.

—Os encomiendo a ambos, ante el gran Dios, el que investiga en los corazones: si alguno de vosotros, por alguna razón, no puede unirse legalmente en matrimonio, confiéselo ahora. Pues tened la seguridad de que, si dos personas se unen de otra manera que la permitida por el Verbo de Dios, Él no ha de bendecir esa unión.

El reverendo Caldwell hizo una pausa y paseó una mirada de advertencia entre Roger y Brianna. Él negó apenas con la cabeza, sin apartar los ojos de la cara de Bree. Ella sonrió un poco a modo de respuesta. El reverendo carraspeó para continuar.

Alrededor de la fogata había desaparecido el aire de muda hilaridad; ya no se oía otra cosa que la queda voz del reverendo y el crepitar de las llamas.

—Roger Jeremiah, ¿tomas a esta mujer como esposa, y juras amarla y protegerla, con responsabilidad y servicio, con fe y ternura, convivir con ella y apreciarla según lo ordena Dios, en el santo vínculo del matrimonio?

—Sí, lo juro —dijo Roger, con voz grave y ronca.

Oí un hondo suspiro a mi derecha; Marsali había apoyado la cabeza en el hombro de Fergus, con expresión soñadora. Él se giró un poco para besarla en la frente. Luego su cabeza morena se recostó contra la blancura del pañuelo que cubría el pelo de su esposa.

—Sí, lo juro —dijo Brianna con claridad, al tiempo que alzaba el mentón para mirar a Roger de frente, en respuesta a la pregunta del ministro.

El señor Caldwell recorrió el círculo con una mirada benévola; la luz del fuego chispeaba en sus gafas.

—¿Quién entrega a esta mujer para desposarla con este hombre?

Se produjo una brevísima pausa; luego sentí que Jamie daba un leve respingo, cogido por sorpresa. Le apreté el brazo; la luz del fuego centelleó en mi anillo de oro.

—¡Oh!, yo, claro está —dijo.

Brianna se volvió a sonreírle, con los ojos penumbrosos de amor. Él le devolvió la sonrisa; luego parpadeó, carraspeando, y me estrujó la mano con fuerza.

Yo también sentí un pequeño nudo en la garganta al oír que pronunciaban sus votos, recordando mis dos bodas. ¿Y Yocasta, que se había casado tres veces? ¿Qué recuerdos del pasado percibía en esas palabras?

—Yo, Roger Jeremiah, te acepto, Brianna Ellen, como legítima esposa...

La luz del recuerdo brillaba en casi todas las caras reunidas en torno al fuego. Los Bug, muy juntos, se miraban con idéntica y suave devoción. El señor Wemyss, de pie junto a su hija, mantenía la cabeza inclinada y los ojos cerrados, con una mezcla de felicidad y tristeza en el rostro, pensando sin duda en su propia esposa, que había muerto tantos años atrás.

220

—En la abundancia y en la escasez...

—En la alegría y en el dolor...

—En la salud y la enfermedad...

Lizzie estaba en éxtasis, con los ojos muy abiertos al misterio que se realizaba delante de ella. ¿Cuándo llegaría su turno de hacer tan sobrecogedoras promesas ante sus testigos?

Jamie me cogió la mano derecha, enlazando sus dedos con los míos, y la plata de mi anillo lanzó un destello rojo a la luz de las llamas. Al mirarlo a los ojos vi en ellos la misma promesa que en los míos:

—Mientras ambos vivamos.

# 15

## *Las llamas de la declaración*

Abajo resplandecía la gran hoguera, entre estallidos de leña mojada que resonaban como pistoletazos contra la montaña; pero eran disparos lejanos, casi imperceptibles en el bullicio de los festejos.

Aun cuando había decidido que no la casara el reverendo Caldwell, Yocasta había servido generosamente un abundante festín de bodas, en honor de Roger y Brianna. El vino, la cerveza y el whisky corrían como agua bajo la protección de Ulises, cuya peluca blanca oscilaba entre el gentío que rodeaba nuestro campamento familiar, ubicua como una polilla en torno a una vela encendida.

Pese al frío húmedo y a las nubes que habían vuelto a agolparse en lo alto, allí estaban por lo menos la mitad de los participantes en el encuentro, bailando al compás de los violines y las armónicas, cayendo como langostas sobre las mesas cargadas de exquisiteces y bebiendo a la salud de los recién casados (y de los que se casarían a su debido tiempo), con tanto entusiasmo que, si todos aquellos deseos se cumplieran, Roger, Bree, Yocasta y Duncan vivirían por lo menos mil años cada uno.

Por mi parte, me sentía en condiciones de llegar más o menos a los cien. No sufría ningún dolor, nada sino un enorme bienestar y una grata sensación de estar a punto de disolverme.

A un lado del fuego, Roger tocaba una guitarra prestada, dando una serenata a Bree ante un círculo extasiado. Más cerca, Jamie conversaba con algunos amigos, sentado en un tronco junto a Duncan y su tía.

—¿Señora? —Ulises se presentó a mi lado, de librea y bandeja en mano, tan resplandeciente como si estuviera en el salón de River Run en lugar de en una ladera embarrada.

—Gracias. —Acepté una taza de peltre llena de algo que resultó ser coñac. Y muy buen coñac. Bebí un sorbito y dejé que se expandiera por mis senos nasales. Pero antes de que pudiera absorber mucho más, tomé conciencia de una súbita pausa en el animado festejo.

Jamie recorrió el círculo con los ojos, cruzando miradas; luego se levantó para ofrecerme el brazo. Aunque algo sorprendida, me apresuré a dejar la taza en la bandeja de Ulises y, tras alisarme el pelo hacia atrás, me ajusté el pañuelo y fui a ocupar mi sitio a su lado.

—*Thig a seo, a bhean uasa* —dijo, sonriéndome. «Ven, señora.» Luego elevó el mentón, convocando a los otros.

Roger dejó la guitarra de inmediato y la tapó cuidadosamente con una lona; luego alargó una mano hacia Bree.

—*Thig a seo, a bhean* —dijo muy sonriente.

Con una expresión de sorpresa, ella se puso de pie, con Jemmy en los brazos.

Jamie esperaba, inmóvil.

Poco a poco los otros se levantaron, sacudiéndose la pinaza y la arena de dobladillos y fondillos, entre risas y susurros intrigados. También los bailarines interrumpieron sus giros para ver de qué se trataba; la música de los violines murió en el revuelo de curiosidad.

Jamie me guió por la senda oscura, hacia las llamas que saltaban de la gran hoguera; los otros nos siguieron entre un murmullo de especulaciones. Él se detuvo a esperar en el borde del claro principal. Unas figuras oscuras se movieron entre las sombras y la silueta de un hombre se recortó ante el fuego, con los brazos en alto.

—¡Aquí están los Menzie! —anunció el tipo. Y arrojó al fuego la rama que llevaba.

Se alzaron vítores apenas audibles entre aquellos de su clan que estaban al alcance de su voz.

Otro ocupó su lugar: MacBean, y otro más: Ogilvie. Luego nos tocó el turno.

Jamie se adelantó solo hacia la luz de las llamas. El fuego, alimentado con leña de roble y pino, ascendía hasta superar la altura de un hombre, en transparentes lenguas amarillas, tan puras y ardientes que parecían casi blancas contra el cielo ennegrecido. El fulgor brilló contra la cara vuelta hacia arriba, en la cabeza y los hombros, arrojando una sombra larga que cubrió la mitad del suelo despejado tras él.

—Nos hemos reunido aquí para dar la bienvenida a viejos amigos —dijo en gaélico—. Y para conocer a otros, con la esperanza de que puedan unirse a nosotros para forjar una vida nueva en esta nueva tierra.

Su voz era grave y llegaba lejos; cesaron los últimos retazos de conversación mientras la gente empujaba y se apiñaba en torno a la hoguera, en silencio, estirando el cuello para escuchar.

—Todos hemos sufrido muchas privaciones en el camino hasta aquí.

Giró despacio, recorriendo las caras que rodeaban el fuego. Allí estaban muchos de los hombres de Ardsmuir: vi a los hermanos Lindsay, feos como un trío de sapos; los ojos de zorro de Ronnie Sinclair y su pelo color jengibre, levantado en cuernos; las facciones de moneda romana de Robin McGillivray. Todos miraban desde la sombras, con el filo de las cejas y el puente de la nariz brillando en el resplandor, todas las caras surcadas por el fuego.

Bajo la influencia del coñac y la emoción, no me costó ver asimismo las filas de fantasmas que se erguían tras ellos: las familias y los amigos que habían quedado en Escocia, ya sobre la tierra, ya bajo ella.

El mismo Jamie tenía la cara surcada de sombras, la luz del fuego mostraba las marcas del tiempo y la lucha en su carne, tal como el viento y la lluvia marcan la piedra.

—Muchos de nosotros murieron en combate —dijo con voz apenas audible sobre el rumor del fuego—. Muchos perecieron quemados. Otros, por hambre. Otros, en el mar, por heridas o enfermedades. —Hizo una pausa—. Muchos murieron de pena.

Miró un momento más allá del círculo iluminado por la hoguera; pensé que tal vez buscaba el rostro de Abel MacLennan. Entonces alzó su taza y la mostró en un saludo.

—*Slàinte!* —murmuraron diez o doce voces, alzándose como el viento.

—*Slàinte!* —repitió él. Luego inclinó la taza para que algo de coñac cayera en las llamas, donde siseó y ardió azul por un instante.

Bajó la taza e hizo una pausa, con la cabeza inclinada. Luego alzó el recipiente hacia Archie Hayes, que estaba al otro lado de la fogata; inescrutable su cara redonda, el fuego centelleaba en su gorjal de plata y en el broche de su padre.

—Aunque lloremos la pérdida de quienes murieron, también debemos rendiros tributo a todos vosotros, los que luchasteis y sufristeis con igual valor... y habéis sobrevivido.

—*Slàinte!* —surgió el saludo, más potente esta vez, con el tronar de voces masculinas.

Jamie cerró los ojos; cuando volvió a abrirlos miraba a Brianna, que estaba de pie junto a Lizzie y Marsali, con Jemmy en brazos. La tosquedad y la fuerza de sus facciones contrastaba con la inocencia de aquellas redondas caras infantiles y la suavidad de las jóvenes madres, aunque en su misma delicadeza la luz del fuego destacaba las vetas de granito escocés de sus huesos.

—Rendimos tributo a nuestras mujeres —dijo, alzando la taza sucesivamente hacia Brianna y Marsali y luego hacia mí. Una breve sonrisa le tocó los labios—. Pues ellas son nuestra fortaleza. Y nuestra venganza contra los enemigos será, al final, la venganza de la cuna. *Slàinte!*

Entre los gritos de la multitud, bebió la taza de madera hasta el poso y la arrojó al fuego, donde quedó un momento, oscura y redonda, antes de estallar en una llamarada refulgente.

—*Thig a seo!* —convocó, alargando la diestra hacia mí—. *Thig a seo, a Sorcha, nighean Eanruig, neart mo chridhe.* —«Ven a mí», decía, «ven a mí, Claire, hija de Henry, fuerza de mi corazón».

Casi sin sentir los pies ni a aquellos con los que tropezaba al caminar, me dirigí hacia él y estreché su mano, fría, pero fuerte entre mis dedos. Lo vi girar la cabeza. ¿Buscaría a Bree? Pero no: alargó la otra mano hacia Roger.

—*Seas ri mo làmh, Roger an t'òranaiche, mac Jeremiah MacChoinneich!* —«Ven a mi lado, Roger, el cantor, hijo de Jeremiah MacKenzie.»

Roger permaneció inmóvil, los ojos oscuros fijos en Jamie; luego avanzó hacia él, como sonámbulo. La muchedumbre aún estaba excitada, pero los gritos se habían apagado y la gente estiraba el cuello para escuchar lo que se decía.

—Acompáñame al combate —dijo mi esposo en gaélico, sin apartar los ojos de Roger con la mano izquierda extendida. Hablaba con lentitud y claridad, para hacerse entender—. Sé un escudo para mi familia... y para la tuya, hijo de mi casa.

De súbito, la expresión de Roger pareció disolverse, como un rostro visto en el agua cuando se arroja una piedra. Luego se solidificó una vez más y él estrechó con fuerza la mano ofrecida.

Entonces Jamie se volvió hacia la multitud e inició los llamamientos. Era algo que yo le había visto hacer en Escocia, muchos años atrás: la identificación e invitación formal de los arrendatarios por parte del señor; pequeña ceremonia que a menudo se realizaba en el día de pago trimestral o después de la cosecha. Aquí y allá las caras se encendieron al reconocerla; muchos de esos montañeses conocían la costumbre, aunque hasta esa noche no la hubieran visto en el nuevo continente.

—¡Ven a mí, Geordie Chisholm, hijo de Walter, hijo de Connaught *el Rojo*!

»¡Acompañadme, *a Choinneich*, Evan, Murdo, hijos de Alexander Lindsay, de la Cañada!

»¡A mi lado, Joseph Wemyss, hijo de Donald, hijo de Robert!

Sonreí al ver al aturullado señor Wemyss, sumamente complacido por el hecho de que se le incluyera en público, con la cabeza en alto y el pelo rubio revuelto por el viento de la gran hoguera.

—¡Junto a mí, Josiah, el cazador!

¿Estaba Josiah Beardsley allí? Sí, en efecto; una silueta oscura y ligera salió con discreción de las sombras para ocupar un tímido lugar en el grupo que flanqueaba a Jamie. Busqué su mirada y le sonreí; él apartó los ojos, presuroso, pero una sonrisa azorada se le quedó en los labios, como si la hubiera olvidado allí.

Cuando los llamamientos terminaron, el grupo era impresionante: cerca de cuarenta hombres, agrupados codo con codo y tan encendidos por el orgullo como por el whisky. Vi que Roger intercambiaba una larga mirada con Brianna, que le sonreía desde el otro lado del fuego, radiante. Ella inclinó la cabeza para susurrarle algo a Jemmy, sumergido en sus mantas y adormilado en sus brazos, y le alzó una manita laxa para agitarla hacia Roger. Él rió.

—... *Air mo mhionnan*...

Distraída como estaba, me había perdido la oración final de Jamie, de la que sólo capté las últimas palabras. Lo que dijo, fuera lo que fuese, debió de contar con la aprobación general, pues hubo un grave rumor de solemne asentimiento entre los hombres que nos rodeaban. Luego, un instante de silencio.

Él me soltó la mano y se agachó para recoger una rama del suelo. Después de encenderla en el fuego, la sostuvo en alto y la arrojó hacia arriba, llameando. La rama dio varias vueltas mientras caía, directamente al corazón del fuego.

—¡Aquí están los Fraser del cerro! —bramó, y el claro estalló en un gran vitoreo.

Mientras ascendíamos de nuevo la cuesta para reanudar los festejos interrumpidos, me encontré junto a Roger, que canturreaba por lo bajo una tonada alegre. Le apoyé una mano en la manga y él me miró desde arriba, sonriente.

—Enhorabuena —le dije, devolviéndole la sonrisa—. Bienvenido a la familia, hijo de la casa.

Él estiró la sonrisa hasta hacerla enorme.

—Gracias —dijo—. Mamá.

Al llegar a un sitio nivelado caminamos codo con codo, sin hablar. De repente dijo, en tono muy distinto.

—Ha sido... algo muy especial, ¿verdad?

No supe si lo de especial se refería a lo histórico o a lo personal. En cualquiera de los dos casos tenía razón, de modo que asentí.

—Pero no he oído la última parte —dije—. Y no sé qué significa *earbsachd*. ¿Lo sabes tú?

—¡Oh, sí! Lo sé.

Allí, entre las fogatas, estábamos a oscuras. Yo no veía de él nada salvo una sombra más oscura contra el negro de las matas y los árboles. Pero en su voz había una nota extraña. Carraspeó.

—Es un juramento... en cierto modo. Él, Jamie, nos ha hecho un juramento a su familia, a sus arrendatarios. Respaldo, protección, ese tipo de cosas.

—¿Sí? —exclamé, algo extrañada—. ¿Y por qué dices «en cierto modo»?

—Pues... —Por un momento guardó silencio, a todas luces ordenando sus frases—. Más que un simple juramento es una palabra de honor —explicó, cuidadoso—. Se dice que el *earbsachd* —lo pronunció «yárbsochk»— fue en otros tiempos la característica distintiva de los MacCrimmon de Skye; básicamente, significaba que la palabra dada una vez se debía cumplir de forma infalible, cualquiera que fuese el coste. Si un MacCrimmon prometía hacer algo, lo que fuese —se detuvo para tomar aliento—, lo cumpliría aunque en el intento debiera morir en la hoguera.

Me cogió por el codo, con sorprendente firmeza.

—Venga —dijo por lo bajo—. Permíteme que te ayude. El suelo está resbaladizo.

# 16

## *En la noche de nuestras bodas*

—¿Cantarás para mí, Roger?

Bree estaba de pie en la entrada de la tienda que les habían prestado, mirando hacia fuera. Situado detrás de ella, Roger no veía sino su silueta contra el gris del cielo nublado, con la cabellera movida por el viento lluvioso. Se la había dejado suelta para la boda: cabellera de doncella, aunque tuviera un hijo.

La noche era fría, muy diferente de la primera que habían pasado juntos: aquella noche calurosa, magnífica, que acabó en ira y traición. Entre la una y la otra habían pasado meses enteros de otras noches, meses de soledad, de gozo. Sin embargo, el corazón de Roger latía ahora tan deprisa como en la primera noche de bodas.

—Siempre canto para ti, tesoro. —Se acercó por detrás, apoyándola de espaldas contra sí, de modo que la cabeza de Brianna descansaba en su hombro, fresco y vivo el pelo contra su cara. Curvó un brazo en torno a su cintura, sujetándola, e inclinó la cabeza para acariciarle con la nariz la curva de la oreja—. Comoquiera que sea —susurró—. No importa dónde me encuentre y tampoco que tú estés o no para escucharme. Siempre canto para ti.

Entonces ella giró entre sus brazos, con un ronroneo de dicha, y buscó su boca, que sabía a carne asada y vino con especias.

La lluvia repiqueteaba contra la lona y el frío del otoño avanzado subía desde el suelo, a su alrededor. Aquella primera vez, el aire olía a lúpulos y cenagales, y el arco nupcial tenía un terrenal aroma a heno y acémilas. Ahora el aire vibraba de pinos y enebros, especiado con el humo de las fogatas encendidas... y un dejo vago y dulzón a pañales sucios.

Sin embargo, ella estaba una vez más en sus brazos, luz y sombras, escondida la cara, lustroso el cuerpo. En aquel entonces la había encontrado líquida y fundida, húmeda de verano.

227

Ahora su piel estaba fría como el mármol, salvo donde él la tocaba... y aun así el verano perduraba aún en la palma de su mano, allí donde entraba en contacto con ella, dulce y untuosa, cargada con los secretos de una noche cálida y oscura. Había sido lo adecuado, se dijo, que esos votos se hubieran pronunciado al aire libre, como los primeros: parte del viento y la tierra, del fuego y el agua.

—Te amo —murmuró ella contra su boca, y Roger le atrapó el labio entre los dientes, demasiado conmovido para responder aún a esas palabras.

En aquel entonces, como ahora, hubo palabras entre ellos. Fueron las mismas. Y él las había pronunciado con tanta seriedad como ahora. No obstante, era distinto.

La primera vez, aquellas palabras habían sido para ella sola. Si bien lo hizo a la vista de Dios, Él fue discreto; se mantuvo lejos, volviendo la espalda a la desnudez de ambos.

Sin embargo, ahora las había pronunciado ante el fulgor de la hoguera, ante el rostro de Dios y del mundo, su gente y la de ella. Su corazón pertenecía a Bree, junto con todo cuanto poseía. Pero ya no se trataba de él y ella, de lo de uno u otra. Los votos estaban pronunciados; su anillo, en el dedo, y el vínculo, establecido y presenciado. Eran un solo cuerpo.

Una mano del organismo conjunto estrujó un pecho con demasiada fuerza; una garganta dejó escapar una pequeña queja de malestar. Ella se apartó un poco, haciendo una mueca que él, más que verla, la sintió. El aire se interpuso entre ellos, frío. Roger notó su propia piel súbitamente en carne viva, expuesta, como si los hubieran separado con un cuchillo.

—Necesito —dijo ella, y, sin terminar, se tocó el pecho—. Espera un momento, ¿quieres?

Claire le había dado la comida al niño mientras Brianna iba a presentarse al reverendo Caldwell. Lleno a reventar de gachas y compota de melocotón, apenas pudieron despertarlo para que mamara un poco, antes de caer de nuevo en la somnolencia; Lizzie se lo había llevado, con la tripita redonda y tensa como un tambor. Era necesario para que ellos tuviesen intimidad; aturdido en el estupor del glotón, a duras penas el pequeño despertaría antes del amanecer. Pero el precio era la leche no consumida.

Nadie que comparta vivienda con una mujer lactante puede dejar de reparar en sus pechos; mucho menos, su esposo. Esos pechos tenían vida propia. Para empezar, cambiaban de tamaño de hora en hora; de su estado normal de globos blandos, pasaban a ser grandes pelotas duras y redondas; Roger tenía la extraña sensación de que podían reventar si los tocaba.

De vez en cuando, uno de ellos reventaba, sí, o al menos daba esa impresión. El montículo de carne blanda se levantaba como pan amasado, pujando con lenta firmeza sobre el corpiño de Brianna. De súbito aparecía por arte de magia, sobre la tela, un gran círculo mojado, como si alguna persona invisible le hubiera arrojado una bola de nieve. O dos bolas, pues lo que hacía un pecho se precipitaba a imitarlo su compañero.

A veces, empero, los gemelos celestes quedaban frustrados; el desconsiderado de Jemmy vaciaba un lado, pero se quedaba dormido antes de prestar el mismo servicio al otro. Su madre, rechinando los dientes, cogía con tiento el orbe hinchado en la palma de la mano y apretaba una taza de peltre bajo el pezón, para recibir el goteo; así aliviaba la dolorosa plenitud lo suficiente como para dormir también ella.

Eso era lo que estaba haciendo en ese momento, pudorosamente de espaldas a él, con un mantón sobre los hombros para protegerse del frío. Se oía el siseo de la leche, diminuta campanilla contra el metal.

Aunque le daba pena ahogar ese sonido que le resultaba erótico, Roger cogió la guitarra y aplicó el pulgar a las cuerdas, la mano a los trastes. En vez de rasguear o tocar acordes, pulsó arpegios, pequeñas voces que hicieran eco a la suya; el palpitar de una cuerda iba marcando la melodía.

Una canción de amor, sin duda. Una de las más antiguas, en gaélico. Aunque ella no conociera algunas palabras, probablemente captaría el sentido.

> En la noche de nuestras bodas
> iré brincando a ti con regalos,
> en la noche de nuestras bodas...

Cerró los ojos, viendo en la memoria lo que la noche ahora ocultaba. Los pezones de Brianna tenían el color de las ciruelas maduras y el tamaño de las cerezas. Roger recordaba vívidamente la sensación de tenerlos en la boca. De ellos había mamado una vez, hacía mucho, antes de que llegara Jemmy. Pero sólo entonces.

> Tendrás cien salmones de plata...
> cien pieles de tejón...

Ella nunca le pedía que no lo hiciera, nunca lo rechazaba... No obstante, por su manera de aspirar de forma brusca cuando él le tocaba los pechos, era evidente que se estaba conteniendo para no hacer una mueca.

¿Era sólo porque dolían? ¿O no confiaba en que él fuera delicado?

Ahuyentó el pensamiento ahogándolo en una pequeña cascada de notas, líquidas como un salto de agua.

«Tal vez no sea por ti —susurró la voz, negándose tercamente a dejarse distraer—. Tal vez sea por él, por algo que él le hizo.»

«Vete al diablo», pensó, sucintamente, marcando cada palabra con una cuerda pulsada con fuerza. Stephen Bonnet no tendría cabida en su lecho de bodas. Ni hablar.

Apoyó una mano contra las cuerdas para acallarlas por un instante y, mientras ella se quitaba el mantón de los hombros, recomenzó en inglés. Una canción especial, sólo para ellos dos. Ignoraba si alguna otra persona podría oírlo, pero no tenía importancia. Ella se puso de pie para quitarse la camisa, en tanto los dedos de Roger tocaban la tranquila introducción de *Yesterday*, de los Beatles.

La oyó reír una vez; luego, suspirar. Y el hilo también susurró contra su piel mientras caía.

Se le acercó por la espalda, desnuda; la suave melancolía de la canción iba llenando la oscuridad. Le acarició el pelo, bien sujeto en la nuca, meciéndose. Él sintió que se apoyaba contra su espalda, blandos ya los pechos, dóciles y tibios a través de la camisa; su aliento lo cosquilleó en la oreja. Ella le apoyó un instante una mano en el hombro; luego deslizó los fríos dedos por debajo de su camisa. Roger percibió contra la piel el metal duro y caliente de su anillo; una oleada de posesión palpitó a través de él como un trago de whisky, impregnando su piel de calor.

Se moría por volverse y apoderarse de ella, pero contuvo el impulso, acentuando la expectación. Tras inclinar la cabeza hacia las cuerdas, cantó hasta que todo pensamiento desapareció de él, hasta que sólo quedaron su cuerpo y el de ella. No habría podido decir en qué momento la mano de Bree cubrió la suya contra los trastes. Entonces se levantó para volverse hacia ella, aún colmado de música y de amor, suave, fuerte y puro en la oscuridad.

Brianna yacía inmóvil en la penumbra, sintiendo cómo el tronar de su corazón palpitaba lentamente en sus oídos. El latido se repetía en el pulso de su cuello, en las muñecas, los pechos, el vientre. Había perdido la noción de sus límites; poco a poco regresó la sensación de miembros y dedos, cabeza y tronco, de espacio ocupado. Movió el único dedo pegado entre sus piernas; al liberarlo, el último de los impactos cosquilleantes le corrió por los muslos.

Inspiró hondo, despacio, escuchando.

Él aún respiraba larga y regularmente; gracias a Dios continuaba durmiendo. Ella había actuado con cautela, sin mover más que la yema de un dedo, pero la sacudida final del clímax fue tal que sus caderas dieron un brinco, mientras el vientre se estremecía y los talones se clavaban en el jergón, con un fuerte susurro de paja.

El día había sido largo para él como para todos. Aun así, todavía les llegaban tenues sonidos de fiesta desde la montaña. Escasas como eran las oportunidades de celebrar algo de esa manera, nadie iba a permitir que algo tan poco importante como la lluvia, el frío o el cansancio lo apartara de los festejos.

Por su parte, se sentía como un charco de mercurio líquido: blanda y pesada, reluciendo con cada latido del corazón. El esfuerzo de moverse resultaba inconcebible, pero su convulsión final había retirado el edredón de los hombros de su compañero; la piel de su espalda quedaba a la vista, desnuda y suave, oscura en contraste con la tela clara. El hueco cálido que la rodeaba era abrigado y perfecto, pero no podía disfrutarlo mientras él yacía expuesto al aire glacial de la medianoche. Unas volutas de niebla se habían colado por debajo de la solapa de la tienda y pendían en torno a ellos, como fantasmas húmedos. Bree detectó un brillo mojado en la curva alta de su pómulo.

Después de evocar la noción de huesos y músculos, halló una neurona en condiciones de funcionar y le ordenó que disparara. Encarnada una vez más, se tendió de costado, de cara a él, y lo cubrió suavemente con el edredón hasta las orejas. Él se removió un poco, murmurando algo; ella le acarició el pelo negro, revuelto, y lo vio sonreír apenas, entreabriendo los ojos con la mirada vacua de quien sólo ve sueños. Luego tornaron a cerrarse; después de un largo suspiro, él volvió a quedarse dormido.

—Te amo —le susurró, llena de ternura.

Le acarició un poco la espalda, disfrutando la sensación de sus omóplatos a través del edredón, el sólido nudo óseo en la base del cuello, el surco largo y suave que descendía por el centro de la espalda, hasta arquearse en la curva de las nalgas. Una brisa fría le erizó el vello del brazo; entonces volvió a ponerlo bajo los cobertores, posando la mano ligera en el trasero de Roger.

Su contacto no era ninguna novedad, pero aun así le apasionaba con su perfecta redondez, su vello rizado y áspero. Un vago recuerdo de su gozo solitario la instó a hacerlo otra vez, a introducir su mano libre entre las piernas; pero la detuvo el simple agotamiento; dejó los dedos laxos cubriendo la carne hinchada; uno de ellos, lánguido, siguió el rastro viscoso.

Había albergado la esperanza de que esta noche fuera distinta. Sin el peligro constante de despertar a Jemmy, sin prisas, llevados por la emoción de los votos pronunciados, tal vez... Pero fue como siempre.

No era por falta de excitación. Por el contrario: cada movimiento, cada contacto se le imprimía en los nervios de la piel, en los surcos de la boca y la memoria, ahogándola con aromas, marcándola a fuego con sus sensaciones. Pero por maravilloso que fuera el acto de amor, perduraba siempre una extraña sensación de distancia, una barrera que ella no podía atravesar.

Así se encontró una vez más reviviendo, mientras él dormía, cada momento de la pasión que acababan de compartir... y en el recuerdo pudo, una vez más, ceder por fin a ella.

Tal vez era porque lo amaba demasiado; cuidaba tanto de darle placer, que no sabía ocuparse del suyo. La satisfacción que sentía al tenerlo en los brazos, perdido y gimiendo, era mucho mayor que el simple goce físico del clímax. Sin embargo, bajo eso había algo más tenebroso: una peculiar sensación de triunfo, como si hubiera ganado una contienda entre ambos, nunca declarada ni reconocida.

Con un suspiro, apoyó la frente contra la curva del hombro de Roger, disfrutando de su olor: un almizcle fuerte y amargo, como el de menta poleo.

Pensar en hierbas medicinales se lo trajo a la memoria. Una vez más bajó la mano, con cuidado para no despertarlo, y deslizó hacia dentro un dedo para comprobar si todo estaba bien. El trocito de esponja seguía en su sitio, empapado en aceite de atanasia; su presencia frágil y aromática custodiaba la entrada de su vientre.

Se acercó un poco más. De manera inconsciente, él giró el cuerpo a medias para darle cabida, envolviéndola de inmediato con su reconfortante calor. Su mano buscó a tientas, como un ave que volara a ciegas, rozándole la cadera y el vientre, en busca de un sitio donde descansar. Ella la cogió entre las suyas para acogerla bajo su mentón. Cuando besó uno de aquellos nudillos, grandes y ásperos, él exhaló un profundo suspiro y relajó la mano.

En la montaña se habían esfumado los ruidos de los festejos; los bailarines ya estaban exhaustos; los músicos, roncos y fatigados. La lluvia volvió a repiquetear contra la lona: una bruma gris le tocó la cara con dedos fríos y húmedos. El olor a lona mojada lo hizo pensar en los campamentos que montaba con su padre, cuando era niña, llevándole sensaciones mezcladas de entusiasmo y seguridad. Se acomodó mejor contra el cuerpo de Roger, y experimentó un consuelo y una expectación parecidos.

Eran los primeros días, se dijo. Tenían toda la vida por delante. Ya llegaría, sin duda, el tiempo de rendirse.

# 17

## *La fogata del vigía*

Desde donde dormían, a través de un hueco entre las rocas, podía ver la fogata del vigía que ardía ante la tienda de Hayes. La gran hoguera se había reducido a ascuas; su fulgor era un vago recuerdo de las altas llamas de la declaración, pero esa fogata pequeña ardía sin pausa, como una estrella contra la noche fría. De vez en cuando, una silueta oscura con kilt, se levantaba para atenderla y, después de recortarse contra su esplendor, volvía a esfumarse en la noche.

Apenas reparó en las nubes veloces que velaban la luna, en el pesado flamear de la lona encima de su cabeza, en las negras sombras de la ladera. No tenía ojos más que para esa fogata y la mancha blanca de la tienda que se alzaba detrás de ella, informe como un fantasma.

Había comenzado a respirar con más lentitud, relajando los músculos de los brazos y el pecho, la espalda, las nalgas, las piernas. No porque intentara dormir; el sueño estaba lejos y él no tenía intención de buscarlo.

Tampoco era por engañar a Claire, haciéndole creer que estaba dormido. Tan cerca de su cuerpo y de su mente como estaba, ella lo sabría desvelado. No: era sólo por darle una señal, un engaño asumido que la liberaba de prestarle atención. Así ella podría dormir, sabiéndolo ocupado dentro de la cápsula de su mente, sin exigencias inmediatas que ella debiera satisfacer.

Esa noche, en la montaña, eran pocos los que dormían. El sonido del viento ocultaba el murmullo de voces, el susurro de los movimientos, pero sus sentidos de cazador registraban una docena de pequeñas turbulencias, identificaban cosas oídas a medias, ponían nombres a las sombras móviles. El roce de un zapato contra la roca, el chasquido de una manta sacudida. Ésos serían Hobson y Fowles, que partían en la oscuridad, solos y en silencio por no esperar a la mañana, temerosos de que se los traicionara durante la noche.

Un golpe de viento trajo de arriba algunas notas musicales; armónica y violín. Los esclavos de Yocasta, que no estaban dispuestos a abandonar esa rara celebración por la necesidad de dormir o los imperativos del clima.

El débil gemido de un bebé. ¿Jemmy? No: provenía de atrás. La pequeña Joan, pues. Y la voz de Marsali, grave y dulce, cantando en francés.

—... *alouette, gentille alouette*...

Allí, un sonido que él estaba esperando: pisadas al otro lado de las rocas que bordeaban su santuario familiar. Rápidas y ligeras, cuesta abajo. Aguardó con los ojos abiertos. Al poco le llegó el débil alto de un centinela apostado cerca de la tienda. Abajo, la luz del fuego no mostró ninguna silueta, pero la solapa de la tienda se agitó, dejó paso y volvió a caer, invisible.

Tal como él pensaba, entonces: había fuertes sentimientos de hostilidad contra los responsables de la revuelta. No se interpretaba como una traición a los amigos, sino como la necesaria acción de entregar a los criminales para proteger a quienes preferían respetar la ley. Quizá lo hicieran de mala gana (los testigos habían aguardado la oscuridad), pero no a hurtadillas.

—... *je te plumerai la tête*...

Se le ocurrió preguntarse por qué a menudo las canciones para niños eran horripilantes, sin que nadie reparara en las palabras que mamaban con la leche materna. Para él la música era sólo ritmo sin melodía; tal vez por eso prestaba a la letra más atención que la mayoría.

La misma Brianna, que provenía de una época supuestamente más apacible, cantaba al pequeño Jem historias de muertes terroríficas y trágicas pérdidas, todo con una expresión tan tierna como la de la Virgen amamantando al Niño Jesús. Esos versos que hablaban de la hija del minero, que se ahogó entre sus patitos...

Perversamente, se preguntó qué cosas horribles habría incluido la Santa Madre en su repertorio de canciones de cuna; a juzgar por la Biblia, la Tierra Santa no había sido más pacífica que Francia o Escocia.

Se habría persignado como penitencia por la idea, pero Claire dormía sobre su brazo derecho.

—¿Actuaron mal? —La voz de Claire surgió con suavidad bajo su mentón, sobresaltándolo.

—¿Quiénes? —Inclinó la cabeza hacia ella para besar la densa suavidad de sus rizos. Su pelo olía a humo de leña y a un aroma áspero y claro: el de las bayas de enebro.

—Los hombres de Hillsborough.

—Sí, creo que sí.

—¿Qué habrías hecho tú?

Él suspiró, encogiendo un solo hombro.

—¿Qué puedo decir? Si yo también hubiera sido engañado, sin esperanzas de resarcimiento, tal vez habría alzado la mano contra el responsable. Pero lo que se hizo allá... Ya lo has oído. Casas derribadas e incendiadas, hombres sacados a la fuerza y noqueados, sólo por el cargo que desempeñaban... No, Sassenach; no sé qué habría hecho yo, pero eso no.

Ella giró un poco la cabeza, dejándole ver la curva alta de su pómulo, enmarcado de luz, y la contracción del músculo que pasaba por delante de su oreja: estaba sonriendo.

—Eso pensaba yo. No te imagino formando parte de una turba.

Él le besó la oreja para no responder directamente. Por su parte, le era muy fácil imaginarse en una turba. Eso lo asustaba. Conocía demasiado bien la fuerza que había en algo semejante.

Un escocés de las Highlands era por sí solo un guerrero; pero el más poderoso de los hombres no pasaba de ser un hombre. Era la locura que atacaba a los hombres reunidos lo que había mandado en las cañadas durante un millar de años: esa pasión por la sangre que despierta cuando oyes los alaridos de tus compañeros, cuando sientes que la fuerza del grupo te eleva como un par de alas. Entonces conoces la inmortalidad, pues aun si cayeras, serías llevado hacia delante; tu espíritu gritaría en la boca de quienes corrieran a tu lado. Es sólo más tarde, cuando la sangre yace fría en las venas laxas y el llanto de las mujeres llena oídos ya sordos...

—¿Y si no fuera un hombre quien te engañara? ¿Si fuera la Corona o la corte? No una sola persona, sino una institución.

Él comprendió adónde quería ir a parar. Ciñó su brazo en torno a ella; el aliento de Claire le calentaba los nudillos de la mano, curvada bajo su barbilla.

—No es así. Aquí no. Ahora no.

Los alborotadores habían atacado como respuesta a crímenes cometidos por hombres, por individuos; el precio de esos crímenes se podía pagar con sangre, pero no se pagaba con una guerra. Todavía no.

—No —confirmó ella—. Pero así será.

—Ahora no —repitió él.

Tenía la hoja de papel bien oculta en sus alforjas, con su deplorable convocatoria. Debía atender ese asunto cuanto antes, pero por esa noche fingiría que no estaba allí. Una última noche de paz, con su esposa en los brazos y su familia cerca.

Otra sombra junto al fuego. Otra voz de alto lanzada por el centinela. Uno más que cruzaba el umbral de los traidores.

—Y ellos, ¿hacen mal? —Claire señaló la tienda de abajo con una leve inclinación de cabeza—. ¿Los que van a denunciar a sus conocidos?

—Sí —dijo él, después de un momento—. Ellos también hacen mal.

La turba puede mandar, pero son los individuos los que pagan el precio de lo hecho. Parte del precio era esa ruptura de la lealtad, el enfrentamiento entre vecinos, donde el miedo era un lazo corredizo que se apretaba hasta no dejar aliento de misericordia ni de perdón.

Llovía otra vez; el ligero repiqueteo de las gotas contra la cobertura de lona se convirtió en un tamborileo regular; el aire cobró vida con el rumor del agua. Era una tormenta de invierno, sin relámpagos que iluminaran el cielo, y las montañas permanecieron invisibles.

Estrechó a Claire contra sí, curvando la mano libre contra la parte baja de su vientre. Ella suspiró con un dejo de dolor físico y se acomodó también, anidando el trasero, redondo como un huevo, en el tazón de sus muslos. Jamie sintió que comenzaba la fusión al relajarse ella; era ese extraño mezclarse de cuerpos.

Al principio, ocurría sólo cuando la poseía, y únicamente al terminar. Después, cada vez con más frecuencia, hasta que el mero contacto de su mano fue a un tiempo invitación y realización, una entrega inevitable, ofrecida y aceptada. De vez en cuando se resistía, sólo para comprobar que era posible, pues de pronto temía perderse a sí mismo. En otros tiempos pensaba que era una pasión traicionera, como la que arrastraba a las multitudes, conectándolos en una furia demencial.

Ahora, en cambio, confiaba en que era lo correcto. Lo decía la Biblia: «Seréis una sola carne» y «Lo que Dios ha unido, no lo separe el hombre». Jamie había sobrevivido a una separación, pero no podría pasar por otra y continuar viviendo.

Los centinelas habían puesto un cobertizo de lona cerca de la fogata, para protegerse de la lluvia. Pero el agua llevada por el viento hacía que las ramas chisporrotearan, iluminando la tela clara con un parpadeo que palpitaba como un corazón.

Jamie no temía morir con ella, por fuego o de cualquier otra manera; lo que temía era vivir sin ella.

Cambió el viento, llevando consigo casi inaudibles risas de la pequeña tienda donde dormían (o no) los recién casados. Él sonrió para sí al oírlas. Sólo cabía esperar que su hija encontrara en el matrimonio un goce tan grande como el suyo. Hasta el momento las cosas iban bien. Al muchacho se le iluminaba la cara cuando la veía.

—¿Qué harás? —preguntó Claire por lo bajo. Sus palabras casi se perdieron en el repiqueteo de la lluvia.

—Lo que sea preciso.

No era respuesta, pero no cabía otra.

No había mundo alguno más allá de ese pequeño espacio, se dijo Jamie. Escocia había desaparecido; las colonias estaban en marcha. De lo que se avecinaba, él sólo tenía una vaga idea por las cosas que Brianna le contaba. La única realidad era la mujer que tenía en los brazos, sus hijos y nietos, sus arrendatarios y sirvientes. Ésos eran los dones que Dios le había entregado para que los albergara y protegiera.

La montaña yacía oscura y callada, pero él los percibía a su alrededor, confiados en que el jefe los mantendría a salvo. Si Dios le había entregado esa confianza, sin duda le daría también la fuerza necesaria para conservarla.

El contacto íntimo estaba logrando que se excitara, por mera costumbre; su miembro, al erguirse, quedó incómodamente atrapado. La deseaba, la deseaba desde hacía varios días; aunque había tenido que postergar el impulso en el ajetreo de la reunión. El dolor sordo que sentía en los testículos era un eco del que ella debía de sentir en el vientre.

Alguna vez la había poseído durante la regla, cuando los dos se deseaban demasiado como para esperar. Era sucio y perturbador, pero también excitante; lo dejaba con una vaga sensación de vergüenza, no del todo desagradable. Aunque no fuera un buen momento ni estuvieran en buen lugar, el recuerdo de otros momentos y otros lugares lo obligó a cambiar de posición, apartándose de ella para no molestarla con la evidencia física de sus pensamientos.

No obstante, lo que sentía ahora no era lascivia. No exactamente. Tampoco, siquiera, la necesidad de compañía anímica. Quería cubrirla con su cuerpo, poseerla, pues de ese modo podía fingir que ella estaba a salvo. Si la cubría así, unidos ambos en un solo cuerpo, podría protegerla. Al menos ésa era su impresión, aun sabiendo que no tenía sentido.

Se había puesto en tensión, contraído por esos pensamientos sin poder evitarlo. Claire estiró una mano hacia atrás y la apoyó sobre su pierna; allí quedó durante un momento, para luego extenderla con suavidad más arriba, en una búsqueda adormilada.

Él inclinó la cabeza para acercarle los labios al oído. Dijo lo que pensaba sin pensarlo.

—Nada podrá hacerte daño mientras haya aliento en mi cuerpo, *a nighean donn*. Nada.

—Lo sé —dijo ella.

Sus miembros se aflojaron poco a poco; su respiración se hizo más tranquila y la suave redondez del vientre se abultó contra la palma de Jamie mientras se hundía en el sueño. Su mano permaneció donde estaba, cubriéndolo.

Jamie seguía tenso y despierto mucho después de que la lluvia hubiera apagado la fogata del centinela.

# SEGUNDA PARTE

## *La llamada del jefe*

# 18

## *En ningún sitio como en casa*

*Gideon* estiró la cabeza como una víbora, dirigiéndola a la pierna del jinete que iba delante.

—*Seas!* —Jamie tiró de la cabeza del gran bayo antes de que pudiera morder—. Maldito hijo de ramera —murmuró por lo bajo.

Geordie Chisholm captó el comentario; como ignoraba que se había librado por poco de los dientes de *Gideon*, miró por encima de su hombro, sobresaltado. Jamie se tocó el ala del chambergo, pidiendo disculpas con una sonrisa, y azuzó al caballo para que dejara atrás a la mula del otro.

Le clavó los talones en las costillas, urgiéndolo a adelantarse a los viajeros que avanzaban a paso lento, imponiéndole suficiente velocidad como para impedir que el bruto mordiera, pateara, pisoteara a los niños que correteaban o causara cualquier otro tipo de problemas. Tras una semana de viaje, conocía demasiado bien las inclinaciones del potro. Pasó junto a Brianna y Marsali, que iban en el centro de la columna, al trote lento; cuando dejó atrás a Claire y a Roger, a la cabeza del grupo, iba a tal velocidad que sólo pudo hacer un gesto con el sombrero para saludarlos.

—*A mhic an dhiobhail* —dijo, inclinándose hacia el cuello del animal, mientras se plantaba de nuevo el sombrero—. Eres más enérgico de lo que te conviene, sin mencionar lo que me conviene a mí. Veamos cuánto resistes a campo abierto, ¿quieres?

Se desvió del camino hacia la izquierda bajando por la pendiente, pisoteando la hierba seca y apartando los cornejos sin hojas, las ramillas se partían con ruido de disparos. Lo que ese condenado necesitaba era terreno llano, donde Jamie pudiera hacerlo galopar hasta bajarle los humos y traerlo de regreso resoplando. Puesto que no había un sitio llano en treinta kilómetros a la redonda, tendría que conformarse con eso.

Recogió las riendas y, chasqueando la lengua, le clavó los talones en las costillas. El caballo se lanzó a la carga colina arriba, como si lo hubieran disparado desde un cañón.

*Gideon* estaba bien alimentado; era un animal resistente y de huesos grandes; Jamie lo había comprado precisamente por eso. Además, no era dócil y tenía mal carácter, razón por la cual no había costado mucho. Aun así, el precio fue superior al que Fraser podía pagar sin tener que hacer un esfuerzo.

Mientras volaban sobre un arroyuelo, saltaban por encima de un tronco caído y trepaban una pendiente casi vertical sembrada de robles y caquis, Jamie se sorprendió preguntándose si había hecho un buen negocio o si había cometido suicidio. Fue su último pensamiento coherente antes de que *Gideon* virara de costado, aplastándole la pierna contra un árbol, y luego recogiera los cuartos traseros para lanzarse hacia abajo por el otro lado de la colina, sobre un denso matorral, mientras bandadas enteras de codornices salían en estallidos bajo sus enormes cascos planos.

Tras media hora de esquivar ramas bajas, cruzar arroyos y galopar cuesta arriba por todas las pendientes que Jamie le señaló, *Gideon* estaba, si no precisamente dócil, al menos lo bastante exhausto como para dejarse manejar. Jamie se hallaba empapado hasta los muslos, magullado, sangraba por cinco o seis arañazos y jadeaba casi tanto como el caballo. No obstante, aún se mantenía en la silla y conservaba el mando.

Dirigiendo la cabeza de la montura hacia el sol poniente, chasqueó de nuevo la lengua.

—Venga —dijo—. Volvamos a casa.

Aunque se habían esforzado mucho, dada la forma escarpada de la tierra no habían cubierto tanta distancia como para perderse del todo. Jamie apuntó la cabeza de *Gideon* hacia arriba y, un cuarto de hora después, llegaron a un pequeño cerro que reconoció.

Avanzaron con cautela a lo largo de la cima, buscando un lugar seguro para descender por entre las marañas de álamos y píceas. Sabía que la partida no estaba lejos, pero quizá le llevara algún tiempo encontrarse con ella, y prefería hacerlo antes de que llegaran al cerro. Aunque Claire o MacKenzie podían guiarla perfectamente, reconocía que ansiaba regresar a casa a la cabeza de su gente.

—¡Vaya, hombre!, ni que fueras Moisés —murmuró, negando con la cabeza en un gesto de burla ante sus propias pretensiones.

El caballo estaba cubierto de espuma; cuando llegaron a un trecho donde los árboles ya no estaban tan juntos, Jamie se detuvo a descansar un momento, aflojando las riendas, pero listo para desalentar cualquier capricho que esa bestia loca pudiera estar concibiendo. Se encontraban en un bosquecillo de abedules plateados, en el borde de un pequeño saliente rocoso, sobre una caída de doce metros. El caballo parecía tener una opinión demasiado buena de sí mismo como para contemplar la autodestrucción, aunque más valía tener cuidado, por si se le ocurriese arrojar a su jinete a los laureles que crecían abajo.

La brisa provenía del oeste. Jamie levantó la barbilla, disfrutando de su contacto frío en la piel acalorada. El suelo caía en ondulantes olas pardas y verdes, encendidas aquí y allá en parches de color, que iluminaban la bruma en las hondonadas como el resplandor del humo de una fogata. Ante aquel panorama sintió que lo invadía la paz; inspiró hondo mientras relajaba el cuerpo.

*Gideon* también se relajó, dejando escapar lentamente su espíritu de lucha, como el agua que se sale de un cubo roto. Jamie apoyó con suavidad las manos en su cuello y el animal permaneció inmóvil, con las orejas hacia delante. «¡Ah!», pensó. Y entonces cayó en la cuenta de que se trataba de un Sitio.

No tenía palabras para designar esos lugares, pero los reconocía cada vez que encontraba alguno. Podría haberlos calificado de sagrados, aunque la sensación que le provocaban no tenía nada que ver con la Iglesia ni con lo santo. Eran, simplemente, lugares que le correspondían, y con eso bastaba, aunque prefería encontrarlos cuando estaba solo. Dejó descansar las riendas sobre el cuello del caballo. Ni una bestia loca como *Gideon* podía causar problemas en un lugar así.

En realidad, el animal permanecía quieto, con la gran cruz oscura lanzando vapor en el aire frío. Aunque no debían retrasarse mucho, se alegró profundamente de tener ese momentáneo descanso... no de su batalla con *Gideon*, sino de la muchedumbre.

De niño, había aprendido la manera de vivir separado dentro de una multitud, conservando la intimidad en su mente cuando su cuerpo no podía tenerla. Pero como era montañés por naturaleza, también había aprendido a una edad muy temprana el encanto de la soledad y la virtud curativa de los sitios tranquilos.

De súbito tuvo una visión de su madre, uno de los pequeños retratos vívidos que su mente atesoraba y presentaba sin previo aviso, como reacción a sólo Dios sabía qué: un sonido, un olor, algún capricho pasajero de la memoria.

Había estado instalando trampas para conejos en una colina; se encontraba acalorado y sudoroso, con los dedos pinchados por las espinas de las plantas y la camisa pegada a la piel por el barro y la humedad. Al ver un bosquecillo, se acercó en busca de una sombra. Allí estaba su madre, sentada en el suelo junto a un diminuto manantial, bajo la sombra verdosa. Permanecía inmóvil, cosa extraña en ella, con las largas manos cruzadas en el regazo.

No dijo nada, pero le sonrió. Él se acercó sin hablarle, colmado por una gran sensación de paz y satisfacción, y apoyó la cabeza contra su hombro; al sentir que su brazo lo rodeaba, supo que ocupaba el centro del mundo. Entonces, tenía cinco o seis años.

La visión desapareció de forma tan repentina como había llegado, como una trucha refulgente que se esfumara en el agua oscura. No obstante, dejó tras de sí la misma sensación de profunda paz, como si alguien lo hubiera abrazado un segundo, como si una mano suave le tocara el pelo.

Desmontó con la necesidad de sentir la pinaza bajo las botas, algún contacto físico con ese lugar. La cautela le hizo atar las riendas a un pino fuerte, aunque *Gideon* parecía bastante sereno; el potro había bajado el testuz y buscaba matas de pasto seco. Durante un instante, Jamie permaneció inmóvil; luego se dio la vuelta con tiento hacia la derecha, de cara al norte.

Ya no recordaba quién le había enseñado eso: su madre, su padre o el viejo John, el padre de Ian. En todo caso giró en la dirección del sol, murmurando aquella breve oración hacia cada uno de los cuatro *airets*, y terminó de frente al oeste, mirando al sol poniente. Formó una taza con las manos vacías y la luz se las llenó, desbordando sus palmas.

> *Que Dios me haga seguro cada paso.*
> *Que Dios me abra cada senda.*
> *Que Dios me allane cada camino.*
> *Y que Él me lleve entre sus propias manos.*

Con un instinto más antiguo que la oración, sacó la petaca del cinturón para verter algunas gotas en el suelo.

La brisa le trajo algunos sonidos dispersos: risas y llamadas, ruidos de animales que avanzaban a través de la maleza. La caravana no estaba lejos: apenas al otro lado de una pequeña hondonada, rodeando a paso lento la curva de la colina opuesta. Ya era hora de reunirse con ellos para el último tramo, hasta llegar al cerro.

Aún vaciló un momento, resistiéndose a quebrar el hechizo del Sitio. Con el rabillo del ojo detectó un movimiento imperceptible, y se agachó ante una mata de acebo al tiempo que entornaba los ojos para mirar en las sombras cada vez más intensas.

Allí estaba, petrificado, fundiéndose a la perfección con el fondo oscurecido. Jamie no lo habría visto de no ser por ese pequeño movimiento que su ojo de cazador había captado. Era un gatito diminuto, de pelaje gris erizado como la semilla madura del algodoncillo; los ojos enormes, casi incoloros en la penumbra, permanecían bien abiertos y sin parpadear.

—*A Chait* —susurró, alargando despacio un dedo hacia él—. ¿Qué haces aquí?

Un gato asilvestrado, sin duda; nacido de una madre salvaje, que largo tiempo atrás habría escapado de alguna cabaña de colonos, liberándose de la trampa de lo doméstico. Cuando le rozó el pelaje tenue del pecho, el animal le clavó de pronto los pequeños dientes en el pulgar.

—¡Ay!

Apartó la mano de inmediato para examinar la gota de sangre que brotaba de la pequeña punción. Durante un momento fulminó al gato con la mirada, pero el animal se limitó a sostenerla, sin hacer ademán de huir. Después de un instante, Jamie se decidió. Sacudió la mano, haciendo caer la sangre a las hojas; sería, como el whisky, otra ofrenda a los espíritus de ese Sitio, que a todas luces habían resuelto ofrecerle también un regalo.

—Pues bien, sea —dijo por lo bajo.

Se arrodilló para extender la mano, con la palma hacia arriba. Con mucha lentitud movió un dedo, luego el siguiente, y el otro, y el último, y luego otra vez, con el movimiento ondulante de las algas en el agua. Los grandes ojos claros seguían fijamente el movimiento, como hipnotizados. Al ver que la punta del diminuto rabo se contraía de manera imperceptible, Jamie sonrió.

Si era capaz de atraer a las truchas, ¿por qué no a un gato?

Emitió un leve siseo a través de los dientes, como el gorjeo lejano de los pájaros. El gatito miraba hipnotizado aquellos dedos ondulantes, que se acercaban cada vez más. Cuando al fin volvió a tocarle el pelaje, el animal no intentó escapar. Un dedo se deslizó por su pelo; otro, bajo las frías almohadillas de una zarpa. Y se dejó coger suavemente con la mano, que lo retiró del suelo.

Jamie lo retuvo un segundo contra el pecho, acariciándolo con un dedo a lo largo de la sedosa línea de la mandíbula, las orejas delicadas. El animalito cerró los ojos y comenzó a ronronear, en éxtasis, vibrando en su palma como un trueno lejano.

—¡Oh!, así que vendrás conmigo, ¿eh?

Como el gato no se hacía de rogar, abrió el cuello de la camisa para meter dentro aquella cosa diminuta. El gatito, antes de acurrucarse contra su piel, hurgó entre sus costillas; el ronroneo se había reducido a una vibración callada, pero agradable.

Complacido por el descanso, *Gideon* comenzó la marcha sin problemas. Un cuarto de hora después alcanzaron a los otros. Aun así, la momentánea docilidad del potro se evaporó ante la tensión del ascenso final.

El caballo era muy capaz de dominar ese camino empinado, desde luego; lo que no toleraba era ir detrás de otra montura. Poco importaba que Jamie quisiera o no llegar a su casa a la cabeza de su gente: si *Gideon* tenía algo que decir al respecto, no sólo irían a la cabeza, sino varios cuerpos por delante.

La columna de viajeros estaba diseminada a lo largo de ochocientos metros. Cada grupo familiar viajaba a su propio paso: los Fraser, los MacKenzie, los Chisholm, los MacLeod y los Aberfeldy. Cada vez que la senda se ensanchaba, *Gideon* se abría paso con rudeza, adelantándose a las mulas de carga, a las ovejas, los caminantes y las yeguas. Llegó al punto de dispersar a los tres cerdos que marchaban a paso lento detrás de la abuela Chisholm. Los puercos huyeron entre la maleza, con un coro de despavoridos *oinc oinc*, en cuanto *Gideon* se lanzó sobre ellos.

Jamie se encontró bastante en sintonía con el caballo: ansioso por estar en casa, esforzándose por llegar cuanto antes, e irritado por todo lo que amenazara con retrasarlo. En ese momento, el principal impedimento contra el avance era Claire, que de manera inoportuna había detenido a su yegua frente a él para recoger unas cuantas hierbas a la vera del camino. ¡Como si no tuviera ya la casa entera llena de plantas, desde el umbral hasta el tejado, y las alforjas abultadas por otra carga!

*Gideon*, que captó de inmediato su estado de ánimo, estiró el cuello para mordisquear a la yegua en la grupa. Entre relinchos y corcoveos, el animal salió disparado camino arriba, con las riendas colgando. El macho, con un grave retumbo de satisfacción, intentó salir tras ella, pero lo detuvo un tirón en las riendas.

El ruido hizo que Claire se diera la vuelta, con los ojos dilatados por la sorpresa. Miró primero a Jamie, luego a su yegua, que desaparecía senda arriba, y nuevamente a él, disculpándose con un encogimiento de hombros. Tenía las manos llenas de hojas maltrechas y raíces muy sucias.

—Lo siento —dijo.

Pero él vio la contracción en la comisura de la boca, el rubor en su piel y la sonrisa que brillaba en sus ojos, como la luz matinal en el agua en que nadan las truchas. Muy a su pesar, la tensión de sus hombros se calmó. Aunque tenía intención de regañarla, las palabras no acudieron a su boca.

—Anda, levántate —dijo en cambio, gruñón—. Me gustaría cenar.

Ella montó, riéndose en su cara y apartando las faldas para que no molestasen. *Gideon*, irascible ante esa carga adicional, giró de golpe la cabeza para lanzar un mordisco a cualquier cosa que estuviera a su alcance, pero Jamie lo estaba esperando: fustigó con el extremo de la rienda el morro del potro, que dio un respingo hacia atrás, resoplando de sorpresa.

—Así aprenderás, pequeño cabrón.

Calándose el sombrero, aseguró en la montura a su díscola esposa, con las faldas bien ceñidas bajo los muslos y los brazos rodeando su cintura. Ella montaba sin zapatos ni medias; sus largas pantorrillas blancas contrastaban con el pelaje oscuro del bayo. Jamie cogió las riendas y azuzó al caballo con los talones; fue un poco más duro de lo necesario.

En el acto *Gideon* se encabritó, retrocedió, hizo varias contorsiones y trató de desprenderse de ambos frotándolos contra la rama colgante de un álamo blanco. El gatito, bruscamente arrancado de su siesta, clavó las uñas en la cintura de Jamie con un aullido de alarma, aunque su grito se perdió entre los chillidos más potentes del jinete, que tiraba de la cabeza del caballo entre juramentos, mientras le empujaba los cuartos traseros con la pierna izquierda.

*Gideon*, nada fácil de vencer, ejecutó un brinco como una espiral. De pronto Jamie oyó un pequeño «¡iiih!» y percibió una sensación de vacío a su espalda: Claire había sido arrojada a la maleza como un saco de harina. De pronto, el caballo cedió al tirón del bocado y partió al galope por el sendero, pero en dirección opuesta; después de cruzar un matorral de zarzas, frenó con un resbalón que estuvo a punto de sentarlo, en una lluvia de barro y hojas secas. Luego se enderezó como una serpiente, sacudiendo el testuz, y fue a frotar como si tal cosa el hocico contra el caballo de Roger, que se había detenido al borde del claro y los observaba con tanta extrañeza como su jinete ya desmontado.

—¿Va todo bien? —preguntó Roger, enarcando una ceja.

—Claro —respondió Jamie, tratando de recobrar el aliento sin perder la dignidad—. ¿Y tú, cómo estás?

—Bien.

—Me alegro. —Jamie ya estaba desmontando. Arrojó las riendas a MacKenzie y, sin detenerse a ver si las sujetaba, regresó corriendo por el sendero, al tiempo que gritaba:

—¡Claire! ¿Dónde estás?

—¡Aquí! —anunció ella alegremente. Y emergió de entre las sombras de los álamos, cojeando un poco y con el pelo lleno de hojas. Por lo demás parecía indemne—. ¿Y a ti, te ha pasado algo? —le preguntó, mirándolo con una ceja arqueada.

—No, estoy bien, pero voy a matar a ese caballo. —La abrazó un momento para asegurarse de que estaba íntegra. Aunque jadeaba al respirar, se la sentía tranquilizadoramente sólida. Ella le dio un beso en la nariz.

—Pero no lo mates antes de que lleguemos a casa. Falta kilómetro y medio y no quiero recorrerlo descalza.

De repente se oyó un voz:

—¡Eh! ¡Deja eso, malnacido!

Jamie soltó a Claire para volverse a mirar. Roger estaba arrancando un puñado de plantas maltrechas del morro de *Gideon*. ¿Más plantas? ¿Qué manía era ésa? Claire aún jadeaba, pero se inclinó hacia delante para observarlas con interés.

—¿Qué es eso que tienes ahí, Roger?

—Para Bree —dijo él, sometiéndolas a su inspección—. ¿Son las adecuadas?

A los ojos profanos de Jamie, parecían amarillentos tallos de zanahoria que hubieran quedado demasiado tiempo plantados, pero Claire tocó el sucio follaje con un gesto de aprobación.

—¡Oh, sí! —dijo—. ¡Qué romántico!

Jamie, con mucho tacto, emitió un leve ruido, sugiriendo que era hora de continuar el camino, puesto que Bree y la lenta tribu de los Chisholm los alcanzarían muy pronto.

—Está bien —dijo Claire, dándole una palmada en el hombro, supuestamente para tranquilizarlo—. No bufes; ya vamos.

—¡Mmfm! —rezongó él, agachándose para ofrecerle una mano como estribo. Después de encaramarla a la montura, echó a *Gideon* una mirada que decía: «No intentes nada raro, grandísimo cabrón», y montó tras ella—. ¿Esperarás a los otros para guiarlos tú? —Sin esperar una respuesta de Roger, tiró de las riendas y puso al potro sendero arriba.

248

Apaciguado por el hecho de llevar una buena delantera, *Gideon* se dedicó a la tarea de trepar sin pausa entre los matorrales de espinillos y álamos blancos, castaños y píceas. Pese a lo avanzado del año, aún había algunas hojas aferradas a los árboles; algunos fragmentos pardos y amarillos descendían flotando sobre ellos, en suave lluvia que se enredaba en las crines del animal o en las densas ondas de Claire. Su cabellera se había soltado durante su precipitado descenso, sin que ella se hubiera molestado en volver a recogérsela.

Al avanzar, Jamie también recobró la calma, y le reconfortó el fortuito hallazgo del sombrero perdido: pendía de un roble a la vera del camino, como si alguna mano bondadosa lo hubiera puesto allí. Pero su mente seguía inquieta; no podía captar la serenidad, aunque la montaña estaba en paz, con el aire neblinoso de color azul, perfumado de pinos y madera verde.

De repente, con un súbito vuelco en la boca del estómago, cayó en la cuenta de que el gatito había desaparecido. Le escocían los arañazos en la piel del pecho y el abdomen, allí donde había trepado por él, en un frenético esfuerzo por escapar, pero debía de haber salido por el cuello de la camisa, para verse arrojado de su hombro en la descabellada carrera cuesta abajo. Echó un vistazo a ambos lados, escrutando las sombras bajo las matas y los árboles, pero su esperanza fue vana. La oscuridad se acentuaba y ya estaban en el camino principal, en el sitio donde él y *Gideon* se habían desviado por el bosque.

—Ve con Dios —murmuró, persignándose brevemente.

—¿Qué dices? —preguntó Claire, volviéndose un poco en la silla de montar.

—Nada. —Después de todo, aunque pequeño, era un gato salvaje. Sabría arreglárselas, sin duda.

*Gideon* roía el bocado, cabeceando. Jamie notó que, una vez más, la tensión de su mano circulaba por las riendas, e hizo un esfuerzo por aflojarla. También aflojó la que sujetaba a su esposa, que de pronto se llenó los pulmones de aire.

Su corazón palpitaba deprisa. Después de un largo tiempo de ausencia, no podía retornar al hogar sin cierta aprensión. Tras el Alzamiento había pasado años enteros viviendo en una cueva; sin aproximarse a su casa salvo en contadas ocasiones, siempre de noche y con gran cautela, sin saber nunca qué se encontraría allí. Más de un escocés de las Highlands había llegado a su propia casa y la había encontrado quemada y negra, sin rastros de su familia. Peor aún: a veces los suyos estaban todavía allí.

Era fácil decirse que no debía imaginar horrores; lo difícil era que no hacía falta la imaginación, bastaba con la memoria.

El caballo escarbaba con fuerza con las ancas. De nada servía pensar que éste era otro país: lo era y tenía sus propios peligros. Si bien en esas montañas no había soldados ingleses, no faltaban merodeadores; hombres demasiado inquietos para echar raíces y buscarse el sustento, que vagaban por territorios apartados, robando y saqueando. Y los ataques de los indios. Y los animales salvajes. Y el fuego, siempre el fuego.

Había hecho que los Bug se adelantaran, guiados por Fergus, para que Claire no debiera ocuparse simultáneamente de las tareas de la llegada y de la hospitalidad. Durante una temporada albergarían en la casa grande a los Chisholm, los MacLeod y a Billy Aberfeldy, con su esposa y su hijita: Jamie había indicado a la señora Bug que comenzara de inmediato a cocinar. La pareja, provista con monturas decentes y sin niños ni ganado que los retrasaran, debía de haber llegado dos días atrás. Y como nadie había regresado con malas noticias, era de suponer que todo había ido bien. Aun así...

Sólo se percató de que Claire también había estado tensa cuando se relajó de pronto contra él, apoyándole una mano en la pierna.

—No ha pasado nada —dijo su esposa—. Huelo a humo de chimenea.

Él levantó la cabeza para olfatear. Tenía razón: en la brisa flotaba el aroma penetrante de las nueces quemadas. No se trataba del hedor que recordaba de las conflagraciones, sino de un olor hogareño, que prometía abrigo y comida. Era de presumir que la señora Bug lo había obedecido al pie de la letra.

Al rodear el último recodo del camino vieron la alta chimenea de piedra, que se elevaba por encima de los árboles, con un gran penacho de humo rizándose sobre las copas.

La casa estaba en pie.

Jamie soltó un hondo suspiro de alivio. Ahora detectaba los otros olores del hogar: el que venía de los establos, denso de estiércol; la carne ahumada que pendía en el cobertizo, y el aliento del bosque cercano: madera mojada y hojas en putrefacción, piedras y agua torrentosa, su toque en la mejilla, frío y amoroso.

Salieron del castañar al amplio claro donde se levantaba la casa, sólida y cuidada, con las ventanas doradas por los últimos rayos del sol. Era una casa modesta, encalada y con el tejado cubierto con tablones, de líneas definidas y sólida construcción, imponente sólo si se la comparaba con las toscas cabañas que ocupaban la mayor parte de los colonos. La que fue su primera casa, oscura y maciza, estaba aún allí, algo más abajo. Y de esa chimenea también salía humo.

—Alguien ha encendido el fuego para Bree y Roger —comentó Claire, señalándola con la cabeza.

—¡Qué bien! —Jamie ciñó su cintura con un brazo; ella, con un murmullo de contento, movió el trasero contra su regazo.

*Gideon*, que también estaba feliz, alargó el cuello para dirigir un relincho a los dos caballos que trotaban de extremo a extremo en el corral, saludándolos. La yegua de Claire estaba junto a la cerca, con las riendas colgando; la muy tunante curvó los belfos en algo que parecía una mueca burlona. Desde atrás, mucho más abajo, les llegó un rebuzno profundo y gozoso: *Clarence*, el mulo, estaba encantado de llegar a casa.

La puerta se abrió de par en par. Allí estaba la señora Bug, redonda y desaliñada como una bola de paja arrastrada por el viento. Jamie sonrió al verla. Después de ayudar a Claire a bajar del caballo, él también desmontó.

—Todo está bien, todo está bien, ¿y usted, señor? —La mujer lo tranquilizó antes de que sus botas tocaran tierra.

Llevaba una taza de peltre en una mano y un paño en la otra. No dejó de lustrarla ni un instante, ni siquiera al presentar la cara para aceptar el beso de Jamie en la mejilla marchita. Sin esperar respuesta, se puso de puntillas para darle un beso a Claire, radiante.

—¡Oh, qué maravilla que esté en casa, señora! Usted y el señor, y ya tengo la cena preparada, de modo que no tendrá que molestarse para nada, señora, pero pasen, pasen y quítense esa ropa sucia, que yo mandaré al viejo Arch al sótano a buscar un poco de licor y luego...

Condujo a Claire hacia dentro, sin dejar de hablar, mientras seguía puliendo con brío la taza. Claire echó una mirada de indefensión por encima del hombro. Jamie le sonrió de oreja a oreja en el momento en que desaparecía dentro de la casa.

*Gideon*, impaciente, le empujó el codo con el hocico.

—¡Ah, sí! —dijo él, recordando sus obligaciones—. Ven, condenado animal.

Cuando el caballo y la yegua estuvieron desensillados, cepillados y comiendo, Claire ya había logrado escapar de la señora Bug; al regresar del establo, Jamie vio que la puerta de la casa se abría de par en par y Claire, con cara de culpable, salía mirando hacia atrás, como si temiera que la persiguiesen.

¿Adónde iba? Sin verlo, marchó a toda prisa hacia la esquina opuesta de la casa, y desapareció en un revoloteo de faldas. Él la siguió con curiosidad.

Claro. Había visto su consulta y ahora, antes de que oscureciera del todo, quería ver su huerta; él la divisó un instante, recortada contra el cielo, en la cuesta que había detrás de la casa; los restos de luz solar se adherían a su pelo como telarañas. En esa temporada habría pocas plantas allí: sólo unas cuantas hierbas resistentes y las hortalizas de invierno: zanahorias, cebollas y nabos. Pero no tenía importancia: ella siempre iba a ver cómo estaban las cosas, por poco que hubiera durado su ausencia.

Jamie comprendía esa necesidad; él tampoco se sentía del todo en casa hasta que no había inspeccionado todo el ganado y las construcciones, para asegurarse de que todo estuviera en orden.

La brisa nocturna le trajo el olor acre de la letrina distante, sugiriendo que pronto sería necesario ocuparse de ella. Se relajó al pensar en los nuevos arrendatarios; excavar una letrina nueva sería la tarea más apropiada para los muchachos de Chisholm, los dos mayores.

Él había cavado ésa con Ian, cuando llegaron al cerro. ¡Dios!, cómo extrañaba al chaval...

—*A Mhicheal bheanaichte* —murmuró. «San Miguel, protégelo.» Aunque apreciaba a MacKenzie, si hubiera podido escoger, no habría cambiado a Ian por ese hombre. Pero como fue decisión de Ian, no había nada más que decir al respecto.

Apartando de sí el dolor de haberlo perdido, se aflojó los pantalones para orinar detrás de un árbol. Si lo viera, Claire haría alguno de esos comentarios, supuestamente ingeniosos, sobre los perros y los lobos, que marcaban su territorio cuando regresaban a él. «Nada de eso —le replicó mentalmente—; ¿para qué subir la colina y empeorar las cosas en la letrina?» Pero pensándolo, ése era su territorio, y si se le antojaba mear en él... Se acomodó las ropas, ya más tranquilo.

Al levantar la cabeza, la vio bajar desde la huerta con el delantal lleno de zanahorias y nabos. Una ráfaga de viento arremolinó a su alrededor las últimas hojas del castañar, en una danza amarilla chispeante de luz.

Llevado por un súbito impulso, Jamie se adentró entre los árboles y comenzó a buscar algo. Por lo general sólo prestaba atención a aquellas planta que fueran comestibles para caballos o seres humanos, o que fueran lo bastante duras como para hacer tablas y vigas o un obstáculo para el paso. Aun así, una vez que comenzó a buscar con criterio estético se sorprendió ante la variedad que había.

Espigas de cebada a medio madurar, con las semillas dispuestas en hileras, como una trenza de mujer. Una hierba seca, frágil, que parecía el ribete de encaje de algún pañuelo fino. Una rama de pícea, sobrenatural en su fresco verdor entre las hojas secas, que al arrancarla le dejó en la mano su savia fragante. Una ramita de hojas de roble, secas y lustrosas, que se parecía a la cabellera de Claire por sus tonos de oro, pardo y gris. Y, para añadir color, un poco de enredadera escarlata.

Justo a tiempo: ella, perdida en sus pensamientos, venía rodeando la esquina de la casa. Pasó a medio metro de él, sin verlo.

—*Sorcha* —llamó Jamie, muy quedo.

Ella se volvió, entornando los ojos contra los rayos del sol poniente, pero los ensanchó, dorados, ante la sorpresa de verlo.

—Bienvenida a casa —dijo él al tiempo que le tendía el pequeño ramillete de hojas y ramitas.

—¡Oh! —Claire contempló las ramas y espigas, después lo miró a él. Le temblaron los labios como si estuviera a punto de llorar o reír, sin decidirse entre las dos cosas. Luego aceptó las plantas, pequeños y fríos los dedos que rozaron su mano—. ¡Oh, Jamie! Son preciosas.

Se puso de puntillas para besarlo, acalorada y salobre. Él quería más, pero ella ya iba presurosa hacia la casa, con aquellas insignificantes plantas apretadas contra el pecho como si fueran de oro.

Jamie se sintió agradablemente tonto, y tontamente complacido consigo mismo. Aún tenía en la boca el sabor de Claire.

—*Sorcha* —susurró.

Cayó entonces en la cuenta de que así la había llamado un momento antes. Eso sí que era extraño; no le extrañaba que ella se hubiera sorprendido: era su nombre en gaélico, pero él rara vez lo utilizaba. Le gustaba su condición de forastera, de inglesa. Era su Claire, su Sassenach.

Sin embargo, en el momento de pasar junto a él, fue *Sorcha*. No significaba sólo «clara», sino también «luz».

Inspiró hondo, satisfecho.

De pronto se sintió hambriento, tanto de comida como de ella, pero no se dio prisa por entrar. Algunas clases de hambre son dulces en sí mismas; la esperanza de satisfacerlas es tan grata como la saciedad.

Ruido de cascos y voces; por fin llegaba el resto. Sintió la súbita urgencia de conservar un momento más su apacible soledad, pero ya era muy tarde; en pocos segundos se vio rodeado por la confusión: griterío de niños entusiastas, llamadas de madres inquietas, la bienvenida a los recién llegados, el ajetreo y la prisa al descargar, desenganchar las mulas y los caballos, darles agua y pienso... Con todo, incluso en medio de ese Babel se movía como si aún estuviera solo, apacible y en silencio bajo el sol poniente. Estaba en casa.

Oscureció por completo antes de que todo estuviera en orden, el ganado atendido y en su sitio para pasar la noche, y localizado el menor de los Chisholm y enviado adentro para cenar. Jamie siguió a Geoff Chisholm hacia la casa, pero se demoró un instante en el patio oscuro, frotándose ociosamente las manos para calentarlas, mientras admiraba el aspecto de su propiedad. Graneros y establos cómodos, un corral en buen estado, una cuidada empalizada para proteger la huerta de Claire de los venados... En la temprana caída de la noche, la casa se erguía blanca como un espíritu benévolo que custodiara el cerro. La luz manaba por todas sus puertas y ventanas; del interior llegaban risas.

Se volvió al percibir un movimiento en la oscuridad; era su hija, que venía del establo con un cubo de leche fresca en la mano. Ella se detuvo junto a él, contemplando el hogar.

—Es bonito estar en casa, ¿verdad? —dijo con voz suave.

—Sí —respondió él.

Se miraron, sonrientes. Luego ella se inclinó hacia delante para observarlo mejor, y lo giró para ponerlo frente a la luz de la ventana. Un par de arrugas le fruncieron la piel entre las cejas.

—¿Qué es eso? —preguntó, sacudiendo su chaqueta.

Una lustrosa hoja escarlata cayó flotando hasta el suelo. Al verla, ella elevó las cejas.

—Será mejor que vayas a lavarte, papá —dijo—. Has estado donde la hiedra venenosa.

—Podrías habérmelo dicho, Sassenach. —Jamie echó una mirada furibunda a la mesa donde yo había puesto su ramillete, en una taza de agua, cerca de la ventana del dormitorio. El rojo manchado e intenso de la hiedra venenosa refulgía aun en la penumbra de la luz que lanzaba el fuego—. Y además, podrías deshacerte de ella. ¿Acaso quieres burlarte de mí?

—No, en absoluto —aseguré, sonriente, mientras colgaba mi delantal de la percha y desataba los cordones de mi vestido—. Pero si te lo hubiera dicho cuando me lo entregaste, me lo habrías quitado. Es el único ramo que me has dado en tu vida y, como no creo que me regales otro, tengo la intención de conservarlo.

Él lanzó un resoplido y se sentó en la cama para quitarse los calcetines. Ya se había despojado de la chaqueta, el corbatón y la camisa; la luz del fuego relumbraba sobre sus hombros. Se rascó la cara interior de una muñeca, aunque yo le había dicho que era psicosomático, que no tenía señales de sarpullido.

—Nunca has vuelto a casa con sarpullido de hiedra venenosa —comenté—, aunque seguro que, con todo el tiempo que pasas en los bosques y en los sembrados, más de una vez la has encontrado. Creo que eres inmune a ella. Hay personas así, ¿sabes?

—¿De veras? —Eso pareció interesarle, aunque no dejó de rascarse—. ¿Como tú y Brianna, que no enfermáis nunca?

—Algo así, pero por diferentes motivos.

Me quité el vestido de tela tejida en casa, color verde pálido, bastante mugriento después de un semana de viaje. Luego desaté el corsé, con un suspiro de alivio.

Fui a ver si la cacerola de agua que había puesto sobre las ascuas ya estaba caliente. Se había enviado a algunos de los recién llegados a pasar la noche con Fergus y Marsali o con Roger y Bree, pero la cocina, el consultorio y el cuarto de trabajo de Jamie, en la planta baja, estaban llenos de huéspedes que dormirían en el suelo. Yo no pensaba acostarme sin haberme quitado la suciedad del viaje, pero tampoco quería dar un espectáculo público al hacerlo.

El agua rielaba de calor con diminutas burbujas adheridas al interior de la olla. Introduje un dedo, sólo para comprobar cómo estaba: caliente y deliciosa. Después de verter un poco en la palangana, dejé el resto allí para que se mantuviera caliente.

—No somos del todo inmunes —le advertí—. Hay enfermedades, como la viruela, que Roger, Bree y yo no contraeremos jamás, porque estamos vacunados contra ellas, y eso es permanente. Hay otras, como el cólera y el tifus, que probablemente no nos atacarán, pero las inyecciones no brindan una inmunidad permanente; el efecto pasa después de un tiempo.

Me incliné para revolver en las alforjas que él había subido y dejado junto a la puerta. En la reunión alguien me había dado una esponja de las de verdad, importada de las Indias, como pago por extraerle un diente infectado. Era perfecta para un baño rápido.

—Y cosas como la malaria, lo que tiene Lizzie...

—¿No se la habías curado? —interrumpió Jamie, frunciendo el ceño.

Negué con la cabeza en un gesto de pena.

—No; la pobrecita la padecerá siempre. Sólo puedo tratar de que los ataques no sean tan graves ni tan frecuentes. Pero la lleva en la sangre, ¿comprendes?

Él se quitó la cinta de cuero con que se ataba el pelo y sacudió los mechones rojizos, dejando la melena suelta.

—No tiene sentido —objetó, levantándose para desabrocharse los pantalones—. Me has dicho que, si una persona ha tenido el sarampión y ha sobrevivido, no puede volver a contraerlo, porque permanece en su sangre. Por eso yo no puedo enfermar de viruela ni de sarampión, porque los tuve de niño y están en mi sangre.

—Bueno, no es exactamente igual —dije, sin mayor convicción. Después de tan largo trayecto no me sentía en condiciones de explicar las diferencias entre inmunidad activa, pasiva o adquirida, anticuerpos e infecciones parasitarias.

Sumergí la esponja en la palangana y, una vez que se hubo llenado de agua, la estrujé, disfrutando de su textura fibrosa, extrañamente sedosa. Una fina bruma de arena salió de los poros para posarse en el fondo del recipiente. La esponja se iba ablandando al absorber agua, pero aún se percibía un punto duro en un borde.

—Hablando de cabalgar...

Jamie puso cara de sorpresa.

—¿Quién habla de cabalgar?

—Pues nadie, pero yo estaba pensando en eso. —Descarté con un gesto ese detalle sin importancia—. ¿Qué piensas hacer con *Gideon*?

—¡Pues...! —Dejó caer los pantalones al suelo y se desperezó, pensativo—. No creo que pueda permitirme el lujo de matarlo de un disparo. Y es un tipejo bastante vigoroso. Para empezar, voy a cortarlo. Tal vez eso lo asiente un poco.

—¿Cortarlo? ¡Ah!, quieres decir castrarlo. Sí, supongo que eso lo haría más obediente, aunque me parece un poco drástico. —Vacilé un momento, reacia—. ¿Quieres que lo haga yo?

Él me clavó una mirada de sorpresa. Luego estalló en una carcajada.

—No, Sassenach. No creo que cortar a un potro de dieciocho palmos sea trabajo para una mujer, aunque sea cirujana. No se requiere una mano suave, ¿no crees?

Me alegró oírlo. Había estado toqueteando la esponja con el pulgar, para aflojarla un poco; de pronto, de un poro grande brotó una conchita diminuta, que se hundió en el agua en una perfecta espiral en miniatura, teñida de rosa y granate.

—¡Oh!, mira —exclamé, encantada.

—¡Qué bonito! —Jamie se inclinó sobre mi hombro para tocar con el índice la concha posada en el fondo de la palangana—. Pero ¿cómo se metió ahí?

—Supongo que la esponja se la comió por equivocación.

—¿Que se la comió? —Ante eso, una ceja rojiza se disparó hacia arriba.

—Las esponjas son animales —expliqué—. Para ser más exactos, estómagos. Succionan agua y absorben todo lo comestible que pasa a través de ellas.

—¡Ah!, por eso Bree dice que el bebé es una pequeña esponja. Es lo que ellos hacen. —Y sonrió al pensar en Jemmy.

—Ya lo creo.

Dejé que la camisa se deslizara desde mis hombros hasta la cintura. El fuego había entibiado un poco el aire glacial de la habitación, pero aún estaba lo bastante frío como para que se me erizara la piel de los pechos y los brazos. Jamie se quitó el cinturón para sacar con cuidado todo lo que llevaba colgado de él: la pistola, la caja de cartuchos, el puñal y la petaca de peltre. Después de poner todo en el pequeño escritorio, me mostró esta última elevando una ceja con aire inquisitivo.

Asentí con entusiasmo. Él se dio la vuelta para buscar una taza entre el montón de trastos. Con tanta gente en la casa con todas sus pertenencias, nuestras alforjas habían acabado arriba, arrojadas dentro de nuestro cuarto; las sombras abultadas del equipaje se movían a capricho contra la pared, dando a la alcoba el extraño aspecto de una gruta rodeada de piedras redondas.

Jamie, como su nieto, también era una esponja, reflexioné al verlo ir de un lado a otro completamente desnudo y despreocupado. Lo absorbía todo, y parecía capaz de entenderse con cuanto le tocara en suerte, por extraño que fuera a su experiencia: potros maniáticos, sacerdotes secuestrados, criadas casaderas, hijas tozudas y yernos paganos. Lo que no podía vencer, burlar o alterar, simplemente lo aceptaba, igual que la esponja aceptaba a su concha incrustada.

Llevando la analogía más allá, me dije que yo era como la concha. Arrancada de mi pequeño nicho por una corriente inesperadamente poderosa, fui absorbida y rodeada por Jamie y su vida. Atrapada para siempre entre las corrientes que pulsaban a través de su extravagante medio.

De pronto, la idea me provocó una sensación extraña. La concha seguía quieta en el fondo de la palangana, delicada y bella, pero vacía. Con mucha lentitud, me llevé la esponja a la nuca y la estrujé, dejando que el agua caliente corriera por mi espalda.

En general, no me arrepentía de nada. Yo había escogido estar allí; y allí quería estar. Sin embargo, de vez en cuando surgían pequeñeces, como nuestra conversación sobre la inmunidad, que me hacían comprender cuánto había perdido de lo que tenía, de lo que era. No podía negar que había superado algunas de mis debilidades. Y a veces al pensarlo sentía un vacío en mi interior.

Jamie se agachó para rebuscar en una alforja. Su trasero desnudo, vuelto hacia mí con total inocencia, me ayudó a despejar el momentáneo desasosiego. Era cierto que tenía formas gráciles, redondeadas por los músculos y gratamente cubiertas por un vello rojo-dorado que captaba la luz del fuego y las velas. Las columnas largas y claras de los muslos enmarcaban la sombra del escroto, oscuro y apenas visible entre ellos.

Por fin había encontrado una taza, que llenó hasta la mitad. Al entregármela apartó los ojos del líquido oscuro, sorprendido al descubrir que lo estaba observando.

—¿Qué sucede? —preguntó—. ¿Hay algún problema, Sassenach?

—No —dije. Pero mi voz debió de sonar dubitativa, pues él contrajo por un instante las cejas—. No —repetí, con más firmeza. Y acepté la taza con una sonrisa, alzándola apenas en un gesto de gratitud—. Sólo estaba pensando.

Una sonrisa de respuesta le asomó a los labios.

—¿Sí? Pues no conviene que pienses demasiado a estas horas de la noche, Sassenach. Puede provocarte pesadillas.

—Me atrevería a decir que tienes razón. —Bebí un sorbo y me sorprendí al descubrir que era vino; muy bueno, además—. ¿Dónde lo has conseguido?

—Del padre Kenneth. Es vino sacramental, sin consagrar, por supuesto. Me dijo que los hombres del comisario se lo llevarían; prefirió que yo me lo trajera.

Al mencionar al cura, una leve sombra le cruzó la cara.

—¿Crees que saldrá de ésta? —pregunté. Los hombres del comisario no me habían parecido agentes civilizados de una ley abstrusa, sino más bien matones que dominaban momentáneamente sus prejuicios por miedo... a Jamie.

—Eso espero. —Él se puso a un lado, inquieto—. Le advertí al comisario que, si alguien maltrataba al padre, él y sus hombres tendrían que responder por ello.

Asentí en silencio mientras bebía a sorbos. Si Jamie se enteraba de que el padre Kenneth había sufrido algún daño, el comisario no dejaría de pagar por ello. La idea me inquietó un poco. No era el mejor momento para hacer enemigos. Y el comisario del condado de Orange no era buen enemigo.

Al levantar la vista me encontré con los ojos de Jamie, todavía fijos en mí, aunque ahora con profunda complacencia.

—Últimamente te estás poniendo hermosa, Sassenach —observó, inclinando la cabeza a un lado.

—Lo dices por halagarme —reproché con una mirada fría mientras cogía la esponja.

—Debes de haber ganado seis o siete kilos desde la primavera —dijo, inspeccionándome con aire de aprobación—. Ha sido un buen verano para el engorde, ¿no?

Me di la vuelta para arrojarle la esponja mojada a la cabeza. Él la atrapó limpiamente, sonriendo de oreja a oreja.

—En estas últimas semanas has estado tan abrigada, Sassenach, que no me había percatado de esas nuevas redondeces. Hacía por lo menos un mes que no te veía desnuda.

Seguía evaluándome como si yo fuera un buen candidato para ganar la medalla de plata en la exposición de cerdos.

—Disfrútalas —le aconsejé, enrojeciendo de fastidio—. ¡Tal vez no vuelvas a verlas por algún tiempo!

Y recogí con gesto brusco la parte superior de la camisa, para cubrir mis pechos, innegablemente engrosados. Él enarcó las cejas, sorprendido por mi tono.

—¿Te has enfadado conmigo, Sassenach?

—Claro que no —repuse—. ¿De dónde has sacado esa idea?

Él sonrió, frotándose con aire distraído el pecho con la esponja mientras me recorría con los ojos. Sus tetillas, encogidas por el frío, se recortaban tiesas y oscuras entre el vello rojizo y el brillo húmedo de su piel.

—Me gustas gorda, Sassenach —dijo por lo bajo—. Gorda y jugosa como una gallinita rolliza. Me gustas mucho así.

Podría haber tomado aquello como un simple intento de cubrir una patochada, de no ser por el hecho de que los hombres desnudos vienen convenientemente equipados con detectores sexuales de mentiras. Era cierto: le gustaba mucho.

—¡Oh! —exclamé. Y bajé la camisa con bastante lentitud—. Pues...

Él levantó el mentón en un gesto. Vacilé un segundo, pero luego me levanté para dejar que la camisa cayera al suelo, donde se unió a sus pantalones. Después, cogí la esponja que él tenía en la mano.

—Quiero... eh... terminar de lavarme, si me lo permites —murmuré.

Le volví la espalda, apoyando un pie en el taburete para lavarme; detrás de mí se oyó un alentador ronroneo de apreciación. Sonreí para mis adentros, sin prisa. El cuarto se estaba caldeando; cuando acabé mis abluciones tenía la piel rosada y suave; sólo me quedaba un resto de frío en los dedos de las manos y los pies.

Por fin, me di la vuelta. Jamie seguía observándome, aunque todavía se frotaba la muñeca, un tanto ceñudo.

—Y tú, ¿te has lavado? —pregunté—. Aunque ya no te moleste, si todavía te queda en la piel algo de aceite de la hiedra venenosa, puedes dejar restos en lo que toques... y yo no soy inmune a ella.

—Me froté las manos con jabón de lejía —me aseguró, apoyándomelas en los hombros a modo ilustrativo.

Es verdad que emanaba un fuerte olor al jabón acre y blando que fabricábamos con sebo y ceniza de leña; no se trataba de las pastillas perfumadas para tocador, sino de las de limpiar suelos y cacerolas. No era de extrañar que se rascara; ese producto maltrataba la piel; sus manos estaban ásperas y agrietadas.

Incliné la cabeza para besarle los nudillos. Luego abrí la cajita donde guardaba mis cosas personales, en busca del bálsamo para la piel hecho de aceite de nuez, cera de abejas y lanolina purificada; era muy suavizante y tenía un verde aroma a esencias de manzanilla, alcanfor, milenrama y flores de saúco.

Cogí un poquito con la uña del pulgar y lo froté entre mis manos; aunque originalmente era casi sólido, se licuaba de una manera muy agradable al calentarse.

—Ven —le dije.

Y puse una de sus manos entre las mías, frotando para que el ungüento penetrara en las grietas de sus nudillos, al tiempo que masajeaba sus palmas encallecidas. Se relajó poco a poco, y permitió que yo le extendiera el bálsamo dedo por dedo, para insistir sobre las articulaciones y lograr que hiciera efecto en los rasguños y los cortes. Aún tenía marcas allí donde había ceñido las riendas.

—El ramillete es encantador, Jamie —le dije, señalando con la cabeza el manojo de plantas en la taza—. Pero ¿cómo se te ha ocurrido hacerlo?

Aunque Jamie a su modo era bastante romántico, también era muy práctico; nunca me había hecho un regalo del todo frívolo, y no era de los que encuentran valor en un planta que no sirva para comer, curar algo o convertirse en cerveza.

Se removió un poco, a todas luces incómodo.

—Pues... —Apartó la vista—. Es que... quiero decir... Tenía una tontería para regalarte, pero la perdí. Y como te pareció muy tierno que Roger cogiera unas cuantas hierbas para Brianna... —Se interrumpió, murmurando por lo bajo algo que sonó a «¡*ffrnn!*».

Sentí un fuerte deseo de reír, pero lo que hice fue cogerle la mano para darle un beso leve en los nudillos. Parecía azorado, aunque complacido. Con su dedo pulgar en la palma de mi mano, acarició el borde de una ampolla a medio cicatrizar, obra de un hervidor caliente.

—Oye, Sassenach, tú también necesitas algo de esto. Permíteme.

Y se inclinó para coger con un dedo un poco del ungüento verde. Luego encerró mi mano en la suya, caliente y todavía resbaladiza por la mezcla de aceite y cera de abejas.

Durante un instante me resistí, pero luego permití que me cogiera la mano. Mientras él trazaba en mi palma unos círculos lentos y profundos, sentí deseos de cerrar los ojos y fundirme en silencio. Dejé escapar un pequeño suspiro de placer; debí de cerrar los ojos, pues no lo vi acercarse para besarme; sólo sentí el breve contacto de su boca.

Levanté con gesto perezoso la otra mano y él la cogió también para acariciarla. Dejé que mis dedos se entrelazaran con los suyos, los pulgares ligeramente juntos, con la base frotándose apenas. Estaba tan cerca que percibía su calor y el delicado roce del vello aclarado por el sol cuando alargó el brazo al lado de mi cadera para coger más ungüento.

Hizo una pausa para darme un beso leve al pasar. Las llamas siseaban en el hogar, como mareas cambiantes, y la luz del fuego parpadeaba débilmente en las paredes encaladas, como se veía desde el agua la luz bailando en la superficie, mucho más arriba. Era como estar juntos y solos en el fondo del mar.

—Roger no lo hizo por puro romanticismo, ¿sabes? —comenté—. O tal vez sí. Depende de cómo quieras mirarlo.

Jamie pareció intrigado. Nuestros dedos se entretejieron, moviéndose apenas. Suspiré de placer.

—¿Ah, sí?

—Bree me preguntó sobre el control de embarazo. Le dije qué métodos existen ahora; la verdad, no son muy buenos, aunque sí mejores que nada. La anciana abuela Bacon me dio algunas semillas; según dice, las indias las usan como anticonceptivos, y se supone que son muy efectivas.

La cara de Jamie sufrió un cambio de lo más cómico: de soñoliento placer a ojos de estupefacción.

—¿Anticon... qué? Ella... ¿quieres decir que... esas vulgares semillas...?

—Pues sí. Al menos creo que pueden ayudar a evitar el embarazo.

—Mmfm.

El movimiento de los dedos se detuvo; juntó las cejas en un gesto más preocupado que de desaprobación, o así me pareció. Luego continuó masajeándome las manos, envolviéndolas en su puño, mucho más grande, con un movimiento decidido que me obligó a ceder.

Durante unos instantes guardó silencio, frotándome los dedos con ungüento; su actitud se parecía más a la del hombre que lustra sus arneses que a la de quien hace tiernamente el amor a las devotas manos de su esposa. Me moví un poco; entonces pareció reparar en lo que estaba haciendo, pues se detuvo, ceñudo. Luego me estrechó un poco las manos y relajó la cara. Después de llevarse mi mano a los labios para besarla, reanudó su masaje con mucha más lentitud.

—¿Crees que...? —Pero se interrumpió.

—¿Qué?

—Mmfm... Es que... ¿No te parece algo extraño, Sassenach, que una joven recién casada esté pensando en algo así?

—No, no me lo parece —dije con bastante aspereza—. A mi modo de ver, es muy sensato. Y ellos no son tan recién casados. Han estado... Es decir, ya tienen un hijo.

Él dilató las fosas nasales en mudo desacuerdo.

—Es ella la que tiene un hijo —replicó—. A eso me refería, Sassenach. Me parece que, cuando una joven se lleva bien con su marido, lo primero que piensa no es precisamente cómo hacer para no darle un hijo. ¿Estás segura de que todo está bien entre ellos?

Hice una pausa para estudiar la pregunta.

—Creo que sí —dije al fin, despacio—. No olvides, Jamie, que Bree viene de una época en la que las mujeres pueden decidir cuándo tendrán un hijo y si quieren tenerlo o no con bastante seguridad. Ella debe de pensar que es su derecho.

Su ancha boca se frunció en un gesto reflexivo. Noté que luchaba con la idea, del todo contraria a su propia experiencia.

—¿Conque así son las cosas? —preguntó al fin—. ¿La mujer puede decidir que sí o que no, sin que el hombre tenga arte ni parte?

Su voz reflejaba asombro y desaprobación. Reí un poco.

—Bueno, no es exactamente así. No siempre. Es decir, hay accidentes, ignorancia, estupidez. Muchas mujeres dejan las cosas en manos del azar. Y la mayoría de ellas tiene en cuenta lo que el hombre piensa. Pero sí, supongo que, en resumen, las cosas son así.

Él gruñó un poco.

—Claro, como MacKenzie también es de esa época, no le resultará extraño.

—Él mismo recogió las hierbas —señalé.

—Así que fue él. —La arruga quedó entre sus cejas, pero aflojó un poco el ceño.

Se estaba haciendo tarde; el leve rumor de conversaciones y risas se iba apagando en el piso de abajo. Un súbito llanto de bebé rompió el creciente silencio. Los dos nos detuvimos a escuchar, pero nos relajamos al oír el murmullo de la madre a través de la puerta cerrada.

—Además, no es tan raro que una joven piense algo así. Antes de casarse con Fergus, Marsali también vino a preguntarme lo mismo.

—¿De veras? —Enarcó una ceja—. ¿Y tú no se lo dijiste?

—¡Por supuesto que sí!

—Pues no le dio buen resultado, ¿no?

Una comisura de su boca se curvó hacia arriba, en una sonrisa cínica; Germain había nacido aproximadamente diez meses después de la boda; Marsali volvió a quedarse embarazada a los pocos días de destetarlo. Sentí que el rubor me subía a las mejillas.

—No hay nada infalible, ni siquiera los métodos modernos. Además, es imposible que algo dé resultado si no lo usas.

En realidad, Marsali sólo se había interesado por los anticonceptivos, no porque no quisiera tener hijos, sino porque temía que el embarazo perturbara la intimidad de su relación con Fergus. «Quiero que me guste. Lo del miembro»: ésas habían sido sus palabras en aquella memorable ocasión.

También sonreí al recordarlas.

Mi suposición, igualmente cínica, era que le había gustado de lo lindo, tras lo cual decidió que el embarazo no disminuiría su apreciación de las virtudes de Fergus. Pero eso me llevó de nuevo a los temores de Jamie con respecto a Brianna, pues sin duda su intimidad con Roger estaba bien establecida. Aun así, a duras penas era...

Una mano de Jamie seguía entrelazada con la mía; la otra abandonó mis dedos para buscar otro lugar... muy levemente.

—¡Oh! —dije. Empezaba a perder el hilo de mis ideas.

—Píldoras, dijiste. —Su cara estaba muy cerca; los ojos nublados por los pensamientos—. ¿Es así como se hace?

—¡Hum... oh...! Sí.

—Tú no te trajiste nada de eso —observó—. Al regresar.

Inspiré hondo y dejé escapar el aire. Sentía que comenzaba a disolverme.

—No —dije, algo desmayada.

Él hizo una pausa, posando la mano ligera.

—¿Por qué? —preguntó en voz baja.

—Bueno... en realidad... pensé... Es preciso tomarlas siempre. Y no podía traer tantas. Hay algo definitivo, una pequeña operación. Es bastante simple y te deja permanentemente... estéril.

Tragué saliva. Al considerar la perspectiva de volver al pasado, había pensado muy en serio en la posibilidad de quedar embarazada... y en los riesgos. Dadas mi edad y mi historia previa, me parecía muy poco probable, pero el peligro...

Jamie permanecía muy quieto, con la vista gacha.

—Por el amor de Dios, Claire —rogó al fin, en voz queda—, dime si lo hiciste.

Tomé una buena bocanada de aire y le estreché la mano; mis dedos resbalaron un poquito.

—Si lo hubiera hecho, Jamie —dije con suavidad—, te lo habría dicho. —Volví a tragar saliva—. ¿Tú... lo hubieras querido?

Una mano de Jamie aún me estrechaba. La otra se apartó para tocarme la espalda y me apretó con mucha suavidad contra él. Sentí su piel caliente contra la mía.

Pasamos varios minutos de pie, tocándonos sin movernos. Por fin él suspiró; su pecho se elevó bajo mi oreja.

—Ya tengo suficientes hijos —musitó—. Pero sólo tengo una vida. Y ésa eres tú, *mo chridhe*.

Alcé una mano para tocarle la cara. Estaba surcada de cansancio, áspera de barba crecida; llevaba varios días sin afeitarse.

Yo lo había pensado, sí. La verdad es que estuve muy cerca de pedir a un cirujano amigo que me esterilizara. La sangre fría y la mente clara así lo aconsejaban; no tenía sentido correr riesgos. Sin embargo... no había seguridad de que yo sobreviviera al viaje, de que pudiera llegar a la época y al lugar correctos, de que volviera a encontrarlo. Menos posible aún era concebir otra vez a mi edad.

No obstante, después de una separación tan larga, sin saber si lograría hallarlo, no me decidí a destruir ninguna de las posibilidades que hubiera entre nosotros. No quería tener otro hijo, pero si lo encontraba y él lo deseaba... en ese caso me arriesgaría por él.

Lo toqué apenas; él dejó escapar un sonido grave y apoyó la cara contra mi pelo, estrechándome con fuerza. Nuestros actos de amor eran siempre peligro y promesa: si en esos momentos él tenía mi vida en sus manos, yo tenía su alma y lo sabía.

—Pensé... pensé que jamás verías a Brianna. Y no sabía lo de Willie. No era justo privarte de la posibilidad de tener otro hijo. Sin decírtelo, no.

«Eres sangre de mi sangre —le había dicho—, hueso de mis huesos.» Era cierto. Y siempre sería así, aunque de ello no surgieran hijos.

—No quiero más hijos —susurró—. Te quiero a ti.

Su mano se elevó como por voluntad propia, para tocarme el pecho con la punta de un dedo, dejándome sobre la piel un reverbero de bálsamo perfumado. Lo envolví con mi mano, resbaladiza y con aroma a verdor, y di un paso atrás para atraerlo conmigo hacia la cama. Tuve apenas conciencia suficiente para apagar la vela.

—No te preocupes por Bree —le dije, buscándolo para tocarlo mientras se alzaba sobre mí, negro contra la luz del fuego—. Roger recogió las hierbas para ella. Sabe lo que ella quiere.

Él soltó un hondo suspiro, un aliento de risa que se atascó en su garganta y acabó en un pequeño gruñido de placer y satisfacción mientras se deslizaba entre mis piernas, bien lubricada y dispuesta.

—Yo también sé lo que quiero —dijo, sofocando la voz en mi pelo—. Mañana te cortaré otro ramillete.

Drogada por la fatiga, lánguida de amor y adormecida por la comodidad de una cama blanda y limpia, dormí como un tronco.

Hacia el amanecer comencé a soñar; fueron sueños agradables, de contacto y color, sin forma. Unas manos pequeñas me tocaban el pelo, me palpaban la cara. Me volví de costado, semiconsciente, soñando que amamantaba a un niño. Unos dedos suaves, diminutos, me tocaban el pecho. Levanté la mano para abarcar la cabeza del niño. Me mordió.

Al instante me incorporé en la cama con un grito. Una silueta gris cruzó corriendo el edredón y desapareció por los pies de la cama. Chillé otra vez, más fuerte aún.

Jamie saltó del lecho, rodó por el suelo y acabó de pie, con los hombros tensos y los puños medio cerrados.

—¿Qué? —interpeló, recorriendo el cuarto con una mirada salvaje, en busca de intrusos—. ¿Quién? ¿Qué ha sido?

—¡Una rata! —Señalé con un dedo trémulo el punto donde la silueta gris había desaparecido, en el hueco entre los pies de la cama y la pared.

—¡Ah...! —Relajó los hombros al tiempo que se frotaba la cara y el pelo con la mano, parpadeando—. Una rata.

—Una rata en nuestra cama —precisé, nada dispuesta a considerar el hecho con el menor grado de calma—. ¡Y me ha mordido! —Inspeccioné con más atención el pecho herido: no había sangre; sólo un par de diminutas perforaciones que escocían un poco. Al pensar en la posibilidad de contraer la rabia se me enfrió la sangre.

—No te preocupes, Sassenach. Yo me encargaré de ella.

Cuadrando los hombros una vez más, Jamie cogió el atizador del hogar y avanzó con gesto decidido hacia los pies de la cama. Era una tabla de madera maciza; sólo quedaban unos cuantos centímetros entre ella y el muro. La rata debía de estar atrapada, a menos que hubiera logrado escapar en los escasos segundos transcurridos entre mi grito y el salto de Jamie entre las mantas.

Me puse de rodillas, lista para brincar fuera de la cama en caso necesario. Mi marido, ceñudo de concentración, alzó el atizador, buscando con la mano libre, y apartó la parte colgante del cubrecama.

Descargó el atizador con gran fuerza... pero lo apartó a un lado, estrellándolo contra la pared.

—¿Qué? —pregunté.

—¿Qué? —repitió él, pero en tono de incredulidad.

Se agachó un poco más, bizqueando en la penumbra. Luego se echó a reír. Tras dejar caer el atizador, se puso de cuclillas en el suelo para estirar lentamente el brazo entre los pies de la cama y el muro, emitiendo entre dientes un pequeño gorjeo. Se parecía al de los pájaros cuando comen en algún matorral lejano.

—¿Estás hablándole a la rata? —Empecé a gatear hacia él, pero con un movimiento de cabeza me indicó que regresara, sin dejar de emitir aquel gorjeo.

Esperé con cierta impaciencia. Un minuto después él lanzó un manotazo. Por lo visto había atrapado aquello, fuera lo que fuese, pues le oí una pequeña exclamación satisfecha. Cuando se levantó, sonriente, sujetaba algo peludo y gris por la piel floja del cuello, colgando de sus dedos como una taleguilla.

—Aquí está tu rata, Sassenach —dijo, depositando una bola de pelo gris en el cubrecama.

Dos enormes ojos, de color verde claro, se clavaron en mí sin parpadear.

—¡Válgame Dios! —dije—. ¿De dónde has venido?

Alargué un dedo, con mucha lentitud. El gatito no se movió. Cuando toqué el borde de la diminuta mandíbula de seda gris, los grandes ojos verdes desaparecieron, convertidos en ranuras, mientras se frotaba contra mi dedo. Un ronroneo asombrosamente grave recorrió su cuerpecito.

—Ése es el regalo que pensaba hacerte, Sassenach —dijo Jamie, con inmensa satisfacción—. Para que mantenga tu consultorio libre de alimañas.

—Serán las pequeñas —observé, examinando titubeante mi nuevo regalo—. Creo que una cucaracha grande podría llevárselo a su madriguera. Y no quiero ni pensar si se tratara de un ratón. ¿Es macho?

—Crecerá —me aseguró Jamie—. Mírale las patas.

El gato (era macho, sí) se había puesto boca arriba y estaba imitando a un insecto muerto, con las patas en el aire. Cada zarpa tenía más o menos el tamaño de un penique de cobre: por sí solas eran pequeñas, pero resultaban enormes en contraste con el cuerpo menudo. Toqué las minúsculas almohadillas, de rosa inmaculado en la espesura de suave pelaje gris. El gatito se retorció en éxtasis.

Alguien llamó discretamente a la puerta. Mientras me cubría a toda prisa el pecho con la sábana, la puerta se abrió y vi asomarse la cabeza del señor Wemyss, con el pelo tieso como paja de trigo.

—Eh... ¿todo en orden, señor? —preguntó, con un parpadeo miope—. Mi niña me ha despertado diciendo que creía haber oído un grito. Y luego hemos oído un golpe, como si... —Sus ojos, apartándose raudos de mí, se fijaron en la marca que el atizador había dejado en el muro encalado.

—Sí, todo está bien, Joseph —le aseguró Jamie—. Era sólo un gatito.

—¿Ah, sí? —El señor Wemyss miró hacia la cama entornando los ojos. Su cara flaca se dividió en una sonrisa al ver el bulto de pelaje gris—. ¿Un minino? Hombre, nos será útil en la cocina, sin duda.

—Sí. Y hablando de cocinas, Joseph, ¿sería posible que su hija subiera una escudilla de nata para nuestro huésped?

El hombre hizo un gesto afirmativo y desapareció, dedicando al gatito una última sonrisa paternal.

Jamie se desperezó con un bostezo y se frotó con energía el pelo, que estaba más revuelto de lo habitual. Lo observé con apreciación puramente estética.

—Pareces un mamut lanudo —dije.

—¿Sí? ¿Y qué es un mamut, aparte de ser algo grande?

—Una especie de elefante prehistórico. Esos animales de trompa larga, ¿sabes?

Él bizqueó para mirarse el cuerpo en toda su longitud; luego me miró con aire intrigado.

—Vaya, gracias por el cumplido, Sassenach —dijo—. Conque un mamut...

Proyectó los brazos hacia arriba y volvió a estirarse, arqueando con aire despreocupado la espalda; de ese modo (no me pareció que fuera por casualidad) realzó cualquier parecido incidental que pudiera existir entre la anatomía matinal masculina, medio tumefacta, y el adorno facial de los paquidermos.

—No me refería precisamente a eso —reí—. Deja de exhibirte. Lizzie entrará en cualquier momento. Ponte la camisa o vuelve a la cama.

Un ruido de pisadas en el descansillo hizo que se zambullera debajo del edredón; el gatito, asustado, correteó por la sábana. Sin embargo, quien traía la escudilla de nata resultó ser el señor Wemyss en persona, para evitarle a su hija la posible visión de un hombre en su estado natural.

Como hacía buen tiempo, la noche anterior habíamos dejado las contraventanas abiertas. El cielo tenía el color de las ostras frescas, húmedo y gris perlado. El señor Wemyss le echó un vistazo y parpadeó. Después de responder con una inclinación de cabeza a Jamie, que le daba las gracias, volvió a su habitación, a disfrutar de una última media hora de sueño antes del amanecer.

Yo desenredé de mi pelo al gatito, que se había refugiado allí, y lo deposité en el suelo, junto al cuenco de nata. Probablemente no había visto algo así en su vida, pero bastó con el olor; pocos segundos después tenía el hocico hundido hasta los bigotes y lamía con entusiasmo.

—¡Cómo ronronea! —comentó Jamie, aprobador—. Lo oigo desde aquí.

—Es un encanto. ¿De dónde lo has sacado? —Me acurruqué contra el cuerpo de Jamie, disfrutando de su calor; el fuego casi se había apagado y el ambiente de la habitación era gélido y agrio de cenizas.

—Lo encontré en el bosque. —Después de un gran bostezo, Jamie se relajó, apoyando la cabeza en mi hombro para contemplar al animal, que se había abandonado a un éxtasis de glotonería—. Creía haberlo perdido cuando *Gideon* se desbocó. Supongo que se había escondido en una de las alforjas y lo subieron con las otras cosas.

Caímos en un apacible estupor, adormilados en el nido caliente de la cama, mientras el cielo se iba aclarando y el aire cobraba vida con el trino de los pájaros. La casa también despertaba. Desde abajo nos llegó un llanto de bebé, seguido de ruidos, arrastrar de pies, murmullo de voces. Nosotros también debíamos levantarnos, pues había mucho que hacer; sin embargo, ninguno de los dos se movía, por no renunciar a la sensación de tranquilo santuario. Jamie suspiró, calentándome el hombro con su aliento.

—Una semana, creo —dijo por lo bajo.

—¿Para que tengas que partir?

—Sí. Es el tiempo que necesito para dejar ordenadas las cosas aquí y hablar con los hombres del cerro. Luego, una semana para cruzar el territorio entre la Línea del Tratado y Drunkard's Creek. Llamaré a reclutamiento y los traeré aquí para adiestrarlos. Así, en el caso de que Tryon convoque a la milicia...

Me quedé callada un instante, con una mano envolviendo la de Jamie contra mi pecho.

—Si la convoca, iré con vosotros.

Él me besó la nuca.

—¿Quieres venir? —preguntó—. No creo que sea necesario. Ni tú ni Bree recordáis que haya habido combates aquí por estas fechas.

—Eso sólo significa que, de suceder algo, no será una gran batalla —repliqué—. Estas colonias son grandes, Jamie. Y en doscientos años pasan muchas cosas. Es lógico que no sepamos de los conflictos menores, sobre todo de los que sucedieron en un lugar diferente. En Boston, en cambio...

Le apreté la mano con un suspiro.

Por mi parte, no sabía mucho sobre lo sucedido en Boston, pero Bree sí; como se había criado en esa ciudad, en la escuela le habían enseñado bastante sobre la historia local y la del estado. Yo la había oído hablar con Roger de la masacre de Boston, una pequeña confrontación entre los ciudadanos y las tropas británicas, que había tenido lugar en el último mes de marzo.

—Sí, supongo que es cierto —dijo él—. Aun así, no creo que esto llegue a nada. Supongo que Tryon sólo quiere asustar a los reguladores para que se porten bien.

Eso era lo más probable. De todos modos, yo recordaba bien el viejo dicho: «El hombre propone y Dios dispone.» Fuera Dios o William Tryon el que estaba a cargo, sólo el cielo sabía lo que podía suceder.

—¿Es una suposición o una esperanza? —le pregunté.

Él estiró las piernas con un suspiro y me ciñó la cintura.

—Ambas cosas —admitió—. Sobre todo, una esperanza. Rezo por que así sea. Pero también es lo que pienso.

Tras vaciar por completo la escudilla, el gatito se sentó con un ruido seco, mientras retiraba de sus bigotes los restos de aquella deliciosa cosa blanca; luego caminó despacio hacia la cama, con los laterales visiblemente abultados, y subió de un salto. Después de acurrucarse contra mí, se durmió en el acto.

Tal vez no dormía del todo, pues yo percibía la pequeña vibración de su ronroneo a través de la colcha.

—¿Qué nombre podría ponerle? —me pregunté en voz alta, tocando el extremo de la cola suave, erizada—. ¿*Mancha*? ¿*Pompón*? ¿*Nube*?

—Qué nombres tan tontos —musitó Jamie, con perezosa tolerancia—. ¿Así llamáis a los mininos en Boston? ¿O en Inglaterra?

—No. Nunca he tenido gatos —admití—. Frank les tenía alergia; le hacían estornudar. Sugiéreme entonces un buen nombre escocés para gato. ¿*Diarmuid*? ¿*McGillivray*?

Él resopló de risa.

—*Adso* —dijo convencido—. Llámalo *Adso*.

—¿Qué clase de nombre es ése? —pregunté, volviéndome para mirarlo, extrañada—. He oído muchos nombres escoceses peculiares, pero ése es nuevo.

Él acomodó el mentón en mi hombro, contemplando al gatito dormido.

—Mi madre tenía un gatito que se llamaba *Adso* —dijo sin que yo lo esperara—. Un minino gris, muy parecido a éste.

—¿De verdad? —Le apoyé una mano en la pierna. Rara vez hablaba de su madre, que había muerto cuando él tenía ocho años.

—Sí, de verdad. Era buen cazador. Y quería mucho a mi madre; a los niños no nos hacía mucho caso. —El recuerdo le hizo sonreír—. Posiblemente porque Jenny lo vestía con ropa de bebé y le daba de comer bizcochos. Y yo lo dejé caer en el estanque del molino, para ver si sabía nadar. Sabía, pero no le hizo gracia.

—Yo no se lo reprocharía —comenté, divertida—. Pero ¿por qué se llamaba *Adso*? ¿Es el nombre de algún santo? —Ya estaba habituada a los nombres peculiares de los santos celtas, desde Aodh (que se pronuncia Uh) a Dervorgilla. Pero nunca había oído hablar de san Adso. Probablemente fuera el santo patrono de los ratones.

—No, era un monje —corrigió él—. Mi madre era muy culta. Estudió en Leoch, ¿sabes?, junto con Colum y Dougal; sabía leer griego y latín, un poco de hebreo, francés y alemán. Desde luego, en Lallybroch no tenía muchas oportunidades de leer, pero mi padre, con mucho esfuerzo, hacía traer libros desde Edimburgo y París.

Alargó un brazo por encima de mi cuerpo para tocar una oreja sedosa, translúcida. El gatito retorció los bigotes, frunciendo la cara como si fuera a estornudar, pero no abrió los ojos. El ronroneo continuó sin que hubiera menguado.

—Uno de sus libros preferidos estaba escrito por un austriaco, de la ciudad de Melk, y a ella le pareció un nombre muy adecuado para el gatito.

—¿Adecuado?

—Sí. —Él señaló con la cabeza la escudilla vacía, sin la menor contracción de labios u ojos—. *Adso de Milk.*[1]

---

[1] Juego de palabras intraducible. *Melk* se pronuncia igual que *milk*, «leche». *(N. de la T.)*

El gato, al entreabrir un párpado, dejó ver una ranura verde, en respuesta al sonido del nombre. Luego volvió a cerrarse y el ronroneo se reanudó.

—Bueno, si a él no le molesta, supongo que a mí tampoco —dije, resignada—. Será *Adso*.

## 19

### *Más vale malo conocido*

Una semana después, mientras las mujeres nos dedicábamos a la demoledora tarea de lavar la ropa, el mulo *Clarence* dejó oír su clarinada, anunciando que se acercaban visitas. La menuda señora Aberfeldy saltó como si la hubiera picado una abeja y dejó caer a la tierra del patio las camisas mojadas que llevaba en los brazos. Al ver que las señoras Bug y Chisholm iban a reprochárselo, aproveché la oportunidad para secarme las manos en el delantal y correr a la parte delantera a recibir al visitante que se aproximaba, quienquiera que fuese.

Como cabía esperar, una mula baya salía ya de entre los árboles, seguida por una gorda yegua castaña a la que llevaban de las riendas. La mula agitó las orejas, relinchando con entusiasmo en respuesta al saludo de *Clarence*. Mientras me tapaba los oídos con los dedos para bloquear ese alboroto infernal, entorné los ojos contra el fulgor del sol de la tarde, tratando de distinguir al jinete montado en la mula.

—¡Señor Husband! —Corrí a saludarlo.

—¡Buenos días, amiga Fraser!

Hermon Husband se quitó el negro chambergo e hizo una breve inclinación a modo de saludo. Luego desmontó con un gruñido que reflejaba muchas horas en la silla. Cuando se enderezó, sus labios se movieron sin emitir sonido alguno en el marco de la barba; era cuáquero y no decía palabrotas, al menos en voz alta.

—¿Está tu esposo en casa?

—¡Acabo de ver que se dirigía al establo! ¡Iré a buscarlo! —grité por encima del relinchar constante de las mulas. Le cogí el sombrero, señalando la casa con un gesto—. Yo me ocuparé de sus animales.

Él me lo agradeció con una inclinación de cabeza y rodeó la casa, cojeando lentamente hacia la puerta de la cocina. Noté que se movía con dolor; apenas podía apoyarse en el pie izquierdo. El sombrero que yo tenía en la mano estaba cubierto de polvo y manchas de barro; además, al acercarme a él me había llegado un olor a ropa y cuerpo sin asear. Llevaría mucho tiempo de viaje, tal vez una semana, casi siempre durmiendo al raso.

Desensillé la mula, retirando en el proceso dos alforjas gastadas, medio llenas de panfletos mal impresos y toscamente ilustrados. Me fijé en la ilustración con interés; era un grabado en madera de unos reguladores indignados, desafiando con expresión justiciera a un grupo de funcionarios, entre los cuales había una figura achaparrada que identifiqué sin dificultad: David Anstruther; aunque no se mencionaba su nombre, el artista había captado con notable facilidad el parecido del comisario con un sapo venenoso. ¿Acaso Husband se dedicaba ahora a repartir esa bazofia de puerta a puerta?

Después de meter a los animales en el corral, dejé el sombrero y las alforjas junto al pórtico y volví a subir la colina hacia el establo, una cueva de poca profundidad que Jamie había cerrado con una gruesa empalizada. Brianna decía que era la sala de maternidad, puesto que sus ocupantes habituales eran yeguas, vacas o cerdas a punto de parir.

Me pregunté qué traería a Hermon Husband por aquí... y si lo estarían siguiendo. Era dueño de una granja y un pequeño molino, ambos a dos días de camino del cerro; cuesta pensar que sólo hubiera hecho el viaje por el placer de nuestra compañía.

Husband era uno de los líderes de la Regulación; más de una vez lo habían encarcelado por los panfletos provocativos que imprimía y distribuía. Según mis noticias más recientes, los cuáqueros de la zona lo habían excluido de sus reuniones, pues veían con malos ojos sus actividades: les parecían una incitación a la violencia. No les faltaba razón, a juzgar por el material que yo había leído.

La puerta del establo estaba abierta, y dejaba escapar un olor agradablemente fecundo a paja, estiércol y calor animal, junto con un torrente de palabras, también fecundas. Jamie, que no era cuáquero, sí que creía en las palabras malsonantes y las estaba usando profusamente, aunque en gaélico, que tiende más a lo poético que a lo vulgar. Las efusiones de ese momento se podían traducir, a grandes rasgos, como: «¡Ojalá que se te retuerzan las entrañas como serpientes y que las tripas te estallen a través de las paredes de la panza! ¡Que la maldición de los cuervos caiga sobre ti, engendro de una estirpe de moscas de estercolero!» O algo por el estilo.

—¿Con quién estás hablando? —le pregunté, asomando la cabeza por la puerta—. ¿Y cuál es la maldición de los cuervos?

Parpadeé en la súbita penumbra; de él sólo vislumbraba una sombra alta recortada contra los montones de heno claro acumulados contra la pared. Jamie se volvió al oírme y caminó hacia la luz de la puerta. Había estado pasándose los dedos por la cabeza; se le habían soltado varios mechones de pelo y tenía briznas de paja enganchadas en ellos.

—*Tha nighean na galladh torrach!* —dijo, con un gesto feroz y un breve ademán hacia atrás.

—«¡Blanca hija de p...», ¡ah! ¿Quieres decir que esa condenada cerda ha vuelto a hacerlo?

La gran cerda blanca, aunque dotada de excelente grasa y asombrosa capacidad reproductora, era también una bestia astuta que no toleraba el cautiverio. Ya en otras dos ocasiones se había escapado del corral de cría: una vez, por medio del recurso de cargar contra Lizzie, quien —muy inteligente— había soltado un grito y se había lanzado al suelo para quitarse de en medio mientras la cerda arremetía y pasaba de largo; otra, escarbando con el hocico un hueco en un lateral del corral, donde se tendió a la espera de que se abriese la puerta; cuando fui a entrar, me derribó al suelo en su fuga hacia los espacios abiertos.

Esta vez no se había preocupado con estrategias: se había limitado a romper un tablón de su cubil y después había hurgado y escarbado bajo la empalizada. Se había hecho un túnel de huida digno de los prisioneros de guerra británicos de un campo nazi.

—Sí, lo ha hecho —dijo Jamie, volviendo al inglés ahora que su furia inicial había amainado en parte—. Y sobre la maldición de los cuervos, depende. Puede significar que quieres que los cuervos desciendan sobre los campos de alguien y se coman su grano. En este caso, yo estaba pensando en que los pájaros le sacaran los ojos a esa criatura del diablo.

—Supongo que eso facilitaría el atraparla —dije con un suspiro—. ¿Cuánto le falta para parir?

Se encogió de hombros y se pasó una mano por el pelo.

—Un día, dos, puede que tres. Le estaría bien empleado parir en el bosque y que se la comiesen los lobos, a ella y a todos sus lechones. —Con aire taciturno, le dio un puntapié al montón de tierra que habían dejado las excavaciones de la cerda y envió una cascada de arena al interior del agujero—. ¿Quién ha venido? He oído cómo *Clarence* refunfuñaba.

—Hermon Husband.

Se volvió de golpe hacia mí, olvidándose al instante de la cerda.

—¿Lo ha hecho, entonces? —dijo en voz baja, como para sí—. Me pregunto por qué.

—Yo también me lo he preguntado. Lleva un tiempo cabalgando, repartiendo panfletos, eso es obvio.

Tuve que apretar el paso detrás de Jamie conforme añadía aquello; él ya descendía la colina hacia la casa a grandes zancadas mientras se adecentaba el pelo. Lo alcancé justo a tiempo de quitarle unos restos de paja de los hombros antes de que llegase al patio.

Jamie saludó con la cabeza a las señoras Chisholm y Mac-Leod: levantaban de un tirón fardos humeantes de ropa húmeda que sacaban con palas de un gran caldero, y los distribuían por los arbustos para que se secaran. Yo iba correteando al lado de Jamie sin hacer caso de las acusadoras miradas de las mujeres en un intento de aparentar que tenía preocupaciones mucho más importantes a las que dedicarme que la colada.

Alguien le había llevado un refrigerio a Husband; sobre la mesa se encontraba una fuente de pan con manteca a medio comer y una jarra medio llena de suero de mantequilla. También lo estaba Husband, que había apoyado la cabeza sobre los brazos cruzados y se había quedado dormido. *Adso* se agazapaba junto a él sobre la mesa, fascinado con aquellos bigotes grisáceos y poblados que temblaban como antenas con los reverberantes ronquidos del cuáquero. El gato estaba justo extendiendo una exploradora zarpa camino de la boca abierta de Husband cuando Jamie lo agarró por el cogote y lo dejó con delicadeza en mis manos.

—¿Señor Husband? —dijo en voz baja, inclinándose sobre la mesa—. A sus pies, señor.

Husband resopló, parpadeó y se incorporó de golpe, de manera que casi vuelca la jarra. Nos miró un instante a *Adso* y a mí, y acto seguido fue como si recordase dónde estaba, porque se sacudió y se incorporó a medias con un gesto de asentimiento hacia Jamie.

—Amigo Fraser —dijo con voz espesa—. Estoy... Te ruego que me perdones... He estado...

Jamie le hizo un gesto para que se ahorrase las disculpas, se sentó frente a él y, con naturalidad, cogió de la fuente una rebanada de pan con manteca.

—¿Puedo serle de alguna ayuda, señor Husband?

Husband se restregó la cara con la mano, lo que no hizo nada por mejorar su aspecto, pero sí pareció espabilarlo algo más. Visto con claridad en la suave luz de la tarde en la cocina, su apariencia era aún peor que la que tenía al aire libre, con bolsas en unos ojos enrojecidos y el pelo grisáceo de la cabeza y la barba enmarañado entre nudos. Yo sabía que andaba en los cincuenta y tantos, pero se diría que era por lo menos diez años mayor. Trató de enderezarse el abrigo, me hizo un gesto de asentimiento, y otro a Jamie a continuación.

—Te agradezco la hospitalidad de tu bienvenida, amiga Fraser. Y a ti también, amigo Fraser. La verdad es que sí que he venido a pedirte ayuda, si me lo permites.

—Por supuesto que sí —dijo Jamie con cortesía. Le dio un mordisco al pan con manteca y arqueó las cejas en un gesto inquisitivo.

—¿Me comprarías el caballo?

Las cejas de Jamie permanecieron arqueadas. Masticó despacio, pensativo, y tragó.

—¿Por qué?

Por qué, desde luego. A Husband le habría resultado infinitamente más sencillo vender un caballo en Salem o en High Point, si es que no quería cabalgar tan lejos como para llegar a Cross Creek. Nadie en su sano juicio se aventuraría hasta un lugar tan remoto como el cerro sólo para vender un caballo. Deposité a *Adso* en el suelo y me senté junto a Jamie, a la espera de la respuesta.

Husband le lanzó una mirada clara y directa pese al enrojecimiento de sus ojos.

—He oído que te han nombrado coronel de la milicia.

—Para mi castigo —dijo Jamie con el pan a medio camino en el aire—. ¿Acaso supone que el gobernador me ha dado dinero para proveer de monturas a mi regimiento? —Mordió con una media sonrisa.

La comisura de los labios de Husband se elevó un instante: reconocía la broma. Un coronel de la milicia se encargaba por su cuenta de los suministros de su regimiento y contaba con posible reembolso por parte de la Asamblea; ésa era una de las razones de que sólo nombrasen a hombres acaudalados... y una razón de peso para que el nombramiento no se considerase del todo un honor.

—Si lo hubiera hecho, estaría encantado de quedarme con una parte.

Ante un gesto de invitación de Jamie, Husband extendió la mano y seleccionó otra rebanada de pan con manteca, que masticó con seriedad y la mirada fija en Jamie, bajo aquellas cejas salpicadas de vetas grisáceas. Finalmente, le dijo que no con la cabeza.

—No, amigo James. He de vender mi ganado para pagar las multas que me ha impuesto el tribunal. Si no vendo lo que pueda, tal vez me lo arrebaten. Y si no las pago, entonces no me quedará más opción que marcharme de la colonia y llevarme a mi familia a otra parte... y si me marcho, entonces tendré que desprenderme de lo que no me pueda llevar, al precio que pueda conseguir.

Entre las cejas de Jamie se formó una pequeña arruga.

—Sí, ya veo —dijo despacio—. Le ayudaría, Hermon, del modo en que pudiese. Confío en que usted lo sepa. Pero apenas tengo dos chelines al contado... Ni siquiera tengo moneda de la Proclamación, así que no digamos esterlina. Sin embargo, si hay algo que yo tenga y que le pueda resultar útil...

Husband mostró una leve sonrisa que relajó sus duras facciones.

—Sí, amigo James. Tu amistad y tu honor me son muy útiles, desde luego. Por lo demás... —Se echó hacia atrás para apartarse de la mesa y tanteó en el interior de un pequeño bolso que había colocado junto a él. Sacó una carta con un sello de lacre rojo. Reconocí aquel sello, y se me comprimió el pecho—. Me he cruzado con el mensajero en Pumpkin Town —dijo Husband, que observaba mientras Jamie tomaba la misiva y deslizaba el pulgar por debajo de la solapa—. Me ofrecí a traerte la carta, ya que me dirigía hacia aquí de todas formas.

Jamie arqueó las cejas, pero su atención se centraba en la hoja de papel que tenía en la mano. Me acerqué para echar un vistazo por encima del hombro de Jamie.

22 de noviembre de 1770
Coronel James Fraser:

Considerando que he sido informado de que esos que se hacen llamar «reguladores» se han congregado en cierto número cerca de Salisbury, he mandado aviso al general Waddell para que se dirija allí de inmediato con las tropas de la milicia que tenga a su disposición con la esperanza de disolver tal reunión ilícita. Se requiere y ordena que reúna a todo hombre que estime adecuado para servir en un regimiento de la milicia y que se dirija con ellos a Salisbury con tanta celeridad como sea posible para unirse a las tropas del general el día 15 de diciembre o antes, momento en el cual él marchará sobre Salisbury. Hasta donde le sea factible, lleve consigo harina y otras provisiones suficientes para proveer a sus hombres por un período de dos semanas.

Su agradecido servidor,

William Tryon

La habitación estaba en silencio salvo por el suave rumor del caldero sobre los carbones en el hogar. Fuera, podía oír a las mujeres charlando en arranques breves intercalados con gruñidos de esfuerzo, y el olor del jabón de lejía se colaba por la ventana abierta y se mezclaba con los aromas del estofado y del pan en fermentación.

Jamie alzó la mirada hacia Husband.

—¿Sabe usted lo que dice esto?

El cuáquero asintió, y las arrugas del rostro le decayeron en una fatiga repentina.

—El mensajero me lo contó. Al fin y al cabo, el gobernador no tiene el menor deseo de mantener en secreto sus intenciones.

Jamie soltó un leve bufido de acuerdo, y me miró. No, el gobernador no querría mantenerlo en secreto. En lo que a Tryon respectaba, cuanta más gente supiese que Waddell se dirigía a Salisbury con una gran tropa de milicianos, mejor. De ahí también que estableciese una fecha concreta. Cualquier soldado inteligente preferiría intimidar al enemigo en lugar de combatir contra él, y, dado que Tryon no tenía tropas oficiales, la prudencia era sin duda la madre de la ciencia.

—¿Y qué hay de los reguladores? —le pregunté a Husband—. ¿Qué están planeando hacer?

Parecía un tanto sorprendido.

—¿Hacer?

—Si su gente se está congregando, es de suponer que será con algún propósito —señaló Jamie con un leve dejo sardónico en su tono de voz.

Husband lo captó, pero no se ofendió.

—Hay sin duda un propósito —dijo mientras se erguía con cierta dignidad—, aunque yerras al decir que esos hombres son míos, en ningún sentido salvo en la condición de hermanos, igual que lo son todos los hombres. Mas en lo referente al propósito, se reduce a protestar contra los abusos de poder que tan comunes son en estos días: la imposición de tasas ilegales, la confiscación injustificada de...

Jamie hizo un gesto de impaciencia y lo interrumpió.

278

—Sí, Hermon, ya lo he oído. Peor, he leído sus escritos al respecto. Y si ése es el propósito de los reguladores, ¿cuál tiene usted?

El cuáquero lo miró fijamente, al tiempo que arqueaba las pobladas cejas y entreabría la boca en señal de duda.

—Tryon no tiene ningún deseo de mantener en secreto sus intenciones —se explicó Jamie—, pero usted sí que podría. Al fin y al cabo, va contra los intereses de los reguladores que dichas intenciones se pongan en marcha. —Miró a Husband sin parpadear mientras deslizaba un dedo muy despacio arriba y abajo por el largo y recto puente de la nariz.

Husband levantó una mano y se rascó la barbilla.

—¿Quieres decir que por qué te he traído esto —señaló con la barbilla en dirección a la carta, que descansaba abierta sobre la mesa— cuando podría haberla eliminado?

Jamie asintió con paciencia.

—Eso es.

Husband dejó escapar un profundo suspiro y se estiró con un audible crujido de las articulaciones. De su abrigo surgieron unas pequeñas nubes blancas de polvo que se disiparon como el humo. Volvió a acomodarse en su sitio, parpadeando y con un aire de mayor comodidad.

—Dejando a un lado cualquier consideración sobre la honestidad de tal conducta, amigo James... ya he dicho que era tu amistad lo que me sería más útil.

—Eso ha dicho. —El leve rastro de una sonrisa se asomó a la comisura de los labios de James.

—Pongamos por caso que el general Waddell marcha en efecto sobre un grupo de reguladores —sugirió Husband—. ¿Va en beneficio de los reguladores el hecho de enfrentarse a unos hombres que no los conocen y que les son hostiles, o enfrentarse a unos vecinos que los conocen y que tal vez sientan una cierta comprensión hacia su causa?

—Más vale malo conocido que bueno por conocer, ¿verdad? —sugirió Jamie—. Y el malo conocido soy yo. Ya veo.

Una lenta sonrisa surgió en el rostro de Husband, similar a la de Jamie.

—Uno de ellos, amigo James. Llevo los últimos diez días a lomos del caballo, vendiendo mi ganado y visitando una casa detrás de otra por toda la zona oeste de la colonia. La Regulación no hace amenazas, no busca destruir ninguna propiedad; sólo queremos que nuestras quejas sean escuchadas y solucionadas; si los más ofendidos se congregan en Salisbury, es para llamar la atención sobre lo extendidas que están y lo justas que son dichas quejas. Y, lógicamente, no puedo esperar comprensión de aquellos que no están informados sobre esa ofensa, al fin y al cabo.

La sonrisa desapareció del rostro de Jamie.

—Puede contar con mi comprensión, Hermon, y con mi acogida. Pero llegado el caso... soy coronel de la milicia. Tendré un deber que cumplir, sea éste de mi gusto o no.

Husband hizo un gesto con la mano para desdeñar aquello.

—Yo no te pediría que faltases al deber... llegado el caso. Y ruego por que no llegue. —Se inclinó un poco hacia delante, hacia el otro extremo de la mesa—. Pero sí te pediría otra cosa. Mi mujer, mis hijos... Si he de marcharme de manera apresurada...

—Envíelos aquí. Estarán a salvo.

Husband se recostó entonces con los hombros caídos. Cerró los ojos y respiró una vez, profundamente, acto seguido los abrió y apoyó las manos sobre la mesa como si se fuese a poner en pie.

—Te lo agradezco. En cuanto a la yegua... quédatela. Ya vendrá alguien en caso de que mi familia la necesite. Si no, prefiero desde luego que seas tú quien la utilice antes que algún comisario corrupto.

Sentí que Jamie se movía con el deseo de protestar, y le puse una mano en la pierna para impedírselo. Hermon Husband necesitaba tranquilidad mucho más que un caballo que no podía conservar.

—Cuidaremos bien de ella —le dije con una sonrisa, mirándolo a los ojos—. Y de su familia, si la necesidad se presenta. Dígame, ¿cómo se llama?

—¿La yegua? —Husband se puso en pie, y en su rostro apareció una sonrisa repentina que lo iluminó de un modo asombroso—. Se llama *Jerusha*, pero mi mujer la llama *Doña Cerdita*; me temo que tiene el mismo apetito que un marrano —añadió a modo de disculpa hacia Jamie, que se había puesto perceptiblemente tenso ante el recordatorio de la cerda.

—Da igual —dijo mi esposo, que se quitó los cerdos de la cabeza con un evidente esfuerzo. Se levantó mirando hacia la ventana, donde los rayos del sol del atardecer convertían en oro fundido la pulida madera de pino de los alféizares y los suelos—. Se hace tarde, Hermon. ¿No prefiere quedarse a cenar con nosotros y hacer un alto esta noche?

Husband hizo un gesto negativo con la cabeza y se agachó para recuperar su bolso.

—No, amigo James, te lo agradezco. Aún tengo que ir a muchos sitios.

Aun así, insistí en que aguardase a que le preparara un paquete de comida, y Husband se marchó con Jamie a ensillar la mula mientras yo lo hacía. Los oí hablar en voz baja cuando regresaron juntos del prado, unas voces tan graves que no fui capaz de entender lo que decían. Sin embargo, cuando salí al porche trasero con un paquete de bocadillos y cerveza, oí que Jamie le decía con una cierta urgencia:

—¿Está seguro, Hermon, de que esto que hace es inteligente... o necesario?

Husband no respondió de inmediato, sino que tomó el paquete de mis manos con un gesto de agradecimiento. Luego se volvió hacia Jamie con las riendas de la mula en la otra mano.

—Me viene a la cabeza James Nayler —dijo, mirándonos primero a Jamie, luego a mí—. ¿Habéis oído hablar de él?

Jamie parecía tan perplejo como yo, y Husband sonrió bajo sus barbas.

—Fue uno de los primeros miembros de la Sociedad de los Amigos, uno de aquellos que se unieron a George Fox, que fue quien la puso en marcha en Inglaterra. James Nayler era un hombre de fuertes convicciones, aunque tenía una forma... particular de expresarlas. En una ocasión muy famosa salió caminando desnudo por la nieve mientras maldecía a gritos a la ciudad de Bristol. George Fox le preguntó entonces: «¿Estás seguro de que Dios te ha dicho que hagas esto?» —La sonrisa se hizo más amplia, y volvió a ponerse el sombrero con cuidado—. Él le dijo que lo estaba. Y también lo estoy yo, amigo James. Que Dios os guarde a ti y a tu familia.

# 20

## *Lecciones de tiro*

Brianna echó un vistazo por encima de su hombro, sintiéndose culpable. La casa había desaparecido camuflada bajo un manto amarillo de hojas de castaño, pero el llanto de su hijo aún le resonaba en los oídos.

Al ver que miraba hacia atrás, Roger arrugó el gesto aunque su voz sonó ligera.

—No le pasará nada, cielo. Ya sabes que Lizzie y tu madre lo cuidarán bien.

—Lizzie lo mimará hasta malcriarlo —reconoció ella, pero al hacerlo sintió una punzada extraña en el corazón.

Era fácil imaginarse a Lizzie llevando a Jemmy de un lado a otro durante todo el día, jugando con él, haciéndole muecas, dándole arroz con leche y melaza... Una vez superado el desasosiego de la separación, a Jemmy le encantaría recibir tantas atenciones. Bree experimentó un súbito ataque posesivo con respecto a los rosados deditos de su hijo. No soportaba siquiera la idea de que Lizzie jugara con él a los cinco lobitos.

Odiaba abandonarlo, punto. Aún tenía en la cabeza, magnificados por la imaginación, los chillidos de pánico del niño cuando ella intentaba desprender de su camisa los deditos, para entregárselo a su madre; aún veía su carita manchada de lágrimas, con expresión indignada ante la traición.

Y al mismo tiempo, experimentaba una urgente necesidad de escapar. No veía el momento de quitarse esas manecitas pegajosas de la piel y huir en la mañana, libre como uno de los gansos que volaban graznando hacia el sur por los pasos de la montaña.

Se dijo, de mala gana, que no se sentiría tan culpable por haberlo dejado si en el fondo no lo hubiera deseado tanto.

—Estoy segura de que estará bien. —Lo decía más para tranquilizarse a sí misma que para Roger—. Es que... hasta ahora nunca lo había dejado durante tanto tiempo.

—Mmfm... —Roger emitió un ruido evasivo, que podía interpretarse como comprensión. Sin embargo, su actitud expresaba a las claras su opinión personal de que tendría que haber dejado al bebé mucho antes.

Bree sintió que le ardía la cara en un momentáneo arrebato de enfado, pero se mordió la lengua. Después de todo, él no había dicho nada; de hecho, estaba haciendo un esfuerzo por no decirlo. Ella también podía intentarlo... y no era justo reñir con alguien basándote en lo que suponías que pensaba. Ahogó el acre comentario que tenía en la mente y lo reemplazó por una sonrisa.

—Hace un día precioso, ¿no crees?

La cara de Roger había perdido la expresión cautelosa. Él también sonrió; sus ojos se suavizaron hasta un verde tan intenso y fresco como el musgo que formaba densos lechos al pie sombreado de los árboles bajo los cuales pasaban.

—Estupendo —dijo él—. ¡Qué bien sienta salir de casa! ¿Verdad?

Ella lo miró, pero aquello parecía una simple aseveración, sin segundas. En vez de contestar, hizo un gesto afirmativo y alzó la cara hacia la brisa que vagaba entre las píceas y los abetos. Un remolino de herrumbrosas hojas de álamo cayó sobre ellos, adhiriéndose momentáneamente a la tela de los pantalones y a las medias de lana fina.

—Espera un segundo.

Movida por un impulso, Bree se detuvo para quitarse el calzado de cuero y las medias, y los metió sin miramientos en la mochila que llevaba al hombro. Luego permaneció inmóvil, con los ojos cerrados en éxtasis, moviendo los largos dedos descalzos sobre un parche de musgo húmedo.

—Roger, ¡deberías probar esto! ¡Es maravilloso!

Él enarcó una ceja, pero obedeció: dejó el arma —la había cogido al salir y Bree se lo permitió, pese al impulso de llevarla ella misma— y, descalzándose y colocándose detrás de ella, deslizó con tiento por el musgo un pie de largos huesos. No pudo evitar cerrar los ojos y abrir la boca en un «¡Ah!» sin sonido.

De pronto, ella se volvió para besarlo. Roger abrió los ojos por la sorpresa, pero era rápido de reflejos: la besó tras rodearle la cintura con el brazo. El día era raramente cálido, pese a lo avanzado del otoño, y él no se había puesto chaqueta: sólo una camisa de cazador. Su pecho parecía muy próximo a través del paño de lana; ella percibió el minúsculo bulto de la tetilla, que se erguía bajo la palma de su mano.

Dios sabe lo que podría haber sucedido a continuación, pero cambió el viento, llevando hasta ellos un débil grito desde el manto de amarillos ondulantes. Tal vez era el llanto de un bebé, tal vez apenas un cuervo lejano, pero la cabeza de Bree giró hacia el sonido, como la aguja de una brújula que apuntara hacia el norte.

El momento se rompió. Roger dio un paso atrás, a la vez que la liberaba.

—¿Quieres que regresemos? —preguntó, resignado.

Ella negó con la cabeza, con los labios apretados.

—No. Pero vamos a alejarnos un poco más de la casa, ¿quieres? No conviene molestarlos con el ruido. De los disparos, quiero decir.

Él sonrió, mientras Bree sentía que la sangre le ardía en la cara. No, no podía fingir que no se había dado cuenta de que existía más de un motivo para esa expedición privada.

—Claro, el de los disparos... —dijo él, agachándose para recoger los calcetines y los zapatos—. Vámonos.

Ella no quiso calzarse, pero aprovechó la oportunidad para coger el arma. No es que no confiara en él, aunque Roger admitía no haber disparado nunca un arma como aquélla, sino que le gustaba la sensación de llevarla; con su peso en equilibrio sobre el hombro se sentía más segura, aunque estuviera descargada. Se trataba de un mosquete Land, de más de un metro y medio de longitud, que pesaba unos cinco kilos; la culata de nogal se ajustaba cómodamente a su mano y el peso del cañón era grato contra el hueco de su hombro, con la boca apuntando hacia el cielo.

—¿Vas a caminar descalza? —Roger echó una mirada inquisitiva a sus pies; luego, a la montaña, donde un borroso camino serpenteaba entre zarzas y ramas caídas.

—Sólo durante un rato —le aseguró ella—. Cuando era pequeña siempre iba descalza. Papá... Frank... nos llevaba todos los veranos a la montaña: a las Blancas o a los Adirondacks. Pasada una semana, las plantas de mis pies parecían de cuero. Habría podido caminar sobre brasas sin sentir nada.

—Sí, también yo —dijo él, sonriente, y guardó sus zapatos. Luego señaló con un gesto el vago sendero que se abría paso entre la maleza y los salientes graníticos semienterrados—. Claro que caminar a la orilla del Ness o por el guijarral del Firth era un poco más fácil que andar por aquí, a pesar de las piedras.

—Bien visto —reconoció ella, mirándose los pies con el ceño fruncido—. ¿Te has puesto la vacuna antitetánica recientemente? ¿Por si pisas algo afilado y te cortas?

Él ya iba escalando delante, apoyando el pie con cautela.

—Antes de pasar a través de las piedras me puse todas las vacunas existentes —aseguró—. Tifus, cólera, dengue, el lote completo. Seguro que el tétanos estaba incluido.

—¿Dengue? Yo creía que me había vacunado de todo, pero contra eso no. —Hundió los dedos de los pies en la fresca esterilla del pasto seco, y dio varios pasos largos para alcanzarlo.

—No creo que aquí haga falta.

El sendero rodeaba la curva empinada de un ribazo cubierto de hierba amarillenta, y desaparecía bajo un macizo de tejos oscuros. Él apartó las pesadas ramas para dejarla pasar. Bree se agachó hacia la perfumada penumbra, sosteniendo el mosquete con cuidado en ambas manos.

—Es que no sabía con certeza adónde tendría que ir, ¿comprendes? —La voz de Roger llegó desde detrás de ella, despreocupada, apagada por el aire sombreado bajo los árboles—. Si se tratara de las ciudades costeras o las Indias Occidentales, allí había... *hay* —se corrigió automáticamente— muchas enfermedades africanas que llegan a bordo de los buques negreros. Me pareció mejor estar preparado.

Ella aprovechó lo escarpado del terreno para no responder, pero la horrorizaba (y al mismo tiempo le provocaba un placer vergonzoso) descubrir los extremos a los que él había estado dispuesto a llegar con tal de ir tras ella.

El pardo abigarrado de la pinaza cubría el suelo, pero estaba tan mojada que no crujía ni pinchaba los pies. La sintió esponjosa, fresca y agradable bajo ella; por su elasticidad, era como si la masa de agujas marchitas tuviera un espesor de al menos treinta centímetros.

—¡Ay! —Roger, menos afortunado, había resbalado al pisar un caqui podrido; apenas logró sujetarse a una mata de acebo, que lo pinchó con sus hojas espinosas—. ¡Mierda! —exclamó, chupándose el pulgar herido—. ¡Menos mal que estoy vacunado contra el tétanos!

Ella asintió, riendo, pero de repente algo la preocupó. ¿Qué pasaría con Jemmy cuando comenzara a caminar y a trepar descalzo por esas montañas? Tras haber visto a los pequeños de los MacLeod y los Chisholm (por no mencionar a Germain) era obvio que los niños se pinchaban, se levantaban la piel, se hacían heridas y se fracturaban huesos continuamente. Ella y Roger estaban protegidos contra enfermedades como la difteria y el tifus, pero Jemmy no.

Tragó saliva al recordar lo sucedido la noche anterior. Ese caballo asesino había mordido a su padre en el brazo. Claire hizo que Jamie se sentara ante el fuego, sin camisa, para limpiarle y vendarle la herida. Como Jemmy asomaba la cabeza desde la cuna, lleno de curiosidad, su abuelo, sonriendo, lo puso en sus rodillas. «¡Arre, arre, caballito! —había canturreado mientras hacía saltar al feliz pequeño—. ¡Al paso! ¡Al trote! ¡Al galope!»

Pero lo que se grabó en la mente de Bree no fue la encantadora escena de los dos pelirrojos festejándose con risas, sino la luz del fuego refulgiendo en la piel de su hijo, translúcida, perfecta, intacta... y con un brillo plateado en las cicatrices que cruzaban la espalda de su padre, rojo oscuro en el corte sanguinolento del brazo. Para los hombres era una época peligrosa.

No podría proteger a Jem de hacerse daño: lo sabía. Sin embargo, al pensar que él o Roger podían enfermar o lesionarse, se le hacía un nudo en el estómago y un sudor frío le recorría la cara. Se dio la vuelta hacia Roger.

—¿Está bien tu dedo?

Él pareció sorprendido, pues ya se había olvidado del pinchazo.

—¿Qué? —La miró intrigado—. Sí, por supuesto.

Aun así, ella le cogió la mano para darle un beso en el pulgar.

—Cuídate —le dijo con autoridad.

Él se rió; la mirada furibunda de Bree lo cogió por sorpresa.

—De acuerdo —dijo, algo más serio. Y señaló con la cabeza el arma que ella acarreaba—. No te preocupes. Aunque nunca haya usado uno de ésos, los conozco un poco. No me volaré los dedos. ¿Es éste un buen sitio para practicar?

Habían llegado a un brezal, una pradera elevada, densa de hierbas y rododendros. En el lado opuesto había un grupo de álamos, cuyas ramas pálidas tremolaban con unos cuantos harapos de hojas doradas y carmesíes, vívidas contra el profundo azul del cielo. Un arroyo un poco escondido gorgoteaba colina abajo; un halcón de cola roja volaba en círculos. El sol estaba bien alto, cálido sobre sus hombros. Y a poca distancia había un agradable ribazo cubierto de hierba.

—Perfecto —dijo Bree.

Y bajó el mosquete que llevaba al hombro.

Era un arma magnífica, que superaba el metro y medio de longitud, pero tan bien equilibrada que podías sostenerla descansando con el brazo extendido sin que se moviera. Eso estaba haciendo Brianna, a modo de demostración.

—¿Ves? —dijo recogiendo el brazo y apoyando la culata contra su hombro, en un movimiento fluido—. Ése es el punto de equilibrio; tienes que poner la mano izquierda justo aquí; con la derecha, agarras la culata por el gatillo y la aprietas contra tu hombro. Colócala bien, que no se mueva. El retroceso es muy fuerte.

Golpeó levemente la culata de nogal contra el hombro cubierto de piel de venado; luego bajó el arma para dársela a Roger. Él observó, irónico, que ponía menos ternura y cautela cuando le entregaba al bebé. Por otra parte, hasta donde había podido ver, Jemmy era mucho más indestructible que el mosquete.

Bree le enseñaba, al principio vacilante y renuente a corregirlo. Él se mordía la lengua y la imitaba con esmero, siguiendo la fácil sucesión de pasos: abrir el cartucho con los dientes, cebar, cargar, amartillar y verificar. Aunque fastidiado por su propia torpeza de novato, en secreto estaba fascinado (y no poco excitado) por la ferocidad que adquirían los movimientos de su esposa.

Sus manos eran casi tan grandes como las de él, aunque más finas. Manejaba ese largo mosquete con tanta familiaridad como otras mujeres lo hacían con la escoba y la aguja. Usaba pantalones de tejido de confección casera, y el largo músculo de su muslo se elevó contra el paño, tenso y redondo, cuando ella se acuclilló a su lado, con la cabeza inclinada para buscar en su mochila.

—¿Has traído merienda? —bromeó él—. Yo esperaba que matáramos algo y nos lo comiéramos.

Sin prestarle atención, ella extrajo un raído pañuelo de color claro para utilizarlo como blanco. Lo sacudió con aire crítico. En otros tiempos olía a jazmines y a hierba; ahora, a pólvora, cuero y sudor. Roger aspiró ese olor, acariciando con disimulo la madera de la culata.

—¿Listo? —preguntó ella, dirigiéndole una sonrisa.

—Sí, claro.

—Revisa tu pedernal y tu carga. Yo iré a colocar el blanco.

Vista desde atrás, con el pelo rojizo atado con fuerza, vestida con esa holgada camisa de cazador que la cubría desde los hombros hasta los muslos, el parecido con su padre se intensificaba de un modo sorprendente. Aun así era imposible confundirlos: con pantalones o sin ellos, Jamie Fraser no había tenido nunca ese trasero. Roger la siguió con la mirada, congratulándose por la profesora que había escogido.

Su suegro le habría enseñado de buena gana. Jamie tenía buena puntería y era paciente como maestro. Roger lo había visto salir después de cenar, con los hijos de Chisholm, para practicar disparando contra piedras y árboles en el maizal desierto. Pero una cosa era dejarle conocer su inexperiencia en cuestión de armas, y otra muy distinta sufrir la humillación de demostrar su grado de ignorancia bajo esa serena mirada azul.

No obstante, más allá del orgullo, había otro motivo para pedirle a Brianna que saliera a disparar con él. No cabía pensar que ese motivo permaneciera oculto: cuando él lo sugirió, Claire los había mirado a ambos con un aire divertido y sapiente, que hizo exclamar a Brianna, en tono de acusación: «¡Mamá!»

Después de esa brevísima noche de bodas, ésta era la primera y única vez que estaba a solas con Brianna, libre de las insaciables exigencias de su vástago.

Cuando ella bajó el brazo, Roger vio un destello del sol reflejado en su muñeca: llevaba puesto su brazalete, y comprobarlo le proporcionó un intenso placer. Se lo había regalado al pedirle que se casara con él, hacía toda una vida, en las glaciales brumas de una noche, en Inverness. Era un simple aro de plata que tenía grabada unas frases en francés. «*Je t'aime*», decía: «Te amo.» «*Un peu, beaucoup, passionnément, pas du tout*»: «Un poco, mucho, apasionadamente, nada en absoluto.»

—*Passionnément* —murmuró, mientras se la imaginaba sin nada encima, salvo ese brazalete y su anillo de bodas.

«Lo primero es lo primero», se dijo. Y cogió un nuevo cartucho. Al fin y al cabo tenían tiempo.

Una vez segura de que Roger iba adquiriendo buenos hábitos para cargar el arma, aunque todavía no tuviera velocidad, Brianna le permitió apuntar y, por fin, disparar.

Necesitó intentarlo diez o doce veces hasta conseguir dar en el blanco; pero ante la mancha oscura que apareció de súbito cerca del borde, su júbilo fue tal que cogió otro cartucho cuando aún no se había disipado el humo del disparo. La excitante sensación de logro le hizo disparar otras doce veces, ajeno a casi todo lo que no fuera el retroceso y el tronar del arma, el destello de la pólvora y ese extático momento de triunfo en que un proyectil daba en el blanco.

Por entonces el pañuelo pendía reducido a jirones y sobre la pradera flotaban pequeñas nubes de humo blancuzco. El halcón había levantado el vuelo al primer disparo, junto con el resto de las aves, aunque el zumbido que persistía en sus oídos parecía un coro de herrerillos distantes.

Bajó el mosquete y miró a Brianna con una gran sonrisa. Ella explotó en una carcajada.

—Pareces uno de esos cómicos que se disfrazan de negros —dijo, con la punta de la nariz enrojecida por la diversión—. Toma, límpiate un poco, que ahora vamos a disparar desde más lejos.

Le cambió el arma por un pañuelo limpio. Él se limpió el hollín de la cara, mientras Bree limpiaba el cañón y recargaba sin esfuerzo. De pronto ella levantó la cabeza de golpe y clavó los ojos en un roble, al otro lado de la pradera.

Roger no había oído nada, pues aún estaba ensordecido por el rugir del mosquete, pero al volverse divisó un pequeño movimiento: era una ardilla gris, en equilibrio sobre la rama de un pino, a nueve o diez metros del suelo.

Sin la menor vacilación, en lo que se diría un único movimiento, Brianna apoyó el arma contra el hombro y disparó. La rama que sostenía a la ardilla voló en una lluvia de astillas; el animal cayó a tierra, rebotando en el trayecto contra las elásticas ramas de las coníferas.

Roger corrió hasta el pie del árbol, pero no necesitaba darse prisa: la ardilla yacía muerta, flácida como un trapo.

—Buen disparo —la felicitó, mostrándole la pieza a Brianna, que se acercaba a verla—. Aunque no tiene una sola marca. Debes de haberla matado del susto.

Ella sostuvo su mirada.

—Si hubiera querido darle, Roger, lo habría hecho —aseguró, con un dejo de reproche—. Y si lo hubiera hecho, ahora tendrías en la mano un puñado de puré de ardilla. A las piezas de ese tamaño no las apuntas directamente: apuntas debajo de ellas y las derribas. —Parecía una bondadosa maestra de parvulario corrigiendo a un alumno lento.

—¿Ah, sí? —Él reprimió una leve irritación—. ¿Eso te lo enseñó tu padre?

Ella lo miró con aire extraño.

—No. Me lo enseñó Ian.

La respuesta fue un murmullo que no decía nada. Ian era un tema incómodo para la familia. Todos querían a ese primo de Brianna y lo echaban de menos. Aun así, por delicadeza se abstenían de mencionarlo ante Roger.

No había sido exactamente culpa suya que Ian Murray se quedara con los mohawk, pero tampoco se podía negar que él había tenido algo que ver con el asunto. Si no hubiera matado a ese indio...

No era la primera vez que Roger apartaba los recuerdos confusos de aquella noche en la Aldea de la Serpiente. Aun así podía sentir los recuerdos físicos: la oleada de terror en el vientre; el estremecimiento del impacto en los músculos de los brazos al clavar con todas sus fuerzas el extremo roto de una vara en la sombra que había aparecido ante él, saliendo de la aullante oscuridad. Una sombra muy sólida.

Brianna acababa de cruzar la pradera para montar otro blanco: tres trozos irregulares de leña sobre un tocón tan grande como una mesa de comedor. Sin hacer comentarios, él se limpió las manos sudorosas en los pantalones y se concentró en el nuevo desafío. Pero no lograba quitarse a Ian Murray de la cabeza. Lo recordaba con claridad, aunque apenas lo había visto; no era más que un muchacho, desgarbado y alto, de cara fea pero simpática.

Al pensar en la cara de Murray, la vio como la última vez: recién marcada con un tatuaje en forma de puntos que cruzaba las mejillas y el puente de la nariz. Estaba bronceada por el sol, pero la piel del cuero cabelludo, recién afeitado, era de un tono claro y llamativamente rosado, desnuda como el trasero de un bebé y enrojecida por la depilación.

—¿Qué sucede?

La voz de Brianna lo sobresaltó e hizo que, al disparar, el cañón saltara hacia arriba. El proyectil se desvió aún más que los anteriores. En doce disparos no pudo hacer un solo blanco.

Roger bajó el arma y se volvió hacia ella. Tenía el ceño fruncido, aunque no parecía enfadada, sólo perpleja y preocupada.

—¿Qué sucede? —repitió.

Roger inspiró hondo y se frotó la cara con la manga, sin que le importara mancharla de hollín.

—Tu primo —dijo sin más—. Lamento lo que pasó, Bree.

La cara de la muchacha se ablandó al suavizarse el ceño preocupado.

—¡Oh! —dijo. Apoyó una mano en su brazo y se acercó, de modo que él sintió el calor de su proximidad. Luego, con un profundo suspiro, descansó la frente en su hombro—. Bueno —dijo al fin—, yo también lo lamento, pero no tienes más culpa que yo o papá... o el mismo Ian. —Emitió un pequeño resoplido que tal vez quiso ser risa—. Si alguien tiene la culpa, ésa es Lizzie... y a ella nadie se lo reprocha.

Él sonrió con cierta ironía.

—Sí, comprendo —dijo, cubriendo con una mano la suavidad de su trenza—. Tienes razón. Sin embargo... maté a un hombre, Bree.

Ella no se apartó ni hizo gestos de sorpresa; por el contrario, permaneció completamente inmóvil. Él también; era lo último que pensaba decir.

—No me lo habías dicho —manifestó ella, por fin, levantando la cabeza para mirarlo. Parecía indecisa, como si tuviese dudas sobre continuar hablando del tema. La brisa le cruzó la cara con un mechón de cabellos, sin que ella hiciera nada por apartarlos.

—Yo... bueno, a decir verdad, apenas he pensado en ello.

Roger dejó caer la mano y la inmovilidad se quebró. Bree dio un paso atrás.

—Suena terrible, ¿verdad? Pero... —Se esforzó en buscar las palabras adecuadas. Aunque no había sido su intención, ahora que había comenzado a hablar, sentía la urgente necesidad de explicarse—. Fue por la noche, durante un combate en la aldea. Escapé. Tenía un trozo de vara rota en la mano. Cuando alguien salió de la oscuridad... —De pronto encorvó los hombros, al comprender que no había manera posible de explicarlo. Bajó la vista al mosquete que aún tenía en la mano—. Ignoraba que lo hubiera matado —dijo muy quedo, con la vista en el pedernal—. No le vi la cara siquiera. Aún no sé quién era... aunque sin duda lo conocía; la Aldea de la Serpiente era una población pequeña y yo conocía a todos los *ne rononkwe*.

De súbito se preguntó por qué no se le había ocurrido pensar quién era el muerto. Obviamente, no lo había hecho porque prefería no saberlo.

—*Ne rononkwe?* —Ella repitió las palabras con aire incierto.

—Los hombres... los guerreros... los valientes. Así es como se llaman a sí mismos los kahnyen'kehaka.

Las palabras de la lengua mohawk le resultaron a un tiempo extrañas y familiares. Vio la desconfianza en la cara de Bree y comprendió que a ella también le parecía extraño oírselas decir, no como se utiliza un término extranjero, con cautela y timidez, sino tal como su padre solía mezclar los vocablos gaélicos y escoceses, aprovechando la palabra más conveniente en cualquiera de esos idiomas.

Él seguía mirando el arma que tenía en la mano, como si nunca hubiera visto nada parecido. Sintió que Bree volvía a acercarse, aún vacilando, pero sin sentir repulsa.

—¿Te... arrepientes de haberlo hecho?

—No —respondió él de inmediato. Levantó la vista—. Es decir... sí, lamento que haya sucedido. Pero no me arrepiento de haberlo hecho.

Había hablado sin detenerse a sopesar las palabras. Fue sorpresa y alivio descubrir que eran la verdad. Aunque lo lamentaba, la culpa no tenía nada que ver con la muerte de esa sombra, quienquiera que hubiese sido. Él estaba en la Aldea de la Serpiente como esclavo y no sentía ningún afecto por los mohawk, aunque los había bastante decentes. Nunca tuvo intención de matar: sólo se defendió. Y, en las mismas circunstancias, volvería a hacerlo.

No obstante, había una pequeña llaga de culpa, por la facilidad con que había desechado esa muerte. Los kahnyen'kehaka cantaban y narraban historias de sus muertos, manteniendo la memoria viva en torno a las fogatas, nombrándolos y relatando sus hazañas por muchas generaciones. Lo mismo hacían los escoceses de las Highlands. De pronto pensó en Jamie Fraser, con la cara encendida por la gran hoguera de la reunión, convocando a los suyos por su nombre y su linaje. «Ven a mi lado, Roger, el cantor, hijo de Jeremiah MacKenzie.» Tal vez los mohawk no fueran tan extraños para Ian Murray.

Aun así, tenía la oscura sensación de haber privado al muerto desconocido no sólo de su vida, sino de su nombre, al tratar de borrarlo con el olvido, de comportarse como si esa muerte no hubiera sucedido, sólo para librarse de tomar conciencia de ella. Y eso estaba mal, se dijo.

Bree permanecía quieta, pero no inmóvil; sus ojos descansaban en él con algo parecido a la compasión. Aun así, Roger desvió la vista hacia el mosquete cuyo cañón aferraba. Sus dedos manchados de hollín habían dejado en el metal negros óvalos grasientos. Ella alargó la mano para coger el arma y borró las marcas con el faldón de su camisa.

Roger dejó que se la quedara. Mientras la observaba, se frotó los dedos sucios contra el lateral de los pantalones.

—Es que... ¿no te parece que, si has de matar a alguien, debería ser con un propósito? ¿Con una intención?

Ella no respondió, pero sus labios se fruncieron un poco. Luego volvieron a relajarse.

—Si disparas esto contra alguien, Roger, será con un propósito —dijo en voz baja.

Le clavó los ojos azules, apasionados. Lo que él había tomado por compasión era, en realidad, una fiera quietud, como pequeñas llamas azules en un leño ya consumido.

—Y si tienes que matar a alguien, Roger, quiero que lo hagas con intención.


Unos veinticinco disparos después, él podía hacer blanco en los tacos de madera al menos en uno de cada seis intentos. Habría querido continuar, empecinado, pero ella notó que empezaban a temblarle los músculos del antebrazo cuando levantaba el arma, controlados por la fuerza de la voluntad. En adelante, fallaría cada vez más por pura fatiga. Y no sería bueno para él.

Tampoco para ella. Comenzaban a dolerle los pechos, colmados de leche. Pronto habría que hacer algo con ellos. Después del último disparo se hizo cargo del mosquete.

—Vamos a comer —dijo, sonriente—. Estoy famélica.

El esfuerzo de disparar, recargar y poner los blancos los había mantenido en calor, pero se acercaba el invierno y el aire era frío. Demasiado frío, se lamentó ella, como para tenderse desnudos entre los helechos secos. Aun así, el sol calentaba y ella había tomado la previsión de incluir dos edredones viejos en su mochila, junto con el almuerzo.

Roger guardaba silencio, aunque era un silencio cómodo. Mientras él cortaba lonchas de queso duro, bajas las negras pestañas, ella admiró sus miembros, largos; los dedos, pulcros y rápidos; la boca suave, algo apretada al concentrarse en el trabajo, y una gota de sudor que rodaba por la curva bronceada de su pómulo, delante de la oreja.

No sabía con certeza cómo interpretar lo que él le había contado. De cualquier modo, era bueno que se lo hubiera dicho, aunque a ella no le gustara pensar en su estancia con los mohawk. Para ella habían sido tiempos tan malos como para Roger: sola, embarazada, sin saber si él o sus padres volverían jamás. Al alargar la mano para aceptar un trozo de queso, le rozó los dedos y se inclinó hacia delante, para incitarlo a besarla.

Él lo hizo; luego se apartó. Sus ojos, libres de la sombra que los acosaba antes, eran de un verde suave y claro.

—Pizza —dijo Roger.

Ella parpadeó, pero de inmediato se echó a reír. Era uno de sus juegos: turnarse para mencionar las cosas que extrañaban de aquel otro tiempo, el de antes... o el de después, según cómo se mirara.

—Coca-Cola —replicó al instante—. Creo que podría hacer pizza, pero ¿de qué sirve la pizza sin Coca-Cola?

—La cerveza es perfecta para acompañarla —le aseguró él—. Y tenemos cerveza... aunque el producto que Lizzie fermenta en casa no pueda compararse con una Lager de MacEwan. Pero ¿de verdad crees que podrías hacer pizza?

—No veo por qué no. —Ella mordisqueó el queso, pensativa—. Éste no serviría —decidió, blandiendo un resto amarillo antes de metérselo en la boca—. El sabor es demasiado fuerte. Pero creo que... —Hizo una pausa para masticar y tragar. Luego bebió un largo trago de tosca sidra—. Ahora que lo pienso, esto iría muy bien con pizza. —Bajando la bota, lamió de sus labios el resto dulce, levemente alcohólico—. Pero el queso... quizá se podría usar el de oveja. Papá trajo un poco de Salem, la última vez que estuvo allí. Le pediré que consiga un poco más, para ver cómo funde.

Luego entornó los ojos hacia el sol brillante y pálido, haciendo sus cálculos.

—Mamá tiene tomate seco en abundancia. Y toneladas de ajo. Sé que también hay albahaca. En cuanto al orégano, tengo mis dudas, pero podría prescindir de él. Y en cuanto a la masa... —Desechó el detalle con un gesto de la mano—. Harina, agua y grasa. Ningún problema.

Entre risas, Roger le dio una galleta rellena de jamón y del picadillo de la señora Bug.

—«De cómo llegó la pizza a las colonias» —dijo, alzando la bota de sidra en un breve brindis—. La gente siempre se pregunta de dónde salieron los grandes inventos de la humanidad. ¡Ahora lo sabemos!

Hablaba con ligereza, pero en su voz había un tono extraño. Le sostuvo la mirada.

—Tal vez lo sabemos, sí —dijo ella con suavidad, al cabo de un instante—. ¿Te has preguntado alguna vez por qué estamos aquí?

—Por supuesto. —El verde de sus ojos era ahora más oscuro, pero sólo un poco—. Tú también, ¿verdad?

Ella asintió con la cabeza y dio un mordisco a la galleta; el picadillo estaba dulce por la cebolla y también picante. Los tres habían pensado en eso, desde luego. Ella, Roger y su madre. Sin duda alguna, ese paso a través de las piedras debía tener un sentido. Sin embargo... sus padres rara vez hablaban de la guerra y las batallas, pero por lo poco que decían (y por lo mucho que ella había leído) sabía lo aleatorias y sin sentido que suelen ser esas cosas. A veces se levanta una sombra y la muerte yace sin nombre en la oscuridad.

Roger desmenuzó un resto de pan entre los dedos y arrojó las migajas a un par de metros. Un herrerillo bajó a dar un picotazo; pocos segundos después, toda una bandada se lanzó desde los árboles para recoger las migas con parlanchina eficiencia. Él se desperezó con un suspiro y volvió a tenderse en el edredón.

—Bueno —dijo—, si alguna vez lo descubres, no dejes de decírmelo, ¿quieres?

Bree sentía el latir del corazón cosquilleándole en los pechos; pequeñas descargas eléctricas que el baluarte del esternón ya no podía contener, le pellizcaban los pezones. No se atrevió a pensar en Jem; bastaría una insinuación para que su leche manara.

Sin darse tiempo a pensarlo mucho, se quitó la camisa por la cabeza.

Roger tenía los ojos abiertos, fijos en ella, suaves y brillantes como el musgo bajo los árboles. Ella deshizo el nudo de la banda de lino y sintió el toque frío del viento en los pechos desnudos. Los sostuvo con las manos; la pesadez se iniciaba, cosquilleante.

—Ven —dijo en voz queda, los ojos fijos en él—. Date prisa. Te necesito.

Estaban medio vestidos, cómodamente enredados bajo el edredón harapiento, adormilados y pegajosos de leche medio seca. Aún los rodeaba el calor de la pasión.

El sol, a través de las ramas vacías, creaba ondulaciones negras tras los párpados cerrados de Bree. Era como mirar hacia el fondo de un mar rojo oscuro, vadeando en el agua caliente como la sangre, viendo los cambios y los movimientos de la negra arena volcánica en torno a sus pies.

¿Estaría despierto Roger? En vez de girar la cabeza o abrir los ojos para comprobarlo, ella trató de enviarle un mensaje: una lenta y perezosa palpitación del corazón, una pregunta que navegara de sangre a sangre. «¿Estás ahí?», dijo sin voz. Sintió que la pregunta corría por su pecho y a lo largo de su brazo; imaginó la pálida cara interior y la vena azul que lo recorría, como si pudiera ver algún destello subterráneo revelador, mientras el impulso se abría paso por su sangre y descendía por el antebrazo hasta llegar a la palma, hasta el dedo, y entregar un levísimo latido de su presión contra la piel de su compañero.

Durante un momento no sucedió nada. Su respiración lenta y regular era un contrapunto al suspiro de la brisa entre los árboles y la hierba, como el oleaje que llega a una costa arenosa.

Bree se imaginó que era una medusa; él, otra. Vio con claridad los dos cuerpos transparentes, luminosos como la luna; velos que palpitaban en un ritmo hipnótico, llevados por la marea el uno hacia el otro, con zarcillos colgantes, tocándose lentamente...

El dedo de Roger le rozó la palma, tan leve que podría haber sido el contacto de una aleta o una pluma.

«Estoy aquí —decía—. ¿Y tú?»

La mano de Bree se cerró sobre la de él. Y Roger se volvió hacia ella.

En esa época del año, la luz moría temprano. Si bien aún faltaba un mes para el solsticio de invierno, mediada la tarde el sol ya rozaba la pendiente de Black Mountain. Cuando giraron hacia el este, rumbo al hogar, sus sombras se estiraron hacia delante hasta alcanzar una longitud imposible.

Bree llevaba el mosquete. Aunque no habían salido a cazar, si se presentaba la oportunidad no la desperdiciaría. La ardilla que había matado antes ya estaba limpia y guardada en su mochila, pero apenas alcanzaría para dar un poco de sabor al guiso de verduras. No vendría mal cazar unas cuantas más. O una zarigüeya, pensó, soñadora.

No conocía bien los hábitos de las zarigüeyas. Si hibernaban, era posible que hubieran desaparecido. Los osos aún estaban activos; ella había visto una boñiga medio seca en la senda y arañazos en la corteza de un pino, todavía manando savia amarilla. Los osos eran buenas piezas de caza, pero ella no pensaba buscar ninguno ni arriesgarse a disparar, a menos que los atacara. Y eso no era probable. No molestes al oso y él, por lo general, te dejará en paz. Así se lo habían enseñado sus dos padres. Y a ella le parecía un consejo excelente.

Una bandada de codornices cotuí salió de un arbusto cercano como un estallido de metralla. Ella dio un respingo, con el corazón en la boca.

—Ésos se comen, ¿no? —Roger señalaba con la vista la última de aquellas motas grises y blancas. Él también se había sobresaltado, pero no tanto como ella; Bree lo notó con fastidio.

—Sí —dijo, malhumorada por haberse dejado pillar desprevenida—. Pero no les dispares con mosquete, a menos que sólo quieras plumas para una almohada. Debes usar un arma para aves, con perdigones. Es como una escopeta.

—Ya lo sé —replicó él, seco.

Bree no tenía deseos de conversar; aquello la había arrancado de su humor apacible. Los pechos comenzaban a pesarle otra vez; era hora de ir a casa, a por Jemmy.

Apretó un poco el paso al pensarlo, aun mientras su mente renunciaba, de mala gana, al recuerdo del olor penetrante de los helechos aplastados, el fulgor del sol en los hombros desnudos de Roger, por encima de ella, el sisear de su leche, que doraba aquel torso con una llovizna de gotitas, brillante, tibia y fresca, por turnos, entre los dos cuerpos que se contorsionaban.

Suspiró profundamente. Roger rió por lo bajo.

—¿Hum? —preguntó ella, girando la cabeza.

Él señaló el suelo a sus pies. Mientras caminaban se habían ido acercando, sin notar la fuerza gravitatoria inconsciente que los ligaba. Ahora sus sombras se habían unido en un extremo, formando una rara bestia de cuatro piernas, que caminaba ante ellos como una araña, con dos cabezas inclinadas la una hacia la otra.

Roger le rodeó la cintura con un brazo. La cabeza de una de las sombras se inclinó, uniéndose a la otra en una sola forma abultada.

—Ha sido un día precioso, ¿verdad? —comentó él, con voz suave.

—Sí —confirmó ella, sonriendo.

Iba a decir algo más, pero por encima del susurro de las ramas le llegó otro ruido. Se apartó de repente.

—¿Qué...?

Ella se llevó un dedo a los labios para acallarlo. Luego se escurrió hacia un grupo de robles y lo llamó por señas.

Era una bandada de pavos que escarbaban tranquilamente bajo un roble grande, desenterrando gusanos de la alfombra de bellotas y hojas caídas. El sol, ya bajo, iluminaba la iridiscencia de las plumas de su pecho, haciendo que el negro desteñido de las aves refulgiera en pequeños arcoíris a cada movimiento.

Bree ya tenía el arma cargada, pero no la había cebado. Buscó a tientas el bote de pólvora que llevaba en el cinturón y llenó la cazoleta, casi sin apartar la vista de los pavos. Roger se agazapó a su lado, atento como un galgo sobre la pista. Ella le dio un codazo, ofreciéndole el arma con una ceja enarcada. Las aves estaban apenas a veinte metros y hasta las más pequeñas tenían el tamaño de una pelota de fútbol.

Él vaciló, pero Bree podía ver en sus ojos el deseo de intentarlo. Con gesto firme le puso el arma en las manos y señaló un hueco en el matorral.

Roger cambió de posición con cuidado, buscando una línea visual despejada. Aún no había aprendido a disparar en cuclillas y tuvo la prudencia de no intentarlo; permaneció de pie, aunque de ese modo tendría que disparar hacia abajo. Vacilaba, ondulante el cañón largo, mientras apuntaba primero a un pavo, luego a otro, tratando de elegir el mejor disparo. Bree abría y cerraba los puños; se moría por corregirlo, por apretar el gatillo.

Vio que inspiraba hondo y contenía el aliento. Luego ocurrieron tres cosas, en tan rápida sucesión que parecieron simultáneas. El mosquete se disparó con un enorme *¡fum!*, una lluvia de hojas secas brotó de la tierra, bajo el árbol, y quince pavos enloquecidos corrieron directos hacia ellos, como un equipo de fútbol demente, entre histéricos gluglús.

Al llegar al matorral, los pavos vieron a Roger y alzaron el vuelo como pelotas, aleteando enloquecidos. Él agachó la cabeza para esquivar a uno, que pasó a dos o tres centímetros, sólo para que el siguiente lo golpeara en el pecho. Se tambaleó hacia atrás, con el pavo prendido a la camisa, y el animal aprovechó la oportunidad para correr ágilmente hasta su hombro; desde allí se lanzó, arañándole del cuello con las garras.

El mosquete voló por el aire. Brianna lo atrapó y extrajo un cartucho de la caja que llevaba en el cinturón. Mientras ella recargaba y cebaba el arma, el último pavo corrió hacia Roger, serpenteó para esquivarlo y, al verla, se lanzó en dirección opuesta. Por fin pasó como un rayo entre los dos, glugluteando alarmas e imprecaciones.

Bree se dio la vuelta y apuntó en el momento en que el ave abandonaba el suelo. Por una fracción de segundo vio el bulto negro recortado contra el cielo diáfano y disparó contra las plumas de su cola. El pavo cayó como un saco de carbón, a cuarenta metros de distancia, y tocó tierra con un golpe seco, audible.

Ella se quedó inmóvil un momento. Luego bajó despacio el mosquete. Roger la miraba, boquiabierto, apretándose los arañazos sanguinolentos con la tela de la camisa. Bree le sonrió apenas; tenía las manos sudorosas contra la culata de madera y el corazón le palpitaba con fuerza, en una reacción tardía.

—¡Dios bendito! —exclamó él, profundamente impresionado—. Eso no ha sido sólo cuestión de suerte, ¿verdad?

—Pues... en parte —dijo ella, tratando de ser modesta. Pero fracasó. Una enorme sonrisa le floreció en la cara—. Quizá la mitad.

Él fue a cobrar la presa, mientras Bree volvía a limpiar el arma. Regresó con un ave de cinco kilos, que goteaba sangre como si fuera una cantimplora agujereada.

—¡Qué bicho! —Roger estiró el brazo para que escurriera, mientras admiraba los vívidos rojos y azules de la cabeza pelada, el moco colgando—. No creo haber visto ninguno antes, como no fuera asado en una bandeja, con aderezo de castañas y patatas asadas. —La miró con gran respeto—. Ha sido un disparo estupendo, Bree.

Ella enrojeció de placer, conteniéndose para no decir: «Pero si no ha sido nada.» Se conformó con darle las gracias.

Continuaron la marcha hacia su casa. Roger llevaba el ave goteante, algo apartada del cuerpo.

—Tampoco hace mucho tiempo que tú practicas el tiro —comentó, aún impresionado—. ¿Seis meses, tal vez?

Ella no quería empequeñecer la hazaña a ojos de su marido; aun así se echó a reír y le dijo la verdad, a la vez que se encogía de hombros.

—Más bien seis años. En realidad, más bien diez.

—¿Cómo?

—Papá... Frank... me enseñó a disparar cuando yo tenía once o doce años. A los trece me regaló un calibre veintidós. A los quince ya me llevaba a disparar contra dianas de terracota. Durante los fines de semana de otoño íbamos a cazar palomas y perdices.

Roger la miró con interés.

—Supuse que te habría enseñado Jamie. No tenía ni idea de que Frank Randall fuera tan deportista.

—Es que no lo era —replicó ella, pausada.

Una negra ceja se enarcó en ademán de pregunta.

—¡Oh!, él sabía disparar. Durante la Segunda Guerra Mundial estuvo en el ejército —le aseguró Bree—. Pero no practicaba mucho. Se limitaba a enseñarme y a mirar. De hecho, ni siquiera tenía armas.

—Eso es raro.

—Sí. —Se acercó a él deliberadamente, pegándose a su hombro, de modo que las sombras volvieron a fundirse; ahora parecían un ogro de dos cabezas, con un mosquete al hombro, llevando en la mano una tercera cabeza—. Yo también le estuve dando vueltas —continuó, intentando mostrarse indiferente—, después de que me contases lo de su carta y todo eso, en la reunión.

Él le clavó una mirada aguda.

—¿Dándole vueltas a qué?

Bree inspiró hondo, sintiendo que las bandas de lino se le hundían en los pechos.

—A que un hombre que no sabía montar ni disparar se tomara tantas molestias para que su hija supiera hacer ambas cosas. Y no porque estuviera de moda entre las niñas. —Trató de reír—. En Boston, al menos.

Por un momento no se oyó nada salvo el susurro de los pies entre las hojas secas.

—¡Jesús! —musitó Roger, al fin—. Buscó a Jamie Fraser. Lo decía en su carta.

—Y halló a un Jamie Fraser. Eso también lo decía. Lo que no sabemos es si era el que correspondía. —Bree mantenía la vista fija en sus botas, atenta a las serpientes. En el bosque había víboras cobrizas y serpientes de cascabel. De vez en cuando se las veía tomando sol en las piedras o encima de troncos soleados.

Roger tomó aire y alzó la cabeza.

—Sí. Y ahora te estás preguntando qué más pudo haber descubierto.

Ella asintió sin mirarlo.

—Tal vez me descubrió a mí —dijo por lo bajo, con un nudo en la garganta—. Tal vez sabía que yo cruzaría a través de las piedras. En todo caso, no me lo dijo.

Él se detuvo y la cogió de un brazo para volverla hacia él

—Y tal vez no lo sabía—dijo con firmeza—. Quizá sólo pensó que lo intentarías, si alguna vez averiguabas lo de Fraser. Y por si lo hacías... quiso que estuvieras a salvo. Yo creo que eso es lo que deseaba, supiera lo que supiese: que estuvieras a salvo. —Esbozó una sonrisa algo torcida—. Lo mismo que tú quieres para mí, ¿verdad?

Ella soltó un hondo suspiro. Esas palabras la consolaban. Nunca había puesto en duda que Frank Randall la había querido durante toda su infancia y su adolescencia. Y no quería dudar tampoco ahora.

—Sí —dijo, poniéndose de puntillas para darle un beso.

—Pues bien. —Él le tocó suavemente el pecho, allí donde la piel de venado mostraba ya un pequeño parche mojado—. Jem ha de tener hambre. Vamos. Ya deberíamos estar en casa.

Y continuaron bajando la montaña, hacia el dorado mar de las hojas de castaño, contemplando las sombras abrazadas que los precedían.

—¿Crees que...? —empezó ella. Pero vaciló.

La cabeza de una sombra se inclinó hacia la otra, atenta.

—¿Crees que Ian será feliz?

—Eso espero —respondió Roger, ciñendo el brazo que la rodeaba—. Si tiene una esposa como la mía... estoy seguro de que sí.


# 21

## *Agudeza visual*


—Ahora sujeta esto sobre el ojo izquierdo y lee la línea más pequeña que puedas ver con claridad.

Con aire de gran paciencia, Roger acercó la cuchara de madera a su ojo derecho y entornó el izquierdo, concentrándose en la hoja de papel que yo había clavado en la puerta de la cocina. Él estaba de pie en el vestíbulo de entrada, pues el pasillo era el único lugar del interior de la casa que medía unos seis metros.

—«*Et tu Brute?*» —leyó. Luego bajó la cuchara para mirarme, con una negra ceja levantada—. Nunca había visto una tabla tan culta.

—Es que siempre he pensado que las normales son bastante aburridas, con eso de efe, e, cinco, zeta, te, de... —le expliqué, desclavando el papel para darle la vuelta—. Ahora el otro ojo, por favor. ¿Cuál es la línea más pequeña que puedes leer con facilidad?

Él invirtió la cuchara, bizqueando ante las cinco líneas escritas a mano, cuyos tamaños decrecían de forma tan uniforme como yo había sido capaz de hacerlo. Luego leyó despacio la tercera.

—«No comáis cebollas.» ¿De quién es eso?

—De Shakespeare, por supuesto —respondí yo, tomando nota—. «No comáis cebollas ni ajo, pues debemos exhalar un suave aliento.» ¿Ésa es la más pequeña que llegas a leer?

Vi que la expresión de Jamie se alteraba sutilmente. Él y Brianna estaban de pie detrás de Roger, en el porche, presenciando los procedimientos con gran interés. Brianna se inclinaba apenas hacia su esposo, con expresión algo ansiosa, como si así lo impulsara a ver. La expresión de su padre, en cambio, delataba una leve sorpresa, algo de piedad... y un innegable destello de satisfacción. Por lo visto, él sí que podía leer la quinta línea sin dificultad. «Lo honro», de *Julio César*: «Porque era valiente, lo honro; porque era ambicioso, lo maté.»

Él debió de percibir mi mirada, pues su expresión se desvaneció; al instante, su cara reasumió el acostumbrado buen humor inescrutable. Entorné los ojos, como para decirle: «No me engañas», y él apartó la vista. La comisura de sus labios se contrajo un tanto.

—¿No lees nada de la siguiente? —Bree se había acercado un poco más a Roger, como atraída por ósmosis. Miró con atención el papel; luego, a su marido, dándole ánimos. Estaba claro que ella también podía ver las dos últimas líneas sin dificultad.

—No —dijo Roger, bastante seco.

A petición de Bree había consentido que yo le examinara los ojos, pero era evidente que eso no lo hacía feliz. Descargó la cuchara de madera contra la palma de la mano, impaciente por terminar.

—¿Algo más?

—Sólo unos pocos ejercicios —dije, tratando de calmarlo—. Ven aquí. Hay más luz. —Le apoyé una mano en el brazo para llevarlo a mi consultorio, mientras miraba con dureza a los otros—. Brianna, ¿por qué no pones la mesa para cenar? No tardaremos mucho.

Ella vaciló un instante, pero Jamie le dijo algo en voz baja. Entonces asintió y, tras echar una última mirada a su esposo, ceñuda de ansiedad, se fue. Jamie salió tras ella, encogiéndose de hombros como para pedirme disculpas.

Roger estaba de pie entre el caos de mi consulta, como un oso que oyera ladrar a los perros en la distancia: a la vez fastidiado y precavido.

—No es necesario todo esto —dijo mientras yo cerraba la puerta—. Veo bien. Es sólo que aún no tengo mucha puntería. No me pasa nada malo en los ojos.

Aun así no hizo intento alguno de escapar. Yo capté un tono dubitativo en su voz.

—Eso creo, sí —dije con ligereza—. De cualquier modo, deja que te eche un vistazo. Sólo por curiosidad...

Logré que se sentara, aunque de mala gana, y a falta de la pequeña linterna habitual, encendí una vela.

La acerqué para comprobar la dilatación de sus pupilas. Sus ojos tenían un bello color: no era avellana, sino verde oscuro, muy límpido. Tan oscuros que a la sombra parecían casi negros, pero a plena luz adquirían un color sorprendente, casi esmeralda. Eso resultaba desconcertante para quien hubiera conocido a Geilie Duncan, con el loco humor que reía en esas claras honduras verdes. Era de esperar que Roger sólo hubiera heredado de ella el color de los ojos.

Parpadeó una vez, involuntariamente. Cuando las largas pestañas negras se abatieron sobre las pupilas, el recuerdo desapareció. Eran ojos muy bellos, pero serenos y, sobre todo, cuerdos. Le sonreí y él hizo lo mismo por reflejo, sin comprender.

Pasé la vela por delante de su cara, hacia arriba, hacia abajo, a la derecha, a la izquierda, pidiéndole que no dejara de mirarla y observando los cambios, mientras sus ojos se movían de un lado a otro. Como para ese ejercicio no se requerían respuestas, comenzó a relajarse un tanto; poco a poco aflojó las manos contra los muslos.

—Muy bien —dije en tono grave y tranquilizador—. Sí, así es... ¿Puedes mirar hacia arriba, por favor? Sí... Ahora hacia abajo, hacia el rincón de la ventana. Ajá... sí. Ahora mírame otra vez.

¿Ves este dedo? Bien, ahora cierra el ojo izquierdo y dime si se mueve. Ajá...

Por fin apagué la vela de un soplo y estiré la espalda con un pequeño gruñido.

—Bien —dijo él como si nada—. ¿Cuál es el veredicto, doctora? ¿Debo ir a hacerme un bastón blanco?

Agitó la mano para aventar las volutas de humo de la vela apagada, fingiendo indiferencia; tan sólo lo desmintió una ligera tensión en los hombros. Reí.

—No, todavía no necesitas un perro lazarillo, ni siquiera gafas. No obstante... has dicho que nunca habías visto una tabla tan culta. Deduzco que las has visto de otro tipo. ¿Usabas gafas cuando eras niño?

Él arrugó el entrecejo, retrocediendo en su mente.

—Sí —dijo despacio. A su cara asomó una sonrisa—. Mejor dicho, tuve un par. Dos, tres. Cuando tenía siete u ocho años, creo. Eran una molestia y me daban dolor de cabeza, de modo que tendía a olvidarlas en el autobús, en la escuela o entre las piedras del río... En realidad, no recuerdo haberlas tenido puestas durante más de una hora en cada ocasión. Cuando perdí el tercer par, mi padre se dio por vencido. —Se encogió de hombros—. Si he de ser franco, siempre pensé que no las necesitaba.

—Bueno, por ahora no.

Al captar el tono de mi voz me miró con aire intrigado.

—¿Cómo?

—Eres un poco miope del ojo izquierdo, pero no tanto como para que te cause dificultades. —Me froté el puente de la nariz, como si percibiera allí el pellizco de las gafas—. Déjame adivinar... Cuando ibas a la escuela jugabas bien al hockey y al fútbol, pero no al tenis.

Él rió. Sus ojos se arrugaron en las comisuras.

—¿Tenis? ¿En las escuelas primarias de Inverness? Habríamos dicho que era un juego para maricas. Pero comprendo lo que quieres decir. Y tienes razón: jugaba bien al fútbol, pero no servía para el tenis. ¿Por qué?

—Porque no tienes visión binocular —expliqué—. Es probable que alguien lo detectara cuando eras niño y que tratara de corregírtelo con lentes prismáticas. Pero a los siete u ocho años ya era tarde —me apresuré a añadir, al ver que no comprendía—. Para que dé resultado es preciso hacerlo antes de los cinco años.

—¿Que no tengo... visión binocular? Pero ¿no la tenemos todos? Es decir... los dos ojos me funcionan, ¿verdad?

Parecía algo desconcertado. Se miró la palma de la mano, cerrando un ojo y luego el otro, como si esperara encontrar alguna respuesta en sus líneas.

—Tus ojos funcionan bien —le aseguré—. El problema es que no lo hacen a la vez. En realidad, es un trastorno bastante común; muchos lo sufren sin saberlo. En algunas personas, no se sabe por qué, el cerebro nunca aprende a fundir las imágenes que vienen de los dos ojos para conformar una imagen tridimensional.

—¿No veo en tres dimensiones? —Ahora me miraba con los ojos muy entornados, como si esperara verme súbitamente aplanada contra el muro.

—La verdad es que... no tengo equipo de oculista. —Indiqué con un ademán la vela apagada, la cuchara de madera, las figuras dibujadas y un par de varillas que había estado usando—. Ni estudios especializados. Pero estoy casi segura, sí.

Le expliqué lo que sabía, y él me escuchó en silencio. Su vista parecía bastante normal en cuanto a agudeza. Pero como su cerebro no fundía la información de sus ojos, él debía calcular la distancia y la localización relativa de los objetos por simple comparación inconsciente de los distintos tamaños, en vez de formar una verdadera imagen tridimensional. Lo cual significaba que...

—Ves perfectamente bien para realizar casi cualquier tarea que desees —le aseguré—. Y es muy probable que aprendas a disparar bien. De hecho, la mayoría de la gente cierra un ojo para disparar. Pero podrías tener dificultades para disparar contra blancos móviles. Aunque veas aquello a lo que apuntas, al carecer de visión binocular tal vez no puedas determinar con exactitud dónde está, a fin de dar en el blanco.

—Comprendo —dijo él—. Así que si se trata de pelear, más me valdrá limitarme a los garrotazos. ¿Es así?

—Según mi humilde experiencia en cuanto a conflictos escoceses, la mayoría de las peleas no pasa de los garrotazos. Sólo se usan las armas de fuego o las flechas cuando el objetivo es asesinar. Y en ese caso, el arma preferida suele ser el acero. Jamie dice que es mucho más fiable.

Eso le arrancó un pequeño gruñido de diversión, pero no dijo más. Permaneció en silencio, reflexionando, mientras yo recogía el desorden propio de un día de consulta. Desde la cocina me llegaban golpes secos, ruidos metálicos y el chisporroteo de la grasa, acompañando a un tentador aroma de cebolla frita con tocino que flotaba por el pasillo.

Sería una comida apresurada; la señora Bug se había pasado el día ocupada con los preparativos de la expedición miliciana. No obstante, hasta la menos complicada de sus comidas merecía la pena.

A través de la pared oí voces apagadas: el súbito gañido de Jemmy, una breve exclamación de Brianna, otra de Lizzie; luego, la voz grave de Jamie, que evidentemente consolaba al bebé mientras Bree y Lizzie se ocupaban de la cena.

Roger también los oyó; vi que su cabeza giraba hacia el sonido.

—¡Qué mujer! —dijo con una sonrisa—. Sabe cazar la presa y cocinarla. Lo cual es una suerte, dadas las circunstancias —añadió, melancólico—. Por lo visto, yo no voy a poner mucha carne en nuestra mesa.

—¡Bah! —exclamé con energía, para impedir cualquier intento de autocompasión—. Yo nunca he cazado nada y pongo comida en esta mesa todos los días. Si crees que tu obligación es matar algo, hay pollos, gansos y cerdos en abundancia. Y si logras atrapar a esa condenada cerda blanca antes de que arruine por completo nuestros cimientos, serás el héroe del lugar.

Eso lo hizo sonreír, aunque con un dejo de ironía.

—Espero recobrar mi amor propio, con cerdos o sin ellos —dijo—. Lo peor del asunto será explicarles el problema a esos tiradores. —Señaló con la cabeza hacia la pared, donde la voz de Brianna se mezclaba con la de Jamie, en una conversación apagada—. Me tratarán con mucha amabilidad, como si hubiera perdido un pie.

Entre risas, terminé de limpiar mi mortero y me estiré para guardarlo en el armario.

—Bree sólo se preocupa por ti, por este asunto de la Regulación. Pero Jamie piensa que no sucederá nada. Hay muy pocas probabilidades de que tengas que disparar contra alguien. Además, las aves de presa tampoco tienen visión binocular —añadí—. Exceptuando los búhos. Los halcones y las águilas no, pues tienen los ojos a ambos lados de la cabeza. Puedes decirles a Bree y a Jamie que tu vista es como la de un halcón.

Ante eso soltó una risa franca. Luego se levantó, al tiempo que se sacudía los faldones de la chaqueta.

—Eso haré. —Me abrió la puerta que daba al pasillo, esperándome, pero cuando llegué me puso una mano en el brazo para detenerme—. Este trastorno binocular —dijo, señalando vagamente sus ojos—. ¿Supongo que es de nacimiento?

—Sí, casi con certeza.

Él vaciló; era obvio que no sabía cómo expresarse.

—¿Y es... hereditario? Mi padre, de joven, estuvo en las Fuerzas Aéreas, seguro que no lo tenía. Pero mi madre usaba gafas. Las llevaba colgadas del cuello con una cadena; recuerdo haber jugado con ellas. Tal vez lo heredé de ella.

Fruncí los labios, tratando de recordar si había leído algo sobre trastornos oculares hereditarios, pero no me vino nada concreto a la cabeza.

—No sé —dije al fin—. Podría ser. Pero tal vez no. En realidad, no lo sé. ¿Te preocupas por Jemmy?

—¡Oh...! —Un vago desencanto le cruzó las facciones, aunque lo borró casi de inmediato. Con una sonrisa torpe, sostuvo la puerta para permitirme el paso—. No es que me preocupe, no. Sólo pensaba que... si es hereditario y el pequeño también lo tuviera... entonces yo tendría la certeza...

El pasillo estaba impregnado de sabrosos aromas a guiso de ardilla y pan fresco. Aunque estaba hambrienta, me quedé quieta, mirándolo.

—No es que se lo desee —explicó Roger a toda prisa, al ver mi expresión—. ¡En absoluto! Sólo que, si fuera así... —Apartó la vista, tragando saliva—. Oye, no le digas a Bree lo que te acabo de decir, por favor.

Le toqué apenas el brazo.

—Creo que lo comprendería. Que quieras tener la certeza.

Él echó un vistazo a la puerta de la cocina, por la que surgía la voz de Brianna, cantando *Clementine*, para bullicioso deleite de Jemmy.

—Quizá lo comprendiera —dijo él—. Pero eso no significa que le gustase oírlo.

# 22

## *La cruz ardiente*

Los hombres no estaban: Jamie, Roger, el señor Chisholm y sus hijos, los hermanos MacLeod... Todos ellos habían desaparecido antes del alba, sin dejar más rastro que los desordenados restos de un desayuno apresurado y huellas de barro en el umbral.

Jamie era tan silencioso que rara vez me despertaba cuando se levantaba de la cama antes de que amaneciera. Pero solía despedirse con un beso, murmurándome al oído una palabra cariñosa y permitiendo que yo llevara su contacto y su olor a mis sueños.

Esa mañana no me había despertado.

Ese trabajo quedó a cargo de los pequeños Chisholm y Mac-Leod, varios de los cuales libraron una batalla justo debajo de mi ventana, cuando apenas había amanecido. Desperté con un respingo, por un segundo confundida por los gritos, y de manera automática alargué la mano en busca de esponja, oxígeno, jeringa y alcohol, vívidas a mi alrededor las visiones de una sala de urgencias. Sin embargo, al tomar aliento no olí a etanol, sino a humo de leña. Sacudí la cabeza, parpadeando ante el arrugado edredón azul y amarillo, la ropa colgando apaciblemente de sus perchas y el torrente de luz clara que entraba por las celosías entreabiertas. En casa. Estaba en casa, en el cerro.

Fuera tronó una puerta al abrirse y el jaleo se apagó de golpe, reemplazado por un correteo de huida y risitas sofocadas.

—¡Mmfm! —dijo la voz de la señora Bug, ceñudamente satisfecha tras haber desalojado a los alborotadores. La puerta se cerró. Ruidos de madera y metal anunciaron que en el piso de abajo se iniciaban las actividades del día.

Cuando bajé, poco después, encontré a esa buena señora dedicada a un mismo tiempo a tostar pan, hervir café, preparar las gachas y quejarse mientras limpiaba el rastro que habían dejado los hombres. No se quejaba del desorden —¿qué otra cosa podía esperarse de ellos?—, sino del hecho de que Jamie no la hubiera despertado para prepararles un buen desayuno.

—¿Y cómo se las arreglará el señor ahora? —inquirió, blandiendo el tenedor en un ademán de reproche—. Un hombre bien desarrollado como él, andando por ahí, sin tener en el estómago nada más que un poco de leche y un panecillo rancio.

Mientras paseaba los ojos legañosos por la mezcla de mendrugos y platos sucios, tuve la sensación de que el señor y sus compañeros habían dado buena cuenta de una hogaza entera de pan salado y por lo menos de dos docenas de panecillos de maíz, acompañados por medio kilo de mantequilla fresca, un frasco de miel, un cuenco de uvas pasas y toda la leche del primer ordeño.

—No creo que vaya a morir de hambre —murmuré, recogiendo una migaja con el dedo humedecido—. ¿El café está listo?

De los niños Chisholm y MacLeod, los mayores pasaban la noche junto al hogar de la cocina, envueltos en mantas o trapos.

Ya se habían levantado y estaban fuera; sus mantas se encontraban amontonadas tras el banco. Cuando el olor a comida empezó a invadir la casa, por la escalera y a través de las paredes comenzó a llegar el murmullo de las mujeres que vestían y atendían a los bebés y a los niños más pequeños. De fuera reaparecieron caritas que espiaban, hambrientas, por el filo de la puerta.

—¿Os habéis lavado ya esas zarpas mugrientas, pequeños paganos? —acusó la señora Bug, al verlos. Luego señaló con la cuchara de las gachas los bancos instalados a lo largo de la mesa—. Si están limpias, venid a sentaros. Y ¡ay del que no se limpie esos pies embarrados!

En pocos segundos, bancos y taburetes quedaron llenos; las señoras Chisholm, MacLeod y Aberfeldy bostezaban y parpadeaban entre sus vástagos, entre inclinaciones de cabeza y murmullos de «Buenos días». Enderezaban un pañuelo aquí, acomodaban los faldones de una camisa allá, usaban el pulgar mojado en saliva para aplastar el pelo erizado de una cabecita o para limpiar una mancha en la mejilla de alguna cría.

Con doce bocas abiertas que alimentar, la señora Bug se encontraba en su propia salsa. Mientras la veía ir del hogar a la mesa, me dije que en alguna vida anterior debía de haber sido un herrerillo.

—¿Ha visto a Jamie antes de que partiera? —pregunté, cuando hizo una pausa para volver a llenar las tazas de café, con un gran embutido crudo en la otra mano.

—No. —Negó con la cabeza, muy blanca bajo el pañuelo—. No me he enterado de nada. Antes del amanecer he oído que mi viejo se levantaba, aunque he supuesto que iría al excusado, por no molestarme con el ruido de la bacinilla. Pero no ha regresado. Y cuando me he despertado ya se habían ido todos. ¡Ah, no! ¡Nada de eso!

Con el rabillo del ojo había detectado un movimiento. Asestó un buen golpe con el embutido en la cabeza de uno de los pequeños MacLeod, que al instante retiró los dedos del frasco de mermelada.

—Tal vez se hayan ido de cacería —sugirió con timidez la señora Aberfeldy, mientras daba cucharadas de gachas a la niñita sentada en sus rodillas. Tenía apenas diecinueve años; hablaba muy poco, pues las otras mujeres la intimidaban.

—Harían mejor en salir a buscar sitios donde se pueda edificar y madera para las casas —dijo la señora MacLeod, al tiempo que apoyaba al bebé contra su hombro para darle palmaditas en la espalda. Luego se apartó de la cara un mechón de pelo encanecido y me sonrió con ironía—. Sin ánimo de criticar su hospitalidad, señora Fraser, preferiría no pasar el invierno bajo sus pies. ¡Geordie! ¡Deja en paz las trenzas de tu hermana o haré que te arrepientas!

Como a esas horas de la mañana no estaba en mis mejores condiciones, sonreí cortésmente, murmurando algo incomprensible. Yo también preferiría no tener cinco o diez personas de más en la casa durante el invierno, pero no estaba segura de que se pudiera evitar.

La carta del gobernador era bastante clara: todos los hombres físicamente sanos de los territorios alejados debían ser reclutados como tropas de milicia y presentarse en Salisbury hacia mediados de diciembre. Quedaba muy poco tiempo para construir casas. Aun así, confiaba en que Jamie tuviera algún plan para aliviar el hacinamiento. *Adso*, el gatito, había instalado su residencia en un armario de mi consulta, y la escena de la cocina iba asumiendo su habitual parecido con las pinturas del Bosco.

Por lo menos, con tantos cuerpos amontonados, la cocina había perdido el frío del amanecer; el ambiente estaba ahora confortablemente caldeado y ruidoso. No obstante, dado lo confuso de la escena, pasaron varios minutos antes de que yo notara que las jóvenes madres presentes no eran tres, sino cuatro.

—¿De dónde has salido? —pregunté, sobresaltada al ver a mi hija en un rincón, acurrucada bajo una manta de viaje.

Bree parpadeó, adormilada, y cambió de posición a Jemmy, que mamaba con total concentración, ajeno a la muchedumbre.

—En mitad de la noche los Mueller llamaron a nuestra puerta —explicó ella, bostezando—. Eran ocho. No hablan bien nuestro idioma, pero me pareció entenderles que papá los había llamado.

—¿De veras? —Cogí un trozo de pastel de pasas, adelantándome por muy poco a un joven Chisholm—. ¿Todavía están allí?

—Ajá. Gracias, mamá. —Alargó la mano hacia el trozo de pastel que yo le ofrecía—. Sí. Antes de que amaneciera ha venido papá y ha sacado a Roger de la cama; al parecer aún no necesitaba a los Mueller. Cuando Roger se ha ido, un viejo enorme se ha levantado del suelo, diciendo: «*Bitte, Maedle*», y se ha acostado a mi lado. —Un delicado rubor le encendió las mejillas—. Y he pensado que era mejor venir aquí.

—¡Ah! —exclamé, conteniendo una sonrisa—, debe de haber sido Gerhard.

El viejo granjero, eminentemente práctico, no entendería por qué debía tender sus vetustos huesos en el duro suelo de tablas si había espacio disponible en la cama.

—Eso supongo —dijo ella algo confundida mientras masticaba un bocado de pastel—. Creo que es inofensivo, pero aun así...

—Sí, claro, para ti no representa ningún peligro —coincidí con ella. Gerhard Mueller era el patriarca de una numerosa familia alemana que vivía entre el cerro y la colonia morava de Salem. Aunque ya se acercaba a los ochenta años, distaba mucho de ser inofensivo.

Mastiqué despacio, recordando la descripción que Jamie me había hecho de las cabelleras clavadas en la puerta de su granero. Eran de mujer: largas cabelleras oscuras y sedosas, cuyos extremos se mecían al viento. «Como si estuvieran vivas —había dicho él, atribulado por el recuerdo—. Como pájaros clavados en la madera.» Y había una blanca, que Gerhard me había traído, envuelta en una tela y salpicada de sangre. No, no era inofensivo. Tragué saliva, como si el pastel estuviera seco en mi garganta.

—Inofensivos o no, han de tener hambre —dijo la señora Chisholm, muy pragmática. Y se agachó para recoger una muñeca, un pañal mojado y a un niñito que se retorcía, y aún disponía de una mano libre para el café—. Será mejor despejar esto, antes de que los alemanes huelan la comida y vengan a aporrear la puerta.

—¿Queda algo para ellos? —pregunté, un tanto intranquila, mientras trataba de recordar cuántos jamones había en el cobertizo donde los ahumábamos. Tras dos semanas de hospitalidad, nuestras provisiones estaban disminuyendo de manera alarmante.

—Por supuesto —aseguró enérgicamente la señora Bug, dejando caer las lonchas de embutido en la sartén caliente—. En cuanto haya terminado con este grupo, podrán decirles que vengan a tomar su desayuno. Tú, *a muirninn*... —Usó la espátula para dar un coscorrón a una niña de unos ocho años—. Corre al sótano, llena tu delantal de patatas y tráemelas. A los alemanes les gustan las patatas.

Para cuando yo había terminado mis gachas y empezaba a recoger las escudillas para lavarlas, la señora Bug, escoba en mano, ya estaba barriendo niños y basura hacia fuera, con implacable eficiencia, mientras daba un torrente de órdenes a Lizzie y a la señora Aberfeldy (se llamaba Ruth), a quienes parecía haber reclutado como asistentes de cocina.

—Puedo ayudar a... —comencé, débilmente, pero la anciana negó con la cabeza, y me ahuyentó con pequeños movimientos de escoba.

—¡Ni pensarlo, señora Fraser! —dijo—. Tendrá usted bastante que hacer, sin duda, y... ¡Eh, ustedes, no entrarán en mi bonita cocina con esas botas llenas de barro! ¡Fuera, fuera, límpienlas antes de poner un pie aquí!

En el umbral de la puerta estaba Gerhard Mueller, desconcertado, seguido por sus hijos y sus sobrinos varones. Sin dejarse intimidar por el hecho de que él le sacara treinta centímetros y no hablase nuestro idioma, la señora Bug arrugó la cara y le clavó ferozmente la escoba en las botas.

Después de dar una cordial bienvenida a los Mueller, aproveché la oportunidad para escaparme.

Tratando de evitar la multitud de la casa, me lavé fuera, en el pozo. Luego fui a los cobertizos para ocuparme de hacer inventario. La situación no era tan mala como temía; con una administración prudente, había bastante para que nos durara todo el invierno, aunque tal vez fuera necesario constreñir un poco la mano generosa de la señora Bug.

Además de los seis jamones ahumados que teníamos en el cobertizo, había cuatro trozos y medio de tocino, un estante lleno de venado seco y media res relativamente fresca. Al levantar la vista, vi las vigas bajas del techo, negras de hollín; de allí colgaban los manojos de pescado seco y ahumado, tiesos y apretados como pétalos de flores grandes y feas. Había también diez toneles de pescado y cuatro de cerdo, conservados en sal. Una vasija grande de piedra con seis kilos de grasa, otra más pequeña con grasa fina, y otra de queso de cerdo... Sobre ésa tenía mis dudas.

Lo había preparado siguiendo las instrucciones de una de las Mueller, traducidas por Jamie, pero nunca había visto queso de cerdo y no estaba segura de que tuviera ese aspecto. Levanté la tapa para olfatear con cautela, aunque olía bien, ligeramente especiado con ajo y pimienta en grano, sin rastros de putrefacción. Probablemente no moriríamos por envenenamiento con tomaína, aunque sería mejor proponer a Gerhard Mueller que fuera el primero en probarlo.

—¿Cómo puedes tolerar en tu casa a ese viejo del demonio? —había preguntado Marsali cuando Gerhard y uno de sus hijos aparecieron en el cerro, pocos meses antes. Sabía por Fergus aquello de las mujeres indias, y esos alemanes le provocaban una horrible repugnancia.

—¿Y qué otra cosa podía hacer? —había replicado Jamie a su vez, con la cuchara a medio camino—. ¿Matar a los Mueller? A todos, pues lo que hiciera con Gerhard tendría que hacerlo con todo el grupo. ¿Y luego colgar sus cabelleras en mi establo? —Había contraído un poco la boca—. Creo que a la vaca se le retiraría la leche. Y yo perdería las ganas de ordeñar.

Marsali había arrugado la frente, pero no era de las que se dejan desviar de la discusión por una broma.

—No digo eso, pero permitirles que entren en tu casa y tratarlos como a amigos... —Su mirada había pasado de Jamie a mí, ceñuda—. Las mujeres a las que él mató eran amigas tuyas, ¿no?

Tras intercambiar una mirada con Jamie, yo me había encogido un poco de hombros. Él había hecho una pausa para reunir sus pensamientos, mientras removía lentamente su sopa. Luego había dejado la cuchara.

—Lo que Gerhard hizo fue algo horrible —había dicho—. Se trataba de una venganza; a su modo de ver las cosas, no podía obrar de otra forma. ¿Arreglaría algo que yo me vengara de él?

—*Non* —había dicho Fergus, con firmeza antes de apoyar una mano en el brazo de Marsali, para acallar todo lo que ella pudiera decir, sonriéndole de oreja a oreja—. Claro que los franceses no somos partidarios de las venganzas.

—Pues... quizá algunos franceses —había murmurado yo, pensando en el conde de Saint Germain.

Pero Marsali no se había dejado acallar tan fácilmente.

—Hum. Lo que quieres decir es que no eran tuyas, ¿verdad? —Al ver que Jamie enarcaba las cejas, sobresaltado, había insistido—: Las mujeres asesinadas. Pero si hubieran sido de tu familia... Si hubiéramos sido Lizzie, Brianna y yo, por ejemplo...

—A eso me refería —había explicado él, sereno—. Era la familia de Gerhard. —Se había apartado de la mesa para levantarse, sin terminar su sopa—. ¿Has acabado, Fergus?

El muchacho había elevado hacia él una ceja lustrosa; luego había cogido su escudilla para beber todo el contenido; la nuez de Adán se bamboleó en su cuello largo y moreno.

—*Oui* —había dicho al tiempo que se limpiaba la boca con la manga. Luego se había levantado, había dado una palmada en la cabeza a Marsali y le había retirado del pañuelo una hebra de pelo claro como la paja—. No te preocupes, *chérie*; aunque no sea partidario de la venganza, te prometo que si alguien quisiera arrancarte el cuero cabelludo, yo haría una taleguilla para tabaco con su escroto. Y seguramente tu padre se sujetaría las medias con las entrañas del malhechor.

Lanzando un pequeño bufido de divertida irritación, Marsali le había dado una palmada en la mano. No se volvió a hablar de Gerhard Mueller.

Dejé la pesada vasija llena de queso de cerdo junto a la puerta del cobertizo, para no olvidarla cuando regresara a la casa. Me preguntaba si Frederick, el hijo de Gerhard, habría venido también. Era lo más probable, pues el muchacho no llegaba a los veinte años; a esa edad no querría perderse nada que prometiera ser estimulante. Petronella, su joven esposa, había muerto junto con su bebé... de sarampión, aunque Gerhard pensara que la infección había sido una maldición de la tuscarora contra su familia.

¿Se habría casado de nuevo? Era muy posible. Pero si no... entre los nuevos arrendatarios había dos muchachas adolescentes. Tal vez los planes de Jamie incluían buscarles marido. Y también estaba Lizzie...

El granero estaba lleno en sus tres cuartas partes, aunque en el exterior, en el suelo, podían verse excrementos de ratón en cantidades alarmantes. *Adso* crecía rápido, pero no tanto; su tamaño era el de una rata normal. La harina era algo escasa: sólo había ocho sacos. Tal vez hubiera más en el molino. Tendría que preguntarle a Jamie.

Sacos de arroz y habichuelas secas, grandes cantidades de pacanas, de nogal blanco y de nogal negro. Montones de calabaza seca, un saco de arpillera con avena y maíz, litros y litros de sidra y vinagre de manzana. Una vasija con mantequilla salada, otra de mantequilla fresca y un cesto lleno de redondos quesos de cabra, que había obtenido a cambio de un tonel de zarzamoras y otro de grosellas. El resto de las bayas había sido cuidadosamente desecado, junto con las uvas silvestres, o convertido en mermelada o conserva; en ese momento estaban escondidas en la despensa, a salvo (era de esperar) de los saqueos infantiles.

La miel. Allí me detuve, frunciendo los labios. Tenía casi ochenta litros de miel purificada y cuatro grandes vasijas de panal, retirado de mis colmenas, a la espera de que lo convirtiéramos en velas de cera. Todo eso se conservaba en la cueva cerrada con una empalizada que servía de establo, a fin de protegerlo de los osos, pero no de los niños a los que les tocaba alimentar a las vacas y las cerdas del establo. Hasta entonces, yo no había visto dedos ni caras pringosas que los delataran, pero no vendría mal tomar algunas medidas preventivas.

Sumando la carne, los cereales y la pequeña granja, parecía que nadie iba a pasar hambre ese invierno. Lo que me preocupaba ahora era algo que no era grave, pero sí importante: la deficiencia de vitaminas. Eché una mirada al bosquecillo de castaños, cuyas ramas estaban ya completamente desnudas. Pasarían cuatro meses largos antes de que se viera alguna hortaliza fresca, aunque todavía quedaban muchos nabos y coles por recoger.

El sótano donde almacenábamos los tubérculos estaba razonablemente provisto y su aroma resultaba embriagador: el olor a tierra de las patatas, el penetrante de los ajos y las cebollas, la esencia blanda y sana de los nabos. Detrás había dos grandes toneles de manzanas... y varias huellas de pies infantiles que conducían hacia allí.

Levanté la vista. De las vigas se habían colgado enormes racimos de uvas silvestres, que se iban convirtiendo poco a poco en pasas. Aún estaban allí, pero los que se colgaron más abajo, al alcance de la mano, se habían reducido a tallos desnudos. Quizá no hubiera peligro de escorbuto, después de todo.

Mientras caminaba de regreso a la casa, traté de calcular cuántas provisiones deberían llevarse Jamie y sus milicianos, y cuántas dejar para el consumo de las mujeres y los niños. Era imposible decirlo; eso dependería, en parte, de los hombres que pudiera reclutar y de lo que cada uno llevara consigo. Aun así, el nombramiento de coronel llevaba aparejada, ante todo, la responsabilidad de alimentar a los hombres de su regimiento; los fondos le serían reembolsados más adelante, si acaso, por asignación de la Asamblea.

No era la primera vez que lamentaba profundamente no saber más sobre el tema. ¿Durante cuánto tiempo estaría en funcionamiento esa Asamblea?

Brianna estaba fuera, dando vueltas y vueltas alrededor del pozo, con una expresión pensativa arrugándole la frente.

—Tuberías —dijo sin preliminares—. ¿Se fabrican tubos de metal en esta época? Los romanos los hacían, pero...

—Los he visto en París y en Edimburgo: se empleaban para canalizar la lluvia de los tejados —sugerí—. De modo que existen. Pero no estoy segura de haber visto ninguno en las colonias. Si los hay, han de ser terriblemente caros. —Descontando las cosas más sencillas, como las herraduras para caballos, todos los artilugios de hierro debían ser importados de Gran Bretaña, al igual que todo lo metálico, fuera de cobre, de bronce o de plomo.

—Hum, por lo menos saben qué es. —Entornó los ojos, calculando la pendiente del suelo entre el pozo y la casa. Luego movió la cabeza con un suspiro—. Creo que podría hacer una bomba. Pero llevar el agua hasta el interior de la casa es otro cantar. —De pronto bostezó, parpadeando, con los ojos ligeramente lacrimosos a la luz del sol—. Estoy tan cansada que no puedo pensar. Jemmy estuvo llorando toda la noche. Y cuando al fin se quedó dormido, aparecieron los Mueller. Creo que no he pegado ojo.

—Recuerdo esa sensación —dije, solidaria, con una sonrisa.

—¿Fui muy pesada de bebé? —preguntó ella, devolviéndomela.

—Mucho —le aseguré, mientras giraba hacia la casa—. Y el tuyo, ¿dónde está?

—Con... —Brianna se detuvo en seco al tiempo que me aferraba el brazo—. ¿Qué...? En el nombre de Dios, ¿qué es eso?

Me volví para mirar y sentí un espasmo en el fondo del vientre.

—Qué es resulta bastante obvio —dije, acercándome a paso lento—. La cuestión es qué hace aquí.

Era una cruz. Una cruz bastante grande, hecha con dos ramas de pino seco, despojadas de las ramitas menores y atadas entre sí con una cuerda. Estaba firmemente plantada en el borde del patio, cerca de la gran pícea roja que custodiaba la casa, y alcanzaba unos dos metros de altura. Las ramas eran delgadas, aunque sólidas, y no se podía decir que fuera voluminosa o que molestara; sin embargo, su tranquila presencia parecía dominar el patio, tal como el tabernáculo domina el interior de la iglesia. Al mismo tiempo, su efecto no resultaba reverente ni protector. Por el contrario: era siniestro.

—¿Hemos organizado alguna reunión religiosa? —Brianna contrajo los labios, tratando de tomárselo a broma. Esa cruz la inquietaba tanto como a mí.

—Que yo sepa, no. —Caminé despacio alrededor de ella, mirándola de arriba abajo. Era obra de Jamie; eso se notaba en la calidad de la artesanía. Las ramas habían sido escogidas por su rectitud y su simetría; estaban cuidadosamente recortadas, con los extremos afilados. El palo que cruzaba tenía un corte prolijo, que se ajustaba bien al vertical. La cuerda que los ligaba se entrecruzaba con pulcritud de marinero.

—Puede que papá haya fundado su propia religión. —Brianna enarcó una ceja; ella también reconocía el estilo.

De pronto la señora Bug apareció por la esquina de la casa, con un cuenco lleno de comida para los pollos. Al vernos, se detuvo en seco y abrió al momento la boca. Me preparé instintivamente para la embestida; Bree, por lo bajo, emitió una risita burlona.

—¡Ah, estaba aquí, señora! Acabo de decirle a Lizzie que es una vergüenza, una verdadera vergüenza, todos esos críos alborotando arriba y abajo, y dejando porquerías por toda la casa, y hasta en la destilería de la señora, y Lizzie me dice, me dice...

—¿En mi consulta? ¿Qué? ¿Dónde? ¿Qué han hecho?

Ya iba corriendo hacia la casa, completamente olvidada de la cruz. La señora Bug me seguía pisándome los talones, sin dejar de parlotear.

—Sorprendí a dos de esos diablillos jugando a los bolos allí dentro, con esos bonitos frascos azules que usted tiene y una manzana. Pero puede quedarse tranquila, que les he dado unos buenos coscorrones, que aún deben de resonarles los oídos, criaturas perversas. ¡Mira que dejar restos de comida pudriéndose allí y...!

—¡Mi pan! —Había llegado hasta el vestíbulo de delante.

Al abrir la puerta, lo encontré todo limpio y reluciente... incluyendo la encimera, donde yo había dejado mi último experimento con la penicilina. Ahora estaba completamente vacía; la superficie de roble había sido fregada hasta perder el pulido.

—Era repugnante —dijo la señora Bug desde el vestíbulo, a mi espalda, apretando los labios con virtuosa pazguatería—. ¡Repugnante! Todo cubierto de moho, todo azul y...

Inspiré hondo, apretando los puños contra mi cuerpo para no estrangularla. Cerré la puerta para no ver la encimera vacía, y me volví hacia la diminuta escocesa.

—Señora Bug —dije, haciendo un gran esfuerzo por hablar con calma—, usted sabe perfectamente cuánto aprecio su ayuda, pero le pedí que no...

La puerta principal se abrió de par en par, y chocó contra la pared, a mi lado.

—¡Condenada bruja! ¿Cómo te atreves a levantar la mano contra mis niños?

Me encontré cara a cara con la señora Chisholm, arrebolada de furia y armada con una escoba, con dos pequeñuelos aferrados a sus faldas; tenían las mejillas rojas y manchadas de lágrimas recientes. Me ignoró por completo; toda su atención estaba centrada en la señora Bug, que se hallaba a mi otro lado, erizada como un diminuto puercoespín.

316

—¡Tú y tus preciosos niños! —exclamó la anciana, indignada—. ¡Si tanto te preocupas por ellos, ya podrías educarlos como Dios manda y enseñarles a comportarse bien, en vez de permitir que correteen por toda la casa como bárbaros, rompiendo y echando todo a perder, desde el desván hasta la entrada! ¡Y esas manos pringosas haciéndose con todo lo que no esté clavado al suelo!

—Bueno, señora Bug, no creo que los niños quisieran...

Mi intento apaciguador se perdió bajo los chillidos de esos tres Chisholm, como si fueran silbatos de vapor; los de la madre eran los más potentes.

—¡Quién eres tú para decir que mis niños son ladrones, vieja entrometida!

La mujer, ofendida, blandió amenazadoramente la escoba mientras se movía de lado a lado en un intento de hacer blanco en la señora Bug. Yo me moví con ella, saltando de aquí para allá, siempre interponiéndome entre las dos combatientes.

—Señora Chisholm —dije, alzando una mano apaciguadora—. Margaret. Oiga, estoy segura de que...

—¿Que yo soy qué? —La señora Bug pareció expandirse a ojos vistas, como la masa al fermentar—. ¿Que yo soy qué? ¡Pues mira, lo que soy es una mujer temerosa de Dios y un alma cristiana! ¿Y quién eres tú para hablar a tus mayores y a tus superiores de ese modo? ¡Tú y esa tribu de demonios que andan correteando por las colinas vestidos con harapos, sin siquiera una bacinilla donde mear!

—¡Señora Bug! —exclamé, volviéndome hacia ella—. No debería...

La señora Chisholm no se molestó en buscar una réplica; se limitó a embestir, con la escoba lista. Levanté los brazos para evitar que pasara por mi lado. Al verse frustrada en su intento de aporrear a la señora Bug, lo que hizo fue dirigirle furiosas estocadas por encima de mi hombro, tratando de atravesarla.

La anciana, que obviamente se sentía a salvo tras la barricada de mi persona, brincaba como una pelota de pimpón, con su carita redonda arrebatada de triunfo y furia.

—¡Pordioseros! —gritó a todo pulmón—. ¡Hojalateros! ¡Gitanos!

—¡Señora Chisholm! ¡Señora Bug! —supliqué, pero ninguna de las dos me prestaba atención.

—*Kittock! Mislearnit pilsh!* —aulló la señora Chisholm, mientras descargaba salvajemente su escoba. Los niños chillaban.

317

La madre, que era bastante exuberante, me pisó la punta del pie con todo su peso.

Eso ya era demasiado. Me volví hacia ella echando chispas por los ojos. Ella retrocedió, dejando caer la escoba.

—¡Ja! ¡Callejera descarada! ¡Tú y...!

Los chillidos de la señora Bug, a mi espalda, cesaron de golpe. Al girar sobre mis talones me encontré con Brianna, que al parecer había corrido alrededor de la casa para entrar por la cocina. Sujetaba a la diminuta señora Bug con los pies bien lejos del suelo, ciñéndola por la cintura con un brazo y con la otra mano apretándole firmemente la boca. La anciana pataleaba en el aire, con los ojos saltones sobre la mano que la amordazaba. Bree me miró, puso los ojos en blanco y retrocedió por la puerta de la cocina, llevándose a su cautiva.

Cuando me di la vuelta para ajustar cuentas con la señora Chisholm, sólo vi un trozo de su falda gris, que desaparecía a la carrera al otro lado del umbral, entre llantos de niños que se alejaban como una sirena en marcha. Tras recoger la escoba, que yacía a mis pies, entré en el consultorio y cerré la puerta.

Apoyé las manos en la encimera vacía, con los ojos cerrados. Sentía el súbito e irracional impulso de golpear algo... y lo hice. Descargué el puño contra la superficie de roble, una y otra vez, con el canto carnoso de la mano; pero la madera era tan maciza que mis puñetazos hicieron muy poco ruido. Por fin me detuve, jadeando.

¿Qué demonios me pasaba? Por fastidiosa que fuera la intromisión de la señora Bug, no era grave. Tampoco la belicosidad maternal de la señora Chisholm; ella y sus pequeños demonios se irían, tarde o temprano; con un poco de suerte, temprano.

Aunque mi corazón empezaba a aminorar la marcha, un escozor de irritación me recorría aún la piel, como una urticaria provocada por las ortigas. En un intento de sacudírmela, abrí el armario grande, para comprobar si las incursiones de los niños y la señora Bug habían causado algún daño importante.

No; todo estaba en orden. Cada frasco de vidrio había sido lustrado hasta parecer una joya (la luz del sol les arrancaba un fulgor azul, verde y cristalino), pero todos habían sido depositados de nuevo en el sitio exacto, con las etiquetas bien escritas hacia delante. Los haces de hierbas secas habían sido sacudidos para quitarles el polvo, y volvían a colgar pulcramente de sus clavos.

Ver todos esos remedios juntos me tranquilizó. Toqué un pote de ungüento contra los piojos, al tiempo que me sentía gratificada como un avaro al ver el número y la variedad de sacos, tarros y frascos.

Lámpara y frasco de alcohol, microscopio, serrucho grande para amputaciones, frasco de suturas, caja de escayola, paquete de hilo de algodón... todo estaba dispuesto con precisión militar, formando hileras como reclutas diversos bajo la mirada de un sargento de instrucción. La señora Bug podía tener los defectos de su grandeza, pero no se le podía negar que era un ama de casa virtuosa.

En el armario sólo había un objeto que permanecía intacto: una taleguilla diminuta. Era el amuleto que me había dado Nayawenne, la chamán tuscarora; seguía en su rincón, doblado y a solas. Me pareció increíble que la anciana no lo hubiera tocado. Yo nunca le había dicho qué era, aunque tenía aspecto indio, por las plumas de cuervo y de pájaro carpintero que atravesaban el nudo. La señora Bug, que sólo llevaba un año en las colonias y menos de un mes en territorio salvaje, miraba con aguda suspicacia todo lo que fuera indio.

En el aire permanecía el olor de su jabón de lejía, cargado de reproches como el fantasma de un ama de casa. En realidad, no podía criticarla: el pan mohoso, el melón podrido y las rodajas de manzana reblandecida podían ser para mí objeto de investigación; para la señora Bug no eran otra cosa que una ofensa deliberada contra el dios de la pulcritud.

Cerré el armario con un suspiro, añadiendo el leve perfume del espliego seco y el olor almizclado de la menta a los fantasmas de la lejía y las manzanas podridas. Muchas veces antes había perdido preparados experimentales; éste no era demasiado complejo ni se encontraba en un estadio muy avanzado. Para reemplazarlo, bastaría media hora; no había más que buscar nuevos trozos de pan y otras muestras. Aun así decidí no hacerlo; no había tiempo suficiente. Era obvio que Jamie comenzaba a convocar a sus milicianos; en pocos días partirían hacia Salisbury, para presentarse al gobernador Tryon. En realidad, partiríamos ambos, pues yo tenía la firme intención de acompañarlos.

De pronto se me ocurrió que desde el principio me había faltado tiempo para completar ese experimento. Aunque el crecimiento hubiera sido rápido, no habría podido recolectar, secar, purificar... Aun sabiendo eso, lo había iniciado, continuando con mis planes y mis rutinas, como si la vida fuera aún estable y previsible, como si nada pudiera amenazar el tenor de mis días. Como si al fingir pudiera hacerlo realidad.

—Realmente eres muy tonta, Beauchamp —murmuré, sujetando un rizo detrás de la oreja, con aire fatigado.

Cerré bien la puerta al salir, y fui a negociar la paz entre las señoras Bug y Chisholm.

En apariencia, la paz había vuelto a la casa; no obstante, perduraba una atmósfera de nerviosismo. Las mujeres hacían su faena tensas y con los labios apretados. Incluso a Lizzie, viva imagen de la paciencia, se la oyó chasquear la lengua cuando uno de los niños derramó una cacerola de leche en las escaleras.

Fuera, el aire parecía crepitar, como si se avecinara una tormenta eléctrica. En mis idas y venidas entre los cobertizos y la casa, no cesaba de mirar el cielo sobre el monte Roan, casi esperando ver el reflejo de los relámpagos. Sin embargo, el cielo tenía aún el pálido azul pizarra del otoño avanzado, empañado sólo por hebras de nubes.

Me descubrí distraída, incapaz de concentrarme en nada. Iba de una tarea a otra; dejé en la despensa un montón de cebollas a medio trenzar; un cuenco de habichuelas a medio desenvainar, en la entrada; un par de pantalones desgarrados, en el banco, con la aguja colgando de su hilo. Una y otra vez cruzaba el patio, sin rumbo ni recado definido que cumplir.

En cada ocasión levantaba la vista hacia la cruz, como esperando que hubiera desaparecido desde mi último viaje, o quizá encontrar alguna nota aclaratoria clavada en la madera. Si no *Iesus Nazarenus Rex Iudaeorum*, al menos algo, cualquier cosa. Pero no: la cruz seguía allí, dos simples palos de pino atados con una cuerda. Nada más. Sólo que una cruz siempre es algo más. Y esta vez yo ignoraba el qué.

Todo el mundo parecía compartir mi distracción. La señora Bug, deprimida por el conflicto con la señora Chisholm, declinó preparar el almuerzo y se retiró a su cuarto, con ostensible dolor de cabeza, aunque se negó a permitir que yo lo tratara. Lizzie, que solía tener buena mano para la cocina, quemó el guisado; las nubes de humo negro mancharon las vigas de roble del hogar.

Por lo menos teníamos a los Mueller a distancia segura. Habían traído un gran tonel de cerveza; después del desayuno se retiraron nuevamente a la cabaña de Brianna, donde parecían muy entretenidos. La masa de pan se resistía a subir. Jemmy, al que le estaba saliendo otro diente, gritaba y gritaba. Sus incesantes chillidos irritaron los nervios de todos hasta el límite, incluidos los míos. Me habría gustado sugerirle a Bree que se lo llevara adonde no se lo oyera, pero no tuve valor, al ver sus marcadas ojeras de fatiga y su cara tensa. La señora Chisholm, puesta a prueba por las constantes batallas de su prole, no tuvo esos reparos.

—¡Por el amor de Dios, mujer! ¿Por qué no te llevas a ese crío a tu cabaña? —le espetó—. ¡Que grite cuanto quiera, pero los demás no tenemos por qué oírlo!

Bree entornó los ojos peligrosamente, y siseó:

—Porque en mi cabaña están tus dos hijos mayores bebiendo con los alemanes, y no me gustaría molestarlos.

La señora Chisholm se puso roja. Antes de que pudiera decir nada, di un paso hacia Bree y le cogí al bebé.

—Lo llevaré a dar un paseo, ¿quieres? —dije, cargándomelo al hombro—. Me irá bien un poco de aire fresco. ¿Por qué no subes y te acuestas un rato en mi cama, cariño? Pareces un poco cansada.

—Ya —dijo, torciendo la boca—, y el Papa es un poco católico. Gracias, mamá.

Después de dar un beso a la mejilla caliente y mojada de Jemmy, desapareció hacia el hueco de la escalera.

La señora Chisholm la siguió con una horrenda mirada ceñuda, pero al ver que yo la estaba observando tosió un poco y llamó a sus gemelos de tres años, que estaban muy ocupados haciendo polvo mi costurero.

Tras los confines calurosos y ahumados de la cocina, el aire frío del exterior fue un alivio. Jemmy se tranquilizó un poco, si bien continuaba retorciéndose y gimoteando. Frotaba la cara contra mi cuello y roía con ferocidad la tela de mi chal, incómodo y babeante.

Lo paseé despacio de un lado a otro, dándole palmaditas y tarareando por lo bajo *Lillibullero*. El ejercicio me serenaba, pese al nerviosismo de Jemmy. Al fin y al cabo, era uno solo y no sabía hablar.

—Y además, eres varón —le dije, cubriendo con la gorra de punto el suave pelillo que le cubría el cráneo—. Aunque los hombres tengáis vuestros defectos, al menos no reñís como gatos.

Por mucho cariño que me inspiraran las mujeres por separado (Bree, Marsali, Lizzie y hasta la señora Bug), era preciso admitir que, en conjunto, los hombres me resultaban mucho más tratables. Ya fuera a causa de mi poco ortodoxa crianza —me habían educado mi tío Lamb y Firouz, su sirviente persa—, de mis experiencias durante la guerra, o ya se debiera simplemente a un aspecto más de mi nada convencional personalidad, los hombres me parecían tranquilizadoramente lógicos y, salvo unas pocas excepciones, gratamente directos.

Me volví para contemplar la casa. Se alzaba serena entre las píceas y los castaños, sólida en su construcción y elegante en sus proporciones. En una de las ventanas apareció una cara, que sacó la lengua y la apretó contra el vidrio, bizqueando sobre la nariz achatada. El aire frío y límpido me trajo unas voces femeninas agudas y varios golpes resonantes.

—Humm —me dije.

Por mucho que me desagradara volver a partir tan pronto y a pesar de lo poco que me gustase ver a Jamie envuelto en conflictos armados de cualquier tipo, la idea de pasar una o dos semanas en compañía de veinte o treinta hombres barbudos y malolientes iba adquiriendo un innegable atractivo. Aunque tuviera que dormir en el suelo...

—No todo han de ser rosas en la vida —le dije a Jemmy, suspirando—. Pero supongo que ya lo estás descubriendo, ¿verdad, pobrecito mío?

—¡Gummm! —protestó antes de encogerse como una bola para escapar al dolor de dientes a punto de salir; las rodillas se me clavaban dolorosamente en el costado.

Lo acomodé sobre mi cadera y le di un dedo para mascar. Tenía las encías duras y abultadas; palpé el punto sensible donde estaba brotando el diente nuevo, hinchado y caliente bajo la piel. Desde la casa llegó un alarido penetrante, seguido por gritos y pasos precipitados.

—¿Sabes? —comenté—. Creo que lo mejor para esto es un poco de whisky. ¿Qué opinas tú?

Y retiré el dedo para apoyar al niño contra mi hombro. Al pasar junto a la cruz agaché la cabeza, buscando el amparo de la gran pícea roja. Justo a tiempo: la puerta de la cocina se abrió de par en par y la penetrante voz de la señora Bug se elevó como un trompetazo en el aire glacial.

El claro del whisky estaba lejos, pero no me importó. En el bosque reinaba una paz bienaventurada. Jemmy, acunado por el movimiento, terminó por adormecerse, laxo y pesado en mis brazos como un pequeño saco de arena.

A esa altura del año ya había caído todo el follaje caduco; cubría la senda una crujiente alfombra dorada y parda, donde te hundías hasta los tobillos, y las semillas de arce arrastradas por el viento me rozaban la falda con un susurro de alas. Un cuervo pasó volando muy alto. Ante su grito urgente, bullicioso, el bebé dio un respingo en mis brazos.

—Calla —dije, estrechándolo más—. No es nada, tesoro. Sólo un pájaro.

Aun así busqué al cuervo con la vista, atento el oído por si hubiera algún otro. Esas aves presagiaban cosas poco corrientes, según la superstición de las montañas escocesas. Un solo cuervo anunciaba cambios; dos, buena suerte; tres, desgracia. Traté de quitarme esas ideas de la cabeza, pero Nayawenne me había dicho que el cuervo era mi guía, mi espíritu animal, y yo no podía ver esas grandes sombras negras sin sentir un escalofrío.

Jemmy se removió con una queja, aunque volvió a quedar en silencio. Yo continué la marcha, dándole palmaditas. Mientras ascendía a paso lento por la montaña me pregunté qué animal sería su guía.

No eres tú quien escoge el espíritu del animal, me había dicho Nayawenne, sino a la inversa. Debes prestar mucha atención a las señales y los cambios, y aguardar a que tu animal se te manifieste. El de Ian era el lobo; el de Jamie, el oso; al menos, eso me había dicho la tuscarora. Entonces me pregunté qué debía hacer una si era escogida por algo ignominioso, como una musaraña, un escarabajo pelotero, pero la cortesía me impidió decirlo.

Un solo cuervo. Aún lo oía, aunque se había perdido de vista, pero de los abetos, a mi espalda, no surgía ningún grito que le hiciera eco. Presagio de cambio.

—Podrías haberte ahorrado la molestia —le dije por lo bajo, para no despertar al bebé—. No hacía falta que me lo dijeras, ¿entiendes?

Ascendía lentamente, escuchando el suspiro del viento y el sonido más grave de mi propia respiración. En esa temporada, el cambio estaba en el aire mismo: los olores de madurez y muerte que traía la brisa, el aliento frío del invierno. Aun así, los ritmos de la tierra, en su giro, traían cambios previsibles, ordenados, que el cuerpo y la mente recibían con conocimiento y, por lo general, en paz. Sin embargo, los cambios que se avecinaban eran de un tipo diferente, destinados a perturbar el alma.

Eché un vistazo a la casa que había dejado atrás; desde esa altura sólo se veía la esquina del tejado y el humo que brotaba de la chimenea.

—¿Tú qué crees? —dije muy quedo a la cabecita de Jemmy, redonda y caliente bajo su gorra de punto, pegada a mi barbilla—. ¿Será tuya algún día? ¿Vivirás aquí, y después tus hijos?

Sería una vida muy diferente de la que podría haber llevado si Brianna se hubiera arriesgado a cruzar las piedras para llevarlo de vuelta. Como no lo había hecho, el destino de ese niñito estaba allí. Me pregunté si ella había pensado que, al quedarse, no escogía sólo para sí, sino también para él. Elegía la guerra y la ignorancia, la enfermedad y el peligro. Pero se había arriesgado a todo eso por el padre del niño... por Roger. Yo no estaba muy segura de que fuera la decisión correcta, aunque no me correspondía elegir.

Aun así no había manera de prever lo que significaba tener un hijo; la imaginación no podía equipararse al conocimiento de lo que podía causar el nacimiento de un niño, alterándonos la vida, arrancándonos el corazón.

—Por suerte es así —dije a Jemmy—. De otra manera, nadie en su sano juicio se arriesgaría a tenerlos.

Para entonces mi agitación había desaparecido, calmada por el viento y la paz del bosque sin hojas. El claro del whisky, como lo llamábamos, no era visible desde la senda. Jamie había pasado días enteros inspeccionando las pendientes por encima del cerro, hasta encontrar un sitio que cumpliera con todos sus requisitos.

Varios sitios, en realidad. El lugar donde se preparaba la malta se alzaba en un pequeño claro, al pie de una hondonada; el alambique estaba más arriba, en un claro aparte, cerca de un pequeño manantial que proporcionaba agua fresca y límpida. El primero no podía verse desde el camino, pero se podía llegar a él sin dificultad. «No tiene sentido ocultarlo —me había explicado Jamie—; cualquiera que tenga nariz lo hallaría con los ojos vendados.»

Era verdad; aunque en esos momentos no había cereales fermentando en el cobertizo ni tostándose en el entarimado, en el aire flotaba un olor humoso, vagamente fecundo. Cuando había grano en fermentación, el olor mohoso y penetrante se percibía desde lejos, pero cuando se diseminaba en el entarimado la cebada brotada, sobre un fuego lento, por todo el claro pendía un fino dosel de humo, cuyo olor llegaba hasta la cabaña de Fergus si el viento iba en la dirección correcta.

En esos momentos no había nadie allí, desde luego. Mientras se elaboraba una nueva horneada, Marsali y Fergus se turnaban para atenderla, pero la tarima del suelo estaba ahora vacía bajo el techo, con las tablas agrisadas por el uso y el tiempo. No obstante, a poca distancia se veía un pulcro montón de leña, listo para usar.

Me acerqué a ver qué clase de leña era; a Fergus le gustaba la madera de pacana, tanto porque era más fácil partirla como por el sabor dulce que daba al grano malteado. Jamie, intensamente tradicional en lo referente al whisky, sólo empleaba roble. Toqué un trozo de la madera partida: veta ancha, madera liviana, corteza fina. Sonreí: Jamie había estado allí muy poco antes.

Normalmente, allí se dejaba un barrilete de whisky, tanto por hospitalidad como por cautela. «Si viene alguien cuando la muchacha está sola aquí, es mejor que tenga algo para darle —había dicho Jamie—. Todo el mundo sabe lo que hacemos aquí; es mejor que nadie intente obligar a Marsali a decir dónde está la destilería.» No era nuestro mejor producto, sino un licor muy joven y tosco, pero bastante bueno para ofrecer a un visitante inesperado o a un niño que estuviera echando los dientes.

—De cualquier modo aún no has desarrollado papilas gustativas, así que no importa —le murmuré a Jemmy, que chasqueó los labios entre sueños, arrugando la carita en un gesto ceñudo.

Por más que busqué, no había señales del barrilete, ni en el sitio de costumbre tras los sacos de cebada, ni entre el montón de leña. Quizá se lo habían llevado para rellenarlo; también era posible que lo hubieran robado. Aun así no se había perdido gran cosa.

Caminé hacia el norte, dejando atrás el claro de la malta; diez pasos más allá giré hacia la derecha. Allí afloraba la roca de la montaña, en un sólido bloque de granito que se proyectaba hacia lo alto, entre matas y arbustos. Sólo que en realidad no era sólido. Eran dos bloques de piedra, recostadas la una contra la otra, con la abertura de abajo disimulada por matas de acebo. Cubriendo la cara a Jemmy con mi chal para protegerlo de las hojas afiladas, me agaché para escurrirme con cuidado por la hendidura.

La faz de piedra descendía al otro lado, entre grandes cantos rodados; en las grietas abiertas entre las rocas crecían malezas y arbolillos tiernos. Desde abajo parecía intransitable, pero desde arriba se divisaba un sendero que descendía hasta otro pequeño claro. Apenas se lo podía llamar así: no era más que una abertura entre los árboles, donde un manantial transparente burbujeaba en la roca, para desaparecer de nuevo en la tierra. En verano resultaba invisible aun desde lo alto, protegido por el follaje de los árboles que lo rodeaban.

Ahora, a punto de llegar el invierno, las ramas desnudas de los fresnos y los alisos dejaban a la vista el brillo blanco de la roca junto al manantial. Jamie había hecho rodar una piedra grande y clara hasta la fuente; allí marcó una cruz y rezó una oración, consagrando el manantial para nuestro uso. En aquel momento se me había ocurrido un chiste: pensando en el padre Kenneth y sus bautismos, iba a equiparar el whisky con el agua bendita, pero lo pensé mejor y me contuve; no estaba segura de que Jamie encajara la broma.

Descendí con cautela por la pendiente, siguiendo la vaga senda que serpenteaba entre los cantos rodados y que después viraba en torno a un saliente rocoso, para desembocar finalmente en el claro del manantial. La caminata me había hecho entrar en calor, pero los dedos con que sujetaba los bordes del chal continuaban entumecidos. Y Jamie estaba de pie ante el manantial, sin más abrigo que su camisa.

Me detuve en seco, oculta por un grupo de coníferas achaparradas.

No fue su desnudez lo que me detuvo, sino algo en su aspecto. Parecía cansado, aunque eso era razonable, puesto que llevaba en pie desde muy temprano. Los pantalones raídos que usaba para cabalgar estaban tirados en el suelo; a un lado, el cinturón con todo lo que colgaba de él. Una mancha de color, medio escondida en la hierba, llamó mi atención: la tela azul y castaño de su kilt de cazador. Mientras lo observaba, él se quitó la camisa y, tras dejarla caer, se arrodilló junto al manantial, desnudo, para echarse agua en los brazos y la cara.

Sus ropas estaban llenas de barro por la cabalgata, pero no se lo veía sucio en absoluto. Le habría bastado con lavarse las manos y la cara, cosa que podía hacer con más comodidad junto al hogar de la cocina. No obstante, se levantó y, después de recoger con el pequeño cántaro agua fría de la fuente, se la vertió encima, con los ojos cerrados, rechinando los dientes al sentirla correr por el torso y las piernas. Vi que sus testículos se encogían contra el cuerpo, como buscando amparo, al escurrirse el agua helada por la mata rojiza del vello púbico, chorreando por el pene.

—Tu abuelo ha perdido la chaveta —le susurré a Jemmy, quien se removió en sueños, sin prestar atención a las idiosincrasias ancestrales.

Yo sabía que Jamie no era del todo insensible al frío. Desde donde yo estaba, al amparo de la roca, lo vi ahogar una exclamación; también yo me estremecí, por empatía. Como todo escocés nato, no prestaba atención a las inclemencias del tiempo, el hambre o las incomodidades. Pero eso me parecía llevar al extremo la higiene.

Inspiró hondo, trémulo, y se vertió otro cántaro de agua. Cuando se agachó para llenarlo por tercera vez, empecé a comprender lo que estaba haciendo.

Cuando el cirujano se lava minuciosamente antes de operar, no sólo lo hace por higiene. El rito de enjabonarse las manos, cepillarse las uñas y aclarar la piel, una y otra vez hasta el dolor, es tanto actividad física como mental. Esa forma obsesiva de lavarse sirve para concentrar la mente y preparar el espíritu; lavas las preocupaciones externas y descartas las distracciones menores, al tiempo que eliminas gérmenes y piel muerta.

Yo lo había hecho demasiadas veces como para no reconocer el rito al verlo. Lo que Jamie hacía era algo más que lavarse: se purificaba, utilizando el agua como mortificación. Se estaba preparando para algo; la idea me provocó un pequeño escalofrío en la espalda, helado como el agua del manantial.

En efecto, tras arrojarse el tercer cubo de agua, dejó el cántaro en el suelo y se sacudió, despidiendo gotitas del pelo hacia la hierba seca, como una llovizna. Aunque todavía estaba mojado, volvió a ponerse la camisa y se quedó muy quieto, mirando hacia donde el sol ya descendía entre las montañas.

La luz pasaba a torrentes entre los árboles sin hojas, tan brillante que, desde donde yo estaba, sólo podía ver su silueta, con la camisa húmeda atravesada por la luz; por dentro, como una sombra, la oscuridad de su cuerpo. Se hallaba erguido, con la cabeza en alto y los hombros cuadrados, alerta.

¿Alerta a qué? Tratando de calmar mi propia respiración, estreché suavemente la cabecita del bebé contra mi hombro, para impedir que despertara. Yo también escuché.

Me llegó el sonido de los bosques: un suspiro constante de agujas y ramas. El viento era leve; permitía oír el agua del manantial, un susurro apagado contra raíces y piedras. Oía también, con bastante claridad, el latir de mi corazón y la respiración de Jemmy contra mi cuello. De pronto sentí miedo, como si los ruidos fueran demasiado audibles, como si pudieran llamar la atención de algo peligroso.

Permanecí petrificada, sin moverme en absoluto, tratando de no respirar, de convertirme en parte del bosque, como un conejo debajo de su mata. El pulso del niño palpitaba, azul, una vena tierna en la sien; incliné la cabeza hacia él para ocultarla.

Jamie dijo algo en gaélico. Sonó a desafío... o tal vez a saludo. Las palabras me resultaron vagamente familiares, pero allí no había nadie; el claro estaba desierto. De pronto el aire pareció más frío; pensé que alguna nube estaría cruzando delante del sol, aunque al levantar la vista no vi ninguna; el cielo estaba despejado. Jemmy se movió de pronto en mis brazos, sobresaltado; lo estreché con más fuerza, tratando de que no hiciera ningún ruido.

Luego el aire se agitó, desapareció el frío y pasó mi aprensión. Jamie seguía quieto. Por fin, aflojó los hombros. Se movió apenas, y el sol poniente encendió su camisa en un nimbo de oro, atrapado en su pelo como una repentina llamarada. De repente, sacó el puñal de su funda y, sin vacilar, se pasó el filo por los dedos de la mano derecha. Me mordí los labios al ver la fina línea oscura que le cruzaba la yema de los dedos. Aguardó un momento, dejando que la sangre manara; luego sacudió la mano con un brusco movimiento de muñeca, arrojando gotitas de sangre a la roca que marcaba la fuente del manantial.

Tras dejar el puñal bajo la piedra, se persignó con los dedos ensangrentados. Luego se arrodilló con mucha lentitud, inclinando la cabeza sobre las manos cruzadas.

Yo le había visto rezar más de una vez, por supuesto, pero siempre en público o, al menos, siendo él consciente de mi presencia. Esta vez se creía solo. Verlo así, arrodillado, manchado de sangre y con el alma entregada, me dio la sensación de estar espiando un acto más privado que cualquier otra intimidad del cuerpo. Habría querido moverme, hablar, pero interrumpirlo parecía una especie de sacrilegio. Guardé silencio, aunque ya no era una simple espectadora: mi propia mente, sin querer, fue hacia la oración.

«Oh, Señor... —Las palabras se formaron por sí solas en mi cabeza, sin pensamiento consciente—. Te encomiendo el alma de tu servidor James. Ayúdalo, por favor.» Y me pregunté, vagamente: ¿ayudarlo a qué?

En ese momento él se persignó y se puso de pie. El tiempo reanudó su marcha, sin que yo me hubiera percatado de que se había detenido. Me encontré descendiendo la colina hacia él, rozando la hierba con mi falda, sin conciencia de haber dado el primer paso. Jamie venía hacia mí; no pareció sorprenderse, pero al vernos se le iluminó la cara.

—*Mo chridhe* —dijo en voz queda, sonriente. Y se inclinó para besarme. La barba crecida era áspera y su piel aún estaba helada, fresca de agua.

—Sería mejor que te pusieras los pantalones —le dije—. Vas a congelarte.

—Sí. *Ciamar a tha thu, an gille ruaidh?*

Para mi sorpresa, Jemmy estaba despierto y babeando, grandes y azules los ojos en esa cara de pétalo de rosa. Todo malhumor había desaparecido sin dejar huellas. Se movió, estirando los brazos hacia Jamie, que lo cogió suavemente para acunarlo contra un hombro y le bajó la gorra de lana sobre las orejas.

—Le va a salir un diente —lo informé—. Como estaba algo molesto, se me ha ocurrido que un poco de whisky en las encías... pero en casa no había.

—Ah, sí. Creo que podemos solucionarlo. Tengo un poco en la petaca.

Llevó al bebé hacia el sitio donde había dejado su ropa y allí se agachó, para rebuscar con una sola mano, hasta encontrar la mellada petaca de peltre que llevaba en el cinturón. Luego se sentó en una piedra, con Jemmy en equilibrio sobre su rodilla, y me alargó el frasco para que se lo abriera.

—He ido al cobertizo —comenté, retirando el corcho con ruido sordo—, pero el barrilete había desaparecido.

—Sí, lo tiene Fergus. Deja, lo haré yo. Tengo las manos limpias. —Y extendió el índice de la mano izquierda, para que yo dejara gotear un poco de licor encima.

—¿Qué hace Fergus con él? —pregunté, instalándome a su lado en la roca.

—Guardarlo —respondió, sin más información. Metió el dedo en la boca de Jemmy y frotó con suavidad la encía hinchada—. Sí, aquí está. Duele un poco, ¿verdad? ¡Ay! —Bajó la mano para retirar cuidadosamente los dedos de Jemmy, enredados en el pelo de su pecho.

—Hablando de eso... —le dije señalándole la mano derecha. Él cambió al niño de brazo y la extendió, con los dedos hacia arriba.

Era un corte muy superficial, que cruzaba las yemas del índice, el corazón y el anular, los mismos con que se había persignado. La sangre ya se había coagulado, pero dejé caer unas gotas de whisky sobre ellos y limpié con mi pañuelo las manchas secas de la palma. Él se dejó atender en silencio, pero cuando terminé me sostuvo la mirada con una leve sonrisa.

—Todo está bien, Sassenach —me dijo.

—¿De verdad? —Le estudié la cara. Se lo veía cansado, aunque tranquilo, sin el leve gesto ceñudo de los últimos días. Fuera lo que fuese lo que iba a hacer, ya había comenzado.

—¿Me has visto? —preguntó en voz baja, analizando a su vez mi rostro.

—Sí. Tiene que ver con la cruz del patio, ¿verdad?

—Bueno, supongo que sí.

—¿Para qué es? —le pregunté sin rodeos.

Él frunció los labios mientras frotaba suavemente la encía dolorida de Jemmy. Por fin dijo:

—Nunca has visto a Dougal MacKenzie convocar al clan, ¿verdad?

Eso me sobresaltó, pero respondí con cautela.

—No. Una vez vi a Colum hacerlo, en el juramento de Leoch.

Él asintió, con el recuerdo de aquella lejana noche de antorchas reflejado en los ojos.

—Sí —dijo por lo bajo—. Colum era el jefe y los hombres acudían a su convocatoria, pero quien los conducía a la guerra era Dougal.

Hizo una pausa para ordenar sus pensamientos.

—De vez en cuando se producía algún asalto. Aunque la mayoría de las veces sólo se trataba de un capricho de Dougal o Rupert, un impulso provocado por la bebida o el aburrimiento; mandaban a una pequeña banda a por ganado o cereales, más bien por divertirse. Pero reunir a todo el clan para la guerra... eso era más raro, algo que sólo vi una vez, pero que no se puede olvidar.

Una mañana, al despertar, la cruz de pino estaba allí; la vio cuando cruzó el patio del castillo. Los habitantes de Leoch ya se habían levantado y se ocupaban de las tareas habituales, mas nadie miraba la cruz ni hacía referencia alguna a ella. Aun así, ocultas corrientes de excitación recorrían el castillo. Aquí y allá los hombres formaban grupos y hablaban por lo bajo; pero cuando él se unía a un grupo, la conversación se desviaba de inmediato a un tema insustancial.

—Yo era el sobrino de Colum, sí, pero también un recién llegado. Y ellos conocían a mi padre y a mi abuelo.

El abuelo paterno de Jamie había sido Simon, lord Lovat, jefe de los Fraser de Lovat, no muy amigo de los MacKenzie de Leoch.

—Algo se avecinaba, aunque yo no supiera qué era; cada vez que cruzaba una mirada con alguien se me ponían los pelos de punta.

Por fin llegó al establo, donde encontró al viejo Alec, jefe de caballerizas de Colum. El anciano era bondadoso con Jamie, por él mismo y por cariño hacia su madre, Ellen MacKenzie.

«Es la cruz ardiente, muchacho —le contó a Jamie mientras le arrojaba un cepillo y señalaba los establos con la cabeza—. ¿No la habías visto nunca?»

Le explicó que era algo antiguo, una costumbre que se había instaurado hacía cientos de años, sin que nadie supiera quién la había iniciado, dónde, ni por qué.

«Cuando un jefe de las Highlands convoca a sus hombres para la guerra —le había contado el viejo, deslizando diestramente la mano deformada por una crin enmarañada—, hace levantar una cruz y le prende fuego. Se apaga de inmediato, ¿sabes?, con sangre o con agua. Pero aun así se la llama "cruz ardiente". Y es conducida por las cañadas y las montañas como la señal para que los hombres del clan cojan sus armas y acudan al sitio de reunión, dispuestos para el combate.»

«¿Sí? —Jamie había sentido que el entusiasmo le ahuecaba el vientre—. ¿Y contra quién vamos a pelear? ¿Cuándo partiremos?» El anciano había arrugado las cejas encanecidas, en divertida aprobación de ese tácito «nosotros». «Irás a donde tu jefe te conduzca, muchacho. Pero esta noche iremos a luchar contra los Grant.»

—Y así fue —me dijo Jamie—, aunque esa noche no. Cuando se hizo la oscuridad, Dougal prendió fuego a la cruz y convocó al clan. Luego apagó la madera con sangre de oveja. Dos jinetes abandonaron el patio con la cruz ardiente, para llevarla por las montañas. Cuatro días después había en ese patio trescientos hombres armados con espadas, pistolas y puñales. Y al amanecer del quinto día partimos a la guerra contra los Grant.

Aún tenía el dedo en la boca del bebé; distantes los ojos, recordaba.

—Ésa fue la primera vez que utilicé mi espada contra otro hombre —dijo—. La recuerdo bien.

—No me extraña —murmuré.

Jemmy empezaba a moverse y alborotar otra vez. Me lo puse nuevamente en el regazo para ver si había mojado los pañales, y en efecto, así era. Por suerte había llevado otro metido bajo el cinturón, por precaución. Lo tumbé sobre mis rodillas para cambiarlo.

—Así que esa cruz del patio... —dije delicadamente, sin apartar la vista de mi tarea—. Tiene que ver con la milicia, ¿no?

Jamie suspiró; las sombras del recuerdo se movían detrás de sus ojos.

—Sí —dijo—. En otros tiempos, yo podría haber hecho un simple llamamiento, y los hombres habrían acudido a él sin dudarlo, porque me pertenecían. Hombres de mi sangre, hombres de mi tierra.

Sus ojos, nublados, miraban por encima de la ladera que se elevaba ante nosotros. Me pareció que no veía las cumbres boscosas de Carolina, sino las montañas erosionadas y las tierras rocosas de Lallybroch. Apoyé mi mano libre en la suya; su piel estaba fría, aunque percibí su calor debajo, como fiebre en ascenso.

—Acudían por ti... pero tú fuiste por ellos, Jamie. En Culloden fuiste por ellos. Los condujiste hasta allí y los trajiste de regreso.

Irónico, pensé, que quienes habían acudido entonces a su convocatoria aún estuvieran, en su mayoría, sanos y salvos en Escocia. En las Highlands no había sitio que no hubiera sido afectado por la guerra, pero Lallybroch y su gente se hallaban prácticamente intactos gracias a Jamie.

—Sí, así es. —Se volvió para mirarme, con una sonrisa melancólica. Durante un instante, su mano se tensó bajo la mía; luego, se relajó. Entre sus cejas volvió a dibujarse la arruga. Señaló con una mano las montañas que nos rodeaban—. Pero estos hombres... entre ellos y yo no hay deuda de sangre. No son Fraser; para ellos no soy su señor, ni su jefe por nacimiento. Si acuden cuando los convoque al combate, será por propia voluntad.

—Y por la del gobernador Tryon —dije, seca.

Él negó con la cabeza.

—No. ¿Acaso el gobernador sabe quiénes están aquí, quiénes respondieron a su llamamiento? —Hizo una leve mueca—. Me conocen a mí... y con eso basta.

Era preciso admitirlo. Poco le importaba a Tryon quiénes fueran los hombres que Jamie llevara consigo; le bastaba con que apareciera, seguido por un satisfactorio número de milicianos, dispuestos a hacerle el trabajo sucio.

Reflexioné durante un momento mientras secaba el trasero a Jemmy con el borde de mi falda. Lo poco que sabía de la revolución norteamericana era lo que había aprendido en los textos escolares de Bree. Y sabía mejor que nadie la enorme distancia que podía haber entre la historia escrita y la realidad.

Además, por entonces vivíamos en Boston, y los textos reflejaban la historia local. Si leías lo referido a Lexington y Concord, podía dar la impresión de que la milicia había implicado a todos los hombres de la comunidad físicamente aptos, que se pusieron en acción a la primera alarma, deseosos de cumplir con su deber cívico. Tal vez fuera así, tal vez no. Pero las tierras de Carolina no se parecían en nada a Boston.

—«... listos para cabalgar y dar la voz de alarma» —dije casi para mis adentros—, «por todas las aldeas y granjas de Middlesex.»

—¿Cómo? —Jamie arqueó las cejas—. ¿Dónde está Middlesex?

—Bueno, alguien podría pensar que a medio camino entre un sexo y el otro —respondí—, pero en realidad está en los alrededores de Boston. Aunque por supuesto se llama así por el que hay en Inglaterra.

—¿En serio? —Parecía perplejo—. Vale, si tú lo dices, Sassenach, pero...

—La milicia. —Levanté a Jemmy, que no paraba de moverse y darme patadas entre grandes protestas, enfadado porque le ponía un pañal—. ¡Oh!, basta ya, niño.

Jamie me lo cogió y se lo puso bajo el brazo.

—Deja que yo me encargue de él. ¿Necesitará más whisky?

—No sé, pero con tu dedo en la boca no puede gritar. —Aliviada por verme libre de Jemmy, regresé al hilo de mis pensamientos.

—Ahora hace más de cien años que Boston está poblada —observé—. Tiene aldeas y granjas... y las granjas no están tan lejos de las aldeas. Sus habitantes viven allí desde hace mucho tiempo. Todo el mundo se conoce.

Jamie asentía pacientemente ante cada una de estas asombrosas revelaciones, esperando que yo llegara a algo. Cosa que hice.

—Así que, cuando alguien convoca allí a una milicia... —Y de pronto comprendí que él había estado tratando de explicarme lo mismo desde un principio—. La gente acude porque todos están habituados a luchar juntos en defensa de sus poblaciones, y porque nadie querría quedar como cobarde ante sus vecinos. Aquí, en cambio...

Me mordí los labios, contemplando las altas montañas que nos rodeaban.

—Eso es —asintió él, mientras veía aflorar la comprensión a mi cara—. Aquí es diferente.

En ciento cincuenta kilómetros a la redonda no había ningún asentamiento que mereciera el nombre de ciudad, salvo el de los luteranos alemanes de Salem. Por lo demás, sólo viviendas diseminadas; a veces, algún lugar donde la familia se había extendido: hermanos o primos que construían casas a poca distancia. Pequeños asentamientos y cabañas lejanas, algunas escondidas en las hondonadas, ocultas bajo los laureles, donde los residentes podían pasar meses y hasta años sin ver a nadie.

El sol se había hundido tras la cuesta de la montañas, pero aún quedaba luz: una breve pincelada de color que teñía de oro los árboles y las rocas, inundando los picos lejanos de azules y violáceos. En ese paisaje frío y brillante había gente: viviendas pobladas y cuerpos calientes que se movían. Pero hasta donde alcanzaba la vista, nada se movía.

Los pobladores de la montaña acudirían sin vacilar en auxilio de un vecino, pues en cualquier momento ellos podían necesitar la misma ayuda. Después de todo, no había nadie más a quien recurrir. Sin embargo, nunca habían luchado por un fin común, no tenían ningún interés compartido que defender. ¿Y abandonar sus hogares y sus familias, dejándolos indefensos, para servir al capricho de un remoto gobernador? Unos pocos podían sentirse obligados por una difusa idea del deber; otros irían por curiosidad, por desasosiego o con la vaga esperanza de obtener alguna ganancia. Pero la mayoría acudiría sólo si los convocaba un hombre al que respetaran, en quien tuvieran confianza.

«Para ellos no soy su señor, ni su jefe por nacimiento», había dicho él. Tal vez no, pero aun así había nacido para serlo. Si él quería, podía convertirse en jefe.

—¿Por qué? —pregunté en voz baja—. ¿Por qué vas a hacerlo?

Las sombras que se elevaban de las rocas iban sofocando poco a poco la luz.

—¿No te das cuenta? —Se volvió hacia mí con una ceja enarcada—. Tú me dijiste lo que sucedería en Culloden. Y yo te creí, Sassenach, por temible que me pareciera. Si los hombres de Lallybroch regresaron a casa sanos y salvos, fue tanto por ti como por mí.

Eso no era del todo cierto; cualquiera que hubiese marchado a Nairn con el ejército de las Highlands habría previsto el desastre que se avecinaba. Aun así, yo había ayudado en algo a que Lallybroch estuviera preparado, no sólo para la batalla, sino para sus consecuencias. El pequeño peso de culpa que sentía siempre al pensar en el Alzamiento se alivió un poco, calmándome el corazón.

—Pues quizá sí, pero ¿qué...?

—Tú me has dicho lo que sucederá aquí, Sassenach. Brianna, MacKenzie y tú, los tres. Rebelión y guerra. Y esta vez... la victoria.

La victoria. Asentí con torpeza, recordando lo que sabía de las guerras y el costo de la victoria. No obstante, siempre era mejor que la derrota.

—Pues bien. —Se inclinó para recoger su puñal y lo usó para señalar las montañas que nos rodeaban—. He prestado mi juramento a la Corona; si falto a él en tiempos de guerra, soy un traidor. Mi tierra y mi vida están comprometidas; los que me sigan compartirán mi destino. ¿No crees?

—Cierto. —Ceñí los brazos al cuerpo y tragué saliva; habría querido tener a Jemmy conmigo. Él se volvió para mirarme, duros y brillantes los ojos.

—Pero me habéis dicho que esta vez la Corona no se impondrá. Y si el rey es derrocado, ¿qué será de mi juramento? Si lo respeto, seré un traidor a la causa de los rebeldes.

—Vaya —exclamé, débilmente.

—¿Comprendes? En algún momento, Tryon y el rey perderán su poder sobre mí... pero no sé cuándo será. En algún momento los rebeldes detentarán el poder... pero no sé cuándo será. Y mientras tanto... —Inclinó hacia abajo la punta del puñal.

—Comprendo, sí. Bonita disyuntiva —comenté, sintiéndome algo debilitada ante lo precario de nuestra situación.

En ese momento, cumplir las órdenes de Tryon era la única opción. Pero más tarde, si Jamie seguía siendo hombre del gobernador durante los primeros estadios de la revolución, equivaldría a declararse leal a la Corona. Y eso sería fatal a largo plazo. A corto, no obstante, romper con Tryon, faltar a su juramento y apoyar a los rebeldes... le costaría las tierras y quizá la vida.

Se encogió de hombros al tiempo que torcía la boca con aire irónico y acomodaba a Jemmy en su regazo.

—Bueno, no ha de ser la primera vez que camino entre dos fuegos, Sassenach. Puede que salga algo chamuscado, pero frito no, no creo. —Dejó escapar un pequeño resoplido que podía ser risa—. Lo llevo en la sangre, ¿no?

Logré reír un poco.

—Si estás pensando en tu abuelo —dije—, admito que era hábil, pero al final falló, ¿verdad?

Él inclinó la cabeza de lado a lado, ambiguamente.

—Puede ser, sí. Pero ¿no crees que quizá las cosas resultaron como él quería?

El difunto lord Lovat había sido célebre por lo tortuoso de su mente, pero yo no lograba ver las ventajas de hacer que le cortaran la cabeza, y así lo dije.

Jamie sonrió, pese a lo grave de la discusión.

—Pues... quizá no planeó exactamente que lo decapitaran, pero aun así... Ya viste lo que hizo: mandó a Simon *el Joven* a la batalla mientras él se quedaba en casa. Y ¿cuál de los dos pagó el precio en Tower Hill?

Asentí despacio; comenzaba a comprender. Simon *el Joven*, quien en realidad tenía más o menos la edad de Jamie, no había padecido en sus propias carnes el haber tomado parte activa en el Alzamiento. No había sufrido la cárcel ni el exilio, como tantos de los jacobitas; aunque perdió la mayoría de sus tierras, posteriormente recuperó parte de sus propiedades, gracias a repetidos y tenaces pleitos iniciados contra la Corona.

—Simon *el Viejo* podría haber culpado a su hijo, con lo que Simon *el Joven* habría acabado en el patíbulo. Pero no fue así. Bueno, supongo que hasta una vieja víbora como él vacilaría antes de poner bajo el hacha la cabeza de su propio hijo y heredero.

Jamie asintió.

—¿Dejarías que alguien te cortara la cabeza, Sassenach, si tuvieras que elegir entre tú y Brianna?

—Sí —respondí sin vacilar. Si bien me costaba admitir que Simon *el Viejo* hubiera pensado en su familia, hasta las víboras debían de preocuparse por el bienestar de sus hijos.

Jemmy había abandonado el dedo ofrecido; a cambio roía con ganas la empuñadura del cuchillo de su abuelo. Jamie envolvió la hoja con una mano, para que el niño estuviera a salvo de ella, pero no hizo esfuerzo alguno por quitarle el puñal.

—Yo también —dijo, sonriendo levemente—. Aunque espero que no se presente el caso.

—No creo que ninguno de los dos ejércitos quisiera... quiera... decapitar a nadie —opiné. Desde luego, quedaban en pie otras opciones desagradables, pero Jamie lo sabía tan bien como yo.

Sentí el súbito y apasionado impulso de incitarlo a arrojar todo por los aires, a alejarse de todo. Podía decir a Tryon que se quedara con sus tierras; a los arrendatarios, que buscaran su propio camino, huyendo del cerro. La guerra era inminente, pero no tenía por qué tragarnos, esta vez. Podíamos ir al sur, a Florida, a las Indias. Al oeste, para buscar refugio entre los cherokee. Y hasta retornar a Escocia. Aunque las colonias se rebelaran, había otros lugares adonde ir.

Él me estaba observando.

—Esto —dijo, descartando con un gesto a Tryon, la milicia y los reguladores— es algo muy pequeño, Sassenach; quizá no sea nada por sí solo. Aunque es el comienzo, según creo.

La luz ya empezaba a apagarse; la sombra le cubría las piernas, pero el último rayo de sol prestaba a su cara un marcado relieve. Tenía una mancha de sangre en la frente, allí donde se había tocado al persignarse. Pensé limpiársela, mas no me moví.

—Para que yo pueda salvar a estos hombres, para que crucen conmigo entre los dos fuegos, tendrán que seguirme sin preguntas, Sassenach. Es mejor comenzar ahora, cuando no hay tanto en juego.

—Lo sé —dije, estremecida.

—¿Tienes frío? Coge al niño y vuelve a casa. Yo te seguiré en cuanto me haya vestido.

Me entregó a Jemmy y el puñal, puesto que los dos parecían momentáneamente inseparables, y se levantó. Después recogió el kilt para sacudir los pliegues del tartán, pero yo no me moví. La hoja del puñal estaba caliente por el contacto de su mano.

Me clavó una mirada interrogante. Yo negué con la cabeza.

—Te esperaremos.

Él se vistió deprisa, pero con cuidado. Pese a mis aprensiones, era preciso admitir la delicadeza de su instinto. No llevaba su kilt de vestir, negro y carmesí, sino el de caza. En vez de esforzarse por impresionar con sus riquezas a los hombres de la montaña, vestía con sencillez, para demostrar a los otros escoceses que era uno de ellos, al tiempo que llamaba la atención y el interés de los alemanes. Se puso la manta, sujeta por el broche del venado corriendo; el cinturón y la funda del puñal; y los calcetines de lana. Guardaba silencio, absorto en lo que hacía, vistiéndose con una tranquila precisión que recordaba la de un sacerdote.

Sería esa noche, sí. Obviamente, había mandado a Roger y a los otros a convocar a aquellos que vivían a un día de viaje; esa noche prendería fuego a su cruz, nombraría a los primeros hombres... y sellaría el trato con whisky.

—Así que Bree tenía razón —dije, por quebrar el silencio del claro—. Dijo que tal vez estabas fundando una nueva religión. Cuando vio la cruz, digo.

Se volvió hacia mí, sorprendido. Luego miró en dirección a la casa, crispando la boca en una mueca irónica.

—Supongo que así es —dijo—. Que Dios me ayude.

Con cuidado, le quitó a Jemmy el puñal y, después de limpiarlo con un pliegue de su manta, lo deslizó dentro de su funda. Había terminado.

Me levanté para seguirlo. Las palabras que no podía, que no quería pronunciar, se agolpaban en mi garganta. Temerosa de que alguna se deslizara por mi boca y saliera, preferí decir:

—¿Era a Dios a quien llamabas en tu auxilio cuando te he visto, hace un rato?

—¡Oh, no! —Apartó la vista un instante, pero luego me clavó una mirada súbita y extraña—. Llamaba a Dougal Mac-Kenzie.

De repente experimenté un profundo escrúpulo. Dougal había muerto hacía mucho tiempo, en la víspera de Culloden... en brazos de Jamie, con el puñal de mi esposo clavado en el cuello. Tragué saliva; mis ojos fueron involuntariamente hacia el cuchillo que le pendía del cinturón.

—Hace mucho tiempo hice las paces con Dougal —explicó muy quedo, siguiendo la dirección de mi mirada. Tocó la empuñadura del cuchillo, con su nudo de oro, que había pertenecido a Hector Cameron—. Él era jefe. Por lo que ha de saber que entonces hice lo que debía, por mis hombres y por ti. Y que ahora volveré a hacerlo.

Entonces comprendí lo que había dicho, erguido de cara al oeste, hacia donde van las almas de los muertos, retornando al hogar. No había sido una oración ni una súplica. Conocía esas palabras, si bien llevaba mucho tiempo sin oírlas. Había gritado: «*Tulach Ard!*», el grito de guerra del clan MacKenzie.

Tragué saliva con dificultad.

—¿Y él...? ¿Crees que te ayudará?

Asintió con aire serio.

—Si puede —dijo—. Dougal y yo combatimos juntos muchas veces, mano a mano y espalda contra espalda. Y después de todo, Sassenach, la sangre es la sangre.

Asentí a mi vez, mecánicamente, mientras apoyaba a Jemmy contra mi hombro. El cielo se había decolorado hasta un blanco invernal y las sombras llenaban el claro. En el extremo del manantial se destacaba la piedra: una forma pálida y fantasmal sobre el agua negra.

—Vamos —dije—. Se acerca la noche.

# 23

## *El bardo*

Cuando al fin Roger llegó a la puerta de su casa, ya había oscurecido del todo, pero las ventanas refulgían, acogedoras, y la chimenea despedía una lluvia de chispas, prometiendo calor y comida. Estaba cansado, con frío y hambriento; experimentaba un profundo y agradecido aprecio por su hogar, sustancialmente agudizado al saber que por la mañana debería abandonarlo.

—¿Brianna? —Entró entornando los ojos para buscar a su esposa en el resplandor.

—¡Por fin! ¡Qué tarde llegas! ¿Dónde has estado?

Ella salió del pequeño cuarto del fondo, con el bebé en la cadera y una pila de tartán apretada contra el pecho. Alargó la cabeza sobre el tejido para darle un beso fugaz, dejándole un tentador regusto a mermelada de ciruelas.

—He pasado las diez últimas horas a caballo, subiendo y bajando por valles y colinas —dijo él, quitándole la tela de las manos para tirarla sobre la cama—, en busca de una mítica familia holandesa. Ven a darme un beso decente, ¿quieres?

Ella, obediente, le rodeó la cintura con el brazo libre para darle un largo beso, perfumado de ciruelas. Roger se dijo que, por hambriento que estuviera, la cena podía esperar un poco. Pero el bebé, que pensaba distinto, lanzó un berrido tal que Brianna se apartó a toda velocidad, haciendo una mueca.

—¿Sigue sin salirle el diente? —preguntó Roger, observando el semblante rojo e hinchado de su vástago, cubierto por una reluciente película de moco, saliva y lágrimas.

—¿Cómo lo has adivinado? —exclamó ella, cáustica—. Oye, ¿puedes cogerlo un minuto?

Después de poner a Jemmy en brazos de su padre, se estiró el corpiño; el lino verde estaba húmedo, arrugado y lleno de manchas claras: leche escupida. Descubrió uno de sus pechos, y alargando los brazos hacia el niño, se sentó con él en la silla de amamantar, junto al fuego.

—Lleva así todo el día —lo informó, negando con la cabeza. El bebé se retorcía y gimoteaba, golpeando con mano nerviosa el alimento que se le ofrecía—. No quiere mamar más que unos pocos minutos y luego vuelve a vomitar. Lloriquea si lo levantas, pero berrea si lo sueltas. —Se pasó una mano fatigada por el cabello—. Me siento como si hubiera pasado el día luchando con cocodrilos.

—Hum, mala cosa. —Roger se frotó la parte baja de la espalda, tratando de hacerlo con disimulo. Luego señaló la cama con el mentón—. Eh... ¿para qué es ese tartán?

—¡Ah!, lo había olvidado. Es tuyo. —Apartando por un instante la atención del niño, levantó la vista hacia Roger. Por primera vez reparó en su desaliño—. Lo ha traído papá. Quiere que te lo pongas esta noche. A propósito: tienes una gran mancha de barro en la cara. ¿Te has caído?

—Varias veces.

Él se acercó al lavamanos, cojeando un poco. Tenía una manga de la chaqueta y las rodilleras de los pantalones tiesas de barro. Se frotó el pecho para intentar quitarse los trozos de hoja marchita que se le habían metido por el cuello de la camisa.

—¿Sí? ¡Qué mala suerte! Chist, chist —acalló al niño, meciéndolo—. ¿Te has hecho daño?

—No, estoy bien.

Él se quitó la chaqueta y le dio la espalda para verter agua en el recipiente. Luego se mojó la cara, atento a los chillidos de Jemmy; para sus adentros calculaba las posibilidades que tenía de hacer el amor con Brianna antes de la partida, que sería por la mañana. Entre los dientes del niño y los planes de su abuelo, parecía complicado. Pero la esperanza es lo último que se pierde.

Se secó la cara con la toalla mientras echaba un disimulado vistazo a su alrededor, por si hubiera algo para comer. Tanto la mesa como el hogar estaban vacíos, aunque en el aire flotaba un fuerte olor a vinagre.

—¿*Sauerkraut*? —adivinó, olfateando audiblemente—. ¿Los Mueller?

—Han traído dos grandes frascos. —Brianna hizo un gesto hacia el rincón, donde se veía un recipiente de piedra entre las sombras—. Ése es el nuestro. ¿Has comido algo?

—No. —Su vientre retumbó con estruendo; al parecer estaba dispuesto a aceptar el *sauerkraut* frío, si no había otra cosa. Sin embargo, en la casa grande debía de haber comida. Reanimado por esa idea, se quitó los pantalones y dio comienzo a la incómoda tarea de plisar el tartán, a fin de poder sujetarse la manta con el cinturón.

Jemmy, mecido por su madre, se había calmado un poco y sólo emitía intermitentes quejidos de malestar.

—¿Qué era eso de unos míticos holandeses? —preguntó ella, sin dejar de mecerlo.

—Jamie me envió hacia el nordeste, en busca de una familia holandesa que, según le han dicho, se ha instalado cerca de Boiling Creek. Debía reclutar a los hombres para la milicia y, en lo posible, hacer que me acompañaran. —Echó una mirada ceñuda al paño preparado en la cama. Sólo había usado una manta como ésa dos veces; en ambas ocasiones había requerido ayuda para ponérsela—. ¿Es muy importante que me ponga eso?

Brianna, a sus espaldas, emitió un breve resoplido de risa.

—Algo tendrás que ponerte. No puedes ir a la casa grande vestido sólo con la camisa. No encontraste a esos holandeses, ¿verdad?

—Ni siquiera un zueco.

Había llegado a algo que él pensaba que podía ser Boiling Creek, y había subido una ribera a lo largo de varios kilómetros, esquivando (o no) ramas bajas, zarzas y matas de avellano de bruja, sin hallar rastros de nada, aparte de un zorro que se cruzó en su camino antes de desaparecer en la maleza como una llama que se extingue de pronto.

—Tal vez hayan partido. Puede que hayan ido a Virginia o a Pensilvania —dijo Brianna, comprensiva.

Había sido un día largo y agotador, terminado en fracaso. Aunque no era tan terrible; Jamie sólo había dicho: «Trata de encontrarlos.» Y si él los hubiera hallado, tal vez no habría podido entenderse con ellos en su rudimentario holandés, adquirido durante unas breves vacaciones pasadas en Ámsterdam, en 1960. También era posible que no hubieran querido acompañarlo. Aun así, la pequeña derrota lo fastidiaba como una piedra en el zapato. Echó un vistazo a Brianna, que le sonrió sin tapujos, expectante.

—Vale —suspiró él—. Ríete si es preciso.

Vestir una manta ceñida no era lo más digno que uno podía hacer, dado que el método más eficiente consistía en tumbarse sobre la tela plisada y rodar como una salchicha en el asador. Jamie sabía hacerlo de pie, pero claro, el hombre tenía práctica.

Sus forcejeos, exagerados adrede, tuvieron por recompensa las risas de Brianna, que a su vez parecieron tener un efecto sedante sobre el bebé. Cuando Roger dio los toques finales a sus plisados y drapeados, madre e hijo estaban arrebolados pero felices. Les dedicó una garbosa reverencia. Bree aplaudió con una sola mano contra la rodilla.

—Estupendo —dijo, recorriéndolo apreciativamente con la mirada—. ¡Mira a papá! ¡Papá guapo!

Jemmy, que contemplaba boquiabierto aquella visión de gloria viril, floreció en una sonrisa ancha y lenta, con un hilo de baba colgando en la curva mohína de su labio inferior. Roger aún estaba hambriento, dolorido y cansado, pero eso no parecía tan importante. Sonriendo de oreja a oreja, alargó los brazos hacia el bebé.

—¿Tienes que cambiarte? Si el niño ya está lleno y seco, lo llevaré a la casa. Así tendrás algo de tiempo para arreglarte.

—Insinúas que debo acicalarme, ¿no? —Brianna lo miró severa, levantando la nariz larga y recta. Tenía parte del pelo suelto, en mechones y enredos; su vestido, además de tener una mancha de mermelada en la parte superior del busto, daba la impresión de que no se lo hubiera quitado ni para dormir durante semanas.

—Estás preciosa —aseguró él mientras levantaba al niño con destreza—. Calla, *a bhalaich*. Ya has disfrutado mucho de mamá. Y ella, por cierto, ha disfrutado mucho de ti. Ahora ven conmigo.

—¡No olvides la guitarra! —clamó Bree.

Él se detuvo ante la puerta, sorprendido.

—¿Qué?

—Papá quiere que cantes. Espera, que me ha dado una lista.

—¿Una lista? ¿De qué? —Por lo que Roger sabía, Jamie no prestaba la menor atención a la música. De hecho, que Fraser no apreciara su mayor habilidad le fastidiaba un poco, aunque rara vez lo admitiera.

—De canciones, desde luego. —Ella arrugó el ceño, recitando la lista memorizada—. Quiere que cantes *Ho ro!* y *Birniebouzle*. Y *The Great Silkie*. Dijo que entre una y otra puedes cantar otras cosas, pero quiere ésas. Y luego deberás cantar rollos bélicos. No es así como me lo ha dicho, pero ya sabes a qué me refiero: *Killiecrankie*, *The Haughs of Cromdale* y *The Sherrifsmuir Fight*. Sólo las más antiguas, desde luego; dice que no cantes las del cuarenta y cinco, salvo *Johnnie Cope*. Ésa no debe faltar, pero casi al final. Y...

Roger la miró fijamente, al tiempo que desenredaba el pie de Jemmy de los pliegues de su manta.

—Yo pensaba que tu padre no conocía siquiera el título de las canciones, por no hablar de preferencias.

Brianna, ya de pie, se quitó la larga horquilla de madera que le sujetaba el pelo y dejó que la cascada roja cayera sobre sus hombros y su cara. Luego pasó ambas manos por la masa rojiza, echándola hacia atrás.

—Es cierto que no tiene preferencias. Papá no tiene el menor oído musical. Mamá asegura que tiene un buen sentido del ritmo, pero que no sabe distinguir una nota de otra.

—Eso era lo que yo pensaba, pero ¿por qué...?

—Puede que él no escuche la música, Roger, pero *escucha*. —Clavó el peine en la maraña de su pelo—. Y se fija. Sabe cómo reacciona la gente cuando oye esas canciones, y lo que siente.

—¿De veras? —murmuró él. El hecho de que Fraser reparara en el efecto de su música, aunque él mismo no pudiera apreciarla, le provocó una extraña chispa de placer—. Así que quiere que los ablande un poco, ¿no es eso? ¿Que los entusiasme antes de que él haga su parte?

—Eso es. —Ella asintió con la cabeza, mientras desataba los cordones de su corpiño. Sus pechos saltaron, súbitamente liberados del confinamiento, redondos y sueltos bajo la fina camisa de muselina.

Roger cambió de posición para acomodarse la manta. Ella captó ese leve movimiento y lo observó. Luego alzó despacio las manos para sostenerse los pechos, mirándolo con una pequeña sonrisa. Por un momento él tuvo la sensación de que había dejado de respirar, aunque su pecho continuara subiendo y bajando.

Brianna fue la primera en romper el hechizo: tras dejar caer las manos, fue a hurgar en el baúl donde guardaba su ropa interior.

—¿Sabes exactamente qué se trae entre manos? —preguntó, apagada la voz en las profundidades del baúl—. ¿Ya había levantado esa cruz cuando partisteis?

—Sí. —Jemmy lanzaba pequeños bufidos, como una locomotora de juguete que pujara cuesta arriba. Roger se lo puso debajo de un brazo, abarcando la tripita con la mano—. Es una cruz ardiente. ¿Sabes de qué se trata?

Ella emergió del baúl con una camisa limpia en las manos; parecía algo alterada.

—¿Una cruz ardiente? ¡No me digas que va a quemar una cruz en el patio!

—No exactamente. —Roger descolgó el *bodhran* con la mano libre y probó la tensión del tambor dándole una toba con el dedo. Luego le explicó en pocas palabras la tradición de la cruz ardiente—. Es algo raro —concluyó mientras ponía el tambor fuera del alcance de Jemmy—. No creo que se haya vuelto a hacer en las Highlands después del Alzamiento. Pero tu padre me dijo que la había visto una vez. Es algo muy especial ver aquí esa ceremonia.

Arrebatado por su entusiasmo de historiador, tardó en darse cuenta de que Brianna no estaba tan entusiasmada.

—Puede ser —dijo ella, intranquila—. No sé. Me da escalofríos.

—¿Eh? —Roger le echó un vistazo, sorprendido—. ¿Por qué?

Bree se encogió de hombros al tiempo que se quitaba la camisa arrugada por la cabeza.

—No sé. Quizá porque he visto cruces ardientes... en los informativos de la televisión. El KKK... ¿o es que no lo sabes? Puede que la televisión británica no informe... no informara de esas cosas.

—¿El Ku Klux Klan? —Aquellos fanáticos prejuiciosos no le inspiraban tanto interés como los pechos desnudos de Brianna, pero hizo un esfuerzo por concentrarse en la conversación—. Claro que estoy enterado. ¿De dónde crees que sacaron la idea?

—¿Qué? No me digas que...

—Desde luego —afirmó él, alegremente—. De los inmigrantes escoceses; en realidad, descienden de ellos. Por eso se dieron el nombre de «Klan». Y ahora que lo pienso —añadió, interesado—, esta noche podría ser... el eslabón. La ocasión que trae la costumbre del viejo mundo al nuevo. ¿No sería grandioso?

—Grandioso —repitió Bree, con vaguedad a la vez que sacudía un vestido limpio de lino azul, con aire inquieto.

—Todo se inicia en algún punto, Bree —explicó él, con más suavidad—. Muy a menudo no sabemos dónde ni cómo. ¿Importa que esta vez lo sepamos? Además, el Ku Klux Klan no nacerá hasta dentro de cien años, por lo menos. —Hizo saltar ligeramente a Jemmy sobre la cadera—. No lo veremos nosotros, ni tampoco nuestro pequeño Jeremiah; tal vez ni siquiera su hijo.

—Estupendo —replicó ella con sequedad mientras se ponía el corsé—. Así que nuestro bisnieto podría acabar siendo el Gran Dragón.

Él se echó a reír.

—Sí, es posible. Pero esta noche lo es tu padre.

# 24
## *Jugando con fuego*

No estaba seguro de lo que esperaba. Tal vez algo parecido al espectáculo de la gran hoguera, durante el encuentro. Los preparativos eran los mismos: implicaba grandes cantidades de comida y bebida. En un extremo del patio había un enorme tonel de cerveza y otro más pequeño, lleno de whisky; un cerdo descomunal giraba lentamente encima de un lecho de brasas, despidiendo nubes de humo y aromas que hacían la boca agua.

Él sonrió ante las caras bañadas por el fuego, lustrosas de grasa y encendidas por la bebida. Luego tamboreó su *bodhran*. El estómago le resonaba con fuerza, pero el ruido se perdió bajo el bullicioso estribillo de *Killiecrankie*:

> *O, I met the De-ev-il and Dundeeeee...*
> *On the brae-aes o' Killiecrankie-O!*

Cuando le trajeran la cena se la habría ganado, sin duda. Llevaba más de una hora cantando y tocando. La luna ya se elevaba sobre Black Mountain. Aprovechó el estribillo para echar mano de la taza de cerveza que habían dejado bajo su taburete; después de humedecerse la garganta atacó la estrofa con más solidez.

> *I fought on land, I fought on sea,*
> *At hame I fought my auntie, Oh!*
> *I met the Devil and Dundee...*
> *On the braes o' Killiecrankie-O!*

«Peleé en tierra, peleé en el mar, y en casa peleaba con mi tía, ¡oh! Conocí al diablo y a Dundee... en las laderas de Killiecrankie-Oh!»

Cantaba con una sonrisa de profesional, cruzando una mirada aquí, concentrándose en un rostro más allá y calculando mentalmente el efecto. Ya los tenía en el bote —con ayuda de la bebida, debía reconocerlo—. Y se estaba adentrando en lo que Bree llamaba «rollos bélicos».

Sentía la cruz erguida a su espalda, casi oculta por la oscuridad. Todos la habían visto, en cualquier caso, entre murmullos de interés y especulación.

En un lateral, Jamie Fraser se mantenía fuera del círculo de luz. Roger apenas distinguía su silueta alta, oscura, a la sombra de la gran pícea roja que se levantaba cerca de la casa. Se había pasado toda la velada recorriendo metódicamente el grupo; aquí y allá se detenía a intercambiar un saludo cordial, contar un chiste, escuchar un problema o un relato. Ahora estaba solo, esperando. Ya casi había llegado el momento de hacer lo que se proponía, fuera lo que fuese.

Roger les concedió un segundo para aplaudir y lo aprovechó para refrescarse. Luego se lanzó con *Johnnie Cope*: rápida, ardiente y divertida. Durante la reunión la había cantado varias veces; sabía bien el efecto que causaba. Un primer instante de pausa incierta; luego, las voces que empezaban a sumarse, y hacia el final de la segunda estrofa estarían gritando comentarios soeces.

Algunos de aquellos hombres habían combatido en Prestonpans; aunque derrotados en Culloden, aún vitoreaban a las tropas de Johnnie Cope y se regocijaban ante la oportunidad de revivir esa famosa victoria. Incluso los escoceses que no habían combatido allí la conocían. Los Mueller, que probablemente nunca habían oído mencionar a Carlos Estuardo y apenas entendían una palabra de cada diez, estaban improvisando un coro de gritos alpinos, mientras agitaban las tazas en saludo a cada estrofa. Sólo importaba que lo pasaran bien.

La muchedumbre cantó medio a gritos el estribillo final, casi ahogando su voz.

> *Hey, Johnnie Cope, are ye walking yet?*
> *And are your drums a-beatin' yet?*
> *If ye were walkin', I wad wait,*
> *Tae gang tae the coals in the mornin'!*

«Eh, Johnnie Cope, ¿sigues andando? ¿Aún suenan tus tambores? Si estás andando, yo esperaría, para acercarme a las brasas por la mañana!»

Con un último toque de tambor, hizo una reverencia, entre grandes aplausos. El calentamiento estaba hecho. Era hora de presentar el acto principal. Muy sonriente, se levantó de su taburete y desapareció entre las sombras, hacia los maltrechos restos del enorme cerdo asado.

Bree estaba allí, aguardándolo, con Jemmy completamente despierto en los brazos. Ella se estiró para darle un beso y le cambió el *bodhran* por el niño.

—¡Has estado estupendo! —dijo—. Sostenlo. Voy a traerte comida y cerveza.

Por lo general, Jem prefería estar con su madre, pero se hallaba tan aturdido por las llamas y el ruido que no protestó por el cambio de manos. Se limitó a acomodarse contra el pecho de Roger, chupándose muy serio el pulgar.

Su padre sudaba por el esfuerzo, con el corazón acelerado por la adrenalina de la actuación; lejos del fuego y de la muchedumbre, el aire le enfrió la cara enrojecida. El bebé era un peso agradable, cálido y sólido en el hueco de su brazo. Había estado bien y lo sabía. Sólo cabía esperar que fuera lo que Fraser deseaba.

Cuando Bree reapareció, trayendo una taza y un plato de peltre lleno de cerdo asado, manzanas fritas y patatas asadas, Jamie ya había entrado en el círculo de luz, ocupando el sitio que Roger había abandonado ante la cruz.

Alto, ancho de hombros, lucía su mejor chaqueta gris y un kilt de tartán azul claro; el pelo suelto y flamígero sobre los hombros, con una pequeña trenza de guerrero a un lado, adornada con una sola pluma. La luz del fuego centelleaba en la empuñadura dorada de su puñal y en el broche que sujetaba su manta. Se le veía bastante distendido, pero su actitud era seria, apasionada. Era todo un espectáculo... y lo sabía.

En pocos segundos el gentío se aquietó. Los hombres hacían callar a codazos a sus compañeros más charlatanes.

—Sabéis bien por qué estamos aquí, ¿verdad? —preguntó él, sin preámbulos.

Levantó la mano para mostrar la arrugada citación del gobernador, bien visible la mancha roja del sello oficial a la luz del fuego. Hubo un rumor de asentimiento; la muchedumbre aún estaba alegre; sangre y whisky corrían libremente por sus venas.

—Se nos convoca a cumplir con el deber. El honor nos obliga a apoyar la causa de la ley... y del gobernador.

Roger vio que el viejo Gerhard Mueller, inclinado hacia un lado para escuchar lo que uno de sus yernos le traducía al oído, asentía con aire de aprobación.

—*Ja!* —gritó—. *¡Lang lebe* gobernador!

Hubo un murmullo de risas y un eco de gritos en inglés y gaélico. Jamie, sonriente, esperó a que se acallara el bullicio. Luego giró lentamente, mirando cara por cara, reconociendo a cada hombre con un ademán de la cabeza. Por fin se volvió con la mano en alto hacia la cruz que se levantaba tras él, desnuda y negra.

—En las Highlands de Escocia, cuando un jefe se disponía a la guerra —dijo en tono despreocupado y coloquial, pero de modo que se oyera en todo el patio—, prendía fuego a la cruz ardiente y la conducía por las tierras de su clan, como señal para que los hombres de su apellido cogieran las armas y acudieran al sitio de reunión, listos para la batalla.

En medio de la multitud se produjo una agitación, un breve intercambio de codazos y nuevos gritos de aprobación, aunque más moderados. Unos cuantos hombres habían visto aquello o, al menos, sabían de qué estaba hablando. El resto elevó la barbilla y estiró el cuello, entreabriendo la boca en gesto de interés.

—Pero estamos en una tierra nueva. Somos amigos —sonrió a Gerhard Mueller—, *Ja, Freunde*, vecinos y compatriotas —una mirada a los hermanos Lindsay—, pero no somos clan. Si bien se me ha puesto al mando, no soy vuestro jefe.

«No me vengas con ésas —pensó Roger—. De cualquier modo vas a serlo muy pronto.» Dio un último trago de cerveza fría y dejó la taza y el plato. La comida podía esperar un poco más. Bree había cogido al bebé y él tenía nuevamente su *bodhran* bajo el brazo. Lo preparó; ella le dirigió una mirada sonriente, pero casi toda su atención estaba fija en su padre.

Jamie se inclinó para retirar una antorcha de la fogata. Luego se irguió con ella, iluminando los planos amplios y los ángulos marcados de su cara.

—Que Dios sea testigo de nuestra buena disposición y fortalezca nuestros brazos. —Hizo una pausa para que los alemanes pudieran seguirlo—. Que esta cruz ardiente se alce como testimonio de nuestro honor, para invocar la protección de Dios sobre nuestras familias... hasta que retornemos sanos y salvos.

Acercó la antorcha al poste de la cruz y allí la sostuvo hasta que la corteza seca prendió; una llama pequeña fue creciendo y centelleando en la madera oscura.

Todo el mundo observaba en silencio. No había más ruido que los susurros de la muchedumbre al moverse, repitiendo el suspiro del viento en el páramo que los rodeaba. La llama era apenas una diminuta lengua ígnea que la brisa hacía temblar, a punto de apagarla del todo, que carecía del rugido de la leña empapada en gasolina, sin conflagración devoradora. Roger sintió que Brianna suspiraba a su lado, aflojando en parte su tensión.

La llama se afirmó y fue prendiendo. El rompecabezas que los trozos de corteza formaban en el pino centelleó en rojo carmesí, luego pasó al blanco y se desvaneció en cenizas, mientras la llama se iba extendiendo hacia arriba. Era grande y sólida, aquella cruz; ardería a fuego lento hasta mediada la noche, iluminando el patio, mientras los hombres reunidos ante ella compartían comida, bebida y conversación, iniciando el proceso de conversión en lo que Jamie quería que fueran: amigos, vecinos, compañeros de armas. Bajo su mando.

Fraser se irguió un instante, observando la llama hasta asegurarse de que había prendido. Luego arrojó su antorcha a la hoguera y se dirigió de nuevo a los hombres.

—No podemos saber qué será de nosotros. Que Dios nos dé valor —dijo, sencillamente—. Que Dios nos dé sabiduría. Si es Su voluntad, que Él nos brinde paz. Partiremos por la mañana.

Entonces se dio la vuelta para alejarse del fuego, al tiempo que buscaba a Roger con la mirada. El joven le hizo una señal de asentimiento; después de tragar para aclararse la voz, empezó a cantar con voz suave, en la oscuridad, la canción con que Jamie quería poner fin a la ceremonia: *The Flower of Scotland*.

> *Oh, flower of Scotland,*
> *When will we see your like again?*
> *That fought and died for*
> *Your wee bit hill and glen...*

«Oh, flor de Escocia, ¿cuándo volveremos a verte? Los que peleamos y morimos por tu pequeña colina y tu valle...»

No era una de las canciones que Bree llamaba «rollos bélicos». Era algo solemne y melancólico. Pero tampoco una canción doliente, pese a todo; expresaba recuerdos, orgullo y decisión. Ni siquiera era realmente antigua (Roger conocía al hombre que la había compuesto, en su propia época), pero Jamie la había oído y, como conocía la historia de Stirling y Bannockburn, estaba del todo de acuerdo con esos sentimientos.

> *And stood against him,*
> *Proud Edward's army,*
> *And sent him homeward*
> *Tae think again.*

«Y se plantó ante él, el orgulloso ejército de Eduardo, y lo mandó de regreso, para que lo pensara mejor.»

El grupo de escoceses dejó que cantara él solo la estrofa, pero al llegar al estribillo las voces se elevaron, al principio quedas, luego más audibles:

> *And sent him ho-omeward...*
> *Tae think again!*

Recordó algo que Bree le había dicho la noche anterior, en la cama, durante los pocos instantes en que ambos se mantuvieron conscientes. Habían estado conversando sobre gente de la época, preguntándose si algún día conocerían en persona a tipos como Jefferson o Washington. Era una perspectiva estimulante y en absoluto imposible. Ella mencionó a John Adams, citando algo que, según los libros, Jefferson había dicho (en realidad, diría) durante la Revolución: «Soy guerrero; que mi hijo pueda ser comerciante... y que su hijo pueda ser poeta.»

> *The hills are bare now,*
> *And autumn leaves lie thick and still,*
> *O'er land that is lost now,*
> *Which those so dearly held.*

«Ahora las colinas están desnudas y las hojas de otoño se amontonan, quietas. Nuestra tierra, ahora perdida, nunca fue tan amada.»

> *And stood against him,*
> *Proud Edward's army,*
> *And sent him homeward*
> *Tae think again.*

Ya no era el ejército de Eduardo, sino el de Jorge. Y aun así seguía siendo el mismo ejército orgulloso. Vio un instante a Claire, de pie entre las otras mujeres que formaban un grupo aparte en el límite del círculo de luz. Su expresión era remota; estaba muy quieta, con el pelo suelto alrededor de la cara, oscurecidos los ojos dorados por una sombra interior y fijos en Jamie, que estaba a su lado, en silencio.

El mismo ejército orgulloso en el cual ella había combatido un día; el orgulloso ejército en el que había muerto el padre de Roger. Sintió un nudo en la garganta; tuvo que coger el aire desde muy hondo para cantarlo con fiereza. «Seré guerrero, para que mi hijo pueda ser mercader y su hijo, poeta.» Ni Adams ni Jefferson habían combatido; Jefferson no tuvo ningún hijo varón. El poeta fue él, y sus palabras aún resonaban a través de los años y los ejércitos en armas, ardiendo en el corazón de quienes estaban dispuestos a morir por ellas, por el país que sobre ellas se había fundado.

«Quizá sea por su pelo», pensó Roger irónicamente, al ver el destello de luz rojiza en la cabeza de Jamie, que se movía para observar en silencio aquello que había iniciado. Algún tinte vikingo en la sangre daba a aquellos hombres altos y fieros el don de conducir a otros a la guerra.

*That fought and died for*
*Your wee bit hill and glen...*

Así había sido y volvería a ser. Pues los hombres siempre combatían por lo mismo: el hogar y la familia. Otro destello de pelo rojo, perdido en la luz del fuego, junto a los restos del cerdo. Bree, con Jemmy en brazos. Y aunque ahora Roger se descubría bardo de un jefe escocés exiliado, trataría también de ser guerrero cuando llegara el momento, por el bien de su hijo y de los que vinieran después.

*And sent him homeward*
*Tae think again.*
*Tae think... again.*

## 25

## *Lo angelical de mi descanso*

Aunque era muy tarde, hicimos el amor por consentimiento tácito; ambos necesitábamos buscar refugio y consuelo en la carne del otro. Solos en nuestra alcoba, con las contraventanas bien cerradas para dejar fuera los ruidos y las voces del patio (el pobre Roger seguía cantando, a petición del público), pudimos descartar las prisas y las fatigas de la jornada, al menos por un rato.

Después, él me abrazó con fuerza, sepultando la cara en mi pelo, aferrado a mí como si fuera un talismán.

—Todo saldrá bien —dije en voz baja al tiempo que acariciaba su pelo húmedo; hundí los dedos donde se encuentran el cuello y los hombros; allí el músculo estaba duro como leña bajo la piel.

—Sí, lo sé.

Se estuvo quieto un rato, dejándome trabajar. La tensión de su cuello y sus hombros se fue relajando gradualmente; su cuerpo se hizo más pesado sobre el mío. Al sentir que yo inspiraba hondo, se dejó caer a un lado. Su estómago resonó con estruendo; ambos reímos.

—¿No has tenido un rato para cenar? —pregunté.

—No puedo comer antes —respondió—. Me provoca calambres. Y después no ha habido tiempo. ¿Tienes aquí algo comestible?

—No —dije, apenada—. Tenía algunas manzanas, pero los Chisholm les echaron mano. Perdona. Debería haberte traído algo.

Sí, yo sabía que Jamie rara vez comía «antes» (antes de cualquier lucha, confrontación o situación socialmente tensa), pero no se me había ocurrido que tal vez después no tuviera tiempo de comer con todo el mundo, hasta el apuntador, queriendo que les permitiera «sólo una palabra, señor...»

—Tenías otras cosas en que pensar, Sassenach —respondió secamente—. No te preocupes. Puedo esperar al desayuno.

—¿Estás seguro? —Saqué un pie de la cama, dispuesta a levantarme—. Queda mucha comida. Si no quieres bajar, puedo ir yo y...

Me cogió por el brazo para meterme con firmeza bajo las mantas. Luego me adaptó a la curva de su cuerpo, como si fuéramos dos cucharas, poniéndome un brazo encima para asegurarse de que no me moviera de allí.

—No —zanjó el tema—. Ésta puede ser la última noche que pase en una cama durante mucho tiempo y pienso quedarme en ella... contigo.

—Está bien.

Me acurruqué bajo su barbilla, obediente, y me relajé contra él. Lo comprendía: nadie subiría a buscarnos, a menos que se presentara una emergencia, pero bastaría que él o yo apareciéramos abajo para provocar un inmediato tropel de gente que necesitaba esto o aquello, que deseaba preguntar algo, dar consejo, pedir algo... Era mucho mejor quedarse allí, abrigados y en mutua paz.

Yo había apagado la vela y el fuego se estaba consumiendo. Estuve a punto de levantarme a poner más leña, pero decidí no hacerlo. Que se redujera a brasas, si quería; de cualquier modo partiríamos al amanecer.

Pese a mi cansancio y la gravedad del viaje, estaba deseando iniciarlo. Más allá de lo que me atraía la novedad y la aventura, me deleitaba la perspectiva de escapar de la colada, la cocina y las trifulcas femeninas. Aun así, Jamie tenía razón: esa noche quizá fuese la última que pasábamos cómodos y en la intimidad durante algún tiempo.

Me desperecé, disfrutando a conciencia del suave abrazo del lecho de plumas, de las sábanas limpias y suaves, con su leve aroma a romero y flores de saúco. ¿Habría puesto suficientes mantas en el equipaje?

La voz de Roger nos llegó a través de las contraventanas, aún potente, pero algo mellada por la fatiga.

—El Zorzal debería irse a la cama —dijo Jamie, con leve desaprobación—, si es que quiere despedirse de su esposa como se debe.

—Pero ¡si Bree y Jemmy se han retirado hace horas! —me extrañé.

—El crío, quizá, pero la muchacha sigue allí. Hace un momento he oído su voz.

—¿De verdad? —Agucé el oído, pero no distinguí más que un rumor de aplausos apagados, al terminar la canción—. Supongo que quiere acompañarlo tanto tiempo como pueda. Por la mañana estos hombres estarán exhaustos, por no hablar de la resaca.

—Mientras puedan montar a caballo, poco me importa que vomiten entre la maleza de vez en cuando —me aseguró Jamie.

Me acurruqué, ciñéndome las mantas a los hombros. La voz grave y resonante de Roger, entre risas, se negó con firmeza a seguir cantando. Poco a poco cesaron los ruidos del patio, aunque todavía percibí algunos golpes y repiqueteos: habían levantado el tonel de cerveza para sacarle las últimas gotas. Luego, un golpe sordo: alguien lo dejaba caer al suelo.

Se oyeron ruidos en la casa: el súbito llanto de un bebé al despertar; pisadas en la cocina; el gimoteo adormilado de los pequeños, perturbados por la llegada de los hombres; la regañina de una mujer y, luego, palabras de consuelo.

Me dolían el cuello y los hombros; también los pies, después de caminar hasta el manantial cargando a Jemmy. A pesar de todo, me encontré fastidiosamente desvelada, sin poder eliminar los ruidos del mundo externo, tal como los postigos lo eliminaban de la vista.

—¿Recuerdas todo lo que has hecho hoy?

Era un pequeño juego con el que solíamos entretenernos por la noche; cada uno trataba de recordar, con todo lujo de detalles, lo que había hecho, visto, oído y comido durante el día, desde el momento de levantarse hasta el de volver a la cama. Como el ejercicio de registrarlo todo en un diario, el esfuerzo de recordar parecía purgar la mente de los excesos cotidianos; además, nos entretenía escuchar las experiencias del otro. Me encantaba lo que Jamie contaba de su jornada, fuera algo vulgar o emocionante. Pero esa noche él no estaba de humor para eso.

—No recuerdo nada de lo que ha sucedido antes de que cerráramos esa puerta —dijo, apretándome cariñosamente una nalga—. Pero a partir de entonces creo poder recordar uno o dos detalles.

—Yo también lo tengo razonablemente fresco en la memoria —le aseguré, curvando los dedos de un pie para acariciarle el empeine.

Entonces dejamos de hablar, asentándonos en el sueño, mientras abajo cesaban los ruidos, reemplazados por el zumbar de ronquidos misceláneos. Al menos, yo traté de hacerlo. Sin embargo, por tarde que fuera y por exhausto que estuviera mi cuerpo, mi mente parecía decidida a mantenerse despierta y activa. En cuanto cerré los ojos, detrás de mis párpados aparecieron fragmentos del día: la señora Bug y su escoba; las botas embarradas de Gerhard Mueller; racimos de uva con los tallos despojados; marañas blanqueadas de *sauerkraut*; el trasero diminuto de Jemmy y decenas de pequeños Chisholm corriendo desmandados... En un esfuerzo resuelto por disciplinar a mi mente fugitiva, me dediqué a repasar en la memoria los preparativos para la partida.

No sirvió de nada: un rato después estaba más despierta aún, llena de ansiedad contenida, imaginando la total destrucción de mi consultorio; Brianna, Marsali o los niños, sucumbiendo ante alguna súbita epidemia; la señora Bug provocando rebeliones y derramamientos de sangre por todo el cerro.

Me tumbé hacia el otro lado, de cara a Jamie. Él se había tendido de espaldas, como de costumbre, con los brazos cruzados sobre el abdomen; parecía la estatua de algún sepulcro, puro y severo el perfil contra el resplandor agonizante del hogar, pulcramente compuesto para el sueño. Tenía los ojos cerrados, pero su expresión era algo ceñuda y de vez en cuando contraía los labios, como enzarzado en una discusión interior.

—Estás pensando tan alto que te oigo desde aquí —le dije en tono coloquial—. ¿O tal vez cuentas ovejas?

Abrió de inmediato los ojos, y me dedicó una sonrisa melancólica.

—Contaba cerdos —me informó—. Y con buen resultado, de no ser por esa bestia blanca que se me aparecía de soslayo, siempre fuera del alcance, como provocándome.

Reí con él; luego, me acerqué para apoyar la frente contra su hombro, con un profundo suspiro.

—Tenemos que dormir, Jamie. Estoy tan cansada que mis huesos parecen a punto de fundirse. Y tú estabas en pie aun antes que yo.

—Hum... —Me rodeó con un brazo para estrecharme contra su hombro.

—Esa cruz... ¿no acabará incendiando la casa? —pregunté un momento después, recién localizado un nuevo motivo de preocupación.

—No. —Su voz sonaba algo soñolienta—. Hace rato que se ha apagado.

El fuego del hogar se había reducido a un lecho de ascuas refulgentes. Tras tumbarme una vez más hacia el lado opuesto, fijé la vista en ellas e intenté vaciar mi mente.

—Cuando me casé con Frank —le conté—, el sacerdote nos aconsejó que iniciáramos nuestra vida conyugal rezando juntos el rosario en la cama, todas las noches. Frank dijo que no sabía bien si era un acto de devoción, una manera de conciliar el sueño o sólo un método anticonceptivo permitido por la Iglesia.

El pecho de Jamie, a mi espalda, vibró de risa callada.

—Pues si quieres, podríamos probar, Sassenach —dijo—. Pero tendrás que ser tú quien lleve la cuenta de los avemarías; estás acostada sobre mi mano izquierda y ya se me han entumecido los dedos.

Me moví un poco para que pudiera retirar la mano.

—Rezar, sí —dije—. Pero no eso, podría ser otra oración. ¿Conoces alguna buena para el momento de acostarse?

—Montones —aseguró él, moviendo los dedos en alto para que la sangre volviera a ellos. En la penumbra de la habitación, ese pausado movimiento me recordó la manera en que atraía a las truchas, incitándolas a salir de entre las piedras—. Deja que haga memoria.

La casa ya estaba en silencio, descontando los habituales crujidos de la madera al asentarse. Me pareció oír una voz en el patio, alzada en lejana discusión, pero tal vez era sólo el entrechocar de ramas sacudidas por el viento.

—Aquí tienes una —dijo Jamie, por fin—. La tenía casi olvidada. Me la enseñó mi padre, no mucho antes de morir. Me dijo que pensaba que algún día podría serme útil.

Se acomodó mejor, inclinando la cabeza para que el mentón descansara sobre mi hombro, y empezó a hablarme al oído, con voz grave y cálida:

> *Bendice, oh, Dios, la luna que está por encima de mí.*
> *Bendice, oh, Dios, la tierra que está debajo de mí.*
> *Bendice, oh, Dios, a mi esposa y a mis hijos.*
> *Y bendíceme, oh, Dios, a mí, que he cuidado de ellos.*
> *Bendice a mi esposa y a mis hijos,*
> *Y bendíceme, oh, Dios, a mí, que he cuidado*
> *de ellos.*

Había comenzado con cierta timidez, vacilando de vez en cuando en busca de una palabra, pero eso ya había desaparecido. Ahora hablaba con suave seguridad, y no ya para mí, aunque su mano tibia descansaba en la curva de mi cintura.

> *Bendice, oh, Dios, aquello en que poso la mirada.*
> *Bendice, oh, Dios, aquello en que poso la esperanza.*
> *Bendice, oh, Dios, mi razón y mi objetivo.*
> *Bendice, oh, bendícelos, Dios de la vida.*
> *Bendice, oh, Dios, mi razón y mi objetivo.*
> *Bendice, oh, bendícelos, Dios de la vida.*

Su mano acarició la curva de mi cadera y subió a tocarme el pelo.

> *Bendice a quien comparte mi lecho y mi amor.*
> *Bendice el manejo de mis manos.*
> *Bendice, oh, bendice, oh, Dios, el combate en defensa*
> *propia.*
> *Y bendice, oh, bendice el descanso angelical.*
> *Bendice, oh, bendice, oh, Dios, el combate en defensa*
> *propia.*
> *Y bendice, oh, bendice el descanso angelical.*

Su mano se había quedado quieta, curvada bajo mi barbilla. La envolví con la mía, mientras suspiraba muy hondo.

—¡Vaya!, me ha gustado, sobre todo lo del descanso angelical. Cuando Bree era pequeña la acostábamos con una oración a los ángeles: «Que Miguel esté a mi derecha, Gabriel a mi izquierda, Uriel detrás de mí, Rafael delante... y sobre mi cabeza, la presencia del Señor.»

Él me estrechó los dedos a modo de respuesta. En el hogar, una brasa se desintegró con un suave *fuff*; las chispas flotaron un instante en la penumbra de la habitación.

Algo más tarde, al sentir que se levantaba, volví brevemente a la conciencia.

—¿Qué...? —pregunté, adormilada.

—Nada —susurró—. Sólo quiero escribir una nota. Duerme, *a nighean donn.* Cuando despiertes, estaré a tu lado.

Cerro de Fraser, 1 de diciembre de 1770
De James Fraser a lord John Grey,
Plantación de Monte Josiah

Milord:

Te escribo con la esperanza de que todo continúe bien en tu casa y para sus habitantes; en especial, mis saludos a tu hijo.

Todo marcha bien en mi casa y, hasta donde sé, en River Run también. Las nupcias planeadas para mi hija y mi tía, sobre las cuales te escribí, sufrieron la inesperada interferencia de las circunstancias (principalmente una circunstancia llamada Randall Lillywhite, nombre que te menciono por si algún día pasa a tu conocimiento). Pero mis nietos recibieron el bautismo, por fortuna, y si bien la boda de mi tía ha sido postergada para otro momento, la unión de mi hija con el señor MacKenzie fue consagrada por cortesía del reverendo señor Caldwell, digno caballero, aunque presbiteriano.

El pequeño Jeremiah Alexander Ian Fraser MacKenzie (el nombre Ian es, por supuesto, la variante escocesa de John, y se debe al cumplido de mi hija a un amigo, además de a su primo) sobrevivió de buen ánimo tanto a su bautismo como al viaje de regreso. Su madre me encomienda decirte que tu tocayo posee ahora no menos de cuatro dientes, temible logro que lo torna sumamente peligroso para aquellas almas desprevenidas que, hechizadas por su aparente inocencia, ponen inadvertidamente sus dígitos a su pernicioso alcance. El niño muerde como un cocodrilo.

Nuestra población exhibe aquí en los últimos tiempos un grato crecimiento, con la adhesión de unas veinte familias desde la última vez que te escribí. Durante el verano, Dios ha hecho prósperos nuestros esfuerzos, bendiciéndonos con abundancia de cereales y heno silvestre, y de bestias para consumir. Calculo que los cerdos que corretean en libertad por mi bosque ascienden al presente a no menos de cuarenta; dos vacas han tenido becerros y he comprado un caballo nuevo. El carácter de este animal me provoca graves dudas, pero su aliento, no.

Hasta aquí mis buenas nuevas.

Paso ahora a las malas. He sido nombrado coronel de milicia, con órdenes de reclutar y entregar a tantos hombres como me sea posible al servicio del gobernador, hacia mediados de mes; este servicio consiste en ayudar a sofocar las hostilidades locales.

Durante tu visita a Carolina del Norte, tal vez oíste hablar de un grupo de hombres que se autodenominan «reguladores»... o tal vez no, puesto que en esa ocasión otros asuntos ocuparon tu atención (mi esposa se complace en recibir buenos informes sobre tu salud y te envía un paquete de remedios, con instrucciones para su administración, por si aún te atormentan los dolores de cabeza).

Estos reguladores no son más que chusma, menos disciplinados en su manera de actuar que los alborotadores que, según se nos ha dicho, en Boston han ahorcado en efigie al gobernador Richardson. No digo que sus quejas carezcan de fundamento, sino que su manera de expresarlas hace difícil su reparación del lado de la Corona; antes bien, puede provocar en ambas partes mayores excesos, lo cual no dejará de terminar en daño.

El 24 de septiembre hubo en Hillsborough un estallido de violencia, durante el cual se destruyeron de forma caprichosa muchas propiedades y se recurrió a la fuerza —a veces con justicia, a veces no— contra funcionarios de la Corona. Un juez fue lamentablemente herido. Muchos de los reguladores, arrestados. Desde entonces no se han oído sino murmullos o poco más. El invierno aplasta el descontento, que permanece como brasas en los hogares de cabañas y tabernas, pero una vez que la primavera lo haga salir, volará por todos lados como los malos olores de una casa cerrada a cal y canto, contaminando el aire.

Tryon es un hombre capaz, pero no es granjero. Si lo fuera, no pensaría en hacer la guerra en invierno. Aun así, tal vez espera, mediante una demostración de fuerza ahora (cuando es probable que no haga falta), intimidar a los alborotadores a fin de que más adelante no sea necesario hacerlo. Es un militar.

Estos comentarios me llevan al verdadero objeto de esta misiva. No espero consecuencias fatales de la actual empresa, pero aun así... Tú también eres militar, al igual que yo. Conoces lo imprevisible del mal y qué catástrofes pueden surgir de los comienzos más triviales.

Nadie conoce los detalles de su propio final, salvo que éste ha de llegar. Por lo tanto, y ante la posibilidad de cualquier incidente, he tomado todas las previsiones posibles pensando en el bienestar de mi familia.

Enumero aquí a sus miembros, puesto que no los conoces a todos: Claire Fraser, mi amada esposa; mi hija Brianna y su marido, Roger MacKenzie, y su hijo, Jeremiah MacKenzie. Mi otra hija, Marsali, y su esposo, Fergus Fraser, hijo adoptivo mío, que ahora tienen dos pequeños, llamados Germain y Joan. La pequeña Joan lleva el nombre de la hermana de Marsali, conocida como Joan MacKenzie, que al presente mora todavía en Escocia. No dispongo de tiempo para familiarizarte con la historia de la situación, pero tengo buenos motivos para considerar a esta joven como una hija más, y me siento igualmente obligado a cuidar de su bienestar y el de su madre, llamada Laoghaire MacKenzie.

Te ruego, en nombre de nuestra larga amistad y por la consideración que te merecen mi esposa y mi hija, que si me acaeciera alguna desgracia en esta empresa, hagas lo que esté en tu mano para ponerlas a salvo.

Parto al amanecer de mañana, que no está muy distante.

Tu muy humilde y obediente servidor,

James Alexander Malcolm MacKenzie Fraser

*Post scriptum*: Mi agradecimiento por la información con que respondiste a mi anterior averiguación sobre Stephen Bonnet. Tomo nota del consejo que la acompaña con la mayor apreciación y gratitud por tu amable intención, aunque, tal como sospechas, no me hará cambiar de parecer.

*Post-post scriptum*: Farquard Campbell, de Greenoaks, cerca de Cross Creek, tiene en su poder copias de mi voluntad y testamento y de los documentos correspondientes a mi propiedad y asuntos, aquí y en Escocia.

# TERCERA PARTE

*Sobresaltos y excursiones*

# 26

## *La milicia se pone en marcha*

El tiempo nos ayudó, manteniéndose frío pero despejado. Con los Mueller y los hombres de las granjas de los alrededores, partimos del Cerro de Fraser un grupo de casi cuarenta hombres... y yo.

Fergus no serviría en la milicia, pero había venido con nosotros a reclutar hombres: nadie conocía mejor que él los asentamientos y poblaciones de alrededor. Conforme nos aproximábamos a la Línea del Tratado, el punto más alejado de nuestro reclutamiento itinerante, formábamos una compañía respetable en número aunque no tanto en experiencia. Algunos de los hombres habían servido en el ejército en otros tiempos, en Escocia, con los franceses o en la guerra contra los indios. Pero para muchos era la primera vez. Todas las noches, Jamie dirigía una serie de ejercicios de práctica militar, aunque de un tipo muy poco ortodoxo.

—No tenemos tiempo para adiestrarlos como es debido —le explicó a Roger, la primera noche junto a la hoguera—. Se requieren semanas enteras de instrucción para que los hombres no huyan cuando comience el fuego.

Roger se limitó a hacer un gesto de asentimiento, aunque me pareció que por su cara pasaba cierta expresión de inquietud. Supuse que tenía sus dudas con respecto a su propia inexperiencia y se preguntaba cómo reaccionaría él mismo. En mis tiempos había tratado con muchos soldados jóvenes.

Yo estaba de rodillas junto a la fogata, cociendo bollos de maíz en una sartén de hierro puesta entre las brasas. Al levantar la vista hacia Jamie descubrí que me estaba mirando con una leve sonrisa disimulada en la comisura de la boca. Él no sólo había tratado con soldados jóvenes, sino que había sido uno de ellos. Tosió un poco y se inclinó para remover las brasas con un palo, buscando alguna de las codornices que yo había puesto a asar envueltas en arcilla.

—Es natural huir del peligro, ¿no? El objetivo de adiestrar a las tropas es acostumbrarlas a la voz del oficial, de modo que la oigan, incluso por encima del estruendo de los cañones, y obedezcan sin pensar en el peligro.

—Sí, igual que adiestras a un caballo para que no se espante de los ruidos —interrumpió Roger, sardónico.

—Así es —le dio la razón Jamie, muy serio—. Pero hay una diferencia: el caballo debe estar convencido de que tú sabes más que él, mientras que el oficial sólo necesita gritar más fuerte.

Roger se echó a reír. Jamie prosiguió con una media sonrisa:

—En Francia, cuando me enrolé como soldado, me hacían marchar de un lado a otro, de arriba abajo; desgasté un par de botas antes de que me dieran pólvora para el arma. Al terminar el día estaba tan exhausto que, si hubieran disparado un cañonazo junto a mi jergón, no se me habría movido un pelo. —Giró un poco la cabeza; la sonrisa desapareció de su cara—. Pero no tenemos tiempo para eso. La mitad de nuestros hombres tienen alguna experiencia como soldados; tendremos que confiar en que ellos se mantengan firmes si llega el momento de combatir, e infundan valor al resto.

Miró más allá del fuego, señalando el panorama de árboles y montañas que iba desapareciendo.

—No es gran campo de batalla, ¿verdad? No sé cómo será el enfrentamiento, si es que lo hay, pero creo que debemos organizarnos para luchar donde haya un lugar para refugiarse. Les enseñaremos a combatir como lo hacen los montañeses de Escocia, a congregarse o diseminarse a una palabra mía y, si no, a arreglárselas como puedan. Aunque sólo la mitad de los hombres tienen experiencia como soldados, todos ellos saben cazar.

Levantó la barbilla, señalando hacia los reclutas, varios de los cuales habían cazado pequeñas presas durante la jornada. Los hermanos Lindsay habían abatido las codornices que estábamos comiendo.

Roger hizo un gesto afirmativo y se agachó para retirar de la fogata una bola de arcilla ennegrecida, al tiempo que escondía su rostro. Desde nuestro regreso al cerro había salido a cazar todos los días, pero no había cobrado siquiera una zarigüeya. Jamie, que lo había acompañado una vez, me contó en secreto su opinión de que le iría mejor si usaba el mosquete para matar la presa a golpes, en lugar de dispararle.

Le miré frunciendo las cejas; él enarcó las suyas y me sostuvo la mirada. Que el muchacho se las arreglara con su amor propio, era el franco mensaje. Yo me levanté.

—Pero no es exactamente como cazar, ¿no? —Me senté junto a Jamie para darle un bollo de maíz caliente—. Mucho menos ahora.

—¿Qué quieres decir, Sassenach? —Jamie partió el bollo, entornando los ojos de placer al inhalar el olor que de él emanaba.

—Para empezar, no sabes si llegareis a combatir —señalé—. Además, en todo caso no os enfrentareis con tropas entrenadas; los reguladores tienen tan poca experiencia como tus hombres. En tercer lugar, la verdadera intención no es matarlos, sino asustarlos para que se retiren o se rindan. Y cuarto —sonreí a Roger—, el objetivo de la caza es matar algo, mientras que el de la guerra es regresar con vida.

Jamie se atragantó. Intenté ayudarle con unas palmaditas en la espalda, pero él me fulminó con la mirada. Tosió algunas migajas, tragó saliva y se levantó, agitando el *plaid*.

—Escúchame —dijo, algo ronco—. Tienes razón, Sassenach, pero también te equivocas. Es verdad que no es como cazar, porque normalmente la presa no trata de matarte a ti. —Se volvió hacia Roger, ceñudo, y le dijo—: Presta atención. Claire se equivoca en lo demás. La guerra consiste en matar, y eso es todo. Si no quieres llegar a hacerlo, si te conformas con asustar, y sobre todo si piensas en tu propio pellejo... Vamos, hombre, estarás muerto cuando anochezca el primer día.

Arrojó al fuego los restos de su bollo y se alejó sin hacer ruido.

Durante un momento me quedé petrificada, hasta que el calor del panecillo que tenía en la mano me quemó los dedos a través del paño. Lo dejé en el tronco, con un «ay» apagado. Roger se movió en su asiento.

—¿Todo bien? —me preguntó sin mirarme. Sus ojos seguían fijos en el lugar por donde Jamie había desaparecido, hacia los caballos.

—Bien. —Enfrié los dedos quemados contra la corteza húmeda del tronco. Una vez aliviado el incómodo silencio por ese pequeño diálogo, me fue posible mencionar el asunto que nos ocupaba—. Aunque Jamie tiene cierta experiencia en el tema —dije—, creo que esto ha sido una reacción exagerada.

—¿Tú crees? —Roger no parecía nervioso ni desconcertado por sus comentarios.

—Por supuesto. Pase lo que pase con los reguladores, sabemos perfectamente que esto no va a ser una guerra declarada. ¡Lo más probable es que quede en nada!

—Tienes razón. —El joven seguía con la vista perdida en la oscuridad y los labios fruncidos, en actitud cavilosa—. Sólo que... no creo que se refiriera a eso.

Enarqué una ceja y él me miró con una media sonrisa irónica.

—Cuando salió de cacería conmigo me preguntó qué sabía yo de lo que se avecinaba. Se lo conté. Bree me ha dicho que también le ha preguntado a ella y que ella le respondió.

—¿Lo que se avecinaba? ¿Te refieres a la Revolución?

Roger asintió, atento al trozo de bollo que estaba desmigando entre los dedos largos y encallecidos.

—Le conté lo que sabía. Las batallas, la política. No todos los detalles, por supuesto, pero sí lo principal de lo que recuerdo y lo prolongado y sanguinario que será. —Durante un instante guardó silencio; luego me miró con un destello verde en los ojos—. Supongo que es un intercambio justo. Tratándose de él, nunca se sabe, pero quizá lo asusté y acaba de devolverme el favor.

Con un bufido de risa, me levanté para sacudir las migas y las cenizas de mi falda.

—El día en que puedas asustar a Jamie Fraser con historias de la guerra, hijo mío —dije—, ese día se congelará el infierno.

Él rió, sin perder la compostura.

—Puede que no lo asustara, pero se quedó muy callado. Aun así, te diré algo —aunque asumió un aire más serio, sus ojos seguían brillando—: A mí sí que me ha asustado.

Eché un vistazo hacia los caballos. Aún no había salido la luna y no se veía más que una difusa maraña de sombras voluminosas, inquietas; un destello ocasional del fuego reflejado en una grupa, el breve fulgor de un ojo. A pesar de no ver a Jamie, sabía que estaba allí; el sutil movimiento de los animales, sus leves resoplidos, me decían que alguien conocido estaba entre ellos.

—Él no era un simple soldado —dije al fin, en voz baja, aunque Jamie debía de estar demasiado lejos como para oírme—. Era oficial.

Volví a sentarme en el tronco y toqué el bollo. Apenas estaba tibio. Lo cogí sin probarlo.

—Yo he sido enfermera militar, ¿sabes? En un hospital de campaña, en Francia.

Él inclinó con interés su cabeza morena. El fuego proyectaba sombras intensas a su cara, destacando el contraste de las cejas densas y los huesos fuertes con la curva suave de la boca.

—Atendía a soldados. Todos ellos tenían miedo. —Sonreí con tristeza—. Los que habían estado bajo el fuego, porque recordaban; los que no, porque imaginaban. Pero los que no podían dormir por la noche eran los oficiales.

Deslicé distraídamente el pulgar por la superficie desigual del bollo. Estaba algo grasienta.

—Yo estaba con Jamie después de Preston, cuando uno de sus hombres murió en sus brazos. Lloraba. Eso lo recuerda. Si no recuerda lo de Culloden, es porque no puede soportarlo.

Bajé la vista al trozo de masa frita que tenía en la mano, conforme escarbaba las puntas quemadas con la uña del pulgar.

—Lo asustaste, sí. No quiere llorar por ti. Yo tampoco —añadí con suavidad—. Aunque ahora no suceda nada, cuando llegue el momento... ten cuidado, ¿me has oído?

Hubo un largo silencio. Luego él dijo por lo bajo:

—Sí. —Y se levantó. Sus pisadas se perdieron a toda prisa en el silencio de la tierra húmeda.

El resto de las fogatas del campamento ardían alegremente al acentuarse la noche. Los hombres aún buscaban la compañía de parientes y amigos, cada pequeño grupo en torno a su propia hoguera. Según fuéramos avanzando, irían congregándose, yo lo sabía. En pocos días más, habría una sola fogata y todos se reunirían en un solo círculo de luz.

Lo que a Jamie le asustaba no era lo que Roger le había dicho, sino lo que él mismo sabía. Todo buen oficial tiene dos opciones: dejarse desmoronar por la responsabilidad... o endurecerse como las piedras. Él lo sabía.

En cuanto a mí... yo también sabía unas cuantas cosas. Me había casado con dos militares —con dos oficiales; Frank también lo era—. Había sido enfermera y sanadora en los campos de batalla de dos guerras.

Conocía los nombres y las fechas de las batallas; conocía el olor de la sangre. Y del vómito, y de los intestinos vaciados. En un hospital de campaña se ven cuerpos con los miembros destrozados, las tripas fuera y los huesos atravesando la carne; pero también ves a hombres que nunca levantaron un arma y aun así murieron: de fiebre, de mugre, de enfermedad y desesperación.

En los campos de batalla de las dos guerras mundiales murieron millares de soldados por las heridas causadas; yo lo sabía. Y sabía también que cientos de millares murieron por infecciones y enfermedades. Ahora las cosas no serían diferentes. No en los próximos cuatro años.

Y eso me asustaba mucho.

La noche siguiente acampamos en los bosques de Balsam Mountain, uno o dos kilómetros más allá del asentamiento de Lucklow. Varios hombres querían continuar hasta la aldea de Brownsville, el punto más alejado de nuestro viaje, antes de dirigirnos hacia Salisbury. En Brownsville cabía la posibilidad de encontrarnos con alguna taberna o, por lo menos, un cobertizo acogedor donde pudiéramos dormir. Pero a Jamie le pareció mejor esperar.

—No quiero asustar a la gente entrando con una tropa de hombres armados después del anochecer —le había dicho a Roger—. Es mejor aparecer cuando haya amanecido, explicar a qué venimos y conceder a los hombres un día y una noche para que se preparen.

Un espasmo de tos le sacudió los hombros.

No me gustaba el aspecto de Jamie ni cómo sonaba su voz. Tenía mala cara; cuando se acercó a la fogata para llenar su escudilla, percibí un sonido sibilante en su respiración. La mayoría de los hombres se encontraban en el mismo estado; las narices rojas y las toses eran endémicas. La fogata siseaba a cada instante, alcanzada por algún salivazo.

Me habría gustado acostar a Jamie, con una piedra caliente a los pies, una cataplasma de mostaza en el pecho y una tisana caliente de aromáticas hojas de menta y efedra. Puesto que para eso habría necesitado un par de cañones, grillos de hierro y varios hombres armados, me contenté con llenar su escudilla con guiso de carne.

—Ewald —llamó Jamie a uno de los Mueller, con voz ronca. Hizo una pausa para carraspear, con ruido de franela desgarrada—. Ewald, busca a Paul y traed más leña para el fuego. La noche será fría.

Ya lo era. Los hombres se acercaban tanto a las llamas que se les estaban chamuscando los bordes de los chales y las chaquetas; las punteras de las botas (de quien las tuviera) hedían a cuero caliente. Yo tenía las rodillas y los muslos casi abrasados, ya que para servir el guiso tenía que acercarme mucho al fuego, pero mi trasero parecía de hielo, a pesar de los pantalones viejos que me había puesto debajo de la camisa y la enagua, tanto para aislarme del frío, como para evitar la fricción excesiva al montar a caballo. Los bosques de Carolina no eran lugar adecuado para montar de lado como las damas.

Una vez servido el último cuenco, me puse de espaldas al fuego para tomar mi ración de guiso; un grato calor rodeó mi trasero helado.

—¿Está bien, señora? —me preguntó Jimmy Robertson, que había preparado la carne, a la espera de un cumplido.

—Delicioso —le aseguré.

En realidad, estaba caliente y yo tenía hambre. Eso, sumado al hecho de no haber tenido que guisarlo yo, dio a mis palabras un tono de sinceridad tal que él se fue satisfecho.

Comí con lentitud, disfrutando del calor del cuenco en mis manos congeladas, así como de la sedante calidez de la comida en el estómago. La cacofonía de estornudos y toses no logró estorbar esa momentánea sensación de bienestar, producida por la comida y la perspectiva del descanso, tras un largo día en la silla de montar. Ni siquiera me perturbaba la vista del bosque, negro y helado bajo la luz de las estrellas.

A mí también comenzaba a gotearme la nariz; esperaba que sólo fuera a causa de la comida caliente. Al tragar, vi que no había señales de irritación en la garganta, ni de congestión en el pecho. A Jamie le castañeteaban los dientes; había terminado de comer y estaba de pie a mi lado, calentándose las posaderas junto al fuego.

—¿Todo bien, Sassenach? —preguntó, ronco.

—Sólo rinitis vasomotora —repliqué, tocándome la nariz con el pañuelo.

—¿Dónde? —Echó una mirada suspicaz al bosque—. ¿Aquí? ¿No dijiste que vivían en África?

—¿Qué? Ah, los rinocerontes. Sí, así es. Sólo quería decir que me goteaba la nariz, pero no tengo la gripe.

—¿Ah, no? Menos mal. Yo sí —añadió innecesariamente antes de estornudar tres veces seguidas.

Luego me entregó su cuenco vacío para poder sonarse la nariz con ambas manos, cosa que hizo emitiendo una serie de ruidos escandalosos. Hice una mueca al ver lo enrojecidas e irritadas que estaban sus fosas nasales. En mi alforja tenía un poco de grasa de oso alcanforada, pero él no me permitiría ponérsela en público.

—¿Estás seguro de que no deberíamos continuar? —pregunté—. Geordie dice que la aldea no está lejos y hay una... especie de camino.

Conocía la respuesta; él no era de los que cambian de estrategia para su comodidad personal. Además, el campamento ya estaba montado y con una buena fogata encendida. Yo, más allá de mi deseo de dormir en una cama abrigada y limpia (o en una cama cualquiera, sin pretensiones), estaba preocupada por Jamie. De cerca, el silbido de su respiración tenía un tono más grave, zumbante, que me atribulaba.

Él sabía a qué me refería y sonrió, guardándose el pañuelo empapado en la manga.

—Saldré adelante, Sassenach —dijo—. Es sólo un pequeño resfriado. He estado peor que ahora en muchas ocasiones.

Paul Mueller arrojó otro leño al fuego; una brasa grande se partió con un rugido y una llamarada, obligándonos a retroceder para evitar la lluvia de chispas. Como ya tenía las posaderas bien asadas, me volví de cara al fuego. Jamie, en cambio, siguió mirando hacia fuera, con una arruga en la frente, mientras escrutaba las sombras del bosque.

Relajó el gesto. Me volví y vi a dos hombres que emergían del boscaje, sacudiéndose la pinaza y trocitos de corteza de la ropa: Jack Parker y uno de los nuevos, cuyo nombre yo ignoraba todavía; a juzgar por su acento, seguro que había emigrado recientemente de algún lugar cercano a Glasgow.

—Todo en calma, señor —dijo Parker, tocándose el sombrero en saludo—. Pero frío como un témpano.

—Sí. Desde la cena no he sido capaz de sentir mis partes —dijo el de Glasgow, frotándose con una mueca mientras se acercaba al fuego—. ¡Es como si hubieran desaparecido!

—Te entiendo, hombre —replicó Jamie, muy sonriente—. Hace un momento he ido a mear, pero no me la he encontrado.

Entre las carcajadas, fue a inspeccionar los caballos, con una segunda escudilla de guiso a medio vaciar en la mano. Los otros ya estaban preparando sus mantas y debatían la conveniencia de dormir con los pies o la cabeza hacia el fuego.

—Si te acercas demasiado, se te chamuscarán las suelas de las botas —argumentó Evan Lindsay—. ¿Veis? Las cuñas se han derretido y mirad lo que ha pasado.

Levantó un pie de gran tamaño, exhibiendo un calzado maltrecho, atado con un cordel tosco que lo mantenía sujeto. A veces se cosían las suelas y los tacones, pero lo más común era unirlas con pequeñas cuñas de madera o cuero, pegadas con resina de pino o algún otro adhesivo. La de pino, en particular, era inflamable. Yo había visto estallar chispas en los pies de quienes los acercaban demasiado al fuego: era alguna de esas cuñas, súbitamente prendida por el calor.

—Es preferible a que se te queme el pelo —argumentó Ronnie Sinclair.

—No creo que los Lindsay tengamos que preocuparnos por eso. —Kenny sonrió a su hermano mayor, quitándose la gorra de punto que usaba, como sus dos hermanos, para cubrirse la calva.

—Sí, sin dudarlo, la cabeza cerca del fuego —dijo Murdo—. No conviene que se te congele el cuero cabelludo. El frío va directamente al hígado y ya puedes darte por muerto. —Murdo era muy cuidadoso con su cuero cabelludo; rara vez se lo veía sin un gorro de dormir de punto o un sombrero peculiar, hecho con la piel de una zarigüeya, forrado y ribeteado con piel de mofeta. Echó una mirada envidiosa a Roger, quien se estaba atando la densa melena negra con un trozo de cuero—. MacKenzie no tiene por qué preocuparse. ¡Es más peludo que un oso!

Roger respondió con una gran sonrisa. Como los otros, había dejado de rasurarse en cuanto partimos del cerro; ahora, pasados ocho días, exhibía una pelusa espesa y oscura. Se me ocurrió que, además de ahorrar trabajo, una barba densa les mantendría la cara protegida en noches como ésa. Y oculté mi barbilla, desnuda y vulnerable, en los pliegues acogedores del chal.

Jamie volvió a tiempo para oír eso y rió también, pero la risa acabó en un espasmo de toses. Evan esperó a que pasara.

—¿Qué opinas tú, Mac Dubh? ¿Pies o cabeza?

Jamie se limpió la boca con la manga y sonrió. Parecía un verdadero vikingo, tan peludo como los demás, con el fuego arrancando destellos rojos, dorados y plateados a su barba reciente y su melena suelta.

—Eso no me preocupa, muchachos —dijo—. Yo dormiré abrigado en cualquier posición. —Y me señaló con la cabeza.

Hubo un rumor general de risas, a las que se añadieron algunos comentarios ligeramente soeces en escocés y gaélico por parte de los hombres del cerro. Uno o dos de los reclutas nuevos me miraron con instintiva especulación, desistiendo ante la estatura de Jamie, su corpulencia y su ferocidad. Mis ojos se encontraron con los de uno de ellos; sonreí. Él pareció sobresaltarse, pero de inmediato me devolvió la sonrisa, bajando la cabeza con timidez.

¿Cómo diablos se las apañaba Jamie para hacer eso? Un breve chiste grosero y, de inmediato, me ponía fuera de todo peligro de proposiciones indeseables, reafirmando de paso su condición de líder.

—Igual que una tropa de sucios babuinos —murmuré por lo bajo—. ¡Y yo duermo con el mono en jefe!

—¿Los babuinos son los monos sin cola? —preguntó Fergus, interrumpiendo su diálogo con Ewald sobre los caballos.

—Lo sabes perfectamente.

Crucé una mirada con Jamie y él curvó la boca a un lado, sabiendo que yo le adivinaba el pensamiento. La sonrisa se ensanchó.

Luis de Francia tenía en Versalles un zoológico privado, entre cuyos habitantes se contaba un pequeño grupo de mandriles babuinos. En las tardes de primavera, una de las actividades preferidas por la corte era visitar el reducto de esos monos, para admirar las proezas sexuales del macho y su espléndido trasero multicolor. Cierto monsieur de Ruvel había ofrecido (según le oí) hacerse tatuar así la parte posterior, si de ese modo lograba una acogida tan favorable entre las damas de la corte. No obstante, madame de La Tourelle le había hecho saber, con toda firmeza, que su físico era bastante inferior al de dicho mandril y que a duras penas mejoraría si se lo hacía colorear.

Aunque a la luz del fuego era difícil apreciarlo, estaba casi segura de que el color subido de Jamie se debía tanto al calor como a la risa contenida.

—Hablando de colas —murmuró a mi oído—, ¿llevas puestos esos pantalones infernales?

—Sí.

—Quítatelos.

—¿Qué? ¿Aquí? —Lo miré con ojos de fingida inocencia—. ¿Quieres que se me congele el trasero?

Él los entornó apenas, con un destello azul de gato.

—No se te congelará. Te lo aseguro.

Se puso detrás de mí; el calor ardiente de las llamas fue reemplazado por la fresca solidez de su cuerpo. No menos ardiente, como descubrí cuando me rodeó la cintura con los brazos para atraerme hacia sí.

—Ah, la has encontrado —dije—. ¡Qué bien!

—¿El qué? ¿Habías perdido algo? —Roger se detuvo. Venía de donde estaban los caballos, con un rollo de mantas bajo un brazo y su *bodhran* bajo el otro.

372

—Pues... sólo un par de pantalones viejos —respondió Jamie. A escondidas tras mi chal, deslizó una mano bajo la cinturilla de mi falda—. ¿Vas a obsequiarnos con una canción?

—Si alguien quiere, desde luego. —El joven sonrió, rojiza la luz del fuego sobre sus facciones—. En realidad, quiero aprender una; Evan ha prometido cantarme una pieza sobre una *silkie* que le enseñó su abuela.

—¡Ah, sí!, creo que la conozco —rió Jamie.

Roger enarcó una ceja; yo, asombrada también, torcí un poco el torso para mirar a mi esposo.

—Claro que no podría cantarla —dijo él con suavidad, al ver nuestra sorpresa—. Pero me sé la letra. En la cárcel de Ardsmuir, Evan la cantaba muy a menudo. Es un poco grosera —añadió, con ese tono vagamente remilgado que suelen adoptar los montañeses de Escocia, justo antes de decirte algo escandaloso.

Roger, reconociéndolo, se echó a reír.

—En ese caso será mejor que la escriba —dijo—, para beneficio de las generaciones futuras.

Los dedos de Jamie habían estado trabajando con habilidad. En ese momento, los pantalones (que eran suyos y, por lo tanto, unas seis tallas más de las que me correspondían) cayeron silenciosamente al suelo. Una corriente helada trepó bajo mis faldas, chocando contra mis partes inferiores recién desarropadas. Inspiré hondo.

—Hace frío, ¿no? —Roger se encogió de hombros, estremeciéndose exageradamente por solidaridad.

—Pues sí —confirmé—. Como para congelarle las pelotas a un mono de bronce, ¿no?

Los dos estallaron en simultáneos ataques de tos.


Con el centinela en su puesto y los caballos atendidos, nos retiramos a nuestro lugar de descanso, a discreta distancia del fuego. Yo había desenterrado de la hojarasca las piedras y las ramas más grandes; cuando Jamie llegó de hacer una última ronda por el campamento, yo ya había cortado ramas de pícea y extendido nuestras mantas sobre ellas. El calor de la comida y el fuego se habían esfumado, pero sólo me estremecí de verdad cuando él me tocó.

Habría querido meterme de inmediato entre las mantas, pero Jamie me retuvo. Su intención original parecía intacta, pero algo lo distrajo. Permaneció inmóvil, aunque sin dejar de abrazarme, con la cabeza erguida como para escuchar, la vista fija en la penumbra del bosque. La oscuridad era total; de los árboles no se veía más que el resplandor de la fogata reflejado en los escasos troncos que se levantaban más cerca del campamento; la última sombra del crepúsculo se había borrado, dejando más allá una negrura sin profundidad.

—¿Qué pasa? —Me moví un poco, apretándome instintivamente contra él, y sus brazos me ciñeron.

—No sé. Pero percibo algo, Sassenach. —Se apartó un tanto, levantando la cabeza en inquieta búsqueda, como el lobo que olfatea el viento, aunque no nos llegó más mensaje que un distante repiqueteo de ramas desnudas—. Si no son rinocerontes, algo hay. —Un susurro inquieto me erizó los cabellos de la nuca—. Espera un momento, querida.

El viento sopló súbitamente frío con la pérdida de su presencia mientras él iba a hablar en voz baja con dos de los hombres. ¿Qué era lo que percibía allí, en la oscuridad? Su sentido del peligro me inspiraba el mayor de los respetos. Jamie había sido cazador y presa durante demasiado tiempo como para no captar la nerviosa corriente que se extendía entre uno y otra, invisible o no.

Un momento después se acuclilló a mi lado mientras yo me cobijaba entre las mantas, temblando.

—No pasa nada. Les he dicho que esta noche pondremos dos guardias y que cada uno debe tener su arma cargada y a mano. Pero creo que todo está en orden.

Seguía mirando hacia el bosque, aunque su expresión era sólo pensativa.

—Todo está en orden —repitió, con más seguridad.

—¿Se ha ido?

Volvió la cabeza, con los labios algo contraídos. Su boca parecía suave, tierna y vulnerable entre su barba incipiente.

—No sé siquiera si ha habido algo allí, Sassenach —dijo—. Me ha parecido sentir que me observaban, pero puede ser un lobo de paso, un búho... o nada más que un *spiorad* en pena, vagando por el bosque. De cualquier modo ya se ha ido.

Me sonrió; vi el parpadeo de luz que enmarcaba su cabeza y sus hombros, recortados contra el fuego. Más allá se oía la voz de Roger, sobre el crepitar del fuego; estaba aprendiendo la melodía de la canción de la *silkie*, siguiendo la voz de Evan, ronca pero segura. Cuando Jamie se deslizó entre las mantas, a mi lado, me volví hacia él, buscándolo con las manos frías para devolverle el favor que me había hecho antes.

Temblábamos de forma convulsiva, cada uno buscando con urgencia el calor del otro. Lo hallé y él me giró, alzando las capas de tela que nos separaban hasta quedar detrás de mí, ciñéndome con un brazo; pequeños trozos de secreta desnudez nos unían cálidamente bajo las mantas. De cara al bosque penumbroso, contemplé la luz del fuego que danzaba entre los árboles, mientras Jamie se movía detrás de mí (detrás, en medio, dentro), grande y cálido, tan despacio que apenas hacía susurrar las ramas sobre las que yacíamos.

La voz de Roger se elevó sobre el murmullo de los hombres, dulce y potente. Y, poco a poco, dejamos de temblar.

Desperté mucho más tarde, bajo un cielo negro azulado, con la boca seca y la respiración ronca de Jamie cerca de mi oído. Había estado soñando: uno de esos sueños sin sentido de incesante repetición, que al despertar desaparecen de inmediato, pero dejan un desagradable sabor en la boca y en la mente. Necesitaba agua y debía vaciar la vejiga, todo a la vez, de modo que me escurrí con cuidado bajo el brazo de Jamie y salí de las mantas. Él se movió con una leve queja y resoplando en sueños, pero no se despertó.

Me detuve para posar una mano en su frente. Estaba fría, sin fiebre. Tal vez fuera sólo un fuerte resfriado, como él decía. Me levanté, abandonando de mala gana el cálido santuario de nuestro nido, pero sabiendo que no podía esperar a la mañana.

Las canciones se habían acallado; la fogata era ahora más pequeña, aunque seguía encendida, alimentada por el centinela. Era Murdo Lindsay: reconocí la piel blanca de su gorro de zarigüeya, coronando algo que parecía un montón de ropas y mantas. El anónimo recluta de Glasgow se había acurrucado al otro lado del claro, con el mosquete en las rodillas; me saludó con la cabeza; el ala del chambergo ocultaba sus facciones en la penumbra. El gorro blanco también giró hacia el ruido de mis pisadas. Levanté la mano en un breve saludo. Murdo respondió con una inclinación de cabeza y continuó vigilando el bosque.

Los hombres dormían en un círculo, sepultados entre sus mantas. De repente, al caminar entre ellos sentí reparo. Afectada todavía por el hechizo de la noche y los sueños, me estremecí ante aquellas siluetas calladas, tan quietas una al lado de la otra. Así habían dispuesto los cadáveres en Amiens. Y en Preston. Inmóviles y amortajados, uno junto a otro, con las caras cubiertas, anónimos. Rara vez la guerra mira a sus muertos a la cara.

¿Y por qué despertaba del abrazo amoroso pensando en la guerra y en hileras durmientes de cadáveres? Eso me pregunté mientras pasaba por donde estaban aquellos cuerpos. La respuesta era sencilla, dado nuestro destino: íbamos hacia una batalla, si no inmediata, al menos cercana.

Una silueta envuelta en una manta gruñó y se tumbó hacia el otro lado, tosiendo, invisible la cara, imposible de distinguir entre las otras. El movimiento me sobresaltó, pero un momento después un zapatón envuelto en cordeles asomó bajo la manta: el de Evan Lindsay. Esa prueba de vida, de individualidad, aligeró la carga ansiosa de mi imaginación.

Es el anonimato de la guerra lo que posibilita que se mate. Cuando los muertos anónimos recuperan su nombre, en lápidas y en cenotafios, recuperan la identidad que perdieron como soldados y ocupan su lugar en el dolor y la memoria, como fantasmas de hijos y amantes. Quizá ese viaje acabara en paz, pero el conflicto que se avecinaba... El mundo sabría de él.

Pasé junto al último de los hombres dormidos como si caminara en medio de un sueño maligno, del que aún no había despertado del todo. Luego recogí una cantimplora del suelo, cerca de las alforjas, y bebí largo y tendido. El frío penetrante del agua comenzó a disipar mis pensamientos sombríos, arrastrados por aquel sabor dulce y limpio. Hice una pausa para secarme la boca.

Sería mejor llevarle un poco a Jamie; si no lo había despertado mi ausencia, lo despertaría mi regreso. Y él también tendría la boca seca, ya que no podía respirar por la nariz. Me colgué la cantimplora al hombro y me adentré en el cobijo del bosque.

Bajo los árboles hacía frío, pero el aire estaba quieto y claro. Las sombras que tan siniestras me habían parecido cuando me hallaba junto al fuego resultaban allí extrañamente tranquilizadoras. Una vez que me alejé del fulgor y el crepitar de la fogata, mis ojos y mis oídos comenzaron a adaptarse a la oscuridad. Oí el crujir de algo pequeño en la hierba seca, a poca distancia, y el ulular inesperado de un búho lejano.

Al terminar, permanecí quieta unos minutos, disfrutando de esa pasajera soledad. Pese al frío intenso, allí había mucha paz. Jamie tenía razón: si algo había pasado por allí horas antes, en el bosque no había ya nada adverso.

Como si al pensar en él lo hubiera convocado, oí una pisada cautelosa y el jadeo lento y sibilante de su respiración. Tosió con un ruido estrangulado que no me gustó en absoluto.

—Aquí estoy —dije por lo bajo—. ¿Cómo está tu pecho?

La tos se cortó en un súbito jadeo de pánico y un crujir de hojas. Vi que Murdo, junto al fuego, se levantaba de un brinco, mosquete en mano; luego, una silueta oscura pasó como un rayo a mi lado.

—¡Eh! —exclamé, más sorprendida que asustada.

La silueta tropezó. Instintivamente, ondeé la correa de la cantimplora por encima de la cabeza, y golpeé con ella la espalda de la silueta, con un ruido hueco. Quienquiera que fuese (no se trataba de Jamie) cayó de rodillas, tosiendo.

Siguió un breve momento de caos. Los hombres saltaron fuera de las mantas como muñecos a resorte, gritando incoherencias en un alboroto general. El de Glasgow saltó sobre varios cuerpos que aún forcejeaban y se lanzó hacia el bosque mientras aullaba y blandía el mosquete por encima de la cabeza. En la oscuridad se abalanzó sobre el primer bulto que vio: casualmente, era yo. Caí de cabeza entre las hojas, despatarrada sin la menor elegancia y sin poder respirar, con el de Glasgow arrodillado sobre mi estómago.

Al caer debí de lanzar un gruñido lo bastante femenino, pues él se detuvo en el momento en que iba a descargar un porrazo en mi cabeza.

—¿Eh?

Bajó la mano libre para tantear con cautela. Al encontrar algo que era sin lugar a dudas un pecho de mujer, retiró los dedos como si se hubiera quemado y se apartó despacio al tiempo que decía:

—Eeehhh, ¡hum!

—¡Uf! —respondí yo, con toda la cordialidad posible.

Las estrellas giraban en lo alto, refulgiendo por entre las ramas sin hojas. Mi atacante desapareció tras haber expresado su azoro con una pequeña interjección escocesa. A mi izquierda se oían gritos y ruidos de choque, pero toda mi atención estaba concentrada en recobrar el aliento.

Cuando logré ponerme de pie, el intruso ya había sido capturado y arrastrado hasta la luz del fuego.

De no haber estado tosiendo al recibir el golpe, lo más probable es que hubiera logrado escapar. Tal como sucedieron las cosas, ahora tosía y jadeaba tanto que apenas podía mantenerse en pie; su cara estaba amoratada por el esfuerzo de hacer pasar el aire. Las venas de la frente sobresalían como lombrices. Al respirar (al menos, al intentarlo) emitía un escalofriante silbido.

—¿Qué diablos haces tú aquí? —interpeló Jamie, ronco. Luego hizo una pausa para toser por solidaridad.

La pregunta era puramente retórica, pues era obvio que el muchacho no podía hablar. Se trataba de Josiah Beardsley, mi posible paciente de amigdalitis. Lo que hubiera estado haciendo desde la reunión no parecía haber mejorado su salud, por cierto.

Corrí hacia el fuego, en busca de la cafetera que estaba entre las brasas. La cogí con un pliegue de mi chal y la agité. Bien: quedaba un poco. Y como llevaba hirviendo desde la cena, debía de estar cargado como el infierno.

—Sentadlo y aflojadle las ropas; y traedme agua fría. —Me abrí paso a través del círculo de hombres que rodeaba al cautivo, obligándolos a apartarse con la cafetera caliente.

Un momento después ponía un tazón de café en sus labios, negro y viscoso, diluido tan sólo con un poco de agua fría para que no le abrasara la boca.

—Exhala despacio contando hasta cuatro, inspira contando hasta dos, exhala de nuevo y bebe un sorbo —le instruí.

El blanco de los ojos era visible alrededor del iris; por las comisuras de su boca asomaba la saliva. Le apoyé una mano firme en el hombro, instándolo a respirar, a contar, a respirar... La desesperada tensión aflojó un poco.

Un sorbo, una inspiración, un sorbo, una inspiración... Y cuando se acabó el café, su cara había perdido ese alarmante matiz carmesí para aproximarse más al color de la panza de pescado, con un par de marcas rojizas allí donde los hombres lo habían golpeado. El aire seguía silbando en sus pulmones, pero al menos respiraba, lo cual era una considerable mejoría.

Los hombres lo observaban con interés, entre murmullos, pero como hacía frío, era tarde y la excitación de la captura había desaparecido, empezaban a bostezar y entornar los ojos. Después de todo, sólo era un chaval, esmirriado y, encima, feo. A una orden de Jamie, volvieron a sus mantas sin protestar, dejando que su jefe, Roger y yo atendiéramos al inesperado huésped.

Antes de permitir que Jamie lo interrogara, lo envolví en unas mantas, lo unté con grasa de oso alcanforada y le puse otra taza de café en las manos. El chico parecía profundamente abochornado por mis atenciones, con los hombros encorvados y la vista baja; yo no habría podido decir si era porque no estaba habituado a que se ocuparan de él o por la imponente presencia de mi esposo, cruzado de brazos.

Para tener catorce años era menudo y estaba demacrado, de tan flaco; cuando le abrí la camisa para auscultarlo, hubiera podido contarle las costillas. Por lo demás, no tenía ningún rasgo bello: el pelo negro, muy corto, se le erguía en púas apelmazadas, denso de polvo, grasa y sudor; en general, su aspecto era el de un mono lleno de pulgas; grandes y negros, los ojos resaltaban en la cara consumida por la preocupación y la desconfianza.

Después de haber hecho cuanto estaba a mi alcance, quedé más satisfecha con su aspecto. A una señal mía, Jamie se agachó a su lado.

—Bien, señor Beardsley —dijo con simpatía—, ¿ha venido usted para unirse a nuestra milicia?

—Eh... no. —Josiah hizo girar la taza de madera entre las manos, sin alzar la vista—. Yo... eh... mis asuntos me han traído hacia aquí, eso es todo.

Su voz sonaba tan ronca que hice una mueca por empatía, imaginando el dolor de su garganta inflamada.

—Comprendo. —Jamie mantuvo la voz grave y amistosa—. Así que has visto nuestra fogata por casualidad y se te ha ocurrido venir a buscar comida y refugio.

—Sí, así es. —Tragó saliva con evidente dificultad.

—Ajá. Pero has venido antes, ¿verdad? Estabas en el bosque cuando ha oscurecido. ¿Por qué has esperado a que saliera la luna antes de acercarte?

—Yo no... No estaba...

—Oh, claro que sí. —El tono de Jamie seguía siendo cordial pero firme. Alargó una mano para coger a Josiah por la pechera de la camisa, obligándolo a que lo mirara—. Oye, chico, tú y yo hicimos un trato. Eres mi arrendatario, según acordamos. Eso significa que tienes derecho a mi protección. También significa que yo tengo derecho a saber la verdad.

Josiah le sostuvo la mirada. Aunque en su expresión había miedo y cautela, también se veía en ella el aplomo de una persona mucho mayor. No hizo esfuerzo alguno por apartar la vista. Sus ojos, negros y sagaces, se tornaron profundamente calculadores. Ese niño —si en verdad se lo podía considerar así, cosa que Jamie a todas luces no creía— estaba habituado a depender en exclusiva de sí mismo.

—Le dije, señor, que iría a su casa hacia el año nuevo, y eso es lo que pienso hacer. Lo que haga mientras tanto es asunto mío.

Jamie enarcó las cejas, pero lo soltó con un lento ademán afirmativo.

—Es cierto. Pero admitirás que uno tiene derecho a sentir curiosidad.

El chico abrió la boca como para hablar, pero cambió de idea y escondió nuevamente la nariz en la taza de café. Jamie lo volvió a intentar.

—¿Podemos ofrecerte ayuda para tus asuntos? ¿Quieres viajar un trecho con nosotros, al menos?

Josiah negó con la cabeza.

—No. Le estoy muy agradecido, señor, pero es mejor que atienda eso por mí mismo.

Roger no se había ido a dormir, sino que estaba sentado detrás de Jamie y lo observaba en silencio. De pronto se inclinó hacia delante, los ojos verdes fijos en el chico.

—Ese asunto tuyo —dijo—, ¿tiene algo que ver con esa marca que llevas en el pulgar?

La taza cayó al suelo; el café, al derramarse, me salpicó la cara y el corpiño. Antes de que yo pudiera parpadear para ver lo que ocurría, el muchacho había abandonado sus mantas y cruzado la mitad del claro. Por entonces Jamie ya iba detrás de él. El chico había corrido sorteando la fogata; mi marido saltó por encima. Ambos desaparecieron en el bosque, como un zorro perseguido por un sabueso. Roger y yo nos quedamos boquiabiertos.

Por segunda vez en la noche, los hombres abandonaron sus mantas y echaron mano de sus armas. Yo empezaba a pensar que el gobernador quedaría muy complacido con sus milicianos; sin duda alguna, estaban listos para entrar en acción en un momento.

—¿Qué diablos...? —pregunté a Roger, mientras me limpiaba el café de las cejas.

—Creo que no debería haber mencionado el tema tan de repente —dijo él.

—¿Qué? ¿Qué? ¿Qué pasa ahora? —bramó Murdo Lindsay, apuntando su mosquete a los árboles tenebrosos.

—¿Nos atacan? ¿Dónde están esos cabrones? —Kenny apareció a mi lado, gateando; espiaba por debajo de su gorro de punto como un sapo bajo una regadera.

—Nada. No sucede nada. Es decir... en realidad, todo está bien.

En el alboroto, mis esfuerzos por tranquilizar y dar explicaciones pasaron desapercibidos. Roger, que era mucho más corpulento y tenía más voz, logró por fin acallar el bullicio y explicar lo ocurrido... hasta donde se podía. ¿Qué importaba un chaval más o menos? Entre muchos rezongos, los hombres volvieron a acostarse mientras Roger y yo nos mirábamos por encima de la cafetera.

—¿Qué era? —pregunté, algo irritada.

—¿La marca? Estoy casi seguro de que era una letra ele. La he visto cuando le has dado la taza de café y él la ha cogido con la mano.

Se me contrajo el estómago. Sabía lo que significaba eso; lo había visto en otras ocasiones.

—Ladrón —dijo Roger, sin dejar de mirarme—. Lo han marcado.

—Sí —exclamé, entristecida—. ¡Oh!, Dios mío.

—Si la gente del cerro se enterara, ¿no lo aceptarían? —preguntó Roger.

—Dudo que alguno se molestara. El problema es que haya huido cuando lo has mencionado. No sólo es un ladrón convicto: temo que pueda ser un fugitivo. Y en la reunión, Jamie lo convocó.

—Ah. —Roger se rascó con aire distraído los bigotes—. *Earbsachd*. Ahora Jamie se sentirá comprometido con él, ¿verdad?

—Algo así.

Roger era escocés y de las Highlands, por lo menos técnicamente. Pero había nacido mucho después de que desaparecieran los clanes; ni la historia ni la herencia podían haberle enseñado la fuerza de esos antiguos vínculos entre señor y arrendatario, entre el jefe y el integrante del clan. Lo más probable es que el mismo Josiah no tuviera idea de lo importante que era el *earbsachd*, lo prometido y aceptado por ambas partes. Jamie, sí.

—¿Crees que Jamie podrá alcanzarlo? —preguntó él.

—Supongo que ya lo ha hecho. No puede estar rastreándolo en la oscuridad. Y si lo hubiera perdido, ya estaría de regreso.

Había otras posibilidades: que Jamie hubiera caído por un precipicio, que se hubiera roto una pierna al tropezar con una piedra, que hubiera topado con un gato montés o un oso, por ejemplo... Pero yo prefería no pensar en todo eso. Me levanté, estirando los miembros entumecidos, y miré hacia el bosque, hacia donde Jamie y su presa habían desaparecido. Josiah podía ser buen cazador y hábil habitante del bosque, pero Jamie lo había sido durante más tiempo. El chaval era menudo, veloz y lo impulsaba el miedo; mi marido tenía una considerable ventaja en cuanto a tamaño, fuerza y puro empecinamiento.

Roger se levantó de mi lado para espiar entre los árboles, algo atribulado.

—Está tardando mucho. Si ha pillado al chaval, ¿qué está haciendo con él?

—Sacándole la verdad, supongo —dije. Ante la sola idea me mordí los labios—. A Jamie no le gusta que le mientan.

Él me miró con cierto sobresalto.

—¿Cómo lo hace?

Me encogí de hombros.

—Como puede. —Yo lo había visto hacerlo a través de la razón, la astucia, el encanto, las amenazas y, en una ocasión, por medio de la fuerza bruta. Recé por que no tuviera que emplearla, más por su bien que por el de Josiah.

—Comprendo —musitó Roger—. Pues bien...

La cafetera estaba vacía; arropada bajo mi capote, bajé al arroyo para llenarla otra vez. Después de colgarla de nuevo sobre el fuego, me senté a esperar.

—Deberías ir a dormir —dije después de algunos minutos.

Roger se limitó a sonreír. Luego se limpió la nariz y se acurrucó mejor dentro de la capa.

—Tú también.

Aunque no había viento, era muy tarde y el frío se había asentado en la hondonada, húmedo y denso en el suelo. Las mantas de los hombres estaban flojas por la condensación y la helada humedad de la tierra se filtraba a través de los pliegues de mi falda. Pensé en recuperar mis pantalones, pero no pude reunir energías suficientes para buscarlos. Ya se había esfumado el estímulo de la aparición y la fuga de Josiah; ahora se instalaba el letargo del frío y la fatiga.

Roger avivó un poco el fuego, añadiendo algunos trozos de leña. Yo metí otro pliegue de falda bajo mis muslos y me ceñí el capote y el chal, sepultando las manos entre las telas. La cafetera humeaba, y el ruido de los ronquidos flemáticos de los hombres se mezclaba con el siseo de las gotas que caían de cuando en cuando al fuego.

No obstante, yo no veía las siluetas envueltas en sus mantas ni oía el suspiro de los oscuros pinos. Lo que oía era el crepitar de las hojas marchitas en un robledal escocés, en las colinas de Carryarrick. Habíamos acampado allí dos días antes de Prestonpans, con treinta hombres de Lallybroch, de camino a reunirnos con el ejército de Carlos Estuardo, cuando un zagal surgió de pronto de la oscuridad; a la luz del fuego, un centelleo de puñal.

Otro lugar, otra fecha. Me sacudí, tratando de borrar los inesperados recuerdos: una cara pálida y flaca, los ojos de un muchacho dilatados por el dolor y la impresión. La hoja de un puñal oscureciéndose y refulgiendo entre las brasas. Un olor a pólvora, sudor y carne humana quemada.

«Voy a dispararte —le había dicho a John Grey—. ¿Prefieres recibir la bala en la cabeza o en el corazón?» Por medio de amenazas, de astucias... de fuerza bruta.

«Eso fue en otra época», me dije, pero Jamie haría lo que considerara su obligación.

Roger guardaba silencio, contemplando el movimiento de las llamas y el bosque, con los ojos entornados. Me pregunté qué pensaría.

—¿Temes por él? —preguntó quedo, sin mirarme.

—¿Cuándo? ¿Ahora o siempre? —Sonreí sin mucho humor—. Si temiera por él, no descansaría nunca.

Él se volvió a mirarme con una vaga sonrisa.

—Ahora estás tranquila, ¿verdad?

Sonreí nuevamente, esta vez de verdad.

—No me estoy paseando de un lado a otro —respondí—. Ni me retuerzo las manos.

Una ceja morena saltó hacia arriba.

—Tal vez te sirviera para mantenerlas calientes.

Uno de los hombres se movió en sus envolturas, murmurando. Durante un momento dejamos de hablar. La cafetera hervía, dejando oír el suave rumor del líquido.

¿Qué era lo que lo retrasaba? No podía tardar tanto en interrogar a Josiah Beardsley; a esas horas ya debería haber obtenido las respuestas que quería o dejado en libertad al muchacho. Poco le importaba a Jamie lo que el chaval hubiera robado, de no ser por la promesa del *earbsachd*.

Las llamas eran algo hipnóticas; en su ondulante fulgor, podía ver en el recuerdo la gran fogata con las siluetas oscuras alrededor, y escuchar el sonido de violines lejanos...

—¿Debería ir a buscarlo? —preguntó Roger en voz baja.

Di un respingo, arrancada de la soñolienta hipnosis, y me froté la cara con una mano, moviendo la cabeza para despejarme.

—No. Es peligroso entrar en bosques desconocidos en la oscuridad. Y de cualquier modo no lo encontrarías. Si por la mañana no ha regresado... ya habrá tiempo.

Con el lento transcurrir de los segundos comencé a pensar que, en realidad, el amanecer podía llegar antes que Jamie. Estaba preocupada por él, pero mientras no aclarara, no había nada que se pudiera hacer. Los pensamientos perturbadores trataban de abrirse paso. ¿Tendría Josiah un cuchillo? Sin duda. Pero aunque el chico estuviera tan desesperado como para usarlo, ¿podría coger a Jamie por sorpresa? Tratando de distraer la mente de aquellas especulaciones nerviosas, probé a contar las toses de los hombres que dormían en torno al fuego.

La octava fue la de Roger: una tos grave, floja, que le sacudió los hombros. Me pregunté si estaría preocupado por Bree y Jemmy. O quizá se preguntaba si Bree estaría preocupada por él. Yo podría haberlo sacado de dudas, pero de nada le habría servido. El hombre, cuando combate o se dispone a combatir, necesita la idea de que su hogar es un sitio absolutamente seguro; la convicción de que allí todo está bien lo mantiene con ánimo, de pie y marchando, resistiendo. Otras cosas lo inducen a pelear, pero la pelea es una parte tan pequeña de la guerra...

«Una parte importantísima, Sassenach», dijo la voz de Jamie, en lo más profundo de mi mente.

Por fin empecé a adormilarme, sobresaltándome cada vez que cabeceaba. La última vez me despertó el breve contacto de dos manos en mis hombros. Roger me tendió en el suelo, amontonó la mitad del chal bajo mi cabeza, a manera de almohada, y me cubrió los hombros con el resto. Lo vi un momento, recortado contra el fuego, negro y peludo en su capote. Luego no supe más.

No sé durante cuánto tiempo dormí. Me despertó de pronto un estornudo explosivo, a poca distancia. Jamie estaba sentado a un par de metros, sujetando la muñeca de Josiah Beardsley con una mano, el cuchillo con la otra. Se detuvo el tiempo suficiente para estornudar dos veces más; después de limpiarse la nariz con la manga, impaciente, hundió el puñal entre las brasas.

Al sentir el hedor del metal caliente me incorporé de súbito. Antes de que pudiera decir o hacer nada, algo se movió pegado a mí. Bajé la vista, estupefacta; miré una y otra vez, convencida, en mi aturdimiento, de que aún estaba soñando.

Bajo mi capote, acurrucado contra mi cuerpo, un niño dormía profundamente. Vi una mata de pelo negro y un cuerpo escuálido, piel pálida, manchada de mugre y marcada por los rasguños. En ese momento se oyó un súbito siseo junto al fuego. Al levantar la mirada, vi que Jamie presionaba el pulgar de Josiah contra el metal abrasador de su puñal ennegrecido.

Él vio mi gesto convulsivo con el rabillo del ojo y me dirigió una mirada ceñuda, arrugando los labios en un callado mandato de silencio. Josiah tenía la cara contraída y los labios estirados, y descubría los dientes en un gesto de tormento, pero no hacía el menor ruido. Al otro lado del fuego, Kenny Lindsay observaba, sentado y silencioso como una roca.

Aún convencida de que soñaba (al menos, eso esperaba), apoyé una mano en el niño acurrucado contra mí. Éste se movió otra vez. El contacto de la carne sólida bajo los dedos me despertó por completo. Cuando cerré la mano sobre su hombro, él abrió los ojos de par en par, alarmado.

Se apartó de un brinco, levantándose con torpeza. Entonces vio a su hermano —pues era obvio que Josiah era su gemelo— y se detuvo en seco, echando una mirada enloquecida en torno al claro: los hombres diseminados, Jamie, Roger, yo misma.

Sin prestar atención al dolor de la mano quemada, que debía de ser espantoso, Josiah se levantó para acercarse a toda velocidad a su hermano y lo cogió por el brazo.

Me puse de pie, moviéndome con lentitud para no asustarlos. Ambos me observaron con idéntica desconfianza. Exactos. Sí: era la misma cara flaca y demacrada, aunque el otro tenía el pelo largo. Sólo llevaba una camisa harapienta y estaba descalzo. Vi que Josiah le estrujaba el brazo como para tranquilizarlo; entonces comencé a sospechar qué era lo que había robado. Dirigiéndoles una sonrisa, alargué la mano hacia Josiah.

—Déjame ver esa mano —susurré.

Tras una momentánea vacilación, él me entregó la diestra. Era un buen trabajo, tanto que por un momento me sentí mareada. La yema del pulgar le había sido retirada con un corte limpio; la herida abierta, cauterizada con metal al rojo. Un óvalo negro, encostrado, reemplazaba la marca incriminatoria.

Alguien se movió con suavidad detrás de mí: Roger me traía la caja de remedios. La dejó junto a mis pies.

Por la lesión no podía hacer mucho, salvo aplicar un poco de ungüento de genciana y vendar el pulgar con un paño limpio y seco. Jamie, ya guardado el puñal, se levantó sin hacer ruido para ir a revolver entre las alforjas. Cuando acabé mi breve tarea, él estaba de regreso, con algo de comida envuelta en un pañuelo y una manta que nos sobraba atada en un rollo. También traía los pantalones que me había quitado.

Entregó la prenda al niño nuevo; la comida y la manta, a Josiah. Luego estrechó con fuerza el hombro del zagal y puso una mano suave en la espalda de su hermano, para hacer que se volvieran en dirección al bosque, señalando los árboles con un gesto de la cabeza. Josiah asintió. Después de saludarme tocándose la frente, muy blanco el vendaje del pulgar, susurró:

—Gracias, señora.

Los dos chicos desaparecieron silenciosamente entre los árboles; los pies descalzos del gemelo asomaban, pálidos, bajo el dobladillo flameante de los pantalones.

Jamie hizo una señal a Kenny y se sentó junto al fuego, con los hombros encorvados por un súbito cansancio. Aceptó el café que yo le ofrecía, contrayendo la boca en un intento de sonrisa que se disipó en un ataque de tos.

Mientras le cogía la taza para que no la volcara, sorprendí la mirada de Roger sobre el hombro de Jamie. El joven señaló hacia el este y cruzó un dedo sobre los labios; luego se encogió de hombros con una mueca de resignación. Estaba tan interesado como yo por saber lo que había sucedido y por qué. Aunque tenía razón: la noche llegaba a su fin. Pronto amanecería; los hombres, habituados a despertar con la primera luz, comenzarían a flotar hacia la superficie de la conciencia.

Jamie había dejado de toser, pero estaba emitiendo unos gorgoteos horribles, en un intento de despejar la garganta. Parecía un cerdo ahogándose en el barro.

—Toma —susurré, devolviéndole el tazón—. Bebe y acuéstate. Deberías dormir un rato.

Él negó con la cabeza, mientras se llevaba la taza a los labios. El sabor amargo le arrancó una mueca al tragar.

—No vale la pena —graznó. Apuntó la cabeza hacia el este, donde los pinos se recortaban muy negros contra el cielo agrisado—. Además, tengo que pensar qué diablos voy a hacer ahora.

## 27

### *La muerte viene de visita*

Apenas pude contener mi impaciencia mientras los hombres despertaban, comían y levantaban el campamento, con irritante parsimonia. Por fin, me encontré una vez más en la montura, cabalgando en una mañana tan fría y despejada que el aire parecía hacerse añicos al respirarlo.

—Bien —dije sin preámbulos cuando mi yegua se puso a la altura del caballo de Jamie—. Cuenta.

Él se volvió a mirarme y sonrió. Tenía la cara surcada por el cansancio, pero el aire fresco (y una buena cantidad de café muy cargado) lo había revivido. A pesar de aquella noche agitada, me sentía llena de energía; la sangre circulaba muy cerca de mi piel, floreciendo en mis mejillas.

—¿No quieres que esperemos al pequeño Roger?

—Se lo contaré más tarde, o lo harás tú.

No había modo de que los tres pudiéramos cabalgar juntos; si los dos podíamos avanzar a la par en ese momento, donde los otros no podían oírnos, era gracias a algún desprendimiento que había dejado la grava desparramada por la montaña. Azucé a mi montura para acercarla a la de Jamie, con las rodillas envueltas en el vapor que despedía el morro del animal. Mi marido se frotó la cara con una mano, sacudiéndose como para desprenderse la fatiga.

—Vale —dijo—. Has notado que son hermanos, ¿verdad?

—Lo he notado, sí. ¿De dónde diablos ha salido el otro?

—De allí.

Señaló hacia poniente con la barbilla. Gracias al socavón, se podía ver sin impedimentos una pequeña ensenada en la hondonada: una de esas aberturas naturales en las que los árboles dan paso a praderas y arroyos. De los árboles que bordeaban la ensenada surgía una fina voluta de humo, como un dedo en el aire frío y quieto. Entornando los ojos, distinguí algo que parecía una pequeña casa, con un par de cobertizos desvencijados. En ese momento una diminuta figura salió de la casa hacia uno de ellos.

—Están a punto de descubrir que él ha desaparecido —dijo Jamie, algo ceñudo—. Con un poco de suerte pensarán que ha ido al excusado o a ordeñar las cabras.

No me molesté en preguntar cómo sabía que allí tenían cabras.

—¿Es el hogar de Josiah y su hermano?

—En cierto modo, Sassenach. Eran esclavos.

—¿Eran? —repetí, escéptica. Me parecía dudoso que el período de esclavitud de los hermanos hubiera expirado, casualmente, la noche anterior.

Jamie encogió un hombro y se limpió la nariz con la manga.

—A no ser que alguien los pille, sí.

—Tú pillaste a Josiah —señalé—. ¿Qué te dijo?

—La verdad. —Torció un poco la boca—. Al menos eso creo.

Había perseguido a Josiah en la oscuridad, guiándose por sus frenéticos jadeos, hasta atraparlo en una hondonada rocosa. Envolvió al chico helado en su manta, lo obligó a sentarse y, con juiciosa paciencia y firmeza (reforzadas con sorbos de whisky de su petaca), logró extraerle la historia.

—La familia emigró: padre, madre y seis críos. Solamente los gemelos sobrevivieron al viaje; los demás perecieron en el mar por enfermedad. Aquí no tenían parientes; al menos, nadie que esperara el barco, de modo que el capitán los vendió. Como el precio no había cubierto el costo de los pasajes de toda la familia, los niños fueron contratados para servir durante treinta años, para que sus jornales pagaran la deuda.

Lo contaba con voz indiferente; eran cosas que sucedían. Yo lo sabía, pero estaba mucho menos dispuesta a aceptarlas sin comentarios.

—¡Treinta años! Pero si... ¿Qué edad tenían entonces?

—Dos o tres años.

Me quedé atónita. Ese dato mitigaría la tragedia básica, si el comprador de los niños hubiera cuidado de su bienestar. Pero recordé las costillas escuálidas de Josiah y sus piernas combadas. No se los había cuidado en absoluto. Claro que lo mismo sucedía con muchos niños que vivían en sus propios hogares.

—Josiah no tiene ni idea de quiénes eran sus padres, de dónde venían y cómo se llamaban —explicó Jamie, entre toses y carraspeos—. Sabe su nombre y el de su hermano, que se llama Keziah, pero nada más. Beardsley es el apellido del hombre que los adquirió. En cuanto a los muchachos, no saben si son escoceses, ingleses o irlandeses. Con esos nombres es probable que no sean alemanes ni polacos, pero ni siquiera eso es imposible.

—Hum... —Soplé una nube de vapor reflexivo que ocultó por un segundo la casa, allá abajo—. Así que Josiah huyó. Supongo que eso tiene algo que ver con la marca de su pulgar.

Jamie asintió, con la vista en el suelo, mientras su caballo descendía con tiento la pendiente. A ambos lados de las piedras desperdigadas en el camino, el suelo estaba blando; el polvo negro asomaba entre la grava, como hongos reptantes.

—Robó un queso. En eso fue sincero. —Ensanchó la boca en un gesto de momentánea diversión—. Lo robó de una granja de Brownsville, pero la criada lo vio. En realidad, la mujer dijo que había sido el otro hermano, pero... —Las cejas rojizas de Jamie se juntaron—. Quizá no fue tan sincero como yo pensaba. De cualquier manera, uno de los niños cogió el queso, Beardsley los descubrió y llamó al comisario. Josiah aceptó la culpa... y el castigo.

Tras ese incidente, que había sucedido un par de años atrás, el niño había huido de la granja. Según le contó a Jamie, su intención era volver para rescatar a su hermano en cuanto hallara un lugar para vivir. El ofrecimiento de mi esposo le pareció un don del cielo; entonces abandonó la reunión para regresar a pie.

—Imagínate su sorpresa cuando nos encontró encaramados en la ladera —comentó Jamie antes de estornudar. Se limpió la nariz, con ojos lacrimosos—. Estaba acechando a poca distancia, sin saber si esperar a que nos fuéramos o averiguar si íbamos hacia la granja, pues en ese caso podría aprovechar la distracción para entrar a escondidas y llevarse al hermano.

—Y tú decidiste entrar con él para ayudarlo en el robo.

A mí también me goteaba la nariz por el frío. Busqué a tientas mi pañuelo con una mano, confiando en que *Doña Cerdita* no me catapultara por encima de su cabeza mientras yo me sonaba. Eché un vistazo a Jamie por encima del pañuelo. Aún tenía la nariz roja y la piel húmeda debido a la enfermedad, pero sus altos pómulos estaban encendidos por el sol de la mañana y se lo veía bastante animoso, considerando que había pasado toda la noche en un frío bosque.

—Fue divertido, ¿no? —adiviné.

—¡Pues sí! Llevaba años sin hacer algo así. —La sonrisa le arrugó los ojos, convirtiéndolos en triángulos azules—. Fue como cuando hacíamos incursiones en las tierras de los Grant, con Dougal y sus hombres, siendo yo un niño. Nos escurríamos en la oscuridad y entrábamos en el granero sin el menor ruido... ¡Dios mío, si tuve que contenerme para no quedarme con la vaca! Es decir, lo habría hecho si hubieran tenido vaca.

Reí con indulgencia.

—Eres un perfecto bandido, Jamie.

—¿Bandido? —exclamó, algo ofendido—. Pero ¡si soy un hombre muy honrado, Sassenach! Al menos, cuando puedo permitírmelo —corrigió, echando un vistazo hacia atrás para asegurarse de que nadie pudiera oírnos.

—Eres totalmente honrado —le aseguré—. Más de lo que te conviene, en realidad. Sólo que no siempre respetas las leyes.

Esta observación pareció desconcertarlo un poco, pues frunció el ceño, con un gruñido que tanto podía ser una interjección escocesa negativa como un intento de aflojar la flema. Tosió un poco. Luego frenó a su montura y, empinándose en los estribos, agitó el sombrero hacia Roger, que estaba a cierta distancia, cuesta arriba. El joven respondió a su gesto y puso a su caballo en dirección a nosotros.

Yo detuve mi yegua junto a Jamie y dejé caer las riendas sobre su cuello.

—Haré que el pequeño Roger vaya con los hombres a Brownsville —explicó Jamie, erguido en su silla— mientras yo visito a los Beardsley. ¿Vienes conmigo, Sassenach, o prefieres ir con él?

—Iré contigo —dije sin vacilar—. Quiero ver cómo son esos Beardsley.

Sonriente, se apartó el pelo con una mano antes de volver a calarse el sombrero. Llevaba el cabello suelto para proteger del frío el cuello y las orejas; su melena brillaba como cobre fundido bajo el sol de la mañana.

—Eso pensaba. Pero cuidado con tu cara —añadió, en burlona advertencia—. No vayas a quedarte boquiabierta ni a ponerte como un tomate si se menciona al siervo ausente.

—Cuida tú la tuya —le repliqué, bastante fastidiada—. ¡Tomate! ¿Te dijo Josiah si los maltrataban? —Tal vez había algo más que el incidente del queso tras la fuga del chico.

Él negó con la cabeza.

—No se lo pregunté, ni él me lo dijo. Pero piensa un poco, Sassenach: ¿abandonarías una casa decente para vivir sola en los bosques, dormir sobre hojarasca fría y comer gusanos y grillos hasta que aprendieras a cazar?

Azuzando a su caballo, subió la cuesta al encuentro de Roger, mientras yo valoraba esa hipótesis. Regresó pocos minutos después y puse mi montura a la altura de la suya, con otra pregunta en la mente.

—Pero si las cosas estaban tan mal como para obligarlo a huir, ¿por qué su hermano no lo acompañó?

Jamie me dirigió una mirada de sorpresa. Luego sonrió, algo ceñudo.

—Keziah es sordo, Sassenach.

No era sordo de nacimiento, según le había dicho Josiah; su gemelo había perdido el oído a consecuencia de una lesión, cuando tenía alrededor de cinco años. Por lo tanto, sabía hablar, pero sólo era capaz de oír ruidos muy fuertes; al no poder percibir el susurro de las hojas o el ruido de pisadas, no podía cazar ni evitar la persecución.

—Afirma que Keziah entiende lo que él le dice, y eso es indudable. Cuando entramos en el granero, él subió la escalerilla hasta el pajar mientras yo montaba guardia abajo. No oí un solo sonido, pero un minuto después tenía a los dos chicos a mi lado; Keziah se frotaba los ojos, adormilado. No me había percatado de que eran gemelos; me llevé un sobresalto al verlos tan parecidos.

—Lo que me extraña es que Keziah no se pusiera los pantalones —dije.

—Se lo pregunté —señaló Jamie, riendo—. Por lo visto la noche anterior, al quitárselos, los dejó en el heno y una de las gatas parió encima de ellos. El muchacho no quiso molestarla.

Yo también reí, aunque me inquietaba el recuerdo de aquellos pies descalzos, azulados y pálidos a la luz del fuego.

—Buen chico. ¿Y los zapatos?

—No tiene.

Por entonces habíamos llegado al pie de la pendiente. Los caballos se agruparon un instante en torno a Jamie mientras se decidían los rumbos y se establecían los puntos de reunión. Después de intercambiar despedidas, Roger silbó entre dientes, mostrando apenas un rastro de timidez, y agitó su sombrero en el aire en ademán de convocatoria. Lo vi alejarse, girándose a medias en la silla; luego miró hacia el frente.

—No está seguro de que los demás lo sigan —comentó Jamie, con aire crítico. Luego se encogió de hombros—. Ya se las arreglará. O no.

—Se las arreglará —aseguré, recordando la noche anterior.

—Me alegra que lo pienses, Sassenach. Vámonos. —Y chasqueó la lengua mientras tiraba de las riendas para que su caballo diera media vuelta.

—Si no estás seguro de que se las pueda arreglar, ¿por qué dejas que vaya solo? —pregunté a su espalda, al adentrarnos en el bosquecillo que se interponía entre nosotros y la granja, ya invisible—. ¿Por qué no mantener al grupo unido y conducirlo tú mismo a Brownsville?

—Para comenzar, no aprenderá si no le doy la oportunidad. Por otra parte... —Hizo una pausa, al tiempo que se me acercaba—. Por otra parte no quiero que todo el grupo vaya a casa de los Beardsley. Podrían enterarse de que ha desaparecido un siervo. Y todo el campamento vio anoche a Josiah. Si te falta un chico y te enteras de que un chaval ha provocado un alboroto en el bosque cercano, puedes sacar ciertas conclusiones, ¿no?

Lo seguí a través de un estrecho desfiladero entre los pinos. El rocío centelleaba como diamantes en la corteza y las agujas. Las gotas heladas que caían de las ramas me erizaban la piel.

—A menos que ese tal Beardsley sea viejo o lisiado, ¿no debería unirse a ti? —objeté—. Tarde o temprano alguien mencionará a Josiah delante de él.

Jamie negó con la cabeza.

—En todo caso, ¿qué le dirían? Los hombres vieron al chaval que trajimos y lo vieron huir otra vez. Por lo que ellos saben, puede haber vuelto a escapar.

—Kenny Lindsay los vio a ambos, cuando volviste con ellos.

Se encogió de hombros.

—Sí, he hablado con Kenny mientras ensillábamos los caballos. No dirá nada.

Tenía razón, yo lo sabía: Kenny era uno de sus hombres de Ardsmuir, de los que obedecían sus órdenes sin hacer preguntas.

—No —prosiguió él, guiando con mano hábil a su montura para rodear una gran roca—, Beardsley no es un lisiado; Josiah me dijo que comercia con los indios; lleva mercancías al otro lado de la Línea del Tratado, a las aldeas cherokee. Lo que no sé es si estará en casa en estos momentos. Pero en ese caso...

Inspiró hondo y se detuvo a toser, por el cosquilleo del aire frío en los pulmones.

—Es otro de los motivos por los que he hecho que los hombres se adelanten —continuó, algo jadeante—. No nos reuniremos con ellos hasta mañana, según creo. Hasta entonces habrán dispuesto de una noche para beber y alternar en Brownsville; ya no recordarán al niño y será difícil que lo mencionen en presencia de Beardsley. Con un poco de suerte estaremos muy lejos antes de que nadie diga nada... y ya no habrá posibilidades de que él nos abandone para perseguir al muchacho.

Por lo visto, contaba con que los dueños de la granja fueran hospitalarios y nos dieran albergue por la noche. Era una expectativa razonable en esa zona boscosa. Decidí que si esa noche tosía otra vez, lo untaría bien con grasa alcanforada, le gustara o no; si hacía falta, incluso me sentaría sobre su pecho.

Cuando salimos de los árboles eché una mirada dubitativa a la casa. Era más pequeña de lo que me había parecido y estaba hecha una ruina: la escalinata de entrada se encontraba rota; el porche, hundido; al tejado maltrecho le faltaban las tablillas en un sector bastante grande. Pero yo había dormido en sitios peores y sin duda volvería a hacerlo.

El achaparrado granero tenía la puerta abierta de par en par, pero no se veían señales de vida. Todo el lugar parecía desierto, salvo por la voluta de humo que salía de la chimenea.

Al decir que Jamie era honrado, yo hablaba en serio, aunque no fuera toda la verdad. Era honrado, y también respetaba las leyes... cuando le merecían respeto. El solo hecho de que una ley hubiera sido promulgada por la Corona no bastaba para darle poder. En cambio, había leyes no escritas por las que él habría dado la vida.

No obstante, si bien la ley de la propiedad tenía menos poder sobre los incursores escoceses que sobre otras personas, lo cierto era que iba a pedir la hospitalidad de un hombre al que le habían despojado de algo de su propiedad. Jamie no se oponía de plano a la servidumbre; por lo general habría respetado el derecho del señor. El que no lo hiciera significaba que percibía el predominio de una ley superior, ya fuese la amistad, la compasión, el *earbsachd* u otra. Yo no sabía cuál.

Él se había detenido y me estaba esperando.

—¿Por qué decidiste ayudar a Josiah? —le pregunté sin rodeos mientras cruzábamos el maltrecho maizal que se extendía delante de la casa. Los tallos secos se quebraron bajo los cascos de los caballos; sobre las hojas marchitas centelleaban cristales de hielo.

Jamie se quitó el sombrero y lo enganchó a la silla para atarse el pelo, adecentándose para el encuentro.

—Pues... le dije que, si estaba decidido a seguir su camino, que lo hiciera. Pero si quería venir al cerro, solo o con su hermano, debíamos borrar esa marca de su pulgar para no provocar rumores. De lo contrario, los Beardsley podían enterarse y las consecuencias serían nefastas. —Tomó aliento y dejó escapar el aire; ondas blancas de vapor rodearon su cabeza; luego se volvió hacia mí, muy serio—. El muchacho no vaciló ni un segundo, aun cuando ya había sido marcado; sabía lo que le esperaba. Y te diré, Sassenach: por amor o por valor, el hombre desesperado puede hacer algo una vez. Pero cuando ya lo has hecho y sabes lo que vas a sufrir, se requiere algo más para hacerlo de nuevo.

Sin esperar respuesta, entró en el patio espantando a una bandada de palomas, muy erguido en la montura, con los hombros bien derechos. No había señales de las cicatrices que le marcaban la espalda bajo el capote, pero yo las conocía de sobra.

Conque era eso. «Igual que en el agua la cara refleja la cara, el corazón del hombre refleja al hombre.» Y la ley del valor era la que él había respetado desde siempre.

En el porche, varios pollos se apretaban unos contra otros, inflados y con una mirada de resentimiento en sus ojos amarillos. Cuando desmontamos, cloquearon tristemente entre sí, pero tenían tanto frío que se limitaron a alejarse un poco, renuentes a abandonar su retazo de sol. Varias tablas del mismo porche estaban rotas; el patio estaba sembrado de madera a medio serrar y clavos diseminados, como si alguien hubiera tenido la intención de reparar aquello, pero no hubiera hallado un momento libre para hacerlo. Sin embargo, la postergación debía de haberse prolongado desde hacía tiempo, pues los clavos se habían oxidado y las tablas estaban combadas y partidas por la humedad.

—¡Ah, de la casa! —gritó Jamie, deteniéndose en el centro del patio.

Era la etiqueta aceptada para quien llegaba a una casa desconocida. Aunque la mayoría de los montañeses eran hospitalarios, no faltaban quienes miraban a los forasteros con cautela y tendían a hacer las presentaciones a punta de pistola mientras el visitante no hubiera establecido su buena fe.

Teniendo esto en cuenta, me mantuve a prudente distancia detrás de Jamie, pero cuidé de permanecer a la vista, extendiendo con ostentación mis faldas, a fin de exhibir mi condición femenina como prueba de que nuestras intenciones eran pacíficas.

¡Maldita sea!, había un pequeño agujero en la tela de lana parda. Obra de una chispa, sin duda. Lo disimulé con un pliegue de la falda. Era extraño que todos creyeran a las mujeres intrínsecamente inofensivas. De haber querido, yo podría haber asaltado casas y asesinado a familias indefensas de punta a punta del cerro.

Por fortuna no había sentido ese impulso, aunque de vez en cuando pensaba que el juramento hipocrático, con su admonición de «No harás daño», seguro que no se refería en sentido estricto al procedimiento médico. Yo misma, pese a ser mujer, más de una vez habría disfrutado atizando con un leño a mis pacientes más recalcitrantes, pero siempre lograba dominar el impulso.

Por supuesto, la mayoría de la gente no tiene la misma perspectiva que un médico para ver al resto de la humanidad. Y en realidad, las mujeres no son tan dadas a verse envueltas en una pelea por simple entretenimiento, como sí harían los hombres. Rara vez he visto que dos mujeres se reventaran a golpes por pura diversión. No obstante, si tienes un buen motivo...

Jamie se dirigía hacia el establo, gritando a intervalos sin resultado aparente. Eché un vistazo a mi alrededor, pero en el patio no había huellas recientes, aparte de las nuestras. Junto al tronco a medio serrar se veía un montón de estiércol, pero no estaba fresco; aunque las bolas estaban húmedas de rocío, casi todas se habían deshecho en polvo.

Nadie había entrado ni salido de allí salvo a pie. Lo más probable era que los Beardsley estuvieran todavía dentro, cualquiera que fuese su número.

Aun así no se dejaban ver. Era temprano, sí, aunque los granjeros ya debían de estar dedicados a sus faenas. Al fin y al cabo, un rato antes yo había visto a alguien allí. Retrocedí un paso, protegiendo los ojos del sol naciente para buscar alguna señal de vida. Esos Beardsley me inspiraban bastante curiosidad. Y dados los hechos recientes, mi aprensión no era poca al pensar que uno o dos de sus hombres podían unirse a nosotros.

Al volverme hacia la puerta reparé en una extraña serie de muescas cortadas en la madera del marco. Eran pequeñas, pero numerosas: recorrían una de las jambas en toda su longitud, y la otra, hasta la mitad. Miré con más atención; estaban dispuestas en grupos de siete, con una pequeña separación entre grupo y grupo, tal como los prisioneros suelen llevar la cuenta de las semanas.

Jamie salió del establo, seguido por unos cuantos balidos. Las cabras que él había mencionado, sin duda. Me pregunté si ordeñarlas sería responsabilidad de Keziah. En ese caso, no tardarían en descubrir su ausencia, si es que no la habían descubierto aún.

Jamie dio algunos pasos hacia la casa y volvió a gritar haciendo bocina con las manos. No hubo respuesta. Después de aguardar un instante, se encogió de hombros y subió al porche para llamar a la puerta con la empuñadura de su cuchillo. El ruido habría despertado a un muerto si hubiera habido alguno en la vecindad. Los pollos se diseminaron cloqueando, desparramando plumas en su pánico, pero nadie apareció para responder a tan atronadora convocatoria.

Me miró con una ceja enarcada. Los granjeros no solían ausentarse dejando la casa desatendida, sobre todo si tenían ganado.

—Aquí hay alguien —dijo él, respondiendo a mi pensamiento—. Las cabras están recién ordeñadas; todavía tienen gotas en las ubres.

—¿Crees que habrán salido a buscar... eh... ya sabes? —murmuré, acercándome.

—Tal vez.

Se apartó para espiar por una ventana. Casi todos sus cristales habían desaparecido o estaban rotos. Un trozo de muselina raída, sujeta con tachuelas, cubría la abertura. Vi que Jamie la observaba con aire ceñudo, con el desdén del artesano ante una reparación mal hecha.

De pronto giró la cabeza y me miró.

—¿Has oído, Sassenach?

—Sí. Creía que eran las cabras, pero...

El balido se oyó otra vez, ya inconfundiblemente dentro de la casa. Jamie apoyó una mano en la puerta, pero ésta no cedió.

—Cerrojo —dijo sólo.

Volvió a la ventana para soltar con cuidado una esquina de la tela.

—¡Uf! —exclamé, arrugando la nariz ante la vaharada que surgía.

Estaba habituada a los olores de las cabañas cerradas del invierno, donde los vahos de sudor, ropa sucia, pies mojados, pelo graso y bacinillas se mezclaban con el pan horneado, los guisos y las notas más sutiles del moho y los hongos. Pero la peste que manaba de la residencia de los Beardsley iba mucho más allá de lo normal.

—O bien tienen cerdos dentro de la casa —dije, echando un vistazo al establo—, o ahí dentro hay diez personas que no han salido desde la primavera.

—Es un poco fuerte —coincidió él. Acercó la cara a la ventana, haciendo una mueca ante el hedor, y aulló—: *Thig a mach!* ¡Si no sales, Beardsley, voy a entrar!

Espié por encima de su hombro, para ver qué resultados producía esa amenaza. El cuarto interior era amplio, pero estaba tan atestado que la madera manchada del suelo apenas era visible entre el amontonamiento de cosas. Olfateando con cautela, deduje que los toneles que se veían debían de contener pescado salado, brea, manzanas, cerveza y *sauerkraut*, entre otras cosas.

Los rollos de mantas teñidas con cochinilla y añil, los barriles de pólvora negra y los cueros a medio curtir, con su hedor a excremento de perro, prestaban sus propias fragancias a la inigualable peste interior. La mercancía de Beardsley, probablemente.

La otra ventana estaba cubierta por una piel de lobo, que dejaba el interior en sombras. Con tantas cajas, fardos, toneles y muebles amontonados, aquello parecía una versión empobrecida de la cueva de Alí Babá.

Otra vez llegó ese ruido desde la espalda de la casa, algo más potente; era una mezcla de rugido y chillido. Di un paso atrás; el olor acre, sumado al sonido, me trajo a la cabeza una imagen de pelaje oscuro y violencia súbita.

—Osos —sugerí, medio en serio—. La gente se ha ido y dentro hay un oso.

—Sí, *Ricitos de Oro* —dijo Jamie, seco—. Sin duda. Con osos o sin ellos, aquí pasa algo raro. Tráeme las pistolas y la caja de cartuchos que tengo en la alforja.

Asentí y me di la vuelta, pero antes de que pudiera abandonar el porche, dentro se oyó un ruido de pies que se arrastraban. Me volví de inmediato. Jamie había echado mano de su puñal, aunque al mirar hacia dentro aflojó los dedos en la empuñadura. Al ver su gesto de sorpresa, me incliné sobre su brazo para mirar.

Una mujer se asomó entre dos montañas de mercancías para mirar hacia fuera con desconfianza, como una rata que espiara desde un cubo de basura. No tenía mucho aspecto de rata: era bastante robusta y de pelo ondulado, pero parpadeó a la manera calculadora de las sabandijas, evaluando la amenaza.

—Largo —dijo. Al parecer, había llegado a la conclusión de que no éramos la vanguardia de un ejército invasor.

—Buenos días tenga usted, señora —comenzó Jamie—. Soy James Fraser, de...

—No me importa. Largo.

—No me iré, por supuesto —replicó él con firmeza—. Debo hablar con el hombre de la casa.

Por la cara regordeta cruzó una expresión extraordinaria: preocupación, cálculo y algo que podía ser diversión.

—¿De *veraz*? —Hablaba con un ligero ceceo—. ¿Y por orden de quién?

A Jamie empezaban a enrojecérsele las orejas, pero respondió con bastante calma.

—Del gobernador, señora. Soy el coronel James Fraser —enfatizó—, y es mi responsabilidad reclutar una milicia. Todos los hombres físicamente aptos, de entre dieciséis y sesenta años, deben prestar servicio. ¿Tendrá usted la bondad de llamar al señor Beardsley, por favor?

—¿Conque una mi-li-cia? —dijo ella, pronunciando la palabra con cuidado—. ¿Por qué? ¿Contra quién van a pelear?

—Con un poco de suerte, contra nadie. Pero se ha llamado a reclutamiento y debo responder. Y también todos los hombres físicamente aptos que habiten dentro de la Línea del Tratado.

Jamie tensó la mano contra el marco de la puerta e intentó moverlo. Estaba hecho de endebles varas de pino, encogidas y maltratadas por la intemperie; era obvio que podía arrancarlo del muro y entrar por la abertura, sí quería. La miró de frente, con una sonrisa cordial. Ella entornó los ojos y frunció los labios, pensativa.

—*Fícicamente aptoz* —dijo al fin—. Bueno, no *tenemoz* nada de *ezo*. El ciervo ha vuelto a huir, pero aun *ci eztuviera* aquí no *cería* apto: *zordo* como una tapia, y *baztante* mudo. —Señaló la puerta a modo de ilustración—. Pero *ci* quieren *perceguirlo*, pueden *quedarce* con él.

Al parecer nadie pensaba correr tras Keziah. Inspiré hondo para dar un suspiro de alivio, pero lo contuve de inmediato.

Jamie no se daría por vencido con tanta facilidad.

—¿Está el señor Beardsley en casa? —preguntó—. Quiero verlo.

Y probó a tirar del marco; la madera seca se rompió con un ruido de pistoletazo.

—No *eztá* en *condicionez* de recibir a nadie —dijo ella. La nota extraña asomaba otra vez en su voz, cautelosa, pero al mismo tiempo cargada de algo parecido al entusiasmo.

—¿Está enfermo? —pregunté, asomándome sobre el hombro de Jamie—. Tal vez pueda ayudar. Soy doctora.

Ella se adelantó un paso o dos para mirarme, con el entrecejo fruncido bajo una densa masa de pelo castaño. Era más joven de lo que yo había pensado; vista a la luz, la carota no presentaba telarañas de vejez ni carnes flojas.

—¿Doctora?

—Mi esposa es una sanadora de renombre —explicó Jamie—. Los indios la llaman Cuervo Blanco.

—¿La mujer de *loz conjuroz*? —Abrió los ojos, alarmada, y retrocedió un paso.

Algo me resultaba extraño en ella. Al observarla comprendí qué era. Pese al hedor de la casa, estaba limpia, con el pelo suave y esponjoso; no era lo normal en la temporada fría; la mayoría de la gente no se bañaba durante varios meses.

—¿Quién es usted? —pregunté sin rodeos—. ¿La señora Beardsley? ¿O tal vez la señorita Beardsley?

No tenía más de veinticinco años, pensé, a pesar de lo voluminoso de su figura. Los hombros abultaban bajo el chal y la amplitud de sus caderas rozaba los barriles entre los que se encontraba. Al parecer, el comercio con los cherokee rendía lo suficiente como para que los Beardsley comieran bien, aunque no sus siervos. La observé con cierto desagrado, pero ella me sostuvo la mirada con bastante frialdad.

—*Zoy* la *ceñora Beardzley*.

La alarma había desaparecido; frunció los labios, proyectándolos hacia fuera con aire calculador. Jamie flexionó el brazo y el marco de la ventana crujió con violencia.

—*Pacen, puez.*

Allí estaba de nuevo ese tono extraño, entre el desafío y la ansiedad. Jamie frunció el ceño al captarlo, pero dejó de sacudir el marco.

Ella salió de entre las cajas para acercarse a la puerta. La vi en acción menos de un segundo, pero bastó para notar que era coja; arrastraba un pie contra el suelo.

Se oyeron golpes y gruñidos mientras luchaba con el candado; luego, un chirrido y el golpe seco de éste al caer al suelo. La puerta, combada, se había atascado en el marco; Jamie empujó con el hombro y la abrió de golpe; las tablas quedaron trémulas por el impacto. ¿Cuánto tiempo llevaba sin abrirse?

Mucho, por lo visto. Jamie entró resoplando y tosiendo; yo lo seguí, tratando de respirar por la boca. Aun así el olor habría podido desmayar a un hurón. A la fetidez de la mercancía acumulada se sumaba la de alguna letrina: orina rancia y un fuerte hedor fecal. También olía a comida podrida, pero había algo más. Contraje con cautela las fosas nasales, tratando de no inhalar más que unas pocas moléculas para su análisis.

—¿Cuánto tiempo lleva enfermo el señor Beardsley? —pregunté.

Entre la fetidez general, había reconocido un claro olor a enfermedad. No sólo percibía el fantasma del vómito seco y viejo, sino el eco dulzón de las descargas purulentas y ese olor indefinible, entre el moho y la levadura, que parece ser simplemente el de la enfermedad.

—*Puez baztante.*

Cuando cerró la puerta detrás de nosotros experimenté una súbita claustrofobia. Dentro, el aire estaba denso, tanto por el hedor como por la falta de luz. Sentí un fuerte impulso de arrancar las coberturas de ambas ventanas para que entrara algo de aire, pero apreté las manos contra la tela de mi capa para no hacerlo.

La señora Beardsley se puso de lado para escurrirse, como un cangrejo, a lo largo de un estrecho paso dejado entre los montones de cosas. Jamie emitió una interjección de asco muy escocesa; luego agachó la cabeza para ir tras ella, pasando bajo unos cuantos postes para tiendas. Los seguí con cautela, tratando de ignorar que mi pie, de vez en cuando, pisaba objetos desagradablemente blandos. ¿Manzanas podridas? ¿Ratas muertas? Caminé apretándome la nariz y sin mirar hacia abajo.

La casa era de construcción sencilla: una habitación grande en la parte frontal y otra detrás.

La habitación posterior contrastaba de manera llamativa con el asqueroso cúmulo de enfrente. No tenía ornamentos ni objetos decorativos; era sencilla y ordenada como el salón de reuniones de los cuáqueros. Todo estaba impecable; la mesa de madera y el hogar de piedra, bien pulidos; unos cuantos utensilios de peltre relucían en su estante. Una de las ventanas tenía el cristal intacto y sin cubrir; el sol de la mañana atravesaba la habitación, puro y radiante. Allí había quietud y silencio; eso aumentó la extraña sensación de haber entrado a una especie de santuario, con respecto al caos del cuarto delantero.

La impresión de paz se evaporó al segundo, ante un fuerte ruido que llegó de arriba. Era el mismo que habíamos oído antes, pero sonaba más cerca: un chillido desesperado, como el de un cerdo al que torturaran. Jamie dio un respingo y se dirigió rápido hacia una escalerilla que, desde el lado opuesto de la habitación, conducía hacia un desván.

—*Eztá* allí arriba —dijo la señora Beardsley.

No era necesario, pues Jamie ya iba por la mitad de la escalerilla. El chillido se dejó oír otra vez, más urgente. Decidí no ir a buscar mi maletín sin haber investigado.

En el momento en que cogía la escalerilla, Jamie se asomó arriba.

—Trae luz, Sassenach —dijo apenas. Y su cabeza desapareció.

La mujer permanecía inmóvil, con las manos sepultadas en el chal, sin hacer nada por buscar un candil. Tenía los labios muy apretados y las mejillas manchadas de rojo. Pasé por su lado para coger una palmatoria del estante y, después de encenderla en el hogar, subí a toda prisa.

—¿Jamie? —Asomé la cabeza por el desván, sosteniendo la vela en alto.

—Aquí, Sassenach. —Él estaba de pie al otro lado del cuarto, donde las sombras eran más densas. Pasé sobre el tope de la escalerilla para reunirme con él, pisando con cautela.

Allí el hedor era mucho más fuerte. Al ver un reflejo de algo en la oscuridad, acerqué la vela para mirarlo.

Jamie cogió aire de golpe, tan espantado como yo, pero de inmediato dominó sus emociones.

—El señor Beardsley, supongo —dijo.

El hombre era enorme; al menos, lo había sido. La gran curva del vientre aún se elevaba como una ballena entre las sombras; la mano que yacía en las tablas del suelo, cerca de mi pie, podría haber abarcado sin esfuerzo una bola de cañón. Pero la carne del brazo pendía floja y blanca; el enorme pecho se hundía en el centro. El cuello, que en otros tiempos debía de haber parecido el de un toro, estaba consumido hasta mostrar las fibras. Un solo ojo brillaba, frenético, tras los mechones apelmazados.

Ese ojo se abrió de asombro. El hombre volvió a emitir aquel ruido, mientras trataba de levantar la cabeza con insistencia. Percibí el escalofrío que recorría a Jamie. Aquello bastó para erizarme el pelo de la nuca, pero me dominé.

—Sujétame el candil —dije, poniéndole la palmatoria en la mano.

Me dejé caer de rodillas; demasiado tarde, noté algo líquido a través de la falda. El hombre yacía en su propia inmundicia, desde hacía tiempo, en el suelo mojado y cubierto de sustancia viscosa. Estaba desnudo; lo cubría sólo una manta de lino. Al retirarla detecté llagas ulcerosas entre las manchas de excremento.

Lo que afectaba al señor Beardsley era bastante obvio: una parte de su cara le caía de forma grotesca, con el párpado entrecerrado; tanto el brazo como la pierna de ese mismo lado yacían laxos y muertos, con las articulaciones nudosas y extrañamente distorsionadas por la desaparición de la masa muscular. Entre balidos resoplantes, la lengua asomaba por la comisura de la boca, babeando, en un vano intento de hablar.

—Chist —le dije—. No hable. Ya está bien.

Le cogí la muñeca para evaluar el pulso; la carne se movía sobre los huesos, floja, sin la menor respuesta a mi contacto.

—Un ataque cerebral —dije suavemente a Jamie—. Una apoplejía, como dirías tú.

Apoyé una mano en el pecho de Beardsley para ofrecerle algún consuelo.

—No se preocupe —le dije—. Hemos venido a ayudarlo.

Hablaba en tono tranquilizador, pero me estaba preguntando qué ayuda podríamos darle. Higiene y abrigo, por lo menos; en ese desván hacía tanto frío como en el exterior; su pecho tenía la piel de gallina bajo el vello abundante.

La escalerilla crujió con fuerza; al volverme vi el contorno de una cabeza esponjosa y dos gruesos hombros, recortados contra la luz de la cocina.

—¿Cuánto tiempo lleva así? —pregunté con aspereza.

—*Máz* o *menoz*... un *mez* —dijo ella, después de una pausa. Y agregó a la defensiva—: No pude *trazladarlo*. *Ez* muy *pezado*.

Eso era cierto, sin duda. Pero aun así...

—¿Por qué está aquí arriba? —inquirió Jamie—. Si no lo movió usted, ¿cómo pudo llegar hasta aquí?

Giró sobre sí mismo para iluminar el desván con la luz de la vela. Allí había pocas cosas que pudieran atraer a un hombre: un viejo colchón de paja, unas cuantas herramientas diseminadas y viejos trastos domésticos. La luz brilló contra la cara de la señora Beardsley, convirtiendo en hielo sus pálidos ojos azules.

—Venía... *perciguiéndome* —dijo débilmente.

—¿Qué? —Jamie se acercó a la escalerilla y la cogió por un brazo para ayudarla (contra la voluntad de la mujer, me pareció) a subir el trecho restante—. ¿Cómo es eso de que la estaba persiguiendo?

Ella se encorvó, redonda y fea como un frasco de galletas entre sus grandes chales.

—Me golpeó —dijo sencillamente—. *Zubí* la *ezcalerilla* para huir de él, pero me *ciguió*. Traté de *ezconderme* aquí, entre *laz zombraz*, y él vino... pero luego... cayó. Y... ya no pudo *levantarce*.

Volvió a encogerse de hombros.

Jamie le acercó la vela a la cara. Ella sonrió con nerviosismo. Entonces vi que el ceceo se debía a que tenía rotos los incisivos, partidos en ángulo junto a las encías. Una pequeña cicatriz le cruzaba el labio superior; otra asomaba, blanca, en medio de una ceja.

Del hombre tendido en el suelo surgió un ruido espantoso, un furioso chillido que sonaba a protesta... y ella se encogió, cerrando con fuerza los ojos en un reflejo de miedo.

402

—Mmfm, sí —dijo Jamie, pasando la vista de una a otro—. Bien. Haga el favor de traer un poco de agua, señora. Traiga también otra vela y algunos trapos limpios —agregó a la espalda que se retiraba a toda velocidad hacia la escalerilla, feliz de tener una excusa para alejarse.

—Jamie, acércame la luz, ¿quieres?

Se puso a mi lado, sosteniendo la vela para que iluminara el cuerpo devastado. Tras echar a Beardsley una tenebrosa mirada, en la que se mezclaban la piedad y el desagrado, movió lentamente la cabeza.

—El castigo de Dios, ¿no te parece, Sassenach?

—No creo que sea enteramente de Dios —dije, bajando la voz para que no llegara a la cocina. Alargué la mano para coger la vela—. Mira.

A la sombra, cerca de la cabeza de Beardsley, había un recipiente con agua y un plato de pan, duro y azulado de moho; allí el suelo estaba cubierto de mendrugos de pan a medio comer. Ella lo había alimentado apenas lo suficiente para mantenerlo con vida, aunque en la habitación de abajo había grandes cantidades de comida: jamones colgados, toneles de fruta seca, pescado en salmuera y *sauerkraut*. También había fardos de pieles, jarras de aceite, mantas de lana apiladas. Sin embargo, el dueño de todos esos bienes yacía en la oscuridad, famélico y temblando bajo una sola sábana de lino.

—¿Por qué no lo dejó morir, sin más? —se preguntó Jamie en voz baja, fija la vista en el pan mohoso.

Ante eso Beardsley lanzó unos gorgoteos; su ojo abierto rodó con furia, lagrimeando, en tanto unas burbujas de moco aparecían en la nariz. Arqueó el cuerpo, frustrado, pero luego se derrumbó con un ruido carnoso, que sacudió las tablas del desván.

—Creo que te entiende. ¿Verdad? —Había dirigido esta pregunta al enfermo; por la manera en que gorgoteó, babeando, resultó obvio que entendía; al menos sabía que se le estaba hablando—. Y si quieres saber por qué...

Señalé con un gesto las piernas de Beardsley, moviendo lentamente la vela sobre ellas. Algunas de las llagas se debían al hecho de haber pasado tanto tiempo tendido y sin moverse. Otras no. Uno de los grandes muslos presentaba tajos paralelos, a todas luces hechos con un cuchillo, ya negros y coagulados. La pantorrilla estaba decorada por una línea regular de ulceraciones: heridas muy rojas, rezumantes y bordeadas de negro. Quemaduras que se le habían dejado ulcerar.

Al ver aquello, Jamie gruñó por lo bajo y miró hacia la escalerilla. Desde abajo nos llegó el ruido de una puerta al abrirse; una ráfaga fría subió hasta el desván, haciendo bailar la llama de la vela. Cuando la puerta se cerró, la llama volvió a estabilizarse.

—Creo que podría bajarlo. —Jamie alzó el candil para evaluar las vigas del techo—. Quizá, pasando por esta viga una cuerda gruesa. ¿Se lo puede mover?

—Sí —dije. Pero no estaba prestando atención. Al inclinarme hacia las piernas del hombre había captado una vaharada de algo que llevaba muchísimo tiempo sin oler, un hedor maligno y siniestro.

No me lo había encontrado muchas veces, pero bastaba con una: el olor penetrante de la gangrena gaseosa es inolvidable. No quise decir nada que pudiera alarmar a Beardsley, si es que podía entenderme. En cambio le di una palmadita tranquilizadora y fui en busca de la palmatoria para ver mejor.

Al entregármela, Jamie se inclinó para murmurarme al oído.

—¿Puedes hacer algo por él, Sassenach?

—No —respondí, también en voz baja—. Es decir, por la apoplejía no. Puedo tratarle las llagas y darle algunas hierbas contra la fiebre. Eso es todo.

Contempló un momento la figura encorvada en las sombras, ya inmóvil. Luego movió la cabeza, persignándose, y bajó deprisa en busca de una cuerda.

Yo regresé despacio donde el enfermo, que me recibió con un denso «Ayyy» y un incansable golpeteo con una sola pierna, como el aviso de los conejos. Me arrodillé junto a sus pies y le hablé en tono tranquilizador, de nada en particular, mientras acercaba la luz para examinárselos. Los dedos. Todos los dedos del pie muerto estaban quemados; algunos sólo tenían ampollas; otros estaban consumidos casi hasta el hueso. Los dos primeros se habían puesto negros y un tinte verdoso se extendía sobre el empeine.

Quedé horrorizada, tanto por el acto en sí como por lo que podía haber conducido a eso. La vela vacilaba: me temblaban las manos, y no sólo de frío. Si lo que había sucedido allí era espantoso, las perspectivas inmediatas no lo eran menos. ¿Qué diantre haríamos con esos dos miserables?

Obviamente no podíamos llevar a Beardsley con nosotros. Y era asimismo obvio que no podíamos dejarlo allí, al cuidado de su esposa. No había vecinos cercanos que fueran a verlo y no quedaba nadie más en la granja que pudiera darle protección. Tal vez pudiéramos llevarlo hasta Brownsville; en el establo debía de haber una carreta. Pero aun así, ¿qué pasaría después?

No había ningún hospital donde pudieran atenderlo. Si algún hogar de Brownsville lo recibía por caridad, muy bien. Pero al ver el estado de Beardsley pasado un mes, era improbable que su parálisis y su habla mejoraran mucho. ¿Quién aceptaría atenderlo día y noche durante el resto de su vida?

Claro que el resto de su vida podía ser muy breve, según el éxito que yo tuviera al tratar la gangrena. La preocupación disminuyó al concentrarme en el problema inmediato. Tendría que amputar; era la única posibilidad. Los dedos no ofrecían dificultad, pero tal vez no bastara con ellos. Si era menester cortar el pie o parte de él, aumentaba el riesgo de *shock* y de infección.

¿Sentiría algo? A veces las víctimas de ataques cerebrales retenían la sensación en el miembro afectado, aunque no pudieran moverlo; otras veces había movimiento sin sensación o ninguna de las dos cosas. Toqué con cautela un dedo gangrenado mientras le observaba la cara.

El ojo sano estaba abierto, clavado en las vigas del techo. No me miró, no hizo ruido alguno. Eso respondía a la pregunta: no tenía sensibilidad en el pie. En cierto modo era un alivio; al menos no sufriría el dolor de la amputación. Y tampoco habría sentido el daño infligido a su miembro. ¿Lo sabría ella? ¿O había atacado su parte muerta sólo porque, al tener su víctima algo de fuerza en la otra, aún podía defenderse?

Detrás de mí hubo un leve roce. La señora Beardsley estaba allí. Después de poner en el suelo un cubo de agua y un montón de trapos, permaneció a mi espalda, en silencio, mientras yo comenzaba a lavar la inmundicia.

—¿Puede curarlo? —preguntó. Su voz sonaba serena, remota, como si hablara de un desconocido.

De pronto, la cabeza del paciente se bamboleó para fijar en mí el ojo abierto.

—Creo que puedo ayudar un poco —dije con cautela, deseando que Jamie regresara cuanto antes. Necesitaba mi maletín, pero además la compañía de los Beardsley me ponía de los nervios.

Más aún cuando el enfermo emitió inadvertidamente una pequeña cantidad de orina. La mujer se echó a reír. Él respondió con un sonido que me puso el pelo de punta. Después de retirar el líquido de su muslo, continué con mi tarea, tratando de no prestar atención.

—¿Tienen usted o el señor Beardsley algún pariente cerca? —pregunté, en el tono más coloquial posible—. ¿Alguien que pudiera echarles una mano?

—Nadie —dijo ella—. Yo vivía en Maryland. Él me *zacó* de la *caza* de mi padre. Para traerme aquí. —Dijo «aquí» como si se refiriera al quinto círculo del infierno; en ese momento había cierta similitud, la verdad.

Abajo se abrió la puerta; una bienvenida ráfaga de aire frío anunció el regreso de Jamie. Oí el ruido metálico cuando puso mi caja en la mesa y me levanté deprisa, deseando escapar de ellos aunque fuera por un instante.

—Allí está mi esposo con los remedios. Iré a... eh... a traer... hum...

Me escurrí junto a la señora Beardsley para volar escalerilla abajo, sudando a pesar del frío. Jamie estaba junto a la mesa, ceñudo, dando vueltas a la cuerda que tenía en las manos. Al oírme, levantó la vista y relajó un poco la cara.

—¿Cómo está, Sassenach? —preguntó en voz baja, señalando el desván con la barbilla.

—Muy mal —susurré—. Tiene dos dedos gangrenados; tendré que amputárselos. Y ella dice que no tienen familiares que puedan ayudarlos.

—Mmfm. —Apretó los labios, dedicando su atención a la eslinga que improvisaba.

Yo iba a coger mi caja para revisar los instrumentos, pero me detuve al ver las pistolas de Jamie en la mesa, junto con el cuerno de pólvora y el estuche de balas. Le toqué el brazo. «¿Para qué?», articulé con los labios, señalándolos con la cabeza.

Entre sus cejas se acentuó la arruga, pero antes de que pudiera responder, arriba se oyó un terrible alboroto: revolcones y golpes secos, acompañados por un ruido gorgoteante, como el de un elefante que se ahogara en el pantano.

Jamie dejó caer la cuerda y salió disparado hacia la escalerilla, conmigo pisándole los talones. Cuando asomó la cabeza arriba dejó escapar un grito y se lanzó hacia delante. Al entrar en el desván, tras él, lo vi forcejear con la señora Beardsley.

Ella le dio un codazo en la cara, golpeándolo en plena nariz. Eso evitó a Jamie cualquier inhibición que le impidiera atizar a una mujer: la giró en redondo y le aplicó un seco *uppercut* al mentón, que la dejó tambaleante, con los ojos vidriosos. Me lancé hacia delante para rescatar la vela mientras la mujer caía sentada en un colchón de faldas y enaguas.

—Me cago... en esa... *mujed*. —La voz de Jamie sonaba apagada por la manga que había presionado contra la cara, para restañar el flujo de sangre que surgía de su nariz, pero su sinceridad era inconfundible.

El señor Beardsley se agitaba como un pez fuera del agua, entre ruidos sibilantes y gorgoteos. Al levantar la palmatoria vi que trataba de tocarse el cuello con una mano. Tenía un pañuelo de lienzo retorcido como una cuerda; su cara estaba negra, con el único ojo desorbitado. Me apresuré a desatar el pañuelo; su respiración se alivió con un gran soplo de aire fétido.

—Si hubiera sido más rápida, lo habría liquidado. —Jamie bajó el brazo manchado de sangre, tocándose la nariz con delicadeza—. Cristo, creo que me la ha roto.

—¿Por qué? ¿Por qué me lo han impedido? —La señora Beardsley aún estaba consciente, aunque se tambaleaba y tenía los ojos vidriosos—. Debería morir, quiero que muera, debe morir.

—*A nighean na galladh*, podrías haberlo matado en cualquier momento de este último mes si hubieras querido —señaló él, impaciente—. ¿Por qué has querido esperar a tener testigos?

Ella lo miró con ojos súbitamente claros y penetrantes.

—No lo quería muerto —dijo—. Quería que muriera. —Sonrió mostrando los restos de sus dientes quebrados—. Lentamente.

—¡Oh, Dios mío! —Me pasé una mano por la cara. Aunque apenas era media mañana, tenía la sensación de que ese día ya duraba varias semanas—. Es culpa mía. Le he dicho que creía poder ayudar y ha pensado que yo lo salvaría, que quizá lo curaría por completo.

¡Esa maldita reputación de sanadora mágica! Si hubiera estado de humor para ironías, me habría echado a reír. Otro hedor penetrante se sumó al aire. La señora Beardsley se volvió hacia su esposo con un grito de indignación.

—¡*Beztia* inmunda! —Se incorporó sobre las rodillas para coger un panecillo duro del plato y se lo arrojó a la cabeza—. *Beztia* inmunda, hedionda, mugrienta, *perverza*...

Jamie la aferró por el pelo antes de que se arrojara contra el cuerpo tendido. Luego, la agarró de un brazo y la apartó, sollozante y chillando insultos.

—Por todos los demonios —dijo, por encima del alboroto—. Tráeme esa cuerda, Sassenach, antes de que yo mismo los mate a ambos.

La tarea de bajar al señor Beardsley del desván nos dejó a ambos bañados en sudor y manchados de inmundicias, malolientes y con las rodillas flojas por el esfuerzo. La mujer se instaló en un taburete del rincón, callada y malévola como un sapo, sin hacer nada por ayudar.

Cuando acostamos aquel corpachón bamboleante en su mesa limpia, lanzó una exclamación indignada, pero Jamie la fulminó con los ojos. Entonces volvió a dejarse caer en su taburete, con la boca apretada en una línea recta.

Jamie se enjugó la frente con una manga manchada de sangre. Luego contempló a Beardsley mientras negaba con la cabeza. No pude reprochárselo: aun limpio y abrigado, tras haberle dado algunas cucharadas de gachas calientes, el hombre se encontraba en un estado lamentable. Lo examiné una vez más, con esmero, a la luz de la ventana. Sobre los dedos de los pies no cabían dudas: el hedor de la gangrena era muy claro, así como el tinte verdoso que cubría el empeine.

Tendría que amputar algo más que los dedos. Palpé con cuidado la zona en putrefacción, preguntándome si sería mejor intentar una amputación parcial, entre los metacarpos, o cortar simplemente a la altura del tobillo. Esta última operación sería más rápida; en condiciones normales, habría intentado la amputación parcial, más conservadora, pero en este caso no tenía sentido: era obvio que el enfermo no volvería a caminar.

Me mordisqueé el labio inferior, dubitativa. En realidad, todo aquello podía ser inútil; el hombre ardía en una fiebre intermitente y las llagas de piernas y nalgas rezumaban pus. ¿Qué posibilidades tenía de recobrarse de la amputación sin morir a consecuencia de la infección?

La esposa apareció detrás de mí sin que yo la hubiera oído; para ser tan pesada se movía con notable suavidad.

—¿Qué *pienza* hacer? —preguntó con voz neutra y remota.

—Los dedos de este pie están gangrenados —dije. Ya no tenía sentido ocultar la situación al paciente—. Tendré que amputárselo.

Lo cierto es que no había opción, aunque el corazón me dio un vuelco al pensar que tendría que pasar allí varios días, tal vez semanas enteras, atendiendo a Beardsley. No podía entregarlo a los tiernos cuidados de su esposa.

Ella rodeó despacio la mesa y se detuvo cerca de los pies. Su cara no expresaba nada, pero en las comisuras de la boca titilaba una pequeña sonrisa que iba y venía, como si no dependiera de su voluntad. Después de contemplar esos dedos ennegrecidos por un largo minuto, negó con la cabeza.

—No —dijo muy quedo—. Deje que *ce* pudra.

Al menos, eso resolvió la duda de si Beardsley entendía o no: dilató el ojo abierto, lanzó un chillido de ira y empezó a debatirse en un esfuerzo por alcanzarla, hasta tal punto que casi se cae al suelo. Jamie tuvo que forcejear para mantener esa mole en la mesa. Cuando al fin el enfermo cedió, jadeante y emitiendo pequeños maullidos, él enderezó la espalda, también agitado, y clavó en la señora Beardsley una mirada de aversión.

Ella encorvó los hombros y se los ciñó con el chal, pero levantó el mentón en un gesto desafiante, sin retroceder ni apartar la vista.

—*Zoy zu ezpoza* —dijo—. No permitiré que lo corten. *Ezo* pondría *zu* vida en peligro.

—Pues así morirá —dije, seca—. Y será una muerte horrible. Tú...

No pude terminar: Jamie me estrujó el hombro con fuerza.

—Llévatela fuera, Claire —me dijo en voz baja.

—Pero...

—Fuera. —Tensó la mano en mi hombro, haciendo la presión casi dolorosa—. No entres hasta que yo te llame.

Estaba ceñudo, pero en sus ojos había algo que me hizo sentir un vacío acuoso en las entrañas. Eché un vistazo al aparador, donde estaban sus pistolas, junto a mi caja de remedios. Luego volví a mirarlo, horrorizada.

—No puedes —dije.

Él miró con tristeza al enfermo.

—Si un perro estuviera así, no me lo pensaría dos veces —dijo en voz queda—. ¿Puedo hacer menos por él?

—Pero ¡él no es un perro!

—No, en efecto. —Tras dejar caer la mano, rodeó la mesa para detenerse junto a Beardsley.

—Si me entiendes, cierra el ojo, amigo —murmuró.

Hubo un momento de silencio. El ojo enrojecido del enfermo se fijó en la cara de Jamie, con innegable inteligencia. El párpado se cerró despacio; luego volvió a subir.

—Vete —me dijo Jamie—. Que decida él. Si quiere... o si no... te llamaré.

Me temblaban las rodillas. Entrecrucé las manos entre los pliegues de la falda.

—No. —Miré a Beardsley mientras tragaba saliva con dificultad. Luego negué con la cabeza—. No. Yo... si tú... necesitas un testigo.

Él vaciló un instante, pero acabó por asentir.

—Tienes razón, sí. —Echó un vistazo a la mujer. Estaba muy quieta, con las manos apretadas bajo el delantal, mirándonos alternativamente a los tres. Él movió apenas la cabeza. Luego se volvió de nuevo hacia el hombre, al tiempo que erguía los hombros.

—Parpadea una vez para decir que sí, dos para decir que no —instruyó—. ¿Has entendido?

El párpado descendió sin vacilar.

—Escucha, pues. —Jamie inspiró hondo y empezó a hablar con voz carente de emoción, sin apartar la vista de la cara arruinada y la fiereza de ese ojo abierto—. ¿Sabes qué te ha sucedido?

Un parpadeo.

—¿Sabes que mi esposa es doctora, sanadora?

El ojo rodó hacia mí, volvió a Jamie. Un parpadeo.

—Dice que has sufrido una apoplejía y que el daño no tiene remedio. ¿Comprendes?

De la boca torcida surgió un bufido. No era noticia. Un parpadeo.

—Tienes el pie podrido. Si no te lo cortan, te pudrirás y morirás. ¿Comprendes?

No hubo respuesta. Las fosas nasales se dilataron de súbito, húmedas, interrogantes; luego el aire surgió en un resoplido burlón. Había olfateado la gangrena; tal vez sospechaba, pero sólo ahora estaba seguro de que provenía de su propia carne. Un lento parpadeo.

Prosiguió aquella serena letanía de aseveraciones y preguntas; cada una de ellas era una palada de tierra arrancada a una tumba cada vez más honda. Cada una terminaba con esa palabra inexorable: «¿Comprendes?»

Se me habían entumecido las manos, los pies y la cara. La extraña sensación de santuario que reinaba en esa habitación había cambiado: parecía una iglesia, pero no ya un sitio donde se pudiera buscar refugio. Allí se estaba ejecutando un rito que lo llevaría a un final solemne, predestinado.

Y estaba predestinado, sí. Beardsley había tomado su decisión mucho antes, tal vez incluso antes de nuestra llegada. Después de todo, llevaba un mes en ese purgatorio, suspendido en la fría oscuridad entre el cielo y la tierra; había podido reflexionar, luchar a brazo partido con sus perspectivas y hacer las paces con la muerte.

¿Comprendía?

Oh, sí, muy bien.

Jamie se inclinó hacia la mesa, con una mano en el brazo de Beardsley, sacerdote de mangas manchadas, ofreciendo la absolución y la salvación. La mujer seguía petrificada a la luz de la ventana, como estólido ángel denunciante.

Las aseveraciones y las preguntas llegaron a su fin.

—¿Quieres que mi esposa te corte el pie y trate tus heridas?

Un parpadeo, luego dos, exagerados, deliberados.

La respiración de Jamie era audible. El peso que sentía en el pecho convertía cada palabra en un suspiro.

—¿Me pides que te quite la vida?

A pesar de que media cara caía sin vida y la otra mitad estaba demacrada, aún quedaba lo suficiente como para expresar sentimientos. La comisura viva de la boca se curvó hacia arriba, en una mueca cínica. «Lo que queda de ella», dijo su silencio. El párpado cayó... y no volvió a alzarse.

Jamie también cerró los ojos, recorrido por un pequeño estremecimiento. Luego se sacudió por un instante, como si saliera del agua fría, y se dirigió hacia el aparador donde había puesto sus pistolas.

Me apresuré a acercarme a él para apoyarle una mano en el brazo. Él no me miró, atento a la pistola que estaba amartillando. Estaba muy pálido, pero sus manos no temblaban.

—Vete —dijo—. Llévatela afuera.

Me volví hacia Beardsley, pero él ya no era mi paciente; su carne estaba más allá de mis tratamientos o mi consuelo. Cogí a la mujer del brazo y la conduje hacia la puerta. Ella me acompañó con pasos mecánicos, sin mirar atrás.


El patio iluminado por el sol parecía irreal con su normalidad nada convincente. La señora Beardsley se liberó de mí para ir hacia el establo, apretando el paso. Después de echar una mirada sobre el hombro hacia la casa, partió en una pesada carrera hasta desaparecer por la entrada del establo como si la persiguieran los demonios.

Yo había captado su sensación de pánico. Estuve a punto de correr tras ella, pero no lo hice. Me detuve a esperarla en el borde del patio. El corazón me palpitaba lentamente, retumbando en mis oídos. Eso también parecía irreal.

Por fin se oyó el disparo; fue un sonido seco, poco audible, que no llamó la atención entre el suave balido de las cabras en el establo y el susurro de los pollos que escarbaban la tierra, a poca distancia. «En la cabeza o en el corazón», pensé súbitamente. Y me estremecí.

Era ya muy pasado el mediodía; una brisa helada atravesaba el patio, agitando el polvo y las briznas de heno. Yo seguía esperando. Jamie debía de haberse detenido a rezar una breve oración por el alma de Beardsley. Pasó un minuto, dos; al fin se abrió la puerta trasera. Él dio unos cuantos pasos hacia el exterior y se detuvo a vomitar.

Me adelanté por si me necesitaba, pero no era así. Irguió la espalda mientras se limpiaba la boca; luego echó a andar en dirección opuesta a mí, rumbo al bosque.

De repente, me sentí de más y extrañamente ofendida. Apenas unos momentos antes estaba trabajando, absorbida de lleno en la práctica de la medicina; conectada a la carne, la mente y el cuerpo; atenta a los síntomas, consciente del pulso y la respiración, de los signos vitales del moribundo. Aunque Beardsley no me era simpático en absoluto, me había dedicado por completo a la lucha por conservarle la vida y aliviar sus sufrimientos. Aún sentía en las manos el contacto extraño de su carne caliente y floja.

Ahora mi paciente estaba muerto. Y yo tenía la sensación de que me habían amputado una pequeña parte del cuerpo. Tal vez era la impresión.

Eché un vistazo a la casa; mi cautela original había sido reemplazada por asco... y algo más hondo. Había que lavar el cuerpo, desde luego, y adecentarlo para el entierro. Era algo que yo había hecho más de una vez sin grandes reparos, aunque sin entusiasmo; sin embargo, ahora sentía una enorme renuencia a entrar de nuevo.

Había visto muertes violentas, mucho más desagradables de lo que debía de haber sido ésa. La muerte era siempre muerte, ya sobreviniera como tránsito, como separación o, a veces, como liberación deseada. Jamie había liberado súbitamente a Beardsley de la prisión que era su cuerpo enfermo: ¿era posible que su espíritu rondara aún la casa, sin haberse percatado de su libertad?

—No seas supersticiosa, Beauchamp —me dije con severidad—. Basta ya de eso.

Aun así no di un solo paso hacia la casa. Me quedé en el patio, con los nervios de punta, tensa como un colibrí indeciso.

Si Beardsley ya no necesitaba mi ayuda y Jamie tampoco, aún quedaba alguien que podía requerirla. Di la espalda a la casa para caminar hacia el establo.

Era sólo un cobertizo grande, abierto, con un pajar fragante de heno, lleno de formas móviles. Me detuve a la entrada hasta que mis ojos se adaptaron a la penumbra. En un rincón había un pesebre, pero sin caballo. En otro, una cerca desvencijada con un puntal de ordeño formaba un pequeño corral para las cabras; allí estaba la mujer, acurrucada en un montón de paja fresca. Cinco o seis cabras se amontonaban alrededor, pujando entre sí y mordisqueándole los flecos del chal. Era poco más que una sombra gibosa, pero sorprendí el breve destello de un ojo cauteloso entre las sombras.

—¿Ya *eztá*? —La pregunta fue apenas audible por encima de los suaves balidos.

—Sí. —Vacilé, pero no parecía necesitar mi consuelo. Ya veía mejor: la mujer tenía un cabrito acurrucado en el regazo y acariciaba la cabecita sedosa—. ¿Está usted bien, señora Beardsley?

Silencio. Luego la gruesa figura se encogió de hombros. Parte de la tensión pareció abandonarla.

—No *cé* —murmuró.

Aguardé, pero ella no se movió ni dijo nada más. La apacible compañía de las cabras podía consolarla tanto como yo, de modo que la dejé, casi envidiándole el cálido refugio del establo y sus alegres camaradas.

Habíamos dejado los caballos en el patio, aún ensillados y atados a un aliso tierno. Al bajar a por mi caja de remedios, Jamie los había liberado de las alforjas y aflojado las cinchas, pero sin entretenerse en desensillarlos. A eso me dediqué entonces; pasaría algún tiempo antes de que pudiéramos partir. Les quité también las bridas y, después de manearlos, los solté para que pastaran en la pardusca hierba invernal que aún crecía, densa, en el borde del pinar.

En un lateral había medio tronco hueco, que servía como abrevadero para los caballos pero estaba vacío. Agradecida por el tiempo que me llevaría esa tarea, extraje agua del pozo y llené el tronco, cubo tras cubo.

Mientras me secaba las manos en la falda miré a mi alrededor, en busca de alguna otra ocupación útil, pero no quedaba ninguna. No había otra opción. Reuní valor. Después de llenar de agua la calabaza hueca que encontré en el borde del aljibe, la acarreé hacia la parte trasera, concentrándome en no derramar una gota, a fin de no pensar en lo que me esperaba dentro.

Al levantar la vista, me sorprendió encontrar la puerta trasera abierta. Estaba segura de haberla cerrado. ¿Estaría Jamie adentro? ¿O la señora Beardsley?

Estiré el cuello para echar un vistazo a la cocina, a una distancia prudente, pero al acercarme oí el rítmico *chof* de una pala en la tierra. Al rodear la esquina opuesta encontré a Jamie cavando cerca de un fresno que crecía en el patio, a poca distancia de la casa. Aún estaba en mangas de camisa; el viento aplastaba el lino manchado contra su cuerpo, agitándole el pelo rojo contra la cara.

Cuando se lo apartó con la muñeca, me impresionó ver que estaba llorando. Lloraba en silencio, con cierto salvajismo, atacando la tierra como si fuera un enemigo. Al verme con el rabillo del ojo hizo una pausa para limpiarse a toda velocidad la cara con la manga manchada de sangre, como si quisiera enjugarse el sudor de la frente.

Respiraba con dificultad, hasta el punto de que se lo oía a distancia. Me acerqué para ofrecerle en silencio la calabaza y un pañuelo limpio. No me miró a los ojos, pero bebió, tosió y bebió de nuevo antes de devolvérmela. Luego se sonó la nariz con cautela. La tenía hinchada, pero ya no sangraba.

—No pasaremos la noche aquí, ¿verdad? —me arriesgué a preguntar mientras me sentaba en un bloque de madera, bajo el fresno.

Él negó con la cabeza.

—No, por Dios —dijo con voz ronca. Estaba arrebolado y con los ojos enrojecidos, pero se controlaba con firmeza—. Nos iremos en cuanto le hayamos dado una sepultura decente. No me importa volver a pasar frío en el bosque, pero no quiero dormir aquí.

Yo estaba plenamente de acuerdo, aunque había otro detalle que valorar.

—¿Y... ella? —pregunté con delicadeza—. ¿Está en la casa? La puerta trasera está abierta.

Jamie volvió a clavar la pala con un gruñido.

—No, he sido yo. Al salir había olvidado dejarla abierta... para que el alma pueda escapar —explicó al ver mi asombro.

Lo que me produjo un escalofrío no fue el hecho de que eso coincidiera con mi idea anterior, sino el tono flemático de su explicación.

—Comprendo —dije, débilmente.

Durante un rato, Jamie continuó cavando; la pala se hundía profundamente en la tierra, que allí era margosa y rica en mantillo. Por fin, sin quebrar el ritmo de la tarea, dijo:

—En una ocasión, Brianna me contó algo que había leído. No lo recuerdo bien, pero se trataba de un asesinato. El muerto era un hombre perverso que había inducido a alguien a cometerlo. Y al final, cuando se le preguntaba al narrador qué se debía hacer, él decía: «Dejad paso a la justicia de Dios.»

Hice un gesto de asentimiento, aunque me parecía algo duro para quien se había visto obligado a ser el instrumento de esa justicia.

—¿Crees que en este caso se trató de eso? ¿De justicia?

Él movió la cabeza de lado a lado, pero no como una negativa, sino por desconcierto. Luego continuó cavando. Lo observé durante un rato, tranquilizada por su proximidad y por el ritmo hipnótico de sus movimientos. Después me preparé para la tarea que me aguardaba.

—Será mejor que vaya a preparar el cuerpo y a limpiar el desván —dije de mala gana, encogiendo las piernas para levantarme—. No podemos dejar a la pobre mujer sola con esa inmundicia, a pesar de lo que haya hecho.

—Espera, Sassenach. —Jamie interrumpió la tarea y, algo desconfiado, echó un vistazo a la casa—. En un momento entraré contigo. Mientras —señaló el bosque con la cabeza—, ¿podrías traer algunas piedras para el montículo?

¿Un montículo? Eso me sorprendió bastante; parecía un detalle innecesario para el difunto señor Beardsley. Aunque en el bosque habría lobos. También se me ocurrió que Jamie estaba inventando una excusa convincente para que yo retrasara mi entrada en la vivienda. Y en ese caso, cargar rocas parecía una alternativa muy deseable.

Por fortuna no faltaban piedras adecuadas. Fui en busca del grueso delantal de lona que usaba para operar y comencé con mis idas y venidas, como una hormiga que recolectara semillas. Media hora después, la idea de entrar había comenzado a parecerme mucho menos objetable, pero como Jamie seguía dedicado a su tarea, yo continué con la mía.

Por fin, ya jadeante, dejé caer otra carga junto a la sepultura, cada vez más honda. Las sombras se habían alargado en el patio y el aire era tan frío que se me habían entumecido los dedos; mejor así, dado que los tenía llenos de rasguños.

—Tienes una pinta terrible —comenté, apartando de mi cara el pelo desaliñado—. ¿La señora Beardsley no ha salido aún?

Él hizo un gesto negativo, aunque tardó un instante en recobrar el aliento suficiente para hablar.

—No —dijo, tan ronco que apenas lo oí—. Aún está con las cabras. Supongo que allí no hace frío.

Lo observé con desasosiego. Cavar tumbas es un trabajo duro; tenía la camisa pegada a la espalda, empapada pese al frío, y la cara, enrojecida; rogué que fuera por el esfuerzo y no por la fiebre. Sus dedos estaban tan tiesos y blancos como los míos. Tuvo que hacer un esfuerzo para estirarlos, soltando el mango de la pala.

—Creo que ya es bastante profunda —dije, inspeccionando su obra. Yo me habría conformado con un agujero superficial, pero Jamie no hacía chapuzas—. Déjalo ya, Jamie, y cámbiate esa camisa. Estás empapado; cogerás un resfriado espantoso.

Sin molestarse en discutir, recogió la pala para cuadrar pulcramente las esquinas del hoyo, de modo que no se desmoronaran. Las sombras de los pinos empezaban a acentuarse; todos los pollos se habían retirado a dormir, bultos plumosos encaramados a los árboles, como puñados de muérdago pardusco. También las aves del bosque guardaban silencio. La sombra de la casa caía sobre la sepultura abierta, larga y fría. Me cubrí los codos con las manos, temblando en el silencio.

Jamie arrojó la pala a tierra con un ruido metálico que me sobresaltó. Al salir del hoyo permaneció inmóvil durante un minuto, con los ojos cerrados, tambaleándose de fatiga. Luego los abrió para sonreírme.

—Terminemos con esto —dijo.

Ya fuera porque la puerta abierta había permitido la fuga del espíritu del difunto, ya porque Jamie estaba a mi lado, entré sin vacilar. El fuego se había apagado, dejando la cocina fría y penumbrosa, pero dentro no se percibía nada maligno. Simplemente... estaba vacía.

Los restos mortales del señor Beardsley descansaban con aspecto apacible bajo una de las mantas con las que comerciaba. Mudo y quieto, vacío él también.

La esposa había declinado asistir a las formalidades y hasta entrar en la casa mientras el cuerpo de su marido estuviera allí, de modo que barrí el hogar, encendí otra vez el fuego y lo avivé hasta que cobró vida, mientras Jamie se ocupaba de limpiar el desván. Cuando bajó, yo estaba dedicada a la tarea central.

En la muerte, Beardsley parecía mucho menos grotesco que en vida; ya relajados los miembros deformes, había perdido el aire de lucha frenética. Tenía la cara cubierta con una toalla de algodón, pero cuando espié bajo ella, vi que no debía limpiar ninguna sangría: Jamie le había disparado limpiamente en el ojo ciego, sin que la bala reventara el cráneo. El ojo sano estaba cerrado; la herida negra continuaba abierta y fija. Volví a depositar la toalla contra esas facciones, a las que la muerte había devuelto la simetría.

Jamie se detuvo en silencio a mi lado, y me tocó el hombro.

—Ve a lavarte —le dije, señalando el pequeño hervidor que había colgado en el hogar para calentar agua—. Yo puedo arreglármelas sola.

Él se quitó la camisa empapada y la dejó caer dentro del hogar. Presté atención a los ruidos caseros que hacía al lavarse. De vez en cuando tosía, pero su respiración parecía más tranquila que cuando estaba fuera, a la fría intemperie.

—Ignoraba que la apoplejía pudiera ser así —comentó a mi espalda—. Creía que mataba de inmediato.

—A veces sí —dije, algo distraída, concentrándome en lo que hacía—. Pero muy a menudo sucede como en este caso.

—¿Sí? Nunca se me ocurrió preguntarle a Dougal o a Rupert. O a Jenny. Si mi padre...

La frase se cortó en seco, como si se la hubiera tragado.

¡Ah! Experimenté una pequeña descarga de comprensión en el plexo solar. Conque era eso. Había olvidado lo que él me había contado años antes, poco después de casarnos. Su padre había presenciado la flagelación de Jamie en el Fuerte William; la impresión le provocó una apoplejía que lo mató. A Jamie, herido y enfermo, lo habían sacado a hurtadillas del fuerte para enviarlo al exilio. Sólo semanas más tarde supo de la muerte de su padre; no había tenido oportunidad de despedirse de él, de sepultarlo, ni de honrar su tumba.

—Jenny debe de saberlo —comenté—. Y ella te habría dicho si...

Si Brian Fraser había padecido una agonía tan lenta como ésta, reducido a la impotencia ante los ojos de la familia que había tratado de proteger. ¿Ella se lo habría contado? Si había atendido a su padre en la incontinencia y la discapacidad, si había esperado días, semanas, privada de golpe de su padre y de su hermano, obligada a enfrentarse ella sola a la muerte que se aproximaba momento a momento... y por ende Jenny Fraser era una mujer muy fuerte, que amaba profundamente a Jamie. Tal vez habría querido protegerlo, tanto de la culpa como del conocimiento.

Me volví hacia él. Estaba medio desnudo, pero aseado, con una camisa limpia en las manos. Me miraba, aunque noté que sus ojos iban más allá y se fijaban en el cadáver con atribulada fascinación.

—Ella te lo habría dicho —repetí, esforzándome por imprimir certeza a mi voz.

Jamie inspiró hondo, con esfuerzo.

—Tal vez.

—Estoy segura —dije con más firmeza.

Él asintió con la cabeza y suspiró otra vez, con más soltura. Comprendí entonces que la muerte de Beardsley no afectaba sólo a esa casa. Pero sólo Jenny tenía la llave de la única puerta que se podía abrir para mi esposo.

Ahora comprendía por qué lo había visto llorar, por qué había puesto tanto esmero al cavar la tumba. No era por espanto ni por caridad, mucho menos por consideración hacia el difunto, sino por Brian Fraser, el padre al que no había podido sepultar ni llorar.

Me di la vuelta y recogí los bordes de la manta, plegándolos bien sobre los restos limpios y adecentados. Luego la até con un cordel a la altura de la cabeza y en los pies, armando un anónimo paquete. Jamie tenía cuarenta y nueve años, la edad a la que había muerto su padre. Lo miré de reojo mientras terminaba de vestirse. Si su padre había sido como él... Sentí una punzada de dolor por la pérdida de tantas cosas: por la energía cortada, por el amor sofocado, por la desaparición de un hombre que, a juzgar por lo que se reflejaba en su hijo, debió de ser una gran persona.

Ya vestido, Jamie rodeó la mesa para ayudarme a levantar el cuerpo, pero en lugar de introducir las manos por debajo, las alargó para coger las mías.

—Júrame, Claire... —dijo. Estaba casi afónico; tuve que inclinarme para oír—. Si algún día me sucede lo que a mi padre... júrame que me harás el mismo favor que yo le he hecho a este miserable.

La pala había dejado ampollas nuevas en sus palmas. Percibí la blandura extraña, móvil, llena de fluido.

—Haré lo que deba —susurré por fin—. Como tú lo has hecho. —Le estreché las manos antes de soltárselas—. Y ahora ayúdame a enterrarlo. Todo ha terminado.

# 28

## *Brownsville*

Mediaba la tarde cuando Roger, Fergus y sus milicianos llegaron a Brownsville, tras haberse desviado del camino y vagado varias horas por las colinas hasta que dos cherokee con los que se encontraron les indicaron el rumbo.

Brownsville estaba formada por cinco o seis chozas destartaladas repartidas en una colina, como un puñado de basura arrojada entre la maleza moribunda. Cerca de la carretera (si es que la estrecha huella de barro negro y revuelto merecía la dignidad de ese nombre), dos cabañas se inclinaban a ambos lados de un edificio algo más grande y sólido, como beodos que se apoyaran cómodamente en un compañero sobrio. Resultaba irónico que esa construcción hiciera las veces de tienda y taberna del pueblo, a juzgar por los toneles de cerveza y pólvora y los montones de cueros empapados que se veían en el patio embarrado... aunque aplicarle cualquiera de esos términos también era concederle más dignidad de la que merecía, según pensó Roger.

Aun así era, obviamente, buen sitio para comenzar, aunque sólo fuese por el bien de los hombres que lo acompañaban: al ver los toneles habían empezado a vibrar como limaduras de hierro cerca de un imán. El olor a levadura de cerveza les salía al encuentro como una bienvenida. Pensando que a él tampoco le iría mal una jarra, agitó una mano para ordenar el alto. Hacía un frío entumecedor y había pasado mucho tiempo desde el desayuno. A duras penas les servirían nada allí, aparte de pan o un guiso, pero mientras fuera posible comer algo caliente y regarlo con algún tipo de alcohol, nadie se quejaría.

Había desmontado y estaba a punto de llamar a los otros cuando una mano le apretó el brazo.

—*Attendez*. —Fergus hablaba muy bajo, casi sin mover los labios. De pie junto a Roger, miraba algo que estaba más allá—. No te muevas.

Roger no se movió, ni tampoco los hombres, todavía en sus caballos. Estaban viendo lo mismo que Fergus, fuera lo que fuese.

—¿Qué pasa? —preguntó, bajando también la voz.

—Alguien, dos tipos, nos están apuntando con pistolas desde la ventana.

—Ah. —Roger comprendió que Jamie había tenido muy buen criterio al no entrar en Brownsville en la oscuridad, la noche anterior. Estaba visto que conocía la naturaleza suspicaz de los lugares remotos.

Moviéndose con mucha lentitud, levantó las manos en el aire y le hizo un gesto con la barbilla a Fergus, que lo imitó de mala gana; su gancho centelleaba a la luz de la tarde. Siempre con las manos en alto, Roger se volvió poco a poco. Aun sabiendo con lo que se iba a encontrar, se le contrajo el estómago al ver dos largos cañones relucientes asomando bajo la piel de venado que cubría la ventana.

—¡Hola, a los de la casa! —gritó, con toda la autoridad que es posible cuando se tienen las manos por encima de la cabeza—. Soy el capitán Roger MacKenzie, con una compañía de milicianos bajo el mando del coronel James Fraser, del Cerro de Fraser.

El único efecto que provocó esa información fue que uno de los cañones se desviara, apuntando hacia Roger, que se encontró mirando dentro del pequeño círculo oscuro de la boca. No obstante, esa fea perspectiva lo hizo comprender que el arma no había apuntado contra él en un comienzo; la otra aún señalaba sobre su hombro derecho, hacia el grupo de jinetes que se removían en sus sillas, entre murmullos inquietos.

Genial. ¿Y ahora qué? Los hombres esperaban que él hiciera algo. Siempre con lentitud, bajó las manos y tomó aliento para gritar otra vez. Antes de que pudiera hablar, se oyó una voz ronca detrás de la piel de venado:

—¡Te estoy viendo, Morton, cretino!

Esta imprecación vino acompañada de un visible movimiento de la primera pistola, que abandonó de pronto a Roger para dirigirse hacia el mismo blanco que su compañera: presumiblemente, Isaiah Morton, uno de los milicianos de Granite Falls.

Entre los hombres a caballo hubo un ruido de roce y gritos de sobresalto. De pronto estalló el infierno, al dispararse a una las dos pistolas. Los caballos se encabritaron, espantados. Los hombres gritaban palabrotas; desde la ventana surgían volutas de acre humo blanco.

Roger se había arrojado cuerpo a tierra a la primera explosión, pero al apagarse los ecos, se levantó como por reflejo, quitándose el barro de los ojos, y cargó de cabeza contra la puerta. Para su propia sorpresa, su mente funcionaba con toda claridad. Si Brianna necesitaba veinte segundos para cargar y amartillar un arma, esos cabrones no podían hacerlo mucho más deprisa. Por lo tanto, le quedaban unos diez segundos de gracia, y tenía la intención de aprovecharlos.

Golpeó la puerta con el hombro y la hizo volar hacia dentro hasta chocar con la pared. Roger entró tropezando en la habitación y fue a estrellarse contra el muro de enfrente. Allí se dio un fuerte golpe en el hombro contra la chimenea y rebotó, pero consiguió mantenerse en pie, aunque tambaleándose como si estuviera borracho.

En la habitación había varias personas que se volvieron hacia él, boquiabiertas. Cuando su visión se despejó lo suficiente, pudo ver que sólo dos estaban armadas. Tras llenarse los pulmones de aire, se arrojó contra el tipo que tenía más cerca, un hombre esmirriado, de barba rala, y lo cogió por la camisa, imitando a un maestro muy temido que había tenido en la escuela elemental.

—¡¿Qué es lo que te propones, pequeñajo?! —bramó, tirando de él hasta que quedó de puntillas.

El señor Sanderson se habría alegrado mucho de saber que su ejemplo era tan memorable. Y además, efectivo: aunque el flacucho no se orinó ni rompió en lloriqueos, como solían hacer los alumnos de la escuela elemental sometidos a ese tratamiento, sí que emitió algunos gorgoteos mientras lanzaba inútiles manotazos al puño que aferraba su camisa.

—¡Señor! ¡Suelte a mi hermano!

La víctima de Roger había dejado caer el arma y el cuerno de pólvora, cuyo contenido se esparció por el suelo, pero el otro pistolero había logrado recargar su arma y ahora intentaba apuntar a Roger. Le resultaba difícil a causa de las tres mujeres presentes en la habitación, dos de las cuales le tiraban del brazo, hablándole a la vez y entorpeciéndole el camino. La tercera se había cubierto la cabeza con el delantal y emitía rítmicos chillidos de histeria.

En ese momento, Fergus entró en la casa, con una enorme pistola que apuntó, negligente, al hombre armado.

—Tenga la bondad de bajar eso, por favor —alzó la voz para hacerse oír por encima del jaleo—. Y usted, señora, ¿puede echar agua sobre esta joven? ¿O quizá mejor abofetearla? —Señaló con el gancho a la mujer histérica, cuyos chillidos le arrancaron una leve mueca.

Una de las mujeres se acercó despacio a la que gritaba, como si estuviera hipnotizada; después de aferrarla por el hombro y sacudirla, comenzó a murmurarle algo al oído, sin apartar los ojos de Fergus. Los alaridos cesaron, reemplazados por sollozos irregulares y convulsivos.

Roger experimentó un alivio inmenso. Había llegado hasta allí movido por pura ira, pánico y la necesidad de hacer algo, pero no tenía la menor idea de lo que debía hacer a continuación. Como las rodillas empezaban a temblarle, tomó aliento y bajó muy despacio a su víctima. El hombre dio varios pasos precipitados hacia atrás; luego se sacudió las arrugas de la camisa mientras clavaba en Roger una mirada de resentimiento.

—¿Y quién demonios es usted? —El segundo hombre, que había bajado el arma, miraba a Fergus con aire confundido.

El francés hizo un gesto despreocupado con el garfio, que parecía fascinar a las mujeres.

—Eso no tiene importancia —dijo con aire grandioso, alzando dos o tres centímetros más su aristocrática narizota—. Lo que requiero... es decir, lo que requerimos —corrigió, dirigiendo a Roger un ademán cortés— es saber quiénes son ustedes.

Los habitantes de la cabaña intercambiaron miradas confusas, como preguntándose quiénes eran, en realidad. Tras un momento de vacilación, el más corpulento de los dos hombres levantó con gesto agresivo la barbilla.

—Me llamo Brown, señor. Richard Brown. Lionel, mi hermano; Meg, mi esposa; Alicia, mi hija... —Ésa era la muchacha que gritaba, que ya se había quitado el delantal de la cabeza y seguía bañada en lágrimas—. Y Thomasina, mi hermana.

—Para servirles, señora, señoritas. —Fergus dedicó a las damas una elegante reverencia, sin dejar de apuntar con la pistola hacia la frente de Richard Brown—. Les pido perdón por este trastorno.

La señora Brown respondió con una inclinación de cabeza; tenía los ojos algo vidriosos. La señorita Thomasina Brown, alta y de aspecto severo, miró alternativamente a Roger y a Fergus, con la expresión de quien compara a una cucaracha con un ciempiés para decidir a cuál pisará primero.

Fergus parecía complacido; había logrado transformar una confrontación armada en una escena de salón parisino. A continuación, miró a Roger y le cedió el control de la situación con un claro ademán de la cabeza.

—Bien. —Roger tenía la sensación de que su holgada camisa de lana se había convertido en una camisa de fuerza. Volvió a inspirar hondo, llenándose los pulmones con esfuerzo—. Pues como les decía, soy... eh... el capitán MacKenzie. El gobernador

Tryon nos ha encomendado reclutar una compañía de milicianos. Hemos venido a notificarles que tienen ustedes la obligación de aportar hombres y provisiones.

Richard Brown pareció sorprenderse; su hermano se puso ceñudo. Antes de que pudieran presentar ninguna objeción, Fergus se acercó a Roger y murmuró:

—*Mon capitain*, ¿no convendría averiguar si han matado al señor Morton antes de aceptarlos en nuestra compañía?

—Oh, sí. —Roger clavó en los Brown su mirada más severa—. Señor Fraser, ¿quiere ver qué ha pasado con el señor Morton? Yo esperaré aquí.

Sin perder de vista a los dueños de la casa, alargó una mano para recibir la pistola de su compañero.

—Oh, el tal Morton está vivito y coleando, capitán, sólo que *no 'stá* aquí. *S' ha pirao* como zorro con el rabo *chamuscao*, pero cuando ha desaparecido se movía perfectamente.

La voz nasal del de Glasgow habló desde la puerta. Un grupo de cabezas curiosas, entre ellas la de Henry Gallegher, espiaban desde la puerta. También se veían varias armas desenfundadas. Roger empezó a respirar con más facilidad.

Perdido todo el interés por Roger, los Brown miraban a Gallegher completamente desconcertados.

—¿Qué ha dicho? —susurró la señora Brown a su cuñada.

La otra dama movió la cabeza, con los labios apretados.

—Dice que el señor Morton está sano y salvo —tradujo Roger. Y tosió—. Lo cual es una suerte para ustedes —añadió, dirigiéndose a los hombres de la casa, con toda la amenaza que pudo poner en su voz. Luego se volvió hacia Gallegher, que se había reclinado contra el marco de la puerta, mosquete en mano, con cara de estar muy entretenido.

—¿Todos están bien, Henry?

Él se encogió de hombros.

—Estos sacos de estiércol no han *agujereao* a nadie, pero te han *dejao* una bonita *perdigoná* en tu alforja. Señor —agregó tardíamente, mostrando los dientes en un breve destello, a través de la barba.

—¿En la del whisky? —inquirió Roger, alarmado.

—¡Qué va! —Los ojos de Gallegher reflejaron su horror ante la posibilidad. Luego lo tranquilizó con una gran sonrisa—. En la otra.

—Ah, bueno. —El capitán hizo un gesto con la mano—. Sólo eran mis pantalones, ¿verdad?

Esa reacción arrancó risas y exclamaciones de apoyo entre los hombres apiñados en la puerta. Y alentó a Roger para dirigirse al más pequeño de los Brown.

—¿Y qué tienen ustedes contra Isaiah Morton? —quiso saber.

—Ha deshonrado a mi hija —replicó el hombre de inmediato, ya recobrada la compostura. Y clavó en Roger una mirada fulminante. La barba se le retorcía de cólera—. Le dije que si se atrevía a asomar esa maldita cara en diez kilómetros a la redonda, lo vería muerto a los pies de mi niña. Y ¡malditos sean mis ojos si esa puerca víbora no ha tenido el descaro de cabalgar hasta mi puerta! —El señor Richard Brown se volvió hacia el de Glasgow—. ¿Dice que los dos hemos errado el tiro?

Gallagher se encogió de hombros como pidiendo disculpas.

—Sí. Lo siento.

La más joven de las señoritas Brown escuchaba el diálogo algo boquiabierta.

—¿Han errado? —preguntó. La esperanza le iluminaba los ojos enrojecidos—. ¿Isaiah vive aún?

—No por mucho tiempo —aseguró su tío, ceñudo.

Iba a coger su escopeta de caza, pero todas las mujeres estallaron en un coro de gritos, al tiempo que los milicianos agrupados en la puerta levantaban a una las armas, apuntándolo. Él bajó muy despacio la suya.

Roger miró a Fergus, que se encogió apenas de hombros. Tenía que decidir él.

Los Brown estaban ahora juntos; los dos hermanos lo miraban con furia; las mujeres, apiñadas detrás de ellos, murmuraban entre sollozos. Por las ventanas asomaban cabezas de milicianos curiosos, todos mirando a Roger, aguardando órdenes.

¿Y qué podía él decirles? Morton era miliciano; por lo tanto, tenía derecho a su protección. No debía entregárselo a los Brown, pese a lo que hubiera hecho, si es que conseguían atraparlo. Por otra parte, su misión era reclutar a los dos hermanos y a todos los hombres de Brownsville que fueran aptos, además de conseguir provisiones para al menos una semana. Dadas las circunstancias, no parecía que la propuesta fuera a ser bien recibida.

Tenía la irritante convicción de que Jamie no habría tenido dudas de cómo resolver esa crisis diplomática. Él, personalmente, no tenía la más mínima idea.

Al menos disponía de un plan para ganar tiempo. Tras bajar la pistola con un suspiro, buscó la taleguilla que pendía de su cintura.

—Henry, trae la alforja donde guardo el whisky, ¿quieres? Señor Brown, espero que me permita adquirir algo de comida y un tonel de su cerveza para alimentar a mis hombres.

Con un poco de suerte, cuando se lo hubieran bebido todo, Jamie ya habría llegado.

# 29

## *Un tercio de cabra*

No había terminado, después de todo. Oscureció mucho antes de que acabáramos en la granja de los Beardsley: limpiar, volver a cargar las alforjas y ensillar nuevamente los caballos. Estuve a punto de sugerir que cenáramos antes de partir (no habíamos comido nada desde el desayuno), pero la atmósfera del lugar era tan perturbadora que ni Jamie ni yo teníamos apetito.

—Esperaremos —dijo él, cargando las alforjas a lomos de la yegua. Luego echó un vistazo a la casa—. Siento un vacío en el estómago, pero con esta casa a la vista no podría probar bocado.

—Te comprendo. —Yo también miré con inquietud hacia atrás, aunque no había nada que ver, salvo la casa quieta y vacía—. No veo la hora de alejarme de aquí.

El sol se había hundido por debajo de los árboles; una gélida sombra azul se extendía por la hondonada donde se alzaba la granja. La tierra desnuda de la tumba, oscura de humedad, formaba un montículo bajo las ramas lisas del fresno silvestre. Era imposible mirarla sin pensar en el peso de la tierra mojada, en inmovilidad, corrupción y podredumbre.

«Te pudrirás y morirás», le había dicho Jamie. Era de esperar que el cambio en el orden de esos dos factores hubiera beneficiado en algo a Beardsley. A mí, no. Me ceñí el chal a los hombros y exhalé aire con fuerza. Luego inhalé profundamente, con la esperanza de que el aroma frío y limpio de los pinos hiciera desaparecer el fantasmal hedor a carne muerta que parecía adherirse a las manos, a la ropa, a la nariz.

Los caballos piafaban, inquietos, sacudiendo las crines en su ansia por partir. Yo los comprendía. Eché otra mirada hacia atrás, sin poder contenerme. Habría sido difícil imaginar algo tan desolador. Más difícil aún, imaginarse viviendo sola allí.

Por lo visto, la señora Beardsley también lo había pensado y había llegado a una conclusión similar, pues en ese momento emergió del establo, con el cabrito en los brazos, anunciando que vendría con nosotros. Al parecer también se llevaba las cabras. Me entregó el cabrito y desapareció de nuevo en el establo.

El pequeño era pesado; estaba adormecido, con las flexibles articulaciones plegadas en un cómodo bulto. Resopló un poco de aire caliente contra mi mano, mordisqueándola con suavidad para ver de qué estaba hecha; luego emitió un suave *beee* de satisfacción y se relajó apaciblemente contra mis costillas. Un *beee* más potente y un hocicazo contra mi muslo anunciaron la presencia de su madre, que vigilaba al vástago.

—No puede abandonarlas aquí —murmuré a Jamie, que protestaba en la penumbra, a mi espalda—. Hay que ordeñarlas. Además, no hay tanta distancia, ¿o sí?

—¿Sabes a qué velocidad caminan las cabras, Sassenach?

—Nunca he tenido ocasión de medirlo —repliqué, algo irritada, cambiando de posición a mi pequeña carga peluda—. Pero no creo que, en la oscuridad, sean mucho más lentas que los caballos.

Respondió con un sonido gutural escocés, al que la flema daba más expresividad que de costumbre. Luego tosió.

—¡Qué mal estás! —observé—. Cuando lleguemos, te pondré la grasa mentolada, muchacho.

Él no presentó objeciones, cosa que me alarmó, pues indicaba una grave depresión de su vitalidad. Sin embargo, antes de que pudiera seguir indagando sobre su estado de salud me interrumpió la aparición de la señora Beardsley, que salía del establo seguida de seis cabras, atadas a la misma cuerda como una banda de convictos jovialmente ebrios.

Jamie observó aquella procesión con aire dubitativo. Luego, con un suspiro de resignación, se dedicó a considerar los problemas logísticos más inmediatos: descartada la posibilidad de que la señora Beardsley montara a *Gideon*, el Comehombres, comparó la voluminosa figura de la mujer con la pequeñez de mi yegua, poco más grande que un poni, y tosió.

Tras reflexionarlo un rato, decidió que la señora Beardsley montara a *Doña Cerdita*, con el cabrito dormido. Yo montaría con Jamie, en la cruz de *Gideon*, con lo que teóricamente evitaríamos que el animal me arrojara de su grupa a la maleza. Ató una cuerda al cuello del macho cabrío y el otro extremo a la silla de la yegua, pero dejó sueltas a las hembras.

—La madre seguirá a su cría y las otras seguirán al macho —me dijo—. Las cabras son animales sociales; ninguna querrá alejarse por su cuenta, mucho menos por la noche. ¡Fuera! —murmuró, apartando de su cara un hocico inquisitivo mientras se agachaba a revisar la cincha—. Con cerdos sería peor. Éstos sí que se agrupan a su modo.

Se incorporó, dando una palmada distraída a un testuz peludo. Luego se dirigió a la señora Beardsley mientras le mostraba el falso nudo que había atado a la silla, cerca de su mano:

—Si ocurre algún percance, suéltelo de inmediato o el caballo huirá con todos vosotros y esta criatura terminará ahorcada.

Ella asintió; era un bulto encorvado a lomos de la yegua. Luego levantó la cabeza para mirar hacia la casa.

—*Debemoz irnoz antez* de que *zalga* la luna —dijo en voz baja—. *Ez entoncez* cuando aparece.

Por la espalda me corrió un escalofrío. Jamie, con un respingo, se volvió hacia la casa a oscuras. A nadie se le había ocurrido cerrar la puerta, que permanecía abierta, como una cuenca ocular vacía.

—¿Quién? —preguntó, con un hilo de voz.

—Mary Ann —respondió—. Ella fue la última. —No había énfasis en su voz; hablaba como sonámbula.

—¿La última qué? —pregunté yo.

—La última *ezpoza*. —Y cogió las riendas—. Cuando *zale* la luna aparece de pie bajo el *cerbal*.

Jamie giró la cabeza hacia mí. La oscuridad no me permitió ver su expresión, pero no era necesario. Carraspeé.

—¿No sería mejor... cerrar la puerta? —sugerí.

Presumiblemente, el espíritu del señor Beardsley ya había captado la idea. Y aunque su viuda no tuviera ningún interés en la casa y su contenido, no parecía decente dejarla a merced de los mapaches y las ardillas, por no hablar de seres más grandes a los que pudiera atraer el olor de la partida final del granjero. Por otra parte, yo no tenía ningún deseo de aproximarme a la casa desierta.

—Monta, Sassenach.

Jamie cruzó el patio a grandes zancadas, cerró la puerta con más violencia de la necesaria y regresó, a paso enérgico.

—¡Hop! —exclamó, montando detrás de mí. Y partimos, con el resplandor de la media luna apenas visible por encima de los árboles.

Estábamos a unos seiscientos metros del sitio donde terminaba la senda, que ascendía desde la hondonada. Avanzábamos con lentitud debido a las cabras. Yo iba observando la hierba y las matas que rozábamos al paso, preguntándome si se veían mejor sólo porque mi vista se estaba adaptando a la oscuridad... o porque había salido la luna.

Me sentía bastante a salvo allí, sobre la mole poderosa del caballo, con el ruido de las cabras a nuestro alrededor y, detrás, la presencia tranquilizadora de Jamie, que me ceñía la cintura con un brazo. Pero no lo suficiente como para volver la vista atrás. Y al mismo tiempo, el impulso de mirar era tan intenso que casi contrarrestaba el miedo que me inspiraba la granja.

—En realidad, no es un serbal, ¿no? —dijo suavemente Jamie, detrás de mí.

—No —confirmé, reconfortada por el sólido brazo que me rodeaba—. Es un fresno silvestre. Pero son muy parecidos.

Había visto muchos de esos fresnos allí. Los escoceses de las Highlands solían plantarlos cerca de sus viviendas, porque los racimos de bayas anaranjadas y las hojas pinadas se parecían, en efecto, a las del serbal de Escocia, con el que estaba estrechamente emparentado. Comprendí que el comentario de Jamie no se debía a minuciosidad botánica, sino a la duda de que el fresno poseyera las mismas cualidades repelentes contra los malos espíritus y encantamientos. Si había decidido sepultar a Beardsley bajo ese árbol, no era por sentido estético ni por comodidad.

Le estreché la mano llena de ampollas. Él me besó en la cabeza

En lo alto del sendero me volví a mirar, pero sólo se veía un vago brillo en el tejado erosionado de la casa. El fresno y lo que bajo él hubiera (o no) permanecían ocultos en las sombras.

*Gideon* se estaba comportando inusualmente bien; sin apenas protestar por su doble carga. Me pareció que él también se alegraba de abandonar esa granja. Cuando lo dije, Jamie opinó, entre estornudos, que el tunante sólo se estaba tomando tiempo para planear alguna fechoría.

Para las cabras, esa excursión nocturna era como ir de paseo; caminaban con vivo interés, arrancando al pasar bocados de hierba seca, chocando entre sí o contra los caballos y haciendo tanto ruido como un rebaño de elefantes en la crujiente maleza.

Fue un gran alivio abandonar por fin las tierras de Beardsley. Cuando los pinos taparon toda la hondonada, aparté con resolución de la mente los perturbadores acontecimientos del día, para pensar en lo que nos esperaba en Brownsville.

—Confío en que Roger se las haya arreglado bien —dije, apoyándome contra el pecho de Jamie, con un pequeño suspiro.

—Mmfm.

Basándome en mi larga experiencia, diagnostiqué ese ruido catarral como aceptación cortés de mis sentimientos, superpuesta a una total indiferencia personal con respecto a las circunstancias. Una de dos, o no veía motivos de preocupación, o le daba igual lo que fuera de Roger; debía arreglárselas por sí solo o perecer en el intento.

—Espero que haya encontrado alguna posada —insistí, pensando que esa perspectiva podía provocar algo más de entusiasmo—. Sería magnífico tener comida caliente y una cama limpia.

—Mmfm. —Esta vez tenía una mezcla de humor y escepticismo, sobre la posible existencia de comida caliente y camas limpias en los territorios apartados de Carolina.

—Las cabras parecen llevarlo muy bien —añadí. Y aguardé con expectación.

—Mmfm. —Me daba la razón a regañadientes, aunque dudando sobre la duración de esa buena conducta por parte de las cabras.

Mientras yo formulaba mentalmente otra observación, con la esperanza de instarlo a repetir aquello (el máximo habían sido tres veces), *Gideon* justificó de pronto la desconfianza de Jamie alzándose de manos con un fuerte resoplido.

Choqué con el pecho de Jamie y el golpe seco de mi cabeza contra su clavícula me hizo ver las estrellas. Él me sujetó rodeándome con el brazo hasta dejarme sin aire mientras tiraba de las riendas con una sola mano, entre voces.

Yo no tenía ni idea de lo que estaba diciendo; no sabía siquiera si gritaba en inglés o en gaélico. El caballo relinchaba, encabritado, y yo buscaba algo a lo que asirme: crines, silla, riendas... Una rama me azotó la cara, y me cegó. Reinaba el caos; se oían chillidos, balidos y un ruido como de tela desgarrada. Luego, algo me golpeó con fuerza y me lanzó a la oscuridad.

No me desmayé, pero faltó poco. Quedé despatarrada en un matorral, esforzándome por respirar, incapaz de moverme y sin ver nada, aparte de unas cuantas estrellas diseminadas en el cielo.

A cierta distancia se oía un gran jaleo, en el que predominaba un coro de cabras despavoridas, salpicado de gritos que parecían de mujer. Gritos de dos mujeres.

Moví la cabeza, confundida. De pronto me puse boca abajo y comencé a arrastrarme: acababa de reconocer, aunque tarde, qué era aquello. Con frecuencia había oído rugidos de puma, pero siempre desde lejos, a distancia segura. Sin embargo, éste no estaba nada lejos. El ruido de tela desgarrada había sido el bufido de un gran felino que estaba muy cerca.

Al chocar con un gran tronco caído me apresuré a esconderme bajo él, introduciéndome en el hueco cuanto pude. No era el mejor de los escondrijos, pero tal vez impidiera que algo saltara desde los árboles sobre mí.

Seguía oyendo los gritos de Jamie, aunque el tono de sus comentarios había pasado a ser una especie de ronca furia. Las cabras ya no balaban; ¿era posible que el felino las hubiera matado a todas? Tampoco se oía a la señora Beardsley. Los caballos, en cambio, armaban un tremendo barullo con tanto relinchar y piafar.

Mi corazón martilleaba contra el suelo margoso; un hilo de sudor frío me cosquilleaba en la mandíbula. Nada como el miedo ancestral a ser devorado para invocar el terror absoluto: simpaticé por completo con los animales. Los matorrales crujieron a poca distancia. Y Jamie me llamaba a gritos.

—Aquí —grazné, decidida a no abandonar mi refugio sin saber con certeza dónde estaba el puma... o al menos sin tener la seguridad de que no estaba cerca de mí.

Los caballos habían dejado de relinchar, aunque seguían resoplando y haciendo ruido con los cascos, como para demostrar que ninguno de ellos había huido ni caído presa del visitante.

—¡Aquí! —repetí, alzando un poco la voz.

Más crujidos a poca distancia. Jamie apareció a trompicones en la oscuridad y se agachó para tantear debajo del tronco. Su mano encontró mi brazo y lo estrechó.

—¿Estás bien, Sassenach?

—No he tenido tiempo de averiguarlo, pero creo que sí. —Salí del tronco con cuidado para ver si estaba herida. Cardenales aquí y allá, codos despellejados y una sensación de escozor en la mejilla golpeada por la rama. Básicamente, todo estaba bien.

—Me alegro. Date prisa, está herido. —Él me levantó y con una mano en mi espalda me ayudó a caminar.

—¿Quién?

—El macho cabrío, por supuesto.

Para entonces mi vista se había adaptado a la oscuridad. Pude distinguir las grandes siluetas de *Gideon* y de la yegua bajo un álamo; ambos agitaban crines y colas con nerviosismo. A poca distancia había un bulto más pequeño, que parecía ser la señora Beardsley, agachada junto a algo.

Olía a sangre y a fetidez de cabra. Me puse en cuclillas, alargando la mano hasta encontrar pelo áspero, caliente. El macho cabrío se sobresaltó con un fuerte *¡beeee!*, que me tranquilizó un poco. Quizá estuviera herido, pero no moribundo. El cuerpo que tenía bajo mis manos estaba sólido y vital, con los músculos en tensión.

—¿Dónde está la fiera? —pregunté mientras localizaba la dureza de los cuernos y continuaba palpando apresuradamente la columna, las costillas y los flancos. El animal presentó sus objeciones con salvajes sacudidas.

—Se ha ido —dijo Jamie, que también se había agachado. Apoyó una mano en la cabeza del macho—. Ya, ya, *a bhalaich*. Todo está bien. *Seas, mo charaid.*

No encontraba ninguna herida abierta en el cuerpo de la cabra; sin embargo, olía a sangre: un vaho caliente y metálico, que perturbaba el limpio aire nocturno del bosque. Los caballos también lo olfateaban y se removían en la oscuridad, inquietos.

—¿Estamos seguros de que se ha ido? —insistí, tratando de ignorar la sensación de tener unos ojos clavados en la nuca—. Huelo sangre.

—Sí. La fiera se ha llevado a una de las hembras —me informó Jamie mientras se arrodillaba a mi lado para apoyar una mano en el cuello del animal—. La señora Beardsley ha soltado a este bravo muchacho, que se ha arrojado de cabeza contra el felino. No lo he visto todo, pero creo que la bestia le ha lanzado un zarpazo. La he oído chillar y bufar. Y en ese momento el macho cabrío también ha gritado. Puede que se haya roto una pata.

Así era. Con esa información hallé fácilmente la fractura, en el húmero de la pata delantera derecha. La piel estaba intacta, pero el hueso roto. Palpé el leve desplazamiento de los extremos. La cabra pujó, tratando de cornearme el brazo. Sus ojos se movían, frenéticos; las extrañas pupilas cuadradas eran visibles, pero incoloras bajo el débil claro lunar.

—¿Puedes curarlo, Sassenach?

—No lo sé.

El animal seguía forcejeando, pero sus movimientos se debilitaban perceptiblemente; entraba en shock. Busqué a tientas el pulso en el repliegue entre el cuerpo y la pata. La lesión se podía curar, pero el shock era más peligroso; yo había visto morir en un instante a muchos animales (y también a unas cuantas personas), tras un incidente traumático, heridas que por sí solas no eran mortales.

—No lo sé —repetí. Mis dedos habían encontrado por fin el pulso; era muy veloz y débil. Intenté imaginar los tratamientos posibles, todos rudimentarios—. Es muy posible que muera, Jamie, aunque le reduzca la fractura. ¿No sería mejor sacrificarlo? Convertido en carne será mucho más fácil de transportar.

Él acarició con suavidad el cuello de la cabra.

—A un animal tan valiente... Sería una pena.

Al oír eso, la señora Beardsley soltó una risita nerviosa, como de niña, y salió de la oscuridad de detrás de Jamie.

—*Ce* llama *Hiram* —dijo—. *Ez* un buen muchacho.

—*Hiram* —repitió él, sin dejar de acariciarlo—. Pues bien, *Hiram. Courage, mon brave.* Saldrás adelante. Tienes los huevos del tamaño de un melón.

—De caquis, quizá —observé, pues, sin buscarlos, había encontrado los testículos en cuestión al efectuar mi examen—. Aunque perfectamente respetables, sin duda —añadí conteniendo la respiración. Las glándulas almizcleras de *Hiram* estaban haciendo horas extraordinarias. Hasta el penetrante olor a sangre quedaba en segundo plano.

—Lo he dicho en sentido figurado —me informó Jamie, con bastante sequedad—. ¿Qué vas a necesitar, Sassenach?

Por lo visto, la decisión estaba tomada.

—Pues venga. —Me quité el pelo de la cara con el dorso de la muñeca—. Búscame un par de ramas rectas, de unos treinta centímetros de longitud, sin ramillas laterales, y un trozo de cuerda. Luego me ayudarás con él —añadí, tratando de sujetar a mi inquieto paciente—. Parece que a *Hiram* le caes bien. Tal vez te reconoce como espíritu afín.

Jamie rió; fue un sonido grave y reconfortante junto a mi codo. Se incorporó, después de rascarle una vez más las orejas, y se alejó entre susurros de follaje. Momentos después estaba de regreso con lo que le había pedido.

—Bien. —Aparté una mano del cuello de *Hiram* para coger los palos—. Voy a entablillarlo; de esta manera no podrá doblar la pata y hacerse más daño. Tendremos que llevarlo a cuestas. Ayúdame a tenderlo de lado.

Ya por orgullo masculino o por terquedad caprina (si hemos de suponer que son factores distintos), *Hiram* insistía en tratar de levantarse, con fractura o sin ella. Sin embargo, la cabeza se le bamboleaba de un modo alarmante, debilitados ya los músculos del cuello, y su cuerpo daba tumbos de lado a lado. Escarbó débilmente el suelo, pero quedó jadeante.

La señora Beardsley rondaba a mi lado, con el cabrito aún en brazos. El pequeño emitió un débil balido, como si despertara de pronto de una pesadilla, y *Hiram* respondió con un fuerte *beee*.

—Tengo una idea —murmuró Jamie, y se levantó para coger el cabrito. Luego volvió a arrodillarse y se lo acercó al macho.

De inmediato, *Hiram* dejó de forcejear y dobló el cuello para olfatear a su vástago. El cabrito lo hociqueó en el costado, con un balido. Una lengua larga y viscosa serpenteó sobre mi mano, babosa, buscando la cabeza del pequeño.

—Sé rápida, Sassenach —sugirió Jamie.

No necesité más acicate. En pocos minutos tuve la pata estabilizada y las tablillas acolchadas con uno de los muchos chales que la señora Beardsley llevaba encima. *Hiram* se había tranquilizado y sólo emitía algún gemido ocasional. El cabrito, en cambio, balaba a todo pulmón.

—¿Dónde está su madre? —pregunté.

No necesitaba la respuesta. Aunque no fuera muy entendida en cabras, sabía de maternidad: sólo la muerte mantendría a una madre lejos del hijo que estuviera armando un alboroto semejante. Las otras cabras habían regresado por curiosidad, por miedo a las sombras o, simplemente, por buscar compañía, pero la madre no se adelantó.

—Pobre *Beckie* —dijo tristemente la señora Beardsley—. Una cabra tan dulce.

Las siluetas oscuras se empujaban; hubo un resoplido de aire caliente en mi oído; una me mordisqueó el pelo; otra me pisó la pantorrilla y sus afiladas pezuñas me rasparon la piel, arrancándome una queja. Aun así no intenté espantarlas: la presencia de su harén parecía beneficiar al animal.

Ya tenía los huesos colocados y el entablillado bien firme. Había encontrado un buen sitio para evaluar el pulso junto a la base de la oreja. La cabeza de *Hiram* descansaba en mi regazo. Como las otras cabras intentaban acercarse, hociqueándolo con balidos quejosos, levantó de pronto la cabeza y se tendió sobre el vientre, con la pata rota incómodamente estirada hacia delante. Por un momento se bamboleó como un borracho. Luego emitió un fuerte y belicoso ¡*beeeee*! y se levantó apoyándose en tres patas. Cayó de inmediato, pero su reacción nos animó a todos.

Hasta la señora Beardsley lanzó una exclamación de placer al verlo.

—Muy bien. —Jamie se incorporó, pasándose los dedos por el pelo con un profundo suspiro—. Y ahora...

—¿Y ahora qué? —inquirí.

—Ahora debo decidir qué haremos. —Había cierto nerviosismo en su voz.

—¿No continuaremos hacia Brownsville?

—Podríamos continuar si la señora Beardsley conoce bien el camino y es capaz de hallar el sendero a la luz de las estrellas.

Se volvió hacia ella, expectante, pero aun en las sombras vi el gesto negativo de la mujer.

Entonces caí en la cuenta de que ya no estábamos en la senda; en todo caso, era apenas un estrecho camino abierto por los venados.

—No podemos estar tan lejos, ¿verdad? —Miré a mi alrededor, aguzando en vano la vista en la oscuridad, como si pudiera haber algún letrero luminoso que indicara la situación del sendero. En realidad, no tenía ni idea del rumbo.

—No —contestó Jamie—. En cuanto a mí, creo que tarde o temprano la encontraría, pero no pienso andar a trompicones por el bosque, en la oscuridad y con todo esto.

Recorrió el círculo con la vista, contando cabezas. Dos caballos muy asustadizos, dos mujeres (una de ellas bastante rara y posible homicida) y seis cabras, dos de las cuales no podían caminar. En realidad, tenía razón.

Echó los hombros hacia atrás y los encogió un poquito, como para acomodar una camisa estrecha.

—Iré a echar un vistazo. Si encuentro el camino enseguida, mejor. Si no, acamparemos hasta mañana —dijo—. A la luz del día será mucho más fácil encontrar la senda. Ten cuidado, Sassenach.

Y con un estornudo final, desapareció en el bosque, dejándome a mí sola al cuidado del herido y de nuestros acompañantes.

Los gritos del cabrito huérfano, cada vez más fuertes y angustiosos, me herían los oídos y el corazón. Sin embargo, la ausencia de Jamie parecía animar un poco a la señora Beardsley; probablemente le tenía miedo. La vi traer a otra de las madres y convencerla para que se estuviera quieta mientras el huérfano mamaba. Por un momento el cabrito se mostró renuente, pero lo vencieron el hambre y la necesidad de calor y consuelo; pocos minutos después chupaba con fruición, agitando el pequeño rabo.

Aunque verlo me alegró, también sentí un poco de envidia; en ese instante cobré conciencia de que no había comido nada en todo el día, de que tenía mucho frío y estaba desesperadamente cansada, de que me dolían varias partes... y de que, sin las complicaciones de la señora Beardsley y sus compañeros, a esas horas estaría sana y salva en Brownsville, con el estómago lleno, abrigada y cómoda junto a un buen fuego. Apoyé una mano en el vientre del cabrito, que se redondeaba y endurecía al llenarse de leche; a mí también me habría gustado que alguien se hiciera cargo de mí. Pero al parecer me había tocado ser el Buen Pastor; por ahora no había otro remedio.

—¿Cree que volverá? —La señora Beardsley se acuclilló a mi lado, con el chal bien ceñido a los anchos hombros. Hablaba en voz baja, como si temiera que alguien pudiera oírnos.

—¿Quién? ¿El puma? No, no creo. ¿Para qué? —Aun así me recorrió un escalofrío al pensar en Jamie, solo en la oscuridad.

*Hiram* resopló, con la paleta firmemente apoyada en mi muslo. Luego apoyó la cabeza en mi rodilla y lanzó un largo suspiro.

—*Algunoz* dicen que *loz gatoz* cazan en pareja.

—¿De verdad? —Sofoqué un bostezo, no de aburrimiento, sino de simple fatiga, y parpadeé en la oscuridad. Me invadía un letargo glacial—. Pues yo creo que una cabra de buen tamaño alcanza para dos. Además... —Bostecé otra vez, hasta el punto de que me crujió la mandíbula—. Además, los caballos nos lo anunciarían.

*Gideon* y *Doña Cerdita* se hociqueaban amistosamente los traseros bajo el álamo, sin dar señales de agitación. Eso pareció reconfortar a la señora Beardsley, que se sentó de súbito, encorvando los hombros como si hubiera perdido el aire.

—¿Cómo se siente? —pregunté, más por mantener la conversación que por verdadero interés.

—Me alegra haber *zalido* de *ece* lugar —dijo simplemente.

Decididamente, yo compartía sus sentimientos; al menos nuestra situación había mejorado con respecto a la de la granja, aun con puma y todo. Pero eso no significaba que deseara pasar una temporada allí.

—¿Conoce a alguien en Brownsville? —le pregunté. No estaba segura del tamaño de la población, aunque por los comentarios de algunos milicianos parecía una aldea importante.

—No. —Durante un momento guardó silencio. Tenía la cabeza inclinada hacia atrás para poder contemplar las estrellas y la apacible luna—. *Ez que...* nunca he *eztado* en *Brownzville* —añadió, casi tímida.

Ni en ningún otro lugar, al parecer. Contó la historia entre vacilaciones, pero casi con ansias, ante el interés, aunque mínimo, por mi parte.

Resumiendo, Beardsley la había comprado a su padre para llevarla a su casa, junto con otras mercancías adquiridas en Baltimore. Una vez allí la mantuvo esencialmente prisionera; tenía prohibido abandonar la granja y dejarse ver por aquellos que pudieran pasar por allí. Mientras él viajaba por las tierras de los cherokee con su mercancía, la dejaba en la casa para que hiciera todo el trabajo. No contaba con más compañía que la de un siervo sordo.

—¡Qué cosa! —dije. Con todo lo sucedido durante el día había olvidado a Josiah y a su gemelo. Me pregunté si ella conocería a los dos o sólo a Keziah—. ¿Cuánto hace que vino a Carolina del Norte? —pregunté.

—*Doz añoz* —respondió en voz baja—. *Doz añoz, trez mecez* y cinco *díaz.*

Recordé las marcas en la jamba de la puerta. ¿Cuándo comenzaría a llevar la cuenta? ¿Desde el principio? Estiré la espalda; eso molestó a *Hiram* y lo hizo rezongar.

—Ya veo. A propósito, ¿cuál es su nombre? —pregunté, cayendo en la cuenta de que no lo sabía.

—*Francez* —dijo. Pero lo intentó otra vez, como si no le gustara ese sonido confuso—. *Fran-cesss.* —El final fue un siseo entre los dientes partidos. Se encogió de hombros, riendo. Fue una risa breve y tímida—. Fanny. Mi madre me llamaba Fanny.

—Fanny —repetí para alentarla—. Es un nombre muy bonito. ¿Puedo llamarte así?

—*Cería...* un placer —dijo. Tomó aire otra vez, pero se detuvo sin hablar, como si fuera demasiado tímida para expresar lo que estaba pensando. Muerto su esposo, parecía totalmente pasiva, privada de la fuerza que la había animado antes.

—Ah —exclamé al comprender—. Claire. Tutéame, por favor.

—Claire. ¡Qué bonito!

—Bueno, al menos no tiene ninguna ese —dije sin pensar—. Oh, perdona.

Ella le restó importancia con un pequeño resoplido. Alentada por la oscuridad, la sensación de intimidad engendrada por el tuteo... o simplemente por la necesidad de hablar después de tanto tiempo, me habló de su madre, que había muerto cuando ella tenía doce años; de su padre, que pescaba cangrejos; y de la vida que llevaba en Baltimore, donde vadeaba por la costa durante la bajamar para recoger ostras y almejas, y contemplaba los barcos pesqueros y los navíos de guerra que pasaban frente al Fuerte Howard, remontando el Patapsco.

—Era... apacible —dijo con melancolía—. Tan abierto... *Zólo* el cielo y el agua. —Y volvió a inclinar la cabeza hacia atrás, como si anhelara el trocito de cielo visible entre las ramas que se entrecruzaban encima de nosotras.

Tal vez las montañas boscosas de Carolina del Norte eran refugio y abrazo para un escocés como Jamie, pero bien podían resultar claustrofóbicas y extrañas para quien estuviera acostumbrado a la costa de Chesapeake.

—¿Piensas regresar allá? —pregunté.

—¿*Regrezar*? —Parecía algo sobresaltada—. *Puez*... no lo había *penzado*.

—¿No? —Había encontrado un árbol contra el cual apoyarme. Me estiré un poco para aliviar la espalda—. Sin duda sabías que tu... que el señor Beardsley iba a morir. ¿No tenías ningún plan?

Aparte de divertirse torturándolo mientras moría lentamente, claro. Caí en la cuenta de que había empezado a sentirme demasiado a gusto con esa mujer, sola en la oscuridad con las cabras. Podía haber sido una víctima de Beardsley... o tal vez lo decía sólo para que la ayudáramos. Convendría recordar los dedos quemados de su marido y el horroroso estado del desván. Me enderecé un poquito; por si acaso, palpé el pequeño cuchillo que llevaba a la cintura.

—No. —Se la veía algo aturdida. No era de extrañar. Yo misma estaba aturdida, simplemente por la emoción y la fatiga. Tanto que me perdí lo que dijo a continuación.

—¿Qué has dicho?

—Que... Mary Ann no me dijo qué debía hacer... *dezpuez*.

—Mary Ann —repetí, cautelosa—. Ella era... la primera esposa de Beardsley, ¿no?

Fanny se echó a reír. El pelo de la nuca se me erizó de una manera muy desagradable.

—Oh, no. Mary Ann era la cuarta.

—La... cuarta —repetí, algo desmayada.

—*Ez* la única que él enterró bajo el *cerbal* —me informó—. Fue un error. *Laz otraz eztán* en el *bozque*. Le daría *pereza, zupongo*. No *quizo* caminar tanto.

—Ah. —No se me ocurría mejor respuesta.

—Y *ce* lo dije. Ella aparece bajo el *cerbal* cuando *zale* la luna. La primera vez que la vi *pencé* que era una mujer viva. Tuve miedo de lo que él pudiera hacerle, *ci* la veía *zola* allí, y *zalí* para advertirla.

—Comprendo. —Algo en mi voz debió de expresar incredulidad, pues ella volvió la cabeza hacia mí. Agarré el puñal con más firmeza.

—¿No me *creez*?

—¡Claro que sí! —le aseguré, tratando de quitarme la cabeza de *Hiram* del regazo. Se me había dormido la pierna izquierda por la presión y no sentía el pie.

—Puedo *demoztrártelo* —dijo ella, con voz serena y segura—. Mary Ann me dijo dónde *eztaban... laz otraz...* y *laz* encontré. Puedo *enceñarte laz tumbaz*.

—No es necesario —aseguré, flexionando los dedos del pie para restaurar la circulación. Si se me acercaba, le echaría la cabra encima y rodaría hacia un lado para huir a gatas mientras llamaba a Jamie. ¿Y dónde diablos estaba Jamie, a todo esto?—. Así que... Fanny... Me decías que el señor Beardsley... —Tampoco sabía el nombre de él, pero dadas las circunstancias prefería mantener mis relaciones con su memoria en un plano formal—, que tu marido asesinó a cuatro mujeres. ¿Y nadie se enteró?

Claro que nadie tenía por qué enterarse... La granja de Beardsley estaba muy aislada y no era raro que las mujeres murieran: por accidente, de parto o, simplemente, por exceso de trabajo. Si alguien sabía que el hombre había perdido a cuatro esposas, era muy posible que a nadie le interesara averiguar por qué.

—*Cí.* —Me pareció que estaba tranquila; al menos no parecía incipientemente peligrosa—. Me habría matado a mí también, pero Mary Ann *ce* lo impidió.

—¿Cómo?

Ella suspiró, acomodándose en el suelo. De su regazo surgió un balido soñoliento; entonces caí en la cuenta de que el cabrito estaba otra vez allí. Aflojé los dedos en torno al cuchillo; le sería difícil atacarme con una cabra en el regazo.

Según me contó, salía a conversar con Mary Ann cuando la luna estaba alta. La fantasmal mujer aparecía bajo el serbal sólo entre la media luna creciente y la media menguante, nunca en luna nueva ni en cuarto creciente.

—¡Qué detalle! —murmuré. Pero ella no se percató. Estaba absorta en su relato.

Aquello se prolongó durante varios meses. Mary Ann le dijo quién era; también la informó sobre el destino que habían sufrido sus predecesoras y cómo había muerto ella misma.

—La *eztranguló*. Le vi en el cuello *laz marcaz* de *zuz dedoz*. Ella me advirtió de que algún día haría lo *mizmo* conmigo.

Apenas algunas semanas después, Fanny tuvo la certeza de que había llegado el momento.

—*Eztaba hazta* arriba de ron, ¿*zabez*? *Ciempre* era peor cuando bebía. Y *eza* vez...

Trémula de nervios, había dejado caer la bandeja con la cena de Bradsley, salpicándole de comida. Él se había levantado de un brinco, rugiendo, y se había arrojado contra ella. Fanny se había dado la vuelta y había huido.

—Él *eztaba* entre la puerta y yo —dijo—. Corrí al *dezván*. Penzé que, borracho como *eztaba*, no podría *zubir* la *ezcalerilla*. Y no pudo.

Beardsley se había tambaleado y la escalerilla había caído ruidosamente. Mientras él luchaba por devolverla a su sitio, entre rezongos y maldiciones, alguien había llamado a la puerta. El hombre había preguntado a gritos quién era, pero sin respuesta; sólo un golpe más. Desde el borde del desván, Fanny había visto su cara enrojecida; él la había fulminado con la mirada. Un tercer golpe. Beardsley tenía la lengua tan entorpecida por el alcohol que no podía hablar con coherencia y se había limitado a gruñir, con un dedo en alto en señal de advertencia; luego había caminado hacia la puerta, tambaleándose, y la había abierto con violencia. Al mirar fuera había lanzado un alarido.

—Yo nunca en mi vida había oído algo *ací* —musitó ella—. Nunca.

Beardsley había girado en redondo y, en su carrera, había tropezado con un taburete y había caído de bruces, despatarrado. Se había levantado a duras penas y había ido hacia la escalerilla. Trepaba torpemente, salteando peldaños a manotazos, entre exclamaciones y gritos.

—Me gritaba que lo ayudara, que lo ayudara. —Su voz tenía una nota extraña. Tal vez era sólo estupefacción por el hecho de que semejante hombre le hubiera pedido socorro. Pero me pareció que ese tono delataba el profundo y secreto placer que le provocaba el recuerdo.

Él había llegado al tope de la escalerilla, pero no había podido dar el paso final hacia el desván. Su cara pasó de golpe del rojo al blanco; los ojos se le volvieron hacia atrás. Luego había caído de bruces a las tablas, inconsciente, con las piernas colgándole absurdamente desde el borde.

—No podía bajarlo; *apenaz* pude *arraztrarlo hacia* dentro. —Suspiró—. El *rezto*... ya lo *zabez*.

—No del todo. —Jamie habló desde la oscuridad, cerca de mi hombro, sobresaltándome. *Hiram* despertó con un gruñido de indignación.

—¿Cuándo has vuelto? —interpelé.

—Hace bastante. —Vino a arrodillarse a mi lado, con una mano en mi brazo—. ¿Y qué fue lo que vio en la puerta? —preguntó a la señora Beardsley. Su voz no expresaba más que un leve interés, pero noté que su mano estaba tensa. Me recorrió un escalofrío. «Qué.»

—Nada —respondió ella, simplemente—. No vi a nadie allí. Pero... *dezde eza* puerta *ce* veía el *cerbal*. Y había *zalido* la media luna.

Después de eso hubo un momento de silencio. Por fin Jamie se frotó la cara con una mano y suspiró.

—Sí. Bien. —Se levantó—. He encontrado un sitio donde podremos refugiarnos durante la noche. Ayúdame con la cabra, Sassenach.

Estábamos en terreno montañoso, lleno de salientes rocosas y de marañas de espinos; en la oscuridad, la marcha entre los árboles era tan insegura que me caí dos veces; sólo por suerte evité romperme el cuello. El trayecto habría sido difícil a plena luz del día; por la noche resultaba casi imposible. Por suerte, el sitio que Jamie había encontrado estaba cerca.

Se trataba de una especie de hendidura poco profunda, en un ribazo arcilloso medio desmoronado, cubierta por una enredadera maltrecha y por una masa de hierbas. En otros tiempos había corrido algún arroyo por allí; el agua había desprendido una buena parte del ribazo, dejando una abertura. No obstante, años atrás algo había desviado el curso de agua; las piedras redondeadas que habían formado su lecho estaban diseminadas y medio hundidas en el suelo margoso; una rodó bajo mi pie; al caer me golpeé la rodilla contra otra de esas condenadas piedras, me hice daño.

—¿Ocurre algo, Sassenach? —Jamie se había detenido al oír mi grosera exclamación. Estaba en la ladera, algo por encima de mí, con *Hiram* sobre los hombros. Desde abajo, recortado contra el suelo, era una figura grotesca y amenazadora, alta y con cuernos y una giba monstruosa.

—Estoy bien —le confirmé, casi sin aliento—. ¿Es aquí?

—Sí. Ayúdame, ¿quieres? —Parecía más sofocado que yo. Se arrodilló cuidadosamente mientras yo me apresuraba para ayudarlo a depositar a *Hiram* en el suelo. Él permaneció de rodillas, con una mano en tierra para sostenerse.

—Espero que por la mañana no sea tan difícil encontrar la senda —dije. Lo miraba con preocupación. El agotamiento lo obligaba a inclinar la cabeza y el aire gorgoteaba en su pecho con cada aliento. Necesitaba un sitio con fuego y comida cuanto antes.

Movió la cabeza y carraspeó.

—Sé dónde está. —Volvió a toser—. Sólo que...

La tos lo sacudía con fuerza; noté que tensaba los hombros para aguantarla. Cuando cesó le apoyé con suavidad una mano en la espalda; lo recorría un temblor constante; no era un escalofrío, sino el estremecimiento de los músculos forzados más allá de los límites de su fuerza.

—No puedo continuar, Claire —dijo por lo bajo, como si se avergonzara de admitirlo—. Estoy agotado.

—Acuéstate —le dije—. Yo me ocuparé de todo.

Hubo cierto alboroto y confusión, pero media hora después todos estábamos más o menos instalados, los caballos, maneados, y una pequeña fogata, encendida. Me arrodillé para examinar a mi paciente principal, que estaba tendido sobre el pecho, con la pata entablillada extendida hacia delante, con sus damas sanas y salvas tras él, al abrigo del ribazo. *Hiram* emitió un belicoso *¡beee!* y me amenazó con los cuernos.

—Ingrato —murmuré al apartarme.

La risa de Jamie se quebró en un espasmo de tos que le sacudió los hombros. Estaba acurrucado a un lado de la cuesta, con la cabeza apoyada en la chaqueta doblada.

—En cuanto a ti —le dije—, lo de la grasa de ganso no era broma. Abre ese capote y levántate la camisa. Ahora mismo.

Me miró con los ojos entornados; luego echó un vistazo a la señora Beardsley. Su recato me hizo disimular una sonrisa, pero le di a la mujer un hervidor pequeño y la envié en busca de agua y leña; luego extraje la calabaza con el ungüento mentolado.

Ahora que podía verlo bien, el aspecto de Jamie me alarmó un poco. Estaba pálido, con los labios blancos y las fosas nasales circundadas de rojo, ojeroso de fatiga. Parecía muy enfermo; oírlo era aún peor: su aliento silbaba en el pecho al respirar.

—Bueno, supongo que si *Hiram* no quiso morir delante de sus hembras, tú tampoco morirás delante de mí —dije con aire dubitativo mientras cogía con el dedo un poco de grasa fragante.

—No pienso morir —dijo, bastante fastidiado—. Sólo estoy un poco cansado. Por la mañana seré el de siempre. ¡Oh, Dios, cómo odio esto!

Tenía el pecho bastante caliente, pero no me pareció que fuera fiebre; era difícil determinarlo, con los dedos tan fríos.

Dio un respingo y trató de escabullirse, con un agudo «¡ay!». Lo sujeté con firmeza por el cuello y procedí a hacer mi voluntad, a pesar de sus protestas. Al fin dejó de resistirse y se entregó, entre risas intermitentes, estornudos y algún quejido ocasional, cuando le tocaba algún sitio donde hubiera cosquillas. A las cabras les pareció muy entretenido.

En pocos minutos lo había dejado jadeante en el suelo, con la piel del pecho y el cuello brillantes de grasa y enrojecidos por la friega. En el aire reinaba un fuerte aroma a menta y alcanfor. Le puse una franela gruesa cubriéndole el pecho, le bajé la camisa, lo arropé bien con la capa y lo cubrí hasta la barbilla con una manta.

—Bien —dije, satisfecha, mientras me limpiaba las manos con un paño—. En cuanto tenga agua caliente, tomaremos una buena infusión de marrubio.

Abrió un ojo, suspicaz.

—¿Tomaremos?

—Bueno, tú. Yo preferiría beberme el pis del caballo.

—Yo también.

—Lamentablemente, que yo sepa, no tiene efectos medicinales.

Cerró el ojo con un gruñido. Durante un momento respiró con dificultad, como un fuelle roto. Luego levantó la cabeza algunos centímetros.

—¿Esa mujer, ha vuelto?

—No. Supongo que encontrar el arroyo en la oscuridad le llevará algún tiempo. —Vacilé—. ¿Has oído todo lo que me ha contado?

Negó con la cabeza.

—Todo no, pero sí bastante. ¿Lo de Mary Ann y todo eso?

—Sí.

—¿La has creído, Sassenach?

En vez de responder inmediatamente, me tomé algún tiempo para quitarme la grasa de ganso de las uñas.

—En ese momento, sí —dije al fin—. Ahora... no estoy tan segura.

Jamie gruñó otra vez, ahora con aprobación.

442

—No creo que sea peligrosa —dijo—. Pero ten tu pequeño puñal a mano, Sassenach... y no le vuelvas la espalda. Nos turnaremos para montar guardia; despiértame dentro de una hora.

Cerró los ojos, entre toses, y pronto cayo dormido.

Las nubes empezaban a cubrir la luna y el viento frío agitaba la hierba del ribazo.

—Despertarte dentro de una hora... —murmuré al cambiar de posición, en un esfuerzo por lograr una mínima postura cómoda en el suelo rocoso— ... ¡Ja! ¡Ni lo sueñes!

Le levanté la cabeza para apoyarla en mi regazo. Él se quejó un poco, pero no se movió.

Giré los hombros y me recliné, buscando algún apoyo contra la pared inclinada de nuestro refugio. Pese a la advertencia de Jamie, no parecía necesario vigilar a la señora Beardsley; después de alimentar amablemente el fuego, se había acurrucado entre las cabras. Como sólo era de carne y hueso, estaba agotada por los acontecimientos del día y se durmió enseguida. La oí roncar de un modo apacible al otro lado de la fogata, entre los resoplidos de sus compañeros.

—Y tú, ¿de qué crees que estás hecho? —acusé a la pesada cabeza que descansaba en mi regazo—. ¿De goma vulcanizada?

Casi sin querer le acaricié el pelo. En su boca se dibujó una sonrisa de sorprendente dulzura. Desapareció tan de repente como había venido. Me quedé observándolo, atónita. No. Estaba profundamente dormido; su respiración era ronca, pero estable; las largas pestañas de dos colores descansaban contra las mejillas. Con mucha suavidad, volví a acariciarle el pelo.

Tal como esperaba: la sonrisa parpadeó como el toque de una llama y volvió a desaparecer. Suspiró con fuerza, dobló el cuello para colocarse mejor y se relajó por completo.

—¡Oh, Jamie!, por Dios —le susurré. Las lágrimas me escocían en los ojos.

Hacía años que no lo veía sonreír así en sueños. En realidad, desde aquellos primeros días de nuestro matrimonio, en Lallybroch.

«De pequeño lo hacía siempre —me había dicho entonces su hermana Jenny—. Creo que lo hace cuando está feliz.»

Doblé los dedos en el pelo denso y suave de la nuca, palpando la curva sólida del cráneo, el cuero cabelludo caliente, la fina línea de una antigua cicatriz.

—Yo también —susurré.

# 30

## *Engendros de Satanás*

La señora MacLeod y sus dos hijos se alojaron en casa de la esposa de Evan Lindsay cuando los hermanos MacLeod partieron con la milicia junto con Geordie Chisholm y sus dos hijos mayores. La congestión de la casa grande se vio considerablemente aliviada, pero no lo suficiente, según pensaba Brianna, teniendo en cuenta que aún estaba allí la señora Chisholm.

El problema no era ella en sí, sino sus cinco hijos menores, todos varones, a quienes la señora Bug llamaba en conjunto «engendros de Satanás». La madre se oponía a esa terminología, lo cual era quizá comprensible. Si bien los otros habitantes de la casa eran menos directos que la señora Bug a la hora de expresar sus opiniones, entre todos existía una notable unanimidad. Los gemelos de tres años causaban ese efecto, sí, se dijo Brianna, mirando a Jemmy con cierto temor mientras se imaginaba el futuro.

Por el momento no daba muestras de ser un posible alborotador; estaba medio dormido en la alfombra del estudio de Jamie, donde Brianna se había retirado con la vaga esperanza de encontrar quince minutos de soledad para escribir. El respeto a Jamie bastaba para mantener a los pequeños tunantes fuera de esa habitación.

La señora Bug había informado a Thomas Chisholm, de ocho años, a Anthony, de seis, y a Toby, de cinco, de que la señora Fraser era una bruja famosa, una dama blanca, que podría convertirlos en sapos en cualquier momento (lo cual no sería gran pérdida para la sociedad), si causaban algún daño en el contenido de su clínica. Aunque esto no los mantuvo apartados (al contrario: estaban fascinados), hasta el momento había impedido que causaran muchos daños.

En la mesa, a mano, tenía el tintero de Jamie: una calabaza hueca, bien tapada con una bellota grande; a su lado, un frasco de terracota con plumas de pavo bien afiladas. La maternidad le había enseñado a Brianna a aprovechar los momentos de tranquilidad que el azar le ofrecía; aprovechó ése para abrir el pequeño diario en el que registraba las anotaciones que consideraba íntimas.

> *Anoche soñé que hacía jabón. Personalmente nunca he hecho jabón, pero ayer estuve fregando el suelo y, cuando me acosté, aún me olían las manos. Es un olor horrible, entre ácido*

*y a cenizas, con un espantoso hedor a grasa de cerdo, como
a algo que lleva muerto mucho tiempo.*

*Estaba virtiendo agua en un hervidor de ceniza para
hacer lejía. A medida que la iba virtiendo se iba convirtiendo
en lejía. Del hervidor se elevaban grandes nubes de humo
venenoso; ese humo era amarillo.*

*Papá me trajo un gran cuenco de sebo para mezclar con
la lejía; dentro había dedos de bebé. Entonces no recuerdo
haber pensado que aquello fuera extraño.*

Brianna había estado tratando de ignorar una serie de ruidos
estruendosos en el piso de arriba, como si varias personas estuvieran brincando en una cama. El alboroto cesó de golpe, reemplazado por un grito penetrante, al que siguió a su vez un ruido
de carne contra carne, como de una fuerte bofetada, y varios
alaridos más de tonos diversos.

Bree hizo una mueca y cerró los ojos con fuerza. Un momento después bajaban con gran estruendo las escaleras. Ella miró
a Jemmy, que había despertado con un sobresalto, pero no parecía asustado —«Cielo santo, se está habituando», pensó— y dejó
la pluma para levantarse con un suspiro.

El señor Bug era el encargado de atender la granja y el ganado y de repeler las amenazas físicas. El señor Wemyss, de
cortar leña, acarrear agua y, en general, mantener en marcha el
funcionamiento de la casa. Pero uno era callado, y el otro, tímido.
Así que Jamie le había dejado formalmente el mando a su hija.
Por lo tanto, ella era corte de apelaciones y juez de todos los
conflictos. Es decir, la señora.

La señora abrió de par en par la puerta del estudio, fulminando al gentío con la mirada. La señora Bug, rubicunda como de
costumbre, desbordaba acusaciones. La señora Chisholm, de la
que podía decirse otro tanto, reventaba de indignación maternal.
La pequeña señora Aberfeldy se había puesto del color de las
berenjenas y mantenía a Ruth, su hija de dos años, apretada en
ademán protector contra su pecho. Tony y Toby Chisholm estaban
bañados en lágrimas y mocos. Toby tenía la marca roja de una
mano en una mejilla; el pelo fino de Ruthie estaba más corto en
un lado que en el otro. Todos comenzaron a hablar al mismo
tiempo.

—¡... indios salvajes!

—¡... el precioso pelo de mi bebé!

—¡Ella ha empezado!

—¡... atreverse a pegar a mi hijo!

—Estábamos jugando a los cortadores de cabelleras, señora...

—¡EEEEEEHHHHHH!

—¡... y estos pequeños engendros han hecho un gran agujero en mi lecho de plumas!

—¡Mire lo que ha hecho esa maldita vieja!

—¡Mire lo que han hecho ellos!

—Pues señora, es sólo...

—¡AAAAAHHHHHH!

Brianna salió al pasillo y cerró de un portazo. Como era una puerta maciza, el estruendo acalló por un instante el alboroto. Por otra parte, Jemmy se echó a llorar, pero ella lo ignoró.

Inspiró hondo, dispuesta a vadear en el jaleo, pero luego lo pensó mejor. No podía lidiar con ellos en grupo. Divide y vencerás: no había otra manera.

—Estoy escribiendo —declaró, mirándolos uno a uno con los ojos entornados—. Algo importante.

La señora Aberfeldy parecía impresionada; la señora Chisholm, ofendida; la señora Bug, atónita.

Ella se dirigió una a una con un frío gesto de la cabeza.

—Más tarde hablaré con cada una de ustedes, ¿de acuerdo?

Abrió la puerta y, después de entrar, la cerró muy suavemente ante las tres caras atónitas. Luego apoyó la espalda contra ella, con los ojos cerrados, y dejó escapar el aliento que estaba conteniendo.

Al otro lado de la puerta se produjo un silencio. Luego, el característico «¡Humm!» de la señora Chisholm y un ruido de pisadas que se alejaban: unas, escaleras arriba; otras, hacia la cocina; las más pesadas, hacia la clínica, al otro lado del pasillo. Un susurro de pies ligeros, frente a la puerta principal, anunció la huida de Tony y Toby.

Al verla, Jemmy dejó de llorar para chuparse el pulgar.

—Espero que la señora Chisholm no sepa nada de hierbas —le susurró ella—. Seguro que tu abuela tiene venenos allí.

Por lo menos su madre se había llevado consigo la caja de serruchos y escalpelos.

Durante un momento permaneció en silencio, escuchando. No había ruido de cristales rotos. Tal vez la señora Chisholm sólo había entrado en la clínica para evitar ver a las señoras Aberfeldy y Bug. Brianna se dejó caer en la silla de respaldo recto, junto a la mesa pequeña que su padre usaba como escritorio. O tal vez la señora Chisholm aguardaba al acecho, con la esperanza de coger a Brianna y obligarla a escuchar sus propias quejas, en cuanto las otras se hubieran quitado de en medio.

Ahora Jemmy estaba tumbado boca arriba, con los pies en alto, mascando tan contento un trozo de bizcocho tostado que había encontrado vete tú a saber dónde. El diario se había caído al suelo. Al oír que la señora Chisholm salía de la clínica, Bree se apresuró a coger la pluma y uno de los libros de contabilidad amontonados en el escritorio.

La puerta se abrió unos centímetros. Hubo un momento de silencio, durante el cual ella inclinó la cabeza y frunció el entrecejo en un exagerado gesto de concentración, mientras garabateaba con la pluma sin tinta en la página que tenía ante sí. Luego la puerta volvió a cerrarse.

—Zorra —dijo Bree, por lo bajo. Jemmy dejó oír un ruido interrogativo. Ella lo miró—. No has oído eso, ¿entendido?

El pequeño lanzó una exclamación de conformidad mientras se metía los restos chupeteados de la tostada en la fosa nasal izquierda. Ella hizo un gesto instintivo para quitárselo, pero se contuvo. Esa mañana no tenía paciencia para más conflictos. Por la tarde, tampoco.

Dio unos golpecitos pensativos con la pluma negra contra la página del registro contable. Tendría que hacer algo cuanto antes. La señora Chisholm podía haber descubierto la mortífera belladona. Y sabía que la señora Bug tenía un cuchillo de trinchar.

La señora Chisholm llevaba ventaja en cuanto a peso, estatura y alcance; no obstante, Brianna habría apostado por la señora Bug en lo referente a astucia y perfidia. En cuanto a la pobre señora Aberfeldy, quedaría entre fuegos cruzados, acribillada a balazos verbales. Y antes de que terminara la semana, la pequeña Ruthie estaría más calva que un huevo.

Su padre los habría puesto a todos firmes en un segundo, mediante un ejercicio conjunto de encanto y autoridad masculina. La idea le arrancó un pequeño resoplido de diversión. Ven, le diría a una, y ella se acurrucaría a sus pies, ronroneando como *Adso*, el gato. Ve, diría a otra, y ella saldría hacia la cocina para hornearle un plato de panecillos de mantequilla.

Su madre habría aprovechado la primera excusa para huir de la casa (a atender a un paciente lejano o a recoger hierbas medicinales); así dejaba que ellas se pelearan entre sí y regresaba sólo cuando se restauraba el estado de neutralidad armada. A Bree no se le había pasado por alto la expresión de alivio de su madre en el momento de partir a lomos de su yegua... ni la mirada un tanto culpable que dirigía a su hija. Aun así, ninguna de esas estrategias darían resultado en su caso... si bien sentía el fuerte impulso de coger a Jemmy y huir hacia las colinas.

Por enésima vez desde la partida de los hombres, lamentó en lo más hondo no haberlos acompañado. Era fácil imaginar la mole de un caballo moviéndose bajo ella, el aire limpio y frío en los pulmones y Roger cabalgando a su lado, con el sol arrancando reflejos a su pelo oscuro, y la aventura invisible a la que se enfrentarían juntos, algo más adelante.

Lo echaba de menos con un dolor profundo y sordo, como un moretón en el hueso. ¿Cuánto tiempo podía durar su ausencia, si llegaban a entrar en combate? Apartó la idea por no enfrentarse a la que iba tras ella: si se combatía, existía alguna posibilidad de que él volviera enfermo, herido... o de que no volviera nunca más.

—No llegaremos a eso —dijo con firmeza, en voz alta—. Regresarán dentro de una o dos semanas.

Una ráfaga de lluvia helada castigó la ventana con un repiqueteo. Empezaba a hacer frío; para cuando anocheciera, estaría nevando. Se ciñó el chal a los hombros, estremecida, y echó un vistazo a Jem para comprobar que estaba bien abrigado. Tenía el delantal recogido hasta la cintura y el pañal mojado; una de las medias se le había caído, dejando desnudo el piececito rosado. Sin embargo, él no parecía percatarse, absorto en la canción que dedicaba a sus dedos, mientras los movía despreocupadamente por encima de su cabeza.

Ella lo miró con aire dubitativo, pero se lo veía contento. Además, el brasero del rincón daba un poco de calor, sí.

—Bien —dijo. Y suspiró. Tenía a Jem; eso era todo.

El problema era encontrar la manera de lidiar con las Tres Furias antes de que la volvieran loca o se asesinaran unas a otras, con el rodillo de amasar o las agujas de tejer.

—Lógica —le dijo a Jemmy, apuntándolo con la pluma—. Tiene que haber una solución lógica. Es como ese problema en el que tienes que llevar a la orilla opuesta, en canoa, a un lobo, un cordero y una lechuga. Deja que lo piense.

Jem trataba de meterse el pie en la boca llena de migas, pese a que parecía imposible

—Debes de parecerte a papá —le dijo ella, tolerante.

Dejó la pluma en su frasco para cerrar el libro de contabilidad, pero se detuvo, atraída por la escritura torcida de las anotaciones. Al ver la letra de Jamie, característicamente desordenada, aún sentía una leve emoción. Recordaba la primera vez que la había visto, en una antigua escritura de propiedad cuya tinta con el tiempo se había vuelto de un color pardo claro.

Esta tinta había sido parda en un comienzo, pero ahora se había oscurecido; la mezcla de hierro y bilis alcanzaba su típico tono negro azulado con la exposición al aire, tras uno o dos días.

Entonces vio que no se trataba de un libro de contabilidad, sino de un registro diario de las actividades de la granja.

*16 de julio: Recibidos del pastor Gottfried seis lechones destetados, a cambio de dos botellas de vino moscatel y un hacha. Guardados en el establo hasta que crezcan y puedan comer forraje por sí solos.*

*17 de julio: Por la tarde una de las colmenas empezó a enjambrar y entró en el establo. Por fortuna mi esposa recapturó el enjambre y lo alojó en una mantequera vacía. Dice que Ronnie Sinclair debe hacerle otra.*

*18 de julio: Carta de mi tía, pidiendo consejo sobre aserradero de Grinder's Creek. Respondí diciendo que iré a inspeccionar la situación antes de fin de mes. Carta enviada por medio de R. Sinclair, que va a Cross Creek con una carga de 22 toneles, de los cuales debo recibir la mitad de su ganancia como parte de pago de su deuda por herramientas de zapatero remendón. Hemos acordado deducir de esa cantidad el coste de la mantequera nueva.*

El flujo de entradas resultaba tranquilizador, apacible como los días de verano que registraban. Bree sintió que el nudo de tensión empezaba a relajarse entre sus omóplatos; su mente se aflojaba y estiraba, dispuesta a buscar una salida a sus dificultades.

*20 de julio: Cebada del sembrado inferior alta hasta la rodilla. Pasada la medianoche la vaca roja tuvo una vaquilla sana. Todo va bien. Día excelente.*

*21 de julio: Voy a casa de los Mueller. He intercambiado una jarra de panal por bridas de cuero en mal estado (pero se pueden reparar). He regresado mucho después del oscurecer, por contemplar una bandada de aves acuáticas que alzaba el vuelo sobre el estanque de Hollis's Gap. Me he detenido a pescar y he cobrado diez buenas truchas. Tomamos seis en la cena; el resto servirá para el desayuno.*

*22 de julio: Mi nieto tiene sarpullido, aunque mi esposa declara que no tiene importancia. La cerda blanca se ha vuelto a escapar de su corral hacia el bosque. No sé si perseguirla o expresar mi pésame a la infortunada fiera que la encuentre. Su carácter se parece al de mi hija en estos momentos, tras varias noches casi sin dormir...*

Brianna se inclinó hacia la página, con el ceño fruncido.

*... por los gritos del infante, que según mi esposa tiene cólicos, pero pasarán. Confío en que tenga razón. Mientras tanto, he instalado a Brianna y al niño en la cabaña vieja, para alivio de los que habitamos la casa, si no de mi pobre hija. La cerda blanca devoró a cuatro lechones de la última camada antes de que pudiera impedírselo.*

—¡Condenado cretino! —exclamó ella.

Conocía bien a la cerda en cuestión y la comparación no le resultaba halagüeña. Jemmy, alarmado por su tono, paró de canturrear y dejó caer la tostada, trémulos los labios.

—No, no, está bien, tesoro. —Ella fue a cogerlo y mecerlo suavemente—. Chist, todo está bien. Mami estaba hablando con el abuelo, eso es todo. Esa palabra tampoco la has oído, ¿de acuerdo? Shhh, shhhh...

Jemmy, ya sereno, se estiró desde sus brazos hacia el bizcocho descartado, con pequeños gruñidos de ansiedad. Ella se agachó para recogerlo mientras lanzaba al objeto medio disuelto una mirada de asco. La corteza, además de rancia y mojada, tenía una ligera capa de algo que parecía pelo de gato.

—¡Aj! No creo que quieras esto. ¿O sí?

Desde luego que sí, y fue difícil persuadirlo de que aceptara a cambio una gran anilla de toro (de las que se usaban para conducir a los machos por la nariz, según recordó ella con cierta ironía). Confirmada su aceptación con un breve mordisco, el niño se colocó en su regazo para chupetearla empecinadamente, con lo que ella pudo releer la conclusión de la nota ofensiva.

—Hummm...

Se echó hacia atrás, acomodando el peso de Jemmy para estar más cómoda. Él ya se mantenía erguido con facilidad, aunque parecía increíble que ese fideo de cuello pudiera sostener la cúpula redonda de la cabeza. Bree echó una mirada ceñuda al registro contable.

—Tengo una idea —le dijo a Jemmy—. Si traslado a nuestra cabaña a esa vieja bru... digo, a la señora Chisholm, ella y sus pequeños monstruos dejarán de molestarnos a todos. Luego... hum... la señora Aberfeldy y Ruthie podrían hospedarse con Lizzie y su padre, si llevamos allí la cama que está en la habitación de tus abuelos. Los Bug recuperan su intimidad y la señora dejará de ser una vieja... eh... Y tú y yo dormiremos en la habitación de los abuelos hasta que ellos regresen.

Detestaba la idea de abandonar la cabaña. Era su hogar, su sitio, el de su familia. Allí podía entrar y cerrar la puerta, dejando atrás el furor de la casa grande. Allí estaban todas sus cosas: el telar a medio hacer, los platos de peltre, la jarra de loza que había pintado... todos esos pequeños objetos con los que había convertido ese sitio en su propio hogar.

Si a eso le sumaba el sentimiento de posesión y paz, abandonarlo le provocaba una incómoda sensación que tenía algo de supersticioso. La cabaña era el hogar que compartía con Roger; al abandonarla, aunque sólo fuera temporalmente, parecía admitir que tal vez él no retornaría para seguir compartiéndola.

Estrechó con más fuerza a Jemmy, quien la ignoró concentrado en su juguete, con los puñitos regordetes chorreando baba allí donde asían la anilla.

No, no quería ceder su cabaña. Pero era una solución, y además lógica. ¿La señora Chisholm, estaría de acuerdo? La cabaña era una construcción mucho más tosca que la casa grande y carecía de sus comodidades.

Aun así estaba casi segura de que la mujer aceptaría la sugerencia. Si existía alguien cuyo lema fuera: «Mejor reinar en el infierno que servir en el cielo», ésa era ella. Pese a las tribulaciones, sintió ganas de reír.

Después de cerrar el registro contable, trató de volver a colocarlo sobre la pila de donde lo había cogido, pero con una sola mano y estorbada por Jemmy, no llegaba. El libro se resbaló y cayó de nuevo en la mesa.

—Cuernos —murmuró, estirándose en la silla para recogerlo. Se habían desprendido varias hojas sueltas, que ella volvió a introducir con la mano libre, tan ordenadamente como pudo.

Una de ellas era una carta; aún tenía pegados los restos del lacre, con la impresión de una medialuna sonriente. Se detuvo: era el sello de lord John Grey. Debía de ser la carta que él había enviado en septiembre, con la descripción de su cacería de venados en el área pantanosa del Dismal Swamp; su padre se la había leído varias veces a su familia, pues lord John era un corresponsal muy ingenioso. La cacería en cuestión había estado plagada de ese tipo de contratiempos incómodos de soportar, pero pintorescos cuando después se relatan.

Sonriendo al recordarlo, desplegó la carta con el pulgar, deseosa de releerla, sólo para descubrir que se encontraba ante algo muy diferente.

13 de octubre, Anno Domini 1770
Señor James Fraser
Cerro de Fraser, Carolina del Norte

Mi querido Jamie:

Esta mañana me ha despertado el sonido de la lluvia que nos castiga desde hace una semana, y el suave cloqueo de varios pollos encaramados en el cabecera de mi cama. Después de levantarme bajo la mirada fija de numerosos ojillos, he ido a averiguar a qué se debía esa circunstancia. Se me ha informado de que el río ha crecido tanto, bajo el ímpetu de las lluvias recientes, que ha socavado tanto el excusado como el gallinero. El contenido de este último lo ha rescatado William (mi hijo, al que sin duda recuerdas) y dos de los esclavos, que rescataron con escobas a las aves desalojadas cuando las arrastraba el torrente. No sabría decir de quién fue la idea de alojar en mis aposentos a las indefensas víctimas plumíferas, pero tengo ciertas sospechas al respecto.

Tras recurrir al uso de mi bacinilla (me gustaría que los pollos compartieran este adminículo, pero su incontinencia es alarmante), me he vestido y me he aventurado a salir para ver qué se podía salvar. Del gallinero quedan algunas tablas y el techo, pero, ¡ay!, mi excusado se ha convertido en propiedad del rey Neptuno... o quienquiera que sea la deidad menor que preside sobre un tributario tan modesto como nuestro río.

No obstante, te ruego no sufras preocupaciones por nosotros, pues la casa está a cierta distancia del río, construida sobre una elevación del terreno, lo cual nos pone a salvo de las inundaciones más incómodas. (El excusado se había cavado junto a la casa vieja y aún no hemos intentado levantar una nueva estructura, más conveniente; al brindarnos la necesaria «excusa» para reconstruir, este pequeño desastre puede resultar una bendición disimulada.)

Brianna puso los ojos en blanco ante ese juego de palabras, pero aun así sonrió. Jemmy dejó caer la anilla y de inmediato comenzó a pedirla lloriqueando. Ella se inclinó para recogerla, pero se detuvo, atraída su atención por el comienzo del párrafo siguiente.

En tu carta mencionas al señor Stephen Bonnet y preguntas si tengo noticias o conocimiento de él. Lo conocí en persona, como recordarás, pero por desgracia no guardo recuerdo alguno del encuentro, ni siquiera en cuanto a su aspecto. No obstante, como bien sabes, conservo en mi cabeza un pequeño agujero como singular recordatorio de esa ocasión. (Puedes informar a tu señora esposa de que estoy bien curado, sin más síntomas de incomodidad que algún dolor de cabeza ocasional. Aparte de eso, la placa de plata con la que se ha cubierto la abertura está sujeta a enfriamientos súbitos cuando el tiempo es frío, lo cual tiende a hacer que mi ojo izquierdo lagrimee y a provocar una gran descarga de mocos, pero esto no tiene importancia.)

Puesto que comparto, por lo tanto, tu interés por el señor Bonnet y sus movimientos, hace tiempo vengo haciendo averiguaciones entre mis conocidos de la costa, dado que las descripciones de sus maquinaciones me hacen creer que es más probable encontrar al hombre allí (la idea resulta reconfortante, teniendo en cuenta la gran distancia entre la costa y su remota Eyrie). Sin embargo, puesto que el río es navegable hasta el mar, se me ha ocurrido que los capitanes de río y los tunantes del agua que, de vez en cuando, honran mi mesa podrían traerme, en algún momento, noticias del hombre.

No me complace la obligación de informar de que Bonnet aún mora entre los vivos, pero tanto el deber como la amistad me imponen compartir contigo los datos que he obtenido. Son escasos; el miserable parece tener conciencia de su situación criminal, al punto de haber actuado con sutileza en sus movimientos hasta el presente.

Jemmy pataleaba y chillaba. Como en trance, Bree se agachó a recoger la anilla, con los ojos aún clavados en la carta.

He sabido poco de él, exceptuando la información de que en un momento dado se había retirado a Francia: buena noticia. Sin embargo, hace dos semanas recibí a un huésped, un tal capitán Liston (lo de «capitán» no es sino un título de cortesía; el hombre asegura servir a la Marina Real, pero yo apostaría un tonel de mi mejor tabaco —una muestra del cual te envío acompañando esta misiva; y si no lo recibieras te agradecería que me lo hicieras saber, pues no confío del todo en el esclavo a través de quien lo envío— a que nunca ha olido siquiera la tinta de un contrato, mucho menos el hedor de los pantoques), quien me proporcionó una historia más reciente —y sumamente desagradable— de ese tal Bonnet.

Contó Liston que, encontrándose en libertad en el puerto de Charleston, se topó con algunos compañeros de vil aspecto, quienes lo invitaron a acompañarlos a una pelea de gallos, en el patio interior de un establecimiento llamado Copa del Diablo. Entre la chusma había un hombre que destacaba por la elegancia de su vestimenta y la liberalidad con que gastaba el dinero; Liston oyó que lo llamaban Bonnet, y el propietario lo informó que ese Bonnet tenía fama de contrabandista en los Outer Banks, siendo apreciado entre los mercaderes de las ciudades costeras de Carolina del Norte, aunque mucho menos entre las autoridades, que eran incapaces de ajustar cuentas con ese hombre, debido a su comercio y al hecho de que las ciudades de Wilmington, Edenton y New Bern dependían de su tráfico.

Liston prestó poca atención a Bonnet (dijo), hasta que surgió un altercado sobre una apuesta. Hubo intercambio de palabras acaloradas y sólo el derramamiento de sangre habría podido salvar el honor. Los espectadores, sin reparos, comenzaron al instante a apostar sobre el resultado de esa contienda humana, tal como lo estaban haciendo sobre las aves en liza.

Uno de los combatientes era el tal Bonnet; el otro, un tal capitán Marsden, capitán del ejército a media paga, a quien mi huésped conocía como buen espadachín. Este Marsden, considerándose parte ofendida, le echó un mal de ojo e invitó al contrabandista a darle satisfacción en el acto, ofrecimiento aceptado de inmediato. Las apuestas se volcaron marcadamente a favor de Marsden, pues su reputación era mucha, pero pronto quedó en claro que había encontrado en Bonnet la horma de su zapato. En pocos momentos, éste logró desarmar a su adversario y herirlo tan gravemente en el muslo que Marsden cayó de rodillas y se dio por vencido; sin duda alguna, dadas las circunstancias, no tenía opción.

Sin aceptar la rendición, Bonnet ejecutó en cambio un acto de tal crueldad que causó profundísima impresión en quienes lo vieron. Tras comentar, con gran frialdad, que no serían sus propios ojos los condenados, cruzó con la punta de su arma los ojos del vencido, retorciéndola de manera que no sólo dejó ciego al capitán: le infligió una mutilación tal que lo convertiría en objeto de gran horror y compasión de quienes lo vieran.

Tras dejar a su adversario así mutilado y desvanecido en la arena ensangrentada del patio, Bonnet limpió su acero contra la camisa de Marsden, lo envainó y se marchó... no sin antes apoderarse de la bolsa del capitán, que reclamó como pago de su apuesta original. Ninguno de los presentes tuvo agallas para impedírselo, teniendo ante ellos tan convincente ejemplo de su destreza.

Te relato esta historia tanto para familiarizarte con el último paradero conocido de Bonnet como para advertirte de su carácter y su destreza. Sé que ya estás familiarizado con el primero, pero te llamo la atención sobre la última, por el interés que me merece tu bienestar. Desde luego, no espero que una palabra de mi bienintencionado consejo halle alojamiento en tu pecho, colmado como ha de estar de animadversión hacia el hombre, pero te imploro que tengas en cuenta, cuando menos, la mención que ha hecho Liston de las vinculaciones de Bonnet.

En ocasión de mi propio encuentro con el hombre, éste era un criminal condenado; no creo que desde entonces haya prestado a la Corona servicios tales que merecieran el perdón oficial. Si se atreve a exhibirse tan abiertamente en Charleston, donde pocos años atrás escapó a la cuerda del verdugo, se diría que no teme por su seguridad... y esto sólo puede significar que ahora disfruta de la protección de amigos poderosos. Si buscas destruir a Bonnet, debes descubrirlos y cuidarte de ellos.

Continuaré mis averiguaciones al respecto y te notificaré de inmediato cualquier nuevo detalle. Mientras tanto, cuídate y dedica de vez en cuando algún pensamiento a tu calado y tembloroso amigo de Virginia. Quedo, pues, con mis mejores deseos para con tu esposa, hija y familia,

Tu seguro servidor,

John William Grey
Plantación Monte Josiah
Virginia

455

*Post scriptum*: A petición tuya me he puesto a la búsqueda de un astrolabio, pero hasta ahora no he sabido de nada que se adecue a tus propósitos. No obstante, este mes escribiré a Londres para que me manden muebles diversos y será un placer encargar uno a Halliburton, de la calle Green, cuyos instrumentos son de la mejor calidad.

Con mucha lentitud, Brianna volvió a sentarse en la silla. Luego le tapó las orejas a su hijo con manos suaves, pero firmes, y dijo una palabrota muy malsonante.

# 31

## *Huérfano de la tormenta*

Reclinada contra el ribazo, con la cabeza de Jamie en la falda, me quedé dormida. Tuve sueños lúgubres, como suele suceder cuando estás incómoda y tienes frío. Soñé con árboles: interminables y monótonos bosques, con cada tronco, cada hoja, cada aguja recortados como tallas de marfil contra la cara interior de mis párpados, todos claros como el cristal, todos iguales. Entre ellos, en el aire, flotaban ojos de cabra de color amarillo; en el bosque de mi mente resonaban rugidos de pumas hembra y llantos de niños sin madre.

Desperté de repente, con los ecos de esos llantos aún resonando en mis oídos. Yacía en un lío de capotes y mantas, con los miembros de Jamie pesadamente entrelazados con los míos; una nieve fina caía entre los pinos.

Tenía la cara fría y mojada por la nieve fundida, con gránulos de hielo pegados a las cejas y las pestañas. Desorientada durante un momento, toqué a Jamie, que se removió, tosiendo con fuerza; su hombro se estremeció bajo mi mano. Ese ruido me devolvió a los hechos del día anterior: Josiah y su gemelo, la granja de los Beardsley, los fantasmas de Fanny, el hedor de los excrementos y la gangrena, el olor más limpio de la pólvora y la tierra mojada. Los balidos de las cabras aún retumbaban desde mis sueños.

Entre el susurro de la nieve me llegó un grito débil. Me incorporé de golpe, arrojando a un lado las mantas, en una llovizna de hielo en polvo. No era una cabra. En absoluto.

Jamie, sobresaltado, rodó para salir de entre la maraña de capotes y mantas; se quedó acuclillado, con el pelo revuelto; sus ojos volaban de un lado a otro, buscando la amenaza.

—¿Qué pasa? —susurró, afónico, al tiempo que alargaba la mano hacia su puñal envainado, que había dejado en el suelo, a su alcance.

Yo levanté la mía para impedir que se moviera.

—No sé. Un ruido. ¡Escucha!

Levantó la cabeza, alerta; vi que su garganta se movía dolorosamente al tragar. Yo no oía nada salvo el chispeo de la nieve, ni veía más que los pinos chorreantes. Pero Jamie oía algo... o lo veía: su cara cambió súbitamente.

—Allí —dijo por lo bajo, señalando con la cabeza algo que estaba a mi espalda.

Al girar sobre mis rodillas me encontré con algo que parecía un pequeño montón de trapos; estaba a unos tres metros, junto a las cenizas de la fogata apagada. El llanto se oyó otra vez, ya inconfundible.

—¡Por los clavos de Roosevelt!

Casi sin conciencia de haber hablado, gateé hacia el bulto, lo recogí aprisa y comencé a escarbar entre las capas de ropa. A todas luces estaba con vida, puesto que yo lo había oído gritar; pero yacía inerte, casi sin peso en la curva de mi brazo.

La diminuta cara y el cráneo lampiño eran de un color blanco azulado, con las facciones cerradas y secas como la vaina de un fruto invernal. Al apoyar la palma de la mano contra la nariz y la boca percibí un leve calor húmedo contra la piel. Sobresaltada por mi contacto, los labios se abrieron en un maullido, en tanto los ojos oblicuos se apretaban, dejando fuera ese mundo amenazante.

—Dios bendito. —Jamie se persignó brevemente. Su voz era apenas más que un susurro flemático; después de un carraspeo lo intentó de nuevo—. ¿Dónde está esa mujer?

Espantada por la aparición de la criatura, yo no me había detenido a pensar en sus orígenes; tampoco era buen momento para hacerlo. El bebé se contorsionó un poco en sus envolturas, pero tenía las manitas heladas, y la piel, azulada y purpúrea por el frío.

—Por ahora déjala. Trae mi chal, ¿quieres, Jamie? El pobrecito está casi congelado.

Usé la mano libre para desatarme el corpiño; era uno de los viejos, abiertos por la parte delantera, que yo usaba por comodidad cuando salíamos de viaje. Una vez aflojados el corsé y la cinta de la camisa, apreté a la pequeña criatura helada contra mis pechos desnudos, todavía calientes por el sueño. Una ráfaga me arrojó nieve punzante contra la piel expuesta del cuello y los hombros. Tiré a toda velocidad de la camisa, cubriendo al bebé, y encorvé los hombros, estremecida. Jamie me echó el chal por encima; luego nos envolvió a ambos con los brazos, estrechándonos con fiereza, como para que el calor de su propio cuerpo entrara por la fuerza en el niño.

Ese calor era considerable: estaba ardiendo de fiebre.

—¡Santo Dios! ¿Estás bien? —Lo miré; estaba pálido y con los ojos enrojecidos, pero bastante firme.

—Estoy bien, sí. ¿Dónde está? —repitió, con voz ronca—. La mujer.

Obviamente se había ido. Las cabras estaban apretujadas al abrigo del ribazo; vi asomar los cuernos de *Hiram* entre los lomos erizados de sus hembras. Seis pares de ojos amarillos nos observaban con interés. Me recordaron a los de mis sueños.

El sitio donde se había acostado la señora Beardsley estaba vacío; sólo quedaban una huella de hierba aplastada como testigo de su presencia allí. Debía de haberse alejado un poco para dar a luz, pues cerca del fuego no quedaban rastros del nacimiento.

—¿Es de ella? —preguntó Jamie. La congestión aún era perceptible en su voz, pero el sonido sibilante del pecho se había aligerado. Ya era un alivio.

—Supongo que sí. De otro modo, ¿de dónde ha venido?

Repartía mi atención entre Jamie y el niño, que había comenzado a moverse contra mi vientre, con pequeños movimientos de cangrejo, pero eché una mirada alrededor de nuestro improvisado campamento. Los pinos se erguían bajo la nieve susurrante, negros y silenciosos. Si Fanny Beardsley se había adentrado en el bosque, no quedaba en la pinaza huella alguna que delatara su paso. Los troncos estaban escarchados de cristales, pero la nieve caída no había llegado a adherirse al suelo. Ni rastro de pisadas.

—No puede estar lejos —dije, estirando el cuello para mirar por encima de Jamie—. No se ha llevado ninguno de los caballos.

*Gideon* y *Doña Cerdita* seguían juntos bajo una pícea, con las orejas ceñudamente aplanadas por el clima, rodeados por las nubes de vapor de su aliento. Al vernos levantados y en movimiento, *Gideon* piafó y relinchó, mostrando los grandes dientes amarillos en una impaciente exigencia de sustento.

—Sí, viejo tunante, ya voy. —Jamie dejó caer los brazos y dio un paso atrás, pasándose los nudillos por la nariz—. Si quería irse en secreto, no podía llevarse un caballo. El otro habría montado un escándalo hasta despertarme. —Depositó una mano suave sobre el bulto escondido bajo mi chal—. Tengo que ir a darles de comer. ¿Está bien el niño, Sassenach?

—Se está descongelando —le aseguré—. Pero debe de tener hambre.

El bebé comenzaba a moverse más, retorciéndose con movimientos flojos, como una lombriz helada; su boca buscaba a ciegas. La sensación fue chocante por su familiaridad: mi pezón saltó por reflejo y en el pecho vibró la electricidad, mientras la boquita buscaba y se cogía a él. Lancé un pequeño chillido de sorpresa; Jamie enarcó una ceja.

—Eh... tiene hambre —aseguré, colocándomelo.

—Ya lo veo, Sassenach. —Echó un vistazo a las cabras, que seguían acurrucadas al abrigo del ribazo, pero empezaban a removerse entre gruñidos soñolientos—. No es el único famélico. Un momento, por favor.

De la granja de Beardsley habíamos traído grandes sacos con heno seco; Jamie abrió uno y esparció comida para los caballos y las cabras. Luego se agachó para desenredar uno de los capotes de entre el montón de mantas húmedas y me lo puso en los hombros. Por último rebuscó en la mochila una taza de madera, con la que se acercó resueltamente a las cabras.

El bebé estaba mamando con fuerza, con mi pezón bien hundido en su boca. Eso me tranquilizó en cuanto a la salud del niño, pero la sensación era perturbadora.

—No es que me moleste, créeme —le dije, tratando de distraernos a ambos—. Pero me temo que no soy tu madre, ¿comprendes? Lo siento.

¿Y dónde diablos estaba su madre? Giré poco a poco, recorriendo el paisaje con más atención, pero no veía huella alguna de Fanny Beardsley, mucho menos el motivo de su desaparición... o su silencio.

¿Qué diantre podía haber sucedido? Era posible (y evidente) que la señora Beardsley hubiera ocultado un embarazo avanzado bajo esa montaña de grasa y abrigo, pero ¿por qué?

—Por qué no nos lo dijo, es lo que me pregunto —murmuré hacia la cabecita del bebé, que comenzaba a inquietarse.

Me balanceé apoyándome alternativamente en un pie y en el otro para calmarlo. Tal vez Fanny había temido que, si Jamie se enteraba de que estaba tan avanzada en el embarazo, no quisiera llevarla con nosotros. Cualesquiera que fuesen las circunstancias, resultaba comprensible que no deseara quedarse en esa granja.

Pero aun así, ¿por qué había abandonado al niño? ¿O acaso no lo había abandonado? Durante un momento consideré la posibilidad de que alguien... o algo (me cosquilleó la columna al pensar en el puma) se hubiera llevado a la mujer. Pero el sentido común descartaba esa idea.

Exhaustos como estábamos, era concebible que un gato o un oso hubieran entrado en el campamento sin despertarnos, pero no había ninguna posibilidad de que se hubieran acercado sin alarmar a las cabras y a los caballos, que ya habían tenido más que suficiente en lo que a bestias salvajes se refiere. Y una fiera en busca de presa habría preferido obviamente un bocado tierno, como esa criatura, a un plato duro como la señora Beardsley.

Sin embargo, si los responsables de la desaparición de Fanny Beardsley habían sido una o varias personas, ¿por qué habían dejado al bebé?

O ¿por qué lo habían devuelto?

Respiré hondo y fuerte para despejar la nariz; luego volví la cabeza, aspirando el aire en diferentes direcciones. Un parto es muy sucio y yo estaba familiarizada con sus fuertes olores. La criatura que tenía en mis brazos emanaba todos esos olores, pero no se detectaba rastro alguno de sangre o líquido amniótico en el viento helado. Estiércol de cabra y de caballo, heno cortado, el olor amargo de la ceniza de leña y una buena vaharada de alcanfor de la grasa de ganso en las ropas de Jamie, pero nada más.

—Muy bien —dije en voz alta, meciéndolo, ya que empezaba a perder el sosiego—. Se ha alejado de la fogata para dar a luz. Se ha ido sola, o alguien la ha obligado. Pero si quien se la ha llevado ha caído en la cuenta de que estaba a punto de dar a luz, ¿por qué se ha molestado en traerte de vuelta en vez de conservarte, matarte o, simplemente, abandonarte para que murieras? Oh, perdona, no tenía intención de alterarte. Calla, tesoro, calla...

El bebé, que empezaba a salir de su helado estupor, había tenido tiempo de pensar qué otra cosa faltaba en su mundo. Después de abandonar mi pecho, frustrado, se retorcía y lloraba con alentadora potencia. Entonces regresó Jamie, con una humeante taza de leche de cabra y un pañuelo moderadamente limpio. Después de retorcerlo hasta improvisar una teta, lo sumergió en la leche e insertó la tela goteante en la boca abierta del bebé. Los maullidos cesaron de inmediato; ambos suspiramos de alivio.

—Ah, así estás mejor, ¿no? *Seas, a bhalaich, seas* —murmuraba él, dejando gotear la leche.

Estudié aquella carita diminuta, aún pálida y cerosa de grasa fetal; ya no tenía el color de la tiza; mamaba con profunda concentración.

—¿Cómo ha podido abandonarlo? —me pregunté en voz alta—. ¿Y por qué?

Ése era el mejor argumento para apoyar la teoría del secuestro: ¿qué otra cosa podía hacer que una flamante madre abandonara a su hijo? Por no hablar de alejarse a pie por un bosque a oscuras, justo después de dar a luz, dolorida y torpe, con la carne aún desgarrada y sangrando... La sola idea me arrancó una mueca y mi vientre se tensó.

Jamie movió la cabeza, atento a su trabajo.

—Tendrá alguna razón, pero sólo Dios y los santos han de saber cuál es. Con todo, no odia al niño; podría haberlo abandonado en el bosque sin que nadie se enterara.

Eso era cierto; ella (o alguna otra persona) había envuelto al bebé con cuidado, para luego dejarlo tan cerca del fuego como era posible. Quería que sobreviviese... pero sin ella.

—¿Crees que se ha ido por propia voluntad?

Él asintió.

—Aquí no estamos lejos de la Línea del Tratado. Han podido ser los indios, pero si alguien se la ha llevado, ¿por qué no nos han capturado también a nosotros? ¿Por qué no nos han matado a todos? —preguntó, con lógica—. Además, los indios se habrían llevado los caballos. No, creo que se ha ido por sus propios medios. Pero en cuanto a sus motivos...

Negó con la cabeza y volvió a empapar el pañuelo.

La nieve caía ahora más deprisa, aún seca y ligera, pero comenzaba a cuajar en parches aquí y allá. Debíamos partir pronto, antes de que la tormenta arreciara. Sin embargo, no me parecía bien irnos sin más, sin intentar averiguar qué suerte había corrido Fanny Beardsley.

Toda la situación parecía irreal. Era como si la mujer hubiera desaparecido por arte de brujería, dejando a cambio a ese pequeño sustituto. Me recordaba extrañamente las leyendas escocesas de niños cambiados, de bebés humanos reemplazados por vástagos de hadas. Aun así, no se me ocurría para qué querrían las hadas a Fanny Beardsley.

Incluso consciente de que era inútil, estudié despacio, una vez más, los alrededores. Nada. Por encima de nosotros se alzaba el ribazo de arcilla, rodeado de hierbas secas y empolvadas de nieve. A corta distancia pasaba el hilo de un arroyuelo; los árboles susurraban al viento. No había marcas de cascos ni de pies en la capa de pinaza húmeda y esponjosa, tampoco huella alguna. Los bosques no estaban del todo callados debido al viento, pero sí oscuros y profundos.

—Y nos faltan muchos kilómetros antes de poder dormir —comenté, volviéndome hacia Jamie con un suspiro.

—¿Eh? Ah, no, falta sólo una hora para llegar a Brownsville —me aseguró—. Dos, quizá —corrigió, echando un vistazo a la muselina blanca del cielo. La nieve caía más tupida—. Ahora que hay luz sé dónde estamos.

Otro súbito espasmo de tos le sacudió el cuerpo. Luego irguió la espalda y me entregó la taza y el pañuelo.

—Toma, Sassenach. Alimenta a ese pobre *sgaogan* mientras yo atiendo a los animales, ¿vale?

*Sgaogan.* Un niño cambiado. Así que el halo extraño y sobrenatural de aquello también lo había impresionado. La mujer aseguraba que veía fantasmas; ¿era posible que alguno de ellos hubiera venido para llevársela? Estremecida, estreché al bebé contra mí.

—¿Hay alguna población cercana, aparte de Brownsville? ¿Algún lugar adonde la señora Beardsley pudiera ir?

Jamie negó con la cabeza; tenía una arruga entre las cejas. La nieve se fundía al tocar su piel acalorada y le corría por la cara como si fueran lágrimas.

—Ninguna que yo sepa. ¿Acepta bien la leche de cabra?

—Como un cabrito —le aseguré, y me eché a reír.

Aunque desconcertado, él también sonrió. En ese momento necesitaba humor, incluso si no comprendía el chiste.

—Así llamamos los norteamericanos a los niños... o los llamaremos en el futuro —expliqué—. Cabritos.

La sonrisa se ensanchó.

—¿Sí? Entonces es por eso por lo que Brianna y MacKenzie llaman así al pequeño Jem. Yo pensaba que era sólo una broma entre los dos.

Se apresuró a ordeñar a las otras cabras mientras yo seguía alimentando al niño con ese goteo, y trajo un cubo lleno a rebosar de leche caliente para nuestro desayuno. Yo habría preferido una buena taza de té, pues tenía los dedos congelados y entumecidos de tanto sumergir la falsa teta, pero aquel líquido blanco y cremoso era un deleite y un consuelo para nuestros estómagos helados y vacíos.

El niño había dejado de mamar para orinar en abundancia: buen signo de salud general, pero nada conveniente en esos momentos, pues tanto sus ropas como la pechera de mi corpiño quedaron empapados.

Jamie revolvió a toda prisa las mochilas, buscando pañales y ropa seca. Por suerte *Doña Cerdita* cargaba la alforja donde yo tenía paños y tiras de algodón para limpiar y vendar. Cogió un montón y se hizo cargo del bebé, mientras yo iniciaba la incómoda y fría tarea de cambiarme la camisa y el corpiño sin quitarme la falda, la enagua y el capote.

—P... ponte el manto —dije, entre el castañeteo de mis dientes—, si no q... quieres morir de pulmonía.

Él sonrió, concentrado en su trabajo, aunque la punta de la nariz, muy roja, contrastaba con su cara pálida.

—Estoy bien —graznó. Luego carraspeó con un ruido de paño desgarrado, impaciente, y repitió con más potencia—: Bien.

De pronto se detuvo y abrió mucho los ojos por la sorpresa.

—¡Oh!, mira —dijo, más quedo—. Es una niñita.

—¿De veras? —Me arrodillé a su lado para mirar.

—Bastante fea —añadió, inspeccionándola con aire crítico—. Menos mal que tendrá una dote decente.

—No creo que tú fueras una belleza cuando naciste —reproché—. No la han limpiado como es debido, pobrecita. Pero ¿qué significa eso de la dote?

Él se encogió de hombros mientras se las componía para poner diestramente un paño doblado bajo el minúsculo trasero sin mover el chal que cubría a la niña.

—Su padre ha muerto y su madre ha desaparecido. No tiene hermanos con quien compartir. Y en la casa no encontré ningún testamento que dijera quién debía recibir la propiedad de Beardsley. Queda una buena granja y bastante mercancía, por no hablar de las cabras. —Miró con una sonrisa a *Hiram* y a su familia—. Supongo que todo eso ha de ser para ella.

—Supongo que sí. Así que la niñita tendrá una buena posición, ¿verdad?

—Sí, y acaba de cagarse. ¿No podías haberlo hecho antes de que te pusiera el pañal limpio? —acusó.

La pequeña, sin dejarse acobardar por la riña, parpadeó con aire soñoliento y eructó.

—¡Oh!, bueno —se resignó él. Y cambió de posición para protegerla mejor del viento, mientras la destapaba un instante para limpiar un poco el excremento negruzco.

La niña parecía sana, aunque bastante pequeña; aun con el vientre abultado por la leche, no era más grande que una muñeca. Ésa era la primera dificultad: menuda como era y sin grasa que la aislara, moriría de hipotermia en muy poco tiempo a menos que pudiéramos mantenerla abrigada y alimentada.

—No dejes que coja frío. —Metí las manos en las axilas para calentármelas antes de tocarla.

—No te preocupes, Sassenach. Sólo me falta limpiarle el traserillo y... —Se interrumpió, con la frente arrugada—. ¿Qué es esto, Sassenach? ¿Una lesión? ¿Es posible que esa estúpida la haya dejado caer?

Me acerqué para observar. Él sostenía los pies del bebé con una mano y un puñado de vendas sucias en la otra. Sobre las pequeñas nalgas había una mancha azul oscura, con aspecto de moretón.

No era un moretón, pero sí explicaba un poco las cosas.

—No está herida —le aseguré, utilizando otro de los chales abandonados por la señora Beardsley para proteger la cabecita lampiña—. Es una mancha mongólica.

—¿Qué?

—Significa que la niña es negra —expliqué—. Africana, al menos en parte.

Jamie parpadeó, sobresaltado: luego se inclinó para mirar debajo del chal.

—No, nada de eso. Es tan blanca como tú, Sassenach.

Era cierto. La niña era tan blanca que parecía no tener sangre.

—Los niños negros no suelen ser negros cuando nacen —le expliqué—. En realidad, a menudo son muy claros. La pigmentación de la piel comienza a desarrollarse algunas semanas después. Pero con frecuencia nacen con este leve amoratamiento de la piel en la base de la columna vertebral. Se llama «mancha mongólica».

Él se frotó la cara con una mano, parpadeando para desprender los copos de nieve que trataban de posársele en las pestañas.

—Comprendo —musitó—. Pues eso explica algo, ¿no?

En efecto. El difunto señor Beardsley podía haber sido muchas cosas, pero no se podía decir que fuera negro. Esa criatura era hija de un negro. Fanny Beardsley sabía (o temía) que la criatura a punto de nacer destapara su adulterio; por eso había creído mejor abandonarla y huir antes de que se revelara la verdad. Me pregunté si ese misterioso padre había tenido algo que ver con la suerte que había corrido el señor Beardsley.

—¿Sabría ella con certeza que el padre era negro? —Jamie tocó el pequeño labio inferior, que ahora tenía un tinte rosado—. ¿O tal vez no ha llegado a ver a la niña? Después de todo, debe de haber nacido en la oscuridad. Si ella hubiera visto que parecía blanca, tal vez habría preferido arriesgarse.

—Tal vez. Pero no lo ha hecho. ¿Quién podría ser el padre?

Aislada como estaba la granja de los Beardsley, no parecía que Fanny hubiera tenido oportunidad de conocer a muchos hombres, aparte de los indios que venían a comerciar. Me pregunté si los bebés indios tenían manchas mongólicas.

Jamie echó una triste mirada al desolado paraje. Luego levantó a la niña.

—No sé, pero no creo que sea difícil averiguarlo, una vez que hayamos llegado a Brownsville. Vamos, Sassenach.


Contra su voluntad, Jamie decidió dejar allí las cabras, a fin de conseguir techo y sustento para la niña cuanto antes.

—Aquí estarán bien durante un rato —dijo, esparciéndoles el resto del heno—. Las hembras no abandonarán al viejo. Y por ahora tú no te moverás de aquí, ¿verdad, *a bhalaich*?

Rascó a *Hiram* entre los cuernos como despedida y partimos entre un coro de balidos de protesta, pues las cabras se habían habituado a nuestra compañía.

El tiempo era cada vez peor; al subir la temperatura, la nieve dejó de ser polvo seco para convertirse en grandes copos húmedos que se pegaban a todo, cubrían la tierra y los árboles como de azúcar glasé y goteaban por las crines de los caballos.

Bien arropada en mi grueso capote, con varios chales debajo y la niña sujeta contra mi vientre en un cabestrillo improvisado, yo estaba abrigada, pese a los copos que me rozaban la cara y se adherían a mis pestañas. Jamie tosía de vez en cuando, pero en general se lo veía mucho mejor que antes; la necesidad de atender una emergencia le había devuelto la energía.

Cabalgaba justo detrás de mí, alerta a pumas y otras amenazas. A mi modo de ver, cualquier felino que se respetara pasaría un día así en una cómoda madriguera, en vez de andar por la nieve, sobre todo si tenía el estómago lleno de carne de cabra. Aun así era muy tranquilizador saber que Jamie estaba allí. Mi situación era vulnerable: cabalgaba con una mano en las riendas y la otra protegiendo el bulto que llevaba bajo el capote.

La niña parecía dormir, pero no se estaba quieta; se estiraba y retorcía con los movimientos lánguidos del mundo acuático: aún no estaba acostumbrada a la libertad de la vida fuera del vientre materno.

—Es como si estuvieras embarazada, Sassenach.

Miré hacia atrás. Jamie me observaba con aire divertido bajo el ala de su chambergo, aunque me pareció ver algo más en su expresión: tal vez cierta nostalgia.

—Pues esta criatura me embaraza bastante —repliqué, cambiando ligeramente de postura para permitir los movimientos de mi compañera.

De un modo perturbador, la presión de esas pequeñas rodillas, la cabeza y los codos contra mi vientre en verdad se asemejaba a las sensaciones del embarazo; poco importaba que estuviera fuera y no dentro.

Como atraído por el bulto cubierto por mi manto, Jamie azuzó a *Gideon* para ponerse a mi lado. El caballo agitó la cabeza, deseoso de adelantarse, pero Jamie lo contuvo con un suave «*Seas!*» de reproche y el animal cedió, bufando vapor.

—¿Te preocupa ella? —preguntó Jamie, señalando con la cabeza el bosque que nos rodeaba.

No hacía falta preguntar a quién se refería. Asentí, mi mano sobre la minúscula columna, aún arqueada para encajar en la curva del desaparecido vientre. ¿Dónde estaría Fanny Beardsley? ¿Sola en el bosque? ¿Arrastrándose para morir como una bestia herida? ¿O quizá rumbo a algún refugio imaginario, caminando a ciegas entre la hojarasca helada y la nieve tal vez hacia la bahía de Chesapeake y los recuerdos del cielo abierto, las anchas aguas y la felicidad?

Jamie se estiró para apoyar una mano en la mía, puesta sobre la niña que dormía. Percibí el frío de sus dedos sin guantes a través de la tela que nos separaba.

—Ella ha escogido, Sassenach —dijo—. Y nos confió a la pequeña. Nos ocuparemos de ponerla a salvo. Es cuanto podemos hacer por esa mujer.

Aunque no podía girar la mano para estrechar la suya, asentí. Él me apretó los dedos un momento y se quedó atrás mientras yo miraba hacia nuestro destino, parpadeando para quitarme de las pestañas las gotas de nieve fundida.

Cuando Brownsville apareció a la vista, casi toda la preocupación que sentía por Fanny Beardsley había desaparecido bajo la que me causaba su hija. La criatura había despertado y lloraba, golpeándome el hígado con puños diminutos en busca de comida.

Me erguí en la silla, espiando a través de la cortina de nieve. ¿Qué tamaño tendría Brownsville? No se veía más que el tejado de una sola cabaña, asomado entre el follaje de pinos y laureles. Uno de los hombres de Granite Falls había dicho que era de tamaño considerable. ¿Qué significaba *considerable* allí, en esos territorios apartados? ¿Qué posibilidades habría de que uno de sus residentes, al menos, fuera una mujer con un niño de pecho?

Jamie había llenado la cantimplora con leche de cabra, pero me pareció mejor llegar a algún refugio antes de alimentar de nuevo a la recién nacida. Si había allí una madre que pudiera ofrecerle su leche, eso sería lo mejor; si no, habría que calentar la leche de cabra; dado el frío que imperaba, la leche fría podía bajar peligrosamente la temperatura de la niña.

*Doña Cerdita* resopló, exhalando una gran bocanada de vapor, y de pronto aceleró el paso. Conocía el olor de la civilización... y de otros caballos. Levantó la cabeza con un penetrante relincho y *Gideon* la imitó. Cuando cesó el bullicio pude oír las respuestas alentadoras de varios caballos en la distancia.

—¡Están aquí! —exhalé, en un vaporoso arranque de alivio—. La milicia. ¡Han llegado!

—Bueno, era de esperar, Sassenach —replicó Jamie mientras afirmaba la mano en las riendas para evitar que *Gideon* se desmandara—. Si el pequeño Roger no supiera dar con una aldea en el extremo de una senda recta, su inteligencia sería tan dudosa como su vista.

Pero él también sonreía.

Tras una curva del camino vi que Brownsville era una verdadera aldea. El humo brotaba en suaves volutas grises por las chimeneas de diez o doce cabañas, diseminadas por la ladera que se levantaba a nuestra derecha, y junto a la carretera se agrupaban varios edificios que funcionaban como taberna, a juzgar por los toneles, botellas y otros desechos sembrados en la hierba muerta a la vera del camino.

Al otro lado de esa taberna los hombres habían erigido un tosco refugio para los caballos, cubierto con ramas de pino y cerrado con más ramas a un lado, para frenar el viento. Allí estaban maneados los caballos de los milicianos, en abrigado grupo, envueltos en nubes de aliento.

Al ver ese refugio, nuestros caballos avanzaron a buen paso; tuve que tirar con fuerza de las riendas para que *Doña Cerdita* no trotara, pues habría zarandeado a mi pasajera. Mientras la obligaba —contra su voluntad— a marchar despacio, una silueta se apartó del pino que le servía de refugio y salió al camino delante de nosotros, agitando la mano.

—Milord —saludó Fergus mientras *Gideon* se detenía de mala gana. El francés levantó la vista bajo la banda de su gorra de punto, teñida con añil, que llevaba encasquetada hasta las cejas. Con ella puesta, su cabeza parecía la parte alta de un torpedo, oscuro y peligroso—. ¿Están bien? Temía que hubieran tropezado con alguna dificultad.

—Bueno... —Jamie señaló vagamente el bulto bajo mi capote—. En realidad, no ha sido una dificultad, sólo...

Por encima de *Gideon*, Fergus observó el bulto con alguna extrañeza.

—*Quelle virilité, monsieur* —le dijo a Jamie, en tono de profundo respeto—. Mis felicitaciones.

Mi esposo le dedicó una mirada mordaz y una exclamación escocesa que sonó a piedras rodando bajo el agua. La niña rompió a llorar otra vez.

—Lo primero es lo primero —dije—. ¿Hay aquí alguna mujer que tenga un bebé? Esta criatura necesita leche. Al instante.

Fergus asintió, con los ojos dilatados por la curiosidad.

—*Oui*, milady. He visto dos, por lo menos.

—Bien. Condúceme hasta ellas.

Él asintió, cogió a *Doña Cerdita* por una brida y marchó rumbo al asentamiento.

—¿Qué ha pasado? —le preguntó Jamie, carraspeando a causa del frío.

En mi preocupación por el bebé no me había detenido a pensar en lo que significaba la presencia de Fergus allí. Jamie tenía razón: si había salido al camino con ese tiempo, no era sólo porque le interesara nuestro bienestar.

—Eh... Parece que tenemos una pequeña dificultad, milord.
—Descritos los acontecimientos de la tarde anterior, concluyó con un gaélico encogimiento de hombros y un resoplido—. De modo que monsieur Morton se ha refugiado entre los caballos —dijo, señalando con la cabeza el establo improvisado—, mientras los demás disfrutamos de la *hospitalité* de Brownsville.

Jamie parecía algo ceñudo; sin duda calculaba lo que le costaría la *hospitalité* para más de cuarenta hombres.

—Ajá. Supongo entonces que los Brown no saben que Morton está allí...

Fergus negó con la cabeza.

—Pero ¿por qué está allí? —pregunté, tras haber acallado momentáneamente al bebé con mi propio pecho—. Debería haber huido a Granite Falls, agradecido de estar con vida.

—No quiere ir, milady. Dice que no puede prescindir del dinero.

Justo antes de nuestra partida se había sabido que el gobernador ofrecía cuarenta chelines por cabeza, como incentivo para que se enrolaran en la milicia. Se trataba de una suma considerable, sobre todo para un colono nuevo como Morton, que se enfrentaba a un mal invierno.

Jamie se pasó despacio una mano por la cara. Era un dilema, sí; la compañía miliciana necesitaba hombres y provisiones de Brownsville, pero Jamie no podía reclutar a los Brown, que inmediatamente tratarían de asesinar a Morton. Tampoco podía permitirse el lujo de pagar de su bolsillo al fugitivo. Parecía sentir la tentación de asesinarlo con sus propias manos, pero supuse que no era una alternativa razonable.

—¿No se lo podría persuadir para que se casara con la muchacha? —sugerí con delicadeza.

—Lo he pensado —dijo Fergus—. Por desgracia, monsieur Morton ya tiene una esposa en Granite Falls. —Movió la cabeza, que empezaba a parecer una colina nevada.

—Pero ¿los Brown por qué no fueron tras Morton? —preguntó Jamie, que parecía seguir su propio curso de pensamientos—. Si un enemigo viene a tu tierra y los tuyos están contigo, no lo dejas escapar: lo persigues hasta matarlo.

Fergus asintió; obviamente estaba familiarizado con esa variedad de la lógica escocesa.

—Creo que ésa era la intención, pero *le petit* Roger los ha distraído.

Percibí una clara nota de diversión en su voz. Jamie también.

—¿Qué ha hecho? —preguntó, cauteloso.

—Cantarles. —El aire divertido se acentuó—. Se ha pasado la mayor parte de la noche cantando y tocando su tambor. Toda la aldea ha venido a escucharlo. Hay seis hombres en edad de enrolarse en la milicia y dos mujeres *avec lait*, milady, como ya le he dicho.

Jamie tosió, se pasó una mano por la nariz y dijo:

—Bien. Oye, la pequeña debe comer y yo no puedo retrasarme. De lo contrario los Brown se percatarán de que Morton está aquí. Ve a decirle que iré a hablar con él en cuanto me sea posible.

Apuntó el morro de su caballo hacia la taberna mientras yo azuzaba a *Doña Cerdita* para que lo siguiera.

—¿Qué harás con los Brown? —pregunté.

—¡Dios! —murmuró Jamie, más para sí mismo que para mí—. ¿Cómo diablos quieres que lo sepa?

Y tosió otra vez.

# 32

## *Misión cumplida*

Nuestra llegada con el bebé causó la sensación suficiente como para distraer a los habitantes de Brownsville de sus asuntos privados, fueran cotidianos u homicidas. Al ver a Jamie, una expresión de intenso alivio cruzó la cara de Roger, aunque fue inmediatamente reprimida y reemplazada por una anodina actitud de seguridad en sí mismo. Bajé la cabeza para disimular una sonrisa mientras miraba de soslayo a Jamie, por si hubiera notado esa rápida transformación. Él evitó mirarme, señal de que la había detectado.

—Bien hecho —dijo con aire indiferente. Y saludó a Roger con una palmada en el hombro, antes de volverse para recibir los saludos de los otros hombres y ser presentado a nuestros involuntarios anfitriones.

Roger se limitó a asentir, como si no le diera importancia, pero su cara adquirió un esplendor discreto, como si alguien hubiera encendido una vela en su interior.

La pequeña señorita Beardsley causó gran conmoción; se mandó llamar a una de las madres lactantes, quien de inmediato se puso al aullante bebé al pecho, tras entregarme a cambio a su propio hijo. Era un varón de tres meses, de temperamento plácido; me miró con algún desconcierto, pero se limitó a dirigir hacia mí unas cuantas burbujas de saliva, sin que pareciera oponerse a la sustitución.

Acto seguido hubo alguna confusión, pues todos hacían preguntas y especulaban al mismo tiempo, pero Jamie puso fin al bullicio relatando lo acontecido en la granja de los Beardsley, aunque abreviado hasta el laconismo. Hasta la joven de ojos irritados, a quien reconocí por la historia de Fergus como la *inamorata* de Isaiah Morton, olvidó su dolor para escuchar, boquiabierta.

—Pobre pequeñuela —dijo, observando a la recién nacida que mamaba con ganas del pecho de su prima—. Así que por lo visto no tienes padres...

La señorita Brown arrojó una mirada ceñuda a su propio padre; posiblemente pensaba que la orfandad tenía sus ventajas.

—¿Qué será de ella? —preguntó la señora Brown, más práctica.

—Nos ocuparemos de que reciba una buena atención, querida. Le daremos un hogar seguro. —Su esposo le apoyó una mano tranquilizadora en el brazo, al tiempo que intercambiaba una mirada con su hermano.

Jamie también lo vio; noté que contraía la boca como para decir algo, pero luego se encogió apenas de hombros y fue a hablar con Henry Gallegher y Fergus; sus dos dedos tiesos golpeteaban suavemente contra la pierna.

La mayor de las señoritas Brown se inclinó hacia mí, dispuesta a formular otra pregunta, pero se lo impidió una súbita ráfaga de viento ártico que atravesó el gran salón, levantando las pieles que cubrían las ventanas y rociando el ambiente con una perdigonada de hielo. La señorita Brown lanzó una pequeña exclamación y olvidó su curiosidad para correr a sujetar las coberturas de las ventanas. Todo el mundo abandonó el tema de los Beardsley y la imitó.

Pude echar un vistazo al exterior mientras la mujer forcejeaba con los rígidos cueros apenas curtidos. La tormenta se había desatado con fuerza. La nieve caía densa y veloz; las huellas negras de la ruta habían desaparecido casi por completo bajo una capa blanca. Era obvio que por el momento la compañía del coronel Fraser no iría a ninguna parte. El señor Richard Brown parecía contrariado, pero aun así nos concedió otra noche de alojamiento. Los milicianos se repartieron entre las casas y los graneros de la aldea para cenar.

Jamie fue en busca de nuestras mantas y provisiones; además, se ocupó de alimentar y abrigar a los caballos. Presumiblemente aprovecharía la oportunidad para dialogar en privado con Isaiah Morton si éste acechaba aún en la ventisca.

Me pregunté qué pensaría hacer con ese Romeo de montaña, pero no tuve mucho tiempo para reflexionar. Como empezaba a anochecer, me vi devorada por el torbellino de actividad que se desarrollaba en torno al hogar mientras las mujeres se enfrentaban al nuevo desafío de preparar la cena para cuarenta huéspedes inesperados.

Julieta —es decir, la joven señorita Brown— permanecía en un rincón, ceñuda y sin ayudar. Sin embargo, se ocupó de la pequeña Beardsley; la niña dormía ya desde hacía rato, pero ella continuaba meciéndola y arrullándola.

Fergus y Gallegher, a quienes se les había encomendado traer las cabras, regresaron con ellas justo antes de que se sirviera la cena, cubiertos de barro hasta las rodillas, con la barba y las cejas escarchadas de nieve. Las hembras también estaban mojadas y cubiertas de nieve, con las ubres rojas de frío, hinchadas de leche y bamboleándose dolorosamente contra las patas. Encantadas de volver al seno de la civilización, comenzaron a balar entre ellas con alegre entusiasmo.

La señora Brown y su cuñada las llevaron al pequeño establo para que las ordeñaran; el caldero y *Hiram* —que se instaló en solitaria majestad cerca del hogar, dentro de un corral improvisado con una mesa invertida, dos taburetes y una cómoda— quedaron a mi cargo.

La cabaña era, en esencia, un salón grande, atravesado por corrientes de aire, con un desván arriba y un pequeño cobertizo detrás, destinado a almacén. Estaba atestado de mesas, bancos, taburetes, barriles de cerveza y fardos de pieles sin curtir; en un rincón había un pequeño telar de mano; en el otro, un chifonier con un incongruente reloj de campana adornado con cupidos; en el tercero, una cama contra la pared, dos bancos junto al hogar, un mosquete y dos escopetas de caza sobre la chimenea y, colgados en perchas junto a la puerta, varios delantales y capotes. Entre todo eso, la presencia de un macho cabrío enfermo resultaba asombrosamente superficial.

Eché un vistazo a mi digno paciente, que me baló como desagradecido que era, sacando su larga lengua azul en un evidente gesto despectivo. La nieve, al fundirse en las profundas espirales de sus cuernos, los había dejado negros y relucientes; su pelaje empapado formaba púas en torno a las patas.

—¡Qué falta de gratitud! —le reproché—. Si no fuera por Jamie, te estarías cociendo sobre ese fuego en vez de calentarte a un lado. ¡Y te lo habrías merecido, viejo tunante!

—¡*Beee*! —replicó brevemente.

Aun así tenía frío y estaba cansado y hambriento; como no necesitaba impresionar a su harén ausente, se dejó rascar la cabeza y las orejas, y alimentar con briznas de heno. Al fin me permitió que entrara en su corral para inspeccionar el entablillado. Yo también estaba exhausta y hambrienta, pues no había comido nada en todo el día, salvo un poco de leche de cabra al amanecer. Entre el olor del guiso y el parpadeo de luces y sombras en la oscuridad, me sentía mareada y algo incorpórea, como si flotara a medio metro del suelo.

—Eres un viejo bueno, ¿verdad? —murmuré.

Después de pasar la tarde en estrecho contacto con bebés, todos ellos en diversos estadios de humedad y llanto, la compañía de ese irascible macho cabrío me resultaba sedante.

—¿Va a morir?

Levanté la vista, sorprendida; había olvidado a la joven señorita Brown, abandonada entre las sombras de un rincón. Ahora estaba de pie junto al hogar, con la niña de los Beardsley en brazos, y una mirada ceñuda clavada en *Hiram*, que trataba de mordisquear el borde de mi delantal.

—No —dije mientras le arrancaba la tela de la boca—. No lo creo.

¿Cómo se llamaba? Rebusqué en mi memoria, comparando las caras y los nombres de las apresuradas presentaciones. Alicia, eso era, aunque continuaba identificándola con Julieta.

No era mucho mayor que el personaje shakespeariano; tendría apenas quince años. Pero era una niña fea, de mandíbula redonda y tez pálida, estrecha de hombros y ancha de caderas; a duras penas se la habría considerado «joya que en la oreja del etíope destella». Como no dijo nada más, para mantener el diálogo señalé a la pequeña que ella tenía en brazos.

—¿Cómo está la niña?

—Bien —dijo, inquieta. Observó a la cabra un segundo más. De pronto los ojos se le llenaron de lágrimas—. Yo preferiría estar muerta.

—¿De veras? —Eso me desconcertó—. Eh... pues...

Me froté la cara con una mano, tratando de reunir presencia de ánimo para enfrentarme a lo que acababa de oír. ¿Dónde estaba esa bestia que la muchacha tenía por madre? Eché un vistazo a la puerta, pero no venía nadie. Estábamos momentáneamente solas: las mujeres ordeñaban las cabras o preparaban la cena; los hombres atendían a los animales.

Salí del corral de *Hiram* para apoyarle una mano en el brazo.

—Escucha —le dije en voz baja—, Isaiah Morton no vale la pena. ¿Sabías que está casado?

Ella abrió mucho los ojos. Luego los entornó hasta casi cerrarlos, en un súbito manar de lágrimas. No, obviamente no lo sabía.

Las lágrimas corrían por sus mejillas hasta caer en la cabeza del bebé. Extendí los brazos y cogí con suavidad a la criatura; luego, con la mano libre, la conduje hacia el banco.

—¿Usted co... cómo...? ¿Quién...? —Gorgoteaba y sorbía por la nariz, tratando de hacer preguntas y dominarse, todo a una.

Una voz de hombre gritó algo afuera. Ella se secó enloquecida las mejillas con la manga.

El gesto me recordó que, si bien la situación me parecía bastante melodramática, por no decir algo cómica, desde mi confuso estado mental, para los principales involucrados representaba un asunto grave. Después de todo, sus parientes varones habían tratado de matar a Morton, y lo intentarían otra vez si lo encontraban. Un ruido de pisadas que se aproximaban me puso tensa; la niña gimió un poco en mis brazos. Sin embargo, pasaron de largo en el camino y el ruido desapareció con el viento.

Me senté junto a Alicia Brown, suspirando por el simple placer de liberar mis pies del peso. Todos los músculos y las articulaciones me dolían a causa de los acontecimientos del día y de la noche anteriores, aunque hasta entonces no había tenido tiempo para reflexionar mucho al respecto. Indudablemente, Jamie y yo pasaríamos la noche envueltos en mantas en el suelo; contemplé las sucias tablas con una emoción que se parecía a la lujuria.

En ese gran salón reinaba una paz incongruente; la nieve susurraba afuera y el caldero borboteaba en el hogar, cargando el aire de tentadores aromas a cebolla, venado y nabos. La recién nacida dormía contra mi pecho, emanando apacible confianza. Me habría gustado permanecer sentada, con ella en brazos, sin pensar en nada. Pero el deber me llamaba.

—¿Que cómo lo sé? Morton se lo dijo a uno de los hombres de mi marido. No sé quién es su mujer; sólo sé que vive en Granite Falls.

Di unas palmaditas a la minúscula espalda; la niña eructó y volvió a relajarse, cálido su aliento bajo mi oreja. Las mujeres la habían lavado y untado con aceite; olía casi como una tortilla recién hecha. Yo mantenía un ojo en la puerta y el otro en Alicia Brown, por si hubiera otro ataque de histeria.

Ella sollozaba. Después de un último hipo quedó en silencio, con la vista clavada en el suelo.

—Desearía estar muerta —susurró otra vez, con tal desesperación que fijé los dos ojos en ella, sobresaltada. Estaba encogida, con el pelo lacio bajo la gorra y los puños cruzados en gesto protector sobre el vientre.

—¡Oh, Dios mío! —exclamé. Dada su palidez y las circunstancias y el modo en que trataba a la niña, no era difícil sacar conclusiones—. ¿Tus padres lo saben?

Me miró, pero no se molestó en preguntar cómo lo había descubierto.

—Mamá y mi tía, sí. —Respiraba por la boca, con sorbetones intermitentes—. Se me ocurrió que... que así papá me permitiría casarme con él.

Yo nunca había pensado que la extorsión fuera una base firme para el matrimonio, pero no parecía un buen momento para decirlo.

—Hum —murmuré a cambio—. ¿Y el señor Morton, lo sabe?

Ella negó con la cabeza, desconsolada.

—¿Tiene...? ¿Sabe usted si su esposa tiene hijos?

—No tengo ni idea.

Agucé el oído. Percibía voces de hombre en la distancia, traídas por el viento. Ella también. Me apretó el brazo con asombrosa fuerza. En los ojos pardos, con las pestañas erizadas, había una expresión de urgencia.

—Anoche oí que el señor MacKenzie conversaba con los hombres. Decían que era sanadora, señora Fraser. Uno de ellos dijo que era usted mujer de conjuros. En cuanto a los bebés, ¿sabe cómo...?

—Viene alguien. —Me aparté de ella, interrumpiéndola antes de que pudiera terminar—. Oye, coge a la niña. Tengo que... remover el guiso.

Le puse a la pequeña en los brazos, sin ninguna ceremonia, y me levanté. Cuando se abrió la puerta, dando paso a una ráfaga de viento y nieve y a un numeroso grupo de hombres, yo estaba de pie ante el hogar, con la cuchara en la mano, los ojos fijos en el caldero y mi mente burbujeando con tanto vigor como su contenido.

Aunque ella no hubiera tenido tiempo para pedírmelo de forma explícita, yo sabía lo que estaba a punto de decir. «Mujer de conjuros», me había llamado. Casi con certeza, quería que la ayudara a deshacerse de la criatura. ¿Cómo?, me pregunté. ¿Qué mujer podía pensar algo así con un bebé palpitante en los brazos, que aún no llevaba un día fuera del vientre?

Claro que era muy joven. Además, sufría la desagradable sorpresa de haber descubierto que su amante no había sido sincero con ella. Su embarazo aún no estaba tan avanzado como para ser evidente; si aún no había sentido moverse a su hijo, sin duda le parecería bastante irreal. Lo había concebido sólo para forzar el consentimiento de su padre; ahora debía de parecerle que una trampa se cerraba súbitamente sobre ella.

Era lógico que estuviera afligida y buscara con todas sus fuerzas la manera de escapar. «Démosle un poco de tiempo para recuperarse —pensé, echando un vistazo al banco, donde las sombras la ocultaban—. Debería hablar con su madre, con su tía...»

Jamie apareció de pronto a mi lado, frotándose las manos enrojecidas sobre el fuego; la nieve se fundía en los pliegues de su ropa. Se lo veía de lo más alegre, a pesar del resfriado, las complicaciones amorosas de Isaiah Morton y la tormenta.

—¿Cómo marcha eso, Sassenach? —preguntó con voz ronca.

Y sin aguardar respuesta, me quitó la cuchara y, rodeándome con un brazo duro y frío, me levantó en vilo para darme un cálido beso, tanto más sorprendente por la nieve que cubría su barba a medio crecer.

Al emerger algo aturdida de ese estimulante abrazo, caí en la cuenta de que la actitud general de los hombres era asimismo jubilosa. Entre los aullidos y bramidos habituales de los hombres que se sienten exuberantes, se oían palmadas en las espaldas, y ruido de botas y de los abrigos que se quitaban.

—¿Qué sucede? —pregunté, sorprendida.

Para mi estupefacción, en el centro de la reunión descubrí a Joseph Wemyss. Tenía la punta de la nariz enrojecida por el frío y los hombres le palmeaban la espalda para felicitarlo, con el riesgo de arrojarlo al suelo.

Jamie me dedicó una sonrisa luminosa, brillantes los dientes en la congelada espesura de la cara, y me puso en la mano una hoja de papel húmedo, que aún conservaba fragmentos de lacre rojo.

La tinta se había corrido al mojarse, pero pude leer lo más importante. Al saber que el general Waddell estaba en marcha, los reguladores habían decidido que la prudencia es la madre de la ciencia, y que más valía dispersarse. Y por orden del gobernador Tryon, la milicia debía retirarse.

—¡Oh, qué bien! —exclamé.

Y rodeé con los brazos a Jamie para devolverle el beso, a pesar de la nieve y el hielo.

···

Encantados con la noticia de la retirada, los milicianos aprovecharon el mal tiempo para celebrarla. Los Brown, igualmente encantados por no tener que incorporarse a la milicia, se sumaron a la celebración, a la que contribuyeron con tres grandes toneles de la mejor cerveza de Thomasina Brown y veinticinco litros de sidra fermentada... a la mitad de su precio.

Cuando terminó la cena me senté en la esquina de un banco, con la niña de los Beardsley en los brazos, medio fundida por el cansancio; sólo me mantenía vertical el hecho de que no hubiera aún un lugar donde acostarse. El ambiente reverberaba de humo y conversaciones, había bebido sidra fermentada con la cena, y tanto las caras como las voces tendían a emborronarse y reaparecer, de una manera que no era desagradable en absoluto, aunque sí algo desconcertante.

Alicia Brown no había tenido más oportunidades de hablar conmigo... y yo tampoco tuve ninguna de hablar con su madre o con su tía. La muchacha, sentada junto al corral de *Hiram*, lo alimentaba metódicamente con cortezas de pan sobrantes de la cena; en la cara se le habían fijado unas líneas de sombría angustia.

A petición general, Roger cantaba baladas francesas con voz suave y afinada. Delante de mí, flotaba la cara de una joven, con las cejas enarcadas en un gesto de pregunta. Dijo algo que se perdió en el parloteo de las voces; luego alargó con suavidad los brazos para coger a la niña.

Claro. Se llamaba Jemima. Era la joven madre que se había ofrecido a amamantarla. Me levanté para dejarle sitio en el banco y ella se la puso inmediatamente al pecho.

Me reclíné contra la columna de la chimenea, observando con difusa aprobación cómo sostenía la cabeza de la pequeña, guiándola entre murmullos. Era a la vez tierna y eficiente: buena combinación. Su propio bebé, el pequeño Christopher, roncaba apaciblemente en brazos de su abuela, que se había acercado al fuego para encender su pipa de arcilla.

Al mirar de nuevo a Jemima tuve una extrañísima sensación de cosa ya vivida. Parpadeé, tratando de atrapar la visión fugaz, y logré capturar una de abrumadora intimidad, de calidez, de paz absoluta. Por un instante pensé que era la sensación de amamantar a un niño; luego (más extraño aún) comprendí que no estaba experimentando lo que sentía la madre... sino el bebé. Tenía un recuerdo muy claro (si es que se trataba de eso) de estar apoyada contra un cuerpo tibio, sin pensar en nada y satisfecha, con la segura convicción de un amor absoluto.

Cerré los ojos y me aferré con más fuerza a la curva de la chimenea. A mi alrededor, la habitación inició un girar lento y perezoso.

—Beauchamp —murmuré—, estás muy borracha.

En cualquier caso no era la única. Los milicianos, felices ante la perspectiva del inminente regreso a casa, se habían bebido casi todo lo que era potable en Brownsville y se esforzaban por consumir lo que quedaba. Pero la fiesta ya empezaba a disolverse; algunos hombres se retiraban, tambaleándose, a sus fríos lechos en graneros y establos; otros se enrollaban en mantas junto al fuego, agradecidos.

Al abrir los ojos vi que Jamie echaba la cabeza hacia atrás en un enorme bostezo de babuino. Se levantó, tratando de sacudirse el estupor de la comida y la cerveza; entonces me vio junto al hogar. A todas luces estaba tan cansado como yo, si no igual de mareado, pero su profunda satisfacción se reflejaba en la tranquilidad con que desperezó sus largos miembros.

—Voy a ver cómo están los caballos —me dijo, con la voz enronquecida por la gripe y el exceso de charla—. ¿Quieres dar un paseo a la luz de la luna, Sassenach?

Ya no nevaba y la luna brillaba a través de una bruma de nubes que se iban desvaneciendo. El aire congelaba los pulmones; todavía frío e inquieto por el fantasma de la tormenta reciente, me ayudó a despejarme la cabeza.

Con el deleite infantil de ser la primera en marcar esa nieve virginal, caminaba con cuidado, levantando bien los pies para dejar huellas nítidas; luego me volvía para admirarlas. La línea no era muy recta, pero por suerte no había nadie allí para juzgar mi sobriedad.

—¿Puedes recitar el alfabeto del final al principio? —le pregunté a Jamie, cuyas huellas ondulaban amistosamente junto a las mías.

—Creo que sí —respondió—. ¿Cuál? ¿El inglés, el griego o el hebreo?

—No importa. —Me aferré a su mano con más fuerza—. Si recuerdas los tres del principio al final, estás en mejores condiciones que yo.

Él rió por lo bajo y acabó tosiendo.

—Tú nunca te emborrachas, Sassenach. Y aún menos con tres tazas de sidra.

—Pues será la fatiga —dije, soñadora—. Me siento como si mi cabeza se bamboleara en el extremo de un cordel, como los globos. ¿Y cómo sabes cuánto he bebido? ¿Acaso te fijas en todo?

Él rió otra vez y cubrió mi mano con la suya.

—Me gusta observarte, Sassenach. Sobre todo en sociedad. Cuando ríes, tus dientes tienen un brillo encantador.

—Adulador —le dije, aunque me sentía lisonjeada. Considerando que llevaba varios días sin lavarme siquiera la cara, mucho menos bañarme o cambiarme de ropa, mis dientes debían de ser lo único que se podía admirar con sinceridad. Aun así, el hecho de que él me prestara atención era reconfortante.

La nieve era seca y se comprimía bajo los pies con un leve crujido. La respiración de Jamie seguía siendo ronca y trabajosa, pero había desaparecido el tableteo del pecho y tenía la piel fría.

—Mañana tendremos buen tiempo —dijo, levantando la vista a la luna brumosa—. ¿Ves el anillo?

Era difícil no verlo: un inmenso círculo de luz difusa que circundaba la luna, cubriendo la totalidad del cielo oriental. A través del resplandor se veían vagamente las estrellas. En el curso de una hora la noche sería luminosa y clara.

—Sí. ¿Eso significa que mañana podremos ir a casa?

—Sí. Supongo que volverá a haber barro otra vez. Se nota el cambio en el aire; ahora hace frío, pero la nieve se fundirá en cuanto caliente el sol.

Tal vez, pero por el momento sí que hacía bastante frío. Se había reforzado el refugio de los caballos con más ramas de pino y tejo; parecía una pequeña loma desigual que se elevara del suelo, densamente cubierta de nieve. Sin embargo, ya asomaban algunas manchas oscuras, derretidas por el aliento de los caballos que despedían volutas de vapor, apenas visibles. Todo estaba en silencio, con una palpable sensación de adormilada felicidad.

—Si Morton está aquí, ha de estar cómodo —comenté.

—No lo creo. En cuanto ha llegado Wemyss con la nota, he mandado a Fergus a decirle que la milicia había sido disuelta.

—Sí, pero si yo fuera Isaiah Morton, no sé si habría partido directamente a casa en medio de una cegadora tormenta de nieve —dije, dubitativa.

—Creo que lo habrías hecho si tuvieras a todos los Brown de Brownsville buscándote con un arma.

Aun así detuvo sus pasos y alzó un poco la voz para llamar a Isaiah, con tono ronco.

Como del improvisado establo no surgió respuesta alguna, volvió a cogerme del brazo para regresar a la casa. La nieve ya no era virginal; había sido pisoteada y revuelta por muchos pies, cuando los milicianos se dispersaron hacia sus camas. Roger ya no cantaba, pero aún se oían voces dentro; no todo el mundo estaba dispuesto a retirarse.

Sin muchas ganas de volver de inmediato a esa atmósfera de humo y ruido, continuamos caminando; rodeamos la casa y el establo, disfrutando de la mutua cercanía y del silencio nevado. Al regresar, vi que la puerta del cobertizo estaba entornada y crujía al viento. Se la mostré a Jamie.

Él asomó la cabeza dentro, para verificar que todo estuviera en orden; luego, en vez de cerrar la puerta, me cogió del brazo para arrastrarme al interior del cobertizo.

—Antes de entrar, quiero hacerte una pregunta, Sassenach —dijo.

Había dejado la puerta completamente abierta, de modo que la luz de la luna entraba a raudales, iluminando los jamones colgados, los toneles y las bolsas de tela embreada que había en el cobertizo. Aunque dentro hacía frío, la ausencia de viento me hizo entrar en calor; eché la capucha hacia atrás.

—¿Qué? —pregunté, con leve curiosidad.

El aire fresco me había despejado y, aun sabiendo que dormiría como un tronco en cuanto me acostara, por el momento experimentaba esa agradable levedad que acompaña al esfuerzo realizado y el honor satisfecho. Después de un día y una noche terribles, esa jornada había sido larga. Pero ya había pasado, y éramos libres.

—¿La quieres, Sassenach? —preguntó él, en voz baja. Su rostro era un óvalo claro, difuminado por las brumas de su aliento.

—¿A quién? —pregunté, sobresaltada.

Él respondió con un gruñido de diversión.

—A la niña, por supuesto.

Por supuesto.

—¿Si quiero quedarme con ella, dices? —pregunté, cauta—. ¿Adoptarla?

La idea no se me había pasado por la cabeza, pero debía de estar acechando en el subconsciente, pues la pregunta no me sorprendió. Una vez formulada, la idea floreció en todo su esplendor.

Tenía los pechos sensibles desde la mañana, como si estuvieran llenos; sentí en la memoria el tirón exigente de la pequeña. Aunque yo no pudiera amamantarla, Brianna sí, o Marsali. Y si no, podía alimentarse de leche de vaca o de cabra.

De pronto caí en la cuenta de que me estaba masajeando suavemente un pecho. Me detuve al momento, pero Jamie había visto el gesto y se acercó para abrazarme. Recliné la mejilla contra la tela áspera y fría de su camisa de cazador.

—¿La quieres tú? —pregunté, sin saber si temía su respuesta o si la esperaba con ansiedad.

Él se encogió de hombros.

—La casa es grande, Sassenach —dijo—. Bastante grande.

No era una declaración resonante; sin embargo, yo sabía que era un compromiso, por indiferente que sonara. Él había recogido a Fergus en un burdel de París, tres minutos después de haberlo conocido. Si adoptaba a la niña, la trataría como a una hija. En cuanto a amarla... Nadie podía garantizar el amor. Ni él... ni yo.

Jamie había notado mi tono dubitativo.

—Te he visto con la pequeña, Sassenach, mientras cabalgábamos. Siempre eres muy tierna, pero al verte con la niña bajo tu manto... te he recordado embarazada de Faith.

Contuve el aliento. Me sorprendió oírle pronunciar así el nombre de nuestra primogénita, como si nada. Rara vez hablábamos de ella; su muerte había quedado tan lejos en el pasado que a veces me parecía irreal; con todo, la herida de su pérdida nos había dejado a ambos tremendas cicatrices.

Sin embargo, Faith no era irreal en absoluto.

Estaba a mi lado cada vez que tocaba a un bebé. Y esa criatura, esa huérfana sin nombre, tan pequeña y frágil, con la piel tan transparente que se veían con claridad las hebras azules de las venas... Sí, los ecos de Faith eran potentes. Aun así, ésta no era hija mía. Pero podía serlo; eso era lo que Jamie decía.

¿Era acaso un regalo para nosotros? ¿O más bien una responsabilidad?

—¿Crees que deberíamos quedárnosla? —le pregunté con cautela—. Es decir... ¿qué podría pasarle si no?

Jamie resopló un poco y dejó caer el brazo para apoyarse contra la pared de la casa. Luego se limpió la nariz, con la cabeza inclinada hacia el vago murmullo de voces que penetraba por las rendijas entre los leños.

—La cuidarán bien, Sassenach. Recibirá una herencia, ¿recuerdas?

Ese aspecto del asunto no se me había ocurrido.

—¿Estás seguro? —dudé—. Es cierto que los Beardsley han desaparecido, pero como es ilegítima...

Él negó con la cabeza.

—No. Es legítima.

—Pero ¡no puede ser! Aunque nadie lo sepa todavía, salvo tú y yo, su padre...

—Para la ley, su padre fue Aaron Beardsley —me informó—. Según las leyes inglesas, el niño nacido durante el vínculo matrimonial es hijo y heredero legal del marido, aun si se tiene la certeza de que la madre ha cometido adulterio. Y esa mujer dijo que Beardsley se había casado con ella, ¿no?

Noté que estaba muy seguro sobre ese aspecto de la ley inglesa. Y comprendí (a tiempo, gracias a Dios, antes de decir nada) por qué estaba tan seguro.

William, su hijo varón. Había sido concebido en Inglaterra y, por lo que todo el mundo allí sabía —exceptuando a lord John Grey—, era supuestamente el noveno conde de Ellesmere. Por lo que Jamie decía, el condado era suyo por ley, fuera o no hijo del octavo conde. «La ley es muy estúpida», pensé.

—Comprendo —dije muy despacio—. Así que la pequeña sin nombre heredará todas las posesiones de Beardsley, aun cuando se descubra que no puede ser hija suya. Es... reconfortante.

Él me miró a los ojos durante un momento. Luego bajó la vista.

—Sí —dijo en voz baja—. Reconfortante.

Quizá hubo en su tono un dejo de amargura, pero desapareció con una tos y un carraspeo.

—Ya ves que no corre peligro de que la maltraten —dijo como si tal cosa—. La Corte de los Huérfanos entregará la propiedad de Beardsley, con cabras y todo, a quienquiera que sea su tutor, para que se use en beneficio de ella.

—Y de sus tutores —dije, recordando de pronto la mirada que Richard Brown había intercambiado con su hermano antes de decir a su esposa que la niña estaría «bien cuidada». Me froté la nariz, que se había entumecido en la punta—. Así que los Brown la aceptarían encantados.

—Oh, sí —afirmó—. Conocían a Beardsley y saben bien lo que ella vale. En realidad, apartarla de ellos sería delicado. Pero si la quieres, Sassenach, la tendrás. Te lo prometo.

Toda aquella conversación me estaba provocando una sensación muy extraña, algo parecido al pánico. Era como si una mano invisible me estuviera empujando hacia el borde de un precipicio. Quedaba por ver si era un abismo peligroso o, simplemente, un lugar donde apoyar el pie y ver un panorama más amplio.

Vi en el recuerdo la tierna cabeza del bebé y las orejas, finas como papel de seda, pequeñas y perfectas como conchitas, suaves remolinos rosados que se esfumaban en azulados tintes ultraterrenos. Por ganar un poco de tiempo para organizar mis pensamientos, pregunté:

—¿Por qué dices que sería delicado apartarla de los Brown? No tienen ningún derecho sobre ella, ¿verdad?

—No, pero ninguno de ellos mató a su padre.

—¿Qué...? Ah.

Era una trampa que yo no había tenido en cuenta: la posibilidad de que acusaran a Jamie de matar a Beardsley para apoderarse de la granja y los bienes del comerciante mediante la adopción de la huérfana.

Tragué saliva; en el fondo de la garganta tenía un vago regusto a bilis.

—Pero nadie sabe cómo murió Aaron Beardsley, excepto nosotros —señalé.

Jamie sólo había contado que el mercader había sufrido una apoplejía, a consecuencia de la cual murió, omitiendo que él había sido el ángel liberador.

—Nosotros y la señora Beardsley —dijo, con una leve ironía—. ¿Y si ella regresara y me acusara de asesinar a su esposo? Negarlo sería difícil. Y yo tendría a su hija.

No le pregunté qué razones podía tener para hacer algo así; a la luz de lo que ya había hecho, era obvio que Fanny Beardsley era capaz de cualquier cosa.

—No regresará —dije. Pese a las dudas que todo me inspiraba, de eso estaba segura. Fanny Beardsley se había ido para siempre—. Aun si lo hiciera —proseguí, apartando mi visión de la nieve que caía junto a la hoguera apagada—, yo estuve allí. Podría declarar lo que sucedió.

—Si te lo permitieran —señaló él—. Y no lo harán. Eres una mujer casada, Sassenach; no puedes prestar testimonio ante un tribunal, aunque no fueras mi esposa.

Eso me detuvo en seco. Al vivir en sitios tan apartados, rara vez me tropezaba con la más indignante de las injusticias legales de la época, pero conocía algunas. Jamie tenía razón. De hecho, al estar casada, yo no tenía ningún derecho legal. Y lo irónico era que Fanny Beardsley sí los tenía, puesto que era viuda. Ella podría testificar ante un tribunal, si así lo deseaba.

—¡Dios mío! —dije con mucho sentimiento.

Jamie rió por lo bajo. Luego tosió.

Lancé un resoplido y una satisfactoria explosión de vapor blanco. En esos momentos me hubiera gustado ser un dragón; habría sido un gran placer lanzar llamas y azufre contra varias personas, comenzando por Fanny Beardsley. En cambio suspiré; mi inofensivo aliento blanco se desvaneció en la penumbra del cobertizo.

—Ahora comprendo por qué has dicho que sería delicado —musité.

—Pero no imposible. —Me acarició la mejilla con una mano grande y fría. Sus ojos buscaron los míos, oscuros y apasionados—. Si quieres a esa niña, Claire, la recibiré. Ya nos enfrentaremos a lo que sobrevenga.

Si yo la quería. Sentí el peso leve de la niña dormida contra mi pecho. Había olvidado la embriaguez de la maternidad; había apartado el recuerdo de la exaltación, el agotamiento, el pánico, el deleite. Pero la proximidad de Germain, Jemmy y Joan me lo recordaban vívidamente.

—Una última pregunta —dije. Le cogí la mano y entrelacé sus dedos con los míos—. El padre de la pequeña no era blanco. ¿Qué consecuencias podría tener eso para ella?

Yo sabía cuáles serían las consecuencias en la ciudad de Boston de 1960, pero estábamos en un sitio muy diferente; si bien en algunos aspectos esta sociedad era más rígida y oficialmente menos progresista que la que estaba por venir, en otros era, cosa extraña, mucho más tolerante.

Jamie lo consideró con cuidado; los dedos tiesos de la mano derecha marcaban un silencioso ritmo de contemplación sobre un barril de cerdo salado.

—Creo que no habrá problemas —dijo al fin—. No es posible que la esclavicen. Aun si se pudiera probar que su padre fue un esclavo (y no hay prueba alguna), todo niño recibe la condición de su madre. El niño nacido de mujer libre es libre; el niño nacido de esclava es esclavo. Y esa horrible mujer no era esclava.

—Oficialmente no, al menos —dije, pensando en las marcas de la puerta—. Pero ¿aparte de la esclavitud?

Jamie se irguió con un suspiro.

—Creo que no, aquí no. Es posible que en Charleston eso tuviera importancia, sobre todo si ella alternara en sociedad. Pero en lugares apartados... —Se encogió de hombros.

En realidad, como se encontraban a tan poca distancia de la Línea del Tratado, había muchos niños mestizos. No era nada raro que los pobladores se casaran con mujeres cherokee. En el campo, los niños nacidos de relaciones entre blancos y negros eran menos frecuentes, pero en la costa también abundaban. Aunque la mayoría fueran esclavos, allí estaban.

Y la pequeña señorita Beardsley no alternaría en sociedad, si es que la dejábamos con los Brown. Allí sus posibles riquezas importarían mucho más que el color de su piel. Si vivía con nosotros, tal vez fuera diferente, pues Jamie era un señor y lo sería siempre, cualesquiera que fuesen sus ingresos.

—Ésa no ha sido mi última pregunta —dije. Apoyé una mano sobre la suya, fría contra mi mejilla—. La última es: ¿por qué me lo sugieres?

—Eh... pues, se me ha ocurrido... —Apartó la vista—. Lo que me dijiste cuando regresamos a casa desde la reunión. Que podrías haber escogido la esterilidad segura, pero no lo hiciste por mí. Pensé...

Se interrumpió otra vez para frotarse el puente de la nariz con un nudillo de la mano libre. Luego inspiró hondo.

—Por mi propio bien —dijo con firmeza, dirigiéndose al aire como si fuera un tribunal—. No quiero que tengas otro hijo, Sassenach. No me arriesgaría a perderte —dijo, con voz súbitamente ronca—. Ni por diez niños. Tengo hijos, sobrinos y nietos. Son suficientes. —Hablaba con suavidad, mirándome a los ojos—. Pero no tengo más vida que tú, Claire.

Oí cómo tragaba saliva antes de continuar, con los ojos fijos en los míos.

—Sin embargo... he pensado que si deseabas otro hijo... tal vez pudiera darte uno.

Las lágrimas me empañaron los ojos. Hacía frío en el cobertizo y teníamos los dedos rígidos. Giré mi mano en la suya para estrecharla con fuerza. Mientras él hablaba, mi mente imaginaba posibilidades, dificultades, bendiciones. No necesitaba pensar más, pues la decisión se había tomado por sí sola. Una criatura era una tentación de la carne y del espíritu. Yo conocía la bienaventuranza de esa ilimitada unidad, así como la alegría agridulce de ver que esa unidad se esfumaba según el hijo se descubría a sí mismo y buscaba distancia.

Pero había cruzado alguna línea sutil. Ya porque había nacido con alguna cota secreta incorporada a mi carne, ya porque sentía que ahora debía lealtad total a otra persona, lo supe. Como madre gozaba la ligereza del esfuerzo realizado, del honor satisfecho. De la misión cumplida.

Recosté la frente contra su pecho.

—No —le dije con suavidad a la tela oscura que le cubría el corazón—. Pero te amo, Jamie.


Pasamos un rato abrazados, escuchando el rumor de voces a través de la pared que separaba la casa del cobertizo, callados y contentos con esa paz. Estábamos demasiado exhaustos como para hacer el esfuerzo de entrar y no queríamos abandonar la tranquilidad de nuestro tosco refugio.

—Pronto habrá que entrar —murmuré al fin—. De otro modo caeremos aquí mismo y por la mañana nos encontrarán con los jamones.

Un vago zumbido de risa le corrió por el pecho, pero antes de que pudiera responder, una sombra cayó sobre nosotros. Alguien estaba de pie en el vano de la puerta, bloqueando el claro de luna.

Jamie levantó de golpe la cabeza y tensó las manos contra mis hombros, pero luego dejó escapar el aliento y aflojó la presión; entonces pude dar un paso atrás y volverme.

—Morton —dijo mi marido, en un tono cargado de paciencia—. En el nombre de Cristo, ¿qué haces aquí?

Isaiah Morton no tenía pinta de audaz seductor; claro que todo es cuestión de gustos. Era algo más bajo que yo, pero ancho de hombros, con torso de tonel y piernas algo combadas. Eso sí, tenía unos ojos muy bonitos y una buena mata de pelo rizado, aunque en la penumbra del cobertizo no pude distinguir su color. Calculé que tendría ventipocos años.

—Mi coronel —dijo en un susurro—. Señora... —Me dedicó una breve reverencia—. No era mi intención asustarla, señora. Pero he oído la voz del coronel y me ha parecido mejor aprovechar la ocasión, por así decirlo.

Jamie lo miraba atentamente.

—Por así decirlo —repitió.

—Sí, señor. No sabía cómo hacer para que Ally saliera; estaba rodeando la casa una vez más cuando lo he oído conversar con su señora.

Me hizo otra reverencia, como por reflejo.

—Morton —repitió Jamie con suavidad, pero con algo de acero en la voz—, ¿por qué no te has ido? ¿No te ha dicho Fergus que la milicia se había deshecho?

—Oh, sí que me lo ha dicho, señor. —Esta vez se inclinó ante Jamie, algo nervioso—. Pero no podía partir sin ver a Ally, señor.

Carraspeé. Mi marido, con un suspiro, me hizo una señal afirmativa.

—Eh... Temo que la señorita Brown ya sabe lo de su compromiso anterior —dije con delicadeza.

—¿Eh? —Isaiah pareció no comprender. Jamie lanzó una exclamación irritada.

—Quiere decir que la muchacha se ha enterado de que ya tienes esposa —dijo, brusco—. Y si su padre no te mata de un balazo en cuanto te vea, es posible que ella te clave un puñal en el corazón. Y si ninguno de los dos tiene éxito —prosiguió, irguiéndose en toda su amenazadora estatura—, me siento inclinado a ocuparme de eso yo mismo, a mano limpia. ¿Qué clase de hombre se lía con una muchacha y la deja embarazada si no tiene derecho a darle su apellido?

Aun con tan poca luz, fue evidente que Morton palidecía.

—¿Embarazada?

—Así es —aseguré fríamente.

—Así es —repitió Jamie—. Y ahora, pequeño bígamo, será mejor que te vayas antes de que...

Se interrumpió de golpe, pues Isaiah sacó de debajo del capote una pistola. Al encontrarse tan cerca, vi que estaba cargada y amartillada.

—Lo siento muchísimo, señor —dijo en tono de disculpa. Y se humedeció los labios, mirándonos a ambos—. No querría hacerle ningún daño, señor, y mucho menos a su señora. Pero verá, necesito ver a Ally.

Sus facciones regordetas se afirmaron un poco, aunque sus labios parecían inclinados a temblar. Aun así, apuntaba a Jamie con decisión.

—Señora —me dijo—, si fuera usted tan amable, ¿querría entrar en la casa y hacer que Ally salga? Nosotros... el coronel y yo esperaremos aquí.

Yo no había tenido tiempo de sentir miedo. Y aún no lo tenía, aunque estaba muda de estupefacción. Jamie cerró los ojos un instante, como pidiendo fortaleza. Luego los abrió con un suspiro; su aliento fue una nube blanca en el aire frío.

—Baja eso, idiota —dijo, casi con amabilidad—. Bien sabes que no vas a dispararme. Y yo también lo sé.

Isaiah apretó a la vez los labios y el dedo que descansaba en el gatillo. Yo contuve el aliento. Jamie continuaba mirándolo, con una mezcla de censura y lástima. Por fin el dedo se aflojó y el cañón de la pistola apuntó hacia abajo, junto con los ojos de Isaiah.

—Es que necesito ver a Ally, coronel —dijo con suavidad.

Inspiré hondo y miré a Jamie. Después de una breve vacilación, él asintió.

—Está bien, Sassenach. Sé astuta, ¿eh?

Hice un gesto afirmativo y me volví para entrar a hurtadillas en la casa mientras Jamie murmuraba algo en gaélico a mi espalda; el sentido general era que ese hombre había perdido la cabeza. Yo no podía asegurar lo contrario, aunque también había percibido la fuerza de su petición. Pero si por casualidad alguno de los Brown descubría el encuentro, el precio sería muy caro... y no sería Morton el único que lo pagaría.

Dentro, el suelo estaba sembrado de cuerpos dormidos envueltos en mantas, si bien quedaban algunos hombres acurrucados en torno al hogar, cotilleando y pasándose una jarra de algo espirituoso. Miré con atención, pero por fortuna Richard Brown no estaba entre ellos.

Después de cruzar el salón, pisando con cuidado entre los cuerpos tendidos, eché un vistazo a la cama puesta contra la pared. Richard Brown y su esposa dormían en ella a pierna suelta, con los gorros de dormir bien calados, aunque la casa estaba bastante caldeada con tanta temperatura corporal allí concentrada.

Sólo había un sitio donde Alicia Brown podía estar; abrí tan silenciosamente como pude la puerta que conducía a la escalera del desván. Poco importaba: de los que rodeaban el fuego, ninguno prestó la menor atención. Al parecer, uno de los hombres trataba de que *Hiram* bebiera de la jarra, y lo estaba logrando.

En contraste con la habitación de abajo, en el desván hacía bastante frío. Esto se debía a que el ventanuco estaba abierto; había entrado un montón de nieve, junto con un viento glacial. Vi a Alicia Brown debajo de la ventana, tendida en el pequeño montículo de nieve, desnuda por completo.

Me acerqué para mirarla. Yacía de espaldas, tiesa y con los brazos cruzados contra el pecho, temblando. Tenía los ojos cerrados, fruncidos en feroz concentración. Los ruidos de abajo no le habían permitido oír mis pisadas, claro está.

—En el nombre de Dios, ¿qué haces? —pregunté de buenas maneras.

Ella abrió los ojos con un pequeño chillido, que ahogó con la mano. Luego se sentó de golpe, con la vista clavada en mí.

—Sé de muchas maneras originales de provocar el aborto —dije, mientras cogía un edredón para cubrirle los hombros—, pero morir congelada no sirve.

—Si m... muero, no tendré que ab... b... bortar —dijo, con cierta lógica. Aun así se ciñó el edredón a los hombros, con un castañeteo de dientes.

—Tampoco es el mejor medio de suicidarse, sin ánimo de criticar. De cualquier modo, déjalo para otro momento. El señor Morton está en el cobertizo y se niega a partir a menos que tú bajes a hablar con él. Será mejor que te levantes y te pongas algo.

Ella abrió mucho los ojos y se puso de pie; tenía los músculos tan rígidos por el frío que se tambaleó torpemente. Si yo no la hubiera sujetado por el brazo, habría caído. Sin decir más, se vistió tan deprisa como se lo permitían los dedos helados y se envolvió en un grueso capote.

Teniendo en cuenta la recomendación de Jamie —«Sé astuta»—, hice que bajara sin mí por la estrecha escalera. Si alguien reparaba en ella, al verla sola daría por sentado que iba a la letrina. Vernos juntas, en cambio, podía provocar algún comentario.

Ya sola en el desván a oscuras, me ceñí el capote para esperar junto al ventanuco los minutos necesarios antes de bajar también. Oí el suave golpe de la puerta al cerrarse, pero desde ese ángulo no veía a Alicia. A juzgar por la manera en que había respondido a mi convocatoria, no tenía intenciones de apuñalar a Isaiah en el corazón, pero sólo Dios sabía qué pensaban hacer esos dos.

Las nubes ya habían desaparecido y el paisaje helado se extendía ante mí, brillante y fantasmagórico bajo la luna poniente. Al otro lado de la carretera se recortaba, oscuro, el erizado refugio de los caballos, moteado de nieve. El aire había cambiado, tal como Jamie anunció; el calor de los caballos liberaba puñados de nieve medio fundida, que caían al suelo con ruido seco.

Pese a mi fastidio por los jóvenes amantes y lo absurdamente cómica que veía toda la situación, no podía sino sentir cierta compasión por ellos. Eran tan fervorosos, estaban tan apasionados el uno con el otro...

¿Y la desconocida esposa de Isaiah?

Encogí los hombros, algo estremecida. No debía aprobar eso (de hecho, no lo aprobaba), pero nadie puede conocer la realidad de un matrimonio, salvo los dos que lo componen. Y yo era demasiado consciente de tener un techo de cristal como para pensar en arrojar piedras. Casi distraída, acaricié el pulido metal de mi anillo de bodas.

Adulterio. Fornicación. Traición. Deshonor. Las palabras caían con suavidad en mi mente, como los puñados de nieve, dejando pequeños hoyos oscuros, sombras bajo el claro de luna.

Se podían hallar excusas, por supuesto. Yo no había buscado lo que me sucedió; había luchado contra eso; no pude escoger. Pero a fin de cuentas una siempre puede elegir. Yo lo había hecho y todo lo demás era la consecuencia.

Bree, Roger, Jemmy. Cualquier otro niño que tuvieran en el futuro. Todos ellos estaban allí, de un modo u otro, por lo que yo había decidido hacer aquel día lejano, en Craigh na Dun.

«Cargas demasiado sobre ti», me decía Frank muchas veces. Generalmente lo hacía en tono de desaprobación, porque habría preferido que yo no hiciera ciertas cosas. Pero de vez en cuando era por bondad, por aliviarme de alguna carga.

Y fue con bondad que la frase vino en ese momento a mí, ya fuera en verdad pronunciada, ya extraída de mi exhausta memoria por el consuelo que pudiese brindar. Todo el mundo escoge y nadie sabe a qué llevará cada elección. Si yo era culpable de muchas cosas, no podía culparme por todo. Tampoco era malo todo lo que había surgido de allí.

«Hasta que la muerte nos separe.» Muchas personas habían pronunciado esos votos sólo para abandonarlos o traicionarlos. Sin embargo, se me ocurría que algunos lazos no se disuelven ni por la muerte ni por decisión consciente. Para bien o para mal, yo había amado a dos hombres y una parte de ellos me acompañaría siempre.

Lo vergonzoso era que, si bien siempre había experimentado una profunda y abrasadora pena por lo que había hecho, nunca sentí culpa. Ahora que la elección había quedado ya tan atrás, ahora tal vez sí. Me había disculpado mil veces ante Frank, pero ni una sola vez le pedí perdón. De pronto pensé que, de cualquier modo, él me habría perdonado hasta donde le era posible.

El desván estaba a oscuras, a excepción de las débiles líneas de luz que se filtraban por las rendijas del suelo, aunque ya no parecía desierto. Me moví con brusquedad, arrancada de mi abstracción por un repentino movimiento allí abajo. Silenciosas como renos en fuga, dos siluetas en la sombra corrían de la mano a través del campo nevado; los capotes los envolvían como nubes. Vacilaron un momento junto al refugio de los caballos; luego desaparecieron en el interior.

Me incliné sobre el alféizar, sin prestar atención a los cristales de nieve en que apoyaba las palmas. En el aire límpido me llegó con claridad el ruido de los caballos al despertar: breves relinchos y golpeteo de cascos. El bullicio de abajo se había hecho algo más leve; un claro y potente *be-e-e* subió por las tablas del suelo, como si *Hiram* percibiera el desasosiego de los caballos.

Abajo se reanudaron las risas, sofocando por un instante los ruidos del otro lado del camino. ¿Dónde estaba Jamie? Me asomé, con el viento inflándome la capucha y arrojando una llovizna de hielo contra mi mejilla.

Allí estaba: una silueta alta y oscura que cruzaba la nieve hacia el refugio; caminaba con lentitud, levantando nubes de hielo en polvo. ¿Qué...? Entonces caí en la cuenta de que seguía las huellas de los amantes, pisoteándolas adrede para borrar toda pista que pudiera contar todo con claridad a quienes quisieran rastrearlos.

De pronto apareció un agujero en el refugio: una parte de la pared levantada con ramas cayó a tierra. Nubes de vapor rodaron por el aire. Luego emergió un caballo cargado con dos jinetes; partió hacia el oeste, urgido del paso al trote, luego al trote largo. La nieve no era profunda: apenas ocho, diez centímetros. Los cascos del animal dejaron un nítido rastro oscuro camino abajo.

Del refugio surgió un relincho penetrante, seguido por otro. Desde abajo me llegaron exclamaciones de alarma, ruidos de pisadas y golpes secos: los hombres abandonaban sus mantas y cogían sus armas. Jamie había desaparecido.

Todo a un mismo tiempo, de inmediato los caballos salieron violentamente del refugio, tras derribar la pared, pisoteando las ramas caídas. A resoplidos, relinchos, patadas y empellones, se lanzaron al camino en un caos de crines al aire y ojos desorbitados. El último saltó desde el refugio para unirse a los fugitivos, agitando la cola para apartar la vara que azotaba su grupa.

Jamie arrojó lejos esa vara y volvió al interior, justo en el instante en que las puertas de la casa se abrían de par en par, vertiendo sobre la escena una pálida luz de oro.

Aproveché la conmoción para bajar corriendo, sin que nadie me viera. Todo el mundo estaba fuera, hasta la señora Brown, con gorro de dormir y todo. *Hiram* se bamboleaba; cuando pasé baló de una forma ebria, con fuerte olor a cerveza, húmedos y protuberantes de cordialidad, los ojos amarillos.

Fuera, en la carretera, hombres a medio vestir corrían de un lado a otro y agitaban los brazos. En medio de esa muchedumbre distinguí a Jamie, que era el que más gesticulaba. Entre las preguntas y los comentarios nerviosos, oí algunos fragmentos: «... embrujados», «¿... puma?», «¡... del demonio!» y cosas parecidas.

Después de algunas vueltas y discusiones incoherentes, se decidió por unanimidad que los caballos regresarían por sí solos. Muchos de ellos estaban maneados y no podrían llegar muy lejos; además, la nieve se desprendía de los árboles en velos de hielo arremolinado; hacía frío, el viento introducía sus dedos helados por cualquier abertura de la ropa.

—¿Vosotros os quedaríais fuera en una noche así? —inquirió Roger, muy razonable.

Se decidió que nadie en su sano juicio lo haría. Y como los caballos son, si no personas cuerdas, al menos bestias sensatas, el grupo volvió al interior de la casa, entre rezongos y estremecimientos, ya perdido el calor del entusiasmo.

Entre los últimos estaba Jamie, que se volvió hacia la casa y me vio de pie en el porche. Tenía el pelo suelto y la luz que salía por la puerta lo iluminaba como una antorcha. Me buscó los ojos y puso los suyos en blanco, con un imperceptible encogimiento de hombros.

Me llevé a los labios los dedos fríos para enviarle un pequeño beso helado.

# CUARTA PARTE

*No oigo más música
que el batir de los tambores*

# 33

## *Navidades en casa*

—¿Qué habrías hecho tú? —preguntó Brianna, y se volvió con cuidado en la estrecha cama del señor Wemyss, para apoyar la barbilla en el hombro de Roger y estar más cómoda.

—¿Qué habría hecho con respecto a qué? —Sin frío por primera vez en varias semanas, satisfecho después de una buena comida de la señora Bug y de haber alcanzado por fin el nirvana tras una hora de intimidad con su esposa, Roger se sentía gratamente adormilado y ajeno a todo.

—Con respecto a Isaiah Morton y Alicia Brown.

Él bostezó hasta casi descoyuntarse la mandíbula y se acomodó mejor; el colchón de barbas de maíz crujió con fuerza. Lo que acababan de hacer debía de haberse oído en toda la casa, pero en realidad no le importaba. En su honor, Bree se había lavado el pelo, que caía en ondas sobre su pecho, con un brillo sedoso a la luz mortecina del hogar. Aún no había anochecido, pero las persianas cerradas brindaban la agradable ilusión de estar dentro de una pequeña cueva privada.

—No sé. Lo mismo que tu padre, supongo. ¿Qué otra cosa se podía hacer? Tu pelo huele de maravilla. —Alisó un rizo con su dedo para admirar el brillo.

—Gracias. He usado eso que prepara mamá, con aceite de nuez y caléndula. Pero ¿qué me dices de la pobre esposa que Morton tenía en Granite Falls?

—¿Qué puedo decirte de ella? Jamie no podía obligarlo a reunirse con ella... aun suponiendo que ella quisiera recibirlo —añadió, con lógica—. En cuanto a la muchacha, Alicia, estaba más que dispuesta. Tu padre no podía pregonar que Morton iba a fugarse con ella, a no ser que lo quisiera muerto. Si los Brown lo hubieran descubierto allí, lo habrían matado en el acto para clavar su pellejo en la puerta del granero.

Lo dijo con seguridad, pues recordaba las pistolas con que lo habían recibido en Brownsville. Recogió el pelo de Brianna detrás de la oreja y levantó la cabeza apenas lo suficiente para darle un beso entre las cejas. Llevaba días imaginándoselo: ese espacio claro y suave entre las densas cejas. Era como un diminuto oasis entre el vívido peligro de sus facciones; el destello de los ojos y el filo de la nariz eran más que atractivos, por no mencionar la frente inquieta y la boca ancha, que expresaban su manera de pensar tanto por su forma como por sus palabras. Pero no eran apacibles. Y las tres últimas semanas le habían hecho desear paz.

Se hundió de nuevo en la almohada.

—Creo que, dadas las circunstancias, lo mejor fue brindar a los jóvenes amantes la oportunidad de ponerse a salvo —dijo mientras seguía con un dedo el arco severo de una ceja roja—. Y así lo hicieron. Por la mañana la nieve ya se había derretido y todo estaba embarrado. Con tanto pisoteo, no se podía distinguir la huella de un regimiento de osos, mucho menos determinar qué rumbo habían elegido.

Hablaba con sentimiento. Al mejorar el tiempo, los milicianos habían regresado a casa de buen ánimo, pero cubiertos de barro hasta las cejas. Brianna suspiró, erizándole gratamente la piel del pecho con su aliento. Luego ella levantó un poco la cabeza mirando con interés.

—¿Qué pasa? ¿Todavía tengo algo sucio? —Roger se había lavado, pero deprisa, deseoso de comer y más aún de ir a la cama.

—No, pero me gusta cuando se te pone la piel de gallina. Se te eriza todo el pelo del pecho. Y las tetillas, también.

Tocó ligeramente con la uña uno de los objetos en cuestión; para su contento, otra oleada de erizamiento cruzó el pecho de Roger. Él arqueó un poquito la espada y volvió a relajarse. No: pronto tendría que bajar a atender las tareas vespertinas; ya había oído salir a Jamie.

Era hora de cambiar el tema. Inspiró hondo y levantó la cabeza de la almohada, olfateando con interés el rico aroma que se filtraba desde la cocina, entre las tablas del suelo.

—¿Qué están cocinando?

—Ganso. Varios. Una docena.

Él captó un tono extraño en su voz, un vago tinte de pena.

—Qué manjar —dijo mientras deslizaba muy despacio una mano por su espalda; el fino vello dorado que la cubría era invisible, salvo cuando las velas la iluminaban desde atrás, como en ese momento—. ¿Qué celebramos? ¿Nuestro regreso?

Bree apartó la cabeza de su pecho y le clavó lo que él, en privado, denominaba Una Mirada.

—La Navidad —dijo.

—¿Qué? —Roger, atónito, trató de calcular los días, pero los acontecimientos de esas tres semanas habían borrado por completo su calendario mental—. ¿Cuándo?

—Mañana, idiota —replicó ella, con exagerada paciencia.

Después de hacerle algo impronunciablemente erótico a su tetilla, se incorporó con un susurro de cobertores, dejándolo privado de la bendita calidez y expuesto a las gélidas corrientes de aire.

—¿No has visto al entrar las ramas verdes que hay abajo? Lizzie y yo mandamos a los pequeños monstruos de los Chisholm en busca de ramas de pino; llevamos tres días haciendo guirnaldas.

Las palabras sonaban algo apagadas, pues se estaba poniendo la camisa, pero a él le pareció que el tono no era de enfado, sino de incredulidad. Ojalá.

Sacó las piernas de la cama; sus dedos se curvaron al entrar en contacto con las frías tablas del suelo. En su propia cabaña tenía una alfombra trenzada junto a la cama. Pero en esos momentos, según se le había informado, estaba ocupada por los Chisholm. Se pasó una mano por el pelo, buscando inspiración, y la encontró.

—Al entrar sólo te he visto a ti.

Era la pura verdad, y al parecer lo mejor era la franqueza, pues ella sacó la cabeza por el cuello de la camisa y le clavó una mirada intensa, que se transformó en lenta sonrisa al ver la evidente sinceridad estampada en sus facciones.

Se acercó a la cama para rodearlo con los brazos, envolviéndole la cabeza en una nube de caléndulas y un lino suave como la mantequilla y... leche. Ah, claro. El niño tendría que comer muy pronto. Resignado, apoyó los brazos en la curva de esas caderas y descansó la cabeza entre sus pechos; esos breves momentos eran su parca ración de tanta abundancia.

—Perdona —dijo, ahogando las palabras en su calidez—. Lo había olvidado por completo. Debería haber traído algo para ti y para Jem.

—¿Como qué? ¿Un trozo del pellejo de Isaiah Morton?

Entre risas, se enderezó para arreglarse el pelo. Llevaba puesto el brazalete que él le había regalado otra Nochebuena; al levantar el brazo, la luz del hogar arrancó destellos a la plata.

—Sí. Para hacer con él la cubierta de un libro, supongo. O un par de botitas para Jem.

La cabalgata había sido larga; hombres y animales ignoraban el cansancio, deseosos de llegar a casa. Él estaba exhausto; el mejor regalo que podrían hacerle sería volver a la cama con ella, apretarse a su calor y dejarse llevar hacia las acogedoras honduras del sueño profundo y las fantasías amorosas. Pero el deber lo llamaba. Se incorporó con un parpadeo y un bostezo.

—¿Los gansos, entonces, son para la cena de esta noche? —preguntó mientras se agachaba para rebuscar entre el montón de prendas llenas de barro que había arrojado al suelo un rato antes. En algún lugar debía de tener una camisa limpia, pero como los Chisholm ocupaban su cabaña y Bree y Jem se habían alojado provisionalmente en el dormitorio de los Wemyss, él no sabía dónde estaban sus cosas. De cualquier modo, no tenía sentido ponerse algo limpio sólo para ir a trabajar al establo y alimentar a los caballos. Se afeitaría y se cambiaría antes de cenar.

—La señora Bug está asando fuera medio cerdo para la comida de mañana. Ayer, yo cacé esos gansos y ella decidió aprovechar y cocinarlos también. Esperábamos que vosotros regresarais a tiempo.

Él la miró al detectar otra vez ese tono extraño en su voz.

—¿No te gusta el ganso? —preguntó.

Bree lo miró con expresión rara.

—Nunca lo he probado. Oye, Roger...

—¿Sí?

—He estado pensando... Quería preguntarte si sabías...

—¿Si sé qué?

Él se movía con lentitud, todavía envuelto en una grata bruma de agotamiento y amor. Bree se había puesto el vestido; ya tenía el pelo cepillado y pulcramente recogido en un grueso moño sobre la nuca; mientras que a él sólo le había dado tiempo a buscar sus calcetines y sus pantalones. Los sacudió con aire distraído y una lluvia de fragmentos de barro seco repiqueteó en el suelo.

—¡No hagas eso! ¿Qué pasa contigo? —Enrojecida por un súbito fastidio, ella le arrebató los pantalones y se asomó a la ventana para sacudirlos con fuerza desde el alféizar. Luego se los tiró y Roger tuvo que lanzarse para atraparlos.

—¡Eh! ¿Qué bicho te ha picado?

—¿Bicho? ¿Lo ensucias todo y me preguntas que qué bicho me ha picado?

—Perdona, no me he dado cuenta...

Ella gruñó. No fue un gruñido muy potente, pero sí amenazador. Guiado por un reflejo masculino profundamente grabado, Roger metió una pierna dentro de los pantalones. Pasara lo que pasase, prefería enfrentarse a ello con la ropa puesta. Se los subió a tirones, hablando deprisa.

—Oye, lamento haber olvidado la Navidad. Es que... tenía cosas importantes que atender; perdí la cuenta. Ya lo arreglaré. Quizá cuando vayamos a Cross Creek para la boda de tu tía...

—¡Al diablo con la Navidad!

—¿Qué? —Él se detuvo, con los pantalones a medio abotonar. El crepúsculo de invierno oscurecía la habitación, pero incluso a la luz de las velas pudo ver el color que encendía la cara de Brianna.

—¡Al diablo con la Navidad, al diablo con Cross Creek! ¡Y tú, joder, vete también al diablo! —Ella subrayó esto último arrojándole una jabonera, que pasó zumbando junto a su oreja izquierda y se estrelló contra la pared de detrás.

—¡Espera un minuto, joder!

—¡No utilices ese lenguaje conmigo!

—Pero si tú...

—¡Tú y tus «cosas importantes»! —La mano de Bree se cerró sobre la jofaina de porcelana. Roger se preparó para esquivarla, pero ella lo pensó mejor y bajó la mano—. ¡Me he pasado un mes entero aquí, metida hasta las orejas en ropa sucia, pañales cagados, mujeres gritonas y niños horribles, mientras tú hacías tus «cosas importantes»! ¡Y ahora llegas cubierto de barro y me lo ensucias todo sin percatarte siquiera de lo limpio que lo había dejado! ¿Tienes idea de lo que cuesta fregar suelos de pino arrastrándote de manos y rodillas? ¡Y con jabón de lejía!

Agitó las manos en un gesto de acusación, pero él no tuvo tiempo de ver si estaban cubiertas de llagas, podridas hasta las muñecas o simplemente enrojecidas.

—¡Y ni siquiera preguntas por tu hijo, que ya ha aprendido a gatear! ¡Yo quería enseñártelo, pero tú sólo pensabas en ir a la cama! ¡Y ni te has molestado en afeitarte antes!

Roger tenía la sensación de haber caído entre las aspas de un enorme ventilador que giraba a gran velocidad. Se rascó la corta barba con aire culpable.

—Yo... eh... suponía que querrías...

—¡Y quería! —Ella descargó el pie contra el suelo, levantando una pequeña nube de polvo proveniente del barro seco desintegrado—. ¡Eso no tiene nada que ver contigo!

—De acuerdo. —Él se agachó para recuperar la camisa, sin dejar de vigilarla con un ojo precavido—. De modo que... te has enfadado porque no me he dado cuenta de que habías fregado el suelo. ¿Es eso?

—¡No!

—No —repitió él. Tomó aire y lo intentó otra vez—. Pues ha de ser porque me he olvidado de la Navidad.

—¡No!

—¿Te has enfadado porque quería hacerte el amor, pese a que tú también querías hacerlo?

—¡NO! ¿Por qué no te callas?

Roger sintió la fuerte tentación de acceder a esa petición, pero la empecinada necesidad de llegar al fondo de las cosas lo obligó a insistir.

—Es que no comprendo por qué...

—¡Ya sé que no comprendes! ¡Ahí está el problema!

Bree giró sobre sus pies descalzos y fue a revolver en el arcón puesto junto a la ventana, entre gruñidos y resoplidos. Su marido abrió la boca, la cerró de nuevo y se puso la camisa sucia por la cabeza. Se sentía a la vez irritado y culpable; mala combinación. Terminó de vestirse en un clima cargado de silencio mientras analizaba y rechazaba posibles comentarios y preguntas, dándose cuenta de que todos podían inflamar aún más la situación.

Ella había encontrado sus medias; después de ponérselas se ajustó las ligas con pequeños movimientos bruscos, y hundió los pies en un par de zuecos viejos. Luego se irguió ante la ventana abierta y respiró hondo varias veces, como si estuviera a punto de realizar una serie de ejercicios.

Roger habría querido escapar mientras su mujer no miraba, pero no se decidió a abandonarla allí, sabiendo que algo andaba mal entre los dos, fuera lo que fuese. Aún experimentaba la intimidad que habían compartido apenas quince minutos antes y no podía creer que se hubiera evaporado en el aire.

Se acercó a ella por detrás, con lentitud, y le apoyó las manos en los hombros. Como ella no se volvió para pisarle un pie o clavarle la rodilla en la entrepierna, se arriesgó a darle un beso ligero en la nuca.

—Ibas a decirme algo sobre los gansos.

Bree inspiró hondo y dejó escapar el aire en un suspiro, apoyándose ligeramente en él. Su cólera parecía haber desaparecido tan de súbito como se había presentado, lo cual causó en Roger una desconcertada gratitud. Le rodeó la cintura con los brazos para estrecharla contra sí.

—Ayer —dijo ella— la señora Aberfeldy quemó las galletas del desayuno.

—¿Sí?

—La señora Bug la acusó de estar demasiado embobada con los lazos de su hija como para prestar atención a lo que hacía. Y añadió que a quién se le ocurría poner moras en las galletas de mantequilla.

—¿Qué tienen de malo las moras en las galletas de mantequilla?

—No tengo ni idea, pero la señora Bug dice que no se deben mezclar. Luego Billy MacLeod se cayó por las escaleras, y no podíamos encontrar a su madre. Se había quedado atascada en la letrina y...

—¿Cómo?

La señora MacLeod era baja y bastante fornida, pero estaba muy bien definida por la cara posterior: su trasero parecía un par de balas de cañón dentro de un saco. Era demasiado fácil imaginarse el accidente en cuestión. Roger sintió que la risa le burbujeaba en el pecho e hizo un viril esfuerzo por sofocarla, pero le brotó por la nariz, en un doloroso resoplido.

—Hacemos mal en reírnos. Se le clavaron astillas. —A pesar de su enfado, Brianna también se estremecía contra él, con la voz quebrada por temblores de regocijo.

—Santo cielo. ¿Y luego?

—Billy lloraba a gritos. No tenía nada roto, pero sí un fuerte golpe en la cabeza. La señora Bug salió de la cocina blandiendo la escoba, convencida de que nos atacaban los indios. La señora Chisholm fue en busca de la madre del niño y empezó a chillar desde la letrina y... en medio de todo, pasaron los gansos; entonces, la señora Bug miró hacia arriba con los ojos saltones y gritó: «¡Gansos!», en voz tan alta que todo el mundo dejó de chillar. Luego corrió en busca de la escopeta de papá y me la trajo.

La narración la había calmado un poco. Se reclinó contra él, con un resoplido de risa.

—Yo estaba tan furiosa que tenía ganas de matar a alguien. Y eran un montón, los gansos. Los oía graznar por todo el cielo.

Roger también los había visto: siluetas negras en forma de «V», que flexionaban las alas muy arriba, apuntados como flechas en el cielo invernal. Oír sus reclamos le había despertado una extraña sensación de soledad y el deseo de tener a Bree a su lado.

Todo el mundo corrió a verlos: los salvajes de los niños Chisholm con dos de sus perros, medio salvajes también, correteaban entre los árboles con exclamaciones y ladridos de entusiasmo, en busca de las presas caídas, mientras Brianna disparaba y volvía a cargar tan deprisa como le era posible.

—Uno de los perros cobró un ganso. Toby trató de quitárselo y el perro lo mordió. Y el niño corría por todo el patio, gritando que le había arrancado el dedo. Estaba cubierto de sangre, pero nadie podía cogerlo para ver qué le pasaba. Y mamá no estaba, y la señora Chisholm abajo, junto al arroyo, con los gemelos...

Se estaba poniendo tensa otra vez. Él notó que volvía a subírsele la sangre a la cabeza, enrojeciéndole el cuello, y la estrechó por la cintura.

—Pero ¿el perro le había arrancado el dedo o no?

Brianna tomó aliento. Luego se volvió para mirarlo; su cara había perdido un poco el color.

—No. Ni siquiera estaba herido. La sangre era del ganso.

—Pues entonces lo has hecho muy bien, ¿no? La despensa llena, ni un dedo perdido... y la casa en pie.

Lo había dicho de broma, pero le sorprendió que ella dejara escapar un profundo suspiro y parte de su tensión.

—Sí —dijo, con una nota de innegable satisfacción en la voz—. Lo hice bien. Estamos todos enteros y bien alimentados. Con un mínimo derramamiento de sangre.

—Bueno, lo que se dice sobre las tortillas y los huevos es cierto, ¿no? —Roger se inclinó para darle un beso, pero se acordó de la barba—. Oh, perdona. Iré a afeitarme, ¿quieres?

—No. No te afeites. —Ella se volvió para pasarle la yema de un dedo por la mandíbula—. En cierto modo me gusta. Además, puedes dejarlo para más tarde, ¿no?

—Puedo, sí.

Entonces inclinó la cabeza para besarla con suavidad, pero profundamente. ¿Conque eso era? Bree sólo quería oírlo decir que se había desenvuelto bien sin ayuda de nadie. Y en verdad lo merecía. Él estaba seguro de que, durante su ausencia, no se había quedado sentada junto al hogar, arrullando a Jemmy, pero no había imaginado los detalles más sangrientos.

Lo envolvían el olor de su cabello y el almizcle de su cuerpo, pero al inspirar hondo para captarlo mejor detectó también la fragancia del bálsamo de enebro y el suave aroma de las velas de cera de abeja. Había tres dispuestas en palmatorias por la habitación. Por lo general, ella habría encendido una mecha de junco, para no malgastar los valiosos cirios, pero en esos momentos la pequeña habitación relumbraba con una suave luz dorada. Ese fulgor los había iluminado mientras hacían el amor, dejándole recuerdos de matices bermejos y marfileños, del vello dorado que la cubría como piel de león, de las sombras carmesíes y purpúreas en sus lugares secretos, su propia piel oscura contra la palidez de ella: recuerdos que refulgían en su mente, vívidos contra las sábanas blancas.

El suelo estaba limpio, sí (o lo había estado); las tablas de pino blanco, bien restregadas; en los rincones había colocado romero seco. Además, había hecho la cama con sábanas limpias y había puesto un edredón nuevo. Todo para darle la bienvenida. Y él había entrado en tromba, desbordante de aventuras, esperando alabanzas por la hazaña de regresar con vida, y sin ver nada de todo eso. Ciego a todo, en su urgencia por tenerla bajo su cuerpo y poseerla.

—Oye —le murmuró al oído—, puede que sea bobo, pero te amo, ¿sabes?

Ella suspiró con fuerza; sus pechos pujaron contra el torso desnudo de Roger, tibios aun a través de la camisa y el vestido. Eran firmes; se estaban llenando de leche, pero todavía no estaban duros.

—Eres bobo, sí —dijo con franqueza—, pero yo también te amo. Y me alegra que hayas regresado.

Él la soltó, riendo. Encima de la ventana había una rama de enebro, cargada de bayas glaucas. Alargó la mano para arrancar una ramita, la besó y se la puso en el escote del vestido, entre los pechos, como ofrenda de paz... y a modo de disculpa.

—Feliz Navidad. Ahora dime qué pasó con esos gansos.

Ella apoyó una mano contra la ramita de enebro, con una media sonrisa que desapareció enseguida.

—Oh... no tiene importancia. Sólo que...

Roger siguió la dirección de sus ojos y vio la hoja de papel apoyada contra la pared, tras el lavamanos. Era un dibujo al carboncillo: gansos silvestres contra un cielo de tormenta, aleteando con fuerza sobre los árboles agitados por el viento. Le pareció estupendo; al contemplarlo tuvo la misma sensación extraña que había experimentado al oírlos graznar: mezcla de alegría y dolor.

—Feliz Navidad —dijo Brianna con suavidad, a su espalda. Y le envolvió un brazo con la mano.

—Gracias. Es... Qué bien dibujas, Bree.

Era cierto. Se inclinó para besarla con pasión; necesitaba hacer algo para aliviar los anhelos que embrujaban ese papel.

—Mira el otro. —Ella se apartó un poco, sin soltarle el brazo, y señaló el lavamanos.

Roger no había visto que había dos.

Ella dibujaba muy bien, sí. Tanto que le congeló la sangre en el corazón. El segundo dibujo también era un carboncillo: los mismos blancos, negros y grises desnudos. En el primero ella había volcado el salvajismo del cielo: las ansias y el valor, el esfuerzo que resiste con fe en el vacío del aire y la tormenta. En éste había visto quietud.

Era un ganso muerto que colgaba por las patas, con las alas medio desplegadas, el cuello laxo y el pico entreabierto, como si aun en la muerte buscara el vuelo y el potente reclamo de sus compañeros. Sus líneas eran delicadas; los detalles del plumaje, el pico y los ojos vacuos, exquisitos. Él nunca había visto nada tan bello ni tan desolador.

—Lo dibujé anoche —explicó ella, en voz baja—. Todo el mundo estaba en la cama, pero yo no podía dormir.

Había cogido un candelero para rondar, inquieta, por la casa llena de gente. Al final había salido al oscuro frío de los cobertizos, en busca de soledad, ya que no de reposo. En el cobertizo de ahumar, a la luz de las ascuas, le había llamado la atención la belleza de los gansos colgados, la nitidez del plumaje blanco y negro contra el muro cubierto de hollín.

—Una vez segura de que Jemmy dormía profundamente, volví con mi caja de dibujo. Dibujé hasta que mis dedos estaban tan fríos que no podían sujetar el carboncillo. Ése es el mejor. —Y señaló el dibujo, con ojos ausentes.

Por primera vez Roger reparó en sus ojeras. La imaginó a la luz de una vela, completamente sola en medio de la noche, dibujando gansos muertos. Iba a abrazarla, pero ella se alejó hacia la ventana, donde las contraventanas empezaban a golpearse.

El deshielo había cesado. Lo seguía un viento helado que desnudaba los árboles de sus últimas hojas y arrojaba bellotas y castañas contra el tejado, con un repiqueteo de perdigonada. Él se acercó para cerrar las contraventanas y asegurarlas contra el fuerte viento.

—Mientras... mientras llegaba el momento de que Jemmy naciera, papá me contaba historias y cuentos. Yo no prestaba mucha atención —torció la boca en un gesto irónico—, pero se me grabaron algunos fragmentos.

Apoyó la espalda contra la ventana, con las manos aferradas al antepecho.

—Según me contó, cuando un cazador mata a un ganso gris, debe esperar junto a él, porque los gansos grises se emparejan de por vida. Si matas sólo a uno, el otro se dejará morir de pena. De modo que debes esperar a que venga el compañero y matarlo también. —Sus ojos estaban sombríos, pero las llamas de los cirios les arrancaban destellos azules. Señaló sus dibujos con un gesto—. Me gustaría saber si todos los gansos son así, no sólo los grises.

Él carraspeó. Quería consolarla, pero no al precio de una mentira fácil.

—Tal vez, pero no lo sé con certeza. ¿Te preocupas por las parejas de las aves que mataste?

Los labios pálidos se apretaron con fuerza para luego relajarse.

—No es que me preocupen, pero... Después ya no he podido dejar de pensar. Sabía que esta vez regresarías sano y salvo. Pero la próxima, quizá no vuelvas... No importa; es una tontería. No te preocupes.

Se incorporó. Iba a pasar a su lado, pero él la rodeó con los brazos para detenerla. La estrechó contra sí, para que no le viera la cara.

Sabía que no era imprescindible para Bree; ella no lo necesitaba para enfardar el heno, sembrar o cazar. Si era necesario, ella misma podía hacerlo... o buscarse a otro hombre. Sin embargo... los gansos silvestres decían que lo necesitaba, que lloraría por él si lo perdía. Quizá para siempre. En su vulnerabilidad actual, saberlo fue como un espléndido regalo.

—Gansos —dijo al fin, con la voz medio apagada contra el pelo de Brianna—. Cuando yo era pequeño mis vecinos criaban gansos. Grandes y blancos, los tunantes. Eran seis; andaban siempre juntos, graznando con el pico en alto. Aterrorizaban a los perros, a los niños y a todo el que pasara por la calle.

—¿Y a ti? —El aliento caliente de Bree era un cosquilleo en su clavícula.

—Oh, sí, constantemente. Cuando jugábamos en la calle salían graznando para picarnos y castigarnos con las alas. Yo no podía salir al patio trasero, a jugar con un amigo, si la señora Graham no nos acompañaba para ahuyentar a esos cretinos con un palo de escoba. Una mañana, cuando vino el lechero, los gansos estaban todavía en el jardín delantero y lo atacaron. Él corrió hacia su carro; tantos chillidos espantaron al caballo, que pisoteó a dos de las aves y las dejó planas como tortillas. Los chicos de la calle estábamos encantados.

Ella reía contra su hombro, medio escandalizada, pero también divertida.

—¿Y luego qué pasó?

—La señora Graham los llevó dentro y los desplumó. Comimos pastel de ganso durante una semana —respondió él, divertido. Luego irguió la espalda para sonreírle—. Eso es todo lo que sé sobre los gansos: que son unos verdaderos cretinos, pero que están sabrosísimos.

Y se agachó para recoger del suelo la chaqueta manchada de barro.

—Bueno, ahora deja que ayude a tu padre con la faena. Luego quiero ver cómo gatea mi hijo.

## 34

### *Hechizos*

Toqué la superficie blanca y brillante; luego la froté entre mis dedos, apreciándola.

—No hay absolutamente nada más graso que la grasa de ganso —aprobé mientras me limpiaba los dedos en el delantal para coger una cuchara grande.

—Es lo mejor para la masa de pasteles —añadió la señora Bug, y se puso de puntillas para observar con celo, mientras yo dividía la suave materia blanca entre dos grandes vasijas: una para la cocina, la otra para mi clínica.

—Para Hogmanay haremos un rico pastel de venado —añadió, entornando los ojos para estudiar la perspectiva—. Después *haggis* con *cullen skink*. Y un poco de *corn crowdie*. Y de postre, una gran tarta de pasas con mermelada y nata montada.

—Estupendo —murmuré. Mis propios planes para la grasa de ganso incluían un bálsamo de zarzaparrilla para quemaduras y abrasiones, un ungüento mentolado para las narices tapadas y las congestiones de pecho, y otro suavizante y perfumado para las escoceduras de los pañales... quizá una infusión de alhucema con jugo de malva.

Miré hacia abajo, buscando a Jemmy; aunque había aprendido a gatear pocos días antes, ya era capaz de alcanzar una velocidad asombrosa, sobre todo cuando nadie lo miraba. Estaba tan tranquilo sentado en el rincón, royendo con ganas el caballo de madera que Jamie le había tallado como regalo de Navidad.

Católicos como eran la mayoría de los escoceses de las Highlands (y nominalmente cristianos, todos ellos), la Navidad era una fecha religiosa más que una gran ocasión festiva. A falta de sacerdotes o ministros, pasaban el día casi como si fuera un domingo, aunque la destacaban con una gran comida y un intercambio de pequeños regalos. Yo había recibido de Jamie el cazo de madera que estaba utilizando en ese momento, con una hoja de menta tallada en el mango. A mi vez le había regalado una camisa nueva para las grandes ceremonias, con volantes en el cuello, pues la anterior tenía muy gastadas las costuras.

Con cierta previsión, la señora Bug, Brianna, Marsali, Lizzie y yo habíamos hecho una enorme cantidad de caramelos de melaza, para distribuir entre todos los niños que estuvieran al alcance de nuestros oídos. Cualesquiera que fuesen las consecuencias para sus dientes, tenían el benéfico efecto de sellarles la boca durante largos períodos, con lo que los adultos pudimos disfrutar de una Navidad apacible. Hasta Germain había quedado reducido a una especie de gárgara melodiosa.

Pero Hogmanay era otra cosa. Sólo Dios sabía qué raíces paganas tenía la celebración escocesa del Año Nuevo, pero yo tenía mis motivos para preparar con anticipación una buena cantidad de remedios: los mismos motivos por los que Jamie estaba en esos momentos en el manantial del whisky, identificando qué toneles estaban lo bastante envejecidos como para no envenenar a nadie.

Una vez retirada la grasa de ganso, en el fondo del recipiente quedó una buena cantidad de caldo oscuro, arremolinado con trocitos de piel y hebras de carne. Vi que la señora Bug lo observaba con visiones de salsa bailándole en el cerebro.

—La mitad —le dije en tono severo, echando mano de un frasco grande.

Ella, sin discutir, se limitó a encogerse de hombros y volvió a su taburete, resignada.

—¿Qué piensa usted hacer con eso? —preguntó con curiosidad mientras yo cubría el cuello del frasco con un cuadrado de muselina, a fin de filtrar el caldo—. Es cierto que la grasa es una maravilla para los ungüentos. Y sin duda el caldo es bueno para el cuerpo debilitado por la gota o por males de vientre. Pero se echa a perder. —Una ceja somera se enarcó a modo de advertencia, por si yo no lo sabía—. Si se deja uno o dos días, se pone azul de moho.

—Bueno, eso es lo que espero —dije, echando caldo en el cuadrado de muselina—. Acabo de poner una hogaza de pan a enmohecer; quiero ver si también aparece en el caldo.

Vi que por la mente de la mujer cruzaban todo tipo de preguntas y respuestas; y todas basadas en el miedo de que esa locura mía por la comida podrida, al expandirse, pudiera abarcar toda la producción de la cocina. Sus ojos echaron un vistazo al pastel; luego volvieron a mí, cargados de sospecha.

Al apartar la cara para disimular una sonrisa, vi que *Adso*, el gatito, se había subido al banco, erguido sobre las patas traseras y con las zarpas plantadas en la mesa; sus grandes ojos verdes seguían con fascinación los movimientos del cazo.

—Ah, ¿quieres un poco?

Cogí un platito del estante y vertí en él un oscuro charco de caldo, lleno de sabrosos fragmentos de carne y glóbulos de grasa.

—Esto sale de mi mitad —le aseguré a la señora Bug. Pero ella movió vigorosamente la cabeza.

—De ninguna manera, señora Fraser —me dijo—. Ese pequeñín ha cazado aquí seis ratones en los dos últimos días. —Sonrió con afecto a *Adso*, que se había bajado de un brinco y estaba lamiendo el caldo a toda la velocidad que le permitía su diminuta lengua rosada—. Su minino puede comer todo lo que quiera de mi hogar.

—¿De veras? Estupendo. También puede venir a probar suerte con los que tengo en la clínica.

Por entonces teníamos una plaga de ratones, a los que el frío empujaba a los espacios interiores, donde correteaban por los zócalos después del anochecer. Aun a pleno día cruzaban súbitamente el suelo o saltaban desde los armarios abiertos, provocando leves paros cardiacos y roturas de vajilla.

—Pero no podemos criticar a los ratones —comentó la señora Bug, echándome un vistazo fugaz—. A fin de cuentas, van adonde está la comida.

Casi todo el caldo había pasado por la muselina, dejando una gruesa capa de restos flotantes. Los rebañé para ponerlos en el platito de *Adso*; luego eché otro cazo de caldo.

—Sí que lo hacen —dije sin alterarme—. Y lo siento, pero el moho es importante. Es un remedio y...

—¡Oh, sí, desde luego! —se apresuró a asegurar—. Eso lo sé.

En su voz no había dejo de sarcasmo, cosa que me sorprendió. Vacilaba, pero al fin hundió la mano en el amplio bolsillo que colgaba tras la abertura de su falda.

—Cuando Arch y yo vivíamos en Auchterlonie había un hombre, un *carline*. Se llamaba Johnnie Howlat. La gente le tenía miedo, pero a pesar de todo iba a su casa. Algunos, a pleno día, para que los curara con hierbas y pócimas; otros, por la noche, para comprarle hechizos. ¿Sabe usted de eso?

Yo sabía, sí, a qué tipo de persona se refería. Algunos curanderos de las Highlands no se limitaban a preparar remedios (las «pócimas» que ella mencionaba), sino que también practicaban la magia menor: vendían filtros de amor, pociones para la fertilidad... y conjuros dañinos. Un escalofrío me recorrió la espalda y desapareció, dejando tras de sí una vaga sensación de inquietud, como el rastro baboso de un caracol.

Tragué saliva; veía en mi recuerdo el pequeño manojo de plantas espinosas, tan cuidadosamente atadas con hilo blanco y negro, puesto bajo mi almohada por una muchacha celosa, llamada Laoghaire, que se lo había comprado a cierta bruja: Geillis Duncan, bruja como yo.

¿Adónde quería llegar la señora Bug? Yo no estaba muy segura de lo que significaba la palabra «carline», aunque la relacionaba con brujos o algo parecido. Ella me observaba con aire pensativo, bastante apagada su vivacidad normal.

—Era un hombrecillo sucio, ese Johnnie Howlat. No tenía mujer y su cabaña olía a cosas horribles. Él también. —Se estremeció de repente, aunque tenía el fuego a su espalda—. A veces se lo veía en el bosque o en los brezales, hurgando en la tierra. Cuando encontraba animales muertos, traía las pieles, huesos, patas y dientes, para hacer sus hechizos. Usaba un delantal viejo y raído, como un granjero. A veces lo veíamos bajar por el sendero con algo escondido bajo ese delantal, todo manchado de sangre... u otras cosas.

—Qué desagradable —musité, con la vista fija en el frasco, mientras raspaba de nuevo el paño y volvía a echar caldo—. ¿Y aun así la gente iba a consultarlo?

—No había nadie más —replicó ella, simplemente.

Levanté la vista. Sus ojos oscuros seguían fijos en los míos, sin parpadear; movía despacio la mano, como si tocara algo dentro del bolsillo.

—Al principio yo no lo sabía —continuó—, pero Johnny tenía musgo del cementerio, polvo de huesos, sangre de gallina y ese tipo de cosas. Pero usted. —Me observaba con aire pensativo, inmaculado el pañuelo blanco a la luz del fuego—. Usted es una persona limpia.

—Gracias —dije, entre divertida y emocionada. En boca de la señora Bug, ése era un gran cumplido.

—Salvo por el pan enmohecido —añadió, apretando un poco los labios—. Y esa taleguilla de paganos que tiene en el armario. Pero es cierto, ¿no? Usted es hechicera, como Johnny.

Vacilé, sin saber qué decir. En la memoria tenía el recuerdo de Cranesmuir, tan vívido como no lo había visto en muchos años. Lo último que deseaba era que la señora Bug divulgara el rumor de que yo era una *carline*; ya había quienes me denominaban «mujer de conjuros». No temía que me acusaran de bruja ante la ley; allí no, ya no. Pero una cosa era tener reputación de curandera y otra, que la gente acudiera a mí por esas otras cosas que ofrecían los hechiceros.

—No exactamente —dije con cautela—. Sólo sé bastante sobre plantas. Y cirugía. Pero en realidad no sé absolutamente nada de hechizos ni... encantamientos.

Ella asintió con satisfacción, como si yo hubiera confirmado sus sospechas en vez de negarlas.

Antes de que yo pudiera responder, desde la puerta se oyó un sonido en el suelo como de agua contra una sartén caliente, seguido por un fuerte chillido. Jemmy, cansado de su juguete, lo había arrojado a un lado para ir a investigar el platito de *Adso*. El gato, sin el menor deseo de compartir, acababa de asustarlo con un fuerte bufido. El chillido de Jemmy, a su vez, asustó a *Adso*, haciendo que se refugiara bajo el banco; sólo asomaba la punta de un hociquito rosado y un tremolar de bigotes agitados.

Levanté a Jem para limpiarle las lágrimas mientras la señora Bug se ocupaba de filtrar el caldo. Luego recogió de los restos de ganso un hueso de la pata, con el cartílago blanco del extremo suave y reluciente.

—Aquí tienes, pequeño. —Y lo agitó tentadoramente bajo la nariz de Jemmy. El niño dejó de llorar para coger el hueso y metérselo en la boca. La señora Bug escogió un hueso de ala más pequeño, con hebras de carne adheridas, y lo dejó en el platito.

—Y esto es para ti, muchacho —dijo a la oscuridad, debajo de la poltrona—. Pero no te llenes demasiado la panza. Resérvate para los ratoncillos, ¿quieres?

Regresó a la mesa para poner los huesos en una sartén.

—Los asaré. Servirán para sopa —decidió, atenta a su trabajo. Luego, sin cambiar de tono ni levantar la vista, dijo—: Una vez fui a verlo. A Johnnie Howlat.

—¿Sí? —Me senté con Jemmy en las rodillas—. ¿Estaba enferma?

—Quería un hijo.

No supe qué decir. En silencio, escuché el goteo del caldo que caía de la muselina, mientras ella echaba a la sartén el último resto y la llevaba al hogar.

—Tuve cuatro abortos en el curso de un año —explicó, de espaldas a mí—. Quien me vea ahora no lo creería, pero por entonces era sólo piel y hueso, no tenía más color que el suero y mis tetas se habían reducido a nada.

Una vez bien afirmada la sartén entre las brasas, la cubrió.

—De modo que cogí el poco dinero que teníamos y fui a casa de Johnnie Howlat. Él aceptó el dinero y llenó una cacerola de agua. Luego hizo que me sentara a un lado de la cacerola y él se sentó al otro; y así pasamos largo tiempo. Él miraba el agua; yo, a él. Al cabo de un rato se agitó y se fue a la parte trasera de la cabaña. No pude ver qué hacía, pues estaba oscuro, pero revolvía, hurgaba y decía cosas por lo bajo; por fin me entregó un amuleto.

La señora Bug se incorporó para acercarse a mí. Puso una mano en la sedosa cabeza de Jemmy, con mucha suavidad.

—Johnny me dijo que eso me cerraría la boca del vientre y mantendría al bebé sano y salvo dentro, hasta que le llegara el momento de nacer. Pero en el agua había visto una cosa y debía advertirme. Si yo tenía un niño vivo, me dijo, moriría mi esposo. De modo que me daría el amuleto y la oración que lo acompañaba. Era yo quien debía decidir. No se podía actuar con más justicia.

El dedo romo y desgastado siguió la curva de la mejilla infantil. Jemmy no le prestó atención, absorto en su nuevo juguete.

—Tuve ese objeto en el bolsillo durante un mes. Luego lo guardé.

Alargué una mano para estrechar la suya. No se oía otra cosa que el mordisqueo del bebé y el estallido de los huesos sobre las brasas. Ella permaneció inmóvil un momento; luego retiró la mano para hundirla de nuevo en el bolsillo. Extrajo un pequeño objeto que depositó en la mesa, a mi lado.

—Nunca me decidí a tirarlo —dijo, contemplándolo con aire sereno—. Después de todo, me costó tres peniques de plata. Y es muy pequeño. Cuando salimos de Escocia fue muy fácil traerlo conmigo.

Era un trocito de piedra de color rosa pálido, veteado de gris y muy gastado. Estaba tallado toscamente y tenía forma de mujer embarazada. Era poco más que un vientre enorme, de pechos y nalgas hinchados, cuyas piernas cortas se afilaban hasta perderse. Había visto otras similares en distintos museos. Me pregunté si la habría tallado el propio Johnnie Howlat. O si tal vez la habría encontrado en sus búsquedas por el bosque y los brezales, resto de un tiempo mucho más antiguo.

Lo toqué con delicadeza. Poco importaba qué hubiera hecho Johnnie Howlat, qué hubiera visto en su cacerola de agua: había tenido la astucia de reconocer el amor que unía a Arch y a Murdina Bug. ¿Qué era más fácil para una mujer: abandonar la esperanza de tener hijos, considerando que hacía un noble sacrificio por su amado esposo, o sufrir la amargura y la culpa del fracaso constante? Johnnie Howlat podría parecer un hechicero, pero realmente era un sanador.

—Pues nada —dijo la señora Bug, como a quien ya no le importa—, que quizá encuentre usted alguna muchacha a la que pueda serle útil. Sería una pena no sacarle provecho, ¿no cree?

# 35

## *Hogmanay*

El año terminó claro y frío, con una luna pequeña y brillante que se elevó muy alta en la bóveda cárdena del cielo, bañando de luz las hondonadas y las sendas de la montaña. Era una suerte, pues venía gente desde todos los rincones del cerro (y algunos, desde más lejos aún) para celebrar Hogmanay en la casa grande.

Los hombres habían despejado el establo nuevo y rastrillado el suelo para el baile. Bajo la luz de las lámparas, alimentadas con aceite de oso, se bailaban gigas, *reels*, *strathspeys* y otras danzas cuyos nombres yo ignoraba, pero que parecían divertidas, acompañadas por la música del chirriante violín de Evan Lindsay y la chillona flauta de madera de su hermano Murdo, acompasados por los latidos que Kenny arrancaba a su *bodhran*.

El anciano padre de Thurlo Guthrie también había traído su gaita, un juego de pequeñas chirimías *uilleann* que parecían tan decrépitas como su dueño, pero producían un dulce zumbido. Su melodía coincidía a veces con la interpretación que los Lindsay hacían de determinada pieza y otras veces no, pero el efecto general era alegre. Y para entonces se había consumido whisky y cerveza en cantidades suficientes como para que a nadie le importara lo más mínimo.

Tras una o dos horas de baile, comenzaba a comprender por qué la palabra «*reel*» se utilizaba para indicar ebriedad; incluso sin que se hubiera bebido, la danza podía llegar a marearte. Bajo la influencia del whisky, hacía que toda la sangre de la cabeza girara como agua en una lavadora. Al terminar una de ellas, ya tambaleante, fui a apoyarme en uno de los postes y cerré un ojo, con la esperanza de que cesaran las vueltas en mi cabeza. Un codazo en mi lado ciego me hizo abrir ese ojo. Allí estaba Jamie, con dos tazas desbordantes de algo. Acalorada y sedienta como estaba, sólo me importó que fuera algo líquido. Por suerte era sidra, que bebí a grandes tragos.

—Si la bebes así, te irás a pique, Sassenach —dijo él, vaciando la suya de manera exactamente igual. Estaba enrojecido y sudoroso de tanto bailar, pero sus ojos chispeaban al sonreírme.

—¡Tonterías! —dije. Con un poco de sidra a modo de lastre, la habitación había dejado de girar y yo me sentía alegre, a pesar del calor—. ¿Cuántas personas crees que hay aquí?

—Sesenta y ocho, la última vez que las he contado —me dijo, mientras se reclinaba a mi lado, contemplando la muchedumbre con expresión satisfecha—. Pero como entran y salen, no estoy muy seguro. Y no he contado a los niños —añadió, apartándose apenas para evitar la colisión con un trío de niños que atravesaron la multitud y pasaron como un rayo a nuestro lado, entre risitas.

A los lados del establo, entre sombras, había montones de heno fresco donde dormían los niños demasiado pequeños como para mantenerse despiertos, envueltos y amontonados igual que los gatitos. El parpadeo de las lámparas arrancó un destello de sedoso oro rojizo: Jemmy dormía a pierna suelta en su manta, dichosamente arrullado por el bullicio. Vi que Bree se apartaba del baile y le acariciaba la mejilla: Roger, moreno y sonriente, alargó una mano hacia ella, y Bree la aceptó riendo; ambos volvieron a perderse en el remolino.

Era cierto que la gente entraba y salía, en especial pequeños grupos de jóvenes y parejas en pleno cortejo. Fuera estaba helando, pero el frío hacía más atrayente los abrazos entre los cálidos cuerpos. Uno de los muchachos MacLeod pasó cerca de nosotros, rodeando con el brazo a una niña mucho menor: una de las nietas del viejo señor Guthrie, me pareció; tenía tres, todas muy semejantes. Jamie les dijo algo afable en gaélico; al mozo se le sonrojaron las orejas; la niña ya estaba ruborizada por la danza, pero se puso carmesí.

—¿Qué les has dicho?

—No tiene traducción —me respondió, apoyándome una mano en la cintura. Palpitaba de calor y whisky, iluminado por una llama de gozo; me bastó mirarlo para que se me encendiera el corazón. Él se dio cuenta y me sonrió; su mano quemaba a través de mi vestido—. ¿Quieres salir un momento, Sassenach? —dijo, con voz grave y rica en sugerencias.

—Pues... ya que lo mencionas... sí. Pero quizá aún no.

Señalé con la cabeza hacia atrás y él se volvió a mirar. Un grupo de señoras mayores, sentadas en un banco contra la pared, nos observaba con los ojos brillantes de curiosidad, como una bandada de cuervos. Jamie las saludó con una sonrisa, ante lo cual todas estallaron en ruborosas risitas. Luego suspiró.

—Está bien. Dentro de un rato. Después del «primer visitante», quizá.

La última ronda de danzas llegó a su fin y se produjo una carrera general hacia el tonel de la sidra, presidido por el señor Wemyss, en un extremo del granero. Los bailarines se apretujaron como una horda de avispas sedientas, de modo que de Wemyss sólo quedó a la vista la coronilla, casi blanco el pelo rubio al fulgor de las lámparas.

Busqué con la mirada a Lizzie, para ver si estaba disfrutando de la fiesta. Era obvio que sí: estaba sentada en una parva de heno, rodeada por cuatro o cinco torpes adolescentes que se comportaban más o menos como los bailarines alrededor de la sidra.

—¿Quién es el grandullón? —le pregunté a Jamie, señalando el pequeño grupo con un gesto—. No lo reconozco.

Él lo miró, forzando la vista. Luego se tranquilizó.

—Ah, es Jacob Schnell. Ha venido desde Salem con un amigo; acompañan a los Mueller.

—¡Vaya!

Salem quedaba lejos, a más de cuarenta y cinco kilómetros. Me pregunté si la única atracción era la fiesta. Busqué a Tommy Mueller, a quien secretamente había escogido como posible pareja para Lizzie, pero no lo vi entre la muchedumbre.

—¿Sabes algo de ese Schnell? —pregunté, observándolo con aire crítico. Era uno o dos años mayor que los otros pretendientes de Lizzie, y bastante alto. Algo feo de facciones, pero con cara de buen talante; de una corpulencia que anunciaba el desarrollo de una próspera panza en la madurez.

—No lo conozco en persona, pero sí a su tío. Es una familia decente; creo que el padre es zapatero.

Ambos miramos automáticamente los zapatos del joven; no eran nuevos, pero sí de muy buena calidad y con hebillas metálicas, grandes y cuadradas, a la moda alemana. El joven Schnell parecía llevar ventaja; se había acercado mucho a Lizzie para decirle algo; ella tenía los ojos clavados en su cara, con una leve arruga de concentración entre las cejas rubias, tratando de entender lo que él decía. Cuando comprendió, sus facciones se relajaron en risas.

—No creo. —Jamie negó con la cabeza, algo ceñudo—. Su familia es luterana; no permitirán que el joven se case con una católica... y a Joseph le partiría el corazón que su hija se fuera a vivir tan lejos.

El padre de Lizzie estaba profundamente apegado a ella, desde luego; tras haberla perdido una vez, no estaría dispuesto a perderla de vista cuando la diera en matrimonio. Aun así, Joseph Wemyss haría casi cualquier cosa por asegurarle una vida feliz.

—Tal vez se iría con ella.

Jamie se entristeció al pensarlo, pero asintió de mala gana.

—Supongo que sí, aunque sería una pena perderlo. Bueno, supongo que Arch Bug podría...

Lo interrumpieron unos gritos:

—¡Mac Dubh! ¡Mac Dubh!

—¡Venga usted, *a Sheumais ruaidh*, demuéstrele cómo se hace! —llamó Evan desde el otro extremo del granero, agitando el arco en ademán autoritario.

Se había producido una pausa en el baile, para que los músicos tuvieran un respiro y pudieran beber algo; mientras tanto, algunos de los hombres probaban su habilidad para la danza de las espadas, que sólo se puede ejecutar con acompañamiento de gaitas o de un solo tambor.

Yo no prestaba mucha atención; apenas percibía los gritos de aliento o desdén que llegaban de aquel lado. Por lo visto, muy pocos de los presentes eran diestros en eso: el último en intentarlo había caído de bruces al tropezar con una de las espadas; en ese momento se levantaba con ayuda, rojo y sonriente, intercambiando afables insultos con sus amigos, que le sacudían el heno y el polvo de la ropa.

—¡Mac Dubh, Mac Dubh! —invitaban Kenny y Murdo, haciendo señas, pero Jamie los rechazó entre risas.

—No. Hace tanto tiempo que no hago eso...

—¡Mac Dubh! ¡Mac Dubh! ¡Mac Dubh! —Kenny batía su *bodhran*, cantando al compás, y el grupo que lo rodeaba hizo otro tanto—. ¡Mac Dubh! ¡Mac Dubh! ¡Mac Dubh!

Él me dirigió una breve mirada de súplica, pero Ronnie Sinclair y Bobby Sutherland ya venían hacia nosotros con aire decidido. Me aparté un paso, entre risas, y ellos lo cogieron por los brazos, sofocando sus protestas con voces alegres mientras lo empujaban hacia el centro de la pista.

Entre aplausos y gritos de aprobación, lo depositaron en un espacio despejado, donde la paja había sido apisonada en la tierra húmeda, a fin de formar una superficie dura. Al ver que no había opción, Jamie irguió la espalda y se colocó bien el kilt. Después de intercambiar una mirada conmigo, poniendo los ojos en blanco en burlón gesto de resignación, comenzó a quitarse la chaqueta, el chaleco y las botas, mientras Ronnie cruzaba las dos espadas a sus pies.

Kenny Lindsay empezó a tocar suavemente su *bodhran*, con pausas entre toque y toque, creando un sonido de leve suspense. La muchedumbre murmuraba y se removía, expectante. Jamie, en camisa, kilt y calcetines, hizo una compleja reverencia que repitió cuatro veces, girando en el sentido del sol, hacia cada uno de los *airts*. Luego ocupó su lugar, de pie sobre las espadas cruzadas, y alzó las manos con los dedos rígidos por encima de la cabeza.

A poca distancia estalló un aplauso. Brianna se llevó dos dedos a la boca para emitir un ensordecedor silbido de aprobación, que provocó escandalizada sorpresa entre quienes la rodeaban. Vi que Jamie la miraba con una leve sonrisa; luego sus ojos buscaron otra vez los míos. En sus labios perduraba la sonrisa, pero en su expresión había algo distinto, melancólico. El ritmo del *bodhran* se hizo más veloz.

La danza escocesa de las espadas se podía ejecutar por tres motivos: por exhibición y entretenimiento, como él estaba a punto de hacer; como competición entre los jóvenes del encuentro, y como se había hecho al principio, a manera de presagio. Cuando se bailaba en la víspera de una batalla, la habilidad del bailarín anunciaba el éxito o el fracaso. Los jóvenes habían bailado entre espadas cruzadas en las noches previas a Prestonpans y a Falkirk. Pero no antes de Culloden; en la víspera de ese combate final no hubo fogatas ni tiempo para los bardos y las canciones guerreras. No tenía importancia; en aquel entonces nadie necesitaba presagios.

Jamie cerró un momento los ojos e inclinó la cabeza. El ritmo del tambor se hizo más rápido.

Yo sabía por él que la primera vez que había bailado la danza de las espadas fue en competición; después, en más de una ocasión, en vísperas de una batalla: primero en las Highlands, luego en Francia. Los soldados veteranos le pedían que lo hiciera, pues apreciaban su habilidad como garantía de que saldrían vivos y victoriosos. Puesto que los Lindsay conocían su destreza, también debía de haber bailado en Ardsmuir. Pero eso era en el Viejo Mundo y en su antigua vida.

Sabía, sin necesidad de que Roger se lo dijera, que las costumbres antiguas estaban cambiando. Nos hallábamos en un mundo nuevo; jamás se volvería a bailar la danza de las espadas con ese fin, buscando presagios y el favor de los antiguos dioses de la guerra y la sangre.

Abrió los ojos y enderezó de golpe la cabeza. El tambor emitió un súbito ¡bom!, y un grito de la multitud marcó el comienzo. Los pies de Jamie golpearon la tierra apisonada, al norte y al sur, hacia el este y el oeste, moviéndose deprisa entre los aceros. Golpeaban sin ruido, seguros en el suelo, y su sombra bailaba contra el muro de atrás, alta, con los largos brazos levantados. Su cara apuntaba todavía hacia mí, pero sin duda ya no me veía.

Bajo el vuelo de su kilt, los músculos de sus piernas eran fuertes como los del venado macho al saltar. Bailaba con toda la destreza del guerrero que había sido y aún era. Pero me pareció que ahora bailaba sólo en aras de la memoria, para que sus espectadores no olvidaran. Y el sudor volaba de su frente con el esfuerzo, y en sus ojos había una expresión de indecible lejanía.

La gente aún lo comentaba cuando nos reunimos en la casa, justo antes de medianoche, para compartir galletas, cerveza y sidra antes del «primer visitante».

La señora Bug trajo un cesto de manzanas y reunió a las muchachas solteras en un rincón de la cocina. Entre muchas risitas y miradas furtivas hacia los chicos, cada una peló una fruta, cuidando de que la piel formara una sola tira. Luego las arrojaban hacia atrás y se acercaban para observar entre exclamaciones las letras que había formado cada trozo de piel al caer.

Como las mondas de manzana son normalmente circulares, abundaban las ces, las ges y las oes: buenas noticias para Charley Chisholm y el joven Geordie Sutherland, y muchas discusiones sobre si la letra o podía representar a Angus O., pues Angus Og MacLeod era un muchacho sagaz y muy querido, mientras que el único Owen era un anciano viudo, que no pasaba del metro y medio de estatura y tenía un gran quiste sebáceo en la cara.

Yo había subido para acostar a Jemmy en su cuna, relajado y roncando; bajé a tiempo para ver cómo Lizzie arrojaba su piel.

—¡Ce! —corearon dos de las niñas Guthrie, casi entrechocando las cabezas al inclinarse para mirar.

—¡No, no, es una jota!

Se convocó a la señora Bug, la experta residente, quien se agachó para observar la banda roja con la cabeza inclinada, como hace el petirrojo al evaluar a una lombriz.

—Es una jota, sin lugar a dudas —dictaminó al incorporarse.

Y el grupo, con un estallido de risas, se volvió al unísono hacia John Lowry, joven granjero de Woolam's Mill, quien las miró totalmente desconcertado.

Un destello rojo me llamó la atención hacia la puerta que daba al pasillo. Allí estaba Brianna, haciéndome señas. Corrí a reunirme con ella.

—Roger está listo para salir, pero no encontramos la sal. En la despensa no está. ¿La tienes en tu consultorio?

—¡Oh, sí, allí está! —exclamé, culpable—. La he estado usando para secar raíces y he olvidado devolverla a su sitio.

Los invitados llenaban los porches y formaban en el ancho pasillo una fila que llegaba hasta la cocina y el estudio de Jamie, todos dedicados a conversar, beber y comer. Me abrí paso entre el gentío detrás de Brianna, intercambiando saludos y esquivando tazas de sidra; las migajas de galleta crujían bajo mis pies.

El consultorio estaba casi desierto; la gente tendía a evitarlo, ya fuera por superstición, asociaciones penosas o simple cautela, y yo había dejado la habitación a oscuras y el fuego apagado, para no animarlos a entrar. En ese momento ardía allí una sola vela. Roger, única persona presente, hurgaba entre las diversas cosas que yo había dejado en la encimera.

Cuando entramos, levantó la vista con una sonrisa, todavía algo sofocado por la danza. Había vuelto a ponerse la chaqueta y llevaba una bufanda de lana envuelta al cuello; a un lado, en el taburete, esperaba su capote. La costumbre establecía que el mejor «primer visitante» para Hogmanay era un joven alto, moreno y apuesto; recibir a alguien así como primera visita que cruza el umbral después de medianoche brindaría buena suerte a la casa durante el año entrante.

Como Roger era, sin discusión, el más alto y guapo de los morenos disponibles, se lo había elegido como primer visitante, no sólo para la casa grande, como se la llamaba, sino para los hogares de los alrededores. Fergus y Marsali, así como los otros que vivían cerca, ya habían corrido a sus casas, a fin de estar listos para saludar a su primer visitante cuando llegara.

En cambio, los pelirrojos como primer visitante traían mala suerte, por lo que Jamie estaba recluido en su estudio, bajo la bullanguera custodia de los hermanos Lindsay, que debían mantenerlo bien embotellado ahí hasta pasada la medianoche. El reloj más cercano estaba en Cross Creek, pero el viejo señor Guthrie tenía uno de bolsillo, aún más viejo que él; ese instrumento declararía el místico instante en que un año cediera paso al siguiente. Dado que el reloj tendía a pararse, yo dudaba que su pronunciamiento fuera algo más que simbólico, pero con eso bastaba, después de todo.

—Once y cincuenta —declaró Brianna, apareciendo en la consulta detrás de mí, con su propio capote en el brazo—. Acabo de consultar el reloj del señor Guthrie.

—Hay tiempo de sobra. ¿Vas venir conmigo? —Roger le sonrió al ver el abrigo.

—¿Estás de broma? Hace años que no salgo después de medianoche. —Con idéntica sonrisa, ella hizo girar el capote alrededor de sus hombros—. ¿Ya lo tienes todo?

—Salvo la sal. —Roger señaló el saco de lona que había dejado en la encimera. El primer visitante debía llegar con regalos: un huevo, un haz de leña, un poquito de sal... y un poco de whisky; todo eso garantizaría que en la casa no faltaran las cosas imprescindibles durante el año en ciernes.

—Bien. ¿Dónde he puesto...? ¡Dios mío! —Al abrir la puerta del armario en busca de la sal, me encontré con un par de ojos centelleantes que me fulminaron desde la oscuridad—. ¡Qué susto! —Apoyé una mano contra mi pecho para impedir que el corazón saliera de un salto. Luego agité débilmente la otra hacia

Roger, que había dado un brinco ante mi grito, listo para defenderme—. No os preocupéis. Es sólo el gato.

*Adso* se había refugiado allí, con los restos de un ratón recién cazado como compañía. Me gruñó, convencido de que yo iba a arrebatarle ese manjar para mi propio consumo, pero lo aparté con fastidio. El saco de sal estaba debajo de sus peludas patas. Cerré el armario, dejando al gato a solas con su festín, y entregué la sal a Roger. Al cogerla, él dejó lo que tenía en la mano.

—¿Dónde conseguiste esta arcaica mujercita? —preguntó, señalando el objeto, mientras guardaba la sal en el saco.

Al mirar hacia la encimera vi que se refería a la figurilla de piedra rosa.

—Me la ha dado la señora Bug —respondí—. Dice que es un amuleto para la fertilidad. Y desde luego tiene aspecto de serlo. Es muy antigua, ¿no crees?

Eso pensaba yo, y el interés de Roger confirmaba esa impresión. Él asintió con la cabeza, sin dejar de mirarla.

—Mucho. Las que he visto en museos datan de milenios atrás.

Siguió los contornos bulbosos con un dedo reverente. Brianna se acercó para ver. Yo, sin pensarlo, la detuve cogiéndola de un brazo.

—¿Qué? —exclamó ella, girando la cabeza para sonreírme—. ¿No debo tocarla? ¿Tan efectiva es?

—No, por supuesto que no.

Aparté la mano, riendo, pero me sentía cohibida. Al mismo tiempo cobré conciencia de que, en realidad, prefería que ella no la tocara. Fue un alivio ver que se limitaba a inclinarse para examinarla, sin retirarla de la encimera. Roger también la observaba... mejor dicho, tenía los ojos clavados en la nuca de Brianna, con un extraño apasionamiento. Era fácil imaginar que deseaba que ella tocara el objeto, con la misma fuerza que yo quería que no lo hiciera.

«Beauchamp —dije para mis adentros—, esta noche has bebido demasiado.» Al mismo tiempo, llevada por un impulso, cogí la figura y me la metí en el bolsillo.

—¡Vamos! ¡Es hora de salir! —Ya roto el extraño clima del momento, Brianna se incorporó para acuciar a Roger.

—Tienes razón. Vámonos.

Él se echó el saco de sal al hombro, me sonrió brevemente y cogió a Bree del brazo. Luego desaparecieron; la puerta se cerró detrás de ellos.

Apagué la vela, dispuesta a seguirlos, pero me detuve. De pronto sentía cierta renuencia a regresar al caos de la celebración. Sentía palpitar la casa entera a mi alrededor y la luz entraba a raudales por debajo de la puerta, pero allí había quietud. En medio del silencio percibí el peso del pequeño ídolo en mi bolsillo, un bulto duro apretado contra mi pierna.

El 1 de enero no tiene nada de especial, aparte del significado que nosotros le asignamos. Los antiguos celebraban el Año Nuevo en Imbolc, a comienzos de febrero, cuando el invierno pierde su crudeza y la luz empieza a retornar, o en el equinoccio de primavera, fecha en que el mundo guarda el equilibrio entre los poderes de la luz y las tinieblas. Y allí estaba yo, en la oscuridad, alerta a los ruidos que hacía el gato al mascar dentro del armario, al poder de la tierra que se movía y agitaba bajo mis pies, mientras el año (o algo) se disponía a cambiar. A poca distancia había una bulliciosa multitud, pero yo estaba sola, mientras aquel sentimiento me recorría la piel y zumbaba en mi sangre.

Lo curioso es que no me era extraño. No se trataba de algo que viniese de fuera de mí, sino de algo que yo ya poseía y reconocía aunque no supiera cómo llamarlo. Pero la medianoche se aproximaba deprisa. Todavía extrañada, abrí la puerta y salí a la luz y al clamor del corredor.

Un grito, al otro lado del pasillo, anunció la llegada de la hora mágica, según el reloj del señor Guthrie; los hombres salieron a empellones del estudio bromeando entre sí, con las caras expectantes vueltas hacia la puerta.

No sucedió nada. ¿Acaso Roger habría decidido entrar por la puerta de atrás, debido a la multitud que había en la cocina? Me di la vuelta para mirar hacia allí, pero no: en la puerta de la cocina se agolpaban muchas caras que me observaban expectantes.

Aún no se habían oído los golpes en la puerta. En el pasillo se produjo un pequeño revuelo de inquietud y una pausa en las conversaciones. Era uno de esos incómodos silencios en los que nadie quiere hablar por miedo a ser bruscamente interrumpido.

Por fin se oyeron pisadas en el porche y un rápido golpeteo: *toc-toc-toc*. Jamie, como dueño de la casa, se adelantó para abrir la puerta y dar la bienvenida al primer visitante. Yo, que estaba lo bastante cerca, vi su expresión estupefacta y me apresuré a buscar el motivo.

En el porche no vi ni a Roger ni a Brianna, sino a dos siluetas más pequeñas, flacas y desarrapadas, pero definitivamente morenas. Los dos gemelos Beardsley se adelantaron con timidez ante el gesto de Jamie.

—Feliz Año Nuevo, señor Fraser —dijo Josiah, con un graznido de rana. Luego se inclinó con gesto cortés ante mí, sin soltar el brazo de su hermano—. Hemos llegado.

En general, todos estuvieron de acuerdo en que dos morenos gemelos eran un presagio muy afortunado, pues obviamente llevarían el doble de buena suerte que un solo primer visitante. Aun así, Roger y Bree (que al encontrar a los mellizos en el patio, vacilantes, los habían enviado a la puerta) salieron para hacer el mejor papel posible en las otras casas del cerro. Bree fue severamente advertida de que no debía entrar en ninguna casa antes de que Roger hubiera cruzado el umbral.

Buen augurio o no, la aparición de los Beardsley provocó muchos comentarios. Todo el mundo estaba al tanto del fallecimiento de Aaron Beardsley —la versión oficial, es decir, que había muerto de apoplejía— y de la misteriosa desaparición de su mujer, pero el advenimiento de los gemelos hizo que todo fuera desenterrado y discutido de nuevo. Nadie se explicaba qué habrían estado haciendo los muchachos entre la expedición miliciana y el Año Nuevo; Josiah sólo dijo, con su ronco graznido: «Hemos estado vagando»; su hermano Keziah no dijo nada de nada, con lo cual todo el mundo se vio obligado a hablar del comerciante y su esposa hasta que el agotamiento provocó un cambio de tema.

De inmediato los Beardsley quedaron bajo la custodia de la señora Bug, que los llevó a la cocina para que se lavaran, comieran y entraran en calor. Para entonces, la mitad de los presentes había vuelto a su casa para recibir al primer visitante; el resto, que sólo se iría por la mañana, se dividió en varios grupos. Los más jóvenes regresaron al establo para bailar (o para disponer de mayor intimidad entre los fardos de heno); los mayores se sentaron junto al hogar, a conversar de sus recuerdos, y quienes habían abusado de la danza o el whisky se acurrucaron para dormir en cualquier sitio conveniente (y otros bastante inconvenientes).

Encontré a Jamie en su estudio, reclinado en la silla; tenía los ojos cerrados y una especie de dibujo en la mesa, frente a él. No dormía. Al oír mis pisadas abrió los ojos.

—Feliz Año Nuevo —dije por lo bajo. Y me incliné para darle un beso.

—Feliz Año Nuevo a ti también, *a nighean donn*. —Estaba tibio y olía un poco a cerveza y a sudor seco.

—¿Aún quieres salir? —le pregunté, echando un vistazo a la ventana. La luna se había puesto mucho antes y las estrellas ardían en el cielo, pálidas y frías. El patio estaba negro y lúgubre.

—No —dijo con franqueza mientras se pasaba una mano por la cara—. Quiero acostarme. —Bostezó, tratando de alisar los mechones desaliñados que coronaban su cabeza. Luego añadió, generosamente—: Pero quiero que tú también vengas.

—Nada me gustaría más. ¿Qué es eso?

Me acerqué por detrás de él para observar el dibujo; parecía una especie de plano, con cálculos matemáticos garabateados en los márgenes. Él se incorporó, algo más despejado.

—Bueno... es un regalo de Roger para Brianna, por Hogmanay.

—¿Va a construir una casa para ella? Pero si...

—Para ella no. —Me miró con una sonrisa, las manos apoyadas a ambos lados del dibujo—. Para los Chisholm.

Roger, con una astucia digna del mismo Jamie, había indagado entre los pobladores del cerro hasta lograr un acuerdo entre Ronnie Sinclair y Geordie Chisholm.

Ronnie vivía en una cabaña grande y cómoda cerca de su tonelería. Como él era soltero, se acordó que se mudaría a su taller, donde podía dormir perfectamente. Los Chisholm ocuparían su cabaña, a la que añadirían de inmediato dos cuartos, según el plano de Jamie, en la medida en que el tiempo lo permitiera. A cambio, la señora Chisholm asumía la obligación de preparar la comida para Ronnie y hacerle la colada. En primavera, cuando los Chisholm tomaran posesión de su nueva granja y construyeran su casa allí, Ronnie recuperaría su cabaña ampliada, con la esperanza de que esas mejoras indujeran a alguna joven a aceptar su proposición matrimonial.

—¿Y mientras tanto, Roger y Bree recuperarán su cabaña, Lizzie y su padre no tendrán que dormir en el consultorio y todo será miel sobre hojuelas? —pregunté, encantada—. ¡Qué arreglo tan estupendo!

—¿Qué significa «*hojuelas*»? —preguntó él, con el ceño fruncido.

—Es una masa frita, muy extendida y delgada —expliqué—. Se dice para expresar que algo que ya es bueno de por sí, puede mejorarse. ¿El plano es obra tuya?

—Sí. Geordie no es buen carpintero; no quiero que la construcción se le venga encima.

Después de analizar los dibujos con los ojos entornados, cogió una pluma del frasco, abrió el tintero y corrigió una cifra.

—Listo —dijo, dejando caer la pluma—. Con esto bastará. El pequeño Roger quiere enseñárselo a Bree esta noche, cuando vuelvan; le he prometido dejarlo a la vista.

—Ella estará encantada. —Me apoyé en el respaldo de la silla para masajearle los hombros. Él se inclinó hacia atrás, caliente el peso de su nuca contra mi vientre, y cerró los ojos con un suspiro de placer.

—¿Te duele la cabeza? —pregunté por lo bajo, detectando la arruga vertical entre los ojos.

—Un poco. ¡Oh, sí, qué maravilla...!

Yo había alzado las manos para darle un suave masaje en las sienes. La casa estaba en silencio, aunque todavía me llegaba un rumor de voces en la cocina. Más allá, el sonido agudo y dulce del violín de Evan flotaba en el aire frío.

—*Mi doncella de pelo castaño* —suspiré, llena de recuerdos—. Me encanta esa canción.

Y solté la cinta que sujetaba su trenza; la deshice entre los dedos, disfrutando de su tibia suavidad.

—Es raro que no tengas oído para la música —comenté por distraerlo mientras peinaba los arcos rojizos de sus cejas, presionando el borde de las cuencas—. No sé por qué, pero la aptitud para las matemáticas suele venir acompañada del talento para la música. Bree tiene ambas cosas.

—Yo también, antes —dijo él, distraído.

—¿Tú también qué?

—Tenía ambas cosas. —Se inclinó hacia delante para estirar el cuello, con los codos apoyados en la mesa—. Oh, santo cielo. Por favor, sí. ¡Ah!

—¿De veras? —Le masajeé el cuello y los hombros, frotando los músculos duros bajo el paño—. ¿Vas a decirme que antes sabías cantar?

Era un chiste familiar: Jamie tenía buena voz para hablar, pero su oído era tan errático que cualquier canción, entonada por él, dormía a los bebés por aturdimiento, no porque los arrullara.

—Bueno, quizá no tanto. —Percibí la sonrisa en su voz, apagada por el pelo que le cubría la cara—. Pero podía distinguir una melodía de otra y reconocer si estaba bien o mal cantada. Ahora es sólo ruido o chirridos. —Y se encogió de hombros, descartando el tema.

—¿Qué sucedió? ¿Y cuándo?

—Pues fue antes de conocerte, Sassenach. Muy poco antes, en realidad. —Alzó una mano, buscándose la nuca—. ¿Recuerdas que había estado en Francia? Mientras regresaba, con Dougal MacKenzie y sus hombres, apareció Murtagh, vagando por las Highlands con tu camisa...

Hablaba con ligereza, pero mis dedos habían hallado la antigua cicatriz bajo el pelo. No era sino un hilo; la cicatriz se había reducido hasta quedar del grosor de un cabello. Con todo, había sido una herida de veinte centímetros, abierta con un hacha, y estuvo a punto de matarlo. Pasó cuatro meses en una abadía francesa, al borde de la muerte, y durante varios años sufrió terribles dolores de cabeza.

—¿Fue por eso? ¿Dices que, después de que te hiriese, ya no volviste a percibir la música?

Él encogió apenas los hombros.

—No percibo más música que el batir de los tambores —dijo sencillamente—. Aún me queda el ritmo, pero la melodía ha desaparecido.

Mis manos se detuvieron en sus hombros. Él se volvió a mirarme con una sonrisa, como si tratara de tomarlo a broma.

—No te preocupes, Sassenach. No es nada. Antes tampoco cantaba bien. Y Dougal no me mató, después de todo.

—¿Dougal? ¿Crees que fue él?

Me sorprendió la certeza de su voz. Entonces yo había pensado que podía haber sido su tío el que lanzó ese ataque homicida contra él y que, sorprendido por sus propios hombres antes de poder concluir su obra, había fingido que acababa de encontrárselo herido. Pero no tenía pruebas para afirmarlo.

—Oh, sí. —Él también parecía sorprendido, pero luego cambió de expresión—. Oh, sí —repitió con más lentitud—. No me había dado cuenta... No entendiste lo que dijo al morir, ¿verdad? Quiero decir Dougal.

Mis manos aún descansaban en sus hombros; sentí que lo recorría un estremecimiento involuntario, que se extendió por mis brazos y me erizó el vello hasta la nuca.

Volví a ver el desván de la casa Culloden, con tanta claridad como si la escena se desarrollara ante mí. Muebles desechados, objetos tumbados en la lucha... y en el suelo, encogido a mis pies, Jamie forcejeaba con Dougal, que corcoveaba y se resistía, con un burbujeo de sangre y aire en la herida que el puñal de su sobrino le había abierto en el cuello. Su cara demudada por la pérdida de la sangre, los ojos negros y feroces clavados en Jamie mientras su boca se movía en gaélico silencio, diciendo... algo. Y Jamie, tan pálido como Dougal, miraba fijamente los labios del moribundo para leer ese último mensaje.

—¿Qué dijo?

Él apartó la cara mientras yo subía los pulgares bajo su pelo en busca de esa vieja cicatriz.

—«Aunque seas hijo de mi hermana... ojalá te hubiera matado aquel día, en la montaña. Desde el comienzo supe que serías tú o yo.»

Lo dijo en voz baja y serena. La misma falta de emoción de esas palabras hizo que el escalofrío volviera a pasar, esta vez de mí a él. El estudio se hallaba en silencio. Las voces de la cocina se habían reducido a un murmullo, como si los fantasmas del pasado se reunieran allí para beber y recordar, entre risas quedas.

—Por eso dijiste que habías hecho las paces con Dougal —musité.

—Sí. —Reclinado en la silla, alzó las manos para ceñirme cálidamente las muñecas—. Él tenía razón, ¿sabes? Era él o yo. Y así habría sido, de un modo u otro.

Con un suspiro, una pequeña carga de culpa se desprendió de mi ser. Dado que Jamie había matado a Dougal por defenderme, yo siempre había pensado que esa muerte pesaba sobre mí. Sin embargo, él tenía razón: había demasiado entre ellos; si ese conflicto final no hubiera surgido entonces, en la víspera de Culloden, habría sido en otro momento.

Jamie me estrechó las muñecas y giró en la silla, sin soltarme.

—Deja que los muertos entierren a sus muertos, Sassenach —murmuró—. El pasado se ha ido; el futuro aún no ha llegado. Y aquí estamos juntos, tú y yo.

# 36

## *Mundos invisibles*

La casa estaba en silencio; era la oportunidad perfecta para realizar mis experimentos. El señor Bug había ido a Woolam's Mill, llevándose consigo a los gemelos Beardsley; Lizzie y el señor Wemyss ayudaban a Marsali a poner a remojo la malta; tras dejar una olla de gachas y una fuente de tostadas en la cocina, la señora Bug se había ido a los bosques en busca de gallinas medio salvajes, que atrapaba una a una para instalarlas en el gallinero nuevo construido por su esposo. Bree y Roger venían a veces a la casa grande a desayunar, pero casi siempre preferían comer en su propio hogar, como esa mañana.

Mientras disfrutaba de la paz en la casa desierta, preparé una bandeja con una taza y una tetera, nata y azúcar, que llevé conmigo a la consulta, junto con las muestras. La luz de la mañana era perfecta; entraba por la ventana en una brillante barra de oro. Mientras el té reposaba, cogí un par de frasquitos del armario y salí de la casa.

El día era glacial pero bello, con un cielo pálido que prometía mejores temperaturas conforme avanzara la mañana. En ese momento el frío era tal que me alegré de llevar puesto mi chal. En el abrevadero de los caballos el agua tenía una capa de frágil hielo, pero no estaría tan helada como para que los microbios se hubieran muerto. Las largas hebras de algas que recubrían las tablas se movieron lentamente bajo el agua cuando partí la fina capa de hielo y raspé el borde viscoso con uno de mis frascos.

Recogí más muestras de líquido de la vertiente y del charco estancado cerca de la letrina. Luego volví a toda prisa a la casa, para hacer mis pruebas con buena luz.

El microscopio seguía junto a la ventana, donde yo lo había instalado el día anterior, reluciente el bronce, con espejos refulgentes. Bastaron unos pocos segundos para depositar unas gotas en los portaobjetos de cristal que tenía preparados; luego me incliné para mirar por el ocular, arrebatada por la expectación.

El ovoide de luz se abultó, disminuyó, desapareció por completo. Hice girar la tuerca con tanta lentitud como pude y... ¡Allí estaba! Estabilizado el espejo, la luz se resolvió en un círculo perfecto, ventana al otro mundo.

Encantada, contemplé el furioso batir de cilios de un paramecio, empecinado en perseguir a una presa invisible. Luego, un silencioso movimiento del campo visual mientras la gota de agua variaba en sus microscópicas mareas. Aguardé otro instante, con la esperanza de identificar a una de esas veloces y elegantes euglenas, o quizá alguna hidra. Pero no tuve suerte: sólo misteriosos fragmentos verdinegros, manchas de desechos celulares y células de algas reventadas.

Moví el portaobjetos de un lado a otro sin hallar nada de interés. No importaba: tenía muchas otras cosas que observar.

Después de aclarar el rectángulo de vidrio con alcohol, lo dejé secar. Luego sumergí una varilla de vidrio en uno de los pequeños vasos de precipitación alineados ante el microscopio y dejé caer una gota de líquido en el portaobjetos limpio.

Había tenido que probar varias veces antes de poder armar el microscopio como es debido. No se parecía mucho a la versión moderna, sobre todo si se dividía en partes para guardarlo en la atractiva caja del doctor Rawlings. Aun así las lentes eran identificables; con ellas como punto de partida, había logrado ajustar a la base las piezas ópticas sin mayor dificultad. Lo más difícil fue obtener suficiente luz. Resultó muy emocionante lograr que funcionara.

—¿Qué haces, Sassenach? —Jamie se había detenido en el umbral de la puerta, con una tostada en la mano.

—Veo cosas —respondí, ajustando el foco.

—¿Sí? ¿Qué tipo de cosas? —Entró con una sonrisa—. Espero que no sean fantasmas. Ya estoy harto de ésos.

—Ven a mirar —le ofrecí, apartándome del microscopio.

Algo intrigado, se inclinó hacia el ocular, cerrando el otro ojo en un gesto de concentración. Bizqueó un momento. Luego lanzó una exclamación de grata sorpresa.

—¡Las veo! ¡Pequeñas cosas con cola que nadan por todas partes!

Irguió la espalda con una sonrisa encantada. Enseguida volvió a inclinarse. Experimenté una cálida sensación de orgullo ante mi nuevo juguete.

—¿No es una maravilla?

—Una maravilla, sí —confirmó él, absorto—. Mira cómo se esfuerzan esos pequeñajos, pujando y retorciéndose unos contra otros. ¡Y cuántos hay! —Observó unos segundos más, entre exclamaciones. Luego movió la cabeza, asombrado—. Nunca había visto nada igual, Sassenach. Tú me habías hablado muchas veces de los gérmenes, sí, pero ¡en la vida pensé que fueran así! Me los imaginaba con dientecitos, y no tienen... Y nunca pensé que tendrían esos rabos tan bonitos ni que nadarían tan apretados, unos al lado de otros.

—Bueno, algunos microorganismos son así —comenté mientras echaba un vistazo por el ocular—. No obstante, estas bestezuelas no son gérmenes, sino espermatozoides.

—¿Qué? —Puso cara de no comprender.

—Espermatozoides —repetí, paciente—. Células reproductivas masculinas. De las que sirven para hacer bebés, ¿entiendes?

Me pareció que iba a sofocarse. Se quedó boquiabierto, con un atractivo matiz rosado en el semblante.

—¿Simiente? —graznó.

—Pues... sí.

Lo observé con atención mientras vertía el té humeante en un vaso de precipitado limpio. Se lo di como tónico, pero él lo ignoró. Mantenía la vista fija en el microscopio, como si algo pudiera saltar por allí y quedar retorciéndose en el suelo, a nuestros pies.

—Espermatozoides —murmuró para sus adentros—. Espermatozoides. —Agitó con brío la cabeza y se volvió hacia mí, como si se le hubiera ocurrido algo espantoso—. ¿De quién son?

Su tono expresaba la más siniestra suspicacia.

—Pues... tuyos, por supuesto. —Carraspeé, algo azorada—. ¿De quién iban a ser si no?

Como por reflejo, él metió una mano entre las piernas para asirse en gesto protector.

—¿Cómo diablos los conseguiste?

—¿Tú qué crees? —pronuncié, bastante fría—. Esta mañana, al despertar, los tenía en custodia.

Él aflojó la mano, pero un intenso rubor de mortificación le teñía las mejillas de oscuro carmesí. Se bebió de un trago el té, a pesar de lo caliente que estaba.

—Comprendo. —Y tosió.

Hubo un instante de profundo silencio.

—No... eh... ignoraba que pudieran mantenerse con vida —dijo al fin—. Eh... fuera, quiero decir.

—No pueden, si es que los dejas secar en una mancha de la sábana —le expliqué como si tal cosa—. Pero si impides que se sequen —señalé el pequeño vaso tapado con una pequeña cantidad de fluido blancuzco—, resisten unas cuantas horas. Y en el hábitat adecuado sobreviven hasta una semana después de... eh... ser liberados.

—En el hábitat adecuado —repitió él, pensativo—. Te refieres a...

—En efecto —confirmé, con cierta aspereza.

—Mmfm. —En ese momento se acordó de la tostada que aún tenía en la mano y le dio un mordisco. Masticaba con aire meditativo—. ¿La gente sabe esto? Ahora, quiero decir.

—¿Si sabe qué? ¿Cómo son los espermatozoides? Sí, casi con seguridad. El microscopio existe desde hace más de cien años. Y cuando tienes un microscopio en funcionamiento, lo primero que haces es observar todo lo que tienes al alcance de la mano. Considerando que el inventor del microscopio fue un hombre, yo diría que... ¿No te parece?

Él me miró y masticó con decisión otro bocado.

—Yo no diría exactamente «al alcance de la mano», Sassenach —dijo, con la boca llena—. Pero entiendo lo que quieres decir.

Como atraído por una fuerza irresistible, fue a mirar otra vez por el microscopio.

—Parecen muy enérgicos —aventuró, después de una breve inspección.

—Pues así deben ser —aseguré, conteniendo una sonrisa ante el avergonzado orgullo que le producían las proezas de sus gametos—. Después de todo, el trayecto es largo. Y al final les espera un terrible combate. Sólo uno alcanza el honor, ¿sabes?

Levantó la vista, sin comprender. Entonces caí en la cuenta de que no lo sabía. En París había estudiado matemáticas, idiomas y filosofía griega y latina, pero no medicina. Y aunque los científicos de la época ya conocían al espermatozoide como entidad individual, antes que como sustancia homogénea, se me ocurrió que probablemente no tenían la menor idea de cómo se comportaba.

—¿De dónde creías que vienen los bebés? —inquirí, después de esclarecerlo un poco en cuanto a óvulos, espermatozoides, cigotos y cosas parecidas, todo lo cual lo dejó a todas luces bizco. Me miró con bastante frialdad.

—¿Yo, granjero de toda la vida? Sé exactamente de dónde vienen —me informó—. Lo que no sabía era... eh... que había tanto jaleo. Creía que... pues... que el hombre plantaba su simiente en el vientre de la mujer y que allí... pues... crecía. —Agitó la mano hacia mi estómago en un gesto vago—. Como cualquier semilla. Nabos, maíz, melones y cosas así. Ignoraba que nadaran como renacuajos.

—Comprendo. —Me froté la nariz con un dedo, tratando de no reír—. De ahí esa clasificación agrícola de las mujeres entre fértiles o yermas.

—Mmfm. —Desechó eso con un ademán. Aún miraba, ceñudo, el portaobjetos bullente—. Una semana, has dicho. Por lo tanto, realmente sí es posible que el pequeño sea hijo del Zorzal.

A esa hora tan temprana tardé como medio segundo en saltar de la teoría a las aplicaciones prácticas.

—Ah, ¿te refieres a Jemmy? Sí, es muy posible que sea hijo de Roger. —Él y Bonnet habían tenido contacto sexual con Brianna con dos días de diferencia—. Es lo que te dije. Y también a ella.

Él asintió con aire distraído. Luego se metió el resto de la tostada en la boca. Mientras masticaba se inclinó para mirar otra vez.

—Dime, ¿son distintos? ¿Los de un hombre se pueden distinguir de los de otro?

—Eh... por el aspecto, no. —Cogí mi taza para beber un sorbo de té, disfrutando de su delicado perfume—. Pero sí que son diferentes; cada uno es portador de las características que cada hombre pasa a su prole. —No era prudente pasar de allí; ya lo había confundido demasiado al describirle la fertilización; explicarle lo que eran genes y los cromosomas podía ser excesivo—. Pero las diferencias ni siquiera se ven con el microscopio.

Él tragó su bocado con un gruñido y enderezó la espalda.

—¿Y para qué estás mirando?

—Por curiosidad. —Señalé la serie de frascos y vasos de precipitado alineados en la encimera—. Quería ver qué resolución tenía el microscopio, qué tipo de cosas se podían ver con él.

—¿Sí? ¿Y ahora qué? Es decir, ¿para qué lo quieres?

—Pues para diagnosticar con más precisión. Si cojo una muestra de los excrementos de una persona, por ejemplo, y veo que tiene parásitos intestinales, sabré mejor qué remedio darle.

Por cómo me miró, se diría que Jamie habría preferido no enterarse de esas cosas tan inmediatamente después del desayuno, pero hizo un gesto afirmativo. Luego acabó su té y lo dejó en la encimera.

—Sí, tiene sentido. Bien, sigue con lo tuyo.

Me dio un beso fugaz y marchó hacia la puerta, pero se volvió antes de salir.

—Oye, los... hum... espermatozoides —dijo, con cierto azoro.

—¿Sí?

—¿No puedes llevarlos fuera y darles una sepultura decente o algo así?

Escondí una sonrisa en mi taza de té.

—Los cuidaré bien —le prometí—. Como siempre.

Allí estaban. Tallos oscuros, terminados en esporas en forma de bastoncillos, densos contra el fondo claro del campo visual del microscopio. Confirmación.

—Los tengo.

Me erguí para frotarme lentamente la cintura mientras observaba mis preparados. Junto al microscopio había tres portaob-

531

jetos, cada uno con una mancha oscura en el centro y un código escrito en la esquina, con un trocito de cera. Eran muestras de moho, tomadas de pan de maíz húmedo, galletas pasadas y la corteza de un pastel que sobró de Hogmanay. Con diferencia, el mejor cultivo era el del trocito de corteza, por efecto de la grasa de ganso, sin duda.

De las diferentes pruebas que había realizado, estas tres eran las que contenían mayor proporción de *Penicillium*... o de lo que parecía serlo. En el pan mojado brotaba una pasmosa cantidad de mohos, además de varias cepas diferentes de *Penicillium*, pero las muestras que yo había escogido contenían lo más parecido a las ilustraciones de esporofitos que mostraban mis libros de texto de años atrás, de la otra vida.

Sólo había que confiar en que no me fallara la memoria... y que las cepas de moho allí presentes figuraran entre aquellas que producían mayor cantidad de penicilina; que yo no hubiera introducido sin darme cuenta alguna bacteria virulenta en la mezcla y que... Cabía esperar muchas cosas, pero llega un momento en que se abandona la esperanza por la fe y se confía en el destino antes que en la caridad.

En la encimera se alineaban varios cuencos de caldo, cada uno cubierto con un trozo de muselina para evitar que algo cayera dentro: insectos, partículas suspendidas en el aire y deposiciones de ratón, por no hablar de los ratones mismos. Yo había filtrado y hervido el caldo; a continuación aclaré cada cuenco con agua hirviendo antes de llenarlo con el humeante líquido pardo. Era lo más parecido a un medio estéril que podía lograr.

Luego cogí raspaduras de mis mejores muestras de moho y removí suavemente la hoja del cuchillo en el caldo frío, para disipar las motas azules todo lo posible, antes de cubrir el recipiente con su tela y dejarlo incubar durante varios días.

Algunos de los cultivos habían prosperado; otros no. Un par de cuencos presentaban grumos peludos de color verde oscuro, que flotaban bajo la superficie como siniestras bestias marinas. Había algunos intrusos: musgo, bacterias o tal vez una colonia de algas, pero el precioso *Penicillium* brillaba por su ausencia.

Alguno de los niños había volcado un cuenco; *Adso* había derribado otro, enloquecido por el olor a caldo de ganso, y había lamido el contenido, con moho y todo, entre muestras de disfrute. Obviamente, en ése no había nada tóxico. Eché un vistazo al gatito, que dormitaba en el suelo, acurrucado en un charco de sol; era la imagen viva de un soñoliento bienestar.

No obstante, tres de los cuencos restantes presentaban en la superficie un esponjoso terciopelo azul. Al examinar una muestra de uno de ellos, confirmé que había obtenido lo que buscaba. El moho, por sí mismo, no era un antibiótico, pero sí la sustancia clara que segregaba, como protección contra el ataque de las bacterias. Esa sustancia era la penicilina, y era lo que yo deseaba.

Así se lo había explicado a Jamie, que me observaba desde un taburete mientras yo filtraba el caldo de otro cultivo en un trozo de gasa.

—Así que ahí tienes caldo meado por el moho, ¿no es así?

—Si insistes en expresarlo de ese modo, sí. —Lo miré con gesto adusto antes de recoger la solución filtrada para distribuirla en varios botes de barro.

Él asintió, satisfecho por haberlo interpretado bien.

—Y los pises del moho son lo que curan la enfermedad, ¿no? Es razonable.

—¿Te parece?

—Bueno, ya usas otros tipos de meadas como remedio, así que ¿por qué no éstas? —me dijo señalando el gran registro negro, que yo había dejado abierto en la encimera tras apuntar la última serie de experimentos. Él se había entretenido leyendo algunas de las páginas anteriores, escritas por el doctor Daniel Rawlings, anterior propietario del libro.

—Es posible que Daniel Rawlings las usara. Yo no. —Como tenía las manos ocupadas, mostré la página abierta con el mentón—. ¿Para qué las usaba?

—«Electuario para el tratamiento del escorbuto» —leyó, siguiendo con el dedo las pulcras líneas de Rawlings—. «Dos cabezas de ajo trituradas con seis rábanos picantes, a lo que se agrega bálsamo del Perú y diez gotas de mirra, compuesto éste que se mezcla con las aguas de un niño varón, para ser convenientemente bebido.»

—Salvo por lo último, parece un condimento bastante exótico —comenté, divertida—. ¿Con qué irá mejor? ¿Liebre escabechada? ¿Guiso de ternera?

—No, la ternera tiene un sabor demasiado suave para combinarla con el rábano picante. Cazuela de cordero, quizá —replicó—. El cordero soporta cualquier cosa. —Su lengua recorrió distraídamente el labio superior—. ¿Por qué de un niño varón, Sassenach? He encontrado la mención en otras recetas. En Aristóteles y también en otros filósofos antiguos.

Comencé a limpiar mis portaobjetos.

—Es más fácil recoger la orina de un niño varón que la de una niñita; te bastaría con probar una vez. Aunque parezca mentira, la orina de los bebés varones es muy limpia, sin que llegue a ser completamente estéril. Quizá los antiguos filósofos notaron que obtenían mejores resultados cuando la incluían en sus fórmulas, porque más limpia que el agua potable que se recogía de los acueductos públicos, pozos y sitios similares.

—Cuando dices *estéril* no te refieres a que no pueda reproducirse, sino a que no contiene gérmenes, ¿verdad? —Echó una ojeada recelosa al microscopio.

—Sí. Es decir... los gérmenes no pueden reproducirse porque no hay ninguno.

Una vez despejada la mesa de trabajo, exceptuando el microscopio y los cuencos de caldo con penicilina —al menos, era de esperar que eso contuvieran—, inicié los preparativos para la operación: bajé mi pequeño estuche de instrumentos quirúrgicos y extraje del armario una gran botella de alcohol de cereales.

Se lo entregué a Jamie, junto con el pequeño calentador que me había fabricado: una botella de tinta vacía, por cuyo corcho pasaba una mecha de lino retorcido y encerado.

—Lléname esto, ¿quieres? ¿Dónde están los chicos?

—En la cocina, emborrachándose. —Vertió con cuidado el alcohol, frunciendo las cejas en un gesto de concentración—. ¿Con que la orina de las niñas no es limpia? ¿O sólo es más difícil de obtener?

—No, en realidad no es tan limpia como la de los varones.

Sobre un paño limpio extendido en la encimera distribuí dos bisturís, un par de fórceps de extremo largo y varios cauterios pequeños. Rebusqué en el armario hasta desenterrar un buen puñado de tapones de algodón. Aunque el paño de algodón era terriblemente costoso, días atrás había tenido la suerte de que la esposa de Farquard Campbell me cambiara un saco de copos crudos por un frasco de miel.

—Se podría decir que el... hum... el camino hacia el exterior no es tan directo, de modo que la orina tiende a recoger bacterias y desechos de entre los pliegues de la piel. —Lo miré por encima de mi hombro, sonriente—. Pero eso no os autoriza a consideraros superiores.

—Ni soñarlo —me aseguró—. ¿Ya estás lista, Sassenach?

—Sí. Ve a por ellos. ¡Ah, y trae la jofaina!

Cuando salió me volví hacia la ventana que daba a levante. Durante la víspera había nevado con fuerza, pero ahora teníamos

534

un buen día, luminoso y frío; el sol se reflejaba en los árboles nevados como un millón de diamantes. No podía pedir nada mejor: necesitaba toda la luz posible.

Puse a calentar los cauterios en el pequeño brasero. Luego saqué mi amuleto del armario y me lo colgué del cuello, bajo el corpiño del vestido. También me puse el pesado delantal de lona que colgaba de su gancho, detrás de la puerta. Por último me acerqué a la ventana para contemplar el frío paisaje de azúcar glasé. Así vaciaba la mente y calmaba el espíritu para lo que iba a hacer. No era una operación difícil; ya la había practicado varias veces, pero nunca en alguien que estuviera bien sentado y consciente. Eso siempre cambiaba las cosas.

Además, llevaba varios años sin hacerlo. Cerré los ojos para recordar, visualizando los pasos que debía seguir; los músculos de mi mano se contraían apenas, como eco de mis pensamientos, anticipándose a los movimientos que debería hacer.

—Que Dios me ayude —susurré mientras me persignaba.

Pisadas inseguras, risitas nerviosas y la voz grave de Jamie en el pasillo. Me volví para saludar a mis pacientes con una sonrisa.

Un mes de buena alimentación, ropa limpia y camas calientes habían mejorado enormemente a los Beardsley, tanto en salud como en aspecto. Aún eran menudos, flacuchos y algo patizambos, pero los huecos de la cara se les habían rellenado un poco, el pelo oscuro era más suave y sus ojos habían perdido en parte la expresión de acosada desconfianza.

En realidad, ambos pares de ojos prietos estaban en esos momentos algo vidriosos. Lizzie tuvo que sujetar a Keziah por un brazo para que no tropezara con un taburete. Jamie, que tenía a Josiah bien aferrado por el hombro, lo guió hacia mí. Luego bajó el molde para budines que traía bajo el brazo.

—¿Estás bien? —Lo miré al fondo de los ojos, con una sonrisa reconfortante, y le apreté el brazo.

Él tragó saliva con dificultad. La sonrisa con que me respondió era horripilante; no estaba tan ebrio como para no sentir miedo. Hice que se sentara, sin parar de hablar para tranquilizarlo; después de rodearle el cuello con una toalla, deposité la jofaina sobre sus rodillas. Ojalá no la dejara caer; era de porcelana y la única que servía para hacer pudines. Para mi sorpresa, Lizzie se le acercó por detrás y le puso las manos en los hombros.

—¿Seguro que quieres quedarte, Lizzie? —pregunté, dubitativa—. Creo que podemos arreglarnos perfectamente.

Jamie estaba acostumbrado a la sangre y a todo tipo de carnicerías, pero Lizzie no debía de haber visto nada, aparte de las enfermedades típicas y uno o dos partos.

—Oh, no, señora. Me quedaré. —Ella también tragó saliva, pero afirmó con valentía la pequeña mandíbula—. Les he prometido a Jo y a Kezzie que los acompañaría desde el principio hasta el fin.

Miré a Jamie; él se encogió imperceptiblemente de hombros.

—Pues adelante.

Llené dos tazas con el caldo que contenía penicilina y le di una a cada gemelo, para que se lo bebieran. Era probable que los ácidos estomacales contrarrestaran la mayor parte de la penicilina, pero yo esperaba que matara las bacterias de la garganta. Después de la operación, otra dosis sobre la superficie en carne viva podría evitar la infección.

No había manera de saber con exactitud cuánta penicilina había en el caldo; es posible que les hubiera dado dosis enormes o quizá fueran demasiado pequeñas para causar algún efecto. Por lo menos estaba razonablemente segura de que la droga del caldo estaba activa. No había medios para estabilizar el antibiótico ni de saber cuánto tiempo duraría su potencia, pero como estaba fresco, la solución tenía que actuar. Y era posible que el resto del caldo fuera útil durante algunos días más.

Prepararía más cultivos en cuanto hubiera terminado la operación; con un poco de suerte podría administrar la medicación a los gemelos con regularidad durante tres o cuatro días. Y si la fortuna nos acompañaba, de ese modo evitaría cualquier infección.

—Ah, conque eso se puede beber, ¿eh? —Jamie me estaba observando con aire cínico por encima de Josiah.

Unos años antes yo le había inyectado penicilina a raíz de una herida de bala; obviamente, ahora pensaba que lo había hecho por puro sadismo. Le sostuve la mirada.

—Se puede, pero la penicilina inyectable es mucho más efectiva, sobre todo en casos de infección declarada. En este momento no tengo cómo inyectarla. Y no la estoy aplicando para curar una infección, sino para evitar la posibilidad. Y ahora, si ya estamos listos...

Esperaba que Jamie sujetara a mi paciente, pero tanto Lizzie como Josiah insistieron en que no sería necesario. El muchacho se mantendría inmóvil pasara lo que pasase. Lizzie seguía estrechándole los hombros, aún más pálida que él, con los nudillos recortados en blanco.

El día anterior, yo había examinado minuciosamente a los dos chicos. Aun así les eché otro vistazo antes de comenzar, utilizando un depresor de lengua hecho con un trozo de madera de fresno. Enseñé a Jamie cómo debía utilizarlo para mantener la lengua quieta y apretada, de modo que no me estorbara. Luego cogí el fórceps y el escalpelo e inspiré hondo. En los ojos brunos de Josiah vi dos pequeños reflejos de mi cara sonriendo; ambas parecían gratamente hábiles.

—¿Listo? —pregunté.

El depresor de lengua en la boca le impedía hablar, pero emitió un gruñido que interpreté como asentimiento.

Tendría que ser rápida y lo fui. Si los preparativos habían requerido horas enteras, la operación sólo llevó un minuto. Sujeté con los fórceps una amígdala roja y esponjosa, la estiré hacia mí y realicé varios cortes rápidos, separando con mano diestra las capas de tejido. De la boca del niño surgía un hilo de sangre que corría por su mandíbula, pero no era nada serio.

Retiré el grumo de carne y, después de arrojarlo a la jofaina, sujeté la otra amígdala, con la que repetí el proceso; el hecho de trabajar con la mano inclinada hacia atrás me retrasó muy poco.

Todo aquello no duró más de treinta segundos por cada lado. Cuando retiré los instrumentos de la boca de Josiah, él me miró con los ojos dilatados, atónito. Luego tosió, tuvo una arcada y se inclinó hacia delante para arrojar otro pequeño trozo de carne a la jofaina, acompañado por cierta cantidad de sangre muy roja.

Lo sujeté por la nariz para echarle la cabeza hacia atrás. Después de llenarle la boca de algodón, a fin de que absorbiera la sangre y me permitiera ver, cogí un pequeño cauterio y lo apliqué a los vasos sanguíneos más grandes; los más pequeños se cerrarían por sí solos.

Los ojos le lagrimeaban ferozmente y sus manos aferraban la jofaina con rigidez mortal, pero no se había movido, ni emitido queja alguna. Era lo que yo esperaba, tras haberlo visto cuando Jamie le quitó la marca del pulgar. Lizzie seguía estrechándole los hombros, con los ojos bien cerrados. Al tocarle Jamie el codo, los abrió de golpe.

—Ya está, *a muirninn*. Ha terminado. Llévatelo y haz que se acueste, ¿eh?

Sin embargo, Josiah se negó. Tan mudo como su hermano, negó con fuerza con la cabeza y ocupó un taburete. Allí se quedó, aunque pálido y tambaleante. Con los dientes delineados en sangre, dedicó a su hermano una horrenda sonrisa.

Lizzie rondaba entre los dos gemelos, vacilando entre uno y otro. Jo le señaló con firmeza a Keziah, que había ocupado el taburete de los pacientes. De puertas afuera demostraba fortaleza, con el mentón erguido. Ella le dio unas palmaditas a la coronilla y fue a estrechar los hombros de Keziah. Él se volvió a mirarla, con una sonrisa de notable dulzura, y le besó la mano. Luego cerró los ojos y abrió la boca; parecía un polluelo pidiendo gusanos.

Esa operación fue algo más complicada, pues sus amígdalas y adenoides estaban muy engrosadas y dañadas por la infección crónica. Salió mucha sangre; tanto la toalla como mi delantal quedaron manchados por completo antes de que yo terminara. Después de cauterizarle las heridas observé con atención a mi paciente, que estaba tan blanco como la nieve y con los ojos vidriosos.

—¿Te encuentras bien? —le pregunté.

No podía oírme, pero mi expresión preocupada fue bastante clara. Torció la boca en lo que pareció un gallardo esfuerzo por sonreír. Quiso asentir con la cabeza, pero puso los ojos en blanco y se deslizó desde el taburete a mis pies, con gran estruendo. Jamie atrapó la jofaina en el aire con bastante destreza.

Pensé que Lizzie también se desmayaría, pues había sangre por todas partes. En verdad se tambaleó un poquito, pero obedeció mi orden de sentarse junto a Josiah. Él le estrechó la mano con firmeza mientras Jamie y yo recogíamos los fragmentos.

Jamie alzó a Keziah, laxo y ensangrentado como la víctima de un homicidio. Josiah se levantó, fijos los ojos ansiosos en el cuerpo inconsciente de su hermano.

—Todo saldrá bien —aseguró Jamie, en tono de absoluta confianza—. Como te he dicho, mi mujer es una gran sanadora.

Y todos se volvieron a mirarme con una sonrisa: Jamie, Lizzie y Josiah. Tuve la impresión de que correspondía agradecer con una reverencia, pero me contenté con sonreír también.

—Todo saldrá bien, sí —dije, imitando a Jamie—. Ahora id a descansar.

La pequeña procesión abandonó el consultorio de una manera más silenciosa que a su llegada mientras yo guardaba mi instrumental y limpiaba todo.

Me sentía muy feliz, iluminada por la serena satisfacción que acompaña a un trabajo logrado. Llevaba mucho tiempo sin hacer algo así; las exigencias y limitaciones del siglo XVIII impedían cualquier operación quirúrgica, salvo aquellas que se practicaban en casos de emergencia. Al no contar con anestesia ni antibióticos, la cirugía era demasiado difícil y peligrosa.

No obstante, ahora tenía al menos penicilina. Y todo saldría bien, sí, me dije, canturreando para mis adentros mientras apagaba la llama del calentador. Lo había percibido en la carne de los muchachos, al tocarlos mientras operaba. Ningún germen los amenazaría, ninguna infección vendría a arruinar la pulcritud de mi trabajo. En la práctica de la medicina, la suerte siempre contaba, pero ese día las probabilidades estaban de mi parte.

—«Todo irá bien» —repetí para *Adso*, que se había materializado sin hacer el menor ruido en la encimera, donde lamía concentrado uno de los cuencos vacíos—. «Y todo irá bien. Y toda clase de cosas irá bien.»

El gran registro negro seguía abierto en la encimera, allí donde Jamie lo había dejado. Busqué las últimas páginas, donde había apuntado el desarrollo de mi experimento, y cogí la pluma. Después de la cena describiría los detalles de la operación. Por el momento... Hice una pausa. Luego escribí al pie de la página: «¡Eureka!»

# 37

## *La visita del correo*

A mediados de febrero, Fergus hizo su viaje bimensual a Cross Creek, de donde regresó con sal, agujas, añil, una miscelánea de elementos imprescindibles y una bolsa llena de correspondencia. Llegó mediada la tarde, tan deseoso de reencontrarse con Marsali que apenas se quedó lo suficiente para beber un tazón de cerveza antes de irse. Brianna y yo nos quedamos clasificando los paquetes y regocijándonos ante tanta riqueza.

Había un montón de periódicos publicados en Wilmington y New Bern; también unos cuantos de Filadelfia y Boston, que los amigos del norte enviaban a Yocasta Cameron y ella nos reenviaba después. Los hojeé; el más reciente databa de tres meses atrás, pero no importaba; en ese lugar, donde el material de lectura era literalmente más escaso que el oro, los periódicos eran como novelas.

Yocasta había enviado también, para Brianna, dos números de *El libro Brigham para la dama*, una publicación periódica con dibujos de la moda elegante de Londres y artículos de interés para las mujeres que tuvieran esos gustos.

—«Cómo limpiar el encaje de oro» —leyó Brianna al azar, con una ceja enarcada—. Eso es algo que todo el mundo debería saber, sin duda.

—Mira las páginas de atrás —le aconsejé—. Allí es donde publican los artículos sobre cómo evitar el contagio de gonorrea y qué hacer con las hemorroides de tu esposo.

La otra ceja subió también; se parecía a Jamie cuando se le presentaba alguna propuesta sumamente cuestionable.

—Si mi esposo me contagiara la gonorrea, tendría que ocuparse de sus hemorroides por sí solo. —Pasó unas cuantas páginas, enarcando las cejas cada vez más—. «Acicate para Venus. Una lista de remedios infalibles para la fatiga del miembro viril.»

Me asomé a mirar por encima de su hombro, enarcadas mis propias cejas.

—¡Cielo santo! «Una docena de ostras remojadas en una mezcla de vino y leche, cocidas luego en una tarta con almendras trituradas y carne de langosta, servida con pimientos especiados.» No sé qué efecto puede tener sobre el miembro viril, pero el caballero pegado a él podría sufrir una indigestión violenta. De cualquier modo, aquí no hay ostras.

—No se pierde nada —me aseguró, concentrada en la página—. Las ostras parecen grandes tapones de moco.

—Sólo cuando están crudas; una vez cocidas son más comestibles. Pero hablando de mocos, ¿dónde está Jemmy?

—Durmiendo... al menos, eso creo. —Echó una mirada suspicaz al techo. Como no se oía ningún ruido funesto, continuó leyendo—. Aquí hay algo que podríamos preparar. «Los testículos de un animal macho...» ¡Como si hubiera testículos de hembra! «... ingeridos con seis setas grandes y hervidos en cerveza agria hasta que estén tiernos. Luego se cortan los testículos y las setas en lonchas finas, se sazona bien con sal y pimienta, se rocía con vinagre y se tuestan al fuego hasta que adquieran una costra.» Papá todavía no ha castrado a *Gideon*, ¿verdad?

—No. Si quisieras probar, creo que él te daría con mucho gusto los objetos en cuestión.

Se ruborizó intensamente.

—Yo... eh... —Carraspeó con un ruido que me recordaba más que nunca a su padre—. No creo que necesitemos de eso, por el momento.

Entre risas, volví a la correspondencia y dejé que continuara con su fascinado estudio.

Había un paquete dirigido a Jamie que parecía un libro; lo enviaba una librería de Filadelfia, pero llevaba el sello de lord John Grey: una mancha de lacre azul, caprichosamente marcada con una medialuna sonriente y una sola estrella. La mitad de nuestra biblioteca provenía de John Grey, quien aseguraba que nos los enviaba en su propio provecho, pues aparte de Jamie, no conocía en las colonias a otra persona capaz de mantener una discusión decente sobre literatura.

También había varias cartas dirigidas a él; las inspeccioné una a una, con la esperanza de ver la característica letra puntiaguda de su hermana, pero no hubo suerte. Una era de Ian, que nos escribía fielmente una vez al mes. De Jenny, nada; no habíamos tenido noticias de ella en los seis últimos meses, desde que Jamie le escribió, renuente, para informarla del destino de su hijo menor.

Con un gesto ceñudo, apilé las cartas en el borde del escritorio, para que él las atendiera más tarde. Dadas las circunstancias, no podía criticar a Jenny. Con todo, yo había estado presente y no había sido culpa de mi marido, aunque él hubiera aceptado la responsabilidad. El joven Ian había decidido quedarse con los mohawk. Aunque joven, ya era un hombre y a él le correspondía decidir. Pero se había separado de sus padres cuando era sólo un muchacho y, en lo que a Jenny concernía, aún debía de serlo.

De cualquier manera, su silencio hacía sufrir mucho a Jamie, que continuaba escribiéndole como siempre; perseverante, casi todas las noches añadía algunos párrafos y acumulaba las páginas hasta que alguien bajara de la montaña a Cross Creek o a Wilmington. Si bien nunca lo hacía abiertamente, yo veía la celeridad con que revisaba cada lote de cartas, buscando la letra de su hermana, y el gesto apenas perceptible de su boca al no encontrarla.

—Cómo eres, Jenny Murray —murmuré por lo bajo—. ¡Perdónalo y acabemos de una vez!

—¿Hum? —Brianna había dejado el periódico para examinar una carta cuadrada, con el entrecejo arrugado.

—Nada, nada. ¿Qué tienes ahí? —Dejé las que yo había estado clasificando para acercarme a ver.

—Es del teniente Hayes. ¿Para qué habrá escrito?

Una pequeña descarga de adrenalina me tensó el estómago. Debió de notarse en mi desprevenida cara, pues Brianna dejó la carta para mirarme, frunciendo las cejas.

—¿Qué pasa? —inquirió.

—Nada.

Pero ya era demasiado tarde. Ella me miraba con un puño clavado en la cadera y una ceja enarcada.

—¡Qué mal mientes, mamá! —dijo, tolerante. Y sin vacilación alguna, rompió el sello.

—Está dirigida a tu padre —señalé, aunque mi protesta carecía de fuerza.

—Sí. La otra también —replicó ella, con la cabeza inclinada sobre la hoja.

—¿Cuál? —Pero mientras le preguntaba, me acerqué a leer junto a ella.

Teniente Archibald Hayes
Portsmouth, Virginia

Señor James Fraser
Cerro de Fraser, Carolina del Norte

18 de enero de 1771
Señor:

Le escribo para informarle de que al presente estamos en Portsmouth, donde probablemente deberemos permanecer hasta la primavera. Si conoce usted a algún capitán de mar que esté dispuesto a brindar pasaje a Perth para cuarenta hombres, bajo la promesa de ser recompensado por el Ejército una vez que lleguemos a puerto, mucho le agradecería que me lo hiciera saber con la mayor brevedad posible.

Mientras tanto, nos hemos aplicado a diversos trabajos, a fin de poder mantenernos durante los meses de invierno. Varios de mis hombres han conseguido empleo en la reparación de barcos, que aquí es abundante. Por mi parte, me desempeño como cocinero en una taberna local, pero busco tiempo para visitar con regularidad a mis hombres, en los diferentes alojamientos en los que están distribuidos, con el propósito de enterarme de su estado.

Hace dos noches visité una de esas pensiones. En el curso de la conversación, uno de los hombres (el recluta Ogilvie, a quien usted recordará) me repitió una conversación que había oído casualmente en el astillero. Como se refería a cierto Stephen Bonnet, en quien está usted interesado, según recuerdo, le transmito aquí lo que he sabido al respecto.

Según los informes, Bonnet parece ser contrabandista, ocupación nada extraña en esta zona. Sin embargo, al parecer trafica con mercancía de mayor calidad y en mayor cantidad que las habituales. Como consecuencia, la naturaleza de sus vinculaciones también parece ser fuera de lo corriente. Esto implica que ciertos depósitos de la costa de Carolina contienen periódicamente mercancías de características que, por lo general, no se encuentran allí, y que esas visitas coinciden con los avistamientos de Stephen Bonnet en las tabernas y garitos cercanos.

El recluta Ogilvie guarda poca memoria de los nombres específicos oídos, pues no tenía conocimiento de que se tuviera interés en Bonnet; si me ha mencionado el asunto ha sido sólo como información curiosa. Uno de los hombres mencionados era «Butler», según dice, pero no puede asegurar que ese apellido guardase alguna relación con Bonnet. Otro nombre era «Karen», pero el recluta no sabe si corresponde a una mujer o a un barco.

El depósito que, según él supone, se mencionó en la conversación de referencia (aunque admite francamente no estar seguro de ello) se encuentra por casualidad a no mucha distancia del astillero. Cuando él me hubo informado de estos conocimientos, me ocupé de pasar frente a ese edificio y hacer averiguaciones en cuanto a sus dueños. El edificio es propiedad conjunta de dos socios: un tal Ronald Priestly y un tal Phillip Wylie. Por el momento no poseo información alguna concerniente a uno u otro, pero continuaré investigando según me lo permita el tiempo del que dispongo.

Habiendo descubierto lo mencionado, he hecho un esfuerzo por entablar conversación sobre Bonnet en las tabernas locales, mas con poco éxito. Se diría que el nombre es conocido, pero que pocos desean hablar de él.

Su muy seguro servidor,

Archibald Hayes, teniente
67.º Regimiento de las Highlands

Aún nos envolvían los ruidos normales de la casa, pero Bree y yo parecíamos encontrarnos en una pequeña burbuja de silencio, donde el tiempo se había detenido de golpe.

Me resistía a dejar la carta, pues eso haría que el tiempo volviera a correr. Y entonces deberíamos hacer algo. Pero a la vez no deseaba sólo dejarla, sino arrojarla al fuego y fingir que ninguna de las dos la había visto.

En ese momento Jemmy rompió a llorar en el piso alto; Brianna reaccionó con un respingo y fue hacia la puerta. Todo volvió a su cauce normal.

Dejé la carta en el escritorio, separada de las otras, y continué clasificando el resto de la correspondencia, para que Jamie la atendiera después; apilé pulcramente los periódicos y las publicaciones y desaté el paquete. Tal como yo suponía, era un libro: *La expedición de Humphrey Clinker*, de Tobias Smollett. Enrollé el cordel para guardármelo en el bolsillo. Durante todo ese tiempo, en el fondo de mi mente resonaba un pequeño «¡Ahora-qué, ahora-qué!», como un metrónomo.

Brianna regresó trayendo a Jemmy, que estaba colorado y con las marcas de la siesta en la cara; obviamente, su estado de ánimo era el de quien despierta del sueño con una aturdida irritación por las molestas exigencias de la vida consciente. Me hacía cargo de su estado de ánimo.

Bree tomó asiento y se abrió la camisa para darle de mamar. Los llantos cesaron como por arte de magia. Experimenté un momento de intensa melancolía por no ser capaz de hacer por ella algo igual de efectivo. Se la veía pálida, pero entera.

Había que decir algo.

—Lo siento, cariño —dije—. Traté de impedírselo... me refiero a Jamie. Sé que él no quería que te enteraras; no quería preocuparte.

—No importa. Ya lo sabía.

Con una sola mano, retiró uno de los libros de contabilidad de la pila que Jamie tenía sobre el escritorio y lo sacudió por el lomo para hacer caer una carta doblada.

—Mira eso. La encontré casualmente mientras viajabais con la milicia.

Al leer el relato que lord John hacía del duelo entre Bonnet y el capitán Marsden sentí algo frío debajo del esternón. Si bien no me hacía ilusiones sobre el carácter de Bonnet, ignoraba que fuera tan hábil. Siempre he preferido que los criminales peligrosos sean ineptos.

—Pensé que era la respuesta de lord John a una pregunta casual de papá, pero veo que no. ¿Qué opinas tú? —preguntó Bree. Su tono era sereno, casi indiferente, como si me pidiera opinión sobre un lazo para el pelo o una hebilla para zapatos. La miré con atención.

—¿Qué opinas tú? —A mi modo de ver, la persona más importante en todo aquello era Brianna.

—¿Sobre qué? —Ella apartó los ojos de los míos hacia la carta; luego, hacia la cabeza del niño.

—Pues... sobre el precio del té en la China, para empezar —exclamé, con cierta irritación—. Pero pasemos ahora al tema de Stephen Bonnet, si no te molesta.

Resultaba extraño pronunciar ese nombre en voz alta; todos lo habíamos evitado durante meses, por acuerdo tácito. Ella se mordió el labio inferior. Mantuvo la vista clavada en el suelo un instante. Después movió muy despacio la cabeza.

—No quiero oír hablar de ese hombre. Ni pensar en él —dijo, sin alterarse—. Y si volviera a verlo, podría... podría... —Se estremeció violentamente. Luego levantó los ojos hacia mí, con brusca ferocidad, al tiempo que exclamaba—: ¿Qué le pasa? ¿Cómo ha podido hacer esto?

Y descargó el puño contra su muslo. Jemmy, sobresaltado, soltó el pecho y empezó a llorar.

—Te refieres a tu padre, no a Bonnet.

Ella asintió, estrechando de nuevo a Jemmy contra el pecho, pero el niño había percibido su agitación y se retorcía. Me incliné para cogerlo y me lo apoyé contra el hombro mientras lo consolaba con palmaditas en la espalda. Las manos de Bree, ya vacías, se clavaron en sus rodillas y arrugaron la tela de la falda.

—¿Por qué no deja a Bonnet en paz? —Tuvo que alzar la voz para hacerse oír por encima del llanto del bebé. Los huesos de su cara parecían haber cambiado de posición, tan tensa estaba la piel sobre ellos.

—Porque es hombre... y, además, escocés de las Highlands —dije—. En su vocabulario no figura la expresión «Vive y deja vivir».

La leche goteaba del pezón a la camisa. Ella se cubrió el pecho con una mano y presionó para detenerla.

—Pero ¿qué piensa hacer si lo encuentra?

—Cuando lo encuentre —corregí de mala gana—. Mucho me temo que no dejará de buscarlo. En cuanto a lo que hará entonces... pues bien... supongo que lo matará.

Dicho de ese modo adquiría un tono despreocupado, pero en verdad no había otra manera de expresarlo.

—Tratará de matarlo, querrás decir. —Ella echó un vistazo a la carta de lord John y tragó saliva—. ¿Y si él...?

—Tu padre tiene mucha experiencia en cuanto a matar —dije en tono triste—. A decir verdad, es muy diestro en eso... Si bien hace tiempo que no lo hace.

Eso no pareció tranquilizarla mucho. Tampoco a mí.

—América es tan grande... —murmuró, moviendo la cabeza—. ¿Por qué no se limitó a largarse? ¿Bien lejos?

Excelente pregunta. Jemmy resoplaba, frotando con furia la cara contra mi hombro, pero había dejado de gritar.

—Yo albergaba la esperanza de que Stephen Bonnet tuviera el buen tino de ir a hacer contrabando en la China o en las Indias Occidentales. Pero supongo que tiene vinculaciones aquí y no quiso abandonarlas. —Me encogí de hombros mientras daba palmaditas a Jemmy.

Brianna alargó los brazos hacia el niño, que seguía retorciéndose como una anguila.

—Después de todo, él no sabe que le siguen la pista Sherlock Fraser y su compañero lord John Watson.

Fue un buen intento, pero le temblaban los labios al decirlo y volvió a mordérselos. Aunque me dolía causarle más preocupaciones, ya no tenía sentido evitar el tema.

—No, aunque es muy probable que se entere pronto —dije, de mala gana—. Lord John es muy discreto, pero el recluta Ogilvie, no. Si Jamie continúa haciendo preguntas (y mucho me temo que así será), no pasará mucho tiempo antes de que todo el mundo sepa de su interés.

Ignoraba si Jamie quería descubrir pronto a Bonnet y cogerlo desprevenido... o si su plan consistía en provocar, mediante sus preguntas, que el hombre saliera a cara descubierta. Quizá tenía la intención de llamar deliberadamente la atención de Bonnet para que él viniera a nosotros. Esa última posibilidad me aflojó las rodillas; tuve que sentarme a plomo en el taburete.

Brianna inspiró hondo, muy despacio, y exhaló el aire por la nariz; luego se puso el bebé al pecho.

—¿Roger lo sabe? ¿Está al tanto de esta... de esta maldita *vendetta*?

Negué con la cabeza.

—Creo que no —respondí—. En realidad, estoy segura. De lo contrario te lo habría dicho, ¿verdad?

Su expresión se ablandó un poco, aunque en sus ojos quedaba una sombra de duda.

—Detesto pensar que podría ocultarme algo así. Aunque por otro lado —acusó con voz más seca—, tú me lo ocultaste.

Apreté los labios al recibir el aguijonazo.

—Dijiste que no querías pensar en Stephen Bonnet —observé, apartando la vista de las turbulentas emociones que se reflejaban en su cara—. Es natural. Yo... no queríamos obligarte a recordarlo.

Con cierta sensación de cosa inevitable, caí en la cuenta de que me estaba dejando arrastrar por el torbellino de las intenciones de Jamie, sin consentimiento por mi parte. Me erguí en el taburete para clavarle una mirada enérgica.

—Oye, a mí tampoco me parece buena idea buscar a Bonnet; he hecho cuanto podía para disuadir a tu padre. Más aún —añadí un tanto arrepentida, con un ademán hacia la carta de lord John—, creía haberlo conseguido. Al parecer, no es así.

Una expresión decidida endurecía la boca de Brianna. Se acomodó mejor en la silla.

—Pues yo lo disuadiré, maldita sea —aseguró.

Le eché una mirada reflexiva. Si existía alguien con tanta terquedad y tanta fortaleza como para desviar a Jamie del camino elegido, ésa era su hija. Aun así no había ninguna seguridad.

—Puedes intentarlo —dije, dubitativa.

—¿No tengo derecho? —Desaparecido el horror inicial, sus facciones estaban de nuevo bajo control, frías y duras—. ¿No soy yo quien debe decir si quiero... lo que quiero?

—Sí —reconocí, con una punzada de inquietud corriéndome por la espalda. Por lo general, todo padre tiende a pensar que él también tiene derecho. Y también los esposos. Pero quizá fuera preferible no decir nada.

Entre nosotras se hizo un silencio momentáneo, roto sólo por los ruidos de Jemmy y los graznidos de los cuervos. Casi por impulso formulé la pregunta que me afloraba en la mente.

—¿Qué es lo que quieres, Brianna? ¿Quieres que Stephen Bonnet muera?

Ella me miró; luego desvió los ojos hacia la ventana mientras daba palmaditas en la espalda de Jem. No parpadeaba. Por fin cerró un instante los ojos y, al abrirlos, me miró de frente.

—No puedo —dijo en voz baja—. Temo que, si permito que esa idea entre en mi mente... ya no podré pensar en nada más, de tanto como lo deseo. Y por nada del mundo permitiré que... él... me arruine la vida de ese modo.

Jemmy soltó un ruidoso eructo y vomitó algo de leche. Bree le limpió con destreza la barbilla con la toalla que llevaba al hombro. El niño, ya sin su cara de ofendida incomprensión, se concentró apasionadamente en algo que veía por encima del hombro de su madre. Al seguir la dirección de sus claros ojos azules vi la sombra de una telaraña en el rincón de la ventana. Una ráfaga sacudió el marco; en el centro de la red se movió una mancha diminuta.

—Sí —dijo Brianna, con voz muy queda—. Quiero que muera. Pero aún más quiero a papá y a Roger vivos.

# 38

## *El momento de los sueños*

Tal como se había acordado en la reunión, Roger fue a cantar a la boda del sobrino de Joel MacLeod y regresó a casa con un nuevo tesoro, ansioso por recogerlo por escrito antes de que pudiera escapársele.

Después de quitarse las botas llenas de barro en la cocina y aceptar de la señora Bug una taza de té y una tarta de uvas pasas, subió directamente al estudio. Allí estaba Jamie, escribiendo cartas. Lo saludó con un murmullo distraído, pero de inmediato volvió a su composición con una arruga entre las densas cejas, acalambrada y torpe la mano que sostenía la pluma.

En el estudio de Jamie había una pequeña librería de tres estantes, que contenía toda la biblioteca del Cerro de Fraser. Las obras serias ocupaban el estante superior: un volumen de poesía latina; los *Comentarios* de César, las *Meditaciones* de Marco Aurelio y varios clásicos más; la *Historia Natural de Carolina del Norte*, escrita por el doctor Brickell, prestada por el gobernador y jamás devuelta; y un texto escolar de matemáticas, muy maltratado, en cuya primera página se leía «Ian Murray (hijo)» en letra vacilante.

El estante del medio estaba dedicado a lecturas más ligeras: una pequeña selección de novelas, algo ajadas por el uso, entre las cuales se encontraba *Robinson Crusoe*; *Tom Jones*, en una serie de siete pequeños volúmenes encuadernados en piel; *Rode-*

*rick Random*, en cuatro volúmenes, y la inmensa *Pamela*, de sir Henry Richardson, impresa en dos gigantescos tomos en octavo. De éstos, el primero estaba decorado con múltiples señaladores, que variaban entre una hoja de arce seca y un limpiapipas plegado; todos ellos indicaban los sitios en que distintos lectores habían abandonado el libro, fuera temporal o definitivamente. También había un ejemplar de *Don Quijote* en español, maltrecho, pero mucho menos usado, puesto que sólo Jamie podía leerlo.

El último estante contenía un ejemplar del *Diccionario del Dr. Sam Johnson*, los registros de Jamie, varios cuadernos de dibujo de Brianna y un volumen delgado, encuadernado en piel de carnero, en el que Roger registraba la letra de las canciones y poemas desconocidos que aprendía en *ceilidhs* y a la vera de los hogares.

Ocupó un taburete al otro lado de la mesa que Jamie utilizaba como escritorio y cortó una pluma nueva para el trabajo, con mucho cuidado; quería que esos registros fueran bien legibles. No sabía exactamente para qué podía servir esa colección, pero tenía grabado el aprecio instintivo del erudito por la palabra escrita. Aunque sólo fuera para su propio uso y placer, le gustaba pensar que también podía dejar algo a la posteridad; por eso se tomaba la molestia de escribir con claridad y documentar las circunstancias en las que había adquirido cada canción.

El estudio estaba apacible, sin más que algún suspiro ocasional de Jamie, cuando se detenía para frotarse la mano acalambrada. Un rato después apareció el señor Bug; tras un breve coloquio, el dueño de la casa abandonó la pluma para salir con su capataz. Roger lo saludó con una vaga inclinación de cabeza, ocupada la mente en el esfuerzo de recordar y escribir.

Cuando terminó, un cuarto de hora después, con la cabeza gratamente vacía, se desperezó para aliviar el dolor de los hombros. Mientras esperaba a que la tinta se secara para guardar el libro, retiró del último estante uno de los cuadernos de Brianna.

A ella no le molestaría que lo viera; le había dicho que podía hacerlo cuando quisiera. Pero al mismo tiempo sólo le enseñaba aquellos dibujos con los que estaba complacida o los que hacía especialmente para él.

Pasó las páginas del cuaderno, con esa mezcla de curiosidad y respeto que se experimenta al espiar en los misterios, deseoso de captar pequeñas visiones de su mente.

En ése había muchos bocetos del bebé, como estudios de círculos. Se detuvo a observar uno, atrapado por el recuerdo.

Mostraba a Jemmy dormido, de espaldas al observador, con el cuerpo curvado en una coma. A su lado estaba *Adso*, el gato, acurrucado de manera similar, con la barbilla apoyada en el pie regordete de Jemmy; sus ojos, ranuras de comatosa bienaventuranza. Él recordaba esa escena.

Brianna dibujaba a Jemmy con frecuencia (en realidad, casi todos los días), pero rara vez de frente.

—Es que los bebés no tienen cara —le había dicho, observando críticamente a su vástago, que roía con empecinamiento una correa de cuero.

—¿Que no? ¿Y qué es eso que tienen en el centro de la cabeza? —Él le había sonreído desde el suelo, donde estaba tendido con el niño y el gato, lo cual había facilitado que Brianna lo mirara con la nariz en alto.

—Estrictamente hablando, digo. Desde luego que tienen cara, pero todos son parecidos.

—Sabio es el padre que conoce a su hijo, ¿no? —había bromeado él, aunque se había arrepentido de inmediato al ver la sombra que nublaba los ojos de Bree. Pasó con la celeridad de una nube en verano, pero aun así había existido. Ella había afinado el carboncillo con la hoja de su cortaplumas.

—Desde el punto de vista plástico, no —le había explicado—. No tienen huesos visibles. Y son los huesos los que se utilizan para dar forma a la cara; sin huesos no hay mucho que ver allí.

Con huesos o sin ellos, tenía una notable habilidad para captar los matices de expresión. Roger sonrió ante un boceto: la cara de Jemmy tenía la expresión cerrada e inconfundible de quien está concentrado en la producción de un pañal realmente espantoso.

Además de los apuntes de Jemmy había varias páginas que parecían diagramas de ingeniería. Como ésos no le interesaban mucho, guardó el cuaderno y sacó otro. Notó enseguida que no eran apuntes. Las páginas estaban cubiertas con la escritura pulcra y angulosa de Brianna. Pasó las páginas con curiosidad; no era un diario propiamente dicho, sino un registro de sus sueños.

*Anoche soñé que me depilaba las piernas.*

Roger sonrió ante la intrascendencia del comentario, pero al imaginarse las pantorrillas de Brianna, largas y brillantes, continuó leyendo.

*Usaba la navaja de papá y su crema de afeitar; pensaba que él protestaría al descubrirlo, pero eso no me preocupaba. La crema de afeitar venía en una lata blanca con letras rojas, que decía Old Spice en la etiqueta. No sé si existió alguna vez una crema de afeitar así, aunque papá siempre olía a Old Spice y a humo de cigarrillo. Él no fumaba, pero la gente con la que trabajaba sí, y sus chaquetas siempre olían como el salón después de una fiesta.*

Roger se llenó los pulmones, consciente a medias de los aromas que recordaba: pan recién horneado, té, cera para muebles y amoníaco. Nadie fumaba en las decorosas reuniones que se celebraban en el salón de la casa solariega; sin embargo, las chaquetas de su padre también olían a humo.

*Una vez Gayle me dijo que había salido con Chris sin haber tenido tiempo de depilarse las piernas; se pasó toda la velada tratando de impedir que él le tocara la rodilla, por miedo a que percibiera el vello crecido. A partir de entonces, nunca me depilaba las piernas sin acordarme de aquello; me pasaba los dedos por el muslo, para ver si debía seguir o si podía detenerme a la altura de las rodillas.*

El vello de sus muslos era tan fino que no se palpaba; sólo era visible cuando ella se elevaba desnuda sobre él, con el sol a la espalda, dorándole el cuerpo y brillando a través de ese delicado nimbo de secreto. Le provocaba una pequeña satisfacción pensar que nadie más podía verla así; como un avaro, contaba cada vello de oro y cobre, disfrutando de su fortuna secreta sin temor a los ladrones.

Pasó la página, con indecible culpabilidad por esa intromisión, pero sin poder resistirse al impulso de penetrar en la intimidad de sus sueños, de conocer las imágenes que llenaban su mente dormida.

Las anotaciones no tenían fecha, pero todas comenzaban con las mismas palabras: «*Anoche soñé...*»

*Anoche soñé que llovía. No es extraño, pues en la realidad estaba lloviendo; no ha amainado en dos días. Esta mañana, cuando he ido a la letrina, he tenido que saltar por encima de un enorme charco junto a la puerta y me he hundido hasta los tobillos en el sitio blando que está junto a las zarzamoras.*

*Anoche nos acostamos con la lluvia castigando el tejado. ¡Qué agradable era acurrucarse junto a Roger, estar abrigada en la cama después de un día húmedo y helado! Por la chimenea entraban gotas de lluvia que siseaban en el fuego. Nos contamos anécdotas de nuestra juventud; quizá de allí surgió el sueño, de haber pensado en el pasado.*

*No hay mucho que contar, salvo que yo miraba por una ventana de Boston; veía pasar los coches, que levantaban grandes cortinas de agua, y oía el susurro de sus cubiertas en la calle mojada. Cuando he despertado aún oía ese ruido con tanta claridad que he ido a mirar por la ventana; casi esperaba encontrarme con una calle transitada, llena de coches que susurraran en la lluvia. Ha sido una sorpresa ver píceas, castaños, hierbas silvestres y enredaderas, y no oír más que el suave repiqueteo de las gotas que rebotaban y se estremecían en las hojas.*

*Todo estaba tan verde, tan lozano y crecido, que parecía una selva o un planeta extraño, algún lugar que yo no conocía, en el que nada podía reconocer, aunque lo veo todos los días.*

*Me he pasado el día oyendo el secreto susurro de los neumáticos en la lluvia, algo por detrás de mí.*

Culpable, pero fascinado, Roger volvió la página.

*Anoche soñé que conducía mi coche. Era mi Mustang azul. Iba deprisa por una ruta serpenteante, a través de las montañas; de éstas. Nunca he conducido por estas montañas, aunque sí por las de Nueva York. Pero sabía que estaba aquí, en el cerro.*

*¡Fue tan real! Todavía siento el pelo agitado por el viento, el volante entre las manos, la vibración del motor y el rumor de las ruedas contra el pavimento. Pero esa sensación, así como el coche, es imposible. Ya no puede pasar en ninguna parte, salvo en mi cabeza. No obstante, está allí, incrustada en las células de mi memoria, tan real como la letrina allí afuera, esperando ser devuelta a la vida por la descarga de una sinapsis.*

*Ésa es otra cosa extraña. Nadie sabe qué es una sinapsis, salvo mamá, Roger y yo. ¡Qué rara sensación! Es como si los tres compartiéramos todo tipo de secretos.*

*De cualquier modo, esa parte (lo de conducir) proviene de un recuerdo conocido. Pero ¿qué hay de los sueños, igual-*

*mente vívidos y reales, de cosas que no conozco en mi yo despierto? ¿Acaso algunos sueños son recuerdos de cosas que aún no han sucedido?*

*Anoche soñé que hacía el amor con Roger.*

Estuvo a punto de cerrar el libro, pues esa intromisión lo hacía sentirse culpable. El sentimiento de culpa aún estaba allí, y era mucho, pero no lo suficiente como para contener su curiosidad. Echó un vistazo a la puerta; la casa estaba tranquila; las mujeres trajinaban en la cocina. No había nadie cerca del estudio.

*Anoche soñé que hacía el amor con Roger.*
*Fue estupendo. Por una vez no pensaba, no era como si observara desde fuera, como siempre me pasaba. De hecho, durante mucho tiempo no tuve siquiera conciencia de mí misma. Sólo existía esa... esa cosa excitante, salvaje. Yo era parte de ella y Roger también, pero no había él o yo: solamente nosotros.*
*Lo curioso es que era Roger, pero al pensar en él yo no le daba ese nombre. Era como si tuviera otro, un nombre secreto, el verdadero. Y yo lo conocía.*
*(Siempre he pensado que todos tenemos ese tipo de nombre, algo que no es una palabra. Yo sé quién soy yo. Y quienquiera que sea, no se llama «Brianna». Soy yo, simplemente. «Yo» funciona bien como sustituto de lo que quiero decir, pero ¿cómo escribes el nombre secreto de otra persona?)*
*El hecho es que conocía el verdadero nombre de Roger; al parecer, por eso lo nuestro funcionaba. Y funcionaba de verdad. No lo pensé, no me interesó. Tan sólo al final me dije: «¡Eh, está sucediendo!»*
*Entonces sucedió; todo se disolvió, temblando y palpitando...*

Allí había tachado el resto de la línea; en el margen había una pequeña nota cruzada que decía:

*¡Bueno, tampoco pudo describirlo ninguno de los autores que he leído!*

Pese a su asombrada fascinación, Roger rió en voz alta. Se contuvo de inmediato y echó una mirada presurosa a su alrededor, para ver si aún estaba solo. En la cocina se oían ruidos, pero ninguno en el pasillo. Sus ojos volvieron a la página como limaduras de hierro a un imán.

*En el sueño tenía los ojos cerrados y estaba tendida allí, aún recorrida por pequeñas descargas eléctricas. Al abrir los ojos vi que quien estaba dentro de mí era Stephen Bonnet.*

*Fue una impresión tan fuerte que me desperté. Pensé que había gritado, pues tenía la garganta irritada, pero no era posible: Roger y el niño dormían profundamente. Me sentía acalorada hasta el punto de sudar, pero también tenía frío y el corazón me palpitaba con fuerza. Pasó mucho tiempo antes de que todo se tranquilizara lo suficiente como para volver a conciliar el sueño. Los pájaros cantaban.*

*En realidad, fue eso lo que me permitió que me durmiera otra vez: los pájaros. Papá (y ahora que lo pienso también mi otro padre) me dijo que los arrendajos y los cuervos lanzan gritos de alarma cuando alguien se acerca, pero las aves cantoras dejan de cantar. Por lo tanto, si estás en un bosque, debes estar alerta a eso. Con tanto bullicio como había en los árboles que rodean la casa, comprendí que estaba a salvo, que allí no había nadie.*

Al pie de la página había un pequeño espacio en blanco. Roger pasó página, con las palmas sudorosas y el latir del corazón fuerte en los oídos. La anotación se reanudaba en la parte de arriba. Hasta entonces la escritura había sido fluida, casi precipitada, con las letras aplanadas al correr a través de la página. Allí estaban formadas con más esmero, redondas y erguidas, como si hubiera pasado el primer impacto de la experiencia y ella volviera a reflexionar, con empecinada cautela.

*Traté de olvidarlo, pero no resultó. Aquello insistía en volver a mi mente. Por fin salí a solas para trabajar en el cobertizo de las hierbas. Cuando voy allí, mamá se ocupa de Jemmy para que no estorbe; eso me aseguraba que estaría a solas. Me senté en medio de todos esos ramilletes colgados, con los ojos cerrados, y traté de recordar todos los detalles. De los diferentes momentos, pensaba: «Eso está bien» o «Eso es tan sólo un sueño». Porque Stephen Bonnet me asustaba; me sentía enferma al pensar en el final, pero en realidad*

*quería recordar cómo era. Lo que sentía y cómo lo hice. Así*
*tal vez pueda repetirlo con Roger.*

*Pero aún tengo esa sensación de que no podré, a no ser*
*que recuerde el nombre secreto de Roger.*

Allí terminaba la anotación. Los sueños continuaban en la página siguiente, pero Roger no leyó más. Después de cerrar el libro con mucho cuidado, volvió a ponerlo en el estante, detrás de los otros. Pasó un rato de pie frente a la ventana, frotando inconscientemente las manos sudorosas contra las costuras de sus pantalones.

# QUINTA PARTE

## *Mejor casados que en el infierno*

# 39

## En la gruta de Cupido

—¿Crees que compartirán el lecho?

Jamie no había alzado la voz, pero tampoco hizo ningún esfuerzo por bajarla. Por suerte estábamos en un extremo de la terraza, donde la pareja nupcial no podía oírnos. No obstante, varias cabezas se volvieron hacia nosotros.

Ninian Bell Hamilton nos miraba sin el menor disimulo. Le dediqué una sonrisa al anciano escocés, agitando mi abanico cerrado a modo de saludo mientras le daba a mi marido un codazo en las costillas.

—¡Bonita cosa para que un sobrino respetuoso piense de su tía! —le dije por lo bajo.

Él se puso fuera de mi alcance y enarcó una ceja.

—¿Qué tiene que ver el respeto con esto? Ya estarán casados. Y los dos han cumplido de sobra la mayoría de edad —añadió, con una gran sonrisa dirigida a Ninian, que se había puesto rojo por intentar sofocar la risa.

Yo ignoraba cuántos años tenía Duncan Innes, pero le calculaba unos cincuenta y cinco. En cuanto a Yocasta, la tía de Jamie, debía de sacarle por lo menos diez.

Por encima de las cabezas de la muchedumbre podía ver la cabeza de Yocasta, que aceptaba graciosamente los saludos de amigos y vecinos al otro lado de la terraza. Era una mujer alta, y llevaba un vestido de lana de color rojizo; con una elegante cofia de encaje blanco a modo de corona sobre la prominente estructura ósea de los MacKenzie, la flanqueaban enormes floreros de piedra con varas de oro secas; Ulises, el mayordomo negro, montaba guardia junto a su hombro, muy digno con su peluca y su librea verde. Era, innegablemente, la reina de la plantación River Run. Me puse de puntillas, buscando a su consorte.

Aunque Duncan era algo más bajo que Yocasta, también tendría que poder verlo desde allí. Yo lo había visto antes, vestido con las galas de las Highlands; tenía un aspecto deslumbrante, aunque muy tímido. Estiré el cuello, aferrándome del brazo de Jamie para no perder el equilibrio. Él me sujetó por el codo.

—¿Qué buscas, Sassenach?

—A Duncan. ¿No debería estar con tu tía?

A simple vista, nadie habría adivinado que Yocasta era ciega, que los grandes floreros servían para orientarla y que Ulises estaba allí para susurrarle al oído el nombre de quien se aproximaba. Vi que su mano izquierda ascendía a tocar el aire vacío y se retiraba. No obstante su cara no se alteró; saludó al juez Henderson con una sonrisa y le dijo algo.

—¿Puede haber huido antes de la noche de bodas? —sugirió Ninian, levantando el mentón y las cejas en un esfuerzo por mirar sobre la muchedumbre, sin empinarse—. A mí, en su lugar, la perspectiva me pondría algo nervioso. Su tía es muy buena moza, Fraser, pero si quisiera, podría congelarle los cojones al rey del Japón.

Jamie contrajo la boca.

—Duncan podría estar en un aprieto. Sea cual sea el motivo —comentó—. Esta mañana ha ido cuatro veces al excusado.

Ante eso fui yo quien enarcó las cejas. Duncan padecía de estreñimiento crónico. De hecho, yo le había traído un paquete de hojas de Senna y raíces de cafeto, pese a los groseros comentarios de Jamie sobre lo que se debía regalar en las bodas. El novio debía de estar más nervioso de lo que yo pensaba.

—No creo que suponga ninguna sorpresa para mi tía, que ya ha tenido tres maridos —dijo Jamie, respondiendo a un murmullo de Hamilton—. Para Duncan, en cambio, será la primera vez. Eso asusta a cualquiera. Recuerdo mi propia noche de bodas...

Me miró con una gran sonrisa. Sentí que el calor me subía a las mejillas. Yo también la recordaba... muy vívidamente.

—¿No crees que hace mucho calor aquí? —Desplegué mi abanico en un arco de encaje color marfil para agitarlo contra mis mejillas.

—¿De veras? —se extrañó él, siempre sonriente—. No me había percatado.

—Duncan, sí —intervino Ninian. Y frunció los labios arrugados para contener la risa—. La última vez que lo he visto sudaba como un budín cocido al vapor.

En realidad, hacía un poco de frío, pese a las tinas de hierro fundido llenas de brasas, que despedían un dulce olor a leña de manzano en las esquinas de la terraza. Empezaba la primavera y los prados estaban frescos y verdes, así como los árboles que bordeaban el río, pero el aire matinal aún tenía el filo del invierno. En las montañas aún era invierno, de hecho; en el trayecto hacia River Run habíamos encontrado nieve bastante al sur, en Guildford, aunque los narcisos y el azafrán asomaban con valentía a través de ella.

Aquel día de marzo era claro y luminoso, en todo caso; por la casa, la terraza, el prado y el jardín pululaban los invitados a la boda, luciendo sus galas como mariposas fuera de temporada. Las nupcias de Yocasta serían el acontecimiento social del año, en lo que a la sociedad de Cape Fear concernía. Calculé no menos de doscientos invitados, que provenían de sitios tan distantes como Halifax y Edenton.

Ninian bajó la voz para decirle algo a Jamie, en gaélico, al tiempo que me miraba de reojo. Mi marido respondió con un comentario de elegante fraseología, pero contenido sumamente grosero, y me sostuvo la mirada con expresión anodina mientras el caballero mayor se ahogaba de risa.

Lo cierto es que por aquel entonces yo entendía el gaélico bastante bien, pero hay ocasiones en que se impone la prudencia. Extendí mi abanico para disimular mi expresión. En realidad, se requería alguna práctica para conquistar la elegancia del abanico, pero resultaba una herramienta social muy útil para quien, como yo, padecía la maldición de una cara transparente. No obstante, hasta los abanicos tienen sus límites.

Volví la espalda a esa conversación, que amenazaba con degenerar aún más, e inspeccioné los alrededores en busca del novio ausente. Quizá Duncan estuviera de verdad enfermo, y no sólo de los nervios. En ese caso, debía echarle un vistazo.

—¡Fedra! ¿Ha visto esta mañana al señor Innes?

La criada de Yocasta, que pasaba volando cargada de manteles, se detuvo en seco.

—No lo he visto desde el desayuno, señora —respondió, moviendo la cabeza, pulcramente cubierta por una cofia.

—¿Qué aspecto tenía? ¿Ha comido bien?

El desayuno se alargaba durante varias horas; los invitados que residían en la casa se servían del aparador y comían a voluntad. Si algo afectaba los intestinos de Duncan, quizá sería más por los nervios que por el botulismo, pero algunas de las salchichas que había visto en el aparador me parecieron de lo más sospechosas.

—No, señora, ni un bocado. —Fedra arrugó la suave frente, pues le tenía afecto a Duncan—. La cocinera ha tratado de ten-

561

tarlo con un rico huevo revuelto, pero él se ha limitado a negar con la cabeza. Estaba muy pálido. Eso sí: ha bebido una taza de ponche de ron —añadió, como si la idea la animara un poco.

—Sí, eso le asentará el estómago —comentó Ninian, que lo había oído—. No se preocupe, señora Claire; Duncan estará bien.

Fedra me hizo una reverencia y continuó hacia las mesas instaladas bajo los árboles, con el delantal almidonado flameando ante la brisa. El frío aire de primavera traía suculentos aromas de cerdo asado; las nueces despedían nubes fragantes, allí donde las patas de venado, los corderos y las aves giraban por docenas en sus asadores. Mi estómago protestó, a pesar de las ataduras del corsé.

Ni Jamie ni Ninian parecieron percatarse, pero me alejé discretamente un paso para inspeccionar el prado que se extendía desde la terraza hasta el embarcadero. No estaba muy segura de las virtudes del ron, mucho menos cuando se bebía con el estómago vacío. Claro que Duncan no sería el primero en aproximarse al altar en estado de embriaguez avanzada, pero incluso así...

Brianna, radiante con su vestido azul, como el cielo primaveral, estaba de pie junto a una de las estatuas de mármol que adornaban el prado, con Jemmy sobre la cadera, enfrascada en su conversación con Gerald Forbes, el abogado. Ella también llevaba un abanico, pero le estaba dando un uso mejor que el habitual: Jemmy se había apoderado de él y mascaba el mango de marfil, con una expresión de concentración en la carita rubicunda.

Claro que Brianna no necesitaba tanto como yo dominar la técnica del abanico, pues había heredado de Jamie la habilidad de esconder todos sus pensamientos tras una máscara de grata dulzura. En ese momento la llevaba puesta; eso me dio una idea de la opinión que le merecía el señor Forbes. Y Roger ¿dónde estaría? Algo más temprano lo había visto con ella.

Cuando quise preguntar a Jamie qué opinaba sobre esa epidemia de maridos desaparecidos, descubrí que él se había contagiado. Ninian Hamilton estaba conversando con otra persona; el sitio que había a mi lado lo ocupaban ahora un par de esclavos que se tambaleaban bajo sendas damajuanas de coñac que llevaban rumbo a la mesa de los refrigerios. Me apresuré a apartarme.

Jamie había desaparecido entre la muchedumbre como un urogallo en un brezal. Giré despacio mientras lo buscaba con la vista por la terraza y los prados, pero no había ni rastro de él entre el gentío. Como el fulgor del sol me hacía entornar los ojos, usé una mano a modo de visera.

Después de todo, mi marido no era de los que pasan desapercibidos. Como todo escocés con sangre de gigantes vikingos en las venas, era tan alto que su cabeza y sus hombros asomaban por encima de la mayoría; su pelo captaba el sol como bronce pulido. Por si fuera poco, ese día se había puesto sus mejores galas: una manta de tartán negro y carmesí, la chaqueta y el chaleco grises y los calcetines más vistosos que jamás llevaran las pantorrillas de un escocés. Debería destacar como una mancha de sangre sobre un algodón limpio.

No lo veía por ningún lado, pero mientras lo buscaba divisé una cara familiar. Bajé de la terraza para abrirme paso entre los grupos de invitados.

—¡Señor MacLennan!

Él se volvió hacia mí con expresión de sorpresa, pero de inmediato sonrió con cordialidad.

—¡Señora Fraser!

—¡Qué placer verlo! —Le estreché la mano—. ¿Cómo está usted?

Se lo veía mucho mejor que la última vez: limpio y adecentado, con traje oscuro y un sombrero sencillo. Aun así tenía las mejillas hundidas y una sombra detrás de los ojos, que ni siquiera desapareció con la sonrisa.

—Pues... bastante bien, señora. Bastante bien.

—¿No está...? ¿Dónde vive ahora? —Era más delicado que preguntar: «¿Cómo es que no está en la cárcel?» Como no era tonto, respondió a las dos preguntas.

—Es que su marido tuvo la amabilidad de escribir al señor Ninian —señaló con la cabeza la delgada figura de Ninian Bell Hamilton, que estaba enzarzado en una acalorada discusión—, y le explicó mis dificultades. Este caballero es gran amigo de la Regulación... y también del juez Henderson. —Negó con la cabeza, con los labios ahuecados en un gesto de desconcierto—. No sabría decir cómo fue, pero el señor Ninian fue a recogerme a la cárcel y me llevó a su propia casa. Y allí estoy en la actualidad. Ha sido muy bondadoso.

Hablaba con evidente sinceridad, pero también con cierta abstracción. Luego se quedó en silencio. Aún me miraba, aunque sus ojos estaban en blanco. Busqué algo que decir, con la esperanza de traerlo al presente; un grito de Ninian lo arrancó del trance, ahorrándome el trabajo. Abel se disculpó cortésmente para auxiliarlo en su discusión.

Continué paseando por el prado e intercambiando saludos con los conocidos por encima de mi abanico. Me alegraba haber visto de nuevo a Abel y haber comprobado que estaba bien, al menos físicamente, pero no podía negar que me provocaba cierto escalofrío. Tenía la sensación de que poco le importaba dónde residiera su cuerpo: su corazón había quedado en la tumba de su esposa.

Me pregunté para qué lo habría traído Ninian. La boda le haría recordar la suya, como a todo el mundo.

Aunque el sol se había elevado lo suficiente como para entibiar el aire, me estremecí. El pesar de MacLennan me recordaba demasiado a los días posteriores a Culloden, cuando yo había retornado a mi propio tiempo, convencida de que Jamie había muerto. Conocía demasiado bien esa inercia del corazón, la sensación de caminar como sonámbulo a través de los días, el yacer en la noche sin descanso, con los ojos abiertos, en un vacío que no era la paz.

La voz de Yocasta flotó desde la terraza, llamando a Ulises. Había perdido a tres maridos y ahora estaba a punto de tomar un cuarto. Por ciega que fuera, en sus ojos no había ausencia de vida. ¿Significaba eso que ninguno de sus maridos le había interesado mucho? ¿O sólo que era una mujer muy fuerte, capaz de sobreponerse una y otra vez?

Yo también lo había hecho una vez... por Brianna. Pero Yocasta no tenía hijos, al menos ahora. ¿Acaso los había tenido en otros tiempos? ¿Había apartado el dolor de un corazón destrozado para vivir por un hijo?

Me sacudí, tratando de dispersar esos pensamientos melancólicos. Después de todo, la ocasión y el día eran para celebrar. Los tejos del bosquecillo estaban en flor; mirlos y cardenales en celo revoloteaban entre ellos como papel picado, enloquecidos por el cortejo.

—¡Pues claro! —decía una mujer con tono de autoridad—. Pero ¡si comparten la casa desde hace meses!

—Sí, es cierto —confirmó una de sus compañeras, con aire de duda—. Pero nadie lo diría al verlos. ¡Mujer, si apenas se miran! Quiero decir... Claro que ella no puede mirarlo, ciega como está, pero cualquiera diría...

Los pájaros no eran los únicos, pensé, divertida. En toda la reunión reinaba un efecto de savia en ascenso. En la terraza se veían grupos de muchachas que cotilleaban como gallinas mientras los hombres se paseaban con aire de indiferencia frente a ellas, vistosos como pavos reales con sus ropas de fiesta. No sería sorprendente que de esa celebración resultaran unos cuantos compromisos... y más de un embarazo. Había sexo en el aire; se percibía bajo las embriagadoras fragancias de las flores primaverales y la comida.

Estaba libre de melancolías, pero aún sentía la fuerte necesidad de encontrar a Jamie.

Recorrí todo el prado, por un lado y por el otro, sin ver señales de él entre la casona y el muelle, donde los esclavos con librea aún recibían a los últimos invitados, que llegaban por el río. Entre los que aún faltaban (y llevaba mucho retraso, por cierto) se encontraba el sacerdote que debía oficiar la boda.

El padre LeClerc era jesuita; viajaba desde Nueva Orleans a una misión próxima a Quebec cuando Yocasta lo sedujo con una sustanciosa donación a la Compañía de Jesús, apartándolo del estricto sendero del deber. Aunque el dinero no compre la felicidad, se trata de un artículo bastante útil.

Al echar un vistazo en dirección opuesta, me quedé petrificada. Ronnie Campbell, a un lado, me hizo una reverencia; alcé mi abanico a modo de respuesta, pero estaba demasiado distraída como para hablarle. Si bien no había encontrado a Jamie, acababa de ver el probable motivo de su abrupta desaparición. Farquard Campbell, el padre de Ronnie, subía por el prado desde el embarcadero, acompañado por un caballero que vestía los colores rojo y beis del ejército de Su Majestad; su segundo compañero lucía el uniforme de la marina: era el teniente Wolff.

Verlo fue una desagradable sorpresa. El teniente Wolff no era mi personaje favorito. En realidad, no era querido por nadie que lo conociera.

Me pareció razonable que lo hubiesen invitado, pues la marina de Su Majestad era la principal compradora de la producción de River Run: maderas, brea y trementina, y el teniente Wolff, su representante en tales asuntos. Además, era posible que Yocasta lo hubiera invitado también por motivos más personales: en cierta ocasión el teniente le había propuesto matrimonio. No porque ella le inspirara deseo alguno, según había hecho notar secamente la dama, sino para apoderarse de River Run.

Sí, era fácil imaginarla disfrutando de la presencia del teniente en la fiesta. Duncan, que por naturaleza no era dado a motivos ulteriores y manipulaciones, seguramente no disfrutara con ello.

Farquard Campbell me había visto y venía hacia mí entre la multitud, con las fuerzas armadas a remolque. Levanté mi abanico y realicé los ajustes faciales necesarios para una conversación cortés, pero el teniente, para gran alivio mío, divisó a un sirviente que llevaba una bandeja con copas y partió en su persecución, abandonando a su acompañante por un refrigerio.

El otro militar le echó un vistazo, pero siguió responsablemente detrás de Farquard. Yo le eché un vistazo, pero no me sonaba de nada, estaba segura. Desde la partida del último regimiento escocés, durante el otoño, era raro ver una casaca roja en la colonia. ¿Quién podía ser éste?

Una vez fijas las facciones en lo que pretendía ser una simpática sonrisa, me sumergí en una reverencia formal, extendiendo mis faldas bordadas para lucirlas mejor.

—Señor Campbell... —Miré con disimulo detrás de él, pero por suerte el teniente Wolf había desaparecido en busca de sustento alcohólico.

—A su servicio, señora Fraser. —Farquard respondió doblando graciosamente las rodillas. Era un anciano que parecía disecado; como de costumbre, vestía con discreción: paño negro, con un pequeño estallido de volantes en el cuello como única concesión a las festividades.

Él también miró sobre mi hombro, con leve gesto de intriga.

—Me ha parecido ver... Creía haber visto a su marido junto a usted.

—Oh, pues... creo que ha... que se ha ausentado. —Desvié con delicadeza el abanico hacia los árboles, donde se levantaban las letrinas, separadas de la casa por un biombo de pequeños pinos blancos a una distancia prudente.

—Ah, comprendo, sí —carraspeó Campbell. Luego indicó al hombre que lo acompañaba—: Señora Fraser, permítame presentarle al mayor Donald MacDonald.

El mayor MacDonald era un caballero de nariz aguileña, por lo demás bastante apuesto, de unos treinta y muchos años. Tenía la cara curtida y el porte erguido del militar de carrera, y una sonrisa agradable, desmentida por los penetrantes ojos azules, del mismo matiz claro y vívido que el vestido de Brianna.

—A su servicio, señora. —Se inclinó con mucha elegancia—. ¿Me permite decirle cuánto le favorece ese color?

—Se lo permito —dije, relajándome un poco—. Gracias.

—El mayor acaba de llegar a Cross Creek. Le he asegurado que ésta sería la mejor oportunidad para establecer relación con sus compatriotas y familiarizarse con la zona. —Farquard abarcó la terraza con un ademán, que englobaba a un Quién es Quién de la sociedad escocesa residente en Cape Fear.

—Y por cierto —dijo el mayor, muy cortés—, no había oído tantos apellidos escoceses desde mi último viaje a Edimburgo. El señor Campbell me ha dicho que su marido es sobrino de la señora Cameron... o la señora Innes, debería decir.

—Sí. ¿Se la han presentado ya? —Miré hacia el otro lado de la terraza. Aún no había señales de Duncan, mucho menos de Roger o Jamie. ¡Demonio! ¿Dónde estaban todos? ¿Reunidos en la letrina para una conferencia cumbre?

—No, pero estoy deseoso de presentarle mis cumplidos. El difunto señor Cameron era medio pariente de mi padre, Robert MacDonald, de Stornoway. —Inclinó respetuosamente la peluca en dirección a la pequeña construcción de mármol blanco que se levantaba a un extremo: el mausoleo que albergaba los restos de Hector Cameron—. Por casualidad ¿su marido tiene alguna vinculación con los Fraser de Lovat?

Gruñí para mis adentros al reconocer la telaraña escocesa que estaba tejiendo. Cuando dos escoceses se conocen, invariablemente comienzan por lanzar hebras de investigación, hasta adherir suficientes líneas de parentesco y vinculación como para formar una útil red de trabajo. Yo tendía a enredarme en los pegajosos hilos de familias y clanes, hasta acabar como una gorda y jugosa mosca, atrapada por completo y a merced de quien me interrogaba.

No obstante, gracias a esos conocimientos, Jamie había sobrevivido durante años a las intrigas de la política francesa y escocesa, deslizándose de manera precaria a lo largo de esas hebras secretas, al tiempo que se mantenía fuera de las trampas de lealtad y traición que habían condenado a tantos otros. Me dispuse a prestar atención, luchando por localizar a este MacDonald entre otros millares de su especie.

Los MacDonald de Keppoch, los MacDonald de las Islas, los MacDonald de Clanranald, los MacDonald de Sleat. ¿Cuántos MacDonald habría? Me lo pregunté con cierta irritación. Con uno o dos bien podíamos arreglarnos, sin duda.

Los MacDonald de las Islas, evidentemente: la familia del mayor era originaria de la isla de Harris. Mantuve un ojo alerta durante todo el interrogatorio, pero Jamie se había evaporado.

Farquard Campbell, que no era mal jugador, por cierto, parecía estar disfrutando con esa partida verbal; sus ojos brunos iban del mayor a mí, con expresión divertida. La diversión se convirtió en sorpresa al terminar yo un análisis bastante confuso del linaje de Jamie por vía paterna, en respuesta al experto catecismo del mayor.

—¿Que el abuelo de su marido era Simon, lord Lovat? —exclamó Campbell—. ¿El Viejo Zorro?

Había elevado la voz con cierta incredulidad.

—Pues... sí —confirmé, algo intranquila—. Supuse que usted lo sabría.

—¡Vaya! —dijo Farquard.

Parecía haberse tragado una ciruela empapada en coñac sin percatarse de que aún conservaba la pepita. Sabía, sí, que Jamie era jacobita perdonado, pero al parecer Yocasta no había mencionado su estrecha vinculación con el Viejo Zorro, ejecutado como traidor por su papel en el Alzamiento de Estuardo. En esa ocasión, la mayoría de los Campbell había combatido por el bando del gobierno.

—Sí —dijo MacDonald, sin prestar atención a la reacción de Campbell, con el ceño algo fruncido por la concentración—. Tengo el honor de conocer un poco al actual lord Lovat. Entiendo que el título le ha sido devuelto, ¿verdad?

Y se dirigió a Campbell:

—Me refiero a Simon *el Joven*, que armó un regimiento para luchar contra los franceses en... ¿el año cincuenta y ocho? No: en el cincuenta y siete. Eso es, cincuenta y siete. Hombre gallardo y excelente soldado. ¿Y vendría a ser el sobrino de su marido? No: su tío.

—Medio tío —aclaré. Simon *el Viejo* se había casado tres veces y no ocultaba a sus bastardos, entre los cuales se contaba el padre de Jamie. Pero no había necesidad de señalarlo.

MacDonald asintió, con la cara iluminada por la satisfacción de haber completado el puzle. La de Farquard se relajó un poco al saber que la reputación familiar estaba tan rehabilitada.

—Papista, desde luego —añadió MacDonald—, pero excelente soldado, a pesar de eso.

—Y hablando de soldados —lo interrumpió Campbell—, ¿sabe usted...?

Lancé un suspiro de alivio que hizo crujir las ataduras de mi corsé, pues el caballero guió suavemente al mayor al análisis de algún acontecimiento militar pasado. Al parecer, MacDonald no estaba en activo, sino retirado y percibiendo la mitad de la paga, como tantos otros. A menos que la Corona requiriera de sus servicios, tenía libertad de husmear por las colonias en busca de ocupación. La paz era dura para los militares de carrera.

«No tienes más que esperar», pensé, con un pequeño escalofrío de premonición. En cuatro años o menos el mayor estaría bastante ocupado.

Con el rabillo del ojo capté un destello de tartán; me volví a mirar, pero no eran ni Jamie ni Duncan. Aun así había un misterio menos: era Roger, moreno y apuesto con su falda escocesa. Al ver a Brianna se le iluminó la cara y alargó el paso. Ella giró la cabeza, como si percibiera su presencia, y también pareció iluminarse.

Roger llegó a su lado y, sin prestar la menor atención al caballero que la acompañaba, le dio un sonoro beso en los labios. Luego extendió los brazos hacia Jemmy y dejó caer otro beso en la cabecita pelirroja.

Volví entonces a mi conversación, pero Farquard Campbell llevaba algún tiempo hablando sin que yo tuviera la menor idea de lo que había dicho. Al ver mi desconcierto sonrió con cierta ironía.

—Debo ir a presentar mis respetos a otras personas, señora Fraser —dijo—. Si me lo permite, la dejaré en la excelente compañía del mayor.

Después de tocarse cortésmente el sombrero, serpenteó hacia la casa, quizá con la intención de rastrear al teniente Wolff para impedir que se guardara la plata en el bolsillo.

El mayor, así abandonado a mi presencia, buscó algún tema de conversación adecuado y cayó en la pregunta más común entre las personas que acaban de conocerse.

—¿Usted y su marido, llevan mucho tiempo en la colonia, señora?

—No mucho —respondí con cierta cautela—. Unos tres años. Vivimos en un pequeño asentamiento, bastante apartado. —Señalé con el abanico las invisibles montañas del oeste—. En un lugar llamado Cerro de Fraser.

—Ah, sí, lo he oído mencionar.

Un músculo se contrajo en su boca; me pregunté, intranquila, qué le habrían comentado. El alambique de Jamie era un secreto a voces en los territorios apartados y entre los colonos escoceses de Cape Fear —más aún: delante de nosotros, junto a los establos, había varios toneles de whisky sin añejar que constituían el regalo de bodas de Jamie—, pero yo confiaba en que no lo fuera tanto como para que un militar recién llegado ya hubiera sabido de él.

—Dígame, señora Fraser... —Después de una breve vacilación se lanzó de cabeza—. ¿Hay mucho... faccionalismo en su zona?

—¿Faccionalismo? Oh... eh... no, no mucho.

Desvié una mirada cautelosa hacia el mausoleo de Hector Cameron, donde Hermon Husband, con el traje gris oscuro de los cuáqueros, se destacaba como un borrón contra el puro mármol blanco. La palabra «faccionalismo» era el código con que se designaban las actividades de hombres como Husband y James Hunter, los reguladores.

En diciembre, la acción miliciana del gobernador había sofocado las manifestaciones violentas, pero la Regulación era todavía una olla que hervía a fuego lento bajo una tapa muy ajustada. En febrero, Husband había sido arrestado y encarcelado por un breve período, a causa de sus panfletos, pero esa experiencia no ablandó su actitud ni su lenguaje. En cualquier momento se podía producir un desborde.

—Me complace saberlo, señora —dijo MacDonald—. ¿Están ustedes bien informados en ese lugar tan remoto?

—No mucho. Eh... bonito día, ¿verdad? Este año hemos tenido mucha suerte con el tiempo. ¿Ha tenido usted un viaje cómodo? Venir desde Charleston en este momento del año... el barro...

—Ya lo creo, señora, sufrimos algunas pequeñas dificultades, pero no más que...

Mientras hablaba, el mayor me evaluaba sin tapujos, apreciando el corte y la calidad de mi vestido, las perlas que llevaba en el cuello y en las orejas (préstamo de Yocasta) y los anillos de mis dedos. Yo conocía ese tipo de miradas; no había en ella rastro alguno de libertinaje ni de seducción. Simplemente, estaba juzgando mi posición social, así como la prosperidad e influencia de mi marido.

Eso no me ofendió. Después de todo yo estaba haciendo lo mismo con él. Era educado y de buena familia; eso resultaba evidente por su rango, y el pesado sello que lucía en la diestra lo confirmaba. Sin embargo, en cuanto a su aspecto no lo parecía: su uniforme estaba gastado en las costuras, y sus botas, aunque bien lustradas, se veían bastante raídas.

Ligero acento escocés con un dejo de guturalidad francesa: experiencia en campañas continentales. Había desembarcado en la colonia hacía muy poco tiempo: estaba demacrado por una enfermedad reciente y el blanco de los ojos mostraba el leve tinte de ictericia común a los recién llegados, que tendían a contraer todo tipo de enfermedades, desde la malaria al dengue, una vez expuestos a los gérmenes que pululaban en los charcos de las ciudades costeras.

—Dígame, señora Fraser... —empezó el mayor.

—¡No me insulta sólo a mí, señor, sino a todos los hombres honorables aquí presentes!

La voz aguda de Ninian Bell Hamilton resonó en una pausa de la conversación general. Todas las cabezas del prado giraron hacia él.

Estaba frente a frente con Robert Barlow, hombre al que me habían presentado un rato antes. Recordé vagamente que era comerciante... ¿de Edenton? O de New Bern, posiblemente. Era un hombre corpulento y no parecía habituado a que lo contradijeran; en ese momento se estaba burlando sin ambages de Hamilton.

—¿Reguladores, los llama usted? ¡Alborotadores y presidiarios! ¿Y usted sugiere que esa chusma tiene sentido del honor?

—¡No lo sugiero! ¡Lo afirmo como realidad, y como tal lo defenderé!

El anciano caballero, muy erguido, tanteó en busca de su espada. Por fortuna no iba armado, como tampoco lo estaba ninguno de los caballeros presentes, dado lo amistoso de la reunión.

No sé si ese hecho influyó en la conducta de Barlow; pero en todo caso rió con tono despectivo y volvió la espalda a Hamilton, como para alejarse. El anciano escocés, inflamado, le asestó acto seguido un puntapié en el trasero.

Cogido por sorpresa, Barlow perdió el equilibrio y cayó a cuatro patas, con los faldones de la chaqueta cubriéndole ridículamente las orejas. Todos los espectadores rompieron en una carcajada, cualesquiera que fuesen sus opiniones políticas. Así alentado, Ninian se infló como un gallo pigmeo y rodeó a su caído adversario para apostrofarlo desde delante.

Yo podría haberlo advertido de que cometía un error táctico, pues veía la cara de Barlow, carmesí de cólera y mortificación y con los ojos desorbitados. Después de levantarse con torpeza, se arrojó con un bramido contra el menudo anciano y lo derribó.

Los dos rodaron por el césped, agitando puños y faldones, entre los gritos de aliento de los espectadores. Los invitados acudieron precipitadamente desde el prado y la terraza, para ver qué sucedía. Abel MacLennan se abrió paso entre el gentío, con la obvia intención de ofrecer apoyo a su protector. Como Richard Caswell lo sujetó por un brazo para impedírselo, él giró en redondo y lo empujó, haciéndole perder el equilibrio.

James Hunter, encendida de gozo la cara enjuta, tendió una zancadilla a Caswell, que cayó sentado en el césped, con cara de sorpresa. Su hijo George dejó escapar un aullido de indignación y golpeó a Hunter en los riñones. El atacado se dio la vuelta y le asestó un manotazo en la nariz.

Varias señoras chillaban, no todas de horror. Una o dos parecían estar animando a Ninian Hamilton, quien estaba momentáneamente a horcajadas sobre el pecho de su víctima y trataba de acogotarlo, aunque sin mucho éxito, debido a lo grueso de su cuello y al volumen de su corbatón.

Yo buscaba como loca a Jamie... o a Roger... o a Duncan. ¡Condenados hombres! ¿Dónde se habían metido?

George Caswell cayó hacia atrás, sorprendido, con las manos contra la nariz, que goteaba sangre sobre la pechera de su camisa. DeWayne Buchanan, uno de los yernos de Hamilton, avanzaba con aire decidido por entre la multitud, ya con intención de apartar de Barlow a su suegro, ya para asistirlo en su intento de asesinar al hombre.

—¡Oh!, demonios —murmuré—. Sosténgame esto. —Después de plantar mi abanico en manos del mayor MacDonald, recogí mis faldas, dispuesta a entrar en el alboroto en cuanto decidiera a quién golpearía primero (y dónde) para lograr el mayor efecto.

—¿Quiere usted que los detenga?

El mayor, que disfrutaba del espectáculo, pareció decepcionado ante la perspectiva, pero también resignado a cumplir con su deber. Ante mi sorprendido gesto de afirmación, desenfundó la pistola, la apuntó al cielo y disparó al aire.

El estallido fue lo bastante ruidoso como para acallar por un instante a todos. Los combatientes quedaron petrificados. En medio de esa pausa, Hermon Husband se abrió paso hacia el lugar de la escena.

—Amigo Ninian —dijo cordialmente—, amigo Buchanan, permitidme.

Asió al anciano escocés por ambos brazos para levantarlo en vilo, separándolo de Barlow. Luego clavó en James Hunter una mirada de advertencia. El hombre emitió un audible «¡Hum!», pero se retiró algunos pasos.

572

La menor de las señoras Caswell, mujer dotada de sentido común, ya había retirado a su marido del campo de batalla y le estaba poniendo un pañuelo en la nariz. DeWayne Buchanan y Abel MacLennan sujetaron a Ninian Hamilton por ambos brazos y se lo llevaron hacia la casa, haciendo ostentosos esfuerzos por retenerlo, aunque era evidente que cualquiera de ellos podría haberlo cargado por sí solo.

Richard Caswell se había levantado sin ayuda; aunque parecía bastante ofendido, no se mostraba dispuesto a golpear a nadie. Con los labios apretados en desaprobación, sacudía la hierba seca de su chaqueta.

—¿Su abanico, señora Fraser?

Arrancada de mi evaluación del conflicto, descubrí que el mayor MacDonald me lo ofrecía de buenas maneras, muy complacido consigo mismo.

—Gracias. —Lo miré con cierto respeto—. Dígame, mayor, ¿siempre lleva consigo una pistola cargada?

—Ha sido un descuido, señora —respondió con gesto anodino—, pero quizá afortunado, ¿verdad? Ayer estuve en la ciudad de Cross Creek; como debía volver a la plantación del señor Farquard Campbell después de oscurecer y sin compañía alguna, me pareció mejor tomar precauciones. —Señaló con la cabeza sobre mi hombro—. Señora Fraser, ¿quién es ese individuo mal afeitado? Parece hombre de agallas, pese a sus modales deficientes. ¿Es posible que ahora sea él quien se líe a golpes?

Me di la vuelta. Hermon Husband estaba frente a frente con Barlow, con el sombrero redondo y negro inclinado hacia atrás y la barba erizada de agresividad. Barlow se mantenía en sus trece, rojo y ceñudo, pero lo escuchaba con los brazos bien cruzados contra el pecho.

—Hermon Husband es cuáquero —expliqué, en tono de leve reproche—. No, él no recurrirá a la violencia. Sólo a las palabras.

Muchísimas palabras. Barlow trataba de intercalar sus propias opiniones, pero Husband, sin prestarle atención, presentaba sus argumentos con tanto entusiasmo que de las comisuras de su boca volaban gotas de saliva.

—¡... un nefando aborto de la justicia! ¡Comisarios que no han sido designados por ninguna orden legal, sino que se nombran a sí mismos para enriquecerse de forma corrupta, desdeñando los legítimos...!

Barlow bajó los brazos y comenzó a retroceder, en un intento de escapar a la embestida. Pero cuando el cuáquero hizo una pausa para tomar aliento, él aprovechó la oportunidad para inclinarse hacia delante y clavarle un dedo amenazador en el pecho.

—¿Y usted habla de justicia, señor? ¿Qué relación guardan los desmanes y destrozos con la justicia? Si propone la destrucción de la propiedad como medio para ventilar sus quejas...

—¡Yo no! Pero ¿debe el pobre caer víctima de la gente sin escrúpulos, sin que nadie preste atención a sus aprietos? ¡Yo digo, señor, que Dios castigará sin misericordia a quienes oprimen al pobre y...!

—¿Sobre qué discuten? —preguntó MacDonald, que presenciaba el intercambio con interés—. ¿Sobre religión?

Puesto que era Husband quien estaba involucrado, ya no cabía esperar más pugilato; la mayor parte de la multitud, perdido el interés, se alejaba ya hacia las mesas de platos fríos y los braseros de la terraza. Hunter y otros reguladores seguían allí para prestar apoyo moral a Husband, pero entre los invitados abundaban los plantadores y comerciantes. En teoría, apoyaban a Barlow, pero en la práctica no estaban muy dispuestos a malgastar esa rara ocasión festiva en una controversia con el cuáquero sobre los derechos de los contribuyentes pobres.

Por mi parte, tampoco estaba muy dispuesta a examinar en detalle la retórica de la Regulación, pero hice lo posible por brindar a MacDonald una somera vista general de la situación.

—... y por lo tanto, el gobernador Tryon se vio obligado a organizar la milicia para combatir a los reguladores, pero ellos se retiraron —concluí—. Aun así, de ningún modo han abandonado sus exigencias.

Husband tampoco había abandonado la discusión (nunca lo hacía), pero Barlow logró quitárselo de encima. Ya se encontraba ajustándose la ropa delante de las mesas del refrigerio, bajo los álamos, en compañía de algunos amigos solidarios, todos los cuales echaban periódicas miradas de desaprobación al cuáquero.

—Comprendo —dijo MacDonald, interesado—. Farquard Campbell me habló de ese movimiento subversivo. Dice usted que el gobernador ordenó una milicia y podría hacerlo otra vez. ¿Quién dirige sus tropas, señora?

—Hum... creo que el general Waddell, Hugh Waddell, está al frente de varias compañías. Pero el cuerpo principal estaba bajo el mando del gobernador en persona: ha sido militar.

—¿De veras? —El mayor parecía muy interesado; en vez de enfundar la pistola, la acariciaba con aire distraído—. Campbell me dijo que su marido ha recibido una gran extensión de tierras en territorio despoblado. Por casualidad, ¿es íntimo del gobernador?

—Yo no diría tanto —respondí en tono seco—. Pero sí que lo conoce.

El rumbo que había tomado la conversación me inquietaba un poco. En términos estrictos, era ilegal que los católicos recibieran de la Corona tierras en las colonias. Yo ignoraba si el mayor MacDonald estaba al tanto de eso, pero obviamente debía de imaginar que Jamie era católico, dados sus antecedentes familiares.

—¿Cree usted que su marido podría presentarme, estimada señora? —Los pálidos ojos azules brillaban de especulación; de pronto comprendí qué intentaba.

Cuando no hay guerra, los militares de carrera se encuentran en obvia desventaja en cuanto a ocupación e ingresos. Aunque la Regulación fuera una tempestad en un vaso de agua, si había alguna perspectiva de acción militar... Después de todo, Tryon no tenía tropas regulares; si debía convocar de nuevo a la milicia, tal vez estuviera dispuesto a acoger (y pagar) a un oficial experimentado.

Eché una mirada cautelosa al prado. Husband y sus amigos se habían retirado un poco y conversaban en un grupo apretado junto a una de las nuevas estatuas de Yocasta. A juzgar por el enfrentamiento reciente, la Regulación aún estaba peligrosamente activa.

—Podría ser —respondí, cauta. No veía motivos por los que Jamie pudiera oponerse a darle una carta de presentación para Tryon. Y en verdad yo estaba en deuda con ese hombre por haber evitado una riña a gran escala—. Tendrá usted que discutirlo con mi marido, pero será un placer hablarle por usted.

—Le estaré eternamente agradecido, señora. —Después de enfundar la pistola se inclinó hacia mi mano. Al erguir la espalda echó un vistazo por encima de mi hombro—. Con su permiso, señora Fraser, debo retirarme ya, pero confío conocer muy pronto a su esposo.

El mayor se alejó hacia la terraza. Al volverme, vi que Hermon Husband se acercaba a grandes pasos hacia mí, seguido por Hunter y algunos otros.

—Amiga Fraser, vengo a pedirte que expreses a la amiga Innes mis buenos augurios y mis excusas, por favor —dijo sin preámbulo—. Debo retirarme.

—¡Oh!, ¿tan pronto se va? —vacilé. Por una parte quería instarlo a quedarse; por otra, preveía mayores disturbios si no se iba. Los amigos de Barlow no le quitaban ojo.

Él me leyó el pensamiento en la cara y asintió con sobriedad. Sus facciones, ya desaparecido el arrebol del debate, eran sombrías.

—Será mejor así. Yocasta Cameron ha sido una gran amiga para mí y para los míos. No estaría correspondiendo a su bondad si trajera la discordia a las celebraciones de su boda. No quiero hacerlo... y a la vez la conciencia me impide guardar silencio cuando oigo opiniones tan perniciosas como las que se han expresado aquí.

Echó al grupo de Barlow una mirada de frío desprecio, que fue enfrentada de igual modo.

—Además —añadió, volviendo la espalda a los barlowistas—, hay asuntos que requieren nuestra atención. —Vaciló a ojos vistas, como si estuviera a punto de decirme algo más, pero decidió no hacerlo—. ¿Se lo dirás?

—Desde luego, señor Husband. Y créame que lo siento.

Me dedicó una vaga sonrisa, teñida de melancolía, y movió la cabeza sin decir más. Pero mientras él se alejaba, seguido por sus compañeros, James Hunter se detuvo a decirme en voz baja:

—Los reguladores se están congregando. Hay un campamento grande cerca de Salisbury —dijo—. Tal vez convenga que su marido lo sepa.

Me saludó tocando el ala de su sombrero y, sin aguardar respuesta, se alejó a grandes pasos. Su chaqueta oscura desapareció en la muchedumbre, como un gorrión tragado por una bandada de pavos reales.


Desde el borde de la terraza podía observar toda la fiesta, que fluía en un torrente de festividad desde la casa hasta el río; sus remolinos eran evidentes para el ojo entendido.

Yocasta formaba el ojo del torbellino social más grande, pero había otros más pequeños que giraban ominosamente en torno a Ninian Bell Hamilton y Richard Caswell; a través del encuentro serpenteaba una corriente de inquietud, que dejaba en sus orillas depósitos de conversación, ricos en el fértil abono de la especulación. Por las cosas que oí, el tema predominante era la supuesta vida sexual de nuestros anfitriones, pero la política lo seguía de cerca.

Aún no había visto señales de Jamie ni de Duncan. Sin embargo, allí estaba de nuevo el mayor. Se detuvo con una copa de sidra en cada mano: había visto a Brianna. Lo observé con una sonrisa.

Era frecuente que Brianna detuviera en seco a los hombres, aunque no siempre por pura admiración. Había heredado varias cosas de Jamie: los ojos azules y rasgados, el pelo flamígero, la nariz larga y recta, la boca ancha y firme, y también la audaz estructura facial, proveniente de algún noruego antiguo. Pero sumada a esos llamativos atributos había heredado también su estatura. En una época en que el promedio de las mujeres no llegaba al metro y medio, Brianna medía uno ochenta. Y la gente solía mirarla con atención.

Era lo que estaba haciendo el mayor MacDonald, olvidada la sidra en las manos. Roger, al percatarse, lo saludó con una sonrisa, pero se acercó a Brianna un paso más, con ese aire inconfundible que expresa: «Ésta es mía, tío.»

Observando al mayor mientras conversaba, noté lo pálido y flaco que parecía comparado con Roger. Éste era casi tan alto como Jamie, de hombros anchos y piel olivácea; su pelo negro brillaba como ala de cuervo bajo el sol de primavera: legado, quizá, de algún antiguo invasor español. Era preciso admitir que no se detectaba ningún parecido entre él y el pequeño Jem, rubicundo como candelero de bronce recién forjado. Las sonrisas de Roger se veían como destello blanco; el mayor, en cambio, sonreía con los labios apretados, como lo hacían casi todos después de los treinta años, para disimular los huecos y las caries endémicos. Quizá fuera por las tensiones de su oficio, quizá sólo efecto de una alimentación deficiente. En esa época, que un niño fuera vástago de una buena familia no significaba que comiera bien.

Deslicé la lengua por los dientes para probar el filo de mis incisivos. Fuertes y sólidos; me tomaba considerables molestias para que permaneciesen así, pues conocía el estado del arte dental en esa época.

—¡Hombre, la señora Fraser! —Una voz ligera interrumpió mis pensamientos. Phillip Wylie estaba junto a mi codo—. ¿Qué está usted pensando, querida mía? Se la ve indiscutiblemente... feroz. —Hablaba en voz baja; me había cogido la mano y desnudaba sus dientes, bastante buenos, en una sonrisa sugestiva.

—No soy querida suya —le dije con cierta acritud, retirando de golpe la mano—. En cuanto a lo de feroz, me sorprende que nadie le haya mordido todavía en el trasero.

—¡Oh!, no pierdo las esperanzas —me aseguró, chispeantes los ojos. Y mientras me hacía una reverencia consiguió apoderarse una vez más de mi mano—. ¿Puedo aspirar al honor de bailar con usted más tarde, señora Fraser?

—Por supuesto que no —respondí, tirando de mi mano—. Suélteme.

—Sus deseos son órdenes para mí. —Me soltó, pero no sin antes plantarme un beso en el dorso de la mano. Contuve el impulso de limpiarme el sitio húmedo en la falda.

—Vete, niño. —Agité el abanico hacia él—. Fuera, fuera.

Phillip Wylie era un petimetre. Hasta entonces lo había visto dos veces, en ambas ocasiones muy acicalado: pantalones de satén, medias de seda y todos los jaeces que suelen ir con ellos, incluidos la peluca y la cara empolvada y un pequeño lunar en forma de medialuna negra, garbosamente pegado junto a un ojo.

Pero ahora la podredumbre se había extendido. La peluca empolvada era malva y el chaleco de satén estaba bordado con... Parpadeé. Sí: eran leones y unicornios de hilos de oro y plata. Los pantalones de satén lo ceñían como un guante bifurcado; la medialuna había cedido paso a una estrella en la comisura de la boca. El señor Wylie se había convertido en un macarrón... con queso.

—¡Oh!, no tengo intenciones de abandonarla, señora Fraser —me aseguró—. La he estado buscando por todas partes.

—Pues ya me ha encontrado —dije mientras observaba su chaqueta de terciopelo rosa intenso, con quince centímetros de puños en seda rosada, muy tenue, y peonías escarlata bordadas en los botones—. Pero no me extraña que tuviera dificultades. Supongo que lo ciega el fulgor de su chaleco.

Lo acompañaba, como de costumbre, Lloyd Stanhope, igualmente próspero, pero vestido con mucha más sencillez que su amigo. Stanhope lanzó un bufido de risa, pero Wylie, sin prestarle atención, me hizo una profunda reverencia.

—¡Ah!, es que este año me ha sonreído la fortuna. El tráfico con Inglaterra está bastante recuperado, gracias a los dioses, y yo he tenido mi parte en él, además de otras cosas. Debería usted acompañarme para ver...

En ese momento me rescató la súbita aparición de Adlai Osborn, un adinerado mercader de más al norte en la costa, quien le dio una palmadita en el hombro. Aprovechando la distracción, levanté mi abanico y me escurrí por un hueco entre la muchedumbre.

Librada por el momento a mis propios recursos, bajé tan tranquila por el prado. Aún buscaba a Jamie y a Duncan, pero ésa era mi primera oportunidad de examinar las últimas adquisiciones de Yocasta, que estaban provocando comentarios entre los invitados a la boda. Se trataba de dos estatuas talladas en mármol blanco, plantadas una en el centro de cada prado.

La más cercana a mí era una réplica a tamaño natural de un guerrero griego; supuse que sería espartano, pues se habían omitido las piezas más frívolas del atuendo, dejando al caballero ataviado con un recio casco emplumado y una espada en la mano. Clavado a sus pies se veía un escudo alargado, estratégicamente ubicado para cubrir las carencias más flagrantes de su guardarropa.

En el prado de la derecha había otra similar, que representaba a Diana Cazadora. Si bien sus torneados pechos y nalgas de mármol blanco atraían apreciativas miradas de reojo entre los caballeros presentes, en términos de fascinación pública no podía medirse con su compañero. Sonreí tras el abanico al ver que el matrimonio Sherston pasaba junto a la estatua sin echarle siquiera una mirada. Después de todo, decían sus narices empinadas y las miradas aburridas que intercambiaban, en Europa esas obras de arte eran muy comunes. Sólo esos colonos groseros, a los que les faltaba a la vez experiencia y educación, podían ver en eso un espectáculo, querida mía.

Al examinar personalmente la estatua descubrí que no era un griego anónimo, sino Perseo. Lo que descansaba junto al escudo no era una piedra, sino la cabeza cortada de una gorgona, con la mitad de sus serpientes erizadas de horror y consternación.

La evidente maestría en la ejecución de esos reptiles brindaba una excusa para aproximarse a examinar la estatua. Varias damas habían reunido coraje y ahora fruncían los labios con aire de entendidas, lanzando exclamaciones de admiración por la habilidad del escultor. De vez en cuando alguna de ellas desviaba los ojos hacia arriba por una fracción de segundo, para luego bajarlos de nuevo hacia la gorgona, con las mejillas enrojecidas... por el aire matinal y el vino especiado, sin duda.

Un tazón humeante de esa bebida, puesta bajo mi nariz como invitación, apartó mi atención de Perseo.

—Beba usted un poco, señora Fraser. —Era Lloyd Stanhope, con bonachona amabilidad—. No le conviene coger frío, querida señora.

No había peligro, pues el día era cada vez más templado; aun así acepté la taza, disfrutando el aroma a canela y miel que de ella brotaba.

Me incliné hacia un lado buscando a Jamie, pero no estaba a la vista. Un grupo de caballeros discutía los méritos comerciales del tabaco de Virginia y el añil, a un lado del Perseo; la cara posterior de la estatua albergaba ahora a tres jovencitas que lo observaban a través de sus abanicos, entre rubores y risitas agudas.

—... inigualable —decía Phillip Wylie a alguien. Los remolinos de la conversación lo habían traído de nuevo a mi lado—. ¡Absolutamente inigualable! Perlas negras, se las llama. Nunca ha visto usted nada igual, se lo aseguro. —Echó un vistazo a su alrededor; al verme alargó una mano para tocarme el codo—. Tengo entendido que usted ha pasado algún tiempo en Francia, señora Fraser. ¿Tal vez las ha visto allí?

—¿Perlas negras? —dije, esforzándome por atrapar las hebras de la conversación—. Pues sí, unas cuantas. Recuerdo que el arzobispo de Ruán tenía a un pequeño paje moro que llevaba una muy grande en la oreja.

Stanhope quedó ridículamente boquiabierto. Wylie me miró por una fracción de segundo; luego lanzó una carcajada tan potente que los del tabaco y las jovencitas risueñas se interrumpieron en seco para mirarnos.

—Acabará por matarme, mi querida señora —jadeó Wylie mientras Stanhope declinaba en sofocados resoplidos de regocijo.

Su amigo extrajo un pañuelo de encaje para tocarse con delicadeza las comisuras de los ojos, por no arruinar el polvo con lágrimas de alegría.

—En verdad, señora Fraser, ¿no ha visto mis tesoros? —Me cogió por el codo para conducirme fuera de la muchedumbre, con asombrosa habilidad—. Venga, permítame que se los muestre.

Me guió con mano hábil entre el gentío, más allá de la casa, donde un sendero de piedras conducía a los establos. Había más gente congregada alrededor del corral, donde el mozo de cuadra de Yocasta arrojaba heno a varios caballos.

Eran cinco: dos yeguas, un par de potros de dos años y un semental. Los cinco eran negros como el carbón; su pelaje refulgía bajo el pálido sol de primavera, aun lanudos como estaban por el pelo del invierno. Aunque yo no era experta en caballos, sabía lo suficiente como para admirar esos pechos de tonel y los cuartos esculturales, que les daban un aspecto de elegante fortaleza, peculiar, pero muy atractivo. Más allá de la belleza de sus formas y su pelaje, lo más llamativo de esos animales era el pelo.

Esos caballos negros tenían grandes masas flotantes de pelo sedoso, casi como de mujer, que flameaba con cada movimiento, imitando la grácil caída de las largas colas. Por añadidura, sobre cada casco pendía una decoración de mechones negros que se elevaban a cada paso como si fueran algas. En contraste con los huesudos caballos de monta y los toscos animales que se usaban para tiro, éstos parecían casi mágicos. Y a juzgar por los comentarios sobrecogidos que provocaban entre los espectadores, tanto podían provenir de la plantación de Phillip Wylie como del País de las Hadas.

—¿Son suyos? —le pregunté a Wylie, sin apenas mirarlo por no apartar los ojos de esa encantadora visión—. ¿Cómo los consiguió?

—Son míos, sí —dijo, barridas por el simple orgullo las afectaciones de costumbre—. Son frisones. La más antigua de las razas; su linaje se remonta por siglos. En cuanto a cómo los obtuve... —Se inclinó sobre la cerca, con la mano extendida, y agitó los dedos hacia los caballos en un gesto de invitación—. Los crío desde hace varios años. Traje éstos por invitación de la señora Cameron. Quiere comprar una de mis yeguas y sugirió que uno o dos de sus vecinos también podían estar interesados. En cuanto a *Lucas*, aquí presente... —El semental había reconocido a su dueño y se sometía graciosamente a que le rascaran la frente—. No está a la venta.

Las dos yeguas estaban visiblemente preñadas; como las crías eran de *Lucas*, Wylie lo había traído como prueba de la estirpe, según dijo. «Y para exhibirlo», pensé con íntima diversión. Las «perlas negras» estaban despertando gran interés; varios de los vecinos que criaban caballos se habían puesto verdes de envidia al ver a *Lucas*. Phillip Wylie se pavoneaba como un gallo.

—¡Ah!, estabas aquí, Sassenach. —La voz de Jamie sonó de pronto en mi oído—. Te he estado buscando.

—¿De veras? —Volví la espalda al corral, al verlo experimentaba un repentino calor bajo el esternón—. Y tú, ¿dónde has estado?

—¡Oh!, aquí y allá —respondió, sin que mi tono acusador lo perturbara—. Espléndido caballo, señor Wylie, de verdad.

Lo saludó con una ligera inclinación de cabeza y me condujo del brazo hacia el prado antes de que el otro pudiera murmurar: «A su servicio, señor.»

—¿Qué hacías ahí con el pequeño Phillip Wylie? —preguntó mientras se abría paso entre una bandada de esclavos domésticos, que salían a torrentes de las cocinas, llevando bandejas de comida humeantes bajo las servilletas blancas.

—Ver los caballos —respondí, con una mano contra el estómago, con la esperanza de acallar los ruidos ocasionados por la aparición de la comida—. ¿Y tú?

—Buscaba a Duncan. —Me guió para sortear un charco—. No estaba en la letrina; tampoco en la herrería, ni en los establos o las cocinas. He cogido un caballo y he cabalgado hasta los depósitos de tabaco, pero allí no había rastro de él.

—Puede que el teniente Wolff lo haya asesinado —sugerí—. El rival desdeñado y todo eso.

—¿Wolff? —Se detuvo con un gesto consternado—. ¿Ese escupitajo está aquí?

—En carne y hueso —aseguré, señalando el prado con el abanico.

Wolff había ocupado un puesto junto a la mesa del refrigerio; su silueta baja y fornida, con el uniforme azul y blanco, resultaba inconfundible.

—¿Es posible que tu tía lo haya invitado?

—Creo que sí —respondió, ceñudo pero resignado—. Supongo que no resistió la tentación de restregárselo en las narices.

—Es lo que pensé. Hace sólo media hora que ha llegado, pero si continúa bebiendo de ese modo, cuando se celebre la ceremonia estará inconsciente.

Jamie descartó al teniente con un gesto despectivo.

—Por mí como si se conserva en alcohol, si así lo quiere mientras no abra la boca más que para beber. Pero ¿dónde se ha escondido Duncan?

—¿Y si se hubiera arrojado al agua? —Lo dije en broma, pero aun así eché una mirada al río. Un bote venía hacia el embarcadero, con el remero de pie en la proa para arrojar la amarra al esclavo que lo esperaba—. Mira: ¿es por fin el sacerdote?

Lo era: una figura baja y regordeta. Con la sotana negra recogida por encima de las rodillas peludas, trepó ignominiosamente al muelle, ayudado por un empujón del barquero. Ulises ya corría a saludarlo.

—Bien —dijo Jamie, en tono satisfecho—. Ya tenemos un sacerdote y una novia. Dos de tres; es un progreso. Espera un momento, Sassenach, que se te ha soltado el pelo.

Siguió lentamente la línea de un rizo caído por mi espalda. Para darle gusto, dejé que el chal resbalara desde mis hombros. Él recogió de nuevo el rizo, con la habilidad de una larga práctica, y me hizo estremecer con un beso en el dorso del cuello. Jamie tampoco era inmune a los aires primaverales imperantes.

—Supongo que debo seguir buscando a Duncan —expresó, con un dejo de pena. Sus dedos se demoraban en mi espalda, recorriendo con delicadeza el surco de la columna—. Pero cuando lo haya encontrado... tiene que haber algún lugar que ofrezca un poco de intimidad.

La palabra «intimidad» hizo que me reclinara contra él. Eché un vistazo a la ribera, donde un grupo de sauces llorones albergaba un banco de piedra: un sitio muy íntimo y romántico, sobre todo por la noche. Los sauces estaban densos de verdor, pero divisé un destello escarlata a través de las ramas colgantes.

—¡Allí está! —exclamé, moviéndome tan de repente que pisé a Jamie en la punta del pie—. ¡Oh!, perdona.

—No importa —me aseguró. Había seguido la dirección de mi mirada y ahora se erguía decididamente—. Iré a por él. Sube a la casa, Sassenach, y no pierdas de vista a mi tía ni al cura. Que no escapen hasta que la boda se haya celebrado.

Jamie bajó por el prado hacia los sauces, respondiendo de pasada a los saludos de amigos y conocidos. En realidad, pensaba menos en las inminentes nupcias de Duncan que en su propia esposa.

Tenía conciencia de que había sido bendecido con una bella mujer; aun en ropa de andar por casa, metida hasta las rodillas en el barro de su huerta o manchada con la sangre de su vocación, la curva de sus huesos apelaba a su propia médula; esos ojos de color whisky podían embriagarlo con una sola mirada. Además, el alboroto de su cabellera lo hacía reír.

La sola idea lo hizo sonreír; se dijo que tal vez estaba algo borracho. El licor corría como agua en esa fiesta; ya había varios hombres reclinados contra el mausoleo del viejo Hector, con los ojos vidriosos y la mandíbula floja; detrás del mármol alguien meaba entre los arbustos. Al ver eso, negó con la cabeza: cuando cayera la noche habría un cuerpo bajo cada mata.

¡Dios santo! Sólo de pensar en cuerpos bajo las matas, su mente le había ofrecido una indecente visión de Claire, despatarrada y sonriente, con los pechos asomando por el vestido; las hojas marchitas y la hierba seca tenían los mismos colores que sus faldas arrugadas y el vello rizado de su... Ahogó de golpe el pensamiento para dedicar una reverencia cordial a la anciana señora Alderdyce, la madre del juez.

—A su servicio, señora.

—Buenos días tenga usted, joven, buenos días. —La dama inclinó magistralmente la cabeza sin detener su camino, apoyada en el brazo de su compañera, una joven sufrida y paciente, que respondió al saludo de Jamie con una vaga sonrisa.

—¿Amo Jamie?

Una de las criadas rondaba a su lado con una bandeja llena de tazas. Él cogió una; después de agradecérselo con una sonrisa, bebió la mitad de su contenido de un solo trago.

No podía evitarlo: debía volver en busca de Claire. Apenas veía su coronilla entre la multitud reunida en la terraza; la muy terca se negaba a usar una cofia decente, desde luego; a cambio se había puesto una fruslería de encaje sujeta con unas cuantas cintas y pimpollos de color rosa. Eso también le causaba risa. Sonriendo para sus adentros, continuó la marcha hacia los sauces.

Lo que lo tenía así era haberla visto con su vestido nuevo. Llevaba meses sin verla ataviada como corresponde a una dama, con la cintura estrecha envuelta en seda y los pechos blancos, redondos y dulces como peras de invierno, asomados a un buen escote. De pronto parecía una mujer distinta, íntimamente familiar, pero también estimulante por lo extraña.

Le temblaron los dedos al recordar aquel rizo rebelde, suelto en espiral a lo largo de la espalda, y el contacto de su nuca esbelta... y el de ese trasero caliente y regordete apretado contra su pierna. Hacía más de una semana que no la gozaba, rodeados de gente como estaban, y esa carencia comenzaba a afectarlo marcadamente.

Desde el día en que ella le había mostrado los espermatozoides, tenía incómoda conciencia del agolpamiento que, de vez en cuando, padecía en los huevos, impresión que se fortalecía en situaciones como ésta. Sabía muy bien que no había peligro de ruptura o explosión, pero no podía sino pensar en todos los empellones que se estaban produciendo allí dentro.

Verse atrapado en una bullente masa de otros, sin posibilidades de escapar, era una de sus visiones personales del infierno. Por un momento se detuvo ante los sauces para tranquilizarse con un breve estrujón, con la esperanza de calmar por un rato aquel tumulto. Quería ver a Duncan bien casado; luego el hombre tendría que ocuparse de sus propios asuntos. En cuanto cayera la noche... y si no encontraba mejor lugar que los matorrales, en los matorrales sería. Apartó una rama de sauce y se agachó para pasar.

—Duncan —comenzó.

Pero se interrumpió; el remolino de pensamientos carnales desapareció como agua por un sumidero. La chaqueta escarlata no pertenecía a Duncan Innes, sino a un desconocido que giró en redondo, tan sorprendido como él. Lucía el uniforme del ejército de Su Majestad.

En la cara del hombre se borró la expresión de sobresalto, casi tan rápido como la sorpresa de Jamie. Debía de ser MacDonald, el militar que Farquard Campbell le había mencionado. Al parecer Farquard también había dado al mayor su descripción, pues era obvio que el hombre lo identificaba.

MacDonald sostenía una taza de ponche; los esclavos cumplían. La bebió hasta el fondo, con decisión, y la depositó en el banco de piedra para limpiarse los labios con el dorso de la mano.

—El coronel Fraser, supongo.

—Mayor MacDonald —dijo él a su vez, con una inclinación de cabeza en la que se mezclaban la cortesía y la cautela—. Un servidor, señor.

El otro se inclinó, puntilloso.

—¿Puedo robarle un minuto de su tiempo, coronel? —Miraba por encima del hombro de Jamie; atrás se oían risitas y pequeños gritos excitados de mujeres muy jóvenes, perseguidas por hombres igualmente jóvenes—. ¿En privado?

Jamie notó que pronunciaba su cargo de miliciano con agria diversión, pero asintió brevemente. Después de abandonar su taza, aún medio llena, junto a la del mayor, señaló la casona con la cabeza. MacDonald lo siguió hacia fuera de los sauces mientras los susurros y los grititos anunciaban que el banco y los árboles protectores se habían convertido en propiedad del elemento más joven. Que tuvieran suerte; para sus adentros tomó nota de aquel lugar con vistas a usarlo él mismo, en cuanto hubiera anochecido.

El día era frío, pero sereno y luminoso; varios de los invitados, en su mayoría hombres para los que esa atmósfera civilizada resultaba sofocante, habían formado grupos de discusión en las esquinas de la terraza o paseaban por los senderos del jardín, donde sus pipas de tabaco podían humear en paz. Como ese último lugar le pareció el mejor para evitar interrupciones, Jamie condujo al mayor por el sendero de piedras que llevaba hacia los establos.

—¿Ha visto usted los caballos de Wylie? —preguntó el militar mientras rodeaban la casa; buscaría una conversación intrascendente cualquiera hasta que estuviesen fuera del alcance de oídos ajenos.

—Sí. El semental es un magnífico animal, ¿verdad? —Por acto reflejo los ojos de Jamie se desviaron hacia el cercado. *Lucas* mordisqueaba la hierba junto al abrevadero mientras las dos yeguas se olisqueaban amistosamente cerca del establo, lustrosos los anchos lomos bajo el sol pálido.

—¿Sí? Tal vez. —El mayor miró hacia allá con un ojo medio cerrado en dubitativo acuerdo—. Parecen fuertes. Buen pecho. Pero todo ese pelo... no servirían para la caballería. Aunque supongo que bien afeitados y vestidos...

Jamie contuvo el impulso de preguntarle si las mujeres también le gustaban afeitadas. Aún llevaba en la mente la imagen de aquel rizo suelto, cayendo en espiral a lo largo del cuello blanco. Quizá los establos ofrecieran una mejor oportunidad... Apartó ese pensamiento para una investigación posterior.

—¿Hay algún asunto que le preocupe, mayor? —preguntó, de forma más abrupta de lo que había calculado.

—No es exactamente preocupación mía —replicó con tono afable MacDonald—. Se me ha dicho que a usted le interesa el paradero de una persona llamada Stephen Bonnet. ¿Estoy bien informado, señor?

—Yo... sí. ¿Sabe usted dónde está?

—Por desgracia, no. —El mayor enarcó una ceja al ver su reacción—. Pero sé dónde ha estado. Mala persona, el tal Stephen, por lo que parece —inquirió, con aire algo jocoso.

—Se podría expresar así. Ha matado a varios hombres, y a mí me robó... y violó a mi hija —enumeró Jamie sin rodeos.

El mayor inspiró hondo, con la cara ensombrecida por un súbito entendimiento.

—Ah, comprendo.

Levantó apenas la mano, como para tocarlo en el brazo, pero la dejó caer a un lado. Dio unos pasos más, con la frente arrugada en un gesto de concentración.

—Comprendo —repitió. De su voz había desaparecido cualquier rastro de diversión—. No sabía... Comprendo, sí.

Y volvió a caer en el silencio; sus pasos se hicieron más lentos al aproximarse al cercado de los caballos.

—Supongo que piensa decirme lo que sabe de ese hombre —dijo Jamie, cortés.

MacDonald lo miró de frente y pareció reconocer que, cualesquiera que fuesen sus intenciones, la de su interlocutor era enterarse de lo que él supiera, ya por medio del diálogo, ya por métodos más directos.

—No lo conozco en persona —dijo con suavidad—. Lo que sé es lo que escuché durante una reunión social en New Bern, el mes pasado.

Fue una tarde durante una partida de whist organizada por David Howell, armador adinerado y miembro del Consejo Real del gobernador. La selecta reunión se inició con una cena excelente; luego pasaron a los naipes y a la conversación, bien marinada con ponche de ron y coñac.

Al avanzar la noche, con el humo de los cigarrillos ya denso en el aire, la conversación se tornó más franca; se hicieron referencias jocosas a la reciente fortuna de cierto señor Butler, con muchas especulaciones semiveladas en cuanto a la fuente de esas riquezas. A un caballero se lo oyó decir con envidia: «Si uno pudiera tener a un Stephen Bonnet en el bolsillo...» De inmediato lo acalló el codazo de un amigo cuya discreción no estaba tan disuelta por el ron.

—¿El señor Butler estaba entre los presentes? —preguntó Jamie, con aspereza. El nombre no le era familiar, pero si los miembros del Consejo Real lo conocían... En la colonia, los círculos de los poderosos eran reducidos; su tía o Farquard Campbell podían conocer a alguno de ellos.

—No, no estaba allí.

Habían llegado al cercado. MacDonald apoyó los brazos cruzados en la barandilla, con los ojos fijos en el semental.

—Según creo, reside en Edenton.

Igual que Phillip Wylie. *Lucas*, el semental, se acercó a ellos, dilatando con curiosidad las negras fosas nasales. Jamie alargó en un gesto automático los nudillos y, como el caballo se mostró amistoso, frotó la lustrosa mandíbula. Apenas reparaba en la belleza del frisón; sus pensamientos giraban como un trompo.

Edenton estaba sobre el estrecho de Albemarle, de fácil acceso para los barcos. Lo más probable era que Bonnet hubiera retomado su oficio de marino... y también el de pirata y contrabandista.

—Usted ha dicho que Bonnet era mala persona —comentó Jamie, volviéndose hacia MacDonald—. ¿Por qué?

—¿Juega al whist, coronel Fraser? —MacDonald le echó una mirada inquisitiva—. Particularmente, se lo recomiendo. Comparte algunas cualidades con el ajedrez en cuanto a descubrir la mente del adversario. Y tiene una gran ventaja: que se puede jugar contra más gente. —Las líneas marcadas de su cara se relajaron en una momentánea sonrisa—. Otra ventaja, aún mayor, es que con él te puedes ganar la vida, cosa que rara vez sucede con el ajedrez.

—Estoy familiarizado con el juego, señor —replicó Jamie, con suma sequedad.

MacDonald era un oficial sin regimiento ni tareas activas, por lo que sólo recibía la mitad de la paga. No era en absoluto raro que esos hombres completaran su magro salario recolectando datos que se pudieran vender o trocar. Por el momento no había puesto precio, pero eso no significaba que no reclamase más adelante el pago de la deuda. Jamie reconoció la situación con una leve cabezada. El mayor asintió a su vez, satisfecho. A su debido tiempo le diría lo que deseaba.

—Pues bien, señor: como supondrá usted, sentí curiosidad por averiguar quién era ese Bonnet. Y si en verdad era un huevo de oro, qué gallina lo había puesto.

Pero sus compañeros de juego habían recobrado la cautela. No pudo saber nada más del misterioso Bonnet, salvo el efecto que causaba en quienes lo conocían.

—¿Conoce usted el viejo dicho de que es tan revelador lo que el hombre dice como lo que calla? ¿O la manera de decirlo? —continuó sin aguardar respuesta—. Éramos ocho jugadores. Tres especulaban libremente, pero noté que sabían tan poco del señor Bonnet como yo mismo. Otros dos no parecían interesados. Pero los dos restantes... —movió la cabeza— ... estaban muy callados, señor. Como si no quisieran mentar al diablo por miedo a que apareciera.

Sus ojos refulgían de especulaciones.

—¿Conoce usted personalmente a ese hombre?

—Sí. ¿Quiénes eran los dos caballeros que lo conocían?

—Walter Priestly y Hosea Wright —respondió de inmediato el mayor—. Ambos, muy amigos del gobernador.

—¿Mercaderes?

—Entre otras cosas. Ambos tienen depósitos: Wright, en Edenton y Plymouth; Priestly, en Charleston, Savannah, Wilmington y Edenton. Priestly tiene también intereses comerciales en Boston —añadió MacDonald, como si acabara de recordarlo—, aunque no sé muy bien en qué consisten. Ah... y Wright es banquero.

Jamie asintió. Caminaba con las manos cruzadas bajo los faldones de la chaqueta; nadie podía ver la fuerza con que apretaba los dedos.

—Creo haber oído hablar del señor Wright —dijo—. Phillip Wylie mencionó que un caballero llamado así posee una plantación cerca de la suya.

MacDonald asintió. El extremo de la nariz se le había puesto muy rojo y en sus mejillas se destacaban pequeños vasos sanguíneos rotos, recuerdos de años pasados en campaña.

—Sí, ha de ser Cuatro Chimeneas. —Miró de soslayo a Jamie, hurgándose con la lengua en una muela—. ¿Piensa usted matarlo?

—Por supuesto que no —replicó Jamie, sin alterarse—. ¿A un hombre con tantos contactos en las altas esferas?

El mayor lo miró con aspereza; luego resopló.

—Sí, claro.

Durante algunos instantes continuaron caminando sin hablar codo con codo, cada uno ocupado en sus pensamientos... y cada uno consciente de los de su compañero.

La noticia de los contactos de Bonnet tenía doble filo; por un lado ahora sería más fácil encontrar al hombre. Por otro, esas vinculaciones complicarían bastante las cosas cuando llegara el momento de matarlo. Aquello no detendría a Jamie (y el mayor lo percibía a las claras), pero sin duda era un motivo de reflexión.

El mismo MacDonald suponía una dificultad considerable. A los socios comerciales de Bonnet les interesaría saber que alguien tenía intenciones de cortarles la fuente de ganancias... y era muy probable que tomaran medidas para evitarlo. Además, pagarían bien por la noticia de que la gallina de los huevos de oro corría peligro, perspectiva que el militar no dejaría de apreciar.

Aun así, por el momento no había manera de acallar a MacDonald. Jamie no tenía medios para sobornarlo. Y de cualquier modo era pobre recurso, pues el hombre que se deja comprar una vez está siempre a la venta.

Su compañero le sostuvo la mirada con una leve sonrisa; luego apartó la cara. No, la intimidación no serviría, aun si él se decidiera a amenazar a alguien que acababa de prestarle un servicio. ¿Qué, pues? No era posible romperle la crisma sólo para evitar que fuera con el cuento a Wright, Priestly o Butler.

Y si no podía actuar mediante el soborno o la fuerza, el único medio que le quedaba para acallar al hombre era la extorsión. Medio que presentaba sus propias complicaciones, puesto que, por ahora, él no sabía nada que pudiera desacreditar a Mac-Donald. Dada la vida que llevaba, el mayor debía de tener sus puntos débiles, pero ¿habría tiempo para descubrirlos?

Esa idea provocó otra.

—¿Cómo supo usted que yo buscaba noticias de Stephen Bonnet? —preguntó de golpe, interrumpiendo las reflexiones de su acompañante.

El militar se encogió de hombros. Luego acomodó mejor el sombrero y la peluca.

—Lo he sabido por cinco o seis fuentes distintas, señor, tanto en tabernas como en las cortes de los magistrados. Me temo que su interés es muy conocido. —Y añadió con delicadeza, y una mirada de soslayo—: Aunque no su motivo.

Jamie lanzó un hondo gruñido. Al parecer no disponía de un arma que no fuera de doble filo.

Al echar una red amplia atrapaba al pez, pero también había causado ondulaciones que podían poner sobre aviso a la ballena. Si en toda la costa se sabía que él buscaba a Bonnet... Bonnet también lo sabría.

Tal vez eso fuese una mala noticia. O tal vez no lo fuera. Si Brianna se enteraba... había expresado muy claramente su deseo de que dejase a Bonnet en paz. Era una tontería, desde luego, pero él prefirió no discutir; se había limitado a escucharla fingiendo una total consideración. La muchacha no tenía por qué enterarse de nada hasta que el hombre estuviera bien muerto. Aunque si antes le llegaba alguna noticia...

Apenas empezaba a analizar las posibilidades cuando Mac-Donald volvió a hablar.

—Su hija... ha de ser la señora MacKenzie, ¿verdad?

—¿Importa eso?

Lo había dicho con frialdad. El mayor tensó los labios un momento.

—No, desde luego. Sólo que... he conversado un rato con la señora MacKenzie y me ha parecido muy... encantadora. La idea de que... —Carraspeó. Luego se detuvo para darse la vuelta hacia Jamie—. Yo también tengo una hija —dijo de pronto.

—¿Sí? —Jamie ignoraba que MacDonald estuviera casado. Seguramente no lo estaba—. ¿En Escocia?

—En Inglaterra. Su madre es inglesa.

El frío había pintado vetas de color en su mejilla curtida. Aunque éstas se acentuaron, los pálidos ojos azules siguieron fijos en su interlocutor; tenían el mismo color que el deslumbrante cielo.

Jamie sintió que se aflojaba la rigidez de su columna. Encogió un poco los hombros y los dejó caer. MacDonald respondió con una apenas perceptible inclinación de cabeza. Los dos hombres giraron sin discusión hacia la casa, conversando despreocupadamente sobre el precio del añil, las últimas noticias recibidas de Massachusetts y las bondades del clima en esa temporada.

—También he conversado con su esposa, hace un rato —comentó MacDonald—. Una mujer encantadora y muy amable. Es usted un hombre afortunado, señor.

—Me inclino a pensar que sí —respondió Jamie.

El militar tosió con delicadeza.

—La señora Fraser tuvo la amabilidad de sugerir que usted podría, quizá, proporcionarme una carta de presentación dirigida a su excelencia, el gobernador. A la luz de la reciente amenaza de conflicto, su esposa ha pensado que tal vez un hombre de mi experiencia podría ofrecer algo en cuanto a... usted comprende...

Comprendía de sobra. Y aunque dudaba que Claire hubiera sugerido semejante cosa, era un alivio enterarse de que el precio era tan barato.

—Lo haré en el acto —aseguró—. Búsqueme esta tarde, después de la boda, y se la entregaré.

MacDonald inclinó la cabeza, gratificado.

Cuando llegaron al sendero que conducía a las letrinas, el mayor se despidió con una mano en alto. Al alejarse, pasó junto a Duncan Innes, que venía en dirección contraria, ojeroso y pálido como si tuviera las entrañas anudadas.

—¿Te encuentras bien, Duncan? —preguntó Jamie, observando a su amigo con cierta preocupación. Pese a lo fresco del día, en su frente brillaba una película de sudor, y sus mejillas estaban pálidas. Si se trataba de alguna fiebre, era de esperar que no fuera contagiosa.

—No —fue la respuesta—. No, me siento... Necesito hablar contigo, Mac Dubh.

—Por supuesto, *a charaid*. —Alarmado por el aspecto de Duncan, lo cogió del brazo para prestarle apoyo—. ¿Quieres que busque a mi esposa? ¿Necesitas un trago?

A juzgar por el olor, ya había bebido varios, pero eso no era raro en un novio. No parecía muy afectado por la bebida, aunque algo le había sentado muy mal. Quizá un mejillón en mal estado, durante la cena...

Innes negó con la cabeza y tragó saliva con una mueca, como si tuviera algo atascado en la garganta. Luego se llenó los pulmones de aire e irguió los hombros, reuniendo valor para decir algo.

—No, Mac Dubh. Es a ti a quien necesito. Un consejo, si tuvieras la bondad.

—Claro, hombre, claro. —Ya más curioso que alarmado, Jamie soltó el brazo de su amigo—. Dime de qué se trata.

—De... de la noche de bodas —barbotó Duncan—. Yo... es decir... tengo...

Al ver que alguien salía al sendero delante de ellos, rumbo a las letrinas, se interrumpió de golpe.

—Por aquí.

Jamie lo guió hacia la huerta, donde estarían a salvo entre los protectores muros de ladrillo. «¿La noche de bodas?», pensó, a un tiempo tranquilizado y lleno de curiosidad. Sabía que Duncan nunca había tenido esposa. Y en Ardsmuir no hablaba de mujeres, como los otros. Por entonces, él lo había atribuido al pudor, pero quizá... No: Duncan tenía más de cincuenta años. Sin duda se le habría presentado la oportunidad.

Sólo quedaban dos posibilidades: preferencias raras o enfermedad sexual. Y él podía jurar que a Duncan no le gustaban los varones. Sería algo embarazoso, pero Claire podría curarlo, sin lugar a dudas. Aunque ojalá no fuera la plaga francesa; ésa sí que era cruel.

—Aquí, *a charaid*. —Jamie condujo a Duncan al macizo de las cebollas—. Aquí nadie nos molestará. Ahora dime, ¿qué problema tienes?

# 40

## *El secreto de Duncan*

El padre LeClerc no hablaba inglés, exceptuando un jubiloso «*Tally-ho!*», que usaba alternativamente como saludo, como interjección de asombro o para expresar aprobación. Como Yocasta aún estaba en su *toilette*, fui yo quien lo presentó a Ulises.

Luego lo acompañé al salón principal, hice que le sirvieran un buen refrigerio y lo senté a conversar con los Sherston; éstos eran protestantes y se les salían los ojos de las órbitas ante la presencia del jesuita, pero estaban tan deseosos de exhibir su francés que pasaron por alto la infortunada profesión del cura.

Mientras me enjugaba mentalmente el sudor tras tan delicada maniobra social, me excusé para salir a la terraza, a fin de ver si Jamie había logrado apresar a Duncan. Ninguno de los dos estaba a la vista, pero Brianna venía por el prado, con Jemmy en brazos.

—Hola, cariño, ¿cómo estás? —Alargué los brazos hacia el bebé, que parecía inquieto. Se retorcía y chasqueaba los labios como quien se sienta ante una comida de seis platos tras haber cruzado el Sáhara—. Parece que tenemos hambre.

—¡Ag! —dijo. Luego, como si pensara que esa explicación podía ser insuficiente, la repitió varias veces, aumentando su volumen, al tiempo que brincaba a manera de énfasis.

—Él tiene hambre. Y yo estoy a punto de estallar —especificó Brianna en voz baja, pellizcándose cuidadosamente la pechera—. Voy a llevarlo arriba para darle de comer. La tía Yocasta dijo que podíamos utilizar su habitación.

—¿Sí? ¡Qué bien! Yocasta acaba de subir... para descansar un rato antes de cambiarse, dijo. Ahora que el sacerdote está aquí, la boda se celebrará a las cuatro.

Acababa de oír las campanadas del reloj del salón, que daban el mediodía. Era de esperar que Jamie tuviera a Duncan bien sujeto. Tal vez fuera mejor encerrarlo para evitar que volviese a desaparecer.

Bree alzó de nuevo a Jemmy y le metió un nudillo en la boca, para acallar sus comentarios.

—¿Conoces a los Sherston? —preguntó.

—Sí —fue mi cauta respuesta—. ¿Por qué? ¿Qué han hecho? Ella enarcó una ceja.

—Me han pedido que pinte el retrato de la señora Sherston. Es un encargo. Al parecer la tía Yocasta les habló maravillas de mí y les mostró algunas cosas que hice la primavera pasada, cuando estuve aquí. Ahora quieren un retrato.

—¿De veras? ¡Oh!, querida, qué estupendo.

—Sería estupendo si tuvieran dinero —observó ella, práctica—. ¿Qué opinas?

Era una buena pregunta. Las ropas finas no siempre reflejan el valor real. Yo no conocía bien a los Sherston; no eran de Cross Creek, sino de Hillsborough.

—Bueno, son bastante vulgares —dije, vacilando—, y terriblemente esnobs, pero creo que él tiene dinero. Si no me equivoco, es dueño de una cervecería. ¿Por qué no le preguntas a Yocasta? Ella tiene que saberlo.

—Bastante vulgares —repitió ella con una gran sonrisa, imitando mi acento británico—. ¿Quién es la esnob?

—Yo no soy esnob —me defendí con dignidad—; sólo observo con atención los matices sociales. ¿Has visto a tu padre o a Duncan?

—A Duncan no, pero papá está abajo, junto a los árboles, con el señor Campbell.

Y señaló el lugar para ayudarme. El pelo de Jamie y su tartán carmesí refulgían ferozmente al pie del prado. No había señales de la chaqueta escarlata de Duncan.

—Que el diablo se lleve a ese hombre —musité—. ¿Dónde se ha metido?

—En la letrina, y ha caído dentro —sugirió Bree—. ¡Sí, sí, espera un momento, ya vamos!

Tras dirigir la última frase a Jemmy, que emitía gritos quejosos como si estuviera al borde de la inanición, desapareció dentro de la casa.

Yo me ajusté el chal y fui a reunirme con Jamie. En el prado se estaba sirviendo un almuerzo al aire libre para comodidad de los invitados; al pasar junto a la mesa del refrigerio cogí una galleta y una loncha de jamón, con los que improvisé un bocadillo para calmar mis propias punzadas de hambre.

El aire aún era fresco, pero el sol ya alto me calentaba los hombros; fue un alivio reunirme con los hombres a la sombra de los robles que se alzaban al pie del prado. Las hojas asomaban por los brotes medio abiertos como dedos de bebé. ¿Qué me había dicho Nayawenne sobre los robles? Ah, sí: cuando sus hojas tienen el tamaño de la oreja de una ardilla, ya puedes sembrar el maíz. En ese caso, los esclavos podrían plantar maíz en la huerta de River Run en cualquier momento. En el cerro, en cambio, pasarían semanas antes de que los robles tuvieran hojas.

Al parecer, Jamie acababa de decir algo gracioso, pues Campbell emitió ese ruido grave y chirriante que en él pasaba por risa mientras me saludaba con una inclinación de cabeza.

—Lo dejaré para que se ocupe usted de sus asuntos —le dijo a Jamie, recobrada la compostura—. Pero puede llamarme cuando me necesite. —Con una mano a modo de visera, miró hacia la terraza—. Ah, regresa el hijo pródigo. ¿En chelines o en botellas de coñac?

Duncan cruzaba la terraza, saludando con tímidas sonrisas a quienes le expresaban sus buenos deseos. Debí de poner cara de extrañeza, pues el señor Campbell me hizo una reverencia y graznó, con aire divertido:

—He hecho una pequeña apuesta con su marido, señora.

—Cinco a uno por Duncan, esta noche —explicó Jamie—. Que él y mi tía compartirán la cama.

—Santo cielo —exclamé, bastante fastidiada—. ¿Es que nadie aquí habla de otra cosa? Todos vosotros tenéis la mente como una cloaca.

Entre risas, Campbell se apartó para atender las urgencias de uno de sus nietos pequeños.

—No me digas que tú no te has estado preguntando lo mismo. —Jamie me dio un suave codazo.

—Por supuesto que no —respondí, escandalizada. Era cierto, pero sólo porque ya lo sabía.

—¡Oh!, por supuesto —repitió él, torciendo la boca—. Pero ¡si se te ve la lujuria en la cara, como los bigotes al gato!

—¿Qué quieres decir con eso? —interpelé.

Por si fuera cierto, desplegué el abanico para cubrirme la parte inferior del rostro mientras parpadeaba sobre el encaje, fingiendo inocencia. Él emitió una interjección de burla, muy escocesa. Después de mirar a su alrededor, se inclinó para susurrarme al oído:

—Quiero decir que es así como miras cuando quieres que vaya a tu cama. —El cálido aliento me agitó el pelo de la sien—. ¿Es así?

Dediqué una sonrisa brillante al señor Campbell, que nos miraba con interés por encima de la cabeza de su nieto, y utilicé el abanico a modo de escudo para susurrar algo al oído de Jamie, de puntillas. Luego me dejé caer sobre mis talones, con una sonrisa pudorosa mientras me abanicaba con fuerza.

Jamie, algo escandalizado, pero también muy complacido, echó un vistazo al señor Campbell; por fortuna nos había vuelto la espalda para trabar conversación con otra persona. Mi marido se frotó la nariz, observándome con intensa especulación; su mirada azul se demoró en el escote de mi vestido nuevo. Yo aleteé con delicadeza el abanico sobre la zona.

—Eh... podríamos... —Evaluó los alrededores, estudiando las perspectivas de intimidad, pero su vista volvió ineludiblemente al abanico, como si fuera un imán.

—No, no podemos —lo informé mientras dedicaba un sonriente saludo a las ancianas señoritas MacNeil, que pasaron tan tranquilas detrás de él—. Todos los rincones de la casa están llenos de gente. Los graneros, establos y cobertizos, también. Y si has pensado en un *rendez-vous* bajo las matas de la ribera, olvídalo. Este vestido ha costado una fortuna.

Una fortuna en whisky ilegal, pero fortuna al fin y al cabo.

—Lo sé perfectamente.

Me recorrió despacio con los ojos, desde la cabellera recogida hasta las punteras de los zapatos nuevos. El vestido era de seda ambarina, con hojas de seda parda y dorada bordadas en el corpiño y en el dobladillo. Y a mi parecer, me sentaba como un guante.

—Pero vale la pena —agregó con suavidad. Y se inclinó para besarme. Una brisa helada agitó las ramas del roble que nos cubría. Me acerqué más a él, buscando su calor.

Entre el largo viaje desde el cerro y el agolpamiento de huéspedes de resultas del inminente enlace, llevábamos más de una semana sin compartir el lecho.

Lo que yo deseaba no era tanto una cita amorosa (aunque no la rechazaría, por cierto, si se presentaba la oportunidad). Lo que echaba de menos era, simplemente, el contacto de su cuerpo junto al mío; alargar una mano en la oscuridad y apoyarla en la curva larga de su muslo; rodar hacia él en la mañana y encerrar sus nalgas redondas en la curva del regazo; apretar la mejilla contra su espalda, aspirando el olor de su piel mientras me deslizaba hacia el sueño.

—¡Dios mío! —dije, apoyando la frente en los pliegues de su camisa para inhalar su olor a hombre, mezclado con el de almidón—, si tu tía y Duncan no necesitan la cama, quizá...

—¡Ah!, así que tú también lo has pensado.

—No, en absoluto. Por otra parte, ¿qué te importa?

—No me importa, es verdad —dijo, impertérrito—. Pero esta mañana cuatro hombres me han pedido opinión: si lo harían... o si ya lo habían hecho. Lo cual es todo un cumplido para mi tía, ¿no?

Era cierto. Yocasta MacKenzie debía de estar bien entrada en la sexta década, pero la idea de que compartiera el lecho de un hombre no resultaba en absoluto inconcebible. Yo conocía a muchas que habían abandonado con gusto la vida sexual tan pronto como el fin de la edad fértil lo hizo posible. Yocasta no era de ésas. Y al mismo tiempo...

—No lo han hecho —informé—. Lo supe ayer, por Fedra.

—Lo sé. Duncan acaba de decírmelo.

Miraba algo con el ceño fruncido. La terraza, donde se veía el colorido tartán de Duncan entre los enormes floreros de piedra.

—¿De veras? —Eso me sorprendió bastante. Tuve una súbita sospecha—. No me digas que se lo has preguntado.

Me dirigió una mirada de reproche.

—No lo he hecho —dijo—. ¿Por quién me tomas, Sassenach?

—Por escocés —respondí—. Todos vosotros sois maníacos sexuales. Al menos, eso es lo que parece, tras escuchar estas conversaciones. —Dirigí una dura mirada a Farquard Campbell, pero estaba de espaldas a mí, enfrascado en su conversación.

Jamie me observó con aire reflexivo mientras se rascaba la mandíbula.

—¿Maníacos sexuales?

—Sabes a qué me refiero.

—Claro que sí. Sólo me preguntaba si es un insulto o un cumplido.

Abrí la boca, pero hice una pausa.

—Quien se pica —dije— ajos come.

Él estalló en una carcajada, con lo que muchos se volvieron a mirarnos. Entonces me cogió del brazo para conducirme hacia la sombra de los olmos.

—Quería preguntarte algo, Sassenach —dijo mientras miraba por encima del hombro para asegurarse de que nadie nos escuchaba—. ¿Puedes buscar una ocasión para hablar a solas con mi tía?

—¿En este manicomio? —Eché un vistazo a la terraza; un enjambre de invitados rodeaba a Duncan, como las abejas a un macizo de flores—. Supongo que podría pillarla en su habitación, antes de que baje para la ceremonia. Ha subido a descansar.

No me habría ido mal acostarme también; me dolían las piernas tras pasar horas enteras de pie; además, los zapatos nuevos eran algo estrechos.

—Perfecto. —Saludó amablemente a un conocido que se acercaba, pero luego le volvió la espalda para evitar interrupciones.

—De acuerdo —dije—. ¿Por qué?

—Pues... se trata de Duncan. —Parecía a la vez divertido y algo preocupado—. Hay una pequeña dificultad y él no se atreve a tocar el tema con ella.

—No me digas más —adiviné—. Estuvo casado y creía que su primera esposa había muerto, pero acaba de verla aquí, comiendo encurtidos.

—No es tan grave —aseguró él, sonriente—. Y quizá no sea tan problemático como Duncan teme. Pero está muy preocupado y no se decide a hablar con mi tía; ella le intimida un poco, ¿sabes?

Duncan era hombre muy tímido y pudoroso, un antiguo pescador obligado a prestar servicio durante el Alzamiento. Después de Culloden fue capturado y pasó varios años en prisión. En vez de trasladarlo, lo habían puesto en libertad sólo porque contrajo gangrena a raíz de un rasguño y, al haber perdido un brazo, ya no era apto para los trabajos forzados ni se lo podía vender como siervo. Yo no necesitaba preguntar de quién había sido la idea de esa boda: Duncan no habría albergado aspiraciones tan elevadas ni en un millón de años.

—Lo entiendo, pero ¿qué es lo que lo tiene tan preocupado?

—Bueno —respondió él, con lentitud—, ¿se te ha ocurrido preguntarte por qué nunca se ha casado?

—No. Sólo supuse que el Alzamiento... ¡Oh, Dios mío!... —me interrumpí—. No me digas... Santo cielo... ¿Le gustan los hombres?

Había levantado la voz sin darme cuenta.

—¡No! —exclamó él, escandalizado—. ¿Crees que yo permitiría que mi tía se casara con un sodomita? ¡Cristo! —Echó un vistazo a su alrededor, para asegurarse de que nadie hubiera oído esa calumnia; luego me llevó hacia los árboles, por si acaso.

—Bueno, tú no tenías por qué saberlo —observé, divertida.

—Créeme que lo sabría —aseguró, ceñudo—. Ven aquí.

Levantó una rama colgante para que yo pasara y me impulsó con una mano contra mi cintura. El bosquecillo era bastante grande; allí resultaba fácil perderse de vista para los demás. Al llegar a un pequeño espacio abierto entre los troncos, repitió:

—No. ¡Qué mente más sucia tienes, Sassenach! No es nada de eso. —Echó un vistazo atrás, pero estábamos a buena distancia del prado y razonablemente ocultos a la vista—. Pero es... incapaz.

Encogió apenas un hombro, como si la idea lo incomodara profundamente.

—¿Qué? ¿Impotente? —Sentí que se me abría la boca y la cerré.

—Sí. Durante su juventud estuvo comprometido, pero sufrió un horrible accidente: un caballo de tiro lo derribó en la calle y lo pateó en el escroto. —Pareció a punto de tocarse a modo de comprobación, pero se contuvo—. Se curó, aunque... ya no era apto para los ritos nupciales, de modo que liberó a la joven de su compromiso y ella se casó con otro.

—¡Pobre hombre! —exclamé, con una punzada de solidaridad—. ¡El pobre Duncan siempre ha tenido mala suerte!

—Bueno, está vivo —comentó Jamie—. Muchos otros murieron. Además —señaló sobre el hombro la extensión de River Run—, no creo que, en su situación actual, puedas hablar de mala suerte. Exceptuando esa pequeña dificultad, claro está.

Con la frente arrugada, repasé las posibilidades médicas. Si el accidente hubiera provocado un grave daño vascular, no había mucho que se pudiera hacer; yo no estaba preparada para una buena cirugía reconstructiva. Pero si era sólo un coágulo...

—¿Dices que sucedió cuando era joven? Hum, va a ser difícil, después de tanto tiempo. Pero puedo echar un vistazo y ver si...

Jamie me miró con incredulidad.

—¿Un vistazo? ¡Sassenach! Ese hombre se demuda cuando le preguntas por la salud de sus intestinos. Casi se muere de vergüenza al contarme eso. Si te entrometes en sus intimidades, le dará una apoplejía.

Irritada, metí tras una oreja el mechón de pelo que había liberado una ramilla de roble.

—Pero ¿qué esperas de mí? ¿Que lo cure con encantamientos?

—No, por supuesto —replicó, algo impaciente—. No quiero que hagas nada por Duncan. Sólo que hables con mi tía.

—Pero... ¿quieres decirme que ella no lo sabe? ¡Están comprometidos desde hace meses! ¡Y han convivido la mayor parte de ese tiempo!

—Sí, pero... —Jamie se encogió ligeramente de hombros, en ese raro ademán que hacía cuando se sentía azorado, como si la camisa le fuera demasiado estrecha—. Verás... Cuando surgió la idea de contraer matrimonio, a Duncan no se le pasó por la cabeza que fuera cuestión de... mmfm...

—Mmfm —repetí yo, enarcando una ceja—. ¿No es lo normal que el matrimonio incluya siquiera la posibilidad de mmfmm?

—Bueno, él no pensó que mi tía lo quisiera por su belleza viril, ¿verdad? —observó Jamie, enarcando las suyas—. Sólo parecía cuestión de negocios y conveniencia. Como propietario de River Run, él podría manejar cosas que como capataz quedaban fuera de su alcance. Aun así, no habría accedido, pero ella lo persuadió.

—¿Y no se le ocurrió mencionar este... impedimento?

—Lo pensó, sí. Sin embargo, mi tía no daba muestras de pensar en el matrimonio sino como una cuestión de negocios. Ella no mencionó el lecho, y él era demasiado tímido para hacerlo. De modo que no surgió nunca.

—Y supongo que ahora ha surgido. ¿Qué ha pasado? ¿Acaso esta mañana tu tía le ha metido una mano bajo el kilt? ¿Ha hecho algún comentario procaz sobre la noche de bodas?

—Él no me lo ha dicho —replicó, seco—. Pero sólo esta mañana, cuando ha comenzado a oír las bromas de los invitados, se le ha ocurrido que quizá mi tía esperaba... pues... —Encogió un hombro y lo dejó caer—. No sabía qué hacer. Y escuchando a todos le ha entrado el pánico.

—Comprendo. —Me pasé un nudillo por el labio superior, pensativa—. Pobre Duncan, no es de extrañar que esté tan nervioso.

—Sí. —Jamie enderezó la espalda con el aire de quien ha resuelto algo—. Pues bien, si tienes la bondad de hablar con Yocasta y aclarar las cosas...

—¿Yo? ¿Quieres que yo se lo diga?

—Mira, no creo que le importe mucho —dijo, burlón—. Después de todo, a su edad no creo que...

—¿A su edad? —bufé—. La última vez que se supo de tu abuelo Simon, ya septuagenario avanzado, aún estaba haciendo de las suyas.

—Pero mi tía es mujer —observó él, bastante austero—, por si no te has percatado.

—¿Y tú crees que eso cambia las cosas?

—¿Tú no?

—Pues sí, las cambia. —Me recliné contra un árbol, con los brazos cruzados bajo el busto, y lo miré con las pestañas entornadas—. Cuando yo tenga ciento un años y tú, noventa y seis, te invitaré a mi lecho... y entonces veremos quién se comporta a la altura de las circunstancias, ¿de acuerdo?

Me observó con un destello en el azul oscuro de sus ojos.

—Estoy pensando en hacerte el amor aquí mismo, Sassenach —dijo—. Como pago a cuenta, ¿eh?

—Y yo estoy pensando en tomarte la palabra —repliqué—. Sin embargo...

Eché un vistazo hacia la casa, que se veía perfectamente a través de las ramas. Los árboles empezaban a brotar, pero aque-

600

llas ramillas tiernas no eran en absoluto camuflaje suficiente. Giré en el momento en que las manos de Jamie descendían hacia la curva de mis caderas.

A partir de entonces los hechos son algo confusos; las impresiones predominantes son un apresurado susurro de telas, el aroma penetrante de la hierba pisoteada y el crujir de las hojas marchitas bajo los pies.

Pocos segundos después abrí de pronto los ojos.

—¡No te detengas! —dije, incrédula—. ¡Ahora no, por el amor de Dios!

Él retrocedió un paso, con una gran sonrisa maliciosa, y dejó caer el borde de su kilt. El esfuerzo le había enrojecido la cara con un tono de bronce rojizo; su pecho subía y bajaba contra los volantes de la camisa. Se pasó la manga por la frente.

—Te daré el resto cuando tenga noventa y seis años, ¿de acuerdo?

—¡No vivirás hasta entonces! ¡Ven aquí!

—¿Hablarás con mi tía?

—¡Qué sucia extorsión! —jadeé, manoteando los pliegues de su kilt—. Me las pagarás, te lo juro.

—Sin duda. Claro que sí.

Me rodeó la cintura con un brazo para alzarme en vilo. Luego se giró para quedar de espaldas a la casa, ocultándome con su cuerpo. Sus largos dedos recogieron diestramente la falda de mi vestido y las dos enaguas; luego, con más destreza aún, se deslizaron entre mis piernas desnudas.

—Calla —murmuró a mi oído—, si no quieres que la gente se entere.

Con la curva de mi oreja entre los dientes, se puso manos a la obra como buen trabajador, sin prestar atención a mis forcejeos intermitentes... y bastante débiles, es preciso admitirlo.

Yo estaba más que lista y él sabía lo que estaba haciendo. No hizo falta mucho tiempo. Le clavé los dedos en el brazo, duro como el hierro contra mi cintura; durante un momento de vertiginosa infinitud me arqueé hacia atrás y luego me derrumbé contra él, retorciéndome como la lombriz en el anzuelo. Jamie sofocó una risa grave y me soltó la oreja.

Se había levantado una brisa fría que me agitaba los pliegues de la falda. Desde el prado llegaban, en el aire de primavera, olores a humo y a comida, junto con el rumor de las conversaciones y las risas. Yo lo oía apagado bajo el golpeteo lento y fuerte de mi corazón.

—Ahora que lo pienso —comentó Jamie, soltándome—, Duncan conserva una mano útil. —Me depositó suavemente sobre mis pies, sin soltarme el codo, por si se me aflojaban las rodillas—. Puedes mencionárselo a mi tía, si crees que será de ayuda.

# 41

## *La música tiene su encanto*

Roger MacKenzie caminaba a través de la multitud; aquí y allá saludaba a algún conocido, pero continuaba avanzando sin detenerse, para evitar cualquier intento de diálogo. No estaba de humor para conversar.

Brianna se había ausentado para amamantar al niño; si bien la echaba de menos, por el momento prefería que estuviese fuera de la vista. No le gustaban en absoluto las miradas que estaba atrayendo. Las que se dirigían a su cara eran admirativas, pero respetuosas; no obstante, había sorprendido a ese pequeño cretino de Forbes observando su vista posterior con una expresión similar a la de los caballeros que contemplaban a esa diosa de mármol, en el prado.

Al mismo tiempo se sentía muy orgulloso de su mujer. Estaba preciosa con su vestido nuevo; al mirarla experimentaba un grato sentido de posesión. Lo que malograba un poco ese placer era la inquietud de pensar que ella parecía allí a sus anchas, ama y señora de todo ese... ese...

Una esclava más pasó al trote, con las faldas recogidas; iba hacia la casa, con un cuenco lleno de panecillos frescos en la cabeza y otro bajo el brazo. ¿Cuántos esclavos tenía Yocasta Cameron?

Desde luego, bastaba eso para descartar del todo la idea de que Brianna heredara River Run. Ella no toleraba la idea de tener esclavos. Y él tampoco; aun así lo reconfortaba pensar que no era sólo su orgullo lo que impedía a Bree aceptar el legado al que tenía derecho.

El débil gemido de un violín, que provenía de la casa, hizo que irguiera las orejas. Tenía que haber música para la fiesta, desde luego. Y, con suerte, unas cuantas canciones desconocidas para él.

Se volvió hacia la casa. No había traído libreta, pero sin duda Ulises tendría algo para darle. Hizo una reverencia a la esposa de Farquard Campbell, a quien el vestido de seda rosada le daba el aspecto de una pantalla de lámpara horrible, pero costosa. Al cederle el paso para entrar, tuvo que morderse el interior de la mejilla, pues la falda, con un metro veinte de diámetro, se atascó por un instante en los noventa centímetros de puerta. Ella se contorsionó con habilidad de costado y entró en el vestíbulo como un cangrejo. Roger la siguió a respetuosa distancia.

Aunque el violín había callado, le llegaban sonidos de cuerdas y vibraciones; alguien estaba probando y afinando instrumentos en el salón grande, cuyas puertas de dos hojas se podían dejar abiertas, para que los bailarines desbordaran hacia el vestíbulo llegado el caso. En ese momento sólo había allí unos cuantos invitados que conversaban con aire indiferente.

Roger pasó junto a Ulises; de pie frente al hogar, con peluca e inmaculada librea verde, supervisaba a dos criadas que preparaban una gigantesca tina de ponche de ron. Sus ojos se desviaron automáticamente a la puerta, registraron la presencia y la identidad de Roger, y volvieron a lo suyo.

Los músicos se habían agrupado en el otro extremo de la habitación, desde donde echaban miradas sedientas al hogar mientras preparaban sus instrumentos. Él se detuvo junto al violinista.

—¿Qué van a interpretar hoy? —preguntó, sonriente—. *Ewie wi' the Crooked Horn*, tal vez, o *Shawn Bwee*?

—¡Oh!, señor, nada rebuscado. —El director, un irlandés con aspecto de grillo, cuyos ojos brillantes no dejaban traslucir su espalda encorvada, señaló con un gesto de cordial desdén a su abigarrado conjunto de músicos—. Éstos no saben más que gigas y *reels*. De cualquier modo, es lo que la gente querrá bailar —añadió, con aire práctico—. Después de todo, aquí no estamos en los grandes salones de Dublín, ni siquiera en Edenton. Un buen violinista puede mantenerlos contentos.

—¿Y ése es usted, supongo? —preguntó Roger con una sonrisa, al tiempo que apuntaba con la cabeza el estuche resquebrajado que el director había puesto en un estante, donde nadie pudiera pisarlo o sentarse encima.

—Ése soy yo —confirmó el caballero, con una elegante reverencia—. Seamus Hanlon, señor. A su servicio.

—Es un honor. Roger MacKenzie, del Cerro de Fraser. —Se inclinó a su vez, disfrutando de esa formalidad anticuada, y estrechó brevemente la mano al músico, con cuidado de no dañar los dedos torcidos y las articulaciones abultadas. Al observar esa consideración por su mano artrítica, Hanlon hizo una mueca autodespectiva.

—¡Ah!, con un poco de lubricante estarán bien. —Flexionó una mano a modo de experimento; luego la movió como para descartar el tema mientras escrutaba a Roger con una mirada vivaracha—. Y usted, señor... He percibido los callos en la punta de sus dedos. No creo que sea violinista, pero toca algún otro instrumento de cuerda, ¿verdad?

—Sólo para pasar el tiempo en las veladas; no como ustedes, caballero.

Roger señaló cortésmente a los miembros del grupo, que ahora exhibían un chelo maltrecho, dos violas, una trompeta, una flauta y algo que podía haber iniciado su existencia como cuerno de caza, aunque parecía tener añadidos varios tubos extraños que sobresalían en diferentes direcciones.

Hanlon lo observó con sagacidad, apreciando la amplitud de su pecho.

—¡Y qué voz! Sin duda, es usted cantante, señor MacKenzie.

Una vibración doliente interrumpió la respuesta de Roger. Al girar en redondo vio al chelista inflado sobre su instrumento, como una gallina con un polluelo muy grande, para protegerlo de un daño mayor contra el caballero que, por lo visto, lo había pateado sin la menor consideración al pasar.

—¡Tenga usted cuidado, hombre! —exclamó el chelista—. ¡Torpe borracho!

—¿Eh? —El intruso, hombre corpulento que vestía el uniforme naval, lo miró con aire amenazador—. Cómo *shhe* atreve... se atreve... a hab... blarme *ashí*...

Tenía la cara anormalmente enrojecida y se bamboleaba un poco. Roger percibió los vapores alcohólicos a dos metros de distancia.

El oficial señaló al músico con un dedo, como si estuviera a punto de hablar. La punta de la lengua asomó entre los dientes, rosada, pero no surgió palabra alguna. Las purpúreas mandíbulas se estremecieron durante un instante. Luego, abandonado el intento, giró sobre sus talones y se marchó, esquivando por muy poco al lacayo que entraba con una bandeja; al salir al pasillo chocó contra el marco de la puerta.

—Cuidado, señor O'Reilly —advirtió secamente Seamus Hanlon al chelista—. Si estuviéramos cerca del mar, habría una leva de enganche esperando que usted saliera. Tal como están las cosas, no sería raro que ese hombre lo ataque con algún pasador o algo del estilo.

O'Reilly escupió elocuentemente al suelo.

—Lo conozco —dijo, despectivo—. Se llama Wolff, «Lobo», pero te aseguro que no es más que un perro de mala muerte. Está más borracho que una cuba. Dentro de una hora ya no se acordará de mí.

Hanlon, caviloso, contempló con los ojos entornados la puerta por la que el teniente había desaparecido.

—Puede ser —reconoció—. Pero yo también lo conozco. Y creo que su mente puede estar más lúcida de lo que su conducta da a entender.

Reflexionó durante un instante, golpeándose la palma de la mano con el arco del violín. Luego se volvió hacia Roger.

—¿Del Cerro de Fraser, ha dicho usted? ¿Es acaso pariente de la señora Cameron? De la señora Innes, debería decir —se corrigió.

—Estoy casado con la hija de Jamie Fraser —explicó Roger, paciente. Había descubierto que era la descripción más eficaz, pues todo el condado parecía saber quién era Jamie Fraser. De ese modo evitaba más preguntas sobre sus propios vínculos familiares.

—¡Diantre! —exclamó Seamus, visiblemente impresionado—. ¡Vaya! ¡Ajá!

—¿Y qué está haciendo aquí esa esponja? —inquirió el chelista, todavía furioso mientras daba a su instrumento unos golpecitos tranquilizadores—. Todo el mundo sabe que tenía intenciones de casarse con la señora Cameron para quedarse con River Run. ¡Qué descaro, mostrarse hoy por aquí!

—Tal vez ha venido para demostrar que no guarda rencores —sugirió Roger—. Un gesto cortés. Que ha ganado el mejor y todo eso, ¿no?

Ante eso los músicos emitieron una mezcla de risitas burlonas y bufidos de hilaridad.

—Quizá —dijo el flautista, moviendo la cabeza—. Pero si es usted amigo de Duncan Innes, dígale que durante el baile cuide sus espaldas.

—Sí, dígaselo —repitió Seamus Hanlon—. Vaya usted, joven, y hable con él. Pero regrese, por favor.

Y llamó con un dedo al lacayo que estaba a la espera. Después de coger una taza de la bandeja que se le ofrecía, la alzó a manera de saludo, sonriendo a Roger.

—A lo mejor puede usted enseñarme una o dos canciones nuevas.

# 42

## *El amuleto* deasil

Sentada en el sillón de piel, frente al hogar, Brianna daba el pecho a Jemmy mientras su tía abuela se preparaba para la boda.

—¿Qué le parece? —preguntó Fedra, hundiendo el peine de plata en un pequeño tarro de pomada—. ¿La peino hacia arriba, con los rizos en la coronilla? —Su voz sonaba esperanzada pero cautelosa. No ocultaba su desaprobación por el hecho de que su ama se negara a usar peluca; si se lo permitía, se esmeraría en crear un efecto similar con el pelo natural de Yocasta.

—Tonterías —dijo la anciana—. Esto no es Edimburgo, hija; mucho menos, Londres.

Se reclinó en el asiento, con la cara en alto y los ojos cerrados, disfrutando del sol primaveral, que entraba a raudales por los cristales, hacía chispear el peine de plata y convertía en sombras las manos de la esclava, contra el nimbo de lustroso pelo blanco.

—Puede ser, pero tampoco es el Caribe salvaje, ni los páramos —contraatacó Fedra—. Usted es la señora; es su boda y todo el mundo la mirará. ¿Quiere abochornarme, con el pelo suelto sobre los hombros como las indias, para que todos crean que no conozco mi oficio?

—¡Oh!, Dios no lo permita. —La ancha boca de Yocasta se contrajo con irritable humor—. Péiname con sencillez, por favor: hacia atrás y recogido con peinetas. Quizá mi sobrina te permita exhibir tu habilidad en sus rizos.

Fedra echó una mirada penetrante a Brianna, quien se limitó a negar con la cabeza, sonriente. Se había puesto una cofia con bordes de encaje por respetar la decencia pública y no estaba dispuesta a preocuparse por su cabellera. La esclava, con un resoplido, reanudó sus intentos de persuadir a Yocasta. La muchacha cerró los ojos, y dejó que el amistoso altercado pasara a segundo plano. El sol le caía sobre los pies y el fuego, ronroneante, crepitaba a su espalda, abrazándola tanto como el viejo chal de lana con que se había envuelto, junto con el pequeño Jem.

Más allá de las voces de Yocasta y Fedra se oía el palpitar de la casa, en la planta baja. Todas las habitaciones estallaban de huéspedes. Algunos se hospedaban en plantaciones cercanas y habían llegado a caballo para los festejos, pero eran muchos los que pasarían la noche en River Run, de modo que todas las alcobas estaban ocupadas; los invitados dormían cinco y seis en cada cama; otros, en las tiendas montadas junto al embarcadero.

Brianna miró con envidia el tamaño del gran lecho de Yocasta. Entre las exigencias del viaje, Jemmy y el hacinamiento de River Run, llevaba más de una semana sin dormir con Roger. Y a duras penas podría hacerlo antes de regresar al cerro.

En realidad, dormir con él no era lo que más le interesaba, por agradable que fuese. Los estirones del bebé en su pecho despertaban necesidades no maternales en otros sitios, cuya satisfacción requería de Roger y de alguna intimidad. La noche anterior habían iniciado algo promisorio en la despensa, pero los interrumpió uno de los esclavos al entrar en busca de queso. En el establo, quizá... Extendió las piernas, curvando los dedos, y se preguntó si los mozos de cuadra dormirían allí o no.

—Está bien, me pondré los brillantes, pero sólo para complacerte, *a nighean*.

La voz humorística de Yocasta la arrancó de una tentadora visión: un pesebre lleno de paja y el cuerpo desnudo de Roger, entrevisto en la penumbra. Apartó la vista de Jemmy, que mamaba como un bendito. Su tía abuela estaba en el asiento de la ventana, con la luz primaveral contra la cara. Parecía abstraída, como si escuchara algo débil y lejano, que sólo ella podía percibir. Tal vez el rumor de los invitados, allí abajo.

El murmullo de la casa la hacía pensar en las colmenas de su madre durante el verano: un redoble que podías oír si apoyabas el oído contra una de ellas, un distante sonido de atareada satisfacción. El producto de este enjambre no era miel, sino conversación, aunque su objetivo era similar: la acumulación de reservas con que sobrellevar los días tristes en que faltara el néctar.

—Con eso basta, con eso basta. —La anciana se puso de pie y ahuyentó a Fedra, que abandonó la habitación. Tamborileaba con los dedos contra el tocador, arrugado el entrecejo, obviamente concentrada en los detalles que debía atender. De pronto se presionó la frente con dos dedos, por encima de los ojos.

—¿Te duele la cabeza, tía? —preguntó Brianna en voz baja, para no alterar a Jemmy, que estaba casi dormido.

Yocasta bajó la mano y se volvió hacia ella con una sonrisa irónica.

—¡Oh!, no es nada. Cada vez que cambia el tiempo se me alborota la cabeza.

Pese a la sonrisa, la muchacha vio las pequeñas arrugas de dolor que aparecían en los pliegues de los ojos.

—Jem está a punto de terminar. Iré a por mamá, ¿quieres? Ella puede prepararte una tisana.

Su tía descartó el ofrecimiento con un ademán de la mano, desechando el dolor con obvio esfuerzo.

—No es necesario, *a muirninn*. No es tan grave. —Y se frotó las sienes cuidando de no arruinar el peinado. El gesto desmentía sus palabras.

Jemmy se desprendió con un lechoso *¡pop!* y dejó caer la cabeza hacia atrás, con la diminuta oreja arrugada y de color carmesí; el hueco del brazo donde había descansado quedó caliente y sudoroso. Mientras alzaba el cuerpo inerte, Brianna suspiró de alivio al sentir el aire fresco contra la piel. Un suave eructo burbujeó en la boca del pequeño, con un goteo de leche sobrante, y él cayó contra su hombro como un globo de agua medio vacío.

—Está lleno, ¿verdad? —Yocasta sonrió, volviendo hacia ellos los ojos ciegos.

—Como un tambor —le aseguró Brianna.

Para asegurarse le dio unas palmaditas en la espalda, pero no se oyó más que el suave suspiro del sueño. Entonces se levantó, le limpió la leche del mentón y lo acostó boca abajo en la cuna improvisada: un cajón del chifonier de Yocasta, puesto en el suelo y bien acolchado con almohadas y edredones.

Brianna colgó el chal en el respaldo de la silla; la corriente de aire que se filtraba por el marco de la ventana la hizo estremecer. Por no arriesgarse a manchar el vestido nuevo de leche vomitada, había amamantado a Jemmy en camisa y medias; ahora tenía la carne de gallina en los antebrazos.

Yocasta volvió la cabeza al oír el crujido de la madera y el susurro de la tela: su sobrina había abierto el gran armario para retirar dos enaguas de hilo y su vestido. La muchacha alisó con satisfacción los pliegues de suave lana azul celeste. Ella misma había diseñado el traje y tejido el paño, con hebra hilada por la señora Bug y teñida por Claire, con añil y saxífraga; luego Marsali la había ayudado a coserlo.

—¿Quieres que llame a Fedra para que te ayude a vestirte, muchacha?

—No hace falta: puedo arreglarme sola... si me ayudas con los cordones.

No le gustaba recurrir a los servicios de los esclavos si podía evitarlo. Las enaguas no ofrecieron ningún problema: simplemente metió las piernas por ellas y se ató a la cintura los cordones que las fruncían. En cambio el corsé se ataba por la espalda, al igual que el vestido.

Yocasta aún tenía las cejas oscuras como el bronce contra el pálido tono albaricoque de su piel. Se alzaron un poco ante la sugerencia de su sobrina, pero asintió sin más que una breve vacilación. Luego volvió los ojos ciegos hacia el hogar, arrugando un poco el entrecejo.

—Supongo que puedo. Oye, ¿el niño no está demasiado cerca del fuego? Mira que pueden saltar chispas.

Brianna se contorsionó dentro del corsé, recogiendo los pechos en los huecos festoneados que los sostenían; luego se puso el vestido por arriba.

—No, no está demasiado cerca del fuego —dijo, paciente.

Había hecho el corpiño con ballenas en la parte delantera y en los costados. Giró un poco hacia un lado y hacia el otro, admirando el efecto en el espejo. Al ver en el cristal la arruga en el ceño de su tía, detrás de ella, puso los ojos en blanco y se agachó para arrastrar el cajón, apartándolo un poco del hogar, por si acaso.

—Gracias por seguirle la corriente a esta vieja —dijo Yocasta, en tono seco, al oír el roce de la madera.

—De nada, tía. —Brianna dejó traslucir en la voz el afecto y la disculpa. Apoyó una mano en el hombro de su tía abuela y Yocasta se la cubrió con la suya, estrechándosela con suavidad.

—No es porque crea que descuidas al niño —dijo—, pero cuando has vivido tanto como yo también eres más cautelosa, hija. He visto las cosas terribles que le pueden suceder a un bebé, ¿sabes? —añadió con más suavidad—. Y preferiría quemarme viva yo misma antes de que nuestro pequeñín sufriera ningún daño.

Sus manos recorrieron ligeramente la espalda de la muchacha, buscando las ataduras sin dificultad.

—Veo que has recobrado la silueta —dijo con aprobación, al rozar la cintura—. ¿Qué es esto? ¿Tejido en relieve? ¿De qué color es?

—Azul añil oscuro. Con hojas de vid y pámpanos en algodón grueso, en contraste con el azul claro de la lana. —Guió los dedos de Yocasta por las viñas que cubrían cada ballena del corpiño, desde el escote hasta la V de la cintura, que descendía marcadamente por delante para destacar la esbelta silueta que su tía acababa de valorar.

Inspiró hondo al ceñirse los cordones; su mirada voló del espejo a la cabecita de su hijo, pequeña y redonda como un cantalupo y conmovedora en su perfección. No era la primera vez que se preguntaba qué vida habría llevado Yocasta. Debía de haber tenido hijos (al menos eso pensaba Jamie), pero nunca hablaba de ellos y la muchacha no se atrevía a preguntar. Quizá los hubiera perdido durante la infancia, como tantas. Sintió un nudo en el pecho al pensarlo.

—No te preocupes —dijo su tía. Su semblante, reflejado en el espejo, adoptó un decidido optimismo—. Tu pequeño ha nacido para grandes cosas. No sufrirá ningún daño, estoy segura.

Se dio la vuelta, haciendo crujir la seda verde de la bata sobre las enaguas. Bree se sorprendió una vez más ante esa facultad de adivinar los sentimientos ajenos, aun sin ver las caras.

—¡Fedra! —llamó Yocasta—. ¡Fedra! Tráeme el estuche... el negro.

La esclava estaba cerca, como siempre. Un breve susurro en los cajones del armario y trajo el estuche negro. Yocasta se sentó con él ante su secreter.

Se trataba de una caja estrecha, vieja y gastada, recubierta de cuero y sin más adornos que el cierre de plata. La anciana guardaba sus mejores alhajas en un joyero mucho más grandioso, de madera de cedro, con el interior recubierto de terciopelo. ¿Qué tendría en ése?

Se acercó a su tía, que acababa de levantar la cubierta. Dentro había una varilla de madera torneada, del grosor de un dedo, con tres anillos: una simple banda de oro, con un berilo engarzado; otro con una esmeralda grande; y el último con tres diamantes rodeados de piedras más pequeñas, que captaban la luz y la reflejaban en arcoíris, que hacían bailar contra los muros y las vigas.

—¡Qué preciosidad de anillo! —exclamó Bree sin poder evitarlo.

610

—¿El de diamantes? Es que Hector Cameron era rico, sí —comentó Yocasta, tocando con aíre distraído la sortija más grande.

Sus largos dedos sin adornos rebuscaron con habilidad entre las baratijas amontonadas en la caja, junto a los anillos, hasta encontrar algo pequeño y opaco que entregó a Brianna: un pequeño broche de metal en forma de corazón, algo bruñido, con un trabajo de calado.

—Es un amuleto *deasil, a muirninn* —explicó la anciana, con un gesto de satisfacción—. Engánchalo en las faldas del niño, del revés.

—¿Un amuleto? —Brianna echó un vistazo a la silueta acurrucada de Jemmy—. ¿Qué clase de amuleto?

—Contra las hadas. Que el pequeño lo lleve siempre abrochado a su delantal (siempre del revés, recuerda), y nada proveniente del Pueblo Antiguo podrá hacerle daño.

A Brianna se le puso la piel de los antebrazos de gallina ante el tono tajante de aquella voz.

—Tu madre debería habértelo dicho —prosiguió Yocasta, con un dejo de reproche—. Claro que es una *sassenach*. Y a tu padre no se le ocurriría. Los hombres no piensan en esas cosas —añadió, con cierta amargura—. A la mujer le corresponde cuidar de los pequeños y protegerlos de todo mal.

Se inclinó hacia el cesto de la yesca y, después de buscar a tientas, extrajo una larga ramilla de pino, con la corteza aún adherida.

—Toma esto —ordenó—. Enciende un extremo en el hogar y camina tres veces alrededor del niño. ¡En la dirección del sol!

Brianna, intrigada, cogió la varilla y la acercó al fuego. Luego hizo lo que se le indicaba, cuidando de sostener la varilla encendida lejos de la cuna improvisada y de sus propias faldas. Yocasta golpeaba rítmicamente el suelo con el pie, al tiempo que cantaba en voz baja. Hablaba en gaélico, pero despacio, de modo que la muchacha pudo reconocer la mayor parte de las palabras.

> *Que la sabiduría de la serpiente sea tuya,*
> *Que la sabiduría del cuervo sea tuya,*
> *Y la sabiduría del águila valiente.*

> *Que la voz del cisne sea tuya,*
> *Que la voz de la miel sea tuya,*
> *Y la voz del Hijo de las estrellas.*

*Que la bendición del hada sea tuya,*
*Que la bendición de los elfos sea tuya,*
*Que la bendición del perro colorado sea tuya.*

*Que la riqueza del mar sea tuya,*
*Que la riqueza de la tierra sea tuya,*
*Y la riqueza del Padre del Cielo.*

*Que cada día sea alegre para ti,*
*Que no haya días malos para ti,*
*Una vida gozosa y satisfecha.*

Yocasta hizo una pausa, con una arruga en la frente, como alerta para percibir cualquier respuesta del país de las hadas. Claramente satisfecha, señaló el hogar.

—Arroja eso al fuego. Así el niño estará protegido contra las quemaduras.

Brianna obedeció. La fascinaba descubrir que nada de eso le parecía ridículo. Era extraño, pero muy placentero, pensar que de ese modo protegía a Jem de todo daño, aun contra las hadas, en las que personalmente no creía. Al menos, no había creído en ellas antes de todo eso.

Desde abajo le llegó un hilo de música, el chirrido de un violín y una voz grave y madura. Aunque no llegaba a distinguir las palabras, reconoció el sonido.

Yocasta inclinó la cabeza para escuchar, sonriente.

—Tiene buena voz, tu marido.

Brianna también escuchaba. Percibió muy débilmente el familiar ir y venir de *My Love Is in America*. «Siempre canto para ti.» Los pechos blandos, ya vacíos de leche, le escocieron un poco ante el recuerdo.

—Tienes buen oído, tía —comentó, apartando el pensamiento con una sonrisa.

—¿Estás satisfecha con tu matrimonio? —preguntó Yocasta de pronto—. ¿Te llevas bien con el muchacho?

—Sí —respondió ella, algo sobresaltada—. Muy bien, sí.

—Me alegro. —Su tía abuela escuchaba, inmóvil y con la cabeza inclinada a un lado—. Me alegro, sí —repitió en voz baja.

Llevada por un impulso, Brianna le apoyó una mano en la cintura.

—¿Y tú, tía? —preguntó—. ¿Eres... estás satisfecha?

«Feliz» no parecía la palabra adecuada, teniendo a la vista esa hilera de anillos en el estuche. Tampoco podía hablar de «llevarse bien», si recordaba a Duncan, tímido y enmudecido la noche anterior cada vez que alguien que no fuese Jamie se dirigía a él, nervioso y descompuesto esa mañana.

—¿Satisfecha? —dijo Yocasta, desconcertada—. ¡Ah, de casarme! —Para alivio de Brianna, su tía se echó a reír; las líneas de su cara se alzaron en sincera diversión—. ¡Pues sí, desde luego! Pero ¡si es la primera vez que cambiaré de apellido en cincuenta años! —Con un pequeño bufido de diversión, la anciana se volvió hacia la ventana y apoyó la palma contra el cristal—. El día es perfecto, muchacha —añadió—. ¿Por qué no te pones el manto y sales al prado a tomar un poco de aire en compañía?

Estaba en lo cierto; el río distante refulgía como plata entre un encaje de ramas verdes. El aire interior, tan tibio momentos antes, parecía ahora súbitamente rancio y helado.

—Creo que sí. —Brianna echó un vistazo hacia la cuna—. ¿He de llamar a Fedra para que cuide del niño?

Yocasta lo descartó con un gesto de la mano.

—Anda, vete, vete. Yo cuidaré del pequeñín. No pienso bajar en un rato.

—Gracias, tía.

Bree le dio un beso en la mejilla y se dispuso a salir. Luego, mirando a su tía, dio un paso atrás, hacia el hogar, y apartó discretamente la cuna un poco más del fuego.

El aire fresco de fuera olía a hierba nueva y a humo de barbacoa. Sintió deseos de brincar por los senderos de piedra, con la sangre cantando en las venas. Desde la casa le llegaban compases de música y la voz de Roger. Daría un paseo rápido y luego entraría; tal vez entonces Roger estuviera dispuesto a darse un descanso y...

—¡Brianna!

Oyó su nombre siseado desde la huerta. Al volverse, sobresaltada, descubrió la cabeza de su padre, asomada por una esquina del muro, como un caracol rojizo. La llamó con un gesto y desapareció.

Echó un vistazo sobre su hombro, para asegurarse de que nadie la observaba, y entró a toda prisa. Su padre estaba agachado entre las zanahorias recién brotadas, junto a una criada negra que yacía despatarrada en un montón de estiércol, con la cofia sobre la cara.

—¿Qué demonios...? —comenzó ella. Luego captó una penetrante vaharada de alcohol entre los aromas de las plantas y el estiércol calentado por el sol—. Ah.

Y se puso en cuclillas junto a su padre, con las faldas abultadas sobre el sendero.

—Ha sido culpa mía —explicó él—, al menos en parte. He dejado una taza medio vacía bajo los sauces. —Señalaba una taza para ponche tirada en el camino, con una gota de líquido pegajoso aún adherida al borde—. Ella debe de haberla encontrado.

Brianna se inclinó para olfatear el borde arrugado de la cofia, que ahora aleteaba al compás de los sonoros ronquidos. El olor imperante era a ponche de ron, pero también detectó un acre dejo de cerveza y el pulido aroma del coñac. Por lo visto, la esclava había consumido hábilmente los restos de las tazas que recogía para lavar.

Levantó el volante de la cofia con un dedo cauteloso. Era Betty, una de las mayores; tenía los labios flojos y la mandíbula caída en un sopor alcohólico.

—Sí, no es su primera media taza —confirmó Jamie, al verla—. Debe de haber estado tambaleándose. No sé cómo ha podido caminar hasta aquí desde la casa, en esas condiciones.

Brianna miró hacia atrás, ceñuda. La huerta amurallada estaba cerca de las cocinas, pero a trescientos metros largos de la casa principal; la separaban de ella un seto de rododendros y varios macizos de flores.

—No solamente cómo —dijo, con un dedo contra el labio en ademán de perplejidad—. Sino ¿por qué?

—¿Eh? —Jamie, que observaba pensativo a la criada, levantó la vista al percibir su tono.

Ella se incorporó.

—¿Por qué ha caminado hasta aquí? —especificó, señalando con la cabeza a la durmiente—. Parece que se ha pasado el día bebiendo. No creo que haya corrido hasta aquí con cada taza; alguien se habría percatado. ¿Y por qué molestarse, si no era difícil hacerlo sin llamar la atención? Si se me ocurriera beber los restos, me quedaría bajo los sauces y los tragaría deprisa.

Su padre la miró sorprendido primero, con irónica diversión después.

—¿De veras? Es buena idea, sí. Pero como en esa taza quedaba una buena cantidad, tal vez quería disfrutarla en paz.

—Tal vez. Pero hay escondites más cercanos al río. —Bree se agachó para recoger la taza vacía—. ¿Qué bebías? ¿Ponche de ron?

—No: coñac.

—En ese caso no has sido tú quien la ha empujado al otro lado.

Le mostró la taza, inclinándola para que él pudiera ver los posos oscuros del fondo. El ponche de Yocasta no se preparaba sólo con ron, azúcar y mantequilla, según la costumbre, sino también con pasas de Corinto, y se terminaba de especiar con un hierro caliente. El resultado no era sólo una mezcla de color pardo oscuro, sino que dejaba un denso sedimento, compuesto de pequeños granos de hollín, provenientes del hierro, y restos chamuscados de las pasas.

Jamie cogió la taza, ceñudo, y metió en ella la nariz para aspirar profundamente. Luego hundió un dedo en el líquido y se lo llevó a la boca.

—¿Qué es? —preguntó ella, al ver su cambio de expresión.

—Ponche. —Pero repasó varias veces los dientes con la lengua, como para limpiarlos—. Con láudano, según creo.

—¡Láudano! ¿Estás seguro?

—No —reconoció él, con sinceridad—. Pero si esto no contiene algo aparte de las pasas de Corinto, yo soy holandés.

Le acercó la taza; ella olfateó con ganas. No llegaba a percibir mucho más que el olor dulzón y quemado del ron. Tal vez algo más penetrante, algo oleoso y aromático... tal vez no.

—Te creo —dijo, limpiándose la punta de la nariz con el dorso de la mano. Luego echó un vistazo a la lánguida doncella—. ¿Voy a buscar a mamá?

Jamie se agachó junto a la mujer para examinarla con detenimiento. Después de palpar una mano laxa y escuchar la respiración, negó con la cabeza.

—No sé si está drogada o sólo ebria, pero no parece moribunda.

—¿Qué haremos con ella? No podemos dejarla tendida aquí.

—No, por supuesto.

Con mucha suavidad, Jamie alzó a la mujer. Un zapato gastado cayó al camino. Brianna lo recogió.

—¿Sabes dónde duerme? —preguntó su padre, maniobrando cuidadosamente con su carga roncante para rodear un macizo de pepinos.

—Trabaja en la casa; debe de dormir en la buhardilla.

Él sacudió la cabeza para apartar un mechón de pelo rojo que el viento le había metido en la boca.

—Pues bien, rodearemos los establos y trataremos de subir por la escalera posterior sin que nos vean. Ve delante, hija, y hazme una seña cuando el camino esté libre.

Ella ocultó el zapato y la taza bajo el manto y salió a toda velocidad al estrecho sendero que pasaba junto a la huerta, para bifurcarse más allá hacia las cocinas y las letrinas. Miró a un lado y a otro, con aire despreocupado. Había unas cuantas personas cerca del corral, pero de espaldas a ella, absortas en los caballos negros del señor Wylie.

Cuando se volvía para hacer la señal a su padre divisó al mismo señor Wylie, que entraba en los establos en compañía de una dama. Un destello de seda dorada... ¡Un momento! ¡Era su madre! Por un instante, Claire volvió su cara pálida hacia ella, pero estaba atenta a lo que su acompañante decía y no reparó en la presencia de su hija.

Bree vaciló. Habría querido llamar a su madre, pero no podía hacerlo sin llamar la atención. Al menos sabía dónde encontrarla. Una vez que Betty estuviera a salvo en su cama, podría ir a pedirle ayuda.

Tras unos momentos de alarma y librarse por poco de ser vistos, lograron subir a Betty hasta el largo ático que compartía con las otras esclavas de la casa. Jamie, jadeante, la dejó caer sin ceremonias en uno de los camastros. Luego se limpió la frente sudorosa con la manga de la chaqueta y, fruncida la nariz, empezó a sacudir minuciosamente de los faldones algunos restos de estiércol.

—Bueno —dijo, algo gruñón—. Ya está a salvo. Si le dices a alguna de las otras esclavas que se ha sentido indispuesta, supongo que el asunto no llegará a mayores.

—Gracias, papá. —Ella se acercó para darle un beso en la mejilla—. Eres muy dulce.

—¡Oh!, sí —exclamó él, resignado—. Tengo los huesos llenos de miel. —Aun así no parecía disgustado—. ¿Has traído ese zapato?

Le quitó el otro y los puso juntos, bajo la cama. Luego cubrió con la tosca manta de lana los pies de la mujer, enfundados en sucias medias blancas. Brianna verificó su estado; hasta donde podía juzgar, todo estaba bien; la mujer aún roncaba con una regularidad tranquilizadora. Mientras se alejaban de puntillas hacia la escalera posterior, le dio a Jamie la taza de plata.

—Toma. ¿Sabías que ésta es una de las tazas de Duncan?

—No. —Él enarcó una ceja—. ¿Cómo que es de Duncan?

—La tía Yocasta encargó un juego de seis tazas para Duncan, como regalo de bodas. Me las enseñó ayer. Mira. —Hizo girar la taza en la mano para mostrarle el monograma grabado—. La «I» de Innes, con un pequeño pez que nada alrededor de la letra; fíjate en el bello detalle de las escamas. ¿Te es útil saberlo? —preguntó, al ver que su padre arrugaba la frente, interesado.

—Quizá. —Él sacó un pañuelo limpio para envolver el recipiente con cuidado y se lo guardó en el bolsillo de la chaqueta—. Iré a indagar. Mientras tanto, ¿puedes buscar a Roger Mac?

—Por supuesto. ¿Para qué?

—Bueno, se me ha ocurrido que si Betty bebió parte del ponche y quedó tendida como un pescado en la encimera, me gustaría encontrar al que bebió la primera parte y ver si está igual que ella. Si el ponche estaba adulterado, es posible que estuviera destinado a otra persona, ¿verdad? Tú y Roger Mac podríais buscar discretamente entre los arbustos, por si hubiera algún cuerpo tendido.

En su prisa por llevar a Betty arriba, ella no lo había pensado.

—De acuerdo. Pero antes debería buscar a Fedra o a Ulises para decirles que Betty está indispuesta.

—Sí. Si hablas con Fedra, podrías averiguar si la mujer consume opio, además de beber. Aunque me parece improbable —añadió con sequedad.

—También a mí —repuso ella, en el mismo tono.

Comprendía por qué. Podía darse el caso de que el ponche no estuviera alterado y que Betty hubiera tomado el láudano por sí misma, adrede. Ella sabía que Yocasta tenía un poco en la despensa. Pero si lo había consumido, ¿era sólo por divertirse o porque tenía intención de suicidarse?

Miró con el ceño fruncido la espalda de su padre, que se había detenido al pie de la escalera, aguzando el oído. Resultaba fácil pensar que la miseria de la esclavitud pudiera inducirte al suicidio. Al mismo tiempo, la honestidad la obligaba a admitir que los esclavos domésticos de Yocasta vivían razonablemente bien, mejor que muchos de los individuos libres, negros o blancos, que ella había visto en Wilmington y Cross Creek.

La habitación de los sirvientes estaba limpia; sus camas eran toscas, pero cómodas. Se los vestía con ropa decente y hasta tenían calzado y medias. Comían más que suficiente. En cuanto a las complicaciones emocionales que pueden inducir al suicidio... en realidad, ésas no se limitaban a los esclavos.

Era mucho más probable que Betty simplemente fuera alcohólica, del tipo que bebía cualquier cosa con ecos etílicos; así lo sugería el olor de su ropa. Pero, en ese caso, ¿por qué arriesgarse a robar láudano en medio de una fiesta que aseguraba bebidas en abundancia?

De mala gana, llegó a la misma conclusión a la que debía de haber llegado su padre: Betty había ingerido el láudano (si de eso se trataba) por accidente. Y en tal caso... ¿para quién era la taza de la que había bebido?

Jamie se dio la vuelta mientras fruncía los labios en señal de silencio, y le indicó por señas que no había moros en la costa. Ella lo siguió a paso rápido. Cuando llegaron al camino, sin ser vistos, dejó escapar un suspiro de alivio.

—¿Qué hacías allí, papá? —preguntó.

Su padre puso cara de no entender.

—En la huerta —explicó Brianna—. ¿Cómo es que has encontrado a Betty?

—¡Ah! —Él la cogió del brazo para alejarla de la casa. Marcharon a paso tranquilo hacia el corral, como dos inocentes invitados que quisieran contemplar los caballos—. Acababa de cruzar unas palabras con tu madre en el bosquecillo. Regresaba atravesando la huerta. Y allí estaba la mujer, tendida de espaldas en el montón de estiércol.

—Ése es un detalle que habría que tener en cuenta, ¿no te parece? ¿Se acostó en la huerta a propósito o sólo la encontraste allí por accidente?

Jamie movió la cabeza.

—No sé. Pero en cuanto Betty esté sobria, quiero hablar con ella. ¿Sabes dónde está tu madre ahora?

—Sí, con Phillip Wylie. Creo que iban a los establos.

Su padre dilató un poco las fosas nasales al oír ese nombre; ella contuvo una sonrisa.

—Iré a por ella —dijo Jamie—. Mientras tanto, tú habla con Fedra... y, muchacha... —Bree casi se había dado ya la vuelta para irse; al oírlo, se volvió de nuevo, sorprendida—. Creo que tal vez deberías decirle a Fedra que no abra la boca a no ser que le pregunten dónde está Betty; y si alguien lo hace, que nos lo diga enseguida a ti o a mí.

Jamie se irguió de pronto mientras se aclaraba la garganta para hablar.

—Ve en busca de tu marido. Y otra cosa... Que nadie se entere de lo que haces, ¿eh?

Elevó una ceja y ella asintió con un gesto. Entonces Jamie giró sobre sus talones y se dirigió hacia los establos, golpeteando suavemente la chaqueta con los dedos de la mano derecha, como solía hacer cuando estaba pensativo.

El viento frío se filtró bajo las faldas y las enaguas de Bree, ahuecándolas, y le provocó un escalofrío. Entendía bien lo que su padre había querido sugerir.

Si no era un intento de suicidio ni un accidente, podía tratarse de un intento de asesinato. Pero ¿de quién?

# 43

## *Coqueteos*

Después de nuestro interludio, Jamie me dio un largo beso y se alejó ruidosamente entre la maleza, en busca de Ninian Bell Hamilton, decidido a averiguar qué pensaban hacer los reguladores en el campamento que Hunter había mencionado. Dejé pasar unos momentos en aras de la decencia y salí también, pero me detuve en el borde del bosquecillo antes de aparecer a la vista del público, para asegurarme de presentar un aspecto decoroso.

Experimentaba una embriagadora sensación de bienestar y tenía las mejillas muy rojas, pero no me pareció que eso fuera incriminatorio por sí solo. Tampoco me delataría el hecho de salir del bosque; tanto hombres como mujeres solían adentrarse entre los árboles para orinar, en vez de llegar hasta las atestadas y malolientes letrinas. Sin embargo, si se me veía salir del bosque arrebolada, con la respiración agitada, hojas en el pelo y manchas de savia en la falda, habría muchos comentarios por detrás de los abanicos.

Tenía adheridos a la falda unos cuantos abrojos y una carcasa vacía de cigarra, fantasmal excrecencia que retiré con un estremecimiento de asco. En los hombros, pétalos de tejo; después de sacudírmelos me palpé cuidadosamente el pelo y desprendí algunos más, que cayeron revoloteando como trocitos de papel fragante.

Cuando estaba a punto de salir de detrás de los árboles se me ocurrió revisar la parte posterior de mi falda, por si hubiera allí manchas o trocitos de corteza. Estiraba el cuello para mirar hacia atrás, cuando choqué de frente contra Phillip Wylie.

—¡Señora Fraser! —Me cogió por los hombros para evitar que cayera de espaldas—. ¿Está usted bien, querida mía?

—Sí, por supuesto. —Mis mejillas ardían con legítima justificación. Retrocedí un paso para sacudirme. ¿Por qué tropezaba siempre con Phillip Wylie? ¿Acaso esa pequeña peste me estaba siguiendo?—. Disculpe usted, por favor.

—Nada, nada —dijo él, en tono cordial—. Ha sido culpa mía. Soy demasiado torpe. ¿Puedo traerle algo que le restaure el ánimo, querida mía? ¿Un vaso de sidra? ¿Vino? ¿Un *syllabub*? ¿Ponche de ron? ¿Licor de manzanas? O... No: coñac. Eso es, permítame traerle un poco de coñac para reponerse del susto.

—¡No, nada, gracias! —No pude menos que reírme de lo absurdo. Él sonrió de oreja a oreja; era obvio que se consideraba muy ingenioso.

—Bueno, si ya está repuesta, querida señora, debe acompañarme. Insisto.

Había atrapado mi mano en el hueco de su codo y me remolcaba decidido rumbo a los establos, pese a mis protestas.

—No llevará más que un momento —me aseguró—. Me he pasado el día deseoso de mostrarle mi sorpresa. Quedará usted absolutamente encantada, le doy mi palabra.

Me rendí sin fuerzas. Parecía más fácil ir a ver de nuevo esos benditos caballos que discutir con él. Y de todas maneras tenía tiempo de sobra para hablar con Yocasta antes de la boda. Pero esta vez evitamos el cercado, donde *Lucas* y sus compañeras se sometían pacientemente a la inspección de dos audaces caballeros, que habían trepado la cerca para observarlos mejor.

—Ese semental tiene muy buen carácter —comenté con aprobación, comparando para mí los buenos modales de *Lucas* con la rapaz personalidad de *Gideon*. Como Jamie aún no había tenido tiempo de castrarlo, durante el viaje a River Run el caballo había mordido a casi todo el mundo, animales y humanos por igual.

—Es característico de la raza —explicó Wylie, abriendo la puerta de los establos—. Son caballos muy amistosos, aunque su carácter gentil no los priva de inteligencia, se lo aseguro. Por aquí, señora Fraser.

En contraste con el exterior fulgurante, en el establo la oscuridad era total, tanta que tropecé con un ladrillo saliente del suelo y caí hacia delante, con una exclamación de sobresalto. El señor Wylie me sujetó por un brazo.

—¿Está usted bien, señora Fraser? —preguntó mientras me ayudaba a enderezarme.

—Sí —aseguré, algo sofocada. En realidad, me había torcido el tobillo y me dolía la punta del pie; esos zapatos nuevos eran encantadores, pero aún no estaba habituada a ellos—. Permítame esperar un momento, hasta que mi vista se adapte.

Él esperó, aunque sin soltarme el brazo. Sujetaba con firmeza mi mano en el hueco del codo, para brindarme más apoyo.

—Reclínese contra mí —se limitó a decir.

Lo hice. Por un instante permanecimos quietos; yo, con el pie dolorido en alto, como una garza, a la espera de que los dedos dejaran de palpitar. Por una vez el señor Wylie parecía falto de ocurrencias y salidas, quizá por lo apacible de la atmósfera.

Los establos, en general, son apacibles, pues los caballos y las personas que los cuidan tienden a ser amables. En ése reinaba algo especial, a un tiempo sereno y vibrante. Percibí pequeños roces y golpeteo de cascos, junto con el ruido satisfecho de un caballo que mascaba heno a poca distancia.

Tan cerca como estaba de Phillip Wylie, podía apreciar su perfume, pero incluso ese costoso aroma a almizcle y bergamota sucumbía ante el olor a establo: paja fresca y cereales, ladrillo y madera, y también cosas más elementales: estiércol, sangre y leche, los elementos básicos de la maternidad.

—Aquí se está como dentro de un vientre, ¿verdad? —comenté—. Es tan cálido y oscuro... Casi me parece sentir el latido del corazón.

Wylie rió por lo bajo.

—Es el mío —dijo. Y se tocó apenas el chaleco; su mano fue una sombra oscura contra el satén claro.

Mis ojos se adaptaban a toda prisa a la oscuridad, pero aun así el lugar estaba en penumbras. La silueta esbelta de un gato se deslizó junto a nosotros, e hizo que bajara el pie dolorido. Aún no soportaba el peso, pero al menos podía apoyarlo.

—¿Puede sostenerse sin apoyo por un momento? —me preguntó.

Sin esperar respuesta, se apartó para encender una lámpara, a poca distancia. Se vieron unas cuantas chispas de pedernal y acero; luego la mecha prendió, rodeándonos con un suave glóbulo de luz amarilla. Entonces Wylie volvió a cogerme del brazo con la mano libre para conducirme hacia el extremo opuesto del establo.

Se encontraban en el último pesebre. Phillip alzó la lámpara, al tiempo que se volvía para sonreírme. La luz brilló sobre un pelaje que relucía y ondulaba como agua a medianoche, y se reflejó en los grandes ojos pardos de la yegua.

—¡Oh, qué belleza! —comenté. Y luego, alzando un poco la voz—: ¡Oh!

La yegua se había movido un tanto y una cría asomaba por detrás de su grupa, toda ella patas largas y rodillas abultadas; la pequeña grupa y las paletas inclinadas eran ecos redondeados de la perfección muscular de su madre. Tenía los mismos ojos grandes y bondadosos, bordeados de larguísimas pestañas, pero en vez del lustroso pelaje negro, era peluda como un conejo, de color pardo rojizo, con un absurdo mechón a modo de cola. Su madre tenía la gloriosa abundancia de crines que yo había notado en los frisones del corral; el potrillo, en cambio, presentaba una cresta tiesa y ridícula, de dos o tres centímetros, que se empinaba como un cepillo de dientes.

El potrillo parpadeó una sola vez, deslumbrado por la luz; luego se apresuró a refugiarse tras el cuerpo de su madre. Un momento después asomó precavido el hocico. Siguió un ojazo parpadeante... y el hocico desapareció, sólo para reaparecer casi al segundo, algo más lejos.

—¡Mire cómo coquetea! —exclamé, encantada.

Wylie rió.

—Es coqueta, sí —dijo, con la voz llena de orgullo—. ¿No son magníficas?

—Sí que lo son —confirmé, pensativa—. Pero no estoy segura de que ésa sea la palabra correcta. *Magnífico* es lo que se diría de un semental o un caballo de guerra. Estas son...¡son dulces!

—¿Dulces? —se extrañó Wylie, con un resoplido de risa—. ¡Dulces!

—Por supuesto. Encantadoras. Deliciosas. De buen carácter.

—Son todo eso, sí —confirmó él—. Y bellas, además.

No miraba a los caballos, sino a mí, con una vaga sonrisa.

—Sí —musité, aunque experimentaba una oscura punzada de inquietud—. Son muy bellas.

Wylie estaba muy cerca; di un paso a un lado y le volví la espalda, con el pretexto de observar a los caballos. La cría hociqueó la ubre henchida de su madre, agitando la cola con entusiasmo.

—¿Cómo se llaman? —pregunté.

Wylie se acercó a la barra del pesebre con aire de indiferencia, pero se las compuso para que su brazo me rozara la manga al colgar la linterna de un gancho instalado en el muro.

—La yegua es *Tessa* —dijo—. Y usted ya ha visto a *Lucas*, el semental. En cuanto a la potra... —Buscó mi mano y la alzó, sonriente—. Pensaba llamarla *La Belle Claire*.

Por un segundo no me moví, estupefacta ante la expresión que veía en su cara.

—¿Qué? —dije, atónita. Debía de estar equivocada. Traté de retirar la mano, pero había vacilado por un segundo de más. Sus dedos estrujaron los míos. ¿No tendría intenciones de...?

Sí.

—Encantadora —dijo suavemente, arrimándose—. Deliciosa. De buen carácter. Y... bella.

Me besó.

Estaba tan desconcertada que por un momento no me moví. Su beso fue breve y casto, blanda la boca. Pero lo que importaba era el hecho de que se hubiera atrevido.

—¡Señor Wylie! —exclamé. Retrocedí precipitadamente un paso, pero me detuvo la barandilla.

—Señora Fraser —dijo él en voz queda, avanzando a su vez un paso—. Querida mía.

—Yo no soy su...

Y me besó otra vez. Ya sin rastro alguno de castidad. Aún horrorizada, pero ya libre de estupefacción, lo empujé con fuerza. Él se tambaleó y tuvo que soltarme la mano, aunque se recobró al instante y me sujetó por un brazo, deslizándome la otra mano por detrás.

—Coqueta —susurró. Y bajó la cara hacia la mía.

Le di un puntapié. Por desgracia lo hice con el pie dolorido, lo cual privó al golpe de fuerza. Él lo ignoró. Al desvanecerse la sensación de aturdida incredulidad, empecé a forcejear en serio. Al mismo tiempo recordé que había mucha gente en los alrededores del establo. Lo último que deseaba era llamar la atención.

—¡Basta! —siseé—. ¡Basta ya!

—Usted me vuelve loco —susurró él, estrechándome contra su pecho. E intentó hundirme la lengua en la oreja.

Desde luego, yo pensaba que había enloquecido, pero rechazaba de plano el aceptar cualquier responsabilidad por ese estado. Me aparté hacia atrás tanto como pude —no era mucho, pues tenía la barandilla a mi espalda— y me esforcé por poner una mano entre los dos. Una vez superada la sorpresa, mi mente pensaba con asombrosa claridad. No podía darle un rodillazo en los huevos, pues él tenía una pierna entre las mías y las faldas me estorbaban. Pero si lograba darle un buen golpe en la carótida, caería como una piedra.

Logré aferrarlo por el cuello, aunque ese maldito corbatón se me interpuso; traté de introducir los dedos. Él dio un respingo hacia el costado y me sujetó la mano.

—Por favor —dijo—, quiero...

—¡Me importa un rábano lo que usted quiera! —le espeté—. ¡Suélteme de inmediato, grandísimo...! —Busqué a ciegas algún insulto adecuado—. ¡Cachorro!

Para mi sorpresa, se detuvo en seco. No podía palidecer, pues ya tenía la cara cubierta de polvos de arroz (su sabor me había quedado en los labios). Pero apretó la boca con expresión... dolida.

—¿Es eso lo que piensa de mí? —preguntó en voz baja.

—¡Pues sí, diablos! ¿Qué otra cosa puedo pensar? ¿Ha perdido usted la cabeza, que se comporta de esta manera tan... despreciable? ¿Qué bicho le ha picado?

—¿Despreciable? —Parecía atónito al oír que calificaba de ese modo sus insinuaciones—. Pero si yo... es decir, usted... Supuse que... no le disgustaría...

—No es posible —dije, con toda firmeza—. No es posible que haya concebido usted una idea de ese tipo. ¡Nunca le he dado el menor motivo para pensar algo semejante!

Intencionadamente no, desde luego. Pero se me ocurrió la inquietante idea de que tal vez teníamos distintas percepciones de mi conducta.

—¿Que no? —Su cara iba cambiando, nublándose de cólera—. ¡Permítame usted que difiera, señora!

Yo le había dicho que, por mi edad, podía ser su madre. Ni por un momento se me ocurrió que no lo creyera.

—¡Coqueta! —repitió, aunque esta vez en otro tono—. ¿Ni el menor motivo? ¡Me ha dado usted todos los motivos, desde la primera vez que nos vimos!

—¿Qué? —Mi voz subió de tono por pura incredulidad—. No he hecho otra cosa que mantener una conversación cortés con usted. Si a su modo de ver eso es coquetear, jovencito...

—¡No me llame así!

¡Ah!, conque se había percatado de la diferencia de edad. Simplemente no apreciaba la magnitud. Con cierta aprensión, caí en la cuenta de que el coqueteo, en el plano social de Phillip, se disimulaba con un aire de broma. ¿Qué le había dicho, por Dios?

Recordaba de manera difusa haber analizado, con él y su amigo Stanhope, la Ley del Timbre. Impuestos, sí, y tal vez caballos... ¿Habría bastado para inflamar ese malentendido?

—«Tus ojos, como los estanques de Hesbón» —recitó, en voz baja y acerba—. ¿No recuerda usted la noche en que se lo dije? ¿El Cantar de los Cantares le parece «una conversación cortés»?

—¡Cielo santo!...

Contra mi voluntad, empezaba a sentirme algo culpable; en la fiesta de Yocasta habíamos mantenido un breve diálogo de ese tipo. ¿Y él lo recordaba? El Cantar de los Cantares era bastante fuerte; quizá la simple referencia... Pero me sacudí mentalmente y erguí la espalda.

—Tonterías —declaré—. Usted lo dijo a modo de broma provocativa y yo me limité a responderle en el mismo tono. Y ahora debo...

—Ha venido aquí conmigo. A solas.

Y dio un paso más hacia mí, con decisión en los ojos. ¡Se estaba convenciendo a sí mismo, ese petimetre empecinado!

—Señor Wylie —dije con firmeza, apartándome hacia un lado—, lamento en lo más profundo que usted haya malinterpretado la situación, pero soy muy feliz con mi marido y usted no me inspira ningún interés romántico. Y ahora, si me disculpa...

Pasé esquivándolo y salí a la carrera del establo, tan deprisa como los zapatos me lo permitían. De cualquier modo, él no hizo esfuerzo alguno por seguirme. Llegué a las puertas sin que me molestara, con el corazón acelerado.

Cerca del cercado había gente; me alejé en dirección opuesta, rodeando los establos antes de que nadie me viera. Una vez fuera de la vista, me detuve para asegurarme de no estar demasiado desaliñada. Ignoraba si alguien me había visto entrar en el establo con Wylie; sólo cabía esperar que nadie se hubiera percatado de mi precipitada salida.

En el contratiempo reciente sólo se me había soltado un mechón de cabellos. Lo sujeté con cuidado y sacudí algunas briznas de paja adheridas a mis faldas. Por suerte no me había desgarrado la ropa; una vez asegurado el pañuelo, volví a quedar decente.

—¿Estás bien?

Salté como un salmón en el anzuelo y mi corazón hizo otro tanto. Giré en redondo, con la adrenalina recorriéndome el pecho como una corriente eléctrica. Allí estaba Jamie, de pie a mi lado, observándome con una leve arruga en el entrecejo.

—¿Qué has estado haciendo, Sassenach?

Aún tenía el corazón en la garganta, sofocándome, pero me obligué a pronunciar unas cuantas palabras, con la esperanza de que sonaran despreocupadas.

—Nada. Es decir, he venido a ver a los caballos. Al caballo. A la yegua. Ha tenido un potrillo.

—Sí, ya lo sé —dijo. Me observaba con aire extraño.

—¿Has encontrado a Ninian? ¿Qué te ha dicho? —Me acomodé el pelo en la nuca, aprovechando la oportunidad para evitar su mirada.

—Dice que es cierto, aunque nunca lo he dudado. Hay más de un millar de hombres acampados cerca de Salisbury. Y todos los días se les suman más, ha dicho. ¡El viejo estúpido está muy complacido!

Frunció el ceño, tamborileando con los dos dedos tiesos contra la pierna. Comprendí que estaba muy preocupado.

No le faltaban motivos. Dejando a un lado la amenaza de conflicto en sí, estábamos en primavera. Sólo el hecho de que River Run estuviera al pie de la montaña nos había permitido asistir a la boda de Yocasta; aquí abajo los bosques estaban nubosos de capullos y los narcisos asomaban en el suelo como dientes de dragón, pero las montañas aún se hallaban envueltas en nieve y las ramas de los árboles sólo mostraban yemas hinchadas. Reventarían en dos semanas; entonces habría llegado al Cerro de Fraser el momento de la siembra.

En previsión de esa emergencia, Jamie había contratado al viejo Bug, pero Arch no podía hacerlo todo solo. En cuanto a los arrendatarios y colonos... Si se convocaba de nuevo a la milicia, sólo quedarían las mujeres para ocuparse de la siembra.

—¿Los hombres de ese campamento, han abandonado sus tierras?

Salisbury también estaba al pie de la montaña. Resultaba inconcebible que un agricultor abandonara su tierra a esas alturas del año sólo para protestar contra el gobierno, por muy irritado que estuviera.

—Las han abandonado o las perdieron —dijo él brevemente. Su ceño se acentuó al mirarme—. ¿Has hablado con mi tía?

—Eh... no —reconocí, sintiéndome culpable—. Todavía no. Iba a... Pero has dicho que había otro problema. ¿Qué más ha sucedido?

Emitió el ruido de una tetera al hervir, lo cual expresaba en él una rara impaciencia.

—¡Cristo, casi lo había olvidado! Creo que han envenenado a una de las esclavas.

—¿Qué? ¿A quién? ¿Cómo? —Dejé caer las manos para mirarlo con fijeza—. ¿Por qué no me lo has dicho?

—Pero ¡si acabo de decírtelo! No te preocupes; no corre peligro. Sólo está borracha perdida. —Encogió los hombros, irritado—. El único inconveniente es que quizá no era a ella a quien querían envenenar. He hecho que Roger Mac y Brianna salieran a echar un vistazo. No han venido a informarme de ningún cadáver, tal vez me equivoque.

—¿Tal vez? —Me froté el puente de la nariz, distraída de mis preocupaciones por esa novedad—. Es cierto que el alcohol es un veneno, aunque nadie parezca entenderlo, pero existe una diferencia entre embriagarse y ser envenenado con toda la intención. ¿Qué significa...?

—Sassenach —me interrumpió.

—¿Qué?

—En el nombre de Dios, ¿qué has estado haciendo? —estalló.

Lo miré con desconcierto. Mientras discutíamos había enrojecido progresivamente, pero yo lo atribuí a la frustración y a sus temores por lo de Ninian y los reguladores. Al ver el peligroso destello azul de sus ojos caí en la cuenta de que en su actitud había algo más personal. Incliné la cabeza a un lado para mirarlo con desconfianza.

—¿Por qué lo preguntas?

Apretó los labios sin responder. En cambio extendió un índice para tocar, con mucha delicadeza, la comisura de mi boca. Luego me mostró la yema, con un pequeño objeto negro adherido: el lunar en forma de estrella de Phillip Wylie.

—Ah... —Sentí un claro zumbido en los oídos—. Eso. Pues...

Me sentía mareada. Ante mis ojos bailaban pequeñas manchas, todas en forma de estrella negra.

—Sí, eso —me espetó él—. ¡Por Dios, mujer! Como si no bastaran los problemas de Duncan y las diabluras de Ninian... ¿Y por qué no me has dicho que había reñido con Barlow?

—No creo que eso fuera exactamente una riña —expliqué, esforzándome por recobrar la serenidad—. Además, el mayor MacDonald le ha puesto fin, ya que a ti no se te encontraba por ninguna parte. Y si quieres que se te informe de todo, el mayor quiere...

—Ya sé lo que quiere. —Descartó a MacDonald con un seco ademán de la mano—. Estoy hasta las narices de mayores, reguladores y sirvientas borrachas. ¡Y tú, besuqueándote con ese petimetre en el establo!

Como sentía subir la sangre detrás de los ojos, cerré los puños para dominarme y no abofetearlo.

—¡No estaba «besuqueándome» con él en absoluto, y tú lo sabes! Ese pequeño estúpido se me ha insinuado, pero eso ha sido todo.

—¿Que se te ha insinuado? ¿Quieres decir que te ha hecho el amor? ¡Ah, ya veo!

—¡Nada de eso!

—¿No? ¿Acaso le has pedido que te prestara este lunar para que te trajera suerte?

Movió el dedo bajo mi nariz; yo se lo aparté de un manotazo. Demasiado tarde, recordé que «hacer el amor» no significaba fornicar, sino enredarse en un coqueteo amoroso.

—Quiero decir —aclaré entre dientes— que me ha besado. Probablemente por bromear. Pero ¡si podría ser su madre!

—Hasta su abuela —señaló él, bruto—. Conque te ha besado. ¿Y por qué diablos lo has incitado, Sassenach?

Me quedé boquiabierta de indignación. Era tan insultante que me considerara la abuela de Phillip Wylie como que me acusara de haberlo incitado.

—¿Que lo he incitado? ¡Maldito idiota! ¡De sobra sabes que no lo he incitado!

—Tu propia hija te ha visto entrar allí con él. ¿No tienes vergüenza? Con todo a lo que tengo que enfrentarme aquí, ¿quieres que me vea obligado a retarlo a duelo?

Sentí algún remordimiento al pensar en Brianna, y otro mayor aún por la posibilidad de que Jamie desafiara a Wylie. Pero deseché ambas ideas.

—Mi hija no es tonta ni chismosa —dije, con inmensa dignidad—. Ella no pensaría mal si yo fuera a ver un caballo. ¿Y por qué tendría nadie que pensar mal?

Él exhaló un largo suspiro, con los labios ahuecados. Su mirada era fulminante.

—¿Por qué? Pues quizá porque todo el mundo durante la fiesta te vio coquetear con él en el prado. Porque lo vieron seguirte como un perro tras una hembra en celo. —Debió de notar que mi expresión se alteraba peligrosamente, pues tosió un poco antes de continuar—: Más de una persona ha creído necesario comentármelo. ¿Acaso crees que me gusta ser el hazmerreír de todos, Sassenach?

—Pero... pero... —Me ahogaba la furia. Habría querido pegarle, pero vi que algunas cabezas se volvían hacia nosotros con interés—. ¿Perra en celo? ¿Cómo te atreves a decirme algo así? ¡Cretino infame!

Tuvo la decencia de mostrarse algo avergonzado, si bien seguía echando chispas.

—Está bien, no he debido decirlo así. No era mi intención... Pero lo cierto es que lo has acompañado, Sassenach. Como si yo no tuviera suficientes problemas, mi propia esposa... Y si hubieras ido a hablar con mi tía, como te he pedido, no habría sucedido nada de esto. ¿Ves lo que has hecho ahora?

Yo había cambiado de idea con respecto a la conveniencia del duelo. Quería que Jamie y Phillip Wylie se mataran el uno al otro, cuanto antes, en público y con el máximo derramamiento de sangre. Tampoco me importaba que nos mirasen. Hice un serio intento de castrarlo a mano limpia, pero él me aferró por las muñecas.

—¡Por Dios! ¡La gente nos mira, Sassenach!

—¡Me... importa... un... rábano! —siseé, forcejeando por liberarme—. ¡Suéltame, que ya les daré algo para mirar!

No había apartado los ojos de su cara, pero tenía conciencia de muchas otras que se volvían a nosotros desde el prado. Él también. Por un momento frunció las cejas. Luego endureció el rostro en una súbita decisión.

—Pues bien, que miren —dijo.

Me envolvió en sus brazos para estrecharme con fuerza y me besó. Como no podía liberarme, dejé de forcejear y me puse rígida, furiosa. A la distancia se oyeron risas y soeces exclamaciones de aliento. Ninian Hamilton gritó algo en gaélico que me alegré de no entender.

Por fin apartó sus labios de los míos, sin soltarme, e inclinó despacio la cabeza; su mejilla se apoyó contra la mía, fresca y firme. Su cuerpo también estaba firme, aunque fresco no, en absoluto. Su calor se filtraba a través de seis capas de tela, al menos, hasta llegar a mi propia piel: camisa, chaleco, chaqueta, vestido, camisa y corsé. Ya fuera por cólera, por excitación sexual o por ambas cosas a la vez, ardía como una caldera.

—Lo siento —dijo en voz baja. Su aliento me cosquilleó en la oreja—. No quería insultarte. De veras. ¿Quieres que lo mate y luego me suicide?

Me relajé un poco. Tenía las caderas sólidamente apretadas a él y, con sólo cinco capas de tela allí, el efecto era reconfortante.

—Puede que todavía no.

Me sentía mareada por el torrente de adrenalina. Inspiré hondo para tranquilizarme. Luego retrocedí un paso, asqueada por el hedor que despedía su ropa. Si no hubiera estado tan alterada, habría detectado de inmediato que él era la fuente de aquella peste.

—¿Dónde has estado? —Olfateé la pechera de su chaqueta—. ¡Apestas! Esto huele a...

—Estiércol —dijo, resignado—. Ya lo sé.

Y aflojó los brazos.

—Estiércol, sí. —Olfateé un poco más—. Y ponche de ron.

Pero no había sido él quien lo había bebido; su beso no sabía sino a coñac.

—Y algo horrible, como sudor rancio y...

—Nabos hervidos —completó, más resignado—. Sí. La sirvienta de la que te hablaba, Sassenach. Se llama Betty.

Sujetó mi mano en el hueco de su brazo y, después de hacer una profunda reverencia de reconocimiento hacia la multitud —los muy condenados estaban aplaudiendo— me condujo hacia la casa.

—Ojalá puedas lograr que diga algo sensato —dijo, echando un vistazo al sol, que pendía sobre las copas de los sauces que bordeaban el río—. Pero se hace tarde. Será mejor que subas a hablar primero con mi tía, si queremos que haya boda a las cuatro.

Tomé aire, tratando de serenarme. Aún chapoteaban en mí muchas emociones inexpresadas, pero obviamente había mucho que hacer.

—Bien —dije—. Iré a hablar con Yocasta y luego echaré un vistazo a Betty. En cuanto a Phillip Wylie...

—En cuanto a Phillip Wylie —me interrumpió—, no vuelvas a pensar en él, Sassenach. —A sus ojos asomó cierto apasionamiento interior—. Más tarde me ocuparé de él.


# 44

## *Partes pudendas*


Dejé a Jamie en el vestíbulo y subí al cuarto de Yocasta, saludando sin prestar mucha atención a los amigos y conocidos con que me cruzaba en el trayecto. Estaba desconcertada, irritada... y divertida a mi pesar, al mismo tiempo. Desde los dieciséis años no había dedicado tanto tiempo a la asombrada contemplación del pene. Y allí estaba ahora, preocupada por tres de esos objetos.

Una vez sola en el pasillo, desplegué el abanico para contemplarme pensativamente en el diminuto espejo redondo incluido en él; representaba un lago en la escena pastoral que el abanico desplegaba, y era más una herramienta para la intriga que para el retoque personal; sólo podía mostrarme unos pocos centímetros cuadrados de cara: un ojo y su arqueada ceja me miraron con curiosidad.

Era un ojo bastante bonito, por cierto. Aunque rodeado de arrugas, tenía una buena forma, párpados elegantes y largas pestañas rizadas, cuya oscuridad complementaba la de la pupila y contrastaba llamativamente con el ámbar del iris, salpicado de oro.

Moví un poco el abanico para ver la boca. Labios plenos, aún más que de costumbre en esos momentos, por no hablar del rosado húmedo y oscuro. Tenían aspecto de haber sido besados con bastante violencia. Y de haberlo disfrutado.

—¡Hum! —musité. Y cerré de golpe el abanico.

Puesto que mi sangre ya no hervía, estaba dispuesta a admitir que Jamie quizá tuviese razón en cuanto a las intenciones que habían llevado a Phillip Wylie a hacerme proposiciones deshonestas. O quizá no. Cualesquiera fuesen los motivos subyacentes, yo tenía pruebas indiscutibles de que me encontraba físicamente atractiva, aun siendo abuela. Pero decidí no mencionar el hecho a Jamie; aunque el joven fuera muy irritante, tras una reflexión más serena había decidido que prefería no verlo destripado en el césped de la casa, después de todo.

Aun así, la madurez altera un poco la perspectiva. Pese a todas las implicaciones personales de esos miembros viriles en estado de excitación, el que más me interesaba en esos momentos era el flácido. Ardía de ganas por meter mano en las partes pudendas de Duncan Innes, al menos figuradamente hablando.

No hay muchos tipos de lesiones, exceptuando la castración directa, que provoquen la impotencia física. Puesto que en esa época la cirugía era bastante primitiva, resultaba posible que el médico que había atendido la afección original (si es que lo hubo) se hubiera limitado a extirpar ambos testículos. Empero ¿Duncan no lo habría mencionado, si ése era el caso?

Quizá no. El hombre era de lo más tímido y pudoroso. Y hasta las personalidades más extrovertidas podían resistirse a confesar una desgracia de ese tipo, aun ante un amigo íntimo. Incluso así,

¿era posible que hubiese disimulado ese tipo de lesión en el reducido espacio de la cárcel? Pensativa, tamborileé con los dedos en la marquetería de la mesa, junto a la puerta de Yocasta.

Los hombres eran de sobra capaces de pasar años enteros sin bañarse; yo había conocido unos cuantos de ésos. Por otra parte, los prisioneros de Ardsmuir estaban obligados a trabajar al aire libre, cortando piedra y recogiendo turba; tenían agua a su alcance y, presumiblemente, se habrían lavado con regularidad, por lo menos para mantener a raya a los parásitos. No obstante, era posible lavarse sin desnudarse por completo.

Deduje que Duncan estaba más o menos intacto. Lo más probable era que su impotencia tuviese orígenes psicológicos; después de todo, cualquier hombre se acobarda si se le magullan o aplastan los testículos; quizá alguna experiencia prematura había convencido a Duncan de que esa parte de su vida estaba terminada.

Esperé antes de llamar, pero no mucho. Estaba habituada a dar malas noticias; si algo había aprendido era que no tenía sentido preparar al otro ni buscar la mejor manera de decirlo. La elocuencia no servía de nada y la franqueza no impedía la solidaridad.

Llamé bruscamente a la puerta y, a una invitación de Yocasta, entré.

Allí estaba el padre LeClerc, sentado ante una pequeña mesa del rincón, liquidando una variedad de comestibles a la manera de los obreros. En la mesa había también dos botellas de vino, una de ellas ya vacía. El sacerdote levantó la vista hacia mí con una sonrisa grasienta, que parecía rodear la cara y atarse detrás de las orejas.

—*Tally-ho, madame!* —saludó alegremente, blandiendo una pata de pavo—. *Tally-ho, tally-ho!*

Por contraste, *bonjour* parecía casi represivo, de modo que me contenté con una reverencia y un breve *Cheerio!*

Obviamente, no habría manera de hacer salir al cura, ni encontrar lugar alguno donde llevar a Yocasta, pues Fedra estaba en el vestidor, muy ocupada con un par de cepillos para ropa. Aun así, considerando el limitado vocabulario en inglés del padre LeClerc, supuse que no era indispensable una intimidad absoluta.

Por ende, toqué a Yocasta en el codo y le pregunté de manera discreta si podíamos instalarnos en el asiento de la ventana, pues tenía que discutir con ella algo importante. Pareció sorprenderse, pero aceptó. Después de disculparse con una reverencia ante el padre LeClerc, quien no se percató de nada, pues estaba muy ocupado con un terco trozo de cartílago, vino a sentarse a mi lado.

—¿Sí, sobrina? —preguntó, tras haber acomodado las faldas sobre las rodillas—. ¿Qué es lo que sucede?

—Pues es que —dije, inspirando hondo—, tengo que hablarte de Duncan. Verás...

Quedó atónita en cuanto empecé a hablar, pero noté algo más en su actitud. Algo que parecía... alivio, pensé con sorpresa.

Frunció los labios, absorta; con los ciegos ojos azules fijos en esa actitud inquietante, un poco por encima de mi hombro derecho. En su actitud había preocupación, pero no parecía muy inquieta. En realidad, su expresión iba pasando de la sorpresa al alivio y contento de quien descubre una explicación para algo que lo atribulaba.

Se me ocurrió que, realmente, ella y Duncan llevaban más de un año viviendo bajo el mismo techo y que estaban comprometidos desde hacía meses. En público, él la trataba siempre con un respeto casi deferente y considerado, pero sin gestos físicos de ternura o posesión. Eso no era nada raro en esos tiempos; si bien algunos caballeros eran efusivos con sus esposas, otros no. Sin embargo, tal vez ella esperaba esos gestos en privado, y él no los hacía.

Yocasta había sido hermosa y aún lo era; estaba habituada a que los hombres la admiraran. A pesar de la ceguera, yo la había visto coquetear hábilmente con Andrew MacNeill, Ninian Bell Hamilton, Richard Caswell... y hasta con Farquard Campbell. Tal vez la había sorprendido y hasta inquietado un poco no despertar en Duncan ninguna muestra de interés físico.

Ahora sabía por qué. Tomó aire y negó despacio con la cabeza.

—¡Dios mío!, pobre hombre —dijo—. Sufrir semejante cosa y llegar a aceptarlo, sólo para verse obligado de pronto a preocuparse de nuevo por ello. Santa Bride, cuando por fin has conseguido estar en paz, ¿por qué el pasado no nos deja vivir tranquilos?

Bajó la vista, parpadeando; me conmovió y sorprendió a un tiempo ver que tenía los ojos húmedos.

De pronto apareció a su lado una presencia corpulenta. Al levantar la vista vi que el padre LeClerc rondaba junto a nosotras, como una solidaria nube de tormenta con su hábito negro.

—¿Algún problema? —me dijo en francés—. ¿Monsieur Duncan ha sufrido alguna herida?

Yocasta no sabía de francés más que «*Comment ça va?*», pero entendió con claridad el tono de la pregunta y reconoció el nombre de su prometido.

—No se lo digas —me pidió con alguna urgencia, apoyándome una mano en la rodilla.

—No, no —la tranquilicé. Luego miré al cura, moviendo los dedos en señal de que no había de qué preocuparse—. *Non, non. C'est rien.* —«No es nada.»

Me echó una mirada dubitativa, fruncido el entrecejo. Luego, a Yocasta.

—Una dificultad en el lecho marital, ¿verdad? —preguntó sin rodeos, en francés.

Mi cara debió de traicionar mi consternación, pues hizo un gesto discreto hacia abajo, contra la pechera de su hábito.

—He oído la palabra *escroto*, madame, y no creo que usted hablara de animales.

Comprendí, demasiado tarde, que el padre LeClerc debía de hablar latín, ya que no inglés.

—*Merde* —dije por lo bajo.

Yocasta, que había levantado de golpe la cabeza al oír la palabra *escroto*, se volvió hacia mí. La tranquilicé con unas palmaditas en la mano, tratando de decidir qué haría. El padre LeClerc nos contemplaba con curiosidad, pero también con gran bondad en los suaves ojos pardos.

—Temo que ha adivinado de qué se trata, en general —me disculpé ante mi tía—. Será mejor que se lo explique.

Ella se mordió el labio inferior, pero no puso objeciones. Le expliqué el caso al sacerdote, en francés, tan brevemente como pude. Él enarcó las cejas y aferró en un gesto automático el rosario de madera que colgaba de su cinturón.

—*Oui, merde, madame* —dijo—. *Quelle tragédie!* —Se persignó con el crucifijo; luego, sin miramientos, se limpió con la manga la grasa de la barba y tomó asiento junto a Yocasta—. Por favor, madame, pregúntele cuál es su deseo. —Aunque en tono cortés, era una orden.

—¿Su deseo?

—*Oui.* ¿Todavía desea casarse con monsieur Duncan, aun sabiendo esto? Verá usted, señora: según las leyes de la Santa Madre Iglesia, esa dificultad impide la consumación del matrimonio. Al conocer estas condiciones, yo no debería administrar el sacramento. No obstante... —Vaciló, pensativo—. No obstante, el propósito de esa prohibición es que el matrimonio sea una unión fructífera, si Dios así lo quiere. En este caso no es posible que Dios así lo quiera. Por lo tanto...

Y encogió un hombro en un gesto muy galo.

Traduje la pregunta a Yocasta, que entornaba los ojos hacia él como si pudiera adivinar el sentido por pura fuerza de voluntad. Una vez enterada, su cara quedó inexpresiva y se apoyó un poco en el respaldo del asiento. Lucía la expresión de los MacKenzie: esa máscara inmóvil y serena, indicativa de que tras ella pensaba furiosamente.

Yo me sentía algo inquieta, no sólo por Duncan. No se me había ocurrido que esa revelación pudiera impedir la boda. Jamie quería protección para su tía, y Duncan se la brindaba. Ese matrimonio parecía la solución perfecta. Le inquietaría mucho que todo se echase a perder a esas alturas.

Apenas un momento después, Yocasta dejó escapar un profundo suspiro.

—Bueno, gracias a Dios he tenido la suerte de contar con un jesuita —dijo, seca—. Cualquiera de ellos podría argumentar hasta persuadir al Papa de que se quitara los calzones. Ni hablar de algo tan nimio como conocer las intenciones del Señor. Sí. Dile que aún deseo casarme.

Transmití el mensaje al padre LeClerc, quien frunció algo el ceño mientras examinaba a Yocasta con mucha atención. Ella aguardaba su respuesta, ajena al escrutinio.

El sacerdote carraspeó antes de hablar. Se dirigía a mí, pero con la vista fija en ella.

—Por favor, madame, dígale esto. Si bien es cierto que la base para esta ley de la Iglesia es la procreación, no es el único aspecto que se ha de tener en cuenta. Pues el matrimonio, el verdadero matrimonio entre hombre y mujer, esta... unión de la carne, es importante por sí misma. El lenguaje del rito... «los dos serán una sola carne», dice. Y hay razones para eso. Es mucho lo que sucede entre dos personas que comparten un lecho y se gozan una a la otra. El matrimonio no se reduce a eso, pero en verdad importa.

Hablaba con gran seriedad. Yo debí de poner cara de sorpresa, pues sonrió apenas. Ahora me miraba directamente.

—No siempre he sido sacerdote, madame —dijo—. En otros tiempos estuve casado. Sé lo que es eso y lo que significa renunciar para siempre a esa parte... carnal... de la vida.

Las cuentas de su rosario repiquetearon con suavidad al moverse él.

Asentí con la cabeza y, después de tomar aliento, traduje sin rodeos lo que había dicho. Yocasta escuchó hasta el final, pero esta vez no perdió tiempo en pensar. Estaba decidida.

—Dile que le agradezco el consejo —afirmó, con un imperceptible toque de irritación—. Yo también he estado casada anteriormente, más de una vez. Y con su ayuda volveré a casarme. Hoy.

Traduje, pero él ya había comprendido, por la postura erguida de Yocasta y su tono de voz. Por un instante frotó las cuentas entre los dedos. Luego asintió.

—*Oui, madame* —dijo antes de estrecharle la mano en un suave gesto de aliento—. *Tally-ho, madame!*

## 45

### *Si grazna como un pato...*

Bien: eso estaba hecho, pensé mientras subía la escalera hacia el ático. En la lista de asuntos urgentes seguía la esclava Betty: ¿de verdad la habrían drogado? Jamie la había descubierto en la huerta dos horas antes, pero tal vez hubiera aún síntomas visibles, si estaba tan afectada como él había descrito. Allá abajo se oyeron las campanadas sordas del reloj de péndulo: una, dos, tres. Faltaba una hora para la boda, aunque se podría retrasar un poco, si Betty requería más atención que la prevista.

Dada la indeseable situación de los católicos en la colonia, Yocasta no ofendería a sus invitados —en su mayor parte protestantes de una u otra variedad— obligándolos a presenciar una ceremonia papista. El casamiento se celebraría discretamente en sus habitaciones; luego, los recién casados descenderían la escalera del brazo, para celebrarlo con sus amigos, todos los cuales podrían fingir, con enorme diplomacia, que el padre LeClerc era sólo un huésped de vestimenta excéntrica.

Al acercarme al ático me sorprendió oír arriba un murmullo de voces. La puerta del dormitorio de las esclavas estaba entornada. Al abrirla, me encontré con Ulises, cruzado de brazos ante la cabecera de un camastro, como el ángel de la venganza tallado en ébano. Era obvio que ese infortunado incidente le parecía un grave descuido del deber por parte de Betty. A su lado vi a un hombre menudo y pulcro, de chaqueta y voluminosa peluca, con un pequeño objeto en la mano.

Antes de que yo pudiera hablar, apretó ese objeto contra el brazo flojo de la criada y se oyó un chasquido seco. Una vez retirado el adminículo, quedó un rectángulo de sangre muy roja contra la piel parda de la esclava. Las gotas manaron, se unieron y empezaron a correr por el brazo, hasta caer en el cuenco que tenía bajo el codo.

—Un escarificador —explicó el hombrecito a Ulises, con cierto orgullo—. Un gran adelanto con respecto a cosas tan toscas como las lancetas y las navajas. Lo he comprado en Filadelfia.

El mayordomo inclinó en gesto cortés la cabeza, ya para examinar el instrumento o para reconocer sus distinguidos orígenes.

—Estoy seguro de que la señora Cameron le quedará muy agradecida por su amable condescendencia, doctor Fentiman —murmuró.

Fentiman. Con que ésa era la autoridad médica de Cross Creek. Al oír mi carraspeo, Ulises levantó la cabeza, alerta.

—Señora Fraser —dijo, con una pequeña reverencia—. El doctor Fentiman acaba de...

—¿La señora Fraser? —El médico giró en redondo para mirarme con el mismo interés suspicaz que yo estaba poniendo al observarlo. Por lo visto él también tenía referencias. Aun así, se impusieron los buenos modales: me hizo una reverencia, con una mano contra el chaleco satinado—. A su servicio, señora —dijo, tambaleándose un poco al erguirse.

Percibí olor a ginebra en su aliento y la vi en los capilares rotos de la nariz y las mejillas.

—Encantada. —Le tendí la mano para que la besara. Por un momento él pareció sorprendido, pero luego se inclinó sobre ella con un garboso ademán. Yo miré por encima de la peluca empolvada, tratando de ver cuanto pudiera a la escasa luz del ático.

Betty parecía haber muerto una semana atrás, a juzgar por el matiz ceniciento de su piel. Sin embargo, la poca luz que entraba allí venía filtrada por un grueso papel aceitado, clavado sobre las diminutas buhardas. El mismo Ulises parecía gris como carbón escarchado de ceniza.

En el brazo de la esclava la sangre ya había empezado a coagular; buen síntoma... aunque me estremecí al pensar en cuántas personas se habría utilizado ese horrible instrumental desde su adquisición. Fentiman tenía el maletín abierto en el suelo, junto a la cama; nada indicaba que acostumbrara a limpiarlo entre una aplicación y otra.

—Su bondad es elogiable, señora Fraser —dictaminó el médico, irguiendo la espalda sin soltarme la mano. Probablemente para no perder el equilibrio, pensé—. Pero no hay necesidad de que se moleste. La señora Cameron es una vieja y apreciada amiga; atender a su esclava es un placer para mí. —Sonrió con aire benigno, parpadeando en un intento de centrar la mirada en mí.

La respiración de la criada era profunda y estertórea, pero bastante regular. Me moría por tomarle el pulso. Respiré hondo, tratando de no llamar la atención. Por encima del penetrante olor de la peluca del doctor Fentiman —que a todas luces había sido tratada con polvo de ortiga e hisopos contra los piojos— y del hedor a sudor antiguo y tabaco que despedía su cuerpo, capté el dejo cobrizo de la sangre fresca y la fetidez de coágulos podridos en el interior del maletín. No: Fentiman no limpiaba sus instrumentos.

Aparte de eso, reconocí con facilidad las miasmas alcohólicas que habían descrito Jamie y Brianna, pero no habría podido decir cuánto de ellas provenía de Betty y cuánto de Fentiman. Si en la mezcla había láudano, tendría que acercarme más para detectarlo y hacerlo deprisa, antes de que los volátiles óleos aromáticos se desvanecieran por completo.

—Qué amable es usted, doctor —dije, con una sonrisa cínica—. No dudo que la tía de mi esposo le estará muy agradecida por sus esfuerzos. Pero un caballero como usted... ha de tener cosas mucho más importantes que requieran su atención. Creo que Ulises y yo podemos ocuparnos de atender a la esclava. Sus compañeros deben de echarlo de menos, doctor.

Sobre todo aquellos deseosos de ganarle unas cuantas libras a las cartas, pensé. Querrían tener la ocasión antes de que recuperase la sobriedad.

Para mi sorpresa, el médico no sucumbió de inmediato a esos halagos. Me soltó la mano, con una sonrisa tan falsa como la mía.

—¡Oh!, no, no, en absoluto, querida mía. Le aseguro que aquí no se requiere atención alguna. A fin de cuentas, es un simple caso de abuso. Le he administrado un fuerte vomitivo; en cuanto surta efecto será posible dejarla aquí sin peligro. Regrese usted a sus placeres, mi querida señora; no hay necesidad de que se arriesgue a ensuciar tan bonito vestido. Ninguna necesidad.

Antes de que yo pudiera replicar, desde la cama nos llegó un fuerte ruido de arcadas. El doctor Fentiman se volvió de inmediato, y cogió la bacinilla de debajo de la cama.

A pesar de su propio estado, los cuidados que dedicaba a su paciente eran loables. Por mi parte habría dudado en administrar un emético a un paciente comatoso, pero debía admitir que no estaba mal hacerlo en casos de posible envenenamiento, aunque el veneno fuera algo tan comúnmente aceptado como el alcohol. Y si el doctor Fentiman había detectado lo mismo que Jamie...

La esclava había comido mucho; se explicaba, con tanta comida disponible para los festejos. Eso bien podía haberle salvado la vida, me dije, demorando la absorción del alcohol (y cualquier otra cosa) en el torrente sanguíneo. El vómito hedía a una mezcla de ron y coñac, pero me pareció percibir también el fantasma del opio, débil y enfermizamente dulzón, entre los otros olores.

—¿Qué clase de emético ha empleado? —pregunté, inclinándome hacia la mujer para abrirle un ojo con el pulgar.

El iris miraba hacia arriba, pardo y vidrioso como una canica de ágata, con la pupila reducida a un punto. Definitivamente: opio.

—¡Señora Fraser! —El médico me fulminó con una mirada de irritación; la peluca se le había torcido hacia una oreja—. ¡Sírvase retirarse, por favor, y no entrometerse! Estoy sumamente ocupado y no tengo tiempo para sus fantasías. Usted, señor, ¡llévesela!

Después de agitar una mano ante Ulises, se volvió hacia la cama, al tiempo que se acomodaba bruscamente la peluca.

—Pero... ¡grandísimo...! —Al ver que Ulises daba un paso inseguro hacia mí, callé el epíteto. Era obvio que vacilaba en retirarme por la fuerza, pero también era obvio que obedecería las órdenes del doctor antes que las mías.

Trémula de furia, giré en redondo para abandonar la habitación.

Jamie me estaba esperando al pie de la escalera. Nada más verme la cara me tomó del brazo para conducirme al patio.

—Ese... ese... —me faltaban palabras.

—¿Gusano oficioso? —sugirió, como para ayudar—. *Unsonsie sharg?*

—¡Sí! ¿Lo has oído? ¡Qué descaro el de ese carnicero venido a más, ese insignificante... escupitajo! ¡Que no tiene tiempo para mis fantasías! ¿Cómo se atreve?

Jamie emitió un sonido gutural para expresar solidaria indignación.

—¿Quieres que suba y lo apuñale? —preguntó, con la mano en el puñal—. Puedo destriparlo, si quieres... o sólo romperle la cara.

Por atractiva que pareciera la propuesta, me vi obligada a rechazarla.

—Pues... no. —Dominé mi cólera con cierta dificultad—. No creo que debas hacer eso.

Me pareció oír el eco de una conversación similar, referida a Phillip Wylie. Jamie también lo notó, pues vi que curvaba la boca con irónico humor.

—Diablos —dije en tono triste.

—Sí. —A regañadientes retiró la mano del puñal—. Parece que hoy no se me permitirá derramar sangre, ¿eh?

—¿Te gustaría?

—Muchísimo —aseguró con sequedad—. Y a ti también, Sassenach, por lo que veo.

No podía discutírselo; nada me habría gustado tanto como destripar al doctor Fentiman con una cuchara sin filo. Pero me limité a frotarme la cara con una mano e inspiré hondo, para imponer algún orden a mis sentimientos.

—¿Pueden sus métodos matar a esa mujer? —preguntó Jamie, señalando la casa con el mentón.

—En principio no. —Sangrar y purgar eran métodos objetables y posiblemente peligrosos, pero no resultaban fatales en el acto—. ¡Ah!, en cuanto a lo del láudano, creo que tenías razón.

Jamie asintió, ahuecando los labios con aire pensativo.

—Pues bien: lo importante es hablar con Betty, una vez que esté en condiciones de expresarse de manera coherente. No creo que Fentiman vele junto a la cama de una esclava enferma, ¿o sí?

Era mi turno de pensar. Por fin negué con la cabeza.

—No. Estaba haciendo lo que podía por ella —admití de mala gana—. Pero hasta donde se ve, su vida no corre peligro. Habría que vigilarla, pero sólo por si vomita y se ahoga mientras duerme. Y dudo que él se quede a hacer eso, si es que se le ocurre.

—Bien. —Jamie reflexionó por un momento; la brisa le levantaba el pelo de la coronilla—. Les he pedido a Brianna y a Roger que salgan a ver si alguno de los invitados está roncando por algún rincón. Yo iré a ver en las dependencias de los esclavos.

¿Podrás escabullirte hasta el ático cuando se vaya Fentiman, y hablar con Betty en cuanto despierte?

—Supongo que sí. —De cualquier modo pensaba subir, aunque sólo fuera para asegurarme de que la mujer estaba bien—. Pero no te demores mucho. Ya están casi listos para la ceremonia.

Nos miramos durante un instante.

—No te preocupes, Sassenach —dijo suavemente, recogiendo un mechón detrás de la oreja—. El médico es un tonto; que no te importe lo que haga.

Le toqué el brazo, agradecida por su consuelo y deseosa de ofrecerle lo mismo.

—Lamento lo de Phillip Wylie —dije. De inmediato noté que, cualesquiera fuesen mis intenciones, el efecto del recordatorio no había sido reconfortante. Tensó la suave curva de su boca; retrocedió un paso, con los hombros rígidos.

—No te preocupes tampoco por él, Sassenach —dijo. Su voz aún era suave, pero eso no la hacía tranquilizadora—. Ya me ocuparé del señor Wylie a su debido tiempo.

—Pero... —me interrumpí, impotente.

Por lo visto, nada de cuanto yo pudiera decir o hacer resolvería las cosas. Si Jamie consideraba que había sido ofendido en su honor (y obviamente así era), Wylie tendría que pagar por eso. Y no había más que decir.

—Eres el hombre más terco de cuantos conozco —dije, fastidiada.

—Gracias. —Me hizo una pequeña reverencia.

—¡Eso no es un cumplido!

—Claro que sí.

Y con otra reverencia, giró sobre los talones para cumplir con su tarea.


# 46

## *Azogue*

Para alivio de Jamie, la boda se realizó sin mayores dificultades. La ceremonia fue en francés y se celebró en el saloncito privado de Yocasta, en el piso de arriba. Además de los novios y el sacerdote, estaban presentes él y Claire como testigos, Brianna y su joven esposo. Jemmy también estuvo, pero apenas contaba, pues durmió durante toda la ceremonia.

Duncan estaba pálido, pero entero, y la tía de Jamie pronunció sus votos con voz firme, sin muestras de vacilación. Brianna, que se había casado hacía poco, lo contemplaba todo con aprobación sentimental, estrujando el brazo de su marido, en tanto Roger Mac la miraba con ojos tiernos. Aun sabiendo lo que sabía sobre el carácter de esa boda en particular, Jamie también se conmovió; mientras el sacerdote entonaba la bendición, él se llevó los dedos de Claire a los labios para rozarlos con un beso breve.

Concluidas las formalidades y firmados los contratos matrimoniales, todos bajaron para reunirse con los invitados ante un opíparo banquete de bodas, a la luz de las antorchas que rodeaban la terraza; sus largas llamas se volcaban sobre mesas arqueadas bajo la abundancia de River Run.

Jamie cogió una copa de vino y se reclinó contra el muro bajo de la terraza, sintiendo que su espalda descargaba las tensiones del día. Un problema menos.

Betty, la criada, permanecía inconsciente como buey descerebrado, pero por ahora estaba fuera de peligro. Y como no había aparecido ningún otro envenenado, era probable que hubiera ingerido la droga ella misma. El viejo Ninian y Barlow estaban casi tan fuera de juego como la sirvienta y no representaban amenaza alguna, para sí mismos ni para nadie más. En cuanto a Husband y sus reguladores, cualesquiera que fuesen sus planes, los estaban ejecutando a una distancia segura. Jamie se sentía agradablemente ligero, aliviado de responsabilidades y listo para dedicar la mente a recrearse.

Alzó la copa en automático saludo a Caswell y a Osborn, que pasaban por allí, con las cabezas unidas en una seria discusión. No estaba con ánimos para conversaciones políticas; se incorporó para regresar hacia las mesas del refrigerio, abriéndose paso entre la multitud.

Lo que en realidad quería era estar con su esposa. Aún era temprano, pero el cielo ya estaba oscuro y un aire de temeraria festividad se extendía por la casa y la terraza. Hacía algo de frío y, con el buen vino palpitándole en la sangre, sus manos recordaron la carne tibia bajo la falda, en el bosquecillo, suave y suculenta como un melocotón partido, jugoso y maduro de sol.

La deseaba con todas sus fuerzas.

Ella se encontraba en el extremo de la terraza, con la luz de las antorchas reflejada en las ondas de su pelo, recogido bajo ese ridículo trocito de encaje. Se le contrajeron los dedos: en cuanto estuviera con ella a solas le quitaría las horquillas, una a una, y le recogería la melena hacia arriba con las manos, sólo por el placer de dejarla caer otra vez por su espalda.

Ella reía por algo que Lloyd Stanhope acababa de decirle. Tenía una copa en la mano y estaba algo ruborizada por el vino; al verla, sintió una punzada de deseo.

Acostarse con ella podía ser cualquier cosa, desde ternura hasta la orgía, pero poseerla cuando estaba algo ebria era siempre un deleite especial.

Cuando estaba bebida se preocupaba menos de él, abandonada y ajena a todo lo que no fuera su propio placer; entonces lo arañaba, lo mordía... y le imploraba que hiciera lo mismo con ella. A él le encantaba esa sensación de poder, la tentadora elección entre unirse a ella de inmediato, con lujuria salvaje, o contenerse por un tiempo para manejarla a su antojo.

Bebió a sorbos su vino, saboreando el raro placer de una cosecha decente mientras tanto la observaba con disimulo. Ella era el centro de un pequeño grupo de caballeros, con los que parecía disfrutar un enfrentamiento de voluntades. Una o dos copas le aflojaban la lengua y le activaban la mente, al igual que a él. Unas pocas más convertían su fulgor en calor fundido. Aún era temprano; el verdadero festín no había comenzado.

Por un momento cruzó una mirada con ella y sonrió. Alzó la copa sosteniéndola por el cuenco, con los dedos curvados en torno al suave cristal, como si fuera uno de sus pechos. Ella comprendió. Después de pestañear con aire de coquetería, volvió a su conversación, acentuado su rubor.

La deliciosa paradoja de poseerla cuando estaba ebria era que, al no considerarlo sino el agente de sus propias sensaciones, también bajaba la guardia; así quedaba expuesta a él por completo. Jamie podía provocarla con caricias o agitarla como mantequilla, induciéndola al frenesí hasta que yacía a su merced, laxa y jadeante bajo su cuerpo.

La vio utilizar con efectividad el abanico: asomaba los ojos por el borde y se fingía espantada por algo que ese sodomita de Forbes había dicho. Él se pasó la punta de la lengua por el labio inferior, pensativo. ¿Misericordia? No, no la tendría.

Tomada esa decisión, concentró su mente sobre un asunto más práctico: hallar un sitio lo bastante retirado como para llevar a cabo ese atractivo compromiso. Sin embargo, lo interrumpió la llegada de George Lyon. Se lo habían presentado, pero sabía poco de ese hombre atildado y presuntuoso.

—Señor Fraser, ¿puedo hablar con usted?

—Para servirlo, señor.

Se volvió para dejar la copa; ese ligero movimiento bastó para ajustarse con discreción la manta; se alegró de no usar calzas de seda como ese petimetre de Wylie. Eran indecentes y, por añadidura, horriblemente incómodas. Cualquiera que las usara se arriesgaba a una lenta emasculación ante la presencia femenina, a menos que fuera eunuco por naturaleza. Y Wylie no lo era, por descontado, pese a todos sus polvos y sus lunares. En cambio, una manta escocesa podía disimular una multitud de pecados; o por lo menos, el puñal y la pistola, por no hablar de una erección inesperada.

—¿Caminamos un poco, señor Lyon? —sugirió. Si el hombre quería tratar algún asunto privado, según lo sugería su actitud, era mejor no hacerlo allí, donde en cualquier momento podía interrumpirlos algún invitado.

Caminaron a paso lento hasta el extremo de la terraza, intercambiando lugares comunes y cortesías con otros huéspedes, hasta llegar a la libertad del patio, donde vacilaron un instante.

—¿El cercado, quizá? —Sin esperar el asentimiento de Lyon, Jamie giró hacia el patio de los establos. De todas maneras quería ver de nuevo a los frisones.

—Me han hablado mucho de usted, señor Fraser —empezó su compañero mientras marchaban hacia la alta torre del reloj que coronaba los establos.

—¿De veras, señor? Confío en que no todo fuera desfavorable.

Él también había oído algunas cosas sobre Lyon; comerciaba con lo que fuese que la gente quisiera comprar o vender... y no era muy escrupuloso en cuanto al origen de su mercancía. Según los rumores, había traficado materiales menos tangibles que el hierro y el papel, pero eran sólo rumores.

Lyon se echó a reír, mostrando dientes bastante homogéneos, pero muy manchados de tabaco.

—Por supuesto que no, señor Fraser. Aparte del leve impedimento de sus vínculos familiares, que a duras penas pueden serle imputados, aunque la gente dé por sentadas algunas cosas, no he oído más que calurosos encomios, tanto sobre su carácter como sobre sus logros.

«*A Dhia*», pensó Jamie. Extorsión y halago, todo en la primera frase. ¿Acaso Carolina del Norte, por ser territorio tan remoto, no merecía alguien más competente para la intriga? Con una sonrisa cortés, murmuró algunas palabras modestas y esperó a ver qué deseaba ese imbécil.

No era mucho, al menos para comenzar: datos sobre el regimiento de milicianos de Fraser y los nombres de quienes lo componían. Eso le pareció interesante. Significaba que Lyon no era hombre del gobernador; de lo contrario habría conocido esos datos. ¿Quién estaba tras él? No eran los reguladores, sin duda; el único de ellos que disponía de algún chelín era Ninian Bell Hamilton, y si el viejo Ninian quería esa información, no tenía más que ir a pedírsela. ¿Alguno de los plantadores ricos de la costa, quizá? La mayoría de esos aristócratas no se interesaban por la colonia más allá del alcance de sus bolsillos.

Todo lo cual lo llevaba a la conclusión lógica de que quienquiera que fuese al que Lyon representaba pensaba que había algo que ganar o perder con los posibles desacuerdos de la colonia. ¿Quién podía ser?

—Chisholm, McGillivray, Lindsay... —repitió el hombre, pensativo—. Así que la mayoría de sus hombres son escoceses de las Highlands, ¿no, señor Fraser? ¿Hijos de colonos? ¿O quizá militares retirados como usted?

—Dudo que un militar se retire jamás del todo, señor —comentó Jamie, inclinándose para dejar que uno de los perros del establo le olfateara los nudillos—. Quien ha vivido sobre las armas queda marcado de por vida. Hasta he oído comentar que los viejos soldados nunca mueren: sólo se desvanecen.

Lyon soltó una risa exagerada, y declaró que ése era un buen epigrama. ¿Idea suya? Sin detenerse a esperar la respuesta, pasó a remar en aguas conocidas.

—Me complace oírlo expresar esos sentimientos, señor Fraser. Su Majestad siempre ha confiado en la firmeza de los escoceses y su destreza combativa. ¿Acaso usted o alguno de sus vecinos sirvió en el regimiento de su primo? Los Fraser del setenta y ocho tuvieron una actuación muy distinguida durante el conflicto reciente; me atrevería a decir que llevan en la sangre el arte de la guerra.

Ése era un golpe bastante torpe. El joven Simon Fraser no era su primo, en realidad, sino medio tío, hijo de su abuelo. Para expiar la traición del viejo, en un esfuerzo por recuperar la fortuna y las tierras familiares, Simon *el Joven* había armado dos regimientos para la guerra de los Siete Años... lo que Brianna insistía en denominar guerras franco-indias, como si Gran Bretaña no hubiera tenido nada que ver en ellas.

Ahora Lyon preguntaba si Jamie no había tratado también de establecer sus credenciales como leal soldado de la Corona enrolándose en alguno de los regimientos escoceses. La torpeza de ese hombre era increíble.

—Pues no. Lamentablemente, no podría prestar ese servicio —respondió él—. Cierta incapacidad provocada por una campaña anterior, ¿comprende usted? —La pequeña incapacidad de haber sido prisionero de la Corona durante varios años, después del Alzamiento, pero no mencionó esa parte. Si Lyon no estaba al tanto, él no tenía por qué decírselo.

Por entonces habían llegado al cercado y estaban cómodamente apoyados en la valla. Aún no se habían llevado los caballos al establo; las grandes bestias negras se movían como sombras, lustroso el pelaje a la luz de las antorchas.

—Qué extraños animales, ¿verdad? —Jamie, que los observaba con fascinación, interrumpió la disquisición de Lyon sobre los males del faccionalismo.

No era sólo por esas largas y sedosas crines, que ondulaban como agua cuando sacudían la cabeza; tampoco por el pelaje renegrido ni por el arco elástico del cuello, más grueso y musculoso que el de los purasangres de Yocasta. También el cuerpo era grueso, ancho en el pecho, en la cruz y las ancas, de modo que parecía casi un bloque; sin embargo, se movían con una gracia que él nunca había visto en otro caballo, diestros y ligeros, con algo de juego y de inteligencia.

—Sí, es una raza muy antigua —dijo Lyon; por un momento dejó a un lado el interrogatorio a fin de observarlos—. Los había visto antes... en Holanda.

—En Holanda. ¿Ha viajado usted mucho?

—No tanto, pero estuve allí hace algunos años y la casualidad quiso que conociera a un pariente suyo. ¿Un mercader de vinos, llamado Jared Fraser?

Jamie sintió una descarga de sorpresa, a la que siguió una cálida sensación de placer ante el recuerdo de su primo.

—¿De veras? Sí, Jared es primo de mi padre. Confío en que usted lo encontrara bien.

—Muy bien, sí.

Lyon se acercó un poco, como si se acomodara contra la cerca, y Jamie comprendió que iba a entrar en materia, cualquiera que fuese. Vació su copa y la dejó, dispuesto a escuchar.

—Tengo entendido que su familia tiene también cierto... talento para los licores, señor Fraser.

Él rió, aunque no le encontraba la gracia.

—Afición, tal vez sí, señor. En cuanto a talento, no sabría decirle.

—¿No? Pues ya veo que usted es demasiado modesto. Su whisky es célebre por su calidad.

—Me halaga usted. —Ahora sabía lo que se avecinaba.

Se dispuso a fingir atención. No sería la primera vez que alguien le sugería una asociación: que él proporcionara el whisky y sus socios se encargarían de distribuirlo en Cross Creek, en Wilmington y hasta en Charleston. Al parecer, Lyon tenía planes más grandiosos.

El más añejado iría por barco aguas arriba, hasta Boston y Filadelfia, sugirió. El no refinado, en cambio, podía ir a las aldeas cherokee, al otro lado de la Línea del Tratado, a cambio de cueros y pieles. Él tenía socios que le proporcionarían...

Jamie escuchaba con creciente desaprobación. Por fin lo interrumpió de golpe.

—Sí. Agradezco su interés, señor, pero temo que mi producción no alcanza para lo que usted sugiere. Produzco whisky sólo para el consumo familiar y unos pocos toneles extra, de vez en cuando, para el trueque local. Nada más.

Lyon gruñó amistosamente.

—Pero con sus conocimientos y su habilidad, señor Fraser, estoy seguro de que podría incrementar su producción. Si es cuestión de materiales... se pueden hacer algunos arreglos, sin duda. Puedo hablar con los caballeros que actuarían como socios en la empresa y...

—No, señor. Me temo que no. Si me disculpa.

Le hizo una abrupta reverencia y giró sobre los talones para regresar a la terraza, dejando a Lyon en la oscuridad. Debía preguntar a Farquard Campbell quién era ese hombre. Valía la pena vigilarlo. En realidad, Jamie no era muy reacio al contrabando, pero sí a dejarse coger. Y la operación a gran escala que Lyon sugería resultaba muy peligrosa; él se vería involucrado hasta el cuello, sin tener control alguno sobre las partes más arriesgadas del proceso.

Le gustaba el dinero, sí, pero no tanto como para cegarse ante los riesgos. Si alguna vez se dedicaba a ese comercio, lo haría él mismo, quizá con la ayuda de Fergus o Roger Mac, tal vez el viejo Arch Bug y Joe Wemyss... pero nadie más. Era mucho más seguro operar a pequeña escala, en privado. Sin embargo, puesto que Lyon había sugerido la idea, quizá valiera la pena pensarlo. Fergus no tenía pasta de granjero, eso saltaba a la vista; era preciso buscarle algo que hacer. Y el francés estaba muy familiarizado con el negocio arriesgado, como lo llamaban desde la época de Edimburgo.

Volvió a grandes pasos a la terraza, pensativo, pero la aparición de su esposa le borró por completo el whisky de la cabeza.

Claire se había separado de Stanhope y sus colegas; estaba de pie ante la mesa del refrigerio, observando las exquisiteces exhibidas con una arruga entre las cejas claras, como si la misma abundancia la desconcertara. Jamie vio que Gerald Forbes la observaba con ojos encendidos de especulación; de inmediato, como por reflejo, se interpuso entre su esposa y el abogado. Sintió que los ojos del hombre chocaban con su espalda y sonrió ceñudamente para sus adentros. «Ésta es mía, viejo», se dijo.

—¿No sabes por dónde comenzar, Sassenach? —Se hizo cargo de la copa vacía de Claire mientras aprovechaba el movimiento para acercarse contra su espalda y sentir su calor a través de la ropa.

Ella se apoyó contra él, riendo, y se reclinó contra su brazo. Olía vagamente a polvos de arroz y a piel caliente, junto con el perfume de los pimpollos de rosa que le adornaban el pelo.

—No tengo mucha hambre. Sólo estaba contando las gelatinas y las conservas. Hay treinta y siete clases diferentes, si no he contado mal.

Él echó un vistazo a la mesa, que en verdad exhibía una apabullante variedad de fuentes de plata, cuencos de porcelana y bandejas de madera, abrumadas por el peso de una comida que podía alimentar a una aldea escocesa durante todo un mes. Él tampoco tenía hambre, al menos de pudines y salados.

—Por decisión de Ulises, sin duda. Él no puede permitir que se dude de la hospitalidad de mi tía.

—Que no tema —aseguró ella—. ¿Has visto la barbacoa, allí atrás? Hay tres bueyes enteros, asándose en estacas, y una docena de cerdos, por lo menos. No he tratado siquiera de contar los pollos y los patos. ¿Crees que se trata de pura hospitalidad? ¿O acaso tu tía quiere exhibir el buen trabajo que ha hecho Duncan, lo productivo que es River Run bajo su administración?

—Supongo que es posible.

Sin embargo, a Jamie le parecía difícil que los motivos de Yocasta fueran tan considerados o generosos. Si esas celebraciones eran tan dispendiosas, debía de ser por un deseo de humillar a Farquard Campbell, superando la fiesta que él había celebrado en Greenoaks en diciembre, para festejar su último enlace.

Y hablando de bodas...

—Toma, Sassenach. —Depositó la copa vacía en una bandeja que pasaba y la reemplazó por otra llena, que le puso en la mano.

—¡Oh!, no puedo... —empezó ella. Pero Jamie, para acallarla, cogió otra copa y la alzó hacia ella, como en un brindis. Las mejillas de Claire enrojecieron; en sus ojos hubo un destello ambarino.

—Por la belleza —dijo él, con una suave sonrisa.


Me sentía agradablemente líquida por dentro, como si tuviera el vientre y los miembros llenos de azogue. No todo se debía al vino, aunque era muy bueno. Más bien era la ausencia de tensiones, tras todos los conflictos de ese día.

Había sido una boda serena y tierna. Aunque las celebraciones nocturnas podían tornarse sumamente ruidosas —había oído a varios jóvenes que planeaban vulgaridades jocosas para más tarde—, no tenía que preocuparme por eso. Mi intención era disfrutar de la deliciosa cena servida, beber quizá una o dos copas más de ese excelente vino... y luego buscar a Jamie para investigar las posibilidades románticas de aquel banco de piedra, bajo los sauces.

La aparición de Jamie fue algo prematura para mi programa, puesto que yo aún no había comido nada, pero no me oponía a reajustar mis prioridades. Después de todo, sobraría muchísima comida.

La luz de las antorchas hacía refulgir su pelo y su piel como si fueran de cobre. Se había levantado la brisa del anochecer, que agitaba los manteles y convertía las llamas de las antorchas en lenguas feroces; también separó algunos mechones de su coleta y se los arrojó a la cara. Él alzó la copa, sonriéndome sobre el borde.

—Por la belleza —dijo con voz suave.

Y bebió, sin apartar los ojos de mí.

El azogue se movió, estremecido, en mis caderas y en la cara posterior de mis piernas.

—Por la... eh... intimidad —respondí, levantando apenas mi copa.

Con una agradable sensación de temeridad, alcé despacio las manos para quitarme el encaje ornamentado del pelo. Mis rizos, medio desprendidos, cayeron sueltos por mi espalda. Oí que alguien ahogaba una exclamación escandalizada detrás de mí.

Jamie, enfrente, quedó de pronto inexpresivo, con los ojos clavados en mí como los de un halcón en el conejo. Le sostuve la mirada y bebí, tragando con lentitud. El aroma a uvas negras me perfumó el interior de la cabeza mientras el calor del vino me encendía la cara, el cuello, los pechos, la piel. Jamie avanzó abruptamente para quitarme la copa vacía, duros y fríos los dedos contra los míos.

En ese momento, una voz habló detrás de él, desde los grandes ventanales iluminados por las velas.

—Señor Fraser.

Ambos dimos un respingo. La copa cayó entre los dos y se hizo añicos contra las piedras de la terraza. Jamie giró en redondo, buscando por reflejo la empuñadura del puñal con la mano izquierda. Al ver la figura recortada en el vano de la puerta aflojó el cuerpo y retrocedió un paso, torciendo la boca en una mueca de ironía.

Phillip Wylie salió hacia la luz de las antorchas. Su enrojecimiento era tal que se veía a pesar de los polvos; ardía en manchas frenéticas sobre sus pómulos.

—Mi amigo Stanhope ha propuesto que esta noche organicemos una o dos mesas de whist —dijo—. ¿Quiere jugar, señor Fraser?

Jamie le clavó una mirada larga y fría; vi que los dedos dañados de su mano izquierda se contraían apenas. El pulso palpitaba a un lado de su cuello. Pero su voz sonó serena.

—¿Al whist?

—Sí. —Wylie sonrió con los labios apretados, esmerándose en no mirarme—. Me han dicho que usted tiene buena mano para las cartas, señor. —Frunció los labios—. Claro que nuestras apuestas son bastante elevadas. Tal vez no considere...

—Será un placer —replicó Jamie. Su tono reflejaba a las claras que el único placer verdadero habría sido hacerle tragar los dientes.

Los dientes en cuestión refulgieron un instante.

—¡Ah!, estupendo. Espero... con ansias la ocasión.

—A sus órdenes, señor. —Jamie se inclinó de pronto. Luego dio media vuelta y me cogió del codo para alejarnos de la terraza.

Lo acompañé manteniendo el paso y el silencio, hasta que estuvimos lo bastante lejos como para que nadie nos oyera. El azogue se había disparado hacia arriba, abandonando mis regiones inferiores, y me rodaba nerviosamente por la espalda, dándome una sensación de peligrosa inestabilidad.

—¿Has perdido la cabeza? —pregunté de buenas maneras.

Al no recibir más que un breve resoplido a modo de respuesta, clavé los tacones y le tiré del brazo para obligarlo a detenerse.

—Ésa no ha sido una pregunta retórica —dije, en voz más alta—. ¿Whist? ¿Apuestas elevadas?

En realidad, Jamie era buen jugador. Además, conocía casi todas las trampas posibles. Aun así, hacer trampas jugando al whist era difícil, si no imposible. Y Phillip Wylie tenía fama de ser un excelente jugador, al igual que Stanhope. Por añadidura, Jamie no poseía nada para apostar, mucho menos si se trataba de apuestas altas.

—¿Puedo permitir que ese petimetre pisotee mi honor y luego me insulte a la cara? —Se dio la vuelta hacia mí, echando chispas por los ojos.

—No creo que haya... —empecé. Sin embargo, me interrumpí. Era obvio que, si la intención de Wylie no era insultarlo directamente, al menos quería desafiarlo. Y para un escocés, ambas cosas eran casi lo mismo—. Pero ¡no tienes por qué aceptar!

Habría logrado mayor efecto si hubiera discutido con el muro de ladrillos que rodeaba la huerta.

—Por supuesto que sí —dijo, rígido—. Tengo orgullo.

Me froté la cara, exasperada.

—¡Sí, y Phillip Wylie lo sabe de sobra! El orgullo precede a la caída. ¿Nunca lo has oído decir?

—No tengo la menor intención de caer —me aseguró—. ¿Me das tu anillo de oro?

Quedé boquiabierta.

—¿Qué...? ¿Mi anillo?

Mis dedos fueron involuntariamente a la mano izquierda, a la alianza de Frank. Él me observaba con atención, los ojos fijos en los míos. Ya habían encendido las antorchas en la terraza; la luz danzarina le daba de lado, marcando en relieve la terquedad de sus huesos y encendiendo un ojo en azul ardiente.

—Necesito algo con que apostar —explicó en voz baja.

—¡Maldita sea! —Le volví la espalda, mirando hacia el prado. Allí también habían encendido las antorchas; las blancas nalgas de Perseo brillaban en la oscuridad.

—No lo perderé —dijo Jamie, detrás de mí. Me apoyó una mano en el hombro, pesada a través de mi chal—. Y si lo perdiera... lo rescataría. Sé que lo aprecias.

Torcí el hombro para sacudirme su mano y me alejé algunos pasos. Me palpitaba el corazón, sentía la cara a un tiempo caliente y cubierta de sudor frío, como si estuviera a punto de desmayarme.

Él no dijo nada ni me tocó; se limitaba a esperar.

—El de oro —dije por fin, inexpresiva—. ¿El de plata no? Su anillo, ése no. Su marca de propiedad, ésa no.

—El de oro vale más —explicó él. Y añadió, después de una brevísima vacilación—: En dinero.

—Eso lo sé.

Me giré para enfrentarme a él. Las llamas de las antorchas, aleteando en el viento, arrojaban una luz móvil contra sus facciones; así era más difícil leer en ellas.

—¿No sería mejor que te diera los dos?

Tenía las manos frías y resbaladizas de sudor. El anillo de oro se desprendió con facilidad; el de plata estaba más ajustado, pero lo retorcí hasta hacer que pasara por el nudillo. Le cogí la mano para dejar caer en ella los dos anillos, con un tintineo.

Luego di media vuelta y me alejé.

# 47

## *Las lizas de Venus*

Roger salió del salón a la terraza, serpenteando entre la muchedumbre que se aglomeraba como piojos en torno a las mesas. Estaba acalorado y sudoroso, el aire de la noche fue como una palmada refrescante. Se detuvo en el extremo de la terraza, entre sombras, donde podría desabotonarse el chaleco sin llamar la atención y agitar un poco la pechera de la camisa, para dejar entrar el aire frío.

Las antorchas de pino que rodeaban la terraza y los caminos de piedra titilaban en el viento, arrojando sombras móviles sobre la masa de celebrantes, cuyos miembros y caras asomaban y desaparecían en desconcertante sucesión. El fuego centelleaba en la plata y el cristal, en los encajes de oro y las hebillas de los zapatos, contra pendientes y botones de chaquetas. Desde lejos la gente parecía iluminada por luciérnagas que parpadearan en la oscura masa de telas susurrantes. Brianna no se había puesto nada que reflejara la luz, pero aun así sería fácil de encontrar gracias a su estatura.

Hasta entonces sólo había podido verla por tentadores segundos; ella estaba siempre atendiendo a su tía o a Jemmy, o enfrascada en conversación con decenas de personas a las que conocía de su estancia anterior en River Run. Roger no le echaba en cara en absoluto esa oportunidad; en el Cerro de Fraser hacían muy poca vida social y era un placer ver cómo disfrutaba.

Él mismo lo había pasado muy bien; a esas horas tenía la garganta placenteramente irritada por el esfuerzo de cantar tanto tiempo y había aprendido de Seamus Hanlon tres canciones nuevas, que tenía bien grabadas en la memoria. Después de la reverencia final, había dejado por fin a la pequeña orquesta tocando en el salón, entre vapores de esfuerzo, sudor y alcohol.

Allí estaba Bree: salía de la sala, volviéndose a medias para decir algo a la mujer que llevaba detrás. De inmediato lo vio y se le encendió la cara, provocando un fulgor complementario bajo el chaleco reabotonado de Roger.

—¡Por fin! Apenas te he visto en todo el día. Pero te escuchaba de vez en cuando —añadió ella, señalando con la cabeza las puertas abiertas del salón.

—¿Sí? Dime, ¿he cantado bien? —preguntó él como sin darle importancia, a la desvergonzada búsqueda de un cumplido.

Ella sonrió de oreja a oreja y le golpeó el pecho con el abanico cerrado, imitando el gesto de una consumada coqueta... cosa que no era.

—¡Oh!, señora MacKenzie —dijo, en tono agudo y nasal—. ¡Qué voz tan divina tiene su esposo! Si yo tuviera su suerte, tenga la seguridad de que me pasaría horas enteras embriagándome con su melodía...

Entre risas, él reconoció a la señorita Martin, la dama de compañía de la anciana señorita Bledsoy; era una joven bastante fea, que había escuchado sus baladas entre suspiros y con los ojos muy abiertos.

—Sabes perfectamente que cantas bien —dijo Brianna, retomando su propia voz—. No hace falta que yo te lo diga.

—Tal vez no —admitió él—. Pero eso no significa que no me guste oírlo.

—¿De veras? ¿No es suficiente con la adulación de las multitudes? —Ella reía, con los ojos reducidos a triángulos de diversión.

Roger no supo qué responder y optó por cogerla de la mano.

—¿Quieres bailar? —Señaló con la cabeza el extremo de la terraza, donde los ventanales, abiertos de par en par, dejaban oír los alegres compases de *Duke of Perth*. Luego, a la mesa—. ¿O comer?

—Ninguna de las dos cosas. Quiero alejarme de aquí durante un minuto. Apenas puedo respirar.

Una gota de sudor le corrió por el cuello y lanzó un destello rojo a la luz de las antorchas, antes de que él la secara.

—Estupendo. —Con la mano de Bree apoyada en su brazo, giró hacia el borde herbáceo que se extendía más allá de la terraza—. Conozco un lugar muy a propósito.

—Magnífico. ¡Oh!, espera... No me vendría mal comer algo, después de todo. —Ella levantó la mano para detener a un joven esclavo, que venía desde la cocina con una pequeña bandeja cubierta, de la cual surgían apetitosos vapores—. ¿Qué es eso, Tommy? ¿Puedo tomar un poco?

—Tome todo lo que quiera, señorita Bree.

El muchacho, sonriente, quitó la servilleta para exhibir una variedad de exquisiteces. Ella inhaló con aire de beatitud.

—Lo quiero todo —dijo.

Y se apoderó de la bandeja, para diversión de Tommy. Roger aprovechó la oportunidad para murmurar al esclavo su propia orden. El joven hizo un gesto afirmativo y desapareció. Momentos después regresó con dos copas y una botella de vino, ya descorchada. Roger se hizo cargo de ellas y ambos se alejaron por el camino que llevaba al embarcadero, compartiendo noticias y pasteles de paloma.

—¿Has encontrado a algún invitado desvanecido entre los arbustos? —preguntó ella, con la boca llena de pastel de setas. Después de tragarlo aclaró—: Esta tarde, cuando papá te ha pedido que salieras a investigar.

Él lanzó un breve bufido mientras elegía un bollo de salchicha y calabaza seca.

—¿Sabes en qué se diferencia una boda escocesa de un velatorio escocés?

—No, ¿en qué?

—En el velatorio hay un borracho menos.

Ella se echó a reír, esparciendo migajas, y cogió un huevo relleno.

—No —respondió él mientras la guiaba con mano diestra hacia la derecha del embarcadero, donde estaban los sauces—.

Ahora se ven unos cuantos pies asomando entre las matas, pero esta tarde aún no habían tenido tiempo de quedar patas arriba.

—Tú sí que dominas el lenguaje —comentó ella, apreciativa—. Yo fui a hablar con los esclavos; todos presentes y en su mayoría, sobrios. Un par de mujeres han admitido que Betty bebe en las fiestas.

—Lo cual es poco decir, a juzgar por los comentarios de tu padre. Dice que estaba como una cuba. Y me parece que no se refería sólo a la borrachera.

Algo pequeño y oscuro saltó desde el camino hacia fuera. Una rana; las había oído cantar en el bosquecillo.

—Hum... Mamá dijo que más tarde ya parecía estar bien, a pesar de que el doctor Fentiman insistió en sangrarla. —Bree, estremecida, se ciñó el chal con una mano—. Ese médico me da escalofríos. Parece un duende o algo así. Y tiene las manos más frías y húmedas que yo haya tocado en mi vida. Y apesta, por añadidura.

—Aún no he tenido el placer —dijo Roger, divertido—. Ven.

Apartó el velo colgante de las ramas de sauce, con cuidado de no perturbar a alguna pareja que se les hubiera adelantado. Pero no había nadie en el banco de piedra. Todos estaban en la casa, consagrados a bailar, comer, beber y planear una serenata para los recién casados. «Mejor Duncan y Yocasta que nosotros», pensó. Mentalmente puso los ojos en blanco al recordar algunas de las sugerencias que había oído. En otro momento le había interesado ver un *shivaree* y rastrear sus raíces en las costumbres francesas y escocesas, pero ahora no.

Bajo los sauces encontraron de pronto el silencio. El rumor del agua y el monótono croar de las ranas ahogaban casi todos los ruidos de la casa. Además, aquello estaba oscuro como la medianoche. Brianna buscó el banco a tientas para dejar la bandeja.

Roger cerró los ojos con fuerza y contó hasta treinta. Al abrirlos pudo distinguir al menos la silueta de Bree, contra la escasa luz que se filtraba por entre los sauces, y la línea horizontal del banco. Allí puso las copas y escanció el vino, haciendo tintinear el cuello de la botella contra el cristal.

Luego alargó una mano y la deslizó por el brazo de Bree, hasta que localizó la de ella y pudo entregarle la copa llena sin peligro.

—Por la belleza —dijo, alzando la suya; la sonrisa era perceptible en su voz.

—Por la intimidad —brindó ella. Y bebió. Al cabo de un momento murmuró, soñadora—: ¡Ah, qué rico...! Hacía tanto tiempo que no probaba el vino... ¿Un año? No: casi dos. Desde antes de que naciera Jemmy. En realidad, desde... —se interrumpió de golpe; luego continuó con más lentitud—: Desde nuestra primera noche de bodas. En Wilmington, ¿recuerdas?

—Sí, recuerdo.

Él le cubrió la mejilla con una mano, siguiendo los huesos de la cara con el pulgar. No era extraño que Bree recordase ahora aquella noche. Había comenzado así, bajo las ramas de un enorme castaño que los amparaba del ruido y la luz de una taberna cercana. La situación actual se parecía extraña y conmovedoramente a aquélla: la oscuridad, el secreto, el olor del follaje y el agua cercana; el bullicio de las ranas arbóreas en celo reemplazaba a los ruidos de la taberna.

Pero aquélla había sido una noche calurosa, tan densa y húmeda que la carne se fundía contra la carne. Ahora el frío lo hacía desear el calor de Bree, y el olor que los rodeaba era el perfume primaveral de las hojas verdes y el río en movimiento, no ya musgos, hojarasca y pantanos.

—¿Crees que dormirán juntos? —preguntó Brianna. Parecía algo sofocada, tal vez por efecto del vino.

—¿Quiénes? Ah, ¿Yocasta y Duncan? ¿Por qué no, si se han casado?

Roger vació su copa y la dejó con un tintineo del cristal contra la piedra.

—Ha sido una hermosa boda, ¿verdad? —Ella se dejó quitar la copa sin resistencia—. Tranquila, pero muy bella.

—Muy bella, sí. —La besó con suavidad, estrechándola contra sí mientras palpaba la atadura del vestido a la espalda, entrecruzada bajo el fino chal de punto.

—Hum, sabes muy bien.

—Claro, a salchichas y vino. Tú también. —Su mano recogió el borde del chal para introducirse abajo, en busca del extremo del cordón; parecía estar cerca de la cintura. Ella se acercó más para facilitarle la tarea.

—¿Crees que aún querremos hacer el amor cuando seamos tan viejos como ellos? —le murmuró al oído.

—Yo sí —aseguró él; había encontrado el pequeño lazo que aseguraba el cordón—. Espero que tú también; no me gustaría tener que hacerlo solo.

Bree rió; luego inspiró hondo, dilatando súbitamente la espalda al aflojarse el cordón. Debajo estaba el maldito corsé. Roger usó las dos manos para buscar la atadura interior mientras ella arqueaba la espalda para ayudarlo. Eso le dejó los pechos a la vista, justo debajo de la barbilla. Al verlos no pudo menos que retirar una mano para ocuparse de ese nuevo y delicioso detalle.

—No he traído mi... es decir... —Ella se apartó un poco, dubitativa.

—Pero has tomado las semillas, ¿no? —Al diablo con la pizza y el papel higiénico; en ese momento Roger habría cambiado cualquier posible instalación sanitaria interior por un buen condón de goma.

—Sí.

Sin embargo, aún parecía dudar. Él rechinó los dientes y la sujetó mejor, como para impedir que huyera.

—No importa —susurró, deslizando la boca por su cuello, hasta la conmovedora pendiente donde se unía con el músculo del hombro. La sintió suave bajo los labios, fresca la piel donde la tocaba el aire, tibia y perfumada bajo el pelo—. No necesitamos... es decir... no voy a... dejar que...

El escote del vestido era profundo debajo del pañuelo, como lo indicaba la moda; más profundo aún con los cordones desatados. Roger sintió el pecho blando y pesado en el hueco de su mano, grande y redondo el pezón, como una cereza contra la palma, y se dejó llevar por el impulso de acercar la boca.

Ella se puso rígida; luego se relajó con un suspiro extraño. Roger sintió en la lengua un sabor caliente y dulce; luego, un extraño palpitar y un chorro de... Tragó por reflejo, horrorizado... Horrorizado y excitadísimo. Lo había hecho sin pensar, sin intención... Pero ella le sujetó la cabeza con fuerza.

Eso le dio valor para continuar; la empujó con suavidad hacia atrás, acostándola en el borde del banco para poder arrodillarse ante ella. Se le había ocurrido una súbita idea, provocada por el penetrante recuerdo de aquella anotación en el cuaderno de los sueños.

—No te preocupes —le susurró—. No nos... arriesgaremos a nada. Deja que lo haga... sólo por ti.

Aún vacilando, ella le permitió deslizar las manos bajo su falda, subir por la curva sedosa de la pantorrilla, enfundada en la media, y el muslo desnudo, bajo la curva aplanada de las nalgas, frescas y desnudas contra la piedra, bajo la espuma de las enaguas. Una de las canciones de Seamus describía las hazañas de cierto caballero «en las lizas de Venus». Las palabras se deslizaron por su cabeza con el rumor del agua, y decidió desempeñarse con honor en esa palestra.

Aunque ella no supiera describirlo, él se lo haría conocer. Bree se estremeció entre sus manos.

—¿Señorita Bree?

Los dos dieron un respingo convulsivo. Roger apartó las manos como si se hubiera quemado. Sentía el tronar de la sangre en los oídos... y en los testículos.

—Sí, ¿qué pasa? ¿Eres tú, Fedra? ¿Qué pasa? ¿Es por Jemmy?

Se encontró sentado sobre los talones, tratando de respirar, mareado. Divisó brevemente el pálido brillo de los pechos de Brianna, que se había levantado y se volvía hacia la voz, acomodándose a toda prisa el pañuelo; luego cubrió con el chal su vestido desabrochado.

—Sí, señora. —La voz de Fedra venía desde el sauce más cercano a la casa; de ella no se veía sino la blancura de la cofia, que parecía flotar en las sombras—. El pobre niño ha despertado acalorado e inquieto; no ha querido la papilla ni la leche. Y ahora ha comenzado a toser mucho. Teresa quería que buscáramos al doctor Fentiman, pero le he dicho...

—¡El doctor Fentiman!

Brianna desapareció con un feroz susurro de ramas y un golpeteo de zapatillas contra la tierra: corría hacia la casa, seguida por la esclava.

Roger se puso de pie y esperó un momento, con la mano contra los botones de la bragueta. La tentación era fuerte; sólo tardaría un minuto. Quizá menos, en ese estado. Pero no: Bree podía necesitarlo para que se entendiera con Fentiman. La sola idea de que el doctor utilizara sus sanguinarios instrumentos en la carne blanda de Jemmy bastó para que se lanzara de cabeza entre los sauces, detrás de las dos mujeres. Las lizas de Venus tendrían que esperar.


Encontró a Bree con Jemmy en el tocador de Yocasta, centro de un pequeño grupo de mujeres, todas las cuales parecieron sorprendidas y hasta algo escandalizadas al verlo aparecer. A pesar de las cejas enarcadas y los resoplidos, se abrió paso entre las faldas hasta reunirse con Brianna.

El pequeño tenía mal aspecto, sí. Roger sintió un nudo de miedo en la boca del estómago. ¡Virgen Santa!, ¿cómo podía haber ocurrido algo así en tan poco tiempo? Unas pocas horas antes, durante la ceremonia, Jem estaba bien; lo había visto acurrucado en su cuna, rosado y dulce; un rato antes, en la fiesta, tan bullicioso y simpático como de costumbre. Ahora yacía contra el hombro de Brianna, con las mejillas encendidas y los ojos pesados, gimoteando un poco; de su nariz brotaba un hilo de moco claro.

—¿Cómo está? —Le tocó una mejilla con el dorso de la mano. ¡Por Dios, ardía!

—Enfermo —fue la seca respuesta.

Como para confirmarlo, Jemmy empezó a toser; era un ruido espantoso: fuerte, pero medio sofocado, como el de una foca atragantada con pescado. La sangre se agolpó en la carita ya roja; los ojos azules, redondos, se dilataron en el esfuerzo de tomar aliento entre un espasmo y otro.

—¡Maldita sea! —murmuró Roger—. ¿Qué hacemos?

—Agua fría —dijo con autoridad una de las mujeres—. Sumergidlo por completo en un baño de agua fría. Y que la beba también.

—¡No! Por Dios, Mary, ¿quieres matar al niño? —Otra joven matrona dio unas palmaditas a la espalda trémula de Jemmy—. Es el crup; los míos lo tienen de vez en cuando. Lonchas de ajo calientes contra la planta de los pies. A veces da buen resultado.

—¿Y si no? —apuntó otra, escéptica.

La primera encogió la nariz. Su amiga intervino:

—Johanna Richards perdió a dos bebés por el crup. ¡Se le fueron así! —Y chasqueó los dedos.

Brianna se encogió como si fuera el ruido de sus propios huesos al quebrarse.

—¿Por qué perdéis el tiempo así cuando hay un médico en la casa? Tú, muchacha, ve en busca del doctor Fentiman. ¿No me has oído? —Una de las mujeres golpeó las palmas con fuerza para llamar la atención de Fedra, que estaba de espaldas a la pared, con los ojos clavados en Jemmy. Antes de que ella pudiera obedecer, Brianna levantó de golpe la cabeza.

—¡No! ¡Él no, de ningún modo! —Echó una mirada fulminante a las mujeres y la detuvo en Roger, con una súplica urgente—: Busca a mamá. ¡Deprisa!

Él apartó a las mujeres para salir, olvidando por un instante el miedo ante la posibilidad de hacer algo. ¿Dónde estaría Claire? «Ayúdame —pensó—, ayúdame a encontrarla, ayúdalo a reponerse.» Dirigió esa plegaria incoherente a quienquiera que estuviese escuchando: Dios, el reverendo, la señora Graham, santa Bride, la misma Claire... No tenía pretensiones.

Bajó en tromba al vestíbulo, sólo para encontrarse con Claire, que corría hacia él. Alguien se lo había dicho.

—¿Jemmy? —preguntó ella.

Ante su mudo gesto afirmativo, subió la escalera en un segundo, seguida por las miradas atónitas de la gente que llenaba el vestíbulo.

Roger la alcanzó arriba, en el pasillo, a tiempo para abrirle la puerta y recibir de Bree una mirada de gratitud inmerecida, pero muy apreciada.

Se mantuvo atrás para no estorbar, maravillado. En cuanto Claire entró en la habitación, la atmósfera de preocupación lindante con el pánico cambió de inmediato. Aunque la aflicción perduraba, las mujeres se retiraron a su paso sin vacilar, murmurando entre sí. Claire se acercó directamente a Jemmy y a Bree, sin prestar atención a nadie más.

—Hola, tesoro. ¿Qué pasa? ¿Nos encontramos muy mal?

Mientras hablaba en murmullos con el bebé, le movió la cabeza a un lado y a otro, palpando con suavidad bajo las mejillas regordetas y detrás de las orejas.

—Pobrecito... No importa, tesoro. Mamá está aquí, la abuela está aquí y todo se arreglará... ¿Cuánto tiempo lleva así? ¿Ha bebido algo? Sí, cariño, sí... ¿Traga con dificultad?

Alternaba los comentarios consoladores para el bebé con preguntas para Brianna y Fedra, todo en el mismo tono de serenidad, y mientras, palpaba aquí y allá, explorando, sedante. Roger sintió que también causaba efecto en él. Inspiró hondo. El nudo que tenía en el pecho se iba aflojando.

Claire cogió una hoja del grueso papel de Yocasta. Después de enrollarla para formar un tubo, lo usó para auscultar con atención la espalda y el pecho de Jemmy, que continuaba con sus ruidos de foca atragantada. Roger notó apenas que de algún modo se le había soltado la cabellera; para aplicar el oído tenía que apartarla a un lado.

—Sí, claro que es crup —dijo distraídamente, en respuesta al diagnóstico interrogante que ofrecía una de las mujeres—. Pero eso es sólo tos y dificultad para respirar. El crup puede presentarse solo, por así decirlo, o como síntoma temprano de otras enfermedades.

—¿Por ejemplo? —Bree estrechaba a Jemmy con fuerza; su cara estaba casi tan pálida como sus nudillos.

—Pues... —Claire parecía escuchar con atención, pero no a Bree, sino a lo que sucedía dentro de Jemmy, que había dejado de toser y yacía contra el hombro de su madre, exhausto, respirando con jadeos de locomotora a vapor—. Hum... resfriado común, gripe, asma, difteria... Pero no es eso —añadió deprisa, al ver la cara de Brianna.

—¿Estás segura?

—Sí —replicó Claire con firmeza mientras descartaba el estetoscopio improvisado—. No creo que sea difteria. Además, no ha habido casos por aquí. Y como aún le das el pecho, está inmunizado...

Se interrumpió de pronto, al advertir que las mujeres la miraban. Luego tosió adrede, como para incitar a Jemmy con el ejemplo. El niño gimió un poquito y volvió a toser. Roger sentía una roca en su propio pecho.

—No es grave —aseguró Claire al incorporarse—. Pero es preciso empezar ya a tratarlo. Bajémoslo a la cocina. Fedra, ¿puedes traerme un par de edredones viejos, por favor?

Y se dirigió hacia la puerta, ahuyentando a las mujeres a su paso como si fueran gallinas.

Guiado por un impulso que no se detuvo a analizar, Roger alargó los brazos hacia el bebé. Tras un instante de vacilación, Brianna permitió que lo cogiera. Jemmy no se resistió; pendía laxo y pesado, en terrible contraste con su normal elasticidad de caucho. Su mejilla quemaba a través de la camisa. Bajó la escalera con él en brazos y Bree a su lado.

La cocina ocupaba el sótano de ladrillos. Mientras descendían por la oscura escalera posterior, Roger tuvo una breve visión de Orfeo marchando por los infiernos, seguido por Eurídice. Pero en vez de una lira mágica traía a un niño que ardía como una brasa y tosía como si sus pulmones estuvieran a punto de reventar. Si no se volvía a mirar, pensó, el niño se curaría.

—Un poco de agua fría no le iría mal. —Claire apoyó una mano en la frente de Jemmy para evaluar su temperatura—. ¿Tienes alguna infección en el oído, tesoro? —Le sopló en un oído; luego, en el otro. El bebé parpadeó, entre roncas toses, y se pasó una mano regordeta por la cara, pero sin muestras de dolor.

Guiados por las indicaciones de Claire, los esclavos trajinaban en un rincón de la cocina; trajeron agua hirviendo y formaron una tienda con los edredones unidos con alfileres.

Cuando ella cogió al bebé para bañarlo, Roger quedó desolado. Necesitaba con urgencia algo que hacer, cualquier cosa. Por fin Brianna le estrechó la mano con fuerza, clavándole las uñas en la palma.

—Se curará —susurró—. Ya verás como sí.

Él respondió a su gesto sin decir nada.

Una vez que la tienda estuvo lista, Brianna se metió bajo el edredón y alargó los brazos para que le entregaran a Jemmy. El niño alternaba la tos con el llanto, pues el agua fría no le había gustado en absoluto. Claire, que había mandado a una esclava a buscar su caja de remedios, revolvió en ella hasta encontrar un vial repleto de un aceite amarillo y un frasco de cristales blancos.

Antes de que pudiera hacer nada con ellos, Joshua, uno de los mozos de cuadra, bajó con estruendo la escalera, medio sofocado por la prisa.

—¡Señora Claire! ¡Señora Claire!

Al parecer mientras algunos caballeros disparaban sus pistolas en celebración del feliz acontecimiento, uno de ellos había sufrido cierto percance, aunque Josh no sabía exactamente de qué se trataba.

—No está malherido —aseguró—, pero sangra mucho. Y el doctor Fentiman... Pues quizá no esté tan firme como convendría. ¿Vendría usted, señora?

—Por supuesto.

En un abrir y cerrar de ojos, Claire puso el frasco y el vial en manos de Roger.

—Tengo que ir. Coge esto. Pon un poco en el agua caliente; que respire el vapor hasta que deje de toser.

Rápida y pulcra, recogió su caja y, después de entregársela a Josh para que la cargara, desapareció por la escalera antes de que Roger pudiera preguntarle nada.

Por la abertura de la tienda escapaban volutas de vapor. Él apenas perdió tiempo en quitarse la chaqueta y el chaleco. Después de arrojarlos al suelo de cualquier modo, se sumergió en la oscuridad, con el frasco y el vial en la mano.

Bree estaba acurrucada en un banquillo, con Jemmy en el regazo; a sus pies, una gran jofaina blanca, llena de agua humeante. La luz del hogar cayó por un momento contra su cara. Roger le sonrió, tratando de reconfortarla. Luego el edredón cayó otra vez.

—¿Dónde está mamá? ¿Se ha ido?

—Sí. Hay una emergencia. Pero todo saldrá bien —aseguró—. Me ha dado lo que debemos echar en el agua. Ha dicho que le hagamos respirar el vapor hasta que la tos cese.

Se sentó en el suelo, junto a la jofaina. La oscuridad no era total allí abajo. Cuando sus ojos se habituaron pudo ver bastante. Bree parecía preocupada, pero no tan aterrada como la había visto en el piso de arriba. Él también se sentía mejor; al menos sabía lo que era preciso hacer. Y Claire no parecía tan preocupada como para no separarse de su nieto; por lo visto, no temía que se ahogara en el acto.

El vial contenía aceite de pino, penetrante y perfumado de resinas. No sabía cuánto usar, pero echó al agua una cantidad generosa. Cuando quitó el corcho del frasco, el aroma penetrante del alcanfor se alzó como un genio salido de la botella. En realidad, no eran cristales, sino grumos de resina seca, algo pegajosos. Él se puso algunos en la palma de la mano; luego las frotó con fuerza antes de dejar caer aquello al agua. Mientras lo hacía se extrañó de la instintiva familiaridad del gesto.

—¡Ah! Así que era eso —dijo de pronto.

—¿Qué?

—Esto. —Señaló con el gesto aquel abrigado santuario, que se llenaba rápidamente de un vapor perfumado—. Recuerdo haber estado en mi cama con una manta en la cabeza. Mi madre puso esto en agua caliente; olía igual. Por eso me parecía familiar.

—¡Ah...! —Se diría que la idea tranquilizaba a Bree—. ¿Tú también tuviste crup cuando eras pequeño?

—Supongo que sí. No recuerdo nada. Solamente el olor.

A esas alturas el vapor había inundado la pequeña tienda, húmedo y penetrante. Él se llenó los pulmones. Luego dio unas palmaditas en la pierna de Brianna.

—No te preocupes. Con esto se curará.

De inmediato Jemmy empezó a toser como si quisiera escupir los pulmones, con más ruidos de foca, pero ya parecían menos alarmantes. Ya fuera por la oscuridad, el olor o el mero bullicio hogareño de los ruidos que se renovaban en la cocina, fuera de la tienda, todo parecía más tranquilo. Oyó que Bree suspiraba y percibió el cambio sutil de su cuerpo al relajarse.

Durante un rato guardaron silencio, atentos a las toses de Jemmy, a sus jadeos sibilantes. Por fin recuperó el aliento, con un leve hipo. Ya no gimoteaba, como si la proximidad de sus padres lo tranquilizara.

Roger había dejado caer el corcho del alcanfor. Lo buscó a tientas en el suelo y tapó con firmeza el frasco.

—Me pregunto qué ha hecho tu madre con sus anillos —comentó, por buscar algún tema de conversación que rompiera ese húmedo silencio.

—¿Por qué? —Brianna apartó un mechón de pelo; se lo había recogido para la ceremonia, pero escapaba de las horquillas y se le adhería a la cara húmeda.

—Cuando me entregó estas cosas no los llevaba puestos.
—Tenía un claro recuerdo de las manos, de los dedos largos, blancos y desnudos. Le habían llamado la atención, pues nunca la había visto sin esos anillos de oro y plata.

—¿Estás seguro? Nunca se los quita, salvo para hacer algo muy horrible. —Bree dejó escapar una risita nerviosa, inesperada—. La última vez fue cuando Jem dejó caer su «bobi» en la bacinilla.

Roger rió, divertido. Un «bobi» era cualquier objeto pequeño, pero así llamaban ahora a la anilla de hierro, originariamente destinada a conducir al ganado por el hocico, que a Jem le gustaba mascar. Era su juguete favorito y no podía acostarse sin él.

—¿Ba ba? —Jem levantó la cabeza, con los ojos entornados. Aún respiraba con dificultad, pero empezaba a mostrar interés por algo que no fuera su incomodidad—. ¡Ba ba!

—¡Hombre, cómo se me ocurrió mencionarlo! —Bree lo hizo saltar un poco en la rodilla e intentó distraerlo cantando en voz baja—. *Era un hom-bre, y una mi-na, y su hi-ja Clementine...*

La oscura intimidad de la tienda hizo que Roger recordara algo: había allí la misma sensación de paz y retiro que en el banco de los sauces, aunque hiciera mucho más calor. El algodón de su camisa había perdido rigidez; sentía el hilo de sudor que le corría por la espalda, desde la nuca.

—Oye —le dijo a Bree—, ¿no quieres subir a quitarte el vestido nuevo? Aquí se te estropeará.

—Pues... —Ella se mordió el labio—. No, no importa. Me quedaré.

Roger se incorporó, medio agachado bajo los edredones, y levantó a Jem, que tosía y goteaba en su regazo.

—Ve —dijo con firmeza—. Puedes recoger su b... ya sabes qué. Y no te preocupes. Es obvio que el vapor está surtiendo efecto. Pronto estará bien.

Hubo que argumentar un poco más, pero al fin ella consintió. Roger ocupó el taburete, con Jemmy acurrucado en el hueco de su brazo. La presión del asiento le hizo tomar conciencia de cierta congestión residual, originada en el encuentro bajo los sauces. Cambió un poco de posición para aliviar la incomodidad.

—Bueno, el daño es pasajero —murmuró a Jemmy—. Cualquier muchacha te lo dirá.

Jemmy resopló y dijo algo ininteligible, que comenzaba con «¿Ba...?». Luego volvió a toser, pero por poco tiempo. Él tocó la mejilla redonda con el dorso de la mano. Parecía algo menos afiebrada. Pero no era fácil apreciarlo, con tanto calor como hacía allí. Se limpió con la manga el sudor que le corría por la cara.

—¿Ba ba? —preguntó una vocecita de rana contra su pecho.

—Sí, ya viene. Calla, calla.

—Ba ba. ¡Ba ba!

—Chist...

—Ba...

—*Era ru-bia como un ha-da...*

—¡Ba...!

—*¡Y CALZA-BA CIENTO DIEZ!* —Roger levantó de golpe la voz, con lo que provocó un sobresaltado silencio, tanto dentro como fuera de la tienda, en la cocina. Después de un carraspeo, retomó un tono de arrullo—. *Oh, mi ama-da, oh, mi ama-da, oh, mi ama-da Clementine...*

La canción parecía surtir efecto. Jemmy había puesto los párpados a media asta. Empezó a chuparse el pulgar, pero no podía respirar por la nariz. Roger apartó con suavidad el dedo y le retuvo el puño. Estaba mojado y pegajoso; era muy pequeño, pero se le percibía tranquilizadoramente fuerte.

—*Se golpeó... con una asti-lla...*

Los párpados aletearon apenas; luego abandonaron la lucha. Jemmy suspiró, ya del todo laxo. El calor manaba de su piel en oleadas. Tenía diminutas gotas de humedad en las pestañas: lágrimas, sudor, vapor o las tres cosas a la vez.

—*... y perdí a mi Clementine. Oh, mi amada, oh, mi amada...*

Se enjugó la cara otra vez. Luego besó aquella mata suave de pelo sedoso, húmedo. «Gracias», pensó con sinceridad, dirigiéndose a todos, de Dios hacia abajo.

—*Oh, mi ama-da Clementine.*

# 48

## *Extraños en la noche*

Cuando me metí en la cama, después de examinar por última vez a todos mis pacientes, ya era muy tarde. DeWayne Buchanan había recibido una ligera herida en el músculo del brazo, causada por Ronnie Campbell, que no alzó lo suficiente su pistola mientras alborotaban en la ribera, pero estaba de buen ánimo; remojado en licores por el arrepentido Ronnie, casi no sentía dolor.

Rastus, uno de los esclavos de Farquard Campbell, se había quemado la mano al retirar un ave del asador; no pude hacer otra cosa que vendársela con un paño limpio, sumergirla en un cuenco de agua fría y recetarle ginebra por vía oral. También atendí a varios jóvenes bastante afectados por la bebida y a otros que presentaban diferentes contusiones, abrasiones y dientes rotos como resultado de un desacuerdo al jugar a los dados. Seis casos de indigestión, todos atendidos con té de menta y en franca mejoría. Betty roncaba a voz en cuello en su cama, en un sueño profundo que parecía natural. Y Jemmy hacía otro tanto, ya sin fiebre.

Por entonces los festejos ruidosos habían terminado; tan sólo quedaban algunos empecinados jugando a los naipes entre nubes de tabaco, enrojecidos los ojos. Al cruzar la planta baja eché también un vistazo a las otras habitaciones. En un extremo del comedor, varios caballeros discutían de política en voz baja, con las copas de coñac olvidadas junto a los codos. Jamie no estaba entre ellos.

Un esclavo de librea, con los ojos entornados, me hizo una reverencia y preguntó si quería comer o beber algo. Yo no había probado bocado desde la cena, pero rehusé, demasiado exhausta como para pensar en la comida.

En el primer descansillo me detuve a mirar al otro lado del pasillo, donde Yocasta tenía sus habitaciones. Allí todo era silencio; las bromas pesadas habían terminado. Se veía la marca de un objeto pesado en la pared y varias quemaduras en el techo, allí donde las balas lo habían alcanzado.

El mayordomo Ulises montaba guardia junto a la puerta, sentado en un taburete, aún con peluca y librea formal, pero cabeceaba sobre los brazos cruzados. Una vela chisporroteaba por encima de él. A su luz vacilante noté que tenía los ojos cerrados, y una profunda arruga en la frente. Encorvó los hombros y movió los labios por un instante, como si soñara algo malo. Pensé despertarlo, pero el sueño pasó de inmediato. Vi que se desperezaba y volvía a dormir, con el rostro ya en calma. Un instante después se apagó la vela.

Presté atención, pero en la oscuridad no se oía más que la fuerte respiración de Ulises. Jamás se sabría si Duncan y Yocasta intercambiaban palabras comprensivas tras los doseles del lecho o si yacían en silencio, el uno junto al otro, eternamente separados. Les envié en silencio mis deseos de felicidad. Y continué arrastrándome hacia arriba, con las rodillas y la espalda doloridas, echando de menos mi propia cama... y la comprensión de mi marido.

En el segundo descansillo, una ventana abierta dejaba oír gritos lejanos, risas y algún disparo recreativo, traído por el viento de la noche. Los caballeros más jóvenes y alocados —y algunos que, por su edad, habrían debido ser más prudentes— habían bajado al embarcadero, acompañados por diez o doce botellas de whisky y coñac, para disparar contra las ranas, o eso había oído.

Las damas, en cambio, estaban durmiendo. En el segundo piso no se oía más que el zumbar de los ronquidos apagados. En contraste con el helado pasillo, el ambiente de la alcoba era sofocante; sin embargo, el fuego se había reducido a un lecho de brasas que apenas despedía un misterioso resplandor.

Con tantos huéspedes en la casa, los únicos que gozaban el lujo de una alcoba privada eran los recién casados; los demás nos habíamos apiñado de cualquier modo en las habitaciones disponibles. Aquélla estaba ocupada por dos grandes camas y un catre; con colchones de paja en la mayor parte del espacio restante. En cada una de las camas, como sardinas en lata, se apiñaban mujeres en camisola, que irradiaban tanto calor húmedo como un invernadero lleno de orquídeas.

Respiré lo menos posible; en el aire se mezclaban olores a sudor rancio, carne asada y cebolla frita, perfume francés, alientos alcohólicos y el olor dulzón de la vainilla. Me quité el vestido y los zapatos tan deprisa como pude, con la esperanza de no empaparme en sudor antes de estar desvestida. Aún estaba alterada por los sucesos del día, pero el agotamiento me tiraba de los miembros como pesas de plomo. Fue una alegría avanzar de puntillas entre aquellos cuerpos despatarrados para ocupar mi espacio de costumbre, al pie de una de las grandes camas.

Aún me zumbaban en la mente especulaciones de todo tipo; a pesar del arrullo hipnótico de tantos seres dormidos a mi alrededor, permanecí rígida y dolorida, contemplando los dedos de mis pies, que se recortaban contra la luz moribunda del hogar.

Betty había pasado del sopor a un sueño que parecía profundo y normal. Por la mañana, cuando despertara, podríamos averiguar quién le había dado la taza... y, quizá, qué había en ella. Ojalá Jemmy también pudiera dormir plácidamente. Pero lo que en realidad me preocupaba era Jamie.

No le había visto entre los que jugaban a las cartas ni entre los que conversaban a media voz de impuestos y tabaco.

Tampoco había visto a Phillip Wylie en la planta baja de la casa. Posiblemente estuviera con quienes festejaban junto al embarcadero, gente de su tipo: jóvenes adinerados que buscaban diversión en la bebida y jaraneaban en la oscuridad, ajenos al frío y al peligro, riendo y persiguiéndose unos a otros a la luz de los disparos.

Ése no era el tipo de gente ni el estilo de Jamie, pero fue imaginármelo entre ellos lo que me encogió los pies de frío, pese a lo caldeado de la habitación.

«No cometerá ninguna estupidez», me dije mientras me ponía de lado para recoger las rodillas tanto como era posible en ese atestado espacio. No las haría, es verdad, pero su definición de *estupidez* no siempre coincidía con la mía.

Los huéspedes varones, en su mayoría, estaban alojados en los edificios exteriores o en los vestíbulos. Al pasar, había visto anónimos durmientes despatarrados en el suelo, envueltos en sus capotes y roncando a voces junto al fuego. No busqué entre ellos, pero sin duda Jamie debía de estar allí; al fin y al cabo, su jornada había sido tan larga como la mía.

Sin embargo, no era habitual que se retirara sin venir a darme las buenas noches, cualesquiera que fuesen las circunstancias. Claro que estaba irritado conmigo y, pese a la promesa de nuestra interrumpida conversación en la terraza, nuestra riña no estaba resuelta. Antes bien, de nuevo inflamada por la invitación de esa bestia. Phillip Wylie. Cerré las manos, frotando con los pulgares la leve callosidad que marcaba el sitio donde solían estar los anillos. ¡Condenados escoceses!

Jemima Hatfield se removió y murmuró a mi lado, perturbada por mi desasosiego. Volví a tenderme lentamente de costado, la vista perdida en el pie de roble de la cama.

Sí: sin la menor duda, él seguía enfadado por los atrevimientos de Phillip Wylie. Y yo también lo habría estado, de no ser por el cansancio. ¿Cómo se atrevía...? Bostecé hasta casi dislocarme la mandíbula. En realidad, no merecía la pena irritarse, al menos por el momento.

Pero no era normal que Jamie me evitara, enfadado o no. No era de los que se amohínan obsesivamente. Podía buscar la confrontación o provocar una pelea sin vacilar un segundo, aunque nunca dejaba que el sol se pusiera sobre su enfado, al menos con respecto a mí. Eso me indujo a preguntarme dónde estaría y qué demonios estaba haciendo. Y el hecho de preocuparme por él me enfadaba de verdad, aunque sólo fuera porque el enfado era preferible a la preocupación.

Aun así, la jornada había sido larga, en realidad; con el paso de los minutos, al cesar poco a poco los estallidos de disparos en el río, me fue invadiendo cierta languidez que embotó mis miedos y diseminó mis pensamientos como arena vertida. La suave respiración de las otras mujeres me acunaba como el sonido del viento entre los árboles. Mi conexión con la realidad se fue aflojando hasta desprenderse por completo.

Podría haber esperado sueños de violencia o pesadillas de miedo, pero al parecer mi subconsciente ya estaba harto de eso. Por el contrario, prefirió atender otra hebra de los acontecimientos del día. Tal vez por lo caldeado de la habitación, tal vez sólo por la proximidad de tantos cuerpos, soñé vívida y eróticamente; las oleadas de excitación sexual me llevaban de vez en cuando casi hasta las costas de la vigilia, para luego arrastrarme una vez más hasta las honduras de la inconsciencia.

En mi sueño había caballos: lustrosos frisones negros, de crines flotantes que ondulaban al viento mientras los sementales corrían a mi lado. Veía mis propias patas, extendidas para el salto; yo era una yegua blanca. El suelo pasaba en un borrón verde bajo mis cascos, hasta que me detuve y me di la vuelta para esperarlo: un semental de pecho amplio que se me acercó, caliente y húmedo su aliento contra mi cuello. Cerró los dientes blancos contra mi nuca... «Soy el rey de Irlanda», dijo, y yo desperté lentamente, vibrando de pies a cabeza. Y descubrí que alguien me acariciaba la planta de esos mismos pies.

Como seguía desconcertada por las imágenes carnales de mis sueños, no me alarmé; simplemente, fue un placer descubrir que después de todo tenía pies y no cascos. Curvé los dedos y flexioné el tobillo, disfrutando del delicado pulgar que avanzaba por el arco y trepaba por el hueco del tobillo, componiéndoselas para estimular todo un plexo de sensaciones. De pronto, con una pequeña sacudida, desperté por completo.

Quienquiera que fuese percibió mi regreso a la conciencia, pues el contacto se apartó por el momento. Regresó con más firmeza: una mano grande y tibia, que se curvó en torno a mi pie, ejecutando con el pulgar un masaje lánguido, pero firme, contra la base de los dedos.

Por entonces yo estaba bien despierta y algo sobresaltada, aunque no tenía miedo. Retorcí un poco el pie, como para desprender esa mano, pero los dedos me lo estrecharon apenas a modo de respuesta. Luego su compañera me pellizcó con suavidad el dedo gordo. *Este cerdito trajo un huevo del mercado, éste lo cocinó...*

Oía la estrofa infantil con tanta claridad como si alguien la hubiera recitado en voz alta mientras me iba pellizcando los dedos uno a uno.

*¡Y el más pequeñín se lo comió!* El contacto continuó por la planta del pie, haciéndome cosquillas. Me sacudí sin poder evitarlo, conteniendo una risita.

Levanté la cabeza, pero la mano volvió a sujetarme el pie, estrujando a manera de advertencia. El fuego se había apagado por completo y la habitación estaba negra como el terciopelo; aun con los ojos completamente adaptados a la oscuridad, no capté más que la sensación de una silueta encorvada junto a mis pies, una mancha amorfa que se movía como el azogue; sus bordes se fundían con la penumbra de la noche.

La mano se deslizó suavemente por mi pantorrilla. La sacudí con violencia; la mujer que estaba a mi lado levantó la cabeza con un legañoso «¿Eh?», y volvió a derrumbarse.

Me temblaban los músculos del estómago por la risa reprimida. Él debió de percibir esa ligera vibración, pues abandonó mi dedo pequeño con una suave presión y me acarició la planta, obligándome a encoger con fuerza todos los dedos. La mano se cerró en un puño, presionando a lo largo de la planta; luego se abrió súbitamente, para abarcar el talón. El pulgar me acarició el tobillo y se detuvo, interrogante. No me moví.

Esos dedos estaban entrando en calor; sólo tuve una vaga sensación de frío cuando siguieron la curva de la pantorrilla y buscaron refugio en la blanda cara posterior de la rodilla. Allí tocaron un ritmo veloz contra la sensible piel de esa zona, en tanto yo me contorsionaba de agitación. Se hicieron más lentos hasta detenerse con firmeza en la arteria donde la piel era tan fina que las venas se dibujaban en azul; percibí el torrente de sangre que pasaba por allí.

Él cambió de posición, con un suspiro; luego una mano me rodeó la redondez del muslo y se deslizó poco a poco hacia arriba. La otra la siguió, presionando de manera inexorable para separarme las piernas.

El corazón me palpitaba en los oídos; sentía los pechos hinchados y los pezones pujantes contra la tenue muselina de la camisa. Inspiré hondo... y percibí olor a polvos de arroz.

De inmediato mi corazón dio un doble salto y se detuvo por un momento. Una idea súbita cobró existencia en mi mente: ¿y si no era Jamie?

Permanecí muy quieta, tratando de no respirar, concentrada en esas manos, que estaban haciendo algo delicado e indescriptible. Eran manos grandes; sentí que los nudillos presionaban contra la suave carne interior del muslo. Pero Phillip Wylie también tenía las manos grandes, demasiado para su estatura. Lo había visto recoger un puñado de avena para *Lucas*, su semental, y el hocico del caballo cabía en la palma.

Callos: esas manos vagabundas (¡Oh, buen Dios!) estaban encallecidas. Pero también las de Wylie; por petimetre que fuera, sus palmas de jinete eran tan duras como las de Jamie.

Tenía que ser Jamie. Levanté un poco la cabeza, para espiar en la aterciopelada oscuridad. Diez cerditos... ¡Por supuesto que era Jamie! En ese momento una de las manos hizo algo que me sobresaltó. Sacudí los miembros con un grito ahogado y mi codo se clavó contra las costillas de mi vecina, quien se incorporó de inmediato, con una fuerte exclamación. Las manos se retiraron de golpe, estrujándome los tobillos en una apresurada despedida.

Alguien gateaba a toda velocidad por el suelo. Luego, un destello de luz mortecina y una ráfaga fría que entró desde el pasillo: la puerta se había abierto para volver a cerrarse al instante.

—¿Qué...? —murmuró Jemima a mi lado, en aturdida estupefacción—. ¿Q'n anda?

Al no recibir respuesta, murmuró algo y volvió a acostarse. Al segundo se quedó dormida.

Yo no.

# 49

## In vino veritas

Pasé largo tiempo insomne, escuchando los apacibles ronquidos y susurros de mis compañeras de cama. Y el palpitar agitado de mi propio corazón. Cada nervio de mi cuerpo parecía asomar a través de la piel. Cuando Jemima Hatfield rodó dormida como un tronco contra mí, le asesté un codazo en las costillas.

—¿Mmm? —musitó ella, sobresaltada. Y se incorporó a medias, parpadeando, antes de hundirse despacio en ese mar comunal.

En cuanto a mí, la pequeña barca de mi conciencia navegaba a la deriva en la inundación, girando sin timón, pero sin la menor posibilidad de hundirse.

Simplemente, no sabía qué sentir. Por una parte estaba excitada; contra mi voluntad, sin duda, pero excitada sí o sí. Quienquiera que hubiese sido mi visitante nocturno, sabía qué hacer con un cuerpo femenino.

Eso argumentaba a favor de Jamie. Aun así, yo no sabía qué grado de experiencia tenía Phillip Wylie en las artes amatorias; en el establo había rechazado sus avances sin darle oportunidad de demostrar sus habilidades en ese sentido.

Sin embargo, mi visitante de medianoche no había aplicado ninguna caricia que yo pudiera identificar con total certeza como del repertorio de Jamie. Si hubiera usado la boca, en cambio... Me aparté al instante de esa línea de pensamiento, como un caballo desbocado. Mi piel experimentó una ligera convulsión, respuesta involuntaria a las imágenes que evocaba, y Jemima gruñó por lo bajo.

No sabía si sentirme divertida o indignada, seducida o violada. Pero estaba enfadadísima; de eso, al menos, estaba segura. Y la seguridad me servía de ancla en el torbellino de las emociones. Aun así no tenía ni idea de cuál debía ser el blanco de mi cólera. Y esa emoción tan destructiva, al no tener adónde apuntar, no hacía más que estrellarse de un lado a otro dentro de mí, derribando cosas y dejando marcas.

—¡Uf! —dijo Jemima, en tono intencionado y bastante consciente.

Al parecer yo no era la única perjudicada por mis emociones.

—¿Hum? —murmuré, fingiendo estar semidormida.

En la mezcla de sensaciones había también un dejo de culpa.

Si yo hubiera tenido la certeza de que había sido Jamie, ¿me habría enfadado?

Lo peor era que no podía hacer nada de nada por averiguar quién había sido. No era cuestión de preguntar a Jamie si había venido a sobarme en la oscuridad, pues si no había sido él, su reacción inmediata sería asesinar a Phillip Wylie con sus propias manos.

Me sentía como si tuviera diminutas anguilas eléctricas serpenteando bajo la piel. Me desperecé tanto como pude, tensando y relajando de forma alternativa cada uno de mis músculos. Aun así no pude mantenerme quieta.

Por fin abandoné con cuidado la cama y me acerqué a la puerta; mis dignas compañeras de cama dormían a pierna suelta bajo los edredones, como una hilera de perfumadas salchichas. Con gran sigilo, abrí la puerta para echar una mirada al pasillo. Era muy tarde, o quizá muy temprano; al final del corredor, la alta ventana se había tornado gris, pero aún se veían las últimas estrellas, puntos luminosos que se desvanecían en el oscuro satén del cielo.

En el pasillo, lejos del calor corporal de las mujeres, hacía frío, pero lo recibí de buen grado; la sangre me palpitaba a flor de piel, haciéndome vibrar de celo y agitación. Lo que necesitaba era enfriarme, justamente. Caminé en silencio hasta la escalera posterior, con intención de salir a tomar aire.

En lo alto de la escalera me detuve en seco. Al pie de los peldaños había un hombre: una silueta alta y negra contra los cristales de los ventanales. Yo no creía haber hecho ningún ruido, pero él se volvió de inmediato, al tiempo que alzaba la cara hacia mí. Pese a lo escaso de la luz reconocí en al acto a Jamie.

Aún vestía la ropa de la noche anterior: chaqueta y chaleco, camisa de volantes y la manta escocesa con hebillas. Pero tenía el cuello de la camisa abierto; la chaqueta y el chaleco, desabotonados y torcidos. Distinguí la estrecha banda de lino blanco y la piel del cuello, oscuro en contraste. Tenía el pelo suelto y se había estado peinando con las manos.

—Baja —dijo con voz queda.

Eché una mirada vacilante detrás de mí. Del cuarto que acababa de abandonar surgía una femenina confusión de ronquidos. Dos esclavos dormían en el suelo del pasillo, acurrucados bajo las mantas. Pero nadie se movía.

Volví a mirarlo. Él no dijo nada más, aunque levantó dos dedos en gesto de llamada. Su olor a humo y whisky colmaba el hueco de la escalera.

La sangre me palpitaba en los oídos... y en otro sitio. Me sentía arrebolada, con el pelo húmedo pegado a las sienes y al cuello; el aire frío se metía bajo mi camisa, tocando el parche húmedo en el extremo de la columna, la película viscosa entre los muslos.

Descendí a paso lento y cauteloso, tratando de que los peldaños no crujieran bajo mis pies descalzos. A buenas horas se me ocurrió que era ridículo, pues los esclavos subían y bajaban con estruendo esas escaleras cien veces al día. Aun así necesitaba secreto; la casa aún dormía y el hueco de la escalera estaba lleno de una luz gris que parecía frágil como cristal ahumado. Un ruido súbito, un movimiento demasiado rápido, podían hacer que algo estallara bajo mis pies, con un destello de bombilla quemada.

Él mantenía los ojos fijos en mí, triángulos oscuros en la oscuridad menor de su cara. Me miró con feroz intensidad, como para arrastrarme escaleras abajo por la simple potencia de su mirada.

Me detuve antes de bajar el último peldaño. Gracias a Dios, él no tenía sangre en la ropa.

No era la primera vez que veía ebrio a Jamie. No me extrañó que no hubiese subido él a por mí. Pensé que en ese instante estaba muy borracho, pero en esta ocasión había algo muy diferente. Se mantenía sólido como una roca, con las piernas separadas; sólo cierta parsimonia en la manera en que se movía para mirarme delataba su estado.

—¿Qué...? —susurré.

—Ven aquí. —Su voz sonaba grave, ronca de insomnio y de whisky.

No tuve tiempo de contestar ni de obedecer: él me cogió del brazo para bajarme del último peldaño y me estrechó contra sí para besarme. Fue un beso desconcertante, como si su boca conociera la mía demasiado bien y pudiera obligarme al placer, sin pararse a pensar en mis deseos.

Su pelo olía al humo de una noche larga: tabaco, leña y velas de cera. Su sabor a whisky era tal que me sentí mareada, como si el alcohol de su sangre pasara a la mía a través de la piel y de las membranas unidas de las bocas. Algo más se estaba filtrando en mí desde él: una sensación de lujuria irresistible, tan ciega como peligrosa.

Quise hacerle reproches, apartarlo, pero decidí permanecer quieta. De cualquier modo no habría logrado nada. Él no pensaba soltarme.

Me sujetaba la nuca con una manaza dura y caliente; pensé en los sementales, mordiendo el cuello de la yegua que cubren, y me estremecí desde el cuero cabelludo hasta la planta de los pies. Sin darse cuenta, presionó con el pulgar contra la gran arteria de mi mandíbula; detrás de mis ojos se hizo la oscuridad y mis rodillas comenzaron a ceder. Al percatarse, él me recostó contra la escalera hasta dejarme casi supina contra los escalones, cargando a medias su peso en mí, buscándome con las manos.

Bajo la camisa estaba desnuda. Y lo mismo habría dado que la delgada muselina no estuviera allí.

Sentí el duro borde de un peldaño apretado a mi espalda y pensé, de esa manera turbia en que ves las cosas cuando estás ebria, que iba a poseerme allí mismo, en la escalera, sin que le importara nada que alguien pudiera vernos.

Liberé mi boca el tiempo suficiente para jadearle al oído:

—¡Aquí no!

Eso pareció devolverle momentáneamente los sentidos; levantó la cabeza, parpadeando como si despertara de una pesadilla, con los ojos dilatados y ciegos. Luego hizo un gesto afirmativo, convulso, y se levantó, tirando de mí al mismo tiempo.

Junto a la puerta pendían los capotes de las criadas. Después de envolverme en uno, me alzó en vilo y atravesó la puerta a golpes de hombro, dejando estupefacta a una doncella que pasaba con una bacinilla en la mano.

Al llegar al sendero me dejó en el suelo; los ladrillos estaban fríos bajo mis pies. Un momento después avanzábamos juntos en la luz agrisada, por un paisaje de sombras y viento, todavía entrelazados, a tropezones, forcejeando, y aun así casi al vuelo, con la ropa flameando a nuestro alrededor y el aire frío rozándonos la piel con el rudo toque de la primavera, rumbo a algún destino vagamente presentido, pero inevitable.

Los establos. Golpeó la puerta y me arrastró consigo hacia la tibia oscuridad. Ya dentro, me empujó con fuerza contra una pared.

—Si no te poseo ahora, voy a morir —dijo, sin aliento.

De inmediato su boca buscó otra vez la mía. Tenía la cara fría por el aire exterior y su aliento humeaba junto al mío.

De pronto se apartó. Me tambaleé y tuve que apoyar las manos contra los ladrillos del muro para no perder el equilibrio.

—Extiende las manos —dijo.

—¿Qué?

—Las manos. Extiéndelas.

Obedecí, por completo desconcertada, y sentí que él me tomaba la izquierda. Una cálida presión; la débil luz que penetraba por la puerta brilló sobre mi anillo de oro. Luego él me cogió la derecha para ponerme el de plata, tibio el metal por el calor de su cuerpo. Acto seguido me mordió los nudillos con fuerza.

Un momento después su mano estaba en mi pecho y el aire frío me rozaba los muslos; sentí el rasguño de los ladrillos contra el trasero desnudo.

Quise decir algo, pero él me cubrió la boca con la mano. Me encontraba tan indefensa como una trucha arponeada, agitándome contra la pared. Él apartó la mano y la reemplazó con su boca, devorando la mía, entre pequeños gruñidos de urgencia. Otro mucho mayor se elevaba por la mía.

Tenía la camisa enroscada en torno a la cintura y mis nalgas desnudas se estrellaban en embates rítmicos contra los toscos ladrillos, pero no sentía dolor alguno. Lo aferré por los hombros para sostenerme. Su mano me rozó el muslo, apartando los pliegues de tela que amenazaban con interponerse. Ante el recuerdo vívido de aquellas manos en la oscuridad me convulsioné en una sacudida.

—Mira. —Su aliento me quemó el oído—. Mira hacia abajo. Observa cómo te poseo. ¡Mira, maldita sea!

Me apretó la nuca con una mano, inclinándome la cabeza para que observara en la penumbra, más allá de las telas protectoras, hacia el hecho indiscutible de mi posesión.

Arqueé la espalda y luego me derrumbé, mordiendo la hombrera de su chaqueta para no hacer ruido. Sentí su boca contra mi cuello. Me aferré con todas mis fuerzas mientras él se estremecía contra mí.


Enredados entre la paja, contemplamos la luz del día que se filtraba por la puerta entornada del establo. Aún me retumbaba el corazón en los oídos y mi sangre cosquilleaba en las sienes, los muslos y los dedos. Pero de algún modo me sentía ajena a esas sensaciones, como si las estuviera experimentando otra persona. Estaba como fuera de la realidad... y algo escandalizada. Tenía la mejilla apoyada contra su pecho. Si movía un poco los ojos, llegaba a ver el sonrojo que se iba borrando en su piel, en el cuello abierto de la camisa, y el áspero vello rizado, tan rojizo que en esa penumbra parecía casi negro.

En el hueco de su cuello, a dos centímetros de mi mano, palpitaba el pulso. Sentí deseos de apoyar allí los dedos, para sentir el eco en mi sangre. Pero me sentía extrañamente tímida, como si fuera un gesto demasiado íntimo. Lo cual era ridículo por completo, teniendo en cuenta lo que acabábamos de hacer.

Moví el índice sólo un poco, hasta rozar con la yema la diminuta cicatriz de tres puntas que tenía en el cuello: un nudo blanco, pálido y desvaído contra la piel bronceada.

El ritmo de su respiración pareció cortarse durante un segundo, pero no se movió. Tenía un brazo rodeándome, con la mano extendida contra la parte baja de mi espalda. Dos exhalaciones, tres... y luego la vaga presión de un dedo contra mi columna.

Nos dejamos estar, en silencio, ambos concentrados en el delicado reconocimiento de nuestro vínculo; con el regreso de la razón nos sentíamos algo abochornados por lo que acabábamos de hacer.

Un sonido de voces que venían hacia el establo me puso en movimiento. Me incorporé de golpe para acomodarme la camisa y comencé a quitarme la paja del pelo. Jamie se recolocó a toda velocidad los faldones de la camisa, de espaldas a mí.

Afuera las voces cesaron de pronto. Nos quedamos petrificados. Hubo un silencio breve, cargado. Luego, el ruido de las pisadas que se retiraban con delicadeza. Dejé escapar el aliento que había estado conteniendo mientras mi corazón desbocado empezaba a aminorar su marcha. El establo se llenó de susurros y relinchos, pues los caballos también habían oído las voces y las pisadas. Comenzaban a tener hambre.

—Así que ganaste —dije a la espalda de Jamie. Mi voz sonaba extraña, como si llevara mucho tiempo sin usarla.

—Tal como te prometí —respondió con suavidad, inclinando la cabeza para colocar los pliegues de la manta.

Me levanté, algo mareada, y busqué apoyo en el muro para sacudirme la arena y la paja de los pies. El contacto de los toscos ladrillos contra mi espalda era un vívido recuerdo; extendí los dedos contra ellos, tratando de resistir la embestida de las sensaciones recordadas.

—¿Estás bien, Sassenach? —Al percibir mis movimientos giró bruscamente la cabeza para mirarme.

—Sí. Sí. Bien. Sólo que... Estoy bien. ¿Y tú?

Se lo veía pálido y desaliñado, con la barba crecida, demacrado por las tensiones y con negras ojeras dejadas por una larga noche de insomnio. Por un momento me miró a los ojos; luego apartó la vista. En sus pómulos apareció un poco de color.

—Yo... —Oí cómo tragaba saliva. Luego se puso de pie ante mí. La coleta se le había desatado y el pelo relumbraba rojo sobre sus hombros, alcanzado por un haz de luz que atravesaba la puerta—. ¿No me odias? —preguntó de golpe.

Pillada por sorpresa, me eché a reír.

—No. ¿Crees que debería?

Él torció un poco la boca y se la frotó con los nudillos.

—Quizá, pero me alegra que no lo hagas.

Me cogió las manos para acariciar con el pulgar el dibujo entrelazado del anillo de plata. Tenía las manos frías.

—¿Por qué iba a odiarte? ¿Por los anillos?

En realidad, me habría enfurecido si él hubiese perdido cualquiera de los dos, pero como no era así... Claro que había pasado la noche preocupada, preguntándome dónde estaría y qué haría, por no mencionar aquella entrada subrepticia en mi habitación para hacer indecencias con mis pies. Tal vez correspondía enojarse, después de todo.

—Pues podríamos comenzar por eso —dijo, seco—. Hacía tiempo que no me dejaba llevar por mi orgullo, pero no pude contenerme. Ese pequeño Phillip Wylie pavoneándose a nuestro alrededor, mirándote los pechos con aire ufano y...

—¿Eso hacía? —No me había percatado.

—Eso hacía. —Jamie volvió a irritarse al recordarlo. Luego descartó a Phillip Wylie para retomar el catálogo de sus propios pecados—. Pero también esto de haberte arrastrado hasta aquí en camisa, para montarte como una bestia hambrienta...

Me rozó el cuello, donde aún sentía el escozor de un mordisco.

—Pues la verdad es que esa parte me ha gustado.

—¿De veras? —Parpadeó, grandes y azules los ojos en pasajera sorpresa.

—Sí. Aunque temo que tengo moretones en el trasero.

—¡Oh!... —Bajó la vista, visiblemente avergonzado, aunque se le contrajo un poco la boca—. Lo siento. Cuando terminé (me refiero a la partida de whist) no podía pensar en otra cosa que en ir a por ti, Sassenach. Subí y bajé esas escaleras diez o doce veces. Llegaba hasta tu puerta y retrocedía.

—¿De verdad? —Me complació oír eso, pues aumentaba las posibilidades de que él hubiera sido mi visitante nocturno.

Recogió un mechón de mi pelo y lo peinó con suavidad con los dedos.

—Estaba seguro de que no podría dormir. Y me dije: saldré a caminar un rato. Pero siempre me descubría frente a tu cuarto, sin saber cómo había llegado hasta allí, pensando sólo en cómo reunirme contigo. Trataba de que vinieras a mí, supongo.

Eso explicaba que yo hubiera soñado con potros salvajes. El mordisco de mi cuello latía un poco. ¿Y adónde me había traído? A un establo. ¡El rey de Irlanda, desde luego!

Él me estrujó un poco las manos.

—Pensaba que la fuerza de mi deseo podía despertarte. Y entonces has venido... —Se interrumpió. Sus ojos se habían puesto suaves y oscuros—. ¡Cristo, qué bella estabas allí, en lo alto de la escalera, con la cabellera suelta y la sombra de tu cuerpo recortada contra la luz.! —Movió lentamente la cabeza—. Pensaba que moriría si no lograba poseerte.

Le acaricié la cara; su barba fue un suave erizo contra mi palma.

—No podía permitir que murieras —susurré, poniéndole un mechón de pelo detrás de la oreja.

Nos sonreímos. Luego un fuerte relincho interrumpió cualquier cosa que hubiéramos podido decir. Siguió un golpeteo de cascos. Estábamos estorbando el desayuno de los caballos.

Bajé la mano y Jamie se inclinó para recoger su chaqueta, medio sepultada en la paja. Se agachó sin perder el equilibrio, pero lo vi hacer una mueca de dolor cuando la sangre le llegó de golpe a la cabeza.

—¿Bebiste mucho anoche? —pregunté al reconocer los síntomas.

Él se incorporó con un pequeño gruñido de diversión.

—Jarras, sí —fue su melancólica respuesta—. ¿Se nota?

Una persona mucho menos experimentada que yo lo habría detectado a ochocientos metros; aun sin las señales más obvias de su borrachera reciente, su olor era el de una destilería.

—Por lo visto no te impidió jugar bien a las cartas —comenté, con tacto—. ¿O acaso Phillip Wylie estaba tan afectado como tú?

Pareció sorprendido y algo ofendido.

—¿Me crees capaz de emborracharme mientras juego? ¿Después de haber apostado tus anillos? No, eso fue después. MacDonald trajo una botella de champán y otra de whisky para que celebráramos por todo lo alto nuestras ganancias.

—¿MacDonald? ¿Donald MacDonald? ¿Jugaba contigo?

—Sí, contra Wylie y Stanhope. —Sacudió la chaqueta, haciendo volar trocitos de paja—. No sé qué clase de militar es, pero tiene buena mano para el whist, sin duda.

Aquellas palabras, «buena mano», me hicieron recordar algo; al decir que había venido hasta la puerta de mi cuarto, no mencionó que hubiera entrado. ¿Acaso estaba tan perdido por el licor y las ansias que no lo recordaba? ¿O era yo, aturdida por los sueños de lujuria equina, quien lo había imaginado todo? Me dije que no podía ser, pero deseché la vaga inquietud provocada por el recuerdo en favor de otra parte de su comentario.

—¿Ganancias, has dicho? —En la tensión del momento sólo parecía importante que hubiera conservado mis anillos, pero
esas joyas eran sólo su apuesta—. ¿Qué le ganaste a Phillip
Wylie? —pregunté, riendo—. ¿Los botones bordados de la chaqueta? ¿Las hebillas de plata de sus zapatos?

Me miró con una expresión extraña.

—Pues no —dijo—. Su caballo.


Me puso su chaqueta sobre los hombros y, con un brazo alrededor
de mi cintura, me condujo por el pasillo principal del establo.

Joshua había entrado sin hacer ruido por la otra puerta y estaba trabajando en el extremo opuesto; recortado contra la luz de
las puertas dobles, recogía el heno con una horquilla para arrojarlo al último pesebre. Cuando llegamos allí, desaliñados, descalzos y erizados de paja, nos saludó con expresión cuidadosamente neutra. Aunque el ama fuera ciega, los esclavos sabían qué
cosas no debían ver. Su discreto semblante decía con claridad
que no éramos asunto suyo. A juzgar por su aspecto, estaba casi
tan cansado como yo; tenía los ojos hinchados y enrojecidos.

—¿Cómo está? —preguntó Jamie, señalando el pesebre con
el mentón.

Josh se animó un poco ante la pregunta.

—¡Oh!, muy bien —aseguró, dejando su horquilla con aire
satisfecho—. Es buen muchacho, el caballo del señor Wylie.

—Por supuesto que sí —coincidió Jamie—. Sólo que ahora
es mío.

—¿De quién? —Josh quedó boquiabierto y con los ojos saltones.

—Mío. —Jamie se acercó a la barandilla para rascar las orejas del gran semental, muy atareado en comer heno—. *Seas*
—murmuró al animal—. *Ciamar a tha thu, a ghille mhoir?*

Contemplé por encima de su brazo al caballo, que levantó la
cabeza para dirigirnos una mirada simpática y, apartando de la
cara el velo de sus crines, volvió a concentrarse en su desayuno.

—Un animal encantador, ¿verdad? —Jamie admiraba a *Lucas* con aire de lejana especulación.

—Pues sí, pero... —Mi propia admiración estaba teñida de
consternación. Si Jamie había querido vengar su orgullo a costa
del de Wylie, lo había hecho de sobra. Pese a la irritación que ese
joven me inspiraba, no pude evitar cierta lástima al pensar en lo
que debía afectarlo la pérdida de su magnífico frisón.

—Pero ¿qué, Sassenach?

—Pues... —Busqué torpemente las palabras. En esas circunstancias, no podía expresar compasión por Phillip Wylie—. Pues... ¿qué piensas hacer con él?

Hasta yo me daba cuenta de que *Lucas* no era adecuado para el Cerro de Fraser. Ponerlo a arar o acarrear pesos parecía un sacrilegio. Y aunque Jamie podía usarlo sólo como montura... Imaginé los valles pantanosos y las sendas pedregosas que amenazarían esas torneadas patas, esos cascos lustrosos; las ramas colgantes y la maleza que se le enredarían en las crines y en la cola. *Gideon*, el Comehombres, era mil veces más apropiado para ese medio.

—No pienso quedármelo —aseguró mi esposo, con un suspiro de pena—. Me encantaría, pero tienes razón: no sirve para el cerro. Pienso venderlo.

—¡Ah!, bien. —Saberlo era un alivio. Wylie querría comprar nuevamente a *Lucas*, cualquiera que fuese el precio. La idea me reconfortó. Y el dinero no nos vendría mal.

Mientras conversábamos, Joshua se había alejado. En ese momento reapareció con un saco que cereales al hombro. Su aire cachazudo había desaparecido; aún tenía los ojos inyectados en sangre, aunque se lo veía alerta y algo alarmado.

—¿Señora Claire? —dijo—. Con su permiso, señora, acabo de encontrarme con Teresa; dice que a Betty le pasa algo malo. Me ha parecido que debía decírselo.

## 50

## *Sangre en el ático*

El ático parecía la escena de un crimen brutal. Betty se debatía en el suelo, junto a la cama, tumbada con las rodillas recogidas y los puños clavados en el abdomen; la muselina de su camisa estaba desgarrada y empapada en sangre. Fentiman, también en el suelo, forcejeaba con su cuerpo espasmódico, casi tan ensangrentado como ella.

El sol ya había salido del todo y se volcaba por los ventanucos en rayos brillantes que iluminaban parte del caos, dejando el resto en tenebrosa confusión. Los camastros estaban corridos y revueltos; la ropa de cama, enredada. Entre las manchas de sangre fresca que sembraba el suelo de madera había zapatos gastados y prendas diseminadas.

Crucé a toda prisa el ático, pero antes de que pudiera llegar, Betty dejó escapar una tos gorgoteante, y expulsó más sangre por la boca y la nariz. Luego se curvó hacia delante, se arqueó hacia atrás, volvió a doblarse... y quedó laxa.

Caí de rodillas a su lado, aunque era obvio que sus miembros habían adoptado esa inmovilidad final de la que no se revive. Tenía los ojos en blanco. Le levanté la cabeza para presionar con los dedos bajo la mandíbula: no había aliento ni señales de pulso en el cuello, cubierto de sudor frío. Por la cantidad de sangre esparcida en la habitación, calculé que en el cuerpo quedaría muy poca. Tenía los labios azules y la piel ceniciienta.

Fentiman, arrodillado tras ella, pálido y sin peluca, con los esmirriados brazos aún cruzados sobre el grueso torso, sostenía el cadáver medio en vilo. Noté que estaba en camisa de dormir, aunque se había puesto apresuradamente un par de pantalones de satén azul. El lugar hedía a sangre, heces y bilis; él mismo estaba cubierto de todas esas sustancias. Levantó la vista hacia mí, sin dar señales de reconocerme, con los ojos dilatados y aturdidos por el shock.

—Doctor Fentiman. —Hablé en voz baja; al cesar el ruido del forcejeo, la estancia había quedado en ese silencio absoluto que suele seguir a la muerte. Quebrarlo parecía un sacrilegio.

Él parpadeó y movió un poco la boca, como si no supiera qué responder. No se movía, aunque el charco de sangre le había empapado los pantalones desde la rodilla. Le apoyé una mano en el hombro: tenía huesos de pájaro, pero estaba rígido por la negación. Yo conocía ese estado: perder al paciente por el que has luchado es algo terrible, aunque todos los médicos han pasado por eso.

—Ha hecho usted cuanto pudo —dije, estrechándole el hombro—. No es culpa suya.

Lo sucedido el día anterior no tenía importancia. Él era un colega y yo le debía la absolución, si estaba en mi poder dársela.

Él se pasó la lengua por los labios secos y asintió con la cabeza. Luego depositó con suavidad el cadáver en el suelo. Un rayo de luz rozó su coronilla; al centellear a través de los escasos mechones grises, dio a los huesos de su cráneo un aspecto delicado y frágil. De pronto se lo veía demasiado débil. Sin protestar, permitió que lo ayudara a ponerse de pie.

Un grave gemido me obligó a girar, sin soltarle el brazo. En el rincón sombreado de la habitación se agolpaban varias esclavas, demudadas y con las manos aleteando de inquietud contra la muselina clara de las camisas. En la escalera se oían voces masculinas, apagadas y nerviosas. Reconocí la de Jamie, grave y serena, dando explicaciones.

—¿Gussie? —dije el primer nombre que me vino a la memoria.

Las esclavas se acurrucaron durante un momento, para luego separarse de mala gana. Gussie se adelantó; era una jamaicana pálida y menuda como una polilla, con un turbante de calicó azul.

—¿Sí, señora? —Me miraba a los ojos, evitando con todo su empeño el cuerpo inmóvil tendido en el suelo.

—Voy a llevar al doctor Fentiman abajo. Haré que algunos de los hombres suban para... ocuparse de Betty. Esto...

Señalé la suciedad que cubría el suelo. Ella asintió; aún estaba impresionada, pero obviamente era un alivio tener algo que hacer.

—Sí, señora. Lo hacemos. Pronto. —Sus ojos recorrieron la habitación, vacilantes; luego volvieron a mí—. Señora...

—¿Sí?

—Alguien debe ir... decir esa muchacha Fedra qué pasó Betty. ¿Usted dice, por favor?

Sobresaltada, caí en la cuenta de que Fedra no estaba entre las esclavas del rincón. Puesto que era la doncella de Yocasta, dormiría abajo, cerca de su ama, aun en la noche de bodas.

—Sí, por supuesto —dije, insegura—. Pero...

—Esta Betty, mamá de esa muchacha —explicó Gussie, al ver que yo no comprendía. Y tragó saliva, con los blandos ojos pardos desbordantes de lágrimas—. Alguien... ¿puedo ir, señora? ¿Puedo ir y decir?

—Por favor. —Di un paso atrás, indicándole por señas que bajara. Ella caminó de puntillas junto al cadáver; luego huyó hacia la puerta, con un golpeteo de pies encallecidos contra las tablas.

El doctor Fentiman comenzaba a emerger del shock. Se apartó de mí para agacharse, como si buscara algo en el suelo. Vi que su instrumental, caído en el forcejeo, estaba sembrado por todas partes, en un desparramo de metal y cristales rotos.

Antes de que pudiera recogerlo se oyó una breve conmoción en la escalera. Duncan entró en el cuarto, con Jamie pisándole los talones. Noté con algún interés que aún llevaba sus elegantes ropas de novio, aunque sin chaqueta ni chaleco. ¿Se habría acostado siquiera?

Me saludó con la cabeza, pero sus ojos volaron hacia Betty, que había quedado despatarrada en el suelo, con la camisa ensangrentada enredada en los anchos muslos abiertos. Un pecho sobresalía de la tela rota, pesado y flojo como una talega a medio llenar. Duncan parpadeó varias veces. Luego se pasó el dorso de la mano por el mostacho y tomó aire. Por último, recogió un edredón de entre la carnicería para cubrirla con suavidad.

—Ayúdame con ella, Mac Dubh —dijo.

Al ver lo que se proponía, Jamie alzó en brazos a la difunta. Su compañero, erguido en toda su estatura, se volvió hacia las mujeres.

—No se preocupen —aseguró en voz baja—. Yo me ocuparé de ella.

En su voz había una extraña nota de autoridad. Comprendí que, a pesar de su natural modestia, había aceptado que era el amo.

Los hombres partieron con su carga y el doctor Fentiman soltó un profundo suspiro. Fue como si todo el ático suspirara con él; la atmósfera estaba aún cargada de dolor y fetidez, pero la impresión de la muerte violenta comenzaba a disiparse. Al ver que Fentiman iba a recoger uno de los frascos, le dije:

—Deje. Las mujeres se ocuparán de esto. —Y sin esperar respuesta, lo cogí con firmeza por el codo para conducirlo escaleras abajo.

La gente empezaba a levantarse. Capté ruidos de platos en el comedor y un vago aroma de salchichas. No podía hacerle cruzar las habitaciones públicas en ese estado, ni tampoco llevarlo a los dormitorios; sin la menor duda, habría compartido un cuarto con varios hombres más y era posible que los otros aún estuvieran acostados. A falta de una idea mejor, lo llevé afuera; apenas me detuve para descolgar otro de los capotes de las criadas y se lo eché sobre los hombros.

Así que Betty era (había sido) la madre de Fedra. A ella yo no la conocía bien, pero a Fedra, sí. El dolor que sentí por ella me anudó la garganta. De cualquier modo, en esos momentos no podía auxiliarla; en cambio, al doctor sí.

Mudo de espanto, me siguió sin resistencia por el sendero lateral, oculto a la vista por el mausoleo de Hector Cameron y los tejos ornamentales que lo rodeaban. Junto al río había un banco de piedra, semioculto bajo un sauce llorón. Difícilmente habría alguien allí a esas horas de la mañana.

No había nadie, pero sí dos copas de vino, manchadas de rojo, abandonados restos de los festejos. Me pregunté por un momento si allí había tenido lugar alguna cita romántica. De pronto recordé mis retozos nocturnos. ¡Santo cielo, aún no sabía con certeza quién era el dueño de aquellas manos!

Aparté la inoportuna pregunta junto con las copas y tomé asiento, al tiempo que invitaba al doctor Fentiman con un ademán. Aunque hacía frío, a esa hora el lugar estaba a pleno sol. Era reconfortante recibir el calor en la cara. El aire fresco parecía haber mejorado al médico; tenía un vestigio de color en las mejillas y la nariz había recuperado su normal matiz rojizo.

—¿Se encuentra mejor?

Se ciñó el capote a los estrechos hombros, con un cabezazo afirmativo.

—Sí. Gracias, señora Fraser.

—Ha sido un verdadero golpe, ¿no? —sugerí, empleando el trato más comprensivo de que fui capaz.

Él cerró los ojos.

—Un golpe... un verdadero golpe, sí —murmuró—. No debía...

Calló. Por un momento dejé que guardara silencio. Necesitaba hablar, pero lo mejor era permitir que lo hiciese a su ritmo.

—Usted ha sido muy amable al acudir de inmediato —dije al fin—. Veo que lo han sacado de la cama. ¿El empeoramiento ha sido súbito?

—Sí. Anoche, después de sangrarla, habría podido jurar que esa mujer iba a recuperarse. —Se frotó la cara con ambas manos y emergió parpadeando, con los ojos muy enrojecidos—. El mayordomo me ha despertado justo antes del amanecer. Cuando he subido, ella se quejaba otra vez de dolores en el abdomen. He vuelto a sangrarla y le he administrado un clíster, pero no ha servido de nada.

—¿Un clíster? —murmuré. Eran enemas, remedio muy popular en esa época. Algunos eran inofensivos; otros tenían un efecto decididamente corrosivo.

—Tintura de nicotiana —explicó—. Según mi experiencia, surte muy buen efecto en casos de dispepsia.

Respondí con un murmullo, sin comprometerme. La nicotiana era tabaco. En solución fuerte, administrada por vía rectal, podía curar muy pronto un caso de parásitos intestinales, pero a duras penas iba a hacer algo para aliviar la indigestión. Aun así, tampoco podía provocar una hemorragia como aquélla.

—Qué extraordinaria cantidad de sangre —comenté, apoyando los codos en las rodillas y el mentón en las manos—. No creo haber visto nada parecido antes.

Era verdad, y eso despertaba mi curiosidad. Analicé para mí varias posibilidades, pero ningún diagnóstico parecía coincidir.

—No. —En las cerúleas mejillas del doctor Fentiman comenzaban a aparecer manchas rojas—. Si... si yo hubiera pensado...

Me incliné hacia él para apoyarle una mano consoladora en el brazo.

—Sé que usted ha hecho todo lo que se podía hacer —dije—. Anoche, cuando usted la vio, no sangraba por la boca, ¿verdad?

Él negó con la cabeza, encorvado dentro del capote.

—No. Aun así, me siento culpable, de veras.

—Así son las cosas —comenté, melancólica—. Siempre queda la sensación de que se debería haber hecho algo más.

Él captó el profundo sentimiento de mi voz y se volvió hacia mí con aire sorprendido. Su tensión cedió un poco y las manchas rojas de sus mejillas comenzaron a atenuarse.

—Es usted... muy comprensiva, señora Fraser.

Le sonreí sin responder. Aunque fuera un matasanos ignorante, pretencioso y colérico, había acudido de inmediato, dispuesto a luchar por su paciente con la mejor voluntad. A mi modo de ver, eso lo convertía en un médico merecedor de solidaridad.

Pasado un momento me cubrió una mano con la suya. Por un rato contemplamos en silencio el río, pardo y enturbiado por los sedimentos. El banco estaba frío y la brisa matinal insistía en meter sus dedos glaciales bajo mi camisa, pero yo estaba demasiado preocupada para prestar mucha atención a esas pequeñas incomodidades. El olor a sangre medio seca de sus ropas me hacía ver otra vez la escena del ático. ¿De qué diantre había muerto esa mujer?

Lo azucé suavemente con preguntas diplomáticas, a fin de extraerle los detalles que hubiera podido observar, pero no sirvió de nada. El hombre no era observador en el mejor de los casos; aquello había sucedido a hora muy temprana, con la estancia a oscuras. De cualquier modo se fue tranquilizando mientras hablaba, purgando poco a poco la sensación de fracaso personal, precio frecuente que el médico paga por sus cuidados.

—Confío en que la señora Cameron... es decir, la señora Innes... no piense que he traicionado su hospitalidad —dijo, inquieto.

Era una manera extraña de expresarlo, pero en realidad Betty era propiedad de Yocasta. Supuse que, aparte del fracaso personal, el doctor Fentiman consideraba también la posibilidad de que Yocasta lo culpara por no haber evitado la muerte de su esclava y tratara de cobrar una compensación.

—Ella comprenderá que usted ha hecho todo lo posible —aseguré—. Yo se lo diré si usted quiere.

—Mi querida señora. —El médico, agradecido, me estrujó la mano—. Es usted tan amable como encantadora.

—¿Eso le parece, doctor?

Una voz masculina había hablado sin la menor emoción detrás de mí. Di un respingo y solté la mano del doctor Fentiman como si fuera un cable de alto voltaje. Allí estaba Phillip Wylie, reclinado contra el tronco del sauce, con una expresión muy sardónica en la cara.

—No es precisamente «amable» la palabra que me viene a la mente, a decir verdad. «Lasciva», quizá. «Caprichosa», por descontado. Pero «encantadora», eso sí, lo reconozco.

Sus ojos me recorrieron de pies a cabeza, con una insolencia que me habría parecido absolutamente reprochable... de no haber caído en la cuenta de que el doctor Fentiman y yo estábamos sentados de la mano y en ropa interior.

Me levanté, ciñéndome la bata con gran dignidad. Él me miró los pechos... ¿acaso con expresión sabedora? Crucé los brazos bajo el busto para levantarlo con aire desafiante.

—Se está propasando, señor Wylie —dije, con toda la frialdad posible.

Él rió, pero no como si aquello le pareciera divertido.

—¿Que yo me propaso? ¿No ha olvidado usted algún detalle, señora Fraser? ¿El vestido, por ejemplo? ¿No teme coger frío con esa vestimenta? ¿O quizá los abrazos del doctor son abrigo suficiente?

Fentiman, tan espantado como yo por la aparición de Wylie, se había puesto de pie para interponerse entre los dos, rojas de furia sus flacas mejillas.

—¡Cómo se atreve, señor! ¡Cómo tiene el atrevimiento de dirigirse de ese modo a una dama! Si yo estuviera armado, señor, le exigiría satisfacción en este mismo instante, ¡puedo jurarlo!

Wylie dejó de mirarme con audacia para desviar los ojos hacia Fentiman. Al ver la sangre que le manchaba las piernas y los pantalones, su gesto ceñudo e irritado perdió certidumbre.

—Yo... ¿Ha sucedido algo, señor?

—Nada que sea de su incumbencia, se lo aseguro. —El médico se erizó como un gallo pigmeo, irguiéndose en toda su estatura, y me ofreció el brazo con ademán grandioso—. Venga usted, señora Fraser. No tiene por qué verse expuesta a las pullas insultantes de este cachorro. —Y fulminó a Wylie con los ojos irritados—. Permítame acompañarla hasta donde la espera su esposo.

La cara de Wylie sufrió una transformación instantánea ante la palabra «cachorro», invadida por un rubor intenso y desagradable. A esa hora tan temprana no lucía pinturas ni polvos; las manchas de furia se destacaron como sarpullido en su piel clara. Pareció hincharse a ojos vistas, como una rana enfurecida.

Sentí la tentación de estallar en una carcajada histérica, pero la contuve noblemente. En cambio, acepté el brazo que el doctor me ofrecía. Aunque apenas me llegaba al hombro, giró sobre sus talones descalzos para conducirme fuera de allí, con la dignidad de un brigadier.

Al mirar por encima de mi hombro vi que Wylie seguía de pie bajo el sauce, con la vista clavada en nosotros, y levanté la mano en un pequeño gesto de despedida. La luz chisporroteó en mi anillo de oro. Noté que él se ponía aún más rígido.

—Ojalá lleguemos a tiempo para el desayuno —dijo el doctor Fentiman, alegremente—. Creo que he recobrado el apetito.

# 51

## *Sospecha*

Los invitados comenzaron a partir después del desayuno. Yocasta y Duncan, viva imagen de la pareja unida y feliz, los despedían desde la terraza mientras la fila de carruajes y carretas descendía lentamente por la calzada. Los que vivían río abajo esperaban en el muelle; las mujeres aprovechaban para intercambiar recetas y cotilleos en el último momento mientras los caballeros encendía las pipas y se rascaban, libres de las ropas incómodas y las pelucas formales. Los sirvientes, todos con mala cara, aguardaban sentados sobre el equipaje, boquiabiertos y con los ojos enrojecidos.

—Pareces cansada, mamá. —A Bree también se le notaba la fatiga; ella y Roger se habían acostado muy tarde. De su ropa emanaba un vago olor a alcanfor.

—No me explico por qué —respondí, conteniendo un bostezo—. ¿Cómo ha amanecido Jemmy?

—Resfriado, pero sin nada de fiebre. Ha comido unas pocas gachas y...

La escuché mientras asentía de manera automática con la cabeza. Luego la acompañé para examinar a Jemmy, que alborotaba alegremente, pese a los mocos. Me sentía algo aturdida por el agotamiento; la sensación se parecía mucho a la que había experimentado alguna vez al volar entre América e Inglaterra. *Jet lag*, se la denominaba: una extraña impresión de estar lúcida y consciente, pero no del todo anclada en el propio cuerpo.

Jemmy estaba al cuidado de Gussie; la muchacha tenía el mismo semblante pálido y ojeroso que todos los presentes, pero me pareció que su aire de mudo sufrimiento se debía más a la tensión emocional que a la resaca. La muerte de Betty había afectado a todos los esclavos; tras los festejos nupciales, limpiaban casi en silencio, con el rostro sombrío.

—¿Te encuentras bien? —le pregunté, una vez que hube examinado los oídos y la garganta de mi nieto.

Ella pareció sobresaltada; luego, confusa, como si fuera la primera vez que alguien le hacía esa pregunta.

—Eh... Oh, sí, señora. Desde luego. —Se alisó el delantal con las dos manos, a todas luces nerviosa ante mi escrutinio.

—Bien. Iré a echar un vistazo a Fedra.

Al volver a la casa con el doctor Fentiman, después de ponerlo en manos de Ulises para que lo alimentara y adecentara, había ido directamente en busca de Fedra, sin detenerme más que para lavarme y cambiarme de ropa, por no presentarme delante de ella manchada con la sangre de su madre.

La había encontrado en la despensa, aturdida por el *shock*, sentada en el taburete que Ulises usaba para lustrar la plata, y con una gran copa de coñac intacta a su lado. La acompañaba Teresa, otra de las esclavas; al verme había soltado un breve suspiro de alivio y se había acercado a saludarme.

—No está muy bien —había murmurado, moviendo la cabeza—. No ha dicho una palabra, no ha vertido una lágrima.

La bella cara de Fedra parecía tallada en madera frutal; su tez, por lo general de un delicado color canela, había palidecido hasta un pardo leñoso; su mirada estaba fija en la pared desnuda de más allá del vano de la puerta.

Le apoyé una mano en el hombro; estaba tibio, pero tan inmóvil que podría haber sido una piedra al sol.

—Lo siento —le había dicho en voz baja—. Lo siento mucho. El doctor Fentiman la atendió e hizo todo lo que pudo. —Eso era verdad; no valía la pena darle mi opinión sobre la habilidad del médico; en todo caso era irrelevante.

No hubo respuesta. Respiraba: podía ver el leve subir y bajar de su pecho, pero eso era todo.

Me mordí la cara interior del labio, en busca de algo o alguien que pudiera consolarla. ¿Yocasta? ¿Estaría siquiera enterada de que había muerto Betty? Duncan lo sabía, por supuesto, pero quizá había preferido no decírselo hasta que los invitados se hubieran ido.

—El cura —se me había ocurrido de pronto—. ¿Te gustaría que el padre LeClerc... bendijera el cuerpo de tu madre?

Parecía demasiado tarde para administrar los últimos sacramentos, aun en el caso de que Fedra supiese qué eran, pero sin duda al sacerdote no le molestaría ofrecerle el consuelo que tuviera a su alcance. Aún estaba allí; momentos antes yo lo había visto en el comedor, liquidando una bandeja de costillas de cerdo y huevos fritos con salsa de carne.

Un leve estremecimiento había recorrido el hombro bajo mi mano. La bella cara inmóvil había girado hacia mí los ojos opacos.

—¿De qué servirá? —había susurrado.

—Pues... bueno... —Busqué a ciegas una respuesta, pero ella ya había vuelto a fijar la vista en una mancha de la mesa.

Al final, había acabado dándole una pequeña dosis de láudano (ironía que ignoré resueltamente) para que se durmiera y le había indicado a Teresa que la acostara en el catre donde solía dormir, en el vestidor de Yocasta.

Ahora abrí la puerta del vestidor para ver cómo estaba. El cuarto era pequeño, oscuro y sin ventanas; olía a almidón, pelo quemado y la suave fragancia floral de Yocasta. A un lado había un gran armario, con su correspondiente chifonier; al otro, un tocador. Un biombo plegable delimitaba el rincón opuesto; en la parte de atrás estaba el catre de Fedra.

Me tranquilizó oír su respiración lenta y profunda. Aparté un poco el biombo; yacía de lado, de espaldas a mí, acurrucada, con las rodillas recogidas.

Bree, que me había seguido, miró por encima de mi hombro, cálido su aliento contra mi oreja. Después de indicarle con un gesto que todo estaba bien, volví a dejar el biombo en su sitio.

Brianna se detuvo ante la puerta del tocador y giró súbitamente hacia mí para abrazarme con fiereza. En la habitación iluminada, Jemmy la echó de menos y empezó a chillar.

—¡Mamá! ¡Ma! ¡Ma-MÁ!

Pensé que debía comer algo, pero aún tenía en el fondo de los senos nasales el olor del ático y el aroma a agua de colonia. En el comedor quedaban todavía algunos invitados, amigos personales de Yocasta, que aún se quedarían un día o dos. Saludé con sonrisas al pasar, pero en vez de sentarme con ellos me encaminé hacia las escaleras que llevaban al segundo piso.

El dormitorio estaba desierto, con los colchones al aire y el hogar limpio; habían abierto las ventanas para ventilar la habitación. El ambiente estaba frío, pero en paz.

Mi manto seguía colgado en el guardarropa. Me acosté sobre la funda del colchón, cubierta con el manto, y me dormí al instante.

Desperté justo antes del ocaso, hambrienta, con una extraña mezcla de alivio y desasosiego. El alivio quedó explicado al segundo: el olor a sangre y flores había dado paso al aroma de jabón y lino calentado por el cuerpo; la pálida luz dorada que entraba por la ventana iluminaba la almohada, con un largo pelo rojo en el hueco dejado por una cabeza. Jamie había venido para dormir a mi lado.

Como si mi pensamiento lo llamara, él abrió la puerta y me sonrió. Estaba afeitado y peinado, con ropa limpia y claros los ojos; parecía haber borrado cualquier rastro de la noche anterior... salvo la expresión de su cara al mirarme. Sucia y desaliñada como estaba yo, en contraste con su pulcro aspecto, me calenté en la ternura de sus ojos, pese al frío de la habitación.

—Por fin despierta. ¿Has dormido bien, Sassenach?

—Como los muertos —respondí sin pensarlo. Y al decirlo sentí un pequeño vuelco interno.

Él lo vio reflejado en mi cara y al instante vino a sentarse a mi lado.

—¿Qué sucede? ¿Has tenido algún mal sueño?

—No creo —respondí despacio. En realidad, no recordaba haber soñado en absoluto. Sin embargo, parecía que mi mente había seguido funcionando en las sombras de la inconsciencia, tomando notas y extrayendo deducciones. Acicateada ahora por la palabra «muertos», acababa de presentarme sus conclusiones, que explicaban mi desasosiego al despertar—. Esa mujer, Betty... ¿Ya la han sepultado?

—No. Han lavado el cuerpo y lo han puesto en uno de los cobertizos. Yocasta ha preferido dejar el entierro para mañana, por no atribular a los invitados. Algunos se quedarán una noche más. —Me observó con el entrecejo apenas fruncido—. ¿Por qué?

Me froté la cara con la mano, menos por espabilarme que para ordenar mis palabras.

—Hay algo malo. Me refiero a su muerte.

—¿Malo... en qué sentido? —Enarcó una ceja—. Fue una muerte horrible, sin duda, pero no te refieres a eso, ¿verdad?

—No. —Tenía las manos frías. Busqué automáticamente las suyas y él me envolvió los dedos en su calor—. Es decir... no creo que haya sido una muerte natural. Creo que alguien la ha matado.

Dicho con tanta brusquedad, las palabras quedaron en el aire, frías y desnudas. Él frunció el gesto, pensativo. Noté que no rechazaba de plano la idea; eso me fortaleció en mi convicción.

—¿Quién? —preguntó al fin—. ¿Estás segura, Sassenach?

—No tengo ni idea. Y no puedo estar del todo segura, pero... —vacilé. Él me estrechó una mano, como para alentarme. Entonces moví la cabeza—. Llevo demasiado tiempo trabajando de enfermera, médica o sanadora, Jamie. He visto morir a muchísima gente y por todo tipo de causas. No puedo expresar en palabras de qué se trata, pero sé... creo... que hay algo malo —concluí sin mucha convicción.

La luz se atenuaba; desde los rincones de la habitación se estiraban las sombras; me aferré de sus manos, de repente estremecida.

—Comprendo —dijo él por lo bajo—. Pero no tienes manera de asegurarlo, ¿verdad?

La ventana seguía entreabierta; de pronto una ráfaga hizo flamear las cortinas hacia el interior; sentí que la piel de mis brazos se erizaba de frío.

—Podría haberla —dije.

# 52

## El final de un día agitado

El lugar donde habían puesto el cadáver estaba muy lejos de la casa; era un pequeño cobertizo para herramientas, edificado junto a la huerta. La luna menguante, aunque ya baja, aún daba luz suficiente para ver el camino de piedras que atravesaba el jardín. Los frutales se extendían como negras telarañas contra los muros. Alguien había estado cavando; al percibir la fría humedad de la tierra removida me estremecí sin poder evitarlo: evocaba gusanos y moho.

Jamie me apoyó una mano en la espalda.

—¿Estás bien, Sassenach? —susurró.

—Sí. —Me cogí de su mano libre para reconfortarme; no era posible que sepultaran a Betty en la huerta; sin duda habían cavado para algo más prosaico: plantar cebollas o guisantes tempranos. Aunque la idea me consoló, aún me recorrían escalofríos de aprensión por la piel.

El propio Jamie no estaba en absoluto tranquilo, aunque a simple vista pareciera tan entero como siempre. La muerte no le resultaba extraña ni le inspiraba miedo. Pero por ser celta y católico, creía firmemente en un mundo invisible que se extendía más allá de la disolución del cuerpo. En eso estaba implícita la creencia en los *tannasgeach* (los espíritus), y no tenía ningún deseo de encontrarse con ellos. No obstante, puesto que yo estaba decidida, él se enfrentaría por mí con el otro mundo; me estrechó la mano con fuerza, sin soltarla.

Respondí de igual modo, profundamente agradecida por su presencia. Más allá de la discutible cuestión de cómo podían afectar mis intenciones al fantasma de Betty, yo sabía que la idea de una mutilación deliberada lo inquietaba en lo más hondo, aunque la inteligencia le dijera que un cuerpo sin alma era sólo arcilla.

—Una cosa es ver a morir a un hombre a golpes de hacha en el campo de batalla —me había dicho algo antes mientras discutíamos—. Eso es parte de la guerra, algo honorable, por cruel que parezca. Pero coger un cuchillo y trinchar a sangre fría a una pobre inocente como ésa... —Me miró con ojos sombríos, atribulados—. ¿Estás segura de que es necesario, Claire?

—Estoy segura —había dicho yo, inspeccionando el contenido del saco. Un gran rollo de vendas de algodón para absorber

693

los fluidos, frascos pequeños para muestras de órganos, el más grande de mis serruchos para hueso, un par de escalpelos... La colección era siniestra, en realidad. Yo había envuelto las grandes tijeras en una toalla, para evitar que se entrechocaran con los otros utensilios, y las había metido en la bolsa. Luego había medido con tiento mis palabras—. Mira —había dicho al fin, mirándolo a los ojos—, aquí hay algo malo, estoy segura. Y si alguien asesinó a Betty, tenemos la obligación de averiguar qué sucedió. Si alguien te asesinara, ¿no querrías que se hiciera todo lo posible para demostrarlo? ¿Para... vengarte?

Él había guardado silencio durante un largo instante mientras me miraba con los ojos entornados, pensativo. Luego se había relajado.

—Sí, es cierto —había dicho en voz baja antes de comenzar a envolver el serrucho en la tela.

No había vuelto a protestar ni a preguntarme si estaba segura. Se había limitado a decir, con firmeza, que si yo estaba decidida, él me acompañaría. Eso fue todo.

En cuanto a estar segura, yo no lo estaba. Es verdad que tenía una fuerte sensación de que en esa muerte había algo muy raro, pero con la luna helada poniéndose en un cielo vacío, con el viento pasando sus dedos glaciales por mis mejillas, ya no tenía tanta confianza en mi intuición.

Betty podía haber muerto no por maldad, sino por accidente. Quizá yo estuviera equivocada; tal vez se tratara de una simple hemorragia, causada por una úlcera de esófago, el estallido de un aneurisma en la garganta o alguna otra falla fisiológica. Extraña, quizá, pero natural. ¿No estaría actuando de ese modo sólo para reivindicar mis propias facultades de diagnóstico?

El viento me infló el capote; mientras lo ceñía con una sola mano, me afirmé en mi decisión. No se trataba de una muerte natural y yo lo sabía. No habría podido decir por qué lo sabía, pero por fortuna Jamie no me lo preguntó.

Me vino a la mente un recuerdo fugaz: Joe Abernathy hundía la mano en una caja de cartón llena de huesos, con una jovial sonrisa de desafío, diciendo: «Sólo quiero ver si puedes hacer lo mismo con un muerto, lady Jane.»

Podía y lo había hecho, con el cráneo que él me entregó. El recuerdo de Geillis Duncan me recorrió como hielo líquido.

—No tienes por qué hacerlo, Claire. —Jamie me apretó la mano—. No por eso pensaré que eres cobarde. —Su voz sonaba suave y seria, apenas audible por encima del viento.

—Pero yo sí —dije. Él asintió con la cabeza. No había más que discutir; me soltó la mano y se adelantó para abrir el portón.

Jamie se detuvo y mis ojos, ya adaptados a la oscuridad, distinguieron las líneas nítidas de su perfil; había girado la cabeza y estaba escuchando. La lámpara velada que llevaba olía a aceite caliente; de su panel calado escapaba un leve resplandor que moteaba su manto con diminutas pecas de luz tenue.

Miré a mi alrededor; luego, de nuevo a la casa. A pesar de ser tan tarde aún ardían las velas en el salón posterior, donde se prolongaba una animada partida de naipes. El viento, al cambiar, me trajo un débil murmullo de voces y una risa repentina. Los pisos superiores estaban a oscuras, salvo una sola ventana: la de Yocasta.

—Tu tía vela hasta tarde —susurré a Jamie.

Él se volvió a mirar.

—No, es Duncan —corrigió—. Mi tía no necesita luz.

—Puede que él le esté leyendo en la cama —sugerí, tratando de aliviar la solemnidad de nuestra misión.

Jamie respondió con un pequeño bufido burlón, pero lo opresivo de la atmósfera se aligeró un poco. Alzó el pestillo y empujó el portón, dejando ver detrás un cuadrado completamente negro. Di la espalda a las cordiales luces de la casa y atravesé el umbral; me sentía casi como Perséfone al entrar en el Inframundo.

Jamie entornó la puerta y me entregó la lámpara.

—¿Qué haces? —murmuré al oír el susurro de su ropa. Junto a la puerta la oscuridad era tal que sólo veía de él un borrón oscuro. Siguió un suave ruido revelador.

—Meo contra los postes —susurró a su vez mientras se acomodaba los pantalones—. Si es preciso, lo haremos, pero cuando regresemos a la casa no quiero que nos siga ninguna cosa rara.

Ante eso yo también emití un bufido burlón, pero no intenté oponerme a que él repitiera su rito ante la puerta del cobertizo. Fuera o no la imaginación, la noche parecía habitada por cosas invisibles que se movían en la oscuridad, murmurando bajo la voz del viento.

Resultó casi un alivio entrar allí, donde el aire estaba inmóvil, a pesar de los olores a muerte que se mezclaban, densos, con los de la herrumbre, la paja podrida y la madera cubierta de musgo. Con un leve roce de metal, el panel de la linterna velada se deslizó hacia atrás, dejando caer un cegador rayo de luz en todo el cobertizo.

Habían puesto a la difunta en una tabla sobre dos caballetes, ya lavada y envuelta con decoro en un sudario de muselina tosca. A su lado vi una pequeña hogaza de pan y una copa de coñac; sobre el sudario, justo encima del corazón, un ramillete de hierbas secas, pulcramente anudadas. ¿Quién las habría dejado? Una de las otras esclavas, sin duda. Al verlas, Jamie se persignó, mirándome con aire casi acusador.

—Trae mala suerte tocar cosas de una tumba.

—Estoy convencida de que es sólo si las robas —le aseguré en voz baja. Pero yo también me persigné antes de coger los objetos para ponerlos en el suelo, en un rincón del cobertizo—. Cuando acabe los devolveré a su sitio.

—Mmfm. Espera un momento, Sassenach. No los toques.

Y sacó una pequeña botella del fondo de su manto: la descorchó y, medio tapándola con los dedos, salpicó un poco de líquido sobre el cadáver, murmurando una apresurada oración gaélica; reconocí la invocación a san Miguel para que nos protegiera de demonios, espíritus sepulcrales y cualquier otra cosa de las que se pasean en la noche. Muy útil.

—¿Es agua bendita? —pregunté, incrédula.

—Por supuesto. Me la ha dado el padre LeClerc. —Después de hacer la señal de la cruz sobre el cadáver, posó un instante la mano en la curva envuelta de la cabeza. Por fin, de mala gana, me indicó que procediera.

Con uno de mis escalpelos, corté con cuidado la costura del sudario. Había traído una aguja fuerte e hilo encerado para coser la cavidad del cuerpo; con un poco de suerte podría reparar también el sudario, de modo que nadie se percatara de lo que había hecho.

La cara estaba casi irreconocible; las mejillas redondas habían quedado flojas y hundidas; el suave lustre de la negra piel había quedado reducido a un gris ceniciento; los labios y las orejas tenían un tinte lívido. Eso me facilitó las cosas; obviamente, eso era sólo una corteza, no la mujer que yo había conocido. Me dije que esa mujer, si aún estaba en la vecindad, no pondría objeciones.

Jamie volvió a persignarse y dijo algo suave en gaélico. Luego se limitó a sostener la lámpara en alto, para que yo pudiera trabajar. La luz proyectaba su sombra contra el muro del cobertizo, gigantesca y fantasmagórica. Aparté la vista de ella para concentrarla en mi trabajo.

La más formal e higiénica de las autopsias modernas es una auténtica carnicería; ésta no era mejor... ni peor, sólo por la falta de luz, agua e instrumental apropiado.

—No tienes por qué mirar, Jamie —señalé mientras me apartaba un momento para secarme la frente con la muñeca. A pesar del frío que hacía en el cobertizo, sudaba por el esfuerzo de partir el esternón; en el aire pesaban los fuertes olores propios de un cadáver abierto—. En la pared hay un clavo. Si quieres salir un rato, cuelga la lámpara allí.

—Estoy bien, Sassenach. ¿Qué es eso? —Se inclinó hacia delante, señalando con cautela. Su expresión intranquila había cedido paso a otra de interés.

—La tráquea y los bronquios —expliqué, siguiendo con el dedo los gráciles anillos de cartílago—, y una parte de pulmón. Si te sientes bien, ¿puedes acercar un poco la luz?

La falta de fórceps me impedía abrir la caja torácica lo suficiente como para exponer todo el pulmón, pero lo que tenía a la vista bastaba para eliminar algunas posibilidades. Ambos pulmones tenían la superficie negra y granulosa; Betty tenía más de cuarenta años y había pasado toda su vida junto a hogares abiertos.

—Cuando inspiras algo sucio y no lo expulsas tosiendo (como humo de tabaco, hollín, polución, lo que sea), se va depositando poco a poco entre el tejido pulmonar y la pleura —le expliqué, al tiempo que levantaba con la punta del escalpelo un poco de la fina membrana pleural, medio transparente—. Como el cuerpo no llega a eliminarlo por completo, allí se queda. Si fueran los pulmones de un niño, tendrían un bonito color rosado.

—¿Los míos son así? —Jamie sofocó una tosecilla de reflejo—. ¿Y qué es la polución?

—El aire de las grandes ciudades, como Edimburgo, donde el humo se mezcla con la niebla que se levanta del agua. —Gruñí un poco al retirar las costillas para echar un vistazo a la sombreada cavidad—. Los tuyos no deben de estar tan mal, puesto que has pasado mucho tiempo al aire libre o en lugares sin calefacción. Tener los pulmones limpios es la compensación de quienes viven sin fuego.

—Es bueno saberlo cuando no hay remedio. Pero puestos a elegir, supongo que la mayoría preferirá toser y no pasar frío.

Sonreí sin levantar la vista; estaba cortando el lóbulo superior del pulmón derecho.

—Sí, así es. —No había señales de hemorragia en los pulmones ni sangre en las vías respiratorias; ningún rastro de embolia pulmonar. Tampoco acumulaciones de sangre en el pecho ni en la cavidad del abdomen, aunque sí un poco de filtración.

La sangre se coagula poco después de la muerte, pero luego vuelve a licuarse gradualmente—. Dame un poco más de algodón, ¿quieres?

Alguna mancha de sangre en el sudario no preocuparía a nadie, por lo espectacular que había sido su fallecimiento, pero no quería despertar tanta sospecha como para que alguien mirara dentro.

Al inclinarme para coger el algodón apoyé sin darme cuenta una mano en un costado del cadáver. El cuerpo emitió una queja grave. Jamie dio un salto atrás, sobresaltado, y la luz se bamboleó.

Yo también había dado un respingo, pero me repuse de inmediato.

—No es nada —dije, aunque tenía el corazón acelerado y el sudor de la cara se me había enfriado de golpe—. Sólo un poco de gas atrapado. Los cadáveres suelen emitir ruidos extraños.

—Sí. —Jamie tragó saliva—. Sí, lo he visto a menudo. Pero te coge por sorpresa, ¿verdad? —Sonrió a medias, con la frente cubierta por una pátina de sudor.

—Es cierto. —Se me ocurrió que, sin duda, había tenido que vérselas con muchos cadáveres, ninguno de ellos embalsamado, y debía de estar tan familiarizado con los fenómenos como yo, si no más. Apoyé con tiento la mano en el mismo lugar; como no hubo nuevos ruidos, reanudé el examen.

Otra diferencia entre esa autopsia improvisada y las modernas era la falta de guantes. Tenía las manos ensangrentadas hasta la muñeca; los órganos y las membranas presentaban una desagradable viscosidad; a pesar del frío que hacía en el cobertizo, ya se había iniciado el inexorable proceso de descomposición. Puse una mano bajo el corazón para levantarlo hacia la luz, en busca de manchas en la superficie o rupturas visibles en los grandes vasos.

—También se mueven, de vez en cuando —añadió Jamie, después de un minuto.

Su voz tenía un tono extraño. Levanté la vista, sorprendida. Sus ojos, aunque fijos en la cara de Betty, tenían una expresión extraña, como si estuviera viendo otra cosa.

—¿Quiénes se mueven?

—Los cadáveres.

Se me puso la carne de gallina en los antebrazos. Era cierto, pero habría preferido que reservara ese comentario para otra ocasión.

—Sí —dije, tan despreocupadamente como pude—. Es un fenómeno *post mortem* bastante común. Movimiento de gases, por lo general.

—Una vez vi a un muerto incorporarse —dijo, en el mismo tono que yo.

—¿En un velatorio? ¿No estaba muerto de verdad?

—No, en una hoguera. Y estaba bien muerto.

Levanté de golpe la mirada. Aunque su voz sonaba inexpresiva, en su rostro se reflejaba una profunda abstracción: volvía a ver la escena, cualquiera que hubiese sido.

—Después de Culloden los ingleses incineraron a los escoceses muertos en el mismo campo de batalla. Nos llegó el olor de las hogueras, pero no las vimos, salvo cuando me subieron a la carreta para enviarme a casa.

Lo habían escondido bajo una capa de heno, con la nariz apretada a una grieta entre las tablas para que pudiera respirar. El carretero dio un rodeo, sin cruzar el campo, para evitar cualquier pregunta de los soldados que estaban cerca de la casa. En algún momento se detuvo a esperar que un grupo de soldados se apartara.

—A unos diez metros ardía una pira; la habían encendido muy poco antes, pues la ropa apenas empezaba a chamuscarse. Vi a Graham Gillespie tendido sobre el montículo. Y estaba muerto, sin lugar a dudas, pues tenía la marca de un pistoletazo en la sien.

La carreta había esperado un rato que pareció muy largo, aunque en realidad era difícil calcularlo en esa niebla de fiebre y dolor. Pero Jamie había visto a Gillespie incorporarse de pronto entre las llamas y girar la cabeza.

—Me miraba directamente —dijo—. Si yo hubiera estado en mi sano juicio, creo que habría dado un grito espantoso. Tal como estaba, sólo me pareció... un gesto de amistad. —Había en su voz un dejo de inquieta diversión—. Como si me dijera que estar muerto no era tan malo. O tal vez como si me diera la bienvenida al infierno.

—Contracción *post mortem* —dije, absorta en la exploración del sistema digestivo—. El fuego hace que los músculos se contraigan; a menudo los miembros se flexionan en posiciones que se parecen mucho a las de una persona viva. ¿Puedes acercar la luz?

Desprendí el esófago y lo corté cuidadosamente a lo largo. Luego di la vuelta al tejido. En el extremo inferior se notaba un poco de irritación y algo de sangre, pero no había señales de ruptura ni de hemorragia. Me incliné para mirar dentro de la cavidad faríngea, aunque no había luz suficiente para ver gran cosa. Como no tenía elementos para explorar en detalle, dirigí mis exámenes hacia el otro extremo: deslicé una mano bajo el estómago para retirarlo.

De inmediato se agudizó la sensación de maldad que había experimentado desde un principio. Si había algo malo allí, ése era el lugar donde habría más posibilidades de hallar las evidencias. Así lo indicaban tanto la lógica como mi sexto sentido.

En el estómago no había comida; no era de extrañar, después de tanto vómito. Aun así, cuando corté la gruesa pared muscular surgió un penetrante olor a ipecacuana, que se impuso al hedor del cadáver.

—¿Qué? —Ante mi exclamación Jamie se inclinó hacia delante, ceñudo.

—Ipecacuana. Ese matasanos la medicó con ipecacuana... ¡y lo hizo no hace mucho! ¿La hueles?

Aunque con una mueca de asco, aspiró con cautela y asintió.

—¿No es lo que corresponde hacer, cuando hay espasmos en el estómago? Tú misma le diste ipecacuana a Beckie Mac-Leod, cuando bebió de tu líquido azul.

—Es cierto. —Beckie, de cinco años, había bebido medio frasco de una cocción que yo había preparado para envenenar ratas, atraída por su color azul claro, sin que el sabor la desanimara; al fin y al cabo, a las ratas también les gustaba—. Pero lo hice de inmediato. Dárselo después, cuando el veneno o el irritante ya ha salido del estómago, no tiene sentido.

¿Podía Fentiman saber eso, con los conocimientos médicos de su época? Probablemente había vuelto a medicarla con ipecacuana porque no se le ocurría otra cosa. Con el entrecejo arrugado, regresé a la gruesa pared del estómago. Ésa era la fuente de la hemorragia, sí: la pared interior estaba áspera y de color rojo oscuro, como carne picada. Había allí una pequeña cantidad de líquido: linfa clara, que comenzaba a separarse de la sangre coagulada.

—¿Crees que pudo ser la ipecacuana lo que la mató?

—Eso creía... pero ahora no estoy segura —murmuré, hurgando con cuidado.

Se me había ocurrido que, si Fentiman le había dado a Betty una fuerte dosis de ipecacuana, los vómitos violentos así provocados podían haber causado una ruptura interna, con la consiguiente hemorragia; pero no aparecía ninguna evidencia de eso. Utilicé el escalpelo para abrir el estómago un poco más, apartar los bordes y abrir el duodeno.

—¿Puedes darme uno de esos frascos vacíos? Y la botella de lavado, por favor.

Jamie colgó la lámpara del clavo y se arrodilló para rebuscar en mi bolsa mientras yo hurgaba dentro del estómago. En los repliegues había un material granuloso, que formaba un residuo pálido. Al rasparlo, cautelosa, descubrí que se desprendía con facilidad, dejándome una pasta densa y arenosa en la punta de los dedos. Yo no sabía con certeza qué era, pero en el fondo de mi mente se iba formando una sospecha desagradable. Tenía que lavar el estómago, recoger ese residuo y llevarlo a la casa, donde podría examinarlo bajo una luz decente, cuando llegara la mañana. Si era lo que yo pensaba...

Sin previo aviso, la puerta del cobertizo se abrió de par en par. La bocanada de aire frío hizo que la llama de la lámpara se avivara de súbito, lo bastante como para mostrarme la cara de Phillip Wylie, pálido y espantado, en el marco de la puerta.

Me miró, algo boquiabierto, pero luego cerró la boca y tragó saliva; el ruido me llegó con claridad. Después de recorrer la escena con la vista, sus ojos volvieron a mi cara convertidos en anchos estanques de horror.

Yo también estaba horrorizada. Tenía el corazón en la garganta y las manos congeladas, pero mi cerebro funcionaba a toda prisa.

¿Qué sucedería si él alborotaba? Sería un escándalo terrible, aunque yo pudiera explicar lo que estaba haciendo. Y si no podía... El miedo me recorrió en una oleada glacial. En una ocasión había estado muy cerca de que me quemaran por brujería; con una bastaba.

Al sentir un leve movimiento del aire junto a mis pies, caí en la cuenta de que Jamie estaba agazapado a la sombra, debajo de la mesa. La luz de la lámpara, aunque intensa, era limitada; yo me encontraba en un pozo de oscuridad que me llegaba a la cintura. Wylie no lo había visto. Lo toqué con la punta de un pie, para indicarle que no se moviera.

Luego me obligué a dedicar una sonrisa a Phillip Wylie, aunque mi corazón palpitaba con furia a la altura de mi garganta. Después de tragar saliva con dificultad, dije lo primero que me vino a la mente. Y eso fue:

—Buenas noches.

Se pasó la lengua por los labios. No se había puesto sus polvos de arroz, pero estaba tan pálido como un retal de muselina.

—Señora... Fraser —dijo, tragando otra vez—. Yo... eh... ¿qué es lo que está haciendo?

En mi opinión, eso debía ser bastante obvio; presumiblemente, su pregunta se refería a los motivos por los que lo hacía. Y yo no tenía intenciones de profundizar en el tema.

—Eso no es de su incumbencia —dije muy seca, recobrando un poco el valor—. ¿Qué hace usted merodeando por aquí a estas horas de la noche?

Por lo visto era una buena pregunta; su cara pasó de inmediato de un desembozado horror a la cautela. Su cabeza se movió como si quisiera mirar por encima del hombro, pero detuvo el movimiento antes de completarlo. Aun así, mis ojos siguieron la dirección del gesto. Detrás de él había un hombre, de pie en la oscuridad; un hombre alto, que ahora se adelantaba, pálido el rostro al fulgor de la lámpara, sardónicos los ojos verdes como uvas espinas. Stephen Bonnet.

—¡Por los clavos de Roosevelt! —exclamé.

Entonces sucedió una serie de cosas: Jamie salió de debajo de la mesa como una cobra al ataque, Phillip Wylie se apartó de la puerta con un grito sobresaltado y la lámpara cayó al suelo. Hubo un fuerte olor a aceite y coñac derramados, un suave siseo de llama al encenderse, y el sudario caído a mis pies comenzó a arder.

Jamie había desaparecido; afuera se oían gritos y un ruido de pies que corrían sobre el pavimento. Pisoteé la tela en llamas, con intención de apagarla.

Luego lo pensé mejor. Lo que hice entonces fue empujar la mesa hasta derribarla, con lo que en ella había. Cogí el sudario incendiado con una mano para arrojarlo sobre el cadáver y la mesa caída. El suelo del cobertizo estaba cubierto de serrín, que ya ardía aquí y allá. De un fuerte puntapié, arrojé la lámpara rota contra las tablas secas de la pared, a fin de volcar el resto del aceite, que prendió de inmediato.

Desde la huerta llegaban gritos y voces de alarma. Tenía que salir de allí. Recogí mi bolsa y huí en la noche, con las manos rojas y el puño aún apretado en torno a la evidencia. Era la única certeza en el caos imperante. Yo no tenía ni idea de lo que sucedía ni de lo que podría suceder a continuación, pero al menos tenía la certeza de que no me había equivocado. Sin lugar a dudas, Betty había sido asesinada.

· · ·

En la huerta había un par de agitados sirvientes a los que el alboroto parecía haber despertado. Miraban de un lado a otro sin ton ni son, llamándose entre sí, pero como no había más luz que la de la luna a punto de desaparecer, me resultó fácil pasar ante ellos entre las sombras.

Nadie había salido aún de la casa principal, aunque los gritos y las llamas no tardarían en llamar la atención. Me acurruqué contra el muro, a la sombra de un enorme frambueso, justo cuando el portón se abría de par en par; otros dos esclavos acudían corriendo desde el establo, incoherentes y a medio vestir, gritando algo sobre los caballos. El olor a quemado era fuerte; sin duda pensaban que el establo ardía o estaba a punto de incendiarse.

Mi corazón martilleaba de tal manera que podía sentirlo como un puño en el centro del pecho. Tuve una desagradable visión del corazón flácido que había sostenido en la mano, un rato antes, y de lo que debía de parecer el mío en ese momento: un lustroso músculo rojo oscuro que palpitaba sin pensar entre los dos pulmones, en su pulcra cueva.

Los pulmones, por cierto, no me funcionaban tan bien como el corazón; mi aliento surgía breve y con dificultad, en jadeos que yo trataba de sofocar por miedo a ser localizada. ¿Y si rescataban del cobertizo el profanado cadáver de Betty? No sabrían quién había sido el responsable de esa mutilación, pero el descubrimiento causaría una terrible indignación, con los consecuentes rumores descabellados e histeria pública.

Por encima del muro de la huerta se veía ahora un resplandor: el techo del cobertizo comenzaba a arder; el resplandor del fuego asomaba en líneas delgadas y brillantes entre las ripias de pino, que empezaban a humear y a rizarse.

El sudor me escocía detrás de las orejas, pero mi respiración se calmó un poco al ver a los esclavos reunidos junto al portón, apiñados en sobrecogido perfil. Por supuesto: el incendio estaba muy avanzado como para que intentaran apagarlo. El agua más cercana se hallaba en los abrevaderos de los caballos; para cuando trajeran los cubos, el cobertizo estaría reducido a cenizas. Y como no había en las proximidades nada que pudiera quemarse, era mejor dejarlo así.

El humo ascendía en rápidas bocanadas, a bastante altura. Sabiendo lo que había en el cobertizo, resultaba demasiado fácil imaginar formas espectrales en las ondulaciones transparentes. Por fin el fuego se abrió paso a través de la cubierta y las lenguas ígneas iluminaron el humo desde abajo, en un bello y espectral resplandor.

Detrás de mí estalló un gemido agudo; debido al sobresalto, me golpeé el codo contra las piedras. Fedra había cruzado el portón, seguida por Gussie y otra esclava. Corría a través de la huerta, gritando «¡Mamá!» mientras su camisa blanca reflejaba la luz de las llamas que ya abrían agujeros en el techo del cobertizo, con una lluvia de chispas.

Los hombres que estaban junto al portón la sujetaron; las mujeres corrieron también, entre gritos agitados. Un sabor a sangre en la boca me advirtió de que me había mordido el labio inferior. Cerré con fuerza los ojos, tratando de no oír los gritos frenéticos de Fedra y el parloteo monótono de quienes intentaban consolarla.

Me invadió una horrible sensación de culpa. Su voz, tan parecida a la de Bree, hizo que me imaginara sin esfuerzo lo que habría sentido mi hija si hubiera sido mi propio cuerpo el que se quemaba en el cobertizo. Pero Fedra habría podido sentir cosas peores si yo no hubiera provocado el incendio. Aunque me temblaban las manos de frío y tensión nerviosa, busqué a tientas la bolsa que había dejado caer al suelo, a mis pies.

Sentía los dedos tiesos y horriblemente untuosos de sangre y linfa medio secas. No podía permitir que me vieran así. Revolví en el saco hasta encontrar un frasco tapado, que solía usar para guardar sanguijuelas, y la pequeña botella de lavado, con alcohol diluido en agua.

No veía nada, pero sentí que la sangre se quebraba, desprendiéndose en escamas, al abrir los dedos agarrotados para depositar cautelosamente en el jarro el contenido de mi mano. Los dedos me temblaban tanto que no podía sujetar el corcho de la botella; por fin lo arranqué con los dientes y vertí el alcohol sobre la palma abierta, de modo que los restos de ese residuo granuloso cayeran en el recipiente.

Por entonces la alarma había llegado a la casa; se oían voces que provenían de allí. ¿Qué sucedía? ¿Dónde estaba Jamie? ¿Y Bonnet y Phillip Wylie? Mi marido no tenía más arma que una botella de agua bendita, ¿y los otros? Al menos no se habían oído disparos... pero los puñales no hacen ruido.

Me lavé a toda prisa las manos con el resto del alcohol y me las sequé con el forro oscuro del manto, donde las manchas pasarían desapercibidas. Había gente que corría de un lado a otro de la huerta, sombras fugaces a lo largo de los caminos, como fantasmas, a pocos pasos de mi escondrijo. ¿Por qué no hacían ruido? ¿Eran en verdad seres humanos o espectros agitados por mi sacrilegio?

De pronto, una de las figuras gritó y recibió la respuesta de otra. Comprendí vagamente que, si sus pies no hacían ruido al correr por los ladrillos, era porque iban descalzos y porque me zumbaban los oídos. El sudor frío me cosquilleaba en la cara; mis manos estaban mucho más entumecidas de lo que el aire fresco podía justificar.

«No seas idiota, Beauchamp —me dije—. Estás al borde del desmayo. ¡Siéntate!»

Debí de hacerlo, pues segundos después volví en mí, despatarrada bajo los frambuesos, medio reclinada contra el muro. Para entonces la huerta parecía haberse poblado; pálidas siluetas de invitados y sirvientes que pujaban por hacerse un sitio, imprecisas como fantasmas en sus camisas de dormir.

Aguardé un minuto, hasta sentirme repuesta. Luego me levanté con torpeza para salir al sendero oscuro, con la bolsa en la mano. La primera persona a la que vi fue el mayor MacDonald; de pie en el camino, contemplaba el incendio del cobertizo, refulgente la peluca blanca a la luz del fuego. Lo aferré por un brazo, provocándole un sobresalto.

—¿Qué sucede? —le dije, sin molestarme siquiera en pedir disculpas.

—¿Dónde está su marido? —preguntó él al mismo tiempo, buscando a Jamie con la vista.

—No sé. —Por desgracia, era muy cierto—. Yo también lo estoy buscando.

—¡Señora Fraser! ¿Está usted bien, querida? —Lloyd Stanhope surgió junto a mi codo, con todo el aspecto de un huevo duro muy animado: venía en camisa de dormir y su cabeza rapada aparecía asombrosamente redonda y pálida sin la peluca.

Le aseguré que estaba muy bien, y no mentía. La mayoría de los caballeros presentes iban tan poco vestidos como Stanhope; sólo al notarlo me percaté de que el mayor, en cambio, estaba vestido de arriba abajo, desde la peluca hasta las hebillas de los zapatos. Mi expresión debió de alterarse al observarlo, pues vi que enarcaba las cejas y me recorría con la mirada, desde el pelo recogido hasta los pies calzados, como si observara lo mismo en mí.

—He oído que gritaban «¡Fuego!» y he pensado que podía haber algún herido —expliqué con serenidad, mostrando la bolsa—. He traído mi equipo médico. ¿Sabe usted si todos están bien?

—Hasta donde puedo... —comenzó MacDonald, pero de inmediato saltó hacia atrás, alarmado, y me arrastró por un brazo.

La cubierta cedió con un ruido profundo, suspirante, y las chispas se elevaron a gran altura para caer luego entre la multitud reunida en la huerta.

Todo el mundo retrocedió entre gritos ahogados. Luego se hizo una de esas pausas breves e inexplicables, en que todos los miembros de una muchedumbre se quedan de pronto mudos al mismo tiempo. El cobertizo aún ardía, con un ruido de papel arrugado, aunque por encima de él se oía una voz que gritaba a lo lejos. Era una voz de mujer, aguda y quebrada, aunque potente y plena de furia.

—¡La señora Cameron! —exclamó Stanhope.

El mayor ya iba hacia la casa a todo correr.

## 53

### *El oro del francés*

Encontramos a Yocasta Cameron Innes en el asiento junto a su ventana; estaba en camisón, atada de pies y manos con tiras de sábana y completamente escarlata de ira. No tuve tiempo de observar mejor su estado, pues Duncan Innes, sin más ropas que la camisa de dormir, yacía de bruces en el suelo, cerca del hogar.

Corrí a arrodillarme a su lado para buscar el pulso.

—¿Ha muerto? —El mayor miraba por encima de mi hombro, con más curiosidad que compasión.

—No. Saque a toda esta gente de aquí, por favor.

La alcoba estaba atestada de huéspedes y sirvientes, que rodeaban a Yocasta entre especulaciones, comentarios y protestas, y se estaban convirtiendo en un verdadero fastidio. El mayor parpadeó ante lo perentorio de mi tono, pero no perdió tiempo en discutir la situación.

Duncan estaba vivo, era cierto, y mi examen superficial no reveló más lesión que un gran chichón detrás de una oreja. Al parecer lo habían golpeado con un pesado candelabro de plata, que yacía a su lado en el suelo. Tenía muy mal color, pero su pulso era bastante firme y su respiración, rítmica. Le abrí los ojos con el pulgar, de uno en uno, y me incliné hacia él para examinar las pupilas. Me miraban fijamente, vidriosas, pero ambas tenían el mismo tamaño y no presentaban ninguna dilatación anormal. Hasta allí, todo bien.

Detrás de mí, el mayor estaba aprovechando su experiencia militar para ladrar órdenes con voz de mando. Como la mayoría de los presentes no tenían experiencia como soldados, eso estaba logrando un efecto limitado.

Yocasta Cameron fue mucho más eficaz. Una vez liberada de sus ataduras, cruzó a trompicones la habitación, muy apoyada en el brazo de Ulises y dividiendo la multitud como si fuera el mar Rojo.

—¡Duncan! ¿Dónde está mi esposo? —inquirió, girando la cabeza de lado a lado, feroces los ojos ciegos. La gente se apartaba ante ella; en pocos segundos estuvo a mi lado—. ¿Quién está aquí? —Su mano describió un arco por delante de ella en busca de orientación.

—Soy yo... Claire. —Le cogí la mano para guiarla hasta mí. Sus dedos estaban helados y temblaban; las ligaduras le habían dejado profundas marcas rojas en las muñecas—. No te preocupes; creo que Duncan está bien.

Extendió una mano para comprobarlo por sí misma; yo le guié los dedos hasta el cuello y se los apoyé en la vena grande que veía palpitar a un costado. Se inclinó hacia delante, con una pequeña exclamación, y palpó sus facciones con una ternura ansiosa que me pareció conmovedora, comparada con su habitual actitud autoritaria.

—Lo han golpeado. ¿Está malherido?

—Creo que no —le aseguré—. Sólo tiene un chichón en la cabeza.

—¿Estás segura? —Se volvió hacia mí, ceñuda, dilatando las sensibles fosas nasales—. Huelo a sangre.

Fue una desagradable sorpresa descubrir que, si bien mis manos estaban bastante limpias, aún quedaban bordes de sangre seca en las uñas, restos de la autopsia improvisada. Reprimí el impulso de cerrar las manos.

—Creo que soy yo —murmuré con discreción—; la regla.

El mayor MacDonald nos estaba mirando con curiosidad. ¿La habría oído?

En la puerta se produjo un pequeño revuelo. Al volverme descubrí, con inmenso alivio, que era Jamie. Venía desaliñado, con la chaqueta desgarrada y un ojo que empezaba a ennegrecer, pero por lo demás parecía indemne.

El alivio se debió de reflejar en mi cara, pues su expresión ceñuda se ablandó un poco. Sin embargo, volvió a endurecerse al ver a Duncan. Hincó una rodilla a mi lado.

—Está bien —dije, sin darle tiempo a preguntar—. Alguien lo golpeó en la cabeza y ató a tu tía.

—¿Sí? ¿Quién? —Después de echar un vistazo a Yocasta, apoyó una mano en el pecho de Duncan, como para asegurarse de que en verdad respiraba.

—No tengo la más remota idea —respondió ella, seca—. De lo contrario ya habría mandado a los hombres tras esos criminales. —Sus labios se tensaron en una línea fina; al pensar en los atacantes le volvió el color al rostro—. ¿Nadie ha visto a esos tunantes?

—Creo que no, tía —respondió Jamie, con calma—. Con semejante hervidero en la casa nadie sabe qué buscar.

Enarqué una ceja en muda pregunta. ¿Qué había querido decir? ¿Acaso Bonnet había escapado? Pues sin duda era él quien había invadido la alcoba de Yocasta; con hervidero o no, era imposible que hubiese varios criminales violentos sueltos al mismo tiempo, en un lugar del tamaño de River Run.

Jamie negó apenas con la cabeza. Al ver la sangre bajo mis uñas él también enarcó una ceja. ¿Había descubierto algo, tenía ya la certeza? Asentí, recorrida por un ligero escalofrío.

«Asesinada», articulé con los labios.

Él me estrechó el brazo un instante y echó una mirada por encima del hombro. Por fin MacDonald había logrado expulsar a la mayor parte de la muchedumbre al pasillo. Hizo que los sirvientes fueran en busca de refrescos y reconstituyentes, mandó a por el comisario de Cross Creek, organizó a los hombres para una búsqueda de posibles malhechores y envió a las señoras al salón, en un revoloteo de intrigado nerviosismo. Luego el mayor cerró la puerta con firmeza y se acercó a nosotros.

—¿Lo llevamos a la cama?

Duncan empezaba a moverse, entre quejidos. Tosía y basqueaba un poco, pero por suerte no vomitó. Jamie y el mayor MacDonald lo levantaron, con los brazos laxos sobre sus hombros, y lo tendieron en la gran cama de dosel, sin ninguna consideración para con el edredón de seda. En atávica reacción de ama de casa, le puse un cojín de terciopelo verde bajo la cabeza. Estaba relleno de salvado, pero despedía un fuerte aroma a espliego. Si bien el espliego era bueno para el dolor de cabeza, no me pareció que estuviera a la altura de las circunstancias.

—¿Dónde está Fedra?

Ulises había guiado a Yocasta hasta su silla; allí estaba, hundida en sus profundidades de piel, súbitamente exhausta y vieja. El color había desaparecido de su cara junto con la ira; su pelo blanco caía en mechones revueltos sobre los hombros.

—Le dije que se acostara, tía. —Bree no había permitido que el mayor la echara con el resto del gentío. Se inclinó hacia su tía para tocarle la mano solícita—. No te preocupes. Yo te atenderé.

Yocasta le cubrió los dedos en un gesto de gratitud, pero de inmediato irguió la espalda, desconcertada.

—¿Que se acostara, le dijiste? ¿Por qué? ¿Y qué se está quemando? ¡Por Dios! ¿Se han incendiado los establos?

El viento había cambiado de dirección y entraba por un cristal roto de la ventana, cargado de olor a humo y un vago y horrible hedor a carne quemada.

—¡No, no! Los establos están bien. Fedra estaba nerviosa —explicó Bree, con cierta delicadeza—. Lo que se ha quemado es el cobertizo de la huerta; el cuerpo de su madre...

La cara de Yocasta quedó en blanco por un instante. Luego irguió la espalda y a su rostro asomó una expresión extraordinaria, algo parecido a la satisfacción, aunque con un tinte de perplejidad.

Jamie, que estaba de pie a mi lado, debió de verlo también, pues le oí emitir un suave gruñido.

—¿Estás repuesta, tía? —preguntó.

Ella elevó una ceja en sardónica respuesta.

—Con una copa estaré mejor —dijo, aceptando la taza que Ulises le ponía diestramente en las manos—. Pero sí, sobrino, estoy bastante bien. ¿Duncan...?

Yo estaba sentada en la cama, junto a él, con su muñeca entre los dedos. Lo sentí ascender hacia la superficie de la conciencia; sus párpados se estremecieron y tensó un poco los dedos contra mi palma.

—Está reaccionando —le aseguré.

—Dale coñac, Ulises —ordenó Yocasta.

Pero yo detuve al mayordomo con un gesto negativo.

—Todavía no. Se atragantaría.

—¿Te sientes en condiciones de contarnos lo que ha sucedido, tía? —preguntó Jamie, con cierta dureza en la voz—. ¿O debemos esperar a que lo haga Duncan?

Yocasta cerró un instante los ojos, suspirando. Tenía la habilidad de todos los MacKenzie para ocultar lo que pensaba, pero en este caso al menos era evidente que pensaba a toda velocidad. La punta de su lengua fue a tocar un punto irritado en la comisura de la boca. Entonces comprendí que, además de amarrarla, debían de haberla amordazado.

Percibí la presencia de Jamie a mi espalda, bullendo de fuertes pasiones. Sus dedos rígidos tamborileaban contra el poste de la cama. Por mucho que deseara escuchar el relato de Yocasta, prefería estar sola con él, contarle lo que había descubierto y averiguar qué había sucedido en la oscuridad de la huerta.

Fuera se oían murmullos en el pasillo; no todos los huéspedes se habían dispersado. Capté frases apagadas: «... completamente quemado, no quedaron sino los huesos», «¿... robado? No sé...», «... revisar los establos», «Sí, consumido por completo...» Recorrida por un intenso escalofrío, apreté con fuerza la mano de Duncan, luchando contra un pánico que no comprendía. Mi expresión debió de ser extraña, pues Bree dijo, suave:

—¿Mamá? —Me miraba con la frente arrugada de preocupación.

Traté de sonreírle, pero sentía los labios rígidos.

Jamie apoyó en mis hombros las manos grandes y cálidas. Yo dejé escapar el aliento que había contenido sin darme cuenta, en un pequeño jadeo, y volví a respirar. El mayor MacDonald me miró con curiosidad, pero de inmediato desvió la atención hacia Yocasta, que giró la cabeza en esa dirección.

—El mayor MacDonald, ¿verdad?

—Para servirla, señora. —El hombre le hizo automáticamente una reverencia, olvidando (como sucedía con frecuencia) que ella no podía verlo.

—Le agradezco sus amables servicios, mayor. Mi esposo y yo estamos en deuda con usted.

MacDonald respondió con un murmullo cortés.

—No, no —insistió ella, irguiendo la espalda—. Se ha tomado usted muchas molestias por nosotros. No debemos abusar más de su amabilidad. Ulises, acompaña al mayor al salón y ocúpate de servirle un buen refrigerio.

El mayordomo se inclinó con mucha ceremonia —sólo entonces noté que vestía una camisa de dormir sobre pantalones de montar desabrochados, pero llevaba la peluca puesta— y condujo al mayor hacia la puerta, con toda firmeza. MacDonald pareció algo sorprendido y no poco disgustado ante esa cortés forma de expulsión; era obvio que quería quedarse para escuchar los sangrientos detalles. Aun así no había manera de resistir con elegancia, de modo que se retiró con una digna reverencia.

Mi pánico comenzaba a remitir, en una retirada tan desconcertante como su aparición. Las manos de Jamie irradiaban una calidez que parecía extenderse por todo mi cuerpo; mi respiración volvió a serenarse. Pude centrar la atención en mi paciente, que ya había abierto los ojos, aunque daba la impresión de arrepentirse de haberlo hecho.

—¡Oh, *mo cheann*! —Entornó los ojos ante el fulgor de la lámpara. Luego los centró en mi cara con alguna dificultad; por fin, en la de Jamie—. Mac Dubh, ¿qué ha sucedido?

Jamie retiró una mano de mi hombro para estrecharle el brazo.

—No te preocupes, *a charaid*. —Desvió una mirada significativa hacia Yocasta—. Tu esposa va a contarnos qué es lo que ha ocurrido. ¿Verdad, tía?

Había un énfasis leve, pero indiscutible, en esa pregunta. Yocasta, así obligada, frunció los labios, pero luego suspiró, a todas luces resignada a la ingrata y necesaria confidencia.

—¿Hay alguien aquí que no sea de la familia?

Cuando le aseguramos que no, comenzó.

Había despedido a su doncella y estaba a punto de retirarse, dijo, cuando la puerta que daba al pasillo se abrió súbitamente, dando paso a dos hombres, según le pareció.

—Estoy segura de que había más de uno. He oído los pasos y la respiración —dijo, frunciendo el ceño para concentrarse—. Quizá fueran tres, pero no lo creo. Sólo hablaba uno de ellos. El otro debía de ser alguien a quien conozco, pues se mantenía a distancia, como si temiera que yo pudiese reconocerlo por algún medio.

El hombre que hablaba le era desconocido. Ella estaba segura de no haber oído antes aquella voz.

—Era irlandés —dijo. La mano de Jamie se tensó de golpe contra mi hombro—. Se expresaba bastante bien, pero no era un caballero, en absoluto. —Dilató un poco las fosas nasales en inconsciente desdén.

—No, ya lo creo —musitó Jamie.

Bree había dado un ligero respingo ante la palabra «irlandés», aunque sólo había una pequeña arruga de concentración en su frente.

—El hombre era cortés, pero directo en sus exigencias. Quería el oro.

—¿Oro? —Fue Duncan quien habló, aunque la pregunta era evidente en todas las caras—. ¿Qué oro? No hay oro en la casa, aparte de unas cuantas libras esterlinas y algún dinero de la Proclamación.

Yocasta apretó los labios, pero ya no había remedio. Emitió un pequeño gruñido, inarticulada protesta por verse obligada a revelar el secreto que había acallado durante tanto tiempo.

—El oro del francés —dijo de golpe.

—¿Qué? —Duncan, atónito, se tocó el chichón que tenía detrás de la oreja, como si creyera que le había afectado el oído.

—El oro del francés —repitió Yocasta, irritada—. El que enviaron justo antes de Culloden.

—Antes de... —empezó Bree, con los ojos dilatados. Pero Jamie la interrumpió:

—El oro de Luis —dijo por lo bajo—. ¿A eso te refieres, tía? ¿El oro de los Estuardo?

Yocasta dejó escapar una risa breve, sin ningún humor.

—Una vez lo fue.

Hizo una pausa para escuchar. Las voces se habían alejado, aunque aún se oían ruidos en el pasillo. Se volvió hacia Bree y le señaló la puerta.

—Ve a comprobar que nadie tenga el oído puesto contra la cerradura, muchacha. No he guardado silencio durante veinticinco años sólo para divulgarlo ahora ante todo el condado.

Bree abrió un instante. Después de echar un vistazo fuera, informó de que no había nadie en el pasillo.

—Bien. Acércate, muchacha. Siéntate a mi lado. No: antes tráeme el estuche que te enseñé ayer.

Más que intrigada, Bree desapareció en el vestidor y regresó con un estuche de gastada piel negra, que dejó en el regazo de Yocasta. Luego se instaló junto a ella, en un taburete, dirigiéndome una mirada de leve preocupación.

Ya me sentía bastante normal, si bien un vago eco de aquel extraño miedo aún resonaba en mis huesos. Después de tranquilizar a Bree con un gesto, me incliné hacia Duncan para ofrecerle un sorbo de coñac con agua. Ya sabía de dónde brotaba esa antigua inquietud. Era aquella frase oída por casualidad, susurrada en el cuarto vecino por los desconocidos que iban a comunicarle la muerte de su madre. Ya no volvería: un accidente, un choque, un incendio. «Quemada hasta los huesos», había dicho la voz, llena de reverencia. «Quemada hasta los huesos», y la desolación de una hija abandonada para siempre. Me tembló la mano; el líquido turbio corrió por el mentón de Duncan.

«Pero eso fue en otro país, hace mucho tiempo —pensé, endureciéndome contra los embates de la memoria—. Además...»

Yocasta vació su taza, la dejó con un golpe seco y abrió el estuche que tenía en el regazo. Dentro surgió un brillo de oro y diamantes. Ella retiró una varilla de madera con tres anillos.

—Hace tiempo, yo tenía tres hijas —comenzó—. Tres mujeres. Clementina, Seonag y Morna. —Tocó uno de los anillos: una banda ancha con tres grandes diamantes—. Esto era para mis niñas. Hector me lo dio al nacer Morna, que era suya. Morna... ¿sabéis que significa «amada»?

Extendió la otra mano, buscando a tientas, y tocó la mejilla de Bree, que la encerró entre las suyas.

—De cada uno de mis matrimonios sobrevivió una niña. —Los largos dedos de Yocasta hurgaban delicadamente, tocando un anillo cada vez—. Clementina era hija de John Cameron, con quien me casé cuando yo era poco más que una criatura. La alumbré a los dieciséis años. Seonag era hija de Hugh *el Negro*: morena como su padre, pero con los ojos de mi hermano Colum.

Giró brevemente los ojos ciegos hacia Jamie; después inclinó la cabeza para tocar la banda de los tres diamantes.

—Y luego Morna, la menor. Cuando murió tenía apenas dieciséis años.

Su expresión era triste, pero la línea de su boca se había suavizado al pronunciar los nombres de sus tres hijas desaparecidas.

—Lo siento, tía —dijo Bree, en voz baja. Y besó los nudillos abultados por la vejez. Yocasta le estrechó la mano en señal de gratitud, pero no se dejó apartar de su relato.

—Éste me lo dio Hector Cameron —dijo Yocasta—. Y él las mató a todas. A mis niñas, mis hijas. Las mató por el oro del francés.

La horrible sorpresa me dejó sin aliento, con un hueco en el estómago. Sentí que Jamie se quedaba muy quieto a mi espalda; se dilataron los ojos enrojecidos de Duncan. Brianna, sin cambiar de expresión, cerró los suyos durante un momento, pero retuvo aquella mano larga y huesuda.

—¿Qué fue de ellas, tía? —preguntó, sin alzar la voz—. Cuéntame.

Yocasta guardó silencio durante algunos segundos. En la habitación no se oía más ruido que el siseo de la cera al arder y el sonido de su respiración, un tanto asmática. Para mi sorpresa, cuando volvió a hablar no se dirigió a Brianna, sino a Jamie.

—Tú sabes lo del oro, ¿verdad, *a mhic mo pheathar*? —dijo. Él no dio muestras de extrañeza ante la pregunta.

—He oído hablar de ello —respondió con calma. Rodeó la cama para sentarse a mi lado, más cerca de su tía—. Es un rumor que circula por las Highlands desde lo de Culloden. Se decía que Luis enviaría oro para ayudar a su primo en aquella santa lucha. Después dijeron que el oro había llegado, pero nadie lo vio.

—Yo lo vi. —La ancha boca de Yocasta, tan parecida a la de su sobrino, se ensanchó aún más en una súbita mueca; luego se relajó—. Yo lo vi. Treinta mil libras en lingotes de oro. Yo estaba con ellos la noche en que lo desembarcaron a remo desde el barco francés. Venía en seis cofres, cada uno de ellos tan pesado que el bote sólo podía traerlos de dos en dos; de lo contrario se habría hundido. Cada cofre tenía la flor de lis tallada en la cubierta; cada uno estaba cerrado con bandas de hierro y un candado; cada candado, sellado con lacre rojo, y el lacre lucía el sello del anillo del rey Luis: la flor de lis.

Esas palabras hicieron correr un suspiro colectivo de sobrecogido respeto. Yocasta asintió despacio, con los ojos ciegos abiertos a visiones de aquella noche lejana.

—¿Dónde lo desembarcaron, tía? —preguntó Jamie por lo bajo.

Ella movía la cabeza con lentitud, como asintiendo para sí misma, con los ojos clavados en la escena que el recuerdo le pintaba.

—En Innismaraich. Una pequeña isla frente a Coigach.

Yo dejé escapar poco a poco el aire que estaba aguantando y miré a Jamie a los ojos. Innismaraich significaba «Isla del Pueblo de Mar»; es decir, la isla de las focas. La conocíamos.

—Allí estaban los tres hombres a los que se le confió —dijo Yocasta—. Uno de ellos era Hector; otro, mi hermano Dougal; el tercero estaba enmascarado. Los tres tenían máscara, pero por supuesto yo conocía a Hector y a Dougal. Al tercer hombre no lo conocía y ninguno de ellos pronunció su nombre. No obstante, reconocí a su sirviente; se llamaban Duncan Kerr.

Jamie se había puesto algo rígido al oír el nombre de Dougal; ante el de Duncan Kerr quedó petrificado.

—¿Había también sirvientes? —preguntó.

—Dos —confirmó su tía, con una sonrisa amarga—. El enmascarado trajo a Duncan Kerr, como he dicho; mi hermano Dougal, a un hombre de Leoch. Yo lo conocía de vista, pero no por su nombre. Hector contaba conmigo para que lo ayudara. Yo era una mujer fuerte, como tú, *a leannan* —añadió suavemente, estrechando la mano de Brianna—. Era fuerte y Hector confiaba en mí como en nadie. Yo también confiaba en él... por entonces.

Los ruidos exteriores se habían apagado, pero la brisa que entraba por el cristal roto agitaba las cortinas, inquietas como un fantasma que se oyera llamar desde lejos.

—Había tres botes. Los cofres eran pequeños, pero tan pesados que hacía falta dos personas para llevar uno solo. Hector y yo recibimos dos cofres en nuestro bote y nos alejamos a remo, en medio de la niebla. Oí el chapoteo de los otros remos, que se iban alejando en la distancia, hasta que se perdieron en la noche.

—¿Cuándo sucedió eso, tía? —preguntó Jamie, con los ojos muy fijos en ella—. ¿Cuándo llegó ese oro de Francia?

—Demasiado tarde —susurró ella—. Excesivamente tarde. ¡Maldito sea ese Luis! —exclamó, con una súbita ferocidad que la irguió en el asiento—. ¡Maldito sea ese perverso francés! ¡Que sus ojos se pudran como se han podrido los míos! ¡Qué distintas habrían podido ser las cosas si él hubiera sido leal a su palabra y a su sangre!

Jamie buscó mis ojos de soslayo. Demasiado tarde. Si el oro hubiera llegado antes, cuando Carlos desembarcó en Glenfinnan, quizá, o cuando se apoderó de Edimburgo y la retuvo por breves semanas... ¿Y luego?

El fantasma de una sonrisa tiñó de melancolía los labios de Jamie. Miró primero a Brianna; luego, de nuevo a mí; en sus ojos la pregunta estaba formulada y respondida. ¿Y luego?

—Fue en marzo —dijo Yocasta, ya recobrada de su arrebato—. Una noche glacial, pero clara como el hielo. De pie en el acantilado, contemplé el mar y el sendero que la luna tendía sobre el agua, como de oro. La nave llegó navegando por ese camino de oro, como un rey a su coronación, y pensé que era una señal.

Volvió la cabeza hacia Jamie, torciendo de pronto la boca.

—En verdad me pareció oír que él reía —dijo—. Brian *el Negro*. El que me separó de mi hermana. No habría sido extraño en él. Pero no estaba allí; supongo que fue sólo el sonido que emitían las focas.

Yo observaba a Jamie mientras ella hablaba. No se movía, pero el pelo rojizo de sus antebrazos se había puesto de punta como cables de cobre.

—Ignoraba que hubieras conocido a mi padre —dijo, con voz algo dura—. Pero dejemos eso por ahora, tía. Dices que fue en marzo.

Ella asintió.

—Demasiado tarde. Debió llegar dos meses antes, dijo Hector. Hubo retrasos...

Demasiado tarde, desde luego que sí. En enero, tras la victoria de Falkirk, esa muestra del respaldo de Francia podría haber sido decisiva. Pero en marzo el ejército de las Highlands se retiraba ya hacia el norte, rechazada en Derby su invasión de Inglaterra. Se había perdido hasta la más ínfima posibilidad de victoria. Los hombres de Carlos Estuardo marchaban a Culloden, hacia su destrucción.

Con los cofres en tierra y a salvo, los nuevos custodios del oro conferenciaron para decidir qué se haría con el tesoro. El ejército estaba en movimiento y Estuardo con él. Edimburgo había vuelto a manos de los ingleses. No había lugar seguro adonde llevarlo, manos confiables a las que entregárselo.

—Ellos no confiaban en O'Sullivan ni en los otros que rodeaban al príncipe —explicó Yocasta—. Irlandeses, italianos... Dougal dijo que no se había tomado tantas molestias sólo para que unos extranjeros robasen o dilapidasen el oro fuera. —Sonrió, algo ceñuda—. Es decir: no quería perder el mérito de haberlo obtenido.

Tampoco había confianza entre los tres custodios. Pasaron casi toda la noche discutiendo en el triste piso alto de una taberna desolada mientras Yocasta y los dos sirvientes dormían en el suelo, entre los cofres lacrados. Por fin se dividió el oro; cada uno de los hombres cogió dos de los cofres e hizo un juramento de sangre: guardar el secreto y conservar el tesoro con fidelidad en nombre de su monarca legítimo, el rey Jacobo.

—También tomaron juramento a los dos sirvientes —dijo Yocasta—. Les hicieron un corte; a la luz de las velas, las gotas de sangre eran más rojas que el lacre de los cofres.

—¿Tú también juraste? —preguntó Brianna en voz baja, sin apartar la vista de la cabeza blanca.

—No, yo no juré. —Los labios de Yocasta, que conservaban sus bellas formas, se curvaron apenas, como si aquello la divirtiera—. Yo era la esposa de Hector. Su juramento me obligaba. En aquel entonces.

Los conspiradores, nerviosos por la posesión de tanta riqueza, abandonaron la taberna antes del amanecer, con los cofres envueltos en mantas y harapos.

—Cuando bajábamos el último de los cofres, llegaron un par de viajeros. Fue eso lo que salvó la vida al posadero, pues era un lugar solitario y él era el único testigo de nuestra presencia allí. Creo que Dougal y Hector no habrían pensado algo así, pero el tercer hombre se proponía eliminarlo; lo leí en sus ojos, en la posición de su cuerpo mientras esperaba, al pie de la escalera, con la mano en el puñal. Él vio que yo lo observaba y me sonrió bajo la máscara.

—¿Nunca se la quitó? —inquirió Jamie. Sus cejas rojizas se unieron como si, por pura fuerza de concentración, pudiera recrear la escena que ella veía en su mente e identificar al desconocido.

Yocasta negó con la cabeza.

—No. De vez en cuando, al recordar aquella noche, me preguntaba si lo reconocería en caso de verlo nuevamente. Me parecía que sí; era moreno y delgado, pero fuerte como un cuchillo de acero. Si viera otra vez esos ojos, sin duda. Pero ahora... —Se encogió de hombros—. No sé si podría reconocerlo sólo por la voz.

—Pero ¿estás segura de que no era irlandés? —Duncan aún estaba pálido y cubierto de sudor frío, aunque escuchaba absorto, incorporado sobre un codo.

Yocasta dio un pequeño respingo, como si hubiera olvidado su presencia.

—¡Ah! No, *a dhuine*. Por su manera de hablar era escocés. Un caballero de las Highlands.

Jamie y su amigo intercambiaron una mirada.

—¿Uno de los MacKenzie o de los Cameron? —sugirió Duncan, en voz queda.

Jamie asintió:

—O uno de los Grant, quizá.

Yo entendí esas especulaciones. Entre los clanes de las Highlands existía (había existido) una complejísima serie de asociaciones y enemistades; eran muchos los que no habrían podido cooperar en una empresa tan importante y secreta.

Colum MacKenzie había negociado una estrecha alianza con los Cameron; de hecho, la propia Yocasta había sido prenda de esa alianza al casarse con un jefe Cameron. Si Dougal MacKenzie era uno de los que habían ideado la recepción del oro francés,

717

y Hector Cameron, otro, lo más probable era que el tercero hubiese pertenecido a uno de esos dos clanes o a otro en el que ambos confiaran. MacKenzie, Cameron... o Grant. Y si Yocasta no lo conocía de vista, cobraba peso la opción de que fuera uno de los Grant, dado que ella conocía a casi todos los jefes MacKenzie o Cameron.

Pero no era buen momento para analizar esas cosas; el relato no había concluido.

Los conspiradores se separaron, cada cual por su camino, cada cual con un tercio del oro francés. Yocasta ignoraba por completo qué habían hecho con sus cofres Dougal y el desconocido. Hector Cameron colocó los dos que llevaba consigo en un hoyo abierto en el suelo de su dormitorio, viejo escondrijo hecho por su padre para ocultar objetos valiosos.

Su intención era dejarlo allí hasta que el príncipe hubiera llegado a algún lugar seguro, donde pudiera recibir el oro y utilizarlo para lograr sus objetivos. Pero Carlos Estuardo ya estaba en fuga y durante muchos meses no hallaría sitio donde descansar. Antes de que llegara a su refugio final se produjo el desastre.

—Hector abandonó el oro (y a mí) en casa para incorporarse al ejército del príncipe. Regresó el diecisiete de abril, al ponerse el sol. Su caballo estaba cubierto de espuma; él desmontó, dejando a la pobre bestia a cargo de un palafrenero, y entró deprisa en la casa. Me ordenó que recogiera las cosas de valor que tuviese a mano. La causa estaba perdida, dijo; debíamos huir o morir con los Estuardo.

Aun entonces Cameron era hombre de fortuna y lo bastante astuto como para haber conservado su coche y sus caballos, en vez de entregarlos a la causa de los Estuardo. También fue lo bastante astuto como para no llevar en su huida los dos cofres del oro francés.

—Retiró tres barras de un cofre y me las entregó para que las escondiera bajo el asiento del coche mientras él y el palafrenero llevaban el resto a los bosques; no vi dónde los enterraron.

El 18 de abril, a mediodía, Hector Cameron subió a su carruaje con su esposa, el palafrenero, su hija Morna y tres barras de oro francés. Y partió a toda velocidad hacia el sur, rumbo a Edimburgo.

—Seonag estaba casada con el Maestre de Garth, que había apoyado a los Estuardo desde un principio: lo mataron en Culloden, aunque entonces no lo sabíamos, desde luego. Clementina ya había enviudado y vivía en Rovo, con su hermana.

Inspiró hondo, algo estremecida, como si se resistiera a revivir los sucesos que narraba.

—Supliqué a Hector que fuéramos a Rovo. Sólo debíamos desviarnos quince kilómetros; nos habríamos demorado unas pocas horas. Pero él se negó. Dijo que era demasiado peligroso perder un tiempo necesario para ir a por ellas. Clementina tenía dos hijos; Seonag, uno. Tanta gente en el carruaje nos demoraría en exceso. Le dije entonces que fuéramos, no para llevarlas con nosotros, sino sólo para avisarlas... para verlas una vez más.

Hizo una pausa.

—Yo sabía adónde nos dirigíamos. Lo habíamos discutido, aunque ignoraba que lo tuviera todo tan dispuesto.

Hector Cameron era jacobita, pero también perspicaz juez de los asuntos humanos, y no estaba dispuesto a malgastar su existencia en pos de una causa perdida. Al ver el giro de los acontecimientos, y temiendo algún desastre, se había tomado el trabajo de preparar la huida, para lo cual había apartado discretamente algunos sacos de ropa y elementos imprescindibles, convertido en efectivo los bienes que pudo y reservado en secreto tres pasajes abiertos de Edimburgo a las colonias.

—A veces creo que no se lo puedo reprochar —dijo Yocasta, muy rígida, con la luz de las velas centelleando en su pelo—. Dijo que Seonag no viajaría sin su marido, y Clementina no arriesgaría a sus hijos en un viaje por mar. Quizá tenía razón. Y quizá ponerlas sobre aviso no habría servido de nada. Pero yo tenía conciencia de que no volvería a verlas... —Cerró la boca para tragar saliva.

De cualquier modo, Hector se negó a detenerse, pues temía que lo persiguieran. Las tropas de Cumberland habían convergido hacia Culloden, pero había soldados ingleses en las carreteras de las Highlands y la noticia de que Carlos Estuardo estaba derrotado se extendía como las ondas de un remolino, más y más deprisa, en un vórtice de peligro.

Los Cameron fueron descubiertos dos días después, cerca de Ochtertyre.

—Se desprendió una rueda del carruaje —dijo Yocasta, con un suspiro—. Aún la veo girar sola camino abajo. Se había roto el eje. No tuvimos más remedio que acampar junto a la carretera mientras Hector y el mozo de cuadra se apresuraban a arreglarlo.

Las reparaciones requirieron la mayor parte del día. El nerviosismo de Hector empeoró durante la tarea y se contagió al resto del grupo.

—Por entonces yo ignoraba lo que había visto en Culloden —dijo Yocasta—. Él sabía muy bien que, si los ingleses lo atrapaban, todo habría terminado. Si no lo mataban en el acto, lo ahorcarían por traidor. Sudaba, más por el miedo que por el calor del trabajo. Pero aun así... —Apretó los labios antes de continuar—. Cuando pudieron volver a colocar la rueda en el coche ya empezaba a anochecer; era primavera y oscurecía temprano. La rueda se había desprendido cuando el carruaje estaba en una pequeña hondonada. Subimos todos y el mozo de cuadra azuzó a los caballos para que treparan por una larga pendiente. Cuando coronábamos la colina, dos hombres armados con mosquetes salieron a la carretera surgidos de entre las sombras, justo delante de nosotros.

Era una compañía de soldados ingleses, hombres de Cumberland. Habían llegado demasiado tarde para participar de la victoria de Culloden; frustrados por no haber actuado en ella y demasiado dispuestos a vengarse como pudieran de los escoceses que huían.

Al verlos, Hector, hombre de ideas rápidas, se hundió en un rincón del carruaje, con la cabeza inclinada y cubierta con un chal, fingiendo ser una vieja profundamente dormida. Atenta a las instrucciones que él le susurraba, Yocasta asomó por la ventanilla, dispuesta a desempeñar el papel de dama respetable que viajaba con su madre y su hija.

Los soldados no le dieron tiempo a pronunciar su discurso. Uno de ellos abrió de golpe la portezuela y la bajó a tirones. Morna, despavorida, saltó tras ella e intentó apartarla del soldado. Otro hombre aferró a la niña y la arrastró hacia atrás, interponiéndose entre Yocasta y el carruaje.

—En un minuto más «la abuela» habría estado también en tierra; entonces descubrirían el oro y todo habría terminado para nosotros.

Un pistoletazo los sorprendió a todos, imponiéndoles una momentánea inmovilidad. Hector, asomado a la portezuela abierta, había disparado contra el soldado que sujetaba a Morna. Pero la luz del crepúsculo era escasa; quizá los caballos se movieron, meneando el carruaje. El hecho es que el disparo alcanzó a Morna en la cabeza.

—Corrí hacia ella —dijo Yocasta, con voz ronca, seca la garganta—. Corrí hacia ella, pero Hector bajó de un salto y me detuvo. Los soldados estaban alelados. Él me arrastró hacia el coche y gritó al mozo de cuadra: «¡Adelante, adelante!»

Se humedeció los labios con la lengua y tragó saliva.

—«Ha muerto», me dijo, una y otra vez. «Ha muerto, no puedes hacer nada.» Y me sujetó con fuerza para impedir que, en mi desesperación, me arrojara en marcha.

Apartó lentamente su mano de Brianna; había necesitado apoyo para iniciar el relato, pero no le hacía falta para terminarlo. Apretó los puños contra el lino blanco de la camisa, como para restañar la sangre de un vientre profanado.

—Entonces ya había oscurecido —dijo con voz remota, desapegada—. Vi en el norte el resplandor de las hogueras contra el cielo.

Las tropas de Cumberland se diseminaban; comenzaban los incendios y el pillaje. Llegaron hasta Rovo, donde vivían Clementina y Seonag con sus hijos, y prendieron fuego a la casa solariega. Yocasta nunca supo si habían muerto en el incendio o más adelante, por hambre y frío, durante la helada primavera de las Highlands.

—Así Hector salvó su propia vida... y la mía, si es que tenía algún valor en aquel momento —continuó, aún remota—. Y el oro, desde luego.

Sus dedos buscaron de nuevo el anillo y lo hicieron girar lentamente en su varilla; las piedras centellearon bajo la luz de la lámpara.

—Desde luego —murmuró Jamie.

Sus ojos observaban con atención aquella cara ciega. De pronto me pareció injusto que la mirara así, casi como juzgándola, si ella no podía verlo, saber siquiera que él la observaba. Lo toqué; él me miró de soslayo y me estrechó la mano con fuerza.

Yocasta apartó los anillos y se levantó, inquieta ahora que lo peor estaba dicho. Fue a arrodillarse en el asiento junto a la ventana y apartó las cortinas. Al verla moverse con tanta seguridad costaba creer que fuera ciega; claro que ésa era su habitación, su lugar, donde cada artículo había sido escrupulosamente dispuesto para guiarla. Presionó las manos contra el cristal helado de la noche; una blanca bruma de condensación se extendió en torno a sus dedos, como llama fría.

—Hector compró esta plantación con el oro que trajimos —dijo—. La tierra, el molino, los esclavos. Si he de hacerle justicia —su tono sugería que no era ésa su inclinación—, lo que vale ahora se debe en gran parte a su propio trabajo. Pero la compró con ese oro.

—¿Y su juramento? —preguntó Jamie, por lo bajo.

—¿Su juramento? —Ella lanzó una risa breve—. Hector era práctico. Los Estuardo estaban acabados. ¿Para qué necesitaban el oro, allá en Italia?

—Práctico —repetí. Yo misma me sorprendí, pues no había pensado hablar. Sin embargo, creía haber percibido algo extraño en el tono con que ella había pronunciado esa palabra.

Por lo visto, así era. Yocasta se volvió hacia mi voz. Su sonrisa me desató un escalofrío por la espalda.

—Práctico, sí —asintió—. Mis hijas habían muerto y él no encontraba motivos para malgastar lágrimas en ellas. Jamás las mencionó; tampoco me permitía hablar de ellas. Había sido un hombre adinerado y volvería a serlo. No le habría sido tan fácil de haberlo sabido alguien. —Lanzó un fuerte suspiro, cargado de ira contenida—. Me atrevería a decir que, en este país, nadie sabe que una vez fui madre.

—Aún lo eres —señaló Brianna, suavemente—. Eso lo sé.

Sus ojos azules buscaron los míos, oscuros de comprensión. Sentí el escozor de las lágrimas detrás de la sonrisa con que le respondí. Sí, ella lo sabía y yo también.

Y Yocasta; las líneas de su cara se relajaron, la nostalgia reemplazó por un momento a la furia y al recuerdo de la desesperación. Se acercó despacio a Brianna, que seguía sentada en su taburete, y le puso la mano libre en la cabeza. Allí la dejó un momento; luego los dedos largos y sensibles se deslizaron hacia abajo, sondeando los pómulos fuertes, los labios anchos y largos, la nariz recta, el leve rastro de humedad en la mejilla.

—Sí, *a leannan* —dijo con suavidad—. Tú sabes lo que quiero decir. ¿Comprendes ahora por qué quiero que todo esto sea tuyo... o de alguien de tu sangre?

Jamie intervino con una tosecilla antes de que Bree pudiera contestar.

—Sí —dijo con total naturalidad—. ¿Y eso es lo que le has contado al irlandés esta noche? No todo, sin duda, pero ¿le has dicho que no tienes el oro aquí?

Yocasta dejó caer las manos y se volvió hacia él.

—Es lo que les he dicho, sí. A él. Le he dicho que, hasta donde yo sabía, los cofres seguían enterrados en el bosque, allá en Escocia. Que fuera a desenterrarlos y se los quedara si así lo quería. —Su boca se curvó en una amarga sonrisa.

—¿Y no ha aceptado tu palabra?

Ella negó con la cabeza, apretando los labios.

—No era caballero —repitió—. No sé cómo podrían haber resultado las cosas, pues yo estaba sentada cerca de la cama y siempre tengo un pequeño puñal bajo la almohada. No habría tolerado que me pusiera impunemente las manos encima. Pero antes de que pudiera coger el puñal he oído pasos en el vestidor.

Señaló con un ademán la puerta cercana al hogar; detrás estaba su vestidor, que unía su dormitorio con el que antes era de Hector Cameron y ahora, era de suponer, de Duncan.

Los intrusos también habían oído los pasos; el irlandés había siseado algo a su amigo; luego se había apartado de Yocasta hacia el hogar. Entonces el otro personaje se había aproximado a ella por detrás y le había tapado la boca con una mano.

—Sólo puedo deciros que el hombre usaba una gorra bien encasquetada y apestaba a licor, como si se lo hubiera vertido encima en vez de beberlo. —Hizo una pequeña mueca de asco.

La puerta se había abierto, dando paso a Duncan. Al parecer, el irlandés había saltado desde atrás de la puerta y lo había golpeado en la cabeza.

—No recuerdo nada —dijo él, melancólico—. He venido a darle las buenas noches a la señ... a mi esposa. Recuerdo que he puesto la mano en el pomo de la puerta. Un momento después estaba tendido allí, con la cabeza partida. —Tras tocarse con cuidado el chichón, miró a Yocasta con aire preocupado—. ¿Estás bien, *mo chridhe*? ¿Esos cabrones no te han maltratado?

Alargó una mano hacia ella, y al recordar que no podía verlo trató de incorporarse, pero se derrumbó con una queja sofocada. De inmediato ella se puso de pie para acercarse apresuradamente a la cama.

—Claro que estoy bien —dijo con fastidio, buscando a tientas hasta encontrar la mano de Duncan—. Exceptuando la inquietud de creerme viuda por cuarta vez. —Con un suspiro de exasperación, se sentó a su lado—. No podía saber qué había sucedido; sólo he oído el golpe y un lamento horrible mientras caías. Luego el irlandés se ha acercado a mí y la bestia que me sujetaba me soltó.

El irlandés la había informado, en tono cordial, de que no creía ni por un momento que el oro hubiera quedado en Escocia. Tenía la seguridad de que estaba en River Run y, si bien no se habría atrevido a maltratar a una dama, no experimentaba las mismas inhibiciones con respecto a su esposo.

—Ha dicho que, si yo no les decía dónde estaba, él y su compañero comenzarían a cortar a Duncan en trocitos, empezando por los dedos del pie para avanzar hacia los huevos —dijo Yocasta, sin rodeos.

Duncan no tenía mucha sangre en la cara, pero la poca que allí había desapareció al oír eso. Jamie apartó la vista de él, carraspeando.

—Y tú lo has creído, supongo.

—Tenía un buen cuchillo; me lo ha pasado por la palma de la mano, para demostrarme que hablaba en serio. —Abrió la mano libre; una línea roja, delgada como un cabello, cruzaba la parte carnosa. Se encogió de hombros—. Y como no podía permitir eso, me he fingido renuente hasta que el irlandés se ha acercado a Duncan y le ha cogido un pie. Entonces he roto a llorar y a dar gritos, con la esperanza de que alguien me oyera, pero esos malditos sirvientes se habían ido a dormir; en cuanto a los invitados, no me han oído, ocupados como estaban en beber mi whisky y fornicar en los establos.

Ante ese último comentario, la cara de Bree se encendió en un súbito carmesí; Jamie, al verla, esquivó mi mirada con una tosecilla.

—Pues bien, y luego...

—Y luego les he dicho que el oro estaba enterrado bajo el cobertizo de la huerta. —A su rostro volvió brevemente la expresión satisfecha—. He pensado que al encontrar el cadáver se desconcertarían un poco. Para cuando hubieran reunido valor para cavar, yo podía haber hallado una manera de escapar o de dar la alarma... y así ha sido.

Después de atarla y amordazarla a toda prisa, los hombres salieron rumbo al cobertizo, bajo la amenaza de regresar para reanudar las operaciones si descubrían que les había mentido. Sin embargo, no se esmeraron mucho con la mordaza; ella no tardó en arrancársela y romper un cristal a puntapiés, y gritar pidiendo auxilio.

—Supongo que, al ver el cadáver, la impresión los ha hecho tirar la lámpara, con lo que han incendiado el cobertizo. —Asintió con lúgubre satisfacción—. Ha salido barato. Sólo lamento que no se hayan quemado también.

—¿No crees que hayan podido iniciar el incendio a propósito? —sugirió Duncan. Parecía estar mejor, aunque todavía descompuesto y ceniciento—. ¿Para cubrir las señales de la excavación?

Yocasta descartó la idea con un encogimiento de hombros.

—¿Con qué fin? Allí no había nada que pudieran encontrar, aunque cavaran hasta la China. —Empezaba a tranquilizarse un poco; sus mejillas iban recuperando el matiz normal, aunque sus anchos hombros comenzaban a encorvarse por el agotamiento.

Entre nosotros se hizo el silencio; cobré conciencia de que llevaba algunos minutos escuchando ruidos en la planta baja: voces masculinas y pisadas. Habían regresado los distintos grupos de búsqueda, pero por el tono malhumorado de sus voces era evidente que no habían aprehendido a ningún sospechoso.

Para entonces, la vela de la mesa ya se había consumido; la llama se estiraba, larga, con sólo un par de centímetros de mecha. En la repisa, una se apagó en una fragante voluta de humo con olor a cera de abejas. Jamie echó un vistazo a la ventana; era de noche, pero pronto amanecería.

Las cortinas se movían en silencio ante el aire glacial e inquieto que soplaba en la habitación. Se apagó otra vela. Aquella segunda noche de insomnio comenzaba a afectarme; me sentía helada, entumecida y descarnada; en mi mente, los diversos horrores que había visto y oído empezaban a disolverse en la irrealidad; sólo un persistente olor a quemado podía atestiguar que habían existido.

Al parecer, no había nada más que decir o hacer. Ulises entró discretamente, trayendo otro candelabro y una bandeja con coñac y varias copas. El mayor MacDonald reapareció un instante para informar de que no habían hallado rastros de los malhechores. Después de examinar a Duncan y a Yocasta, los dejé con Bree y Ulises para que los acostaran.

Jamie y yo descendimos en silencio. Al pie de la escalera me volví hacia él. Estaba pálido y demacrado por la fatiga, como si sus facciones estuvieran talladas en mármol; el pelo y la barba crecida parecían oscuros a la luz escasa.

—Regresarán, ¿verdad? —le dije en voz baja.

Él asintió con la cabeza. Luego me cogió por el codo para conducirme hacia la escalera de la cocina.

# 54

## *Coloquio con pastel*

En esa época del año aún se utilizaba la cocina del sótano; la exterior quedaba reservada para preparaciones más complejas o malolientes. Alterados por la conmoción, los esclavos se habían levantado y estaban trabajando, aunque varios parecían dispuestos a dejarse caer en cualquier rincón para seguir durmiendo a la menor oportunidad. Sin embargo, la cocinera en jefe estaba bien despierta y era obvio que nadie dormiría mientras ella estuviera allí.

La cocina era cálida y acogedora; las ventanas aún estaban a oscuras y los muros se teñían con el resplandor rojizo del hogar; en el aire flotaban aromas reconfortantes: caldo, pan y café. Se me ocurrió que era un excelente lugar para reponerse un poco antes de ir a la cama, pero al parecer Jamie tenía otra idea.

Se detuvo para un cortés diálogo con la cocinera; con lo que consiguió no sólo un pastel entero recién horneado, espolvoreado de canela y empapado en mantequilla fundida, sino también una gran jarra de café humeante. En cuanto se hubo despedido, me arrancó del taburete en el que me había dejado caer, agradecida, y partimos otra vez, en el viento frío de la noche moribunda.

Cuando viramos por el sendero de piedras, rumbo al establo, tuve una extrañísima sensación de algo ya visto. Era la misma luz de veinticuatro horas atrás, con las mismas estrellas desapareciendo en el mismo cielo azul grisáceo, el mismo aliento de primavera. Mi piel se estremeció con el recuerdo.

Pero esta vez no corríamos; caminábamos a paso sereno, cogidos de la mano, y a los recuerdos del día anterior se superponían los inquietantes olores de la sangre y el incendio. Con cada paso, me sentía como si estuviera a punto de empujar las puertas de vaivén de algún hospital; luego me envolverían el zumbar de las luces fluorescentes y el discreto olor a medicamentos y cera para suelos.

—Falta de sueño —murmuré para mis adentros.

—Ya habrá tiempo para dormir, Sassenach —dijo Jamie. Se agitó un instante para sacudirse el cansancio, como los perros se quitan el agua—. Antes tenemos una o dos cosas que hacer. —Cambió de mano el pastel envuelto para cogerme por el codo e impedir que la fatiga me hiciera caer de bruces entre las coles.

No había peligro de que sucediera. Yo sólo había querido decir que era la falta de sueño la que me causaba la sensación de estar de regreso en un hospital. Durante muchos años, en mis funciones de interna, residente y madre, había trabajado largamente sin dormir; así se aprende a funcionar —y a funcionar bien— pese al cansancio absoluto.

Ésa era la misma sensación que me invadía ahora; entraba en la somnolencia y volvía a salir hacia un estado de lucidez artificialmente incrementada. Me sentía helada y encogida, como si ocupara sólo el núcleo interior de mi cuerpo, aislada del mundo externo por una gruesa capa de carne inerte. Al mismo tiempo, cada detalle de los alrededores resultaba anormalmente vívido, desde la deliciosa fragancia de lo que Jamie cargaba, pasando por el susurro de su chaqueta, hasta la voz de alguien que cantaba en los alojamientos de los esclavos y las plantas que brotaban en sus macizos, junto al camino.

La sensación de lúcido desapego me acompañó aun cuando nos desviamos hacia los establos. Él había dicho que teníamos algo que hacer. No creía que albergase intenciones de repetir las hazañas del día previo. Pero si pensaba en un tipo de orgía más tranquila, con café y pastel, resultaba extraño celebrarla en el establo y no en la sala.

La puerta lateral no estaba atrancada; los olores cálidos del heno y los animales dormidos nos salieron al encuentro.

—¿Quién es? —dijo una voz queda y grave, desde las sombras interiores. Roger. Claro: no lo había visto entre los que invadieron el cuarto de Yocasta.

—Fraser —respondió Jamie, también en voz baja. Después de hacerme entrar consigo, cerró la puerta.

La silueta de Roger se recortaba contra el resplandor de una lámpara, hacia el final de la fila de pesebres. Estaba envuelto en un capote y la luz formaba un nimbo rojizo en torno a su pelo oscuro cuando se volvió hacia nosotros.

—¿Cómo estás, *a Smeòraich*?

Jamie le entregó la jarra de café. Roger hundió una pistola en la cintura de los pantalones y alargó la mano para cogerla. Sin comentarios, retiró el corcho y se la llevó a la boca; momentos después la bajó con expresión de pura bienaventuranza.

—¡Oh, Dios! —exclamó con un suspiro fervoroso, humeante el aliento—. Sin duda, esto es lo mejor que he probado en varios meses.

—No del todo. —Algo divertido, Jamie cogió la jarra para entregarle el pastel envuelto—. ¿Cómo está ése?

—Al principio metió bastante bulla, pero desde hace un rato se ha aquietado. Tal vez se haya dormido.

Roger señaló el pesebre con la cabeza mientras desgarraba la envoltura untuosa de mantequilla. Jamie descolgó la lámpara de su gancho y la sostuvo en alto por encima del portón atrancado. Por debajo de su brazo vi una silueta acurrucada y medio escondida en la paja, en el fondo del pesebre.

—¿Señor Wylie? —llamó Jamie, siempre en voz baja—. ¿Duerme usted, señor?

La silueta se agitó entre susurros de heno.

—No, señor —fue la respuesta, fríamente amarga. La silueta se desplegó despacio y Phillip Wylie se puso de pie, sacudiéndose la paja de la ropa.

A decir verdad, yo lo había visto en mejores momentos. A su chaqueta le faltaban varios botones y tenía desgarrada la costura de un hombro; las perneras estaban sueltas a la altura de las rodillas, pues las hebillas habían reventado; los calcetines se habían deslizado pantorrilla abajo de un modo muy poco decoroso. Era obvio que había recibido un golpe en la nariz, pues tenía un surco de sangre seca en el labio superior y una mancha pardusca en el chaleco de seda bordada.

Pese a las deficiencias de su guardarropa, su actitud se mantenía incólume en una indignación glacial.

—¡Tendrá que responder por esto, Fraser! ¡Por Dios que sí!

—Con gusto, señor —respondió Jamie, impertérrito—. Pero no antes de obtener algunas respuestas de usted. —Quitó el pestillo al pesebre y abrió—. Salga, señor Wylie.

El hombre vacilaba entre permanecer allí dentro o salir obedeciendo la orden de Jamie. Pero vi que contraía las fosas nasales; era obvio que había captado el aroma del café. Eso pareció decidirlo: salió con la cabeza en alto. Pasó a un palmo de mí, con la mirada fija hacia delante, fingiendo no verme.

Roger había acercado dos taburetes y un cántaro invertido. Cogí el cubo y me aparté pudorosamente hacia las sombras mientras Jamie y Wylie se sentaban frente a frente, como para poder estrangularse con comodidad. Roger, por su parte, se retiró con discreción a mi lado, trayendo consigo el pastel, con expresión de interés.

Wylie aceptó con ademán rígido la jarra de café, pero unos sorbos parecieron devolverle de manera notable la compostura. Por fin la bajó con un suspiro audible, y relajó un poco las facciones.

—Se lo agradezco, señor. —Devolvió la jarra con una pequeña reverencia, siempre muy erguido en el taburete, y se reacomodó con cuidado la peluca, que había sobrevivido a las aventuras de la noche, aunque bastante afectada por las experiencias—. Bueno, ¿puedo preguntar cuáles son los motivos de esta... incalificable conducta?

—Puede, señor —respondió Jamie, irguiéndose a su vez—. Quiero descubrir en qué consiste su asociación con cierto Stephen Bonnet y qué sabe usted de su actual paradero.

La cara de Wylie quedó casi cómicamente en blanco.

—¿Quién?

—Stephen Bonnet.

Wylie iba a volverse hacia mí para pedir aclaraciones, pero recordó que no se había dado por enterado de mi presencia. Entonces clavó en Jamie una mirada fulminante, con las cejas oscuras muy fruncidas.

—No conozco a ningún caballero con ese hombre, señor Fraser; por lo tanto, no tengo idea alguna de sus movimientos. Aun si la tuviera, dudo mucho que me sintiese obligado a informarle.

—¿No? —Jamie bebió un sorbo de café, pensativo; luego me entregó la jarra—. ¿Qué me dice usted de las obligaciones de un invitado para con su anfitrión, señor Wylie?

Las cejas oscuras se elevaron en un gesto de estupefacción.

—¿A qué se refiere, señor?

—Veo que no está usted informado, señor, de que anoche la señora Innes y su esposo sufrieron un ataque y un intento de robo.

Wylie se quedó boquiabierto. A menos que fuera muy buen actor, su sorpresa era auténtica. Y por lo que sabía hasta la fecha de ese joven, no lo creía actor en absoluto.

—No lo sabía. ¿Quién...? —El desconcierto desapareció en renovada ira. Sus ojos se desorbitaron un poco—. ¿Ustedes creen que yo estoy involucrado en esa... esa...?

—¿Despreciable empresa? —sugirió Roger, que parecía divertirse, ya aliviado el aburrimiento de la guardia—. Sí, creemos que sí. ¿Un poco de pastel para acompañar el café, señor?

Y le alargó un trozo. Wylie lo miró de hito en hito un momento; luego se levantó de un brinco y lo hizo caer con un golpe.

—¡Grandísimo canalla! —Se dio la vuelta hacia Jamie con los puños apretados—. ¿Se atreve a insinuar que soy un ladrón?

Jamie se echó un poco hacia atrás, con el mentón en alto.

—En efecto —dijo con tono sereno—. Usted trató de robarme a mi esposa bajo mis propias narices. Por tanto, ¿qué escrúpulo podría tener para con los bienes de mi tía?

La cara de Wylie se ruborizó hasta un carmesí intenso y feo. Si no se le pusieron los cabellos de punta fue sólo porque llevaba peluca.

—¡Grandísimo... hijo... de puta! —susurró.

Un momento después se arrojaba contra Jamie. Los dos rodaron montando un estruendo, con un revoloteo de brazos y piernas. Di un brinco hacia atrás, conforme apretaba la jarra de café contra mi pecho. Roger se lanzó hacia la refriega, pero yo lo sujeté por el capote.

Jamie tenía a su favor la habilidad y la corpulencia, aunque Wylie no era en absoluto novicio en el arte de los puños; por añadidura, lo impulsaba una ira desatada. En unos momentos Jamie lo sometería a mamporros, pero yo no estaba dispuesta a esperar.

Ferozmente irritada contra los dos, me adelanté un paso y vertí sobre ellos el contenido de la jarra. El café no estaba hirviendo, aunque bastó. Hubo dos chillidos simultáneos y los dos hombres rodaron hacia lados opuestos; luego se incorporaron, sacudiéndose. Me pareció oír que Roger reía a mi espalda, mas cuando giré en redondo ya había asumido una expresión de serio interés. Me miró con las cejas arqueadas y se metió otro trozo de pastel en la boca.

Jamie ya estaba de pie; Wylie, erguido sobre las rodillas; ambos, empapados de café. La expresión de sus caras daba a entender que planeaban reanudar los procedimientos en el punto en que los había interrumpido. Golpeé el suelo con un pie.

—¡Ya estoy harta de esto!

—¡Pues yo no! —exclamó Wylie, acalorado—. ¡Él me ha insultado en mi honor! ¡Exijo...!

—¡Al diablo con su maldito honor! ¡Y con el tuyo también! —bramé, fulminándolos a ambos con la mirada.

Jamie, que parecía a punto de decir algo igualmente inflamatorio, se contentó con un resonante bufido.

Empujé con el pie uno de los taburetes caídos, con la vista aún clavada en Jamie.

—¡Siéntate!

Él levantó el banquillo y se sentó con inmensa dignidad, apartando del pecho a pellizcos la camisa empapada.

Wylie no parecía tan dispuesto a prestarme atención y continuaba con los comentarios sobre su honor. Le asesté un puntapié en la espinilla. Esta vez calzaba botas fuertes. Él lanzó un chillido y saltó sobre el otro pie, sujetando la pantorrilla afectada. Los caballos, completamente alterados por el alboroto, piafaban y resoplaban en sus pesebres. El aire se llenó de polvo.

—No conviene fastidiarla cuando está irritada —dijo Jamie a su contrincante, echándome una mirada cautelosa—. Es peligrosa, ¿sabe usted?

Wylie me miró, muy ceñudo, pero su expresión pasó a la incertidumbre, ya fuera porque yo estaba sujetando la jarra vacía por el cuello, como si fuera una cachiporra, o porque recordaba lo que había visto la noche anterior, al descubrirme en plena autopsia. Hizo un esfuerzo por tragarse lo que estaba a punto de decir y se sentó despacio en el otro banquillo. Luego sacó un pañuelo del chaleco manchado para limpiar el hilo de sangre que le corría por la cara, desde un corte abierto por encima de la ceja.

—Me gustaría saber —dijo, con exquisita cortesía— qué sucede aquí, por favor.

Había perdido la peluca, que yacía en un charco de café. Jamie se agachó para recogerla cautelosamente, como si fuera un animal muerto. Después de limpiarse con la mano libre el barro que tenía en la mandíbula, se la alargó hacia Wylie.

—Pues yo opino lo mismo, señor.

Wylie recibió la peluca con un rígido gesto de agradecimiento y se la puso en la rodilla, sin prestar atención al café que le empapaba los pantalones. Los dos me miraban con idéntica expresión de impaciencia. Por lo visto, me tocaba oficiar como maestra de ceremonias.

—Robo, asesinato y sólo el cielo sabe qué mas —enumeré con firmeza—. Y queremos llegar al fondo del asunto.

—¿Asesinato? —repitieron Roger y Wylie a la par. Ambos parecían sobresaltados.

—¿Quién ha sido asesinado? —inquirió el prisionero, mirándonos alternativamente a Jamie y a mí.

—Una esclava —informó Jamie—. Mi esposa sospechó que había dolo en su muerte. Necesitábamos descubrir la verdad. Ése fue el motivo de nuestra presencia en el cobertizo, anoche.

—Presencia —repitió Wylie. Ya estaba pálido, pero ante el recuerdo de lo que me había visto hacer en el cobertizo pareció descompuesto—. Sí... comprendo. —Y me miró con el rabillo del ojo.

—¿Conque la mataron? —Roger entró en el círculo de luz y se sentó en el cubo invertido, a mis pies; luego dejó los restos del pastel en el suelo—. ¿Qué la mató?

—Alguien le dio de comer cristal molido —respondí—. Encontré una buena cantidad en su estómago.

Mientras lo decía, presté especial atención a Phillip Wylie, pero su cara tenía la misma expresión estupefacta que las de Jamie y Roger.

—Cristal. —Jamie fue el primero en recobrarse. Irguió la espalda en el taburete, sujetando un mechón desaliñado detrás de la oreja—. ¿Cuánto tarda algo así en matar, Sassenach?

Me froté el entrecejo con dos dedos. El aturdimiento de la hora temprana iban dando paso a un palpitante dolor de cabeza, empeorado por el rico olor del café y el hecho de que no hubiera podido beber siquiera un sorbo.

—No lo sé. Llega al estómago en pocos minutos, pero podría tardar bastante en provocar una gran hemorragia. Sería el intestino delgado el que sufriría la mayor parte del daño; las partículas de cristal perforarían el recubrimiento. Y si algo dificultara los procesos digestivos (la bebida, por ejemplo), podría tardar aún más. También si ella hubiera comido en cantidad al ingerir el cristal.

—¿Es la mujer que tú y Bree encontrasteis en la huerta? —Roger se volvió hacia Jamie.

—Sí. —Él mantuvo los ojos fijos en mí—. Estaba inconsciente por efectos de la bebida. Más tarde, cuando la viste, Sassenach, ¿había ya señales de eso?

Negué con la cabeza.

—Tal vez el cristal ya estaba haciendo efecto, pero ella continuaba inconsciente. Una cosa: Fentiman dijo que se había despertado en mitad de la noche, quejándose de sufrir de retortijones. Seguro que por entonces ya estaba afectada. Pero no puedo decir con certeza si se le suministró el cristal molido antes de que tú y Bree la encontrarais o si despertó de su sopor al anochecer y alguien se lo dio entonces.

—Retortijones en las tripas —murmuró Roger, moviendo la cabeza con aire sombrío—. ¡Cristo, qué manera de morir!

—Sí, es de una perversidad diabólica —añadió Jamie—. Pero ¿por qué? ¿Quién podía desearle la muerte?

—Es una buena pregunta —asintió Wylie—. Sin embargo, puedo asegurarles que yo no fui.

Jamie lo estudió largo y tendido.

—Puede ser, sí —dijo—. Pero si no... ¿A qué fue usted anoche al cobertizo? ¿Qué podía llevarlo allí, como no fuera contemplar el rostro de su víctima?

—¡Mi víctima! —Wylie se puso rígido de ira renovada—. ¡No era yo el que estaba en el cobertizo, ensangrentado hasta los codos con las entrañas de esa mujer y arrancándole trocitos! —Giró la cabeza hacia mí—. ¡Mi víctima! Profanar un cadáver es un crimen capital, señora Fraser. Y me han llegado rumores... ¡Oh, sí que me han llegado rumores sobre usted! Yo digo que fue usted quien mató a la mujer, a fin de obtener...

Sus palabras terminaron en un gorgoteo, pues Jamie había aferrado la pechera de su camisa y se la retorcía en torno al cuello. Luego lo golpeó con fuerza en el estómago. El joven se dobló en dos, tosiendo y vomitando café, bilis y varias sustancias desagradables. Todo eso fue a parar al suelo, a sus rodillas y a Jamie.

Suspiré con cansancio. Se esfumaban los breves efectos estimulantes de la discusión; volvía a experimentar frío y una leve desorientación. La fetidez no ayudaba.

—Eso no sirve de nada, ¿sabes? —reproché a mi marido, que había soltado a Wylie para quitarse apresuradamente las prendas exteriores—. Y no es que no te agradezca el voto de confianza.

—¡Oh, claro! —Su voz sonó apagada por la camisa que se estaba pasando por la cabeza. Se la quitó para dejarla caer al suelo, furioso—. ¿Pretendes que me quede cruzado de brazos mientras este petimetre te insulta?

—No creo que vuelva a hacerlo —observó Roger, inclinado hacia Wylie, que seguía doblado en su taburete, bastante verde—. ¿Es cierto que hurgar en un cadáver es crimen capital?

—No lo sé —reconoció Jamie, bastante seco.

Desnudo hasta la cintura, manchado de sangre y vómito y con el pelo rojo revuelto a la luz de la lámpara, no se parecía en nada al pulido caballero que se había sentado a la mesa de whist, la noche anterior.

—Importa muy poco —añadió—, pues no se lo dirá a nadie. Porque si lo hace, lo cortaré como a un jamón y usaré sus cojones y su mentirosa lengua para alimentar a los cerdos. —Tocó la empuñadura del cuchillo, como para asegurarse de tenerlo a mano en caso de que fuera necesario—. Pero estoy seguro de que no piensa lanzar acusaciones tan infundadas contra mi esposa, ¿verdad... señor? —dijo a Wylie, con excesiva cortesía.

No me sorprendió que Phillip negara con la cabeza; por lo visto, aún no había recobrado el habla. Con un ruido de lúgubre satisfacción, Jamie se inclinó a recoger el manto que había dejado caer un rato antes. Mis rodillas estaban algo flojas tras esa nueva exhibición de viril sentido del honor, de modo que me senté en el cubo.

—Bien —dije, apartando hacia atrás un mechón de pelo—. Si todo eso está acordado... ¿Dónde estábamos?

—En el asesinato de Betty —apuntó Roger—. No sabemos quién, no sabemos cuándo y no sabemos por qué. No obstante, como base para la discusión, sugeriría partir del supuesto de que ninguno de los presentes ha tenido nada que ver con eso.

—Muy bien. —Jamie desechó el asesinato con un gesto brusco mientras se sentaba—. ¿Qué hay de Stephen Bonnet?

El semblante de Roger, que hasta entonces sólo expresaba interés, se ensombreció al oír eso.

—Sí, ¿qué hay de él? ¿Está involucrado en este asunto?

—Quizá en el asesinato no, pero esta noche dos villanos han atacado a mi tía y su esposo en su alcoba. Uno de ellos era irlandés. —Jamie se envolvió los hombros desnudos con el capote, al tiempo que lanzaba una mirada siniestra a Phillip Wylie, que se había recobrado lo suficiente como para incorporarse.

—Repito —dijo fríamente, con las manos todavía apretadas contra el vientre— que no conozco a ningún caballero con ese nombre, sea irlandés u hotentote.

—Stephen Bonnet no es un caballero —dijo Roger. Las palabras eran bastante suaves, pero su tono hizo que Wylie levantara la vista hacia él.

—No conozco a ese tipo —dijo con firmeza. Probó a tragar saliva y, como le resultó soportable, respiró más hondo—. ¿Por qué suponen ustedes que ese tal Bonnet es el irlandés que ha cometido esa tropelía contra el matrimonio Innes? ¿Acaso dejó su tarjeta de visita?

Me sorprendí a mí misma con una carcajada. A pesar de todo, debía admitir que Phillip Wylie me inspiraba cierto respeto. Aun cautivo, maltrecho, amenazado, mojado con café y privado de su peluca, conservaba mucha más dignidad de la que habría podido exhibir la mayoría de los hombres en su situación.

Jamie me echó un vistazo. Luego se volvió hacia Wylie. Me pareció que contraía la comisura de la boca, pero con tan poca luz no podía estar segura.

—No —dijo—. Yo sí que conozco un poco a Stephen Bonnet, y sé que es un traidor, un degenerado y un ladrón. Y lo he visto con usted, señor, cuando nos ha encontrado a mi esposa y a mí en el cobertizo.

—Sí —confirmé—. Yo también lo he visto, de pie detrás de usted. ¿Y qué hacía usted allí, a fin de cuentas? —De pronto se me había ocurrido la pregunta.

Los ojos del prisionero se habían ensanchado ante la acusación de Jamie. Mi confirmación lo hizo parpadear. Tomó otra bocanada de aire y bajó la vista, frotándose la nariz con los nudillos. Luego levantó la mirada hacia Jamie, ya olvidadas las bravatas.

—No lo conozco —repitió en voz baja—. Tenía la sensación de que me seguían, pero al mirar hacia atrás no he visto a nadie, de modo que no he prestado mucha atención. Cuando he visto... lo que había en el cobertizo... he quedado tan impresionado que sólo he podido atender a lo que tenía ante mis ojos.

Era perfectamente comprensible.

Wylie encogió los hombros y los dejó caer.

—Si en verdad ese tal Bonnet me seguía, tendré que considerar su palabra, señor. Pero le aseguro que no estaba allí en mi compañía ni con mi conocimiento.

Jamie y Roger intercambiaron una mirada, aunque percibían el timbre de verdad en las palabras de Wylie, igual que yo. Se hizo un breve silencio, en el cual sólo se oyó el ruido de los caballos que se removían en sus pesebres. Ya no estaban agitados, pero sí inquietos, a la espera de la comida. Bajo los aleros, las grietas filtraban la luz del alba, un fulgor suave y humoso, que decoloraba el aire dentro del establo, y que al mismo tiempo revelaba los contornos de los arneses colgados en las paredes, las horquillas y las palas dejadas en el rincón.

—Pronto vendrán los mozos de cuadra. —Jamie inspiró hondo, encogiendo a medias los hombros. Luego miró a Wylie—. Pues bien, señor, acepto su palabra de caballero.

—¿De veras? Me halaga usted.

—Aun así —continuó Jamie, ignorando deliberadamente el sarcasmo—, me gustaría saber a qué iba usted a ese cobertizo anoche.

Wylie se había levantado a medias. Ante esa pregunta volvió a sentarse con lentitud y parpadeó una o dos veces, como si pensara. Por fin suspiró.

—*Lucas* —se limitó a decir, con la vista clavada en las manos, que pendían laxas entre los muslos—. Yo estaba presente la noche en que nació. Lo he criado, le enseñé a tolerar la silla, lo adiestré. —Tragó saliva una vez; detecté el estremecimiento de los volantes que le adornaban el cuello—. He venido al establo para pasar algunos instantes a solas con él... para despedirme.

Por primera vez la cara de Jamie perdió la sombra de desagrado que exhibía al mirarlo.

—Comprendo, sí —dijo en voz baja—. ¿Y luego?

Wylie enderezó la espalda.

—Al salir del establo me ha parecido oír voces cerca del muro de la huerta. Y cuando me he acercado para ver qué sucedía he visto luz en el cobertizo. —Se encogió de hombros—. He abierto la puerta. Y usted sabe mejor que yo qué ha sucedido luego, señor Fraser.

Jamie se frotó la cara con fuerza. Luego asintió con brío.

—Lo sé, sí. Me he lanzado tras Bonnet y usted se me ha interpuesto.

—Usted me ha atacado —corrigió Wylie, frío mientras se acomodaba la chaqueta destrozada—. Yo me he defendido. Y estaba en mi derecho de hacerlo. Luego usted y su yerno me han sujetado, me han traído por la fuerza aquí y me han retenido cautivo durante la mitad de la noche.

Roger carraspeó. Jamie también, pero con más acritud.

—Pues sí —dijo—, no discutiremos eso. —Con un suspiro, despidió a su prisionero con un gesto—. ¿Sabe usted por ventura en qué dirección ha huido Bonnet?

—¡Oh, sí!, aunque por entonces ignoraba su nombre, claro. Supongo que a estas horas estará completamente fuera de su alcance. —Había una nota extraña en su voz, algo parecido a la satisfacción. Jamie se volvió de golpe.

—¿Qué quiere usted decir?

—*Lucas*. —Wylie señaló con la cabeza el penumbroso pasillo del establo—. Su pesebre es el último. Conozco bien su voz y el ruido de sus movimientos. Esta mañana no lo he oído. Bonnet, si de él se trataba, ha huido hacia los establos.

Antes de que él hubiera terminado de hablar, Jamie tenía la lámpara en la mano y marchaba a grandes pasos por el corredor. Los caballos asomaron los hocicos inquisitivos, resoplando con curiosidad, pero al final de la hilera no apareció ningún hocico negro; no había crines renegridas que flotaran en un saludo jubiloso. Todos corrimos tras él, inclinándonos para ver.

La luz amarilla se volcaba sobre la paja vacía.

Guardamos silencio durante un largo instante. Luego Phillip Wylie se estiró con un suspiro.

—Si ya no es mío, señor Fraser, tampoco será suyo. —Sus ojos se posaron luego en mí con oscura ironía—. Pero le deseo que disfrute de su esposa.

Se alejó con las medias caídas y los tacones rojos destellando a la luz del amanecer.


Fuera rompía el alba, serena y encantadora. Sólo el río parecía moverse; la luz arrancaba destellos de plata a su corriente, más allá de los árboles.

Roger se fue hacia la casa, bostezando, pero Jamie y yo nos demoramos junto al cercado. En pocos minutos la gente comenzaría a despertar; habría más preguntas, especulaciones, charla. Por el momento, ninguno de los dos quería más conversación.

Por fin, Jamie me rodeó los hombros con un brazo y, con aire decidido, volvió la espalda a la casa. Yo no sabía adónde iba; tampoco me importaba, aunque tenía la esperanza de poder acostarme allí adonde fuéramos.

Dejamos atrás la herrería, donde un muchacho menudo, de aspecto soñoliento, avivaba la forja con un par de fuelles; las chispas rojas flotaban como luciérnagas entre las sombras. Más allá de los edificios exteriores rodeamos una esquina y nos encontramos frente a un cobertizo cualquiera, con grandes puertas de dos hojas. Jamie levantó el pestillo para abrir una de las hojas.

—No comprendo por qué no pensé en este sitio cuando buscaba un lugar íntimo —dijo.

Estábamos en el cobertizo de los carruajes. Entre las sombras, vi una carreta y una pequeña calesa. Y también el faetón de Yocasta, un vehículo descubierto que parecía un gran trineo sobre dos ruedas; el asiento en forma de banco tenía cojines de terciopelo azul; la parte delantera se rizaba hacia arriba como la proa de un barco. Jamie me alzó por la cintura para depositarme dentro y subió detrás de mí. Sobre los cojines había una manta de búfalo que extendió en el fondo del faetón. Allí había espacio suficiente para dos personas acurrucadas, siempre que no les molestara estar muy juntas.

—Ven, Sassenach —dijo, dejándose caer de rodillas—. Lo que venga después... puede esperar.

Yo estaba completamente de acuerdo. Aunque en el umbral de la inconsciencia, no pude menos que preguntar, adormilada:

—Tu tía... ¿La crees? ¿Lo que ha contado del oro y todo eso?

—Desde luego que sí —murmuró a mi oído. Su brazo pesaba sobre mi cintura—. Al menos hasta donde puedo comprobar lo que ha dicho.

# 55

## *Deducciones*

Cuando por fin la sed y el hambre nos obligaron a abandonar nuestro refugio, pasamos frente al patio de los esclavos, que desviaron prudentemente la vista, aún ocupados en retirar los restos de la fiesta. En el extremo del prado vi a Fedra, que venía del mausoleo con los brazos cargados de platos y tazas abandonados entre las matas. Tenía la cara tumefacta y los ojos enrojecidos por el dolor, pero no lloraba.

Al vernos se detuvo para decir:

—La señorita Yo lo busca, amo Jamie.

Hablaba sin expresión, como si las palabras tuvieran poco sentido para ella; tampoco parecía ver nada extraño en nuestra súbita aparición, ni en lo desaliñado de nuestra vestimenta.

—¿Ah, sí? —Jamie se frotó la cara con una mano—. Bien, subiré a verla.

Ella se daba la vuelta ya para alejarse cuando Jamie le tocó un hombro.

—Lamento tu pérdida, muchacha —dijo en voz baja.

Los ojos de Fedra se llenaron de lágrimas, pero no dijo nada. Le hizo una somera reverencia y se fue a la carrera, tan deprisa que un cuchillo rebotó en el césped, detrás de ella.

Me detuve a recogerlo; el contacto del mango me recordó súbita y vívidamente el acero que había utilizado para abrir el cuerpo de su madre. Por un momento, desorientada, ya no estuve en el césped, ante la casa, sino en los oscuros confines del cobertizo, con el olor a muerte pesado en el aire y en la mano, granulosa, la prueba del asesinato.

Luego la realidad se reajustó; bandadas de palomas y gorriones cubrían el prado, buscando apaciblemente las migajas al pie de una diosa de mármol, reluciente de sol.

Jamie decía algo.

—¿... ir a lavarte y descansar un poco, Sassenach?

—¿Qué? ¡Oh, no! Iré contigo.

De pronto ansiaba acabar con todo ese asunto y volver a casa. Ya había tenido suficiente vida social por una temporada.

Encontramos a Yocasta, a Duncan, a Roger y a Brianna reunidos en la sala de Yocasta, devorando lo que se diría un desayuno muy tardío pero sustancioso. Brianna dirigió una mirada penetrante a la ropa ajada de Jamie, pero continuó sorbiendo su té sin decir nada, con las cejas todavía enarcadas. Ella y Yocasta estaban en bata; Roger y Duncan, aunque vestidos, parecían demacrados y sucios tras las aventuras de la noche. Ninguno de los dos se había afeitado; Duncan tenía un gran moretón azul en el costado de la cara, allí donde se había golpeado con la piedra del hogar; por lo demás se los veía bien.

Supuse que Roger había informado a todos de nuestro *tête-à-tête* con Phillip Wylie y la desaparición de *Lucas*. Al menos nadie hizo preguntas. Duncan empujó una bandeja de tocino hacia Jamie, sin decir palabra. Por un rato no se oyó sino el tintineo musical de los cubiertos contra los platos y el chapoteo del té en las tazas.

Por fin, saciados y algo más repuestos, nos reclinamos en los asientos para iniciar un vacilante análisis de los sucesos del día y la noche anteriores. Habían sucedido tantas cosas que me pareció mejor intentar la reconstrucción de los hechos de una manera lógica. Lo dije así y, si bien Jamie torció la boca en un gesto irritante, como para sugerir que la idea de lógica era incompatible conmigo, lo pasé por alto y, con toda firmeza, declaré iniciada la sesión.

—Todo esto comienza con Betty, ¿no os parece?

—Puede que sí, puede que no, pero supongo que es un punto de partida tan útil como cualquier otro, Sassenach —respondió él.

Brianna terminó de untar de mantequilla una fina tostada.

—Continúe, miss Marple —me dijo con aire divertido, antes de dar el mordisco.

Roger hizo un ruido sofocado, como si se atragantara, pero también lo ignoré, muy digna.

—Bien. Veamos: cuando vi a Betty me pareció que estaba drogada, pero como el doctor Fentiman me impidió examinarla, no pude asegurarme. Aun así, estamos razonablemente seguros de que bebió ponche con alguna droga, ¿verdad?

Paseé la vista por el círculo de caras. Tanto Bree como Jamie asintieron con expresión solemne.

—Sí —dijo él—. En la taza percibí el sabor de algo que no era licor.

—Y yo interrogué a las esclavas de la casa después de hablar con papá —añadió Brianna, inclinándose hacia delante—. Dos de las mujeres admitieron que Betty bebía los restos de las copas, pero ambas aseguraron que sólo estaba achispada cuando ayudó a servir el ponche de ron en la sala.

—Y en esos momentos yo estaba allí, con Seamus Hanlon y sus músicos —confirmó Roger, estrechando la rodilla de Bree—. Vi que el propio Ulises preparaba el ponche. ¿Era el primero que preparabas ese día, Ulises?

Todas las cabezas se giraron hacia el mayordomo, que permanecía tras la silla de Yocasta, inescrutable. Su pulcra peluca y su librea planchada eran un reproche silencioso al aire generalizado de desaliño y agotamiento.

—No, el segundo —especificó—. El primero se bebió en el desayuno.

Sus ojos, aunque enrojecidos, expresaban atención; el resto de su cara, en cambio, podría haber estado cincelada en granito gris. La casa y los sirvientes se hallaban a su cargo; era obvio que los acontecimientos recientes se le antojaban un bochornoso reproche personal.

—Bien. —Roger se frotó la barba crecida. Quizá se había echado una siesta tras la confrontación con Wylie, pero no lo parecía—. Por mi parte, no reparé en Betty, pero si ella hubiera estado borracha en esos momentos, yo no habría dejado de percatarme. Y tampoco Ulises, supongo.

Miró por encima del hombro en busca de confirmación y el mayordomo asintió de mala gana.

—El teniente Wolff sí que estaba borracho —continuó—. Todo el mundo comentó que era demasiado temprano para que alguien estuviera en ese estado.

Yocasta soltó una exclamación grosera. Duncan bajó la cabeza para disimular una sonrisa. Jamie resumió:

—El hecho es que la segunda ronda de ponche se sirvió justo después del mediodía. Apenas una hora más tarde encontré a esa mujer tendida de espaldas en el estiércol, apestando a bebida y con una taza de ponche a su lado. No digo que sea imposible, pero habría que apresurarse mucho para embriagarse de ese modo en tan poco tiempo, sobre todo bebiendo sólo restos.

—Es de suponer que en realidad estaba drogada —dije—. La sustancia probable sería el láudano. ¿Había láudano en la casa?

Yocasta comprendió que la pregunta estaba dirigida a ella y se irguió en la silla. Parecía muy repuesta de lo acontecido la noche anterior.

—¡Oh, sí!, pero eso no significa nada —objetó—. Cualquiera pudo haber traído un poco; no es tan difícil de obtener, si se puede pagar. Sé de dos mujeres, entre los invitados presentes, que lo consumen con regularidad. Me atrevería a decir que ellas debieron de traer un poco.

Me habría encantado saber cuáles eran esas adictas al opio y cómo lo sabía Yocasta, pero descarté ese punto para pasar al siguiente.

—Entonces, cualquiera que fuese la procedencia del láudano, al parecer acabó dentro de Betty. —Me volví hacia Jamie—.

Dijiste que, cuando la encontraste así, se te ocurrió que podía haber tomado una droga o un veneno destinado a otra persona.

Él asintió, muy atento.

—Sí, pues no sé por qué nadie querría alguien matar o indisponer a una esclava.

—No sé por qué, pero alguien la mató —interrumpió Brianna, cortante la voz—. No veo cómo pudo ingerir cristal molido que iba destinado a otra persona.

—¡No me metas prisa! Estoy tratando de ser lógica. —Dirigí una mirada ceñuda a Bree, quien hizo un ruido tan grosero como el de Yocasta, aunque no tan audible—. No, no creo que pudiera ingerirlo por accidente, pero no sé cuándo lo tomaría. Casi con seguridad, fue después de que el doctor Fentiman la examinara por primera vez.

Si Betty hubiera ingerido el cristal antes, los eméticos y purgantes de Fentiman le habrían provocado una gran hemorragia, como en realidad sucedió cuando él volvió a atender sus molestias internas, hacia el amanecer.

—Creo que tienes razón —le dije a Brianna—, pero sólo por seguir un orden: cuando saliste a recorrer los jardines, Roger, ¿encontraste a algún invitado que pareciera drogado?

Él negó, ceñudo, como si el sol lo molestara. Posiblemente le dolía la cabeza; dentro de mi propio cráneo, la sensación algodonosa se había convertido en un martilleo.

—No —dijo, y se clavó un nudillo entre las cejas—. Había unos veinte individuos que empezaban a tambalearse un poco, pero todos parecían legítimamente ebrios.

—¿Y el teniente Wolff? —preguntó Duncan, para sorpresa de todos. Al ver que todas las miradas iban hacia él, se ruborizó un poco, pero insistió—: *A Smeòraich* dijo que el hombre estaba borracho como una cuba cuando pasó por la sala. ¿Pudo beber la mitad del láudano o lo que fuera y dar el resto a la esclava?

—No lo sé —dije, dubitativa—. Si había aquí alguien capaz de intoxicarse en el curso de una hora, exclusivamente por consumo de alcohol...

—Cuando fui a observar a los invitados, el teniente estaba apoyado contra el muro del mausoleo, con una botella en el puño —dijo Roger—. Decía incoherencias, pero aún seguía consciente.

—Sí; más tarde cayó entre las matas —intervino Jamie, como si dudara—. Lo vi por la tarde. Pero estaba simplemente ebrio, no como la esclava.

—No obstante, los tiempos concuerdan —observé—. Por lo menos es posible. ¿Vio alguien al teniente, ya más avanzado el día?

—Sí —dijo Ulises, haciendo que todos se volvieran otra vez hacia él—. Entró en la casa durante la cena y me pidió que le consiguiera de inmediato una barca. Se fue por el agua, todavía muy ebrio —añadió con exactitud— pero lúcido.

Yocasta murmuró por lo bajo:

—Lúcido... —Se masajeó las sienes con los dedos; era obvio que a ella también le dolía la cabeza.

—Supongo que eso descarta al teniente como sospechoso. ¿O el hecho de que partiera tan de repente es sospechoso por sí solo? —Brianna, que parecía la única entre los presentes a quien no le dolía la cabeza, echó varios terrones de azúcar a su té y revolvió con ganas. El ruido hizo que Jamie cerrara los ojos con una mueca.

—¿No olvidáis algo? —Yocasta había seguido los argumentos con atención. Ahora, inclinada hacia delante, estiró la mano hacia la mesa del desayuno, tocando aquí y allá hasta localizar lo que buscaba: una pequeña taza de plata—. Sobrino, tú me mostraste la taza de la que Betty bebió —le dijo a Jamie, enseñándola en alto—. Era como ésta, ¿verdad?

Se trataba de una flamante pieza de plata esterlina. El diseño grabado era apenas visible. Con el tiempo, la pátina negra empezaría a acumularse en las líneas, destacándolas. En ese momento, la «I» mayúscula y el pececillo que nadaba en torno a ella casi se perdían en el brillo del metal.

—Sí, era como ésa, tía —confirmó Jamie, tocando la mano que sostenía la taza—. Brianna dice que es parte de un juego.

—Sí. Se lo regalé a Duncan la mañana de nuestra boda. —Ella dejó la taza, pero mantuvo los largos dedos cruzados arriba—. Él y yo usamos dos de ellas durante el desayuno, pero las otras cuatro se quedaron aquí arriba.

Movió la mano hacia atrás, señalando el pequeño aparador instalado contra la pared, donde se alineaban las bandejas de tocino y huevos fritos. Había varios platos decorados contra la parte posterior, intercalados con un juego de copas de cristal para jerez. Conté: las seis tazas de plata estaban en ese momento en la mesa, llenas del oporto que Yocasta prefería para el desayuno. Pero no había manera de saber cuál de ellas había contenido el licor adulterado.

—¿Llevaste alguna de estas tazas al salón el día de la boda, Ulises? —preguntó.

—No, señora. —El mayordomo pareció horrorizarse ante la sugerencia—. Desde luego que no.

Ella giró los ojos ciegos hacia Jamie; luego, hacia mí.

—Ya veis —dijo tan sólo—. Era la taza de Duncan.

Su marido pareció sobresaltado, luego inquieto al comprender las implicaciones de lo que ella había dicho.

—No. —Negó con la cabeza—. No puede ser.

Pero en la piel curtida de su mandíbula empezaban a formarse gotas de sudor.

—¿Alguien te ofreció una copa ese día, *a charaid*? —preguntó Jamie, inclinándose con atención.

Duncan se encogió de hombros.

—¡Todo el mundo!

Por supuesto. Al fin y al cabo era el novio. Pero el trastorno digestivo ocasionado por los nervios le había impedido aceptar esos ofrecimientos. Tampoco recordaba si alguna de esas tazas que le habían servido era de plata.

—Estaba distraído, Mac Dubh; no me habría dado cuenta si alguien me hubiera ofrecido una serpiente viva.

Ulises cogió una servilleta de la bandeja para ofrecérsela sin llamar la atención. Duncan la aceptó a ciegas y se enjugó la cara.

—¿Creéis que alguien trataba de hacer daño a Duncan? —El tono estupefacto de Roger podía no ser estrictamente halagüeño, pero no dio la sensación de que Duncan se lo tomase a mal.

—Pero ¿por qué? —dijo, desconcertado—. ¿Quién puede odiarme?

Jamie rió por lo bajo; la tensión se aflojó un poco en torno a la mesa. Era cierto: aunque Duncan era inteligente y hábil, su carácter modesto hacía imposible que hubiera ofendido a nadie; mucho menos podía haber provocado ese frenesí homicida.

—Bueno, *a charaid* —observó mi marido, con tiento—, tal vez no fuera personal, ¿comprendes?

Y me miró con una mueca irónica. Más de una vez habían atentado contra él, por motivos que no se relacionaban con lo que él hubiera hecho, sino con lo que era. Desde luego, de vez en cuando también habían tratado de matarlo por cosas que había hecho.

Yocasta parecía estar pensando lo mismo.

—Por cierto —dijo—. He estado reflexionando. ¿Recuerdas, sobrino, lo que sucedió en la reunión?

Jamie, con una ceja arqueada, levantó su taza de té.

—Allí sucedieron muchas cosas, tía. Pero supongo que te refieres a lo que pasó con el padre Kenneth.

—Sí. —Ella levantó de manera automática una mano y Ulises puso en ella otra taza llena—. ¿No me contaste que Lillywhite había dicho algo con respecto a impedir que el sacerdote celebrara ceremonias?

Jamie asintió, al tiempo que cerraba por un instante los ojos y daba un trago a su té.

—En efecto. ¿Crees que se refería a tu boda con Duncan? ¿Que ésa era la ceremonia que debía impedir?

Mi dolor de cabeza empeoraba. Me apreté el entrecejo con los dedos, entibiados por la taza de té; el calor me hizo bien.

—Espera un momento —dije—. ¿Quieres decir que alguien quería impedir la boda de tu tía con Duncan? Y después de lograr su propósito en el encuentro, ¿no se le ocurrió otra manera de impedirlo ahora, más allá de intentar matar a Duncan? —Mi voz reflejaba la estupefacción del flamante esposo.

—No soy yo el que lo dice —aclaró Jamie, observando a Yocasta con interés—, pero es lo que sugiere mi tía.

—Así es —confirmó ella, serena. Después de acabar su té, dejó la taza con un suspiro—. No quiero darme aires, sobrino, pero el hecho es que he sido cortejada por unos cuantos, desde que Hector murió. River Run es una finca rica y yo, una anciana.

Hubo un instante de silencio mientras lo asimilábamos. La cara de Duncan reflejó inquietud y horror.

—Pero... —tartamudeó—, pero... pero si fue así, Mac Dubh, ¿por qué esperar?

—¿Esperar?

—Sí. —Miró en torno a la mesa, buscando quien lo entendiera—. Mira, si alguien quiso impedir la boda en la reunión, todo eso está muy bien. Pero desde entonces han pasado cuatro meses y nadie ha levantado una mano contra mí. Casi siempre cabalgo solo; habría sido muy fácil tenderme una emboscada en el camino y meterme una bala en la cabeza.

Hablaba en tono objetivo, pero noté que Yocasta se estremecía ante la idea.

—Por qué esperar casi hasta el momento de la boda y en presencia de centenares de personas, dices... Pues sí, tienes razón, Duncan —admitió Jamie.

Roger había escuchado todo eso con los codos apoyados en las rodillas y el mentón en las manos. Al oír eso se irguió.

—Se me ocurre un motivo —dijo—. El sacerdote.

Todo el mundo lo miró con las cejas enarcadas.

—El sacerdote estaba aquí —explicó—. Si todo esto ha sido por River Run, no se trata sólo de quitar a Duncan de en medio. Después de matarlo, nuestro asesino estaría como al comienzo: Yocasta no se ha casado con Duncan, pero tampoco con él. Y no hay manera de obligarla. —Roger levantó un dedo—. Pero si todo está listo para celebrar una ceremonia privada, con el sacerdote aquí... resulta simple. Mata a Duncan, de un modo que pueda pasar por suicidio o accidente; luego invade las habitaciones de Yocasta y obliga al cura a consagrar el matrimonio a punta de pistola. Como los sirvientes y los invitados están pendientes de Duncan, nadie interviene ni se opone. El lecho está a mano... —Señaló la gran cama de dosel, visible por la puerta que comunicaba con la alcoba—. Lleva a Yocasta allí y consuma el matrimonio por la fuerza. Y el individuo ya es tu tío.

Llegado a ese punto, Roger vio que Yocasta se había quedado boquiabierta y Duncan, estupefacto; sólo entonces cayó en la cuenta de que ésa no era sólo una interesante proposición académica.

—Eh... quiero decir —carraspeó, con la cara roja—. Hay quien lo ha hecho.

Jamie también carraspeó. Era cierto. Su propio abuelo, hombre de malas intenciones, había iniciado su ascenso en la sociedad al desposar por la fuerza (y poseer en el acto) a la anciana lady Lovat, rica y viuda.

—¿Qué? —Brianna miró a Roger, a todas luces horrorizada—. Pero ¡qué cosa tan...! ¡No podrían salirse con la suya!

—Creo que sí —dijo él, casi como pidiendo disculpas—. Mira, preciosa: cuando se trata de mujeres, poseerla es mucho más que las nueve décimas partes de la ley. Si te casas con una mujer y te acuestas con ella, la mujer y todos sus bienes te pertenecen, lo quiera ella o no. Si no tiene un familiar varón que proteste, no es probable que los tribunales actúen.

—Pero ¡ella tiene un familiar varón! —Brianna señaló a su padre... quien tenía una protesta que ofrecer, pero no en el sentido en que ella esperaba.

—Claro que sí, pero... los testigos... —objetó—. No puedes hacer algo así sin que alguien atestigüe la validez del matrimonio. —Carraspeó otra vez, y Ulises echó mano de la tetera.

Simon *el Viejo* había tenido testigos: dos de sus amigos y las dos sirvientas de la viuda. Una de las cuales llegó a ser más adelante la abuela de Jamie, aunque esa transacción, según creía, había requerido menos fuerza.

—No veo la dificultad —observé, sacudiéndome las migas del pecho—. Obviamente esta operación no es obra de un solo hombre. Quienquiera que sea el aspirante a novio... Recordad que no sabemos si existe, pero supongamos que sí. Quienquiera que sea, si existe, tiene cómplices, sin duda. Randall Lillywhite, para empezar.

—Que no estaba aquí —me recordó Jamie.

—Hum, eso es cierto —admití—. Aun así, el principio es válido.

—Sí —insistió Roger—. Y si él existe, el principal sospechoso es el teniente Wolff, ¿no? Todo el mundo sabe que más de una vez intentó casarse con Yocasta. Y él sí que estaba aquí.

—Pero borracho como una cuba —añadió Jamie, dudando.

—O no. Como ya he dicho, a Seamus y a sus muchachos les sorprendió que alguien pudiera estar tan ebrio a hora tan temprana. ¿Y si hubiera sido una patraña? —Roger paseó la mirada por la mesa, con una ceja arqueada—. Si fingía estar borracho perdido, nadie le prestaría atención ni lo consideraría sospechoso más tarde; mientras tanto, él podía envenenar una taza de ponche, entregársela a Betty con instrucciones de ofrecérsela a Duncan, escabullirse y rondar por ahí, listo para correr escaleras arriba en cuanto se supiera que Duncan se había derrumbado. Tal vez Betty ofreció la taza, Duncan la rechazó y... Allí estaba la mujer, con una taza llena de ponche de ron en la mano. —Se encogió de hombros—. ¿Quién podría reprocharle que se fuera a la huerta para disfrutarla?

Yocasta y Ulises bufaron a un tiempo, dejando bastante en claro lo que pensaban de lo reprochable de esa acción. Después de un breve carraspeo, Roger continuó con su análisis.

—Bien, de acuerdo. Pero la dosis no mató a Betty, ya fuera porque el asesino calculó mal o... —Se le ocurrió otra idea brillante—. Quizá su intención no era matarlo, sino dejarlo inconsciente y luego arrojarlo silenciosamente al río. Eso habría sido aún mejor. No sabes nadar, ¿verdad? —preguntó, volviéndose hacia él.

Duncan negó con la cabeza, como aturdido, y levantó de forma automática su única mano para masajear el muñón del brazo ausente.

—Sí. Una bonita muerte en el río habría pasado por accidente sin problemas. —Roger se frotó las manos, muy complacido—.

Pero todo salió mal, porque no fue Duncan quien bebió el ponche con la droga, sino la criada. Y por eso la mataron.

—¿Por qué? —Yocasta parecía tan aturdida como su flamante esposo.

—Porque ella podía identificar al hombre que le había dado la taza —intervino Jamie, pensativo y repantigado en su silla—. Y lo habría hecho en cuanto alguien la interrogara. Eso tiene sentido, sí. Desde luego, el tipo no podía deshacerse de ella por medios violentos; corría el riesgo de que lo vieran al subir o bajar del ático.

Roger hizo un gesto de aprobación ante su rápido entendimiento.

—Sí. Pero no era nada difícil conseguir cristal molido. ¿Cuántas copas circulaban por aquí en esos momentos? Bastaba con dejar caer una al suelo y triturar los fragmentos con el tacón.

Ni siquiera eso: tras las celebraciones de la boda había cristales rotos por todas partes, en los senderos y en la terraza. Yo misma había dejado caer una copa, sorprendida por la aparición de Phillip Wylie. Me volví hacia el mayordomo.

—Queda por resolver el problema de cómo se le suministró el cristal molido. Ulises, ¿sabes si a Betty le dieron algo de comer o de beber?

Una arruga frunció la cara del aludido, como una piedra arrojada al agua oscura.

—El doctor Fentiman ordenó que le dieran un *syllabub* —dijo, lentamente— y unas gachas, si estaba lo bastante despierta como para tragar. Yo mismo preparé el postre y se lo envié por medio de Mariah. En cuanto a las gachas, se las encargué a la cocinera, pero no sé si Betty lo comió ni quién pudo llevarlas.

—Hum... —Yocasta frunció los labios—. La cocina debía de ser una locura. Y con tanta gente por todas partes... Podemos preguntar a Mariah y a los otros, pero no me sorprendería que no recordaran siquiera haber llevado los platos, mucho menos que alguien alterara el contenido. Bastaría con un momento, ¿no? Distraes a la muchacha, echas el cristal... —Movió una mano como para indicar la escandalosa facilidad con que se podía cometer un asesinato.

—O quizá alguien subió al ático bajo el pretexto de ver cómo estaba y le dio algo para beber, con el cristal dentro —sugerí—. Un *syllabub* era el vehículo perfecto. Había quienes iban y venían, pero Betty estuvo sola a ratos largos entre la visita del doctor Fentiman y el momento en que las otras esclavas subieron a acostarse. Alguien pudo perfectamente subir sin que lo vieran.

—Muy bien, inspector Lestrade —dijo Brianna a Roger, *sotto voce*—. Pero no hay pruebas, ¿verdad?

Yocasta y Duncan se habían sentado juntos, rígidos como un par de jarras, y ponían cuidado de no mirarse. Ante eso ella inspiró profunda y audiblemente, en un obvio intento de relajarse.

—Es cierto —dijo—. No hay pruebas. ¿Recuerdas que Betty te ofreciera una taza de ponche, *a dhuine*?

Por un momento Duncan se mesó con furia el mostacho, concentrándose, pero luego negó con la cabeza.

—Es posible... *a bhean*. Pero también es posible que no.

—Pues bien...

Todo el mundo guardó silencio un momento mientras Ulises caminaba sin hacer ruido alrededor de la mesa, retirando las cosas. Por fin Jamie lanzó un profundo suspiro y se incorporó.

—Bueno: he aquí lo que sucedió anoche. ¿Todos estamos de acuerdo en que el irlandés que entró en tu alcoba, tía, era Stephen Bonnet?

A Brianna le tembló la mano y la taza de té cayó sobre la mesa.

—¿Quién? —preguntó con voz ronca—. ¿Stephen Bonnet... aquí?

Jamie me miró con el entrecejo fruncido.

—¿No se lo habías dicho, Sassenach?

—¿Cuándo? —protesté con irritación. Me volví hacia Roger—. Supuse que se lo habrías dicho tú.

Él se limitó a encogerse de hombros, pétrea la cara. Ulises se había agachado para recoger con un paño el té derramado en el suelo. Bree estaba muy pálida, pero había recobrado el dominio de sí.

—No importa —dijo—. ¿Ha estado aquí? ¿Anoche?

—Sí —confirmó Jamie, renuente—. Lo vi.

—¿Así que ha sido él quien vino a por el oro... o uno de ellos? —Brianna cogió una de las tazas de oporto para beberla como si fuera agua.

Ulises, aunque parpadeando, se apresuró a llenarla con el vino del decantador.

—Eso parecía. —Roger alargó la mano hacia un bollo, evitando con mucho cuidado los ojos de Brianna.

—¿Cómo pudo descubrir lo del oro, tía? —Jamie se respaldó en su silla, con los ojos entornados para concentrarse.

Yocasta lanzó un resoplido y alargó la mano. Ulises, acostumbrado a satisfacer sus necesidades, puso en ella una tostada con mantequilla.

—Uno de ellos debió de decírselo a alguien: Hector Cameron, mi hermano Dougal o el tercer hombre. Y conociéndolos como los conocí, apostaría a que no fueron Hector ni Dougal. —Y mordió la tostada con un leve encogimiento de hombros. Después de tragar, continuó—: Pero hay algo que puedo deciros. El segundo de los hombres que entró en mi habitación, el que apestaba a bebida... He dicho antes que no habló, ¿verdad? Pues parece bastante obvio: era alguien a quien yo conozco, cuya voz habría podido reconocer.

—¿El teniente Wolff? —sugirió Roger.

Jamie asintió; entre sus cejas se formó una arruga.

—¿Qué mejor que la marina para hallar a un pirata cuando se le necesita?

—¿Y quién necesita a un pirata? —murmuró Brianna. El oporto le había devuelto la compostura, pero todavía estaba pálida.

—Sí —dijo Jamie, sin prestarle mucha atención—. No es poca empresa, diez mil libras en oro. Se requeriría más de un hombre para cargar con semejante suma. Luis de Francia y Carlos Estuardo lo sabían; por eso enviaron a seis individuos para que cargaran con los treinta mil.

Si alguien se había enterado de su existencia, no era extraño que hubiera contratado la ayuda de Stephen Bonnet, conocido pirata y contrabandista, que no sólo tenía los medios para transportar el oro, sino también contactos para venderlo.

—Un bote —dije despacio—. El teniente partió en un bote durante la cena. Supongamos que fue río abajo para encontrarse con Stephen Bonnet. Luego volvieron juntos y aguardaron la oportunidad para entrar a hurtadillas en la casa e intentaron aterrorizar a Yocasta, a fin de que les dijera dónde está el oro.

Jamie asintió.

—Podría ser, sí. Hace años que el teniente hace negocios aquí. ¿Es posible, tía, que viera algo y sospechase que ese oro está aquí? Dijiste que Hector tenía tres barras; ¿queda algo de eso?

Yocasta apretó los labios, pero después de un momento asintió de mala gana.

—Se empecinaba en tener un trozo en su escritorio, como pisapapeles. Sí, Wolff pudo haberlo visto, pero ¿cómo pudo saber qué era?

—Puede que en el momento no lo supiera —sugirió Brianna—, pero más tarde supo lo del oro francés y sumó dos más dos.

Ante eso hubo un murmullo de asentimiento. Como teoría funcionaba bien; lo que yo no veía era la manera de probarlo, y así lo dije.

Jamie se encogió de hombros y se chupó un nudillo, donde tenía un poco de mermelada.

—No creo que lo importante sea probarlo, sino saber lo que puede suceder ahora. —Y miró directamente a Duncan—. Regresarán, *a charaid* —dijo con serenidad—. Lo sabes, ¿verdad?

Duncan asintió. Parecía desdichado, pero decidido.

—Lo sé, sí. —Y alargó una mano para coger la de Yocasta; era el primer gesto de ese tipo que yo le veía hacer—. Nos encontrarán preparados, Mac Dubh.

Jamie asintió lentamente.

—Debo partir, Duncan. La siembra no puede esperar. Pero pondré sobre aviso a todos mis conocidos para que vigilen como puedan al teniente Wolff.

Yocasta guardaba silencio, inmóvil su mano en la de Duncan, pero al oír eso irguió la espalda.

—¿Y el irlandés? —preguntó. Con la otra mano se frotaba con suavidad la rodilla, presionándola con el canto de la mano, cortado por el puñal.

Jamie intercambió una mirada con Duncan; luego, otra conmigo.

—Regresará —dijo, con voz cargada de sombría certeza.

Yo estaba mirando a Brianna cuando lo dijo. Su rostro permaneció sereno, pero como soy su madre vi el miedo que se movía en sus ojos, como una serpiente en el agua. Stephen Bonnet (lo pensé con un vuelco en el corazón) ya había regresado.

Al día siguiente partimos hacia las montañas. Cuando apenas habíamos recorrido unos ocho kilómetros, oí ruido de cascos en el camino, detrás de nosotros; entre el verde primaveral de los castaños, divisé un destello escarlata.

Era el mayor MacDonald; el deleite que expresaba su rostro me dijo todo lo que necesitaba saber.

—¡Oh, por todos los diablos! —dije.

La nota traía el sello de Tryon, de un color tan rojo sangre como la chaqueta del mayor.

—Esta mañana he estado en Greenoaks —explicó el mayor, sofrenando a su animal mientras Jamie rompía el sello—. Puesto que venía hacia aquí, me he ofrecido para traerlo.

Ya conocía el contenido de la nota. Farquard Campbell debía de haber abierto la suya.

Observé la expresión de Jamie mientras leía; no cambió. Al terminar de leerla me la entregó.

19 de marzo de 1771
A los Oficiales Comandantes de la Milicia

Señores:

En el día de ayer determiné, con el consentimiento del Consejo de Su Majestad, marchar con un cuerpo de regimientos milicianos hacia los asentamientos de los insurgentes, a fin de reducirlos a la obediencia, pues con sus actos y declaraciones rebeldes han desafiado al gobierno e interrumpido el curso de la justicia, obstruyendo, desordenando y cerrando los tribunales de la ley. Puesto que algunos de sus regimientos pueden desempeñar una parte en el honor de prestar al país este importante servicio, les requiero que escojan ustedes a treinta hombres, que se incorporarán al cuerpo de mis fuerzas en esta empresa.

No existe intención de movilizar estas tropas antes del vigésimo día del próximo mes, antes de lo cual se los informará a ustedes de la fecha en que deben reunir a sus hombres, el tiempo de la marcha y el camino que deben seguir.

Se recomienda como deber cristiano que incumbe a todos los plantadores que permanezcan en sus hogares, que cuiden y auxilien hasta donde les sea posible a las familias de aquellos hombres que prestarán este servicio, a fin de que ni sus familias ni sus plantaciones se perjudiquen mientras ellos están aplicados a un servicio que concierne al interés de todos.

Para los gastos ordenados en esta expedición extenderé garantías impresas a la orden de los portadores, garantías que se tornarán negociables hasta que el Tesoro pueda pagarlas con los fondos contingentes, en caso de que no haya en el Tesoro dinero suficiente para responder a los servicios necesarios de esta expedición.

Su seguro servidor,

William Tryon

¿Lo sabrían ya Hermon Husband y James Hunter, cuando abandonaron River Run? Supuse que sí. Y el mayor, desde luego, iba ahora a New Bern, para ofrecer sus servicios al gobernador. Sus botas estaban cubiertas por el polvo de la cabalgata, pero la empuñadura de su espada relumbraba al sol.

—Maldita sea, me cago en la leche, joder —maldije otra vez, con énfasis.

El mayor MacDonald parpadeó. Jamie me echó un vistazo, contrayendo la comisura de la boca.

—Bueno —dijo—. Queda casi un mes. Justo el tiempo que necesito para sembrar la cebada.

# SEXTA PARTE

## *La guerra de la Regulación*

# 56

## «... y combatirlos, diciendo que tenían hombres suficientes para matarlos: podemos matarlos»

*Declaración de Waightstill Avery, testigo*
*Carolina del Norte, Condado de Mecklenburg*

*Waightstill Avery atestiguó y dijo que el día seis de marzo, alrededor de las nueve o diez de la mañana, el declarante se encontraba en la actual residencia de cierto Hudgins, quien vive en el extremo inferior de la Isla Larga.*

*Y que el declarante vio a treinta o cuarenta de esas personas que se autodenominan reguladores, y que fue entonces arrestado y hecho prisionero por uno de ellos (quien dijo llamarse James MacQuiston) en nombre de todos los demás. Y que poco después un tal James Graham (o Grimes) habló al declarante con estas palabras: «Usted es ahora prisionero y no debe ir a lugar alguno sin alguien que lo vigile», a lo cual añadió inmediatamente que «Mientras no se aparte de su vigilante no sufrirá ningún daño».*

*Este declarante fue luego conducido, bajo la custodia de dos hombres, hasta el campamento regulador (según lo denominaron) distante kilómetro y medio, adonde horas después acudieron muchas más personas de la misma denominación y otras, cuya totalidad este declarante supone y calcula en doscientos treinta individuos.*

*Que por ellos mismos el declarante conoció los nombres de cinco de sus capitanes o líderes, por entonces presentes, a saber: Thomas Hamilton y otro del mismo apellido, James Hunter, Joshua Teague (un tal Gillespie) y el mencionado James Grimes (o Graham). Que el declarante oyó a muchos de aquellos cuyos nombres desconoce pronunciarse en términos oprobiosos contra el gobernador, los jueces del Tribunal Superior, contra la Cámara de la Asamblea y otros altos funcionarios. Mientras la multitud circundante pronunciaba palabras aún más oprobiosas, el mencionado Thomas Hamilton se* irguió en el centro y pronunció frases del siguiente tenor mientras la multitud asentía y afirmaba la verdad de lo dicho:

«Qué derecho tiene Maurice Moore a ser juez, él no es juez, no fue nombrado por el rey, como tampoco Henderson, ninguno de ellos tiene tribunal. La Asamblea ha hecho una ley de desmanes, y la gente está más enfurecida que nunca, fue lo mejor que se pudo hacer por el país, pues ahora nos veremos obligados a matar a todos los escribientes y abogados, y los mataremos y que me lleve el diablo si no se los ejecuta. Si no hubieran hecho esa ley, podríamos haber dejado a algunos con vida. ¡Una ley de desmanes! Nunca hubo semejante ley en Inglaterra ni en país alguno salvo en Francia, la trajeron de Francia y traerán también la Inquisición.»

Muchos de ellos decían que el gobernador era amigo de los abogados y que la Asamblea había arruinado a los reguladores al hacer leyes por dinero. Encerraron a Husband en la cárcel, para que no pudiera ver sus pícaros procedimientos, y luego el gobernador y la Asamblea hicieron las leyes que los abogados querían. El gobernador es amigo de los abogados, los abogados lo manejan todo, nombran a jueces de paz débiles e ignorantes para su propio beneficio.

No debería haber abogados en la provincia, decían entre maldiciones. Fanning fue proscrito el 22 de marzo y cualquier regulador que lo viera a partir de entonces debía matarlo, y algunos decían que no esperarían tanto, querían verlo y juraban matarlo antes de regresar, si lo encontraban en Salisbury. Algunos deseaban encontrar al juez Moore de Salisbury, para azotarlo, y otros, para matarlo. Un tal Robert Thomson dijo que Maurice Moore era perjuro y le aplicó nombres oprobiosos, como bandido, tunante, villano, canalla, etcétera, y los otros asentían.

Cuando llegó la noticia de que el capitán Rutherford, a la cabeza de su compañía, desfilaba por las calles de Salisbury, este declarante oyó que varios de ellos insistían pertinazmente para que todo el cuerpo de reguladores allí presente marchara a Salisbury con sus armas y combatirlos, diciendo que tenían hombres suficientes para matarlos: podemos matarlos, ya les enseñaremos a no oponerse a nosotros.

Presta juramento y subscribe lo antecedente, el octavo día de marzo de 1771, ante mí que doy fe.

*(Firmado) Waightstill Avery*
*(Testigo) Wm. Harris, juez de paz*

De William Tryon al general Thomas Gage
Carolina del Norte
New Bern, 19 de marzo de 1771

Señor:

En el día de ayer, el Consejo de Su Majestad de esta provincia decidió reclutar un cuerpo de fuerzas entre los regimientos y compañías de milicianos, a fin de marchar hacia los asentamientos de insurgentes, quienes por sus actos y declaraciones de rebeldía han desafiado a este gobierno.

Puesto que en este país tenemos pocas máquinas y utensilios militares, debo requerir su ayuda para procurarme los artículos (cañón, proyectiles, estandartes, tambores, etcétera) enumerados abajo.

Mi intención es iniciar la marcha en esta ciudad, alrededor del día veinte del mes próximo, y reunir a la milicia mientras marche a través de los condados. Planeo reclutar a mil quinientos hombres, aunque por el espíritu que ahora se manifiesta a favor del gobierno, ese número podría incrementarse notablemente.

Quedo a sus órdenes, con gran respeto y estima,

Su seguro servidor,

Wm. Tryon

# 57

## *Y ahora me acuesto a dormir...*

*Cerro de Fraser*
*15 de abril de 1771*

Tendido en la cama, Roger escuchaba el zumbido intermitente de un mosquito invisible que había logrado pasar entre el cuero que cubría la ventana de la cabaña. La cuna de Jem estaba cubierta por un tul de gasa, pero él y Brianna carecían de esa protección. Si esa bestia maldita se le posaba encima, ya le haría saber lo que era bueno. Sin embargo, el mosquito parecía circular incansablemente por encima de la cama; de cuando en cuando descendía en picado para provocarlo con diminutas canciones junto a su oído, *¡bzzzzz!*, antes de remontarse otra vez en la oscuridad.

Cansado como estaba por la frenética actividad de los últimos días, tendría que haber conseguido dormir incluso bajo el ataque de escuadrones enteros de mosquitos. Dos días de cabalgata veloz por valles y cerros, para divulgar la noticia a los asentamientos cercanos, cuyos habitantes alertarían a su vez a los milicianos que vivían más lejos. La siembra de primavera se había realizado en tiempo récord; todos los hombres disponibles trabajaron en los campos desde el amanecer hasta el crepúsculo. Su organismo aún estaba cargado de adrenalina, que continuaba enviando pequeñas descargas a su mente y sus músculos, como si hubiera tomado café por vía intravenosa.

Había pasado todo el día ayudando a preparar el cerro para la partida de los hombres; cada vez que cerraba los ojos, detrás de los párpados pasaban imágenes fragmentadas de la faena. Reparar la cerca; cargar heno; una apresurada excursión al molino para recoger los sacos de harina necesarios para alimentar al regimiento en marcha. Reparar una rueda de la carreta; remendar un arnés roto; colaborar en la captura de la cerda blanca, que había hecho un fallido intento de fuga desde el establo; cortar leña y, finalmente, una enérgica hora cavando justo antes de la cena, para que Claire pudiera plantar sus batatas y cacahuetes antes de que los hombres partieran.

Pese al esfuerzo y la prisa, ese crepuscular rato cavando había sido una bienvenida tregua en el organizado frenesí del día; ahora lo revivía, con la esperanza de serenar la mente hasta conciliar el sueño.

Corría abril, con bastante calor, y la huerta de Claire estaba rebosante de brotes: espigas verdes, hojas tiernas y pequeñas flores brillantes, trepadoras que se enroscaban a las empalizadas y abrían silenciosas trompetas blancas sobre él mientras trabajaba a la luz del ocaso.

Los aromas de las plantas y la tierra que removía lo rodeaban como incienso al enfriarse el aire. A las flores en forma de trompetas acudieron las mariposas nocturnas, suaves insectos que salían del bosque en mil tonos de blanco, gris y negro. También llegaron nubes de moscas y mosquitos atraídos por el sudor de Roger. Y detrás de ellos, los zancudos, bestias oscuras y feroces, de alas estrechas y cuerpos peludos, que zumbaban alrededor de las malvas con la actitud agresiva de los fanáticos del fútbol.

Estiró los largos dedos de un pie, para resistir el peso de los edredones; cuando su pierna rozó la de su esposa, percibió en el recuerdo el golpe de la pala, el filo duro bajo el pie, la satisfactoria sensación de partir el suelo y romper raíces cada vez que cedía otra palada, la tierra negra, húmeda y recorrida por blancas venas de rizomas, el brillo fugitivo de las lombrices que se retorcían como locas para perderse de vista.

Una enorme polilla había pasado junto a su cabeza, tentada por los aromas de la huerta. Sus pálidas alas pardas tenían la envergadura de su mano; las marcas eran como ojos fijos, ultraterrenas en su callada belleza.

«Quien hace un jardín trabaja con Dios.» Esas palabras estaban escritas en un viejo reloj de sol, en la casa solariega de Inverness donde había crecido. Irónico, si se tenía en cuenta que el reverendo no contaba con tiempo ni talento para la jardinería; aquello era una selva de césped sin cortar y vetustos rosales que se habían hecho silvestres, deformados por el descuido. La idea lo hizo sonreír. Mentalmente dio las buenas noches a la sombra del reverendo.

«Buenas noches, papá. Que Dios te bendiga.»

Mucho tiempo atrás había perdido el hábito de dar así las buenas noches a una breve lista de parientes y amigos, resaca de una niñez en que las oraciones nocturnas terminaban con la habitual enumeración: «Dios bendiga a la abuelita, al abuelo Guy que está en el cielo, y a mi gran amigo Peter; y a *Lillian*, la perra, y al gato del tendero...»

Llevaba años sin hacerlo, pero el recuerdo de la paz que le brindaba ese pequeño rito lo indujo a redactar una lista nueva. Parecía mejor que contar ovejas. Y más que dormir deseaba aquella paz que recordaba.

«Buenas noches, señora Graham —pensó. Y sonrió para sus adentros mientras evocaba una vívida imagen de la vieja ama de llaves del reverendo, salpicando de agua una plancha caliente para ver si las gotas bailaban—. Dios la bendiga.»

El reverendo, la señora Graham, su nieta Fiona y Ernie, el esposo de la nieta. Sus padres, aunque ése era un saludo *pro forma* a dos siluetas sin rostro. Claire, en la casa grande, y tras una leve vacilación, Jamie. Luego, su pequeña familia; se enterneció al pensar en ellos.

«Buenas noches, pequeñín —pensó, volviendo la cabeza hacia la cuna—. Dios te bendiga.» Y a Brianna.

Volvió la cabeza hacia el otro lado y abrió los ojos para ver el óvalo oscuro de su cara dormida en la almohada, a dos palmos de él. Tratando de no hacer ruido, se tendió sobre el costado para observarla. Como partirían temprano por la mañana, habían dejado que el fuego se apagara; la habitación estaba tan oscura que sólo podía ver las tenues marcas de los labios y las cejas.

Brianna nunca se desvelaba. Se tendía de espaldas con un suspiro de contento, bien estirada; con tres respiraciones profundas se apagaba como una luz. Tal vez era el agotamiento; tal vez, sólo la bendición de una buena salud y una conciencia limpia. Pero a veces él pensaba que era por el gran deseo de escapar a ese paisaje de sueños privados, ese lugar donde vagaba libre al volante de su coche, con el pelo flameando al viento.

Con el suave calor de su respiración en la cara, se preguntó qué estaría soñando en esos momentos.

«Anoche soñé que hacía el amor con Roger.» Arrullado por su propia letanía, empezaba a derivar hacia el sueño cuando el recuerdo de esa anotación lo trajo de nuevo a la vigilia; aún le dolía, por mucho que se hubiera esforzado por desecharlo. ¡Que no estuviera soñando algo así en ese momento, después del rato que él le había brindado!

Cerró otra vez los ojos, concentrándose en el ritmo regular de su respiración. Tenía la frente de Brianna a pocos centímetros de la suya. ¿No podría captar el eco de sus sueños a través de los huesos del cráneo? Pero lo que sentía era el eco de su carne, las reverberaciones de la despedida, con todas sus dudas y sus placeres.

Ella y el niño también partirían por la mañana; el equipaje de ambos estaba listo, junto a su propio hatillo, junto a la puerta. El señor Wemyss los llevaría en carruaje a Hillsborough, donde ella estaría presumiblemente fuera de peligro y provechosamente entretenida en pintar el retrato de la señora Sherston.

—Ten muchísimo cuidado —le había dicho Roger, por tercera vez esa velada.

Hillsborough estaba en pleno centro del territorio de los reguladores, y él tenía considerables dudas en cuanto a ese viaje. Pero Brianna había desechado su preocupación, desdeñando la idea de que ella o Jem pudieran correr peligro. Probablemente estaba en lo cierto; sin embargo, él tenía la sospecha de que, aun habiendo peligro, habría actuado igual. Estaba tan entusiasmada por ese condenado encargo que era capaz de cruzar a pie entre turbas armadas para llegar a Hillsborough.

Ella canturreaba para sus adentros; *Loch Lomond*, nada menos: *¡Oh!, ve por el camino alto, que yo iré por el bajo, y llegaré a Escocia antes que tú...*

—¿Me has oído? —le había preguntado Roger, sujetándola por un brazo mientras ella doblaba el último vestido de Jemmy.

—Sí, querido —había murmurado Bree, pestañeando con burlona sumisión. Eso lo irritó al punto de cogerla por la muñeca para mirarla frente a frente.

—Hablo en serio —le había dicho mientras la miraba a los ojos, ya bien abiertos, pero con un dejo de burla aún brillando en los triángulos azules.

Le había apretado la muñeca con más fuerza; alta y fuerte como era, sus huesos parecían delicados, casi frágiles. De pronto los había imaginado bajo la piel: pómulos anchos y altos, cráneo curvo y largos dientes blancos; era demasiado fácil imaginar esos dientes expuestos hasta la raíz en un rictus óseo permanente.

Entonces la había estrechado contra sí con súbita violencia, para besarla con tanta fuerza que había sentido sus dientes contra los propios, sin importarle que alguno de los dos pudiera salir magullado.

Bree llevaba puesta la camisola; él no se había molestado en quitársela; simplemente la había arrojado de espaldas en la cama y había recogido la prenda por encima de sus muslos. Ella había alzado las manos, pero Roger no se dejó tocar; comenzó por inmovilizarle los brazos; luego la hundió en el hueco del colchón con el peso de su cuerpo para triturar, manotear, buscar consuelo en la delgada capa de carne que separaba sus huesos de los propios.

Lo habían hecho en silencio, conscientes a medias de que el niño dormía a poca distancia. No obstante, en algún momento el cuerpo de Brianna había respondido, de una manera profunda y sorprendente, que iba más allá de las palabras.

—Lo digo en serio —había repetido momentos después, en voz baja, hablando a la maraña de cabellos rojos.

Estaba tendido sobre ella y la aprisionaba entre los brazos para que no se moviera. Bree había hecho un movimiento convulso y él la había sujetado con más fuerza. Ella había suspirado; entonces Roger sintió que le hundía suavemente los dientes debajo de la clavícula. Lo mordía, pero sin brusquedad: con un mordisco lento como de succión, que le había arrancado una exclamación y había logrado que se apartara.

—Lo sé —había dicho ella. Y había liberado los brazos para rodearle la espalda, estrechándolo contra su húmeda y tibia suavidad—. Yo también lo digo en serio.

—¿Era eso lo que querías? —Lo susurró muy quedo para no despertarla. El calor de su cuerpo atravesaba las mantas; estaba profundamente dormida.

Si eso no era lo que deseaba, ¿qué era, exactamente? ¿Había respondido a la brutalidad de su posesión? ¿O acaso había respondido a la fuerza de lo que se escondía detrás, a su desesperada necesidad de mantenerla a salvo?

Y si era la brutalidad... Apretó un puño al pensar en Stephen Bonnet. Ella nunca le había contado lo sucedido entre ellos. Preguntárselo era inconcebible; más inconcebible aún, sospechar que algo en ese encuentro pudiera haberla excitado vergonzosamente. No obstante, ella se excitaba a ojos vistas en las raras ocasiones en que algo lo impulsaba a poseerla con fuerza, sin su habitual ternura.

Ya estaba muy lejos de rezar.

Se sentía como aquella otra vez: atrapado en un infierno de rododendros, con el mismo laberinto de raíces húmedas y hojas colgantes siempre ante él, fuera a donde fuese. Lóbregos túneles que parecían ofrecerle la esperanza de escapar y no hacían más que llevarlo hacia nuevas marañas.

*Que ya no veré a mi amor, en las bellas riberas de Loch Lomond...*

Estaba muy tenso otra vez, con la piel erizada y las piernas contraídas por la inquietud. El mosquito pasó zumbando y él le asestó un manotazo... demasiado tarde, por supuesto. Incapaz de estarse quieto, se levantó sin hacer ruido para hacer una rápida serie de flexiones, a fin de relajar los músculos.

Eso le brindó algún alivio. Se tendió en el suelo. Y comenzó: uno, dos, tres, contaba en silencio, al descender hacia las tablas del suelo. Cuatro. Se concentraba sólo en el creciente ardor de brazos, hombros y pecho, en la sedante monotonía de la cuenta. Veintiséis, veintisiete, veintiocho...

Por fin se levantó, con los músculos trémulos de pasajero agotamiento, y se acercó a la ventana para desclavar el cuero. Así, desnudo, dejó que el aire húmedo de la noche corriera sobre él. Era probable que entraran más mosquitos, pero también podía salir el que estaba dentro.

El claro de luna plateaba el bosque; un tenue resplandor de fuego, en su corazón oscurecido delataba la presencia de los milicianos que acampaban ahí. Habían llegado a lo largo de todo el día, a lomo de mulas o de cansados caballos, con los mosquetes cruzados sobre los bultos de mantas. Al menos él no era el único desvelado; la idea lo reconfortó.

En un lateral de la casa grande, en el lado opuesto del claro, brillaba una luz más potente. Una lámpara; dos siluetas caminaban juntas; una, alta; la otra, más menuda.

El hombre dijo algo en un rumor interrogativo; reconoció la voz de Jamie, pero no llegó a distinguir las palabras.

—No —respondió la de Claire, más ligera y clara al acercarse. Vio que agitaba las manos, recortadas contra el fulgor de la lámpara—. ¿Con lo sucia que estoy después de plantar? Voy a lavarme antes de entrar. Tú ve a acostarte.

La silueta más grande vaciló por un momento; luego le entregó la lámpara. Roger vio la cara de Claire un momento, sonriente y vuelta hacia arriba. Jamie se inclinó para besarla un instante; luego retrocedió.

—Date prisa, pues —dijo. Roger percibió la correspondiente sonrisa en su voz—. No duermo bien si no te tengo a mi lado, Sassenach.

—¿Piensas dormirte enseguida? —Ella hizo una pausa, con un dejo de broma provocativo en la voz.

—No, enseguida no. —La figura de Jamie se había fundido en las sombras, pero la brisa venía hacia la cabaña y su voz surgió de entre las sombras, como parte de la noche—. Pero tampoco puedo hacer nada si no te tengo a mi lado, ¿no?

Claire rió con suavidad.

—Comienza sin mí —dijo, volviéndose hacia el pozo—. Ya te alcanzaré.

Roger aguardó junto a la ventana hasta verla regresar, balanceando la lámpara al caminar deprisa. Ella entró. La brisa había cambiado; ya no se oía a los hombres en el bosque, aunque la fogata seguía encendida.

Él miró hacia el bosque; su piel ya estaba fresca y el pelo del pecho se le erizó. Al frotarlo, distraído, tocó el sitio dolorido del mordisco. Era una marca oscura a la luz de la luna; ¿seguiría allí cuando llegara la mañana?

Cuando se puso de puntillas para colocar el cuero en su sitio, vio el reflejo de la luna contra el cristal. Junto a la ventana, en un estante, Brianna había colocado su pequeña colección de objetos personales: el par de peinetas de carey que le había regalado Yocasta, su brazalete de plata. A un lado, el pequeño frasco de aceite de atanasia y dos o tres discretos trocitos de esponja. Y un brillo más grande: el frasco de semillas de *dauco*. Esa noche no había tenido tiempo de aplicarse el aceite de atanasia, pero Roger habría apostado la vida a que, en algún momento de la jornada, había tomado las semillas.

Después de clavar el cuero volvió a la cama. Al pasar junto a la cuna se detuvo para acercar una mano, buscando la respiración del bebé a través del tul, tibia y tranquilizadora contra su piel.

Jem se había destapado; Roger levantó el tul para arroparlo a tientas y le ciñó las mantas con firmeza. Había algo blando... sí, el muñeco de trapo; el bebé lo tenía apretado contra el pecho. Roger le puso la mano en la espalda durante un instante para sentir el sedante ir y venir de su respiración.

—Buenas noches, pequeñín —susurró por fin, tocando el pequeño y blando trasero—. Dios te bendiga y te proteja.

## 58

### *Feliz cumpleaños*

*1 de mayo de 1771*
*Campamento May Union*

Desperté justo al amanecer, por culpa de algún insecto que caminaba por mi pierna. Cuando moví el pie, aquello se escurrió a toda velocidad hacia la hierba, a las claras alarmado al descubrir que yo era un ser vivo. Aunque moví los dedos, desconfiada, no hallé más intrusos en mi manta; entonces me llené los pulmones de aire fresco, impregnado de savia, y me relajé lujuriosamente.

A poca distancia se oían leves movimientos: los caballos de los oficiales despertaban mucho antes que los hombres. El campamento en sí aún estaba en silencio... tanto como podía estarlo a cualquier hora un sitio donde se congregaban varios centenares de hombres. La lona de la tienda, sobre mi cabeza, relumbraba con una luz suave y la sombra de las hojas, pero el sol aún no había asomado del todo. Entorné los ojos, disfrutando al pensar que aún podía quedarme un rato acostada. Y cuando me levantara, alguien habría preparado el desayuno.

Habíamos llegado al campamento la noche anterior, después de un viaje serpenteante montaña abajo y a través del valle, hasta el sitio de reunión: la plantación del coronel Bryan. Lo hicimos a tiempo; Tryon aún no había aparecido con sus tropas desde New Bern, ni tampoco los destacamentos de Craven y Carteret, que traerían consigo las piezas de artillería y los cañones giratorios. Se esperaba que Tryon y sus tropas llegaran ese día; al menos, así nos lo había dicho el coronel Bryan durante la cena de la noche previa.

Un saltamontes aterrizó en la lona con un ruido. Lo miré con los ojos entornados, pero no parecía dispuesto a entrar, gracias a Dios. Tal vez habría hecho mal en no aceptar que la señora Bryan me alojara en su casa, junto con otras esposas que habían acompañado a los oficiales. Pero Jamie insistía en dormir en el campo, con sus hombres, y yo había preferido compartir una cama con él y unos cuantos bichos a dormir en otra donde no habría nada de eso.

Miré de soslayo, cuidando de no moverme por si aún dormía. No era así, pero estaba muy quieto, completamente relajado. Sólo había levantado la mano derecha y parecía examinarla con atención; la giraba de un lado a otro, curvaba y estiraba los dedos tanto como podía. El anular, que tenía una articulación soldada, estaba siempre tieso; el mayor, algo torcido, con una profunda cicatriz blanca en espiral en torno al nudillo.

Era una mano encallecida y maltratada por el trabajo; en medio de la palma aún se veía el diminuto estigma rosado que dejó en su día un clavo. La piel estaba muy bronceada y curtida, pecosa de sol y cubierta de pelo dorado. Yo le encontraba una belleza notable.

—Feliz cumpleaños —dije en voz baja—. ¿Estás haciendo inventario?

Dejó caer la mano sobre el pecho y se volvió para mirarme, sonriendo.

—Sí, algo así. Pero supongo que me faltan algunas horas. Nací a las seis y media. Sólo a la hora de la cena habré vivido medio siglo entero.

Giré de lado, entre risas, pateando la manta. El aire continuaba deliciosamente fresco, pero no duraría mucho.

—¿Crees que te desintegrarás mucho más antes de la cena? —lo provoqué.

—¡Oh!, no creo que se me vaya a desprender nada —respondió, pensativo—. En cuanto al funcionamiento... pues bien... —Arqueó la espalda para desperezarse; cuando mi mano se le posó encima, lanzó un gruñido de satisfacción.

—Todo parece en perfecto orden —le aseguré. Y apliqué un breve tirón de prueba que le arrancó un chillido—. Nada flojo.

—Bien. —Él me cubrió la mano con firmeza, para evitar nuevos experimentos no autorizados—. ¿Cómo has sabido qué estaba haciendo? Inventario, como tú dices

Permití que me retuviera la mano, pero cambié de posición para apoyar la barbilla en el centro de su pecho, donde había una pequeña depresión que parecía hecha a propósito.

—Yo lo hago siempre, en todos mis cumpleaños... aunque por lo general lo hago la noche anterior. Más bien es una mirada hacia atrás, supongo, para reflexionar sobre el año que acaba de pasar. Pero también inspecciono las cosas, sí. Supongo que todos lo hacemos, sólo para ver si somos la misma persona que el día anterior.

—Yo estoy razonablemente seguro de serlo —me aseguró—. No veo cambios notables. ¿Y tú?

Levanté la cabeza de su pecho para observarlo con atención. En realidad, era bastante difícil evaluarlo con objetividad; estaba a la vez tan habituada a sus facciones y tan encariñada con ellas que tendía a reparar en los detalles queridos: la peca de su lóbulo; el incisivo inferior que se adelantaba, ansioso, algo fuera de línea con respecto a sus compañeros. También respondía al menor cambio en su expresión. Pero en verdad no lo examinaba como a un todo integrado.

Él toleró mi escrutinio con tranquilidad, con los ojos entornados para protegerse de la luz. El pelo se le había soltado mientras dormía y le cubría los hombros; sus ondas rojizas envolvían un rostro fuertemente marcado por la pasión, pero con una paradójica y muy notable capacidad de quietud.

—No —dije al fin, apoyando de nuevo el mentón con un suspiro satisfecho—. Sigues siendo tú.

Gruñó con aire divertido, pero no se movió. Uno de los cocineros pasó a poca distancia, a tumbos y maldiciendo al tropezar con algo. El campamento aún se estaba organizando; algunas de las compañías —aquellas que contaban con mayor proporción de antiguos soldados entre sus oficiales y combatientes— eran pulcras y organizadas. Muchas otras no; había tiendas torcidas y piezas de equipo a lo largo de la pradera, en una mezcolanza casimilitar.

Un tambor comenzó a batir, sin efecto aparente. El ejército continuaba durmiendo.

—¿Crees que el gobernador podrá hacer algo con estas tropas? —pregunté, dubitativa.

El trajín del ejército también parecía haber retomado el sueño. Pero, ante mi pregunta, sus largas pestañas rojizas se elevaron perezosamente.

—Seguro. Tryon es militar y sabe lo que debe hacer... por lo menos para comenzar. No es muy difícil conseguir que los hombres marchen en fila y excaven letrinas, ¿sabes? Hacer que combatan es otra cosa.

—¿Y podrá hacerlo?

Su pecho se elevó en un profundo suspiro.

—Puede que sí, puede que no. La cuestión es: ¿será necesario?

Ésa era la cuestión, sí. Desde nuestra partida, los rumores volaban a nuestro alrededor como hojas de otoño en un vendaval. Los reguladores tenían diez mil hombres, que marchaban en bloque hacia New Bern. El general Gage se había embarcado en Nueva York con un regimiento de oficiales para someter a la colonia. La milicia del condado de Orange, alzada en rebelión, había matado a sus oficiales. Entre los hombres del condado de Wake, la mitad había desertado. Hermon Husband, prisionero a bordo de un barco, iba rumbo a Londres para responder a las acusaciones de traición. Hillsborough estaba en poder de los reguladores, que se preparaban para incendiar la ciudad y pasar a Edmund Fanning y a todos sus asociados por las armas. Yo confiaba en que eso no fuera cierto o, en todo caso, en que Hubert Sherston no fuera uno de sus íntimos.

Tras desentrañar la maraña de rumores, suposiciones e invenciones descabelladas, sólo podíamos estar seguros de que el gobernador Tryon se había puesto en camino para incorporarse a la milicia. Después de lo cual ya se vería, suponía yo. Todo lo demás era incierto.

La mano libre de Jamie descansaba contra mi espalda; el pulgar acariciaba despreocupadamente el filo de mi omóplato. Con su habitual capacidad para la disciplina mental, parecía haber desechado por completo la incertidumbre de las perspectivas militares y estaba pensando en otra cosa muy distinta.

—¿Alguna vez has pensado...? —comenzó. Pero dejó la pregunta inconclusa.

—¿Si he pensado en qué? —Me incliné para besarle el pecho, arqueando la espalda para incitarlo a frotarla, cosa que hizo.

—Bueno, no sé si podré explicarlo, pero se me ha ocurrido que ya he vivido más tiempo que mi padre. Y eso es algo que no esperaba —añadió con leve ironía—. Es que... bueno, me resulta extraño. Me preguntaba si tú también has pensado en eso alguna vez, puesto que perdiste a tu madre cuando era joven.

—Sí. —Tenía la cara escondida en su pecho; los pliegues de la camisa me apagaban la voz—. Solía pensarlo cuando era más joven. Como salir de viaje sin llevar mapa.

Su mano se detuvo un instante en mi espalda.

—Sí, eso es. —Parecía algo sorprendido—. Yo imaginaba cómo sería tener treinta años, cuarenta, pero ¿ahora qué? —Su pecho se movió apenas, con un ruido que podía ser una mezcla de diversión y desconcierto.

—Te inventas —dije con voz suave a las sombras de su pelo, que había caído sobre mi cara—. Miras a otras mujeres... o a otros hombres. Te pruebas otras vidas para ver cómo te sientan. Coges lo que puedes usar y buscas dentro de ti mismo lo que no puedes hallar en otra parte. Y siempre... siempre... te preguntas si lo estás haciendo bien.

Sentí su mano caliente y pesada en la espalda. Él percibió las lágrimas que se desprendieron sin previo aviso de mis ojos, mojándole la camisa; su otra mano vino a acariciarme el pelo.

—Sí, eso es —repitió muy bajo.

El campamento empezaba a entrar en actividad, entre ruidos metálicos, golpes secos y el ronco sonido de voces adormiladas. Por encima de mi cabeza, el saltamontes comenzó a chirriar, como si alguien rascara una olla de cobre con un clavo.

—Ésta es una mañana que mi padre nunca vio —dijo Jamie, en voz tan baja que la oí tanto con los oídos como a través de su pecho—. El mundo y cada día vivido en él es un regalo, *mo chridhe*, sin que importe lo que traiga el mañana.

Con un hondo suspiro, posé la mejilla contra su pecho. Él me limpió la nariz con un pliegue de su camisa.

—En cuanto a hacer inventario —añadió, muy práctico—, aún tengo todos los dientes, no me falta ningún miembro y mi polla aún se yergue por sí sola todas las mañanas. Podría ser peor.

# 59

## *Máquinas militares*

*Diario de la expedición contra los insurgentes*
*Escrito por William Tryon, gobernador*

*Jueves, 2 de mayo*
*Los destacamentos de Craven y Carteret han partido de New
Bern con los dos cañones de campaña, seis cañones giratorios montados sobre cureñas, dieciséis carretas y cuatro
carros, todos cargados de equipaje, municiones y las provisiones necesarias para los diversos destacamentos que se
incorporarán a ellos en el trayecto al domicilio del coronel
Bryan, sitio de la Reunión General.*

*El gobernador partió de New Bern el 27 de abril y llegó
a casa del coronel Bryan el 1 de mayo. Hoy se han unido las
tropas de los dos distritos.*

*Viernes, 3 de mayo, Union Camp*
*A las 12 en punto, el gobernador ha pasado revista a los
destacamentos en la pradera de Smiths Ferry, sobre la orilla
occidental del río Neuse.*

*Sábado, 4 de mayo*
*La totalidad ha marchado hasta Johnston Court House. Quin-
ce kilómetros.*

*Domingo, 5 de mayo*
*Marcha hasta la casa del mayor Theophilus Hunter, en el
condado de Wake. Veintiún kilómetros.*

*Lunes, 6 de mayo*
*El ejército se ha detenido y el gobernador ha pasado revista
al regimiento de Wake en una reunión general. El señor Hinton, coronel del regimiento, ha informado al gobernador que
sólo tenía veintidós hombres en la compañía que se le había
ordenado reclutar, debido al descontento imperante entre los
habitantes del condado.*

*El gobernador ha observado un descontento general en
el regimiento de Wake al pasar frente a la primera fila del*

batallón, viendo que no más de un hombre de cada cinco tenía armas, y puesto que, ante su convocatoria a ofrecerse como voluntarios para el servicio, se negaban a obedecer, ha ordenado que el ejército rodeara al batallón; efectuado esto, ha ordenado que tres de sus coroneles reclutaran a cuarenta de los hombres más apuestos y activos, maniobra que ha causado no poco pánico en el regimiento, que a la sazón consistía en cuatrocientos hombres.

Durante el reclutamiento, los oficiales del ejército han actuado para persuadir a los hombres de que se enrolaran; en menos de dos horas han elevado la compañía de Wake a cincuenta hombres. Al llegar la noche, el regimiento de Wake ha sido despedido, muy avergonzado tanto de su desgracia como de su propia conducta, que la había ocasionado. El ejército ha regresado al campamento.

Miércoles, 8 de mayo
El destacamento del coronel Hinton ha quedado atrás, con vistas a impedir que los descontentos de ese condado formen un cuerpo que se una a los reguladores de los condados adyacentes.

Esa mañana a primera hora un destacamento se ha dirigido a la vivienda de Turner Tomlinson, notorio regulador, y lo ha traído prisionero al campamento, donde ha sido encerrado. Ha confesado ser regulador, pero no ha hecho revelaciones.

El ejército ha marchado y ha acampado cerca de Booth, en New Hope Creek.

Viernes, 10 de mayo
Nos hemos detenido y hemos ordenado que las carretas fueran reaprovisionadas, los caballos, herrados, y reparado todo lo que hiciera falta. Se ha pasado revista en Hillsborough a dos compañías de la milicia de Orange.

Esta tarde se ha fugado el prisionero Tomlinson. Los destacamentos enviados tras él no han tenido éxito.

Domingo, 12 de mayo
Hemos marchado y vadeado el río Haw para acampar en la ribera oeste. Se esperaba que los reguladores se opusieran al paso de los monárquicos por ese río, tal como era su intención, pero al no sospechar que el ejército saldría de Hills-

borough antes del lunes, este súbito movimiento del ejército los ha derrotado en esa parte de su plan.

Hoy hemos recibido informes de que los reguladores han obligado al general Waddell a cruzar nuevamente el río Yadkin con las tropas bajo su mando.

Oficio divino, con sermón, celebrado por el reverendo señor McCartny. Texto: «Si no tienes espada, vende tu prenda y compra una.»

En el día de hoy veinte caballeros voluntarios se han incorporado al ejército, principalmente en los condados de Granville y Bute. Se ha conformado con ellos una tropa de caballería ligera, bajo el mando del mayor MacDonald. Las partidas de los flancos han apresado a un regulador, tendido en emboscada con su arma. El comisario ha retirado de su casa parte de un tonel de ron, puesto allí para uso de los reguladores. También algunos cerdos que debían ser asignados a su familia.

*Lunes, 13 de mayo*
*Marcha hasta O'Neal.* A las doce en punto ha llegado un jinete expreso enviado por el general Waddell con un mensaje verbal, pues no se ha atrevido a traer una carta por miedo a ser interceptado. El mensaje informaba de que, en la noche del jueves 9, los reguladores rodearon su campamento en un número de dos mil y, de la manera más atrevida e insolente, requirieron que el general se retirara con sus tropas al otro lado del río Yadkin, que estaba a tres kilómetros de distancia. Él rehusó obedecer, informando de que el gobernador le había dado órdenes de avanzar. Ante eso aumentó la insolencia de los reguladores, que intentaron intimidar a sus hombres con muchos gritos indios.

El general, viendo que sus hombres no pasaban de trescientos, que no estaban dispuestos a combatir, y que muchos de sus centinelas se pasaban a los reguladores, se vio obligado a cumplir con lo pedido; por la mañana temprano volvió a cruzar el río Yadkin, con su cañón y su equipaje. Los reguladores acordaron dispersarse y regresar a sus domicilios.

Inmediatamente se ha celebrado un consejo de guerra para deliberar sobre la información traída por el expreso: lo componían el honorable John Rutherford, Lewis DeRosset, Robert Palmer y Sam Cornell, del Consejo de Su Majestad, y los coroneles y oficiales de campo del ejército. Allí se ha resuelto que el ejército debía cambiar su rumbo, marchar desde

la vivienda del capitán Holt por la ruta que conduce de Hillsborough a Salisbury, cruzar los ríos Alamance, el pequeño y el
grande, con toda la prontitud posible, y marchar sin pérdida
de tiempo a reunirse con el general Waddell. Por ende, el ejército se ha puesto en marcha y, antes del oscurecer, ha acampado en la orilla izquierda del Pequeño Alamance. Se ha ordenado que un fuerte destacamento se adelantara para apoderarse
de los bajíos occidentales del Gran Alamance, a fin de impedir
que partidas enemigas ocuparan ese importante puesto.

Este atardecer hemos recibido información de que los
reguladores enviaban exploradores a todos sus asentamientos
para congregarse en Sandy Creek, cerca del domicilio de
Hunter.

Hemos marchado y nos hemos unido al destacamento en
la ribera oeste del Gran Alamance, donde se ha escogido un
buen sitio para acampar. Allí el ejército ha hecho alto hasta
que se puedan traer más provisiones desde Hillsborough,
para cuyo fin se han vaciado varias carretas que han sido
enviadas desde el campamento hacia Hillsborough.

Habiendo llegado este atardecer la información de que
los rebeldes piensan atacar el campamento durante la noche,
se ha hecho los necesarios preparativos para un combate. Se
ha ordenado a un tercio del ejército permanecer bajo las
armas toda la noche; al resto, acostarse con ellas a mano.
No se ha dado aviso de alarma.

Martes, 14 de mayo
Hemos hecho alto y se ha ordenado a los hombres no salir
del campamento.

El ejército ha estado en armas toda la noche, como ayer.
No ha habido alarma.

Miércoles, 15 de mayo
Alrededor de las seis de la tarde, el gobernador ha recibido
una carta de los insurgentes, que ha presentado al consejo de
guerra, donde se ha determinado que el ejército debía encontrarse con los rebeldes a primera hora de la mañana siguiente, que el gobernador les enviaría una carta ofreciéndoles las
condiciones y, en caso de negativa, se atacaría.

Los hombres han pasado la noche en armas. No se ha
dado la alarma, aunque los rebeldes se encuentran a ocho
kilómetros del campamento.

...

Del *Libro de los Sueños*:
Hillsborough, 15 de mayo

*Anoche me dormí temprano y he despertado antes del ama-*
*necer, dentro de una nube gris. Durante todo el día me he*
*sentido como si caminara dentro de la bruma; me hablan y no*
*oigo; veo que las bocas se mueven y asiento, sonrío y luego*
*me voy. El aire está caliente y muy húmedo; todo huele a me-*
*tal caliente. Me duele la cabeza y la cocinera está haciendo*
*mucho ruido con las cacerolas.*

He pasado todo el día tratando de recordar qué he soñado,
pero no puedo. Sólo gris y una sensación de miedo. Nunca he
estado cerca de una batalla, pero tengo la sensación de que lo que
sueño es humo de cañones.

# 60

## *Consejo de guerra*

Jamie regresó del consejo de guerra bien pasada la hora del almuerzo e informó brevemente a los hombres al respecto de las
intenciones de Tryon. La reacción general fue de aprobación,
cuando no de franco entusiasmo.

—Mejor movernos ahora —dijo Ewald Mueller, estirando
los largos brazos para hacer crujir a un tiempo todos los nudillos—. Si esperamos más, criaremos musgo.

Esta opinión fue recibida con risas y gestos de asentimiento.
El humor de la compañía se animó de manera notable ante la
perspectiva de entrar en acción por la mañana; los hombres se
sentaron a conversar alrededor de las fogatas, con los rayos del
sol poniente centelleando en las tazas de estaño y en los cañones
pulidos de los mosquetes, que habían depositado cuidadosamente junto a sus pies.

Jamie hizo un rápido recorrido de inspección, respondiendo
preguntas y calmando inquietudes; luego vino a reunirse conmi-

go ante nuestra pequeña fogata. Lo observé con atención; pese a las tensiones de la situación inmediata, había en él un aire de satisfacción contenida que despertó al instante mis sospechas.

—¿Qué has hecho? —le pregunté mientras le entregaba un gran trozo de pan y una escudilla de guiso.

Él no se molestó en negar que hubiera estado haciendo algo.

—He retenido a Cornell por un buen rato después del consejo, para preguntarle por Stephen Bonnet. —Arrancó un trozo de pan con los dientes y lo tragó sin apenas masticarlo—. ¡Cristo, estoy hambriento! No he comido nada en todo el día; lo he pasado arrastrándome entre los espinos, como las serpientes.

—No creo que Samuel Cornell estuviera arrastrándose entre los espinos. —Cornell era uno de los miembros del consejo real del gobernador, comerciante de Edenton, corpulento y adinerado; por su situación, su físico y su temperamento, no estaba hecho para arrastrarse por el suelo.

—No, eso ha sido después.

Mojó el pan en el guiso, le dio otro enorme mordisco y luego levantó la mano, enmudecido por un segundo. Le di una taza de sidra, que se apresuró a beber para ayudarse a tragar.

—Hemos estado buscando las líneas de los rebeldes —explicó, una vez liquidada la obstrucción—. No están muy lejos, ¿sabes? Aunque hablar de *líneas* es concederles el beneficio de una considerable duda —añadió, mojando un poco más de guiso—. No había visto chusma como ésa desde aquella vez en Francia, cuando tomamos una aldea donde se alojaba una banda de contrabandistas de vino. La mitad de ellos estaban con prostitutas, y todos borrachos; para arrestarlos fue preciso levantarlos del suelo. Éstos no son mucho mejores, por lo que he podido ver, aunque no hay tantas rameras —agregó para ser justo. Y se metió el resto del pan en la boca.

En esos momentos la mitad del ejército del gobernador estaba bajo los efectos de la bebida, pero era un estado tan habitual que no requería comentario. Le di otro trozo de pan y me concentré en el aspecto más importante de la conversación.

—¿Has averiguado algo sobre Bonnet?

Él asintió, masticó y tragó.

—Cornell no lo conoce personalmente, pero ha oído comentarios. Parece que el tipo trabaja alrededor de los Outer Banks por un tiempo y luego desaparece durante tres o cuatro meses. Luego reaparece un día cualquiera, en las tabernas de Edenton o Roanoke, con los bolsillos repletos de oro.

—Eso significa que trae mercancías de Europa y las vende.

—Tres o cuatro meses era el tiempo que tardaba un barco en llegar a Inglaterra y regresar—. ¿Contrabando?

Jamie asintió con la cabeza.

—Es lo que Cornell piensa. ¿Y a que no sabes dónde desembarca la mercancía? —Se limpió la boca con el dorso de la mano, ceñudamente divertido—. En el embarcadero de Wylie. Al menos así se rumorea.

—¿Qué? ¿Phillip Wylie está asociado con él? —Fue una inquietante sorpresa escuchar eso. Jamie negó con la cabeza.

—No podría asegurarlo. Sin embargo, el muelle está junto a la plantación de Phillip Wylie, sin duda alguna. Y ese alfeñique estaba con Bonnet la noche en que vino a River Run, aunque después lo negase —añadió. Luego agitó una mano, descartando por el momento a Phillip Wylie—. Pero Cornell dice que Bonnet ha vuelto a desaparecer; este último mes no se lo ha visto, de modo que mi tía y Duncan parecen estar a salvo, por ahora. Una preocupación menos para mí... y me alegro; ya tengo suficientes.

Lo dijo sin ironía, recorriendo el campamento con la mirada. Las fogatas comenzaban a refulgir en la penumbra del crepúsculo, como cientos de luciérnagas a lo largo del Gran Alamance.

—Hermon Husband está aquí —dijo.

Aparté la vista de la escudilla que estaba llenando de guiso.

—¿Has hablado con él?

Negó con la cabeza.

—No he podido acercarme. Está con los reguladores, ¿recuerdas? Lo he visto desde lejos; yo estaba en una pequeña colina, mirando a través del arroyo. Lo rodeaba una gran masa de hombres, pero su vestimenta es inconfundible.

—¿Qué hará? —Le entregué la escudilla llena—. No creo que combata... ni que les permita combatir.

Me inclinaba por considerar la presencia de Husband como una señal esperanzadora. Él era lo más parecido a un líder que había entre los reguladores; estaba segura de que lo escucharían.

Jamie, en cambio, parecía preocupado.

—No sé, Sassenach. No creo que empuñe personalmente las armas, no, pero en cuanto a los demás...

Dejó la frase en el aire mientras reflexionaba. Luego su cara expresó una repentina decisión. Me devolvió la escudilla y, girando sobre los talones, cruzó el campamento. Lo vi tocar a Roger en el hombro y llevarlo aparte. Ambos conversaron algunos momentos; luego Jamie extrajo de su chaqueta algo blanco y se lo entregó. Roger lo miró un segundo. Acto seguido hizo un gesto afirmativo y lo escondió bajo su propia chaqueta.

Jamie lo dejó con una palmada en el hombro y volvió a cruzar el campamento, aunque se detuvo a intercambiar un par de comentarios risueños y groseros con los hermanos Lindsay. Regresó aliviado y sonriente.

—He indicado a Roger Mac que vaya en busca de Husband a primera hora de la mañana —explicó, atacando la escudilla de guiso con renovado apetito—. Le he pedido que lo traiga, si puede, para que hable con Tryon cara a cara. Si él no logra convencerlo (y no creo que pueda), tal vez éste pueda convencerlo a él de que la cosa va en serio. Si Hermon ve que habrá derramamiento de sangre, quizá logre convencer a sus hombres de que depongan las armas.

—¿De verdad lo crees?

Había llovido un poco por la tarde; hacia levante el cielo aún estaba cubierto por bancos de nubes, cuyos bordes relumbraban en rojo, no por los rayos inclinados del crepúsculo, sino por las fogatas de los reguladores, acampados fuera de la vista en la orilla opuesta del Alamance.

Jamie limpió su escudilla y se zampó el último trozo de pan.

—No sé —dijo tan sólo—. Pero nada se pierde con probar, ¿no?

Hice un gesto afirmativo y me incliné para echar más troncos en el fuego. Esa noche nadie se acostaría temprano.

Las fogatas del campamento habían ardido todo el día, humeando y chisporroteando bajo la lluvia ligera. Ahora la llovizna había cesado y las nubes se deshacían en largas y tenues bandas, que refulgían como fuego en todo el arco del cielo occidental, eclipsando los minúsculos esfuerzos de las llamas pegadas a la tierra. Al verlo, apoyé una mano en el brazo de Jamie.

—Mira —dije.

Se volvió, temiendo que alguien hubiera aparecido a su espalda con un problema nuevo, pero relajó las facciones al ver que yo señalaba hacia arriba.

Si yo hubiera sugerido a Frank que mirara alguna maravilla natural mientras estaba reflexionando sobre algún problema, habría hecho la pausa indispensable para no parecer descortés y, tras un «¡Oh, sí, qué bonito!», habría vuelto de inmediato al laberinto de sus pensamientos. Jamie alzó la mirada hacia la gloria refulgente del cielo y se quedó inmóvil.

«¿Qué te pasa? —me dije—. ¿No puedes dejar que Frank Randall descanse en paz?»

Jamie me rodeó los hombros con un brazo, suspirando.

—En Escocia —dijo—, el cielo era como plomo todo el día; aun al atardecer no veías más que el sol hundiéndose en el mar, como una bala de cañón al rojo vivo. Nunca veías un cielo como éste.

—¿Qué te hace pensar en Escocia? —pregunté, intrigada al ver que su mente, como la mía, corría por cosas del pasado.

—El amanecer, el crepúsculo y las estaciones del año —dijo. Su ancha boca se curvó hacia arriba, reminiscente—. Cada vez que hay un cambio en el aire, me hace pensar en el pasado y en el presente. Cuando estoy en una casa no siempre me sucede, pero cuando vivo al aire libre suelo soñar con gente que conocí en otros tiempos, y también me siento en silencio al atardecer, pensando en otros lugares, en otras épocas. —Se encogió un poco de hombros—. Ahora se está poniendo el sol y mi mente piensa en Escocia.

—¡Ah! —exclamé, reconfortada por esa explicación—, debe de ser por eso.

—¿El qué? —El sol poniente bañaba su cara de oro, suavizando las líneas de tensión.

—Yo también estaba pensando en otros tiempos y otras épocas —expliqué mientras apoyaba la cabeza en su hombro—. Pero ahora... no puedo pensar más que en esto.

—¿Eh? —Después de una breve vacilación dijo con cautela—: Casi nunca lo menciono, Sassenach, ya que si me contestas que sí, no hay mucho que yo pueda hacer, pero ¿extrañas a menudo... aquellos otros tiempos?

Antes de responder, dejé pasar tres latidos del corazón que latía lentamente bajo mi oreja. Luego cerré la mano izquierda para tocar el oro pulido del anillo.

—No —dije—, pero los recuerdo.

# 61

## *Ultimátums*

Campamento del Gran Alamance
16 de mayo de 1771

A las gentes ahora alzadas en armas,
que se autodenominan reguladores:

En respuesta a su petición, debo informarles de que siempre he estado atento a los verdaderos intereses de este país y al de todos los individuos que en él residen. Lamento la fatal necesidad a la que ahora me han obligado, al retirarse de la misericordia de la Corona y de las leyes, de requerirles que depongan las armas, entreguen a los cabecillas proscritos y se sometan a las leyes de su país, y luego confíen en la indulgencia y la compasión del gobierno. Al aceptar estos términos en el curso de una hora a partir de la entrega de este despacho, evitarán un derramamiento de sangre, pues en este momento se encuentran ustedes en estado de guerra y rebelión contra su rey, su país y sus leyes.

Wm. Tryon

Cuando desperté, Jamie ya se había ido; su manta estaba pulcramente doblada a mi lado y *Gideon* no se hallaba bajo el roble al que Jamie lo había atado la noche anterior.

—El coronel ha ido a reunirse con el consejo de guerra del gobernador —me dijo Kenny Lindsay, con un enorme bostezo. Luego se sacudió como un perro mojado—. ¿Té o café, señora?

—Té, por favor.

Tal vez era el curso de los acontecimientos actuales lo que me hacía pensar en el Motín del Té. No recordaba con seguridad cuándo debía tener lugar esa revuelta y los hechos subsiguientes, pero tenía la oscura sensación de que convenía aprovechar cualquier oportunidad de tomar té mientras aún pudiera conseguirlo, con la esperanza de saturar mis tejidos, igual que el oso se atiborra de gusanos y bayas preparándose para el invierno.

El día era sereno y despejado; aunque por el momento hacía frío, y había en el aire restos de humedad debido a la lluvia del día anterior. Mientras bebía el té a sorbos, finos mechones de pelo escapaban de las ataduras para rizarse en torno a mi cara y se me pegaban a las mejillas con el vapor de la taza.

Repuesta con el té, cogí un par de cántaros y me encaminé hacia el arroyo. Esperaba que no hiciera falta, pero no estaría de más tener agua hervida a mano, por si acaso. Y si no la usaba con fines terapéuticos, podía aprovecharla para limpiar mis medias, que lo necesitaban.

Pese a su nombre, el Gran Alamance no era un río muy impresionante; en casi todo su recorrido no pasaba de los cuatro o cinco metros de ancho. Además, era poco profundo, de fondo cenagoso y más retorcido que una madeja de lana enredada; tenía múltiples brazos y afluentes pequeños que serpenteaban por todo el paisaje. A pesar de todo, como demarcación militar no estaba mal, y aunque es cierto que un grupo de hombres podía vadearlo sin gran dificultad, no había posibilidades de que lo hicieran sin ser vistos.

Las libélulas volaban, raudas, por encima del agua y entre las cabezas de un par de milicianos que, en amistosa charla, orinaban en las aguas turbias del arroyo. Me detuve discretamente tras una mata hasta que se fueron; mientras descendía por la orilla con mis cántaros, me alegré de que la mayor parte de los soldados sólo bebiera agua en caso de estar muriéndose por deshidratación.

Cuando volví al campamento lo encontré ya despierto y con todos los hombres en estado de alerta, aunque con los ojos enrojecidos. Sin embargo, no parecía haber preparativos para una batalla inmediata; sólo el regreso de Jamie despertó un movimiento de interés general. *Gideon* serpenteó entre las fogatas con sorprendente delicadeza.

—¿Cómo están las cosas, Mac Dubh? —preguntó Kenny, levantándose para saludarlo—. ¿Alguna novedad?

Él negó con la cabeza. Vestía con una pulcritud cercana a la severidad: el pelo recogido hacia atrás, puñal y pistolas a la cintura, espada al costado. El único toque decorativo era una escarapela amarilla prendida a la chaqueta. Listo para la batalla: al pensarlo me recorrió un pequeño escalofrío por la columna.

—El gobernador ha enviado su carta a los reguladores. Cuatro comisarios llevan una copia cada uno. Deben leerla a cada grupo con que se crucen. Es preciso esperar y ver qué pasa.

Seguí su mirada hacia la tercera fogata. Roger debía de haber partido con la primera luz, antes de que el campamento despertara.

Después de vaciar los cubos en el hervidor, los recogí para hacer otro viaje al arroyo, pero *Gideon* irguió las orejas y levantó de golpe el testuz, con un fuerte relincho de saludo. Al instante Jamie lo taloneó para ponerlo delante de mí y bajó la mano a la espada. El enorme pecho y la cruz del caballo me bloqueaban la vista, impidiéndome ver quién venía, pero noté que la mano de Jamie se relajaba en la empuñadura de la espada. Debía de ser un amigo.

Si no precisamente un amigo, al menos alguien a quien él no pensaba atravesar ni derribar de la silla. Al oír el saludo de una voz familiar, miré por debajo de los belfos de *Gideon*: el gobernador Tryon venía cruzando la pequeña pradera, acompañado por dos ayudantes de campo.

Tryon montaba con cierta soltura aunque sin mucho estilo, e iba vestido para la campaña: llevaba una práctica chaqueta de uniforme azul y pantalones de piel de venado, una escarapela amarilla en el sombrero, y a un lado le colgaba un sable de caballería; no era un adorno: tenía varias marcas y la vaina estaba raída.

Después de detener a su caballo, saludó a Jamie tocándose el sombrero. Él hizo otro tanto. Al verme a la sombra de *Gideon*, el gobernador se lo quitó en un gesto de cortesía, inclinándose en la silla.

—A sus órdenes, señora Fraser. —Echó un vistazo a los cubos que yo cargaba y se volvió hacia uno de los edecanes—. Señor Vickers, tenga usted la amabilidad de ayudar a la señora Fraser.

Muy agradecida, entregué los cubos al señor Vickers, un joven de mejillas rosadas que rondaba los dieciocho años; pero en vez de ir con él me limité a indicarle adónde debía llevarlos. Tryon me miró con una ceja enarcada, mas yo respondí con una suave sonrisa y me mantuve en mis trece. No me movería de allí.

Tuvo la inteligencia de entenderlo y, en vez de poner objeciones a mi presencia, me ignoró.

—¿Sus tropas están en orden, coronel Fraser? —Miró intencionadamente a su alrededor. Las únicas tropas visibles en ese momento estaban compuestas por Kenny, que tenía la nariz sepultada en una taza, Murdo Lindsay y Geordie Chisholm, ambos enzarzados en un enconado pique consistente en arrojar cuchillos de modo que se clavaran en el suelo.

—Sí, señor.

El gobernador enarcó ambas cejas, con visible escepticismo.

—Convóquelos, señor. Quiero inspeccionar su preparación.

Jamie hizo una pausa para coger las riendas. Luego evaluó la montura de Tryon, entornando los ojos contra el sol naciente.

—Buen caballo el suyo, señor. ¿Es tranquilo?

—Por supuesto. —El gobernador frunció el entrecejo—. ¿Por qué?

Jamie echó la cabeza hacia atrás para emitir un ululante grito de las montañas escocesas, de aquéllos que deben oírse a gran distancia. El caballo de Tryon tiró de las riendas y puso los ojos en blanco. De la maleza brotaron milicianos chillando como demonios; una negra nube de cuervos estalló en los árboles, alzando el vuelo con enorme bullicio, como si fueran la bocanada de humo de un cañón. El caballo se alzó de manos, desmontando a Tryon, que quedó tirado en la hierba de una forma muy indigna, y huyó a través de la pradera, hacia los árboles del lado opuesto.

Di varios pasos hacia atrás para quitarme de en medio.

El gobernador se incorporó, purpúreo y jadeante, sólo para descubrir que era centro de un arco de sonrientes milicianos que le apuntaban con sus armas. Él clavó una mirada flamígera en el cañón del rifle que tenía ante la cara y lo apartó con una mano mientras hacía ruidos de ardilla enfadada. Jamie carraspeó de una manera muy significativa, con lo que los hombres se esfumaron sin hacer ruido por el bosquecillo.

Me pareció que era mejor no ofrecerle al gobernador una mano para ayudarlo a levantarse, ni siquiera permitir que me viese la cara. Con mucho tacto, le di la espalda y me alejé unos cuantos pasos mientras fingía haber descubierto una apasionante planta nueva cerca de mis pies.

El señor Vickers reapareció saliendo del bosque, con cara de sobresalto y un cubo de agua en cada mano.

—¿Qué ha sucedido? —Iba a acercarse a Tryon, pero yo lo detuve con un gesto. Era mejor dar al gobernador un momento para recobrar tanto su aliento como su dignidad.

—Nada importante —dije, recuperando mis cántaros antes de que pudiera volcarlos—. Eh... ¿sabe cuántos milicianos hay congregados aquí?

—Mil sesenta y ocho, señora —dijo, completamente extrañado—. Sin contar las tropas del general Waddell, por supuesto. Pero ¿qué...?

—¿Y tienen cañones?

—Oh, sí, varios, señora. Tenemos dos destacamentos con artillería. Dos de seis libras, diez cañones giratorios y dos morteros de ocho libras. —Vickers se irguió un poco más, como si se sintiera importante al pensar en tanta capacidad de destrucción.

—Al otro lado del arroyo hay dos mil hombres, señor, pero están casi desarmados. Muchos no tienen más que un cuchillo.

La voz de Jamie llegó desde detrás, atrayendo la atención de Vickers. Al volverme, vi que Jamie había desmontado y estaba cara a cara con el gobernador, con el sombrero del caído en la mano. Después de sacudirlo tranquilamente contra el muslo, se lo ofreció a su propietario, quien lo aceptó con tanta dignidad como era posible en esas circunstancias.

—Eso me han dicho, señor Fraser —dijo en tono seco—, aunque me complace saber que su información corrobora la mía. Señor Vickers, ¿tendrá usted la bondad de ir en busca de mi caballo?

Su cara había perdido el tinte purpúreo; aunque su actitud aún mostraba cierta frialdad, no parecía guardar rencor. Tryon tenía sentido de la justicia, pero también algo que en ese momento era más importante: sentido del humor; por lo visto ambos habían sobrevivido a la reciente demostración de preparación militar.

Jamie asintió.

—Supongo que sus agentes también le han dicho que los reguladores no tienen ningún líder real.

—Por el contrario, señor Fraser. Tengo la impresión de que Hermon Husband es y ha sido durante bastante tiempo uno de los principales agitadores de este movimiento. Otro nombre que he visto a menudo es el de James Hunter, suscribiendo cartas de protesta y las interminables peticiones que me llegan a New Bern. Y hay otros: Hamilton, Gillespie...

Jamie hizo un gesto de impaciencia para ahuyentar la nube de mosquitos que tenía delante de la cara.

—En algunas circunstancias, señor, estaría dispuesto a discutir con usted si la pluma es más poderosa que la espada... pero no al borde de un campo de batalla, como estamos ahora. La audacia en la redacción de panfletos no hace a un hombre apto para dirigir tropas. Y Husband es cuáquero.

—Eso me han dicho —concordó Tryon. Señaló hacia el arroyo distante, con una ceja elevada en desafío—. Sin embargo, está aquí.

—Está aquí —confirmó Jamie.

Hizo una pausa, evaluando el humor de Tryon antes de continuar. El gobernador estaba muy tenso, no había modo de pasar por alto la rigidez de su silueta, ni el brillo de sus ojos. Aun así, la batalla todavía no era inminente y su tensión estaba bien controlada. Aún podía escuchar.

—Ese hombre ha comido en mi casa, señor —dijo Jamie, con cautela—. Y yo he comido en la suya. Nunca ha ocultado sus opiniones ni su carácter. Si está hoy aquí, no dudo de que ha venido con la mente atormentada.

Respiró hondo. Estaba hollando terreno peligroso.

—He hecho que uno de mis hombres cruzara el arroyo en busca de Husband, señor, para rogarle que se entreviste conmigo.

Quizá pueda persuadirlo para que use su considerable influencia sobre esos hombres, esos ciudadanos —señaló brevemente el arroyo y los invisibles seguidores que acampaban más allá—, y los haga abandonar ese desastroso curso de acción, que sólo puede acabar en tragedia.

Miró a Tryon directamente a los ojos.

—¿Puedo pedirle, señor...? ¿Puedo rogarle...? Si Husband viniera, ¿hablaría usted mismo con él?

Tryon guardó silencio, sin reparar en que estaba dando vueltas y vueltas al polvoriento tricornio entre las manos. Los ecos de la conmoción reciente se habían apagado; un pájaro cantaba en las ramas del olmo.

—Son ciudadanos de esta colonia —dijo al fin, moviendo la cabeza en dirección al arroyo—. Lamentaría que sufrieran algún daño. Sus quejas no carecen de fundamento; lo he reconocido así, ¡públicamente!, y he tomado medidas para que se les indemnice.

Echó un vistazo a Jamie, para ver si aceptaba esa aseveración. Él esperó en silencio. Tryon inspiró hondo y se golpeó un muslo con el sombrero.

—No obstante, soy gobernador de esta colonia. No puedo permitir que se perturbe la paz, que se desobedezca la ley, que los desmanes y el derramamiento de sangre queden impunes. —Me miró con tristeza—. Y no lo haré.

Luego su atención volvió a Jamie.

—Creo que no vendrá, señor. Ellos han fijado su curso —miró una vez más hacia los árboles que bordeaban el Alamance—, y yo el mío. Aun así... —Vaciló por un momento, pero luego negó con la cabeza, decidido—. No, si realmente viene, razone usted con él, por favor. Si accede a conseguir que sus hombres regresen de forma pacífica a casa, sólo entonces tráigamelo para que acordemos las condiciones. Pero no puedo esperar a que tal cosa se produzca.

El señor Vickers había recobrado la montura del gobernador y esperaba a cierta distancia, sujetando a ambos caballos por las riendas. Ante eso lo vi hacer un leve gesto afirmativo, como si respaldara las palabras de su jefe. Bajo el sombrero que lo protegía del sol, tenía la cara arrebolada y los ojos brillantes: estaba deseoso de combatir.

Tryon no, pero aun así estaba dispuesto. Jamie tampoco, pero también estaba listo. Sostuvo la mirada al gobernador un momento. Luego aceptó lo inevitable.

—¿Cuánto tiempo? —preguntó en voz baja.

Tryon echó un vistazo al sol; faltaba muy poco para la media mañana. Roger había partido dos horas antes. ¿Cuánto podía tardar en encontrar a Hermon Husband y regresar?

—Las compañías están preparadas para el combate —dictaminó Tryon. Y echó una mirada al bosquecillo, con una leve contracción en la boca. Luego clavó una mirada ceñuda en Jamie—. No falta mucho. Esté listo, señor Fraser.

Y poniéndose el sombrero, cogió las riendas y montó su caballo. Se alejó sin mirar atrás, seguido por sus edecanes.

Jamie lo siguió con la mirada, inexpresivo.

Me acerqué a él para cogerlo de la mano. No necesitaba decirlo: yo también esperaba que Roger se diera prisa.

# 62

## «Personas rezagadas o sospechosas»

*Artículo 12: Ningún oficial ni soldado podrá ir más allá de los límites del campamento que estén dentro de la distancia de la gran guardia.*

*Artículo 63: Los oficiales al mando deben interrogar a todas aquellas personas rezagadas o sospechosas; y aquéllos que no puedan brindar una explicación convincente de su presencia serán confinados, luego de lo cual se presentará un informe al Cuartel General.*

*Tareas y Regulaciones del Campamento:*
*Órdenes dadas por su excelencia el gobernador*
*Tryon a la milicia provincial de Carolina del Norte.*

Roger se tocó el bolsillo de los pantalones, donde había guardado la insignia de peltre que lo identificaba como miliciano: un botón de cuatro centímetros de diámetro, con el borde perforado y estampado con un tosco «CF», que significaba «Compañía de Fraser»; cosidas en la chaqueta o en el sombrero, esas insignias, así como las escarapelas de paño, eran el único uniforme para la mayor parte de la infantería del gobernador y el único medio de distinguir a un miliciano de un regulador.

—¿Y cómo sabe uno contra quién debe disparar? —había preguntado con mucha ironía dos días antes, cuando Jamie le entregó aquello—. Si te acercas lo suficiente como para ver la insignia antes de disparar, ¿no disparará primero el otro tipo?

Jamie le había echado una mirada asimismo irónica, pero omitió cortésmente cualquier comentario sobre la puntería de Roger y la probabilidad (o no) de que causara algún daño con su mosquete.

—Por mi parte no esperaría —le había respondido—. Si alguien corre hacia ti con un arma, dispara y ruega que todo salga bien.

Los hombres sentados a poca distancia habían reído burlonamente, pero Jamie, sin prestarles atención, había cogido un palo para retirar de entre las brasas tres batatas asadas; las había dejado en fila, negras y humeantes en el frío aire de la noche. Luego pateó una con suavidad, haciéndola rodar hacia las cenizas.

—Ésta nos representa a nosotros —le había explicado antes de patear la batata siguiente—. Ésta es la compañía del coronel Leech. Y ésta —dio un puntapié a la tercera, que rodó erráticamente tras sus compañeras— es la del coronel Ashe. ¿Comprendes? —Había mirado a Roger con una ceja enarcada—. Cada compañía seguirá su propio camino, de modo que no es probable que veas a ningún otro miliciano, por lo menos al principio. Si alguien viene hacia nosotros, probablemente será el enemigo.

Luego había curvado un poco hacia arriba la boca, señalando con un gesto a todos los hombres que los rodeaban, ocupados con la cena.

—¿Conoces bien a todos los que están aquí? No dispares contra ninguno de ellos y te irá bien, ¿de acuerdo?

Con una sonrisa melancólica, Roger descendió cuidadosamente por una cuesta cubierta de diminutas plantas con flores amarillas. Era un buen consejo; le preocupaba mucho menos la posibilidad de recibir un disparo que la de herir por accidente a alguien, incluida la nada inconcebible posibilidad de volarse dos o tres dedos.

Para sí, había resuelto no disparar contra nadie, cualesquiera que fuesen las circunstancias o la posibilidad de dar en el blanco. Había escuchado suficientes relatos de reguladores: Abel Mac-Lennan, Hermon Husband. Aun teniendo en cuenta el estilo naturalmente hiperbólico de Husband, sus panfletos ardían con un ineludible sentido de justicia. ¿Cómo iba Roger a matar o mutilar a un hombre sólo por protestar contra unos abusos y una corrupción tan flagrantes que debían ofender a cualquier persona justa?

En su condición de historiador, conocía las circunstancias actuales; sabía lo extensas que eran y cómo habían surgido; también comprendía las dificultades que entrañaba corregirlas. Simpatizaba hasta cierto punto con la postura de Tryon, pero su simpatía no llegaba a convertirlo en soldado dispuesto a defender la autoridad de la Corona, mucho menos a preservar la reputación y la fortuna personal de William Tryon.

Al oír voces se detuvo un momento; luego se escondió sin hacer ruido tras el tronco de un álamo grande.

Un instante después aparecieron tres hombres, conversando entre sí con aire despreocupado. Los tres portaban armas y cajas de municiones, pero no daban la impresión de ser ceñudos soldados en vísperas de una batalla, sino tres amigos que hubieran salido a cazar conejos.

En realidad, parecían justo eso: cazadores furtivos. Uno de ellos llevaba un manojo de cuerpos peludos colgado del cinturón; otro cargaba una bolsa de muselina manchada con algo que podría haber sido sangre fresca. Mientras Roger observaba desde su escondite, un hombre se detuvo con la mano en alto; sus camaradas quedaron tiesos como perros de caza, con la nariz apuntada hacia un grupo de árboles, a unos sesenta metros de distancia.

Aun sabiendo que había algo allí, Roger tardó un segundo en distinguir al pequeño venado, muy quieto contra un grupo de árboles jóvenes; el velo de luz moteada que penetraba por entre las hojas primaverales lo disimulaba casi completamente a la vista.

El primer hombre descolgó con sigilo el arma del hombro y echó mano de un cartucho, pero uno de sus compañeros lo detuvo poniéndole una mano en el brazo.

—Espera, Abram —dijo, en voz baja pero clara—. No te conviene disparar tan cerca del arroyo. Ya has oído lo que ha dicho el coronel: los reguladores están reunidos en la ribera, cerca de ese punto. —Señaló con la cabeza el denso bosquecillo de alisos y sauces que marcaba el borde del arroyo invisible, a cien metros escasos—. No vayas a provocarlos precisamente ahora.

Abram asintió de mala gana y volvió a colgarse el rifle del hombro.

—Sí, supongo que sí. ¿Creéis que será hoy?

Roger echó otro vistazo hacia los arbolillos, pero el venado había desaparecido, silencioso como el humo.

—No veo cómo no. —El tercer hombre sacó de la manga un pañuelo amarillo para enjugarse la cara; el clima era caluroso y húmedo—. Tryon tiene los cañones instalados desde el amanecer; el tipo no va a permitir que nadie le salte encima. Podría esperar a los hombres de Waddell, pero tal vez piense que no los necesita.

Abram resopló con leve desprecio.

—¿Para aplastar a esa chusma? ¿Los has visto? En mi vida he visto peores soldados.

El hombre del pañuelo sonrió con aire cínico.

—Bueno, aun así, Abie, ¿has visto a esos milicianos de tierra adentro? Eso sí que es chusma. Y hablando de los reguladores, son muchos, chusma o no. Dos a uno, dice el capitán Neale.

Abram gruñó, dirigiendo una última y renuente mirada al bosque y al arroyo.

—Chusma —repitió, más confiado. Y les volvió la espalda—. Venga, vamos a echar un vistazo más arriba.

Los cazadores estaban en el mismo bando que él; no llevaban escarapela, pero sí las insignias de miliciano en el pecho y en el sombrero, destellos plateados bajo el sol de la mañana. Aun así, Roger se mantuvo a la sombra hasta que los hombres hubieron desaparecido, charlando de nada en particular entre ellos. Estaba razonablemente seguro de que Jamie lo había enviado a esa misión sin más autoridad que la suya; era mejor que no le pidieran explicaciones.

La actitud de los milicianos para con la Regulación era, en el mejor de los casos, desdeñosa. En el peor (entre los oficiales superiores), de fría venganza.

«Aplastémoslos de una vez por todas», había dicho Richard Caswell la noche anterior mientras tomaba su café junto al fuego. Era dueño de una plantación en la parte oriental de la colonia y no simpatizaba en absoluto con las quejas de los reguladores.

Roger volvió a dar una palmada a su bolsillo, pensativo. No, era mejor dejar la insignia allí. Si lo detenían, podría mostrarla. Y no creía que nadie le disparara por la espalda sin darle al menos un grito de advertencia. Aun así, se sentía extrañamente expuesto mientras caminaba por la hierba de la pradera ribereña. Suspiró con involuntario alivio cuando las lánguidas ramas de los sauces lo envolvieron con su fresca sombra.

Con la aprobación de Jamie, había dejado su mosquete en el campamento; no traía más armas que el cuchillo, elemento normal para cualquier hombre. Por lo demás, todo su equipo era un gran pañuelo blanco, plegado dentro de su chaqueta.

«Si alguien te amenaza, sea donde fuere, agítalo y grita "¡Tregua!" —le había indicado Jamie—. Luego diles que vayan a buscarme. Y no digas nada más hasta que yo llegue. Si nadie te lo impide, tráeme a Husband bajo la protección de la bandera.»

Al imaginarse trayendo a Hermon Husband desde el otro lado del arroyo, con el pañuelo flameando por encima de su cabeza en el extremo de un palo, como si fuera un guía turístico en el aeropuerto, sintió deseos de aullar de risa. Pero Jamie no había sonreído siquiera, de modo que él aceptó la tela con aire solemne y la guardó cuidadosamente. Echó un vistazo entre las hojas que colgaban, pero el arroyo pasaba chispeando al sol, sin más ruido que el susurro del agua contra la piedra y la arcilla. No había nadie a la vista y el rumor del agua ahogaba cualquier ruido que pudiera provenir desde más allá de los árboles, al otro lado. Aunque los milicianos no le dispararan por la espalda, no estaba tan seguro de que los reguladores no fueran a dispararle de frente, en caso de verlo cruzar desde el lado del gobierno.

Aun así no podía pasarse el día escondido entre los árboles. Salió a la orilla y caminó aguas abajo, hacia donde habían indicado los cazadores, tratando de distinguir entre los árboles cualquier señal de vida. Cerca de ese punto, el cruce era mejor: poca profundidad y fondo rocoso. En cualquier caso, si los reguladores estaban «congregados» en las cercanías, guardaban absoluto silencio.

Habría sido difícil imaginar una escena más apacible; sin embargo, el corazón le martilleó súbitamente en los oídos. Volvía a experimentar esa extraña sensación de que había alguien muy cerca. Miró en todas direcciones, pero nada se movía, salvo la corriente del agua y las hojas de los sauces.

—¿Eres tú, papá? —dijo por lo bajo. Y de inmediato se sintió tonto. Con todo, la sensación de que había alguien allí seguía potente, aunque era una sensación benigna.

Por fin, con un encogimiento de hombros, se agachó para quitarse los zapatos y las medias. Sin duda era por las circunstancias. Claro que nadie en sus cabales podía comparar el hecho de vadear un arroyo en busca de un cuáquero alborotador con el de pilotar un Spitfire a través del Canal para bombardear Alemania. Pero toda misión es una misión, se dijo.

Volvió a mirar a su alrededor, aunque sólo había renacuajos que se retorcían en el fondo. Con una sonrisa algo torcida, metió el pie en el agua, con lo que los renacuajos huyeron como locos.

—Aquí estamos —le dijo a un pato silvestre. El ave, sin prestarle atención, continuó buscando alimento entre las oscuras balsas de ramas flotantes.

No se oía nada entre los árboles de un lado o del otro; nada, salvo el alegre bullicio de los pájaros. Sólo cuando se sentó en una roca tibia por el sol para secarse los pies y volver a calzarse, sólo entonces oyó por fin alguna señal de que esa orilla estuviera poblada por seres humanos.

—Anda y dime qué quieres, bombón.

La voz provenía de los arbustos que estaban a su espalda. Se quedó de piedra, con la sangre atronándole los oídos. Era una voz de mujer. Antes de que pudiera moverse o pensar una respuesta oyó una carcajada, de timbre más grave y con un tono especial que lo tranquilizó.

El instinto se lo dijo antes que la razón: las voces que utilizaban esa entonación no representaban ninguna amenaza.

—No sé, preciosa. ¿Cuánto me costará?

—¡Oooh, pero escúchalo! ¿Verdad que no es momento para contar los peniques?

—No se preocupen, señoras. Si es necesario, haremos una colecta.

—Ah, ¿conque ésas tenemos? Pues sea, pero tened en cuenta que, en esta parroquia, la colecta va antes de los cánticos.

Al escuchar esta amistosa negociación, Roger dedujo que las voces en cuestión pertenecían a tres hombres y a dos mujeres, y todos parecían seguros de que, cualesquiera que fuesen los arreglos financieros, tres se apañarían con dos sin dificultades ni consecuencias molestas.

Recogió sus zapatos y se escabulló sin hacer ruido, dejando a los invisibles centinelas (si acaso lo eran) dedicados a sus cálculos. Por lo visto, el ejército de la Regulación no estaba tan organizado como las tropas del gobierno.

Y eso era quedarse corto, según pensó algo después. Como no sabía con certeza dónde estaba el cuerpo principal del ejército, había recorrido unos cuatrocientos metros por la orilla, sin ver ni oír a nadie, salvo a las dos prostitutas y a sus clientes. Con una creciente sensación de irrealidad, cruzó sin rumbo pequeños pinares y bordeó praderas cubiertas de hierbas, sin más compañía que los pájaros en pleno cortejo y pequeñas mariposas anaranjadas y amarillas.

—¿Ésta es manera de librar una guerra? —murmuró mientras se abría paso entre matas de zarzamora.

Parecía uno de esos cuentos de ciencia ficción en los que todos, salvo el héroe, han desaparecido en un visto y no visto de la faz de la Tierra. Empezaba a ponerse nervioso; ¿qué sucedería si no hallaba a ese condenado cuáquero, o siquiera al ejército, antes de que se iniciaran los disparos?

De pronto, al rodear un meandro del arroyo, vio a los reguladores propiamente dichos: un grupo de mujeres que lavaban la ropa en la corriente, junto a un montón de rocas.

Volvió a esconderse en la maleza antes de que lo descubrieran y se apartó del arroyo, ya con más ánimo. Si había mujeres allí, los hombres no debían de estar lejos.

Así era. Unos cuantos metros más allá oyó los ruidos de un campamento: voces despreocupadas, risas, resonar de cucharas y cacerolas, el golpe seco del hacha al partir leña. Al rodear una mata de espino estuvo a punto de derribarlo una panda de jóvenes que pasaron corriendo, entre gritos y chillidos, persiguiendo a otro que blandía sobre la cabeza una cola de mapache recién cortada.

Pasaron junto a Roger sin mirarlo dos veces; él continuó la marcha, ya sin tanta cautela. Nadie le dio el alto; no había centinelas. En verdad, las caras desconocidas no parecían ser allí novedad ni amenaza. Algunos lo miraron sin darle importancia y continuaron con sus conversaciones, sin ver nada extraño en su aparición.

—Busco a Hermon Husband —dijo sin rodeos a un hombre que asaba una ardilla en las llamas de una fogata. Por un momento, el interpelado pareció no entender—. ¿El cuáquero?

—¡Ah!, sí. —Las facciones del hombre se relajaron—. Está por allí... en esa dirección, creo.

Señaló con el palo; la ardilla chamuscada indicó el camino con los muñones de las patas ennegrecidas.

«Por allí» resultó ser un buen trecho. Roger atravesó otros tres campamentos dispersos antes de llegar a lo que parecía ser el cuerpo principal del ejército... si es que se lo podía dignificar con ese término. El ambiente parecía cada vez más serio, sin los juegos despreocupados que había visto cerca del arroyo. Aun así, aquello distaba mucho de ser el cuartel general de un comando estratégico.

Empezaba a albergar la tenue esperanza de que todavía se pudiera evitar la violencia, aun con los ejércitos frente a frente y la artillería preparada. Al cruzar las líneas de milicianos había notado un ambiente de excitación, pero sin odio ni sed de sangre.

Aquí la situación era muy diferente que en las ordenadas fuerzas de la milicia, pero aún menos preparada para hostilidades inmediatas. No obstante, al avanzar un poco más, conforme preguntaba el camino ante cada fogata por la que pasaba, comenzó a percibir algo distinto en la atmósfera: una urgencia creciente, casi desesperada.

Los juegos bruscos de los campamentos más alejados habían desaparecido; allí los hombres discutían en grupos cerrados, con las cabezas juntas, o permanecían a solas, ceñudos, cargando las armas y afilando los cuchillos.

Según se aproximaba, todo el mundo conocía el nombre de Hermon Husband y los índices señalaban el rumbo con mayor seguridad. Su apellido parecía casi un imán que lo atraía más y más al centro de una masa cada vez más densa; la componían hombres y muchachos, todos armados. El ruido iba en aumento; las voces le golpeaban los oídos como martillos en la forja.

Por fin encontró a Husband; estaba de pie en una piedra, como un gran lobo gris acorralado, rodeado por treinta o cuarenta hombres que clamaban en furiosa agitación. Abundaban los codazos y pisotones, sin considerar a quién iban dirigidos. Obviamente exigían una respuesta, pero les era imposible hacer una pausa para escucharla.

Husband, en mangas de camisa y con la cara roja, hablaba a gritos con uno o dos de los que estaban más cerca, pero Roger no pudo oír una palabra por encima del bullicio generalizado. Se abrió paso a través de los círculos exteriores, aunque la muchedumbre lo detuvo cerca del centro. Al menos allí pudo oír unas cuantas palabras.

—¡Es preciso! ¡Bien sabes, Hermon, que no hay opción! —gritó un hombre esmirriado, de sombrero maltrecho.

—¡Siempre hay opción! —aulló Husband a su vez—. ¡Ha llegado el momento de elegir! ¡Y Dios nos dice que lo hagamos con prudencia!

—Sí, ¿con los cañones apuntándonos?

—No, no, hay que avanzar. ¡Hay que avanzar o todo estará perdido!

—¿Perdido? ¡Hasta ahora lo hemos perdido todo! Debemos...

—El gobernador nos ha dejado sin alternativa. Debemos...

—Debemos...

—¡Debemos...!

Las palabras sueltas se perdían en un rugido general de ira y frustración. Al ver que nada lograría si aguardaba a tener público, Roger se abrió paso de manera implacable entre dos granjeros y sujetó a Husband por la manga de la camisa.

—Señor Husband, ¡debo hablar con usted! —le gritó al oído.

El cuáquero lo miró con ojos vidriosos. Hizo además de liberarse, pero luego parpadeó al reconocerlo. Su cara cuadrada estaba roja por encima de la barba crecida; el pelo áspero y gris, sin atar, se erizaba como púas de puercoespín. Meneó la cabeza con los ojos cerrados; al abrirlos miró a Roger como si tratara en vano de disipar una visión imposible.

Lo aferró por un brazo y, con un gesto feroz hacia la muchedumbre, bajó de un salto de su piedra para buscar refugio en una maltrecha cabaña que se inclinaba, como ebria, a la sombra de algunos arces. Roger fue tras él, después de arrojar una mirada fulminante a los más cercanos, a fin de desalentar la persecución.

Aun así, unos cuantos los siguieron, con mucho agitar de brazos y gritos acalorados, pero Roger les cerró la puerta en la cara y echó el pasador; luego apoyó la espalda contra la puerta, para mayor seguridad. Adentro estaba más fresco, aunque el aire rancio olía a ceniza de leña y comida chamuscada.

Husband se detuvo en el centro, jadeante; acto seguido cogió un cazo para beber a grandes tragos el agua de un cubo puesto en el hogar; era el único objeto que aún quedaba en la cabaña. El abrigo y el sombrero del cuáquero pendían pulcramente de un gancho instalado junto a la puerta, pero el suelo de tierra apisonada estaba sembrado de basura. Era obvio que el propietario de esa vivienda se había marchado a toda prisa con todas sus pertenencias.

Calmado por ese momentáneo respiro, Husband se acomodó la camisa arrugada e hizo lo que pudo por arreglarse el pelo.

—¿Qué te trae por aquí, amigo MacKenzie? —preguntó con su característica suavidad—. ¿Acaso vienes a unirte a la causa de la Regulación?

—No, claro que no —le aseguró Roger. Echó una mirada cautelosa a la ventana, temiendo que la muchedumbre intentara entrar por allí, pero no se oían ruidos de ataque inmediato contra la cabaña, aunque el rumor de voces continuaba con la discusión—. He venido a preguntarle si estaría dispuesto a cruzar el arroyo conmigo para hablar con Jamie Fraser. Bajo bandera de tregua, su seguridad estaría garantizada.

Husband también echó un vistazo a la ventana.

—Temo que el tiempo de hablar ya ha pasado —dijo, con una irónica torsión de labios.

Roger era de la misma opinión, pero insistió, decidido a cumplir con su cometido.

—En lo que al gobernador concierne, no es así de ningún modo. No tiene ningún deseo de masacrar a sus propios ciudadanos; si se pudiera persuadir a la gente de que se dispersara pacíficamente...

—¿Te parece una perspectiva probable? —Husband señaló la ventana con un gesto cínico.

—No —reconoció Roger—. Aun así, si usted viniera... si ellos vieran que existe alguna posibilidad de...

—Si hubiera una posibilidad de reconciliación e indemnización, deberían haberla ofrecido mucho antes —lo interrumpió Husband—. ¿Así demuestra el gobernador su sinceridad, viniendo con tropas y cañones, enviando una carta que...?

—De indemnización, no —dijo el joven, sin rodeos—. Me refiero a la posibilidad de salvar las vidas de esta gente.

El cuáquero se mantenía inmóvil. El color había desaparecido de sus mejillas, pero aún se lo veía compuesto.

—¿A eso hemos llegado? —preguntó en voz baja, mirándolo de frente.

Roger inspiró hondo e hizo un gesto afirmativo.

—No hay mucho tiempo. El señor Fraser me ha encomendado decirle, si no va usted a hablar personalmente con él, que hay dos compañías de artilleros desplegadas contra ustedes y ocho de milicianos, todos bien armados. Todo está listo. Y el gobernador no esperará mucho tiempo; a lo sumo, hasta el próximo amanecer.

Sabía que era traición dar esos datos al enemigo, pero era lo que Jamie Fraser habría dicho si hubiera ido él mismo.

—Aquí hay unos dos mil hombres de la Regulación —dijo Husband, como para sus adentros—. ¡Dos mil! ¿No crees que ver a tantos le haría cambiar de opinión? ¿Que tanta gente abandone el hogar para acudir en protesta...?

—El gobernador opina que se han alzado en rebelión y, por lo tanto, hay estado de guerra —interrumpió Roger. Echó un vistazo a la ventana, donde el pergamino aceitado pendía en jirones—. Y después de haberlos visto, reconozco que su opinión tiene bases razonables.

—No es rebelión —aseguró Husband, tozudo. Y sacó del bolsillo una gastada cinta de seda negra para atarse el pelo hacia atrás, con la espalda muy erguida—. Pero ¡nuestras quejas legítimas han sido ignoradas por completo! No tenemos más opción que acudir en masa a presentar nuestras demandas ante el señor Tryon, para hacerle ver la justicia de nuestras objeciones.

—Hace un momento me ha parecido oírlo hablar de alternativas —señaló el joven, seco—. Y si ha llegado el momento de escoger, como ha dicho usted, me parece que la mayor parte de los reguladores han escogido la violencia, a juzgar por los comentarios que he escuchado al venir.

—Quizá —dijo Husband, renuente—. No obstante, no somos... no son un ejército vengador ni una turba...

Sin embargo, miró a su pesar hacia la ventana, como si tuviera conciencia de que, en verdad, en la ribera del Alamance se estaba formando una turba.

—¿Tienen algún líder designado, alguien que pueda hablar de manera oficial por ellos? —Roger volvió a interrumpirlo, impaciente por transmitir su mensaje y alejarse de allí—. ¿Usted mismo? ¿El señor Hunter, quizá?

Husband hizo una larga pausa. Después de pasarse el dorso de la mano por la boca, como para expurgar algún sabor rancio, movió la cabeza.

—En realidad, no tienen ningún líder —dijo por lo bajo—. Jim Hunter es bastante audaz, pero carece de dotes de mando. Le he preguntado; dice que cada hombre debe actuar por sí mismo.

—Usted tiene ese don. Puede liderarlos.

Husband pareció escandalizarse, como si Roger lo hubiera acusado de tener talento para hacer trampas con los naipes.

—Yo no.

—Pero si los ha guiado hasta aquí...

—¡Ellos han acudido! No pedí a nadie que...

—Usted está aquí. Ellos lo han seguido.

Husband hizo una ligera mueca, con los labios apretados. Al ver que sus palabras surtían algún efecto, Roger insistió:

—Usted habló con ellos y lo escucharon. Vinieron siguiéndolo. Lo escucharán, sin duda.

Fuera de la cabaña el ruido iba en aumento; la multitud se impacientaba. Si no era todavía una turba, estaba muy cerca. ¿Y qué harían si descubrían quién era el que estaba allí y a qué había venido? Le sudaban las palmas; al frotarlas contra la chaqueta percibió el pequeño bulto de su insignia en el bolsillo; debería haberse detenido a enterrarla en algún lugar, después de cruzar el arroyo.

Husband lo observó un instante; luego le cogió las dos manos con fuerza.

794

—Recemos juntos, amigo —dijo en voz baja.

—Pero yo...

—No hace falta que digas nada. Sé que eres papista, pero no tenemos por costumbre rezar en voz alta. Basta con que permanezcas en silencio y pidas, en el fondo de tu corazón, que descienda la sabiduría... no sólo sobre mí, sino sobre todos los presentes.

Roger se mordió la lengua para no corregirlo; en ese momento su propia filiación religiosa no tenía importancia, aunque sí la de Husband, por lo visto. Se limitó a contener la impaciencia y estrechó las manos del cuáquero, ofreciéndole el apoyo que estaba a su alcance.

Husband permanecía inmóvil, con la cabeza algo inclinada. Un puño aporreó la endeble puerta de la cabaña.

—¡Hermon! ¿Estás bien?

—¡Sal, Hermon! ¡No hay tiempo para esto! Caldwell ya ha regresado de ver al gobernador...

—¡Una hora, Hermon! ¡Nos ha dado sólo una hora!

Entre los omóplatos de Roger corría un hilo de sudor, pero ignoró el cosquilleo, puesto que no podía rascarlo. Su vista pasó de los dedos curtidos de Husband a su cara; descubrió que los ojos del cuáquero parecían fijos en los suyos, pero también distantes, como si escuchara alguna voz lejana, sin prestar atención a los gritos urgentes que atravesaban los muros. Hasta sus ojos eran gris cuáquero, pensó: como charcos de agua de lluvia que se aquietaran temblando después de una tormenta.

Derribarían la puerta, sin duda. Pero no: los golpes disminuyeron hasta reducirse a toques impacientes; luego, a algún puñetazo aislado. El palpitar de su propio corazón se fue calmando gradualmente hasta reducirse a un ritmo sereno y parejo; la ansiedad se esfumaba en su sangre.

Cerró los ojos en un intento de fijar sus pensamientos, tal como Husband le había pedido. Buscó a tientas en su mente alguna oración adecuada, pero sólo le venían a la memoria fragmentos confusos del Libro de Culto Común.

«Socórrenos, ¡oh, Señor!...»

«Escúchanos...»

«Ayúdanos, ¡oh, Señor! —susurró la voz de su padre... su otro padre, el reverendo, que hablaba en el fondo de su mente—. Ayúdanos, ¡oh, Señor!, a recordar con cuánta frecuencia obramos mal, no por falta de amor, sino por falta de reflexión, y cuán ingeniosas son las trampas que nos hacen tropezar.»

Cada palabra pasaba por su mente fugaz como la hoja en llamas que se eleva en el viento de la fogata, para desaparecer hecha cenizas antes de que él pudiera asirla. Por fin renunció; se limitó a estrechar las manos de Husband, atento a su respiración, que era una nota grave y áspera.

«Por favor», pensó en silencio, sin saber qué pedía. También esas palabras se evaporaron sin dejar nada.

Nada sucedió. Afuera aún se oían voces, pero no parecían tener más importancia que el reclamo de los pájaros. El aire de la habitación estaba en calma, aunque fresco y vivaz, como si por los rincones circulara una corriente que no llegaba a tocar el centro, donde estaban ellos. Roger sintió que su propia respiración se tranquilizaba y el latido de su corazón se hacía aún más lento.

No recordaba haber abierto los ojos, pero los tenía abiertos. Los de Husband tenían motas azules en el gris, y también astillas de negrura. Las pestañas eran gruesas; en la base de una había una pequeña tumefacción, un orzuelo a medio curar. El rojo del diminuto domo era un punto rubí en el centro; luego se aclaraba en una sucesión de carmesíes y rosados que habrían hecho honor al cielo del amanecer en el día de la Creación.

La cara que tenía ante él estaba esculpida en líneas que formaban arcos recios entre la nariz y la boca, y se curvaban por encima de las gruesas cejas encanecidas, donde los largos pelos se arqueaban con la gracia de un ala de pájaro. Los labios anchos y suaves estaban teñidos de un rosa crepuscular; el borde blanco de un diente brillaba con extraña dureza, en contraste con la carne dócil que lo albergaba.

Roger seguía sin moverse, extrañado ante la belleza de lo que veía. La imagen que tenía de Husband, un hombre corpulento, de edad madura y facciones indefinidas, había perdido todo sentido; lo que ahora veía era de una singularidad conmovedora, algo único, maravilloso, irreemplazable.

Era la misma sensación con la que observaba a su hijo, admirando la perfección de cada dedito, la curva de la mejilla y la oreja, esa diafanidad de la piel recién nacida que deja traslucir la inocencia interior. Ahora tenía ante sí la misma creación, no ya nueva, quizá menos inocente, pero no menos maravillosa.

Al bajar la vista reparó en sus propias manos, que aún estrechaban las de Husband, más pequeñas. Lo invadió un respeto sobrecogido al apreciar la belleza de sus propios dedos, los huesos curvados de la muñeca y los nudillos, el encanto de una fina cicatriz roja que cruzaba la articulación del pulgar.

Husband dejó escapar el aliento en un hondo suspiro y retiró las manos. Por un segundo, Roger se sintió abandonado; luego la paz del ambiente volvió a posarse en él: al asombro de la belleza siguió una sensación de calma profunda.

—Te lo agradezco, amigo Roger —dijo el cuáquero en voz baja—. No esperaba recibir tal gracia, pero bienvenida sea.

Él asintió sin decir nada. Vio que Husband descolgaba su chaqueta y se la ponía; en su cara se veían ahora líneas de serena decisión. Sin vacilar, el cuáquero quitó el pasador de la puerta y abrió.

La muchedumbre reunida fuera retrocedió; la expresión de sorpresa cedió paso de inmediato a la ansiedad y la irritación. El cuáquero, sin prestar atención a la tempestad de preguntas y exhortaciones, se dirigió sin rodeos hasta un caballo amarrado a un arbolillo, detrás de la cabaña; lo desató y subió a la silla. Sólo entonces miró desde arriba a sus compañeros de la Regulación.

—¡Volved a casa! —dijo en voz alta—. Debemos abandonar este sitio; que cada hombre regrese a su hogar.

Este anuncio fue recibido con un atónito silencio; luego hubo exclamaciones de indignación y desconcierto.

—¿Qué hogar? —inquirió un joven, de escasa barba rojiza—. ¡Quizá tú tengas hogar adonde volver! ¡Yo no!

Husband permanecía sólido en la silla, sin dejarse conmover por el griterío.

—¡Volved a casa! —gritó otra vez—. Os exhorto. Aquí no queda nada, salvo la violencia.

—¡Sí, y bien que la haremos! —aulló un hombre corpulento, mostrando el mosquete en alto entre un coro de vítores.

Roger había seguido a Husband, ignorado por la mayoría de los reguladores. Se detuvo a cierta distancia mientras el cuáquero se alejaba con lentitud, inclinándose desde la montura para responder con gritos y gestos a los hombres que corrían a su lado. Uno lo aferró por la manga; él tiró de las riendas y se inclinó para escuchar un discurso obviamente apasionado. Pero al fin irguió la espalda, negó con la cabeza y se plantó el sombrero.

—No puedo quedarme y permitir que se derrame sangre por mi presencia. Si permanecéis aquí, amigos, habrá homicidio. ¡Partid! Aún podéis partir. ¡Os imploro que lo hagáis!

Ya no gritaba, pero el bullicio se había calmado lo suficiente como para que su voz corriera. Al levantar la cara, arrugada por la preocupación, vio a Roger de pie a la sombra de un tejo.

La serenidad de la paz lo había abandonado, pero en sus ojos perduraba la decisión.

—¡Me voy! —anunció—. ¡Os lo ruego! ¡Regresad todos a casa!

Con súbita determinación, volvió grupas y puso a su caballo al trote. Unos cuantos hombres corrieron tras él, pero pronto se detuvieron, desconcertados y resentidos, murmurando entre sí y moviendo la cabeza con aire de confusión.

El ruido volvió a crecer; todos discutían al mismo tiempo, insistiendo y negando. Roger se alejó con discreción hacia el bosquecillo de arces. Lo más prudente sería emprender el regreso cuanto antes, ahora que Husband había partido.

Una mano lo aferró por un hombro, obligándolo a girarse.

—¿Quién diablos eres tú? ¿Qué le has dicho a Hermon para que se fuera?

Era un tipo ceñudo, de raído chaleco de piel, con los puños crispados. Parecía furioso y dispuesto a descargar su frustración contra el primer blanco disponible.

—Le he dicho que el gobernador no quiere que nadie sufra daño, si se puede evitar —respondió Roger, tratando de que su tono fuera apaciguador.

—¿Te envía el gobernador? —preguntó un hombre de barba negra, mirando con escepticismo su ropa sencilla—. ¿Has venido a ofrecer unas condiciones diferentes de las de Caldwell?

—No. —Roger aún estaba bajo el efecto de su encuentro con el cuáquero; se sentía protegido de las corrientes de cólera e histeria incipientes que se arremolinaban en torno a la cabaña, pero esa paz se iba esfumando con celeridad. A sus interrogadores se sumaron otros, atraídos por la confrontación—. No —repitió, en voz más alta—. He venido para advertir a Husband... y a todos vosotros. El gobernador quiere...

Lo interrumpió un coro de gritos groseros: lo que Tryon quisiera no tenía ningún interés para los presentes. Paseó la vista por el círculo de caras, pero en ninguna encontró tolerancia, mucho menos cordialidad. Entonces se encogió de hombros y dio un paso atrás.

—Haced lo que os parezca, entonces —dijo, con toda la serenidad posible—. El señor Husband os ha dado el mejor de los consejos. Y yo lo apoyo.

Se volvió para alejarse, pero un par de manos descendieron sobre sus hombros, obligándolo una vez más a enfrentarse al círculo de interrogadores.

—Espera un momento —dijo el hombre del chaleco de cuero. Aún estaba rojo de ira, pero ya no apretaba los puños—. Has hablado con Tryon, ¿verdad?

—No —admitió Roger—. Me ha enviado... —¿Debía utilizar el nombre de Jamie Fraser? No: eso podía ahorrarle problemas igual que provocárselos—. He venido a pedir a Hermon Husband que cruzara el arroyo conmigo para que viera con sus propios ojos cómo estaban las cosas. Él ha preferido aceptar mi informe de la situación. Ya han visto ustedes cuál ha sido su reacción.

—¡Eso lo dices tú! —Un hombre fornido, de patillas rojizas, elevó el tozudo mentón—. ¿Y por qué hay que aceptar tu informe de la situación? —Imitaba la culta entonación de Roger en un tono burlón que arrancó risas a sus camaradas.

La calma que Roger traía de la cabaña no lo había abandonado del todo; acopió los restos para hablar con serenidad.

—No puedo obligarlo a escuchar, señor. Pero quienes tengan oídos, que escuchen esto.

Los miró a la cara, uno a uno. Aunque de mala gana, dejaron de alborotar, hasta que él se vio en el centro de un círculo que le prestaba renuente atención.

—Las tropas del gobernador están listas y bien armadas. —Su voz sonaba extraña, serena, si bien algo apagada, como si fuera otro el que hablaba a cierta distancia—. No he visto personalmente al gobernador, pero se me ha dicho cuáles son sus propósitos: no quiere que se derrame sangre, aunque está decidido a llevar a cabo las acciones que considere necesarias para dispersar esta asamblea. No obstante, si regresan pacíficamente a sus hogares, está dispuesto a mostrarse clemente.

Se hizo un momento de silencio. Lo rompió un carraspeo. Un escupitajo de moco, con vetas pardas de tabaco, aterrizó en el barro, junto a la bota de Roger.

—Eso va para el gobernador y su clemencia —dijo el del escupitajo, conciso.

—¡Y esto va para ti, estúpido! —añadió uno de sus compañeros, lanzando un bofetón a Roger.

Éste esquivó el golpe y bajó el hombro para cargar contra el atacante, que se tambaleó y perdió terreno. Pero atrás había más de ellos. Roger se detuvo, con los puños cerrados, listo para defenderse si era necesario.

—No le hagáis daño, muchachos —ordenó el hombre del chaleco de cuero—. Al menos por ahora. —Se acercó al joven, sin ponerse al alcance de sus puños, y lo observó con desconfianza—. Hayas visto o no la cara de Tryon, supongo que has visto sus tropas, ¿verdad?

—En efecto. —El corazón de Roger latía deprisa y la sangre le cantaba en las sienes. Por extraño que pareciera, no tenía miedo. La multitud era hostil, pero no sanguinaria, al menos por el momento.

—¿Sabes cuántos hombres tiene Tryon?

Su interlocutor lo observaba con ojos chispeantes. Era mejor responder con la verdad; de cualquier modo era probable que ya conociesen la respuesta; nada impedía que los reguladores cruzaran el Alamance para evaluar la situación por sí mismos.

—Algo más de mil —respondió, observando con atención la cara del hombre. No hubo sorpresa: ya lo sabía—. Pero son milicianos adiestrados —añadió Roger con toda la intención, echando un vistazo a varios reguladores que, perdido el interés por él, reanudaban un torneo de luchas a poca distancia—. Y tienen artillería. ¿Es verdad que ustedes no tienen nada de eso, señor?

El hombre se cerró como un puño.

—Piensa lo que quieras —dijo en tono seco—. Pero puedes decirle a Tryon que lo doblamos en número. Además, adiestrados o no —su boca se torció con ironía—, todos estamos armados, cada hombre con su mosquete.

Inclinó la cabeza hacia atrás, con los ojos entornados, para evaluar la luz.

—Una hora, ¿no? —preguntó, algo más suave—. Creo que será antes. —Y miró a Roger a los ojos—. Vuelva a cruzar el arroyo, señor. Dígale al gobernador Tryon que vamos a darle nuestra opinión y a salirnos con la nuestra. Si él nos escucha y accede a nuestras exigencias, bien. Si no...

Tocó la culata de la pistola que llevaba a la cintura. En su cara se asentaron líneas sombrías.

Roger recorrió con la vista el círculo de caras silenciosas. Algunas expresaban incertidumbre, pero en su mayoría estaban sombrías o desafiantes. Sin decir palabra se volvió para alejarse. Las palabras del reverendo parecían susurrar entre las hojas primaverales de los árboles bajo los cuales pasaba: «Bienaventurados los que buscan la paz, porque ellos serán llamados hijos de Dios.»

Confiaba en que se le reconociese el mérito de haberlo intentado.

# 63

## *Manual del cirujano,*
## *tomo I*

*Artículo 28: Los cirujanos deben llevar un libro en el que registrarán a cada hombre que se someta a su atención, incluyendo su nombre, la compañía a la que pertenece, la fecha en que entra a su cuidado y la fecha en que le da el alta.*

*Tareas y Regulaciones del Campamento*

Me estremecí al sentir que una brisa fría me tocaba la mejilla, aunque el día era muy cálido. Tuve la absurda idea de que era el roce de un ala, como si el Ángel de la Muerte hubiera pasado sin hacer ruido a mi lado, atento a su lúgubre tarea.

—Tonterías —dije en voz alta.

Evan Lindsay me oyó; lo vi girar momentáneamente la cabeza, pero de inmediato apartó la mirada. Como todos, vigilaba el este.

La gente que no cree en la telepatía es porque nunca ha pisado un campo de batalla ni hecho vida militar. Cuando un ejército está a punto de avanzar, algo invisible pasa de hombre a hombre; el mismo aire vibra con esa sensación. Una mezcla de miedo y ansiedad baila sobre la piel y recorre la espalda en toda su longitud, con un impulso parecido a la lascivia repentina.

Aún no había llegado ningún mensajero, pero vendría. Yo no lo dudaba. Algo había sucedido en algún lugar.

Todo el mundo esperaba, inmóvil en un sitio. Llevada por una abrumadora necesidad de moverme, de romper ese hechizo, me di la vuelta de golpe; mis manos se flexionaron como pidiendo hacer algo. El agua estaba hervida y lista, cubierta con un trozo de lino limpio. Había puesto la caja de medicinas sobre un tocón; retiré la cubierta para revisar otra vez su contenido, aunque segura de que todo estaba en orden.

Toqué uno a uno los frascos resplandecientes; sus nombres eran una sedante letanía.

Atropina, belladona, láudano, paregórico, aceite de espliego, aceite de enebro, menta, vulneraria... Y la botella parda, de forma achaparrada, que contenía el alcohol. Siempre alcohol. Tenía un barrilete lleno en la carreta.

Un movimiento atrajo mi atención; era Jamie; el sol que se filtraba entre las hojas centelleaba en su pelo; caminaba tranquilamente bajo los árboles, inclinándose aquí para decir una palabra al oído de alguien, tocaba más allá un hombro, como un mago que diera vida a las estatuas.

Permanecí inmóvil, con las manos enredadas en los pliegues del delantal, por no distraerlo, pese a lo mucho que deseaba atraer su atención. Él se movía con facilidad, bromeando como si tal cosa; sin embargo, yo podía percibir su tensión. ¿Cuándo había sido la última vez que esperó así, con un ejército, la orden de atacar?

En Culloden, pensé. Y se me puso la carne de gallina en los antebrazos, pálida bajo el sol de primavera. A poca distancia sonó un ruido de cascos y el estrépito de unos caballos que avanzaban por la maleza. Todo el mundo se dio la vuelta, expectante y con los mosquetes en la mano. Una exclamación ahogada y un murmullo general saludaron al primer jinete que surgió a la vista, agachando la cabeza roja bajo las ramas de los arces.

—¡Por Dios santo! —dijo Jamie, lo bastante alto como para que se lo oyera en todo el claro—. ¿Qué diablos hace *ella* aquí?

Las risas de los hombres que la conocían rompieron la tensión como grietas en el hielo. Jamie relajó un poco los hombros, pero salió a su encuentro con expresión bastante ceñuda.

Cuando Brianna desmontó a su lado, yo también estaba allí.

—¿Qué...? —comencé, pero Jamie ya estaba cara a cara con su hija, los ojos entornados, la mano en su brazo, hablando en voz baja, en un veloz torrente de gaélico.

—Lo siento muchísimo, señora, pero ella ha querido venir. —Un segundo caballo salió entre los árboles, montado por un joven negro. Era Joshua, el mozo de cuadras de Yocasta—. No he podido disuadirla, ni tampoco la señora Sherston, por mucho que lo hemos intentado.

—Ya veo —dije.

Brianna había enrojecido como reacción a lo que Jamie le estaba diciendo, pero no parecía tener intenciones de volver a montar para marcharse. Le replicó algo que no entendí, también en gaélico, y él se echó hacia atrás como si una avispa lo hubiera picado en la nariz. Ella movió en un gesto seco la cabeza, como satisfecha con el impacto de su declaración, y giró sobre los talones. Entonces, al verme, una ancha sonrisa le transformó la cara.

—¡Mamá! —Me abrazó. Su vestido desprendía un olor tenue a jabón fresco, cera de abeja y trementina. En la mandíbula tenía una pequeña mancha de azul cobalto.

—Hola, cariño. ¿De dónde vienes?

Después de darle un beso en la mejilla, di un paso atrás; a pesar de todo me alegraba verla. Vestía con mucha sencillez, de recia tela tejida en casa, como en el cerro, pero su ropa estaba fresca y limpia. Llevaba la cabellera roja trenzada hacia atrás y un amplio sombrero de paja, que colgaba contra su espalda.

—De Hillsborough —contestó—. Anoche, alguien que fue a cenar a casa de los Sherston dijo que la milicia estaba acampada aquí. Por eso he venido. He traído algo de comer —señaló las abultadas alforjas de su caballo— y algunas hierbas de la huerta de los Sherston; se me ha ocurrido que podían serte útiles.

—¿Eh? ¡Oh!, sí. ¡Qué bien! —Sentía la presencia ceñuda de Jamie a mi espalda, pero no me volví a mirarlo—. Eeh... no es que no me alegre verte, cariño, pero es posible que aquí se libre una batalla dentro de muy poco y...

—Ya lo sé. —Aún estaba muy sofocada y su color se acentuó al oírme. Levantó un poco la voz—. No importa. No he venido a combatir. En ese caso me habría puesto pantalones de montar.

Echó un vistazo por encima de mi hombro; detrás de mí se oyó un fuerte bufido, seguido por algunas risas ahogadas de los hermanos Lindsay. Ella bajó la cabeza para disimular una sonrisa; yo no pude menos que sonreír también.

—Me quedaré contigo —dijo en voz más baja, tocándome el brazo—. Si después hay heridos que atender, puedo ayudar.

Vacilé, pero no podía negar que, si se llegaba al enfrentamiento, habría heridos que atender y un par de manos más sería muy útil. Brianna no era enfermera, pero sabía de gérmenes y antisepsia, cosa mucho más útil, en cierto modo, que los conocimientos de anatomía y fisiología.

Ella había erguido la espalda para buscar entre los hombres que esperaban a la sombra de los arces.

—¿Dónde está Roger? —preguntó en voz baja, pero serena.

—Está bien —le aseguré, con la esperanza de que fuera verdad—. Esta mañana Jamie le ha mandado cruzar el arroyo con una bandera de tregua, para traer a Hermon Husband a hablar con el gobernador.

—¿Y todavía está allá? —Había subido involuntariamente la voz, pero volvió a bajarla, controlándose—. ¿Con el enemigo? Si se puede llamar así.

—Regresará. —Jamie apareció junto a mí; miraba a su hija sin mucha alegría, pero obviamente resignado a su presencia—. No te preocupes, muchacha. Bajo la bandera blanca nadie le hará nada.

Bree alzó la cabeza para mirar hacia la orilla opuesta. Su cara se había cerrado, un pálido nudo de aprensión.

—¿De qué le servirá la bandera de tregua si aún está allí cuando comiencen los disparos?

La respuesta, que ella a todas luces sabía, era: «Probablemente, de nada.» Jamie no se molestó en decirlo. Tampoco se molestó en señalar que tal vez no hubiera disparos; el aire estaba denso de expectación, acre por el olor de la pólvora negra derramada y el sudor nervioso.

—Regresará —repitió él, aunque en tono más suave. Luego le tocó la cara y alisó un mechón de cabellos—. Te lo prometo, muchacha. No le sucederá nada.

Bree pareció encontrar algo tranquilizador en el rostro de su padre, pues su expresión aprensiva se alivió un poco. Asintió con la cabeza, en muda aceptación. Después de darle un beso en la frente, Jamie se volvió para hablar con Rob Byrnes.

Por un momento ella lo siguió con la vista; luego desató los cordones de su sombrero y vino a sentarse a mi lado, en una piedra. Las manos le temblaban un poco; inspiró hondo y se apretó las rodillas para aquietarlas.

—¿Hay algo que pueda hacer ahora? —preguntó, señalando con la cabeza mi caja de medicinas—. ¿Quieres que te traiga algo?

Negué con la cabeza.

—No, tengo todo lo necesario. Sólo queda esperar. —Hice una mueca—. Es lo peor.

Ella respondió con un renuente murmullo de asentimiento e hizo un esfuerzo por relajarse. Luego evaluó el equipo preparado, con una arruga entre las cejas: fuego encendido, agua hirviendo, mesa plegable, la caja grande con el instrumental y un envoltorio más pequeño, que contenía mi equipo de emergencias.

—¿Qué hay ahí? —preguntó mientras tocaba el saco de lona con la puntera de la bota.

—Alcohol y vendas, un escalpelo, fórceps, serrucho de amputación, torniquetes. Si se puede, me traerán los heridos hasta aquí o a otro de los cirujanos. Pero si debo atender a alguien en el campo... a alguien que esté demasiado mal como para caminar o ser trasladado, puedo coger esto e ir de inmediato.

La oí tragar saliva; cuando levanté la vista noté que las pecas se habían acentuado en el puente de la nariz. Ella tomó aliento para hablar, pero su cara cambió cómicamente, pasando de la seriedad a la repugnancia. Olfateó con suspicacia, arrugando la larga nariz como si fuera un oso hormiguero.

Yo también lo percibí: el hedor de las heces frescas; venía del bosquecillo, justo a nuestra espalda.

—Es bastante común antes de una batalla —dije en voz baja, tratando de no reír ante su expresión—. Los pobres no tienen tiempo.

Ella carraspeó y no dijo nada, pero noté que paseaba la mirada por el claro, posándola aquí en un hombre, allá en otro. Adiviné lo que estaba pensando: ¿cómo era posible? Cómo podía una ver un grupo tan compacto y ordenado, una cabeza inclinada para escuchar al amigo, un brazo extendido hacia la cantimplora, sonrisas y entrecejos arrugados, ojos luminosos y músculos tensos... y luego visualizar la ruptura, la abrasión, la fractura... y la muerte.

No era posible. Se requería más imaginación de la que era capaz quien no hubiese visto nunca esa transformación obscena.

En cambio era posible recordarla. Me incliné hacia ella, buscando distracción para las dos.

—¿Qué le has dicho a tu padre? —pregunté casi sin mover los labios—. En gaélico, cuando has llegado.

—¡Ah! —Un ligero rubor de diversión alivió por un segundo su palidez—. Me estaba regañando. Me ha preguntado que a qué jugaba, si quería dejar huérfano a mi hijo, puesto que arriesgaba mi vida junto a la de Roger. —Se retiró un zarcillo rojo de la boca para esbozar una pequeña sonrisa—. Y yo le he preguntado si él quería dejarme huérfana a mí, ya que si era tan peligroso, ¿por qué te traía consigo?

Reí, aunque también disimuladamente.

—Tú no corres peligro, ¿verdad? —preguntó, observando el campamento de la milicia—. ¿Aquí atrás?

Negué con la cabeza.

—No. Si el combate se acerca, nos trasladaremos en el acto. Pero no creo...

Me interrumpió el ruido de un caballo que se acercaba a toda prisa. Cuando el mensajero apareció, ya estaba de pie, como el resto del campamento. Se trataba de uno de los jóvenes edecanes de Tryon, pálido por el nerviosismo contenido.

—Estén alerta —dijo, medio descolgándose de la silla, sin aliento.

—¿Y qué cree usted que llevamos haciendo desde el amanecer? —inquirió Jamie, impaciente—. Por todos los santos, hombre, ¿qué sucede?

Muy poco, al parecer, pero ese poco era importante. Un ministro de los reguladores había ido a parlamentar con el gobernador.

—¿Un ministro? —interrumpió Jamie—. ¿Un cuáquero?

—No sé, señor —dijo el edecán, fastidiado por la interrupción—. Pero los cuáqueros no tienen clero; eso lo sabe cualquiera. No: era un ministro llamado Caldwell, el reverendo David Caldwell.

Cualquiera que fuese su filiación religiosa, Tryon no se había dejado conmover por la súplica del embajador. Ni le gustaría ni querría tratar con el populacho, y no había más que decir. Si los reguladores se dispersaban, él prometía estudiar cualquier queja justa que le fuera presentada de la manera correcta. Pero debían dispersarse en el curso de una hora.

—«No me gustarían en un caserón» —canturreé por lo bajo la cancioncilla del libro de Dr. Seuss, medio desequilibrada por la espera—. «No me gustarían con un ratón.»

Jamie se había quitado el sombrero y el sol brillaba en su pelo rojizo. Bree soltó una risita contenida, tanto por extrañeza como por diversión.

—«No me gustarían con el populacho» —agregó a su vez—. «No me gustaría... ¿hacer el macho?»

—Puede, sí —dije, *sotto voce*—. Y mucho me temo que lo hará.

Por centésima vez en la mañana eché un vistazo hacia el grupo de sauces por el que Roger había desaparecido, rumbo a su misión.

—Una hora —repitió Jamie, como respuesta al mensaje del edecán. Y miró en la misma dirección—. ¿Cuánto queda para eso?

—Media hora, quizá. —El muchacho pareció de pronto mucho más joven de lo que era. Tragó saliva y se puso el sombrero—. Debo partir, señor. Esté usted atento al cañón. ¡Buena suerte!

—Lo mismo a usted, señor. —Jamie le tocó el brazo en un gesto de despedida; luego dio un sombrerazo a la grupa del caballo para ponerlo en marcha.

Como si hubiera sido una señal, el campamento brincó en un torbellino de actividad, aun antes de que el edecán hubiera desaparecido entre los árboles. Se volvieron a revisar armas que ya estaban cebadas y cargadas, se soltaron hebillas para volverlas a asir, se pusieron las insignias; algunos sacudían el polvo de los sombreros y les prendían las escarapelas, ajustaban sus calcetines y sus ligas, sacudían las cantimploras llenas, para asegurarse de que su contenido no se hubiera evaporado en la última media hora.

Era contagioso. Me descubrí deslizando los dedos por las hileras de frascos, una vez más; los nombres que murmuraba se emborronaban en mi mente, como si fueran las palabras de alguien que rezara el rosario, perdiendo el sentido en el fervor del petitorio: «Romero, atropina, espliego, aceite de clavo...»

Bree destacaba por su inmovilidad en medio de tanto alboroto. Sentada en su piedra, sin más movimiento que el de sus faldas agitadas por alguna brisa, mantenía la vista fija en los árboles lejanos. Oí que decía algo por lo bajo.

—¿Qué has dicho? —pregunté, volviéndome.

—Que no figura en los libros.

No apartaba la vista de los árboles; tenía las manos enlazadas en el regazo; las retorcía como si pudiera hacer que Roger apareciera entre los sauces por simple fuerza de voluntad. Apuntó con el mentón hacia el campo, los árboles, los hombres que nos rodeaban.

—Esto —dijo—. No figura en los libros de historia. He leído lo de la masacre de Boston. Lo leí allá, en los libros, y aquí, en el periódico. Pero nunca supe de esto allá. No he leído una sola palabra sobre el gobernador Tryon, Carolina del Norte o un lugar llamado Alamance. De modo que no sucederá nada. —Hablaba con fiereza, aplicando toda su voluntad—. Si aquí hubo una gran batalla, alguien debería haber escrito sobre ella. Nadie lo hizo, de modo que no sucederá nada. ¡Nada!

—Ojalá tengas razón —dije. Y se me alivió en parte el frío de la espalda. Tal vez era cierto. Por lo menos no sería una batalla importante. Faltaban apenas cuatro años para que estallara la Revolución; hasta las pequeñas escaramuzas que precedieron al conflicto eran bien conocidas.

La masacre de Boston se había producido poco más de un año antes: un combate callejero, el choque de una turba con un pelotón de soldados nerviosos. Insultos a voces, algunas pedradas; un disparo no autorizado, una descarga provocada por el pánico y cinco hombres muertos. Un periódico de Boston informó de la noticia, acompañada por un apasionado editorial; yo lo había visto en el salón de Yocasta; uno de sus amigos le había enviado un ejemplar.

Y doscientos años después, ese breve incidente sería inmortalizado en los textos escolares, como prueba del creciente descontento de los colonos. Eché un vistazo a los hombres que nos rodeaban, dispuestos a pelear. Si allí se libraba una gran batalla, si un gobernador real sofocaba lo que era, en esencia, una rebelión de contribuyentes, ¡sin duda habría valido la pena registrarlo!

Aun así, era pura teoría. Y yo tenía la incómoda conciencia de que ni la guerra ni los libros de historia tomaban muy en cuenta lo que debería haber ocurrido.

Jamie estaba de pie junto a *Gideon*. Lo había atado a un árbol, pues entraría en combate a pie, con sus hombres. Lo vi retirar las pistolas de la alforja, guardar en la taleguilla de su cinturón las municiones de reserva. Tenía la cabeza inclinada, absorto en los detalles de la tarea.

De pronto experimenté un impulso horrible y repentino. Necesitaba tocarlo, decirle algo. Traté de persuadirme de que Bree tenía razón; no era nada; probablemente no habría un solo disparo. Sin embargo, había tres mil hombres armados a ambas orillas del Alamance, y entre ellos zumbaba la idea del derramamiento de sangre.

Dejé a Brianna sentada en su roca, con los ojos fijos en el bosque, y corrí hacia él.

—Jamie —dije, apoyándole una mano en el brazo.

Fue como tocar un cable de alto voltaje; la energía zumbaba dentro del aislamiento de su carne, lista para brotar en un estallido de luz crepitante. Dicen que esos cables no se pueden soltar; quien sufre una electrocución queda pegado al cable, incapaz de moverse o de salvarse mientras la corriente le quema el cerebro y el corazón.

Él apoyó una mano sobre la mía.

—*A nighean donn* —dijo, con una pequeña sonrisa—. ¿Has venido a desearme suerte?

Sonreí a mi vez lo mejor posible, aunque la corriente siseaba en mi interior, endureciéndome los músculos de la cara.

—No podía dejarte ir sin decir... algo. Supongo que bastará con «buena suerte». —Vacilé; las palabras se me atascaban en la garganta, por la súbita urgencia de decir mucho más de lo que el tiempo permitía. Al final dije sólo las cosas importantes—: Jamie... te amo. ¡Cuídate!

Él decía que no recordaba lo de Culloden. De pronto me pregunté si la amnesia se extendía a las horas previas a la batalla, a nuestra despedida. Al mirarlo a los ojos supe que no era así.

—Con «buena suerte» basta —dijo. Y me estrechó la mano, asimismo pegado a la corriente que circulaba entre nosotros—. «Te amo» es mucho mejor.

Luego levantó la mano para tocarme el pelo y la cara mientras me miraba a los ojos como para retener mi imagen de ese momento, por si acaso fuera la última.

—Tal vez llegue un día en que tú y yo nos separemos de nuevo —dijo por lo bajo. Sus dedos me rozaron los labios, ligeros como el roce de una hoja al caer. Sonreía apenas—. Pero no será hoy.

Entre los árboles sonó un clarín, muy lejos, pero penetrante como el reclamo de un pájaro carpintero. Me volví a mirar. Brianna seguía como una estatua en su piedra, mirando hacia el bosque.

## 64

### *Señal de ataque*

*Tened en cuenta que, durante la marcha, el disparo de tres cañones será la señal para formar la línea de batalla; cinco, la señal de ataque.*

*Orden de batalla, Wm. Tryon*

Roger se alejó despacio del campamento de los reguladores, obligándose a no correr ni mirar atrás. Le gritaron unos cuantos insultos y amenazas sin mucha convicción, pero cuando se encontró entre los árboles la multitud ya había perdido interés en él, enzarzada de nuevo en su agitada controversia. Era bien entrado el mediodía y hacía más calor de lo normal para estar a mediados de primavera; aun así, por el modo en que la camisa se le adhería al cuerpo, empapada en sudor, parecía pleno verano.

Tan pronto como estuvo fuera de la vista se detuvo. Tenía la respiración agitada y se sentía mareado, un tanto descompuesto por los efectos posteriores a la adrenalina. En el centro de ese círculo de caras hostiles no había sentido nada, absolutamente nada. Ahora, lejos y a salvo, le temblaban los músculos de las piernas y le dolían los puños de tanto apretarlos. Desplegó los dedos tiesos, los flexionó y trató de dominar su respiración.

Tal vez, después de todo, aquello no era tan distinto al vuelo nocturno sobre el Canal y los cañones antiaéreos.

Pero él había regresado; volvería al hogar, junto a su esposa y su hijo. La idea le provocó una extraña punzada: un alivio que le llegaba a los huesos y un dolor aún más profundo, inesperado, por el padre que no había tenido tanta suerte.

A su alrededor soplaba una leve brisa, que le despegó del cuello el pelo húmedo, con un aliento de bienvenido frescor. Tenía completamente empapada la camisa y la chaqueta; el corbatón mojado parecía a punto de estrangularlo. Se quitó la chaqueta y tiró de la corbata con dedos trémulos. Luego, con los ojos cerrados y la prenda colgando de la mano, respiró a grandes bocanadas, hasta que cedió la sensación de náusea.

Evocó la última imagen de Brianna, en el vano de la puerta, con Jemmy en los brazos. Vio sus pestañas, mojadas de lágrimas, y los ojos redondos y solemnes del bebé, y percibió un grave eco de la sensación que había experimentado en la cabaña, con Husband: una visión de belleza, una convicción de gozo que serenaba la mente y aliviaba el alma. Regresaría con ellos; era lo único que importaba.

Al cabo de un momento abrió los ojos, recogió su chaqueta y se puso en marcha; mientras avanzaba a paso lento hacia el arroyo empezó a sentirse más sereno en lo físico, ya que no en lo mental.

No iba acompañado de Husband, pero había logrado tanto como habría conseguido el mismo Jamie. Era posible que la turba (no eran un ejército, pese a lo que Tryon pensara de ellos) se desmembrara y volviera a casa, privada ahora hasta del escaso liderazgo que Husband había representado. Ojalá.

Pero tal vez no se dispersaran. De esa turba ardiente podía surgir otro hombre apto para tomar el mando. De pronto recordó una frase oída en el alboroto, frente a la cabaña. «¿Has venido a ofrecer unas condiciones diferentes de las de Caldwell?» Eso le había preguntado el hombre de la barba negra. Y un rato antes mientras rezaba con Husband, había oído vagamente que alguien gritaba: «¡No hay tiempo para esto! Caldwell ya ha regresado de ver al gobernador...» Y otra voz, en tono desesperado: «¡Una hora, Hermon! ¡Nos ha dado sólo una hora!»

—¡Hombre, claro! —dijo en voz alta.

David Caldwell, el ministro presbiteriano que lo había casado. Debía de ser él. Por lo visto, el hombre había ido a hablar con Tryon en nombre de los reguladores... y regresó rechazado, con una advertencia.

Una hora, no más. ¿Una hora para dispersarse, para retirarse pacíficamente? ¿O una hora para responder a algún ultimátum?

Levantó la vista. El sol estaba casi en el cenit; era apenas pasado el mediodía. Después de ponerse la chaqueta guardó el corbatón en el bolsillo, junto a la bandera de tregua que no había utilizado. Cualquiera que fuese el significado de esa hora de tregua, tenía que ponerse en marcha.

El día continuaba despejado y caluroso; el olor de la hierba y el follaje vibraba de savia en ascenso. Pero ahora la sensación de prisa y el recuerdo de los reguladores, zumbando como avispas, le impedía apreciar las bellezas naturales. Aun así, algún rastro de paz perduraba en él mientras apretaba el paso hacia el arroyo, un vago eco de lo que había experimentado en la cabaña.

Esa extraña sensación de respeto sobrecogido seguía acompañándolo, oculta pero accesible, como una piedra pulida en el bolsillo. La hizo girar en la mente, sin prestar mucha atención a las zarzas y los matorrales que atravesaba en su camino.

«Qué raro», pensó. No había sucedido nada. De hecho, toda la experiencia parecía muy normal, sin ningún rasgo ultraterreno ni sobrenatural. No obstante, tras haber visto con esa clara luz especial, no podía olvidarlo. Se preguntó si sería capaz de explicárselo a Brianna.

Una rama colgante le rozó la cara; alargó una mano para apartarla, algo sorprendido por el fresco lustre de las hojas, la extraña delicadeza de sus bordes, mellados como cuchillos, pero livianos como el papel. Era un eco leve, pero perceptible, de lo que había visto antes, esa penetrante belleza. De pronto se preguntó si Claire la vería. ¿Percibía el toque de la belleza en los cuerpos que tenía bajo las manos? ¿Era quizá la causa de que fuera sanadora, lo que le permitía curar?

Husband había compartido su percepción, sin duda. Y eso lo había confirmado en sus principios de cuáquero. Por eso abandonó el campo, imposibilitado de ejercer la violencia o de tolerarla.

¿Y sus propios principios? Se diría que no habían sufrido cambios; si antes no tenía intenciones de disparar contra nadie, menos las tendría ahora.

Aún pendían en el aire los aromas de la primavera; una pequeña mariposa azul pasó junto a su rodilla, sin preocupación visible. Seguía siendo un bonito día primaveral, pero toda ilusión de tranquilidad había desaparecido. Todavía tenía en la nariz el olor del polvo, el sudor, el miedo y la ira que parecían pender en el aire del campamento, mezclado con los perfumes más limpios de la hierba y el agua.

«¿Y los principios de Jamie Fraser?», se dijo, al dejar atrás el grupo de sauces que marcaba el vado. A menudo, llevado por su simpatía personal y por la curiosidad del historiador, se preguntaba qué movía a Fraser. Con respecto a este conflicto, Roger había tomado su propia decisión... o quizá la decisión se había tomado sola. No podía, en conciencia, hacer daño a nadie, aunque en caso de necesidad se creía capaz de defender su propia vida. Pero Jamie...

Estaba seguro de que simpatizaba con los reguladores. También le parecía probable que su suegro no tuviera ningún sentido de lealtad personal a la Corona, con juramento o sin él. Ningún hombre que hubiera pasado por lo de Culloden y sus consecuencias podía pensar que debía al rey de Inglaterra alguna lealtad, mucho menos algo más sustancioso. No, a la Corona no, pero ¿quizá a William Tryon?

Tampoco allí había lealtad personal, pero sí una obligación, seguro. Tryon lo había convocado y Jamie Fraser acudía. Dadas las condiciones imperantes, no tenía mucha alternativa. Pero una vez allí, ¿combatiría?

¿Y cómo no hacerlo? Debía ponerse a la cabeza de sus hombres y, si se llegaba al combate —Roger miró por encima del hombro, como si la nube de ira que pendía sobre el ejército de la Regulación pudiera haberse tornado visible—, entonces tendría que combatir, cualesquiera que fuesen sus sentimientos personales sobre el tema.

Trató de imaginarse apuntando y disparando un mosquete contra un hombre contra quien no tenía nada. O peor aún: lanzándose contra un vecino, espada en mano. Destrozar la cabeza de Kenny Lindsay, por ejemplo. La imaginación le falló por completo. Era comprensible que Jamie hubiese tratado de lograr la ayuda de Husband para acabar con el conflicto antes de que comenzara.

Aun así, Claire le había dicho una vez que, en su juventud, Jamie había combatido en Francia como mercenario. Presumiblemente, en aquel entonces habría matado a hombres contra quienes no tenía nada. ¿Cómo...?

Al abrirse paso entre los sauces oyó las voces antes de ver a nadie. Un grupo de mujeres, de las que acompañan a todo ejército, trabajaban al otro lado del arroyo. Algunas lavaban ropa, agachadas en los bajíos; otras llevaban la colada a la orilla para tenderla en árboles y matas. Paseó entre ellas una mirada indiferente, pero de pronto dio un respingo, sorprendido por... ¿Qué? ¿Qué era?

Allí. No habría podido decir cómo la identificó; no había en ella nada que la distinguiera. Sin embargo, sobresalía entre las demás como si alguien hubiera remarcado sus contornos en tinta negra, para destacarla contra el fondo del arroyo y el follaje tierno.

—Morag —susurró. Y su corazón latió con más fuerza, con un pequeño estremecimiento de gozo. Ella vivía.

Salió de los sauces antes de que se le ocurriera preguntarse qué hacía y por qué lo hacía. Por entonces ya era demasiado tarde: estaba en la orilla, caminando a plena vista hacia ellas.

Varias de las mujeres le echaron un vistazo; algunas se quedaron inmóviles, vigilantes. Pero iba solo y estaba desarmado. Ellas eran más de veinte y sus hombres estaban cerca. Lo observaron con curiosidad, sin alarmarse mientras él chapoteaba por el arroyo poco profundo.

Ella permaneció muy quieta, sumergida en el agua hasta las rodillas, con las faldas recogidas. Lo había identificado, obviamente, pero no daba señales de conocerlo.

Las otras mujeres retrocedieron un poco, desconfiadas. Ella se irguió entre las libélulas, con un vestido mojado entre las manos; algunos mechones de pelo castaño asomaban de su cofia. Roger salió del agua y se irguió ante ella, mojado hasta las rodillas.

—Señora MacKenzie —saludó en voz baja—. Me alegro de encontrarla.

Una leve sonrisa tocó la comisura de su boca. Él notó, por primera vez, que tenía los ojos pardos.

—Señor MacKenzie —respondió ella, con una pequeña inclinación de cabeza.

La mente de Roger seguía a toda marcha, preguntándose qué hacer. Debía advertirla, pero ¿cómo? No podía hacerlo delante de todas esas mujeres.

Por un momento se sintió indefenso y torpe; luego, inspirado, se agachó para recoger una brazada de ropa chorreante que se arremolinaba en el agua, junto a las piernas de la mujer, y trepó a la orilla. Morag lo siguió con repentina prisa.

—¿Qué hace? —acusó—. ¡Oiga, devuélvame esa ropa!

Roger llevó la ropa mojada hacia los árboles; luego la dejó caer en una mata, con cuidado de que no tocara el polvo. Morag venía pisándole los talones, enrojecida de indignación.

—¿Cómo se le ocurre? ¡Mire que robar ropa! —acusó, acalorada—. ¡Devuélvame eso!

—No se la he robado —le aseguró él—. Únicamente quería hablar con usted a solas un momento.

—¿Sí? —Ella lo miró con suspicacia—. ¿De qué?

Él le sonrió; aún estaba delgada, pero tenía los brazos bronceados y buen color en la cara; estaba limpia y había perdido el aspecto pálido y magullado que tenía a bordo del *Gloriana*.

—Quiero saber si está bien. ¿Y su hijo... Jemmy? —Pronunciar ese nombre le provocó un extraño escalofrío; por una fracción de segundo vio la imagen de Brianna en el vano de la puerta, con su hijo en los brazos, superpuesta al recuerdo de Morag con su bebé, en la penumbra de la bodega, dispuesta a matar o morir por conservarlo.

—Ah —musitó ella. La desconfianza desapareció en parte, reemplazada por un renuente reconocimiento de su derecho a preguntar—. Estamos bien... los dos. Y también mi marido —añadió con intención.

—Me alegra saberlo —aseguró él—. Me alegra mucho. —Buscó algo más que decir; se sentía incómodo—. Yo... a veces la recuerdo; me preguntaba si... si todo estaba bien. Y ahora, al verla... bueno, se me ha ocurrido preguntar. Nada más.

—Ya, sí. Comprendo, sí. Pues muchas gracias, señor MacKenzie. —Lo dijo mirándolo directamente a los ojos, serios los suyos—. Sé lo que usted hizo por nosotros. No lo olvidaré; todas las noches lo menciono en mis oraciones.

—Vaya... —Roger tuvo la sensación de que un peso leve lo había golpeado en el pecho—. Eh... gracias.

Se había preguntado más de una vez si ella lo recordaría. Si recordaba el beso que él le había dado en aquella bodega, buscando la chispa de su calidez como escudo contra el frío de la soledad. Carraspeó, ruborizado por el recuerdo.

—¿Vive cerca de aquí?

Ella negó con la cabeza; algún pensamiento, algún recuerdo le hizo apretar los labios.

—Antes sí, pero... No viene al caso. —De pronto le volvió la espalda para retirar la ropa mojada de la mata; sacudía prenda por prenda antes de plegarla—. Le agradezco su interés, señor MacKenzie.

Obviamente, daba por terminada la conversación. Él se secó las manos en los pantalones y cambió de posición. No quería alejarse. Debía decirle... Tras haberla reencontrado sentía una extraña renuencia a ponerla sobre aviso y marcharse, sin más; burbujeaba de curiosidad. Curiosidad y una extraña sensación de vínculo.

Quizá no fuera tan extraña; esa mujercita morena era de su familia, la única persona de su propia sangre que había encontrado tras la muerte de sus padres. Y al mismo tiempo era muy extraña, sí; lo comprendió aun mientras alargaba la mano para curvarla en torno al brazo de Morag. Después de todo, ella era su antepasada directa, una abuela de varias generaciones atrás.

La mujer se puso rígida y trató de desasirse, pero él la retuvo. Aunque tenía la piel fría por el agua, Roger sintió el palpitar de su pulso bajo los dedos.

—Espere —dijo—. Por favor. Un momento. Yo... debo decirle... algunas cosas.

—No, nada de eso. Preferiría que no me dijera nada. —Ella tiró con más fuerza y se liberó.

—Su marido, ¿dónde está?

El cerebro de Roger comenzaba a relacionar tardíamente algunas ideas. Si ella no vivía cerca, era lo que él había pensado al verla: una de las mujeres que acompañan a los ejércitos. Pero habría apostado la vida a que no era prostituta; por lo tanto seguía a su marido, y eso significaba que...

—¡Está muy cerca! —Ella retrocedió un paso.

Roger se interpuso entre ella y la mata con la colada; para recobrar sus enaguas y sus medias tendría que pasar a su lado. De pronto cayó en la cuenta de que Morag le tenía un poco de miedo; entonces se volvió a toda velocidad para arrebatar algunas prendas al azar.

—Perdone. Su colada... Aquí tiene.

Ella las cogió como por reflejo. Algo cayó al suelo: un vestido de bebé. Ambos se agacharon para recogerlo y chocaron las frentes con un golpe sólido.

—¡Ay! ¡Por María y santa Bride! —Morag se frotó la cabeza, sin soltar las prendas mojadas que estrechaba contra el seno, con una sola mano.

—¡Cristo! ¿Está usted bien? Morag... señora MacKenzie... ¿está bien? ¡Lo siento mucho! —Roger la tocó en el hombro, mirándola con lágrimas de dolor en los ojos.

Se agachó para recoger el pequeño vestido que había caído entre ambos e hizo un vano esfuerzo por limpiarle las manchas de barro. Ella parpadeó, también con los ojos llenos de lágrimas, y se echó a reír ante su expresión consternada.

La colisión había roto la tensión entre ambos; ella retrocedió un paso, pero ya no parecía sentirse amenazada.

—Estoy bien, sí. —Después de enjugarse los ojos y sorber por la nariz, tocó apenas el punto dolorido de la frente—. Tengo la cabeza dura, como decía mi madre. ¿Y usted? ¿Está bien?

—Bien, sí. —Roger también se tocó la frente. De pronto cobraba conciencia de que la curva del hueso bajo su mano se repetía con exactitud en la cara que tenía ante sí. La de ella era más pequeña, más ligera... pero la misma—. Yo también tengo la cabeza dura. —Le sonrió de oreja a oreja, ridículamente feliz—. Es cosa de familia.

Y le entregó la prenda manchada de barro.

—Lo siento mucho —se disculpó otra vez, no sólo por el vestido sucio—. Su marido. Le he preguntado por él porque... está con los reguladores, ¿verdad?

Ella lo miró con curiosidad, enarcando una ceja.

—Por supuesto. ¿Usted no?

Por supuesto. Estaba en esa orilla del Alamance, ¿no? Las tropas de Tryon acampaban en la otra orilla, en buen orden militar; en ésta, los reguladores se amontonaban como abejas, sin liderazgo ni dirección, masa furiosa que zumbaba con una violencia desorientada.

—No —respondió—. He venido con la milicia. —Señaló con una mano el humo del campamento de Tryon, a buena distancia.

Los ojos de Morag volvieron a expresar cautela, pero no miedo. Él estaba solo.

—Eso es lo que deseaba decirle —explicó él—. Advertirlos, a usted y a su esposo. Esta vez el gobernador va en serio; ha traído tropas organizadas y cañones. Muchas tropas, todas armadas.

Se inclinó hacia ella para entregarle el resto de las medias mojadas. Ella alargó una mano, pero mantuvo los ojos clavados en los de él, a la espera.

—Está decidido a aplastar esta rebelión por cualquier medio. Ha dado órdenes de matar, si hubiera resistencia. ¿Comprende usted? Dígaselo a su esposo. Deben partir ambos antes de... antes de que suceda nada.

Ella palideció; su mano fue a cubrir el vientre como por reflejo. El agua de la ropa había empapado el vestido de muselina; ahora se notaba el pequeño abultamiento escondido allí, redondo y suave como un melón bajo la tela húmeda. Roger recibió la descarga de ese miedo, como si las medias mojadas condujeran la electricidad.

«Antes sí», había respondido ella a su pregunta de si vivían cerca. Tal vez sólo quería decir que se habían mudado a otro lugar, pero... Entre su colada había ropa de bebé; tenía a su hijo con ella. Su esposo debía de estar en ese hervidero de hombres.

Un hombre solo podía coger su pistola y unirse a una turba sin más motivos que el aburrimiento o una borrachera; un hombre casado y con un hijo no lo haría. Eso indicaba un descontento grave, un problema serio. Y si había llevado a su esposa y a su hijo a la guerra, era porque no tenía un lugar seguro donde dejarlos.

Quizá Morag y su esposo se habían quedado sin hogar; su miedo era perfectamente comprensible. Si mataban o mutilaban a su marido, ¿cómo haría ella para mantener a Jemmy y al bebé que tenía en su vientre? No tenía allí familia que pudiera ayudarla.

En realidad, tenía familia, sólo que lo ignoraba. Él le aferró la mano para atraerla hacia sí, abrumado por la necesidad de protegerlos, a ella y a sus hijos. Una vez los había salvado; podía hacerlo nuevamente.

—Morag —dijo—. Escúcheme. Si algo le sucediera, lo que fuese, acuda a mí. Si necesita algo, cualquier cosa. Yo cuidaré de usted.

Ella no hizo esfuerzo alguno por desasirse. Lo miraba de frente, serios los ojos pardos, con una pequeña arruga entre las cejas curvas. Roger sintió el irresistible impulso de crear algún contacto físico entre ambos, en esta ocasión tanto por ella como por sí mismo. Se inclinó hacia delante para besarla con mucha suavidad.

Luego abrió los ojos y levantó la cabeza. Se descubrió mirando por encima de su hombro hacia la cara incrédula de su tatarabuelo.

—Apártese de mi mujer

William Buccleigh MacKenzie salió de los arbustos con mucho ruido de hojas y una expresión de siniestra intención en la cara. Era alto, casi de la misma estatura que Roger, y muy ancho de hombros. Cualquier otro detalle personal parecía carecer de importancia, considerando que también tenía un cuchillo. Continuaba envainado, pero la mano del hombre descansaba sobre la empuñadura de una manera muy elocuente.

Roger se resistió al impulso original, que era decir: «No es lo que usted piensa.» No era así, pero no existía ninguna otra explicación creíble.

—No he querido faltarle al respeto —dijo, irguiendo despacio la espalda. Cualquier movimiento brusco parecía imprudente—. Le ofrezco mis disculpas.

—¿No? ¿Y qué diablos ha querido hacer, pues? —MacKenzie apoyó una mano posesiva en el hombro de su mujer, y fulminó a Roger con la mirada. Ella hizo una mueca de dolor: su marido le estaba clavando los dedos en la carne. Roger habría querido apartársela de un golpe, pero con eso habría causado aún más problemas.

—Conocí a su esposa... y también a usted... hace uno o dos años, a bordo del *Gloriana*. Al reconocerla se me ocurrió preguntar cómo estaba la familia. Eso es todo.

—No quería hacerme daño, William. —Morag tocó la mano de su marido y la dolorosa presión aflojó—. Lo que dice es cierto. ¿No lo reconoces? Es el que me encontró con Jemmy en la bodega, cuando nos escondimos allí; nos trajo agua y comida.

—Usted me pidió que cuidara de ellos —agregó Roger, con toda la intención—. Durante la pelea, aquella noche en que los marineros arrojaron a los enfermos al mar.

—¿Sí? —Las facciones de MacKenzie se relajaron un poco—. ¿Conque era usted? En la oscuridad no le vi la cara.

—Yo tampoco vi la suya.

Ahora la veía con claridad; pese a lo incómodo de las circunstancias, no pudo menos que estudiarla con interés. De modo que ése era el hijo no reconocido de Dougal MacKenzie, antiguo jefe de guerra de los MacKenzie de Leoch. Se le notaba. Su cara era una versión más recia, más cuadrada, más rubia, pero al mirar mejor Roger identificó sin dificultad los pómulos anchos, la frente ancha que Jamie Fraser había heredado del clan materno. Eso y la estatura: William superaba el metro ochenta.

El hombre se volvió un poco al oír un ruido en la espesura; el sol iluminó esos ojos con un destello verde musgo. Roger sintió el súbito impulso de cerrar los suyos, por miedo a que MacKenzie también lo reconociera.

818

Sin embargo, William tenía otras preocupaciones. Dos hombres salieron de entre las matas, cautelosos y sucios por la vida a la intemperie. Uno de ellos traía un mosquete; el otro, sólo un tosco garrote, hecho con una rama caída.

—¿Quién es, Buck? —preguntó el del mosquete, observando a Roger con alguna desconfianza.

—Eso es lo que quiero averiguar. —El momentáneo ablandamiento había desaparecido, dejando un gesto ceñudo en la cara de MacKenzie. Apartó a su esposa con un leve empujón—. Ve con las otras mujeres, Morag. Yo me ocuparé de este tipo.

—Pero William... —Ella los miró a ambos, con la cara contraída por la aflicción—. Pero si no ha hecho nada...

—¿Te parece que no es nada, tomarse atrevimientos contigo a la vista de todos, como si fueras una cualquiera? —William le clavó una mirada sombría.

Ella se ruborizó de pronto al recordar el beso, pero continuó a trompicones:

—Yo... No, quiero decir... Eso ha sido... Él ha sido bondadoso con nosotros, no deberíamos...

—¡Vete, he dicho!

Morag abrió la boca como para protestar, pero se encogió de miedo al verlo hacer un súbito movimiento hacia ella, con el puño cerrado. Sin un instante de decisión consciente, Roger alzó el puño desde la cintura y lo estrelló contra la mandíbula de MacKenzie, con un crujido que le sacudió el brazo hasta el codo.

William, cogido por sorpresa, se tambaleó y cayó de rodillas, moviendo la cabeza como buey desnucado. El grito ahogado de Morag se perdió entre las exclamaciones de los otros hombres. Antes de que pudiera enfrentarse a ellos, Roger oyó un ruido detrás de él, leve, pero lo bastante audible como para helar la sangre: era el frío chasquido de una pistola amartillada.

Hubo un breve *¡pst!* de pólvora encendida; luego el arma se disparó con un rugido y una bocanada de humo negro. Todos dieron un respingo y se tambalearon por el ruido. Roger se encontró forcejeando confusamente con uno de los otros; ambos tosían, medio ensordecidos. Mientras se desasía de su atacante vio que Morag, de rodillas entre las hojas, limpiaba la cara a su esposo con una prenda mojada. William la apartó con rudeza y se levantó para arrojarse hacia Roger, con los ojos saltones y la cara amoratada de furia.

Roger giró sobre los talones, resbalando entre las hojas, y se desprendió del hombre del mosquete para refugiarse entre las matas. Un momento después cruzaba la espesura, rompiendo ramas, arañándose la cara y los brazos. Detrás de él se oían fuertes chasquidos y una respiración jadeante. Una mano de hierro lo sujetó por el hombro.

Asió esa mano y la retorció con fuerza. Se oyó un crujido de articulación y hueso. El dueño de aquella mano se apartó con un chillido mientras Roger se arrojaba de cabeza por una abertura entre la maleza.

Cayó sobre un hombro, medio acurrucado, y rodó sobre sí; después de romper una pequeña mata, se deslizó como por un tobogán por un empinado ribazo de arcilla, hasta caer al agua con un chapoteo.

Se esforzó por afirmar los pies, entre toses y manotazos, al tiempo que se sacudía el pelo y el agua de los ojos, sólo para ver a William MacKenzie de pie en lo alto del ribazo. Al ver a su enemigo en tanta desventaja, él también se lanzó con un grito.

Algo parecido a una bala de cañón se estrelló contra el pecho de Roger y lo hizo caer de nuevo al agua, con un potente chapoteo, entre los chillidos lejanos de las mujeres. No podía respirar, no veía nada, pero luchó contra el enredo de ropas, miembros y barro revuelto, tratando en vano de hacer pie; los pulmones le estallaban por falta de aire.

Asomó la cabeza por encima de la superficie, boqueando como un pez para tragar aire. Oyó el silbido de su propio aliento y también el de MacKenzie. El otro se apartó e hizo pie algo más allá, jadeando como una locomotora. Roger se agachó, palpitante, con las manos apoyadas en los muslos y los brazos trémulos por el esfuerzo. Luego se enderezó mientras se apartaba el pelo mojado que se le pegaba a la cara.

—Mira —comenzó, jadeando.

No dijo más, pues MacKenzie, que aún respiraba también con dificultad, avanzó hacia él con el agua a la cintura. Traía una expresión extraña, ansiosa, y un fuerte brillo en los ojos verde musgo.

A buenas horas, Roger recordó algo más. Ese hombre era hijo de Dougal MacKenzie. Pero también era hijo de Geillis Duncan, la bruja.

En algún lugar, más allá de los sauces, se oyó un fuerte estruendo. De entre los árboles, bandadas enteras de aves asustadas alzaron el vuelo. La batalla había comenzado.

# 65

## *Alamance*

*Después, el gobernador envió su carta al capitán Malcolm,
uno de sus edecanes, y al comisario de Orange; en ella requería a los rebeldes que depusieran las armas, entregaran
a sus cabecillas y demás. El capitán Malcolm y el comisario
regresaron alrededor de las diez y media, con la información
de que el comisario les había leído la carta cuatro veces
a diferentes divisiones de rebeldes, quienes rechazaron con
desdén los términos ofrecidos, diciendo que no querían tiempo para analizarlas; y con clamores rebeldes llamaron a la
batalla.*

*Diario de la expedición contra los insurgentes,*
*Wm. Tryon*

—Estad alerta por si veis a MacKenzie. —Jamie tocó a Geordie
Chisholm en el hombro. El otro volvió la cabeza, aceptando el
mensaje con un ligero ademán.

Todos estaban advertidos y eran buenos muchachos; pon-
drían atención. Sin duda lo encontrarían, de regreso hacia ellos.

Se lo repitió por duodécima vez, pero el consuelo sonó tan
hueco como antes. ¿Qué habría pasado con ese hombre?

Avanzó hacia el primer puesto, apartando la maleza con tanta violencia como si fuera un enemigo personal. Si estaban alerta, verían a Roger a tiempo y no le dispararían por error. Al
menos, eso se dijo, sabiendo de sobra que en mitad de los enemigos y en el calor de la batalla, uno dispara ante cualquier cosa
que se mueva; rara vez hay tiempo para observar las facciones
del hombre que viene hacia ti, emergiendo del humo.

Y si alguien liquidaba a Roger, poco importaría quién fuera.
Brianna y Claire lo harían responsable por la vida del muchacho,
y con razón.

Luego, para su alivio, no hubo más tiempo para pensar, pues
salieron a campo abierto y los hombres se diseminaron corriendo,
agachados y serpenteando por la hierba, en grupos de a tres y cuatro, como él los había enseñado: un soldado con experiencia por
cada grupo. En algún lugar, detrás de ellos, el primer cañonazo
surgió como un trueno en un cielo soleado.

Entonces vio a los primeros reguladores; un grupo venía por la derecha, corriendo al campo raso. Aún no habían visto a sus hombres.

Antes de que los divisaran, él aulló: «*Casteal an DUIN!*» Y cargó contra ellos con el mosquete en alto, como señal para los que lo seguían. El aire se partió en alaridos. Los reguladores, cogidos por sorpresa, se detuvieron amontonados, manoteando las armas y molestándose entre ellos.

—*Thugham! Thugham!* —«A mí, a mí.» Lo bastante cerca, ya estaba lo bastante cerca. Clavó una rodilla en tierra, se agachó sobre el mosquete, apuntó y disparó sobre la cabeza de los hombres apiñados.

Detrás de él se oyó el gruñido de los suyos, que adoptaban la formación de fuego, el chasquido del pedernal y, por fin, el ruido ensordecedor de la descarga. Uno o dos de los reguladores se agacharon para responder al fuego. Los otros corrieron en busca de refugio, hacia una pequeña elevación cubierta de hierba.

—*A draigha!* ¡Izquierda! *Nach links!* ¡Cortadles el paso! —se oyó gritar a sí mismo. Pero lo hacía sin pensarlo; ya iba corriendo.

El pequeño grupo de reguladores se deshizo; unos cuantos corrieron hacia el arroyo; los otros, juntos como ovejas, galopaban hacia el amparo de la elevación. Llegaron a tiempo y desaparecieron tras la curva de la colina. Jamie llamó a sus tropas con un silbido, capaz de hacerse oír sobre el tronar de los cañones. Ya se oían disparos de mosquete a la izquierda. Partió en esa dirección, confiado en que los otros lo seguirían.

Fue un error; allí la tierra era pantanosa; estaba llena de hoyos cenagosos y barro adherente. Lanzó un grito y agitó el brazo, indicándoles que retrocedieran hacia el sitio más alto. Que el enemigo viniera hacia ellos cruzando el pantano, si es que podía.

El terreno alto estaba cubierto de densas malezas, pero por lo menos estaba seco. Él agitó la mano bien abierta con el fin de que los hombres se diseminaran para refugiarse.

La sangre le bombeaba en las venas, haciendo que le escociera la piel. Una bocanada de humo blanco y gris se elevó de los árboles cercanos, acre de pólvora negra. El ruido de los cañones se había vuelto regular según los artilleros establecían el ritmo; resonaban como un enorme y lento corazón en la distancia.

Avanzó a paso lento hacia poniente, alerta. Allí el matorral se componía de zumaque y escaramujo, marañas de zarzas que llegaban hasta la cintura y grupos de pinos que se elevaban por encima de la cabeza. La visibilidad era escasa, pero podría oír a cualquiera que se acercara mucho antes de verlo... o de ser visto.

Ninguno de sus hombres estaba a la vista. Ya refugiado en un grupo de tejos, emitió un reclamo agudo, como el de la codorniz. Otros gritos similares surgieron desde atrás; ninguno de delante. Bien: ahora cada uno sabía, más o menos, dónde estaban los otros. Avanzó con cautela, abriéndose paso entre la maleza. A la sombra de los árboles hacía más fresco, pero el aire era denso y el sudor le corría por el cuello y la espalda.

Al sentir un golpeteo de pisadas se apretó contra las ramas de un tejo, con los abanicos de oscuras agujas balanceándose sobre él y el mosquete listo para apuntar por una abertura de las matas. Quienquiera que fuese venía deprisa. Entre el crujir de ramillas pisadas y el ruido de una respiración dificultosa, un joven surgió entre el matorral, jadeante. No tenía pistola, pero en su mano centelleaba un cuchillo de desollar.

Nada más verlo, el muchacho le resultó familiar. Antes de que su dedo pudiera relajarse contra el gatillo, su memoria puso un nombre a esa cara:

—¡Hugh! —exclamó, en voz baja pero penetrante—. ¡Hugh Fowles!

El joven dejó escapar un chillido de sobresalto y se dio la vuelta. Al ver a Jamie con su pistola, entre la cortina de agujas, quedó petrificado como un conejo.

Una determinación movida por el pánico se reflejó en su cara: de inmediato se lanzó hacia Jamie, gritando. Éste, sobresaltado, apenas tuvo tiempo de levantar el mosquete para detener el puñal con su cañón, empujándolo hacia arriba y hacia atrás; la hoja resbaló en el cañón con un chirrido metálico y le rozó los nudillos. Cuando el joven Hugh levantó el brazo para apuñalarlo, él le asestó un puntapié en la rodilla y se apartó, y el muchacho, perdido el equilibrio, cayó hacia un lado; el cuchillo salió disparado, dando vueltas en el aire.

Jamie pateó otra vez al muchacho y lo hizo caer. El cuchillo quedó clavado en el suelo.

—¿Quieres estarte quieto? —dijo, bastante irritado—. ¿Es que no me reconoces?

No habría podido decir si Fowles lo reconocía o no, ni siquiera si lo había oído. Con la cara blanca y los ojos fijos, se debatía en un ataque de pánico, jadeante, tratando de levantarse y de liberar su cuchillo al mismo tiempo.

—¿Por qué no...? —comenzó Jamie. De inmediato dio un respingo, pues Fowles había renunciado al cuchillo y se lanzaba hacia delante con un gruñido de esfuerzo.

El peso del muchacho lo arrojó hacia atrás. Sus manos lo arañaron en busca del cuello. Él dejó caer el mosquete, puso el hombro contra la mano del chico y lo detuvo con un brutal puñetazo en el vientre.

Hugh Fowles se derrumbó hecho una bola en el suelo, retorciéndose como un ciempiés herido; sus muecas espantadas, sin aliento, eran las del hombre cuyo desayuno ha ido a parar a los pulmones.

Jamie se llevó la mano derecha a la boca para chuparse la sangre de los nudillos despellejados por el filo del acero; el puñetazo no había ayudado; ardían como fuego. Su sangre sabía a plata caliente.

Más ruido de pisadas que corrían. Apenas tuvo tiempo de levantar el mosquete antes de que las matas se abrieran una vez más. Era Joe Hobson, el suegro de Fowles, con el mosquete listo.

—¡Detente! —Jamie, agazapado tras el arma, apuntó la boca del cañón hacia el pecho del hombre.

Hobson se detuvo como si un titiritero le hubiera tirado de las cuerdas.

—¿Qué le has hecho? —Sus ojos fueron de Jamie al yerno y volvieron.

—Nada definitivo. Baja el arma, ¿quieres?

Hobson no se movió. Estaba sucio y con la barba crecida, pero su mirada era vivaz y alerta.

—No quiero hacerte daño. ¡Baja eso!

—No nos dejaremos apresar —dijo Hobson. Tenía el dedo en el gatillo, pero en su voz había una nota de duda.

—Ya estáis apresados, estúpido. Pero no te preocupes, que ni tú ni el muchacho sufriréis daño alguno. ¡Se está mucho más seguro en la cárcel que aquí, hombre!

Un estruendo sibilante confirmó esa afirmación: algo voló por entre los árboles, un par de metros más arriba, rompiendo las ramas a su paso. «Bala encadenada», pensó Jamie de forma automática mientras se agachaba por reflejo, con las entrañas crispadas.

Hobson dio un respingo de terror y giró el cañón de su mosquete hacia Jamie. De inmediato saltó otra vez, con los ojos dilatados por la sorpresa: una mancha roja floreció poco a poco en su pecho. Él se miró con aire desconcertado; el cañón de su pistola descendió como un tallo marchito. Luego dejó caer el arma, se sentó a plomo y, apoyando la espalda contra un árbol caído, murió.

Jamie giró sobre los talones, aún agachado. Geordie Chisholm estaba tras él, con la cara medio ennegrecida por el humo de su disparo; miraba el cadáver de Hobson como si se preguntara de qué modo había sucedido eso.

Se oyó de nuevo el tronar de la artillería y un segundo proyectil atravesó el ramaje, hasta caer a poca distancia con un golpe seco, que Jamie percibió a través de las suelas. Entonces se arrojó boca abajo para arrastrarse hacia Hugh Fowles, que se había incorporado sobre manos y rodillas y estaba vomitando.

Él lo aferró del brazo y tiró con fuerza, sin prestar atención al charco de vómito.

—¡Ven! —Asido por la cintura y un hombro, lo arrastró hacia el refugio del bosquecillo—. ¡Geordie! ¡Geordie, ayúdame!

Allí estaba Chisholm. Entre ambos pusieron a Fowles de pie y, medio en vilo, medio a rastras, lo llevaron con ellos, tropezando en su carrera.

El aire estaba impregnado por el olor penetrante de la savia que manaba de las ramas partidas; pensó fugazmente en el jardín de Claire, en la tierra removida bajo las botas, en el suelo labrado de zanjas y tumbas. Y en Hobson, sentado al sol junto al tronco, aún con la expresión de sorpresa en los ojos.

Fowles hedía a vómito y a mierda. O al menos confiaba en que fuera Fowles.

Él también estaba a punto de vomitar por los nervios, pero se mordió la lengua (sabor a sangre, de nuevo) y tensó los músculos del vientre, conteniéndose a fuerza de voluntad.

A la izquierda alguien surgió entre los arbustos. Él llevaba el arma en la mano izquierda; la alzó por reflejo y disparó. Cruzó a trompicones su propio humo mientras el hombre contra quien había disparado echaba a correr sin tino, chocando con los árboles.

Fowles ya podía mantenerse en pie; Jamie le soltó el brazo, dejando que Geordie cargara con él, y clavó una rodilla en tierra. Buscó a ciegas la pólvora y el proyectil, desgarró el cartucho con los dientes y mientras el sabor a pólvora se mezclaba en su boca con el de la sangre, la vertió dentro, introdujo la carga a fondo, llenó la cazoleta, verificó el pedernal... Mientras tanto notaba, con cierta extrañeza, que sus manos no temblaban en absoluto, sino que trabajaban con diestra serenidad, como si conocieran bien la faena.

Al levantar el cañón mostró los dientes, consciente a medias de lo que hacía. Tres hombres se acercaban hacia ellos. Apuntó al primero. Con un último resto de conciencia, disparó por encima de sus cabezas y el mosquete reculó en sus manos. Los hombres se detuvieron; él bajó el arma, desenvainó el puñal y cargó contra ellos, entre aullidos.

Las palabras le quemaban la garganta, ya irritada por el humo.

—¡Corred!

Se vio como desde lejos. Y pensó que estaba haciendo lo mismo que había hecho Hugh Fowles. Y a él le había parecido una estupidez.

—¡Corred!

Los hombres se dispersaron como perdices en vuelo. Como habría podido hacer un lobo, él se lanzó tras el más lento, a saltos por el terreno desigual. Un gozo feroz le corría por las piernas y florecía en su vientre. Habría podido correr eternamente, con el viento frío en la piel y silbante en los oídos; la elasticidad de la tierra le alzaba los pies, haciéndolo volar sobre la hierba y la roca.

El hombre al que perseguía miró hacia atrás y, con un alarido de terror, chocó contra un árbol. Jamie se arrojó sobre su presa; al aterrizar contra su espalda sintió el crujido elástico de las costillas bajo sus rodillas. Lo cogió de los pelos, resbaladizos y calientes de sudor graso, y tiró para levantarle la cabeza. Tuvo que contenerse para no cortar el cuello desnudo que tenía ante sí, estirado e indefenso. Podía sentir el impacto de la hoja en la carne, el calor de la sangre al brotar. Y lo deseaba.

Tragó el aire a grandes bocanadas, jadeante.

Con mucha lentitud, apartó el cuchillo del pulso acelerado. El movimiento lo dejó trémulo de necesidad, como si lo hubieran arrancado del cuerpo de su mujer en el momento de verter la simiente.

—Eres mi prisionero —dijo.

El hombre lo miró sin comprender. Lloraba; las lágrimas trazaban surcos en el polvo de su cara. Intentó hablar entre sollozos, pero en esa posición no podía coger aliento para formar las palabras. Jamie cayó en la cuenta de que había hablado en gaélico: el hombre no comprendía.

Aflojó despacio el puño y se obligó a soltarle la cabeza. Buscó a tientas las palabras inglesas, sepultadas bajo la sed de sangre que palpitaba en su cerebro.

—Eres... mi... prisionero —balbuceó por fin, jadeando entre una palabra y otra.

—¡Sí, sí! Como quiera, pero no me mate, por favor, no me mate. —El hombre se acurrucaba debajo de él, sollozante, con las manos enlazadas a la nuca y los hombros encogidos hasta las orejas; parecía temer que Jamie le cogiera el cuello entre los dientes para romperle la columna.

Al pensarlo sintió un vago deseo de hacerlo, pero el resonar de su sangre comenzaba ya a apagarse. Había recuperado el oído. El viento ya no le cantaba, sino que seguía su propio camino, solo y sin detenerse, por el alto follaje. A distancia se oían disparos, pero el tronar de los cañonazos había cesado.

El sudor le goteaba desde el mentón y las cejas; tenía la camisa empapada, maloliente.

Se apartó lentamente de su prisionero para arrodillarse junto al cuerpo tendido. Le temblaban y ardían los músculos de las piernas por el esfuerzo de la persecución. De pronto sintió ternura hacia ese hombre. Alargó la mano para tocarlo, pero al sentimiento lo siguió una sensación de horror, asimismo repentina, que desapareció con la misma prontitud. Cerró los ojos y tragó saliva; se sentía descompuesto; le palpitaba el lado de la lengua que se había mordido.

La energía que le había prestado la tierra iba abandonando su cuerpo; se escurría por sus piernas para volver al suelo. Dio unas torpes palmadas en el hombro del prisionero y luego se levantó con esfuerzo, cargando el peso muerto de su propio agotamiento.

—Levántate. —Le temblaban las manos. Hubo de hacer tres intentos para envainar el puñal.

—*Ciamar a tha thu, Mac Dubh?* —Ronnie Sinclair se encontraba a su lado y le preguntaba si estaba bien.

Él asintió con la cabeza y dio un paso atrás mientras Sinclair ayudaba al hombre a levantarse y lo obligaba a darse la vuelta a la chaqueta. Los otros iban llegando: Geordie, los Lindsay, Gallegher se agolpaban en torno a él, como limaduras de hierro atraídas por un imán.

Los otros también habían hecho prisioneros: seis en total. Se los veía ceñudos, asustados o simplemente exhaustos, todos con las chaquetas del revés, a fin de indicar su condición. Entre ellos estaba Fowles, pálido y miserable.

Jamie ya sentía la mente despejada, aunque su cuerpo siguiera laxo y pesado. Henry Gallegher tenía un arañazo que le sangraba en la frente; uno de los hombres de Brownsville (¿Lionel, se llamaba?) sostenía un brazo en ángulo extraño, a todas luces fracturado. Aparte de eso, nadie parecía herido; eso estaba bien.

—Pregunta si han visto a MacKenzie —le dijo a Kenny Lindsay en gaélico, al tiempo que hacía un pequeño gesto a los prisioneros.

Casi todos los disparos habían cesado. Sólo se oía alguno de vez en cuando. Una bandada de palomas pasó por arriba, con alboroto de alas, tardíamente alarmadas.

Entre los que conocían a Roger MacKenzie, nadie lo había visto. Jamie hizo un gesto afirmativo y se limpió con la manga los restos de sudor.

—Haya o no regresado sano y salvo, lo que vosotros teníais que hacer lo habéis hecho muy bien, muchachos. Ahora, vámonos.

# 66

## *Un sacrificio necesario*

*Aquella misma noche enterraron a los muertos con honores militares. Tres proscritos apresados en la batalla fueron ahorcados delante del ejército. Eso brindó gran satisfacción a los hombres y, en ese momento, fue un sacrificio necesario para apaciguar las murmuraciones de las tropas, quienes solicitaban que se hiciera inmediatamente justicia pública contra algunos de los proscritos cogidos durante la acción, por la que se habían arriesgado a tantos peligros y sufrido tanta pérdida de vidas y sangre.*

*Diario de la expedición contra los insurgentes,*
*Wm. Tryon*

Roger tiró con fuerza de la soga que le rodeaba las muñecas, pero sólo pudo hundir un poco más en la piel ese tosco esparto. Sentía el ardor de la piel raspada y una humedad que podía ser sangre, pero tenía las manos tan entumecidas que no estaba seguro. Sus dedos parecían del tamaño de salchichas, con la piel muy tensa.

Estaba tendido donde Buccleigh y sus amigos lo habían arrojado después de atarlo de pies y manos, a la sombra de un tronco caído y empapado por el agua del río. Si no estaba temblando de frío, era por sus desesperados esfuerzos: el sudor le corría por el cuello y las mejillas le quemaban; tenía la sensación de que la cabeza iba a estallarle ante el furioso torrente de sangre.

Lo habían amordazado con la bandera de tregua tan pegada a la garganta que casi le ahogaba, y su propio corbatón en torno a la boca. Decidió que haría pedazos a William Buccleigh MacKenzie, por muy antepasado suyo que fuera, aunque muriera en el intento.

A poca distancia aún se oían disparos; ya no eran descargas, sino unos cuantos estallidos desiguales. El aire apestaba a humo de pólvora; de vez en cuando algo llegaba silbando entre los árboles, como un parloteo sin sentido, con un tremendo desgarrar de ramas y hojas. ¿Balas encadenadas? ¿Balas de cañón?

Una de ellas había caído un rato antes en la ribera, donde se hundió con una pequeña explosión de barro, interrumpiendo momentáneamente la pelea. Uno de los amigos de Buccleigh había lanzado un grito y había echado a correr, chapoteando, hacia el amparo de los árboles; el otro, en cambio, había seguido dando golpes y manotazos, sin prestar atención a los disparos y los gritos, hasta que él y Buccleigh lograron hundirle la cabeza bajo el agua y sujetarlo allí. Aún sentía el ardor del agua en los senos nasales.

Por fin logró incorporarse sobre las rodillas, doblado como un gusano, pero sin atreverse a levantar la cara, por miedo a que se la volara algún disparo. La furia le corría por las venas con tanta fuerza que ni siquiera lo asustaba saber que la batalla se estaba librando a su alrededor, pero no se había vuelto loco por completo.

Frotó la cara con fuerza contra la corteza del tronco que estaba medio desprendida, en un intento de arrancar la banda de tela atada en torno a su cabeza. Dio resultado: se atascó en el muñón de una rama y, al dar un tirón hacia arriba, pudo bajar el corbatón por debajo de su barbilla. Entre gruñidos de esfuerzo, empujó el pañuelo hacia fuera, lo enganchó en la misma rama y retrocedió; el trapo mojado salió de su garganta, como si fuera un tragasables pero al revés.

La reacción le provocó una arcada. Al sentir que le subía la bilis por el fondo de la garganta, tragó aire a bocanadas, sediento de oxígeno, y su estómago se asentó un poco.

Al fin podía respirar. ¿Y ahora? Los disparos continuaban. A su izquierda oyó el ruido de varios hombres que se abrían paso entre las matas, sin que los obstáculos los detuvieran.

Varios pies corrían hacia él; se agachó detrás del tronco, justo a tiempo de evitar que lo aplastara un cuerpo que pasó catapultado sobre él. Su nuevo compañero gateó hasta apretarse contra el leño; sólo entonces reparó en su presencia.

—¡Tú! —Era Barba Negra, del campamento de Husband. Miró fijamente a Roger, enrojeciendo poco a poco. Despedía un penetrante hedor a miedo y cólera.

Lo aferró por la pechera de la camisa para acercárselo.

—¡Todo esto es culpa tuya! ¡Cabrón!

Atado de pies y manos, Roger no tenía manera de defenderse; aun así se echó hacia atrás en un intento por liberarse.

—¡Suelta, loco!

Sólo entonces el tipo notó que él estaba atado y lo soltó, estupefacto. Roger, perdido el equilibrio, cayó de lado y se hizo daño al rasparse la cara contra la corteza del tronco. Los ojos de Barba Negra, desorbitados de asombro, se entornaron gozosamente.

—¡Hombre, conque te han capturado! ¡Mira si estamos de suerte! ¿Quién te ha prendido, idiota?

—Es mío. —Una voz grave, de acento escocés, anunció el regreso de William Buccleigh MacKenzie—. ¿Cómo es eso de que todo es culpa de él? ¿A qué te refieres?

—¡A esto! —Barba Negra estiró un brazo para señalar los alrededores y la batalla moribunda. Los cañonazos habían cesado y sólo se oían algunos disparos de rifle en la distancia.

—Este condenado pico de oro ha venido esta mañana al campamento y se ha llevado a Hermon Husband para hablarle en privado. No sé qué diantres le ha dicho, pero cuando ha acabado, Husband ha montado a caballo, nos ha dicho a todos que volviéramos a casa ¡y se ha largado!

Barba Negra clavó en Roger una mirada fulminante y, echando la mano atrás, lo abofeteó con fuerza.

—¿Qué le has dicho, cabrón?

Sin aguardar respuesta se volvió hacia Buccleigh, que los miraba a ambos con profundo interés, arrugando las cejas rubias y densas.

—Si Hermon se hubiera quedado con nosotros, tal vez habríamos podido resistir —clamó—. Pero que se fuera de ese modo nos socavó el suelo bajo los pies. Nadie sabía qué hacer.

Y cuando menos lo esperabas, Tryon nos grita que nos rindamos. No era algo que se pudiera hacer, desde luego, pero tampoco estábamos lo que se dice preparados para combatir...

Al ver que Roger lo observaba, se le apagó la voz y dejó la frase en el aire, consciente muy a su pesar de que ese hombre lo había visto huir presa del pánico.

Al otro lado del tronco se hizo el silencio; los disparos habían cesado. Roger cayó en la cuenta de que la batalla no sólo había acabado, sino que estaba irremisiblemente perdida. Lo más probable era que los milicianos invadieran muy pronto ese lugar. Aunque todavía le lagrimeaban los ojos por la bofetada, parpadeó para aclararlos y los fijó en Barba Negra.

—Lo que le he dicho a Husband es lo que os digo a vosotros —manifestó, con tanta autoridad como puedes transmitir cuando estás tendido en el suelo, atado como un ganso para la cena de Navidad—. El gobernador está decidido a aplastar esta rebelión y, por lo que se ve, acaba de hacerlo. Si os interesa salvar el pellejo... y yo diría que sí...

Barba Negra, con un aullido de ira, lo cogió por los hombros e intentó estrellarle la cabeza contra el tronco. Roger se retorció como una anguila, echándose hacia atrás, con lo que logró desasirse; luego lo golpeó con la frente en plena nariz. Sintió un satisfactorio crujido de hueso y cartílago y el calor húmedo de la sangre contra la cara. Entonces se dejó caer sobre un codo, jadeante.

Era la primera vez que aplicaba a alguien «el beso de Glasgow», pero al parecer surgía de manera espontánea. El impacto le había dejado la muñeca dolorida, pero ya no importaba. Sólo deseaba que Buccleigh se acercara lo suficiente como para hacerle lo mismo.

El otro lo miró con una mezcla de diversión y cauteloso respeto.

—Ah, conque eres hombre de talento, ¿eh? Traidor, ladrón de esposas y por añadidura, gran luchador, todo en el mismo lote, ¿no?

Barba Negra se levantó, ahogándose en la sangre de la nariz rota, pero Roger no le prestó atención. Ya se le había despejado la vista y no la apartaba de Buccleigh; sabía cuál de esos dos representaba la peor amenaza.

—El hombre que está seguro de su esposa no teme que algún otro se la robe —dijo, apenas atemperada la ira por la cautela—. Yo estoy seguro de mi esposa y no necesito la tuya, *amadain*.

Buccleigh estaba bronceado por el sol y muy enrojecido por la contienda, pero a sus mejillas subió un rojo más oscuro. Aun así mantuvo la compostura.

—¡Ah!, estás casado —dijo, con una pequeña sonrisa—. Bastante fea ha de ser tu esposa para que vengas a olfatear a la mía. ¿O acaso te ha echado de su cama porque no sabías servirla como se debe?

La presión de la cuerda en las muñecas recordó a Roger que no estaba en situación de intercambiar insultos. Hizo un esfuerzo por contener la réplica que tenía en la punta de la lengua y se la tragó. Le supo muy mal, por cierto.

—A menos que quieras dejar viuda a esa esposa tuya, es hora de que te vayas, ¿no? —dijo. Apuntó con la cabeza hacia el lado opuesto del tronco, donde al breve silencio seguía un rumor de voces distantes—. La batalla ha terminado y vuestra causa está perdida. No sé si piensan tomar prisioneros...

—Han tomado a varios. —Buccleigh lo miró frunciendo el ceño, obviamente indeciso.

Roger se dijo que no había muchas opciones; ese hombre debía dejarlo ir, abandonarlo atado o matarlo. Cualquiera de las dos primeras resultaban aceptables. En cuanto a la última, si hubiera querido matarlo, ya lo habría hecho.

—Es mejor que te vayas mientras puedas —sugirió—. Tu esposa estará preocupada.

Mencionar otra vez a Morag fue un error. La cara de Buccleigh se oscureció aún más, pero antes de que pudiese decir nada lo interrumpió la aparición de la susodicha, en compañía del hombre que, un rato antes, había ayudado a amarrarlo.

—¡Will! ¡Oh, Willie, estás a salvo, gracias a Dios! ¿Tienes alguna herida? —Estaba pálida y ansiosa; traía en brazos a un niño pequeño, que se aferraba a su cuello como un monito. A pesar de su carga alargó una mano para tocar a su esposo y asegurarse de que estuviera en verdad indemne.

—No te preocupes, Morag —respondió Buccleigh, gruñón—. No he sufrido ningún daño.

Le dio unas palmadas afectuosas en la mano y un tímido beso en la frente. Su compañero, sin prestar atención a ese tierno reencuentro, azuzó a Roger con la puntera de la bota, muy interesado.

—¿Qué haremos con esto, Buck?

Buccleigh apartó por un instante la atención de su esposa. Al ver a Roger en el suelo, Morag sofocó un grito y se llevó una mano a la boca.

—¿Qué has hecho, Willie? —exclamó—. ¡Suéltalo, por santa Bride!

—Nada de eso. Es un sucio traidor. —Buccleigh apretó los labios en una línea ceñuda, a las claras disgustado por el hecho de que su esposa se fijara en el prisionero.

—¡No, no puede ser! —Con el niño apretado contra el seno, Morag se inclinó para observar a Roger, con una arruga de aflicción entre las cejas. Al ver el estado de sus manos se volvió hacia su esposo con una exclamación indignada—. ¡Will! ¿Cómo has podido tratar así a este hombre, después de lo que hizo por tu esposa y por tu hijo!

«¡Por el amor de Dios, Morag, calla!», pensó Roger, viendo que Buccleigh apretaba de pronto el puño. Resultaba obvio que el cabrón era celoso por naturaleza; estar en el bando que había perdido la batalla no le mejoraba el carácter en absoluto.

—Lárgate, Morag —dijo, expresando los deseos de Roger en un lenguaje menos galante—. Ni tú ni el niño tenéis nada que hacer aquí. Llévatelo.

Por entonces Barba Negra se había recobrado un poco. De pie junto a William, miraba a Roger con gesto ceñudo, sin dejar de presionar la nariz hinchada.

—Cortémosle el cuello y acabemos de una vez. —Subrayó su opinión con un puntapié a las costillas de Roger, que se curvó como un camarón.

Morag dio un grito feroz y pateó al agresor en la espinilla.

—¡Dejadlo en paz!

Barba Negra, cogido por sorpresa, retrocedió con un alarido. El otro compañero de Buccleigh parecía encontrar todo eso más que divertido, pero sofocó su hilaridad al ver que el celoso volvía hacia él una mirada horrible.

Morag estaba de rodillas, con una pequeña daga entre las manos, tratando de cortar las ataduras de Roger con una sola mano. Por mucho que él agradeciera su intención, habría sido mejor que no tratara de ayudarlo. Era demasiado evidente que el monstruo de los ojos verdes estaba en firme posesión del alma de William Buccleigh MacKenzie y refulgía en sus cuencas oculares, con furia esmeraldina.

El marido la cogió por un brazo para levantarla de un tirón. El pequeño, sobresaltado, rompió en chillidos.

—¡Déjalo, Morag! —bramó Buccleigh—. ¡Vete, vete ya!

—¡Vete, sí! —intervino Barba Negra, echando chispas—. ¡Nadie te ha pedido ayuda, pequeña entrometida!

—¡Qué modo es ése de hablarle a mi esposa! —Buccleigh giró sobre los talones y le asestó un rápido golpe en el estómago.

El hombre cayó sentado, abriendo y cerrando cómicamente la boca. Roger sintió cierta pena por Barba Negra; al parecer, no tenía más suerte que él mismo con los dos MacKenzie.

El otro amigo de Buccleigh, que observaba la escena con la fascinación de quien presencia una partida de tenis muy reñida, aprovechó la ocasión para intervenir mientras Morag trataba de calmar el llanto de su bebé.

—No sé qué piensas hacer, Buck, pero será mejor que lo hagamos y nos larguemos de una vez. —Señaló el arroyo, inquieto. A juzgar por el rumor de voces, de allí venían varios hombres. Se los oía hablar con firmeza; por ende, no podían ser reguladores en fuga. ¿Milicianos en busca de prisioneros? Roger lo esperaba de corazón.

—Sí. —Buccleigh echó un vistazo en esa dirección y puso una mano en el hombro de su mujer, con delicadeza—. Vete, Morag. No quiero que corras peligro.

Al percibir el dejo de súplica en su voz, ella ablandó la expresión. Aun así, todavía miraba alternativamente a su esposo y a Roger, que ahora intentaba recurrir a la telepatía para enviarle pensamientos cada vez más desesperados:

«¡Vete, mujer, por lo que más quieras, antes de que hagas que me maten!»

Morag se volvió hacia su esposo con la pequeña mandíbula bien firme.

—Me iré. Pero tú, William Buccleigh, me jurarás no tocar ni un pelo a este hombre.

Los ojos de su marido mostraron su sorpresa, y cerró los puños, pero Morag se mantuvo en sus trece, menuda y feroz.

—¡Júralo! —dijo—. ¡Pues por santa Bride que no compartiré el lecho de un asesino!

En obvio conflicto, Buccleigh miró al ceñudo Barba Negra; luego, a su otro amigo, que pasaba el peso del cuerpo de un pie al otro, como si tuviera urgente necesidad de una letrina. El grupo de milicianos se estaba acercando. Por fin miró a su esposa a la cara.

—Está bien, Morag —gruñó. Luego le dio un pequeño empellón—. ¡Ahora vete!

—No. —Ella le cogió la mano. El pequeño Jemmy, superado el susto, se había acurrucado contra el hombro de su madre y se chupaba ruidosamente el pulgar. Morag apoyó en su cabecita la mano de su padre—. Júralo sobre la cabeza de tu hijo, Will. Jura que no harás daño a este hombre ni ordenarás que lo maten.

Roger aplaudió para sí el gesto, aun temeroso de que ella se hubiera excedido. Por un momento, Buccleigh se envaró y la sangre volvió a agolparse en su cara. Después de un instante de tensión, hizo un solo gesto afirmativo.

—Lo juro —dijo en voz baja. Y dejó caer la mano.

Morag, tranquilizada, se alejó deprisa, sin decir una palabra más, con el bebé apretado contra el seno.

Roger dejó escapar el aliento que contenía. ¡Santo Dios, qué mujer! Rogó con todas sus fuerzas que ella y su bebé no sufrieran ningún daño, aunque si su tozudo marido decidía meter el pie en una topera y quebrarse el cuello...

William lo miraba, con los verdes ojos entornados en cavilación, ajeno a la creciente agitación de su amigo.

—¡Vamos, Buck! —El hombre miró por encima del hombro hacia el arroyo, donde fuertes gritos aquí y allá indicaban que los milicianos estaban barriendo el terreno—. No hay tiempo que perder. Dicen que Tryon pensaba ahorcar a los prisioneros. ¡Y no tengo ningún interés en caer!

—¿De verdad? —musitó Buccleigh, mirando a su cautivo a los ojos.

Por un momento Roger creyó ver algo familiar en esas profundidades. Un escalofrío de inquietud le recorrió la columna.

—Tiene razón —le dijo a William, señalando al otro con la cabeza—. Vete. No te denunciaré... por respeto a tu esposa.

Buccleigh frunció un poco los labios, pensativo.

—No —dijo al fin—, no creo que me denuncies. —Se agachó para recoger la sucia y mojada bandera de tregua—. Vete, Johnny. Cuida de Morag. Nos veremos luego.

—Pero Buck...

—¡Vete! No corro peligro.

Con una vaga sonrisa, sin apartar los ojos de Roger, Buccleigh hundió la mano en la taleguilla y extrajo un trocito de metal plateado, opaco. Con un pequeño respingo, Roger reconoció su propia insignia militar, con las toscas letras «CF» grabadas en el disco de peltre.

William la hizo saltar en la mano.

—Tengo una idea con respecto a este mutuo amigo —le dijo a Barba Negra, que de pronto renovaba su interés por los procedimientos—. ¿Me acompañas?

Barba Negra miró a Roger; luego, a MacKenzie. Una lenta sonrisa empezó a crecer bajo su nariz bulbosa y enrojecida. En la espalda de Roger, el escalofrío de intranquilidad se transformó de pronto en una verdadera descarga de miedo.

—¡Socorro! —bramó—. ¡Socorro, milicia! ¡Auxilio!

Rodó y se retorció, tratando de evitarlos, pero Barba Negra lo cogió por los hombros y tiró de él hacia atrás. Detrás de los árboles se oyeron voces y un ruido de pies que echaban a correr.

—No, señor —dijo William Buccleigh, arrodillado frente a él. Sujetó la mandíbula de Roger con mano de hierro, estrangulando sus chillidos, y le estrujó las mejillas para obligarlo a abrir la boca—. No creo que hable usted, por cierto.

Con una ligera sonrisa, volvió a meter el trapo empapado en la boca de Roger y lo sujetó con el corbatón destrozado.

Luego se incorporó con la insignia de miliciano bien sujeta entre los dedos. Cuando las matas se abrieron, él se volvió hacia los recién llegados con un brazo alzado en cordial saludo.

## 67

### *Consecuencias*

*Siendo ya las dos y media, dispersado por completo el enemigo y con el ejército a ocho kilómetros del campamento, se consideró prudente regresar a él sin pérdida de tiempo. Se ordenó que llevaran carretas vacías para cargar a los muertos y heridos de su bando, e incluso a varios heridos rebeldes, quienes reconocieron que, de haber ganado la batalla, no habrían dado cuartel sino a quienes se hubieran unido a los reguladores. Aun a éstos se les brindó buena atención y se les vendaron las heridas.*

*Diario de la expedición contra los insurgentes,*
*Wm. Tryon*

Una bala de mosquete le había destrozado el codo a David Wingate. Mala suerte: si hubiera penetrado dos o tres centímetros más arriba, habría roto el hueso, pero con buenas perspectivas de cicatrizar bien. Abrí la articulación con una incisión semicircular en la cara exterior, por la que extraje la bala deformada y varias astillas de hueso; sin embargo, el cartílago estaba muy dañado y los tendones del bíceps, cortados por completo; tenía a la vista el brillo plateado de un extremo, bien escondido en la carne oscura del músculo.

Me mordí el labio inferior, estudiando las posibilidades. Si dejaba las cosas como estaban, el brazo quedaría inutilizado para siempre. Si lograba ligar el tendón cortado y alinear los extremos de la articulación, tal vez recuperara parte del movimiento.

Paseé la vista por el campamento, que ahora parecía un aparcamiento de ambulancias, sembrado de cuerpos, equipos y vendajes ensangrentados. La mayoría de esos cuerpos se movían, gracias a Dios, aunque sólo fuera para maldecir o quejarse. Uno de los hombres, traído por sus amigos, había llegado muerto; yacía a la sombra de un árbol, envuelto en su manta.

En general, las heridas que yo había visto eran leves, aunque había dos hombres con el cuerpo atravesado por los tiros. Por ellos no podía hacer nada, salvo mantenerlos abrigados y esperar lo mejor. Brianna los examinaba cada pocos minutos, alerta a señales de shock o fiebre mientras administraba aguamiel a quienes tenían las heridas más superficiales. Era mejor mantenerla ocupada. Y ella respondía, aunque su cara parecía uno de los dondiegos silvestres que trepaban por los arbustos a su espalda: blanca y fruncida, tensa por los terrores del día.

Al poco rato de terminar la batalla habíamos tenido que amputar una pierna. Era un hombre de la compañía de Mercer, que acampaba cerca de nosotros y carecía de cirujano propio; lo había alcanzado la metralla de una descarga de mortero, que le arrancó la mayor parte del pie y dejó la carne de la pantorrilla colgando del hueso destrozado. Cuando el pesado miembro cayó al polvo, a los pies de Bree, pensé que iba a desmayarse; ella también lo pensó, pero algún milagro la mantuvo erguida, sosteniendo al paciente —que sí se desmayó, ¡gracias al cielo!— mientras yo cauterizaba los vasos sangrantes y vendaba el muñón con brutal apresuramiento.

Jamie no estaba. Después de traer a sus hombres de regreso, abrazarme con fuerza y darme un beso feroz, se fue con los Lindsay para entregarle los prisioneros al gobernador... y preguntar en el trayecto si había noticias de Roger.

El alivio por tener a Jamie de regreso mantenía mi corazón a flote, pero el miedo por Roger era un pequeño contrapeso bajo el esternón. El trabajo me permitía ignorarlo. Por un breve tiempo más, la falta de noticias equivaldría a buenas noticias, y yo agradecía las realidades inmediatas del diagnóstico y el tratamiento como refugio contra la imaginación.

No había otros casos urgentes. Los hombres seguían llegando, de uno en uno o por parejas, y Bree los miraba con el corazón en los ojos. Si alguien me necesitaba, ella me llamaría. Decidí que tenía tiempo para intentarlo. Había poco que perder, aparte del mayor sufrimiento para el señor Wingate. Le preguntaría si estaba dispuesto.

Aunque sudoroso y pálido como la cera, se mantenía erguido. Me autorizó con un gesto de la cabeza. Cuando volví a darle la botella de whisky, se la llevó a la boca con la mano libre como si contuviera el elixir de la vida. Llamé a un hombre para que le mantuviera el brazo inmóvil mientras yo operaba y me apresuré a cortar la piel por encima de la articulación del codo, en forma de «T» invertida, para dejar al descubierto la parte inferior del bíceps, haciéndolo más accesible. Luego hurgué con el más largo de mis fórceps hasta que asomó la recia hebra plateada del tendón cortado y tiré de él cuanto pude; cuando encontré un sitio donde aplicar la sutura, me dediqué al delicado trabajo de reunir los extremos cortados.

Perdí contacto con cuanto me rodeaba, concentrada toda mi atención en la tarea. Percibía vagamente un *plic-plic-plic* de gotas que caían a mis pies, pero ignoraba si era el sudor que me corría por los brazos y la cara, la sangre del paciente o ambas cosas. Me habría sido útil contar con las manos de una enfermera quirúrgica experimentada, pero no las tenía, de modo que me las arreglé con las mías. Lo que tenía era una buena aguja de cirugía y suturas de seda hervida; los puntos surgieron pequeños y pulcros: un nítido zigzag negro que sujetaba con firmeza el tejido resbaladizo y brillante. Por lo general hacía ese tipo de trabajos internos con tripa de gato, que se disolvía poco a poco, absorbida por el cuerpo. Pero los tendones cicatrizan con tanta lentitud, que no podía arriesgarme. Esa sutura de seda quedaría definitivamente allí. Era de esperar que no causara problemas por sí misma.

Por fin la peor parte quedó terminada y el tiempo volvió a avanzar. Me fue posible decir unas palabras reconfortantes a David, que había soportado todo aquello con gallardía; cuando le dije que había terminado, él hizo un débil intento de sonreír, aunque tenía los dientes apretados y las mejillas mojadas de lágrimas. Cuando le lavé las heridas con alcohol diluido, aulló, como todos; no podían evitarlo, pobrecitos. Pero luego cayó hacia atrás, temblando mientras yo suturaba las incisiones y le vendaba las heridas.

Aun así, eso no requería gran habilidad ni atención; de manera gradual cobré conciencia de que algunos hombres, detrás de mí, analizaban la batalla reciente, llenos de elogios para con el gobernador Tryon.

—¿Tú lo has visto? —preguntaba uno de ellos, ansioso—. ¿Es verdad que ha hecho lo que dicen?

—Que me arranquen las tripas y las frían para el desayuno si no es cierto —replicó su compañero, sentencioso—. Lo he visto con mis propios ojos, sí. Se ha acercado a caballo hasta unos cien metros de esos cerdos y les ha ordenado, cara a cara, que se rindieran. Durante un minuto no ha habido respuesta; ellos medio se miraban entre sí, como para ver quién hablaba. Por fin alguien grita que ni hablar, que de ningún modo van a rendirse. Entonces el gobernador, ceñudo como para asustar a una tormenta, hace que su caballo se alce de manos y levanta la espada, y luego la baja con un grito: «¡Fuego contra ellos!»

—¿Y ellos han disparado al momento?

—No —intervino otra voz, más educada y en tono bastante seco—. ¿Te parece mal? Una cosa es cobrar cuarenta chelines por unirte a la milicia; otra muy distinta disparar a sangre fría contra tus propios conocidos. He mirado al otro lado y ¿a quién veo allí? ¡Al primo de mi esposa, sonriéndome de oreja a oreja! Mira, no digo que ese tunante sea nuestro pariente favorito, pero ¿puedo ir a casa y decirle a mi Sally que acabo de agujerear a su primo Millard?

—Preferible eso a que el primo Millard haga lo mismo contigo —dijo la primera voz, con una sonrisa audible. El tercer hombre rió.

—Es verdad —reconoció—. Pero no hemos esperado a que las cosas llegaran a eso. Al ver que los hombres vacilaban, el gobernador se ha puesto rojo como el moco del pavo. Se ha empinado sobre los estribos con la espada en alto y ha bramado, mirándonos a todos: «¡Disparad, cabrones! ¡Disparad contra ellos o contra mí!»

El narrador puso tanto entusiasmo en su representación que arrancó un murmullo de admiración entre quienes lo escuchaban.

—¡Ése sí que es un soldado! —dijo una voz, seguida por un rumor general de acuerdo.

—Entonces hemos disparado —dijo el narrador, con un leve encogimiento de hombros perceptible en la voz—. Una vez que hemos comenzado, no ha hecho falta mucho tiempo. El primo Millard corre que se las pela, por lo que hemos podido ver. El cretino ha escapado.

Ante eso hubo más risas. Sonreí a David y le di unas palmadas en el hombro. Él también escuchaba; la conversación lo distraía.

—No, señor —aseguró otro—. Creo que Tryon quiere asegurarse la victoria. Dicen que va a ahorcar a los líderes de la Regulación en el campo de batalla.

—¿Qué? —Al oír eso giré en redondo, con las vendas todavía en la mano.

Los hombres me miraron con un parpadeo de sorpresa.

—Sí, señora —dijo uno de ellos, tirando con torpeza del ala del sombrero—. Me lo ha dicho un tipo de la brigada de Lillington, que iba a disfrutar del espectáculo.

—Disfrutar —murmuró otro de los hombres, persignándose.

—Será una pena si ahorcan al cuáquero —opinó otro, sombrío—. El viejo Husband es un demonio imprimiendo panfletos, pero no criminal, ni tampoco James Hunter o Ninian Hamilton.

—Podrían colgar al primo Millard —sugirió uno de sus compañeros mientras codeaba a su vecino con una gran sonrisa—. De ese modo te desharías de él y tu esposa podría echarle la culpa al gobernador.

Hubo un coro de risas, pero el tono era apagado. Volví a mi trabajo, en un intenso esfuerzo por borrar la imagen de lo que, en ese momento, estaría sucediendo en el campo de batalla.

La guerra ya era de por sí algo bastante malo, aun cuando resultara necesaria. La venganza del vencedor a sangre fría estaba un grado más abajo. No obstante, desde el punto de vista de Tryon, eso también podía ser necesario. En comparación con la mayor parte de las batallas, ésa había sido breve, y con relativamente pocas bajas. Yo sólo tenía una veintena de heridos a mi cargo y había visto una única víctima mortal. En otros campamentos habría más, desde luego; aun así, a juzgar por los comentarios, había sido una fuga desordenada, pero no una matanza; la mayoría de los milicianos tenía pocas ganas de masacrar a sus conciudadanos, primos o no.

Gracias a eso, un inmenso número de los hombres de la Regulación sobrevivieron sin daño. Probablemente el gobernador pensara que se requería un gesto drástico para sellar su victoria, intimidar a los supervivientes y aplastar de una vez por todas la mecha, por largo tiempo ardiente, de ese movimiento peligroso.

Hubo una conmoción y un ruido de cascos. Levanté la vista. Junto a mí, Bree alzó de golpe la cabeza, con el cuerpo tenso... Era Jamie quien regresaba, con Murdo Lindsay a la grupa. Los dos desmontaron. Mientras Murdo se ocupaba de *Gideon*, él se me acercó de inmediato.

Por la expresión ansiosa de su cara comprendí que no tenía noticias de Roger; me echó un vistazo y vio en la mía la respuesta a su propia pregunta. Sus hombros se encorvaron un poco, desalentados, pero luego volvieron a erguirse.

—Iré a revisar el campo de batalla —dijo en voz baja—. Ya he hecho circular la voz entre todas las compañías. Si lo llevan a algún otro campamento, alguien vendrá a darnos aviso.

—Voy contigo. —Brianna se quitó el delantal sucio y lo redujo a una pelota.

Jamie asintió.

—Sí, muchacha, por supuesto. Pero aguarda un momento. Traeré a Josh para que ayude a tu madre.

—Iré a... a preparar los caballos.

Los movimientos de Bree eran veloces y espasmódicos, carentes de su habitual gracia atlética. Dejó caer la botella de agua que sostenía y falló varias veces antes de poder levantarla. Se la quité de las manos antes de que volviera a caer y le estreché los dedos con fuerza. Me miró con un temblor en los labios. Supuse que intentaba que eso fuese una sonrisa.

—Estará bien —dijo—. Lo encontraremos.

—Sí. —Le solté la mano—. Sé que lo haréis.

La seguí con la vista mientras se alejaba cruzando el claro, recogiéndose las faldas con dedos tensos. Y sentí que el contrapeso del miedo se desprendía. Cayó como una piedra en mi estómago.

# 68

## *Ejecución de órdenes*

Roger despertó muy despacio, con dolores palpitantes y una sensación de horrible urgencia. No tenía ni idea de dónde estaba ni de cómo había llegado allí, pero había voces, muchísimas voces.

Algunas hablaban más allá del alcance de su comprensión; otras cantaban como arpías, en aguda discordancia. Por un momento pensó que las voces estaban dentro de su cabeza. Las veía: pequeñas cosas pardas con alas de piel y dientes agudos, que se entrechocaban en paroxismos de interrupción, con los que hacían estallar pequeñas bombas de luz detrás de sus ojos.

Percibía la juntura en la que su cabeza iba a estallar por la presión: una banda ardiente en el tope de su cráneo. Quería que alguien viniera a abrirla y permitiese salir a todas esas voces voladoras y su bullicio, para dejarle el cráneo como un cuenco vacío de hueso reluciente.

No tenía conciencia de haber abierto los ojos; durante algunos minutos mantuvo la vista fija, aturdido, como si la escena que veía fuera aún parte de la confusión imperante en su cráneo. Delante de él pululaban hombres en un mar de colores: azules arremolinados, rojos y amarillos, mezclados con bultos verdes y pardos.

Un defecto de la vista lo privaba de perspectiva y le hacía ver las cosas en fragmentos: un racimo lejano de cabezas que flotaban como un manojo de globos, un brazo ondulante con un estandarte carmesí, como si lo hubieran amputado de su cuerpo. Varios pares de piernas que debían de estar cerca... ¿Estaba acaso sentado en el suelo? En efecto. Una mosca pasó zumbando junto a su oreja y aterrizó en su labio superior. Por reflejo, intentó darle un manotazo; sólo entonces cayó en la cuenta de que estaba despierto... y todavía atado.

Se le habían entumecido las manos hasta perder toda sensibilidad, pero el dolor palpitaba ahora en los músculos tensos de los brazos y los hombros. Sacudió la cabeza para despejarse. Terrible equivocación: una punzada cegadora le atravesó el cráneo, llenándole los ojos de agua.

Parpadeó con fuerza e inspiró hondo, tratando de aferrarse a algún hilo de realidad, de volver en sí. «Enfoca —pensó—. Sujétate.» Las voces cantantes se habían esfumado, dejándole en los oídos sólo un débil silbido. Sin embargo, las otras seguían hablando. Por fin comprendió que el sonido era real. Pudo captar una palabra aquí y allá; las prendió con alfileres, aleteantes aún, para analizar su significado.

—Ejemplo.

—Gobernador.

—Cuerda.

—Mear.

—Reguladores.

—Guiso.

—Pie.

—Ahorcar.

—Hillsborough.

—Agua.

«Agua.» Ésa tenía sentido. Él sabía lo que era el agua. Quería agua. La necesitaba. Tenía la garganta seca, como si tuviera la boca llena de... En realidad, estaba llena de algo; en un intento de tragar, movió la lengua y eso le provocó una arcada.

—Gobernador.

La palabra repetida justo encima de él hizo que levantara la vista. Fijó la visión flotante en una cara. Delgada, morena, ceñuda de pasión.

—¿Está usted seguro? —dijo la cara.

Y él se preguntó entre brumas: «¿Seguro de qué?» Él no estaba seguro de nada, salvo de sentirse muy mal.

—Sí, señor —dijo otra voz. Y otra cara nadó hasta ponerse a la vista junto a la primera. Ésa le resultó familiar; la bordeaba una densa barba negra—. Lo he visto en el campamento de Hermon Husband, hablando con él. Pregunte entre los prisioneros, señor. Ya verá como se lo confirman.

La primera cabeza asintió, giró a un lado y arriba, como para dirigirse a alguien más alto. Los ojos de Roger subieron, buscando. Entonces se sacudió con una exclamación ahogada al ver los ojos verdes que lo miraban desde arriba, indiferentes.

—Es James MacQuiston —dijo el hombre de los ojos verdes, con un gesto de confirmación—. De Hudgin's Ferry.

—¿Lo vieron en la batalla?

La imagen del primer hombre ya era bien clara: un tipo de aspecto militar, de unos treinta y muchos años, vestido de uniforme. Y otra cosa empezaba a aclararse... James MacQuiston. Él había oído nombrar a MacQuiston... ¿Qué...?

—Mató a un hombre de mi compañía —dijo Ojos Verdes, con voz ronca de ira—. Le disparó a sangre fría cuando yacía en tierra, herido.

El gobernador... Ése debía de ser el gobernador... ¡Tryon! ¡Ése era su nombre!

El gobernador asintió, con una arruga profundamente grabada en la frente.

—Llévenlo también, pues —dijo mientras le volvía la espalda—. Por ahora bastará con tres.

Unas manos aferraron a Roger por los hombros hasta ponerlo de pie. Por un momento lo sostuvieron, pero luego le dieron un empellón. Él se tambaleó, perdido el equilibrio. Se descubrió caminando a medias, sujeto por dos hombres de uniforme. Pujó contra ellos, tratando de girar en busca de Ojos Verdes... ¡Cuernos! ¿Cómo se llamaba ese hombre? Pero lo obligaron a marchar, a trompicones, rumbo a una pequeña elevación coronada por un inmenso roble blanco.

Un mar de hombres rodeaba esa elevación, aunque se retiraron para abrir paso a Roger y a sus guardianes. La sensación de urgencia volvía a estar allí, como si tuviera hormigas bajo la superficie del cerebro.

«MacQuiston», pensó, con el nombre súbitamente claro en la memoria. «James MacQuiston.» Era un líder secundario de la Regulación, un alborotador de Hudgin's Ferry; la *Gazette* había publicado su furioso discurso de amenaza y denuncia. Roger lo había leído.

¿Por qué diablos Ojos Verdes...? ¡Buccleigh! Era Buccleigh. Al alivio de recordar el nombre siguió de inmediato el espanto de comprender que Buccleigh lo había hecho pasar por MacQuiston. ¿Por qué...?

No tuvo tiempo siquiera de formularse la pregunta. Las últimas filas se abrieron ante él. Entonces vio los caballos debajo del árbol y los nudos corredizos que pendían de sus ramas, sobre las sillas vacías.

Sujetaron los caballos por la cabeza mientras montaban en ellos a los hombres. Sintió el roce de las hojas en las mejillas y las ramitas que se le enredaban en el pelo; por instinto agachó la cabeza para protegerse los ojos.

Al otro lado del claro vio una silueta de mujer, medio escondida entre la muchedumbre, con la inconfundible curva de un niño en el brazo: una pequeña Madonna parda. Al verla sintió una descarga en el pecho y en el vientre; el recuerdo de Bree, con Jemmy en los brazos, fue como una quemadura en su mente.

Se arrojó a un lado, con la espalda arqueada, y sintió que se resbalaba. No tenía manos con que protegerse. Otras lo sujetaron y lo devolvieron a su sitio; una de ellas lo golpeó con fuerza en la cara. Él sacudió la cabeza, con los ojos acuosos. A través del borrón de lágrimas vio que la Madonna parda entregaba su carga a alguien y, con las faldas recogidas, echaba a correr como si la persiguiese el diablo.

Algo cayó sobre su pecho, con el deslizar pesado de una serpiente. La aspereza del esparto le tocó el cuello, se ciñó a su garganta. Él aulló detrás de la mordaza.

Forcejeó sin pensar en las consecuencias ni en las posibilidades, impelido por la desesperación del instinto de supervivencia. Sin que las muñecas sangrantes ni los músculos desgarrados lo detuvieran, con los muslos tan apretados al cuerpo del caballo que el animal se agitó en protesta. Tiró de sus ataduras con una fuerza superior a la que nunca había imaginado poseer.

Al otro lado del claro, la criatura comenzaba a chillar por su madre. La muchedumbre guardaba silencio y los gritos del bebé se oían con fuerza. El soldado moreno, montado en su caballo, sostenía la espada en alto. Dio la impresión de que decía algo, pero Roger no oyó nada: la sangre le rugía en los oídos.

Los huesos de sus manos emitieron un chasquido seco; una línea de calor líquido le corrió a lo largo del brazo: un músculo desgarrado. La espada descendió con un destello de sol contra la hoja. Las nalgas de Roger se deslizaron por encima de la grupa del animal y sus piernas quedaron colgando, indefensas. Su cuerpo cayó en una salto que le vació el vientre.

Un tirón desgarrador...

Y giraba, sofocándose, luchando por respirar. Sus dedos arañaron la cuerda hundida en la carne. Por fin tenía las manos libres, pero ya era demasiado tarde: no percibía ninguna sensación en ellas, no podía manejarlas. Los dedos resbalaron en las hebras retorcidas, inútiles, entumecidos e indiferentes como si fuesen de madera.

Quedó balanceándose y pataleando. De entre la multitud surgió un lejano rumor. Pateó, corcoveó, buscando con los pies en el aire vacío, rasgándose el cuello. Tensó el pecho, arqueó la espalda. Sólo veía negrura y pequeños relámpagos que parpadeaban en las comisuras de sus ojos. Buscó a Dios y no encontró ninguna súplica de misericordia dentro de sí. Sólo un grito —«¡No!»—, que le retumbó en los huesos.

Entonces el terco impulso lo abandonó. Sintió que su cuerpo se estiraba, flojo, buscando la tierra, abrazado por un viento frío. Sintió el sedante calor de sus propios excrementos. Una luz intensa refulgió detrás de sus ojos. Y ya no oyó nada más, salvo el reventar de su corazón y los gritos distantes de un niño ahora huérfano.

# 69

## *Una emergencia horrible*

Jamie y Bree estaban casi listos para marchar. Varios de los hombres se habían ofrecido a formar parte de la partida de búsqueda, aun fatigados y sucios de humo como estaban. Bree se mordió el labio y lo aceptó con gratitud. Sin embargo, mover un grupo numeroso requiere tiempo; la impaciencia llameaba en manchas rojas bajo su piel mientras se limpiaban las armas, se llenaban las cantimploras y se buscaban zapatos desechados.

«El pequeño Josh» estaba algo intimidado por su nuevo puesto de asistente de cirugía; pero a fin de cuentas era mozo de cuadra y, como tal, estaba habituado a atender a caballos enfermos. «La única diferencia —sonrió de oreja a oreja cuando se lo dije— es que los pacientes humanos pueden decirte dónde les duele.»

Mientras me lavaba las manos para suturar un corte en el cuero cabelludo, detecté cierto disturbio en el borde de la pradera, a mi espalda. Jamie también giró la cabeza. De inmediato cruzó a toda velocidad el claro, con las cejas enarcadas.

—¿Qué sucede? —pregunté.

Una joven venía hacia nosotros, en un estado lamentable y trotando con una fea cojera. Aunque era menuda y había perdido un zapato, aún corría apoyada en Murdo Lindsay, que parecía discutir con ella en plena marcha.

—Fraser —la oí jadear—. ¡Fraser!

Soltó a Murdo para abrirse paso entre los hombres que esperaban; al pasar sus ojos iban recorriendo las caras. Traía el pelo castaño enredado y lleno de hojas; la cara, llena de rasguños sangrantes.

—James... Fraser... Necesito... ¿Es usted? —Jadeaba, sin aliento, con la cara tan enrojecida que parecía a punto de sufrir una apoplejía.

Jamie se adelantó para cogerla por un brazo.

—Yo soy Jamie Fraser. ¿Me buscas a mí?

Ella asintió con la cabeza; no tenía aliento.

Me apresuré a servirle una taza de agua, pero ella la rechazó con una violenta sacudida de cabeza. No podía hablar.

Agitó los brazos, señalando el arroyo con gestos desmesurados.

—Rog... er —pronunció, tragando aire como pez en tierra—. Roger. MacKen... zie.

Antes de que la última sílaba brotara de su boca, Brianna estaba a su lado.

—¿Dónde está? ¿Está herido? —La aferró por un brazo, tanto para prestarle apoyo como para arrancarle respuestas.

La chica afirmó con la cabeza.

—Ahorc... ¡Lo... están... ahorcando! ¡El gober... nador!

Bree la soltó para correr hacia los caballos. Jamie ya estaba allí, desatando las riendas con la misma pasión veloz que había mostrado al iniciarse la lucha. Se agachó sin decir palabra, con las manos cruzadas formando un estribo. Brianna puso allí el pie y se arrojó a la montura. Antes de que Jamie hubiera llegado a su caballo, ella ya estaba en marcha. Aun así *Gideon* alcanzó a la yegua en segundos y ambas monturas desaparecieron entre los sauces, como si se los hubieran tragado.

Dije algo por lo bajo, sin saber si había murmurado una maldición o una plegaria. Luego dejé la aguja y la sutura en las manos sobresaltadas de Josh, cogí el saco con mi equipo de emergencia y corrí hacia mi propio caballo, dejando a la mujer de pelo castaño en la hierba, vomitando por el esfuerzo.

Los alcancé momentos después. Como no sabíamos exactamente dónde tenía Tryon su tribunal de guerra, perdimos un tiempo valioso, pues Jamie se vio obligado a detenerse varias veces para pedir indicaciones. Éstas eran siempre confusas y contradictorias. Bree estaba encerrada en sí misma, trémula como una flecha en el arco, lista para volar, pero sin dirección.

Traté de prepararme para cualquier cosa, incluido lo peor. No tenía ni idea de los preliminares que Tryon podía haber utilizado ni de cuánto tiempo transcurriría entre la condena y la ejecución. Supuse que no sería mucho. Conocía a Tryon lo suficiente como para saber que actuaba a conciencia, pero también con celeridad. Y no ignoraba que, cuando se hace ese tipo de cosas, es preferible hacerlas deprisa.

En cuanto al por qué... mi imaginación fallaba por completo. Sólo cabía esperar que la mujer estuviera equivocada, que hubiera confundido a otro con Roger. Sin embargo, no lo creía así; tampoco Brianna, que azuzaba a su yegua a través de los pantanos con una pasión tal que, obviamente, habría preferido desmontar de un salto y arrastrarla por el lodo.

Caía la tarde. Estábamos rodeados por nubes de pequeños mosquitos, pero Jamie no hacía nada por apartarlos. Tenía los hombros rígidos como piedras, dispuestos a soportar la carga.

Tanto eso como mis propios temores me dijeron que Roger debía de haber muerto.

La idea me golpeaba como un martillo pequeño y penetrante, de los que se usan para partir piedras. Por ahora sólo experimentaba breves sacudidas recurrentes de pérdida imaginaria. Cada vez que miraba el rostro blanco de Brianna pensaba en Jemmy huérfano, oía un eco de la voz grave de Roger, su risa en la distancia, sus canciones en el corazón. No intenté apartar esos pensamientos martilleantes; de nada serviría. Además, no me derrumbaría mientras no viera su cadáver.

Aun entonces el derrumbe sería interno. Brianna me necesitaría. Jamie se mantendría sólido como la roca para apoyarla y hacer lo que fuera menester... pero él también me necesitaría más tarde. Nadie podría jamás absolverlo de la culpa que sin duda sentía, pero yo podría al menos servirle de confesora y de intermediaria ante Brianna. Mi propio duelo podía esperar...

El terreno se abrió, aplanado en una ancha pradera. Jamie azuzó a *Gideon* para ponerlo al galope y los otros caballos lo siguieron. Nuestras sombras volaban como murciélagos por la hierba; el ruido de nuestros cascos se perdía entre las voces de la multitud que colmaba el campo.

En una elevación, en el lado opuesto de la pradera, se alzaba un enorme roble blanco; sus hojas de primavera brillaban ante los rayos inclinados del sol. Mi caballo cambió de pronto de dirección, esquivando a un grupo de hombres. Entonces las vi: tres figuras difusas que se balanceaban, quebradas, en la densa sombra del árbol. El martillo dio un golpe final y mi corazón se hizo añicos, como hielo.

Demasiado tarde.

Fue un mal ahorcamiento. A falta de tropas oficiales, Tryon no contaba con la truculenta —y necesaria— habilidad de un verdugo. Había hecho montar a los tres condenados a caballo, con las cuerdas pasadas por las ramas del árbol; a una señal se habían retirado las monturas para dejarlos colgando.

Sólo uno de ellos había tenido la suerte de morir por fractura de cuello. Vi el ángulo marcado de la cabeza, la flacidez de los miembros amarrados. No era Roger.

Los otros se habían estrangulado lentamente. Los cuerpos estaban contraídos, amarrados en la postura final del forcejeo. Cuando me acerqué, descolgaban a uno de ellos; pasó a mi lado, en brazos de su hermano. No había mucha diferencia entre las caras contorsionadas, ennegrecidas cada una en su agonía. Habían utilizado la cuerda que tenían a mano; era nueva, sin estirar. Roger era más alto que los otros y las puntas de sus pies tocaban el polvo. Había logrado soltarse las manos y meter los dedos bajo la cuerda. Esos dedos estaban casi negros porque la circulación había sido totalmente cortada. Por un momento no pude mirarle la cara. En cambio desvié la vista hacia Brianna: estaba demudada, inmóvil por completo, fijo cada hueso, cada tendón, como en la muerte.

La de Jamie estaba igual, pero si los ojos de Brianna habían quedado aturdidos por la impresión, los de Jamie ardían como agujeros quemados en el cráneo. Se detuvo un momento ante Roger; luego se persignó y dijo algo en gaélico, en voz muy baja.

—Yo lo sostendré —dijo, entregando su puñal a Brianna, sin mirarla—. Tú corta la cuerda, muchacha.

Dio un paso hacia delante para sujetar el cadáver por la cintura y lo levantó un poco para restar presión a la soga.

Roger gimió. Jamie se quedó paralizado, con los brazos cerrados en torno a él. Sus ojos volaron hacia mí, dilatados por el espanto. Fue un sonido levísimo. Sólo la reacción de Jamie me convenció de que en verdad lo había percibido. Y también Brianna. Dio un salto hacia la cuerda y la cortó en silencioso frenesí. Por mi parte, momentáneamente inmovilizada por el aturdimiento, empecé a pensar a toda velocidad.

Tal vez no; tal vez era sólo el aire residual que el movimiento hacía escapar del cadáver. Pero no era así. Al ver la cara con que Jamie lo sostenía supe que no era eso.

En el momento en que el cuerpo caía, me lancé adelante para sujetarle la cabeza entre las manos mientras Jamie lo bajaba a tierra. Estaba frío, pero firme. Así debía ser si estaba vivo, desde luego, pero yo me había preparado para la flacidez de la carne muerta; la impresión de sentir vida bajo mis manos fue considerable.

—Una tabla —dije sin aliento, como si alguien me hubiera dado un puñetazo en el estómago—. Una tabla, una puerta, algo sobre lo cual colocarlo. No debemos moverle el cuello; puede tenerlo partido.

Jamie tragó una vez, con dificultad, luego sacudió la cabeza en torpe asentimiento y se puso en marcha; partió con movimientos rígidos, pero fue apretando el paso más y más mientras dejaba atrás a los grupos de familiares dolientes y a los curiosos, cuyas miradas ansiosas se volvían ahora hacia nosotros.

Brianna aún tenía el puñal en la mano. Mientras la gente empezaba a acercársenos, ella pasó ante mí. Su cara aún estaba muy pálida y rígida, pero en sus ojos ardía una luz negra capaz de quemar a quien tuviera la temeridad de acercarse demasiado.

Yo no podía desviar mi atención para luchar con intromisiones... ni con ninguna otra cosa. Daba la impresión de que Roger no respiraba; no había movimientos visibles en el pecho, en los labios ni en las fosas nasales. Busqué en vano el pulso en la muñeca libre; habría sido inútil hurgar en la masa hinchada del cuello. Por fin hallé un pulso abdominal, un latido débil justo debajo del esternón.

El nudo corredizo estaba profundamente hundido en la carne; busqué como loca el cortaplumas que llevaba en el bolsillo. La soga era nueva, de esparto crudo. Las fibras velludas, manchadas por la sangre seca. Lo examiné por encima, en aquella remota parte de mi cerebro que aún tenía tiempo para cosas tales mientras mis manos trabajaban. Las sogas nuevas se estiran. Los verdugos profesionales emplean las suyas, ya estiradas y aceitadas, bien probadas para facilitar su uso. Me hice daño cuando me pinché los dedos al tirar y cortar el esparto crudo.

Saltó la última hebra; tiré para retirar la soga, sin que me importara lacerar. No me atrevía a mover la cabeza; si había fractura en las vértebras cervicales, corría el riesgo de matarlo o dejarlo incapacitado. Claro que, si no podía respirar, eso tampoco importaría.

Sujeté la mandíbula y traté de meterle los dedos en la boca para librarla de mocos y obstrucciones. De nada sirvió. La lengua hinchada no había salido, pero estorbaba. Aun así, el aire requiere menos espacio que los dedos. Le apreté la nariz con fuerza, aspiré dos o tres veces tan hondo como pude y luego soplé, con la boca pegada a la suya.

Si hubiera visto su cara mientras estaba colgado, habría sabido de inmediato que no estaba muerto; aunque sus facciones estaban laxas por la inconsciencia y tenía un tono azulado en los labios y los párpados, la cara no tenía el color amoratado de la sangre congestionada y los ojos no sobresalían, sino que estaban cerrados. Había vaciado los intestinos, pero la columna vertebral no estaba partida ni se había asfixiado... todavía.

No obstante, iba camino de hacerlo ante mis ojos. El pecho no se movía. Aspiré hondo y volví a soplar, con la mano libre contra su pecho. Nada. Soplé otra vez. Ningún movimiento. Otra vez. Algo, pero no lo suficiente. Otro soplido. El aire escapaba por los bordes de mi boca. Soplé. Era como intentar inflar una piedra. Soplé otra vez.

Había voces confusas por encima de mi cabeza. Brianna, que gritaba. Jamie, junto a mi codo.

—Aquí está la tabla —dijo con calma—. ¿Qué debemos hacer?

Jadeé en busca de aliento y me limpié la boca.

—Cógelo por las caderas. Bree, tú por los hombros. Levantad cuando yo os lo diga, no antes.

Lo movimos deprisa; mis manos sostenían la cabeza como si fuera el Santo Grial. Ya estábamos rodeados de gente, pero no tenía tiempo de mirar ni de escuchar. Sólo tenía ojos para lo que era preciso hacer.

Me arranqué la enagua para enrollarla, a fin de que sirviera de apoyo a su cuello. Al moverlo no había percibido ningún crujido, pero necesitaba toda la suerte disponible para otras cosas. Por terquedad o puro milagro, no había muerto. Aun así, había pasado cerca de una hora suspendido por el cuello; la tumefacción de los tejidos de la garganta lograría en muy poco tiempo lo que la cuerda no había podido hacer.

Ignoraba si disponía de unos pocos minutos o de una hora, pero el proceso era inevitable y sólo cabía hacer una cosa. Por esa masa de tejidos aplastados y maltrechos sólo pasaban unas cuantas moléculas de aire; un poco más de tumefacción lo cerraría del todo. Si por la boca o la nariz no llegaba aire a los pulmones, era urgente proporcionar otro canal.

Me volví en busca de Jamie, pero fue Brianna quien se arrodilló a mi lado. En el fondo se oía algún alboroto, indicador de que mi esposo se estaba ocupando de los espectadores.

¿Una traqueotomía? Era rápida y no requería gran habilidad, pero resultaría difícil mantenerla abierta... y tal vez no fuera suficiente para aliviar la obstrucción. Tenía una mano en el esternón de Roger, con el suave latir del corazón seguro bajo los dedos. Era bastante firme... quizá.

—Bien —le dije a Brianna, tratando de mostrarme serena—. Necesitaré un poco de ayuda.

—Sí —respondió... y gracias a Dios, ella sí parecía serena—. ¿Qué debo hacer?

En esencia no era nada difícil: simplemente, sostener la cabeza de Roger bien hacia atrás y sujetarla con firmeza mientras yo le cortaba el cuello. Claro que, si había fractura, la hiperextensión del cuello podía provocar el corte de la médula espinal o comprimirla de manera irreversible. Pero no hacía falta que Brianna se preocupara por eso; tampoco tenía por qué saberlo.

Se arrodilló junto a la cabeza de su marido e hizo lo que yo le indicaba. Al tensarse la piel y la fascia, el mediastino de la tráquea surgió a la vista. Allí estaba, bien alineado (con suerte) entre los grandes vasos sanguíneos de ambos lados. Si no era así, se corría el peligro de lacerar la carótida común o la yugular interna; entonces moriría desangrado bajo mis manos.

La única virtud de la horrible emergencia es que te autoriza a intentar cosas que nunca podrías hacer a sangre fría.

Busqué a ciegas la pequeña botella de alcohol que tenía en el bolsillo. Estuve a punto de dejarla caer, pero al verter su contenido sobre mis dedos y limpiar mi escalpelo y el cuello de Roger, el trance del cirujano cayó sobre mí y mis manos recuperaron la firmeza.

Me tomé un momento, con las manos en su cuello y los ojos cerrados, para buscar el débil palpitar de la arteria y la masa de la tiroides, algo más suave. Oprimí hacia arriba: se movía, sí. Masajeé el istmo de la tiroides para quitarla de en medio, al tiempo que la empujaba con fuerza hacia la cabeza, y con la otra mano presioné la hoja del escalpelo contra el cuarto cartílago traqueal.

Allí tenía forma de «U»; detrás de él estaba el esófago, blando y vulnerable; no debía profundizar demasiado. Sentí que la piel y la fascia se separaban, fibrosas, resistentes; luego, un suave chasquido al entrar la hoja. Se produjo un súbito gorgoteo y un silbido húmedo: el ruido del aire aspirado a través de la sangre. El pecho de Roger se movió. Sólo entonces me di cuenta de que aún tenía los ojos cerrados.

# 70

## *Todo va bien*

La oscuridad lo acunaba, consolándolo en su cálida totalidad. Al sentir que algo se movía vagamente fuera de ella, una presencia dolorosa e intrusa, se retiró al abrigo de la negrura. Pero ésta comenzaba a fundirse en derredor; poco a poco exponía algunas partes suyas a la luz y a la aspereza.

Abrió los ojos. No pudo reconocer lo que estaba mirando y se esforzó por entender. Le palpitaba la cabeza; también tenía otras diez o doce pulsaciones menores, cada una de ellas era un fulgurante estallido de dolor. Esos puntos álgidos eran como alfileres que lo clavaran a una tabla, como a una mariposa. Si al menos hubiera podido desprenderlos para alzar el vuelo...

Volvió a cerrar los ojos, buscando el consuelo de la oscuridad. Recordaba de manera difusa un esfuerzo terrible, los músculos de las costillas desgarrados por la lucha para conseguir aire. En algún lugar de su memoria había agua, agua que le llenaba la nariz e inflaba las oquedades de su ropa... ¿Se estaría ahogando? La idea disparó un chispazo de alarma en su mente. Decían que ahogarse era una muerte dulce, como quedarse dormido. ¿Se estaría hundiendo, cayendo en una comodidad traicionera y definitiva, aun mientras buscaba la seductora oscuridad?

Dio un respingo y agitó los brazos, en un intento de llegar a la superficie. El dolor le atravesó el pecho hasta quemarle la garganta; trató de toser y no pudo, trató de inspirar y no halló aire. Golpeó contra algo duro...

Algo lo sujetó para mantenerlo quieto. Sobre él apareció una cara, un borrón de piel, una llamarada de pelo rojizo. ¿Brianna? El nombre flotó en su mente como un globo de fuerte color. Entonces sus ojos se centraron un poco, trayendo a la vista una cara más dura, más feroz. Jamie. El nombre flotaba delante de él, pero de algún modo lo tranquilizaba.

Presión, calidez... Una mano le estrechaba el brazo; otra, el hombro. Con fuerza. Parpadeó, con la vista nublada; poco a poco se fue aclarando. No sentía movimiento alguno de aire en la boca ni en la nariz; tenía la garganta cerrada y aún le ardía el pecho, pero respiraba; notaba un dolor sordo en cada movimiento de los diminutos músculos entre las costillas. No se había ahogado, no; dolía demasiado.

—Estás vivo —dijo Jamie. Los ojos azules miraron con intensidad los suyos, tan cerca que sintió el calor de un aliento en la cara—. Estás vivo. Estás entero. Todo está bien.

Examinó las palabras con una sensación de desapego, dándoles vueltas en la mente como si fueran un puñado de guijarros, sopesándolas en la palma de la mente.

«Estás vivo. Estás entero. Todo está bien.»

Lo invadió una vaga sensación de consuelo. Al parecer, eso era todo lo que necesitaba saber por el momento. Cualquier otra cosa podía esperar. La negrura que esperaba volvió a elevarse, con el aspecto atrayente de un blando sofá, y él se hundió allí con gratitud. Aún oía las palabras como cuerdas pulsadas de un arpa: «Estás vivo. Estás entero. Todo está bien.»

## 71

### *Una débil chispa*

—¿Señora Claire?

Era Robin McGillivray, que rondaba la entrada de la tienda, con el pelo oscuro e hirsuto erizado como las cerdas de una escobilla. Parecía un mapache acosado; se había limpiado de sudor y hollín la piel que le rodeaba los ojos, pero el resto seguía ennegrecido por el humo de la batalla.

Al verlo, Claire se levantó de inmediato.

—Voy.

Ya estaba de pie, con el equipo en la mano y en marcha hacia la puerta, antes de que Brianna hubiera podido hablar.

—¡Mamá!

No fue más que un susurro, pero el tono de pánico hizo que Claire se volviera como si hubiera pisado una plataforma giratoria. Los ojos ambarinos se fijaron en Bree un momento; luego se desviaron hacia Roger y regresaron a su hija.

—Vigila su respiración —dijo—. Mantén el tubo limpio. Dale aguamiel, si está consciente y puede tragar un poco. Y tócalo. No puede girar la cabeza para verte; necesita saber que estás aquí.

—Pero... —Brianna se interrumpió, con la boca demasiado seca para hablar. Habría querido gritar: «¡No te vayas! ¡No me dejes sola! No puedo mantenerlo con vida, no sé qué hacer.»

—Me necesitan —adujo Claire, con mucha suavidad. Se dio la vuelta con un susurro de faldas hacia Robin, que esperaba con impaciencia, y desapareció en el crepúsculo.

—¿Y yo no? —Los labios de Brianna se movieron, pero no supo si había hablado en voz alta o no. No importaba; Claire se había ido. Estaba sola.

Se sintió mareada; entonces cayó en la cuenta de que estaba conteniendo el aliento. Dejó escapar el aire y volvió a inspirar, profunda, lentamente. El miedo era una serpiente venenosa que se retorcía en torno a su columna y se deslizaba por su mente. Lista para clavarle los colmillos en el corazón. Tomó aire una vez más entre los dientes apretados y cogió la serpiente por la cabeza. Para sí, la hundió dentro de un cesto, aunque se retorcía, y bajó la tapa. No más pánico.

Se dijo, con firmeza, que su madre no se habría ido si hubiera peligro inmediato o si quedara algún recurso médico por aplicarle. ¿Habría algo que ella misma pudiera hacer? Se llenó los pulmones de aire, al punto de hacer crujir las ballenas del corsé.

«Tócalo. Háblale. Hazle saber que estás con él.» Eso le había dicho Claire, con distraída urgencia, durante los desagradables momentos que siguieron a esa traqueotomía improvisada.

Brianna regresó junto a Roger, buscando en vano algún lugar donde pudiera tocarlo sin peligro. Tenía las manos hinchadas como guantes acolchados, amoratadas y manchadas de púrpura y rojo, casi negros los dedos aplastados; las marcas de la cuerda en sus muñecas eran tan profundas que la horrorizaban, como si pudiera ver la blancura del hueso. Parecían irreales, como un maquillaje malo para una película de terror.

Por grotescas que parecieran, peores eran las de la cara, también amoratada y tumefacta, con un horrendo collarín de sanguijuelas adheridas bajo la mandíbula; pero allí la deformidad era más sutil, como si algún siniestro desconocido fingiera ser Roger.

También sus manos estaban generosamente decoradas con esos parásitos. Todas las sanguijuelas de la zona debían de estar adheridas a él. Por orden de Claire, Josh había corrido a pedir prestadas las de los otros cirujanos; luego él y los dos muchachos Findlay bajaron a toda prisa a chapotear por la ribera del arroyo, a la búsqueda de más.

«Vigila su respiración.» Eso era algo que podía hacer. Se sentó tratando de no hacer ruido, por alguna oscura necesidad de no despertarlo. Le apoyó una mano leve sobre el corazón, tan aliviada de encontrarlo caliente al tacto que lanzó un gran suspiro. Él realizó una imperceptible mueca al sentir su aliento en la cara; se puso tenso y luego se relajó.

Su respiración era tan superficial que ella retiró la mano, como si la presión de su palma contra el pecho bastara para detenerla. Sin embargo, estaba respirando, sí; se oía el tenue silbido del aire a través del tubo insertado en su garganta. Claire había confiscado la pipa del señor Caswell, importada de Inglaterra; el cañón de marfil fue implacablemente partido y lavado con alcohol; aún tenía manchas de alquitrán, pero parecía que funcionaba bien.

En la mano derecha, dos dedos estaban fracturados, y todas las uñas, ensangrentadas, rotas o arrancadas. Bree sintió un nudo en la garganta ante esa prueba de la ferocidad con que había luchado por vivir. Su estado parecía tan precario que no se atrevía a tocarlo, como si el sobresalto pudiera empujarlo a través de algún límite invisible entre la vida y la muerte. Aun así comprendía la intención de su madre; ese mismo contacto podía retenerlo, impedir que cruzara ese límite y se perdiera en la oscuridad.

Le estrujó el muslo con firmeza, tranquilizada por el contacto sólido del largo músculo bajo la manta que le cubría la parte inferior del cuerpo. Él dejó escapar una pequeña exclamación, se tensó y volvió a relajarse. Por un momento irreal, Brianna pensó en cubrirle los genitales con la mano.

—Así sabría que estoy aquí, sin duda —murmuró mientras tragaba un histérico deseo de reír.

La pierna de Roger se estremeció apenas, al sonido de su voz.

—¿Me oyes? —preguntó ella, con voz muy queda, inclinándose hacia delante—. Aquí estoy, Roger. Soy yo, Bree. No te preocupes; no estás solo.

Su propia voz le sonaba extraña; demasiado alta, tiesa, torpe.

—*Bi socair, mo chridhe* —dijo, algo más relajada—. *Bi samnach, tha mi seo.*

Por alguna razón le resultaba más fácil en gaélico; su formalidad era como un dique contra la intensidad de los sentimientos: si quedaban en libertad, podían anegarla. Amor, miedo y cólera, arremolinados en una mezcla tan potente que le estremecía la mano.

De pronto notó que tenía los pechos hinchados, dolientes de leche; en las últimas horas no había tenido tiempo de pensar en eso, mucho menos de aliviar la presión. La sola idea le provocó un escozor en los pezones; un pequeño goteo de leche manó dentro del corpiño, mezclándose con el sudor. De pronto habría querido amamantar a Roger, acunarlo contra su pecho e infundirle vida.

«Tócalo.» Estaba olvidando tocarlo. Le acarició el brazo, se lo estrechó un poquito, con la esperanza de distraerse de sus molestias. Como si percibiera el contacto, él entreabrió un ojo. Bree creyó ver, como una chispa en sus profundidades, la conciencia de que ella estaba a su lado.

—Pareces una versión masculina de Medusa.

Había dicho lo primero que le vino a la mente. Una ceja oscura se elevó apenas.

—Por las sanguijuelas —explicó ella. Tocó una de las que tenía en el cuello y ésta se contrajo perezosamente, ya medio llena—. Una barba de serpientes. ¿Las notas? ¿Te molestan?

De inmediato recordó lo que le había dicho su madre. Pero él movió los labios, formando con obvio esfuerzo un silente «no».

—No hables. —Bree echó un vistazo a la otra cama, algo cohibida, pero el herido que la ocupaba estaba quieto, con los ojos cerrados. Entonces se inclinó para dar un rápido beso a Roger. Fue apenas un roce de labios. Él contrajo la boca, como si quisiera sonreír.

Brianna habría querido gritarle: «¿Qué ha sucedido? ¿Qué demonios has hecho?» Pero él no podía responder.

De pronto la sobrecogió la furia. No gritó, atenta al ir y venir de la gente, aunque lo aferró por un hombro, que parecía razonablemente indemne.

—Por todos los santos del cielo, ¿cómo te has hecho esto? —le susurró al oído.

Roger movió despacio los ojos para fijarlos en ella e hizo una pequeña mueca, que Bree no supo interpretar. Luego el hombro empezó a vibrar bajo su mano. Lo observó algunos segundos, completamente perpleja. Luego cayó en la cuenta de que él se estaba riendo. ¡Reía!

El tubo insertado en su garganta se sacudía con un ruido suave, sibilante, que la ofendió hasta lo indecible. Se levantó, con las manos apretadas a los pechos doloridos.

—Vuelvo enseguida —dijo—. ¡Y tú no te muevas de aquí! ¿Me has oído?

# 72

## *Yesca y carbón*

Gerald Forbes era un abogado de éxito, y normalmente lo parecía. Aun con su equipo de campaña y el hollín de la pólvora manchándole la cara, conservaba un aire de sólida seguridad que le iba muy bien como capitán de milicia. Si bien ese aspecto no lo había abandonado, se le veía intranquilo; de pie a la entrada de la tienda, enrollaba y estiraba el ala del sombrero.

Al principio supuse que era sólo el desasosiego que afecta a tantos en presencia de la enfermedad, o quizá se sentía violento ante las circunstancias que había sufrido Roger. Pero era evidente que había algo más; apenas saludó con un gesto a Brianna, que estaba sentada junto a la cama de su esposo.

—Mi solidaridad en su desgracia, señora —dijo. Luego se volvió de inmediato hacia Jamie—. Señor Fraser, ¿puedo hablar con usted? Con usted también, señora —añadió, inclinándose con aire grave hacia mí.

Eché un vistazo a Jamie. Como él asintió, recogí automáticamente mi equipo de medicina para acompañarlos.

No era mucho lo que se podía hacer; eso saltaba a la vista. En la tienda de Forbes, Isaiah Morton yacía de costado, mortalmente pálido y bañado en sudor. Aún respiraba, pero despacio y con un horrible ruido como de gárgaras, que me trajo el desagradable recuerdo del momento en que había perforado la garganta de Roger. No estaba consciente, lo cual era una pequeña ventaja. Después de efectuar un somero examen, me senté sobre los talones, al tiempo que me limpiaba el sudor de la cara con el dobladillo del delantal; no había refrescado mucho al anochecer y, dentro de la tienda, el ambiente estaba viciado y caluroso.

—Un disparo le ha atravesado el pulmón —dije.

Los dos hombres asintieron, como si ya lo supieran.

—Le han disparado por la espalda —añadió Jamie, en tono sombrío.

Y echó un vistazo a Forbes, que asintió sin apartar la vista del herido.

—No —dijo en voz baja, en respuesta a una pregunta no formulada—. No ha actuado como un cobarde. Y la avanzada ha sido limpia; no había otras compañías detrás de nosotros.

—¿Ni reguladores? ¿Francotiradores? ¿Tampoco emboscadas? —preguntó Jamie.

Forbes negó con la cabeza antes de que hubiera terminado con esas preguntas.

—Hemos perseguido a varios reguladores hasta el arroyo, pero allí nos hemos detenido y los hemos dejado escapar. —Forbes seguía enrollando y desenrollando mecánicamente el ala del sombrero, una y otra vez—. No he tenido estómago para matarlos.

Jamie asintió en silencio.

Con un carraspeo, cubrí con suavidad a Morton con los restos ensangrentados de su camisa.

—Le han disparado dos veces por la espalda —aclaré. La segunda bala sólo le había rozado el brazo, pero la dirección del surco estaba bien a la vista.

Jamie cerró los ojos por un instante y volvió a abrirlos.

—Los Brown —dijo, con ceñuda resignación.

Gerald Forbes levantó la vista, sorprendido.

—¿Brown? Eso es lo que él ha dicho.

—¿Ha hablado?

Mi esposo se sentó en cuclillas junto al herido; una arruga unía sus cejas rojizas. Yo respondí a su mirada con un mudo gesto negativo. Tenía en la mano la muñeca de Isaiah Morton; su pulso era errático y vacilante; a duras penas volvería a hablar.

—Cuando lo traían. —Forbes se arrodilló junto a Jamie, dejando por fin el maltratado sombrero—. Ha preguntado por usted, Fraser. Y luego ha dicho: «Avisad a Ally. Avisad a Ally Brown.» Lo ha dicho varias veces, antes de...

Señaló con un gesto mudo a Morton, cuyos ojos semicerrados mostraban los ojos en blanco de la agonía.

Jamie soltó por lo bajo una obscenidad en gaélico.

—¿De verdad crees que han sido ellos? —pregunté, también en voz baja. El pulso daba tumbos y se estremecía bajo mi pulgar, luchando.

—He hecho mal en dejarlos escapar —dijo como para sus adentros. Se refería a Morton y a Alicia Brown.

—No habrías podido detenerlos. —Quise tocarlo con la mano libre para reconfortarlo, pero no pude, pues estaba pegada al pulso de Morton.

Gerald Forbes me miraba, intrigado.

—El señor Morton... se fugó con la hija de un hombre llamado Brown —expliqué con delicadeza—. Y los Brown no quedaron conformes.

—¡Oh!, comprendo. —Forbes bajó la vista hacia el herido, con un chasquido de lengua en el que se mezclaban el reproche y la compasión—. Los Brown... ¿Sabe usted a qué compañía pertenecen, Fraser?

—A la mía —respondió Jamie, breve—. Es decir, pertenecían. Desde que ha terminado la batalla no he vuelto a verlos. —Se volvió hacia mí—. ¿Se puede hacer algo por él, Sassenach?

Negué con la cabeza, pero sin soltarle la muñeca. Su pulso no había mejorado, aunque tampoco empeoraba.

—No. Pensaba que se iría en poco tiempo, pero aún resiste. La bala no debe de haber tocado ninguna arteria principal. Aun así... —repetí el gesto.

Jamie suspiró profundamente.

—Bien. ¿Te quedarás con él hasta que...?

—Sí, desde luego. ¿Puedes volver a nuestra tienda y ver si allí todo está bajo control? Si Roger... en fin... si alguien me necesita, ven a por mí.

Él asintió una vez más y se fue. Gerald Forbes se acercó para apoyar una mano en el hombro de Morton.

—Su esposa... Me encargaré de que reciba ayuda. ¿Se lo dirá usted, si reacciona?

—Sí, por supuesto —repetí, pero mi vacilación hizo que él levantara la vista, enarcando las cejas—. Es que... hum... tiene dos esposas —expliqué—. Cuando se fugó con Alicia Brown ya estaba casado. De ahí las dificultades con la familia de la muchacha.

La cara de Forbes quedó cómicamente inexpresiva.

—Comprendo —dijo, y parpadeó—. Y la... eh... la primera señora Morton, ¿sabe usted cómo se llama?

—No, me temo que...

—Jessie.

La palabra fue poco más que un suspiro, pero bien podría haber sido un disparo, por el efecto que tuvo en la conversación.

—¿Qué? —Debí de apretar la muñeca de Morton, pues él hizo una leve mueca. Aflojé los dedos. Aún estaba mortalmente pálido, pero tenía los ojos abiertos, aunque empañados por el dolor; se lo veía consciente, sin lugar a dudas.

—Jessie —suspiró otra vez—. Jeze... bel. Jessie Hatfield. ¿Agua?

—Agu... ¡oh, sí! —Le solté la muñeca para coger inmediatamente la jarra de agua. Él la habría bebido a grandes tragos, pero por el momento sólo le permití beber sorbos pequeños.

—Jezebel Hatfield y Alicia Brown —dijo Forbes con cuidado, como si apuntara los nombres en su ordenada mente de abogado—. ¿Correcto? ¿Y dónde viven esas mujeres?

Morton inspiró hondo, tosió e interrumpió de golpe la tos, con un jadeo de dolor. Después de una breve lucha recuperó el habla.

—Jessie... en Granite Falls. Ally está... en Guildford.

Apenas respiraba, jadeaba entre una palabra y otra. Aun así no percibí gorgoteo de sangre en su garganta; tampoco manaba por la boca o la nariz. Aún se oía el sonido del aire que entraba por la herida de la espalda; en una súbita inspiración, lo moví un poco hacia delante y tiré de la camisa destrozada hacia arriba.

—Señor Forbes, ¿tiene usted una hoja de papel?

—Eh... sí... Es decir...

De forma automática, Forbes había hundido la mano en la chaqueta para sacar una hoja doblada. Se la arrebaté y, después de desplegarla, vertí agua sobre ella y la pegué contra el pequeño agujero abierto bajo el omóplato. La tinta, mezclada con sangre, corrió en pequeños hilos oscuros sobre la piel amarillenta, pero el ruido de succión cesó de golpe.

En la mano con que sostenía el papel percibí el latir del corazón. Todavía era débil, pero más firme. Sí, era más firme.

—Que me aspen —dije, inclinándole para mirarlo a la cara—. No vas a morir, ¿verdad?

El sudor le corría a mares por el rostro y los harapos de la camisa colgaban contra su pecho, oscuros y empapados, aunque el borde de su boca tembló en un intento de sonrisa.

—No, señora —dijo. Aún respiraba en cortos jadeos, pero más hondo—. Ally. El bebé... mes próximo. Le dije... que estaría... allí.

Cogí con la mano libre el borde de la manta para enjugarle un poco el sudor de la cara.

—Haremos lo posible para que así sea —le aseguré. Luego levanté la vista hacia el abogado, que observaba esos procedimientos algo boquiabierto—. Señor Forbes, sería mejor llevar al señor Morton a mi tienda. ¿Puede usted traer a un par de hombres para que lo trasladen?

Él cerró de golpe la boca.

—¡Oh! Sí. Por supuesto, señora Fraser. Ahora mismo.

Sin embargo, tardó en ponerse en movimiento. Vi que desviaba la vista hacia la hoja de papel mojado pegada a la espalda de Morton. La observé. Sólo pude leer unas cuantas palabras borrosas entre los dedos, pero bastaron para indicarme que Jamie estaba equivocado al referirse a Forbes como sodomita. «Mi adorada Valencia», comenzaba la carta. Yo sólo sabía de una mujer llamada Valencia en toda la zona de Cross Creek; en realidad, en toda Carolina del Norte. Y ésa era la esposa de Farquard Campbell.

—Lamento muchísimo lo que ha sucedido con su papel —le dije. Sin dejar de sostenerle la mirada, froté con cuidado la palma de la mano sobre la hoja, con lo que todas las palabras escritas en ella se convirtieron en un borrón de sangre y tinta—. Temo que se ha estropeado por completo.

Él inspiró hondo y se plantó el sombrero en la cabeza.

—No tiene importancia, señora Fraser. Ninguna importancia. Iré a... traer algunos hombres.

La noche trajo alivio contra el calor y las moscas que, atraídas por el sudor, la sangre y el estiércol, se arracimaban sobre el campamento, picando, arrastrándose y zumbando hasta hacernos enloquecer. Aun después de que se fueran, continué dándome distraídas palmadas en los brazos y el cuello, con la sensación de sentir allí el cosquilleo de sus patas.

Pero por fin se habían ido. Paseé una mirada por mi pequeño reino. Todo el mundo respiraba, aunque con una asombrosa variedad de efectos sonoros. Luego salí a respirar yo misma un poco de aire fresco.

Actividad muy subestimada, la de respirar. Por un momento, con los ojos cerrados, aprecié el fácil subir y bajar de mi pecho, el suave torrente hacia dentro, el flujo purificador. Tras haber pasado las últimas horas dedicada a mantener el aire fuera del pecho de Isaiah Morton y a introducirlo en el de Roger, bien podía agradecer ese privilegio. Durante algún tiempo, ninguno de los dos podría tomar una sola bocanada de aire sin dolor... pero los dos estaban respirando.

De todos mis pacientes sólo quedaban ellos; los otros heridos graves habían sido reclamados por los cirujanos de sus propias compañías o trasladados a la tienda del gobernador, que los haría atender por su médico personal. Los heridos leves habían vuelto con sus compañeros, para exhibir sus cicatrices o calmar los dolores con cerveza.

Al oír un batir de tambores en la distancia, me quedé inmóvil, escuchando. Tocaban una cadencia solemne, que se interrumpió de golpe. Siguió un momento de silencio, como si todo movimiento hubiera quedado en suspenso; luego, el tronar de un cañón.

Los hermanos Lindsay estaban cerca, despatarrados junto a su fogata. Ellos también habían levantado la vista al oír los tambores.

—¿Qué es eso? —les pregunté, alzando la voz—. ¿Qué sucede?

—Traen a los muertos, señora Fraser —explicó Evan—. No se preocupe.

Después de tranquilizarlos con un gesto eché a andar hacia el arroyo. Cantaban las ranas, haciendo de coro a los tambores lejanos. Honores militares para los muertos en combate. Me pregunté si enterrarían en el mismo lugar a los dos cabecillas ahorcados o si se les asignaría una tumba aparte, menos honorable, en el caso de que los parientes no los reclamaran. Tryon no era de los que dejan siquiera a un enemigo para festín de las moscas.

A estas horas lo sabría, sin duda. ¿Vendría a disculparse por el error? Pero después de todo, ¿qué disculpa podía dar? Si Roger estaba con vida, era sólo por un capricho de la suerte y el uso de una cuerda nueva.

Y aún podía morir.

Al tocar a Isaiah Morton percibía el ardor de la bala alojada en su pulmón, aunque también el ardor, aún más fuerte, de su feroz voluntad de vivir a pesar de ella. Cuando tocaba a Roger percibía ese mismo calor... pero era una chispa débil. Mientras escuchaba el silbido de su respiración, imaginaba leña quemada, con diminutas ascuas aún encendidas, mas trémulo y al borde de la extinción abrupta.

«Yesca», pensé absurdamente. Eso es lo que haces cuando el fuego amenaza con apagarse. Soplas sobre la chispa, pero también necesitas yesca, algo donde la chispa pueda prender, algo que la alimente para que crezca.

Un crujir de ruedas me arrancó de la contemplación de un juncal. Se trataba de una carreta pequeña, tirada por un solo caballo y con un solo conductor.

—¿Señora Fraser? ¿Es usted?

Tardé un momento en reconocer la voz.

—¿Señor MacLennan? —pregunté, estupefacta.

Él se detuvo a mi lado y se tocó el sombrero con la mano. A la luz de las estrellas se lo veía ceñudo y grave.

—¿Qué hace usted aquí? —pregunté en voz baja, aunque no había nadie que pudiera oírme.

—He venido en busca de Joe —respondió, señalando con un leve movimiento de cabeza hacia la parte trasera del carro.

No debería haberme sorprendido, después de haber pasado el día viendo muerte y destrucción. Además, mi relación con Joe Hobson era muy superficial. Aun así, ignoraba que hubiera muerto; se me puso la carne de gallina.

Sin decir más, caminé hacia la parte posterior de la carreta. Sentí la pequeña sacudida y la vibración de la madera: Abel había puesto el freno y se apeaba para reunirse conmigo.

El cuerpo no estaba amortajado, aunque alguien le había cubierto la cara con un pañuelo grande, no del todo sucio. Sobre él descansaban tres enormes moscas negras, quietas y satisfechas. No tenía importancia, pero las ahuyenté con el dorso de la mano. Se alejaron zumbando y volvieron a posarse fuera de mi alcance.

—¿Ha estado usted en el combate? —le pregunté a Abel MacLennan, sin mirarlo. Debía de haber acompañado a los reguladores, pero no olía a pólvora.

—No —dijo con voz suave por detrás de mi hombro—. No tenía intención de pelear. Vine con Joe Hobson, el señor Hamilton y los otros, pero me he alejado cuando se avecinaba el combate. He caminado hasta el molino, al otro lado de la ciudad. Y al ponerse el sol, como no había señales de Joe... he regresado —concluyó simplemente.

—¿Y ahora? —pregunté. Ambos hablábamos en voz baja, como si pudiéramos perturbar el profundo sueño del muerto—. ¿Quiere que lo ayudemos a enterrarlo? Mi esposo...

—¡Oh, no! —interrumpió, sin alzar la voz—. Lo llevaré a casa, señora Fraser. Aun así le agradezco la amabilidad. Pero si pudiera darme un poco de agua... o algo de comida para el viaje...

—Por supuesto. Espere, que voy a buscar provisiones.

Mientras regresaba deprisa a la tienda calculé la distancia entre Alamance y Drunkard's Spring. ¿Cuatro días, cinco, seis? Y el sol tan ardiente, y las moscas... Pero era capaz de reconocer la determinación en el tono de un escocés, y me fui sin discutir.

Me detuve un momento para examinar a los dos hombres; los dos respiraban. Con ruido, con dolor, pero respiraban. Había reemplazado el papel mojado que cubría la herida de Morton por un trozo de lino aceitado, pegado en los bordes con miel, que constituye un excelente sello. No había filtraciones; muy bien.

Brianna seguía junto a Roger. Había traído un peine de madera y le estaba peinando el pelo revuelto; retiraba con suavidad los abrojos y las ramillas, deshacía los enredos, todo con lenta paciencia. Mientras tanto canturreaba algo por lo bajo: *Frère Jacques*. En el corpiño de su vestido había manchas húmedas circulares. Durante el día había salido una o dos veces para aliviar la creciente presión de la leche, pero a todas luces volvía a ser hora de hacerlo. Al verla, sentí que los pechos me dolían con el recuerdo de la tensión.

Bree levantó la vista y nos miramos a los ojos. Me toqué el pecho por un instante y señalé con la cabeza la entrada de la tienda, con una ceja enarcada. Ella respondió con un gesto de asentimiento y una sonrisa imperceptible, que trataba de ser valiente, aunque en sus ojos había desolación. Probablemente había pensado que, aun si Roger sobrevivía, era muy posible que no volviese a cantar, quizá ni siquiera a hablar.

El nudo que tenía en la garganta me impidió hablar. Corrí afuera otra vez, con el paquete bajo el brazo.

Una figura salió de la oscuridad frente a mí y estuvimos a punto de chocar. Me detuve en seco, con el paquete apretado contra mi hombro, y lancé una exclamación ahogada.

—Perdone usted, señora Fraser. Pensaba que me había visto.

Era el gobernador. Dio otro paso hacia la luz que manaba de la tienda.

Estaba solo y parecía muy cansado, con la piel de la cara arrugada y floja. Olía a bebida; sin duda el consejo y los oficiales de la milicia habrían brindado por la victoria. Pero tenía los ojos límpidos y su paso era firme.

—Su yerno —dijo, mirando hacia la tienda—. ¿Está...?

—Está con vida —dijo una voz baja y grave, detrás de él.

Tryon giró en redondo con una exclamación sofocada. Yo levanté de golpe la cabeza. Una sombra se movió y tomó forma. Era Jamie, que salía despacio de la noche; había estado sentado al pie de un nogal, invisible en la oscuridad. Me pregunté cuánto tiempo llevaba allí.

—Señor Fraser.

El gobernador, aunque sobresaltado, afirmó la mandíbula y cerró los puños en los costados. Para mirar a Jamie no tenía más remedio que echar la cabeza hacia atrás; noté que eso no le gustaba. Jamie también lo notó, pero era obvio que no le importaba. Se irguió ante Tryon, con una expresión capaz de intimidar a cualquiera.

Tryon también parecía intimidado, aunque levantó el mentón, decidido a exponer lo que quiera que desease decir.

—He venido a presentar mis disculpas por el daño que ha sufrido su yerno —dijo—. Fue un error sumamente lamentable.

—Sumamente lamentable —repitió Jamie, con entonación algo irónica—. ¿Y le molestaría decirme, señor, cómo se ha producido este... error?

Dio un paso adelante y Tryon, de forma automática, retrocedió la misma distancia. Noté que se acaloraba y que apretaba los dientes.

—Ha sido una equivocación —dijo entre dientes—. Se lo ha identificado por error como líder proscrito de la Regulación.

—¿Quién lo ha identificado? —La potente voz de Jamie sonaba cortés.

En las mejillas del gobernador aparecieron unas pequeñas manchas encendidas.

—No lo sé. Varias personas. Yo no tenía motivos para dudar de la identificación.

—Ya veo. ¿Y Roger MacKenzie no ha dicho nada en su propia defensa? ¿No ha revelado quién era?

Los dientes de Tryon se clavaron un instante en el labio superior.

—Él... no.

—¡Porque estaba atado y amordazado, por todos los demonios! —intervine. Yo misma había retirado la mordaza de su boca, después de que Jamie lo descolgara—. No se le ha permitido hablar, ¿verdad?, maldito... maldito...

La luz de la tienda se reflejó en el medallón de Tryon, una medialuna de plata que pendía de su garganta. La mano de Jamie se elevó tan despacio que Tryon no percibió amenaza alguna. Con toda suavidad, se fijó en torno al cuello del gobernador, justo por encima del medallón.

—Déjanos solos, Claire —dijo. Su voz no parecía muy amenazante, sino flemática. En los ojos de Tryon se encendió un relámpago de pánico. Dio un respingo hacia atrás y el medallón centelleó.

—¡No se atreva a ponerme las manos encima, señor! —El pánico cedió de inmediato, reemplazado por la furia.

—¡Oh!, claro que sí. Igual que usted puso las manos encima de mi hijo.

En realidad, yo no creía que pensara hacerle daño. Pero por otra parte, ése no era un simple acto de intimidación. Percibí dentro de él un núcleo de fría cólera; ardía como hielo en sus ojos. Tryon también lo vio.

—¡Ha sido un error! Y he venido para rectificarlo hasta donde me sea posible. —Tryon no cedía terreno, con dientes apretados y la mirada fulminante.

Jamie lanzó una exclamación despectiva.

—Un error. ¿Tan sólo eso es para usted que un hombre inocente pierda la vida? Usted mata y mutila por ganar gloria, sin que le importe la destrucción que deja atrás; sólo le interesa ampliar las crónicas de sus hazañas. ¿Cómo anotará esto en los despachos que envíe a Inglaterra, señor? ¿Dirá que apuntó los cañones contra sus propios ciudadanos, quienes no tenían más armas que garrotes y cuchillos? ¿O dirá que sofocó la rebelión y preservó el orden? ¿Dirá que, en su prisa por vengarse, mató a un hombre inocente? ¿Dirá que cometió «un error»? ¿O que castigó la maldad y ejerció justicia en nombre del rey?

Tryon dominó el genio, aunque trémulo y con los dientes apretados. Antes de hablar inspiró con fuerza por la nariz.

—Señor Fraser, le diré algo que sólo unos pocos saben. Aún no es de conocimiento público.

Jamie enarcó una ceja que lanzó un destello rojo a la luz. Sus ojos, fríos y tenebrosos, no parpadeaban.

—Me han nombrado gobernador de la colonia de Nueva York. El nombramiento llegó hace más de un mes. En julio partiré para hacerme cargo del nuevo puesto. En mi lugar se ha nombrado a Josiah Martin. —Nos miró a ambos—. Ya ven ustedes: no tenía nada que ganar ni que perder con esto. No necesitaba glorificar mis hazañas, como usted ha dicho. —Su garganta se movió al tragar saliva, pero el miedo había cedido paso a una frialdad igual a la de Jamie—. He hecho lo que he hecho por cumplir con mi deber. No quería dejar esta colonia en estado de desorden y rebelión, para que mi sucesor lidiara con ello, aunque tenía derecho a actuar así. —Tomó aire y dio un paso atrás, obligándose a abrir los puños que mantenía apretados—. Usted tiene experiencia en cuestiones de guerra y de deber, señor Fraser. Y si es honesto, reconocerá que a menudo se cometen errores en ambos bandos. No puede ser de otra manera.

Sostenía la mirada de Jamie. Ambos guardaron silencio. El llanto distante de un bebé me apartó de esa confrontación. Me volví de golpe, justo a tiempo de ver cómo Brianna salía de la tienda, detrás de mí, con un revoloteo de faldas agitadas.

—Jem —dijo—. ¡Ése es Jemmy!

Era él. Desde el otro lado del campamento se acercaba un barullo de voces, que halló su explicación en la silueta redonda y llena de volantes de Phoebe Sherston; parecía asustada, pero decidida. La seguían dos esclavos: un hombre que cargaba dos enormes cestas y una mujer, en cuyos brazos se retorcía un bulto que armaba un terrible alboroto.

Brianna fue hacia el bulto igual que el indicador de la brújula va hacia el norte. El barullo cesó. Jemmy emergió de entre las mantas, con el pelo erizado en mechones rojos y los pies batiendo en el aire, en paroxismos de gozoso alivio. Madre e hijo desaparecieron entre las sombras de los árboles. Siguió una pequeña confusión mientras la señora Sherston explicaba de forma inconexa a la creciente multitud de curiosos que se había afligido tanto al oír los informes de esa batalla, tan terrible, y había temido que... pero el esclavo del señor Rutherford había acudido a contarle que todo iba bien... y pensó que quizá... y entonces... y como el niño no dejaba de chillar...

Jamie y el gobernador, arrancados de su enfrentamiento cara a cara, también se habían retirado hacia los árboles. Los tenía a la vista: dos sombras rígidas; una alta y la otra más baja, de pie, muy juntas. Pero ese *tête-à-tête* había perdido el elemento de peligro; noté que Jamie inclinaba la cabeza hacia su interlocutor, atento.

—... he traído comida —me estaba diciendo Phoebe Sherston, con cierta presunción; su cara redonda estaba arrebolada por la excitación—. Pan fresco, mantequilla, algo de mermelada de frambuesas, pollo frío y...

—¡Comida! —exclamé, recordando de pronto el paquete que llevaba bajo el brazo—. ¡Perdone usted!

Y me escabullí con una brillante sonrisa, dejándola boquiabierta delante de la tienda.

Abel MacLennan aguardaba pacientemente bajo las estrellas, allí donde yo lo había dejado. Descartó mis disculpas con un gesto y me dio las gracias por la comida y la jarra de cerveza.

—¿Hay algo más que...? —Pero me interrumpí. ¿Qué más podía hacer por él?

Sin embargo, al parecer había algo.

—El joven Hugh Fowles —dijo mientras guardaba con esmero el paquete bajo el pescante de la carreta—. Dicen que lo han hecho prisionero. ¿Cree usted que... su esposo podría hablar por él? ¿Tal como lo hizo por mí?

—Supongo que sí. Se lo diré.

Allí había silencio; como estábamos bastante lejos del campamento, los ruidos y la conversación no se imponían al canto de las ranas y los grillos, al rumor del arroyo.

—Señor MacLennan —dije, movida por un impulso—, ¿adónde irá usted? Después de haber llevado a Joe Hobson a su casa, claro.

Él se quitó el sombrero para rascarse la cabeza medio calva. Pero no fue un gesto de desconcierto, sino el de quien se dispone a expresar lo que ya tiene decidido.

—Pues —dijo— no pienso ir a ninguna parte. Allá están las mujeres, ¿no? Con Joe muerto y Hugh prisionero, ya no hay un hombre con ellas. Me quedaré.

Luego me hizo una reverencia y se puso el sombrero. Le estreché la mano, lo cual fue una sorpresa para él. Luego trepó a la carreta, chasqueó la lengua para azuzar al caballo y alzó una mano en gesto de despedida que yo imité.

Aún había dolor en su voz y pesar en sus hombros, pero se mantenía erguido en el pescante, con la luz de las estrellas refulgente contra el sombrero polvoriento. Su voz y su mano eran firmes. Si Joe Hobson había partido hacia la tierra de los muertos, Abel MacLennan retornaba de allí.

Cuando regresé a la tienda, las cosas estaban más o menos tranquilas. El gobernador y la señora Sherston se habían ido; también los esclavos. Isaiah Morton dormía, gimiendo de vez en cuando, pero sin fiebre. Roger yacía inmóvil como una figura sepulcral, negras de moretones la cara y las manos; el débil silbido del tubo por donde respiraba era un contrapunto de la canción con que Brianna mecía a Jemmy.

El niñito tenía la cara laxa y la boquita abierta en el absoluto abandono del sueño. Con súbita inspiración alargué los brazos; Bree, aunque sorprendida, me permitió cogerlo. Con mucho cuidado puse el cuerpecito flojo y pesado contra el pecho de Roger. Bree hizo un pequeño movimiento, como para sujetar al bebé e impedir que se resbalara, pero Roger levantó un brazo, tieso y lento, y lo cruzó sobre el niño dormido.

«Yesca», pensé, satisfecha.

Encontré a Jamie frente a la tienda, apoyado contra el nogal, y fui a reunirme con él entre las sombras. Me tendió los brazos sin decir nada y yo acudí a ellos.

Permanecimos juntos en las sombras, escuchando el crepitar de las fogatas y el canto de los grillos.

Respirábamos.


*Campamento del Gran Alamance*
*Viernes, 17 de mayo de 1771*
*Seña: Granville*
*Contraseña: Oxford*

*El gobernador, impresionado con el más afectuoso sentido de gratitud, agradece tanto a los oficiales como a los soldados del ejército el vigoroso y generoso apoyo que le prestaron ayer en la batalla cerca del Alamance. A su valor y firme conducta se debió, bajo la Providencia de Dios Todopodero-*

*so, la señalada victoria lograda sobre los obstinados y capri-
chosos rebeldes. Su excelencia se conduele con los leales por
los bravos hombres que cayeron y sufrieron en la acción,
pero al reflexionar que el destino de la Constitución dependía
del éxito de la jornada, y los importantes servicios así prestados a su rey y a su país, considera que esta pérdida (aun si
al presente causa aflicción a sus parientes y amigos) es un
monumento de perdurable gloria y honor para ellos y sus
familias.*

    *Los difuntos serán sepultados a las cinco de esta tarde,
frente al parque de artillería. El oficio fúnebre se celebrará
con honores militares a los muertos. Después de la ceremonia
habrá oraciones y acción de gracias por la señalada victoria
que la Divina Providencia quiso otorgar ayer al ejército contra los insurgentes.*

# SÉPTIMA PARTE

*Alarmas de lucha y huida*

# 73

## *Con su blanca palidez*

Con generosidad inesperada, la señora Sherston nos ofreció su hospitalidad. Me instalé en su gran casa de Hillsborough con Brianna, Jemmy y mis dos pacientes; Jamie dividía su tiempo entre Hillsborough y el campamento de milicianos, que se mantendría en Alamance Creek hasta que Tryon tuviese la certeza de que la Regulación había quedado definitivamente aplastada.

Era incapaz de alcanzar con los fórceps la bala alojada en el pulmón de Morton, pero no parecía molestarlo mucho y la herida empezaba a cerrarse de modo satisfactorio. No sabía en qué lugar exacto estaba, pero era obvio que no había perforado ningún vaso importante; mientras no siguiera avanzando, él podía vivir con el proyectil dentro del cuerpo. Yo conocía a muchos veteranos de guerra en esas condiciones; entre otros, a Archie Hayes.

Aunque no tenía ninguna certeza sobre la eficacia de mi pequeña provisión de penicilina, parecía dar resultado; la herida se hallaba algo enrojecida y drenaba un poco, pero no había infección y apenas había fiebre. Además de la penicilina, la irrupción de una embarazadísima Alicia Brown pocos días después de la batalla supuso un impulso vital para la recuperación de Morton. Una hora después de su llegada, el joven ya estaba sentado en su catre, pálido pero jubiloso, con el pelo erizado y una mano amorosa apoyada en el vientre bajo el que palpitaba su hijo nonato.

Roger era otro cantar. No estaba malherido, salvo por el aplastamiento de su garganta, aunque aquello era de por sí grave. Las fracturas de los dedos eran sencillas; una vez entablilladas, deberían curar sin problemas. Su piel amoratada se atenuaba con celeridad: de lívidos rojos, morados y azules pasó a una espectacular variedad de morados, verdes y amarillos, que le daban el aspecto de un cadáver exhumado después de una semana. Sus signos vitales eran excelentes. Su vitalidad, no.

Dormía mucho, y eso debería haber sido buena señal. Pero su sueño, aunque pesado, no era tranquilo; había en él algo inquietante, como si buscara la inconsciencia con un deseo feroz y, una vez alcanzada, se aferrara a ella con terquedad; eso me preocupaba más de lo que estaba dispuesta a admitir.

Brianna, que tenía su propia variedad de empecinamiento, era la encargada de despertarlo cada pocas horas, para alimentarlo y limpiar el tubo de la incisión. Durante esos procedimientos él clavaba la vista en la distancia media, mirando sombríamente la nada, y apenas se daba por enterado de los comentarios que se le dirigían. Una vez terminada la cura, volvía a cerrar los ojos y se recostaba contra la almohada, con las manos vendadas sobre el pecho, como una figura sepulcral, sin dejar oír más sonidos que el suave silbar del tubo insertado en su cuello.

Dos días después de la batalla de Alamance, Jamie llegó a casa de los Sherston en Hillsborough justo antes de la cena, cansado por el largo viaje y cubierto de polvo rojizo.

—Hoy he mantenido una pequeña conversación con el gobernador —dijo mientras cogía la taza de agua que yo le había llevado al patio. La bebió de un trago y, con un suspiro, se limpió el sudor de la cara con la manga de la chaqueta—. Estaba muy ocupado y no quería pensar en lo que sucedió después de la batalla, pero yo no estaba dispuesta a dejar las cosas así.

—No creo que haya sido un gran contrincante —murmuré mientras lo ayudaba a quitarse la chaqueta polvorienta—. William Tryon ni siquiera es escocés, mucho menos un Fraser.

A su pesar, se sonrió. «Tercos como las piedras», era la sucinta descripción del clan Fraser que me habían hecho años atrás... y en el tiempo transcurrido nada me inducía a pensar que se hubieran equivocado.

—Pues no. —Se desperezó con fruición, haciendo crujir las vértebras doloridas por la cabalgata—. ¡Cristo, estoy muerto de hambre! ¿Hay algo de comer? —Alzó la larga nariz para olfatear el aire, esperanzado.

—Jamón asado y pastel de batata —le dije. No era necesario, pues las fragancias de ambos platos, llenos de miel, pendían densas en el aire húmedo—. ¿Y qué ha dicho el gobernador, una vez debidamente intimidado?

Mostró un poco los dientes ante la descripción de su entrevista con Tryon, pero por su leve aire satisfecho deduje que no era del todo incorrecta.

—Varias cosas, sí. Para comenzar, he insistido en que me informara de en qué circunstancias apresaron a Roger Mac: quién lo entregó y qué dijo. Quiero llegar al fondo de esto.

Se quitó el cordón que le sujetaba el pelo para sacudirse los rizos húmedos, oscurecidos por el sudor.

—¿Ha recordado algo cuando lo has presionado?

—Sí, algo más. Tryon dice que quienes llevaron cautivo a Roger Mac fueron tres hombres; uno de ellos tenía la insignia de la compañía Fraser; él supuso que era uno de los míos, desde luego. Eso dice —añadió con ironía.

Me pareció razonable que el gobernador hubiera pensado eso, pero Jamie no estaba de humor para el raciocinio.

—Tenía que ser la insignia de Roger —dije—. El resto de tu compañía regresó contigo. Todos, menos los Brown, y no pueden haber sido ellos.

Los dos Brown habían aprovechado la confusión de la batalla para vengarse de Isaiah Morton y escapar antes de que nadie descubriera el crimen. No habrían perdido tiempo en inculpar a Roger, aun si hubieran tenido algún motivo para obrar así.

Él asintió, desechando la conclusión con un breve gesto.

—Sí, pero ¿por qué? Él dice que Roger Mac estaba atado y amordazado. Una manera nada honorable de tratar a un prisionero de guerra, le hice notar.

—¿Y qué ha respondido? —Aunque Tryon fuera algo menos terco que Jamie, no por eso era menos sensible al insulto.

—Ha dicho que esto no era guerra, sino insurrección, y que estaba justificado tomar medidas sumarias. Pero apresar y ahorcar a un hombre sin permitirle decir una palabra en su defensa... —El color subía peligrosamente a su cara—. Si Roger Mac hubiera muerto colgado de esa cuerda, Claire, te juro que Tryon ya estaría con el cuello roto y comido por los cuervos.

Sobre eso no me cabía la menor duda; aún veía su mano, ciñéndose tan lenta y suavemente al cuello del gobernador, sobre el medallón de plata. Me pregunté si William Tryon tenía alguna idea del peligro que había corrido aquella noche, después de la batalla.

—Ni ha muerto ni va a morir.

Al menos eso esperaba yo, pero lo dije con toda la firmeza posible mientras le apoyaba una mano en el brazo. Los músculos de su antebrazo se abultaban y movían con el deseo contenido de golpear a alguien, pero se aquietaron bajo mi contacto y me miró. Inspiró hondo un par de veces, tamborileando con los dedos rígidos contra el muslo, hasta que logró contener la ira una vez más.

—Pues bien. Dice que el hombre identificó a Roger Mac como James MacQuiston, uno de los cabecillas de la Regulación. He estado preguntando por ese MacQuiston —añadió. Mientras hablaba se había calmado un poco—. ¿Te sorprendería saber, Sassenach, que nadie declara haber visto personalmente a ese hombre?

Me sorprendería y lo dije. Él asintió; el rubor iba abandonando sus mejillas.

—A mí también, pero así es. Sus palabras aparecen publicadas en los periódicos, a la vista de todos, sólo que nadie lo conoce. Ni el viejo Ninian, ni Hermon Husband... ninguno de los reguladores con los que he podido hablar, aunque ahora casi todos se esconden, claro —añadió—. Hasta he localizado al impresor que publicó uno de los discursos de MacQuiston. Dice que el original le fue dejado una mañana en el umbral, con un queso y dos certificados de dinero de la Proclamación para pagar la impresión.

—Pues eso sí que es interesante —dije, retirando con cautela la mano de su brazo: él ya parecía dominarse—. De modo que «James MacQuiston» bien puede ser un nombre supuesto.

—Es muy probable.

Al analizar las implicaciones de esa idea, de pronto se me ocurrió una posibilidad.

—¿Crees que el hombre que identificó así a Roger quizá fuese el mismo MacQuiston?

Jamie enarcó las cejas e hizo un lento gesto afirmativo.

—¿Y para protegerse quiso hacer que ahorcaran a Roger Mac en su lugar? La muerte es una excelente protección contra el arresto. Sí, es una buena idea... aunque un poco perversa —añadió juiciosamente.

—¡Oh!, sólo un poco.

Parecía menos furioso con el perverso y ficticio MacQuiston que con el gobernador; claro que sobre la actuación de Tryon no había dudas.

Habíamos cruzado el patio hacia el pozo. En el brocal había un cántaro medio lleno de agua tibia y enturbiada por el calor del día. Él se arremangó y recogió el líquido en el hueco de las manos para arrojárselo a la cara. Luego sacudió con energía la cabeza, diseminando gotas sobre las hortensias de la señora Sherston.

—¿Recordaba el gobernador cómo eran esos hombres que llevaron a Roger? —pregunté, al entregarle la arrugada toalla de hilo que cogí del brocal.

Después de secarse la cara, negó con la cabeza.

—Sólo se acordaba de uno. El que tenía la insignia. Fue el que más habló. Dice que era un tipo rubio, muy alto y fornido. Le pareció que tenía los ojos verdes. No reparó mucho en su aspecto, desde luego, pues en ese momento tenía la mente muy ocupada. Pero al menos recordaba eso.

—¡Por los clavos de Roosevelt! —exclamé. Acababa de ocurrírseme algo—. Alto, rubio y de ojos verdes. ¿Crees que puede haber sido Stephen Bonnet?

Jamie abrió los ojos como platos y se me quedó mirando un instante por encima de la toalla, con el rostro perplejo.

—¡Jesús! —exclamó él antes de dejar con un gesto distraído la toalla—. No se me había ocurrido.

Tampoco a mí. Lo que sabía de Bonnet no encajaba con la imagen de los reguladores, casi siempre hombres pobres y desesperados como Joe Hobson, Hugh Fowles y Abel MacLennan. Unos pocos eran idealistas indignados, como Husband y Hamilton. Quizá Stephen Bonnet había sido alguna vez pobre y desesperado, pero yo tenía la razonable certeza de que no se le habría ocurrido buscar compensación del gobierno por medio de la protesta. Por la fuerza, sí. Matar a un juez o a un comisario para vengar alguna injusticia, muy posiblemente. Pero... No, era ridículo. Si de algo estaba segura con respecto a Stephen Bonnet, era de que el hombre no pagaba impuestos.

—No. —Jamie negó con la cabeza; al parecer había llegado a la misma conclusión. Secó la gota que aún le pendía de la nariz—. En este asunto no hay dinero que ganar. Hasta Tryon tuvo que solicitar fondos al conde de Hillsborough para costear su milicia. Y los reguladores... —Desechó con un ademán la idea de que ellos pagaran a alguien por nada—. Aunque no sé mucho de Stephen Bonnet, creo que sólo iría a la batalla si le ofrecieran oro.

—Cierto. —Por la ventana abierta surgía un tintineo de porcelana y plata, acompañado por las suaves voces de los esclavos: estaban poniendo la mesa para la cena—. No parece posible que Bonnet fuese James MacQuiston, ¿verdad?

Por primera vez relajó la cara, riendo.

—No, Sassenach. De eso sí que estoy seguro. Stephen Bonnet no sabe leer ni escribir, aparte de su nombre.

Lo miré con fijeza.

—¿Cómo lo sabes?

—Me lo dijo Samuel Cornell. No conoce a Bonnet en persona, pero dice que cierta vez Walter Priestly vino a pedirle un préstamo de dinero, con urgencia. Eso le extrañó, pues el hombre tenía fortuna, pero Priestly le explicó que tenía un embarque al llegar y debía pagarlo en oro; según dijo, el que lo traía no aceptaba recibos de mercancía en depósito, dinero de la Proclamación ni letras de cambio. No confiaba en palabras escritas que no pudiera leer él mismo. Para él sólo servía el oro.

—Sí, eso suena a Bonnet. —Sacudí la chaqueta que llevaba colgada del brazo, desviando la cara de las nubes de polvo rojizo—. Y hablando de oro... ¿Es posible que Bonnet estuviera en Alamance por casualidad? ¿Camino de River Run, tal vez?

Él reflexionó un momento, pero al final negó con la cabeza mientras desenrollaba sus mangas.

—No fue una batalla importante, Sassenach, de ésas en las que puedes verte envuelto y arrastrado sin darte cuenta. Los ejércitos estuvieron frente a frente durante más de dos días; las líneas de centinelas tenían más agujeros que una red de pesca; cualquiera podría haber abandonado el lugar o dado un rodeo para evitarlo. Y Alamance no está cerca de River Run. No: quienquiera que haya sido el que quiso matar a Roger, estaba allí por cuenta propia.

—Conque regresamos al misterioso señor MacQuiston.

—Tal vez —dudó él.

—Pero ¿qué otro pudo ser? —protesté—. ¡Entre los reguladores nadie podía tener nada personal contra Roger!

—Yo diría que no —admitió él—. Pero no lo sabremos hasta que el joven pueda decírnoslo, ¿verdad?

Después de la cena —durante la cual, claro está, no se mencionó a MacQuiston, a Stephen Bonnet ni ningún otro tema inquietante— subí para ver cómo estaba Roger. Jamie vino conmigo y despidió en voz baja a la esclava que remendaba unas prendas sentada junto a la ventana. Alguien debía estar a todas horas con Roger, por si el tubo insertado en su garganta se obstruía o se salía de su sitio, pues aún era su única vía de respiración. Pasarían algunos días más antes de que la hinchazón de la garganta cediera lo bastante como para que me atreviese a retirarlo.

Jamie esperó a que yo evaluara su pulso y su respiración. Luego, a una señal mía, se sentó junto a la cama.

—¿Sabes quiénes eran los hombres que te denunciaron? —preguntó sin preámbulos.

Roger levantó la vista, ceñudo. Luego asintió con lentitud y mostró un dedo en alto.

—Uno de ellos. ¿Cuántos eran?

Tres dedos. Concordaba con el recuerdo de Tryon.

—¿Eran reguladores?

Un gesto afirmativo.

Jamie me miró. Luego, otra vez a Roger.

—¿No era Stephen Bonnet?

Él se incorporó de golpe, boquiabierto, y dio un manotazo al tubo en un vano intento por hablar. Luego sacudió violentamente la cabeza.

Lo aferré por el hombro y sujeté el tubo, que la violencia de sus movimientos había medio sacado de la incisión; por el cuello le corría un hilo de sangre: la herida había vuelto a abrirse. Roger no pareció darse cuenta; sus ojos estaban clavados en los de Jamie y su boca se movía con urgencia, formulando mudas preguntas.

—No, no. Si no lo has visto, es porque no estuvo allí. —Jamie lo cogió con firmeza por el otro hombro para ayudarme a acostarlo de nuevo contra la almohada—. Es que Tryon ha dicho que te traicionó un hombre alto y rubio, puede que de ojos verdes. Pensamos que quizá...

Ante eso Roger se relajó. Negó otra vez con la cabeza, con la boca algo torcida. Jamie insistió:

—Pero conoces al hombre. ¿Lo habías visto antes?

Él apartó la mirada, hizo un gesto afirmativo y se encogió de hombros. Parecía a la vez irritado e indefenso. Al notar que su respiración se aceleraba, sibilante en el tubo de ámbar, carraspeé de forma significativa, con el ceño fruncido. Roger estaba fuera de peligro, por el momento, pero eso no significaba que estuviera bien ni nada parecido.

Jamie no me prestó atención. Antes de subir, había cogido la caja de dibujo de Bree. La puso en el regazo de Roger, con una hoja de papel encima, y le ofreció uno de los carboncillos.

—¿Quieres probar otra vez?

En varias ocasiones había tratado de que Roger se comunicara por escrito, pero sus manos estaban demasiado hinchadas para poder sujetar la pluma. Continuaban tumefactas y amoratadas, pero el repetido tratamiento con sanguijuelas y los masajes suaves las habían mejorado al punto de que ya tenían un lejano parecido con unas manos de verdad.

Él apretó los labios un momento, pero cerró con torpeza la mano en torno al carboncillo. Tenía el índice y el pulgar fracturados; las tablillas sobresalían en un tosco signo de victoria; dadas las circunstancias, me pareció bastante apropiado.

Arrugó la frente, como para concentrarse, y comenzó a garabatear algo muy despacio. Jamie lo observaba con atención, sosteniendo el papel con las dos manos para que no se resbalara.

La barra de carbón se partió en dos y sus fragmentos cayeron al suelo. Mientras yo iba a recogerlos, Jamie se inclinó sobre la hoja manchada. Había una despatarrada «W», luego una «M», un espacio y un torpe «MAC».

—¿William? —Miró a Roger, pidiendo verificación. En los pómulos del enfermo brillaba el sudor, pero asintió muy brevemente.

—William Mac —dije, espiando sobre el hombro de Jamie—. Fue un escocés... ¿o al menos alguien de apellido escocés?

En verdad eso no reducía mucho las posibilidades: MacLeod, MacPherson, MacDonald, MacDonnel... ¿MacQuiston?

Roger cerró un puño y se golpeó el pecho, una y otra vez, articulando una palabra con los labios. Por una vez fui más rápida que Jamie, gracias a los programas de televisión basados en charadas.

—¿MacKenzie? —pregunté.

Mi recompensa fue un veloz destello de ojos verdes y un gesto afirmativo.

—MacKenzie. William MacKenzie. —Jamie, con el entrecejo arrugado, revisaba obviamente su lista mental de nombres y caras, pero ninguna coincidía.

Yo observaba a Roger. Su cara también empezaba a parecer más normal, pese al verdugón lívido bajo la mandíbula y el oscuro derrame. Me pareció ver algo raro en su expresión. En sus ojos leí dolor físico, impotencia y frustración por su incapacidad de revelar a Jamie lo que deseaba saber, pero también algo más. Ira, sin duda, y también algo parecido al desconcierto.

—¿Conoces a algún William MacKenzie? —pregunté a Jamie, que tamborileaba con suavidad en la mesa con los dedos, pensativo.

—Sí, a cuatro o cinco —respondió, con las cejas todavía fruncidas por la concentración—. En Escocia. Aquí, ninguno. Y tampoco...

A la palabra «Escocia» Roger levantó de golpe una mano. Jamie se interrumpió, atento a la cara de Roger como un perro pointer.

—Escocia —repitió—. ¿Algo sobre Escocia? ¿El hombre es inmigrante nuevo?

Roger negó con ganas con la cabeza, pero de inmediato se detuvo con una mueca de dolor. Durante un momento, cerró los ojos con fuerza; al abrirlos alargó una mano insistente hacia los trozos de carboncillo que yo sujetaba.

Tuvo que intentarlo varias veces; al terminar yacía contra la almohada, exhausto, con el cuello de la camisa de dormir empapado en sudor y manchado de sangre. El resultado de su esfuerzo era borroso y despatarrado, pero leí el nombre con claridad.

«Dougal», decía. La expresión interesada de Jamie se agudizó hasta convertirse en algo parecido a la cautela.

—Dougal —repitió con tiento. También conocía a varios Dougal, algunos de los cuales residían en Carolina del Norte—. ¿Dougal Chisholm? ¿Dougal O'Neill?

Roger negó con la cabeza; el tubo silbó con su exhalación. Luego levantó la mano para señalar enfáticamente a Jamie con los dedos entablillados. Como la única respuesta fuera una mirada de incomprensión, buscó a tientas el trozo de carboncillo, pero éste rodó por la caja de dibujo hasta caer al suelo.

Tenía los dedos sucios de polvo de carbón. Con una mueca de dolor, apretó la yema del anular contra la página y, mediante el recurso de utilizar todos los dedos por turnos, produjo un fantasmal garabato, que disparó una pequeña descarga eléctrica desde la base de mi columna.

«Geilie», decía.

Jamie miró ese nombre un momento. Luego se persignó, estremecido.

—*A Dhia* —dijo por lo bajo, mirándome.

Entre nosotros se estrechó la comprensión. Roger, al verlo, cayó de nuevo contra la almohada, exhalando un fuerte suspiro por la boquilla de ámbar.

—El hijo que Dougal tuvo con Geillis Duncan —dijo Jamie, girando hacia él con la incredulidad escrita en la cara—. Creo que lo llamaron William. ¿Te refieres a él? ¿Estás seguro?

Un breve asentimiento. Roger cerró los ojos. Cuando volvió a abrirlos, un dedo entablillado se alzó, vacilante, para señalar su propio ojo: un verde claro e intenso, del color del musgo. Estaba tan pálido como la sábana de hilo y le temblaban los dedos, manchados de carbón. Su boca se contrajo: se moría por hablar, por explicar... Pero cualquier explicación más prolongada tendría que esperar un tiempo.

Dejó caer la mano y sus ojos se cerraron otra vez.

• • •

La revelación de la identidad de William Buccleigh MacKenzie no alteró el apasionado deseo de Jamie por hallar a ese hombre, pero sí su intención de matarlo en cuanto lo hallara. Era al menos algo a agradecer.

Brianna, llamada a mi cuarto para una consulta, entró con su delantal de pintora, trayendo un fuerte olor a trementina y aceite de lino; en el lóbulo de una oreja tenía una mancha azul cobalto.

—Sí —dijo, extrañada ante las abruptas preguntas de su padre—. He oído hablar de él. William Buccleigh MacKenzie. El niño cambiado.

—¿Qué? —Las cejas de Jamie ascendieron hacia la línea del pelo.

—Así lo llamaba yo —dije—. Cuando vi el árbol genealógico de Roger y caí en la cuenta de quién debía de ser William Buccleigh MacKenzie. Dougal entregó el niño a William y Sarah MacKenzie, ¿recuerdas? Y ellos le pusieron el nombre del hijo que habían perdido dos meses antes.

—Roger mencionó que había visto a William MacKenzie y a su esposa a bordo del *Gloriana*, en el viaje entre Escocia y Carolina del Norte —explicó Bree—. Pero tardó en comprender quién era y no tuvo ocasión de hablar con él. De modo que ese William está aquí. Pero ¿por qué diantre quiso matar a Roger... y por qué de esa manera?

Se estremeció apenas, aunque la habitación estaba muy caldeada. En esos comienzos de verano, el aire era caluroso y húmedo, aun con las ventanas abiertas.

—Es el hijo de la bruja —especificó Jamie, como si con eso bastara. Y tal vez era suficiente, sí.

—También a mí me creían bruja —le recordé con cierta aspereza.

Eso provocó una mirada de soslayo y una curva de su boca.

—Es cierto —dijo. Y se pasó una manga por la frente sudorosa—. Pues bien, supongo que será necesario esperar mientras investigo. Y saber el nombre es útil. Mandaré aviso a Duncan y a Farquard.

Lanzó un fuerte suspiro de exasperación.

—Pero ¿qué haré cuando lo encuentre? Aunque sea hijo de una bruja, no puedo matar a alguien de mi propia sangre. Después de Dougal... —Se contuvo a tiempo y disimuló con una tos—. Quiero decir, después de todo, es el hijo de Dougal. Primo mío...

Comprendí lo que había querido decir. Cuatro personas sabían lo sucedido aquella noche, en el desván de la casa Culloden, en vísperas de aquella lejana batalla. Una de ellas había muerto; otra desapareció en el tumulto del Alzamiento y era muy probable que también hubiera muerto. Sólo quedaba yo como testigo de la sangre de Dougal y la mano que la había derramado. Poco importaba qué crímenes hubiera cometido William Buccleigh MacKenzie, la memoria de su padre impediría que Jamie lo matara.

—¿Pensabas matarlo? ¿Antes de averiguar quién era? —Bree no parecía horrorizada por la idea. Retorcía despacio el trapo manchado de pintura que tenía en las manos.

Jamie se volvió a mirarla.

—Roger Mac es tu marido, hijo varón de mi casa —dijo, muy serio—. Debo vengarlo, por supuesto.

Brianna me miró y apartó la vista. Parecía reflexionar, con cierto apasionamiento que me provocó un pequeño escalofrío.

—Bien —dijo, muy quedo—. Cuando halles a William Buccleigh MacKenzie, quiero enterarme.

Dobló el trapo, lo guardó en el bolsillo de su delantal y volvió a su trabajo.


Brianna extendió un pegote de pintura verde y lo mezcló con el gran manchón gris claro que había creado. Luego vaciló un segundo, inclinó la paleta hacia uno y otro lado a la luz de la ventana, para apreciar el color formado, y añadió un toque de cobalto junto al manchón, produciendo una variedad de tonos sutiles que iban del gris azulado al verdoso, tan tenues que se requería los ojos de un entendido para distinguirlos del blanco.

Con uno de los pinceles cortos y gruesos, aplicó esos grises a la tela, trabajando la curva de la mandíbula con diminutas pinceladas superpuestas. Sí, así estaba bien: pálido como la porcelana, pero con una sombra vívida debajo... algo a la vez delicado y terrenal.

Pintaba con una profunda concentración que la aislaba de cuanto la rodeaba, absorta en la doble visión del artista, comparando la imagen en evolución con la que tenía inmutablemente grabada en la memoria. No porque hubiera sido la primera vez que veía un muerto. A su padre, Frank, lo habían velado con el ataúd abierto. Y también había ido a los velatorios de viejos amigos de la familia. Pero los colores que aplicaban los artistas embalsamadores eran toscos, casi brutales en comparación con los de un cadáver fresco. El contraste la había dejado estupefacta.

Debía de ser la sangre, pensó mientras cogía un pincel de dos cerdas para añadir un punto de verde puro a la curva de la cuenca ocular. Sangre y hueso... pero la muerte no alteraba las curvas de los huesos ni las sombras que arrojaban. La sangre, en cambio, coloreaba esas sombras. En vida se ven los matices azules, rojos, rosados y liliáceos de la sangre en movimiento bajo la piel; con la muerte, la sangre se detiene, se encharca y oscurece: azul arcilla, violáceo, añil, púrpura pardusco... y algo nuevo: ese verde transitorio, delicado, apenas presente, que su mente de artista denominaba con brutal claridad «primera podredumbre».

Desde el pasillo le llegaron voces desconocidas; levantó la vista, cautelosa. A Phoebe Sherston le gustaba llevar a sus visitantes para que admiraran la pintura en marcha. Por lo general a Brianna no la molestaba que la observaran, ni comentar lo que estaba haciendo, pero ése era un trabajo difícil y disponía de tiempo limitado; con esos colores tan sutiles, sólo se podía trabajar durante un breve período antes del atardecer, cuando la luz era clara, pero difusa.

Las voces pasaron rumbo al salón. Ya tranquila, volvió a coger el pincel grueso.

Invocó de nuevo su imagen mental: el muerto en Alamance bajo el árbol, cerca del improvisado hospital de campaña de su madre. Esperaba sentirse horrorizada ante la muerte y las heridas del combate; en cambio se descubrió fascinada. Había visto cosas terribles, pero no era como asistir a su madre en operaciones normales, cuando había tiempo para establecer lazos de empatía con los pacientes, para tomar nota de las pequeñas indignidades e indecencias de la carne débil. En el campo de batalla las cosas sucedían demasiado aprisa; era tanto lo que debías hacer que no tenías tiempo para remilgos.

Y a pesar de la prisa y la urgencia, cada vez que pasaba cerca de ese árbol se detenía durante un instante, apartaba la manta que cubría el cadáver y contemplaba aquel rostro, horrorizada ante su propia fascinación, pero sin hacer esfuerzo alguno por resistirse a ella. Había grabado en la memoria el asombroso, inexorable cambio de colores y sombras, el endurecimiento de los músculos y la transformación de las formas, según la carne se asentaba, adhiriéndose al hueso mientras la muerte y la podredumbre iniciaban su horrible acto de magia.

No se le había ocurrido preguntar por el nombre del difunto. ¿Acaso era falta de sensibilidad? Probablemente; el hecho era que toda su sensibilidad había estado, por entonces, dedicada a otra cosa... y aún era así. No obstante, cerró los ojos para rezar una rápida oración por el alma de su involuntario modelo.

Al abrir los ojos vio que la luz se perdía. Entonces rascó la paleta y empezó a limpiar los pinceles; despacio, de mala gana, salía de su trabajo para regresar al mundo.

A Jem ya le habrían dado la cena y su baño, pero se negaba a acostarse si ella no lo amamantaba y lo mecía hasta dormirlo. Los pechos le escocieron un poco al pensarlo; estaban agradablemente llenos, pero desde que el niño había empezado a comer sólido, al disminuir su voraz demanda de la leche materna, rara vez se henchían hasta un punto doloroso.

Le daría de mamar, lo acostaría y luego iría a la cocina a por su cena retrasada. No había comido con los otros para aprovechar la luz vespertina; cuando los olores a comida que aún perduraban en el aire reemplazaron los aromas de la trementina y el aceite de lino, su estómago empezó a gruñir por lo bajo.

Y después... después subiría a ver a Roger. Se le tensaron los labios al pensarlo, pero se obligó a relajarlos, dejando que el aliento escapara hasta que vibraron con un ruido flatulento, como una lancha motora.

En ese infortunado instante Phoebe Sherston asomó la cofia por la puerta. Si bien parpadeó un poco, era lo bastante educada como para fingir que no había visto nada.

—¡Ah, querida, estabas aquí! ¿Bajarías un momento al salón? El matrimonio Wilbur se muere por conocerte.

—Eh... pues sí, por supuesto —dijo Brianna, con toda la gentileza que pudo. Luego señaló con un gesto el delantal manchado de pintura—. Dame un minuto para cambiarme.

La señora Sherston lo descartó con un gesto: obviamente quería exhibir a su dócil artista con disfraz y todo.

—No, no te molestes por eso. Esta reunión es muy sencilla. A nadie le importará.

—Bien, pero necesito un minuto para acostar a Jem.

La dueña de la casa hizo un mohín con la boca; no entendía por qué sus esclavas no podía hacerse cargo de ese niño, pero conocía la opinión de Brianna al respecto y tuvo la prudencia de no insistir.

Brianna encontró a sus padres en el salón, con los Wilbur, que resultaron ser una amable pareja entrada en años. Al aparecer ella hicieron los debidos aspavientos, insistieron muy corteses en ver el retrato; expresaron una profunda admiración tanto por el tema como por la pintora (aunque el primero les provocó un parpadeo) y, en general, se comportaron con tanta amabilidad que ella se fue tranquilizando.

Cuando estaba a punto de excusarse, el señor Wilbur aprovechó una pausa en la conversación para volverse hacia ella con una sonrisa benévola.

—Tengo entendido que corresponde felicitarla por su buena suerte, señora MacKenzie.

—¿Eh? Ah... gracias —dijo ella, sin saber por qué la felicitaban. Miró a su madre, buscando alguna pista.

Claire hizo una pequeña mueca y se volvió hacia Jamie. Él tosió.

—El gobernador Tryon le ha otorgado a tu marido dos mil hectáreas de tierra en el campo —dijo en tono sereno, casi desabrido.

—¿De verdad? —Por un instante, Bree quedó desconcertada—. ¿Qué...? ¿Por qué?

Entre los presentes hubo un momento de incomodidad, carraspeos y cruces de miradas.

—Como compensación —dijo su madre, seca, mirando a su esposo.

Entonces Brianna comprendió: nadie cometería la torpeza de mencionar de plano el ahorcamiento accidental de Roger, pero era un episodio demasiado sensacional como para que no hubiese circulado por toda la sociedad de Hillsborough. De pronto cayó en la cuenta de que tal vez la señora Sherston no había invitado a sus padres y a Roger por pura amabilidad. La fama de tener como huésped al propio ahorcado concentraría la atención de Hillsborough en los Sherston, de una manera muy gratificante. Era aún mejor que hacerse pintar un retrato nada convencional.

—Confío en que su esposo esté mucho mejor, querida. —La señora Wilbur, con mucho tacto, cubrió el bache en la conversación—. Nos apenó mucho saber lo de sus lesiones.

Lesiones. ¡Qué manera tan circunspecta de describir la situación!

—Sí, está mucho mejor, gracias —dijo ella, con la sonrisa más breve que la cortesía autorizaba. Luego se volvió de nuevo hacia su padre—. ¿Lo sabe Roger? ¿Lo del otorgamiento de tierras?

Él la miró y luego apartó la vista, al tiempo que se aclaraba la garganta.

—No. Supuse que tal vez querrías decírselo tú.

La primera reacción de la muchacha fue de gratitud: tendría algo que decirle a su marido. Era muy incómodo eso de hablar con alguien que no podía responderte. Ella pasaba todo el día acumulando temas de conversación, pequeñas ideas o acontecimientos que pudiera convertir en relatos cuando lo viera. Pero la provisión de cuentos se acababa demasiado pronto y la dejaba sentada junto al lecho, a la búsqueda de temas inocuos.

Su segunda reacción fue de fastidio. ¿No podía su padre decírselo en privado, en vez de exponer los asuntos familiares ante completos desconocidos? Luego captó el sutil intercambio de miradas entre sus padres; entonces cayó en la cuenta de que Claire acababa de hacer esa misma pregunta a Jamie, aunque en silencio, y él había respondido con un brevísimo desvío de la vista hacia el señor Wilbur y la dueña de casa, antes de bajar las largas pestañas rojizas.

«Es mejor decir la verdad ante testigos respetables —decía su expresión—, antes de que los chismes se diseminen por cuenta propia.»

A ella no le importaba mucho su propia reputación (la palabra «notoria» distaba mucho de abarcarla), pero conocía las realidades sociales lo bastante bien como para comprender que un escándalo podía perjudicar mucho a su padre. Por ejemplo: si empezaba a rondar por ahí un falso informe de que, en realidad, Roger había sido uno de los cabecillas de la Regulación, la lealtad del mismo Jamie caería bajo sospecha.

En las últimas semanas, a través de lo que se conversaba en el salón de los Sherston, Bree había empezado a comprender que la colonia era una vasta telaraña. Existían innumerables hilos de comercio, a lo largo de los cuales unas pocas arañas grandes (y unas cuantas más pequeñas) avanzaban con delicadeza, siempre atentas al zumbido azorado de cualquier mosca que hubiera caído en ella, siempre vigilantes por si se rompía un eslabón o se debilitaba una hebra.

Los ejemplares más pequeños se deslizaban cautelosamente por los márgenes de la tela, con el ojo puesto en los movimientos de las más grandes, pues las arañas eran caníbales... al igual que los hombres ambiciosos.

Su padre ocupaba una posición prominente, pero no tan segura como para resistir los efectos corrosivos del rumor y la sospecha. Ella y Roger lo habían discutido más de una vez en la intimidad; las líneas de fractura ya estaban allí, bastante obvias para quien supiera lo que se avecinaba; las tensiones que se profundizarían hasta abrir el abismo y separar de Inglaterra a las colonias.

Si la tensión crecía demasiado aprisa o se tornaba demasiado grande, si las hebras entre el Cerro de Fraser y el resto de la colonia se desgastaban demasiado... podían romperse; los extremos pegajosos se cerrarían en un grueso capullo en torno a su familia, dejándolos suspendidos por un hilo, solos y presa de aquellos que les chuparían la sangre.

«Esta noche estás morbosa», se dijo, agriamente divertida ante las imágenes que su mente había elegido. Quizá fuera el efecto de pintar la muerte.

Ni los Wilbur ni los Sherston parecieron reparar en su estado de ánimo. Su madre, en cambio, le echó una mirada larga y reflexiva, aunque no dijo nada. Después de intercambiar con los visitantes algunas frases gentiles, Bree se excusó.

No la animó descubrir que Jemmy, cansado de esperarla, se había quedado dormido con rastros de lágrimas en las mejillas. Durante un minuto permaneció de rodillas junto a la cuna, con una mano apoyada en su espalda, con la esperanza de que él despertara al sentir su presencia. La pequeña espalda subía y bajaba con el cálido ritmo de la paz absoluta, pero no se movió. En los pliegues del cuello tenía un brillo húmedo de transpiración.

Durante el día el calor se acumulaba en la planta alta de la casa, que hacia el atardecer estaba siempre sofocante. Desde luego, la ventana permanecía firmemente cerrada, para evitar que los peligrosos aires nocturnos dañaran al pequeño. La señora Sherston no tenía hijos, pero no ignoraba las precauciones que se debían tomar.

En las montañas, Brianna no habría vacilado en abrir la ventana, pero en una ciudad tan poblada como Hillsborough, llena de extranjeros provenientes de la costa, donde abundaban los depósitos de aguas estancadas...

Al poner en un lado de la balanza los peligros relativos de los mosquitos portadores de malaria y en el otro el de la sofocación, Brianna decidió por fin quitar a su hijo el ligero edredón y el vestido; lo dejó cómodamente despatarrado en la sábana, sin más prenda que el pañal, húmeda y rosada la piel suave bajo la tenue luz.

Con un suspiro, apagó la vela y salió, dejando la puerta entornada para oírlo si despertaba. Ya había oscurecido casi por completo; la luz del piso inferior atravesaba las barandillas, pero el vestíbulo de la planta alta permanecía en sombras. Las mesas doradas de la señora Sherston, los retratos de los antepasados de su marido, no eran sino formas espectrales en la oscuridad.

En el cuarto de Roger había luz; aunque la puerta estaba cerrada, por abajo surgía un abanico de suave luz de cirios, que se abría sobre las tablas lustradas, tocando apenas el borde de la alfombra azul. Brianna fue hacia allí, olvidando la comida ante un apetito mayor por su contacto. Empezaban a molestarla los pechos.

Una esclava cabeceaba en el rincón, con las manos flojas en el regazo, sobre la labor de punto. Al abrirse la puerta dio un respingo y parpadeó con aire culpable.

De inmediato Bree miró hacia la cama, pero todo estaba bien: ahí estaba el siseo de la respiración de Roger. Miró a la mujer con gesto algo ceñudo, pero la despidió con un ademán. La esclava recogió su labor con manos torpes y salió de inmediato, evitando la mirada de Brianna.

Roger yacía boca arriba, con los ojos cerrados y la sábana bien estirada sobre los ángulos marcados de su cuerpo. «Está muy delgado —se dijo ella—. ¿Cómo ha podido adelgazar tanto en tan poco tiempo?» Si bien no podía tragar más que unas cuantas cucharadas de sopa y el caldo de penicilina que preparaba Claire, no era posible que se consumiera tanto en sólo dos o tres días.

Luego cayó en la cuenta de que debía de haber adelgazado antes, por las tensiones de la campaña; también sus padres habían perdido peso. La horrible hinchazón de sus facciones había disimulado lo prominente de sus huesos; una vez desaparecida, quedaban a la vista los pómulos altos y enjutos, la línea dura y grácil de la mandíbula, bien marcada por encima del hilo blanco del vendaje que le envolvía el cuello lacerado.

Cobró conciencia de estar observando el color del derrame que ya desaparecía. El verde amarillento de un moretón a medio curar era distinto del verde grisáceo de un muerto reciente: enfermizo también, pero, a pesar de todo, un color de vida. Inspiró hondo al percatarse de que la ventana de ese cuarto también estaba cerrada; el sudor le corría por la parte baja de la espalda, escurriéndose de manera desagradable por la hendidura entre las nalgas.

El ruido del marco corredizo despertó a Roger, que giró la cabeza en la almohada. Al verla, sonrió apenas.

—¿Cómo estás? —preguntó ella en voz baja, como si se encontrara en una iglesia. Cuando hablaba consigo misma su propia voz parecía sonar siempre demasiado alta.

Él encogió un poco un hombro, pero articuló con los labios un silente «Bien». Se lo veía marchito y húmedo; el pelo oscuro de sus sienes estaba empapado de sudor.

—Hace un calor espantoso, ¿verdad?

Bree señaló la ventana; el aire que entraba era caliente, pero al menos se movía. Con un gesto afirmativo, él se tiró del cuello de la camisa con una mano vendada. Ella captó la insinuación y se lo desató para abrírselo hasta donde pudo, exponiéndole el pecho a la brisa.

Sus tetillas eran pequeñas y pulcras; las areolas tenían un tono pardo rosado bajo el vello oscuro. Al contemplarlas, recordó sus propios pechos llenos de leche; por un momento sintió el demencial impulso de bajarse la camisa y ponerle el pezón en la boca. Evocó el vívido recuerdo de aquella vez en que lo había hecho, bajo los sauces de River Run, y un torrente cálido le hizo cosquillear el cuerpo desde los pechos hasta el vientre. Con las mejillas encendidas por la sangre, se volvió para estudiar los alimentos de la mesilla.

Había una escudilla cubierta con un caldo de carne frío, condimentado con penicilina; a un lado, una taza de té endulzado con miel. Cogió la cuchara e hizo un gesto inquisitivo. Él hizo una leve mueca, pero señaló el caldo. Bree se sentó en el taburete, con la escudilla en la mano.

—Abre la puerta del establo —dijo en tono alegre, moviendo en círculos la cuchara hacia su boca, como si él fuera Jem—. ¡Aquí viene el caballito!

Él puso los ojos en blanco, en un gesto de exasperación.

—Cuando yo era pequeña —dijo ella, sin prestar atención a su ceño—, mis padres decían, por ejemplo: «¡Aquí viene el remolcador! ¡Abre la compuerta!» O: «Abre la cochera, que aquí viene el automóvil!» Yo no puedo decirle lo mismo a Jem. ¿Tu madre hablaba de coches y aviones?

Él torció la boca, pero al fin esbozó una sonrisa renuente y negó con la cabeza, señalando el techo con una mano. En el cielo raso había una mancha oscura; al mirar mejor vio que era una abeja vagabunda, que había entrado durante el día desde el jardín y ahora se adormecía en las sombras.

—¿Sí? Pues bien, mira, aquí viene la abeja —dijo con más suavidad, deslizándole la cuchara en la boca—. *Buzzzz, buzzzz, buzzzz...*

Aunque no pudo mantener el aire juguetón, la atmósfera ya se había aligerado un poco. Le habló de Jem, que repetía una palabra nueva, «guaga»; nadie había descubierto aún qué quería decir.

—Pensé que sería *gato*, pero al gato le dice «mau-mau». —Se enjugó una gota de sudor con el dorso de la mano y volvió a llenar la cuchara—. La señora Sherston dice que ya debería caminar. Naturalmente, los hijos de su hermana caminaron antes de cumplir el primer año. Pero he consultado a mamá y ella dice que Jem está bien, que los niños caminan cuando están listos. Puede ser en cualquier momento entre los diez y los dieciocho meses, pero lo habitual es que lo hagan a los quince.

Aunque debía estar atenta a su boca para guiar la cuchara, sintió que sus ojos la observaban. Habría querido mirarlos, pero casi tenía miedo de lo que podía encontrar en esas honduras verdes: ¿sería el Roger que ella conocía o el desconocido silencioso, el ahorcado?

—¡Ah!, casi lo olvidaba. —Se interrumpió en medio de una descripción de los Wilbur. No lo había olvidado, pero tampoco quería soltarle la noticia sin más ni más—. Esta tarde papá ha hablado con el gobernador. Tryon te otorgará unas tierras. Dos mil hectáreas.

Mientras lo decía captó lo absurdo de aquello: dos mil hectáreas de páramo a cambio de una vida casi destruida. «El *casi* sobra», pensó de repente, observando a Roger.

Él frunció el ceño, en algo que parecía desconcierto; luego movió la cabeza y se recostó de nuevo contra la almohada, con los ojos cerrados. Levantó las manos y las dejó caer, como si aquello fuera demasiado para pensarlo. Tal vez tenía razón.

Bree lo contempló en silencio durante un rato, pero él ya no volvió a abrir los ojos. Había profundas arrugas allí donde se unían las cejas. Movida por la necesidad de tocarlo, de franquear esa barrera de silencio, trazó la sombra del cardenal que oscurecía el pómulo, rozando apenas la piel.

El moretón tenía los bordes extrañamente borrosos; casi se podía ver la sangre coagulada allí donde se habían roto los capilares. Comenzaba a amarillear; su madre le había dicho que los leucocitos del cuerpo acudían al sitio lesionado para descomponer poco a poco las células dañadas y reciclar la sangre derramada; los colores cambiantes eran el resultado de esa faena de las hacendosas células.

Roger abrió los ojos y los fijó en su cara, impasible la expresión. Bree, consciente de su expresión preocupada, se esforzó por sonreír.

—No pareces muerto —dijo.

Eso rompió la fachada impasible; las cejas se curvaron hacia arriba y a los ojos asomó una tenue chispa de humor.

—Roger...

A falta de palabras se movió hacia él, impulsiva. Él se puso algo rígido, y encogió por instinto los hombros para proteger el frágil tubo de la garganta. Bree le rodeó los hombros con un brazo; puso mucha cautela, pero necesitaba con todas sus fuerzas sentir la sustancia de su carne.

—Te amo —susurró. Y le estrechó el brazo, instándolo a creerla.

Lo besó. Sus labios estaban calientes y secos; a pesar de la familiaridad, experimentó cierta impresión. No había aire que se moviera contra su mejilla, ni aliento caliente que la tocara. Era como besar una máscara. Desde las profundidades secretas de los pulmones, una corriente húmeda siseaba en el tubo de ámbar y rozaba el cuello de Bree, como la exhalación de una caverna. Se le erizó la piel de los brazos. Dio un paso atrás, con la esperanza de que ni la impresión ni el rechazo se le reflejaran en el rostro.

Él había cerrado los ojos con fuerza y tenía los dientes apretados; la sombra se movía en su mandíbula.

—Que... descanses —logró decir, con voz trémula—. Hasta... hasta mañana.

Mientras bajaba la escalera apenas notó que el candelero del pasillo ya estaba encendido, que la esclava se escurría silenciosamente hacia el interior del cuarto.

Había recuperado el apetito, pero no bajó en busca de comida. Primero debía hacer algo con la leche no usada. Giró hacia el cuarto de sus padres; una leve corriente de aire se movía entre las sombras sofocantes. A pesar del calor y la humedad tenía los dedos fríos, como si aún tuviera trementina evaporándose en la piel.

*Anoche soñé con mi amiga Deborah, que solía ganar algún dinero leyendo el tarot en la Unión de Estudiantes. Siempre se ofrecía para leérmelo, pero nunca se lo permití.*

En quinto grado, la hermana Marie Romaine nos dijo que a los católicos no se les permitía la adivinación; no debíamos tocar una ouija, un mazo de tarot ni una bola de cristal, porque ese tipo de cosas eran seducciones del d-i-a-b-l-o; siempre deletreaba la palabra en vez de decirla entera.

No sé si el diablo tenía algo que ver, pero nunca me decidí a permitir que Deb me leyera las cartas. Pero anoche, en mi sueño, lo hizo.

Yo solía observarla cuando las leía para otros. Las cartas del tarot me fascinaban, tal vez precisamente porque parecían prohibidas. Pero los nombres eran tan geniales... Los Arcanos Mayores, los Arcanos Menores, el Caballero de Oros, el Paje de Copas, la Reina de Bastos, el Rey de Espadas. La Emperatriz, el Mago. Y el Ahorcado.

Bueno, ¿con qué otra cosa puedo soñar? Sin duda, este sueño no ha sido sutil. Allí estaba, en medio del abanico de cartas, y Deb me hablaba de él.

«Un hombre suspendido por un pie de un poste tendido entre dos árboles. Los brazos, plegados detrás de la espalda, forman con la cabeza un triángulo que apunta hacia abajo; las piernas forman una cruz. Hasta cierto punto el Ahorcado aún está atado a la tierra, pues su pie permanece ligado al poste.»

Yo miraba al hombre de la carta, eternamente suspendido entre la tierra y el cielo. Esa carta siempre me pareció extraña; el hombre no parecía afligido en absoluto, pese a estar cabeza abajo y con los ojos vendados.

Deb continuaba recogiendo las cartas y extendiéndolas otra vez, y ese naipe siempre volvía a aparecer.

«El Ahorcado representa el necesario proceso de rendición y sacrificio. Esta carta tiene un significado profundo — me dijo, tocándola con un dedo —. Pero está en gran parte velado. Tendrás que descubrir por ti misma qué significa. La rendición lleva a la transformación de la personalidad, pero la persona debe lograr su propia regeneración.»

Transformación de la personalidad. Eso es lo que temo, sí. ¡La personalidad de Roger me gustaba tal como era!

¡Cuernos! No sé cuánto ha tenido que ver el d-i-a-b-l-o en esto, pero estoy segura de que es un error tratar de adelantarse al futuro. Al menos por ahora.

# 74

## *Los sonidos del silencio*

Pasaron diez días antes de que el retrato de Penelope Sherston quedara terminado a su gusto. Para entonces, tanto Isaiah Morton como Roger estaban lo bastante repuestos como para viajar. Dado el inminente nacimiento del vástago Morton y el peligro que corría su padre si se acercaba a Granite Falls o a Brownsville, Jamie hizo arreglos para que él y Alicia se alojaran en casa del cervecero de los Sherston; Isaiah le serviría de carretero en cuanto su salud se lo permitiera.

—No entiendo por qué —me dijo Jamie en privado—, pero le he cobrado algún afecto a ese tunante sin moral. No me gustaría que lo asesinaran a sangre fría.

Morton había revivido de forma espectacular con la llegada de Alicia; en el curso de una semana pudo bajar la escalera y sentarse en la cocina, a contemplarla como perro devoto mientras ella trabajaba. Camino a la cama se había detenido para hacer algún comentario sobre el retrato de la señora Sherston.

—¿Verdad que es igual que ella? —había dicho con admiración, en camisa y de pie en el vano de la puerta—. Basta ver ese cuadro para saber quién es.

Puesto que la señora Sherston había querido que la pintaran en el papel de Salomé, yo no estaba muy segura de que eso fuera un cumplido, pero ella se había ruborizado coquetamente y se lo había agradecido, reconociendo la sinceridad en su voz.

En realidad, Bree había hecho un trabajo estupendo; la retrató con realismo, aunque favoreciéndola, pero sin ironía explícita, por difícil que eso resultara. El único aspecto en que había cedido a la tentación era un detalle sin importancia: la cabeza cortada de Juan el Bautista tenía un notable parecido con las facciones taciturnas del gobernador Tryon. Pero con tanta sangre era difícil que alguien se percatara.

Estábamos listos para regresar a casa y todos reflejábamos un inquieto entusiasmo y alivio. Todos, salvo Roger.

En términos puramente físicos, el joven estaba mejor, sin duda alguna. Volvía a mover las manos, con excepción de los dedos fracturados, y el moretón de la cara y el cuerpo había desaparecido casi por completo. Lo mejor de todo era que la tumefacción de la garganta había cedido al punto de permitirle respirar por la boca y la nariz. Pude retirarle el tubo del cuello y suturar la incisión; fue una operación simple pero dolorosa, que él soportó con el cuerpo rígido y los ojos bien abiertos, fijos en el techo.

En términos psicológicos, yo no estaba muy segura de su recuperación. Después de suturarle el cuello lo ayudé a incorporarse, le limpié la cara y le di un poco de agua mezclada con coñac, para que hiciera de reconstituyente. Tras observarlo con atención mientras bebía, apoyé los dedos en su cuello, palpando con cuidado, y le pedí que tragara otra vez. Evalué con los ojos cerrados el movimiento de la laringe, los anillos de la tráquea y el grado de daño sufrido.

Al abrir los ojos me encontré con los suyos a cinco centímetros, aún muy abiertos. En ellos había una pregunta fría y desnuda como un témpano.

—No lo sé —reconocí al fin.

Mi propia voz no era más que un susurro. Aún tenía los dedos apoyados en su cuello; percibía el batir de la sangre a través de la carótida, la vida que fluía justo debajo de la piel. Pero la dureza angulosa de la laringe permanecía inmóvil bajo mis dedos, extrañamente deforme; no sentía allí pulsación alguna ni vibración de aire en las cuerdas vocales.

—No lo sé —repetí, apartando despacio los dedos—. ¿Quieres... probar?

Él negó con la cabeza y se levantó para acercarse a la ventana, de espaldas a mí, con los brazos apoyados en el marco. Un vago e inquieto recuerdo se agitó en mi mente.

Aquello no había sucedido a pleno día, sino en una noche de luna, en París. Al despertar del sueño había visto a Jamie de pie y desnudo, enmarcado por la ventana; las cicatrices de su espalda eran plata pálida y su cuerpo relucía de sudor frío. Roger también estaba sudando, aunque por el calor; la camisa se le pegaba al cuerpo. Y sus líneas eran las mismas: el aspecto de un hombre que se tensa para enfrentarse al miedo, que ha elegido afrontar solo a sus demonios.

Desde la calle subían algunas voces; Jamie, que regresaba del campamento con Jemmy sentado ante él, en la montura. Había tomado la costumbre de llevar al niño consigo en sus salidas diarias, para que Bree pudiera trabajar sin distracciones. Como consecuencia, Jemmy había aprendido cuatro palabras nuevas, de las cuales sólo dos eran obscenas, y la chaqueta fina de Jamie lucía manchas de mermelada, además de oler a pañales sucios. Pero los dos parecían bastante satisfechos con el arreglo.

Bree salió para coger al niño y su voz subió flotando, entre risas. Roger parecía tallado en madera. Llamarlos le era imposible, pero podría haber golpeado el marco de la ventana o hacer algún otro ruido para saludarlos con la mano. No se movió.

Después de un momento me levanté para salir sin hacer ruido, con un nudo en la garganta, imposible de tragar.

Cuando Bree se hubo llevado a Jemmy para darle un baño, Jamie me contó que Tryon había liberado a casi todos los hombres capturados durante la batalla.

—Entre ellos, a Hugh Fowles. —Dejó a un lado la chaqueta y se aflojó el cuello de la camisa, con la cara levantada hacia la brisa de la ventana—. Yo pedí por él... y Tryon me ha escuchado.

—Era lo menos que podía hacer —le dije, irritada.

Me miró e hizo un ruido grave desde el fondo de la garganta. Me hizo pensar en Roger, cuya laringe ya no era capaz de esa peculiar expresión escocesa. La aflicción debió de notarse en mi cara, pues Jamie me tocó un brazo, enarcando las cejas. Hacía demasiado calor para un abrazo, pero apoyé un instante la mejilla contra su hombro, buscando consuelo en la solidez de su cuerpo bajo el hilo mojado.

—He suturado el cuello de Roger —dije—. Ya puede respirar... pero no sé si podrá hablar otra vez.

«Mucho menos cantar»: el pensamiento no expresado quedó flotando en el aire caluroso.

Jamie hizo otro de sus ruidos, ése profundo y colérico.

—También he hablado con Tryon sobre lo que prometió para Roger Mac. Me ha dado el documento de la cesión de tierras: dos mil hectáreas contiguas a las mías. Su último acto oficial como gobernador... prácticamente.

—¿Qué quieres decir con eso?

—¿Te he dicho que ha liberado a casi todos los prisioneros? —Se apartó de mí, inquieto—. A todos menos a doce cabecillas proscritos de la Regulación a los que retiene en la cárcel. O eso dice. —La ironía de su voz era tan densa como el aire polvoriento—. Va a presentarlos a juicio dentro de un mes, bajo cargos de rebelión.

—Y si los declaran culpables...

—Al menos ellos podrán hablar antes de que los ahorquen.

Se había detenido delante del retrato, con el entrecejo fruncido. Pero no supe si lo veía.

—No me quedaré a presenciarlo. Le he dicho a Tryon que debíamos partir hacia el cerro para ocuparnos de nuestras cosechas y de los animales. Apoyándome en esa base, ha dado de baja a la compañía de milicianos.

Sentí que se me desprendía un peso del corazón.

En las montañas del cerro el aire sería verde y fresco. Era un lugar perfecto para curarse.

—¿Cuándo partiremos?

—Mañana. —Había prestado atención al retrato, sí: señaló con sombría aprobación la cabeza boquiabierta en la bandeja—. Sólo hay un motivo para demorarse y creo que ahora no tiene mucho sentido.

—¿Cuál?

—El hijo de Dougal —respondió, dando la espalda al retrato—. En estos diez días he buscado a William Buccleigh Mac-Kenzie de punta a punta del condado. He hallado a algunos que lo conocieron, pero nadie lo ha visto desde Alamance. Hay quien dice que ha abandonado para siempre la colonia. Son muchos los reguladores que han huido. Según dicen, Husband se llevó a su familia a Maryland. Pero en cuanto a William MacKenzie, ha desaparecido como una serpiente en la guarida de una rata. Y su familia con él.

*Anoche soñé que Roger y yo yacíamos bajo un gran serbal, en un bello día de verano. Manteníamos una de esas conversaciones con las que nos entreteníamos siempre, sobre las cosas que echábamos de menos. Sólo que cuanto mencionábamos estaba allí, en la hierba, entre los dos.*

*Dije que vendería mi alma por una chocolatina con almendras... y allí estaba. Al quitarle la envoltura exterior percibí el olor a chocolate. Le quité el papel blanco de dentro y empecé a comérmelo, pero entonces empezamos a hablar del papel, de la envoltura.*

*Roger lo cogió y dijo que nada extrañaba tanto como el papel higiénico; ése era demasiado resbaladizo para limpiarse el trasero. Yo dije, riendo, que fabricar papel higiénico no era nada complicado. Si la gente quisiera hacerlo ahora, lo haría, le dije.*

*En el suelo había un rollo que yo señalé. Un gran abejorro vino a sujetar el extremo y alzó el vuelo, desenvolviendo el rollo de papel higiénico en una estela. Iba y venía entre las ramas, entretejiéndolo.*

Luego Roger dijo que limpiarse con papel era una blasfemia; es verdad que aquí lo es. De hecho, mamá describe sus casos con letra muy pequeña, y papá, cuando escribe a Escocia, utiliza las dos caras del papel; luego lo pone de lado y escribe a través de las líneas, formando una especie de enrejado.

Luego vi a papá sentado en el suelo, escribiendo una carta para tía Jenny sobre ese papel higiénico. Era cada vez más larga y el abejorro la llevaba por el aire, rumbo a Escocia.

Yo utilizo más papel que nadie. La tía Yocasta me dio algunos de sus viejos cuadernos de apuntes y un montón de papel para acuarelas, pero cuando lo uso me siento culpable, pues sé lo mucho que cuesta. Aun así debo dibujar. Eso es lo bueno de pintar este retrato para la señora Sherston: como gano dinero con él, me siento con derecho a usar un poco de papel.

Luego el sueño cambió. Yo dibujaba retratos de Jemmy con un lápiz amarillo número 2B. Ponía «Ticonderoga» en letras negras, como el que usábamos en la escuela. Pero yo lo estaba usando para dibujar sobre papel higiénico y el lápiz lo desgarraba. Me sentí tan frustrada que lo arrugué en la mano.

Entonces se convirtió en uno de esos sueños aburridos y molestos en los que vagas por allí buscando un cuarto de baño y no encuentras ninguno... y al fin despiertas lo suficiente como para comprender que necesitas ir al baño.

No logro decidir si preferiría la chocolatina de almendras, el papel higiénico o el lápiz. Creo que el lápiz. Percibía el olor a madera recién afilada, su resistencia entre los dedos y los dientes. Cuando era pequeña mordisqueaba todos mis lápices. Aún recuerdo la sensación de morder con fuerza mientras la pintura y la madera cedían un poco, y mascar el lápiz a lo largo, hasta dejarlo como si un castor lo hubiera roído.

Por la tarde estuve pensando en eso. Me entristece pensar que Jem no tendrá un lápiz amarillo nuevo ni una mochila con la figura de Batman, cuando vaya a la escuela... si es que puede ir a la escuela.

Las manos de Roger aún están demasiado mal para poder sujetar un lápiz.

Y ahora sé que no quiero lápices ni chocolate, ni siquiera papel higiénico. Quiero que Roger vuelva a hablarme.

# 75

## *Di mi nombre*

Nuestro viaje de regreso al Cerro de Fraser fue mucho más rápido que el trayecto a Alamance, pese a ir siempre cuesta arriba. Eran las postrimerías de mayo; el maíz ya estaba alto y verde en los sembrados que rodeaban a Hillsborough; su polen dorado flotaba en el aire. En las montañas estarían naciendo terneros, potrillos y corderos, a los que era preciso proteger de lobos, zorros y osos. La compañía de milicianos se había deshecho nada más recibir la baja del gobernador; sus miembros se dispersaban deprisa para regresar a sus casas y a sus campos.

Por eso nuestro grupo era mucho más reducido: apenas dos carretas. Algunos hombres que vivían cerca del cerro decidieron viajar con nosotros: los dos muchachos Findlay, por ejemplo, puesto que en el trayecto pasaríamos frente a la casa de su madre.

Eché un vistazo disimulado a los hermanos, que estaban ayudando a descargar la carreta para instalar el campamento nocturno. Buenos chicos, aunque callados. Respetaban a Jamie —un respeto casi reverencial—, pero durante esa breve campaña habían formado una peculiar alianza con Roger. Esa extraña fidelidad continuó incluso al desbandarse la compañía.

Los dos habían ido a Hillsborough para visitarlo; azorados, frotaban los pies descalzos contra las alfombras persas de Phoebe Sherston, la cara escarlata y casi mudos también. Le llevaban tres manzanas tempranas, verdes y deformes, a todas luces robadas de alguna huerta ajena. Él se las había agradecido con una ancha sonrisa; antes de que yo pudiera impedírselo, cogió una y le dio un heroico mordisco. Llevaba una semana sin tragar más que sopa; estuvo a punto de morir atragantado, pero la tragó, asfixiado y jadeante. Y los tres sonrieron de oreja a oreja, mirándose sin decir nada, con lágrimas en los ojos.

Durante el viaje, los Findlay solían estar cerca de Roger, siempre vigilantes y listos para saltar en su ayuda cuando las heridas de las manos le impedían hacer algo. Jamie me había hablado de Iain Mhor, el tío de los muchachos; obviamente, tenían mucha experiencia en cuanto a adivinar las necesidades no expresadas.

Roger se había recuperado con celeridad, puesto que era joven y fuerte; además, las fracturas no eran graves. Pero dos semanas era poco para que los huesos quebrados se soldaran; yo habría preferido mantenerlo vendado una semana más. Sin embargo, como era obvio que la restricción lo irritaba, el día antes de la partida le había quitado los entablillados de los dedos, contra mi parecer y advirtiéndole que debía cuidarse mucho.

—¡Ni se te ocurra! —le dije, al ver que iba a retirar de la carreta un pesado saco de provisiones.

Él me miró con una ceja en alto; luego se encogió tan tranquilo de hombros y dio un paso atrás, para que Hugh Findlay cargara con el saco. Señaló las piedras que Iain Findlay traía para rodear la fogata; luego, al bosque cercano. ¿Podía recoger leña?

—Por supuesto que no —respondí con firmeza.

Él hizo la señal de beber y enarcó las cejas. ¿Ir a por agua?

—No. Bastaría con que se te resbalara un cántaro y...

Miré a mi alrededor, a la búsqueda de algo que él pudiera hacer sin peligro, pero todas las tareas del campamento eran trabajo pesado. Al mismo tiempo, sabía lo mucho que le impacientaba sentirse inútil. Estaba hasta las narices de que lo trataran como a un inválido; en sus ojos detecté el brillo de una rebelión incipiente. Si escuchaba otro «no», probablemente intentaría levantar la carreta, sólo para fastidiarme.

—¿Puede escribir, Sassenach? —preguntó Jamie, que se había detenido junto a la carreta y observaba la escena.

—¿Escribir? ¿Escribir qué? —pregunté, sorprendida.

Pero él ya había pasado junto a mí para revolver en busca de su maltrecho escritorio portátil.

—¿Cartas de amor? —sugirió, con una gran sonrisa—. ¿O sonetos, quizá? —Le arrojó el escritorio plegable a Roger, que lo recibió con habilidad en los brazos, a pesar de mi chillido de protesta—. Pero tal vez, antes de componer un poema épico en honor a William Tryon, puedas relatarme cómo fue que nuestro mutuo pariente trató de matarte, ¿no?

El joven permaneció inmóvil un momento, con el escritorio portátil aferrado contra el pecho. Luego le dedicó una sonrisa torcida e hizo un lento gesto afirmativo.

Comenzó a escribir mientras se montaba el campamento; hizo una pausa para cenar y luego retomó la tarea. Se trataba de un trabajo agotador y muy lento; aunque las fracturas estaban bastante curadas, aún tenía las manos muy rígidas, doloridas y torpes. La pluma se le cayó diez o doce veces. Con sólo mirarlo me dolían las articulaciones de los dedos.

—¡Ay! ¡Basta ya de eso!

Aparté la vista de la sartén que estaba fregando, con un puñado de juncos y arena. Brianna estaba entretenida en un combate mortal con su hijo, que se arqueaba hacia atrás contra su brazo, retorciéndose y dando patadas, en una de esas enloquecedoras rabietas ante las que hasta los padres más abnegados piensan en el infanticidio. Vi que Roger encogía los hombros hasta tocar las orejas, como para protegerse del alboroto, pero continuó tenaz con su escritura.

—¿Qué te pasa? —interpeló Bree, irritada. Se arrodilló y forcejeó con Jemmy, sentado a medias, en un intento de que se tumbara para tratar de cambiarle el pañal antes de acostarlo.

El pañal en cuestión necesitaba un cambio, por cierto: estaba mojado, sucio y colgaba casi hasta las rodillas del pequeño. Después de pasar la mayor parte de la tarde durmiendo en la carreta, Jem se había despertado aturdido por el calor, nervioso y decidido a no dejarse tocar, mucho menos cambiar y llevar a dormir.

—Tal vez no esté cansado aún —sugerí—. Pero ya ha comido, ¿verdad? —Era una pregunta retórica; Jemmy tenía la cara pringada de papilla y trozos de tostada en el pelo.

—Sí. —Bree se pasó una mano por el suyo, que estaba más limpio, pero no menos desaliñado. Jem no era el único nervioso en la familia MacKenzie—. Puede que él no esté cansado, pero yo sí.

Era cierto. Había caminado junto a la carreta la mayor parte del día, a fin de aliviar el esfuerzo de los caballos en las cuestas, cada vez más empinadas. También yo.

—Déjalo aquí y ve a lavarte, ¿quieres? —propuse, sofocando noblemente un bostezo.

El niño, erguido sobre las manos y las rodillas, oscilaba hacia delante y hacia atrás, entre horribles relinchos. Cogí una gran cuchara de madera y la moví en gesto tentador ante él. Al verla dejó de chillar y se sentó en cuclillas, suspicaz.

Agregué al cebo una taza de hojalata y la puse en el suelo, cerca de él. Eso bastó: rodó sobre el trasero con un ruido líquido, cogió la cuchara con ambas manos e inició el intento de enterrar la taza a golpes.

Bree me dirigió una mirada de profunda gratitud y desapareció en el bosque, por la pendiente que conducía al pequeño arroyo. Lavarse rápidamente con agua fría, rodeada por la oscuridad boscosa, no era el sibarítico escape que puede ofrecer un fragante baño de espuma, pero lo importante era el concepto de evasión. Un poco de soledad hace maravillas en toda madre y yo lo sabía por experiencia. Y si no fuera cierto que la limpieza es lo más parecido a la gracia divina, al menos tener limpios los pies, la cara y las manos mejora mucho nuestra visión del universo, más aún tras una jornada de sudor, polvo y pañales sucios.

Examiné con mirada crítica mis propias manos: después de haber conducido a los caballos por la brida, encender el fuego y fregar las cacerolas, mi propia visión del universo también necesitaba mejorar un poco. Sin embargo, el agua no es el único líquido capaz de levantar el ánimo. Jamie alargó un brazo por encima de mi hombro para ponerme una taza en la mano y se sentó a mi lado.

—*Slàinte, mo nighean donn* —dijo con una suave sonrisa, al tiempo que elevaba su propia taza en un brindis.

—Hum. —Cerré los ojos, inhalando los fragantes vapores—. ¿Es correcto decir *slàinte* cuando no es whisky lo que bebes? —El contenido de la taza era vino. Y de los buenos: recio, pero con buen aroma, perfumado de sol y hojas de vid.

—No veo por qué no —respondió él, con lógica—. Al fin y al cabo es sólo un deseo de buena salud.

—Cierto, pero creo que decir «salud» es un deseo más práctico que figurativo, al menos con cierto tipo de whisky; es decir, expresas la esperanza de que la persona con quien brindas sobreviva a la experiencia de beberlo.

Sus ojos se arrugaron en una risa divertida.

—Aún no he matado a nadie con el que destilo, Sassenach.

—No me refería al tuyo. —Hice una pausa para beber otro poco—. ¡Ah, qué rico! Pensaba en esos tres milicianos del regimiento del coronel Ashe.

Un centinela había descubierto a esos tres hombres borrachos perdidos, tras haber consumido una botella de algo que pasaba por whisky, conseguido Dios sabe dónde. Como la compañía de Ashe no contaba con cirujano y nosotros acampábamos al lado, me llamaron en mitad de la noche para que los atendiera lo mejor posible. Los tres sobrevivieron, pero uno había perdido la vista de un ojo y otro quedó con cierto grado de lesión cerebral... aunque yo tenía mis dudas de que antes hubiera sido muy inteligente.

Jamie se encogió de hombros. La ebriedad era una de esas cosas de la vida. Y el mal licor, lo mismo.

—*Thig a seo, a chuisle!* —clamó.

Jemmy, perdido el interés por la taza y la cuchara, gateaba hacia la cafetera que habíamos dejado entre las piedras de la fogata, para que se mantuviera caliente. El niño no prestó atención a la orden, pero Tom Findlay evitó que corriera peligro: lo enlazó con un brazo por la cintura para entregárselo a su abuelo, a pesar de sus pataleos.

—Siéntate —le ordenó Jamie con firmeza.

Sin darle tiempo a reaccionar, lo plantó en el suelo y le entregó su pelota de trapo. El niño la cogió; su mirada pícara fue de su abuelo a la fogata.

—Arroja eso al fuego, *a chuisle*, y te daré una zurra —lo informó Jamie, afectuoso.

Jem contrajo la frente e hizo un dramático puchero, pero no arrojó la pelota a las llamas.

—*A chuisle?* —repetí, tratando de imitar la pronunciación—. Ésa es nueva. ¿Qué significa?

—Pues... —Él se frotó el puente de la nariz con un dedo—. Significa «mi sangre».

—¿Eso no se dice *mo fuil*?

—Sí, pero ésa es la sangre que brota cuando te lastimas. *A chuisle* es algo así como... «Oh, tú en cuyas venas corre mi propia sangre.» En general se le dice sólo a los niños. A los de tu propia familia, claro.

—Qué encantador. —Dejé mi taza vacía en el suelo para recostarme contra su hombro. Aún estaba cansada, pero la magia del vino había pulido los rudos bordes del agotamiento, dejándome agradablemente atontada—. ¿Se lo dirías a Germain? ¿O a Joan? ¿O acaso *a chuisle* tiene un sentido muy literal?

—Como apelativo para Germain preferiría *un petit emmerdeur* —respondió, con un leve resoplido de diversión—. A Joan... sí, a la pequeña Joanie le diría *a chuisle*. Es sangre del corazón, ¿comprendes? No sólo del cuerpo.

Jemmy había dejado caer su pelota de trapo y contemplaba encantado las luciérnagas que empezaban a titilar entre la hierba, al caer la oscuridad. Ya con el estómago lleno y un agradable descanso, todo el mundo comenzaba a sentir el efecto sedante de la noche.

Los hombres se habían despatarrado en la oscuridad, bajo un sicomoro, y se pasaban la botella de vino mientras intercambiaban comentarios con la despreocupación de aquéllos que se conocen bien. Los muchachos Findlay estaban en la carretera, único espacio realmente despejado, y jugaban a lanzarse algo; como en la oscuridad perdían un tiro de cada dos, se insultaban uno a otro a gritos.

Junto al fuego se oyó un fuerte susurro de matas. Por allí emergió Brianna, mojada, pero mucho más animada. Se detuvo junto a Roger para apoyarle una mano en la espalda y echó un vistazo a lo que estaba escribiendo. Entonces él levantó la vista y, tras encoger los hombros en un gesto resignado, reunió las páginas ya escritas de su obra y se las entregó. Ella se arrodilló a un lado para leer, con el ceño fruncido por el esfuerzo de distinguir las letras a la luz del fuego.

Una luciérnaga se posó en la camisa de Jamie, refulgente de verde entre los pliegues de la tela. Acerqué un dedo y ella se fue, volando en espiral sobre el fuego, como una chispa fugitiva.

—Ha sido una buena idea hacer que Roger escribiera —comenté—. No veo el momento de saber qué pasó.

—Lo mismo digo —concordó Jamie—. Pero ahora que William Buccleigh ha desaparecido, puede ser más importante saber qué es lo que le pasará a Roger Mac.

No necesité preguntarle qué quería decir. Él sabía mejor que nadie lo que significa ver que te están quitando la vida y la fortaleza que se requiere para reconstruirla. Le busqué la mano y él me la cedió. Al amparo de la oscuridad acaricié sus dedos baldados, siguiendo las crestas abultadas de las cicatrices.

—¿Así que no te interesa descubrir si tu primo es o no capaz de asesinar a sangre fría? —pregunté en tono ligero, para cubrir la conversación, más seria, que mantenían nuestras manos.

Él emitió un gruñido sordo que podía pasar por risa. Sus dedos se curvaron sobre los míos, encallecidos, en un gesto de entendimiento.

—Es un MacKenzie, Sassenach. Un MacKenzie de Leoch.

—Hum.

Los Fraser eran duros como piedras, me habían dicho. El mismo Jamie describía con estas palabras a los MacKenzie de Leoch: «Encantadores como alondras del campo... y astutos como zorros.» Eso se podía aplicar, por cierto, a sus tíos Colum y Dougal. Nada de cuanto yo sabía indicaba que Ellen, su madre, hubiera compartido esa característica de la familia; claro que ella había muerto cuando Jamie sólo tenía ocho años. ¿Y su tía Yocasta? No era nada tonta, por cierto, pero era mucho menos aficionada a la conspiración y la intriga que sus hermanos.

—¿Quéeee?

La exclamación de Brianna desvió mi atención hacia el otro lado de la fogata. Miraba a Roger con las páginas en la mano y una expresión donde se mezclaban el regocijo y la consterna-

904

ción. Yo no podía ver la cara de Roger, vuelta hacia ella, pero él levantó una mano como para acallarla y miró hacia los hombres que bebían bajo el árbol, como para asegurarse de que nadie la hubiera oído.

Vi un reflejo de luz en los huesos de su cara. Luego la expresión de Roger cambió en un instante de la cautela al horror. Se levantó a toda velocidad, con la boca abierta.

—¡NO! —bramó.

Fue un grito terrible, potente y áspero, pero con un dejo horriblemente estrangulado, como si lo hubiera lanzado con un puño hundido en la garganta. Petrificó a todos cuantos lo oyeron... incluido Jemmy, que había abandonado a las luciérnagas para reanudar a hurtadillas su investigación de la cafetera. Levantó la vista hacia su padre y detuvo la mano a quince centímetros del metal caliente. Luego arrugó la cara y rompió a llorar, asustado.

Roger alargó los brazos por encima de la fogata para levantarlo. El niñito chilló y pataleó, tratando de escapar de ese terrorífico desconocido. Bree se apresuró a hacerse cargo de él, estrechándolo contra el seno, con la cara contra su hombro. Había palidecido por la impresión.

Roger también parecía fuertemente impresionado. Se llevó una mano cautelosa al cuello, como si no estuviera seguro de tocar su propia carne. Aún tenía una marca oscura bajo la mandíbula, dejada por la cuerda; era visible incluso a la luz vacilante del fuego, junto con la línea más pequeña y pulcra de mi propia incisión.

Una vez superada la sorpresa inicial causada por su grito, los hombres se levantaron para acercarse. Los Findlay acudieron a toda velocidad desde el camino, entre exclamaciones de asombro y festejo. Roger permitió que le estrecharan la mano y le dieran palmadas en la espalda, aunque su expresión decía que hubiera preferido estar en cualquier otro sitio.

—Diga algo más —lo instó Hugh Findlay.

—Sí, señor, inténtelo —se sumó Iain, radiante la cara redonda—. Diga... diga «Tres tristes tigres comen trigo en un trigal.»

La sugerencia fue acallada con un abucheo. Siguió una lluvia de propuestas entusiastas. Roger comenzaba a desesperarse y apretaba los dientes. Jamie y yo nos habíamos levantado; percibí que mi esposo se disponía a intervenir de algún modo.

Entonces Brianna se abrió paso entre el grupo de entusiastas; Jemmy, acoplado en su cadera, observaba la escena con intensa desconfianza. Ella estrechó la mano de Roger y le dedicó una sonrisa que apenas temblaba un poquito.

—¿Puedes decir mi nombre? —preguntó.

La sonrisa de Roger se parecía a la suya. Me llegó el ruido áspero del aire en su garganta, al tomar aliento.

En esta oportunidad habló con mucha suavidad, pero todos guardaban silencio, inclinados hacia delante para escuchar. Fue un susurro penoso y denso. La primera sílaba golpeó con fuerza para brotar entre las cuerdas vocales dañadas; la última fue apenas audible. Pero dijo:

—BRRRIA... ana.

Y ella rompió a llorar.

# 76

## *Dinero sangriento*

*Cerro de Fraser*
*Junio de 1771*

Me había sentado frente a Jamie en su estudio para hacerle compañía; yo rallaba raíces de sanguinaria mientras él luchaba con las cuentas del trimestre. Ambas eran tareas lentas y tediosas, pero así podíamos compartir la luz de una misma vela y disfrutar de la mutua compañía; además, para mí era una agradable distracción escuchar los inventivos comentarios que él dirigía al papel extendido bajo su pluma.

—¡Hijo de puercoespín, chupahuevos! —murmuró—. Mira esto, Sassenach: ¡este hombre no es más que un vulgar ladrón! ¡Dos chelines y tres peniques por dos panes de azúcar y un bloque de añil!

Chasqueé la lengua en solidaridad, en vez de señalar que dos chelines era un precio bastante modesto para productos traídos en barco de las Indias Occidentales hasta Charleston, desde donde han recorrido centenares de kilómetros en carretas y piraguas, a lomo de caballos y a pie, hasta llegar por fin a nuestra puerta gracias a un vendedor itinerante, que no podría cobrar hasta la siguiente visita, pasados tres o cuatro meses, y aun entonces no

se le pagaría en efectivo, sino que recibiría seis potes de mermelada o un jamón ahumado.

—¡Mira esto! —exclamó Jamie en plan retórico, arañando
una columna de números hasta clavarse con encono al final de la
página—. Un tonel de coñac a doce chelines; dos piezas de muselina a tres con diez cada una; ferretería... ¿Para qué demonios
necesita Roger productos de una ferretería? ¿Acaso piensa tocar
melodías con una azada? ¡Ferretería, diez con seis!

—Creo que eso fue por una reja de arado —dije, pacificadora—. No es para nosotros. Roger la compró para Geordie Chisholm.

En realidad, las rejas de arado eran bastante caras, pues había
que importarlas de Inglaterra; costaba encontrarlas en las pequeñas granjas de los colonos, la mayoría de los cuales se las arre-
glaban con plantadores de madera y palas, algún hacha y quizá
una azada de hierro para quitar malezas.

Jamie contempló con mirada torva sus cifras y se pasó una
mano por el pelo.

—Sí —dijo—. Sólo que Geordie no tendrá ni un penique
hasta que se vendan las cosechas del año próximo. De modo que
seré yo quien deba pagar ahora esos diez con seis chelines, ¿verdad? —Sin aguardar respuesta, se zambulló de nuevo en sus
cálculos, murmurando por lo bajo—: Hijo comemierda de tortu-
ga voladora...

Imposible saber si se refería a Roger, a Geordie o al arado.

Dejé caer en un frasco el extremo de la raíz que terminaba de
rallar. La sanguinaria tiene el nombre bien puesto; el jugo de su
raíz es rojo, acre y pringoso. En el regazo tenía un cuenco lleno de
ralladuras húmedas y rezumantes; por el aspecto de mis manos, se
habría dicho que acababa de destripar a unos cuantos animalejos.

—Tengo listo el cordial de cerezas, seis docenas de botellas
—le ofrecí. ¡Como si él no lo supiera! Durante toda una semana
la casa entera había olido a jarabe para la tos—. Fergus puede
venderlas en Salem.

Jamie asintió con aire distraído.

—Sí, cuento con eso para comprar semillas de maíz. ¿Tienes
algo más que pueda enviar a Salem? ¿Velas? ¿Miel?

Levanté hacia él una mirada penetrante, pero sólo encontré
los remolinos de su coronilla, aplicadamente inclinada sobre las
cifras. Las velas y la miel eran un tema delicado.

—Creo que puedo prescindir de cuarenta y cinco litros de
miel —dije, con cautela—. Y quizá diez... vale, está bien, doce
docenas de velas.

Él se rascó la punta de la nariz con el extremo de la pluma, dejando allí una mancha de tinta.

—Creía que éste había sido un buen año para tus colmenas —observó con suavidad.

Era cierto. Mi primera colmena se había expandido; ahora tenía nueve en torno a mi huerta. De ellas había extraído casi doscientos veinticinco litros de miel y cera suficiente para treinta docenas de velas. Por otra parte, tenía pensado dar otro uso a esos productos.

—Necesito algo de miel para la clínica —expliqué—. Es un buen elemento antibacteriano para las heridas.

Él enarcó una ceja, aún sin apartar los ojos de las rayas que estaba trazando en el papel.

—Pues yo diría que atrae a las moscas —observó—, por no hablar de los osos. —Desechó el tema, jugando con el extremo de la pluma—. ¿Cuánta necesitarás? No creo que atiendas a tantos heridos como para usar ciento ochenta litros de miel... a menos que los untes de pies a cabeza.

Me eché a reír, pese a la cautela.

—No; para las vendas necesito sólo diez o quince litros. Veinte en total, contando lo que uso para fluidos electrolíticos.

Él me miró con las cejas enarcadas.

—¿Eléctricos? —Observó un momento la vela, que oscilaba en la corriente de aire—. ¿No dijo Brianna que eso tenía algo que ver con las luces? ¿O con los relámpagos?

—No: electrolíticos —le expliqué—. Agua azucarada. Es lo que se utiliza cuando una persona está demasiado enferma como para comer, si ha sufrido un fuerte golpe emocional o si tiene disentería. Eso repone los iones esenciales que ha perdido por hemorragia o diarrea: trocitos de sal, azúcar y otras cosas, que a su vez llenan la sangre de agua y restauran la presión sanguínea. Ya me has visto utilizarlos.

—¡Ah!, conque así funciona. —Su cara se iluminó de interés. Parecía a punto de pedir otra explicación, pero al ver el montón de recibos y correspondencia que aún esperaba sobre el escritorio, volvió a coger la pluma con un suspiro—. De acuerdo, quédate con la miel. ¿Puedo vender el jabón?

Asentí, complacida. Tras muchos y cautos experimentos, había logrado por fin producir un jabón que no olía a cerdo muerto remojado en lejía ni eliminaba la capa superior de la epidermis. Pero en vez de suero requería aceite de girasol o de oliva, ambos muy costosos.

Tenía planeado un trueque con las mujeres cherokee: lo que me sobraba de miel por su aceite de girasol, para hacer más jabón y champú. Ambos se venderían a precios excelentes en cualquier parte: Cross Creek, Wilmington, New Bern... y hasta en Charleston, si nos aventurábamos tan lejos. Al menos eso pensaba yo, pero no estaba segura de que Jamie accediera a poner dinero en esa empresa, que tardaría meses en fructificar, cuando podía obtener ganancias inmediatas vendiendo la miel. No obstante, si le hacía ver que podíamos ganar mucho más con el jabón que con la miel sin elaborar, no me costaría salirme con la mía.

Antes de que pudiera exponer las perspectivas se oyeron pisadas ligeras en el pasillo y unos suaves golpes en la puerta.

—Adelante —ordenó Jamie, irguiendo la espalda.

El señor Wemyss asomó la cabeza, pero de inmediato vaciló, algo alarmado por las sanguinarias manchas de mis manos. Jamie lo invitó con un cordial movimiento de pluma.

—¿Sí, Joseph?

—¿Puedo hablarle de un tema privado, señor?

Vestía de manera informal, con camisa y pantalones de montar, aunque se había alisado con agua el pelo claro y fino; eso indicaba cierta formalidad en la situación. Aparté la silla, pero cuando iba a recoger mis cosas él me detuvo con un gesto.

—¡Oh!, no, señora. Si no le importa, me gustaría que usted también estuviera presente. Se trata de Lizzie; la opinión de una mujer me sería muy valiosa.

—Por supuesto. —Volví a sentarme, ya con curiosidad.

—¿De Lizzie? ¿Ha encontrado marido para nuestra pequeña, Joseph? —Jamie dejó la pluma en el tintero. Luego le señaló el taburete vacío y se inclinó hacia delante, interesado.

El señor Wemyss asintió. La luz de la vela acentuaba los huesos de su cara flaca. Aceptó el asiento que se le ofrecía con aire de cierta dignidad, que no cuadraba demasiado con su habitual actitud atolondrada.

—Creo que sí, señor Fraser. Esta mañana ha venido Robin McGillivray para pedir la mano de mi Elizabeth para su muchacho Manfred.

Enarqué las cejas un poco más. Hasta donde yo sabía, Manfred McGillivray no había visto a Lizzie más de cinco o seis veces, en las que apenas habían intercambiado unas pocas frases de cortesía. No era imposible que se hubiera sentido atraído, pues la niña se había convertido en una jovencita de delicada belleza y buenos modales, aunque todavía era muy tímida. Sólo que no parecía mucha base para una proposición matrimonial.

Cuando el señor Wemyss describió la situación, las cosas quedaron algo más claras. Jamie había prometido una dote para Lizzie, consistente en una parcela de buena tierra; su padre, ya libre de su contrato de servidumbre, tenía derecho también a veinte hectáreas, que ella heredaría. La parcela de los Wemyss lindaba con la de los McGillivray; unidas, constituirían una granja muy respetable. Por lo visto, ahora que Ute McGillivray tenía a sus tres hijas casadas o convenientemente comprometidas, el matrimonio de Manfred era el paso siguiente de su plan magistral. Después de examinar a todas las muchachas casaderas de treinta kilómetros a la redonda, se había decidido por Lizzie y enviado a Robin para que iniciara las negociaciones.

—Bueno, los McGillivray son una familia decente —dijo Jamie, juicioso. Mientras reflexionaba, hundió un dedo en mi cuenco de sanguinaria rallada y trazó una línea de marcas rojas en su secante—. No tienen mucha tierra, pero a Robin le va bastante bien y el pequeño Manfred es muy trabajador, por lo que me han dicho.

Robin era armero y tenía una pequeña tienda en Cross Creek. Manfred había hecho su aprendizaje con otro armero de Hillsborough; para entonces ya cobraba jornal.

—¿La llevaría a vivir a Hillsborough? —pregunté. Eso podía influir mucho en Joseph Wemyss. Si bien era capaz de cualquier cosa por asegurar un futuro a su hija, amaba profundamente a Lizzie y yo sabía que perderla le partiría el corazón.

Él negó con la cabeza. Ya se le había secado el pelo y empezaba a erizarse en mechas rubias, como de costumbre.

—Dice Robin que no, que planea ejercer su oficio en Woolam's Creek, siempre que pueda pagar una tienda pequeña. Vivirían en la granja. —Echó un vistazo de reojo a Jamie y luego apartó la vista; la sangre ascendió bajo su blanca tez.

Mi esposo inclinó la cabeza y vi que contraía la boca. De modo que era allí donde entraba él en las negociaciones. Woolam's Creek era un pequeño asentamiento que se estaba desarrollando al pie del Cerro de Fraser. Si bien el molino y las tierras que se extendían al otro lado del arroyo eran propiedad de los Woolam, una familia de cuáqueros, hacia el lado del cerro todo pertenecía a Jamie.

Hasta el momento había proporcionado tierras, provisiones y herramientas a Ronnie Sinclair, Theo Frye y Bob O'Neill, para un taller de tonelero, una herrería (todavía en construcción) y un pequeño almacén de productos varios; según las condiciones, con el tiempo nosotros acabaríamos participando de las ganancias, pero por ahora no habría ingresos.

Si Jamie y yo teníamos planes para el futuro, lo mismo podía decirse de Ute McGillivray. Desde luego, ella sabía que Jamie haría cuanto pudiera por Lizzie, pues sentía una estima especial por ella y su padre. Y desde luego, eso era lo que Joseph Wemyss pedía ahora con mucha delicadeza: ¿podría Jamie proporcionar a Manfred un lugar en Woolam's Creek, como parte del acuerdo?

Él me miró con el rabillo del ojo. Yo encogí imperceptiblemente un hombro; me preguntaba si Ute McGillivray, en sus cálculos, habría tenido en cuenta la fragilidad física de Lizzie. Había muchas jovencitas más fuertes que ella y mejor dotadas para la maternidad. Aun así, en el caso de que muriera de parto, dejaría más ricos a los McGillivray, tanto por las tierras de su dote como por la propiedad de Woolam's Creek. Y no era tan difícil conseguir otra esposa.

—Supongo que se podría hacer algo —respondió Jamie, cauteloso.

Vi que su mirada iba hacia el libro de cuentas, con sus deprimentes columnas de cifras; luego volvió hacia mí, especulativa. Por la tierra no habría problema; las herramientas y los materiales eran otra cosa, puesto que no teníamos efectivo y muy poco crédito. Le sostuve la mirada con firmeza: ¡no, no le permitiría echar mano de mi miel!

Él se echó hacia atrás con un suspiro, tamborileando en el secante con los dedos manchados de rojo.

—Ya me las arreglaré —dijo—. Pero ¿qué dice la niña? ¿Acepta a Manfred?

El señor Wemyss pareció dudar un poco.

—Dice que sí. Es un buen muchacho, aunque su madre... Buena mujer, muy buena —añadió de inmediato—, sólo que un poco... eh... Aun así...

Se volvió hacia mí, con la estrecha frente arrugada.

—A decir verdad, señora, no estoy seguro de que Lizzie sepa lo que quiere. Sabe que es un buen partido y que estaría cerca de mí. —Su expresión se ablandó al decirlo. Luego volvió a ponerse firme—. Pero no me gustaría que aceptara sólo por agradarme.

Desvió una mirada tímida hacia Jamie, luego de nuevo a mí.

—Amé tanto a su madre... —Las palabras surgieron en torrente, como si confesara algún secreto vergonzoso. Su rubor era intenso; bajó la vista a las manos flacas, retorcidas en el regazo.

—Comprendo —dije, desviando discretamente la mirada para sacudir algunas ralladuras de sanguinaria que habían caído en el escritorio—. ¿Quiere usted que hable con ella?

—¡Oh, señora!, le estaría muy agradecido. —Se levantó casi de un brinco, aligerado por el alivio. Después de estrechar con fervor la mano a Jamie, se inclinó varias veces ante mí y salió por fin, con muchas reverencias y murmullos de gratitud.

La puerta se cerró tras él. Jamie negó con la cabeza, suspirando.

—Bastante problemático es ya casar a una hija cuando sabe lo que quiere —dijo, lúgubre. Obviamente, pensaba en Brianna y en Marsali—. Quizá sea más fácil si no lo sabe.

La única vela, a punto de consumirse, arrojaba sombras movedizas por la habitación. Me levanté para ir hacia el estante en busca de otra. Para mi sorpresa, Jamie se acercó también; y, buscando detrás de velas nuevas y medio consumidas, extrajo de las sombras un achaparrado reloj de vela.

Lo puso en el escritorio y utilizó una de las candelas para encenderlo. La mecha ya estaba ennegrecida: la vela se había utilizado con anterioridad, aunque no estaba muy consumida. A una mirada de Jamie fui sin decir palabra a cerrar la puerta.

—¿Crees que ha llegado el momento? —pregunté en voz queda, deteniéndome a su lado.

Él movió la cabeza sin responder. Se respaldó un poco en la silla, con las manos entrelazadas en el regazo, contemplando la llama del reloj de vela, que creció hasta convertirse en una luz ondulante. Luego, con un suspiro, volvió hacia mí el libro de cuentas. Allí pude ver el estado de nuestros asuntos, presentado negro sobre blanco: fatal, en lo que a efectivo se refería.

En la colonia eran muy pocas las transacciones en efectivo; al oeste de Cross Creek, prácticamente ninguna. Todos los pobladores de las montañas operaban en especies. En ese sentido nos manejábamos muy bien. Teníamos leche, mantequilla y queso para intercambiar; patatas y cereales, carne de cerdo y venado, verduras frescas y fruta seca, algo de vino hecho con las uvas moscatel del otoño anterior. También teníamos heno y madera, al igual que todo el mundo, más la miel y la cera de mis colmenas. Y antes que nada, teníamos el whisky de Jamie.

No obstante, ése era un recurso limitado. Habíamos plantado seis hectáreas de cebada; si no lo impedían el granizo, los incendios forestales y otros actos divinos, a su debido tiempo se convertirían en casi cien toneles de whisky, que se podrían vender o cambiar por muchas cosas, incluso puro y sin añejar. Sin embargo, la cebada estaba verde aún y el whisky no era más que un fantasma rentable.

Mientras tanto habíamos usado o vendido casi todo el licor del que disponíamos. Quedaban, sí, catorce barriletes sepultados en una pequeña cueva, encima del manantial. Pero eso no se podía utilizar. De cada destilación Jamie apartaba dos barriles, que reservaba religiosamente para añejar. El más antiguo de ese depósito tenía sólo dos años; si Dios no disponía otra cosa, allí estaría diez más, para emerger como oro líquido, casi tan valioso como su equivalente sólido.

Pero las necesidades financieras inmediatas no esperarían diez años. Aparte de la armería para Manfred McGillivray y la modesta dote de Lizzie, debíamos afrontar los gastos normales de la crianza y el mantenimiento del ganado, más un ambicioso plan para suministrar rejas de arado a todos los arrendatarios, muchos de los cuales aún seguían labrando a mano.

Y más allá de nuestros propios gastos, cargábamos con una onerosa obligación: la maldita Laoghaire MacKenzie mal-rayo-la-parta Fraser.

No era exactamente una exmujer, pero tampoco dejaba de serlo. Convencido de que mi ausencia era definitiva (si es que no había muerto), Jamie se había casado con ella por insistencia de su hermana Jenny. En poco tiempo fue obvio que ese matrimonio era un error; al reaparecer yo se pidió la anulación, para alivio —más o menos— de todos los involucrados.

Jamie, generoso hasta el exceso, había acordado pagarle una importante pensión anual y asignar una dote a cada una de las hijas de Laoghaire. La de Marsali se iba pagando poco a poco en tierras y whisky; en cuanto a Joan, no había noticias de boda inminente. Pero pronto habría que abonar el dinero con el que la madre mantenía en Escocia su propio estilo de vida, cualquiera que fuese... y no lo teníamos.

Miré a Jamie, que rumiaba algo, con los ojos entornados. No me molesté en sugerirle que Laoghaire podía solicitar una licencia de mendicante y salir a pedir limosna por la parroquia. A pesar de la opinión que le mereciera esa mujer, él se consideraba responsable y no había más que hablar.

Probablemente no aceptaría tampoco pagar la deuda en toneles de pescado en salmuera y jabón de lejía. Así que sólo quedaban tres alternativas: vender el whisky puesto a añejar, lo cual representaría una gran pérdida a largo plazo; pedir un préstamo a Yocasta, cosa muy desagradable, o vender otra cosa. Varios caballos, por ejemplo. Unos cuantos cerdos. O una joya.

La vela ardía con fuerza; la cera que rodeaba la mecha ya se había fundido. Ya se podía ver a través del claro charco de cera derretida: tres gemas, oscuras contra el gris dorado de la vela, que no llegaba a ocultar del todo sus vívidos matices. Una esmeralda, un topacio y un diamante negro.

Jamie los miraba sin tocarlos, con las densas cejas unidas en concentración.

No sería fácil vender una de aquellas piedras en las colonias de Carolina del Norte; probablemente haría falta viajar a Charleston o a Richmond. Pero se podía hacer, y de ese modo conseguiríamos dinero suficiente para pagar a Laoghaire y cubrir los gastos crecientes. Pero las gemas tenían un valor que iba más allá del dinero: eran la moneda que permitía viajar a través de las piedras; protegían la vida del viajero.

Las pocas cosas que sabíamos de ese peligroso tránsito se basaban, en su mayor parte, en los escritos de Geillis Duncan o en lo que ella me había dicho; sostenía que las gemas brindaban al viajero no sólo protección contra el caos en ese inefable espacio entre los estratos del tiempo, sino también alguna posibilidad de conducir, de escoger el momento en el que surgiría.

Llevada por un impulso, regresé al estante y, tras ponerme de puntillas, busqué a tientas el envoltorio de cuero escondido entre las sombras. Pesaba en la mano. Lo desenvolví con cuidado y deposité la piedra ovalada en el escritorio, junto a la vela. Era un ópalo grande, cuyo ardiente corazón se traslucía en la matriz opaca, gracias al tallado que cubría la superficie: una espiral, primitivo dibujo de la serpiente que devora su propia cola.

El ópalo era propiedad de otro viajero, el misterioso indio llamado Dientes de Nutria. Un indio que alguna vez habló inglés y cuyo cráneo mostraba empastes de plata en la dentadura. Él había llamado «pasaje de regreso» a esa gema. Al parecer, no sólo Geillis Duncan creía que las piedras preciosas tenían algún poder en ese horrible lugar... intermedio.

—Cinco, dijo la bruja —apuntó Jamie, pensativo—. ¿Dijo que se necesitaban cinco piedras?

—Eso pensaba ella. —Aunque la noche era cálida, se me erizó la piel al pensar en Geillis Duncan, en las gemas... y en el indio que había conocido en una ladera oscura, con la cara pintada de negro en señal de muerte, justo antes de encontrar el ópalo y el cráneo sepultado con él. ¿Sería su cráneo el que habíamos enterrado, con empastes de plata y todo?

—¿Debían ser gemas pulidas o talladas?

—No sé. Dijo que las talladas eran mejores, pero no sé por qué... ni tampoco si tenía razón.

Ése era siempre el problema: sabíamos tan poco...

Él emitió un pequeño bufido y se frotó el puente de la nariz con un nudillo.

—Pues bien: tenemos estas tres y el rubí de mi padre. Son cuatro piedras talladas y pulidas. Y luego, este pequeño «bobi» —se refería al ópalo— y la de tu amuleto, que están en bruto.

El caso era que las piedras talladas o pulidas valían mucho más, en efectivo, que el ópalo o el zafiro en bruto. Sin embargo, ¿podíamos arriesgarnos a perder una piedra que quizá representara, algún día, la diferencia entre la vida y la muerte para Bree o Roger?

—No es probable —dije, en respuesta a su pensamiento más que a sus palabras—. Bree se quedará, al menos hasta que Jemmy sea mayor, quizá para siempre.

Después de todo, ¿quién podía renunciar a un hijo, a la posibilidad de conocer a sus nietos? No obstante, yo lo había hecho. Froté con aire distraído mi anillo de oro.

—Sí, pero el muchacho... —Me miró con una ceja enarcada; la luz de la vela se reflejaba en sus ojos, azules como zafiros tallados y pulidos.

—No. Él no abandonaría a Bree y a Jemmy. —Lo dije con firmeza, pero en mi corazón había una chispa de duda que se reflejó en mi voz.

—Todavía no —dijo Jamie, en voz baja.

Inspiré hondo, pero no dije nada. Sabía muy bien a qué se refería. Roger, envuelto en su silencio, parecía alejarse cada día más.

Sus dedos estaban curados. Yo le había sugerido a Brianna que quizá el *bodhran* lo consolara. Ella asintió, aunque parecía dudar. No sé si discutió o no el tema con Roger, pero el *bodhran* seguía colgado en el muro de la cabaña, tan silencioso como su dueño.

Él aún sonreía, jugaba con Jemmy y se mostraba siempre atento con Brianna, pero la sombra de sus ojos no cedía jamás. Cuando no se le requería para alguna tarea, desaparecía durante horas enteras, a veces todo el día. Caminaba por las montañas y regresaba después de oscurecer, exhausto, sucio de polvo... y silencioso.

—No duerme con ella, ¿verdad? Desde que sucedió aquello.

Me aparté el pelo de la frente, suspirando.

—Algunas veces. He preguntado. Pero creo que últimamente ya no.

Bree hacía lo imposible por acercarlo, por arrancarlo de las profundidades de esa creciente depresión que lo atenazaba. Pero tanto para Jamie como para mí era obvio que nuestra hija estaba perdiendo la batalla y lo sabía. Se la notaba cada vez más callada y ojerosa.

—Si él... retornara... ¿habría cura para su voz? ¿Allá, en su propio tiempo? —Jamie deslizó un dedo sobre el ópalo, siguiendo la espiral con los ojos.

Yo suspiré otra vez.

—No lo sé. Se lo podría ayudar... quizá con una operación o con terapia de foniatría. Hasta qué punto mejoraría, nadie puede saberlo. El hecho es que... podría recobrar sin ayuda buena parte de su voz, si se esforzara. Pero no lo hará. —La honestidad me obligó a añadir—: Y desde luego, es posible que no la recupere por mucho que se esfuerce.

Jamie asintió con la cabeza. Cualesquiera que fuesen las posibilidades de cura médica, lo cierto era que, si fracasaba el matrimonio, no quedaría nada que retuviera a Roger aquí. Y si entonces decidía retornar...

Jamie se incorporó en la silla para apagar la vela.

—Todavía no —dijo en la oscuridad, con la voz firme—. Faltan algunas semanas antes de que haya que enviar el dinero a Escocia; ya se verá si podemos hacer otra cosa. Por ahora conservaremos las piedras.

*Anoche soñé que hacía pan. Por lo menos, trataba de hacerlo. De pronto mientras preparaba la masa, caía en la cuenta de que no tenía harina. O al ponerla en los moldes notaba que no había subido. La amasaba más y más, y luego le daba vueltas en un cuenco cubierto por un paño, buscando un sitio templado donde ponerlo, pues si no la mantienes caliente, la levadura muere. Y me sentía frenética porque no hallaba nin-*

*gún lugar templado; soplaba un viento frío y el cuenco esta-*
*ba pesado y resbaladizo. Temía que se me cayera, pues mis*
*manos y mis pies estaban entumecidos, helados.*

*Entonces me desperté; estaba helada. Roger se había*
*enrollado las mantas y por debajo de la puerta entraba una*
*terrible corriente de aire. Le di unos codazos y tiré de ellas,*
*pero no pude liberarlas. No quería hacer demasiado ruido*
*para no despertar a Jemmy. Por fin me levanté para descolgar*
*mi capa de la percha y me dormí cubierta con ella.*

*Esta mañana Roger se ha levantado y ha salido antes de*
*que yo me despertara. No creo que se haya dado cuenta de que*
*me ha dejado sin abrigo.*

# 77

## *Un paquete enviado desde Londres*

El paquete llegó en agosto, gracias a Jethro Wainwright, uno de
los pocos vendedores itinerantes lo bastante emprendedores como
para subir por los empinados y serpenteantes caminos que conducían al cerro. Enrojecido y jadeante por el ascenso y el esfuerzo de descargar a su burra, el señor Wainwright me entregó el
envío con una inclinación de cabeza y, a una invitación mía, se
dirigió agradecido a la cocina mientras su asno mascaba la hierba del patio.

Se trataba de un paquete pequeño, una especie de caja bastante pesada, envuelta en hule, cosido con esmero y atado con
bramante para mayor seguridad. La sacudí, pero sólo se oyó un
golpeteo suave, como si su contenido estuviera acolchado. La
etiqueta decía, simplemente: «Al señor James Fraser, caballero,
Cerro de Fraser, Carolina.»

—Bien, y ¿qué crees que es? —le pregunté a la burra.

Era una pregunta retórica, pero la amistosa bestia levantó la
cabeza y rebuznó en respuesta, con las briznas de pasto colgándole del hocico.

El ruido despertó los correspondientes gritos de curiosidad
y bienvenida entre *Clarence* y los caballos; en pocos segundos
aparecieron Jamie y Roger por un lateral del granero; Brianna, del

silo, y el señor Bug, en mangas de camisa, de detrás del estiércol, como un buitre que alzara el vuelo desde el cadáver de una res.

—Gracias —le dije a la burra, que movió modestamente una oreja antes de volver al pasto.

—¿Qué es? —Brianna se puso de puntillas para mirar por encima del hombro de su padre, que había cogido el paquete—. No viene de Lallybroch, ¿verdad?

—No, no es la letra de Ian... ni la de mi hermana —replicó Jamie, después de una vacilación muy breve, aunque noté que miraba dos veces para asegurarse—. Pero ha viajado mucho... ¿por barco?

Me acercó el envoltorio a la nariz para que olfateara.

—Sí —respondí—. Huele a brea. ¿No hay documentos?

Miró el dorso del paquete y negó con la cabeza.

—Tenía un sello, pero ha desaparecido. —Había unos restos grisáceos de lacre adheridos al bramante, pero el sello que habría podido darnos una clave sobre la identidad del remitente había sucumbido a las vicisitudes del viaje y el empaque del señor Wainwright.

—Hum. —El señor Bug movió la cabeza contemplando el envoltorio con aire dubitativo—. No es un azadón.

—No, no es una cabeza de azadón —confirmó Jamie, sopesando el paquete—. Tampoco un libro, mucho menos una mano de papel. Y no recuerdo haber encargado otra cosa. ¿Podrían ser semillas, Sassenach? El señor Stanhope prometió enviarte algunas del jardín de su amigo, ¿verdad?

—¡Oh, podría ser!

Era una posibilidad estimulante; el señor Crossley, amigo de Stanhope, tenía un gran jardín ornamental, con muchas especies exóticas e importadas, y Stanhope había prometido preguntarle si estaba dispuesto a intercambiar semillas y esquejes de las raras hierbas europeas y asiáticas que contenía su colección, por bulbos y semillas de lo que él denominaba mi «vastedad montañosa».

Roger y Brianna intercambiaron una mirada. Para ellos, las semillas resultaban mucho menos intrigantes que el papel o los libros. Aun así, cualquier carta o paquete era algo tan novedoso que nadie quería abrirlo mientras no se hubiera disfrutado de todas las especulaciones posibles sobre su contenido.

Al final no lo abrimos hasta después de cenar; para entonces todos habían tenido oportunidad de sopesarlo, moverlo, olfatearlo y ofrecer una opinión con respecto a lo que había dentro. Por

918

fin Jamie apartó el plato vacío, cogió el envoltorio con la debida ceremonia, lo sacudió una vez más y me lo entregó.

—Ese nudo requiere la mano de un cirujano, Sassenach —dijo con una gran sonrisa.

Era cierto; quien lo había atado no era marino, pero había sustituido el conocimiento por minuciosidad. Después de pellizcar la cuerda durante varios minutos logré desatar el nudo y enrollé el bramante con pulcritud, para un uso futuro.

Entonces Jamie cortó cuidadosamente la costura con la punta del cuchillo y extrajo, entre exclamaciones de asombro, una pequeña caja de madera. Su diseño era simple, pero elegante; estaba hecha de madera oscura pulida, con los goznes y el cierre de bronce, y en la cubierta tenía una pequeña placa del mismo material.

—«Del taller de los señores Halliburton y Halliburton, Portman Square 14, Londres» —leyó Brianna, estirando el cuello por encima de la mesa—. ¿Quiénes son Halliburton y Halliburton?

—No estoy muy seguro... —respondió Jamie.

Levantó con delicadeza el cierre con un dedo y apartó la tapa hacia atrás. Dentro había un pequeño saco de terciopelo rojo oscuro. Desató el cordel que lo fruncía y extrajo lentamente un... objeto.

Era un disco dorado y plano, de unos diez centímetros de diámetro. Boquiabierta de asombro, noté que tenía el borde algo levantado, como un plato, y que estaba decorado con símbolos diminutos. En la parte central del disco se veía una extraña pieza de filigrana, hecha de un metal plateado. Se trataba de un pequeño dial abierto, semejante a la esfera de un reloj, pero con tres brazos que unían su borde exterior al centro del disco dorado, más grande.

El pequeño círculo de plata estaba también decorado con arcanos impresos, quizá demasiado pequeños para la vista, y unido a una pieza en forma de lira que descansaba en el vientre de una anguila de plata, larga y plana, cuyo lomo se ajustaba a la perfección al borde interior del disco dorado. Encima había una barra de oro, afilada en los extremos como una aguja de brújula muy gruesa, que estaba atravesada por un eje que pasaba por el centro del disco y que le permitía girar. A lo largo de esa barra se leía, en letra clara: «James Fraser.»

—Pero ¿qué es eso, por santa Bride? —Naturalmente, la señora Bug fue la primera en recobrarse de la sorpresa.

—Es un astrolabio planisférico —respondió Jamie, que también había superado la suya y ahora parecía casi indiferente.

—Claro, por supuesto —murmuré yo—. Naturalmente.

Jamie dio la vuelta al objeto, dejando a la vista su cara inferior: presentaba una superficie plana, con varios círculos concéntricos grabados, a su vez subdivididos por cientos de marcas y símbolos diminutos. Ese lado tenía una pieza giratoria, como la aguja de la otra cara, pero de forma rectangular y con los extremos curvados hacia arriba, aplanados y recortados de modo que las muescas formaban un par de miras.

Bree alargó un dedo para tocar con respeto la reluciente superficie.

—¡Dios mío! —dijo—. ¿Eso es oro de verdad?

—En efecto. —Jamie depositó con cuidado el objeto en su palma extendida—. Y lo que me gustaría saber es ¿por qué?

—¿Por qué un astrolabio, o por qué de oro? —pregunté algo aturdida..

—Por qué de oro —respondió, frunciendo el entrecejo—. Hace tiempo que deseaba tener un instrumento así y no podía encontrar ninguno entre Albany y Charleston. Lord John Grey me prometió que haría que me enviaran uno de Londres; supongo que es éste. Pero por qué es de...

La atención de todos estaba aún fija en el astrolabio, pero él la desvió hacia la caja en la que había venido. Como cabía esperar, en el fondo había una nota, bien doblada y sellada con lacre azul. La insignia no era la habitual medialuna sonriente con estrellas de lord John, sino un escudo desconocido: mostraba un pez con un aro en la boca.

Jamie frunció el entrecejo al verlo; luego rompió el sello y la abrió.

Señor James Fraser, Caballero
Cerro de Fraser
Colonia Real de Carolina del Norte

Mi estimado señor:

Tengo el honor de enviarle el objeto adjunto con los cumplidos de mi padre, lord John Grey. En ocasión de mi partida hacia Londres, me dio instrucciones de conseguir el mejor instrumento posible; sabedor de la alta estima que le merece la amistad de usted, me he cuidado de que así fuera. Espero que merezca su aprobación.

Su seguro servidor,

William Ransome, lord Ellesmere,
Capitán del 9.º Regimiento

—¿William Ransome? —Brianna se había levantado para leer por encima de Jamie. Me miró con las cejas fruncidas—. Dice que lord John es su padre, pero ¿el hijo de lord John no es todavía un niño?

—Tiene trece años.

La voz de Jamie encerraba una nota extraña. Advertí que Roger levantaba de golpe la vista, apartándola del astrolabio que tenía en las manos, de pronto intensos los ojos verdes. Los desvió hacia mí, con esa expresión extraña que había adquirido en los últimos tiempos, como si escuchara algo que nadie más podía oír. Aparté la mirada.

—... no es Grey —decía Brianna.

—No. —Jamie seguía mirando la nota y parecía algo distraído. Negó por un instante con la cabeza, como para desprenderse de algún pensamiento, y volvió al asunto que lo ocupaba—. No —repitió con más firmeza, dejando la nota—. El muchacho es hijastro de John; su padre era el conde de Ellesmere; el niño es el noveno de ese título. Ransome es el apellido de Ellesmere.

Mantuve la mirada fija en la mesa y en la caja vacía, temerosa de que mi cara transparente revelara algo más, aunque sólo fuera el hecho de que había algo que revelar.

En realidad, William Ransome no era hijo del octavo conde de Ellesmere. Su padre era James Fraser, y percibí la tensión con que Jamie me tocó la pierna por debajo de la mesa, aunque su cara expresaba ahora una leve exasperación.

—Por lo visto le han comprado un nombramiento militar al muchacho —dijo, doblando pulcramente la carta para guardarla de nuevo en la caja—. De modo que fue a Londres y allí compró esto por indicación de John. Supongo que, para un muchacho de su crianza, «bueno» significa a la fuerza chapado en oro.

Alargó una mano y el señor Wainwright, que estaba admirando su reflejo en la superficie de oro pulido, entregó de mala gana el astrolabio. Jamie lo examinó con ojo crítico, haciendo girar con el índice la anguila de plata.

—Es magnífico, sí —reconoció, casi renuente.

—Muy bonito. —El señor Bug hizo un gesto de aprobación mientras cogía una de las galletas calientes que su esposa nos ofrecía—. ¿Para topografía?

—Así es.

—¿Para topografía? —Brianna cogió dos galletas y le dio una a Roger de manera automática mientras se sentaba a su lado—. ¿Esto es para medir las tierras?

—Entre otras cosas. —Jamie hizo girar el astrolabio y empujó con suavidad la barra plana, haciendo girar las miras recortadas—. Esto... se usa como teodolito. ¿Sabes qué es eso?

Brianna asintió, interesada.

—Claro. Conozco distintas formas de topografía, pero por lo general usábamos...

Vi que Roger hacía una mueca al tragar; la aspereza de la galleta se le atascaba en la garganta. Alargué la mano hacia la jarra de agua, pero él me sostuvo la mirada con un gesto negativo casi imperceptible. Tragó saliva otra vez, ya con más facilidad, y tosió.

—Dijiste que sabías medir tierras, lo recuerdo. —Jamie observó a su hija con aprobación—. Por eso quería esto, aunque pensaba en algo menos vistoso. De peltre habría sido más útil. Aun así mientras no tenga que pagarlo...

—Déjame ver. —Brianna extendió una mano para coger el objeto y movió el dial interior, absorta.

—¿Sabes usar el astrolabio? —le pregunté, dubitativa.

—Yo sí —aseguró su padre, con cierta presunción—. Aprendí en Francia. —Y se levantó—. Tráelo fuera, muchacha. Te enseñaré a calcular la hora.


—... eso es. Justo ahí. —Jamie se inclinó con atención sobre el hombro de Bree, al tiempo que señalaba un punto del dial exterior. Ella ajustó con mimo el interior y movió ligeramente el marcador.

—¡Las cinco y treinta! —exclamó, ruborizada de placer.

—Y treinta y cinco —corrigió Jamie, con una ancha sonrisa—. ¿Ves esto? —Señalaba uno de los diminutos símbolos del aro. A esa distancia, para mí era apenas una mota de mosca.

—Las cinco y treinta y cinco —dijo la señora Bug, en tono de sobrecogimiento—. ¡Imagínate, Arch! Pero si no he sabido la hora exacta desde... desde...

—Edimburgo —asintió su esposo.

—¡Sí, eso es! Mi prima Jane tenía un reloj de pie, una cosa encantadora, que tocaba las horas como una campana de iglesia, y la esfera con números de bronce, y un par de pequeños querubines que la cruzaban volando, tan...

—Ésta es la primera vez que sé la hora exacta desde que abandoné la casa de los Sherston. —Bree no prestaba atención a los arrebatos de la señora Bug, ni tampoco al instrumento que tenía en las manos. La vi buscar los ojos de Roger, sonriente. Un momento después él respondió con su sonrisa torcida. ¿Cuánto tiempo habría pasado para él?

Todo el mundo miraba el sol poniente con los ojos entornados mientras ahuyentaba las nubes de mosquitos y discutía desde cuándo no sabía la hora. «¡Qué extraño!», pensé, divertida a medias. ¿Por qué ese interés por medir el tiempo? Sin embargo, yo también lo experimentaba. Traté de recordar cuándo había sido mi última vez. ¿Durante la boda de Yocasta? No: cerca del arroyo Alamance, justo antes de la batalla. El coronel Ashe tenía un reloj de bolsillo y... Hice una pausa para rememorar. No: fue después de la batalla, y probablemente había sido también la última vez para Roger, si es que estaba lo bastante consciente como para oír al cirujano militar, cuando dijo que eran las cuatro y adelantó su bien informada opinión de que el muchacho no llegaría a las cinco.

—¿Qué otra cosa puedes hacer con eso, papá?

Bree devolvió con cuidado el astrolabio a Jamie, quien de inmediato empezó a frotarlo con los faldones de la camisa para quitarle las huellas dactilares.

—¡Oh!, muchas cosas. Puedes saber cuál es tu posición, tanto en tierra como en el mar, calcular la hora, localizar determinada estrella en el cielo...

—Muy útil —observé—, pero no tanto como un reloj. Pero supongo que tu mayor interés no era saber la hora.

—No. —Él negó con la cabeza mientras guardaba con mimo el astrolabio en su saco de terciopelo—. Debo medir correctamente la tierra de las dos concesiones, cuanto antes.

—¿Por qué cuanto antes? —Bree ya se iba, pero al oír eso se volvió con una ceja en alto.

—Porque queda poco tiempo —explicó Jamie.

El placer de la adquisición se convirtió en seriedad. Echó un vistazo a su espalda, pero en el porche sólo quedábamos Brianna y Roger, él y yo.

El señor Wainwright, que no se interesaba por las maravillas científicas, había bajado al patio y estaba trasladando sus bultos al interior de la casa, con la ayuda del señor Bug y el estorbo de los incesantes comentarios de su esposa. Por la mañana todos los habitantes del cerro sabrían de su presencia allí y vendrían a la casa para comprar, vender y escuchar las últimas noticias.

—Vosotros dos sabéis lo que se avecina. —Jamie miró a Bree y a Roger—. Aunque el rey caiga, la tierra perdurará. Y para conservar estas tierras a través de todo eso es necesario medirla y registrarla como es debido. Cuando hay disturbios, cuando la gente debe abandonar su tierra o dejarse desposeer... recuperarla es un trabajo infernal, pero se puede, siempre que tengas una buena escritura para probar que alguna vez fue tuya.

El sol chispeaba en oro y fuego desde la curva de su cabeza. Señaló con un gesto la oscura línea de las montañas, recortadas por un glorioso rocío de nubes rosadas y áureas. Pero por su expresión distante comprendí que miraba mucho más allá.

—Lallybroch... lo salvamos gracias a la escritura de cesión. Y Simon *el Joven*, el hijo de Lovat... él también peleó por su tierra después de Culloden, y al fin recuperó la mayor parte. Pero sólo porque tenía papeles para demostrar que había sido suya. Por eso.

Abrió el estuche para depositar en su interior, con suavidad, el saco de terciopelo.

—Quiero tener papeles. Y cualquiera que sea el Jorge que con el tiempo gobierne, esta tierra será nuestra. Y tuya —añadió suavemente, alzando los ojos hacia Brianna—. Y después, de tus hijos.

Apoyé la mano sobre la suya, que descansaba sobre la caja. Su piel estaba caliente por el trabajo y lo bochornoso de la jornada. Olía a sudor limpio. El vello de sus antebrazos brillaba al sol, rojo y dorado. Entonces comprendí muy bien por qué los hombres miden el tiempo: quieren fijar un momento, con la vana esperanza de impedir de esa manera que se vaya.

# 78

## *Que no es poco*

Brianna había subido hasta la casa grande para coger prestado un libro. Tras dejar a Jemmy en la cocina con la señora Bug, se dirigió al estudio de su padre. Él había salido; el cuarto estaba desierto, aunque olía vagamente a él: era un olor masculino indefinible, compuesto de cuero, serrín, sudor, whisky, estiércol... y tinta.

Se pasó un dedo bajo la nariz, contrayendo las fosas nasales con una sonrisa. Roger también olía a todo eso, pero debajo se percibía asimismo su propia esencia. ¿Qué era? Cuando tocaba la guitarra, sus manos solían oler un poco a barniz y a metal, pero eso había quedado muy atrás.

Apartó la idea para fijar su atención en los libros del estante. Fergus había traído tres más de su último viaje a Wilmington: una serie de ensayos de Michel de Montaigne (no le servirían, pues estaban en francés), un maltrecho ejemplar de *Moll Flanders*, de Daniel Defoe, y un volumen muy delgado, de cubierta blanda, escrito por B. Franklin: *Medios y maneras de obtener la virtud*.

No hay mucho que pensar, se dijo, retirando *Moll Flanders*. El libro estaba muy desgastado, con el lomo resquebrajado y las páginas sueltas. Ojalá no faltara ninguna; no había nada peor que llegar a una buena parte del relato y descubrir que faltaban las veinte páginas siguientes. Lo hojeó con atención, pero parecía completo, aunque arrugado y con manchas de comida aquí y allá. Tenía un olor peculiar, como si lo hubieran sumergido en sebo.

Un súbito estruendo en la consulta de su madre la arrancó de la contemplación del libro. Por instinto buscó a Jem con la mirada, pero no estaba allí, claro. Después de dejar a toda prisa el volumen en su lugar, salió del estudio corriendo, sólo para encontrarse con su madre, que acudía desde la cocina.

Llegó a la puerta de la clínica apenas un segundo antes.

—¡Jem!

La puerta del gran armario estaba entornada; en el aire pendía un fuerte olor a miel. En el suelo había una vasija rota, en medio de un charco dorado y pringoso. Jemmy se había sentado en el centro, generosamente untado, con los ojos azules redondos por completo y la boca abierta en un gesto de sorpresa culpable.

La sangre subió a la cabeza de Bree. Lo levantó por un brazo, pringoso y todo.

—¡Jeremiah Alexander MacKenzie! —dijo, en tono enfadado—. ¡Eres un niño muy malo!

Después de inspeccionarlo a toda prisa por si estuviera lastimado o sangrando, le dio un azote en el trasero, lo bastante fuerte como para que le escociera la palma de la mano.

El chillido resultante le provocó un sentimiento de culpa. Pero al ver el resto de la carnicería que la rodeaba, tuvo que dominar el impulso de zurrarlo otra vez.

—¡Jeremiah!

Manojos enteros de romero seco, tomillo y milenrama habían sido arrancados del secadero y estaban hechos pedazos. Una de

925

las baldas donde estaban las gasas colgaba desprendida de la estantería, y la tela estaba del todo desgarrada. Por el suelo rodaban botellas y jarras; algunas habían perdido los corchos y se habían derramado polvos y líquidos multicolores. Un gran saco de lino, lleno de sal gruesa, estaba medio vacío; por doquier había puñados de sus cristales arrojados con abandono.

Peor aún: el amuleto de su madre yacía en el suelo, con la taleguilla rota, aplastada y vacía. Alrededor, se veían trocitos de plantas secas, algunos huesos diminutos y otros restos.

—Lo siento mucho, mamá. Se ha escapado. No estaba atenta. Debería haber tenido más cuidado...

Tuvo que disculparse casi a gritos para hacerse oír por encima de los chillidos del niño.

Claire, algo aturdida por el tumulto, miró a su alrededor para hacer un rápido inventario. Luego se inclinó para levantar a Jemmy, sin fijarse en la miel.

—Chissssst —lo acalló, apoyándole una mano en la boca.

Como eso no surtió efecto, palmeó el orificio abierto, produciendo un sonido de «ua-ua-ua». Jemmy dejó de gritar al instante y se metió el pulgar en la boca, entre fuertes sollozos, con la mejilla sucia apoyada contra el hombro de su abuela.

—Bueno, a esta edad lo tocan todo —le dijo a Bree, más divertida que enfadada—. No te preocupes, cariño; es sólo desorden. Gracias al cielo no ha llegado a los cuchillos. Y los venenos también están bien arriba.

Brianna sintió que su corazón volvía a aminorar el paso. Sentía la mano caliente, palpitante de sangre.

—Pero tu amuleto... —señaló.

Por la cara de su madre pasó una sombra al ver aquella profanación.

—Vaya. —Claire inspiró hondo, dio unas palmaditas a Jemmy en la espalda y lo dejó en el suelo. Luego, mordiéndose el labio inferior, se agachó para recoger con cuidado la taleguilla vacía, con sus plumas despeinadas.

—Lo siento —repitió Brianna, impotente.

Su madre, haciendo un esfuerzo visible, restó importancia al asunto con un gesto; luego se agachó para recoger los fragmentos del suelo. Sus rizos sueltos le cayeron hacia delante, ocultándole la cara.

—Siempre me pregunté qué habría dentro —comentó mientras recogía con cuidado los huesos diminutos, y los reunía en la palma de una mano—. ¿De qué crees que serán? ¿De musaraña?

—No sé. —Sin perder de vista a Jemmy, Brianna se sentó en cuclillas a su lado para subir las cosas—. Supongo que serían de ratón o de murciélago.

Su madre la miró, sorprendida.

—Pues sí que eres lista. Mira esto.

Pellizcó del suelo un objeto pequeño y pardo, como de papel, y se lo enseñó. Al inclinarse para mirar mejor, Brianna vio algo que parecía una hoja seca y arrugada, pero en realidad era un trozo del ala de un murciélago diminuto; el frágil cuero se había secado hasta quedar translúcido; un hueso delgado como una aguja se curvaba a través de él, como la nervadura central de una hoja.

—«Pata de sapo, ojo de tritón. Ala de murciélago, lengua de lebrel» —citó Claire mientras depositaba el puñado de huesos en la encimera y los miraba con fascinación—. ¿Qué querría decir con eso?

—¿Quién?

—Nayawenne, la mujer que me dio la taleguilla.

Claire se arrodilló para recolectar en la mano los trocitos de hojas (al menos Brianna confiaba que fueran hojas de verdad) y las olfateó. Allí dentro siempre había tantos olores que ella misma no podía distinguirlos, exceptuando la sobrecogedora dulzura de la miel, pero al parecer la sensible nariz de su madre no tenía dificultad para individualizar los aromas.

—Bayas de laurel, abeto, jengibre silvestre y persicaria —dijo, olfateando como un galgo en busca de trufas—. Y un poco de salvia también, si no me equivoco.

—¿Per... sicaria? ¿Eso es lo que pensaba de ti? —A pesar de su aflicción, Brianna se echó a reír.

—Ja... ja —replicó su madre, agria mientras ponía los trocitos de las plantas en la mesa, junto con los huesos—. La persicaria acre también se conoce como pimienta del agua y es una cosita pequeña y muy picante que crece cerca de los arroyos; puede hacer ampollas e irritar los ojos... u otras cosas, supongo, si cometes la imprudencia de sentarte sobre ella.

Olvidadas las regañinas, Jemmy se había apoderado de una grapa quirúrgica a la que le estaba dando vueltas, como si estudiara sus posibilidades comestibles. Brianna se preguntó si debía quitársela, pero como no tenía filo y su madre siempre esterilizaba sus instrumentos metálicos en agua hirviendo, decidió dejárselo por el momento.

El niño se quedó con Claire mientras ella iba a la cocina a por agua caliente y algunos trapos con los que limpiar la miel. La señora Bug roncaba con suavidad en una butaca, dormida como un tronco, con las manos cruzadas sobre el redondeado vientre y el pañuelo cómodamente torcido hacia una oreja. Regresó de puntillas, con el cubo de agua y un montón de trapos. La mayor parte de la basura estaba ya recogida; su madre se arrastraba a cuatro patas, mirando por debajo de los muebles.

—¿Has perdido algo? —Echó un vistazo al último estante del armario, pero no faltaba más que la vasija de miel. Las otras botellas ya estaban tapadas y en su sitio; todo estaba más o menos como de costumbre.

—Sí. —Claire se agachó un poco más para mirar debajo del armario—. Una piedra. Más o menos de este tamaño. —Mostró el índice y el pulgar curvados, indicando el diámetro de una moneda pequeña—. De color azul grisáceo, translúcida en algunos puntos. Es un zafiro en bruto.

—¿Estaba en el armario? Tal vez la señora Bug la haya cambiado de lugar.

Claire se sentó sobre los talones.

—No, no toca nada aquí dentro. Además, no estaba en el armario, sino allí. —Señalaba la mesa donde había puesto la taleguilla vacía del amuleto, junto a los huesos y los restos de plantas.

Hicieron una rápida inspección de la estancia, seguida por otra más minuciosa, sin descubrir señales de la piedra. Claire se pasó una mano por el pelo, mirando a Jemmy con aire pensativo.

—Mira, odio decir esto, pero ¿no crees que...?

—¡No fastidies! —La preocupación de Brianna había crecido hasta convertirse en leve alarma. Se agachó delante de Jemmy, quien la ignoró con altanería, concentrado en la faena de insertar la grapa quirúrgica en el agujero izquierdo de su nariz—. Tenía trocitos de hojas secas pegados con miel alrededor de la cara, pero supongo que era sólo romero o tomillo...

Ofendido por ese atento escrutinio, él trató de golpearla con la grapa, pero ella le sujetó la muñeca con mano de hierro y le quitó el instrumento.

—No se pega a mamá —dijo de manera automática—. Eso no se hace. Jem... ¿te has comido la piedra de la abuelita?

—No —dijo él, también automáticamente. Y volvió a apoderarse de la grapa—. ¡Mío!

Ella le olfateó la cara, con lo que el pequeño se inclinó hacia atrás en ángulo alarmante. No estaba segura, pero no parecía romero.

—Ven a olerlo —le dijo a su madre—. Yo no estoy segura.

Claire se agachó para hacerlo y Jemmy chilló en risueña alarma, dispuesto a un divertido juego de «Te como». Pero se llevó una desilusión; su abuela se limitó a inhalar profundamente.

—Jengibre silvestre —dijo, con decisión. Luego cogió un paño mojado para limpiar las manchas de miel, pese a los crecientes aullidos de protesta—. Mira.

Señalaba la piel ya limpia alrededor de la boca. Brianna las vio con claridad: dos o tres ampollas diminutas.

—Jeremiah —dijo en tono severo, tratando de mirarlo a los ojos—. Responde a mamá. ¿Te has comido la piedra de abuelita?

Jemmy desvió la cara y se retorció para escapar. En un gesto de protección, puso las manos atrás.

—No pega —dijo—. ¡No s'hace!

—No te zurraré —lo tranquilizó ella, aferrando un pie ya en fuga—. Pero quiero saber. ¿Te has tragado una roca así de grande?

Mostró el tamaño entre el pulgar y el índice. Jemmy lanzó una risita.

—Bonito —dijo. Ésa era la palabra que prefería ahora. La aplicaba sin distinción a cualquier objeto que le gustara.

Brianna cerró los ojos con un suspiro de exasperación. Luego miró a su madre.

—Temo que sí. ¿Le hará daño?

—No lo creo. —Claire observó a su nieto con aire pensativo, dándose golpecitos con un dedo contra los labios.

Luego fue a abrir uno de los armarios altos y extrajo un gran frasco de cristal marrón.

—Aceite de castor —explicó mientras revolvía un cajón en busca de una cuchara. Clavó en Jemmy una mirada taladrante—. No es tan rico como la miel, pero sí muy efectivo.

Por efectivo que fuera, el aceite de castor requería tiempo. Brianna y Claire aprovecharon la espera para limpiar la clínica, sin apartar la vista de Jemmy, a quien pusieron a jugar con su cesto de piezas de madera. Luego se dedicaron a preparar remedios. La tarea, aunque apacible, era lenta; como Claire llevaba algún tiempo sin hacerlo, había una enorme cantidad de hojas, raíces y semillas que desmenuzar, rallar, triturar, hervir en agua, remojar en aceite, destilar en alcohol, filtrar a través de gasa, mezclar con cera fundida o grasa de oso, combinar con talco o convertir en píldoras, para luego envasar los resultados en frascos, botellas o sacos para su conservación.

Como el día era templado y agradable, dejaron la ventana abierta, aunque eso las obligara a matar moscas, sacudirse los mosquitos y retirar a algún abejorro entusiasta de las soluciones burbujeantes.

—¡Cuidado, tesoro! —Brianna se apresuró a barrer con la mano una abeja que se había posado sobre los juguetes del niño, antes de que Jemmy pudiera cogerla—. Bicho malo. ¡Ay!

—Huelen su miel —explicó Claire, ahuyentado a otra—. Será mejor que les devuelva un poco. —Puso un cuenco de aguamiel en el alféizar; en pocos segundos las abejas se arracimaban en su borde para beber con avaricia.

—Mira que son obstinadas —comentó Brianna mientras secaba el hilillo de sudor que le corría entre los pechos.

—Pues con la obstinación puedes llegar muy lejos —murmuró Claire, distraída mientras removía la solución puesta a calentar sobre la lámpara de alcohol—. Creo que esto ya está. ¿Qué piensas tú?

—De eso sabes mucho más que yo. —Pero la muchacha se inclinó a olfatear—. Creo que sí; huele bastante fuerte.

Su madre hundió fugazmente un dedo en el cuenco para probarla.

—Hum, creo que sí.

Retiró el cuenco de la llama y filtró el líquido de color verdoso por una gasa. En la encimera había varias botellas más; el sol refulgía a través de su contenido, en gemas rojas, verdes y amarillas.

—¿Siempre supiste que querías ser doctora? —preguntó Brianna, con curiosidad.

Claire negó con la cabeza mientras desmenuzaba con un cuchillo un puñado de corteza de tejo.

—Cuando era jovencita no se me pasaba por la cabeza. Entonces, como la mayoría de las chicas, pensaba casarme, tener hijos, atender mi hogar... Oye, ¿crees que Lizzie está bien? Anoche me pareció verla un poco amarilla, pero tal vez fuera la luz de las velas.

—Yo la veo bien. Pero no sé si está realmente enamorada de Manfred.

La noche anterior habían celebrado el compromiso de Lizzie y Manfred McGillivray con una cena opípara, a la que había asistido toda la familia del novio. La señora Bug, que quería mucho a Lizzie, se había esmerado como nunca; no era de extrañar que ahora durmiera.

—No —dijo Claire, con franqueza—. Pero mientras no esté enamorada de otro, creo que no importa. Él es un buen muchacho y bastante guapo. Y Lizzie ha simpatizado con su suegra; eso también es bueno, dadas las circunstancias. —Sonrió al pensar en Ute McGillivray, que de inmediato había tomado a la muchacha bajo su amplia ala maternal; escogía bocados especiales para ella, igual que un petirrojo podría alimentar a un polluelo endeble.

—Tal vez simpatice más con la señora McGillivray que con Manfred. Era muy pequeña cuando perdió a su madre; y disfruta de tener otra vez algo parecido. —Brianna miró a Claire con el rabillo del ojo. Recordaba demasiado bien la sensación de no tener a su madre... y la bienaventuranza de volver a encontrarla. Por reflejo echó un vistazo a Jemmy, que mantenía con *Adso*, el gato, una conversación animada, aunque casi totalmente ininteligible.

Claire frotó entre las manos la corteza desmenuzada, dejándola caer en un frasco pequeño, lleno de alcohol.

—Sí. Aun así me parece mejor que Lizzie y Manfred esperen un poco hasta conocerse mejor. —Se había acordado de que la boda se celebraría el verano siguiente, cuando Manfred ya tuviera su taller instalado en Woolam's Creek—. Espero que esto resulte.

—¿Qué?

—La corteza de cornejo. —Claire tapó el frasco y lo guardó en el armario—. El registro del doctor Rawlings dice que se puede utilizar como sustituto de la corteza de quina. Como quinina, ya entiendes. Y es mucho más fácil de conseguir, además de mucho más barata.

—Estupendo. Espero que funcione.

La malaria de Lizzie estaba latente desde hacía varios meses, pero siempre existía el peligro de que se manifestara. Y la corteza de quina era carísima, sí.

Mientras machacaba un puñado de salvia en el mortero regresó al tema anterior, que perduraba en su mente.

—Dices que cuando eras niña no pensabas ser médico. Pero después no parecías pensar en otra cosa.

Tenía recuerdos dispersos, pero muy vívidos, de la época en que su madre estudiaba medicina: el olor a hospital que traía en el pelo y en la ropa, el contacto fresco y suave de la bata quirúrgica que a veces traía puesta cuando iba a darle las buenas noches, si llegaba tarde del trabajo. Claire tardó en responder, concentrada en las barbas secas del maíz que estaba limpiando.

—Bueno —dijo al fin, arrojando por la ventana abierta los trocitos podridos—. Cuando sabes quién eres y para qué has nacido, siempre encuentras la manera de hacerlo. No sólo las mujeres. Tu padre... me refiero a Frank... —Recogió las barbas limpias para ponerlas en un cesto pequeño, y diseminó fragmentos por la encimera—. Él era muy buen historiador. La materia le gustaba y tenía el don de la disciplina y la concentración. Así llegó a tener éxito, pero en realidad no era su... su vocación. Él mismo me lo dijo: podría haberse dedicado a otra cosa sin que le importara mucho. Sin embargo, hay personas a las que les importa muchísimo, y en esos casos... Para mí la medicina era muy importante. Al principio no lo sabía, pero con el correr del tiempo me di cuenta de que estaba hecha para eso. Y una vez que lo supe...

Se encogió de hombros. Luego cubrió el cesto con un trozo de lino y lo ató con bramante.

—Sí, pero... no siempre puedes dedicarte a la carrera para la que has nacido, ¿verdad? —preguntó Bree, pensando en la garganta lesionada de Roger.

—Pues no, a veces la vida te obliga a algunas cosas —murmuró su madre. La miró a los ojos, con la boca contraída en una sonrisa irónica—. Y en el caso de la gente común, a menudo la vida que llevaban es la vida que han encontrado. Ahí tienes a Marsali, por ejemplo. No creo que haya pensado nunca hacer algo distinto. Su madre se dedicaba a la casa y la crianza de los hijos; ella no ve motivos para no hacer lo mismo. Sin embargo... —Claire encogió un hombro. Luego alargó la mano hacia el otro mortero—. Tuvo una gran pasión, Fergus, y bastó eso para arrancarla del camino trillado que habría seguido su vida.

—¿Para arrojarla a otra igual?

Claire inclinó a medias la cabeza.

—Sí, sólo que en América en vez de Escocia. Y tiene a Fergus.

—¿Como tú tienes a Jamie?

Claire levantó la vista, sorprendida. Bree rara vez lo llamaba por el nombre de pila.

—Sí. Jamie es parte de mí. Igual que tú. —Le tocó la cara con un gesto rápido y ligero; luego se volvió a medias para descolgar de la viga un haz de mejorana—. Pero ni tú ni él me llenáis por completo. Soy lo que soy: médica, enfermera, sanadora, bruja... como la gente quiera decirlo; el nombre no importa. Nací para eso y lo seré hasta que muera. Si os perdiera, a ti o a Jamie, ya no volvería a sentirme completa, pero aún me quedaría eso. —Continuó en voz tan suave que Brianna tuvo que esforzarse para oírla—. Por un tiempo, después de... retornar... antes de que tú nacieras... eso era todo lo que tenía. Sólo el conocimiento.

Claire machacó en el mortero la mejorana seca. Desde afuera les llegó un ruido de botas; luego, la voz de Jamie, dirigida en cordial comentario al pollo que se le había cruzado en el camino.

Amar a Roger, amar a Jemmy, ¿no era suficiente para ella? Sin duda alguna, debía serlo. Pero tuvo la horrible y hueca sensación de que tal vez no lo era. Antes de que el pensamiento pudiera expresarse en palabras, se apresuró a preguntar.

—¿Y papá?

—¿Qué hay de él?

—¿Sabe... él sabe quién es? ¿Tú qué crees?

Las manos de Claire se aquietaron; el mortero quedó en silencio.

—Oh, sí. Lo sabe —aseveró.

—¿Un terrateniente escocés? ¿Lo llamarías así?

Su madre vaciló, pensativa.

—No —dijo al fin. Movió la mano del mortero para continuar machacando. La fragancia de la mejorana seca llenaba la habitación como incienso—. Es un hombre. Que no es poco.

# 79

## *Soledades*

Brianna cerró el libro con una mezcla de alivio y aprensión. Jamie le había sugerido que enseñara las primeras letras a algunas niñitas del cerro, y ella no se había opuesto. Durante un par de horas la cabaña se llenaba de voces alegres. Y a Jemmy le encantaba recibir los mimos de diez o doce madres en miniatura.

Aun así ella no era maestra por naturaleza; al terminar cada lección sentía siempre alivio. Pero el mal presentimiento la seguía, pisándole los talones. Casi todas las niñas venían solas o al cuidado de una hermana mayor. Anne y Kate Henderson, que vivían a tres kilómetros, acudían acompañadas por Obadiah, su hermano mayor.

Bree no sabía con certeza cómo ni cuándo había comenzado aquello. Tal vez el primer día, cuando él la miró a los ojos con una leve sonrisa y le sostuvo la mirada por un segundo de más, antes de dejar a sus hermanas con una palmadita en la cabeza. Pero no hubo nada que ella pudiera objetar de forma razonable. Ni entonces ni en los días siguientes. Sin embargo...

Si había de ser franca consigo misma, Obadiah Henderson le daba escalofríos. Era un mozo alto y musculoso, de ojos azules y pelo castaño; no era mal parecido, pero algo en él no le gustaba: algo brutal en la boca, algo fiero en los ojos hundidos. Y algo muy inquietante en su manera de mirarla.

Bree detestaba tener que salir a la puerta de la clase al terminar cada lección. Las niñas se diseminaban en un alegre revoloteo de vestidos y risitas. Y Obadiah estaba allí, esperando, ya reclinado contra un árbol, ya sentado en el brocal del pozo; una vez lo había encontrado descansando en el banco, frente a la puerta.

Esa constante incertidumbre de no saber dónde estaría la ponía de los nervios, casi tanto como su media sonrisa y la mueca ufana y burlona con que se despedía, casi con un guiño, como si supiera de ella algo secreto y vergonzoso, algo que, por el momento, prefería reservarse.

Se le ocurrió una idea algo irónica: esa incomodidad que sentía cerca de Obadiah se debía, en parte, a Roger. Se había habituado a oír cosas que no se decían en voz alta.

Y Obadiah no se expresaba en voz alta. No le decía nada; no le hacía gestos indecorosos. ¿Cómo protestar porque la miraba? Era ridículo. Ridículo, también, que algo tan simple le hiciera subir el corazón a la garganta cuando abría la puerta, que le escociera el sudor bajo los brazos cada vez que lo veía.

Reunió coraje para dejar salir a las niñas y se despidió de ellas conforme se dispersaban. Luego miró alrededor. Él no estaba allí: ni junto al pozo, ni bajo el árbol, ni en el banco... no estaba.

Anne y Kate no lo buscaban: ya iban por el centro del claro, con Janie Cameron, las tres de la mano.

—¡Annie! —llamó Bree—. ¿Dónde está tu hermano?

Annie se volvió a medias, haciendo saltar las trenzas.

—Ha ido a Salem, señorita —respondió—. ¡Hoy cenaremos en casa de Jane!

Y las tres niñas se alejaron a brincos, como tres elásticas pelotas.

La tensión desapareció poco a poco de su cuello y sus hombros. Inspiró larga, profundamente. Por un momento se sintió vacía, como si no supiera qué hacer. Luego sacudió su delantal arrugado. Jemmy dormía, arrullado por la recitación nasal del abecedario. Podía aprovechar su siesta para ir al sibil a por un poco de leche de manteca. A Roger le gustaban los bizcochos de leche; haría algunos para la cena, con un poco de jamón.

El sibil estaba fresco y oscuro; el ruido del agua que corría por el canal de piedra en el suelo resultaba sedante. Le encantaba ir allí, admirar las frondas de algas de color verde oscuro adheridas a la piedra, a la deriva en la corriente. Jamie había comentado que una familia de murciélagos acababa de instalarse allí. Sí, allí estaban: cuatro bultos diminutos colgados en el rincón más oscuro; medían apenas unos cinco centímetros, pulcros y aliñados como dolmas griegas envueltas en hojas de vid. La idea la hizo sonreír, pero luego sintió una punzada de dolor.

Había comido dolmas con Roger, en un restaurante griego de Boston. La comida griega no le gustaba mucho, pero al hablar de los murciélagos podrían haber compartido ese recuerdo de su propia época. Sin embargo, ahora él se limitaría a sonreír, sin que la sonrisa le llegara a los ojos, y ella recordaría a solas.

Salió despacio del sibil, con el cántaro de leche y de manteca en una mano y un trozo de queso en la otra. Haría una tortilla francesa de queso para el almuerzo; se preparaba rápido y a Jemmy le encantaba. Prefería utilizar la cuchara para matar la presa y luego devorarla suciamente con las manos, pero comía solo, sí: todo un progreso.

Aún sonreía cuando, al apartar la vista del sendero, se encontró con Obadiah Henderson, sentado en su banco.

—¿Qué haces aquí? —Su voz sonó seca, pero más aguda de lo que ella quería—. Las niñas han dicho que habías ido a Salem.

—Y así es. —Él se puso de pie para acercarse, con esa media sonrisa insinuante en los labios—. Ya he regresado.

Ella contuvo el impulso de dar un paso atrás. Estaba en su casa; de ningún modo se dejaría ahuyentar de su propia puerta.

—Pues las niñas ya se han ido —dijo, con toda la frialdad posible—. Están en casa de los Cameron.

Aunque el corazón le palpitaba con fuerza, pasó junto a él con intención de dejar el cántaro en el porche. Cuando se agachó, él le apoyó una mano en la parte baja de la espalda. Por un momento quedó petrificada. Él no retiró la mano ni intentó acariciar ni apretarla, pero ese peso era como una serpiente muerta contra su espalda. Bree se giró en redondo y dio un paso atrás. ¡Al diablo con el propósito de no dejarse intimidar! Ya estaba hecho.

—Te he traído algo —dijo Obadiah—. De Salem. —Aún tenía la misma sonrisa en los labios, pero parecía completamente desconectada de la expresión de sus ojos.

—No lo quiero —dijo ella—. Es decir... gracias, pero no. No has debido hacerlo. A mi esposo no le gustaría.

—No tiene por qué enterarse. —Él se acercó un paso; ella retrocedió. La sonrisa se hizo más ancha—. Dicen que tu marido no pasa mucho tiempo en casa, últimamente —comentó con voz queda—. Debes de sentirte sola.

Le acercó una manaza al rostro. En ese momento se oyó un ruido extraño, carnoso. La cara del muchacho quedó en blanco y sus ojos se dilataron de pronto.

Ella lo miró un instante, sin la menor idea de lo que había sucedido, hasta que Obadiah bajó los ojos desorbitados a la mano extendida. Entonces Bree vio el pequeño cuchillo clavado en la carne del antebrazo y la mancha roja que iba creciendo en la camisa, alrededor.

—Vete de aquí —dijo Jamie en voz baja, pero clara.

Salía de los árboles, mirando a Henderson sin ninguna cordialidad. Llegó en tres pasos largos y arrancó el cuchillo clavado en el brazo del muchacho. Obadiah lanzó un gruñido como de animal herido, desconcertado y patético.

—Vete —dijo Jamie—. No vuelvas jamás.

La sangre le corría por el brazo y goteaba desde los dedos. Unas cuantas gotas cayeron en el cántaro de leche y quedaron frotando en la rica superficie amarilla. Ella, aunque aturdida, reconoció su horrenda belleza, como rubíes engarzados en oro.

Un momento después el muchacho se fue, aferrándose el brazo herido, a tropezones. Luego corrió hacia la senda y desapareció entre los árboles. El patio quedó en silencio.

—¿Tenías que hacer eso? —fue lo primero que Bree logró decir. Estaba aturdida, como si ella misma hubiera recibido algún golpe. Las gotas de sangre empezaban a emborronarse, disolviéndose en la leche. Sintió ganas de vomitar.

—¿Habrías preferido que esperara? —Su padre la cogió por un brazo para obligarla a sentarse en el porche.

—No, pero... ¿no podrías... haberle dicho algo, nada más?

Sentía los labios entumecidos y en los márgenes de su campo visual flotaban pequeños destellos de luz. Comprendió remotamente que estaba a punto de desmayarse. Entonces se inclinó hacia delante, con la cabeza entre las rodillas y la cara sepultada en el seguro refugio del delantal.

—Pero si lo he hecho. Le he dicho que se fuera. —El porche crujió al sentarse Jamie a su lado.

—Bien sabes a qué me refiero. —Su voz sonaba extraña, sofocada por los pliegues del delantal. Se incorporó despacio; la pícea roja de la casa grande osciló un poco ante sus ojos, pero al fin quedó quieta—. ¿Qué querías hacer? ¿Exhibirte? ¿Qué seguridad tenías de clavar un cuchillo a esa distancia? ¿Y qué era eso? ¿Un cortaplumas?

—Sí. Lo único que tenía en el bolsillo. Y en realidad, no quería clavárselo —admitió Jamie—. Quería arrojarlo contra el muro de la cabaña, para darle un golpe desde atrás cuando él desviara la cabeza hacia el ruido. Pero se ha movido.

Bree cerró los ojos y respiró hondo por la nariz para asentar el estómago.

—¿Estás bien, *a muirninn*? —preguntó él, con voz queda. Le apoyó suavemente una mano en la espalda, algo más arriba que Obadiah. Era agradable: grande, tibia y consoladora.

—Estoy bien, sí —aseguró ella, abriendo los ojos. Lo vio preocupado e hizo un esfuerzo por sonreírle—. Bien.

Entonces él se relajó un poco; sus ojos se aquietaron, aunque no se apartaron de ella.

—Bien, dime: ésta no ha sido la primera vez, ¿verdad? ¿Cuánto tiempo lleva ese patán rondándote?

Ella tomó una buena bocanada de aire y se obligó a abrir las manos. Impulsada por la sensación de culpa, habría querido quitarle importancia a la situación, pues ella ¿no tendría que haber dado con alguna manera de pararlo? Pero aquella serena mirada azul no le permitió mentir.

—Desde la primera semana —dijo.

Él ensanchó los ojos.

—¿Tanto? ¿Y por que no se lo has dicho a tu marido? —inquirió él, incrédulo.

Bree, sobresaltada, buscó alguna respuesta.

—Es que... verás, yo no creía... es decir... No era asunto suyo.

Como su padre se llenó los pulmones de aire, sin duda para algún comentario mordaz sobre Roger, se apresuró a defenderlo.

—Es que... es que... en realidad, él no hizo nada concreto. Sólo mirar. Y... sonreír. ¿Iba yo a decirle a Roger que él me miraba? No quería parecerle débil o indefensa. —No obstante, había sido ambas cosas y lo sabía. La idea le ardía bajo la piel como picaduras de hormiga—. No quería... tener que pedirle que me defendiera.

Jamie la miró con cara de no entender. Luego movió despacio la cabeza, sin apartar los ojos de ella.

—¿Para qué demonios crees que estamos los hombres? —preguntó al fin, en voz baja, pero en tono de total desconcierto—. ¿Quieres tenerlo de mascota? ¿Como perro faldero? ¿Como un pájaro enjaulado?

—¡No comprendes!

—¿Ah, no? —Su resoplido era, tal vez, una risa sardónica—. Llevo treinta años casado; tú, menos de dos. ¿Qué es lo que no comprendo?

—No es... ¡Tú y mamá no sois como Roger y yo! —estalló.

—Claro que no —dijo, sin alterarse—. Tu madre tiene en cuenta mi amor propio, y yo, el suyo. ¿Acaso crees que ella es una cobarde, que es incapaz de defenderse sola?

—Yo... no. —Brianna tragó saliva, peligrosamente cerca de las lágrimas, pero decidida a no dejarlas escapar—. Pero es diferente, papá. Somos de otro lugar, de otra época.

—Lo sé muy bien —replicó él; su boca se curvó en una media sonrisa irónica y su voz se hizo más suave—. Aunque no creo que los hombres y las mujeres hayan cambiado mucho.

—Tal vez no. —Ella tragó saliva para afirmar la voz—. Pero tal vez Roger sí que haya cambiado. Desde Alamance.

Jamie tomó aliento como para hablar, pero lo dejó escapar lentamente sin decir nada. Había retirado la mano, y ella sintió su falta. Él se inclinó un poco hacia atrás, contemplando el patio; sus dedos tamborileaban contra las tablas del porche, entre ambos.

—Sí —dijo al fin, en voz baja—. Puede ser.

Brianna oyó un golpe sordo en el interior de la cabaña; luego, otro. Jem había despertado y estaba arrojando los juguetes desde la cuna. En un momento comenzaría a llamarla para que lo sacara. Se levantó de pronto, estirándose el vestido.

—Jem está despierto. Debo entrar.

Jamie también se levantó. Luego recogió el cubo para arrojar la leche al césped, en un denso charco amarillo.

—Iré a buscar más —dijo.

Y desapareció antes de que ella pudiera decirle que no se molestara.

Jem estaba de pie, aferrado al costado de su cuna y ansioso por escapar. En cuanto ella se inclinó para levantarlo, se arrojó a sus brazos. Cada vez pesaba más. Aun así ella lo estrechó con ganas y apoyó la mejilla contra su cabeza, humedecida por el sudor del sueño. El corazón le palpitaba con fuerza; como si estuviera magullado dentro del pecho.

«Debes de sentirte sola», había dicho Obadiah Henderson. Y estaba en lo cierto.

# 80

## *Merengue en su punto*

Satisfecho tras la comida, Jamie se apoyó en el respaldo con un suspiro. Cuando iba a levantarse, la señora Bug saltó súbitamente de su asiento, agitando un dedo admonitorio.

—¡No, no, señor! ¡No se me vaya, que tengo merengue recién hecho y no puede esperar!

—Creo que voy a reventar, señora Bug, pero al menos moriré feliz —le informó Jamie—. Venga... pero debo ir a por algo mientras usted lo sirve.

Con asombrosa agilidad, considerando que acababa de consumir medio kilo de salchichas especiadas con manzanas fritas y patatas, abandonó la silla y desapareció por el pasillo rumbo a su estudio.

Respiré hondo, felicitándome por haber olfateado el merengue cuando se estaba horneando: había tenido la previsión de quitarme el corsé antes de sentarme a cenar.

—*¡Quero medengue!* —Jemmy golpeó la mesa con la mano, cantando a todo pulmón—: *¡Me-den-gue! ¡Me-den-gue!*

Roger miró a Bree con una media sonrisa; me alegró notar que ella la captaba y se la devolvía mientras capturaba las manos de su hijo para retirar de su cara los restos de la cena.

Jamie llegó justo cuando el merengue hacía su aparición. Al pasar junto a Roger alargó una mano y depositó frente a él un libro de cuentas envuelto en tela, coronado por el pequeño estuche de madera que contenía el astrolabio.

—Creo que el buen tiempo se mantendrá por un par de meses más —dijo como quien no quiere la cosa mientras hundía el dedo en la nata de su merengue. Luego se metió el dedo en la boca y cerró los ojos, como en bienaventuranza.

—¿Sí? —La palabra salió ahogada y apenas audible, pero bastó para que Jemmy interrumpiera sus gorgoritos para mirar a su padre, boquiabierto. Me pregunté si era lo primero que Roger había dicho en todo el día.

Jamie cogió su cuchara, contemplando el postre con la determinación de quien piensa morir en el intento.

—Pues sí. Fergus bajará a la costa antes de la primera nevada. Sería bueno que pudiera llevar los informes de topografía para presentarlos en New Bern, ¿no crees?

Y clavó la cuchara en el merengue con aire muy decidido, sin levantar la vista. Sólo llenó el silencio el choque de las cucharas contra los platos de madera. Por fin habló Roger, que no había tocado la suya.

—Puedo... hacer eso.

Quizá sólo se trataba del esfuerzo que requería el paso del aire por su garganta lesionada, pero en la última palabra hubo un énfasis que arrancó una mueca a Brianna. Fue muy leve, pero yo la vi... y también Roger, que bajó la vista a su plato, oscuras las pestañas contra las mejillas. Luego cogió la cuchara con los dientes apretados.

—Vale —dijo Jamie, en tono aún más despreocupado—. Te enseñaré cómo se hace. Puedes partir dentro de una semana.

*Anoche soñé que Roger partía. Hace ya una semana que sueño con su viaje, desde que papá se lo propuso. ¡Ja! ¿Propuesta? Es lo mismo que decir que Moisés bajó Diez Propuestas del monte Sinaí.*

*En mi sueño, Roger metía sus cosas en una bolsa grande mientras yo fregaba el suelo. Él no dejaba de estorbarme y yo quitaba la bolsa de en medio una y otra vez, para poder fregar otro trozo. Estaba sucia, con manchas y pegotes de todo tipo. En el suelo, había pequeños huesos dispersos, como si Adso hubiera comido allí algún animalito, y se enredaban en la fregona.*

*Quiero y no quiero que se vaya. Oigo todas las cosas que no dice; resuenan en mi cabeza. No dejo de pensar que, cuando se haya ido, habrá silencio.*

Pasó sin transición del sueño al despertar. Amanecía y estaba sola. En el bosque cantaban los pájaros. Uno gorjeaba cerca de la cabaña, con notas claras y musicales. Se preguntó si sería un zorzal.

Sabía que él se había ido, pero levantó la cabeza para comprobarlo. La mochila ya no estaba junto a la puerta, ni tampoco el hatillo de comida y la botella de sidra que ella le había preparado la noche anterior. El *bodhran* aún pendía de la pared, como si flotara suspendido en la luz ultraterrena.

Después del ahorcamiento, Bree había tratado de inducirlo a tocar otra vez, pensando que al menos le quedaba la música, aunque no pudiera cantar. Pero él se resistía; por fin comprendió que su insistencia le molestaba y cesó en sus intentos. Él haría las cosas a su modo... o no las haría.

Echó un vistazo a la cuna; todo era quietud; Jemmy aún dormía a pierna suelta. De nuevo recostada contra la almohada, se llevó las manos a los pechos. Estaba desnuda; los sintió suaves, redondos y llenos como calabazas. Apretó ligeramente un pezón y brotaron diminutas perlas de leche. Una creció un poco más y, al desbordar, cayó en un hilo cosquilleante por un lateral del pecho.

La noche anterior habían hecho el amor antes de dormir. Al principio ella pensó que no sucedería, pero cuando se acercó para rodearlo con los brazos, él la estrechó con fuerza, la besó largo rato y, por fin, la llevó a la cama.

En su ansiedad por asegurarle su amor con el cuerpo, de darle algo de sí para que se llevara, se olvidó por completo de sí misma; el clímax la sorprendió. Deslizó una mano hacia abajo, entre las piernas, recordando la sensación de verse de pronto envuelta en una gran ola, indefensa, barrida hacia la playa. Ojalá Roger se hubiera dado cuenta. No había dicho nada; ni siquiera abrió los ojos.

En la oscuridad previa al amanecer, le había dado un beso de despedida, siempre callado. ¿O no fue así? Brianna se llevó una mano a la boca, súbitamente insegura; pero en la carne suave y fresca de sus labios no había pista alguna.

¿Le había dado un beso al despedirse? ¿O sólo lo había soñado?

# 81

## *Matador de Osos*

El relincho de los caballos en el cercado anunciaba visitas. La curiosidad hizo que abandonara mi último experimento para acercarme a la ventana. En el patio no había hombres ni caballos, pero los animales seguían resoplando como cuando veían a un desconocido. Por lo tanto el visitante venía a pie y se había dirigido hacia la puerta de la cocina, como lo ordenaban los buenos modales.

Casi al instante, esta suposición quedó respaldada por un grito agudo que vino desde la parte trasera. Asomé la cabeza al pasillo, justo a tiempo para ver a la señora Bug, que salía de la cocina corriendo, como disparada por un cañón, entre alaridos de pánico.

Pasó como una bala, sin verme, y salió por la puerta principal, dejándola abierta. Eso me permitió verla cruzar el patio y desaparecer en el bosque, sin dejar de gritar a todo pulmón. Cuando miré hacia el lado opuesto, fue casi un desencanto ver a un indio en la puerta de la cocina, con cara de sorpresa.

Nos observamos con cautela, pero como yo no parecía dispuesta a gritar ni a huir, se relajó un poco. Yo también, puesto que él no venía armado, pintado ni con otras evidencias de intención malévola.

—*Osiyo* —dije precavida, tras observar que era cherokee y estaba vestido como para ir de visita: tres camisas de calicó, una sobre otra, pantalones, y esa especie de turbante a medio enroscar que usaban los hombres para las ocasiones formales; además, largos pendientes de plata y un bonito broche en forma de sol naciente.

Respondió a mi saludo con una sonrisa brillante y dijo algo cuyo significado no entendí. Me encogí de hombros, impotente, pero sonreí a mi vez. Así pasamos varios segundos, saludándonos con la cabeza e intercambiando sonrisas, hasta que el caballero, en un rapto de inspiración, metió la mano por el cuello de su camisa interior (una prenda elegante, estampada con pequeños diamantes amarillos sobre fondo azul) y extrajo un cordón de cuero con una sarta de negras uñas curvas: las zarpas de uno o más osos.

Las exhibió haciéndolas repiquetear un poco mientras miraba de un lado a otro, con las cejas enarcadas, como si buscara a alguien bajo la mesa o dentro de los armarios.

—¡Ah! —exclamé—. Usted busca a mi esposo. —Imité el gesto de quien apunta un rifle—. ¿El Matador de Osos?

Mi inteligencia fue recompensada con un destello de dientes sanos.

—Creo que volverá en cualquier momento —dije. Señalé primero el camino que había tomado la fugitiva señora Bug; sin duda corría para informar al señor que en la casa había pieles rojas salvajes decididos a asesinar, destruir y profanar sus suelos limpios. Luego apunté hacia la cocina—. ¿Quiere beber algo?

Me siguió de buena gana. Cuando Jamie entró, estábamos sentados a la mesa, compartiendo el té e intercambiando asentimientos de cabeza y sonrisas. Mi marido venía acompañado, no sólo de la señora Bug, que no se despegaba de sus faldones y miraba con suspicacia al visitante, sino también de Peter Bewlie.

Peter nos presentó a nuestro huésped como Tsatsa'wi, hermano de su esposa india. Vivía en una pequeña población, unos cincuenta kilómetros más allá de la Línea del Tratado, pero estaba pasando una temporada con los Bewlie para visitar a su hermana.

—Anoche mientras fumábamos una pipa después de cenar —explicó Peter—, Tsatsa'wi le dijo a mi esposa que en la aldea tenían un problema. Y ella me lo contó a mí, porque él no habla nuestro idioma ni yo el suyo, sólo algunas palabras sueltas y frases de cortesía. Como les decía, él se refirió a un oso malvado que los acosa desde hace meses.

—Por su aspecto, yo diría que Tsatsa'wi está bien equipado para vérselas con esa bestia —comentó Jamie, señalando con la cabeza el collar de uñas. Luego se tocó el pecho con una sonrisa dirigida al cherokee.

Él debió de entender el cumplido, pues respondió con una ancha sonrisa. Los dos se hicieron una pequeña reverencia sobre las tazas de té, como muestra de mutuo respeto.

—Sí —afirmó Peter. Se chupó las gotas de té que tenía en las comisuras de la boca y chasqueó los labios con aprobación—. Es muy buen cazador; si las cosas fueran normales, supongo que él y sus primos podrían arreglárselas bien. Pero parece que el oso en cuestión no es un oso cualquiera. Y por eso le he dicho: «Vamos a decírselo a Mac Dubh; tal vez quiera ir a liquidar a esa bestia.»

Levantó el mentón frente a su cuñado y luego miró a Jamie con orgullo de propietario. «Ya ves —decía su gesto—. Te lo dije. Él puede.»

Ante eso disimulé una sonrisa. Jamie cruzó una mirada conmigo y dejó la taza con una tosecilla modesta.

—Sí, bueno. Estos días no puedo ir, pero tal vez cuando hayamos recogido el heno... ¿Sabes qué sucede con ese oso problemático, Peter?

—Pues sí —dijo el hombre, alegremente—. Es un fantasma.

Por un instante me atraganté con la infusión. Jamie no parecía muy impresionado; se limitó a frotarse la barbilla con aire dubitativo.

—Mmfm. Dime qué ha hecho.

El oso había dado a conocer su presencia un año atrás, aunque durante un tiempo nadie lo vio. Hubo algunas depredaciones normales: desaparecían las sartas de pescado o de panochas de maíz puestas a secar frente a las casas; alguien robaba la carne de los cobertizos... Al principio los habitantes de la población pensaron que se trataba de un oso algo más astuto de lo normal: en general, a los osos les importa muy poco que los vean.

—Venía sólo de noche, ¿sabes? —explicó Peter—. Y no armaba barullo. Por la mañana, al salir, la gente descubría que le habían robado las reservas sin un ruido que los despertara.

Brianna, que había venido a investigar la causa de aquella indecorosa huida de la señora Bug, comenzó a tararear por lo bajo una canción que reconocí de inmediato: era el tema musical del Oso Yogui. Me cubrí la boca con la servilleta, con la excusa de secar los restos de té.

—Supieron desde un principio que se trataba de un oso —continuó Peter—. Por las huellas.

Tsatsa'wi, que conocía esa palabra, extendió las dos manos en la mesa, pulgar contra pulgar, para indicar la amplitud de la pisada; luego tocó la más larga de las uñas que pendían de su cuello con un gesto significativo.

La gente de la aldea, muy habituada a los osos, había tomado las precauciones de costumbre: trasladar las provisiones a zonas más protegidas y soltar los perros por la noche. Como resultado de esto, varios perros desaparecieron, de nuevo sin ruido alguno.

Al parecer, los perros se volvieron más precavidos o el hambre del oso aumentó. La primera víctima fue un hombre; apareció muerto en el bosque. Luego, hacía ya seis meses, el animal se llevó a un niño. El tarareo de Brianna cesó de golpe.

La víctima era un bebé, arrebatado con cuna y todo de la orilla del río mientras su madre lavaba ropa hacia el atardecer.

No hubo ruidos ni más rastros que una gran huella de zarpa dibujada en el barro.

En los meses siguientes hubo otras cuatro muertes. Dos niños que recogían fresas silvestres, ya avanzada la tarde. Uno de los cadáveres apareció con el cuello partido, pero por lo demás intacto. El otro desapareció; las marcas indicaban que lo habían arrastrado bosque adentro. Una mujer fue parcialmente devorada en su propio maizal, también hacia el atardecer. La última víctima fue un hombre que había salido a cazar al oso.

—De él no encontraron nada, salvo el arco y algunos jirones de ropa ensangrentada —dijo Peter.

Oí un golpe sordo detrás de mí: era la señora Bug, que se había sentado en la butaca.

—¿De modo que ellos mismos fueron a darle caza? —pregunté—. Es decir, al menos lo intentaron.

Peter apartó los ojos de mi marido para dirigirse a mí, con un grave gesto de asentimiento.

—¡Oh!, sí, señora Claire. Así fue como al fin descubrieron qué era.

Una pequeña partida de cazadores salió en busca del oso, armada de arcos, lanzas y los dos mosquetes que la aldea se vanagloriaba de poseer. Recorrieron los alrededores, ampliando los círculos cada vez más, convencidos de que el oso no se alejaría mucho, puesto que su atención se concentraba en la aldea. Lo buscaron durante cuatro días; hallaron algunos rastros, pero no eran recientes, y ninguna señal del oso en sí.

—Tsatsa'wi iba con ellos —dijo Peter, levantando un dedo hacia su cuñado—. Una noche él montaba guardia con otro mientras el resto dormía. Contó que, mucho después de salir la luna, se alejó un poco para orinar. Regresó justo a tiempo para ver que la bestia se llevaba a su amigo, muerto, con el cuello triturado entre sus fauces.

Tsatsa'wi seguía el relato con atención. Al llegar a ese punto hizo un gesto que parecía ser el equivalente cherokee de la señal de la cruz: un gesto rápido y serio para repeler el mal. Luego comenzó a hablar; sus manos se movían para representar los hechos siguientes.

Como es lógico, había gritado para alertar a sus camaradas restantes; después había corrido hacia el oso para asustarlo, con la esperanza de hacer que soltara a su amigo, aunque era evidente que ya estaba muerto. Inclinó pronunciadamente la cabeza, como señal de que el cuello estaba roto, y dejó colgar la lengua con una expresión que, en otras circunstancias, habría sido muy divertida.

Los cazadores iban acompañados de dos perros, que también se habían arrojado contra el oso, entre ladridos. La fiera soltó a su presa, pero en vez de huir cargó contra Tsatsa'wi. Él se arrojó a un lado mientras el oso se detenía el tiempo suficiente para barrer de un zarpazo a uno de los perros. Luego desapareció en la oscuridad del bosque, perseguido por el otro perro, una lluvia de flechas y un par de balas de mosquete; nada lo tocó.

Lo buscaron con antorchas, pero fue imposible encontrarlo. El segundo perro volvió con aire avergonzado —Brianna emitió un vago siseo ante los gestos con que Tsatsa'wi representó al perro— y los cazadores, completamente desanimados, regresaron a la fogata y pasaron el resto de la noche despiertos; por la mañana volvieron a la aldea. Por todo eso, explicó el cherokee con un ademán de cortesía, venía a solicitar la ayuda del Matador de Osos.

—Pero ¿por qué creen que es un fantasma? —Brianna se inclinó hacia delante; su horror inicial había dado paso al interés.

Peter la miró con una ceja enarcada.

—¡Ah!, es que no lo ha dicho. O tal vez sí, pero de un modo que yo no he comprendido. La bestia era mucho más grande que un oso normal, y blanca de arriba abajo. Dice que, cuando se volvió a mirarlo, sus ojos relumbraban, rojos como las llamas. De inmediato supusieron que era un fantasma; por eso no los sorprendió mucho que las flechas no lo tocaran.

Tsatsa'wi volvió a interrumpirlo; señaló primero a Jamie, luego dio unos golpecitos a su collar de uñas y, por fin, para sorpresa mía, apuntó el dedo hacia mí.

—¿Yo? —dije—. ¿Qué tengo yo que ver con eso?

El cherokee debió de percibir mi tono de sorpresa, pues se inclinó sobre la mesa y me cogió una mano para acariciarla, no en ademán de afecto, sino como para expresar la piel. Jamie comentó, divertido:

—Eres muy blanca, Sassenach. Tal vez el oso te tome por un espíritu afín.

Sonreía de oreja a oreja, pero Tsatsa'wi asintió con mucha seriedad. Luego me soltó la mano y emitió una especie de graznido, como el de un cuervo.

—¡Oh! —exclamé, bastante intranquila.

No recordaba cómo se decía en cherokee, pero al parecer los habitantes de esa aldea no sólo habían oído hablar del Matador de Osos, sino también del Cuervo Blanco. Para ellos, cualquier animal blanco era significativo... y a menudo siniestro. No sé si pensaban que yo podía ejercer algún poder sobre el oso fantasma o tan sólo servir de cebo, pero a todas luces estaba incluida en la invitación.

De ese modo, una semana después, con el heno ya cosechado y cuatro medias reses de venado apaciblemente colgadas en el cobertizo de ahumar, partimos hacia la Línea del Tratado, con intenciones de hacer un exorcismo.

Integramos la partida Brianna y Jemmy, los dos gemelos Beardsley, Peter Bewlie, que debía guiarnos hasta la aldea, Jamie y yo. La mujer de Peter se había adelantado con Tsatsa'wi. En un principio Brianna no quería venir, más por miedo de llevar a Jemmy a territorio salvaje que por no participar de la cacería. Jamie insistió, asegurando que su puntería sería muy valiosa. Como aún no quería destetar al niño, se vio obligada a llevarlo consigo. El pequeño parecía disfrutar plenamente del viaje; iba en la silla delante de su madre, con los ojos brillantes, ya balbuceando tan contento sobre todo lo que veía, ya chupándose el pulgar en adormilada complacencia.

En cuanto a los Beardsley, al que Jamie quería consigo era a Josiah.

—El chico ya ha matado al menos dos osos —me dijo—. Vi las pieles en la reunión. Y si su hermano quiere venir, no veo ningún inconveniente.

—Tampoco yo —coincidí—. Pero ¿por qué quieres que venga Bree? ¿Tú y Josiah no sois suficientes para enfrentaros con el oso?

—Quizá —replicó él, deslizando un trapo aceitado por el cañón de su rifle—. Pero si dos cabezas son mejor que una, tres serán aún mejor, ¿no? Sobre todo si la tercera dispara como esa muchacha.

—¿Sí? —dije, escéptica—. ¿Y qué más?

Él me miró con una gran sonrisa.

—¿Acaso crees que tengo otros motivos, Sassenach?

—No, no lo creo: lo sé.

Él inclinó la cabeza hacia el arma, riendo. Pero tras un rato de limpiar y frotar dijo, sin levantar la vista:

—Vale... no me ha parecido mala idea que la muchacha haga amigos entre los cherokee. Por si algún día necesita un sitio adonde ir.

No me engañó con ese tono despreocupado.

—Algún día. ¿Cuando comience la Revolución, quieres decir?

—Sí, o... cuando tú y yo muramos. Sea cuando sea —añadió mientras miraba con un solo ojo a lo largo del cañón, para comprobar si estaba alineado.

Sentí que unas astillas de hielo me corrían por la espalda, aunque todavía estábamos en un luminoso día de otoño en los que parece que ha vuelto el verano. Normalmente lograba no pensar en ese recorte del periódico, con la noticia de que cierto James Fraser y su esposa, del Cerro de Fraser, habían muerto en un incendio. Otras veces lo recordaba, pero relegaba la posibilidad al fondo de mi conciencia, por no pensar en ella. De vez en cuando, no obstante, despertaba en medio de la noche, temblando y aterrorizada, en los rincones de mi mente.

—El recorte decía «sin hijos supervivientes» —señalé, decidida a vencer el miedo—. ¿Crees que Bree y Roger se irán... hacia algún lugar... antes de que suceda?

A vivir con los cherokee, quizá. O a las piedras.

—Es posible. —Estaba serio, con la vista fija en su trabajo. Ninguno de los dos estaba dispuesto a admitir la otra posibilidad. En todo caso, no hacía falta.

A pesar de su renuencia inicial, Brianna parecía estar disfrutando del viaje. En ausencia de Roger y libre de tareas domésticas se la veía mucho más relajada; reía y bromeaba con los gemelos, provocaba a Jamie y por la noche, después de amamantar a Jemmy junto al fuego, se dormía apaciblemente, acurrucada en torno a él.

También los Beardsley lo pasaban bien. La extirpación de las adenoides y las amígdalas infectadas no habían curado a Keziah de su sordera, pero estaba mucho mejor. Podía oír todo lo que se le decía en voz bien alta, sobre todo si se le hablaba de frente y con claridad, aunque parecía entender con facilidad cuanto su hermano le dijera, incluso si lo hacía en voz muy baja. Al ver con qué asombro lo observaba todo a su paso mientras cruzábamos el bosque zumbante de insectos, vadeando arroyos y buscando difusas huellas de venado entre los matorrales, caí en la cuenta de que nunca en su vida había conocido más sitio que el Cerro de Fraser y los alrededores de la granja de los Beardsley.

Me pregunté qué pensaría de los cherokee... y éstos de él y su hermano. Peter decía que esa tribu consideraba a los gemelos como seres benditos y afortunados. Tsatsa'wi quedó encantado cuando supo que los Beardsley participarían en la cacería.

Josiah también parecía divertirse, hasta donde una podía apreciar, pues era muy reservado. Pero según nos acercábamos a la aldea creí notarlo algo nervioso.

También advertí que Jamie estaba un poco inquieto, pero en su caso sospechaba los motivos. No le molestaba en absoluto colaborar en una cacería y le alegraba tener la oportunidad de visitar a los cherokee. Sin embargo, quizá le incomodaba que se proclamara de ese modo su reputación de Matador de Osos.

Esta suposición quedó demostrada en la tercera noche del viaje. Acampamos a unos quince kilómetros de la aldea; no nos costaría llegar al día siguiente hacia mediodía.

Mientras cabalgábamos noté que trataba de decidir algo; cuando nos sentamos a cenar, en torno a una gran hoguera, irguió de pronto los hombros y se levantó para acercarse a Peter Bewlie, que contemplaba el fuego con aire soñador.

—Hay algo que debo decir, Peter. Sobre ese oso fantasma que vamos a buscar.

Peter levantó la vista, sobresaltado. Pero sonrió y le hizo un hueco a su lado.

—¿Sí, Mac Dubh?

Jamie tomó asiento y carraspeó.

—Pues verás, lo cierto es que yo no sé mucho de osos. En Escocia se acabaron hace años.

Peter enarcó las cejas.

—Pero ¡si dijiste que habías matado a un gran oso sin más armas que un puñal!

Jamie se frotó la nariz en un gesto que reflejaba fastidio.

—Y así fue. Pero yo no cacé a esa bestia. Ella me siguió, de modo que no tuve alternativa. No estoy muy seguro de que yo vaya a ser de mucha ayuda para descubrir al oso fantasma. Seguramente es un animal muy astuto, ¿no?, si lleva meses enteros entrando y saliendo de esa aldea, sin que nadie lo haya visto más que un momento.

—*Más astuto que el oso normal* —canturreó Brianna, contrayendo un poco la boca.

Jamie le clavó una mirada penetrante, que desvió hacia mí al ver que me atragantaba con la cerveza.

—¿Qué? —inquirió, irritado.

—Nada —jadeé—. Absolutamente nada.

Al darnos la espalda, indignado, Jamie descubrió que Josiah Beardsley también estaba haciendo muecas de risa contenida.

—¡Qué! —le ladró—. Estas dos son unas chifladas —nos señaló agitando el pulgar hacia atrás—, pero ¿qué pasa contigo?

De inmediato el chico borró la sonrisa y trató de parecer serio, pero se le contraían las comisuras de la boca y un fuerte rubor le encendía las mejillas enjutas, visible aun a la luz del fuego. Jamie entornó los ojos. A Josiah se le escapó un ruido sofocado, que podía ser una risa. Con la vista clavada en Jamie, se cubrió la boca con una mano.

—¿Y bien? —preguntó mi marido, cortés.

Keziah, al notar que sucedía algo, se pegó a su gemelo para prestarle apoyo. Josiah hizo un breve movimiento hacia él, pero sin apartar la vista de Jamie. Aún estaba rojo, aunque parecía haberse controlado.

—Bueno, será mejor que se lo diga, señor.

—Sí, será mejor.

El chico respiró hondo, resignado.

—No siempre era un oso. A veces era yo.

Jamie lo miró fijamente un momento. Entonces fue su boca la que empezó a contraerse.

—¿Ah, sí?

—No siempre —explicó Josiah.

Sin embargo, cuando sus vagabundeos por la espesura lo llevaban cerca de alguna de las aldeas indias —«Sólo si tenía hambre», se apresuró a añadir—, acechaba con cautela desde el bosque, para acercarse a hurtadillas después de oscurecer y hacerse con cualquier cosa comestible que encontrara a su alcance. Permanecía en la zona algunos días, comiendo de las provisiones de la aldea hasta haber recuperado las fuerzas y, ya con la mochila llena, continuaba con sus cacerías. Tras reunir unas cuantas pieles regresaba a la cueva.

Durante ese relato la expresión de Kezzie no cambió; no sé cuánto había podido oír, pero no parecía sorprendido. Durante un rato dejó la mano apoyada en el brazo de su gemelo; luego la retiró para coger un trozo de carne espetado.

Brianna, ya sin reír, había escuchado la confesión de Josiah con la frente arrugada.

—Pero tú no... es decir, sin duda alguna no fuiste tú quien se llevó al bebé con la tabla que le servía de cuna. Y tampoco mataste a la mujer que apareció medio comida, ¿verdad?

Josiah parpadeó, aunque la pregunta pareció desconcertarlo antes que horrorizarlo.

—¡Oh!, no. ¿Por qué iba a hacerlo? No creerá usted que me los comí yo, ¿verdad? —Sonrió al decirlo; en una mejilla apareció un hoyuelo incongruente—. A veces he tenido tanta hambre que habría podido, si hubiera encontrado a algún muerto, siempre que fuera reciente —añadió, juicioso—. Pero no tanto como para matar deliberadamente a alguien.

Brianna carraspeó; el ruido se pareció de forma asombrosa a los que solía hacer Jamie.

—No, no pensaba que te los hubieras comido —dijo sin más—. Sólo se me, ha ocurrido que, si alguien los hubiera matado, por cualquier motivo, el oso podría haber mordisqueado los cadáveres.

Peter asintió con aire pensativo. Parecía interesado, pero esas confesiones no le impresionaban.

—Sí, es lo que haría un oso —dijo—. No son exigentes para comer. No hacen ascos a la carroña.

Jamie hizo un gesto afirmativo, pero no desvió su atención de Josiah.

—Eso me han dicho, sí. Pero Tsatsa'wi dice que había visto al oso cuando se llevaba a su amigo. De modo que mata a la gente, ¿no?

—Bueno, a ése lo mató —dijo Josiah.

Con todo, su voz tenía un tono extraño; Jamie lo miró con más atención, enarcando una ceja. Josiah movió despacio los labios, como si tratara de tomar una decisión. Luego echó un vistazo a Kezzie, que le sonrió: noté que él tenía un hoyuelo en la mejilla izquierda; el de Josiah se formaba a la derecha.

Por fin el chico se volvió hacia Jamie con un suspiro.

—No pensaba decir nada sobre esta parte —confesó con sinceridad—. Pero usted ha sido honesto con nosotros, señor, y no me parece bien que vaya tras ese animal sin saber qué más podría haber allí.

Sentí que se me erizaba el pelo de la nuca; tuve que resistir un súbito impulso de volverme para vigilar las sombras a mi espalda. Ya había perdido todas las ganas de reír.

—¿Qué más? —Jamie bajó lentamente el trozo de pan que estaba a punto de morder—. ¿Qué más podría haber allí?

—Pues... tenga en cuenta que lo vi una sola vez —advirtió Josiah—. Y era una noche sin luna. Pero yo llevaba fuera desde que había oscurecido y mis ojos estaban habituados a la luz de las estrellas. Usted sabe cómo es eso, señor.

Él asintió; parecía extrañado.

—Lo sé muy bien, sí. ¿Y dónde estabas entonces?

Cerca de la aldea a la que nos dirigíamos. No era la primera vez que Josiah andaba por allí; estaba familiarizado con el lugar. Su objetivo era una casa en el extremo de la aldea; allí había sartas de maíz puestas a secar bajo los aleros. Pensaba que podría coger una y escapar con bastante facilidad, siempre que no despertara a los perros de la aldea.

—Si despiertas a uno, los tienes a todos aullando detrás de ti —dijo, moviendo la cabeza—. Y sólo faltaban un par de horas para que amaneciera. De modo que me escurrí despacio, atento por si alguno de esos pícaros dormía enroscado junto a la casa que estaba vigilando. Mientras acechaba en el bosque había visto salir de ella una silueta. Como ninguno de los perros se alteró, era razonable pensar que esa persona vivía allí. El hombre se detuvo para orinar; luego, para alarma de Josiah, se cargó al hombro un arco y un carcaj y se dirigió directamente hacia el bosque donde él estaba oculto.

—No creía que él viniera a por mí, pero trepé a un árbol, muy rápido y sin hacer ningún ruido, como los gatos monteses —dijo, sin jactarse.

El hombre debía de ser un cazador que salía temprano, rumbo a un arroyo lejano donde venados y mapaches iban a beber al alba. No daba muestras de precaución, puesto que estaba cerca de su propia aldea; caminaba por el bosque en silencio, pero sin disimular su presencia.

Josiah contenía el aliento, agazapado en su árbol, apenas un par de metros por encima de su cabeza. El hombre desapareció enseguida entre los densos matorrales. Cuando el muchacho estaba a punto de descender, oyó una súbita exclamación de sorpresa, seguida por el ruido de un breve forcejeo que concluyó con un horrible ruido a golpe.

—Como el de una calabaza madura cuando la golpeas con una piedra para partirla —aseguró—. Me cagué de miedo al oír eso en la oscuridad.

Pero la alarma no fue un obstáculo para la curiosidad y Josiah caminó suavemente por el bosque en dirección a los ruidos. Podía escuchar un sonido susurrante, y al mirar con precaución entre las ramas de un cedro distinguió una silueta humana tendida en el suelo; otra se inclinaba sobre ella, forcejeando para quitarle una prenda.

—El hombre estaba muerto —explicó Josiah, con total naturalidad—. Sentí olor a sangre y también a mierda. Supongo que aquel hombrecillo le hundió la cabeza con una piedra o un garrote.

—¿Hombrecillo? —Peter había escuchado el relato con mucha atención—. ¿Cómo era? ¿Le viste la cara?

Josiah negó con la cabeza.

—No, sólo vi su sombra, que se movía. Estaba muy oscuro; aún no había comenzado a clarear. —Entornó los ojos para hacer un cálculo mental—. Creo que era más bajo que yo; más o menos así. —Alargó una mano, indicando algo menos de un metro y medio.

El asesino se vio interrumpido cuando saqueaba el cadáver. Josiah no notó nada hasta que oyó el súbito crujir de un palo partido y el husmear inquisitivo del oso que busca algo.

—¡Cómo corrió el hombrecillo al oírlo! —le aseguró a Jamie—. Pasó a mi lado como una flecha, tan cerca como está usted de mí. Ésa fue la única vez que pude verlo.

—Bueno, no nos tengas en ascuas —dije al ver que se detenía a beber un trago de cerveza—. ¿Cómo era?

Él se limpió una línea de espuma de los escasos bigotes, con aire pensativo.

—Pues... Yo hubiera jurado que era el mismo diablo, señora. Aunque yo me imaginaba al diablo más grande —añadió, antes de beber otro sorbo.

Como es natural, este comentario provocó alguna confusión. Al pedir más aclaración se descubrió que Josiah se refería a su color: el misterioso «hombrecillo» era negro.

—Sólo cuando fui a ese encuentro vuestro me enteré de que algunos tíos normales son negros —explicó—. No sabía que hubiera gente así.

Kezzie asintió muy serio.

—El diablo del Libro —dijo, con su voz extraña y gruñona.

«El Libro», al parecer, era una vieja Biblia que Aaron Beardsley había recibido en trueque, y para la que jamás halló comprador. Ninguno de los muchachos había aprendido a leer, pero se entretenían mucho con las ilustraciones, que incluían varios dibujos del diablo, representado como un ser negro agazapado, dedicado a su taimada tarea de tentar y seducir.

—No le vi la cola con dos puntas —dijo Josiah, moviendo la cabeza—. Pero como pasó tan deprisa y estaba oscuro, era lógico.

Para no llamar la atención de ese ser, el muchacho se había quedado inmóvil; fue así como oyó al oso que daba cuenta del infortunado aldeano.

—Es como dice el señor Peter —dijo, señalando a Bewlie con un ademán—. Los osos no son muy exigentes. A ése no lo vi, así que no sé si era blanco o no; pero que se comió a ese indio, vaya si se lo comió. Lo oí masticar y babearse hasta más no poder.

El recuerdo no parecía perturbarlo. En cambio vi que Brianna contraía las fosas nasales al escucharlo. Jamie intercambió una mirada con Peter; luego se frotó despacio el puente de la nariz, pensativo.

—Bueno —dijo al fin—. Parece que no todas las fechorías cometidas en la aldea de tu cuñado se pueden achacar al oso fantasma, ¿no? También estaba Josiah robando comida y esos pequeños demonios negros matando a la gente. ¿Qué dices tú, Peter? ¿Es posible que un oso se aficione a la carne humana, una vez que la ha probado, y luego salga a cazar gente?

Peter asintió lentamente, con la cara arrugada, concentrado.

—Es posible, Mac Dubh —reconoció—. Y si hay un negro cabrón rondando por el bosque, ¿quién sabe ahora a cuántos mató el oso y a cuántos el diablo negro? Pero el oso carga con la culpa de todo.

—Pero ¿quién es ese pequeño demonio negro? —preguntó Bree.

Los hombres se miraron entre sí. Luego se encogieron de hombros, casi al unísono.

—Debe de ser un esclavo fugitivo, ¿no? —le dije a Jamie—. Un negro libre en su sano juicio no tendría por qué andar solo por territorio salvaje.

—Puede que no esté en su sano juicio —insinuó Bree—. Esclavo o libre, si le da por matar a la gente... —Tras echar una mirada inquieta a su alrededor, apoyó una mano sobre Jemmy, que dormía como un bendito a su lado, acurrucado en una manta.

Los hombres miraron automáticamente sus armas; yo misma toqué el cuchillo que llevaba en el cinturón, bajo el delantal, para cavar y cortar. De pronto el bosque parecía siniestro y claustrofóbico. Era muy fácil imaginarse ojos que acechaban en las sombras, atribuir el constante susurro de las hojas a pisadas sigilosas o al roce de un pelaje que pasaba.

Jamie carraspeó.

—Supongo que tu mujer no habló de demonios negros, ¿verdad, Peter?

Bewlie negó con la cabeza. Aún tenía estampada en la cara la preocupación con que había escuchado el relato de Josiah, pero en sus ojos brillaba un pequeño toque de diversión.

—No, no creo, Mac Dubh. Lo único que recuerdo, en ese sentido, es lo del Hombre Negro de Poniente.

—¿Y qué es eso? —preguntó Josiah, interesado.

Peter se rascó la barba.

—Pues... no debería decírselo a nadie, pero los chamanes dicen que en cada uno de los cuatro puntos cardinales vive un espíritu. Y cada espíritu tiene un color distinto, de modo que, cuando cantan sus oraciones y cosas por el estilo, llaman al Hombre Rojo de Levante, por ejemplo, para que ayude a la persona por la que cantan, porque el rojo es el color del triunfo y el éxito. El norte es azul: el Hombre Azul va a por la derrota y las dificultades; a él lo convocas para que dé dolores de cabeza a tu enemigo, ¿no? El Hombre Blanco del Sur es paz y felicidad; se le canta por las mujeres embarazadas y cosas así.

Jamie parecía a un tiempo sorprendido e interesado.

—Se parece mucho a los cuatro *airts*, los cuatro puntos cardinales de Escocia, ¿verdad, Peter?

—Pues sí —reconoció Bewlie—. ¿No es extraño que los cherokee tengan las mismas ideas que los escoceses de las montañas?

—¡Oh!, no tanto. —Jamie señaló con un gesto el bosque oscuro, más allá del pequeño círculo de luz que irradiaba la fogata—. Ellos llevan el mismo tipo de vida que nosotros, ¿no? Son cazadores y habitantes de la montaña. Pueden haber visto las mismas cosas que nosotros.

Peter asintió despacio, pero tanto filosofar impacientaba a Josiah.

—Entonces ¿es o no el Hombre Negro de Poniente? —inquirió.

Los dos giraron la cabeza hacia él. No se parecían en nada: Peter era bajo, cuadrado y de espesa barba; Jamie, alto y elegante, incluso con ropa de cazador; sin embargo, había en los ojos de ambos algo idéntico, que hizo correr un escalofrío por mi columna. «¡Qué habrán visto, en realidad!», pensé.

—El Poniente es el hogar de los muertos —dijo Jamie con voz queda.

Peter asintió, muy serio.

—Y el Hombre Negro de Poniente es la muerte misma —añadió—. Al menos, eso dicen los cherokee.

Josiah murmuró que esa idea no le gustaba mucho. A Brianna, aún menos.

—No creo que el espíritu de poniente vaya por los bosques rompiendo la cabeza a la gente —declaró con firmeza—. Lo que Josiah vio era una persona. Un negro. Ergo, se trata de un negro libre o de un esclavo fugitivo. Y dadas las circunstancias, voto por esclavo fugitivo.

No me pareció que el asunto diera para un proceso democrático, pero le daba la razón.

—Tengo otra idea —dijo, recorriendo a los presentes con la mirada—. ¿Y si fuera ese hombrecillo negro el que devoró a la gente que apareció medio comida? ¿No hay caníbales entre los esclavos africanos?

A Peter Bewlie se le desorbitaron los ojos; también a los gemelos. Kezzie echó una mirada intranquila hacia atrás y se acercó un poco más a su hermano.

Jamie, en cambio, pareció divertido por la idea.

—Bueno, supongo que en África habrá algún que otro caníbal —reconoció—. Pero no he sabido de ninguno entre los esclavos. No creo que fueran muy adecuados como sirvientes domésticos, ¿verdad? Podrían morderte el culo en cuanto les volvieras la espalda.

Ese comentario nos hizo reír y alivió un poco la tensión. Todos iniciamos los preparativos para acostarnos. Pusimos especial cuidado en guardar la comida en dos de las alforjas y colgarlas de un árbol, a buena distancia del campamento. Aunque el oso fantasma había resultado ser menos poderoso de lo que en principio se suponía, todos estábamos tácitamente de acuerdo en que no convenía correr riesgos.

Por lo general, yo lograba olvidarme de que vivíamos en territorio salvaje. De vez en cuando aparecían pruebas tangibles que me ponían el hecho bajo las narices: visitas nocturnas de zorros, zarigüeyas y mapaches, y los alaridos ocasionales de los pumas, que ponían los pelos de punta por su misteriosa similitud con los chillidos de mujeres o niños pequeños. Allí todo era silencio, pero nadie podía pasar la noche en el centro de esas montañas, sumergido en la absoluta negrura y escuchando los murmullos secretos de los grandes árboles, y continuar ignorando que estaba en el corazón del primitivo bosque... ni dudar que la espesura podía tragarnos de un solo bocado, si así lo deseaba, sin dejar rastros de nuestra existencia.

Pese a toda su lógica, Brianna no era inmune a los susurros del bosque, mucho menos con una tierna criatura que proteger. Esa noche, en vez de ayudar con las tareas del campamento, se quedó sentada junto a Jemmy, cargando su rifle.

Jamie, después de intercambiar una mirada con ella, anunció que ambos harían el primer turno de guardia; Josiah y yo, el siguiente; Peter y Kezzie, el último. Hasta entonces no habíamos montado guardia, pero nadie protestó por la decisión.

Una larga jornada a caballo es uno de los mejores soporíferos; me tendí junto a Jamie con esa absoluta gratitud por la posición horizontal que compensa la dureza de la peor cama. Jamie me apoyó una mano en la cabeza, con suavidad; giré la cara para besarle la palma; me sentía segura y protegida.

Peter y los gemelos Beardsley se durmieron en pocos segundos; los oía roncar al otro lado del fuego. Yo también empezaba a adormecerme, arrullada por las voces quedas de Jamie y Bree, que oía a medias, pero caí en la cuenta de que el giro de la conversación había cambiado.

—¿Te preocupa tu marido, *a nighean*? —preguntó él, en tono suave.

Brianna emitió una risa breve y desdichada.

—Estoy preocupada por él desde que lo ahorcaron —dijo—. Ahora también tengo miedo.

Jamie dejó oír un gruñido grave que quería ser reconfortante.

—Hoy no corre más peligro que ayer, muchacha... ni que cualquier otra noche desde que partió.

—Es cierto —respondió ella, seca—. Pero el que la semana pasada nosotros no supiéramos de osos fantasmas ni de asesinos negros no significa que no estuvieran por allí.

—Justo eso quería decir —observó él—. Tu miedo no reducirá el peligro, ¿comprendes?

—Sí, pero ¿crees que me preocuparé menos por eso?

La respuesta fue una risa entre dientes, grave y melancólica.

—No, no lo creo.

Hubo un breve silencio. Luego Brianna volvió a hablar:

—No dejo de pensar. ¿Qué haré si sucede algo... si él no regresa? Durante el día estoy bien, pero por la noche no puedo dejar de pensar...

—¡Oh!, bueno —musitó él. Lo vi levantar la vista a las estrellas—. ¿Cuántas noches hay en veinte años, *a nighean*? ¿Cuántas horas? Pues ése es el tiempo que he pasado preguntándome si mi esposa aún vivía, cómo estarían ella y mi hijo.

Me pasó una mano por la cabeza, acariciándome el pelo. Brianna no dijo nada, pero se le escapó un sonido inarticulado.

—Para eso está Dios. Preocuparse no sirve de nada; orar sí... a veces —añadió con franqueza.

—Sí —reconoció ella, algo insegura—. Pero si...

—Y si ella no hubiera regresado a mí —la interrumpió Jamie, con firmeza—, si tú no hubieras venido... si yo jamás hubiera sabido... o si hubiera tenido la certeza de que las dos habíais muerto...

Volvió la cabeza para mirarla; sentí el movimiento de su cuerpo cuando retiró de mi pelo la mano para tocarla.

—En ese caso yo habría continuado viviendo, *a nighean*, y haciendo lo que debía hacer. Y lo mismo harás tú.

# 82

## *Cielo oscurecido*

Roger, sudoroso, se abrió paso por un denso bosquecillo de eucaliptos y robles. Estaba cerca del agua; aún no la oía, pero percibía el olor dulce y resinoso de algunas plantas que crecían a la orilla de los arroyos. No sabía cómo se llamaban, ni siquiera cuál de ellas era la que olía, pero reconocía su aroma.

La correa de la mochila se le enganchó en una rama; al tirar de ella para liberarla desprendió un revoloteo de hojas amarillas, como una pequeña bandada de mariposas. Tenía ganas de llegar al arroyo, y no sólo por el agua, aun cuando la necesitaba: por la noche comenzaba a hacer frío, pero los días seguían siendo calurosos y antes del mediodía ya había vaciado la cantimplora. Con todo, más que el agua necesitaba sentir el aire libre. Allí abajo, al pie de la montaña, los bosquecillos de tejos y laureles eran tan densos que apenas permitían ver el cielo; allí donde el sol lograba abrirse paso, la hierba crecía hasta la rodilla y las hojas espinosas de las matas se le pegaban al pasar.

Se había llevado a *Clarence*, el mulo, más apto que los caballos para la marcha ruda de los territorios salvajes, pero algunos lugares eran demasiado arduos incluso para él. Lo había dejado amarrado en tierras más altas, con su rollo de mantas y sus alforjas, y había continuado abriéndose paso entre la maleza para llegar hasta el siguiente punto que debía medir.

Un pato silvestre salió de los matorrales que tenía a sus pies; el batir de sus alas estuvo a punto de pararle el corazón. Se quedó inmóvil, con el latido palpitándole en los oídos; una horda de pequeños papagayos de colores vívidos apareció parloteando entre los árboles y descendió para mirarlo, todos ellos cordiales y curiosos. Luego, algo invisible los alarmó; entonces alzaron el vuelo entre chillidos, como una flecha que se alejara entre el follaje.

Hacía calor. Se quitó la chaqueta y se la ató a la cintura; luego se enjugó la cara con la manga de la camisa y continuó la marcha; el astrolabio se bamboleaba, colgado de su cuello por una correa. Desde lo alto de una montaña podía ver las hoyas brumosas y los barrancos boscosos, con cierto placer sobrecogido al pensar que todo eso era suyo. Allí abajo, al enfrentarse con las enredaderas silvestres, las setarias y los cañaverales, más altos que él, el mero pensamiento de propiedad resultaba ridículo: ¿cómo iba a ser de nadie ese... ese maldito pantano primitivo?

Dejando a un lado esa preocupación, quería terminar de una vez con esa selva y volver a tierras más altas. Aunque uno se sintiera enano ante los árboles gigantescos de la selva virgen, se podía respirar bajo ellos. Las ramas de los castaños y los tulíperos gigantes se extendían en un dosel que daba sombra a la tierra, de modo que abajo sólo crecían plantas pequeñas: delicadas flores silvestres, orquídeas y *trilliums*; las hojas secas de los árboles caían en tal profusión que los pies se hundían varios centímetros en la elástica esterilla que se formaba en el suelo.

Era incomprensible que un lugar así pudiese alterarse... pero así sería. Él lo sabía bien. Pero ¡si ya lo había visto! Había conducido su coche por una carretera asfaltada, construida en medio de un lugar que alguna vez había sido como éste. Sabía que podía cambiar. Y mientras luchaba por atravesar los matorrales de zumaque y zarzamora, era consciente de que aquel lugar podía tragárselo sin vacilar un segundo.

Aun así había algo sedante en la tremenda escala de la espesura. Entre los árboles gigantescos y la vida salvaje que pululaba allí encontraba algo de paz: en paz lo dejaban las palabras que se le amontonaban en la cabeza, la preocupación en los ojos de Brianna, la crítica en los de Jamie; una crítica suspendida, que pendía allí como la espada de Damocles. Lo dejaban en paz las miradas de compasión o curiosidad, el esfuerzo constante y penoso de hablar, el recuerdo del canto.

Echaba de menos a su gente, sobre todo a Bree y a Jem. Rara vez soñaba cosas coherentes, a diferencia de ella (¿qué estaría escribiendo ahora en su cuaderno?), pero esa mañana se había despertado con la vívida impresión de que Jem gateaba sobre él, como le gustaba hacer, hurgando en su carne inquisitivamente; luego le palmeaba la cara, exploraba los ojos y las orejas, la boca y la nariz, como si buscara las palabras ausentes.

Durante los primeros días de medir el terreno no había dicho una palabra; era un inmenso alivio no tener que hacerlo. Pero ahora empezaba a hablar de nuevo; le disgustaba el sonido maltrecho y ronco de las palabras, pero no le afligía tanto, pues no había nadie que lo oyera.

Por fin oyó el gorgoteo del agua sobre las piedras y, al salir de un bosquecillo de sauces tiernos encontró el arroyo a sus pies, con el sol chispeando en el agua. Después de beber y mojarse la cara, escogió los puntos de la ribera desde donde haría sus mediciones. Extrajo el libro de registro, tinta y la pluma del zurrón que llevaba al hombro, y sacó el astrolabio de la camisa.

En la cabeza tenía una canción... otra vez. Se entrometían en cuanto se descuidaba; las melodías cantaban en el interior de su oído como sirenas en las rocas, listas para hacerlo pedazos.

Pero ésa no. Sonrió para sus adentros mientras movía la barra del astrolabio y apuntaba a un árbol de la orilla opuesta. Era una canción infantil que Bree solía cantarle a Jemmy, de las que sirven para aprender a contar; eran terribles: se le metían en la cabeza y no salían nunca más. Mientras realizaba sus mediciones y tomaba nota en el libro, cantó por lo bajo, sin reparar en la quebrada distorsión de los sonidos:

—*Un elefan... te ocupa mucho espa... cio...*

Dos mil hectáreas. ¿Qué demonios iba a hacer con todo eso? ¿Qué demonios iba a hacer, y punto?

—*Dos elefan... tes ocupan mucho más... Bum, bum.*

Muy pronto descubrí por qué mi nombre parecía importante para Tsatsa'wi: la aldea se llamaba Kalanun'yi, Ciudad del Cuervo. Cuando llegamos no vi ninguno, pero oí el graznido ronco de uno entre los árboles.

La aldea se alzaba en un lugar maravilloso: el estrecho valle de un río, al pie de una montaña no muy grande. Lo rodeaba una pequeña extensión de praderas y huertos. A un lado pasaba un arroyo, que caía en una pequeña cascada y corría por el valle, hasta perderse en lo que, desde lejos, parecía un enorme cañaveral; las gigantescas cañas relucían entre las hojas como oro polvoriento al sol de la tarde.

Los habitantes de la aldea nos saludaron con entusiasmo, nos sirvieron una abundante comida y nos atendieron durante un día y una noche. La tarde del segundo día nos invitaron a participar en lo que, por lo visto, era una invocación a la deidad cherokee de la caza, para pedirle que, al día siguiente, favoreciera la expedición contra el oso fantasma.

Antes de conocer a Jackson Jolly, yo ignoraba que entre los chamanes indios había tanta diferencia de talento como entre la clerecía cristiana. Por aquel entonces, ya había conocido a varios de las dos clases, pero los misterios del lenguaje me habían impedido descubrir que la vocación de chamán no implicaba a la fuerza magnetismo personal, poder espiritual ni don de predicación.

Al ver las facciones endurecidas de quienes se apiñaban en la casa del suegro de Peter Bewlie, comprendí que Jackson Jolly, pese al encanto personal o los vínculos con el mundo espiritual que pudiera tener, carecía por desgracia del don de la palabra.

Había advertido cierta expresión resignada en alguno de los presentes cuando el chamán ocupó su puesto ante el hogar, vestido con una manta de franela roja similar a un chal y con una máscara que representaba la cara de un pájaro. Cuando comenzó a hablar, en voz alta y monótona, la mujer que estaba a mi lado cambió pesadamente de posición y suspiró.

El suspiro fue contagioso, pero no tanto como el bostezo. En pocos minutos la mitad de los asistentes tenía la boca muy abierta y los ojos tan acuosos como una fuente. A mí me dolían los músculos de la mandíbula de tanto apretar los dientes; en cuanto a Jamie, parpadeaba como un búho.

Jolly era un chamán sincero, sin la menor duda, pero también muy aburrido. El único que parecía seguir con pasión sus invocaciones era Jemmy, que lo escuchaba boquiabierto de respeto, encaramado en los brazos de Brianna.

El cántico para la cacería del oso era bastante monótono; incluía interminables repeticiones de «*He! Hayuya'haniwa, hayuya'haniwa, hayuya'haniwa...*» Luego, ligeras variaciones sobre el mismo tema; cada verso terminaba con un estimulante «*Yoho!*», que te cogía por sorpresa, como si estuviéramos a punto de hacernos a la mar en las Antillas con una botella de ron.

Sin embargo la congregación exhibió más entusiasmo durante esa canción. Por fin comprendí que el problema no estaba en el chamán, probablemente. El oso fantasma llevaba meses asolando la aldea; ya debían de haber pasado por esa ceremonia en concreto varias veces, sin éxito alguno. No se trataba de que Jackson Jolly fuera mal predicador, sino de que sus fieles sufrían cierta pérdida de fe.

Al terminar el cántico, Jolly plantó con fuerza el pie en el hogar, como para acentuar algo que decía; acto seguido extrajo de su talega una varilla de salvia y, después de prenderle fuego, comenzó a caminar por la habitación, ahumando a los presentes. La muchedumbre le abrió paso con cortesía, permitiéndole dar varias vueltas en torno a Jamie y los gemelos Beardsley mientras cantaba y los perfumaba con volutas de humo fragante.

Jemmy encontró todo eso tremendamente divertido. También su madre, que vibraba de risillas contenidas. Jamie, alto y muy erguido, se mostraba de lo más digno mientras Jolly (que era bastante bajo) brincaba como un sapo a su alrededor y le levantaba los faldones de la chaqueta para perfumarle el trasero. No me atreví a mirar a Brianna.

Terminada esta fase de la ceremonia, el chamán regresó a su puesto junto al fuego y empezó a cantar otra vez. La mujer que estaba de pie a mi lado cerró los ojos con una pequeña mueca de sufrimiento.

Comenzaba a dolerme la espalda. Al fin Jolly concluyó sus procedimientos con un grito; luego se retiró un trecho para quitarse la máscara y secarse el sudor de la frente, muy complacido consigo mismo. Entonces el jefe de la aldea se adelantó para tomar la palabra; la gente comenzó a moverse, inquieta.

Me desperecé con tanta discreción como pude mientras me preguntaba qué habría para cenar. Distraída con esas cavilaciones, al principio no me percaté de que los movimientos se habían hecho más pronunciados. Luego la mujer que estaba a mi lado se irguió de golpe, dijo algo en voz alta y autoritaria, e inclinó la cabeza a un lado como para escuchar.

El jefe calló de inmediato; a mi alrededor la gente miraba hacia arriba, con el cuerpo rígido y los ojos dilatados. Yo también lo oí, y un súbito escalofrío me puso la carne de gallina: el aire se había llenado de un susurro de alas.

—¿Qué diantre es eso? —me susurró Brianna, que miraba hacia arriba como todos los demás—. ¿El descenso del Espíritu Santo?

Yo no tenía ni idea, pero el ruido se hacía cada vez más fuerte, mucho más fuerte. El aire comenzaba a vibrar en una especie de trueno constante, largo.

—*Tsiskwa!* —gritó un hombre de la muchedumbre.

Y de súbito se produjo una estampida hacia la puerta.

Lo primero que pensé al salir fue que se trataba de una repentina tormenta. El cielo estaba oscuro, tronaba, y una luz extraña, opaca, parpadeaba sobre todas las cosas. Sin embargo, no se percibía humedad alguna en el aire. Un olor peculiar me llenó la nariz. No era lluvia. Definitivamente, no era lluvia.

—¡Pájaros, Dios mío, son pájaros!

Apenas oí la voz de Brianna detrás de mí, entre el coro de asombro que me rodeaba. Todos estaban de pie en la calle, mirando hacia arriba. Varios niños rompieron a llorar, asustados por el ruido y la oscuridad.

Era terrorífico, sí. Yo nunca había visto nada parecido; a juzgar por su reacción, tampoco la mayoría de los cherokee. Era como si la tierra se estremeciese. El aire temblaba, vibrando ante el batir de alas como un tambor castigado por manos frenéticas. Sentí su palpitar en la piel; mi pañuelo se agitaba como si quisiera alzar el vuelo en el viento.

La parálisis de la muchedumbre no duró mucho. Aquí y allá se oían gritos. De súbito la gente echó a correr; todos entraban deprisa en sus casas y volvían a salir armados de arcos. En pocos segundos, una perfecta descarga de flechas se elevó por entre la nube de pájaros; los cuerpos emplumados llovían del cielo, laxos y ensangrentados, atravesados por los dardos.

Y no eran cuerpos lo único que caía del cielo. Una jugosa deposición me golpeó el hombro. Era toda una lluvia de partículas, nociva precipitación lanzada por la atronadora bandada, que levantaba pequeñas bocanadas de polvo en la calle. Las plumas caídas flotaban en el aire como semillas de diente de león; aquí y allá, algunas plumas más grandes, arrancadas de las alas o las colas, descendían en espiral como lanzas diminutas, cabeceando en el viento. Retrocedí a la carrera para refugiarme bajo los aleros de una casa, con Brianna y Jemmy.

Desde ese refugio, sobrecogidos, vimos cómo los aldeanos pujaban entre sí, disparando a toda prisa; una flecha seguía a otra. Jamie, Peter Bewlie y Josiah habían corrido a por sus rifles y disparaban entre la muchedumbre, sin molestarse siquiera en apuntar. No era necesario, pues nadie podía fallar. Los niños, manchados por los excrementos, se escurrían por entre las piernas para recoger las aves caídas y las amontonaban en los umbrales de las casas.

Aquello debió de durar una media hora. La pasamos acurrucados bajo los aleros, medio ensordecidos por el ruido e hipnotizados por el incesante raudal que pasaba por lo alto. Después del primer susto, Jemmy dejó de llorar, pero se apretaba a su madre, con la cabeza escondida bajo su pañuelo.

Era imposible distinguir un pájaro en esa violenta cascada; no había sino un río de plumas que llenaba el cielo de lado a lado. Por encima del tronar de las alas oí que se llamaban entre sí en un susurro constante, como el de una tormenta de viento en el bosque.

Por fin pasó la gran bandada; los rezagados, separados de los bordes, también desaparecieron por encima de la montaña.

La aldea suspiró al unísono. Vi que la gente se frotaba las orejas, tratando de quitarse el eco del batir de las alas. En medio de la muchedumbre, Jackson Jolly sonreía de oreja a oreja, generosamente cubierto de excrementos y plumas, fulgurantes los ojos. Dijo algo con los brazos extendidos y los que estaban cerca murmuraron una respuesta.

—Estamos benditos —me tradujo la hermana de Tsatsa'wi; parecía muy impresionada. Señaló con un gesto a Jamie y a los gemelos Beardsley—. El Antiguo Blanco nos ha enviado una gran señal. Hallarán al oso, sin duda.

Asentí, aún algo aturdida. Brianna, a mi lado, se agachó para recoger un pájaro muerto, sujetándolo por la delgada flecha que lo atravesaba. Era muy bonito, con un delicado azul grisáceo en la cabeza y plumas leonadas en el pecho; las alas, de un suave pardo rojizo. La cabeza pendía, laxa, con los ojos cubiertos por los frágiles párpados agrisados.

—Lo es, ¿verdad? —dijo ella, por lo bajo.

—Creo que sí —respondí en el mismo tono.

Alargué un dedo cauto para tocar el suave plumaje. Si de signos y portentos se trataba, no habría sabido decir si ése era buen o mal presagio. Nunca había visto una antes, pero estaba bastante segura de que el ave que tocaba era una ya extinta paloma migratoria.

Los cazadores partieron al día siguiente antes del amanecer. Brianna se separó de Jemmy a regañadientes, pero trepó a la montura con ligereza; eso me hizo pensar que no lo extrañaría mucho durante la cacería. En cuanto al niño, estaba muy entretenido revolviendo los cestos que había bajo la cama, como para prestar atención a la partida de su madre.

Las mujeres dedicaron el día a desplumar, asar, ahumar y preservar las palomas con ceniza de leña; el aire se llenó de plumas pequeñas y aromas a hígados de ave asados; toda la aldea se hartó de esa exquisitez. Por mi parte ayudé a cocinarlas, intercalando la faena con entretenidos diálogos y trueques provechosos; sólo me detenía de vez en cuando para mirar hacia las montañas, en la dirección que habían tomado los cazadores, y rezar una breve oración por su bienestar... y el de Roger.

Había llevado conmigo cien litros de miel y algunas hierbas y semillas importadas de Europa. Las negociaciones fueron rápidas; al caer la noche había cambiado mi mercancía por cantidades de ginseng silvestre, calambuco y algo muy poco frecuente: una chaga. Según se me había dicho, este enorme hongo verrugoso, que crece en abedules vetustos, tenía fama de curar el cáncer, la tuberculosis y las úlceras. Me parecía un elemento útil para cualquier médico.

En cuanto a la miel, la había cambiado por cien litros de aceite de girasol, envasado en grandes sacos de piel; estaban amontonados bajo los aleros de la casa donde nos hospedábamos, apilados como balas de cañón. Cada vez que salía me detenía a mirarlos con satisfacción, imaginando todo el jabón suave y fragante que podría hacer con ese aceite. ¡Se acabó la peste a grasa de cerdo muerto en las manos! Con un poco de suerte, podría venderlo a buen precio y obtener el dinero que habría que mandarle a Laoghaire, mal rayo la parta.

El siguiente día lo pasamos en los huertos con mi anfitriona, otra de las hermanas de Tsatsa'wi, llamada Sungi, mujer alta y de rostro dulce, de unos treinta años. Sabía unas cuantas palabras de inglés, pero por suerte algunas de sus amigas lo hablaban mejor... pues mi vocabulario cherokee se limitaba a «hola», «bueno» y «más».

Pese a la mayor fluidez de las damas indias, me costó un poco entender el significado exacto del nombre de Sungi; según quién lo utilizara, parecía significar tanto «cebolla», como «menta» o, extrañamente, «visón». Después de mucho comparar y aclarar, logré entender que la palabra no se refería de manera específica a ninguna de esas cosas, sino a cualquier olor fuerte.

Los manzanos de la huerta eran jóvenes y aún delgados, pero producían una cantidad considerable de frutas pequeñas, de color verde amarillento, que no hubieran impresionado a Luther Burbank, pero que tenían una agradable textura crujiente y un aroma ácido, excelente antídoto contra el sabor grasiento de los hígados de paloma. El año era seco, dijo Sungi mientras contemplaba los árboles con ceño crítico; no había tanta fruta como el anterior y el maíz tampoco era muy bueno.

Sungi puso a Jemmy a cargo de sus dos niñas; obviamente les advirtió que tuvieran mucho cuidado, pues señaló varias veces el bosque.

—Bueno Matador de Osos venir —dijo, girando hacia mí con el cesto de manzanas en la cadera—. Este oso no oso. No hablar nosotros.

—¡Oh, ah! —dije, asintiendo con aire inteligente.

Una de las otras mujeres colaboró ampliando la idea; explicó que todo oso razonable prestaba atención a la invocación del chamán, que convocaba al espíritu del oso, a fin de que cazadores y animales se encontraran como era debido. Dado el color de ese oso, su terquedad y su conducta maligna, resultaba evidente que no era un oso de verdad, sino algún espíritu maligno que había decidido manifestarse como tal.

—¡Ah! —exclamé, con un poco más de comprensión—. Jackson mencionó al «Antiguo Blanco»; ¿se refería al oso? —Sin embargo, Peter había dicho que el blanco era uno de los colores favorables.

Otra de las indias —quien me había dado su nombre inglés, Anna, en vez de intentar explicarme qué significaba su apelativo cherokee— rió algo escandalizada.

—¡No, no! Antiguo Blanco, el fuego.

Otras damas intervinieron con gorjeos. Al final comprendí que el fuego, aunque a todas luces poderoso y merecedor de un trato intensamente respetuoso, era una entidad benéfica. De allí que la conducta del oso pareciera tan atroz: por lo general, a los animales blancos se los trataba con respeto y se los consideraba portadores de mensajes del otro mundo (en ese punto una o dos de ellas me miraron de reojo), pero ese oso no se comportaba de manera comprensible.

Dado lo que yo sabía sobre la ayuda que el animal había recibido de Josiah Beardsley y el «pequeño diablo negro», yo lo comprendía muy bien. Por no implicar a Josiah, mencioné que había escuchado ciertos relatos, sin especificar dónde, según los cuales existía un hombre negro que vivía en el bosque y hacía cosas malas. ¿Sabían ellas algo de eso?

¡Oh, sí!, me aseguraron. Pero yo no tenía por qué preocuparme. Existía un pequeño grupo de hombres negros que vivían «por allí»; señalaron el otro lado de la aldea y los cañaverales invisibles al otro lado del río. Era posible que esas personas fueran demonios, sobre todo considerando que venían del oeste.

Y era posible que no lo fueran. Algunos cazadores de la aldea los habían seguido cautelosamente durante varios días para ver qué hacían. Los cazadores informaban que esos hombres negros vivían en la miseria, vestidos con harapos y sin casas decentes. Un demonio que se respetara no podía vivir así.

No obstante, eran tan pocos y tan pobres que no valía la pena atacarlos; además, los cazadores dijeron que sólo había tres mujeres, las tres muy feas. Y que después de todo, sí que podían ser demonios. De modo que decidieron dejarlos en paz por el momento. Los hombres negros nunca se acercaban a la aldea, añadió una de las indias, arrugando la nariz; los perros los olfatearían. Luego la conversación declinó mientras nos dispersábamos por el huerto para cosechar la fruta madura de los árboles, y las niñas recogían las que habían caído a tierra.

Regresamos a casa mediada la tarde, cansadas, quemadas por el sol y con olor a manzana. Los cazadores ya habían vuelto.

—Cuatro zarigüeyas, dieciocho conejos y nueve ardillas —informó Jamie mientras se limpiaba la cara y las manos con un paño mojado—. También encontramos muchas aves, pero con tanta paloma no nos molestamos en cazarlas, salvo un bonito halcón que George Gist quería por las plumas. —Venía castigado por el viento y con la nariz enrojecida por el sol, pero muy animado—. Y Brianna, bendita sea, mató un buen alce al otro lado del río. Un tiro en el pecho, pero lo derribó... y ella misma le cortó el cuello, aunque no es nada fácil hacerlo cuando la bestia aún patalea.

—Vaya, qué bien —dije, algo desfallecida al imaginar un pataleo de pezuñas afiladas y cuernos letales muy cerca de mi hija.

—No te preocupes, Sassenach —dijo él—. Le enseñé a hacerlo como se debe. Se acercó desde atrás.

—Vaya, qué bien —repetí, algo más agria—. Supongo que los cazadores quedaron impresionados.

—Mucho —aseguró él, tan contento—. ¿Sabías que los cherokee permiten a sus mujeres cazar y hacer la guerra? No es que lo hagan con frecuencia —aclaró—, pero de vez en cuando a alguna se le antoja y va; la llaman Mujer de la Guerra. Y de hecho, los hombres la siguen.

—Muy interesante —dije, tratando de borrar la imagen que eso evocaba: Brianna, invitada a encabezar una incursión cherokee—. Supongo que de casta le viene al galgo.

—¿Qué?

—Nada. ¿Habéis visto algún oso, por casualidad, o estabais demasiado ocupados intercambiando interesantes datos antropológicos?

Él me miró con un ojo entornado por encima de la toalla con que se estaba secando la cara, pero respondió con afabilidad.

—Descubrimos muchas señales de su presencia. Josiah tiene buena vista para eso. No sólo excrementos, sino también un árbol con pelo enganchado en la corteza. Él dice que cada oso tiene un par de árboles preferidos y va a rascarse allí una y otra vez, de modo que, si queríamos matar a uno en especial, podíamos acampar cerca y esperar.

—¿Y en este caso esa estrategia no servía?

—Creo que habría servido —respondió él, muy sonriente—, pero no era el oso que buscábamos. Los pelos adheridos al árbol no eran blancos, sino pardos.

Aun así, la expedición no había sido un fracaso. Los cazadores completaron un gran semicírculo en torno a la aldea y se adentraron en el bosque, donde exploraron hasta llegar al río. Y en la tierra blanda de la zona baja, cerca del cañaveral, encontraron huellas de pisadas.

—Josiah dijo que eran diferentes de las que había dejado el oso cuyo pelo vimos. Y Tsatsa'wi cree que eran como las del oso blanco que mató a su amigo.

La conclusión lógica, en la que coincidían todos los expertos presentes, era que el oso fantasma tenía su madriguera en el cañaveral. Esos cañares eran lugares densos, sombreados y frescos en el calor del verano, poblados de aves y pequeñas presas. Hasta los venados se escondían allí los días calurosos.

—En esos sitios no puedes adentrarte a caballo, ¿verdad? —pregunté.

Él movió la cabeza mientras se peinaba con los dedos para quitarse las hojas del pelo.

—No, y tampoco se puede avanzar mucho a pie, porque son muy densos. Pero no tenemos intención de entrar en busca del oso.

El plan consistía en prender fuego al cañaveral, para que el oso —y cualquier otro animal de caza que hubiera allí— saliese por el lado opuesto al llano, donde se le podría matar con facilidad. Por lo visto era una costumbre común entre los cazadores, sobre todo en el otoño, cuando las cañas estaban secas. Sin embargo, el fuego haría salir también a muchos otros animales, por

968

lo que se había avisado a los habitantes de otra aldea, distante unos treinta kilómetros, para que sus cazadores participaran. Con un poco de suerte podrían reunir provisiones para todo el invierno, y el mayor número de cazadores impediría que el maligno oso fantasma pudiera escapar.

—Muy eficiente —comenté, divertida—. Espero que no haga salir también a los esclavos.

—¿Qué? —Él interrumpió su peinado.

—Diablos negros o algo así. —Le conté lo que había sabido del asentamiento (si de eso se trataba) de esclavos fugitivos (si acaso lo eran).

—Pues no creo que sean diablos —dijo secamente, sentándose delante de mí para que yo pudiera trenzarle el pelo—. Pero me parece que no corren peligro. Han de vivir al otro lado del cañaveral, en la orilla opuesta. Aun así preguntaré. Hay tiempo. Los cazadores de Kanu'gala'yi tardarán tres o cuatro días en llegar.

—Estupendo —dije mientras ataba pulcramente el lazo—. Así tendrás tiempo de comerte todos los higaditos de paloma que quedan.

Los días siguientes fueron agradables, aunque reinaba una sensación expectante que culminó con la llegada de los cazadores de Kanu'gala'yi (Ciudad de la Zarza, según me dijeron). Me pregunté si se los habría invitado por ser expertos en territorios espinosos, pero preferí no decirlo en voz alta. Jamie, como siempre, iba absorbiendo el cherokee como una esponja, pero no quise poner a prueba su habilidad para traducir juegos de palabras.

Jemmy parecía haber heredado de él la facilidad para los idiomas; en la semana transcurrida desde nuestra llegada había duplicado su vocabulario, que consistía ahora en una mitad de inglés y la otra mitad de cherokee, con lo cual nadie podía entenderle, salvo su madre. Mi propio vocabulario se había incrementado con la suma de «agua», «fuego», «comida» y «¡socorro!»; en cuanto al resto, dependía de la amabilidad de los cherokee angloparlantes.

Después de las debidas ceremonias y un gran festín de bienvenida, consistente en higaditos de paloma ahumados con manzana frita, la gran partida de caza salió al amanecer, equipada con antorchas de pino y braseros, además de arcos, mosquetes y rifles.

Tras despedirlos con un desayuno adecuado —papilla de maíz mezclada con higaditos de paloma y manzanas frescas— los que no participábamos de la cacería nos retiramos a las cabañas, para entretenernos con la cestería, la costura y la conversación.

El día era caluroso, húmedo y pesado. No se movía ni una hoja en los sembrados, donde los tallos secos del maíz y el girasol cosechados yacían como palillos chinos dispersos. No había ráfagas de aire que agitaran el polvo en la aldea. «Buen día para prender fuego a algo», pensé. Por mi parte, me sentía muy a gusto refugiada en la fresca y sombreada cabaña de Sungi.

Pensaba aprovechar la conversación del día para preguntar por los componentes del amuleto que Nayawenne había hecho para mí. Claro que, por ser ella una curandera tuscarora, tal vez las creencias subyacentes no fueran las mismas, pero lo del murciélago me despertaba curiosidad.

—Sobre los murciélagos hay un cuento —comenzó Sungi.

Disimulé una sonrisa: los cherokee se parecían mucho a los escoceses de las Highlands, sobre todo por su afición a los relatos. En los días que llevaba en la aldea ya había escuchado varios.

—Los animales y los pájaros decidieron jugar un partido de pelota —dijo Anna, traduciendo con facilidad lo que narraba Sungi—. Por entonces los murciélagos caminaban a cuatro patas, como los otros animales. Pero cuando llegó el momento de empezar a jugar, los otros animales les dijeron que no podían, pues eran demasiado pequeños y saldrían aplastados. Los murciélagos se disgustaron.

Sungi frunció el ceño con cara de murciélago fastidiado.

—Entonces los murciélagos se acercaron a los pájaros y les ofrecieron jugar en su bando. Los pájaros aceptaron el ofrecimiento; con hojas y palillos hicieron alas para los murciélagos. Las aves ganaron el partido y los murciélagos quedaron tan contentos con sus alas que...

Sungi se interrumpió de golpe y levantó la cabeza para olfatear. Todas las mujeres que nos rodeaban hicieron lo mismo. Nuestra anfitriona se levantó deprisa para asomarse a la puerta, con la mano apoyada en el marco.

Podía oler el humo —llevaba oliéndolo una hora: acudía flotando en el viento—, pero me di cuenta de que el olor a quemado se había acentuado mucho. Sungi salió fuera y yo me levanté para seguirla, con las otras mujeres; un cosquilleo de inquietud comenzaba a mordisquearme la cara posterior de las rodillas.

El cielo había empezado a cubrirse de nubarrones, aunque la nube de humo era aún más oscura: un borrón negro que se amontonaba sobre los árboles distantes. El viento cabalgaba los bordes de la tormenta cercana; frente a nosotras pasaron torbellinos de hojas secas, con un ruido de pies pequeños y precipitados.

La mayoría de los idiomas tienen unos cuantos monosílabos adecuados para situaciones de súbita consternación; también el de los cherokee. Sungi dijo algo que no entendí, pero su sentido era obvio. Una de las más jóvenes se humedeció un dedo con saliva y lo levantó, aunque no hacía falta: yo sentía el viento contra la cara, lo bastante fuerte como para alzarme el pelo de los hombros, fresco en el cuello. Soplaba directamente hacia la aldea.

Anna respiró muy hondo; vi que se inflaba, irguiendo los hombros para enfrentarse a la situación. De inmediato las mujeres se pusieron en movimiento: corrieron por la calle hacia sus casas, llamando a los niños; aquí y allá se detenían para recoger en la falda la carne puesta a secar o arrancar de los aleros una ristra de cebollas, alguna calabaza.

Yo no sabía con certeza dónde estaba Jemmy; una de las niñas indias se lo había llevado a jugar, pero en la confusión no había visto cuál era. Me levanté las faldas para correr calle abajo, asomándome al interior de cada casa sin que nadie me invitara. En el aire pendía una fuerte sensación de urgencia, aunque libre de pánico. Sin embargo, el ruido de las hojas secas parecía constante; era un leve susurro que me pisaba los talones.

Encontré a Jemmy en la quinta casa, profundamente dormido con otros niños de distintas edades, todos acurrucados como cachorros en una manta de búfalo. Si lo distinguí fue por su pelo rojo, que brillaba como un faro en esa tenue oscuridad. Los desperté con toda la suavidad posible mientras desenredaba a Jemmy. Él despertó de inmediato y miró en derredor, parpadeando.

—Ven con la abuelita, tesoro —le dije—. Ya nos vamos.

—¿Caballito? —preguntó, inmediatamente animado.

—Excelente idea. —Me lo cargué a la cadera—. Vamos a por el caballito, ¿quieres?

Cuando salimos afuera, el olor a humo era mucho más intenso. Jemmy tosió; yo sentí un sabor acre y amargo en el fondo de la boca. La evacuación estaba en plena marcha; la gente (mujeres en su mayoría) abandonaba a toda prisa las viviendas, empujando hacia delante a los niños y cargada con hatillos con sus pertenencias. Aun así no había pánico ni alarma en ese éxodo; todo el mundo parecía preocupado, pero bastante tranquilo. Se me ocurrió que una aldea construida con madera en un denso bosque debía de estar expuesta a los incendios con cierta frecuencia. Sin duda los habitantes se habían enfrentado a esa posibilidad antes, y estaban preparados para la emergencia.

Al comprenderlo me calmé un poco, aunque no era muy tranquilizador saber que ese constante susurro de hojas secas era, en realidad, el crepitar del fuego que se acercaba.

Los cazadores se habían llevado a la mayoría de los caballos. Cuando llegué al corral de zarzas sólo quedaban tres. Uno de los ancianos de la aldea estaba montado en uno y tenía por las bridas a *Judas* y al otro animal, listo para llevárselos. El mío estaba ensillado, con las alforjas y un freno de cuerda. El anciano, al verme, dijo algo con una gran sonrisa y señaló a *Judas*.

—¡Gracias! —exclamé.

El hombre se inclinó para coger con mano hábil a Jemmy, a fin de que yo pudiera montar y hacerme cargo de las riendas; luego me entregó al niño con mucho cuidado.

Los caballos estaban inquietos. Sabían tan bien como nosotros lo que era un incendio y la idea les gustaba todavía menos. Sujeté con firmeza el freno con una mano y a Jemmy con la otra.

—Bien, bestia —dije a *Judas*, fingiendo autoridad—. ¡Vamos ya!

El caballo estaba totalmente de acuerdo con la propuesta: se encaminó hacia la abertura de la cerca como si fuera la línea de llegada de una carrera, con lo que enganchó mis faldas en las espinas del cercado. Me las compuse para sofrenarlo apenas lo suficiente para que el anciano y sus dos caballos salieran del corral y se pusieran a nuestra altura.

El hombre me gritó algo y señaló hacia la montaña, en la dirección opuesta al fuego. El viento le cruzaba el largo pelo gris contra la cara, ahogando sus palabras. Se lo apartó, pero en vez de molestarse en repetir, se limitó a poner su montura en la dirección que había indicado.

Azucé a *Judas* con la rodilla para que lo siguiera, pero lo mantuve a rienda corta. Eché una mirada vacilante hacia la aldea, donde la gente continuaba saliendo de las casas, todos con el rumbo que había indicado el anciano. Nadie corría, aunque el paso era rápido y decidido.

Bree vendría a buscar a Jemmy en cuanto notara que la aldea estaba en peligro. Confiaría en que yo lo protegería, por

972

supuesto, pero en esas circunstancias una madre no descansa hasta que se reúne con su hijo. Como no había peligro inmediato, me demoré para esperarla, pese a la creciente agitación de *Judas*.

El viento ya azotaba los árboles, arrancando bocanadas de hojas verdes, rojas y amarillas que pasaban, raudas, o convertían mi falda y el pellejo del caballo en una colcha de retazos otoñales. Todo el cielo se había puesto cárdeno; oí los primeros rugidos del trueno bajo el silbido del viento y el susurro del fuego. Aun a través del humo, se percibía el olor de la lluvia inminente, y eso me dio una súbita esperanza. Lo que la situación requería era precisamente un buen chubasco; cuanto antes, mejor.

Jemmy, excitado por los fenómenos atmosféricos, golpeaba el pomo de la silla con las manecitas regordetas, entonando hacia el cielo un cántico de guerra propio, que sonaba, más o menos: «¡Ugui-ugui-ugui!»

*Judas* no estaba nada conforme con ese tipo de conducta. Dominarlo me costaba cada vez más; insistía en tirar del freno mientras ejecutaba una especie de maniobra en tirabuzón que nos hacía describir círculos erráticos. La cuerda me estaba cortando la mano y los talones descalzos de Jemmy batían su ritmo contra mis muslos.

Justo cuando decidía abandonar el intento y dar rienda suelta al animal, él levantó la cabeza con un fuerte relincho, en dirección a la aldea.

En efecto, se aproximaban varios jinetes que habían salido al trote del bosque, al otro lado de la aldea. *Judas*, regocijado al ver otros caballos, se mostró más que dispuesto a regresar a la aldea, aunque fuera en dirección al fuego.

Encontré a Brianna y a Jamie en medio del pueblo, buscándonos ansiosamente con la vista. Jemmy lanzó un chillido de gozo al ver a su madre y se arrojó a sus brazos, con lo que estuvo a punto de caer bajo los cascos nerviosos de los caballos.

—¿Habéis cazado el oso? —le pregunté a Jamie.

—¡No! —gritó él, para hacerse oír por encima del ruido del viento—. ¡Vámonos, Sassenach!

Bree ya iba hacia el bosque, donde el último de los indios ya desaparecía entre los árboles. Pero al quedar libre de Jemmy yo había pensado en otra cosa.

—¡Un minuto! —grité mientras desmontaba.

Arrojé las riendas a Jamie, que se inclinó para atraparlas. Me gritó algo que no llegué a entender.

Estábamos ante la casa de Sungi y yo había visto los odres de aceite de girasol apilados bajo los aleros. Me arriesgué a echar un vistazo en dirección al cañaveral. Decididamente, el fuego se estaba acercando; junto a mí pasaban visibles volutas de humo; hasta me pareció ver un destello de llamas distantes entre los árboles sacudidos. Aun así estaba casi segura de que los caballos nos permitirían distanciarnos del incendio. Y no pensaba dejar a merced del fuego las ganancias de todo un año de miel.

Sin prestar atención a los bramidos furiosos de Jamie, corrí al interior de la casa para escarbar como una loca entre las cestas diseminadas, esperando, contra todo pronóstico, que Sungi no hubiera... Por suerte, no. Con un puñado de tiras de cuero en la mano, salí corriendo. Arrodillada entre el polvo y el humo arremolinados, até un cabo al cuello de cada odre y los anudé de dos en dos, ciñendo las ataduras tanto como pude. Luego, cargada con una de esas incómodas yuntas, volví tambaleándome hacia los caballos.

Jamie, al verme, asió los dos pares de riendas con una sola mano y se inclinó para coger la correa improvisada que unía los odres; los cargó sobre la cruz de *Gideon*, dejando pender un saco a cada lado.

—¡Vamos! —gritó.

—¡Uno más! —Ya iba corriendo hacia la casa.

Con el rabillo del ojo vi que Jamie luchaba con los caballos, que tiraban de las riendas entre resoplidos, ansiosos por alejarse. Me gritó en gaélico cosas muy poco halagüeñas, pero percibí en su tono cierta resignación; no pude menos que sonreír, pese a la ansiedad que me apretaba el pecho y me entorpecía los dedos al atar esas tiras resbaladizas.

*Judas* resoplaba y ponía los ojos en blanco, mostrando los dientes en un gesto de miedo, pero Jamie lo retuvo con fuerza mientras yo cruzaba el segundo par de odres sobre la silla. Luego monté.

En cuanto Jamie aflojó el puño de hierro con que sujetaba el freno, *Judas* arrancó. Yo tenía la cuerda en las manos, pero comprendí que no serviría de nada; me limité a aferrarme a la silla como si en eso me fuera la vida; con los odres de aceite rebotando contra mis piernas, volamos hacia la seguridad de las tierras elevadas.

La tormenta estaba mucho más cerca; el viento había cesado, pero el trueno resonaba con fuerte estruendo, haciendo que *Judas* clavara los cascos y brincara como una liebre a campo abierto.

Detestaba los truenos. Al recordar lo que había sucedido la última vez que lo monté durante una tormenta de lluvia, me incliné sobre su lomo, aferrada como un abrojo y muy decidida a no dejarme caer en su alocada carrera.

De pronto nos encontramos en el bosque; las ramas deshojadas se lanzaban como látigos contra mí. Me apreté más al cuello del animal, con los ojos cerrados para evitar que las ramas me los lastimaran. *Judas* había aminorado la marcha, por necesidad, pero aún estaba despavorido; era evidente en el movimiento de sus cuartos traseros, que nos impulsaba hacia arriba, y en el aliento que silbaba en sus belfos.

Cuando volvió a tronar, él perdió pie en las hojas resbaladizas y resbaló de costado, estrellándose contra un grupo de arbolillos. La elástica madera nos salvó de daños mayores. Se levantó a duras penas y continuamos avanzando. Abrí un ojo con cautela; parecí que *Judas* había encontrado un sendero; era una línea difusa que serpenteaba por entre el denso matorral, hacia delante.

Más allá, los árboles volvieron a cerrarse; ya no vi más que una claustrofóbica serie de troncos y ramas entrelazados, a los que se entretejían restos amarillentos de madreselva silvestre y destellos de enredaderas escarlatas. Lo denso de la maleza hizo que el caballo aminorara la marcha aún más; por fin pude tomar aliento y preguntarme dónde estaría Jamie.

Restalló nuevamente el trueno; tras su estela oí un relincho agudo detrás de mí. Por supuesto: si *Judas* detestaba los truenos, *Gideon* detestaba seguir a otro caballo. Vendría muy cerca, esforzándose por alcanzarnos.

Una pesada gota de agua me golpeó entre los omóplatos; oí el susurro de la lluvia que comenzaba, gota a gota sobre las hojas, la madera y el suelo, a mi alrededor. El olor a ozono era penetrante; el bosque entero pareció soltar un suspiro verde, abriéndose a la lluvia.

Yo también lancé un profundo suspiro de alivio.

*Judas* avanzó algunos pasos más y se detuvo en seco, jadeando. Sin esperar a que un nuevo trueno lo pusiera en marcha otra vez, me apresuré a desmontar y até la cuerda a un árbol pequeño; no fue tarea fácil, pues me temblaban las manos.

Justo a tiempo. Volvió a restallar el trueno, tan fuerte que lo sentí en la piel. *Judas* se alzó de manos con un alarido, tirando de la cuerda, pero yo la había enrollado al tronco. Me alejé a tropezones de su pánico. Jamie me cogió desde atrás y dijo algo, aunque los truenos ahogaron su voz.

Me aferré a él, temblando por la adrenalina de la reacción tardía. La lluvia ya era intensa, frescas las gotas contra mi cara. Él me besó en la frente; luego me condujo hacia un enorme tejo, cuyos abanicos de agujas quebraban la lluvia, formando abajo una cueva fragante, casi seca.

Cuando la adrenalina que me circulaba por el cuerpo empezó a agotarse, dispuse de un momento para mirar en derredor; entonces caí en la cuenta de que no éramos los únicos habitantes de ese refugio.

—Mira —dije, señalando hacia las sombras.

Los rastros eran leves, pero obvios; alguien había comido allí, y había dejado un pulcro puñado de huesecillos. Los animales no eran tan ordenados; tampoco amontonaban la pinaza para formar una cómoda almohada.

Jamie hizo una mueca al oír los truenos, pero asintió.

—Sí, es un puesto de asesino, pero no creo que lo hayan usado últimamente.

—¿Un puesto de qué?

—De asesino —repitió él. Un relámpago, a su espalda, encendió una lámina vívida que dejó su silueta impresa en mi retina—. Así llaman a los centinelas; son los guerreros que montan guardia fuera de la aldea, para detener a quienquiera que llegue sin avisar. ¿Ves?

—Por el momento no veo nada. —Alargué una mano, a tientas, y al tocar la manga de su chaqueta busqué el refugio de su brazo. Cerré los ojos con la esperanza de recuperar la visión, pero seguía viendo el fulgor contra los párpados apretados.

Los truenos parecían alejarse un poco; al menos ya no eran tan frecuentes. Parpadeé; veía otra vez. Cuando Jamie se apartó, gesticulando, descubrí que estábamos de pie en una especie de cornisa, con la faz de la montaña en empinada pendiente a nuestra espalda. Más arriba, oculto a la vista por una hilera de coníferas, se abría un estrecho claro; obviamente era obra de la mano del hombre, pues ésa era la única clase de claro que se abría en esas montañas. Pero entre las ramas se apreciaba una vista deslumbrante del pequeño valle en que se alzaba la Ciudad del Cuervo.

La lluvia había amainado, pero desde ese punto se podía ver que las nubes no formaban una sola tormenta, sino varias. De las nubes pendían, como velos de terciopelo gris, parches de lluvia oscura, diseminados al azar; los relámpagos, en horquillas silentes, perforaban de súbito el cielo negro sobre los picos distantes, con el trueno gruñendo tras ellos.

El cañaveral todavía humeaba; era una corona baja y plana, de color gris muy claro contra el cielo en penumbras. Aun a la altura en que estábamos, el olor a quemado irritaba la nariz, extrañamente mezclado con el de la lluvia. Aquí y allá se veían lenguas ígneas que aún ardían entre las cañas, pero era obvio que el fuego se había extinguido en su mayor parte; el siguiente chubasco lo sofocaría por completo. También vi que la gente volvía a la aldea, en pequeños grupos que salían del bosque con bultos y niños a rastras.

No había ningún jinete, pelirrojo o no. Era de esperar que Brianna y Jemmy estuvieran a salvo. De pronto me estremecí; con lo variable que era el tiempo en las montañas, el aire había pasado de sofocante a frío en menos de una hora.

—¿Todo bien, Sassenach? —La mano de Jamie se apoyó en mi cuello, cálida, y sus dedos frotaron con suavidad el perfil tenso de mis hombros.

Respiré hondo para relajarlos tanto como podía.

—Sí. ¿Crees que habrá peligro al bajar? —De la senda sólo sabía que era angosta y empinada; ahora estaría lodosa y resbaladiza por la hojarasca mojada.

—No —dijo—, pero no creo que...

Se interrumpió de golpe para observar el cielo, con el ceño arrugado. Luego miró hacia atrás; yo apenas podía ver el contorno de los caballos, que estaban muy juntos al abrigo del árbol donde había atado a *Judas*.

—Iba a decir que no me parecía muy seguro quedarnos aquí —dijo al fin. Mientras pensaba, sus dedos tamborilearon con suavidad contra mi hombro, con un golpeteo como el de la lluvia—. Pero esa tormenta avanza deprisa; ya ves los relámpagos que cruzan la montaña, y los truenos...

Con melodramática oportunidad, un marcado retumbar de truenos rodó por el valle. Uno de los caballos lanzó un agudo relincho de protesta y tiró del freno, haciendo repiquetear el follaje. Jamie miró hacia atrás con expresión sombría.

—Tu montura odia los truenos, Sassenach.

—Ya lo había notado —dije, acurrucándome contra su calor. El viento volvía a arreciar con la llegada de la tormenta siguiente.

—Sí. Lo más probable es que se parta el cuello, y te lo parta a ti, si cuando estáis bajando...

Un nuevo trueno ahogó sus palabras, pero comprendí lo que intentaba decir.

—Esperaremos —dijo con voz firme, y me abrazó desde atrás, apoyando el mentón en mi coronilla con un suspiro.

Así esperamos juntos, al abrigo del tejo, a que llegara la tormenta.

Mucho más abajo el cañaveral siseaba; el humo de la quemazón empezaba a volar con el viento. Esta vez se alejaba de la aldea hacia el río. De pronto me pregunté dónde estaría Roger. En algún lugar, bajo ese cielo turbio. ¿Habría hallado un refugio seguro para protegerse de la tempestad?

—Y también me pregunto dónde estará ese oso —dije, expresando la mitad de mis pensamientos.

El pecho de Jamie se movió en una risa melancólica, pero el trueno ahogó su voz.

# 83

## *Rápido como la pólvora*

Roger se despertó a medias, con el olor a humo quemándole la garganta. Tosió y volvió a hundirse en el sueño; las imágenes fragmentadas de un hogar lleno de hollín y de las salchichas quemadas se esfumaron en neblina. Cansado tras pasar la mañana abriéndose paso por impenetrables matorrales de espinos y cañas, después de un almuerzo liviano a la orilla del río se había tendido a la sombra de un sauce para descansar una hora.

Arrullado por el rumor del agua, podría haberse sumergido en un sueño muy pesado, pero de pronto, se incorporó parpadeando, alarmado por un chillido distante. El grito se repitió, lejano pero potente. ¡La mula!

Ya estaba de pie, avanzando a tropezones, cuando por suerte se acordó del saco de cuero donde guardaba el tintero y las plumas, la mitad de la cadena y los preciosos registros topográficos. Regresó a buscarlo antes de lanzarse a chapotear por los bajíos, hacia los histéricos rebuznos de *Clarence*, con el peso del astrolabio bamboleándose contra su pecho. Tuvo que meterlo bajo la camisa para que no se enganchara en las ramas mientras buscaba con todas sus fuerzas el camino por donde había venido.

Humo... olía a humo, sí. Medio sofocado, trató de contener la tos. Cada vez que tosía era como si se le desgarrara el tejido cicatrizado de la garganta.

—Allá voy —susurró en dirección a *Clarence*.

Daba igual gritar o no; aunque hubiera tenido voz, no habría llegado tan lejos como la de *Clarence*. Había dejado la mula maneada en un prado, al borde del cañaveral, pero no estaba muy lejos.

—Otra vez —murmuró, aplicando su peso a un grupo de cañas tiernas para abrirse paso—. Grita otra vez... demonio.

El cielo estaba oscuro. Al ponerse en marcha a tientas, recién arrancado de su sueño, su única idea de la dirección era *Clarence*.

¿Qué mierda estaba pasando? El olor a humo era notablemente más intenso; según se liberaba del aturdimiento causado por el sueño y el pánico, cayó en la cuenta de que algo iba mal. Los pájaros, que a mediodía solían estar adormilados, estaban revueltos; revoloteaban por encima de su cabeza, llamándose con chillidos fuertes e inarticulados. El aire, inquieto, sacudía las hojas desgarradas de las cañas. Roger sintió un roce caliente en la cara; no era el calor húmedo, adherente y envolvente del lodoso cañaveral, sino algo seco y caliente, que le provocó un paradójico escalofrío. ¡Cielo santo, aquello se estaba incendiando!

Respiró hondo para tranquilizarse. El cañaveral parecía vivo a su alrededor; el viento caliente hacía repiquetear las cañas secas e impulsaba a su paso a bandadas enteras de aves canoras y papagayos, que volaban como puñados de papel picado entre las hojas. El humo le trepó al pecho, se le aferró a los pulmones; quemaba, le impedía respirar hondo.

—¡*Clarence*! —jadeó, tan alto como pudo.

No sirvió de nada; apenas podía oír su propia voz sobre la creciente agitación de las cañas. En cuanto a la mula, no la oía. ¿Era posible que ese tozudo animal ya estuviera reducido a cenizas? No; lo más probable era que hubiese desgarrado los trapos que lo maneaban para galopar hacia un lugar seguro.

Algo le rozó la pierna; al bajar la vista vio el rabo desnudo y escamoso de una zarigüeya que se perdía entre el matorral. Como le pareció una buena indicación del camino que debía seguir, se arrojó tras ella.

A poca distancia oyó un gruñido; un cerdo pequeño asomó por entre los pastos y se cruzó en su camino hacia la izquierda. Un cerdo, una zarigüeya... ¿Se sabía cuál tenía mejor sentido de la orientación? Vaciló un momento; luego fue tras el cerdo, que era lo bastante grande como para abrirle camino.

Y al parecer había una senda; aquí y allá se veían pequeños trechos de tierra desnuda, pisoteada entre las matas de hierba. Entre ellas asomaban orquídeas silvestres, vívidas como pequeñas joyas; maravillado por su delicadeza, se preguntó cómo podía apreciar esos detalles en semejante situación.

El humo era más denso; tuvo que detenerse para toser, casi doblado en dos y apretándose el cuello con una mano, como si de ese modo pudiera conservar el tejido intacto, impedir que se desgarrara. Al erguirse, con los ojos chorreantes, descubrió que el sendero había desaparecido. Un escalofrío de pánico le estrujó las entrañas: una voluta de humo se abría paso lentamente a través de la maleza, en delicada búsqueda.

Apretó los puños con fuerza, hasta clavarse las uñas en las palmas, y usó el dolor para concentrar la mente. Giró en redondo, poco a poco, con los ojos cerrados para concentrarse; alerta el oído, volvió la cara de un lado a otro, buscando una ráfaga de aire fresco, la sensación de calor... cualquier cosa que le indicara hacia dónde ir, cómo alejarse del fuego.

Nada. Es decir, todo. El humo lo había invadido todo en nubes cada vez más densas, que se arrastraban cerca del suelo y surgía, sofocante, entre las matas. Ahora le era posible oír el incendio: se trataba de un cloqueo suave, como de alguien que riera por lo bajo, con la garganta llena de cicatrices.

Los sauces. Su mente se aferró a la idea de los sauces; a la distancia distinguió unos cuantos, apenas visibles sobre las cañas ondulantes. Los sauces crecen cerca del agua; allí estaba el río.

Cuando llegó al agua, una pequeña víbora roja y negra se deslizó por encima de su pie, pero él apenas reparó en ella. No tenía tiempo para otro miedo que no fuera el miedo al fuego. Chapoteó hasta el centro del arroyo y allí se dejó caer de rodillas, con la cara bien cerca del agua.

Allí el aire corría, refrescado por el agua; lo bebió a grandes tragos, al punto de toser otra vez; el cuerpo se le sacudió en una serie de espasmos desgarradores. ¿Hacia dónde ir? El arroyo serpenteaba a lo largo de hectáreas de cañas y matorrales. Si lo seguía en una dirección, llegaría a las tierras bajas, lejos del fuego, o al menos a campo abierto, donde podría ver lo suficiente como para correr. Si lo seguía en dirección opuesta, podía ir directo hacia el corazón del incendio. Pero arriba no había más que una oscuridad nubosa, y ningún modo de orientarse.

Al apretar los brazos contra el cuerpo, en un intento de sofocar la tos, sintió el bulto de su talega. Los registros. Podía tolerar la posibilidad de su propia muerte, pero no la pérdida de esos registros, hechos a lo largo de tantos días laboriosos. A tropezones, tambaleante, llegó hasta la orilla y excavó frenéticamente con las manos en el barro blando, arrancando las hierbas duras a puñados. Cuando se le rompían en las manos, arrojaba los trozos por detrás de su hombro, con el aliento sollozándole en el pecho.

El aire quemaba los pulmones. Metió la talega en el agujero húmedo que había cavado y cogió la tierra a puñados; el barro era un consuelo contra la piel.

Se detuvo, jadeante. Debería estar sudando, pero el sudor se secaba antes de llegar a la superficie de la piel. El fuego estaba cerca. Piedras, necesitaba piedras para marcar el lugar; la roca no se quemaba. Volvió a adentrarse en el arroyo para tantear bajo la superficie. ¡Oh, Dios!, ¡qué frío, qué humedad! ¡Gracias a Dios! Aferró una, viscosa de cieno, y la arrojó hacia la orilla. Oro. Un puñado de piedras más pequeñas, asidas con desesperación; otra grande, una plana, otra... Suficiente. Tendría que bastar; se acercaba el fuego.

Amontonó las piedras a toda velocidad y encomendó su alma al Señor: luego volvió a adentrarse en el río y huyó, sofocado y a tropezones, con los guijarros deslizándose bajo los pies; huyó durante tanto tiempo como sus piernas trémulas quisieron llevarlo, hasta que el humo lo aferró por el cuello para llenarle la cabeza, la nariz y el pecho, y lo sofocó. La banda de cicatrices era una mano que estrujaba, privándolo del aire y de la vida; dejaba sólo tinieblas detrás de sus ojos, iluminados por el rojo parpadeo del fuego.


Luchaba. Luchaba contra el lazo corredizo, contra las ataduras de las muñecas, y luchaba sobre todo con el vacío negro que le aplastaba el pecho y le cerraba la garganta. Luchaba por un último y precioso trago de aire. Corcoveó con las fuerzas que le quedaban. Y luego rodó por el suelo, con los brazos libres.

Una mano, al agitarse, golpeó contra algo. Era blando y lanzó un chillido de sorpresa.

De inmediato sintió unas manos en los hombros y las piernas. Se sentó, con la visión fracturada y el pecho palpitante por el esfuerzo de respirar. Algo lo golpeó con fuerza en mitad de la espalda. Se atragantó, tosió, tragó aire suficiente para seguir tosiendo, en el fondo chamuscado de sí mismo, y un enorme coágulo de flema negra salió de su pecho, caliente y viscoso como una ostra podrida sobre la lengua.

Lo escupió con una arcada; la bilis subió, ardiente, por el canal estrujado de su garganta. Volvió a escupir y se incorporó, jadeante.

No tuvo conciencia de nadie, absorto como estaba en el milagro del aire y el aliento. Había voces a su alrededor, caras difusas en la oscuridad; todo olía a quemado. Nada importaba, salvo el oxígeno que llenaba su pecho e inflaba sus células encogidas como uvas pasas remojadas en agua.

El agua le tocó la boca. Levantó la vista, parpadeando, y lagrimeó por el esfuerzo de mirar. Sentía los ojos chamuscados; luces y sombras se borroneaban. Parpadeó con fuerza; las lágrimas calientes fueron un bálsamo para el ardor de los ojos y refrescaron su piel al correr por las mejillas. Alguien le sostenía una taza contra los labios: una mujer, con la cara ennegrecida por el hollín. No, no era hollín. Entornó los ojos, sin dejar de parpadear. Era negra. ¿Una esclava?

Bebió apenas un sorbo de agua; no quería interrumpir el placer de respirar ni siquiera por disfrutar de esa frescura en la garganta destrozada. Sin embargo, le hacía bien, mucho bien. Levantó las manos para coger la taza. Eso lo sorprendió: esperaba sentir el dolor en los dedos quebrados, en la carne entumecida... pero sus manos estaban sanas y útiles. En un gesto automático buscó el hueco del cuello, esperando el dolor y el silbido del ámbar. Para su sorpresa, tocó carne sólida. Respiró; el aire silbaba en su nariz y le bajaba por la garganta. El mundo se movió en derredor hasta alinearse de otro modo.

Se hallaba sentado en una choza derrengada. Dentro había varias personas y otras más espiaban desde la puerta. En su mayoría eran negros, todos vestidos con harapos, y ninguno parecía siquiera remotamente amistoso.

La mujer que le había dado agua parecía asustada. Él trató de sonreírle, pero tosió otra vez. Ella lo miró por debajo del trapo raído que llevaba sobre las cejas. La parte blanca de sus ojos era de color escarlata; tenía los labios hinchados y bordeados de rojo. Los suyos debían de estar igual. El aire aún estaba denso de humo; a lo lejos se oía el estallar de las cañas, partidas por el calor, y el rumor agonizante del incendio. A poca distancia un pájaro lanzó un grito de alarma y calló de pronto.

Cerca de la puerta se estaba desarrollando una conversación en susurros sibilantes. Los hombres que dialogaban... no: discutían... le echaban un vistazo de vez en cuando; sus caras eran máscaras de miedo y desconfianza. Afuera empezaba a llover; no pudo sentir el olor de la lluvia, pero sí el aire fresco en la cara, y oyó el golpeteo de las gotas en la cubierta, en los árboles.

Después de beber el resto del agua devolvió la taza a la mujer, pero ella se echó hacia atrás, como si pudiera estar contaminado. Roger dejó el recipiente en el suelo, le dio las gracias con un gesto y se limpió los ojos con el dorso de la muñeca. El vello del brazo estaba chamuscado; al tocarlo se deshizo en polvo.

Se esforzó por reconocer las palabras, pero sólo oía un balbuceo. Esos hombres no hablaban inglés, ni francés, ni gaélico. En el mercado de Wilmington había oído a unos esclavos negros de la Polinesia recién traídos de Charleston que parloteaban con el mismo murmullo ronco y secreto. Alguna lengua africana... o más de una.

Tenía la piel llena de ampollas, caliente y dolorida en varios puntos; el ambiente de la choza era tan caluroso que el sudor le corría por la cara, mezclado con las lágrimas. Pero de pronto sintió un escalofrío en la base de la columna: no estaba en una plantación; en esa zona de las montañas no había ninguna. Las pocas tierras aisladas que existían allí eran demasiado pobres como para tener esclavos, mucho menos en ese número. Algunas tribus de indios tenían esclavos, pero no eran negros.

Sólo cabía una respuesta posible y su conducta la confirmaba: sus captores, ¿sus salvadores?, eran cimarrones. Esclavos fugitivos que vivían allí en secreto.

La libertad de esa gente, quizá la vida misma, dependía del secreto. Y allí estaba él, como una amenaza viviente. Se le fundieron las entrañas al comprender lo débil de su posición. ¿Lo habrían salvado del fuego? En ese caso se arrepentían de haberlo hecho, a juzgar por las miradas que le echaban los hombres reunidos junto a la puerta.

Uno de los que discutían se apartó del grupo para sentarse en cuclillas ante él, después de apartar a la mujer. Sus estrechos ojos negros lo recorrieron de la cara al pecho. Luego, de nuevo miraron hacia arriba.

—¿Quién tú?

No parecía que el belicoso interrogador quisiera saber su nombre. A saber qué propósitos tenía. Por la mente de Roger pasaron a toda velocidad varias posibilidades. ¿Cuál sería la mejor para conservar la vida?

«Cazador» no: si lo creían inglés y solo, con seguridad lo matarían. ¿Podía fingirse francés? Probablemente un francés no les parecería tan peligroso.

Parpadeó para despejar la vista. Cuando abría la boca para decir: «*Je suis français... un voyageur*», sintió un dolor agudo en el centro del pecho.

El metal del astrolabio le había quemado en el incendio, levantando rápidas ampollas que, al estallar, pegaron el metal a la piel con su líquido viscoso. Ahora, al moverse, el objeto se había desprendido por su propio peso, arrancando los trozos de piel; en el centro del pecho tenía un parche en carne viva.

Metió dos dedos por el cuello de la camisa y tiró suavemente de la cinta.

—To... pó... gra... fo —graznó; las sílabas pasaron a viva fuerza por entre el hollín y las cicatrices de su garganta.

—*Hau!*

Su interrogador miró con fijeza el disco de oro, con los ojos dilatados. Los hombres que estaban a la puerta pujaron entre sí para acercarse a ver.

Uno de ellos le arrebató el astrolabio. Él dejó que se lo pasara por la cabeza, sin hacer esfuerzo alguno por retenerlo, y aprovechó el interés de los hombres por aquel vistoso objeto para juntar lentamente los pies. Se esforzaba por mantener los ojos abiertos, contra la casi irresistible necesidad de apretarlos; hasta la suave luz que entraba por la puerta le resultaba penosa.

Uno de los hombres dijo algo en tono cortante. Otros dos se interpusieron de inmediato entre él y la puerta; los ojos inyectados en sangre se mantenían fijos en él, como basiliscos. El que tenía el astrolabio alzó la voz para decir algo que parecía un nombre. Ante la puerta hubo un movimiento; alguien se abría paso entre los presentes.

La mujer que entró tenía el mismo aspecto que los otros; vestía un sayo harapiento, mojado por la lluvia, y un trapo cuadrado atado en torno a la cabeza le ocultaba el pelo. La única diferencia era que sus miembros flacos tenían el color pardo pecoso y curtido de la persona blanca. Mantuvo los ojos fijos en Roger mientras se acercaba al centro de la cabaña. Sólo el peso del astrolabio que traía en la mano apartó su mirada de él.

Se adelantó un hombre tuerto, alto y de huesos grandes, que señaló el astrolabio con un dedo y dijo algo que sonó a pregunta.

Ella movió despacio la cabeza, siguiendo con un dedo las marcas del disco, con intrigada fascinación. Luego le dio la vuelta.

Roger vio que tensaba los hombros al ver las letras grabadas. En su pecho surgió una chispa de esperanza. Ella reconocía ese nombre.

Había pensado arriesgarse a que ellos supieran qué era un topógrafo; si conocían la palabra, comprenderían que alguien esperaba el resultado de sus mediciones; si no regresaba, lo buscarían. Desde el punto de vista de los esclavos, nada ganarían con matarlo si venían otros a buscarlo. Pero si esa mujer conocía el nombre de James Fraser...

La mujer le echó una mirada súbita y dura, en abierta contradicción con sus vacilaciones anteriores. Luego se le acercó a paso lento, aunque no parecía tener miedo.

—Tú no *erez Jamez Fracer* —dijo.

Él dio un respingo, sobresaltado al oír su voz clara, aunque con un ceceo. Parpadeó, bizqueando, y se puso de pie. Puso una mano para protegerse los ojos del resplandor y la observó.

Podía tener cualquier edad entre veinte y sesenta años, aunque no había canas en el pelo castaño claro de las sienes. Las arrugas de la cara parecían obra del hambre y las privaciones más que de los años. Roger la sonrió con intención; ella estiró la boca por reflejo, en una mueca vacilante; aun así bastó para que él viera los incisivos partidos en ángulo. Con los ojos entornados llegó a distinguir la fina cicatriz que atravesaba una ceja. Era mucho más flaca de lo que Claire le había descrito, pero eso era comprensible.

—No soy... James Fraser —confirmó con voz ronca. Tuvo que interrumpirse para toser y escupir más hollín, más flema, cosa que hizo cortésmente hacia un costado. Luego se volvió hacia ella—. Pero tú eres... Fanny Beardsley... ¿verdad?

A pesar de los dientes no estaba seguro, pero la expresión de horror que cruzó por la cara de la mujer fue una sólida confirmación. Los hombres también conocían ese nombre. El tuerto se adelantó de inmediato para estrecharle el hombro; los otros se acercaron con aire amenazador.

—James Fraser es... el padre de mi mujer —aclaró él, tan pronto como pudo, antes de que le echaran mano—. ¿Quieres noticias... de la criatura?

De la cara de Fanny desapareció la expresión de sospecha. Aunque no se movía, a sus ojos subió un ansia tal que Roger tuvo que resistir el impulso de retroceder.

—¿Fan? —El hombre alto se acercó a ella; su único ojo iba y venía con suspicacia entre la mujer y Roger.

Ella dijo algo, casi en un susurro, y levantó una mano para cubrir la del hombre, que seguía apoyada en su hombro. La cara de su compañero quedó de pronto inexpresiva, como si alguien le hubiera pasado un borrador. Ella se volvió para mirarlo de frente y le habló en voz baja, con tono de urgencia.

En la choza, la atmósfera había cambiado; aún estaba cargada, pero a la amenaza general se mezclaba ahora un aire de confusión. El ruido de los truenos era ya mucho más potente que el de la lluvia, aunque nadie le prestaba atención. Los hombres agrupados cerca de la puerta se miraron entre sí; luego, ceñudos, a la pareja que discutía en susurros. Un relámpago silencioso enmarcó a los que estaban en la puerta contra la oscuridad interior. Afuera se oían murmullos extrañados. Otro retumbar de truenos.

Roger permanecía inmóvil, reuniendo fuerzas. Sentía las piernas como si fueran de goma; respirar aún era un gozo, pero cada aliento quemaba y le cosquilleaba en los pulmones. Si se veía obligado a correr, no podría hacerlo a mucha velocidad ni llegar muy lejos.

La discusión cesó de pronto. El hombre alto se volvió e hizo un gesto brusco hacia la puerta, al tiempo que decía algo; los otros gruñeron de sorpresa y desaprobación, pero se retiraron despacio, murmurando rezongos. Un hombre bajo, con el pelo atado en nudos, se volvió para fulminar a Roger con la mirada, mostró los dientes y se pasó el canto de la mano por el cuello. Roger se sobresaltó al ver que tenía los dientes puntiagudos, aguzados a lima.

Apenas la puerta derrengada se hubo cerrado tras ellos, la mujer lo agarró por la manga.

—Dime —le exigió.

—Un... momento. —Él volvió a toser y se limpió la saliva con el dorso de la mano. Sentía la garganta quemada; las palabras eran como cenizas calientes que él extrajera del pecho—. Tú me... sacas... de aquí. Luego... te diré... todo cuanto sé.

—¡Dímelo!

Los dedos de la mujer se le clavaron en el brazo. Tenía los ojos enrojecidos por el humo y los iris castaños relumbraban como brasas. Él negó con la cabeza, entre toses. El hombre alto apartó a Fanny para aferrarlo por la camisa. Hubo un brillo tenue, demasiado cerca como para que Roger pudiera ver con claridad qué era; entre el olor a quemado captó el hedor de los dientes podridos.

—¡Dilo, hombre, o te destripo!

Él interpuso un antebrazo entre ambos e hizo un esfuerzo por empujarlo hacia atrás.

—No —dijo con terquedad—. Sacadme... de aquí. Luego os contaré.

El hombre vaciló; la hoja de su cuchillo describió un pequeño arco de incertidumbre. Su único ojo volvió hacia la mujer.

—¿Segura que sabe?

Ella, que no había apartado los ojos de Roger, asintió lentamente sin dejar de mirarlo.

—*Zabe, cí.*

—Era... niña. —Roger le sostuvo la mirada con fijeza, resistiendo la necesidad de parpadear—. Eso... has de saberlo.

—¿Vive?

—Sácame... de aquí.

No era alta ni corpulenta, pero su urgencia parecía colmar la choza, como si la hiciese vibrar. Durante un largo minuto siguió con los ojos ardientes clavados en él y los puños apretados. Luego giró sobre los talones para decirle algo violento al hombre, en esa extraña lengua africana.

Él trató de discutir, pero fue en vano; el torrente de palabras lo golpeaba como el agua de una manguera de incendios. Por fin levantó las manos en frustrada rendición y arrancó el trapo que cubría la cabeza de la mujer. Después de desatar los nudos con largos dedos veloces, lo sacudió para formar una venda, siempre rezongando por lo bajo.

Lo último que Roger vio, antes de que el hombre le vendara los ojos con el trapo, fue la cara de Fanny Beardsley, las pequeñas trenzas grasientas que le rodeaban los hombros y sus ojos aún fijos en él, ardientes como brasas. Mostraba los dientes rotos. Él pensó que, si hubiera podido morderlo, lo habría hecho.

No salieron sin oír protestas; durante un trecho, los rodeó un coro de voces furiosas y manos que tiraban de sus ropas y sus miembros. Pero el tuerto aún tenía el cuchillo. Roger oyó un grito, un forcejeo de cuerpos a poca distancia y un alarido penetrante. Las voces quedaron atrás y las manos dejaron de prenderse a él.

Continuó caminando, con la mano apoyada en el hombro de Fanny Beardsley para guiarse. El asentamiento parecía pequeño;

al menos pasó muy poco tiempo antes de que los árboles se cerraran en torno a ellos. Sintió el roce de las hojas contra la cara y el olor resinoso de la savia, acentuado por el aire caliente y humoso. El suelo era desigual: varias capas de hojarasca, piedras, tocones y ramas caídas.

El hombre y la mujer intercambiaban de cuando en cuando algún comentario, pero pronto guardaron silencio. La ropa, al mojarse, se le pegaba al cuerpo; las costuras de los pantalones le raspaban al caminar. Aunque la venda estaba demasiado apretada como para ver nada, algo de luz se filtraba por debajo; así podía calcular los cambios de hora. Cuando salieron de la choza mediaba la tarde; cuando al fin se detuvieron, la luz había desaparecido casi por completo.

Le quitaron la venda y él parpadeó; lo súbito de la luz compensaba lo escaso. El anochecer estaba avanzado. Se encontraban en una hondonada, ya medio cubierta por la oscuridad. Al levantar la vista vio que el cielo, sobre las montañas, ardía en anaranjado y carmesí; la bruma del humo se iluminaba como si el mundo entero siguiera en llamas. Las nubes se habían quebrado, dejando asomar una franja de cielo azul puro, suave y luminoso de estrellas crepusculares.

Fanny Beardsley se enfrentó a él; bajo el dosel del enorme castaño parecía más menuda, pero tan apasionada como en la choza. Él había tenido tiempo de sobra para pensar. ¿Debía decirle dónde estaba su hija o fingir que lo ignoraba? Si se lo decía, ¿haría ella algún intento por recuperarla? Y en ese caso, ¿cuáles podían ser las consecuencias para la niña, los esclavos fugitivos... e incluso para Jamie y Claire Fraser?

Ninguno de los dos había dicho nada sobre los hechos que sucedieran en la granja de los Beardsley, más allá de explicar que él había muerto de una apoplejía. Sin embargo, Roger los conocía lo suficiente como para sacar deducciones de la expresión atribulada de Claire y la impasible de Jamie. Pero si él no sabía lo sucedido, Fanny sí... y bien podía ser algo que los Fraser prefirieran mantener oculto. Si la señora Beardsley reaparecía en Brownsville para reclamar a su hija, habría algunas preguntas que contestar... y tal vez a nadie beneficiaba que se las respondiera.

Aun así, el cielo ardiente bañaba su cara de fuego, y frente al hambre de esos ojos en llamas él no pudo menos que decir la verdad.

—Tu hija... está bien —comenzó con firmeza.

Ella estranguló una pequeña exclamación, en el fondo de su garganta. Cuando terminó de escuchar lo que Roger sabía, las lágrimas le corrían por la cara, abriendo surcos en el hollín y el polvo que la cubrían, pero sus ojos se mantenían bien abiertos, fijos en él, como si al parpadear pudiera perder alguna palabra vital.

El hombre permanecía algo más atrás, cauteloso y vigilante, con la atención concentrada en la mujer, aunque de vez en cuando echaba una mirada a Roger. Por fin se puso junto a su compañera, con el único ojo tan brillante como los de ella.

—¿Ella tener el dinero? —preguntó. Hablaba con la cadencia de las Indias y su piel era del color de la miel oscura. Habría sido guapo, salvo por el accidente que le había hecho perder el ojo, dejándole una cavidad de carne lívida bajo el párpado caído y deforme.

—Sí, ha... heredado... toda la propiedad... de Aaron... Beardsley —le aseguró Roger, con la garganta irritada de tanto hablar—. El señor... Fraser... se ocupó... de eso.

Él había acompañado a Jamie al Tribunal de los Huérfanos, para que prestara testimonio sobre la identidad de la niña. Richard Brown y su esposa recibieron la custodia de la criatura... y sus bienes. Le habían dado el nombre de Alicia, vete tú a saber por qué sentimientos profundos o por qué indignación.

—¿No importa que ella negra?

Vio que el ojo del esclavo se desviaba hacia Fanny Beardsley y se apartaba de inmediato. La mujer oyó en su voz el dejo de incertidumbre y se volvió hacia él como una víbora al ataque.

—¡*Ez* tuya! —dijo—. ¡No pudo *cer* de él, no, no!

—Sí, eso tú decir —replicó él, resentido—. ¿Dan dinero a niña negra?

Ella golpeó un pie contra el suelo y lo abofeteó. El hombre apartó la cara, pero no hizo otro intento de escapar de su furia.

—¿*Creez acazo* que la habría abandonado *ci* hubiera *cido* blanca? —gritó Fanny, aporreándolo en los brazos y en el pecho—. ¡*Ci* tuve que dejarla fue por culpa tuya! ¡Tuya! ¡Tú y *ece* maldito pellejo negro!

Fue Roger quien le sujetó las muñecas y se las retuvo a pesar de sus forcejeos. La dejó chillar hasta quedar ronca. Por fin ella se derrumbó en lágrimas.

El esclavo, que había presenciado todo eso con una mezcla de vergüenza y cólera, hizo un ademán de extender los brazos hacia ella. Fue un movimiento imperceptible, pero bastó para que ella se arrojara en sus brazos, a sollozar contra su pecho. Él la abrazó con torpeza, meciéndola sobre los talones descalzos. Se lo veía avergonzado, pero ya no iracundo.

Roger carraspeó con una mueca de dolor. El esclavo levantó la vista hacia él.

—Vete, hombre —dijo con voz suave. Luego, antes de que Roger pudiera moverse, añadió—: Espera... Verdad, hombre, ¿la niña buena vida?

Roger asintió; se sentía indeciblemente cansado. Si la adrenalina o el instinto de supervivencia lo habían mantenido en marcha, ahora estaban agotados por completo. El cielo en llamas se había reducido a cenizas y todo en la hondonada se quedaba en penumbra.

—Está... bien... cuidada. —Pero quería ofrecerles algo más—. Es... bonita —añadió por fin. Ya casi había perdido la voz; no era más que un susurro—. Una niña... bonita.

La cara del hombre cambió, atrapada entre el sonrojo, la consternación y el placer.

—¡Oh! —dijo—. Eso por su mamá, seguro.

Y dio unas palmaditas muy suaves en la espalda a Fanny Beardsley. Ella había dejado de sollozar, pero mantenía la cara apretada a su pecho, quieta y silenciosa. Ya había oscurecido casi por completo; la intensa penumbra borraba casi todo el color; la piel de la mujer parecía igual a la de su compañero.

El hombre sólo vestía una camisa empapada y tan rota que su piel oscura asomaba a través de los jirones, pero llevaba un cinturón de cuerda del que pendía un saco de tela basta. Rebuscó allí con una sola mano y sacó el astrolabio para devolvérselo a Roger.

—¿No vas a... quedártelo? —preguntó él. Tenía la sensación de estar dentro de una nube; todo empezaba a parecerle remoto y brumoso; las palabras le llegaban como filtradas por algodón.

El esclavo sacudió la cabeza.

—No, ¿para qué? —añadió, e hizo un gesto irónico con la boca—, tal vez nadie viene buscar tú, pero sí buscar cosa.

Roger cogió el pesado disco y se pasó la cinta por la cabeza. Tuvo que intentarlo dos veces; sus brazos parecían de plomo.

—Nadie... vendrá —dijo.

Giró en redondo y se alejó, sin tener ni idea de dónde estaba ni hacia dónde iba. Pocos pasos más allá se volvió a mirar, pero la noche ya se los había tragado.

# 84

## *Quemado hasta los huesos*

Los caballos se apaciguaron un poco, pero aún seguían inquietos; cada vez que retumbaba un trueno a lo lejos, piafaban y tiraban de sus ataduras. Jamie, con un suspiro, me dio un beso en la coronilla y se abrió paso entre las coníferas hasta el pequeño claro.

—Pues si no os gusta —lo oí decir—, ¿para qué vinisteis?

Pero hablaba con tolerancia. *Gideon* lanzó un suave relincho de placer al verlo. Cuando iba a acercarme para ayudarlo, un movimiento fugaz atrajo mi vista hacia abajo.

Me asomé para verlo, bien aferrada a una rama de tejo para no caerme, pero aquello se había movido. Parecía un caballo, aunque venía de una dirección diferente a la que habían tomado los refugiados. Descendí a lo largo de las coníferas, espiando entre las ramas, hasta llegar casi al extremo de la estrecha cornisa; desde allí podía ver bien el valle del río.

No era exactamente un caballo, sino...

—¡Es *Clarence*! —grité.

—¿Quién? —me llegó la voz de Jamie desde el otro lado del saliente, medio sofocada por el susurro de las ramas. El viento seguía arreciando, húmedo de lluvia.

—¡*Clarence*! ¡La mula de Roger!

Sin aguardar respuesta, me agaché para pasar por debajo de una rama. Me mantuve haciendo equilibrios en el borde de la pendiente, aferrada de un saliente rocoso. Abajo había apretadas hileras de árboles que descendían por la cuesta; sus ramas más altas llegaban a pocos centímetros de mis pies, pero no quería arriesgarme a caer entre ellos.

Era *Clarence*, sí. Aunque yo no era una experta en reconocer a un cuadrúpedo concreto por su paso característico, esa mula había padecido, en sus primeros tiempos, una especie de sarna u otra enfermedad de la piel; en los parches curados el pelo era blanco, por lo que su grupa era peculiarmente picaza.

Venía al trote por los maizales en barbecho, con las orejas hacia delante y obviamente feliz de reincorporarse a la sociedad. Estaba ensillada, pero sin jinete. Al ver eso dije por lo bajo una palabra muy fea.

—Ha roto la manea para huir. —Jamie estaba junto a mi hombro y contemplaba la pequeña silueta de la mula—. ¿Ves?

En mi alarma yo no lo había notado, pero en una de las patas delanteras tenía un trapo que flameaba en la carrera.

—Supongo que eso es mejor. —Me sudaban las manos. Me sequé las palmas contra las mangas, sin apartar la vista—. Es decir... Si estaba maneado, es porque Roger no iba montado en él; no es que se haya caído y pueda estar lesionado.

—¡Ah!, no. —Jamie parecía preocupado, pero no daba muestras de alarma—. Sólo tendrá que andar mucho.

Aun así vi que recorría con la vista el estrecho valle del río, ahora casi lleno de humo, y decía algo por lo bajo: sin duda, alguna prima de mi palabrota.

—Me pregunto si es así como se sentirá el Señor —agregó en voz alta, mirándome con ironía—, cuando ve las estupideces que hacemos los hombres y no puede hacer absolutamente nada por enderezarlas.

Antes de que yo pudiera responder restalló un relámpago; el trueno que le pisaba los talones fue tan fuerte y súbito que di un respingo y estuve a punto de perder el equilibrio. Jamie me aferró de un brazo para impedir que cayera y me apartó del borde. Los caballos alborotaban otra vez en el extremo opuesto del precipicio. Él se volvió hacia allí, pero de pronto se detuvo, con la mano aún en mi brazo.

—¿Qué? —Seguí la dirección de su mirada; sólo veía la faz del barranco, unos tres metros más abajo, festoneada de pequeñas plantas.

Me soltó el brazo y, sin responder, caminó hacia el barranco, donde había un viejo árbol quemado. Con mucha delicadeza, alargó la mano para extraer algo de la corteza muerta. Me acerqué a mirar; en la palma de la mano mostraba varios pelos largos y ásperos. Pelos blancos.

La lluvia empezaba otra vez su tarea de empapar cuanto estuviera a la vista. Los caballos lanzaron un penetrante par de relinchos; no les gustaba en absoluto verse abandonados así.

Eché un vistazo al tronco del árbol; había pelos blancos por todas partes, enganchados en las grietas de la corteza. Me pareció oír la voz de Josiah: «Los osos tienen árboles especiales para rascarse. Cada oso vuelve al mismo, una y otra vez.» Y tragué saliva con dificultad.

—Si los caballos están asustados —dijo Jamie, muy pensativo—, tal vez no sea tan sólo por los truenos.

Tal vez no, pero tampoco ayudaban. En el fondo de la cuesta estalló un relámpago y el trueno resonó con él. Otro dúo llegó pisándole los talones, y otro, como si una batería antiaérea estuviera disparando bajo nuestros pies. Los caballos estaban histéricos y yo me sentía a punto de imitarlos.

Al salir de la aldea me había puesto el capote, pero ya tenía la capucha y el pelo pegados al cráneo; la lluvia me castigaba la cabeza como un torrente de clavos. Jamie también tenía el pelo pegado. A través del aguacero me hizo una mueca y un gesto que indicaba: «Espera aquí», pero negué con la cabeza y fui tras él.

Los caballos estaban desesperados, con las crines empapadas y los ojos desorbitados. *Judas* casi había arrancado el pequeño árbol al que estaba atado; *Gideon* tenía las orejas pegadas a la cabeza y encogía repetidamente los belfos, buscando cosa o persona que morder.

Al ver eso, Jamie apretó los labios y echó un vistazo al sitio donde habíamos visto el árbol donde rascarse, invisible desde allí. Hubo otro relámpago y el trueno estremeció la roca; los dos caballos pujaron, relinchando. Eso decidió a Jamie, que aferró las riendas de *Judas* para inmovilizarlo. Por lo visto íbamos a bajar de la montaña, por resbaladizo que estuviera el camino.

Subí a la silla en un revoltijo de faldas mojadas y, bien aferrada, intenté gritar palabras reconfortantes al oído de *Judas*, que bailaba por la ansiedad de iniciar la marcha. Estábamos peligrosamente cerca de las coníferas del borde; me incliné cuanto pude hacia el lado opuesto, tratando de que se apartara de allí.

Un cosquilleo extraordinario me recorrió el cuerpo, como si millares de hormigas diminutas me estuvieran picando de pies a cabeza. Mis manos relumbraban, bañadas en una luz azul; el pelo erizado de los antebrazos también refulgía en azul. La capucha se me había caído hacia atrás; de pronto fue como si una mano gigantesca me hubiera levantado la cabellera.

El aire olía a azufre; miré a mi alrededor, alarmada. Los árboles, las rocas, la tierra misma estaban bañados de luz azul. Por la superficie del barranco, a pocos metros de distancia, siseaban diminutas serpientes de electricidad blanca, brillante.

Me volví para llamar a Jamie y lo vi a lomos de *Gideon*; tenía la boca abierta y me gritaba algo, pero todas las palabras se perdieron en la reverberación del aire.

Las crines de *Gideon* empezaron a erizarse como por arte de magia. El pelo de Jamie se elevó desde sus hombros, atravesado por cables de azul crepitante. Caballo y jinete refulgían en una luz infernal que delineaba cada músculo de la cara y los miembros. Una ráfaga me recorrió la piel. Un momento después Jamie se arrojaba desde su montura contra mí. Los dos volamos hacia el vacío.

El rayo cayó antes de que llegáramos al suelo.

Cuando volví en mí, olía a carne quemada y el ozono escocía en la garganta. Me sentía como si me hubieran vuelto del revés y tuviera todos los órganos a la vista.

Aún llovía. Permanecí inmóvil durante un rato mientras la lluvia me corría por la cara y me empapaba el pelo; las neuronas de mi sistema nervioso volvían a funcionar poco a poco. Un dedo se contrajo por sí solo. Traté de hacerlo deliberadamente y lo conseguí. Flexioné los dedos; no se movían bien. Sin embargo, algunos minutos después había puesto en funcionamiento los circuitos necesarios para incorporarme.

Jamie estaba despatarrado de espaldas, como un muñeco de trapo, en un matorral de zumaque. Me acerqué a gatas y descubrí que tenía los ojos abiertos. Al verme parpadeó; en el costado de su boca se contrajo un músculo, en un intento de sonrisa.

No se veía sangre y sus miembros, aunque torcidos de cualquier modo, estaban rectos. La lluvia se le estaba acumulando en las cuencas de los ojos. Parpadeó con fuerza y volvió la cabeza para dejar escurrir el agua. Apoyé una mano en su estómago; bajo mis dedos percibí el gran pulso abdominal, lento, pero firme.

No sé cuánto tiempo habíamos estado inconscientes, pero la tormenta también había pasado. Los relámpagos centelleaban más allá de las montañas, recortando los picos en marcado relieve.

—«El trueno es bueno» —cité, contemplando la escena en una especie de estupor adormilado—, «el trueno impresiona, pero es el rayo el que actúa».

—Pues en mí ha hecho una gran actuación. ¿Estás bien, Sassenach?

—Estupenda —aseguré. Aún me sentía agradablemente remota—. ¿Y tú?

Él me miró con curiosidad, pero pareció llegar a la conclusión de que todo estaba bien. Se aferró de una mata de zumaque para levantarse con esfuerzo.

—Todavía no siento los dedos de los pies —dijo—; por lo demás, estoy bien. Pero los caballos...

Miró hacia arriba y noté que tragaba saliva.

Los caballos guardaban silencio.

Habíamos caído unos seis metros por debajo del saliente de la montaña, entre abetos y calambucos. Yo podía moverme, sí, pero no tenía intención de hacerlo. Permanecí sentada, haciendo inventario mientras Jamie se sacudía e iniciaba el ascenso hasta la cornisa del puesto de asesino.

Todo estaba en silencio; me pregunté si la descarga me habría ensordecido. Sentí un pie frío y, al bajar la vista, descubrí que me faltaba el zapato izquierdo, o lo había perdido en la caída, o me lo había arrancado el rayo; el caso es que no estaba a la vista. También había desaparecido la media; justo debajo del tobillo tenía una pequeña estrella de venas oscuras, legado de mi segundo embarazo. Me quedé mirándola como si contuviera la clave del universo.

Los caballos debían de haber muerto; eso lo sabía. ¿Por qué nosotros no? Al percibir el olor a carne quemada me recorrió un pequeño escalofrío. ¿Habríamos sobrevivido sólo porque estábamos condenados a morir dentro de cuatro años? Cuando nos llegara el turno, ¿yaceríamos entre las ruinas incendiadas de nuestra casa, convertidos en cáscaras de carne chamuscada y maloliente?

«Quemada hasta los huesos», susurró la voz de mi memoria. Las lágrimas se mezclaron en mi cara con la lluvia, pero eran lágrimas lejanas: por los caballos, por mi madre; por mí, todavía no.

Había venas azules bajo mi piel, más prominentes que antes. En el dorso de las manos trazaban un mapa de carreteras; detrás de la rodilla, en la carne tierna, parecían telarañas; a lo largo de la pantorrilla se hinchaba una vena larga y distendida, como una serpiente. La presioné con un dedo; era blanda y desapareció, sólo para regresar en cuanto retiré el dedo.

El funcionamiento interno de mi cuerpo se hacía lentamente más visible; se afinaba la piel tensa, tornándome vulnerable; todo lo que antes estaba protegido por el cómodo estuche del cuerpo quedaba afuera, expuesto a los elementos. El hueso y la sangre surgían a la vista. Tenía un rasguño rezumante en el empeine.

Jamie regresó, empapado hasta los huesos y sin aliento. Noté que había perdido los dos zapatos.

—*Judas* ha muerto —dijo, sentándose a mi lado. Me estrechó con fuerza la mano fría; la suya también había perdido el calor.

—Pobrecito —dije. Las lágrimas corrieron más deprisa, arroyos tibios que se mezclaban con la lluvia helada—. Él lo sabía, ¿verdad? Siempre detestó los truenos y los relámpagos, siempre.

Jamie, con un murmullo consolador, me rodeó los hombros con un brazo para que apoyara la cabeza contra su pecho.

—¿Y *Gideon*? —pregunté, levantando la cabeza. Hice un esfuerzo por limpiarme la nariz con un pliegue del capote empapado.

Jamie movió la cabeza con una sonrisa incrédula.

—Está vivo —dijo—. Tiene una quemadura a lo largo del hombro y la pata delantera derecha, y las crines se le han chamuscado por completo. —Recogió un pliegue de su propio capote, hecho trizas, y trató de limpiarme la cara, sin obtener mejores resultados que yo—. Supongo que eso obrará maravillas en su carácter —añadió, tratando de tomar el asunto a broma.

—Supongo que sí. —Yo estaba demasiado exhausta e impresionada para poder reír, pero logré sonreír un poco y me hizo bien—. ¿Crees que podrá bajar si lo llevas por la brida? Tengo... tengo un buen bálsamo para las quemaduras.

—Sí, creo que sí.

Me extendió la mano como apoyo para que me levantara. Al girar para sacudir las faldas arrugadas vi algo.

—Mira —dije, con la voz reducida a un susurro—. Jamie, mira.

A tres metros de distancia, cuesta arriba, se erguía un gran abeto del Canadá; la parte superior de la copa había desaparecido limpiamente; la mitad de las ramas restantes humeaban, reducidas a carbón. Entre una rama y el muñón del tronco se veía una masa enorme y redondeada, metida allí como una cuña. La mitad era negra, pues los tejidos se habían carbonizado, pero el pelo de la otra mitad se erguía en mojadas púas blancas, con el color cremoso del *trillium*.

Jamie se quedó mirando el cadáver del oso, con la boca entreabierta. Luego la cerró despacio y movió la cabeza. Cuando volvió hacia mí perdió la vista entre las montañas distantes, donde los relámpagos, en su retirada, aún restallaban silenciosamente.

—Dicen que toda gran tormenta presagia la muerte de un rey —dijo en voz queda. Luego me tocó la cara con mucha suavidad—. Espera aquí, Sassenach. Voy a por el caballo. Regresaremos a casa.

# 85

## *El fuego del hogar*

*Cerro de Fraser*
*Octubre de 1771*

El cambio de estación se produjo en el transcurso de una hora. Se había quedado dormida en la frescura del veranillo indio, pero la despertó la fría mordedura del otoño en medio de la noche. Los pies se le estaban congelando bajo el único edredón. Aún estaba adormilada, pero no podría volver a conciliar el sueño si no buscaba más abrigo.

Se levantó a duras penas, con los ojos reducidos a ranuras, y caminó descalza por el suelo helado para ver cómo estaba Jemmy. Dormía bien hundido en su pequeña cama de plumas, con el edredón subido hasta las orejitas rosadas. Ella le apoyó una mano contra la espalda, para tranquilizarse con el subir y bajar de su respiración. Una vez, dos, una vez más.

Revolvió en busca de un segundo edredón y lo extendió sobre la cama. Gruñó de fastidio al ver que la taza de agua estaba vacía. Sintió deseos de volver a la cama y hundirse en un sueño profundo y abrigado, pero con la garganta seca no podría.

Junto al umbral había un cubo con agua de pozo. Entre muecas y bostezos, descorrió el cerrojo con mucha suavidad, aunque por la noche Jem dormía tan profundamente que no había mucho peligro de despertarlo.

Aun así abrió la puerta con cuidado y salió; el aire frío le retorció la enagua alrededor de las piernas. Medio agachada, buscó a tientas en la oscuridad. El cubo no estaba. ¿Dónde...?

Con el rabillo del ojo detectó un movimiento fugaz que la hizo volverse en redondo. Por un momento pensó que era Obadiah Henderson, sentado en el banco junto a su puerta. Al ver que la sombra se levantaba, su corazón se apretó como un puño. Pero lo reconoció al instante. Se encontró en los brazos de Roger antes de que su mente pudiera ordenar los detalles a conciencia.

Apretada a él, muda, tuvo tiempo de reparar en algunas cosas: el arco de la clavícula contra su cara y el olor de su ropa. La había usado sin lavar durante tanto tiempo que ya ni siquiera olía a sudor, sino al bosque por el que había caminado, a la tierra sobre la cual había dormido y, sobre todo, al humo amargo que había tragado. La fuerza de su brazo en torno a ella; la aspereza de su barba contra la piel. La piel fría y resquebrajada de los zapatos bajo sus dedos descalzos y la forma de los pies dentro de ellos.

—Eres tú —dijo. Lloraba—. ¡Has vuelto a casa!

—He vuelto a casa, sí —le susurró al oído—. ¿Estás bien? ¿Y Jem?

Ella aflojó la presión contra sus costillas. Roger le sonrió. Era extraño verle sonreír a través de una densa barba negra, pero la curva de sus labios seguía siendo familiar a la luz de la luna.

—Estamos bien, los dos. ¿Y tú? —Sorbió las lágrimas por la nariz—. ¿Qué hacías aquí afuera, cielo santo? ¿Por qué no has llamado?

—Estoy bien, sí. No he querido asustarte. Pensaba dormir aquí y llamar por la mañana. ¿Por qué lloras?

Sólo entonces Bree cayó en la cuenta de que, si él hablaba en susurros, no era por no despertar a Jem; su voz era apenas un murmullo cascado y sin aliento. Pero había pronunciado las palabras con claridad, sin esfuerzo, sin la dolorosa vacilación de antes.

—Puedes hablar —le dijo, limpiándose a toda prisa los ojos con el dorso de la muñeca—. Mejor, quiero decir.

En otro momento habría dudado tocarle el cuello, temerosa de ofenderlo, aunque el instinto la empujaba a no malgastar la súbita intimidad de la sorpresa. Tal vez reapareciera la tensión que los convertía en dos desconocidos, pero por ese único momento, en la oscuridad, podía decir y hacer cualquier cosa. Apoyó los dedos en la cicatriz tibia y desigual; luego tocó la incisión que le había salvado la vida, una línea blanca y nítida entre los pelos de la barba.

—¿Todavía te duele cuando hablas?

—Duele —respondió él, en ese graznido débil y ronco. Sus ojos buscaron los de ella, oscuros y suaves en el claro de luna—. Pero puedo hablar. Lo haré... Brianna.

Ella dio un paso atrás y lo aferró por un brazo. No se decidía a soltarlo.

—Pasa —dijo—. Aquí fuera hace frío.

Yo tenía mucho que objetar al fuego del hogar: desde las astillas bajo las uñas y la brea en las manos, a las ampollas, las quemaduras y la absoluta y enfurecedora indisciplina del elemento. Sin embargo, debía reconocer dos cosas a su favor: no había duda de que era cálido, e iluminaba el amor con una luz de belleza tan tenue que se podían olvidar todas las vacilaciones de la desnudez.

Nuestras sombras mezcladas corrían juntas en la pared: aquí un brazo, allá la curva de una espalda, como parte de una bestia ondulante. La cabeza de Jamie se elevó aparte: un gran animal de melena que se erguía por encima de mí, arqueando la espalda al extremo.

Tendí la mano a través de esa extensión de piel relumbrante y músculo estremecido, rozando el vello chispeante de los brazos y el pecho, hasta sepultarla en la tibieza de su pelo y guiarlo, jadeante, al hueco oscuro de mi seno. Mantuve los ojos entornados; también las piernas, pues me resistía a renunciar a su cuerpo, a la ilusión de unidad... si acaso era una ilusión. ¿Cuántas veces más podría retenerlo así, aun en el hechizo de la luz del fuego?

Me aferré a él, a ese palpitar moribundo de mi propia carne. Pero gozo al que te aferras es gozo desaparecido; pocos momentos después sólo quedaba yo misma. Las venillas oscuras de mi tobillo se veían con toda claridad, aun a la luz del fuego.

Le solté los hombros para tocar con ternura los recios remolinos de su pelo. Él giró la cabeza para besarme el pecho; luego, con un suspiro, se deslizó hacia un costado.

Yo me incorporé sobre un codo para mirar hacia el hogar.

—¿Qué haces, tesoro?

—Me aseguro de que mi ropa no se queme.

Entre una cosa y otra, no había prestado mucha atención mientras él iba arrojando mis prendas, pero todas parecían lejos de las llamas; la falda formaba un pequeño montículo junto a la cama; el corpiño y la enagua habían caído en rincones opuestos. La banda que utilizaba como sostén no estaba a la vista.

La luz parpadeaba en las paredes encaladas y el lecho estaba lleno de sombras.

—Eres hermosa —me susurró.

—Si tú lo dices...

—¿No me crees? ¿Te he mentido alguna vez?

—No es eso. Quiero decir que si tú lo dices, ha de ser verdad, porque tú haces que lo sea.

Él se movió con un suspiro, buscando una posición cómoda para los dos. Un leño crepitó súbitamente en el hogar, despidiendo una lluvia de chispas doradas; luego se hundió con un siseo, al tocar el fuego alguna humedad oculta. Contemplé la madera intacta, que pasaba del negro al rojo, ardiendo con una luz al rojo-blanco.

—¿Piensas lo mismo de mí, Sassenach? —preguntó de pronto.

Parecía tímido. Lo miré con sorpresa.

—¿Si pienso qué? ¿Que eres hermoso? —Mi boca se curvó sin poder evitarlo.

Él sonrió a su vez.

—Tanto como eso... no, pero al menos si puedes soportar mi facha.

Seguí con un dedo la tenue línea blanca que le cruzaba las costillas, vieja huella de una espada. La otra cicatriz, más larga y gruesa, de la bayoneta que le había desgarrado un muslo a lo largo. El brazo que me sujetaba, bronceado y curtido, con el vello blanqueado por largas jornadas de sol y trabajo. Cerca de mi mano, su pene se curvaba entre los muslos, ya suave, pequeño y tierno, en su nido de vello rojizo.

—Para mí eres hermoso, Jamie —dije al fin, con voz suave—. Tan hermoso que me rompes el corazón.

Su mano tocó, uno a uno, los montículos de mi columna.

—Pero soy viejo —objetó, sonriente—. Ya tengo canas en la cabeza; mi barba se ha puesto gris.

—Plateada —corregí, rozando el suave pelo erizado de su mentón, multicolor como una manta de retazos—, a trozos.

—Gris —insistió él, con firmeza—. Y encima, escasa. Y aun así... —Sus ojos se ablandaron al mirarme—. Aun así ardo cuando me acerco a ti, Sassenach; creo que así será hasta que ambos quedemos reducidos a cenizas.

—¿Es una expresión poética? —pregunté con cautela—. ¿O lo dices literalmente?

—¡Oh!, no. No me refería a... No. —Ciñó su brazo en torno a mí, con la cabeza inclinada hacia la mía—. No pienso en eso. Si tiene que ser...

—No será.

Una breve risa me agitó el pelo.

—Pareces muy segura, Sassenach.

—El futuro se puede alterar. Yo lo hago en cada momento.

—¿De veras?

Me aparté un poco para mirarlo.

—De veras. Ahí tienes a Mairi MacNeill. La semana pasada, si yo no hubiera estado allí, habría muerto junto con sus gemelos. Pero yo estaba allí, y no murieron.

Puse una mano detrás de mi nuca para observar el reflejo de las llamas, que ondulaba como agua en las vigas del techo.

—A veces pienso... Son muchos a los que no puedo salvar, pero a algunos sí. Si alguien sobrevive gracias a mí y después tiene hijos, y éstos le dan nietos, y así sucesivamente... Pues cuando llegue mi época habrá en el mundo treinta o cuarenta personas que, de otro modo, no habrían estado allí, ¿verdad? Y todas ellas habrán hecho cosas en su vida. ¿No te parece que eso es cambiar el futuro?

Por primera vez se me ocurría preguntarme hasta qué punto estaría contribuyendo a la superpoblación del siglo XX.

—Sí —musitó él. Me cogió la mano libre para seguir, con un largo dedo, las líneas de la palma—. Sí, pero es el futuro de ellos lo que cambias, Sassenach, y quizá así estaba escrito. —Tiró suavemente de los dedos. Un nudillo crujió como los leños que crepitaban en el hogar—. Los médicos han salvado a mucha gente en el curso de los años, sin duda.

—Por supuesto, y no sólo los médicos. —Me incorporé, impelida por la potencia de mi argumento—. Es que no importa, ¿no te das cuenta? Tú. Tú mismo has salvado vidas en alguna ocasión. ¿Fergus, Ian? Los dos andan por el mundo, haciendo cosas, procreando y todo eso. Tú cambiaste su futuro, ¿verdad?

—Sí, tal vez. Pero no podía hacer otra cosa. ¿O sí?

Esa declaración tan simple me dejó muda. Pasamos un rato en silencio, contemplando el juego de la luz en el muro encalado. Por fin, él se movió a mi lado y volvió a hablar.

—No lo digo por buscar compasión —aclaró—, pero de vez en cuando me duelen un poco los huesos, ¿sabes?

Alargó la mano baldada sin mirarme y la hizo girar a la luz, de modo que la sombra de los dedos torcidos formara una araña en el muro.

De vez en cuando. Yo lo sabía, claro que sí. Conocía los límites del cuerpo... y sus milagros. Lo había visto sentarse al terminar la jornada, con el agotamiento escrito en cada línea de su cuerpo. Y cuando se levantaba, en las mañanas frías, moverse con lentitud, obstinado, contra las protestas de la carne y el hueso. Habría podido apostar a que, a partir de Culloden, Jamie no había pasado un solo día sin dolores; la humedad y la vida ruda agravaban los daños físicos de la guerra. Pero también podía apostar a que nunca se lo había mencionado a nadie. Hasta ahora.

—Lo sé —dije con suavidad. Y le toqué la mano. La cicatriz que serpenteaba en su pierna. La pequeña depresión en la carne del brazo, legado de una bala.

—Pero contigo no —dijo, cubriéndome la mano—. ¿Sabes que mis dolores sólo desaparecen cuando estoy en tu lecho, Sassenach? Cuando te poseo, cuando estoy en tus brazos, mis heridas se curan y mis cicatrices quedan en el olvido.

Apoyé la cabeza en la curva de su hombro, con el muslo apretado al suyo; la blandura de mi carne era un molde para la suya, más dura.

—Las mías también.

Durante un rato me acarició el pelo en silencio. Estaba revuelto y enmarañado debido a nuestros esfuerzos anteriores; él alisó un rizo y otro, peinándolos uno a uno con los dedos.

—Tu cabellera es como una gran nube de tormenta, Sassenach —murmuró, ya adormilado—. Todo oscuridad y luz al mismo tiempo. No hay dos cabellos del mismo color.

Era cierto; el mechón que tenía entre los dedos mostraba hebras blanquísimas y otras plateadas o rubias; vetas oscuras, casi como el pelaje de las martas, y varios restos del castaño claro de mi juventud. Hundió los dedos bajo la masa; sentí que su mano se curvaba contra mi nuca como contra un cáliz.

—Vi a mi madre en su ataúd —dijo por fin. Me tocó la oreja con el pulgar, siguiendo las curvas hasta el lóbulo; su roce me provocó un estremecimiento—. Las mujeres le habían trenzado el pelo para que tuviera un aspecto decoroso, pero mi padre no lo permitió. Yo lo oí, aunque no gritaba; hablaba muy quedo. Quería verla por última vez tal como era para él. Estaba medio enloquecido por el dolor, dijeron ellas; era mejor dejarla como estaba. Él no se molestó en decir más; fue personalmente al ataúd, le deshizo las trenzas y extendió la cabellera con las manos, cubriendo la almohada. Las mujeres no se atrevieron a impedírselo.

Hizo una pausa; su pulgar quedó inmóvil.

—Yo estaba allí, quieto en el rincón. Cuando todos salieron para recibir al cura me acerqué a hurtadillas. Era la primera vez que veía a una persona muerta.

Dejé que mis dedos se cerraran sobre su antebrazo. Una mañana mi madre me dio un beso en la frente; luego volvió a colocarme la horquilla que se me había desprendido del pelo ensortijado y salió. Jamás volví a verla. La velaron con el ataúd cerrado.

—¿Era... ella?

—No. —Contemplaba el fuego con los ojos entornados—. No del todo. Se le parecía, pero nada más. Como si alguien la hubiera tallado en madera de abedul. Pero su pelo... eso aún tenía vida. Eso todavía era... ella.

Lo oí tragar saliva y carraspear un poco.

—La cabellera le cruzaba el pecho, cubriendo al niño que yacía con ella. Pensé que a él no le gustaría sofocarse de ese modo. Y retiré las guedejas rojas para dejarlo a la vista. Mi hermanito, acurrucado en sus brazos, con la cabeza en su seno, abrigado y en sombras bajo la cortina de pelo. Y enseguida pensé que no, que estaría más contento si lo dejaba así. Y volví a alisar la cabellera de mi madre para cubrirle la cabeza.

Su pecho se elevó bajo mi mejilla. Deslizó despacio las manos por mi pelo.

—No tenía una sola cana, Sassenach. Ni una.

Ellen Fraser había muerto de parto a los treinta y ocho años. Mi madre, a los treinta y dos. Y yo... yo tenía la riqueza de todos esos años largos que ellas habían perdido. Y más aún.

—Para mí es un gozo ver cómo te tocan los años, Sassenach —susurró—, pues significa que vives. —Apartó la mano, dejando que mi pelo cayera lentamente hasta rozarme la cara, los labios, suave y pesado contra el cuello y los hombros, como plumas contra los pechos—. *Mo nighean donn, mo chridhe.* —Mi muchacha castaña, corazón mío—. Ven a mí, cúbreme, abrígame, *a bhean*, cúrame. Arde conmigo como yo ardo por ti.

Me tendí sobre él para cubrirlo. Mi piel, sus huesos y aún... aún ese núcleo de carne apasionada para unirnos. Dejé caer la cabellera en torno a los dos y, en la caverna de su oscuridad, veteada por el fuego, susurré a mi vez:

—Hasta que los dos seamos cenizas.

# 86

## *Un hoyo en el fondo del mar*

*Cerro de Fraser*
*Octubre de 1771*

De repente, Roger se despertó, de esa manera que no permite la transición de la somnolencia; con el cuerpo inerte, pero la mente alerta y los oídos en sintonía con aquello que lo había despertado. No tenía recuerdo consciente de haber oído llorar a Jemmy, aunque tenía su eco en el oído interno, con esa combinación de esperanza y resignación que, en toda pareja con hijos, es la condena del que se despierta con más facilidad.

El sueño tiraba de él hacia las olas de la inconsciencia, como una piedra de diez toneladas atada a sus pies. Un pequeño susurro le retuvo la cabeza en la superficie.

«Vuelve a dormir —pensó ferozmente mirando la cuna—. Calla, calla... Vuelve... a... dormiiiiiir.» Esa hipnosis telepática rara vez resultaba, pero al menos retrasaba por algunos segundos preciosos la necesidad de moverse. De cuando en cuando se producía el milagro y su hijo volvía a dormirse, relajado en la cálida humedad del pañal y los sueños cubiertos de migajas.

Contuvo el aliento, aferrado al borde del sueño que se le esfumaba, atesorando esos pocos segundos de inmovilidad. Pero oyó otro ruido y de inmediato estuvo de pie.

—¿Bree? Bree, ¿qué pasa?

La erre de su nombre aleteó en su garganta, sin sonar del todo, pero no tenía tiempo para preocuparse por eso. Toda su atención se concentraba en ella.

Estaba de pie junto a la cuna, fantasmal figura en la oscuridad. Estrechaba entre los brazos al pequeño y temblaba de frío y miedo. Él la cogió por los hombros, acercándosela por instinto, y de inmediato se contagió de su frío. Lo sintió en el corazón. Se obligó a estrecharla con más fuerza, para no mirar la cuna vacía.

—¿Qué pasa? —susurró—. ¿Es Jemmy? ¿Qué ha pasado?

Sintió cómo la recorría un escalofrío y que su piel se erizaba bajo la tela fina de la camisa. Aunque la habitación estaba caldeada, a él también se le puso la carne de gallina.

—Nada —respondió ella—. Está bien.

Su voz sonaba espesa, pero tenía razón. Jem, incómodamente aplastado entre sus padres, despertó con un súbito chillido de indignación y comenzó a agitar piernas y brazos como un batidor de huevos. Esa enérgica resistencia llenó a Roger de cálido alivio, ahogando las glaciales imágenes que se habían apoderado de su mente.

Con alguna dificultad, desprendió al niño de los brazos de su madre y lo sostuvo contra su propio hombro, entre palmaditas reconfortantes —tan reconfortantes para sí mismo como para Jemmy— y suaves siseos. El pequeño, tranquilizado por ese procedimiento rutinario, bostezó y volvió a su habitual estado de placidez, con un murmullo soñoliento que subía y bajaba como una sirena lejana.

—Papipapipapi...

Brianna seguía de pie junto a la cuna, con los brazos vacíos ceñidos a su propio cuerpo. Roger le acarició el pelo con la mano libre y la atrajo hacia sí.

—Shhh —les dijo a ambos—. Shh, shhh, todo está bien.

Ella lo abrazó. Roger sintió la humedad de sus mejillas a través de la camisa. Ya tenía el otro hombro mojado por el calor sudoroso de Jemmy.

—Ven a la cama —dijo por lo bajo—. Métete bajo el edredón. Hace frío.

No era cierto; la cabaña estaba caldeada.

No obstante, Brianna acudió y se puso el niño al pecho aun antes de haberse acostado. Jemmy, que nunca rechazaba alimento alguno, aceptó el ofrecimiento de buena gana y se acurrucó satisfecho como un apóstrofo contra el vientre de su madre.

Roger se deslizó en la cama, detrás de ella, e imitó la postura de su hijo, con las rodillas recogidas contra las de Brianna y el cuerpo curvado en una coma protectora en torno a ella. Entre esos seguros signos de puntuación, Brianna se relajó poco a poco. Aun así Roger percibía algo de tensión en su cuerpo.

—¿Mejor? —preguntó por lo bajo. Su piel aún estaba fría y húmeda, pero comenzaba a templarse.

—Sí. —Ella dejó escapar el aliento en un suspiro trémulo—. He tenido una pesadilla. Siento haberte despertado.

—No importa. —Roger le acarició una y otra vez la curva de la cadera, como quien tranquiliza a un caballo—. ¿Quieres contármelo?

Aunque deseaba saberlo, el chupeteo rítmico de Jemmy lo iba sedando. El sueño empezaba a invadirlo mientras los tres entraban en calor y se fundían como la cera de una vela.

—Tenía frío —dijo ella, en voz baja—. Creo que el edredón se había desplazado. Pero en el sueño tenía frío porque la ventana estaba abierta.

—¿Aquí? ¿Una de estas ventanas?

Roger levantó la mano, señalando hacia la tenue forma oblonga de la ventana en la pared más alejada. Aun en plena oscuridad de la noche, el cuero engrasado que la cubría era ligeramente más claro que la negrura de alrededor.

—No. —Ella tomó aliento—. Estaba en la casa de Boston, donde me crié. En la cama. Pero tenía frío y el frío me despertó... en el sueño. Me levanté para ver de dónde venía la corriente de aire.

En el estudio de su padre había ventanales. De allí provenía el viento frío; las largas cortinas blancas se inflaban hacia el interior de la habitación. Junto al escritorio antiguo estaba la cuna, con una fina manta blanca que la brisa hacía flamear.

—Él había desaparecido. —La voz era firme, pero se quebró con el recuerdo del terror—. Jemmy había desaparecido. La cuna estaba vacía. Comprendí que algo había entrado por la ventana para llevárselo.

Apretó la espalda contra él, buscando consuelo sin darse cuenta.

—Aquello, fuera lo que fuese, me daba miedo pero no importaba. Debía encontrar a Jemmy.

Tenía un puño apretado a la barbilla. Él se lo estrechó con suavidad.

—Descorrí las cortinas y salí corriendo, y... y allí no había nada. Sólo agua. —El recuerdo la estremeció.

—¿Agua? —Él acarició con el pulgar el puño apretado, tratando de calmarla.

—El océano. El mar. Sólo... agua, lamiendo el borde de la terraza. Estaba oscura y yo sabía que no tenía fondo. Y que Jemmy estaba allí abajo. Se había ahogado. Yo había llegado demasiado tarde. —Por un momento perdió la voz, pero continuó con más firmeza—. Me zambullí, sin pensarlo. No podía hacer nada más. Todo estaba oscuro y había cosas en el agua, a mi alrededor. No las veía, pero me rozaban; cosas grandes. Busqué y busqué, aunque no veía nada. De pronto el agua se hizo más clara y... lo vi.

—¿A Jemmy?

—No. A Bonnet. A Stephen Bonnet.

Roger se obligó a no moverse, a no tensarse. Ella soñaba a menudo y él siempre se imaginaba que, cuando no decía nada, era porque había soñado con Bonnet.

—Tenía cogido a Jemmy y se reía. Traté de quitárselo, pero él lo apartó. Lo hizo una y otra vez. Cuando intenté pegarle se limitó a sujetarme la mano. Reía. Luego miró hacia arriba y su cara cambió.

Respiró hondo y, en busca de consuelo, aferró uno de los dedos de su marido.

—Nunca había visto una mirada como ésa, Roger, nunca. Él estaba viendo algo detrás de mí, algo que se acercaba, y que lo aterrorizaba. Me tenía aferrada. Yo no podía volverme a mirar, ni tampoco escapar, por no dejar a Jemmy. Eso venía y... y entonces me he despertado.

Dejó escapar una risa débil y trémula.

—La abuela de mi amiga Gayle solía decir que cuando sueñas que caes por un barranco, si llegas al fondo, mueres. Te mueres de verdad, quiero decir. ¿Eso vale también para cuando te devora un monstruo marino?

—No. Además, de sueños como ése siempre despiertas a tiempo.

—Hasta ahora, sí. —Ella parecía dudar un poco. Pero el haber contado el sueño había aliviado el terror; su cuerpo perdió la última resistencia; ahora respiraba profundamente, con calma.

—Y siempre será así. No te aflijas. Jemmy está a salvo. Yo estoy aquí. Y no permitiré que os suceda nada.

La rodeó con un brazo y curvó la mano contra el pañal caliente. Jemmy, satisfechas todas sus necesidades físicas, había caído en un apacible sopor, contagioso en su abandono. Brianna, con un suspiro, cubrió la mano de Roger con la suya.

—En el escritorio había libros —dijo, ya soñolienta—. En el escritorio de papá. Me di cuenta de que había estado trabajando. Por todas partes había libros abiertos y papeles esparcidos. En el centro del escritorio había una hoja escrita. Yo quería leerla para saber qué estaba haciendo, pero no podía detenerme.

—Hum...

Brianna se estremeció un poco; el movimiento arrancó un susurro a las barbas de maíz del colchón; fue un diminuto sismo en ese pequeño universo caliente. Se tensó para luchar contra el sueño, pero volvió a relajarse. La mano de Roger le cubrió un pecho.

Mientras el cuadrado de la ventana se aclaraba, él siguió despierto, con su familia segura entre los brazos.


El cielo estaba cubierto y la mañana era fresca, pero muy húmeda; Roger sintió que el sudor le cubría el cuerpo como la película que se forma en la leche hervida. Había pasado apenas una hora desde el amanecer y aún tenían la casa a la vista, pero ya le escocía el cuero cabelludo por las gotas lentas que se le iban juntando bajo la trenza.

Flexionó los hombros con resignación y el primer hilo de sudor se le arrastró por la espalda, cosquilleante. Al menos sudar servía para aliviar los músculos doloridos; esa mañana se había levantado con los brazos y los hombros tan rígidos que necesitó de Brianna para vestirse; fue ella quien le pasó la camisa por la cabeza y le abotonó la bragueta con diestros dedos.

Sonrió para sus adentros al recordar qué otra cosa le habían hecho esos largos dedos; sirvió para distraerle momentáneamente de la rigidez de su cuerpo y borrar el perturbador recuerdo de los sueños. Al enderezar la espalda, el tirón de los músculos en las articulaciones inflamadas le hizo lanzar un gruñido. La camisa limpia ya empezaba a pegársele al pecho y la espalda.

Jamie se le había adelantado; entre sus omóplatos comenzaba a asomar un parche húmedo, allí donde la correa de la cantimplora le cruzaba la espalda. Roger se consoló un poco al notar que, esa mañana, su suegro también había perdido en parte su agilidad de pantera. Sabía que el gran escocés era sólo humano, pero era reconfortante ver confirmado el hecho de vez en cuando.

—¿Te parece que el tiempo se mantendrá? —preguntó Roger, más por entablar conversación que por otra cosa.

Jamie no era parlanchín, pero en esa ocasión parecía más silencioso que de costumbre. A su saludo, un rato antes, apenas había respondido con un «... día, sí». Tal vez era por lo gris de la mañana, que amenazaba (o prometía) lluvia.

La curva baja del cielo era opaca como el interior de un cuenco de peltre. Pasar la tarde dentro de casa, con la lluvia castigando los cueros aceitados de las ventanas y el pequeño Jemmy durmiendo su siesta, apaciblemente acurrucado como un lirón mientras su madre se quitaba la camisa y venía a la cama en la suave luz agrisada... bueno había muchas formas de sudar, y unas eran mejores que otras.

Jamie se detuvo para levantar la vista al cielo encapotado. Cerró con torpeza la mano derecha y volvió a abrirla poco a poco. El anular rígido le dificultaba algunas tareas delicadas, como la de escribir, pero en compensación le ofrecía una ventaja dudosa: las articulaciones hinchadas anunciaban la lluvia con tanta fiabilidad como el barómetro. Mientras movía los dedos, le dedicó a Roger una débil sonrisa.

—Sólo una pequeña punzada —dijo—. No lloverá antes de que caiga la noche. —Se desperezó como para aliviar la espalda por anticipado—. Pongamos manos a la obra, ¿quieres?

Roger echó un vistazo hacia atrás; la casa y la cabaña habían desaparecido. La espalda de Jamie se alejaba; él frunció el ceño, vacilante. Para llegar al campo donde iban a sembrar debían caminar unos ochocientos metros; habría tiempo suficiente para conversar. Pero no era buen momento, aún no. Aquel asunto debía ser tratado cara a cara y en el tiempo de descanso. Más adelante, cuando hicieran una pausa para comer.

Los bosques estaban mudos; el aire, quieto y pesado. Hasta los pájaros callaban; sólo el repiqueteo ocasional de algún carpintero rompía el silencio. Caminaron a través del bosque, silenciosos como indios sobre la capa de hojas podridas, y salieron del robledal de modo tan repentino que una maraña de cuervos alzó el vuelo del campo recién desmalezado, chillando como demonios escapados del inframundo.

—¡Jesús! —murmuró Jamie mientras se persignaba involuntariamente.

A Roger se le cerró la garganta y se le hizo un nudo en el estómago. Los cuervos habían estado comiendo algo: yacía en el hueco que había dejado un árbol desarraigado; por encima de los montones de tierra sólo se veía una curva pálida, que se parecía de manera inquietante a la de un hombro desnudo.

Era un hombro desnudo, sí... de cerdo. Jamie se agachó junto al cuerpo del cerdo salvaje, frunciendo el ceño ante los verdugones que ajaban el pellejo grueso y claro. Tocó con cierta aversión los boquetes del costado. Roger vio el atareado movimiento de las moscas dentro de las cavidades rojas y negras.

—¿Un oso? —preguntó, acuclillándose junto a él.

Su suegro negó con la cabeza.

—Un felino. —Separó las cerdas escasas de la oreja para señalar unas heridas punzantes azuladas en los pliegues de grasa—. Le partió el cuello con un solo mordisco. ¿Y ves las marcas de las garras?

Roger las había visto, pero carecía de los conocimientos necesarios para diferenciar las marcas dejadas por las garras de oso de las de un puma. Las observó con atención para grabar el dibujo en su memoria.

Jamie se levantó.

—Los osos comen más de la presa —dijo, limpiándose la cara con la manga—. Ésta apenas ha sido tocada. Es lo que hacen los felinos: matan algo, lo dejan y luego vuelven para mordisquearlo, día tras día.

A pesar del calor húmedo, a Roger se le puso el pelo de punta en un escalofrío. Era demasiado fácil imaginar unos ojos amarillos en las sombras del matorral, allí detrás, evaluando con frialdad el punto en que el cráneo se encuentra con la frágil columna vertebral.

—¿Crees que aún sigue cerca?

Miró a su alrededor, tratando de fingir indiferencia. El bosque era el de siempre, pero ahora el silencio parecía antinatural y siniestro. Jamie ahuyentó un par de moscas curiosas.

—Tal vez. La presa está fresca; aún no hay gusanos. —Luego se agachó para sujetar las patas tiesas—. Vamos a colgarla. Es demasiada carne para malgastarla.

Arrastraron al animal muerto hasta un árbol que tenía una rama baja y fuerte. Jamie sacó de la manga un pañuelo sucio y se lo ató a la frente, para que el sudor no le ardiera en los ojos. Roger buscó su propio pañuelo, cuidadosamente lavado y planchado, e hizo otro tanto. Para ahorrar trabajo de lavandería, se quitaron las camisas limpias y las tendieron en una mata.

En el campo había cuerdas, abandonadas allí al terminar la faena de arrancar los tocones; Jamie cogió un trozo y dio varias vueltas a las patas delanteras del animal; luego pasó el extremo libre por encima de la rama. Se trataba de una cerda adulta: unos dos quintales de carne maciza. Jamie plantó los pies con firmeza y tiró de la soga hacia atrás, gruñendo por el súbito esfuerzo.

Al inclinarse para ayudarlo a izar la tiesa res, Roger contuvo el aliento, pero Jamie tenía razón: estaba fresca. Se percibía el olor habitual a cerdo, debilitado por la muerte y mezclado con el aroma más penetrante de la sangre, pero nada peor.

Cuando rodeó el cadáver con los brazos, las cerdas le rasparon la piel del vientre; apretó los dientes para contener una mueca de asco. Hay pocas cosas tan muertas como un gran puerco muerto. A una palabra de su suegro, el cuerpo quedó atado. Lo soltó. El cerdo se bamboleó suavemente, como un péndulo de carne.

Roger estaba empapado, más de lo que justificaba el esfuerzo hecho. Tenía una gran mancha de sangre pardusca en el pecho y el vientre. Se frotó el nudo de la barriga con el canto de la mano y la sangre se mezcló con el sudor. Volvió a mirar a su alrededor, como despreocupado. Entre los árboles nada se movía.

—Las mujeres se alegrarán —comentó.

Entre risas, Jamie desenvainó el puñal.

—No lo creo. Se pasarán la mitad de la noche levantadas, carneando y salando. —Y siguió la dirección de su mirada—. Aunque esté cerca, no nos molestará. Los felinos no cazan presas grandes a menos que tengan hambre. —Miró con ironía el flanco desgarrado del cerdo—. Con dos o tres kilos de buen tocino debe de haber quedado satisfecho. Y si no... —Señaló con los ojos su largo rifle que descansaba, ya cargado, contra el tronco de un nogal cercano.

Roger sostuvo al cerdo para que Jamie lo destripara; luego envolvió la maloliente masa de intestinos en el mantel del almuerzo mientras su suegro, paciente, se esforzaba por encender una fogata con madera verde, para alejar a las moscas de la res colgada. Maloliente y manchado de sangre, desperdicios y sudor, Roger cruzó el campo hacia el pequeño arroyo que corría por el bosque.

Se arrodilló para echarse agua en los brazos, la cara y el torso, con la sensación de que lo observaban. Más de una vez, en

Escocia, al cruzar un páramo desierto, un venado adulto había salido de las brezas ante él, como por arte de magia. Pese a lo que le había dicho Jamie, sabía demasiado bien que un paisaje tranquilo podía cobrar vida sin previo aviso, en un trueno de cascos o un rugido repentino de dientes.

Se enjuagó la boca y escupió antes de beber a grandes tragos, pasando por la fuerza el agua por la garganta, todavía tensa. Aún sentía la fría rigidez del cerdo muerto, veía la tierra pegada a su hocico, los ojos vaciados por los cuervos. Se le puso la carne de los hombros de gallina, tanto por el frío del arroyo como por sus pensamientos.

Entre un hombre y un cerdo no había tanta diferencia. Carne a la carne, polvo al polvo. Bastaba con un golpe. Se desperezó despacio, saboreando los últimos dolores musculares.

En el castaño, por encima de su cabeza, se oía un bullicioso coro de graznidos. Los cuervos, negras manchas entre el follaje amarillo, expresaban su disgusto por el robo de su festín. En un arrebato de asco, cogió una piedra para arrojarla hacia el árbol, con todas sus fuerzas. Los cuervos alzaron el vuelo, chillando, y él regresó al campo con ceñuda satisfacción.

Sin embargo, aún sentía el estómago hecho un nudo, y la letra de la canción burlona *The Two Crows*, «Los dos cuervos», resonaba en sus oídos: «Tú te sentarás en su clavícula blanca / y yo le arrancaré sus bonitos ojos azules. / Con una mecha de su cabello de oro / construiremos nuestro nido cuando esté vacío.»

Jamie lo miró a la cara, pero no dijo nada. Más allá del campo, la res pendía por encima del fuego, con los contornos ocultos en guirnaldas de humo.

Ya habían cortado los palos para la cerca, hechos con los pinos jóvenes que habían arrancado; estaban ya listos, con su corteza áspera, al borde del bosque. Pero los pilares serían de piedra, lo bastante sólidos como para resistir los empellones de cerdos que pesaban trescientos o cuatrocientos kilos.

Dentro de un mes sería tiempo de arrear a los cerdos que habían soltado en el bosque, a fin de que engordaran de forma natural al comer las abundantes castañas del suelo. Algunos habrían sido presa de las fieras o de accidentes, pero debían quedar cincuenta o sesenta para matar o vender.

Jamie y él formaban un buen equipo. Eran más o menos del mismo tamaño y cada uno adivinaba por instinto los movimientos del otro. Cuando hacía falta una mano, allí estaba. Por el momento no había necesidad; esa parte de la faena era la peor, pues no había nada de interés para calmar el tedio ni habilidad que facilitara el trabajo. Sólo piedras, cientos de piedras que debían retirar del suelo margoso y cargar, arrastrar o mover a la fuerza hasta el sembrado, para allí amontonarlas y ponerlas en su sitio.

A menudo conversaban durante la tarea, pero esa mañana no. Cada uno trabajaba a solas con sus pensamientos, yendo de un lado a otro con la interminable carga. La mañana pasó en silencio, roto sólo por el reclamo de los cuervos disconformes y por el entrechocar de las piedras al caer en el montón creciente.

Era menester. No había alternativa y él lo sabía desde hacía mucho tiempo. Ahora esa vaga perspectiva se había hecho realidad. Roger observó de reojo a su suegro. ¿Accedería?

Desde cierta distancia las cicatrices de su espalda eran apenas visibles, disimuladas por el brillo del sudor. El trabajo duro y constante mantiene al hombre en buena forma; quien viera a Fraser a contraluz (o lo bastante cerca como para apreciar el surco profundo de la columna, el vientre plano y las líneas firmes de brazos y muslos) jamás creería que estaba ante un hombre de mediana edad.

No obstante, Jamie le había mostrado las cicatrices el primer día que salieron juntos a trabajar, a su vuelta del registro de las mediciones del terreno. De pie junto al cobertizo para lácteos a medio construir, se quitó la camisa y le volvió la espalda, al tiempo que le decía: «Echa un vistazo, ¿quieres?»

Vistas desde cerca, eran cicatrices antiguas y bien cerradas; en su mayoría, líneas finas y medialunas blancas. Con alguna red de plata o un chichón brillante allí donde un latigazo había desgarrado la piel en un trozo demasiado grande como para que los bordes de la herida se unieran limpiamente. Quedaba algo de piel intacta, clara y suave entre las marcas, pero no era mucha.

¿Y qué cabía decir?, se había preguntado Roger. ¿Lo siento mucho? ¿Gracias por el privilegio de verlas? No había dicho nada. Su suegro se limitó a entregarle un hacha, como si tal cosa, y ambos iniciaron el trabajo a pecho descubierto. Pero él había notado que Jamie nunca se desvestía para trabajar si había otros hombres con ellos.

De acuerdo. Jamie entendería mejor que nadie la necesidad, la carga que representaba el sueño de Brianna, y que era como una piedra en el vientre de Roger. Lo ayudaría, por supuesto, pero ¿le permitiría que terminara solo con aquello? Después de todo, Jamie también tenía interés en el asunto.

Los cuervos aún graznaban, pero más lejos, con gritos débiles y desesperados, como de almas perdidas. Tal vez era una tontería pensar siquiera en actuar solo. Descargó una brazada de piedras en el montón; las más pequeñas se alejaron rodando.

«Hijo de predicador», le decían los otros muchachos en la escuela. Y eso es lo que era, con toda la ambigüedad que aquello encerraba. La necesidad inicial de demostrarse viril por medio de la fuerza, la posterior percepción de la debilidad moral de la violencia. «Pero sucedió en otro país...»

Ceñudo, cortó el resto de la cita de Marlowe —«... y además, la muchacha está muerta»—, y se agachó para levantar un trozo de roca, desprendiéndola del musgo y la tierra. Huérfano a consecuencia de la guerra, educado por un hombre de paz, ¿cómo podía inclinarse por el homicidio? Empujó la piedra hacia el campo, haciéndola rodar con lentitud.

—Nunca has matado nada más que peces —murmuró para sí—. ¿Qué te hace pensar...?

Pero lo sabía demasiado bien.


A media mañana tenían piedras suficientes como para construir el primer pilar. Con un gesto y un murmullo se pusieron manos a la obra: arrastrar, levantar, disponer en la pila y asegurar, con alguna exclamación ahogada al aplastarse un dedo o magullarse un pie.

Jamie alzó una gran piedra hasta su sitio; luego irguió la espalda, sin aliento. Roger también respiró hondo. Sería mejor hacerlo ahora; a duras penas se presentaría una oportunidad mejor.

—Tengo que pedirte un favor —dijo de pronto.

Jamie, jadeante, levantó la vista y se quedó esperando con una ceja enarcada.

—Enséñame a luchar.

Jamie se limpió con la manga la cara chorreante y soltó el aire.

—Sabes luchar bastante bien —respondió. Luego contrajo la boca—. ¿Acaso quieres que te enseñe a manejar la espada sin cortarte el pie?

Roger pateó una piedra hacia el montón.

—Sí, para empezar.

Jamie lo observó un momento. Fue un examen totalmente objetivo, como si fuera un buey que pensara comprar. Roger se mantuvo quieto mientras el sudor le corría por el surco de la columna. Tenía la sensación de que, una vez más, lo estaban comparando con el ausente Ian Murray, y él salía perdiendo.

—Ya eres viejo para eso, ¿sabes? —dijo al fin su suegro—. La mayoría de los espadachines comienzan en la niñez. —Hizo una pausa—. Yo recibí mi primera espada a los cinco años.

A los cinco años a Roger le habían regalado un tren. Con una locomotora roja que hacía sonar el silbato si tirabas del cordel. Miró a Jamie a los ojos con una sonrisa simpática.

—Viejo, tal vez, pero no he muerto.

—Pero te podría suceder —advirtió Fraser—. Saber un poco es peligroso. Un tonto con la espada en su vaina corre menos peligro que el tonto que cree saber manejarla.

—«Saber un poco es peligroso» —citó Roger—. «Bebe hasta el fondo o no bebas del pozo.» ¿Me crees tonto?

Jamie rió, sorprendido.

—«Unos pocos tragos te nublan la cabeza» —agregó, finalizando la estrofa—. «Bebe en abundancia y volverá la clareza.» En cuanto a que seas tonto, no creo que te embriagues con la sola idea, ¿verdad?

Roger sonrió apenas; Jamie lo sorprendía con sus profundos conocimientos.

—Beberé en cantidad suficiente para mantenerme sobrio —dijo—. ¿Me enseñarás?

Su suegro lo miró con los ojos entornados; luego encogió un hombro.

—Tienes buena estatura. Y quizá buen alcance. —Volvió a observarlo de pies a cabeza—. Sí, creo que puedes servir.

Se dio la vuelta para alejarse hacia el siguiente montón de piedras. Roger fue tras él; se sentía extrañamente gratificado, como si hubiera superado una prueba pequeña pero importante.

Sin embargo, la prueba aún no había comenzado. Jamie no volvió a hablar hasta que había medio construido el segundo pilar.

—¿Por qué? —preguntó, con los ojos fijos en la enorme piedra que bajaba lentamente a su lugar. Era demasiado pesada, del tamaño de un tonel de whisky. Tenía pegadas algunas raíces de pasto, arrancadas por el lento y brutal paso de la roca a través del suelo.

Roger se inclinó para añadir su propio peso a la tarea. Bajo sus palmas los líquenes eran ásperos, verdes y escamosos de vejez.

—Tengo una familia que proteger —dijo.

La piedra se movió de mala gana, deslizándose algunos centímetros por la superficie desigual. Jamie asintió con la cabeza una, dos veces; a su callado «tres» pujaron juntos, con un doble gruñido de esfuerzo. El monstruo se levantó a medias, quedó inmóvil, subió del todo y cayó en su sitio con un ruido seco, que reverberó en el suelo, a sus pies.

—¿Proteger de qué? —Jamie se pasó una muñeca por la mandíbula. Luego señaló al cerdo colgado—. Por mi parte, no me gustaría enfrentarme a un puma con una espada.

—¿No? —Roger flexionó las rodillas para maniobrar con otra roca grande—. Dicen que has matado a dos osos; a uno de ellos, con un puñal.

—Pues sí —confirmó Jamie, seco—. No tenía nada más que ese puñal. En cuanto al otro... Si hubo alguna espada, no fue la mía, sino la de san Miguel.

—Pero si hubieras sabido con anticipación que podías... eh... enfrentarte a él, ¿no te habrías armado... mejor? —El joven flexionó las rodillas para bajar con tiento la piedra a su sitio. Luego se limpió las manos escocidas contra los pantalones.

—Si yo hubiera sabido que podía enfrentarme a ese maldito oso —dijo Jamie mientras levantaba otra—, habría escogido otro camino.

Roger lanzó un bufido de risa y acomodó la nueva piedra contra las anteriores. A un lado quedaba un pequeño hueco que le restaba firmeza; Jamie, al verlo, escogió un pequeño trozo de granito, ahusado por un extremo: tenía las medidas exactas; los dos se sonrieron sin pensarlo.

—¿Crees que se puede coger otro camino? —preguntó Roger.

Fraser se frotó la boca con una mano, pensativo.

—Si te refieres a la guerra, sí, es lo que pienso. —Le clavó la mirada—. Puede que lo encuentre, puede que no... pero hay otro camino, sí.

—Puede ser. —Roger no se refería a la guerra inminente; con seguridad, Jamie tampoco.

—En cuanto a los osos... —Fraser permaneció inmóvil, serenos los ojos—. Te diré: hay una gran diferencia entre enfrentarte a un oso cuando estás desprevenido... y salir a cazarlo.

El sol aún no era visible, pero tampoco hacía falta. El mediodía llegó bajo la forma de un rumor en la barriga, dolor en las manos y la súbita percepción del cansancio en brazos y piernas; y lo hizo con tanta puntualidad como si hubieran sonado las campanadas de un reloj de péndulo. La última piedra cayó en su sitio y Jamie irguió la espalda, jadeando.

Por tácito consentimiento, se sentaron con el paquete de comida y los hombros cubiertos por las camisas limpias, para no coger frío cuando se les secara el sudor.

Jamie masticó laboriosamente y tragó su bocado con un poco de cerveza. De inmediato hizo una mueca y ahuecó los labios como para escupir, pero al fin lo tragó.

—¡Puaj! Lizzie se ha vuelto a pasar con la mezcla.

Para quitar el mal sabor mordió un bizcocho.

Ante la mueca de su suegro, Roger sonrió de oreja a oreja.

—¿Qué le ha puesto esta vez?

Lizzie había estado experimentando con distintos sabores para la cerveza, con poco éxito.

Jamie olfateó la boca de la botella.

—¿Anís? —sugirió mientras se la pasaba a su yerno.

Roger arrugó involuntariamente la nariz ante la vaharada alcohólica.

—Anís y jengibre —dijo. Aun así bebió un sorbo, cauteloso. Hizo la misma mueca que Jamie y vació la botella sobre una dócil mata de zarzamora.

—El que guarda siempre tiene, pero...

—No conviene envenenarse. —Jamie cogió la botella vacía y fue hacia el arroyo. A su regreso entregó el agua a Roger—. Tengo noticias de Stephen Bonnet.

Lo dijo con tanta indiferencia que Roger tardó en captar el significado de esas palabras.

—¿De veras? —dijo al fin. El picadillo se le escurría por la mano. Lo retiró con un dedo y se lo puso en la boca, pero no volvió a morder el bocadillo; su apetito había desaparecido.

—Sí. No sé dónde está ahora, pero sí dónde estará en abril... o dónde puedo hacer que esté. Seis meses; luego lo matamos. ¿Crees que te dará tiempo?

Miraba a Roger con calma, como si estuviera proponiendo una entrevista con algún banquero, no una cita con la muerte.

Roger podía creer en mundos inferiores y también en los demonios. La noche anterior no había soñado, pero la cara del demonio flotaba siempre en los márgenes de su mente, casi a la vista. Tal vez era el momento de invocarlo, de hacer que se presentara. ¿Acaso no había que invocar al demonio para poder exorcizarlo?

Pero antes habría que hacer algunos preparativos. Flexionó de nuevo los hombros y los brazos, esta vez con expectación. Los dolores habían desaparecido casi por completo.

> *Muchos llorarán por él,*
> *pero nadie sabré adónde ha ido.*
> *Sobre sus huesos blancos, cuando estén desnudos,*
> *soplará el viento para siempre,*
> *soplará el viento para siempre.*

—Sí —dijo—. Bastará.

# 87

## En garde

Por un momento creyó que no podría levantar la mano hasta el pestillo. Los brazos le colgaban como si llevara pesas de plomo, y los músculos del antebrazo brincaban y temblaban por el agotamiento. Hizo dos intentos, y aun entonces sólo pudo cogerlo con torpeza entre el índice y el corazón; el pulgar no podía cerrarlo.

Brianna debió de oír sus manotazos, pues la puerta se abrió de súbito; su mano cayó sin fuerzas. Apenas vio un destello de pelo revuelto y una cara sonriente, con una mejilla manchada de hollín; de inmediato los brazos de su mujer lo rodeaban y su boca se unía a la de él. Estaba en casa.

—¡Has vuelto! —dijo Bree, soltándolo.

—Sí. —Y bien que se alegraba. La cabaña olía a comida caliente y a jabón de lejía, con un limpio aroma a enebro que se superponía al humo de las velas de junco y a los olores de la ocupación humana, más almizclados. Le sonrió; de pronto se sentía menos cansado.

—¡Papi, papi! —Jemmy saltaba de entusiasmo, aferrado a un banquillo para no perder el equilibrio—. ¡Pa... piiii!

—Hola, hola —dijo Roger, alargando una mano hacia abajo para dar unas palmaditas a la cabeza esponjosa del pequeño—. ¿Quién es el niño de papá? —Su mano erró el objetivo y pasó rozando la mejilla, pero a Jemmy no le importó.

—¡Yo! ¡Yo! —Y sonrió con una enorme expansión de encías rosadas, mostrando todos sus dientecillos blancos.

Brianna imitó su sonrisa, con bastante más esmalte, pero no menos placer.

—Tenemos una sorpresa para ti. ¡Mira esto! —Fue a toda velocidad hacia la mesa e hincó una rodilla en el suelo, a un paso de Jemmy. Luego le acercó las manos—. Ven con mamá, cariño. Ven aquí, bebé, ven con mamá.

Jemmy se balanceó con precariedad, soltó una mano y, alargando los brazos hacia su madre, dio dos pasos de borracho hasta caer contra ella, chillando. Brianna lo atrapó encantada, entre risas, y lo orientó hacia Roger.

—Ve con papi —lo alentó—. Anda, ve con papi.

Jemmy arrugó la cara en una dudosa concentración, como un paracaidista novato ante la portezuela abierta del avión. Se balanceaba peligrosamente. Roger se puso en cuclillas con los brazos extendidos. Por el momento el cansancio quedaba olvidado.

—Vamos, colega, ven aquí. ¡Puedes hacerlo!

Jemmy se aferró un momento, inclinado hacia delante; luego soltó la mano de su madre y se tambaleó hacia Roger, en tres pasos cada vez más veloces, y se dejó caer de cabeza en el abrazo salvador de su padre.

Él lo estrechó con fuerza contra sí. El pequeño se retorcía entre graznidos triunfales.

—¡Así me gusta! Ahora lo tocarás todo, ¿verdad?

—¡Como si ahora no tocase nada! —exclamó Brianna, poniendo los ojos en blanco.

A manera de ilustración, Jemmy se liberó de su padre para gatear a toda velocidad rumbo al cesto de sus juguetes.

—¿Y qué otra cosa habéis hecho hoy? —preguntó Roger, sentándose a la mesa.

—¿Qué otra cosa? —Ella dilató los ojos; luego los entornó—. ¿No te parece que aprender a andar es suficiente para un día?

—Por supuesto; es estupendo, maravilloso —se apresuró él a reconocer él—. Lo decía sólo por charlar de algo.

Ella se relajó, apaciguada.

—Pues bien, hemos fregado el suelo, aunque la diferencia no se note... —Bajó la vista con cierto disgusto a las toscas tablas manchadas—. Hemos preparado la masa del pan, sólo que no ha levado, de modo que cenarás con pan plano.

—Me encanta el pan plano —aseguró él inmediatamente, al ver un destello taladrante en sus ojos.

—Sin duda. —Bree enarcó una ceja—. Y a falta de pan, buenas son tortas.

Roger rió. Se le estaba pasando el frío; sus manos empezaban a palpitar, pero aun así se sentía bien. Poco le faltaba para caer del taburete, de puro cansancio, pero se encontraba bien. Y hambriento. Su estómago gruñó, expectante.

—Tortas con mantequilla sería buen comienzo —dijo—. ¿Qué más? Huelo algo rico. —Olfateó hacia el caldero burbujeante, esperanzado—. ¿Guiso?

—No: colada. —Bree clavó una mirada fulminante al caldero—. La tercera del día. No es mucho lo que entra en esa porquería, pero no he podido llevar la ropa sucia al caldero grande de la casa, porque tenía que fregar el suelo e hilar. Si lavas fuera, tienes que quedarte a atender el fuego y remover, de modo que no puedes hacer casi nada más en ese tiempo. —Apretó los labios—. ¡Qué falta de eficiencia!

—Una vergüenza. —Roger pasó por encima de la logística de la colada a favor de temas más urgentes. Señaló el hogar con el mentón—. Pero huele a carne. ¿No habrá caído algún ratón dentro del caldero?

Jemmy, al oír eso, dejó su pelota de trapo para gatear ansiosamente hacia el fuego.

—¿*Datón*? ¿Ver *datón*?

Brianna lo sujetó por el cuello del delantal, girando hacia Roger la mirada fulminante.

—De ninguna manera. No, pequeño, no hay ningún ratón. Es una broma de papi. Ven a comer, Jemmy. —Le soltó el cuello para asirlo por la cintura y sentarlo en la silla alta, pese a sus pataleos—. ¡A comer, he dicho! ¡Quieto ahí!

El pequeño arqueó la espalda, entre chillidos de protesta. De pronto se relajó; un momento después se deslizaba de la silla a las faldas de su madre. Brianna enrojeció de risa y exasperación.

—¡De acuerdo! —dijo, poniéndole de pie—. ¿No quieres comer? ¡Pues no comas! ¡No me importa!

Alargó la mano hacia los juguetes diseminados fuera del cesto y cogió un maltrecho muñeco hecho con las barbas de la mazorca del maíz.

—Mira el muñeco. Muñeco bonito.

Jemmy lo estrechó contra su pecho y se dejó caer de pronto sentado; luego comenzó a hablar con el juguete en tono severo, sacudiéndolo de vez en cuando a manera de énfasis.

—¡A *comé*! —dijo severamente, clavándole un dedo en la barriga. Luego lo puso en el suelo y cogió el canasto para ponerlo encima, en posición invertida—. ¡*Queto hí*!

Brianna se frotó la cara con un suspiro, mirando a Roger de reojo.

—¿Y preguntas que qué he hecho durante todo el día?

La mirada se centró, como si reparara en él por primera vez.

—Y usted, señor MacKenzie, ¿qué ha estado haciendo? Se diría que viene de la guerra.

Le tocó con suavidad la cara; en la frente se le estaba formando un chichón; Roger sintió una pequeña punzada de dolor ante el contacto.

—Algo así. Jamie me ha estado enseñando los rudimentos de la esgrima.

Rió con timidez al ver que ella enarcaba las cejas.

—Con espadas de madera, supongo.

Varias espadas de madera. Ya habían roto tres, aunque las armas improvisadas no eran ramillas, por cierto.

—¿Y te ha dado una estocada en la cabeza? —La voz de Brianna sonó dura, sin que Roger supiera si era por él o por su padre.

—Eh... no, no exactamente.

Ni las películas de capa y espada ni los asaltos de esgrima universitaria lo habían preparado para la fuerza brutal que involucraba un combate mano a mano. El primer golpe de Jamie hizo que su espada saliera volando; con otro partió la madera, y un trozo grande pasó disparado junto a su oreja.

—¿Qué significa «no exactamente»?

—Bueno... Me enseñaba algo llamado *corps á corps*, que al parecer significa, en francés, «envuelve la espada de tu adversario en la tuya y mientras él trata de liberarla, le das un rodillazo en los cojones y un golpe en la cabeza».

Brianna dejó escapar una risa escandalizada.

—¿O sea que te...?

—No, pero ha faltado poco. —Roger hizo una mueca al recordarlo—. En el muslo tengo un moretón del tamaño de mi mano.

—¿Estás lesionado en algún otro lugar? —Brianna frunció el ceño, preocupada.

—No. —Él le sonrió, sin retirar las manos del regazo—. Cansado. Dolorido. Famélico.

El ceño se borró y la sonrisa de la muchacha volvió a encenderse, aunque entre sus cejas quedó una pequeña arruga. Después de sacar del aparador una bandeja de madera, se puso en cuclillas junto al hogar.

—Codornices —dijo con satisfacción mientras utilizaba el atizador para retirar varios bultos ennegrecidos de las cenizas—. Las ha traído papá esta mañana. Me ha dicho que no las desplumara, que las pusiera al fuego envueltas en barro. Espero que sepa de lo que habla. —Señaló con la cabeza el caldero hirviendo—. Jemmy me ha ayudado con el barro; por eso hemos tenido que hacer una segunda colada. ¡Ay!

Después de chuparse el dedo quemado, llevó la bandeja a la mesa.

—Deja que se enfríen un poco —le dijo—. Traeré unos encurtidos, de esos que te gustan.

Las codornices parecían tan sólo piedras chamuscadas, pero por las grietas del barro surgían volutas tentadoras. Roger sintió deseos de coger una y comérsela de inmediato, con barro quemado y todo. Lo que hizo fue tantear bajo la servilleta que cubría el plato; allí descubrió las criticadas tortas. Con los dedos estirados, logró arrancar un buen trozo y se lo metió sin decir ni mu en la boca. Jemmy había abandonado su pelota de trapo bajo la mesa para acercarse a ver qué hacía su padre. Usó la pata de la mesa para ponerse de pie y, al ver el pan, alargó la mano entre urgentes ruidos de exigencia. Roger rompió cuidadosamente un trocito más y se lo dio, pero en el trayecto estuvo a punto de que se le cayera. Tenía las manos magulladas y llenas de cortes; los nudillos de la derecha le sangraban hinchados y negros de moretones nuevos. Había perdido la mitad de la uña del pulgar que le rezumaba, muy roja.

—¡Ayay! —Al coger el pan, Jemmy observó las manos de su padre; luego lo miró a la cara—. ¿Papi ayay?

—Papá está bien —le aseguró él—. Sólo cansado.

Jemmy clavó la vista en el pulgar herido. Luego se metió el suyo en la boca para chuparlo con estruendo. En realidad, parecía buena idea. Ese dedo escocía con un dolor sordo y sentía todos los dedos fríos y rígidos. Después de echar un vistazo a la espalda de Brianna, se metió el pulgar en la boca. Lo sintió extraño, grueso, duro y con el sabor metálico de la sangre y la suciedad fría. Pero de pronto encontró el hueco; lengua y paladar se cerraron en torno al dígito herido, en una presión cálida y sedante.

Jemmy le dio un golpe en el muslo, su señal acostumbrada para pedir «aúpa»; él lo cogió por la parte trasera del pañal y lo subió hasta su rodilla con la mano libre. El pequeño se revolvió un poco hasta sentirse cómodo; luego se relajó en súbita paz, con el trozo de pan estrujado en una mano mientras se chupaba el dedo, muy tranquilo.

Roger se relajó poco a poco, con un codo apoyado en la mesa y el otro brazo sosteniendo a su hijo. El denso aliento del niño, su pesada respiración contra las costillas, eran un tranquilizador acompañamiento para los ruidos hogareños que Brianna hacía al servir la cena. Para su sorpresa, el pulgar dejó de dolerle; aun así lo mantuvo donde estaba, demasiado exhausto como para poner en tela de juicio esa extraña sensación de comodidad.

Sus músculos también se relajaban poco a poco al abandonar el estado de alerta nervioso en que se habían mantenido durante varias horas. En su oído interno aún resonaban las enérgicas indicaciones: «Usa el antebrazo, hombre... ¡La muñeca, la muñeca! No apartes la mano así, mantenla cerca del cuerpo. ¡Eso no es un garrote, hombre! ¡Es una espada! Usa la punta.»

En cierto momento había arrojado pesadamente a Jamie contra un árbol. En otra ocasión su suegro se había caído solo, al tropezar con una roca, y él encima. Pero en cuanto a infligirle algún daño con la espada, era como luchar contra una nube.

«Aquí no existe más juego que el sucio —le había dicho Fraser, jadeante, cuando se arrodillaron junto al arroyo para salpicarse la cara sudorosa con agua fría—. Cualquier otra cosa es pura exhibición.»

La cabeza se le bamboleó en el cuello. Con un parpadeo, volvió abruptamente del rechinar de las espadas de madera a la cálida penumbra de la cabaña. La bandeja había desaparecido, Brianna maldecía por lo bajo ante el aparador, golpeando los bultos de arcilla ennegrecida con el mango de un puñal, en un intento de partirlos.

«Cuida el movimiento de los pies. ¡Atrás, atrás! Sí, ahora ven hacia mí. No, no te estires tanto... ¡Mantén la guardia alta!»

Y el pinchazo *¡pin!* de la flexible «hoja» contra hombros, muslos, brazos, el sólido *¡pam!* cuando lo golpeaba entre las costillas o se le hundía en el vientre, dejándolo sin aliento. Si hubiera sido acero, él habría muerto en pocos minutos, cortado en tiras.

«No atrapes la hoja con la tuya; arrójala fuera. ¡Golpea, golpea para apartarla! ¡Ven a mí, embiste! Mantenla cerca, cerca... sí, bien... ¡ja!»

Se le deslizó el codo y su mano cayó. Se irguió con una sacudida; sujetando al niño dormido. Parpadeó, con la vista borrosa por la luz del fuego.

Brianna también dio un respingo de culpabilidad y cerró su libreta de apuntes. Una vez de pie lo escondió tras un plato de peltre, contra la cara posterior del armario.

—La comida está lista —dijo apresuradamente—. Voy a por... la leche.

Y desapareció en la despensa, con un susurro de faldas.

Roger cambió de posición a Jemmy y se lo apoyó contra el hombro, aunque sus brazos parecían fideos ya hervidos. El niñito dormía a pierna suelta, con el pulgar bien sujeto en la boca.

El de Roger estaba mojado de saliva; sintió un rubor de bochorno. ¿Lo habría dibujado así Bree? Sin duda le habría parecido «encantador» verlo chuparse el pulgar; no sería la primera vez que lo dibujaba en posiciones que él consideraba comprometedoras. ¿O tal vez estaba registrando sus sueños?

Depositó con suavidad a Jemmy en su cuna, sacudió las migajas húmedas de la colcha y se frotó los nudillos amoratados. De la despensa llegaban ruidos de chapoteo. Se acercó sin hacer ruido al aparador para extraer el libro de su escondrijo. No eran sueños, sino dibujos. Apenas unas pocas líneas rápidas, la esencia del boceto. Un hombre terriblemente cansado, todavía alerta; con la cabeza en una mano, el cuello doblado de agotamiento y el brazo libre ciñendo algo atesorado e indefenso. Lo había titulado *En garde*, con su letra inclinada y angulosa.

Cerró el libro y volvió a ponerlo en su sitio. Bree estaba de pie en la puerta de la despensa, con la jarra de leche en la mano.

—Ven a comer —le dijo suavemente, mirándolo a los ojos—. Necesitas reponer fuerzas.

# 88

## *Roger compra una espada*

*Cross Creek*
*Noviembre de 1771*

No era la primera vez que manejaba una espada del siglo XVIII; ni el peso ni la longitud le cogieron por sorpresa. La cazoleta estaba algo torcida, pero no tanto como para impedir el ajuste de la mano en la empuñadura. Eso también lo había hecho antes. Sin embargo, existía una considerable diferencia entre instalar un artefacto antiguo en una exhibición de museo y escoger una hoja de metal afilado con la intención consciente de clavarla en un ser humano.

—Está un poco maltrecha —le había dicho Fraser, con un ojo entornado para mirar la espada a lo largo, antes de entregársela—, pero la hoja está bien equilibrada. Pruébala, a ver si te entiendes con ella.

Deslizó la mano en la cazoleta y, aunque se sentía completamente idiota, adoptó una pose de esgrima, basada en sus recuerdos de las películas de Errol Flynn. Estaban en Cross Creek, en la transitada callejuela de la herrería; unos cuantos transeúntes se detuvieron a observarlos y ofrecerles comentarios útiles.

—¿Cuánto pide Moore por ese trozo de lata? —preguntó alguien, despectivamente—. Más de dos chelines sería un robo a mano armada.

—Es una buena espada —aseguró Moore, con una mirada fulminante por encima del portillo de su forja—. Era de mi tío, que sirvió en el Fuerte Stanwyck. Ese acero ha matado a más de un francés y no tiene mella.

—¡Que no tiene mella! —exclamó el despectivo—. Pero ¡si está tan torcida que, si quisieras ensartar a un hombre, acabarías cortándole la oreja!

Las carcajadas del gentío ahogaron la réplica del herrero. Roger bajó la punta de la espada y la elevó despacio. ¿Cómo diablos se probaba una espada? ¿Había que hacerla ondular de un lado a otro? ¿Clavarla en algo? Unos cuantos pasos más allá había un carro cargado con sacos de algo que, a juzgar por el olor, debía de ser lana virgen. Buscó con la vista al propietario de los sacos, pero no lo distinguió entre la creciente muchedumbre. El enorme caballo de tiro uncido al carro, sin nadie que lo atendiera, contraía las orejas sobre las riendas caídas, con aire soñoliento.

—¡Ah!, si lo que el joven quiere es una espada, Malachy McCabe tiene una mejor, que le quedó después del servicio. Creo que se desharía de ella por tres chelines, a lo sumo. —El zapatero del otro lado de la calle señaló la espada con aire sagaz, y los labios fruncidos.

—Ésta no es una pieza elegante —añadió un exsoldado de edad madura, con la cabeza inclinada a un lado—. Pero sirve, puedo asegurarlo.

Roger extendió el brazo, embistiendo hacia la puerta de la armería, y por poco ensartó a Moore, que salía a defender la calidad de su mercancía. El herrero saltó a un lado con un grito de sobresalto, entre los aullidos de la multitud.

Una voz fuerte y nasal, a la espalda de Roger, interrumpió sus disculpas.

—¡Aquí, señor! ¡Permítame ofrecerle un adversario más digno de su acero que un herrero desarmado!

Al girar sobre sus talones, Roger se encontró frente a frente con el doctor Fentiman, que desenvainaba una hoja larga y fina, metida dentro de su bastón de paseo. El doctor, a quien Roger doblaba en tamaño, blandió su estoque con afable ferocidad. Obviamente lo impulsaba un almuerzo generoso; la punta de su nariz refulgía como una bombilla de Navidad.

—¿Medimos nuestra habilidad, señor? —Fentiman agitó la espada de un lado a otro, haciendo cantar la estrecha hoja en el aire—. A primera sangre, ¿sí? ¿Qué dice usted?

—¡Oh!, es injusto. ¡Usted llevaría ventaja! ¿Acaso derramar sangre no es su especialidad?

—¡Ja, ja! Y si lo atraviesa en vez de rozarlo, ¿le pondrá un parche en el agujero sin cobrar nada? —chilló otro espectador—. ¿O acaso lo que quiere es hacer negocio?, ¡sanguijuela!

—¡Ándese usted con cuidado, joven! Si le vuelve la espalda, ése es capaz de ponerle un enema.

—¡Mejor un enema que una espada en el culo!

El médico, ignorando esas observaciones vulgares y otras de igual tenor, esperaba con la espada en alto. Roger miró a Jamie, que se había apoyado contra la pared y parecía divertido. La respuesta fue un encogimiento de hombros y una ceja enarcada.

«Pruébala, a ver si te entiendes con ella», había dicho su suegro. Pues bien, un duelo con ese mosquito borracho era una buena manera de probarla. Roger levantó la espada y clavó en el doctor una mirada amenazante.

—*En garde* —dijo.

El grupo de curiosos lanzó un rugido de aprobación.

—*Gardez-vous* —replicó de inmediato el médico, y embistió.

Roger giró sobre un talón y Fentiman pasó como una bala, con el estoque apuntado como una lanza. Moore, el herrero, saltó a un lado justo a tiempo para evitar por segunda vez que lo ensartaran, entre sucesivas maldiciones.

—¿Acaso me ha elegido como blanco? —gritó, agitando el puño.

Sin preocuparse por eso, el doctor recobró el equilibrio y cargó de nuevo hacia Roger, lanzando chillidos agudos para alentarse. Era como el ataque de una avispa. Si no caías en el pánico, era posible seguirla y apartarla. Quizá el doctor no fuera un mal espadachín cuando estaba sobrio, pero en su estado actual resultaba fácil desviar sus estocadas frenéticas y sus locos arrebatos... siempre que uno prestara atención.

Enseguida Roger supo que le sería posible poner fin al duelo en cualquier momento, con sólo parar el fino estoque del doctor con el filo de su propio acero, tanto más pesado. Pero comenzaba a disfrutar de aquello, de modo que puso cuidado en parar los golpes con la parte plana de la hoja.

Poco a poco, todo fue desapareciendo de su vista, salvo la punta centelleante del estoque; los gritos de la muchedumbre se redujeron a un zumbido de abeja; el polvo de la callejuela y el muro de la herrería eran apenas visibles. Rozó la pared con el codo, retrocedió y se movió en círculos para ganar espacio, todo de una manera inconsciente.

El estoque golpeó contra su hoja, se trabó y se liberó con un chirrido metálico. Tañidos, chasquidos y el silbar del aire vacío, y el ritmo resonante que vibraba en las muñecas con cada golpe de la espada del médico.

«Vigila el toque, síguelo, apártalo.» No sabía lo que estaba haciendo, pero lo hacía. El sudor le corría hasta los ojos; sacudió la cabeza para apartarlo y estuvo a punto de recibir una embestida en el muslo, pero la detuvo muy cerca y desvió el estoque hacia atrás.

El doctor se tambaleó, perdido el equilibrio. En el aire polvoriento sonaron gritos ferales:

—¡Ahora! ¡Dale! ¡Atraviésalo!

Roger vio el chaleco bordado del doctor, descubierto, lleno de mariposas de seda, y sofocó el impulso visceral de embestir contra él. Impresionado por la intensidad de la urgencia, dio un paso atrás. Fentiman, al percibir su debilidad, saltó hacia delante con un aullido, el acero apuntado. Roger dio medio paso a un lado y el médico pasó raudo, rozando en su trayectoria el corvejón del caballo de tiro.

El animal emitió un grito de indignación, y de inmediato espadachín y espada volaron por el aire, hasta estrellarse contra la fachada del taller del zapatero. Fentiman cayó a tierra como una mosca aplastada, rodeado de hormas y zapatos desparramados.

Roger se mantuvo quieto, jadeante y acalorado por la lucha. Le palpitaba todo el cuerpo a cada latido del corazón. Quería continuar, reír, ensartar algo. Quería poseer a Brianna contra el muro más cercano, y que fuera en ese mismo instante.

Jamie le retiró con suavidad los dedos de la empuñadura de la espada. Roger ya no recordaba que lo tenía en la mano. Sintió el brazo demasiado ligero sin su peso, como si pudiera volar al cielo por sí solo. Aún tenía los dedos tiesos por la fuerza con que lo había apretado; los flexionó de manera automática y percibió el cosquilleo de la sangre al circular de nuevo.

La sangre le cosquilleaba por todas partes. Apenas oía las risas, las invitaciones a beber un trago; tampoco percibía las palmadas de felicitación que llovían contra su espalda.

—¡Un enema, un enema, que le pongan un enema! —gritaba una banda de aprendices tras el doctor, al que se llevaban para aplicarle los primeros auxilios en la taberna más cercana. El propietario del caballo se afanaba solícitamente sobre el gran animal, aunque éste parecía más desconcertado que herido.

—Supongo que el doctor ha ganado. Después de todo ha sido él el que ha vertido la primera sangre.

Roger sólo supo que había hablado al oír su propia voz, extrañamente tranquila.

—¿Te basta con eso? —Jamie lo miraba con gesto inquisitivo; aún sostenía la espada en la palma de la mano.

Él asintió. La callejuela estaba iluminada y llena de polvo blanco; lo sentía bajo los párpados y entre los dientes, al cerrar la boca.

—Sí —dijo—. Puede servir.

—Bien. También tú —añadió Jamie de pasada. Y le volvió la espalda para pagar al herrero.

# OCTAVA PARTE

*Vamos de cacería*

# 89

## *Las lunas de Júpiter*

*Finales de noviembre de 1771*

Por cuarta vez en otros tantos minutos, Roger se tuvo que recordar que desde el punto de vista médico no era posible morir de frustración sexual. Hasta tenía dudas de que pudiera provocar daños duraderos. Pero no le estaba siendo de mucha ayuda, a pesar de sus esfuerzos por considerarlo como un ejercicio para el fortalecimiento de la voluntad.

Se tendió de espaldas, con cuidado para que el colchón no hiciera ruido, y clavó la vista en el techo. No sirvió de nada; por los bordes del cuero engrasado que cubría la ventana, el sol del amanecer caía a torrentes sobre la cama, y con el rabillo del ojo podía ver las piernas doradas de su esposa, iluminadas como por un reflector.

Estaba tendida boca abajo, con la cara sepultada en la almohada, y la sábana se había deslizado por debajo de sus nalgas, dejándola desnuda desde la nuca hasta más abajo de la espalda. La tenía tan cerca, que sus piernas se tocaban y el calor de su respiración le rozaba el hombro desnudo. Sintió la boca seca.

Cerró los ojos, pero eso no sirvió de nada; enseguida comenzó a ver imágenes de la noche anterior: Brianna, a la luz tenue de las ascuas, chispeantes las llamas de su pelo entre las sombras, y un súbito brillo en la curva de un pecho desnudo, al deslizarse el camisón por los hombros.

Por tarde que fuera, por cansado que estuviera, la deseaba con todas sus fuerzas. Pero otra personita la había necesitado aún más. Entreabrió un ojo y se incorporó un poco, sólo para mirar por encima de los rizos revueltos de Brianna, la cuna todavía en sombras pegada a la pared. No había señales de movimiento.

Había entre los dos un viejo acuerdo. Como él solía despertarse al menor ruido mientras que ella se encontraba aturdida y torpe, era Roger quien se levantaba cuando sonaba la sirena de la cuna. Alzaba al bulto empapado y lloroso y atendía las necesidades inmediatas de la higiene. Cuando se lo entregaba a su madre, corcoveando en busca de sustento, Brianna ya estaba lo bastante espabilada como para quitarse el camisón y acomodar al niño en el lechoso refugio de su cuerpo.

Ahora que Jem era un poco mayor, rara vez lloraba por las noches, pero cuando un retortijón de tripas o una pesadilla lo despertaban, se necesitaba más tiempo para dormirlo de nuevo. Roger se había quedado dormido mientras Bree aún lo estaba reconfortando, pero se despertó cuando ella se dio la vuelta en la estrecha cama, rozándole el muslo con las nalgas. Las hojas de maíz del colchón crujieron con el ruido lejano de mil fuegos artificiales, y todos se dispararon a lo largo de su columna, llevándolo a la plena conciencia de una excitación urgente, casi penosa.

Al sentir la presión de ese trasero contra él, apenas pudo contenerse para no atacarla desde la retaguardia. Le detuvieron pequeños ruidos de succión al otro lado de Bree: Jem aún estaba en la cama.

Permaneció inmóvil, escuchando, rezando para que ella se mantuviera despierta el tiempo suficiente para devolver al pequeño tunante a su cuna; a veces madre e hijo se dormían juntos; en esos casos, por la mañana le despertaba una desconcertante mezcla de olores: a mujer deseable y a pis de bebé. Aquella noche había sido él quien se había quedado dormido a pesar de las molestias, agotado tras pasar el día derribando árboles en la montaña.

Inhaló profundamente. No: el niño estaba en su cuna. En la cama no había más olores que el de Brianna, un terrenal olor a mujer, una vaga y dulce nube de sudor y untuosa disposición.

Ella suspiró en sueños, murmurando algo incomprensible, y giró la cabeza en la almohada. Tenía ojeras azules; se había quedado levantada hasta muy tarde para preparar mermelada; luego se había levantado dos veces más por culpa del pequeño cret... del pequeño. ¿Cómo iba a despertarla sólo para satisfacer sus instintos más básicos?

¿Y cómo no hacerlo?

Rechinó los dientes, indeciso entre la tentación, la compasión y el firme convencimiento de que, si cedía a sus inclinaciones, la proximidad de la cuna lo obligaría a detenerse en el peor momento.

La experiencia era una maestra dura, pero los apetitos de la carne hablaban más alto que la voz de la razón. Alargó una mano sigilosa para acariciarle con mimo la nalga más próxima. Era fresca, suave y redonda como una calabaza.

Ella emitió un grave murmullo y se desperezó lujuriosamente, arqueando la espalda; el modo en que subió el trasero convenció a Roger de que lo más prudente era poner el edredón a un lado, lanzarse encima de ella y alcanzar su objetivo en los diez segundos escasos que se requerían.

Llegó hasta el paso de arrojar el edredón. En el momento en que separaba la cabeza de la almohada, una figura redonda y clara surgió despacio por el borde de la cuna, como una de las lunas de Júpiter. Un par de ojos azules lo observó con clínica objetividad.

—¡Mierda! —dijo él.

—¡*Erda!* —dijo Jemmy, en alegre mímica. Y se puso de pie para saltar aferrado al borde de la cuna mientras cantaba—: ¡*Erda, erda, erda!*

A todas luces, estaba convencido de que era una canción.

Brianna despertó sobresaltada, parpadeando a través de rizos enredados.

—¿Qué? ¿Qué pasa?

—Eh... me ha picado algo. —Roger devolvió discretamente a su sitio el borde del edredón—. Por aquí debe de haber una avispa.

Bree se apartó el pelo de la cara y bebió de la taza que tenía en la mesa; siempre se despertaba sedienta.

Una lenta sonrisa se dibujó en su boca ancha y suave al mirarlo.

—¿Sí? Ahí tienes una buena picadura. ¿Quieres que te la frote? —Y dejó la taza para rodar graciosamente sobre un codo, con la mano extendida.

—Eres una sádica —dijo Roger, rechinando los dientes—. No hay duda. Debes de haberlo heredado de tu padre.

Ella se incorporó, riendo, y se levantó para ponerse la camisa por la cabeza.

—¡Mamá! ¡*Erda*, mamá! —le decía Jemmy, radiante mientras ella lo sacaba de la cuna con un gruñido de esfuerzo.

—Bribón —le dijo ella, afectuosa—. Esta mañana no eres precisamente el favorito de papá. Eres muy inoportuno. —Arrugó la nariz—. Y qué mal hueles.

—Depende de la perspectiva, supongo. —Roger se puso de lado para observarla—. Desde su punto de vista ha sido perfectamente oportuno.

—Sí. —Brianna lo miró con una ceja enarcada—. De ahí la palabra nueva, ¿no?

—Pues no es la primera vez que la escucha —observó Roger, seco. Y se sentó para sacar las piernas de la cama, frotándose la cara y el pelo con una mano.

—Bueno, ahora tendremos que encontrar la manera de pasar de lo abstracto a lo concreto, ¿verdad? —Puso a Jemmy de pie en el suelo y se arrodilló frente a él. Después de darle un beso en la nariz, le quitó el imperdible de los pañales—. ¡Oh, puaj! ¿No te parece que a los dieciocho meses va siendo hora de aprender a usar la bacinilla?

—¿A quién se lo preguntas, a mí o a él?

—¡Uf!... Da igual. Al que tenga una opinión para darme.

Era obvio que Jemmy no la tenía. Animosamente estoico, ignoraba el decidido asalto que su madre efectuaba contra sus partes íntimas, utilizando un paño mojado en agua fría. Estaba concentrado en componer una nueva canción, cuyos versos eran, más o menos: «*Ba, ba, erda, ba, ba...*»

Brianna lo cogió en brazos para sentarse con él en la mecedora, junto al hogar.

—¿Quieres un tentempié? —le ofreció, al tiempo que abría el escote de su camisa con aire invitante.

—Sí, por favor —exclamó Roger, sinceramente.

Bree se echó a reír, no sin solidaridad mientras acomodaba a Jemmy en su regazo para que mamara.

—A ti te toca el siguiente turno —aseguró a Roger—. ¿Quieres gachas de avena o papilla frita?

—¿No hay otra cosa en la carta? —¡Maldita sea!, había estado a punto de conseguirlo. Tenía que volver a empezar.

—Pues claro que sí. Tostadas con mermelada de fresas. Queso. Y huevos, pero tendrás que ir al gallinero a buscarlos; en la despensa no queda ninguno.

A Roger le costaba concentrarse en el tema del desayuno al tener delante a Brianna, a la luz tenue de la cabaña, con los largos muslos extendidos bajo el camisón y los talones metidos bajo la silla. Ella pareció detectar su falta de interés culinario, pues contempló con una sonrisa su propia desnudez.

—Estás muy guapo, Roger —dijo por lo bajo. Su mano libre fue a posarse en la cara interior de un muslo. Los dedos largos, de uñas cortas, se movieron despacio en pequeños círculos.

—Tú también. —La voz de su marido sonó sensual—. Más que guapa.

Ella dio una palmadita en la espalda a Jemmy.

—¿Quieres visitar a la tía Lizzie después del desayuno, tesoro? —le preguntó sin mirarlo. Sus ojos estaban fijos en los de Roger; su boca ancha, curvada en una lenta sonrisa.

Él no se creyó capaz de esperar hasta después del desayuno sin tocarla siquiera. El chal estaba en los pies de la cama; se lo puso en la cintura, por respeto a la decencia, y fue a arrodillarse junto a la mecedora.

La corriente de aire que entraba por la ventana movió la cabellera de Bree y le erizó de pronto la piel de los brazos. Él los abrazó a ambos. Poco importaba que la brisa le enfriara a él la espalda.

—Te amo —le susurró al oído. Y cubrió con una mano los dedos que descansaban en el muslo. Ella giró la cabeza para besarlo; fue un fugaz contacto de labios suaves.

—Yo también te amo —dijo.

Bree se había enjuagado la boca con agua y vino; sabía a uvas otoñales y arroyos fríos. En el momento en que él se decidía a ahondar en la materia, un fuerte aporreo sacudió las tablas de la puerta, acompañado por la voz de su suegro.

—¡Roger! ¿Estás ahí? ¡Levántate ahora mismo!

—¿Cómo que si estoy aquí? —susurró él a Brianna—. ¿Dónde diablos iba a estar si no?

—Chist. —Ella le mordisqueó el cuello, pero lo dejó ir de mala gana, recorriéndolo con una mirada de profunda apreciación—. ¡Papá, ya se ha levantado! —anunció.

—Sí, esto tiene visos de ser un estado permanente —murmuró Roger. De inmediato bramó—: ¡Ya voy! ¿Dónde cuernos está mi ropa?

—Bajo la cama, donde la dejaste anoche.

Brianna dejó en el suelo a Jemmy; al oír la voz de su abuelo, el niñito lanzó un chillido extático y corrió a golpear la puerta cerrada. Tras haberse aventurado al fin a caminar, había pasado sin pérdida de tiempo a la etapa siguiente: en pocos días comenzó una locomoción veloz... y perpetua.

—¡Date prisa!

La luz inundó la cabaña al correr el cuero de la ventana, dejando ver la ancha cara de Jamie Fraser, enrojecida por el entusiasmo y el sol de la mañana. Una ceja se enarcó al ver a Roger agachado en el suelo, con una camisa protegiéndole medio cuerpo.

—Muévete, hombre. No es hora de andar por ahí con el trasero al aire. MacLeod dice que hay bestias justo detrás del cerro. —Envió un beso a Jemmy—. *A ghille ruaidh, a charaid! Ciamar a tha thu?*

Roger se olvidó a la vez del sexo y el pudor. Se puso la camisa por la cabeza, con movimientos bruscos.

—¿Qué clase de bestias? ¿Venados, alces?

—¡No sé, pero se trata de carne!

El cuero cayó de pronto, dejando la habitación en penumbras. La intromisión había franqueado el paso a una ráfaga fría, que rompió la atmósfera tibia, cargada de humo, para traer consigo un aliento de cacería, de viento seco y hojas carmesíes; de barro y excrementos frescos, de lana mojada y pellejo lustroso, todo condimentado con el imaginario olor de la pólvora.

Con una última y anhelante mirada al cuerpo de su esposa, Roger cogió sus calcetines.

# 90

## *Peligro en la hierba*

Al mediodía, entre gruñidos y jadeos, los hombres se adentraron en la zona verde oscura de las coníferas. En las crestas más altas, los grupos de abetos y tejos se apretaban con píceas y pinos por encima de las piedras amontonadas. Allí se detuvieron, a salvo en la inmortalidad de la estación mientras las agujas de los árboles murmuraban lamentos por la brillante fragilidad de las hojas caídas.

Roger se estremeció a la sombra fría de las coníferas; se alegró de haberse puesto una gruesa camisa de cazador sobre la de lino. Nadie decía nada; aun cuando se detenían un instante para coger aliento, la quietud del bosque prohibía toda charla innecesaria.

Alrededor la espesura parecía serena... y desierta. Quizá porque llegaban demasiado tarde, cuando los animales ya habían continuado su marcha, quizá porque MacLeod había visto mal. Roger aún no tenía habilidad para matar, pero después de pasar un tiempo solo con el sol, el viento y el silencio, había adquirido en parte el instinto del cazador.

Al salir al otro lado del cerro, los hombres se encontraron a pleno sol. El aire era escaso y frío, pero Roger sintió que el calor le golpeaba el cuerpo helado y cerró los ojos con momentáneo placer. Al llegar a un sitio al abrigo del viento, el grupo se detuvo en muda apreciación.

Jamie se adelantó hasta el borde de un saliente rocoso, con la coleta cobriza lanzando reflejos al sol, y se volvió a un lado y a otro, mirando hacia abajo entre los árboles, con los ojos entornados. Roger vio que dilataba las fosas nasales y sonreía para sus adentros. Tal vez olfateaba la presa. Probó él mismo y también olfateó, pero sólo captó el olor de las hojas que se pudrían y un fuerte vaho a sudor rancio, que emanaba de Kenny Lindsay.

Fraser negó con la cabeza. Luego se volvió hacia Fergus para decirle algo en voz baja y trepó por la cornisa hasta desaparecer.

—Esperemos —dijo Fergus a sus compañeros, lacónico.

Se sentó y, después de sacar de su talega un par de bolas talladas en piedra, se dedicó a hacerlas rodar por la palma de la mano, intensamente concentrado en conducirlas a lo largo de cada uno de sus diestros dedos.

El brillante sol de otoño hundía sus largos brazos entre las ramas vacías, como para darles el último sacramento de consuelo estacional y bendecir la tierra moribunda con un postrero toque de tibieza. Los hombres se sentaron a conversar en voz baja, malolientes. Si en la frescura del bosque no se notaba, allí arriba, al sol, era obvio el hedor a sudor reciente, que se imponía a las capas más profundas de suciedad y olores físicos.

Roger se dijo que tal vez no era un olfato animal extraordinario lo que hacía tan difícil acercarse a la presa a pie, sino la fetidez de los seres humanos. A veces había visto a los mohawk frotarse con hierbas antes de salir de cacería, para disimular su olor natural. Pero ni el aceite de menta habría mellado el hedor de Kenny Lindsay.

Él no olía de ese modo, ¿o sí? Por curiosidad inclinó la cabeza para respirar dentro del escote abierto de su camisa. Sentía que un hilo de sudor le corría por el dorso del cuello, bajo el pelo. Lo secó con el borde de la camisa; antes de regresar a su casa se daría un baño, aunque el arroyo estuviera cubierto de hielo.

La importancia de la ducha y los desodorantes no era por una simple cuestión estética, reflexionó. Al fin y al cabo, uno se habitúa a casi cualquier fetidez habitual. Lo que no había comprendido en la seguridad del medio moderno, relativamente inodoro, eran las consecuencias más íntimas del olor. A veces una vaharada al azar despertaba sin previo aviso sus reacciones más primitivas, haciendo que se sintiera como un sucio mandril. Sintió un rubor caliente al recordar lo que había sucedido la semana anterior.

Había entrado en el cobertizo de la leche, buscando a Claire. La había encontrado allí... y también a Jamie. Ambos estaban completamente vestidos, de pie y separados... pero en el aire se percibía a tal punto el almizcle del deseo y el penetrante olor de la culminación masculina que a Roger le quemó la sangre en la cara y se le erizó el pelo del cuerpo. Su primer impulso había sido darse la vuelta y huir, pero no tenía excusa para hacerlo. Le había dado su mensaje a Claire, consciente de que los ojos de Fraser estaban fijos en él, intrigados. Consciente también de la muda comunicación entre la pareja, como un rasgueo invisible en el aire; se habría dicho que eran dos cuentas ensartadas en un cable tenso.

Jamie había esperado a que Roger se fuera para salir también. Con el rabillo del ojo, el joven había captado un leve movimiento, el ligero contacto de las manos al separarse de su esposa. Aun ahora sentía un nudo en las entrañas al recordarlo.

Exhaló con fuerza el aliento para aliviar la opresión del pecho: luego se tumbó entre las hojas, dejando que el sol castigara sus párpados cerrados. Oyó la sorda queja de Fergus y el susurro de sus pasos mientras el francés efectuaba otra presurosa retirada. La noche anterior había comido *sauerkraut* a medio curar, hecho que descubría todo el que se sentaba durante un rato a su lado.

Sus pensamientos volvieron a aquel incómodo momento en el cobertizo de la leche.

No era por lascivia, ni siquiera por simple curiosidad, pero a menudo se descubría observando a sus suegros. Los veía desde la ventana de su cabaña cuando caminaban juntos, al atardecer; Jamie, con la cabeza inclinada hacia ella y las manos cruzadas a la espalda. Claire movía las manos al caminar; se elevaban en el aire, largas y blancas, como si pudieran cazar el futuro y darle forma, como si pudieran entregar a Jamie sus pensamientos, objetos suaves y lustrados, fragmentos de aire esculpido.

Una vez consciente de lo que hacía, Roger comenzó a observarlos deliberadamente, apartando cualquier sensación de vergüenza por esa pequeña intromisión. Su curiosidad tenía un motivo de peso: había algo que necesitaba saber, y esa necesidad era lo bastante intensa como para excusar la ausencia de modales.

¿Cómo se hacía, ese asunto del matrimonio?

Se había criado en la casa de un soltero. Su tío abuelo y la anciana ama de llaves del reverendo le dieron, en la infancia, cuanto necesitaba en cuestión de afecto; pero en la edad adulta descubrió que le faltaba algo; ignoraba las hebras del contacto y la palabra que unen a las parejas casadas. Para comenzar, el instinto le serviría.

Pero si un amor como ése se podía aprender...

Un toque en el codo lo sobresaltó. Se dio la vuelta, con un brazo extendido en rápida defensa. Jamie lo esquivó limpiamente y le sonrió. Luego señaló con la cabeza el borde de la cornisa.

—Los he encontrado —dijo.

Jamie hizo un gesto con la mano y Fergus acudió de inmediato. El francés apenas le llegaba al hombro, pero no parecía ridículo. Con la mano a modo de pantalla, miró hacia donde Fraser señalaba.

Roger se acercó por detrás de ellos para mirar cuesta abajo. Un pájaro carpintero cruzó a toda velocidad un claro, marcado por su vuelo en picado. Su pareja llamó en lo profundo del bosque, con un sonido que fue como una risa aguda. Abajo no se veía otra cosa notable. Era la misma maraña de laureles, tejos y robles que existía en la ladera del cerro del que provenían. Mucho más abajo, una gruesa línea de altos árboles desnudos marcaba el curso de un arroyo.

Fraser, al verlo, señaló hacia abajo con el mentón.

—Junto al arroyo. ¿Lo ves? —dijo.

Al principio Roger no vio nada. El arroyo quedaba fuera de la vista, pero se podía trazar su curso por los sicomoros y los sauces. Luego divisó algo: un arbusto, al final de la pendiente, se movía de forma distinta a la provocada por el viento al agitar las ramas cercanas. Era una sacudida brusca, como si algo tirara de él para alimentarse.

—¿Qué es eso?

La súbita aparición de un bulto oscuro bastó para revelarle que el animal era grande, muy grande.

—No sé. Es más grande que el venado. Un wapití, quizá. —Fraser miraba con atención, entornando los ojos para protegerlos del viento. Se le veía tranquilo, con el mosquete en una mano, pero Roger lo notó entusiasmado.

—¿Un alce americano, quizá? —Fergus frunció el entrecejo bajo la mano que daba sombra a los ojos—. Nunca he visto ninguno, pero son muy grandes, ¿no?

—No. —Roger negó con la cabeza—. Es decir, sí, pero eso es distinto. He cazado alces americanos... con los mohawk. Y no se mueven así.

Demasiado tarde, vio que Fraser contraía la boca. Por acuerdo tácito, ambos evitaban cualquier mención al cautiverio de Roger entre los mohawk. Pero Jamie no dijo nada; se limitó a asentir.

—Es verdad. No son ni venados, ni alces... Y hay más de uno. ¿Lo veis?

Roger entornó mucho los ojos; después vio lo que Fraser hacía, y lo imitó: se balanceaba de un pie al otro, dejando que sus ojos vagaran por el paisaje. Al no hacer intento alguno de enfocar un punto determinado del panorama, pudo ver la cuesta como una serie de parches borrosos de color y movimiento. «Una pintura de Van Gogh», se dijo, sonriendo ante la idea. Luego descubrió lo que Jamie había dicho y se quedó rígido, olvidando el arte moderno.

Aquí y allá, entre los grises y pardos descoloridos y manchas de follaje perenne, había una dislocación, un nudo en el diseño de la naturaleza: movimientos extraños que no causaba el viento. Aunque cada bestia era invisible en sí, su presencia se detectaba por las sacudidas de los arbustos cercanos. Dios santo, ¿qué tamaño tenían? Allí... y allí... Mientras sus ojos vagaban, el entusiasmo le tensó el pecho y el vientre. ¡Había media docena, por lo menos!

—¡Yo tenía razón! Tenía razón, ¿verdad, Mac Dubh? —se jactó MacLeod, pasando de uno a otro la cara radiante de triunfo—. ¿No os dije que había visto bestias?

—Cristo, hay todo un rebaño —susurró Evan Lindsay, como eco de su pensamiento. La cara del montañés refulgía de expectación. Se volvió hacia Jamie—. ¿Cómo lo haremos, Mac Dubh?

Jamie encogió un hombro, sin dejar de estudiar el valle.

—Es difícil de decir; están en terreno abierto. No podemos acorralarlos en ninguna parte. —Se chupó un dedo para apreciar la brisa; luego señaló—: El viento viene del oeste; descendamos por el arroyuelo hasta el pie de la pendiente. Luego Roger y yo pasaremos cerca de ese gran saliente rocoso. ¿Lo veis desde aquí?

Lindsay asintió despacio; el diente torcido mordisqueaba el labio.

—Están cerca del arroyo. Dad un rodeo; manteneos lejos hasta llegar cerca de ese gran cedro. ¿Lo veis? Luego diseminaos: dos a cada lado del arroyo. Evan es el mejor tirador, que esté listo. Roger Mac y yo nos acercaremos al rebaño por atrás para impulsarlos hacia vosotros.

Fergus asintió.

—Comprendo —dijo, estudiando el terreno, allá abajo—. Y si nos ven, se lanzarán por aquel pequeño desfiladero, donde quedarán atrapados. Muy bien. *Allons-y!*

Hizo un gesto imperioso a los otros, con el gancho refulgiendo al sol. Luego se llevó una mano al vientre, con una pequeña mueca mientras un ruido largo y resonante quebraba el silencio del bosque. Jamie lo miró con aire pensativo.

—Mantente en la dirección del viento, ¿eh? —le dijo.

Era imposible caminar en silencio por entre las hojas secas, pero Roger pisaba con todo el cuidado posible. Al ver que Jamie cargaba y amartillaba su arma, él había hecho lo mismo, con una mezcla de entusiasmo y malos presagios ante el acre olor de la pólvora. Dado el tamaño de las bestias que seguían, hasta él tenía posibilidades de dar en el blanco.

Durante un momento dejó a un lado sus dudas y se detuvo a escuchar, girando la cabeza de un lado a otro. Nada sino el leve susurro del viento en el ramaje desnudo y el lejano murmullo del agua. En la maleza, hacia delante, se oyó un pequeño chasquido y algo de pelo rojo asomó a la vista. Hacia allí fue, con la mano cerrada en torno a la culata, tibia y sólida la madera en su palma, con el cañón apuntado hacia arriba por encima del hombro.

Mientras rodeaba sigilosamente una mata de zumaque, Roger sintió que algo cedía de pronto bajo su pie y se echó hacia atrás para no perder el equilibrio. Al ver lo que había pisado sintió un fuerte impulso de reír, a pesar de la inmediata desilusión.

—¡Jamie! —llamó, sin preocuparse ya por el sigilo.

El pelo brillante de Fraser apareció por entre una cortina de laurel, seguido por su dueño. En vez de hablar enarcó una ceja poblada a manera de pregunta.

—No soy un gran rastreador —dijo Roger, señalando hacia abajo—, pero he pisado tantas cosas de éstas que sé reconocerlas. —Raspó el costado de su zapato contra un tronco caído—. ¡Mira qué es lo que hemos estado acechando!

Jamie se detuvo en seco. Luego se acercó para agacharse junto al manchón pardo y ondulado. Después de tocarlo con la punta de un dedo, levantó la vista hacia Roger con una mezcla de diversión y desconcierto.

—¡Que me aspen! —dijo. Siempre en cuclillas, inspeccionó la espesura con el ceño fruncido. Luego murmuró—: Pero ¿qué hacen aquí?

Por fin se incorporó para mirar hacia el arroyo, donde el sol, ya en descenso, lanzaba reflejos cegadores entre las ramas.

—No tiene ningún sentido —dijo, entornando los ojos—. Sólo hay tres vacas en el cerro y esta mañana vi ordeñar a dos. La tercera es la de Bobby MacLeod. Y creo que él sabría reconocer a su propia vaca. Además...

Se dio la vuelta despacio sobre los talones para echar un vistazo a la empinada pendiente que acababan de bajar. No hacía falta decir nada. Para descender por allí, cualquier vaca habría necesitado un paracaídas.

—Hay más de una, muchas más —apuntó Roger—. Tú mismo las has visto.

—Es cierto, pero ¿de dónde vienen? —Jamie arrugó la frente, intrigado—. Los indios no crían ganado, mucho menos en esta temporada. Si tenían alguna bestia, a estas horas ya está carneada y ahumada. Y en cincuenta kilómetros a la redonda no hay ninguna granja de la que puedan venir.

—¿Y si fuera un rebaño salvaje? —sugirió Roger—. Pueden haberse escapado hace mucho tiempo y han estado vagando por allí.

A los ojos de Jamie asomó un aire calculador, como eco del gorgoteo esperanzado que emitía el estómago de Roger.

—En ese caso serán presas fáciles —dijo su suegro. Pero el escepticismo atemperaba su voz, a pesar de la sonrisa. Se inclinó para partir un trozo de boñiga que deshizo con el pulgar. Luego lo tiró—. Muy fresca —dijo—. Están cerca; vamos.

Media hora de caminata después emergieron en la ribera del arroyo que habían visto desde arriba. Allí era ancho y poco profundo; los sauces arrastraban sus ramas sin hojas por el agua. Nada se movía, salvo un destello de sol entre las ondas, pero resultaba obvio que las vacas habían estado allí; el barro de la orilla estaba revuelto por huellas de pezuñas casi secas; en un sitio había plantas moribundas, pisoteadas a lo largo de una larga franja, allí donde había vadeado un animal grande.

—¿Por qué no se me ocurriría traer cuerdas? —murmuró Jamie mientras se abría paso entre los sauces tiernos de la ribera, al rodear el vado—. Una cosa es la carne, pero tener leche y queso...

El murmullo se apagó al abandonar el arroyo para seguir una huella en el follaje; se adentraba de nuevo en el bosque.

Los dos hombres se separaron sin decir nada, a paso quedo. Roger aguzaba cuanto podía el oído en el silencio del bosque. Debían de estar cerca; hasta la vista poco experimentada del muchacho había detectado lo reciente de las señales. Sin embargo, allí reinaba el silencio del otoño, quebrado sólo por el reclamo de un cuervo a la distancia. El sol pendía bajo en el cielo, llenando el aire de un fulgor dorado. Estaba refrescando; a pesar de la chaqueta, Roger se estremeció al pasar por una zona en sombra. Tendrían que buscar a los otros y acampar cuanto antes; el crepúsculo era corto. Una buena fogata les iría bien; mejor aún si tenían algo para asar en ella.

Ahora iban descendiendo hacia una pequeña hondonada, donde la tierra, al enfriarse, despedía volutas de bruma otoñal. Jamie se había adelantado un poco y caminaba con tanta firmeza como lo escarpado del suelo le permitía; por lo visto aún era capaz de ver la senda, pese a la densa vegetación.

Un rebaño de vacas no podía desaparecer así como así, se dijo Roger, aun con una niebla tan espesa, a menos que fuera cosa de magia. Y no estaba dispuesto a creer algo semejante, pese a la ultraterrenal quietud de ese sitio.

—Roger. —Jamie habló en voz muy baja, pero su yerno estaba tan atento que lo localizó enseguida, a su derecha. Señaló algo con la cabeza—. Mira.

Apartó una rama grande y espinosa, poniendo al descubierto el tronco de un sicomoro grande. Parte de la corteza se había desprendido, dejando una mancha blancuzca y rezumante en la corteza gris.

—¿Las vacas se frotan así? —Roger contempló la mancha con cara de duda, extrayendo un mechón de pelo oscuro y lanudo, atrapado en la áspera corteza.

—Sí, a veces —replicó Jamie, y movió la cabeza al observar la maraña parda oscura que Roger tenía en la mano—. Pero que me lleve el diablo si alguna vez he visto ese pelaje en una vaca. ¿Por qué crees que...?

Algo se movió junto al codo de Roger. Al volverse se topó con una monstruosa cabeza bruna que espiaba por encima de su hombro. Un ojo diminuto, inyectado en sangre, se encontró con el suyo. Roger gritó y retrocedió. Su arma se disparó con una fuerte explosión. A continuación, sintió algo que pasaba por su lado a toda velocidad, y un golpe seco.

Cayó de bruces sobre el tronco de un árbol, sin aliento. Apenas tenía una fugaz impresión de un bulto oscuro, peludo, y una fuerza que lo había hecho volar como una hoja. Se incorporó, esforzándose por respirar. Jamie estaba de rodillas en la hojarasca, buscando como loco el arma de Roger.

—¡Arriba! —le dijo—. ¡Levántate, Roger! ¡Por Dios, son bisontes!

Un momento después estaba de pie y seguía a Jamie. Aún estaba medio sofocado, pero corría, con el cuerno de pólvora golpeándole contra la cadera y el arma en las manos, sin tener un recuerdo claro de cómo había llegado hasta ellas.

Jamie brincaba como un venado entre las matas, con el capote hecho un lío contra la espalda. El bosque ya no estaba en silencio; por delante se oían ruidos de ramas que se rompían y graves resoplidos.

Alcanzó a Jamie en la cuesta; la subieron trabajosamente, resbalándose en las hojas húmedas, con los pulmones quemándoles por el esfuerzo. Al llegar a lo alto se encontraron con una larga pendiente, salpicada de pinos y nogales jóvenes.

Allí estaban: ocho o nueve bestias enormes y lanudas, que corrían en grupo cerrado, atronando la colina; sólo se abrían para rodear matas o árboles.

Jamie clavó una rodilla en tierra, apuntó y disparó, sin efecto visible.

No había tiempo para detenerse a recargar; era preciso mantener el rebaño a la vista. Un meandro del arroyo centelleó entre los árboles, más abajo y a la derecha. Roger se lanzó cuesta abajo, en un arrebato de entusiasmo, haciendo volar la cantimplora y la caja de balas; su corazón atronaba como los cascos de los bisontes. Oyó que Jamie lo seguía lanzando a gritos exhortaciones gaélicas.

Una exclamación diferente hizo que Roger se detuviera para mirar hacia atrás. Fraser se había detenido, con la cara petrificada de espanto. Antes de que el joven pudiera decir nada, el espanto mudó a furia. Jamie aferró el mosquete por el cañón y, mostrando los dientes, golpeó el suelo con la culata. Apenas se detuvo antes de levantar el arma para golpear otra vez, y otra; sus hombros se sacudían con el esfuerzo.

Roger abandonó de mala gana su persecución para trepar hacia él.

—¿Qué diablos...?

Entonces la vio. El pelo se le erizó en una oleada de repugnancia. Unas ondas marrones, duras, gruesas y escamosas se retorcían entre las matas de hierbas. La cabeza de la serpiente estaba aplastada y su sangre manchaba el mosquete de Jamie, pero el cuerpo aún se retorcía como un gusano.

—¡Basta! Está muerta. ¿Me oyes? ¡Basta, he dicho! —Sujetó a Fraser por un brazo, pero su suegro se liberó para dar un culatazo más. Por fin se detuvo, medio apoyado en el arma; temblaba violentamente.

—¡Dios santo! ¿Qué ha sucedido? ¿Te ha picado?

—Sí, en la pierna. La he pisado.

Jamie había palidecido hasta los labios. Al mirar el bicho muerto, que aún se retorcía, lo recorrió otro escalofrío. Roger reprimió el suyo para asirlo por un brazo.

—Ven a sentarte y veamos eso.

Jamie dio unos pasos vacilantes y se dejó caer en un tronco caído. Luego buscó el borde del calcetín con dedos trémulos, pero Roger se los apartó para descalzarlo. Las marcas de los colmillos eran muy claras: una doble punción rojo oscuro en la pantorrilla. Alrededor de los pequeños agujeros la carne tenía un tinte azulado, visible incluso bajo esa tardía luz dorada.

—Es venenosa. Tengo que cortar. —Roger tenía la boca seca, pero se sentía extrañamente sereno, sin pánico alguno.

Desenvainó su puñal; por un momento pensó en esterilizarlo, pero descartó la idea. Encender fuego requeriría unos minutos preciosos y no podía perder un segundo.

—Espera.

Aunque todavía pálido, Fraser había dejado de temblar. Cogió la petaca que llevaba al cinturón y dejó correr unas gotas de whisky por la hoja; luego dejó caer unas cuantas gotas entre los dedos para frotar el líquido contra la herida. Por fin miró a Roger con una mueca que quería ser una sonrisa.

—Es lo que hace Claire cuando tiene que cortar a alguien. —Se recostó hacia atrás, con las manos apoyadas en el tronco musgoso—. Anda, estoy listo.

Mordiéndose los labios en un gesto de concentración, Roger oprimió la punta del cuchillo contra la piel, justo por encima de una de esas punciones. La carne era asombrosamente dura y elástica; el cuchillo la hundió sin penetrar. Entonces Fraser cogió la mano de Roger con la suya y empujó con un gruñido cruel. La punta se hundió de golpe, dos o tres centímetros. Cuando la sangre manó alrededor de la hoja, los dedos que apretaban se retiraron.

—Otra vez. Con fuerza. Y date prisa, hombre, por el amor de Dios. —La voz de Jamie era firme, pero de su cara caían gotas de sudor, calientes primero y luego frías, sobre la mano de Roger.

El joven se preparó para utilizar la fuerza necesaria y cortó con celeridad: dos marcas en cruz sobre las punciones, tal como indicaban las guías de primeros auxilios. La sangre manó en abundancia, pero así estaba bien. Debía llegar al fondo, para ir más allá del veneno. Luego dejó caer el cuchillo y acercó la boca a las heridas.

No experimentaba pánico, pero su sensación de apremio iba en aumento. ¿A qué velocidad se extendía el veneno? Disponía sólo de algunos minutos, quizá menos. Chupó con toda la fuerza posible, llenándose la boca de un sabor a metal caliente. Succionaba y escupía en silencioso frenesí, salpicando de sangre las hojas amarillas; el vello de Fraser le raspaba los labios. Con esa peculiar difusión mental que acompaña a la urgencia, pensó al mismo tiempo diez o doce cosas fugaces, aun mientras dedicaba toda su concentración a la tarea.

¿Sería realmente mortífera, esa maldita serpiente?

¿Hasta qué punto era venenosa?

¿Los bisontes habrían escapado?

¡Cielo santo!, ¿estaría haciendo bien las cosas?

Brianna lo mataría si dejaba morir a su padre. Y Claire también.

Tenía un calambre de mil demonios en el muslo derecho.

¿Dónde diablos estaban los otros? Fraser debía llamarlos... y los estaba llamando, sí; aullaba algo que él no entendía. La carne de su pierna se había puesto dura como una roca, rígidos los músculos bajo los dedos que presionaban.

Algo lo aferró por el pelo de la nuca y tiró con fuerza, obligándolo a detenerse. Levantó la cabeza, jadeando.

—Basta ya, ¿me oyes? —dijo Jamie con suavidad—. Vas a dejarme seco. —Y movió tímidamente el pie descalzo, haciendo una mueca al verse la pierna. Los tajos eran vívidos y aún rezumaban sangre; en derredor de ellos la carne estaba tumefacta y amoratada por la succión.

Roger se sentó sobre los talones y tomó una bocanada de aire.

—He causado mayor... desastre... que la serpiente.

La boca se le llenó de saliva; tosió y volvió a escupir. Fraser, en silencio, le ofreció la petaca de whisky; él se enjuagó la boca con un sorbo y, después de escupirlo, bebió a fondo.

—¿Estás bien? —Se limpió la barbilla con el dorso de la mano; aún tenía sabor a hierro. Señaló con la cabeza la pierna macerada.

—Lo resisto. —Jamie estaba todavía pálido, pero una comisura de su boca se desvió hacia arriba—. Ve a ver si los otros están a la vista.

No los veía; desde lo alto del saliente rocoso sólo se divisaba un mar de ramas desnudas que se agitaban de un lado a otro. Se había levantado viento. Si los bisontes aún andaban a lo largo del río, no había rastros visibles, de ellos ni de sus cazadores.

Ronco de tanto gritar contra el viento, Roger bajó de nuevo la cuesta. Jamie se había movido un poco, hasta encontrar un sitio protegido entre las piedras, al pie de un gran abeto. Estaba sentado, con la espalda contra una roca y las piernas estiradas; tenía un pañuelo atado en la pierna herida.

—No hay señales de nadie. ¿Puedes caminar? —Roger se inclinó hacia su suegro, alarmado al ver que estaba enrojecido y sudaba en abundancia, pese al frío creciente.

Jamie negó con la cabeza.

—Puedo, pero poco.

Saltaba a la vista que la pierna estaba hinchada cerca de la mordedura y el tinte azul se había extendido; a cada lado del pañuelo atado tenía el aspecto de un moretón reciente. Roger sintió la primera punzada de intranquilidad. Había hecho cuanto sabía; en las guías de primeros auxilios, el paso siguiente era siempre «inmovilizar el miembro y llevar al paciente a un hospital cuanto antes». Los cortes y la succión eran para retirar el veneno de la herida, pero al parecer había quedado una buena cantidad, que se diseminaba poco a poco por el cuerpo de Jamie. No había tenido tiempo de extraerlo todo... si es que había extraído algo. Y lo más parecido a un hospital —Claire y sus hierbas— estaba a una jornada de distancia.

Roger acuclilló lentamente mientras se preguntaba qué diablos podía hacer. Inmovilizar el miembro... Bueno, eso estaba hecho, por lo que pudiera servir.

—¿Duele mucho? —preguntó, azorado.

—Sí.

Con esa poco servicial respuesta, Jamie volvió a recostarse contra la piedra y cerró los ojos. Roger se acomodó en un montón de pinaza seca, tratando de pensar.

Oscurecía a toda velocidad; el breve calor del día se esfumaba y las sombras, bajo los árboles, habían asumido el azul intenso del anochecer, aunque no podían ser más de las cuatro. Estaba claro que esa noche no irían a ninguna parte; en las montañas resultaba imposible orientarse en la oscuridad, incluso si

Fraser hubiera podido caminar. Con ayuda de los otros habría podido improvisar una camilla para transportarlo, pero ¿sería mejor eso que dejarlo donde estaba? Aunque lamentaba de todo corazón que Claire no estuviera allí, el sentido común le decía que ni siquiera ella podría hacer mucho, salvo reconfortarlo, si es que iba a morir...

La idea le hizo un nudo en el estómago. La apartó con firmeza para revisar las provisiones de su talego. Le quedaba un poco de pan de maíz; en cuanto al agua, no era difícil de conseguir: entre el susurro de los árboles oía el gorgoteo de un arroyo, algo más abajo. Pero antes convenía recoger leña mientras hubiera luz.

—Sería mejor encender una fogata. —Jamie habló de repente, sobresaltando a Roger con ese eco de sus pensamientos. Abrió los ojos para mirarse una mano y la hizo girar, como si no la conociera—. Noto pinchazos en los dedos —comentó con interés. Luego se tocó la cara con una mano—. Aquí también. Se me han dormido los labios. ¿Sabes si eso es lo habitual?

—No sé. Supongo que sí, si te has bebido el whisky. —Era un chiste patético, pero fue un alivio que lo aceptara con una débil sonrisa.

—No. —Jamie tocó la petaca que tenía a un lado—. Me ha parecido que más tarde podía hacerme falta.

Roger respiró hondo y se levantó.

—Es verdad. Quédate aquí; no debes moverte. Voy a buscar algo de leña. Los otros verán la luz del fuego. —La presencia del resto no sería de mucha ayuda, al menos hasta el día siguiente, pero sería un consuelo no estar solos.

—Trae también la serpiente —le dijo Jamie, cuando ya se alejaba—. Lo justo es justo. ¡Que nos sirva de cena!

Roger sonrió de oreja a oreja, a pesar de su preocupación, e inició el descenso de la cuesta con un gesto tranquilizador.

Mientras se inclinaba para arrancar un grueso nudo de un tronco blando y podrido, se preguntó cuáles eran las posibilidades. Fraser era corpulento y muy saludable. Sobreviviría, sin duda.

Sin embargo, había quienes morían por mordeduras de serpiente, y ocurría con cierta frecuencia; sin ir más lejos, la semana anterior, cerca de High Point, a una mujer alemana, una serpiente le había mordido el cuello mientras recogía leña; en pocos minutos estaba muerta. Al recordarlo, Roger retiró a toda prisa la mano que había extendido por debajo de una mata para coger una rama seca; se le puso la carne de gallina. Mientras se maldecía por su estupidez, cogió un palo para remover a fondo las hojas secas antes de tocarlas, con mucha más cautela.

No podía dejar de mirar hacia la cuesta, cada pocos minutos; sentía una pequeña punzada de alarma cada vez que Fraser quedaba fuera de su vista. ¿Y si se desplomaba antes de su regreso?

Pero se tranquilizó un poco al recordar algo. No, todo estaba bien. Jamie no moriría esa noche, ni por la mordedura de la serpiente ni por frío. No era posible; estaba destinado a morir en un incendio dentro de algunos años. Por una vez, la fatalidad futura representaba tranquilidad en el presente. Inspiró hondo y dejó escapar el aire con alivio. Luego reunió valor para acercarse a la serpiente.

Ya muerta, estaba inmóvil. Aun así tuvo que tirar de su fuerza de voluntad para recogerla. Era tan gruesa como su muñeca y medía cerca de un metro veinte. Empezaba a ponerse rígida; al fin la puso sobre la brazada de leña, como si fuera una rama escamosa. Al verla así se comprendía que aquella serpiente le pasara desapercibida a la alemana; los pardos y grises sutiles de sus dibujos la hacían casi invisible contra el fondo.

Jamie la desolló mientras él encendía el fuego. Con el rabillo del ojo vio que su suegro estaba extrañamente torpe; el entumecimiento de las manos debía de haber empeorado. Aun así trabajaba con empecinamiento: cortó la serpiente y, con dedos trémulos, ensartó los trozos de pálida carne cruda en una ramilla a medio pelar.

Terminada la tarea, Jamie extendió el palo hacia la fogata, pero estuvo a punto de que se le cayera. Roger logró sujetarlo y, a través de la ramilla, percibió el temblor que le sacudía la mano y el brazo.

—¿Estás bien? —dijo. Y le tocó la frente.

Fraser se echó hacia atrás, en ofendida sorpresa.

—Sí —dijo. Pero luego hizo una pausa—. En realidad... me siento algo extraño —admitió.

Costaba ver con tan poca luz, pero su aspecto era algo peor que extraño.

—Acuéstate un rato, ¿quieres? —sugirió, tratando de mostrarse despreocupado—. Si puedes, duerme. Ya te despertaré cuando la comida esté lista.

Jamie no discutió, lo cual alarmó a Roger más que ninguna otra cosa. Se acurrucó en un montón de hojarasca, moviendo la pierna herida con un cuidado que dejaba entrever cuánto le dolía.

La carne de la serpiente goteaba, siseante. Pese al leve asco que le provocaba la idea de comérsela, Roger sintió que el estómago le resonaba. Pero ¡si olía a pollo asado! No por primera vez, reflexionó sobre la delgada línea que separa el apetito del hambre; deja sin comer al más remilgado de los *gourmands* durante uno o dos días; al tercero comerá babosas y lagartijas sin la menor vacilación; así le había sucedido a Roger, cuando regresaba de su inspección.

Mantenía vigilado a Jamie; no se movía, pero Roger lo veía estremecerse de vez en cuando, a pesar de las llamas que ya brincaban. Tenía los ojos cerrados; parecía enrojecido, aunque eso podía ser efecto del fuego; no había modo de saber cuál era el color real.

Oscureció por completo antes de que la carne estuviera cocida. Roger fue a buscar agua; luego amontonó brazadas de hierbas secas y leña en el fuego, hasta que las llamas crepitaron más altas que él; si los otros hombres encontraban en un radio de un kilómetro y medio, no dejarían de verlas.

Fraser se incorporó con mucho esfuerzo para comer. Era obvio que no tenía apetito, pero se obligaba a masticar y tragar; cada bocado era un esfuerzo empecinado. Roger se preguntó por qué lo hacía. ¿Por simple terquedad? ¿Por una idea de venganza contra la serpiente? ¿O quizá por alguna superstición escocesa, con la idea de que consumir la carne del ofidio podía curar su mordedura?

Jamie dio alguna credibilidad a esa última suposición al preguntar de pronto:

—¿Los indios hacían algo contra las mordeduras de serpiente?

—Sí —respondió Roger, cauteloso—. Tenían raíces y hierbas que mezclaban con estiércol o cereales calientes para hacer cataplasmas.

—¿Y daba resultado? —Sostenía un trozo de carne en la mano caída, como si estuviera demasiado exhausto para llevárselo a la boca.

—Lo vi hacer sólo dos veces. En una ocasión se diría que sí: no hubo hinchazón ni dolor; al anochecer del mismo día la niñita estaba bien. En la otra... no resultó.

Él no había presenciado los horribles detalles de la muerte; únicamente vio el cadáver envuelto en cuero cuando lo retiraban de la casa comunal. Al parecer tendría otra oportunidad de contemplar los efectos del veneno de serpiente. Fraser lanzó un gruñido.

—Y en tu época, ¿qué harían?

—Ponerte una inyección de algo llamado suero antiofídico.

—¿Una inyección? —Jamie no parecía entusiasmado—. Claire me hizo eso una vez. No me gustó nada.

—Pero ¿funcionó?

Su suegro respondió sólo con un gruñido. Luego arrancó entre los dientes otro pequeño bocado de carne.

Pese a su preocupación, Roger devoró su ración y también lo que Jamie dejó de la suya. El cielo se extendía negro y estrellado; entre los árboles circulaba un viento frío que congelaba las manos y la cara.

Después de enterrar los restos de la serpiente —sólo faltaba que apareciera algún carnívoro grande, atraído por el olor a sangre—, avivó el fuego, siempre con el oído atento a cualquier grito que brotara de la oscuridad. No se oía sino el gemir del viento y el crujir de las ramas; estaban solos.

Jamie se había quitado la camisa de cazador, a pesar del frío, y permanecía sentado, con los ojos cerrados, oscilando un poco. Roger se sentó en cuclillas a su lado para tocarle el brazo. ¡Dios santo, estaba ardiendo!

Aun así abrió los ojos con una leve sonrisa. El joven le ofreció una taza de agua, que él aceptó con mano torpe. Por debajo de la rodilla, su pierna estaba grotescamente tumefacta, casi hasta el doble de su tamaño normal. La piel presentaba manchas irregulares, de color rojo oscuro, como si algún súcubo hubiera puesto su boca hambrienta sobre la carne, para marcharse luego insatisfecho.

Roger se preguntó, inquieto, si podía estar equivocado en su convicción de que el pasado no se puede cambiar; en ese caso, el momento y la manera en que Fraser moriría estaba fijada; sería dentro de unos cuatro años. Sin esa certeza, el aspecto de Jamie era muy preocupante. ¿Y hasta qué punto estaba convencido, al fin y al cabo?

—Podrías estar equivocado. —Jamie había dejado la taza y lo miraba con serenos ojos azules.

—¿Sobre qué? —preguntó él, sobresaltado al oír sus pensamientos expresados en voz alta. ¿Acaso había hablado en murmullos sin darse cuenta?

—Sobre el cambio. Tú decías que no era posible cambiar la historia. ¿Y si te equivocas?

Roger fue a atizar el fuego.

—No me equivoco —aseguró, tanto para sí como para Fraser—. Piensa, hombre. Tú y Claire tratasteis de detener a Carlos Estuardo, de cambiar lo que hizo... y no pudisteis. No se puede.

—Eso no es del todo cierto —objetó Fraser. Y se reclinó hacia atrás, con los ojos entornados por el fulgor del fuego.

—¿Por qué no?

—Es cierto que no pudimos evitar el Alzamiento... pero eso no dependía sólo de nosotros y de él: había mucha otra gente implicada. Los jefes que lo seguían, esos malditos irlandeses que lo halagaban... y hasta Luis. Él y su oro. —Agitó una mano para descartar el tema—. Pero eso no tiene nada que ver. Dices que Claire y yo no pudimos detenerlos. Y es cierto: no pudimos detener el comienzo. Pero podríamos haber impedido el final.

—¿Te refieres a Culloden? —Roger, con la vista clavada en el fuego, recordó vagamente aquel día lejano en que Claire les había contado, a él y a Brianna, la historia de las piedras... y de Jamie Fraser. Sí: ella había hablado de una última oportunidad para impedir la matanza final de los clanes...

Levantó la vista.

—Si matabais a Carlos Estuardo...

—Sí. Si lo hubiéramos hecho... pero ni ella ni yo pudimos decidirnos. —Tenía los ojos casi cerrados, aunque movió la cabeza, inquieto, a todas luces incómodo—. Muchas veces me he preguntado si fue por decencia... o por cobardía.

—O quizá por otra cosa —apuntó Roger, abruptamente—. No se sabe. Si Claire hubiera tratado de envenenarlo, apuesto a que habría sucedido algo: tal vez se habría caído el plato, se lo habría comido el perro o habría muerto otro en su lugar. ¡Las cosas no habrían cambiado!

Fraser abrió despacio los ojos.

—Así que tú piensas que todo está predeterminado, ¿eh? ¿Que el hombre no tiene libre albedrío? —Se frotó la boca con el dorso de la mano—. Y cuando decidiste regresar por Brianna, y luego otra vez por ella y el pequeño, ¿no fue por libre decisión? ¿Estabas destinado a hacerlo?

—Yo... —Roger se interrumpió, con los puños apretados contra los muslos. De pronto, por encima del olor a leña quemada, parecía elevarse el de la sentina del *Gloriana*. Luego se relajó con una breve risa—. Mal momento para ponerse filosófico, ¿no te parece?

—Pues sí —aceptó Fraser, en voz baja—. Sólo que tal vez no tenga otro. —Y prosiguió antes de que Roger pudiera contestar—: Si no hay libre albedrío... tampoco hay pecado ni redención, ¿verdad?

—¡Jesús! —murmuró Roger, apartándose el pelo de la frente—. ¡Salgo con Ojo de Águila y acabo sentado bajo un árbol con Agustín de Hipona!

Jamie lo ignoró, absorto en lo suyo.

—Claire y yo escogimos no matar. No quisimos derramar la sangre de un hombre. Pero la sangre de Culloden ¿no cae así sobre nosotros? No quisimos cometer el pecado, ¿y aun así el pecado vino a por nosotros?

—Por supuesto que no. —Roger se puso de pie, nervioso, y fue a atizar el fuego—. Lo que sucedió en Culloden no fue culpa vuestra. ¿Cómo podía serlo? Todos los que tomaron parte en eso, Murray, Cumberland, todos los jefes... ¡No fue obra de un solo hombre!

—¿Crees que todo está determinado? ¿Estamos condenados o salvados desde el momento de nacer, sin que nada pueda cambiarlo? ¡Y eres hijo de un predicador! —Fraser rió entre dientes.

—Sí —afirmó Roger. Se sentía a la vez torpe e inexplicablemente enfadado—. Es decir, no, no es eso lo que creo. Sólo que... pues... si algo ya ha sucedido de una manera, ¿cómo podría suceder de otra?

—Sólo tú crees que ha sucedido —apuntó Fraser.

—No lo creo. ¡Lo sé!

—Mmfm. Sí, porque vienes del otro lado del asunto; lo tienes atrás. ¿Y si acaso tú no puedes cambiar algo, pero yo sí, porque para mí aún está hacia delante?

Roger se frotó con fuerza la cara.

—Eso no tie... —Pero se interrumpió. ¿Cómo decir que no tenía sentido? A veces pensaba que nada en el mundo tenía ya sentido—. Quizá —reconoció, cansado—. Dios sabrá; yo no.

—Sí. Pues bien, supongo que lo averiguaremos muy pronto.

Roger lo miró con aspereza al percibir una nota extraña en su voz.

—¿Qué quieres decir con eso?

—Tú crees que sabes que moriré dentro de tres años —dijo Fraser, con calma—. Si muero esta noche, será porque estás equivocado, ¿no? Lo que crees que sucedió no habrá sucedido; por ende, el pasado se puede cambiar, ¿sí?

—¡No vas a morir! —le espetó Roger. Y le clavó una mirada fulminante, como si lo desafiara a contradecirlo.

—Me alegra oírlo. Pero ahora me gustaría beber un poquito de ese whisky. Quita el corcho, ¿quieres? Con estos dedos no podré sujetarlo.

Las manos de Roger tampoco estaban firmes. Tal vez era la fiebre de Fraser lo que le daba la sensación de tener la piel fría. Entregó la petaca a su suegro para que bebiera. Dudaba que el whisky fuera recomendable para las mordeduras de serpiente, pero probablemente ya no importaba mucho.

—Acuéstate —refunfuñó, cuando Jamie hubo terminado—. Voy a por más leña.

No podía estarse quieto; aunque tenía un montón de leña a mano, vagó por la oscuridad, siempre a la vista del fuego.

Había pasado muchas noches como ésa, a solas, bajo un cielo tan vasto que se mareaba con sólo levantar la vista, helado hasta los huesos, moviéndose para conservar el calor. Noches en las que había luchado con las alternativas, demasiado inquieto como para tenderse en un cómodo lecho de hojarasca, tan atormentado que no podía dormir.

Las opciones eran claras, pero nada fáciles de elegir. Por una parte, Brianna y todo lo que la acompañaba; el amor y el peligro, la duda y el miedo. Por otra, la seguridad de saber quién y qué era él, certeza a la que había renunciado por la mujer que era su esposa... y el niño que podía ser su hijo.

Había escogido. ¡Maldita sea, había escogido, sí! Por sí mismo, sin que nada lo obligara. ¡Y si para eso debía cambiar de pies a cabeza, pues también había escogido eso! Así como había escogido besar a Morag. Torció la boca al pensarlo, pues entonces no tenía idea alguna de las consecuencias de esa pequeña acción.

En su mente se agitó algún eco pequeño, una voz suave, muy en las sombras de su memoria.

«... no importa qué era cuando nací, sino sólo qué haré de mí mismo, en qué me convertiré.»

Se preguntó quién lo había escrito. ¿Montaigne? ¿Locke? ¿Alguno de aquellos de la Ilustración, con sus ideas del destino y el individuo? ¡Ya le habría gustado ver qué decían sobre los viajes en el tiempo! Luego, al recordar dónde lo había leído, sintió frío hasta en la médula.

«Éste es el grimorio de la bruja Geillis. Es un nombre de bruja y lo adopto como propio; no importa qué era cuando nací, sólo qué haré de mí misma, en qué me convertiré.»

—¡Cierto! —dijo en voz alta, desafiante—. Cierto, y tú tampoco pudiste cambiar las cosas, ¿verdad, abuela?

Desde el bosque, detrás de él, surgió un ruido; se le erizó el pelo de la nuca antes de reconocerlo; no era risa, como había creído al principio, sino el grito lejano de un puma.

De pronto cayó en la cuenta de que ella sí que había podido; aunque no logró convertir a Carlos Estuardo en rey, había hecho otras cosas. Y pensándolo bien... tanto ella como Claire habían hecho algo que sin duda cambiaría las cosas: tener hijos con hombres de otro tiempo. Brianna, William Buccleigh... Tan sólo pensar en el efecto que esos dos nacimientos habían tenido en su propia vida...

Eso tenía que cambiar las cosas, ¿verdad? Se sentó despacio en un tronco caído, fría y húmeda la corteza bajo él. Sí que las cambiaba. Por mencionar tan sólo un pequeño efecto: él mismo debía su miserable existencia al hecho de que Geilie Duncan se había hecho cargo de su destino. Si Geilie no hubiera tenido un hijo con Dougal MacKenzie... Claro que eso no había sido decisión de ella.

Aun así, ¿la intención importaba mucho? ¿O quizá era eso, precisamente, lo que había discutido con Jamie Fraser?

Se levantó para rodear en silencio la fogata, mirando hacia las sombras. Fraser estaba tendido en la oscuridad, muy quieto. Aunque pisaba con cuidado, sus pies hacían crujir la pinaza. Fraser no se movió. Tenía los ojos cerrados. Las manchas se le habían extendido a la cara. Roger notó que sus facciones tenían un aspecto congestionado; párpados y labios estaban algo tumefactos. A la luz vacilante resultaba imposible saber si respiraba aún.

Se arrodilló para sacudirlo con fuerza.

—¡Oye! ¿Estás vivo? —Quiso decirlo en tono de broma, pero el miedo era evidente en su voz.

Fraser no se movió. Luego abrió lentamente un ojo.

—Sí —murmuró—. Pero no es un placer.

Roger no volvió a dejarlo. Le limpió la cara con un paño mojado y le ofreció más whisky, que él rechazó. Luego tomó asiento junto a la silueta tendida, atento a cada resuello.

Muy a su pesar, se descubrió haciendo planes sobre horribles suposiciones. ¿Y si acaso ocurría lo peor? Debía tenerlo en cuenta; había visto morir a varias personas que no parecían tan mal como Fraser en ese momento.

Si en verdad ocurría sin que los otros hubieran regresado, tendría que sepultar a Jamie. No podía cargar con el cadáver ni dejarlo expuesto a los pumas y a otros animales.

Sus ojos inquietos recorrieron los alrededores. Rocas, árboles, matorrales... todo parecía extraño; la oscuridad enmascaraba a medias las siluetas; los contornos parecían oscilar y cambiar en el resplandor parpadeante; el viento gemía al pasar como una bestia al acecho.

Allí, tal vez; el extremo de un árbol medio caído se alzaba en la oscuridad, mellado y en ángulo. Tal vez pudiera abrir una zanja poco profunda; luego, dejar que el árbol cayera para cubrir la sepultura provisional.

Apretó con fuerza la cabeza contra las rodillas.

—¡No! —susurró—. ¡No, por favor!

Pensar en decírselo a Bree y a Claire era un dolor físico, una puñalada en el pecho y en la espalda. Y no sólo a ellas: también a Jem, a Fergus y Marsali, a Lizzie y su padre, a los Bug, los Lindsay, a las otras familias del cerro. Todos confiaban en Fraser y esperaban que él los guiara. ¿Qué harían sin él?

Jamie cambió de posición y el movimiento le arrancó una queja. Roger lo calmó apoyándole una mano en el hombro.

«No te vayas —pensó; las palabras no dichas eran una bola dura en su garganta—. Quédate con nosotros. Quédate conmigo.»

Pasó largo tiempo allí, con la mano apoyada en el hombro de Fraser. Tenía la absurda idea de que eso equivalía a sujetarlo, a mantenerlo anclado a la tierra. Si lo sujetaba hasta el amanecer, todo estaría bien; si retiraba la mano, todo habría terminado. El fuego se iba consumiendo, pero él postergaba la necesidad de atenderlo para no soltar a Jamie.

—¿MacKenzie? —Fue sólo un murmullo, pero él se inclinó de inmediato.

—Sí. Aquí estoy. ¿Quieres agua? ¿Una gota de whisky?

Alargó la mano hacia la taza, derramando agua en su nerviosismo. Fraser bebió dos tragos y la apartó con un gesto.

—No sé si estás en lo cierto o no —dijo. Su voz sonaba ronca, pero clara—. Pero si te equivocas y muero, pequeño Roger, hay cosas que debo decirte. No quiero dejarlo para cuando sea demasiado tarde.

—Aquí estoy —repitió él, sin saber qué otra cosa decir.

Fraser cerró los ojos para reunir fuerzas. Luego apoyó las manos bajo el cuerpo y cambió de posición, lento y torpe. Hizo una mueca de dolor y se tomó un momento para recobrar la respiración.

—Bonnet. Debo decirte qué tengo en marcha.

—¿Sí? —Por primera vez el joven sentía algo más que preocupación por su suegro.

—Hay un hombre llamado Lyon; Duncan Innes te dirá cómo encontrarlo. Trabaja en la costa; compra a los contrabandistas que operan en los Outer Banks. Durante la boda me buscó para proponerme un negocio con el whisky.

El plan era bastante simple. Jamie quería enviar aviso a ese tal Lyon —por qué vía, Roger no tenía ni idea— para informarlo de que estaba dispuesto a comerciar con él, siempre que se reuniera con él y llevase consigo a Stephen Bonnet, como prueba de que tenía un hombre con la reputación y la habilidad necesarias para manejar el transporte a lo largo de la costa.

—La reputación necesaria —repitió Roger, por lo bajo—. La tiene, sí.

Fraser hizo un ruido que podía ser risa.

—No lo aceptará con tanta facilidad; querrá imponer sus condiciones, pero acabará por acceder. Dile que tienes suficiente whisky como para que valga la pena. Dale un tonel de dos años para que pruebe, si es preciso. Cuando vea lo que la gente está dispuesta a pagar por eso, aceptará con gusto. El lugar... —Se interrumpió, con la frente arrugada, y respiró un par de veces antes de continuar—: Yo pensaba que lo mejor sería que fuera en el embarcadero de Wylie, pero si debes ir tú, elige un lugar de tu agrado. Lleva a los Lindsay para que te cubran las espaldas, si quieren. Si no, busca a otro, pero no vayas solo. Y ve dispuesto a matarlo al primer disparo.

Roger asintió, tragando saliva con dificultad. Jamie tenía los párpados hinchados, pero sus ojos centelleaban a la luz del fuego, penetrantes.

—No dejes que se te acerque tanto como para alcanzarte con la espada —dijo—. Has aprendido, pero no eres lo bastante bueno como para enfrentarte a Bonnet.

—¿Y tú sí? —dijo Roger, sin poder contenerse. Le pareció que Fraser sonreía, pero no veía bien.

—Desde luego que sí —dijo su suegro, en voz baja—. Si sobrevivo. —Luego, con un ataque de tos, levantó la mano para descartar por ahora a Bonnet—. En cuanto al resto... vigila a Sinclair. Se le puede sacar partido, pues sabe todo lo que sucede en el distrito, pero jamás le des la espalda.

Hizo una pausa para pensar, ceñudo.

—Puedes confiar en Duncan Innes y en Farquard Campbell —dijo—. Y en Fergus. Fergus te ayudará, si puede. En cuanto al resto... —Volvió a cambiar de posición, con otra mueca—. Cuídate de Obadiah Henderson; te pondrá a prueba. Muchos lo harán; déjalos... pero a Henderson no. Enfréntate a él a la primera de cambio; no tendrás otra.

Poco a poco, haciendo pausas frecuentes para descansar, recorrió la lista de nombres: los que vivían en el cerro, los habitantes de Cross Creek, los hombres prominentes de Cape Fear. Carácter, tendencias, secretos, obligaciones.

Roger luchaba contra el pánico, esforzándose por escuchar con atención y grabarlo todo en la memoria. Quería tranquilizar a Fraser, decirle que no continuara, que debía descansar, que nada de todo eso era necesario... y al mismo tiempo sabía que era más que necesario. Se avecinaba una guerra; no hacía falta viajar en el tiempo para saberlo. Si el bienestar del cerro (de Brianna, Jemmy, Claire) debía quedar en sus manos inexpertas, necesitaría de toda la información que su suegro pudiera darle.

La voz de Fraser se apagó, ya afónica. ¿Habría perdido la conciencia? El hombro en el que Roger apoyaba la mano estaba laxo, inerte. No se atrevió a moverse.

No sería suficiente, pensó, y un miedo sordo le contrajo la boca del estómago, por debajo de las punzadas del dolor, más agudas. No podría hacerlo. Pero ¡si no podía siquiera disparar contra una presa del tamaño de una casa! ¿Y pretendían que ocupara el lugar de Jamie Fraser? ¿Que mantuviera el orden con los puños y el cerebro? ¿Que alimentara a su familia con el rifle y el puñal? ¿Que transitara la cuerda floja de la política por encima de un barril de pólvora encendido, con los arrendatarios y los parientes montados sobre los hombros? ¿Reemplazar al hombre al que llamaban «el señor»? Ni pensarlo, se dijo tristemente.

De pronto Fraser contrajo una mano. Tenía los dedos hinchados como embutidos, y la piel, roja y brillante. Roger se la cubrió con la mano libre y sintió que los dedos se movían, tratando de asirla.

—Dile a Brianna que estoy orgulloso de ella —susurró Jamie—. Que mi espada sea para el pequeño.

El joven asintió con la cabeza, sin poder hablar. Luego cayó en la cuenta de que Jamie no podía verlo y carraspeó.

—Sí —dijo con voz áspera—. Se lo diré.

Esperó un momento, pero Fraser no dijo nada más. El fuego estaba casi consumido, aunque la mano que sostenía quemaba como las brasas. Una ráfaga de aire pasó como una cuchillada, agitándole el pelo contra la mejilla, y arrancó del fuego una súbita lluvia de chispas.

Aguardó tanto como le pareció prudente mientras la fría noche se escurría en solitarios minutos. Luego se inclinó para hacerse oír.

—¿Y a Claire? —preguntó en voz baja—. ¿Quieres que le diga algo?

Temió haber esperado en exceso, pues Fraser permaneció inmóvil varios minutos más. Luego la manaza se agitó, cerrando a medias los dedos hinchados; fue el fantasma de un gesto, como para asir el tiempo que se le escapaba.

—Dile... que iba en serio.

# 91

## *Economía doméstica*

—No he visto nada igual en mi vida. —Me incliné un poco más para mirar—. Es rarísimo.

—Y eso que te has pasado media vida como curandera —murmuró Jamie, fastidiado—. No me digas que en tu época no hay serpientes.

—En el centro de Boston no, no muchas. Además, nadie llama a un cirujano para atender una mordedura de serpiente. Lo más parecido que vi fue un cuidador del zoológico, al que mordió una cobra real. Un amigo mío hizo la autopsia y me invitó a presenciarla.

Omití decir que el aspecto de Jamie, en esos momentos, era mucho peor que el del sujeto de la autopsia.

Apoyé con cautela una mano en el tobillo. La piel estaba hinchada, caliente y seca. Y roja. El rojo intenso se extendía desde los pies hasta casi el tórax, como si lo hubieran sumergido en agua hirviente. La cara, las orejas y el cuello también tenían el color de un tomate maduro; sólo había escapado la piel clara del pecho, pero hasta allí tenía puntos rojos. Aparte de su coloración de langosta, la piel se le estaba desprendiendo de los pies y las manos; colgaba en tiras como el musgo negro de las ramas.

Observé con atención su cadera. Allí se veía la rubicundez causada por una versión más densa del sarpullido que le cubría el pecho; el punteado era bien visible en la piel estirada de la cresta ilíaca.

—Parece que te han asado a fuego lento —comenté con fascinación, frotando el sarpullido—. Nunca había visto algo tan rojo.

No había relieve; no se podían tocar los puntos uno a uno, aunque sí verlos a poca distancia. No era un sarpullido propiamente dicho; me dije que debían ser petequias, pequeñas hemorragias subcutáneas. Pero tantas...

—No creo que estés en condiciones de criticar, Sassenach —comentó él, clavando los ojos en mis dedos, manchados de amarillo y azul.

—¡Maldita sea...!

Me levanté de un salto y, después de cubrirlo a toda prisa con los edredones, corrí hacia la puerta. Distraída por la dramática llegada de Jamie, había dejado desatendida, en el patio, una tina llena de ropa en tintura... y con poca agua. Si se consumía del todo y la ropa se quemaba...

En cuanto salí me golpeó en la cara un fuerte hedor a orina y a añil. Pese a todo respiré con profundo alivio al ver allí a Marsali, roja por el esfuerzo de levantar de la tina una masa chorreante, utilizando la gran horquilla de madera. Me apresuré a ayudarla, cogiendo una a una las prendas humeantes del montón para tenderlas a secar en las matas de zarzamora.

—Gracias a Dios —dije, agitando en el aire los dedos escaldados para refrescarlos—. Tenía miedo de haberme cargado todo.

—Pues... quizá queden un poco oscuras. —Marsali se pasó una mano por la cara para retirar las finas hebras rubias que habían escapado del pañuelo—. Pero si seguimos con buen tiempo, puedes dejarlas al sol para que se decoloren. ¡Anda, vamos a quitar la tina antes de que se chamusque!

Las cortezas de añil comenzaban a resquebrajarse y ennegrecer en el fondo del recipiente. Cuando lo retiramos del fuego nos rodeó una nube de humo acre.

—No ha pasado nada —dijo Marsali, entre toses y abanicándose con la mano—. Deja, madre Claire, que iré a por agua para que se remoje. Tú tienes que cuidar de papá, ¿verdad? He bajado en cuanto me he enterado. ¿Está muy mal?

—¡Oh!, gracias, querida. —Me abrumó la gratitud.

Lo último que deseaba era perder tiempo cargando varios cubos de agua desde la fuente. Soplé los dedos escaldados para refrescarlos; bajo las manchas de tintura, la piel estaba casi tan roja como la de Jamie.

—Creo que se repondrá —le aseguré, disimulando mis propios temores—. Se encuentra muy mal y se lo ve aún peor. En toda mi vida no había visto nada así. Pero si la herida no se infecta... —Crucé los dedos doloridos, en supersticioso gesto de prevención.

—¡Ah!, saldrá adelante —dijo Marsali, confiada—. Fergus dice que cuando los encontraron, a él y a Roger Mac, parecía muerto, pero cuando cruzaron el segundo cerro ya estaba haciendo unas bromas terribles sobre la serpiente. Y ya no se preocuparon más.

Por mi parte, tras haber visto el estado de su pierna herida, no era tan optimista, pero sonreí para tranquilizarla.

—Sí, creo que se pondrá bien. Voy a preparar una cataplasma de cebolla y a limpiar un poco la herida. Ve a verlo mientras voy a buscar las cebollas, ¿quieres?

Por suerte había cebollas de sobra; las había cosechado dos semanas antes, con la primera helada; en la despensa pendían docenas de nudosas ristras trenzadas, que crujían, fragantes, cuando se las rozaba. Arranqué seis de las grandes y las llevé a la cocina para cortarlas en rodajas. Me escocían los dedos, medio quemados y tiesos tras haber manipulado la ropa escaldada. Trabajaba despacio, para no amputarme un dedo por accidente.

—Deje, *a leannan*, yo me encargaré de eso. —La señora Bug me quitó el cuchillo de la mano y cortó con brío las cebollas—. ¿Es para una cataplasma? Sí, eso es. Con una buena cataplasma de cebolla se cura cualquier cosa. —Pero echó hacia la consulta una mirada llena de preocupación.

—¿Puedo ayudar, mamá? —Bree venía del pasillo, también preocupada—. Papá está hecho un espanto. ¿Está bien?

—¿*Abelo panto?* —Jem se asomó a la cocina detrás de su madre, menos afligido por su abuelo que interesado por el cuchillo de la señora Bug. Arrastró su pequeño taburete hacia ella, con la cara muy decidida bajo el flequillo cobrizo—. ¡Yo hago!

Me aparté el pelo de la cara con el dorso de la mano; los ojos me chorreaban por las cebollas.

—Creo que sí. —Sorbí por la nariz mientras me secaba los ojos—. ¿Y Roger?

—Roger está bien.

Percibí la pequeña nota de orgullo en su voz; Jamie le había dicho que su marido le había salvado la vida. Era posible, sí. Sólo cabía esperar que su vida siguiera a salvo.

—Duerme —añadió. Y me miró a los ojos con total entendimiento. Cuando un hombre está en su cama, al menos sabes dónde está. Y que por el momento no corre peligro—. ¡Jem! ¡Deja en paz a la señora Bug!

Brianna lo bajó del taburete para alejarlo de la tabla de picar, pese a sus pataleos de protesta.

—¿Necesitas algo, mamá?

Me froté el ceño con un dedo, pensativa.

—Sí. ¿Puedes buscarme algunas larvas? Las necesito para la pierna de Jamie. —Eché un vistazo ceñudo al luminoso día otoñal—. Me temo que la escarcha ha matado a todas las moscas; hace días que no veo ninguna. Pero puedes buscar en el corral; ponen sus huevos en el estiércol caliente.

Hizo una breve mueca de asco, pero dejó a Jemmy en el suelo, conforme le decía:

—Ven, compañero. Vamos a buscar bichos para tu abuela.

—¡Bicho-bicho-bicho! —Jemmy correteó tras ella, encantado ante la perspectiva.

Puse las rodajas de cebolla en un cuenco de calabaza y vertí sobre ellas un poco de agua caliente. Mientras se cocían volví a la clínica. En el centro de la habitación había una recia mesa de pino, que oficiaba a la vez de camilla, sillón de dentista, encimera para preparar fármacos o mesa auxiliar en el comedor, según las exigencias médicas y el número de invitados a la cena. En ese momento sostenía la silueta supina de Jamie, apenas visible bajo el montón de edredones y mantas. Marsali estaba a un lado, con la cabeza inclinada hacia él, y le daba una taza de agua.

—¿De veras estás bien, papá? —dijo. Le acercó una mano, pero la detuvo; obviamente le asustaba tocarlo en ese estado.

—Pues claro que sí. —En la voz de Jamie percibí una intensa fatiga, pero una mano enorme salió de entre los edredones para tocarle la mejilla—. Fergus hizo un trabajo estupendo. Mantuvo al grupo unido a lo largo de toda la noche, por la mañana nos encontró a Roger Mac y a mí y nos trajo a todos sanos y salvos a través de la montaña. Tiene un buen sentido de la orientación.

Marsali mantuvo la cabeza inclinada, aunque su mejilla se curvó en una sonrisa.

—Eso le dije. Pero no se perdona por haber permitido que las bestias escaparan. Dice que habría bastado una sola para alimentar a todo el cerro durante el invierno.

Jamie desechó el asunto con un gruñido.

—Bueno, ya nos arreglaremos.

Era obvio que le costaba hablar, pero no quise alejar a Marsali. Roger me había dicho que Jamie vomitaba sangre mientras lo traían; no podía darle coñac ni whisky para calmar el dolor y no tenía láudano. La presencia de su hija podía distraerlo de su miseria.

Abrí el armario sin hacer ruido, en busca del gran cuenco cubierto donde guardaba las sanguijuelas. La loza fría me calmó las manos escaldadas. Tenía diez o doce de las grandes: grumos negros y soñolientos que flotaban a medias en el agua turbia de raíces. Retiré tres para ponerlas en una escudilla de agua limpia, que puse a entibiar junto al brasero.

—Despertad, muchachas —dije—. Es hora de que os ganéis el sustento.

Mientras disponía las otras cosas necesarias, escuchaba los murmullos coloquiales a mi espalda: Germain, la pequeña Joan, un puercoespín en los árboles, cerca de la cabaña de Marsali y Fergus.

Gasa para la compresa de algodón, la botella de alcohol y agua esterilizada, los recipientes de piedra que contenían hidrastis, equinácea y alcanfor. Y la botella con el caldo de penicilina. Al mirar la etiqueta maldije para mis adentros: tenía casi un mes; entre la cacería del oso y las tareas del otoño, en las últimas semanas no había tenido tiempo para hacer un cultivo fresco.

Tendría que usar ése. Con los labios apretados, desmenucé las hierbas secas entre las manos, dejándolas caer en la taza de madera de haya; no me avergoncé mucho de echarle en silencio la bendición de Bride. Necesitaría de toda la ayuda disponible.

—¿Las piñas cortadas que encuentras en el suelo son frescas? —preguntó Jamie. El puercoespín parecía interesarle un poco más que el nuevo diente de Joan.

—Sí, verdes y frescas. Estoy segura de que anda por allí arriba, el condenado, pero ese árbol es inmenso y desde abajo no se le ve. Dispararle es imposible.

La puntería de Marsali era mediocre, pero como Fergus no podía disparar el mosquete con una sola mano, era ella quien cazaba para alimentar a la familia.

—Mmfm... —Jamie carraspeó con esfuerzo y ella se apresuró a darle más agua—. Frota un palo con tasajo de cerdo y ponlo en el suelo, no muy lejos del tronco. Luego, que Fergus se siente a vigilar. A los puercoespines les encanta la sal y la grasa; cuando las huelen se arriesgan a bajar en la oscuridad. Una vez en tierra, no necesitas malgastar balas. Basta con golpearlos en la cabeza. Fergus puede hacerlo perfectamente.

Al abrir el cofre de mis instrumentos médicos fruncí el ceño ante la bandeja que contenía los serruchos y los escalpelos. Escogí un bisturí pequeño, de hoja curva; sentí el mango frío bajo los dedos. Tendría que limpiar la herida, retirando el tejido muerto, los jirones de piel y los trocitos de hojas, tela y polvo, pues los hombres le habían cubierto la pierna con barro y un vendaje hecho con un sucio pañuelo de cuello. Luego podría mojar las superficies expuestas con solución de penicilina. Ojalá sirviera de algo.

—Sería estupendo —dijo Marsali, con cierta melancolía—. Nunca he cazado ese tipo de animales, pero Ian me dijo que están ricos; son muy gordos. Además, las púas sirven para coser y para muchas otras cosas.

Me mordí los labios al ver los otros instrumentos. El más grande era un serrucho plegable para amputaciones de urgencia; su hoja medía casi veinte centímetros de longitud; no lo usaba desde Alamance, y la idea de utilizarlo ahora hizo brotar un sudor frío bajo mis brazos. Aun así, después de ver esa pierna...

—La carne es grasa —dijo Jamie—, pero rica...

Se interrumpió de golpe para cambiar de posición con una queja ahogada.

En mis brazos y en mis manos sentía ya cada paso del proceso de amputación: la tensión de cortar la piel y el músculo, el rechinar del hueso, el latigazo de los tendones, los vasos resbaladizos, pegajosos, sangrantes, que se escurrían dentro de la carne cortada como... serpientes.

Tragué saliva. No. No llegaría a tanto. No podía ser.

—Necesitas carne grasa. Estás muy delgada, *a muirninn* —dijo Jamie por lo bajo, a mi espalda—. Demasiado delgada para estar gestando.

Me di la vuelta, maldiciendo otra vez para mis adentros. Me había parecido, pero tenía la esperanza de equivocarme. ¡Tres bebés en cuatro años! Y con un marido manco, que no podía hacer el trabajo rudo de la finca y no quería ocuparse de lo que sí que podía hacer, como cuidar de los bebés y fermentar la malta, porque eran «cosas de mujeres».

Marsali lanzó una mezcla de risa y sollozo.

—¿Cómo lo sabes? Ni siquiera se lo he dicho a Fergus.

—Pues deberías... aunque él ya lo sabe.

—¿Te lo ha dicho?

—No... pero durante la cacería me pareció que sus trastornos no eran una simple indigestión. Ahora, al verte, he sabido que era eso.

Me mordí la lengua al punto de sentir sabor a sangre. ¿Acaso la mezcla de vinagre y aceite de atanasia no servía de nada? ¿Ni las semillas de *dauco*? Antes bien, yo tenía la fuerte sospecha de que ella no se había tomado la molestia de utilizarlas con regularidad. De cualquier modo, ya era demasiado tarde para preguntas o reproches. Cuando levantó la vista, crucé con ella una mirada, que traté de hacer alentadora.

—¡Bueno! —dijo, con una débil sonrisa—, ya nos apañaremos.

Las sanguijuelas comenzaban a moverse, estirando lentamente los cuerpos como bandas elásticas animadas. Aparté el edredón que cubría la pierna de Jamie y presioné con suavidad aquellos parásitos contra la carne tumefacta, alrededor de la herida.

—Parece más horrible de lo que es —aclaré para tranquilizar a Marsali, al oír su exclamación de espanto.

Era cierto, pero la realidad resultaba ya bastante horrible. Los cortes tenían costras negras en los bordes, pero continuaban abiertos. En vez del sello granuloso de la cicatrización normal, el tejido expuesto empezaba a corroerse y a supurar. La carne estaba muy hinchada, negra y manchada por siniestras vetas rojizas.

Analicé la situación, con la frente crispada y mordiéndome los labios. No sabía qué clase de serpiente le había mordido —de cualquier modo, a falta de suero antiofídico no importaba mucho—, pero era obvio que tenía una potente toxina hemolítica. Jamie tenía el cuerpo cubierto de capilares reventados y sangrantes, tanto externos como internos; cerca de la herida eran más grandes.

El pie y el tobillo de la pierna mordida continuaban calientes y enrojecidos; mejor dicho, rojos. Ésa era buena señal, pues significaba que la circulación profunda permanecía intacta. El problema era mejorar la circulación cerca de la herida, lo suficiente para evitar la muerte masiva de los tejidos. Sin embargo, esas vetas rojas me tenían muy preocupada; podían ser sólo parte del proceso hemorrágico, pero más probablemente eran los primeros signos de la septicemia: envenenamiento de la sangre.

Roger no me había contado mucho de la noche pasada en la montaña, aunque no hacía falta; yo conocía a otros que habían sobrellevado las horas de oscuridad sentados junto a la muerte. Tras haber sobrevivido una noche y un día, lo más probable era que Jamie continuase vivo... siempre que yo lograra dominar la infección. Pero ¿en qué condiciones?

No tenía experiencia previa en atender mordeduras de serpiente, aunque había visto muchas ilustraciones en los libros de texto. El tejido envenenado se echaría a perder. Era probable que Jamie perdiese más músculo de la pantorrilla, lo cual lo dejaría permanentemente lisiado; peor aún: la herida podía gangrenarse.

Lo miré entornando los ojos. Estaba cubierto de edredones, tan enfermo que apenas podía moverse, pero aun así las líneas de su cuerpo eran elegantes y prometían fuerza. La idea de mutilarlo me resultaba insoportable... pero lo haría si era preciso. Dejar lisiado a Jamie, privarlo de un miembro... Al pensarlo se me contraía el estómago y me sudaban las manos manchadas de azul.

¿Lo aceptaría él mismo?

Cogí la taza de agua de Jamie y me la bebí entera. No pensaba preguntárselo. Jamie tenía derecho a escoger, pero él era mío y yo había decidido. No renunciaría a él, sin que importara lo que fuera preciso hacer para conservarlo.

—¿De verdad te sientes bien, papá? —Marsali me había estado observando. Sus ojos iban de Jamie a mí, asustados. Me apresuré a reacomodar mis facciones en una expresión de confianza.

Jamie también me estaba observando. Torció el gesto hacia arriba.

—Pues sí, eso creía yo. Pero ahora no estoy tan seguro.

—¿Qué pasa? ¿Te sientes peor? —pregunté, ansiosa.

—No, me siento bien —me aseguró, aunque era una mentira descarada—. Sólo que cuando me lastimo, siempre que no hay peligro, me regañas como una urraca. Pero cuando estoy desesperadamente mal te pones tierna como la leche. Y esta vez no me has dicho cosas feas, ni una palabra de reproche, desde que llegué a casa, Sassenach. ¿Significa eso que voy a morir?

Tenía una ceja enarcada en gesto de ironía, aunque en sus ojos detecté un dejo de auténtica preocupación. En Escocia no había serpientes; él no podía saber lo que le estaba sucediendo a su pierna. Cogí aliento y le apoyé las manos en los hombros.

—¡Maldito estúpido! ¡Mira que pisar una serpiente! ¿No podías mirar dónde ponías el pie?

—No, pues iba cuesta abajo, siguiendo a mil toneladas de carne —replicó él, sonriente.

Sentí una pequeña relajación muscular bajo la mano. Tuve que reprimir el impulso de devolverle la sonrisa. En cambio le clavé una mirada fulminante.

—¡Pues me has dado un susto de mil demonios!

Eso, al menos, era verdad. Él volvió a arquear las cejas.

—¿Y crees que yo no me asusté?

—No estás autorizado —señalé con firmeza—. Sólo podemos asustarnos de uno en uno. Y éste es mi turno.

Eso lo hizo reír, pero a la risa siguió un ataque de tos y un fuerte escalofrío.

—Tráeme una piedra caliente para sus pies —ordené a Marsali mientras me apresuraba a arroparlo con los edredones—. Y también una tetera llena de agua hirviendo.

Ella voló hacia la cocina. Eché un vistazo a la ventana, preguntándome si Brianna habría tenido suerte en su búsqueda de larvas. Eran insuperables para limpiar heridas supurantes sin causar daños en los tejidos sanos. Para salvarle la pierna y la vida necesitaría más ayuda que la de santa Bride.

Mientras me preguntaba si habría algún santo patrono de las larvas, levanté el borde del edredón para echar un vistazo a mis otros asistentes invertebrados. Lancé un pequeño suspiro de alivio. Las sanguijuelas operaban deprisa; ya habían empezado a hincharse con la sangre acumulada en los tejidos de la pierna, proveniente de los capilares rotos. Sin esa presión, tal vez recuperara una circulación saludable, a tiempo para mantener vivos los músculos y la piel.

Vi su mano aferrada al borde de la mesa; sus escalofríos pasaban a mis muslos, presionados contra la madera. Le cogí la cabeza entre las manos; sus mejillas quemaban.

—¡No vas a morir! —siseé—. ¡De ninguna manera! ¡No te lo permitiré!

—Es lo que siempre me dicen —murmuró, con los ojos cerrados y hundidos de agotamiento—. ¿No se me permitirá opinar?

—No. Anda, bebe esto.

Le acerqué la taza de penicilina a los labios para que bebiera. Entre muecas, con los ojos apretados, tragó obediente.

Marsali había traído la tetera llena de agua hirviendo. Vertí la mayor parte en las hierbas que tenía preparadas y mientras reposaban, le serví una taza de agua fresca para quitarle el sabor de la penicilina. Él tragó de nuevo, con los ojos todavía cerrados, y se recostó contra la almohada.

—¿Qué es eso? —preguntó—. Sabe a hierro.

—Agua. Todo te sabe a hierro; te sangran las encías. —Le di la jarra vacía a Marsali para que trajera más—. Ponle miel —dije—. Una parte de miel por cada cuatro de agua.

—Lo que necesita es té de carne —dijo ella, observándolo con la frente crispada—. Eso habría dicho mi madre. Y mi abuela. Cuando alguien ha perdido mucha sangre, no hay como el té de carne.

Se me ocurrió que Marsali debía de estar realmente preocupada, pues rara vez mencionaba a su madre delante de mí, movida por su natural sentido del tacto. No obstante, por una vez la maldita Laoghaire estaba en lo cierto; el té de carne habría sido excelente... si hubiéramos tenido carne fresca. Y no teníamos.

—Agua con miel —me limité a decir antes de echarla de la habitación.

Mientras iba en busca de refuerzos para las sanguijuelas, me detuve a mirar por la ventana, para ver qué había conseguido Brianna.

Estaba en el corral, descalza y con las faldas recogidas por encima de la rodilla, sacudiéndose el estiércol de un pie. Eso significaba que hasta el momento no había tenido suerte. Al verme en la ventana agitó la mano. Luego señaló el hacha y el límite del bosque. Le hice un gesto de asentimiento; quizá un tronco podrido ofreciera alguna posibilidad.

Jemmy estaba en el suelo, a poca distancia, con las andaderas atadas a la cerca del corral. Ya no las necesitaba para mantenerse en pie, por cierto, pero servían para impedir que escapara mientras su madre estaba atareada. En ese momento arrancaba laboriosamente los restos secos de una calabacera que había trepado por la cerca, gruñendo de placer cuando los trocitos de hoja y los frutos marchitados por la escarcha le llovían sobre el pelo. Con aire de gran determinación, se dedicó a meterse en la boca una calabaza del tamaño de su cabeza.

Un movimiento me hizo desviar la vista: Marsali, que traía agua de la fuente para llenar el caldero lleno de cortezas. No, todavía no se le notaba en absoluto. Jamie tenía razón: estaba demasiado delgada. Pero ahora que lo sabía reparé en su palidez y sus ojeras.

¡Mala suerte! Otro movimiento: las largas piernas de Bree, destellos claros bajo las faldas, a la sombra de la gran pícea roja.

Y ella ¿usaría el aceite de atanasia? Jemmy aún lactaba, pero a la edad del pequeño, eso ya no era garantía.

Un ruido me hizo girar en redondo; Jamie volvía a paso lento a su nido de edredones, con el aspecto de un gran perezoso carmesí, con mi serrucho para amputaciones en una mano.

—¿Qué diablos haces?

Se acostó despacio, entre muecas de dolor y respirando en largos jadeos. Luego apretó contra el pecho el serrucho plegado.

—Repito —dije, acercándome con aire amenazador, con los brazos en jarras—: ¿qué diablos...?

Levantó el instrumento un par de centímetros.

—No —dijo con rotundidad—. Sé lo que piensas, Sassenach, y no te lo permitiré.

Respiré hondo para que la voz no me temblara.

—Sabes que no lo haré si no es absolutamente necesario.

—No —dijo una vez más, mirándome con su familiar obstinación. Era de lo más lógico que él nunca se preguntara a quién se parecía Jemmy.

—No sabes qué podría suceder...

—Sé mejor que tú lo que está sucediendo con mi pierna, Sassenach —me interrumpió. Hizo una pausa para respirar un poco más—. No me importa.

—Puede que a ti no, pero a mí sí.

—No voy a morir —aseguró—. Y no quiero vivir con media pierna. Me horroriza.

—Pues a mí tampoco me gusta mucho pensarlo. Pero ¿y si es preciso escoger entre tu pierna y tu vida?

—No es preciso.

—¡Podría serlo!

—No será así.

La edad no tenía la menor importancia. A los dos años o a los cincuenta, un Fraser era un Fraser y no había roca más testaruda. Me pasé una mano por el pelo.

—De acuerdo —dije, con los dientes apretados—. Dame ese chisme para que lo guarde.

—Tu palabra.

—¿Mi qué? —Lo miré con fijeza.

—Tu palabra —repitió, sosteniéndome la mirada con interés—. Puede que la fiebre me haga perder la conciencia. Y no quiero que me cortes la pierna si no estoy en condiciones de impedirlo.

—¡Si llegas a ese estado, no tendré alternativa!

—Tal vez tú no —replicó sin alterarse—, pero yo sí. Lo he decidido. Dame tu palabra, Sassenach.

—¡Maldito, atroz, exasperante...!

Su sonrisa fue asombrosa, muy blanca en la cara rubicunda.

—Si me dices «escocés», Sassenach, es seguro que voy a sobrevivir.

Un alarido afuera me impidió responder. Me volví hacia la ventana, a tiempo para ver que Marsali dejaba caer dos cubos llenos al suelo. El agua le empapó la falda y los zapatos sin que ella prestara atención. Al seguir la dirección de su mirada ahogué un grito.

Había cruzado la cerca del corral sin problemas, rompiendo los palos como si fueran cerillas, y ahora estaba entre las calabaceras que crecían junto a la casa, mascando las enredaderas. Era enorme, bruno y lanudo. Y Jemmy, a tres metros escasos, lo miraba con los ojos muy redondos y la boca abierta, la calabaza olvidada entre las manos.

Marsali lanzó otro chillido. Jemmy, contagiado por su terror, empezó a gritar llamando a su madre. Con la sensación de moverme a cámara lenta (aunque sin duda no era así), le quité el serrucho a Jamie y salí al patio. Iba pensando que los bisontes de los zoológicos parecían mucho más pequeños.

Mientras bajaba los peldaños de entrada —debí de dar un salto, pues no recuerdo haber pisado los escalones—, Brianna salió del bosque. Corría en silencio, con el hacha en la mano y la cara tensa, decidida. No tuve tiempo de gritar antes de que llegara.

Alzó el hacha hacia atrás en plena carrera y la descargó en arco al dar el último paso. Golpeó con todas sus fuerzas, justo detrás de las orejas de la enorme bestia. Una fina llovizna de sangre fue a salpicar las calabazas. El animal, con un bramido, bajó el testuz como para lanzarse a la carga.

Bree se hizo a un lado para esquivarlo, luego se lanzó hacia Jemmy. De rodillas junto a él, tiró de las correas que lo sujetaban a la cerca. Con el rabillo del ojo vi que Marsali, chillando plegarias e imprecaciones en gaélico, cogía de las zarzas una enagua recién teñida.

Yo había desplegado el serrucho durante mi carrera. Con dos golpes corté las correas de Jemmy y lo levanté para volver a cruzar el patio. Marsali había arrojado la enagua sobre la cabeza del bisonte, que sacudía el testuz y se balanceaba de un lado a otro, desconcertado; la sangre parecía negra contra el verde amarillento del teñido reciente.

A la altura de la cruz era tan alto como yo. Su olor era extraño: polvoriento y caliente, a animal de caza, pero también extrañamente familiar, como a establo, como a vaca. Dio un paso y otro. Clavé los dedos en su lana para sujetarlo. Los temblores que le recorrían me sacudieron como un terremoto.

Nunca lo había hecho, pero fue como si lo repitiera después de mil veces. Como en un sueño, segura de lo que hacía, deslicé una mano bajo los belfos babeantes; su aliento cálido se metió dentro de mi manga. El gran pulso latía en el ángulo de la mandíbula; lo visualicé en mi mente: el gran corazón carnoso y la sangre que bombeaba, cálida en mi mano, fría contra la mejilla, que se apretaba a la enagua empapada.

Pasé el serrucho a través del cuello, cortando con fuerza. En las manos, en los antebrazos, sentí la tensión de cortar la piel y el músculo, el rechinar del hueso, el latigazo de los tendones, los vasos resbaladizos, pegajosos, sangrantes, que se escurrían hasta perderse.

El mundo se estremeció. El animal se movió bruscamente y cayó con un golpe sordo.

Cuando volví en mí estaba sentada en mitad del patio, con una mano aún aferrada a su pelo; se me había entumecido una pierna bajo el peso de la cabeza del bisonte y tenía las faldas pegadas a los muslos, malolientes y empapadas de sangre.

Alguien dijo algo y miré hacia arriba. Jamie se encontraba a gatas en los escalones de entrada, boquiabierto y desnudo por completo. Marsali, sentada en el suelo, con las piernas estiradas hacia delante, boqueaba sin decir nada.

Brianna se inclinó hacia mí, con Jemmy en brazos. El pequeño, ya olvidado el terror, se estiraba para observar al bisonte.

—¡Uuuh! —dijo.

—Sí —coincidí—. Muy bien dicho.

—¿Estás bien, mamá? —preguntó Bree.

Entonces caí en la cuenta de que ya me lo había preguntado varias veces. Bajó una mano para apoyarla con suavidad en mi cabeza.

—No lo sé —dije—. Creo que sí.

Retiré con esfuerzo la pierna y me puse de pie, apoyándome en ella. Los mismos temblores que habían sacudido al bisonte la sacudían a ella ahora —y también a mí—, pero iban cesando. Cogió aliento y bajó la vista hacia la enorme res. Así, tendida de lado, le llegaba casi a la cintura. Marsali se unió a nosotras mientras movía la cabeza sobrecogida ante su tamaño.

—Santa Madre de Dios, ¿cómo haremos para carnear todo eso? —dijo.

—Pues... —Me pasé una mano trémula por el pelo—. Supongo que nos las arreglaremos.

# 92

## *Con una pequeña ayuda de mis amigos*

Apoyé la frente contra el frío cristal de la ventana de mi consulta, parpadeando ante la escena del patio. El agotamiento le daba un tinte adicional de surrealismo, por si no tuviera bastante.

El sol, ya en poniente, se reflejaba en las últimas hojas de los castaños como si fuera oro. Las píceas se destacaban negras contra el resplandor moribundo, al igual que la horca levantada en el centro del patio y los horripilantes restos que pendían de ella. Cerca de las zarzas se había encendido una hoguera. Las siluetas de los que allí estaban corrían por todas partes, como si entraran y salieran entre las sombras y las llamas. Unos daban cuenta de la res colgada, con ayuda de cuchillos y hachas pequeñas; otros se retiraban a paso lento, con grandes trozos de carne y cubos de grasa. Cerca del fuego, las faldas de las mujeres formaban sombras en silenciosa danza.

A pesar de la oscuridad, distinguí la silueta alta y clara de Brianna entre la horda de demonios que atacaban el bisonte. «Manteniendo el orden», me dije. Antes de que se lo llevaran por la fuerza a la consulta, Jamie había estimado el peso del bisonte entre ochocientos y novecientos kilos. Ante semejante realidad, Brianna puso a Jemmy en brazos de Lizzie y caminó despacio en torno a la res, profundamente pensativa.

—Vale —había dicho.

En cuanto empezaron a aparecer los hombres, que venían de sus casas a medio vestir, sin afeitar y con los ojos brillantes de entusiasmo, ordenó con voz serena que se cortaran maderos para construir un armazón capaz de izar y sostener una tonelada de carne. En un principio los hombres, disgustados por no haber participado de la matanza, no le prestaron mucha atención. Pero Brianna era alta, llamativa, hablaba con energía... y le sobraba tenacidad.

—¿Quién ha hecho ese corte? —había interpelado, mirando de frente a Geordie Chisholm y a sus hijos, que se acercaban a la res con los cuchillos en la mano.

Después de señalar el profundo hachazo en la nuca, se había pasado una mano lenta por la manga, mostrando la sangre que la manchaba.

—¿Y ése? —Un pie descalzo había señalado con delicadeza el cuello cortado y el charco de sangre que se coagulaba en el patio.

En el borde estaban mis medias, con pinta de trapos rojos, pero reconociblemente femeninas. Desde la ventana yo había visto que más de una cara se volvía hacia la casa, comprendiendo al fin que Brianna era la hija del señor, hecho que los prudentes tenían muy en cuenta.

Pero había sido Roger quien había cambiado la dirección de la marea, con una mirada fría que puso a los hermanos Lindsay tras él, hacha en mano.

—Ella lo mató —había dicho, con su graznido ronco—. Haced lo que manda.

Y había erguido los hombros; su expresión decía a las claras que no habría más controversia. Al ver esto, Fergus, con un encogimiento de hombros, se agachó para coger a la bestia por el rabo.

—¿Dónde quiere usted que la pongamos, *madame*? —había preguntado cortésmente.

Todos los hombres se habían echado a reír; luego, con miradas tímidas y gestos de resignación, se habían sumado de mala gana al trabajo, siguiendo sus indicaciones.

Brianna había dirigido a su esposo una mirada de sorpresa; luego, de gratitud. Finalmente se había hecho cargo de toda la labor, con resultados notables. Apenas atardecía y el bisonte ya estaba casi despiezado; su carne, distribuida entre todas las familias del cerro. Ella los conocía a todos y sabía cuántas bocas había que alimentar en cada cabaña; a medida que se cortaban la carne y las lechecillas, iba asignando las porciones. Ni el mismo Jamie lo habría hecho mejor, me dije, con una cálida oleada de orgullo.

Eché un vistazo a la mesa, donde él seguía envuelto en mantas. Habría querido que lo llevaran arriba, a su cama, pero él había insistido en quedarse abajo, donde podría oír (ya que no ver) lo que sucedía.

—Casi han terminado de carnear —le dije, acercándome para tocarle la cabeza. Seguía arrebolado y ardiente—. Brianna ha hecho un trabajo estupendo —añadí, para distracción de los dos.

—¿De veras? —Tenía los ojos entreabiertos, aunque fijos con esa mirada febril, ese aturdimiento empapado en sueños en que las sombras se retuercen en el aire ondulante del fuego. Sin embargo mientras yo hablaba, regresó lentamente y sus ojos buscaron los míos, hinchados, pero claros. Sonrió apenas—. Qué bien.

El cuero ya se había puesto a secar; el enorme hígado, cortado en lonchas, listo para chamuscar; las tripas, en remojo; las patas traseras, en el cobertizo de ahumar. Se guardaron trozos para tasajo, la grasa para sebo y jabón. Una vez limpios, los huesos se hervirían para hacer sopa o se guardarían para fabricar botones.

Murdo Lindsay había dejado en mi encimera los apreciados cascos y los cuernos. Trofeos tácitos, probablemente; lo que en el siglo XVIII equivalía a dos orejas y un rabo. También se me había asignado la vesícula biliar, pero sólo porque nadie la quiso y era creencia generalizada que yo daba utilidad médica a casi cualquier objeto natural. Se trataba de una masa verdosa del tamaño de mi puño; rezumaba en su plato, con un aspecto bastante siniestro, junto a las pezuñas embarradas.

La noticia había atraído a todos los del cerro, incluido a Ronnie Sinclair, que vino desde su taller, al pie de la cuesta. Ya quedaba muy poco del bisonte, salvo un montón de huesos despojados. Me llegó un vago olor a carne asada, a leña quemada y a café. De inmediato abrí la ventana de par en par, dando paso a esos apetitosos aromas.

Una ráfaga fría nos trajo risas y el crepitar del fuego. La consulta estaba caldeada; fue grato sentir el aire frío contra las mejillas arreboladas.

—¿Tienes hambre, Jamie? —pregunté.

Por mi parte estaba hambrienta, aunque no lo había notado hasta oler la comida. Inhalé con los ojos cerrados, reanimada por la suculenta fragancia del hígado con cebolla.

—No —dijo él, soñoliento—. No quiero nada.

—Deberías tomar un poco de sopa, si puedes, antes de dormir. Te sentaría bien.

Me volví para apartarle el pelo de la cara. El rubor se había esfumado un poco, al parecer; era difícil asegurarlo a la luz incierta del fuego y la vela. Le habíamos dado aguamiel y té de hierbas en cantidad, de modo que ya no tenía los ojos hundidos por la deshidratación, pero los huesos de los pómulos y la mandíbula le sobresalían. Llevaba más de cuarenta y ocho horas sin comer y la fiebre estaba consumiendo una enorme cantidad de energía, con lo que agotaba sus tejidos.

—¿Necesita más agua caliente, señora?

Lizzie apareció en el vano de la puerta, más desaliñada que de costumbre, con Jemmy en los brazos. Había perdido el pañuelo y el pelo rubio, fino, se le escapaba del moño. El pequeño tenía un buen puñado en la mano regordeta y tiraba con nerviosismo, haciéndola arrugar la cara a cada tirón.

—Mamamamama —dijo, en un relincho ascendente, revelador de que llevaba algún tiempo repitiendo lo mismo—. ¡MAMAMAMAMAMA!

—No, Lizzie, gracias. Tengo suficiente. Basta ya, señorito —dije, abriendo por la fuerza los dedos de Jemmy—. No se tira del pelo.

Desde el nido de mantas, a mi espalda, surgió una risa entre dientes.

—Quien te viera no lo creería, Sassenach.

—¿Hum? —Lo miré sin comprender, pero luego seguí con la mano la dirección de su mirada. Desde luego, mi cofia había desaparecido y tenía el pelo alborotado como una zarza. Jemmy, atraído por la palabra «pelo», abandonó las suaves mechas de Lizzie para aferrar un puñado del mío.

—Mamamamamama...

—¡Ay! —exclamé enfadada mientras intentaba desenredarme de él—. ¡Suelta, pequeño demonio! ¿Y por qué no estás acostado?

—MAMAMAMAMAMA...

—Pregunta por su madre —explicó Lizzie, por si no estaba claro—. Lo he metido en su cuna una docena de veces, pero vuelve a escaparse en cuanto le doy la espalda. No he podido retenerlo...

Se abrió la puerta de la casa, dejando entrar una fuerte ráfaga que avivó las ascuas del brasero. Escuché ruido de pies descalzos en las tablas del pasillo.

Yo ya había escuchado con anterioridad la expresión «de sangre hasta las cejas», pero semejante cosa no se veía a menudo, salvo en el campo de batalla. Las cejas de Brianna no eran visibles, pues eran lo bastante rojas como para confundirse con la sangre que le cubría la cara. Jemmy, después de mirarla bien, curvó la boca hacia abajo en expresión de dubitativa inquietud, al borde de un grito.

—Soy yo, cariño —lo tranquilizó ella.

Alargó una mano hacia el niño, pero se detuvo antes de tocarlo. Jemmy no rompió a llorar, aunque escondió la cara contra el hombro de Lizzie, como si rechazara la idea de que esa imagen apocalíptica tuviese algo que ver con la madre por la que clamaba minutos antes.

Brianna ignoró a la vez el rechazo de su hijo y el hecho de que estaba dejando por todos lados huellas de barro y sangre a partes iguales.

—Mira —dijo al tiempo que alargaba hacia mí el puño cerrado.

Tenía las manos cubiertas de sangre seca y las uñas eran mediaslunas negras. Abrió los dedos en un gesto reverencial, para mostrarme su tesoro: un puñado de diminutos gusanos blancos se retorcía entre ellos. Al verlos el corazón me dio un vuelco de entusiasmo.

—¿Son de los buenos? —preguntó ella, anhelante.

—Creo que sí. Déjame ver.

Me apresuré a poner las hojas mojadas de la tisana en un plato pequeño, para ofrecer a los gusanos un refugio temporal. Brianna los colocó allí con suavidad y depositó el plato en la encimera, junto al microscopio, como si contuviera polvo de oro en vez de larvas. Cogí uno de los gusanos con el borde de una uña para ponerlo en un portaobjetos, donde se retorció patéticamente, en inútil búsqueda de alimento. Hice una seña a Bree para que me acercara otra vela.

—Sólo una boca y una tripa —murmuré, inclinando el espejo para que reflejara la luz. Era demasiado tenue para trabajar con el microscopio, pero tal vez alcanzara en este caso—. Pequeños tragaldabas.

Contuve el aliento para mirar por el frágil ocular, forzando la vista. Las larvas de la moscarda azul tienen una sola línea visible en el cuerpo; las larvas de la mosca borriquera, dos. Las líneas son tenues, invisibles a simple vista, pero muy importantes. Las cresas de moscarda azul comen carroña y sólo carroña: carne muerta y en putrefacción. En cambio, las larvas de la mosca borriquera se clavan en la carne viva, para consumir el músculo y la sangre del huésped. ¡No era algo que yo quisiera insertar en una herida reciente!

Cerré un ojo para que el otro se adaptara a las sombras móviles del ocular. El cilindro oscuro del cuerpo se retorcía hacia todos lados al mismo tiempo. Una línea saltaba a la vista. ¿Había otra? Miré hasta que me lagrimeó el ojo, pero no vi ninguna. Entonces dejé escapar el aliento que había contenido hasta entonces, y me relajé.

—Enhorabuena, papá —dijo Brianna, acercándose a Jamie.

Él abrió un solo ojo para recorrer, con notable falta de entusiasmo, la silueta de su hija. Bree sólo llevaba una camisa hasta las rodillas, y estaba manchada de sangre oscura de los pies a la cabeza; aquí y allá, la muselina se le pegaba al cuerpo.

—¿Sí? —dijo Jamie—. ¿Por qué?

—Por las larvas. Son obra tuya —explicó. Y abrió la otra mano para mostrar un trozo de metal deforme. Era una bala de rifle aplastada—. Las cresas estaban en una herida que el bisonte tenía en los cuartos traseros. Esto ha aparecido en el agujero, detrás de ellas.

Me eché a reír, tanto de alivio como por diversión.

—¡Jamie! ¿Le disparaste en el culo?

Jamie contrajo un poco la boca.

—Creía que no le había dado —dijo—. Sólo intentaba desviar el rebaño hacia Fergus. —Alargó una mano para coger la bala y la hizo girar suavemente entre los dedos.

—Tal vez debas conservarla como amuleto —dijo Brianna; hablaba en tono ligero, pero había un surco entre sus invisibles cejas—. O para morderlo mientras mamá te cura la pierna.

—Demasiado tarde —dijo, con una débil sonrisa.

Sólo entonces vio ella la pequeña correa de cuero que él tenía en la mesilla, cerca de la cabeza, marcada con medias lunas superpuestas: las profundas marcas de sus dientes. Me miró con espanto. Yo encogí un hombro: había pasado más de una hora limpiándole la herida de la pierna; no había sido fácil para ninguno de los dos.

Me aclaré la garganta y volví a las larvas. Con el rabillo del ojo vi que Bree posaba el dorso de la mano contra la mejilla de Jamie. Él giró la cabeza para besarle los nudillos, sin prestar atención a la sangre.

—No te preocupes, muchacha —le dijo. Su voz era débil, pero firme—. Estoy bien.

Abrí la boca para decir algo, pero al ver la cara de Bree me mordí la lengua. Había trabajado mucho y aún debía atender a Jemmy y a Roger; no debía preocuparse también por Jamie... todavía.

Dejé caer las cresas en una escudilla de agua esterilizada y las removí rápido antes de ponerlas de nuevo en el lecho de hojas húmedas.

—No dolerá —dije, tanto para tranquilizar a Jamie como a mí misma.

—Ya, sí —replicó él, con un cinismo impropio en él—. Ya he oído eso antes.

—En realidad, ella tiene razón —manifestó una voz suave y ronca a mi espalda.

Roger ya se había lavado; tenía mojado el pelo contra el cuello de la camisa y llevaba ropa limpia. Jemmy, contra su hombro, se chupaba adormilado el pulgar. Se acercó a la mesa.

—¿Cómo estás? —preguntó en voz baja.

Jamie movió la cabeza contra la almohada, desechando la incomodidad.

—Saldré adelante.

—Me alegro.

Para mi sorpresa, Roger le estrechó el hombro en un breve gesto de consuelo. Era la primera vez que lo veía hacer eso; una vez más me pregunté qué habría sucedido entre ambos en la montaña.

—Marsali va a traerle un poco de té de carne —me dijo. Y arrugó un tanto la frente al observarme—. Convendría que tú también bebieras algo.

—Buena idea. —Cerré los ojos un instante, y respiré hondo.

Sólo al sentarme caí en la cuenta de que llevaba en pie desde primera hora de la mañana. Me dolían los huesos de los pies y las piernas. Sentía una molestia sorda en la tibia izquierda, que me había fracturado algunos años antes. Pero el deber me reclamaba.

—Bueno, el tiempo pasa inexorablemente —dije mientras hacía un esfuerzo por levantarme otra vez—. Será mejor que nos pongamos manos a la obra.

Jamie lanzó un breve resoplido y se estiró; luego, de mala gana, relajó el cuerpo para prepararse. Me observó con resignación mientras yo preparaba el plato de cresas y los fórceps; por fin alargó la mano hacia la correa.

—No necesitas eso —aseguró Roger; acercó otro taburete para sentarse—. Lo que te ha dicho es cierto: esos bichos no hacen daño.

Jamie volvió a resoplar. El joven le sonrió de oreja a oreja.

—Eso sí: pican que es una alegría, pero sólo si piensas en ellos. Si te olvidas, ni los notas.

—Qué gran consuelo me das, MacKenzie.

—Gracias —dijo, con una risa ronca—. Mira, te he traído una cosa.

Y se inclinó para ponerle en los brazos al adormilado Jemmy. El niño emitió un pequeño chillido de sorpresa, pero se relajó cuando los brazos de su abuelo lo ciñeron. Una mano regordeta se movió buscando asidero.

—Quema —murmuró, con una sonrisa beatífica. Con el puño enredado en el pelo rojizo de Jamie, lanzó un profundo suspiro y continuó durmiendo contra su pecho ardiente de fiebre.

Jamie entornó los ojos al ver que yo cogía los fórceps. Luego, con un pequeño encogimiento de hombros, apoyó la mejilla contra el pelo sedoso de Jemmy y cerró los ojos, aunque sus facciones tensas contrastaban marcadamente con la redondeada paz del niño.

No podría haber sido más fácil; me limité a retirar el emplasto de cebollas y prendí las larvas, una a una, en los tajos ulcerados de la pantorrilla.

Roger se acercó por detrás de mí para observar.

—Casi parece una pierna otra vez —dijo, sorprendido—. No lo esperaba.

Sonreí sin mirarlo, muy concentrada en mi delicada tarea.

—Las sanguijuelas son muy efectivas —dije—. Aunque también ha sido de utilidad el buen trabajo que hiciste con el cuchillo; dejaste agujeros tan grandes que el pus y el fluido pudieron drenar; eso ha ayudado.

Era cierto; pese a que la pierna aún estaba caliente y muy amoratada, la tumefacción había cedido notablemente. Volvían a ser visibles la larga tibia y el delicado arco del pie y el tobillo. Yo no me hacía ilusiones: seguía habiendo peligro de infección, gangrena y escaras, pero aun así mi corazón estaba más aliviado. Era, a ojos vistas, la pierna de Jamie.

Pesqué otro gusano por detrás de la cabeza, procurando no aplastarlo con el fórceps, y retiré el borde de la piel con la delgada sonda que tenía en la otra mano, para insertar aquella diminuta lombriz en ese hueco. Mientras tanto trataba de ignorar la horrible esponjosidad que tenía la carne bajo mis dedos y de no recordar el pie de Aaron Beardsley.

—Listo —dije un momento después.

Repuse la cataplasma. Cebollas y ajos hervidos, envueltos en muselina y empapados en caldo de penicilina; así la herida se mantendría húmeda y seguiría drenando. Si la renovábamos cada hora, era de esperar que el calor del emplasto facilitara también la circulación de la pierna. Luego, un vendaje con miel, para evitar cualquier otra invasión bacteriana.

La simple concentración me había mantenido las manos firmes. Ahora todo estaba hecho y sólo quedaba esperar. El platillo de hojas mojadas repiqueteó contra la encimera.

Pensé que no me había sentido tan cansada en la vida.

## 93

## *Decisiones*

Entre Roger y el señor Bug llevaron a Jamie a nuestro dormitorio. Yo habría preferido no mover esa pierna con un traslado, pero él insistió.

—No quiero que duermas en el suelo aquí abajo, Sassenach —dijo ante mis protestas, sonriéndome—. Debes estar en tu cama. Y como no querrás dejarme solo, eso significa que yo también debo estar allí, ¿no?

Habría querido discutir, pero en realidad estaba tan cansada que no me habría quejado mucho si él hubiera exigido que ambos durmiéramos en el granero.

No obstante, mis dudas regresaron en cuanto lo hubimos instalado.

—Te moveré la pierna —aduje mientras colgaba mi vestido en una de las perchas—. Será mejor que tienda un jergón aquí, junto al fuego, y...

—Nada de eso —dijo él, decidido—. Dormirás conmigo.

Yacía contra la almohada, con los ojos cerrados; su pelo era una maraña rojiza contra el lino. Su piel comenzaba a aclararse; ya no estaba tan roja, pero su palidez era alarmante allí donde no la manchaban las pequeñas hemorragias.

—Serías capaz de discutir hasta en el lecho de muerte —protesté, fastidiada—. No hace falta que estés siempre al timón, ¿sabes? Por una vez podrías estarte tranquilo y dejar que otros se ocupen de todo. ¿Qué pasaría si...?

Él abrió los ojos para clavarme una tenebrosa mirada azul.

—Sassenach —dijo suavemente.

—¿Qué?

—Me gustaría que me tocaras... sin hacerme daño. Sólo una vez antes de dormir. ¿Te molestaría mucho?

Quedé terriblemente desconcertada al caer en la cuenta de que él tenía razón. Atrapada en la emergencia, preocupada por su estado, durante todo el día sólo le había hecho cosas dolorosas y violentas. Marsali, Brianna, Roger, Jemmy... todos lo habían tocado con dulzura, ofreciéndole solidaridad y consuelo. Yo... yo estaba tan aterrorizada por lo que podía suceder, por lo que podía verme obligada a hacerle, que no me había concedido un hueco para la ternura. Aparté la vista un momento, parpadeando hasta que las lágrimas retrocedieron. Luego me levanté para acercarme a la cama y lo besé con mucho cariño.

Le aparté el pelo de la frente y peiné las cejas con el pulgar. Arch Bug lo había afeitado; la piel de la mejilla estaba suave, caliente contra el dorso de mi mano. Los huesos, duros bajo la piel, enmarcaban su fortaleza; sin embargo, de pronto se lo veía frágil. Yo también me sentía frágil.

—Quiero que duermas a mi lado, Sassenach —susurró.

—Está bien. —Le sonreí, y mis labios temblaron sólo un poco—. Espera a que me cepille el pelo.

Me senté en camisa, con la cabellera suelta, y cogí el cepillo. Él me contemplaba sin hablar, pero con una vaga sonrisa en los labios. Le gustaba mirarme mientras me cepillaba el pelo; supongo que le sedaba tanto como a mí.

Abajo se oían ruidos, pero sofocados, como a distancia segura. Las contraventanas estaban entreabiertas; la luz de la hoguera que se iba apagando en el patio parpadeaba contra los cristales. Eché un vistazo a la ventana, preguntándome si debía cerrar las celosías.

—Déjalas, Sassenach —murmuró él desde la cama—. Me gusta escuchar la charla.

En realidad, el sonido de las voces resultaba reconfortante; subía y bajaba, entre pequeños estallidos de risa. El susurro del cepillo era suave y regular, como el del oleaje en la arena; sentí que las tensiones del día aminoraban lentamente, como si el cepillo pudiera quitarme de la cabeza todas las ansiedades y los miedos, junto con los enredos y los trocitos de calabacera. Cuando al fin dejé el cepillo y me levanté, Jamie tenía los ojos cerrados.

Me arrodillé para sofocar el fuego y apagué la vela. Por fin me acosté a su lado, con suavidad, para no sacudir la cama. Él estaba de costado, de espaldas a mí. Imité la curva de su cuerpo con el mío, cuidando de no tocarlo.

Me mantuve muy quieta, alerta. Todos los ruidos de la casa se habían asentado en el ritmo de la noche: el siseo del fuego y el rumor del viento en la chimenea; el súbito crujir de las escaleras, como pisada por algún pie desprevenido; el ronquido del señor Wemyss, que el grosor de las puertas reducía a un sedante zumbido.

Afuera aún sonaban voces, apagadas por la distancia, desarticuladas por la bebida y lo avanzado de la hora. Pero todas eran joviales; no había señas de hostilidad ni del despertar de la violencia. De cualquier modo no me importaba. Los habitantes del cerro podían destrozarse a martillazos y bailar sobre los restos. En lo que a mí respecta, toda mi atención estaba puesta en Jamie.

Su respiración era superficial, aunque estable; mantenía los hombros relajados. Yo no quería perturbarlo; necesitaba descansar más que ninguna otra cosa. Sin embargo, al mismo tiempo me moría por tocarlo. Quería comprobar que estaba allí, vivo a mi lado... necesitaba saber cómo estaba.

¿Tenía fiebre? ¿La incipiente infección de la pierna había progresado, a pesar de la penicilina, esparciendo el veneno a través de la sangre?

Moví la cabeza con cautela hasta tener la cara a dos centímetros de su espalda, e inspiré lenta, profundamente. Sentía su calor contra el rostro, pero la tela de la camisa no me permitía calcular su temperatura

Olía vagamente a bosque; más aún, a sangre. Las cebollas del emplasto despedían un dejo amargo; también el sudor.

Inhalé otra vez, degustando el aire. No había olor a pus. Era demasiado pronto para percibir el de la gangrena, aun si la podredumbre estuviera comenzando, invisible bajo los vendajes. Aun así, creía percibir un dejo extraño bajo su piel, algo que nunca antes había percibido. ¿Necrosis de los tejidos? ¿Algún subproducto del veneno ofídico? Dejé escapar el aire por la nariz e inhalé de nuevo, más hondo.

—¿Apesto mucho? —preguntó.

—¡Ay! —En el respingo me había mordido la lengua.

Él se estremeció apenas, por algo que tomé como risa contenida.

—Pareces un cerdo buscando trufas, Sassenach, de tanto como olfateas ahí detrás.

—Vaya, vaya —exclamé, algo ofendida. Toqué el punto dolorido de mi lengua—. Bueno, al menos estás despierto. ¿Cómo te encuentras?

—Como un montón de tripas mohosas.

—Muy pintoresco. ¿Podrías ser un poco más concreto? —Le apoyé una mano en el costado y él dejó escapar el aliento; sonó como un pequeño gemido.

—Como un montón de tripas mohosas... —repitió, y se detuvo para respirar con fuerza—, con larvas.

—Serías capaz de bromear en tu lecho de muerte, ¿verdad? —Incluso al decirlo sentí un estremecimiento de preocupación. Él era capaz, sí, y yo sólo esperaba que no fuera ése el caso.

—Pues lo intentaré, Sassenach —murmuró, soñoliento—. Pero en estas circunstancias no se puede esperar mucho de mí.

—¿Te duele mucho?

—No. Sólo estoy... cansado. —En verdad hablaba como si estuviera demasiado exhausto para buscar la palabra correcta y hubiera escogido ésa por simple abandono.

—No me extraña. Me acostaré a dormir en otro sitio, para que puedas descansar.

Iba a apartar los cobertores, pero él levantó una mano para impedírmelo.

—No. No me dejes. —Bajó el hombro hacia mí e hizo un esfuerzo para levantar la cabeza de la almohada. Me inquietó aún más notar que estaba demasiado débil para darse la vuelta por sí solo.

—No te dejaré. Pero tal vez sea mejor que duerma en el sillón. No quiero...

—Tengo frío —dijo con voz suave—. Tengo mucho frío.

Oprimí apenas los dedos bajo su esternón, buscando el gran pulso abdominal. El latido era rápido y más superficial de lo que correspondía. No estaba afiebrado. No sólo tenía frío, sino que estaba helado al tacto. Eso me alarmó.

Ya perdida la cautela, me acurruqué contra él, apretando los pechos contra su espalda, con la mejilla apoyada contra su omóplato. Me concentré en generar calor e irradiarlo a su piel a través de la mía. Tantas veces me había envuelto él en la curva de su cuerpo, amparándome, calentándome con su corpachón... En ese momento yo habría dado cualquier cosa por ser más grande, para hacer lo mismo por él. Tal como eran las cosas, sólo podía adherirme a él como una pequeña y ardiente cataplasma de mostaza, con la esperanza de surtir el mismo efecto.

Con mucha suavidad, busqué el borde de su camisa y tiré de ella hacia arriba; luego curvé las manos para ajustarlas a la redondez de sus nalgas. Se tensaron un poco, sorprendidas, pero volvieron a relajarse.

Me pregunté por qué sentía la necesidad de tocarlo íntimamente, pero no me molesté en buscar la respuesta. Había sentido lo mismo muchas otras veces y ya no me preocupaba que no fuera científico.

Al tocar la textura algo pedregosa del sarpullido, me vino a la mente la idea de la lamia: una bestia suave y fría al tacto, que cambia de forma, de veneno intenso y naturaleza contagiosa. Un veloz mordisco y el veneno de la serpiente se extiende, ralentizando el corazón y congelando la sangre. Imaginé que bajo la piel, en la oscuridad, le brotaban diminutas escamas.

Reprimí la idea a la fuerza, pero no pude contener el escalofrío que la acompañaba.

—Claire —dijo él, por lo bajo—, tócame.

No oía el latir de su corazón, pero sí el mío: un sonido denso y sordo en el oído apoyado en la almohada.

Deslicé la mano por la pendiente de su vientre y descendí con más lentitud, abriendo con los dedos la maraña áspera y rizada, hasta abarcar sus formas redondeadas. El poco calor que había en él estaba todo allí.

Lo acaricié delicadamente con el pulgar y sentí que se movía. Entonces Jamie exhaló el aliento en un largo suspiro y su cuerpo pareció hacerse más pesado, hundirse en el colchón al relajarse. Su carne era como la cera de un cirio en mi mano, suave y sedosa al calentarse.

Me sentía muy extraña, ya sin miedo, pero con todos los sentidos sobrenaturalmente agudizados y a la vez... en paz. Ya no tenía conciencia de más ruidos que la respiración de Jamie y el palpitar de su corazón, que llenaban la oscuridad. No tenía pensamientos conscientes; parecía actuar por puro instinto, buscando el corazón de su calor en el centro de su ser.

Un momento después empecé a moverme; es decir: nos movíamos juntos. Una mano se estiró entre los dos, trepó entre sus piernas; la punta de mis dedos, justo detrás de sus testículos. Mi otra mano lo rodeó, moviéndose con el mismo ritmo que me flexionaba los muslos y levantaba mis caderas para pujar contra él desde atrás.

Podría haberlo hecho por toda la eternidad; tal vez fue así. No tenía noción del paso del tiempo: sólo de una paz soñadora y de ese ritmo lento y parejo mientras nos movíamos en la oscuridad. En algún momento, en algún lugar, percibí un palpitar firme: primero, en una mano; luego, en ambas. Se fundía con el latido de su corazón.

Él suspiró larga, hondamente, y yo sentí que el aire brotaba de mis propios pulmones. Nos quedamos en silencio. Y juntos nos deslizamos hacia la inconsciencia.

Desperté con una sensación de paz absoluta. Inmóvil, sin pensar, escuché el palpitar de la sangre en mis venas mientras contemplaba el revolotear de las partículas iluminadas en el rayo de sol que penetraba por las ventanas entreabiertas. Por fin recordé, y me di la vuelta de golpe en la cama.

Sus ojos estaban cerrados; su piel tenía el color del marfil antiguo. Como la cabeza estaba vuelta ligeramente hacia el lado opuesto, los tendones del cuello resaltaban, pero no se veía el pulso. Aún estaba caliente; al menos, la ropa de cama conservaba el calor. Olfateé con prisa. La habitación apestaba a cebollas, miel y sudor febril, pero sin el hedor de la muerte súbita.

Lo golpeé con una mano en el centro del pecho. Él dio un respingo, sobresaltado, y abrió los ojos.

—¡Cretino! —dije, tan aliviada al sentir el movimiento de su pecho que me tembló la voz—. Te me querías morir, ¿no?

Su pecho bajaba y subía bajo mi mano; mi propio corazón se estremecía como si me hubieran apartado en el último instante de un precipicio inesperado.

Parpadeó al mirarme. Tenía los ojos hinchados, todavía nublados por la fiebre.

—No hacía falta mucho esfuerzo, Sassenach —dijo en voz baja, ronca por el sueño—. No morir era más difícil.

No trató de fingir que no me comprendía. A la luz de la mañana entendí claramente lo que el agotamiento y los efectos posteriores del golpe emocional me habían impedido notar la noche anterior. Su empeño en dormir en su propia cama. Las persianas abiertas, para oír las voces de su familia y sus arrendatarios. Y yo, a su lado. Con mucho cuidado, sin decirme una palabra, había decidido cómo y dónde quería morir.

—Cuando te trajimos arriba pensaste que estabas a punto de morir, ¿verdad? —pregunté. Mi voz sonaba más desconcertada que acusadora.

—Pues no lo sabía con certeza, no —reconoció despacio—, pero me sentía muy mal. —Cerró los ojos, como si el cansancio le impidiera mantenerlos abiertos—. Y sigo así —añadió, con cierto desapego—, pero no tienes por qué preocuparte. He tomado una decisión.

—¿Qué diablos quieres decir con eso?

Busqué a tientas bajo los cobertores y hallé su muñeca. Estaba tibio, sí; en realidad, caliente y con el pulso muy acelerado y demasiado superficial. Aun así, era muy distinto del frío mortal que había percibido en él la noche anterior, a tal punto que mi primera reacción fue de alivio.

Él respiró hondo un par de veces; luego giró la cabeza para mirarme.

—Quiero decir que anoche pude haber muerto.

Era muy cierto, pero él se refería a otra cosa. Lo expresaba como si fuera algo consciente.

—¿Qué significa eso de que has tomado una decisión? ¿Has decidido no morir, después de todo? —Traté de hablar con ligereza, pero no me salió muy bien. Recordaba demasiado bien esa extraña sensación de quietud atemporal que nos había rodeado.

—Fue muy extraño —dijo—. Y al mismo tiempo no lo fue en absoluto.

Parecía algo sorprendido. Sin retirar el pulgar de su pulso, dije con cautela:

—Sería mejor que me explicaras qué sucedió.

Ante eso llegó a sonreír, aunque la sonrisa estaba más en sus ojos que en su boca. Tenía los labios secos y dolorosamente agrietados en las comisuras. Se los toqué con un dedo; habría querido ir en busca de algún bálsamo suavizante, agua, té... pero deseché el impulso, obligándome a escuchar.

—En realidad, no lo sé, Sassenach. Es decir, sí, pero no sé cómo expresarlo.

Aún parecía cansado, aunque mantuvo los ojos abiertos y fijos en mi cara, de un azul vívido a la luz de la mañana; su expresión era casi curiosa, como si me viese por primera vez.

—Eres tan bella —murmuró—. Tan, tan bella, *mo chridhe*.

Yo tenía las manos cubiertas de manchas azules, ya desteñidas, y de sangre del bisonte que había pasado por alto; el pelo se me pegaba al cuello, en sucias greñas, y el olor del sudor del miedo y el de la orina rancia de la tintura se mezclaban en mi cuerpo. Sin embargo, él veía algo que le iluminó la cara, como si estuviera viendo la luna llena en una noche de verano, pura y encantadora.

Siguió hablando sin apartar de mi rostro los ojos absortos; se movían apenas, como para seguir la curva de mis facciones.

—Cuando Arch y Roger Mac me subieron aquí arriba, me encontraba muy mal, sí —dijo—. Terriblemente enfermo. La pierna y la cabeza me palpitaban a cada latido del corazón, a tal punto que esperaba el siguiente con miedo. Y a escuchar los espacios entre uno y otro. Uno no lo diría —dijo, un tanto sorprendido—, pero hay mucho tiempo entre latido y latido.

Dijo que, en esos intervalos, había comenzado a desear que el latido siguiente no llegara. Y poco a poco cayó en la cuenta de que su corazón se hacía más lento... y el dolor, más remoto, como si fuera independiente de él. Su piel se enfriaba; la fiebre desaparecía del cuerpo, dejando en la mente una extraña claridad.

—Ahora viene lo que no puedo explicar, Sassenach. —En el apasionamiento de su relato apartó su muñeca de mi mano y curvó los dedos sobre los míos—. Pero... vi.

—¿Qué viste? —Aunque ya sabía que no podría decírmelo. Como todos los médicos, había visto enfermos que decidían morir. Y a veces miraban así, con los ojos muy fijos en algo, a lo lejos.

Él vaciló, esforzándose por hallar palabras. Se me ocurrió algo y me apresuré a ayudarlo.

—Conocí a una anciana que murió en el hospital donde yo trabajaba; con ella estaban todos sus hijos, ya adultos. Fue muy apacible.

Bajé la vista a mis dedos entrelazados con los suyos, todavía rojos e hinchados.

—Murió. Yo la vi muerta; su pulso se había detenido y no respiraba. Todos sus hijos lloraban junto a la cama. Y de pronto abrió los ojos. No miraba a nadie, pero veía algo. Luego dijo, con toda claridad: «¡Oooh!» Así, con emoción, como una pequeña que acabara de ver algo maravilloso. Y cerró los ojos otra vez. —Parpadeé para alejar las lágrimas—. ¿Fue... así?

Asintió sin decir nada. Su mano se tensó en la mía.

—Más o menos —murmuró.

Se había encontrado suspendido de un modo extraño, en un lugar que no podía describir en absoluto; se sentía del todo en paz... y veía con total nitidez.

—Ante mí parecía haber... no era exactamente una puerta, sino una especie de pasaje. Yo podía atravesarlo, si quería. Y quería, sí —agregó, mirándome de soslayo con una sonrisa tímida.

También sabía lo que dejaba atrás. Y comprendió que en ese momento podía elegir: ir hacia delante... o retroceder.

—¿Fue entonces cuando me pediste que te tocara?

—Sabía que sólo tú podías traerme de regreso —se limitó a decir—. Yo no tenía fuerzas.

Sentí un gran nudo en la garganta; no podía hablar, pero le estreché la mano.

—¿Por qué? —dije al fin—. ¿Por qué... decidiste quedarte?

Aún tenía la garganta cerrada y la voz ronca. Él lo percibió y su mano se contrajo en la mía, con un fantasma de su fortaleza habitual.

—Porque me necesitas —dijo, muy quedo.

—¿No ha sido porque me amas?

Levantó la vista con la sombra de una sonrisa.

—Sassenach... te amo ahora y te amaré siempre. Aunque muera, aunque mueras tú, estemos juntos o separados. Lo sabes. —Me tocó la cara—. Yo lo sé de ti y tú lo sabes de mí.

Luego inclinó la cabeza; el pelo rojo le cayó sobre la mejilla.

—No me refería sólo a ti, Sassenach. Aún tengo cosas que hacer. Por un momento pensé que tal vez no era así, que podríais arreglároslas. Con Roger Mac, el viejo Arch, Joseph y los Beardsley... Pero se avecina una guerra y... —Hizo una leve mueca—. Para mi desgracia, soy jefe. Dios me ha hecho lo que soy. Me ha dado ese deber... y debo cumplirlo, cualquiera que sea el precio.

—El precio —repetí, intranquila.

En su voz percibía algo más duro que la resignación. Echó una mirada casi indiferente hacia los pies de la cama.

—Esa pierna no está mucho peor —dijo con ligereza—, pero tampoco mejora. Creo que tendrás que cortarla.

Sentada en mi consulta, miraba por la ventana, tratando de encontrar otra manera. Tenía que haber algo más que yo pudiese hacer. Tenía que haberlo.

Jamie estaba en lo cierto; las líneas rojas continuaban allí. No habían avanzado, pero allí estaban, feas y amenazantes. La penicilina oral y tópica parecía haber causado algún efecto en la infección, aunque no lo suficiente. Las larvas hacían un buen trabajo con los abscesos pequeños, pero no podían luchar contra la bacteriemia subyacente que le estaba envenenando la sangre.

Eché un vistazo a la botella de vidrio pardo. Eso podía ayudarlo a resistir un poco más, pero sólo quedaba un tercio; no bastaba. Y administrada por vía oral no causaría efecto suficiente para erradicar a la mortífera bacteria, cualquiera fuese, que se estaba multiplicando en su sangre.

—Entre diez mil y diez millones de miligramos —murmuré para mis adentros.

La dosis recomendada de penicilina para la bacteriemia o sepsis, según los manuales básicos. Desvié la vista hacia el registro de casos de Daniel Rawlings; luego, de nuevo a la botella. Aunque fuera imposible medir la concentración de penicilina, probablemente era más eficaz que la combinación de sanícula y ajo recomendada por Rawlings... pero no tanto como para cambiar las cosas.

El serrucho de amputación aún descansaba en la encimera. Yo le había dado mi palabra a Jamie... y él me la había devuelto.

Apreté los puños con indecible frustración, casi más potente que mi desesperanza. ¿Por qué, por qué, por qué no había iniciado de inmediato otro cultivo de penicilina? ¿Cómo podía haber sido tan irreflexiva, descuidada e idiota?

¿Por qué no había insistido en ir a Charleston o a Wilmington, en busca de algún soplador que pudiera hacerme el émbolo y el cilindro de una jeringa hipodérmica? Luego habría podido improvisar algo que sirviera de aguja. Tanta dificultad, tanto experimento para obtener esa preciosa sustancia... y ahora que la necesitaba con desesperación...

Un movimiento vacilante en el vano de la puerta hizo que me volviera, tratando de dominar las facciones. Tendría que informar a los de la casa, y pronto. Pero sería mejor escoger un buen momento y decírselo a todos a la vez.

Era uno de los Beardsley. Cada vez resultaba más difícil distinguirlos, ahora que Lizzie les daba el mismo corte de pelo, a menos que estuvieran lo bastante cerca como para verles los pulgares. Desde luego, una vez que hablaban resultaba sencillo.

—¿Señora? —Era Kezzie.

—¿Sí? —Mi voz debía de sonar seca, pero no importaba; Kezzie no distinguía matices.

Traía un saco de tela que se movía y cambiaba de forma. Me recorrió un pequeño escalofrío de revulsión. Al verlo, él sonrió un poco.

—Para el señor —dijo, con su voz alta, algo inexpresiva, ofreciéndome la bolsa—. Viejo Aaron... decía que esto funciona. Te muerde serpiente grande, buscas una pequeña, cortas la cabeza, bebes la sangre.

Y me entregó el saco, que yo acepté con mucha cautela. Lo sostuve tan lejos de mí como era posible. Su contenido se movió otra vez, erizándome la piel; a través de la tela surgió un tenue zumbido.

—Gracias —dije con voz débil—. Ya... veré. Gracias.

Keziah me hizo una reverencia y salió, radiante, dejándome en custodia lo que parecía ser una serpiente de cascabel pequeña, pero muy irritada. Busqué como loca algún lugar donde ponerla. No me atrevía a arrojarla por la ventana, pues Jemmy solía jugar en el patio, cerca de la casa.

Por fin, cogí el frasco de sal y, siempre sosteniendo la bolsa con el brazo estirado, usé la otra mano para vaciar la sal en la encimera. Luego metí el saco dentro del frasco y me apresuré a ponerle la tapa. Por fin me derrumbé en un taburete, al otro lado de la habitación, con las rodillas sudorosas de miedo.

En teoría, las serpientes no me asustaban; pero en la práctica...

Brianna asomó la cabeza por la puerta.

—¿Mamá? ¿Cómo ha amanecido papá?

—Nada bien. —Mi cara debió de revelar la gravedad de su estado, pues se acercó a mí, ceñuda.

—¿Está muy mal? —preguntó por lo bajo.

Asentí sin poder hablar. Ella dejó escapar el aliento en un hondo suspiro.

—¿Puedo ayudar?

Yo lancé un suspiro idéntico e hice un gesto de impotencia. Tenía una vaga idea que llevaba algún tiempo en mi mente.

—Lo único que puedo hacer es abrirle la pierna, cortando en profundidad el músculo, y verter la penicilina que me queda directamente en las heridas. Si se puede inyectar, es mucho más efectiva que por vía oral. La penicilina pura, como ésta, resulta muy inestable en presencia de ácidos. Una vez que pasa por el estómago, a duras penas sirve de mucho.

—Es más o menos lo que le hizo la tía Jenny, ¿verdad? Por eso tiene esa enorme cicatriz en el muslo.

Asentí con la cabeza mientras me secaba con disimulo las palmas contra las rodillas. Por lo general no me transpiran las manos, pero tenía demasiado clara en la memoria la imagen del serrucho de amputación.

—Tendría que hacer dos o tres cortes profundos. Es probable que lo deje definitivamente lisiado... pero podría resultar. —Traté de sonreír—. Por casualidad, ¿en la Facultad de Ingeniería no te enseñaron a hacer una jeringa hipodérmica?

—¿Por qué no lo has dicho antes? —preguntó, con calma—. No sé si podré hacer una jeringa, pero me sorprendería mucho que no lograse idear algo que cumpla la misma función. ¿De cuánto tiempo disponemos?

La miré con la boca entreabierta. Luego la cerré de golpe.

—De unas cuantas horas, al menos. Si no mejora con las cataplasmas, tendría que cortar o amputar esta noche.

—¡Amputar! —Su rostro quedó exangüe—. ¡No puedes hacer eso!

—Puedo... pero por Dios que no quiero. —Mis manos se cerraron con fuerza, negando su habilidad.

—Pues déjame pensar. —Todavía estaba pálida, aunque la impresión iba pasando según se concentraba—. Dime, ¿dónde está la señora Bug? Pensaba dejarle a Jemmy, pero...

—¿Se ha ido? ¿Seguro que no está en el gallinero?

—No. He pasado por allí al venir. No la he visto en ninguna parte... y el fuego de la cocina está casi apagado.

Eso era más que extraño; la señora Bug había venido a preparar el desayuno, como siempre. ¿Por qué se había ido otra vez? Temí que Arch hubiera enfermado súbitamente; era lo único que nos faltaba.

—Pero ¿dónde está Jemmy? —pregunté, buscándolo con la mirada. Por norma no se alejaba mucho de su madre, aunque comenzaba a aventurarse un poco, tal como hacen siempre los varones.

—Lizzie lo ha llevado arriba para que vea a papá. Le pediré que lo cuide un rato.

—Bien. ¡Ah, espera!

Mi exclamación hizo que se volviera desde la puerta, con las cejas enarcadas a modo de pregunta.

—¿Podrías llevarte eso fuera, querida? —Señalé con disgusto el gran frasco de vidrio—. Déjalo bien lejos.

—Cómo no. ¿Qué es?

Se acercó al frasco, curiosa. La pequeña serpiente de cascabel había salido de su bolsa y estaba enroscada en un nudo. Al ver que Brianna extendía la mano hacia el frasco, embistió contra el vidrio. Ella dio un salto atrás, lanzando un chillido.

—*Ifrinn!*

A pesar de la tensión y la angustia, me eché a reír.

—¿De dónde has sacado eso? ¿Y para qué es? —preguntó ella, ya repuesta de la sorpresa inicial.

Se inclinó con cautela para dar unos golpecitos contra el vidrio. La serpiente, que parecía irascible en extremo, atacó con un ruido, y ella volvió a retirar aprisa la mano.

—La ha traído Kezzie. Se supone que Jamie sanará si bebe su sangre —expliqué.

Ella alargó un dedo cauteloso para seguir el curso de una gota amarillenta que se deslizaba por el vidrio. Dos gotas, en realidad.

—¡Mira eso! ¡Ha tratado de morderme a través del cristal! Esa serpiente está furiosa. No creo que la idea le guste mucho.

Obviamente, no. Había vuelto a enroscarse y hacía vibrar los cascabeles en un frenesí de animosidad.

—Vale, no importa —dije, acercándome—. Dudo que a Jamie le gustara la idea. En estos momentos no quiere saber nada de serpientes.

—Mmfm... —Bree seguía observando a la pequeña serpiente, con una arruga entre las cejas rojas—. ¿Te ha dicho Kezzie dónde la ha encontrado?

—No se me ocurrió preguntar. ¿Por qué?

—Comienza a hacer frío. Las serpientes hibernan, ¿no? ¿En cubiles?

—Pues... eso dice el doctor Brickell —respondí, aunque vacilante.

La *Historia natural de Carolina del Norte* era una lectura entretenida, pero yo me permitía poner en duda algunas de sus observaciones, sobre todo las correspondientes a serpientes y cocodrilos, de cuyas proezas parecía tener una opinión bastante exagerada. Ella asintió, sin apartar los ojos del animal.

—El caso es que las serpientes están muy bien hechas —dijo, con aire soñador—. Las mandíbulas se desarticulan, lo cual les permite tragar presas más grandes que ellas. Y los colmillos se repliegan contra el paladar cuando no están en uso.

—¿Sí? —La miré con cierta desconfianza, pero ella me ignoró.

—Los colmillos son huecos —continuó, tocando el sitio en que el veneno había penetrado en el lienzo, dejando una pequeña mancha amarillenta—. Están conectados a un saco de veneno localizado en la mejilla; de ese modo, cuando la serpiente muerde, los músculos de la mejilla estrujan el saco para hacer salir el veneno, que pasa a lo largo del colmillo para penetrar en la presa. Tal como si fuera una...

—¡Por los clavos de Roosevelt! —exclamé.

Por fin apartó los ojos del frasco para mirarme.

—Pensaba probar con una púa de puercoespín afilada, pero esto funcionaría mucho mejor. Está diseñado para eso.

—Comprendo —dije, con una pequeña oleada de esperanza—. Pero necesitarías algo que sirviera de depósito...

—Antes que nada necesito una serpiente más grande —dijo, girando hacia la puerta—. Voy a por Jo o Kezzie; veamos si ésa ha salido de algún cubil y si hay otras allí.

Y partió sin demora a ejecutar su misión, llevándose el frasco mientras yo me dedicaba a estudiar el problema del antibiótico, ya renovadas las esperanzas. Si se podía inyectar la solución, tendría que filtrarla y purificarla tanto como fuera posible.

Me habría gustado hervirla, pero no me atrevía. Ignoraba si las altas temperaturas podían destruir o desactivar la penicilina... si es que quedaba allí algo de penicilina activa. La oleada de esperanza que me había causado la idea de Brianna se atenuó un poco. De nada serviría contar con un aparato hipodérmico si no tenía nada útil que inyectar.

Me paseé por la clínica, nerviosa, cogiendo cosas para dejarlas luego en su lugar.

Armándome de valor, apoyé una mano en el serrucho y cerré los ojos para revivir, deliberadamente, los movimientos y sensaciones; trataba de recobrar la sensación de desapego ultraterreno con que había matado al bisonte.

Desde luego, esta vez era Jamie quien había tratado con lo ultraterreno. «Has sido muy amable al permitir que él decidiera —pensé, sardónica—, pero veo que no le vas a poner las cosas fáciles.»

De cualquier modo, él no habría pedido eso.

Abrí los ojos, sobresaltada; ignoraba si esa respuesta había surgido de mi propio subconsciente o de otra parte, pero estaba en mi mente y reconocí su verdad.

Jamie estaba habituado a tomar decisiones y ceñirse a ellas, cualquiera que fuese el precio. Sabía que, probablemente, vivir le costaría la pierna y todo lo que eso implicaba. Y lo aceptaba como precio natural de su decisión.

—¡Pues bien, yo no lo acepto, hombre! —dije en voz alta, con el mentón levantado hacia la ventana.

Un gorrión que se columpiaba en la punta de una rama me clavó una mirada y, tras decidir que yo estaba loca, pero que era inofensiva, continuó con lo suyo.

Abrí la puerta del armario, levanté la tapa de mi arcón de medicinas y fui al estudio de Jamie a por papel, tinta y pluma.

Un frasco de bayas de gualteria. Extracto de cimáfila. Corteza de olmo rubra. Corteza de sauce y de cerezo, artemisa, milenrama. La penicilina era, con diferencia, el más efectivo de los antibióticos disponibles, pero no el único. La gente llevaba milenios librando una guerra contra los gérmenes, aun sin tener ni idea de lo que estaban combatiendo. Yo lo sabía; en eso había una ligera ventaja.

Comencé a hacer una lista de las hierbas que tenía a mano y, bajo cada nombre, todas las aplicaciones que le conocía, las hubiera usado o no. Toda hierba utilizada para estados sépticos era una posibilidad: limpieza de laceraciones, tratamiento de llagas bucales, de diarrea y disentería... Al oír pasos en la cocina llamé a la señora Bug, pues quería pedirle que me trajera una tetera de agua hirviendo, a fin de poner las cosas a remojar de inmediato.

Ella apareció en el vano de la puerta, con las mejillas encendidas por el frío y el pelo cayendo en desaliñadas hebras desde el pañuelo; en los brazos traía un cesto grande. Antes de que yo pudiera decir nada, se acercó para plantar el cesto en la encimera, frente a mí. Detrás de ella entró su esposo con otro cesto y un pequeño barrilete abierto, del que surgía un penetrante aroma alcohólico. Los rodeaba un olor algo rancio, como el hedor lejano de un basurero.

—La oí decir a usted que no tenía suficiente moho a mano —comenzó, ansiosa, pero con los ojos brillantes—, así que le he dicho a Arch: debemos recorrer las casas cercanas y ver qué conseguimos para la señora Fraser. Después de todo, el pan se pone malo tan pronto con esta humedad... y Dios sabe lo dejada que es la señora Chisholm, aunque tiene buen corazón, sin duda, y no quiero pensar siquiera las cosas que han de estar pasando en su hogar, pero...

En vez de prestarle atención, yo miraba fijamente los resultados de esa excursión matinal por las despensas y muladares del cerro. Cortezas de pan, bizcochos echados a perder, calabazas medio podridas, porciones de pastel con marcas de dientes aún visibles en la masa... una variedad de desechos pegajosos y fragmentos en putrefacción, todos cubiertos de trozos mohosos, en azul terciopelo y verde musgo, entre los que se intercalaban verrugas rosadas y amarillas y polvos blancos. El barrilete estaba medio lleno de maíz podrido; en el turbio líquido resultante flotaban islas de mohos azules.

—Los cerdos de Evan Lindsay —explicó el señor Bug, en un raro arrebato de locuacidad.

Los dos Bug me sonrieron de oreja a oreja, tiznados por sus esfuerzos.

—Gracias —dije. Me sentía sofocada, y no sólo por el olor. Las miasmas del licor de maíz me hicieron lagrimear—. ¡Oh, gracias!

• • •

Justo después del crepúsculo subí al piso de arriba, llevando mi bandeja de pociones y el instrumental; sentía una mezcla de excitación y miedo.

Jamie estaba recostado contra las almohadas y rodeado de gente.

Durante todo el día habían venido visitas para verlo y expresarle sus buenos deseos, y muchos de ellos seguían allí. Cuando entré, una horda de caras ansiosas se volvió hacia mí, relumbrantes a la luz de las velas.

Se lo veía muy enfermo, arrebatado y ojeroso. Me pregunté si no habría debido alejar a las visitas. Pero al ver que Murdo Lindsay le estrechaba la mano con fuerza, comprendí que la distracción y el apoyo de esos compañeros podían serle mucho más útiles que el descanso. Y de cualquier modo, no habría descansado.

—Bien —dijo Jamie, con una despreocupación bastante bien fingida—, supongo que estamos listos.

Estiró las piernas y flexionó los dedos con fuerza bajo la manta. En ese estado, debió de dolerle mucho, pero comprendí que aprovechaba la que podía ser su última oportunidad de mover la pierna. Me mordí el interior del labio.

—Estamos listos para probar algo nuevo —dije, sonriente, en un intento de mostrarme confiada—. Si alguien quiere rezar, que lo haga, por favor.

Un susurro de sorpresa reemplazó el ambiente medroso que había surgido ante mi aparición. Marsali, con la pequeña dormida en un brazo, hundió a toda prisa la otra mano en el bolsillo, en busca de su rosario.

Todos se precipitaron a limpiar la mesilla, sembrada de libros, papeles, cabos de vela, diversas golosinas que habían traído para tentarle el apetito (intactas todas ellas) y, por algún motivo insondable, la caja de un salterio y un cuero de marmota a medio curar. Deposité allí la bandeja; Brianna, que había subido conmigo, se adelantó con su invento, sosteniéndolo cuidadosamente con ambas manos, como un acólito que ofreciera el pan al sacerdote.

—¿Qué es eso, en el nombre de Cristo? —Jamie observó el objeto con el ceño fruncido; luego, a mí.

—Es una especie de serpiente de cascabel hecha en casa —explicó Brianna.

Hubo un murmullo de interés y todo el mundo estiró el cuello para ver. Aun así, la atención se desvió casi de inmediato, cuando aparté el edredón para desenvolverle la pierna, entre un coro de murmullos espantados y exclamaciones compasivas.

Lizzie y Marsali habían pasado todo el día renovándole las cataplasmas de cebolla y semillas de lino; de las vendas que apartaba surgieron volutas de vapor. La carne de la pierna estaba muy roja hasta la rodilla, a excepción de las partes negras y las que supuraban. Por ahora habíamos retirado las larvas, por miedo a que el calor las matara; en esos momentos estaban en mi consulta, felizmente atareadas con los trozos más horribles de lo traído por los Bug. Si lograba salvar la pierna, podrían ayudar con la limpieza posterior.

Yo había revisado con cuidado los desechos bajo el microscopio, para poner en una escudilla todo lo que pudiera identificar como portador de *Penicillium*. Sobre esa heterogénea recolección había vertido el licor de maíz fermentado y había dejado reposar la mezcla durante todo el día. Con suerte, si había algo de penicilina cruda en la basura, se habría disuelto en el líquido alcohólico.

Mientras tanto había preparado una tisana bien fuerte con aquellas hierbas que tenían reputación de ser útiles para el tratamiento interno de los estados supurativos. Llené una taza con esa solución, sumamente aromática, y se la entregué a Roger, desviando con tiento la nariz.

—Dásela a beber —dije antes de añadir con intención, clavando en Jamie una mirada firme—: Toda.

Él olfateó la taza que se le ofrecía y me devolvió la mirada, pero bebió, haciendo muecas exageradas para entretener a los presentes, que lanzaban risitas apreciativas. Así animado el humor general, pasé al gran acontecimiento: cogí de manos de Bree la aguja hipodérmica improvisada.

Los gemelos Beardsley, que estaban de pie en el rincón, hombro con hombro, se adelantaron para mirar, henchidos de orgullo. A petición de Bree habían salido de inmediato; mediaba la tarde cuando regresaron con una magnífica serpiente de cascabel, de casi un metro de longitud... por fortuna muerta; la habían cortado por la mitad con un hacha para preservar la valiosa cabeza.

Después de retirar, con gran cautela, los sacos de veneno y los colmillos, había encomendado a la señora Bug la tarea de enjuagarlos repetidas veces con alcohol, para erradicar cualquier rastro de veneno. Bree había cogido la seda engrasada que servía de envoltura al astrolabio; con una parte de ella cosió un pequeño tubo que se fruncía por un extremo con una bastilla, de la misma forma que los monederos. Luego había cortado un trozo grueso de una pluma de pavo y, después de ablandarlo en agua caliente, lo había empleado para unir al colmillo el extremo fruncido del tubo. Se sellaron las uniones de tubo, pluma y colmillo con cera de abeja; también se extendió cera a lo largo de la costura, para evitar filtraciones. Era un trabajo pulcro y bien hecho, pero en realidad parecía una serpiente pequeña y gorda, con un enorme colmillo curvo, y ocasionó muchos comentarios entre los espectadores.

Jamie aún tenía una mano entre las de Murdo Lindsay. Mientras indicaba a Fergus que me acercara la vela, vi que él extendía la otra hacia Roger. El joven, aunque extrañado por un instante, le estrechó la mano con fuerza y se arrodilló junto a la cama.

Deslicé los dedos por la pierna para seleccionar un buen sitio, libre de vasos sanguíneos importantes; después de limpiarlo con alcohol puro, clavé el colmillo en él, tan a fondo como pude. Se oyó una exclamación ahogada entre los espectadores y una brusca inhalación de Jamie, pero no se movió.

—Ya.

Hice una señal a Brianna, que esperaba a mi lado con la botella de alcohol de maíz filtrado. Con los dientes clavados en el labio inferior, ella vertió con cuidado, hasta llenar el tubo de seda que yo sostenía. Una vez doblado el extremo abierto, presioné con firmeza con el pulgar y el índice, para expulsar el líquido por el colmillo hacia los tejidos de la pierna.

Jamie emitió una exclamación sofocada; tanto Murdo como Roger se inclinaron hacia él en un gesto instintivo, apretando con los hombros para sujetarlo.

No me atrevía a apresurarme, pues una presión excesiva podía quebrar los sellos de cera. De cualquier modo habíamos hecho una segunda jeringa con el otro colmillo, por si acaso. Trabajé a lo largo de la pierna. Bree volvía a llenar la jeringa a cada inyección; cuando yo retiraba el colmillo, la sangre que manaba del agujero corría en hilillos relucientes por el costado de la pierna. Sin que nadie se lo pidiera, Lizzie cogió un paño para secarla, muy atenta a su trabajo.

La habitación estaba en silencio, pero cada vez que yo escogía otro lugar todos contenían el aliento, lo dejaban escapar en un suspiro después de la punción y luego, sin darse cuenta, se inclinaban hacia la cama mientras yo inyectaba el alcohol ardiente en los tejidos infectados. En los antebrazos de Jamie saltaban los músculos anudados y el sudor le corría por la cara como lluvia, pero tanto él como Murdo y Roger permanecían inmóviles, sin emitir un sonido.

Con el rabillo del ojo vi que Joseph Wemyss le apartaba el pelo de la frente y le enjugaba con una toalla el sudor de la cara y el cuello.

«Porque me necesitas», había dicho él. Entonces caí en la cuenta de que no se había referido sólo a mí.

No hizo falta mucho tiempo. Al terminar cubrí todas las heridas con miel y froté la pantorrilla y el pie con aceite de gualteria.

—Lo has pringado muy bien, Sassenach. ¿No crees que ya está lista para el horno? —preguntó Jamie. Y agitó los dedos de los pies, con lo que la tensión imperante se resolvió en una carcajada.

Entonces todos se retiraron, después de dar a Jamie un beso en la mejilla o una palmada en el hombro, deseándole buena suerte con voces ásperas. Él respondía a las despedidas con una sonrisa, un ademán, alguna broma.

Cuando la puerta se cerró detrás del último, se dejó caer contra la almohada y cerró los ojos, exhalando todo el aliento en un largo suspiro. Me dediqué a ordenar mi bandeja: puse la jeringa a remojo en alcohol, encorché los frascos, doblé las vendas. Luego me senté a su lado; él me alargó una mano sin abrir los ojos.

Su piel estaba caliente y seca, enrojecida por los fuertes dedos de Murdo. Le acaricié suavemente los nudillos con el pulgar; de abajo llegaban los rumores de la casa, discretos, pero llenos de vida.

—Funcionará —dije en voz baja, al cabo de un minuto—. Estoy segura.

—Lo sé —dijo él.

Respiró muy hondo y, por fin, rompió en sollozos.

# 94

## *Sangre nueva*

Roger despertó de golpe de un descanso negro y sin sueños. Se sentía como un pez fuera del agua, boqueando en un elemento extraño y nunca imaginado. Veía cuanto lo rodeaba, pero no podía captarlo: una luz extraña, superficies planas. Por fin su mente reconoció el contacto de Brianna, que le tocaba el brazo. Se encontró una vez más dentro de su piel y en una cama.

—¿Eh? —Se incorporó súbitamente, con una ronca exclamación de pregunta.

—Lamento tener que despertarte. —Brianna sonreía, pero entre los ojos se le dibujaba una arruga de preocupación.

Le apartó el pelo negro y enredado de la frente. Él la abrazó por reflejo y se dejó caer de nuevo contra la almohada, con ella pesándole en los brazos.

—Hum. —Estrecharla era un ancla que lo sujetaba a la realidad. Carne sólida y piel tibia, suave como los sueños, su cabellera contra la cara.

—¿Estás bien? —preguntó ella, en voz baja.

Largos dedos le tocaron el pecho; sus tetillas se arrugaron y se erizó el vello rizado que las rodeaba.

—Estoy bien. —Después de un hondo suspiro, le dio un beso en la frente y se relajó, parpadeando. Sentía la garganta seca como arena y la boca pegajosa, pero sus pensamientos volvían a ser coherentes—. ¿Qué hora es?

Estaba en su propia cama. La habitación se hallaba tan en penumbra que parecía de noche, pero eso era porque la puerta estaba cerrada y las ventanas, cubiertas. Había algo raro en el aire y en la luz.

Ella se apartó y recogió con una mano la cascada pelirroja.

—Algo pasado el mediodía. No quería despertarte, pero ha venido un hombre y no sé qué hacer con él. —Echó un vistazo a la casa grande. Hablaba en voz muy baja, aunque por allí no podía haber nadie que la oyera—. Papá duerme como un tronco y mamá también —dijo, confirmando esa impresión—. No podría despertarlos aunque quisiera... Haría falta pólvora. Como si estuvieran muertos.

Una comisura de su larga boca se curvó brevemente, con la misma ironía que su padre. Luego alargó la mano hacia la jarra. El ruido del agua al caer entró por los oídos de Roger como la lluvia en suelo reseco: vació en tres sorbos la taza que le ofrecía y se la alargó nuevamente.

—Más. Por favor. ¿Un hombre?

Era todo un progreso; ya podía pronunciar palabras completas y estaba recuperando la capacidad de pensar con coherencia.

—Dice llamarse Thomas Christie. Quiere hablar con papá; dice que estuvo en Ardsmuir.

—¿Sí? —Mientras ordenaba sus pensamientos, Roger bebió la segunda taza más despacio. Luego sacó las piernas de la cama y cogió la camisa colgada en el perchero—. Vale. Dile que estaré allí en un minuto.

Ella le dio un beso breve y se fue. Apenas se detuvo a desclavar el cuero de la ventana, dando paso a un brillante rayo de luz y al aire frío.

Él se vistió con lentitud; su mente, aún en un agradable letargo. Al agacharse para rescatar los calcetines caídos debajo de la cama, algo entre las sábanas revueltas le llamó la atención, justo bajo el borde de la almohada. Alargó poco a poco una mano para cogerlo. Era «la arcaica mujercita»: el pequeño amuleto de fertilidad; pulida la antigua piedra rosada, asombrosamente pesado en la mano.

—Que me aspen —dijo en voz alta.

Después de estudiarla un momento, se inclinó para esconderla de nuevo bajo la almohada.

Brianna había dejado al visitante en el estudio de Jamie. Roger se detuvo un instante en el corredor para verificar que todas las partes de su cuerpo estuvieran presentables y en su sitio. No había tenido tiempo de afeitarse, pero estaba peinado; dadas las circunstancias, ese tal Christie no podía pretender demasiado.

Tres caras se volvieron hacia él. Bree no le había dicho que Christie venía con acompañantes. De cualquier modo era obvio que Thomas Christie era el mayor, un caballero de hombros cuadrados y pelo negro entrecano, bien cortado. El joven moreno, de unos veinte años, tenía que ser su hijo.

—¿El señor Christie? —Ofreció la mano al caballero—. Soy Roger MacKenzie, el yerno de Jamie Fraser. Creo que ya conocen a mi esposa.

Algo sorprendido, Christie miró más allá de Roger, como si esperara que Jamie se materializase tras él. Roger carraspeó. Aún tenía la voz gangosa de sueño, más ronca que de costumbre.

—Temo que en estos momentos mi suegro no está... disponible. ¿Puedo serle de ayuda en algo?

El hombre evaluó su potencial, con la frente arrugada; luego asintió lentamente y le estrechó la mano con firmeza. Roger quedó estupefacto al sentir algo familiar, pero al mismo tiempo del todo inesperado: la característica presión contra el nudillo del saludo masónico. Llevaba años sin experimentarlo; más por reflejo que por razonamiento, respondió con la contraseña, confiando en que fuera la correcta. Por lo visto fue satisfactoria, pues la expresión severa de Christie se aflojó un poco.

—Tal vez, señor MacKenzie, tal vez. —El hombre le clavó una mirada penetrante—. Busco tierras donde establecerme con mi familia... y me han dicho que el señor Fraser podría estar en situación de facilitármelas.

—Podría ser —respondió Roger, cauteloso.

«¿Qué demonios...?», pensó. Se preguntaba si Christie lo había intentado por si acaso o si tenía motivos para esperar que su señal fuera reconocida. Presumiblemente sabía que Jamie Fraser reconocería el signo y había supuesto que su yerno también lo reconocería. ¿Jamie Fraser, francmasón? Nunca se le había pasado por la cabeza. Y Jamie nunca lo había mencionado.

—Siéntense, por favor —dijo de pronto, con un ademán hacia los visitantes.

El hijo de Christie y la jovencita, que tanto podía ser su hermana como su esposa, se habían levantado al entrar él y permanecían de pie tras el cabeza de familia, como asistentes detrás de algún poderoso. Algo cohibido, Roger les ofreció unos taburetes y tomó asiento tras el escritorio de Jamie. De inmediato cogió una pluma del vaso de cristal azul, con la esperanza de que eso le diera un aspecto más profesional. ¿Qué preguntas eran las que correspondía hacer a un posible arrendatario?

—Bien, señor Christie, veamos. —Le sonrió, consciente de la barba sin afeitar en las mandíbulas—. Me dice mi esposa que usted conoció a mi suegro en Escocia.

—En la prisión de Ardsmuir —respondió el caballero, al tiempo que clavaba en Roger una mirada aguda, como si lo desafiara a extraer sus conclusiones.

Roger volvió a carraspear; su garganta, aunque cicatrizada, aún tendía a bloquearse cuando estaba recién levantado. En todo caso, Christie pareció tomarse aquello por comentario adverso y se tensó un poco. Tenía las cejas pobladas y los ojos prominentes, de un color castaño amarillento; sumadas al pelo oscuro y corto y a la falta de cuello visible, le daban el aspecto de un gran búho irascible.

—Jamie Fraser también estuvo preso allí —dijo—. Supongo que usted lo sabe.

—Claro que sí —confirmó Roger—. Tengo entendido que varios de los hombres asentados aquí, en el cerro, han venido de Ardsmuir.

—¿Quiénes? —interpeló Christie.

—Eh... los Lindsay, es decir: Kenny, Murdo y Evan —enumeró Roger, frotándose la frente con una mano para ayudarse a recordar—. Geordie Chisholm y Robert MacLeod. Creo que... sí, estoy seguro: Alex MacNeill también estuvo en Ardsmuir.

Christie había seguido esa lista con estrecha atención, como un búho que observara movimientos en el heno. Por fin se relajó; Roger tuvo la sensación de que asentaba el plumaje.

—Los conozco —dijo, con aire de satisfacción—. MacNeill puede responder por mí, si es necesario. —Su tono sugería enérgicamente que no debía serlo.

Aunque Roger nunca había visto a Jamie entrevistar a un posible arrendatario, de vez en cuando lo oía hablar con Claire de los que escogía. Sobre esa base, le hizo algunas preguntas sobre su pasado más reciente, tratando de equilibrar la cortesía con una actitud de autoridad. Le pareció que no lo hacía tan mal.

Christie dijo que había sido trasladado con los otros prisioneros, pero tuvo la suerte de que su servidumbre fuera adquirida por el dueño de una plantación de Carolina del Sur, quien, al descubrir que tenía algún estudio, lo hizo preceptor de sus seis hijos; además cobraba a las familias vecinas por el privilegio de que le enviaran también a sus hijos. Una vez que expiró el plazo de su servidumbre, Christie accedió a quedarse a cambio de un sueldo.

—¿De veras? —preguntó Roger. Su interés por el hombre había aumentado notablemente. ¡Conque maestro de escuela! Para Bree sería un placer renunciar a su indeseado puesto. Y ese hombre parecía más que capaz de lidiar con escolares intransigentes—. ¿Y qué lo trae por aquí, señor Christie? Estamos algo lejos de Carolina del Sur.

El hombre encogió sus anchos hombros. Estaba cansado por el viaje y bastante polvoriento, pero su ropa era decente y calzaba buenos zapatos.

—Mi esposa ha muerto —dijo, malhumorado—. De gripe. Y también el señor Everett, mi empleador. Su heredero no necesitaba de mis servicios y yo no quise quedarme allí sin empleo. —Clavó en Roger una mirada penetrante, por debajo de las cejas hirsutas—. Usted ha dicho que el señor Fraser no está. ¿Cuándo regresará?

—No sabría decírselo.

Roger se tocó los dientes con el extremo de la pluma. En realidad, no podía saber cuánto duraría la incapacidad de Jamie.

La noche anterior lo había visto medio muerto. Aunque se recobrara sin más problemas, posiblemente debiera guardar cama durante un período. Y no quería despedir a Christie ni obligarlo a esperar. El año estaba avanzado y no quedaba mucho tiempo, si ese hombre y su familia iban a pasar el invierno allí.

Los dos hombres eran fornidos y fuertes, a juzgar por su aspecto. No parecían alcohólicos ni libertinos, y tenían las palmas encallecidas, lo cual revelaba al menos familiaridad con las tareas manuales. Los acompañaba una mujer que podía cuidar de sus necesidades domésticas. Y aparte de la hermandad masónica, Christie había pertenecido al grupo de Jamie en Ardsmuir. Él siempre hacía un esfuerzo especial para buscar sitio a esos hombres.

Tomada la decisión, Roger sacó una hoja de papel en blanco y destapó el tintero. Luego volvió a carraspear.

—Muy bien, señor Christie. Creo que podemos llegar a algún... acuerdo.

Fue una grata sorpresa ver entrar a Brianna, con una bandeja de bizcochos y cerveza. La dejó en el escritorio, con la mirada pudorosamente baja, pero él captó un destello de diversión entre las pestañas y le rozó la muñeca, sonriente, para darse por enterado. El gesto le hizo pensar en el saludo de Christie. ¿Brianna sabría algo de los antecedentes de Jamie en ese aspecto? Probablemente, no; de otro modo, lo habría mencionado.

—Brianna —dijo—, te presento a nuestros nuevos arrendatarios: el señor Thomas Christie y...

—Allan, mi hijo —completó el caballero— y Malva, mi hija.

El muchacho no tenía el aspecto de búho de su padre; era mucho más guapo, de cara ancha, cuadrada y bien afeitada, aunque con el mismo pelo oscuro y erizado. Saludó con una callada inclinación de cabeza, sin apartar los ojos del refrigerio.

La chica (¿Malva?) mantenía las manos cruzadas con recato en el regazo y apenas levantó la vista. Roger tenía la vaga imagen de una muchacha más o menos alta, de unos diecisiete o dieciocho años, pulcramente vestida de azul oscuro; un suave borde de rizos negros, apenas visible bajo el pañuelo blanco, rodeaba el óvalo claro de la cara. Otro punto a favor de Christie, pensó Roger, distraído: las jóvenes casaderas eran pocas; las casaderas y bonitas, aún menos. Malva Christie tendría varios pretendientes para cuando llegase la siembra de primavera.

Bree saludó a cada uno con una inclinación de cabeza y miró a la muchacha con interés especial. Un fuerte alarido en la cocina la hizo salir a toda prisa, murmurando una excusa.

—Mi hijo —dijo Roger, a modo de disculpa. Y ofreció un jarro de cerveza—. ¿Acepta usted un refrigerio, señor Christie?

Los contratos de arrendatarios se guardaban en el cajón izquierdo del escritorio; él los había visto y conocía las nociones generales. Para empezar, acordarían veinte hectáreas con posibilidades de arrendar más según fuera necesario; el pago se efectuaría según la situación individual. Una breve discusión, acompañada por cerveza y bizcochos, y ambos llegaron a un acuerdo que parecía adecuado.

Roger puso punto final al contrato con un ademán garboso; luego firmó como representante de James Fraser y pasó el documento a Christie, para que lo suscribiera. Sentía una profunda y grata satisfacción. Un buen arrendatario, dispuesto a pagar la mitad de su renta oficiando de maestro de escuela durante cinco meses al año. El mismo Jamie no lo habría hecho mejor.

De pronto cayó en la cuenta de que Jamie habría dado un paso más. Además de ofrecer su hospitalidad a los Christie, les habría conseguido un lugar donde hospedarse hasta que tuvieran techo propio. Pero no en la casa grande mientras Jamie estuviera enfermo, y Claire, ocupada en atenderlo. Después de reflexionar un momento, se acercó a la puerta para llamar a Lizzie.

—Tenemos un nuevo arrendatario con familia, *a muirninn* —dijo, sonriente—. El señor Thomas Christie y sus hijos. ¿Puedes pedir a tu padre que los acompañe a la cabaña de Evan Lindsay? Está cerca de las tierras que van a ocupar. Y creo que Evan y su esposa tienen sitio para hospedarlos por un tiempo, hasta que puedan instalarse.

—¡Oh!, sí, señor Roger. —Lizzie, ansiosa y bien dispuesta, hizo una breve reverencia a Christie, que respondió con una pequeña inclinación. Luego miró a Roger, enarcando las finas cejas—. ¿El señor está enterado?

Roger sintió que un leve rubor le subía a las mejillas, pero no dio señales de confusión.

—Todo está en orden —aseguró—. Se lo diré en cuanto se sienta mejor.

—¿El señor Fraser está enfermo? Cuánto lo lamento. —La voz suave, desconocida, surgió desde atrás, sobresaltándolo.

Al volverse descubrió que Malva lo miraba, interrogante. No había reparado mucho en ella, pero en ese momento le impresionó la belleza de sus ojos, de un extraño matiz grisáceo, almendrados y luminosos, densamente bordeados de largas pestañas negras. «Será antes de la siembra de primavera», se dijo. Y tosió.

—Lo ha mordido una serpiente —dijo, abrupto—. Pero no hay que preocuparse, ya está fuera de peligro. —Alargó una mano a Christie; esta vez esperaba el gesto secreto—. Bienvenido al Cerro de Fraser —dijo—. Confío en que usted y su familia sean felices aquí.

Jamie estaba sentado en la cama, celosamente atendido por devotas mujeres y, por lo tanto, desesperado. Su cara se relajó un poco al ver a otro hombre. Entonces despidió con un gesto a sus doncellas. Lizzie, Marsali y la señora Bug se retiraron de mala gana, pero Claire se quedó, ocupada con sus frascos y sus instrumentos.

Roger iba a sentarse al pie de la cama, pero Claire lo echó de allí mientras le señalaba enérgicamente el taburete; luego levantó la sábana para asegurarse de que la imprudente acción del joven no hubiera provocado daños.

—Bien —dijo al fin, palpando las gasas con aire de satisfacción.

Las larvas volvían a estar en su sitio, ganándose el sustento. Con la espalda muy erguida, le dedicó a Roger una inclinación de cabeza. Casi como si el gran visir concediera una audiencia con el califa de Bagdad, se dijo él, divertido. Jamie puso los ojos en blanco y lo saludó con una sonrisa irónica.

—¿Cómo estás? —preguntaron los dos al mismo tiempo.

Roger sonrió y Jamie contrajo la boca. Luego se encogió de hombros.

—Vivo —dijo—. Pero eso no prueba que tuvieras razón. No es así.

—¿Con respecto a qué? —preguntó Claire con curiosidad.

—¡Oh!, un pequeño argumento filosófico —respondió Jamie—. Con respecto al libre albedrío.

Ella bufó:

—No quiero saber una palabra de eso.

—Mejor así. No siento ningún deseo de discutir ese tipo de cosas, ahora que me tienes a pan y leche. —Él echó una mirada de disgusto a la escudilla que tenía en la mesa, aún medio llena—. Dime, Roger Mac, ¿has atendido esa herida que la mula tenía en la pata?

—La he curado yo —informó Claire—. Está cicatrizando bien. Roger ha estado muy ocupado en atender a los nuevos arrendatarios.

—¿Ah, sí? —Fraser enarcó las cejas, interesado.

—Pues sí, un hombre llamado Tom Christie y su familia. Dice que estuvo en Ardsmuir contigo.

Por una fracción de segundo, Roger tuvo la sensación de que una aspiradora se había llevado todo el aire de la habitación, petrificando la escena. Fraser lo miró fijamente, inexpresivo. Luego asintió, recobrando como por arte de magia su expresión de agradable interés, y el tiempo normal reanudó su marcha.

—Sí, conozco bien a Tom Christie. ¿Dónde ha estado los últimos veinte años?

El joven le informó lo que el hombre le había contado de sus andanzas y qué condiciones habían establecido.

—Eso está muy bien —aprobó Jamie, al enterarse de que Christie estaba dispuesto a oficiar de maestro—. Dile que puede usar los libros que tenemos aquí... y pídele que te apunte todos los que necesite. Fergus puede comprarlos la próxima vez que vaya a Cross Creek o a Wilmington.

La conversación pasó a asuntos más mundanos. Pocos minutos después Roger se levantó para retirarse.

Todo parecía sobre ruedas, pero sentía un oscuro desasosiego. ¿Acaso se había imaginado ese instante? Al volverse para cerrar la puerta vio que Jamie tenía los ojos cerrados y las manos cruzadas sobre el pecho. Si no dormía, así evitaba en efecto cualquier conversación. Claire lo observaba, con los ojos de halcón reflexivamente entornados. Ella también se había dado cuenta.

Así que no eran imaginaciones suyas. ¿Qué diantre pasaba con Tom Christie?

# 95

## *La media luz estival*

Al día siguiente, Roger cerró la puerta tras él y se detuvo un momento en el porche para respirar el aire frío de la avanzada mañana. En realidad, no tan avanzada, puesto que no eran más de las siete y media, pero él estaba habituado a comenzar la jornada mucho antes. El sol ya asomaba entre los castaños del risco más alto; su curva flamígera se recortaba a través de las últimas hojas amarillas.

El aire aún tenía un dejo de sangre, pero del bisonte no quedaban más rastros que una mancha oscura en las calabaceras aplastadas. Echó un vistazo en derredor, apuntando mentalmente sus tareas del día. Los pollos comían en el patio otoñal y un pequeño grupo de cerdos hozaban en el castañar, en busca de bellotas.

Tenía la extraña sensación de haber abandonado su trabajo, no días, sino meses o años atrás. La confusión que tanto lo había afectado en un principio volvía después de mucho tiempo, más fuerte que antes. Si cerraba los ojos un instante, tenía la sensación de que cuando volviera a abrirlos se encontraría en una calle de Oxford, con el olor a los gases que emanan los tubos de escape en la nariz, y la perspectiva de una apacible mañana de trabajo entre los volúmenes polvorientos de la Biblioteca Bodleiana.

Se golpeó un muslo con la mano para quitarse esa idea. Hoy no. No estaba en Oxford, sino en el cerro. Y el trabajo podía ser apacible, pero debía hacerlo con las manos, no con la cabeza. Debía cortar unos árboles y recoger heno; no el heno sembrado, sino el que crecía silvestre en las colinas, en pequeños trozos de tierra; una brazada aquí y allá bastaban para mantener una vaca más durante el invierno.

El cobertizo de ahumar tenía un boquete en el techo, abierto por una rama que cayó encima. Había que arreglarlo y cortar la rama en trozos para leña. Y cavar una letrina nueva, antes de que el suelo se congelara o se convirtiera en barro. Y cortar el lino. Y los palos para cercas. Y la rueda de la rueca de Lizzie, que se había roto...

Se sentía aturdido y estúpido, incapaz de tomar una simple decisión, mucho menos de tener un pensamiento complejo. Había dormido más que suficiente como para estar físicamente repuesto del agotamiento de los últimos días, pero lo de Thomas Christie y su familia, tras la desesperada responsabilidad de traer a Jamie a casa, había requerido todas sus energías mentales.

Levantó la vista al cielo; unas cuantas nubes largas, apenas esbozadas. No llovería durante un tiempo; el techo podía esperar. Se rascó la cabeza. Serían el heno y los árboles. Con una jarra de cerveza y los bocadillos envueltos dentro de su talego, fue en busca de la hoz y el hacha.

Al caminar empezó a espabilarse. A la sombra de los pinos hacía frío, pero el sol ya estaba lo bastante alto como para hacerse sentir cada vez que cruzaba un espacio libre. Los músculos entraron en calor; cuando llegó al primero de los prados altos comenzaba a sentirse normal, sentía que formaba parte del mundo físico de la montaña y el bosque. El futuro había regresado al mundo de los sueños y los recuerdos. Una vez más estaba presente y daba razón de sí.

—Mejor así —murmuró para sus adentros—. No es cuestión de cortarse un pie.

Y dejó caer el hacha bajo un árbol para agacharse a cortar la hierba.

No era la tarea sedante y monótona de la siega habitual, en que la gran guadaña de mango doble iba dejando agradables hileras de hierba seca en el campo. Este trabajo era a la vez más rudo y más fácil; requería asir cada mata con una mano y cortar los tallos cerca de la raíz, para luego echar el puñado de heno silvestre en el saco de tela embreada que llevaba consigo.

No hacía falta mucha fuerza, pero sí atención, más que el inconsciente esfuerzo muscular de segar el heno sembrado. En ese pequeño claro las matas de pasto crecían densamente, aunque intercaladas con salientes de granito, pequeños arbustos, troncos podridos y zarzas. Era una labor relajante; muy pronto su mente comenzó a divagar hacia otras cosas. Las que Jamie le había dicho en la negra ladera, bajo las estrellas.

Algunas ya las conocía; que Alex MacNeill y Nelson McIver no se llevaban bien y por qué; que uno de los hijos de Patrick Neary parecía que robaba y qué hacer al respecto; qué tierras vender, cuándo y a quién. De otras no tenía ni idea. Apretó los labios al pensar en Stephen Bonnet.

Y qué se debía hacer con Claire.

—Si muero, ella debe irse —había dicho súbitamente Jamie, en medio de un estupor febril; aferrándolo por un brazo con asombrosa fuerza; sus ojos ardían, oscuros—. Que se vaya. Si el pequeño puede pasar, todos tenéis que volver. Pero sobre todo ella. Haz que vaya a las piedras.

—¿Por qué? —había preguntado Roger, en voz baja—. ¿Por qué debe partir? —Era posible que Jamie, obnubilado por la fiebre, no pensara con claridad—. Pasar por las piedras es peligroso.

—Para ella es peligroso estar aquí sin mí. —Durante un momento, la mirada de Fraser se había perdido; las líneas de su cara, relajadas de agotamiento. Se había recostado hacia atrás, con los ojos semicerrados, y de pronto había vuelto a abrirlos—. Ella es una Antigua. Si lo descubren, la matarán.

Luego había cerrado otra vez los ojos. No había vuelto a hablar hasta que los otros los encontraron, al rayar el día.

Vistas las cosas ahora, a la clara luz de la mañana otoñal, a salvo del viento y de las llamas danzarinas de esa noche perdida en la montaña, Roger tuvo la razonable certeza de que Fraser había estado perdido en las nieblas de su fiebre; la preocupación por su esposa se mezclaba con los fantasmas que el veneno hacía brotar. Aun así, él no podía dejar de tenerlo en cuenta.

«Es una Antigua.» Por desgracia, Fraser lo había dicho en inglés. En gaélico, el significado habría sido más claro. Si hubiera dicho *ban-sidhe*, Roger habría sabido si se refería al reino de las hadas o a una mujer sabia, pero humana.

Sin duda no podía... pero tal vez sí. Aun en la época de Roger, los escoceses llevaban en la sangre la creencia en «los Otros», aunque no lo admitieran del todo. ¿Y ahora? Fraser creía abiertamente en los fantasmas, por no hablar de ángeles y santos. Para la cínica mente presbiteriana de Roger, no había mucha diferencia entre encender velas a santa Genoveva y dejar afuera un cazo de leche para las hadas.

Por otra parte, aunque no le gustara reconocerlo, él jamás habría tocado la leche destinada a los Otros ni tampoco un amuleto colgado sobre una puerta... y no sólo por respeto a la persona que los hubiera puesto allí.

El trabajo le había hecho entrar en calor; tenía la camisa pegada a los hombros y por el cuello le corrían hilos de sudor. Hizo una pausa para beber agua de su calabaza y se ató un trapo a la frente para absorber la transpiración.

Tal vez Fraser no estaba desencaminado. Por risible que fuera la idea de que él y Brianna, y hasta la misma Claire, fueran *sìdheanach*, todo tenía más de una cara. Ellos eran diferentes, sí. No todo el mundo podía viajar a través de las piedras; menos aún eran los que lo hacían.

Y había otros. Geillis Duncan. El viajero desconocido que ella le había mencionado a Claire. El caballero cuya cabeza cortada apareció en el páramo, con los empastes de plata intactos. Al pensar en él se le puso la carne de gallina, a pesar del sudor.

Jamie había dado sepultura a la cabeza, con el debido respeto y una breve plegaria, en una colina próxima a la casa; fue el primer habitante del pequeño claro soleado destinado a ser el futuro cementerio del cerro. Por insistencia de Claire, había marcado la pequeña sepultura con un trozo de granito en bruto, sin inscripción alguna (¿qué podía decir?), pero con vetas de serpentina verde.

¿Y si Fraser estaba en lo cierto? «Si el pequeño puede pasar, todos tenéis que volver.»

Y si no volvían... algún día yacerían todos en el claro soleado: Brianna, Jemmy, él, cada uno bajo su trozo de granito. La única diferencia era que cada uno tendría su nombre. Pero ¿qué fechas tallarían? Se lo preguntó de súbito mientras se limpiaba el sudor de la mandíbula. En cuanto a Jemmy, no habría dificultad, pero el resto...

Allí estaba el problema, desde luego; al menos uno de ellos: «Si el pequeño puede pasar...» Si la teoría de Claire era correcta, si la facultad de pasar a través de las piedras era un rasgo genético, como el color de los ojos o el tipo de sangre... Jemmy tendría un cincuenta por ciento de probabilidades, si era hijo de Bonnet; si era de Roger, tres de cuatro o quizá la certeza.

Segó salvajemente una mata de hierba, sin molestarse en sujetarla, y las espiguillas volaron como metralla. Entonces recordó la pequeña figura rosada bajo la almohada. Respiró hondo. ¿Y si daba resultado, si nacía otro niño que fuera de su propia sangre sin lugar a dudas? Tres probabilidades de cuatro... o quizá otra piedra, un día, en el cementerio familiar.

El saco estaba casi lleno y allí no había más hierba que valiera la pena cortar. Se lo cargó al hombro para descender la colina hasta el borde del maizal más elevado.

Se parecía tan poco a los maizales británicos como las praderas altas a un campo de heno. En otros tiempos había sido un bosque virgen; los árboles aún se erguían, negros y muertos contra el cielo claro. Se les había cortado la corteza en círculo para que murieran mientras se plantaba el maíz en los espacios abiertos entre uno y otro.

Era la manera más rápida de limpiar suficiente tierra para poder sembrar. Una vez muertos los árboles, las ramas deshojadas dejaban pasar luz suficiente. En dos o tres años las raíces estarían lo bastante podridas como para arrancar los troncos, que poco a poco serían convertidos en leña. Por ahora se erguían como una fantasmagórica banda de espantapájaros negros, con los brazos vacíos extendidos sobre el cereal.

El maíz ya había sido cosechado; bandadas enteras de palomas buscaban insectos entre los rastrojos; una familia de codornices, asustada por la proximidad de Roger, se diseminó como un puñado de canicas arrojadas por tierra. Un pájaro carpintero, a salvo en lo alto, emitió un chillido de sorpresa y detuvo su martilleo para inspeccionarlo, antes de volver a su ruidoso claveteo.

—Deberías alegrarte —le dijo Roger al pájaro mientras dejaba el saco y el hacha—. Más bichos para ti, ¿verdad?

Los árboles muertos estaban infestados de insectos; siempre había allí varios pájaros carpinteros, con la cabeza inclinada para escuchar los rasguños subterráneos de sus presas.

—Perdona —murmuró por lo bajo al árbol elegido.

Era ridículo sentir pena por un árbol, tanto más en esas montañas, donde crecían con tanto vigor que llegaban a quebrar la roca; la zona estaba tan cubierta de bosques que el aire mismo adquiría el azul ahumado de sus exhalaciones. En realidad, la emoción sólo duraría el tiempo necesario para iniciar el trabajo; cuando llegara al tercero, estaría cubierto de sudor y maldiciendo lo incómodo de la faena.

Aun así era un trabajo que siempre encaraba con cierta renuencia; más que el resultado, le disgustaba la manera de realizarlo. Derribar un árbol para convertirlo en leña era algo directo; marchitarlo de ese modo parecía mezquino: se lo dejaba morir poco a poco, por la imposibilidad de llevar el agua desde las raíces a través del anillo de madera expuesta. Al menos en el otoño no resultaba tan desagradable, pues los árboles estaban ya adormecidos y deshojados; era como si murieran durante el sueño. Al menos, eso esperaba él.

Las astillas de aromática madera pasaban volando junto a su cabeza; una vez dada la vuelta entera al tronco, pasó sin detenerse a la siguiente víctima. Ni que decir tiene que, cuando pedía perdón a un árbol, siempre cuidaba de no ser oído. Jamie solía elevar una oración por los animales que mataba, pero difícilmente consideraría a los árboles como otra cosa que combustible, material de construcción o un puro y simple obstáculo.

El carpintero graznó de pronto allí arriba. Roger giró en redondo para ver qué lo había alarmado, pero se relajó al momento. La silueta pequeña y fibrosa de Kenny Lindsay se acercaba entre los árboles. Al parecer, venía a lo mismo, pues blandió su propia hacha en saludo cordial.

—*Madain mhath, a Smeòraich!* —gritó—. ¿Es cierto que tenemos gente nueva?

Roger había dejado de sorprenderse ante la velocidad con que circulaban las noticias en la montaña. Ofreció a Lindsay su jarra de cerveza y le dio detalles sobre la nueva familia.

—Se apellida Christie, ¿no? —preguntó Kenny.

—Sí. Thomas Christie, con sus hijos, varón y mujer. Debes de conocerlo; estuvo en Ardsmuir.

—¿Sí? Ah.

Allí estaba otra vez, ese leve estremecimiento ante el nombre.

—Christie —repitió Kenny. La punta de su lengua asomó un instante, como si degustara el sonido—. Hum. Sí. Vale.

—¿Qué pasa con Christie? —inquirió Roger, cada vez más intranquilo.

—¿Qué pasa? —El otro pareció sobresaltado—. Nada, hombre. Qué podría pasar. ¿O sí?

—No. Quiero decir... Me ha parecido que te sorprendías un poco al escuchar ese nombre. Se me ha ocurrido que podía ser un ladrón, un alcohólico o algo así.

Por la cara de Kenny pasó el entendimiento, como el sol por una pradera.

—Ah, vale, ahora entiendo. No, no, Christie es un tío bastante decente, hasta donde yo sé.

—¿Hasta donde tú sabes? Pero ¿no estuvisteis juntos en Ardsmuir? Eso ha dicho él.

—Pues sí, es cierto —concordó Lindsay.

Sin embargo, aún parecía dudar. De todos modos de nada sirvió insistir, salvo para que se encogiera de hombros. Poco después volvieron a la faena, con alguna pausa para dar un sorbo de agua o cerveza. El tiempo estaba fresco, gracias a Dios, pero ese trabajo hacía que sudaran. Al terminar, Roger bebió un último trago y vertió el resto del agua sobre su cabeza, grato el frío contra la piel acalorada.

—¿Vienes un rato a casa, *a Smeòraich*? —Kenny dejó el hacha para estirar la espalda con un gruñido. Señaló con la cabeza los pinos que se alzaban al otro lado de la pradera—. Mi mujer ha ido a vender su cochino, pero en el pozo hay leche de manteca fresca.

Roger asintió, sonriente.

—Gracias, Kenny.

Acompañó a Lindsay a atender sus animales; el hombre tenía dos cabras lecheras y una cerda. Mientras iba a por agua a un arroyuelo cercano, Roger amontonó el heno y echó un poco al pesebre de las cabras.

—Buena cerda —comentó cortésmente mientras Kenny echaba en la artesa maíz para que comiera. Era una enorme bestia multicolor, con una oreja desgarrada y expresión taimada.

—Mala como las víboras. Y casi igual de rápida —dijo Lindsay, mirándola de reojo—. Ayer estuvo a punto de arrancarme la mano. Quería llevarla a que el cerdo de Mac Dubh la cubriera, pero no quiso.

—Cuando una hembra no está de humor, no hay nada que hacer —comentó Roger.

Kenny movió la cabeza de lado a lado mientras lo valoraba.

—Puede ser, sí. Pero hay maneras de ablandarlas, ¿no? Es un truco que me enseñó mi hermano Evan.

Tras dedicar a Roger una sonrisa desdentada, señaló con la cabeza un barril del que emanaba el olor dulce del cereal en fermentación.

—¿Sí? —dijo Roger, riendo—. Pues espero que resulte. —No pudo evitar imaginarse a Kenny en la cama con Rosamund, su imponente esposa, y se preguntó si el alcohol desempeñaba un papel importante en ese inverosímil matrimonio.

—Resultará, sí —aseguró Lindsay, confiado—. Ésta es un demonio para la malta fermentada. El problema es que, si le das lo suficiente como para que esté dispuesta, no puede caminar muy bien. Tendremos que traerle al macho, cuando Mac Dubh se reponga.

—¿Está en celo? Mañana traeré al macho —prometió Roger, con cierta imprudencia.

Kenny pareció sobresaltarse, pero luego asintió de buen grado.

—Si eres tan amable, *a Smeòraich.* —Después de una pausa añadió, como sin darle importancia—: Espero que Mac Dubh se levante pronto. ¿Ha estado en condiciones de recibir a Tom Christie?

—No lo ha visto, no... pero yo se lo he dicho.

—¿Ah, sí? Qué bien, ¿no?

Roger entornó los ojos, pero el otro apartó la vista. Su desasosiego persistía. Presa de un súbito impulso, Roger alargó el brazo por encima del heno para cogerle la mano; gesto que lo sorprendió considerablemente. Se la estrechó y le tocó el nudillo.

Kenny quedó boquiabierto y parpadeante en el rayo de sol que entraba por la puerta. Por fin dejó el cubo vacío, se limpió con cuidado la mano en el kilt harapiento y se la ofreció a Roger con aire formal.

Cuando se la soltó, la situación entre ambos seguía siendo cordial, pero se había alterado de forma muy sutil.

—Christie también —observó Roger, y Kenny asintió.

—Pues sí. Todos nosotros.

—¿Todos los de Ardsmuir? ¿Y... Jamie? —La idea lo dejaba estupefacto.

Kenny asintió otra vez mientras se inclinaba para recoger el cubo.

—Pues sí. Mac Dubh fue el primero. ¿No lo sabías?

De nada servía andarse con rodeos. Negó con la cabeza para descartar el tema. Cuando viera a Jamie se lo mencionaría... siempre que su suegro estuviera en condiciones de responder preguntas. Clavó en el granjero una mirada directa.

—Pues bien, en cuanto a Christie, ¿pasa algo malo con él?

La reticencia de Lindsay había desaparecido; ya no se trataba de criticar a un hermano masón con alguien de fuera.

—¡Oh!, no. Me sorprendió un poco verlo aquí. No se llevaba muy bien con Mac Dubh, eso es todo. Si tuviera otro sitio adonde ir, no creo que hubiera venido al Cerro de Fraser.

Por un instante, a Roger le sorprendió esa revelación. ¡Conque en Ardsmuir había alguien para quien Jamie no era como el mismo sol! Sin embargo, pensándolo bien, no había motivos para extrañarse; era tan capaz de hacer amigos como enemigos.

—¿Por qué?

Lo que estaba preguntando era obvio. Kenny paseó una mirada por el cobertizo de las cabras, como si buscara escapatoria, pero entre él y la puerta estaba Roger.

—Nada serio —dijo al fin, encorvando los hombros en un gesto de capitulación—. Es que Christie es protestante, ¿comprendes?

—Comprendo, sí —replicó Roger, muy seco—. Pero lo pusieron con los prisioneros jacobitas. Y eso causó problemas en Ardsmuir. ¿Es eso lo que me quieres decir?

Era muy probable. En su propia época no había mucho afecto entre los católicos y los severos escoceses que descendían de John Knox y los suyos. Nada le gustaba tanto a ese pueblo como un poco de enfrentamiento religioso. Y en el fondo, en eso había consistido la causa de los jacobitas. Coge a unos cuantos calvinistas irreductibles, convencidos de que, si no ajustan bien la manta, el Papa bajará por la chimenea para morderles los pies. Arrójalos en una cárcel, cara a cara con hombres que rezan en voz alta a la Virgen María... Sí, ya se lo imaginaba. Dados los mismos números, dejarían los disturbios futbolísticos reducidos a nada.

—¿Y cómo llegó Christie a Ardsmuir?

Kenny pareció sorprendido.

—Pues porque era jacobita. Lo arrestaron con los demás después de Culloden. Fue juzgado y enviado a prisión.

—¿Un jacobita protestante? —No era imposible, ni siquiera difícil. La política había creado asociaciones aún más extrañas. Pero sí se salía de lo común.

El granjero, con un suspiro, echó un vistazo al horizonte, donde el sol descendía entre los pinos.

—Anda, vamos dentro, MacKenzie. Ya que Tom Christie ha venido al cerro, será mejor que alguien te lo cuente todo. Si me doy prisa, llegarás a tiempo para cenar.

Rosamund no estaba en casa, pero en el pozo había leche de manteca fresca, tal como había anunciado. Una vez traídos los taburetes y servida la leche, Kenny Lindsay cumplió con su palabra e inició el relato. Según dijo, Christie era escocés de las Lowlands; sin duda MacKenzie ya se había dado cuenta de ello. De Edimburgo. En los tiempos del Alzamiento tenía una buena tienda en la ciudad, recién heredada de su padre, hombre muy trabajador. Tom Christie tampoco era perezoso, y estaba decidido a conquistar una buena posición.

Con esa idea en la mente, cuando el ejército del príncipe *Tearlach* ocupó la ciudad, se puso su mejor ropa y fue a ver a O'Sullivan, el irlandés a cargo del comisariado del ejército.

—Nadie sabe qué pasó entre ellos, pero Christie salió de allí con un contrato para proveer las vituallas del ejército de las Highlands y una invitación al baile de esa noche, en Holyrood.

Kenny bebió un largo trago de leche dulce. Al dejar la taza, con el mostacho untuoso de blanco, hizo un gesto sapiente.

—Sabíamos cómo eran esos bailes de palacio. Mac Dubh nos hablaba siempre de eso. La Gran Galería, con los retratos de todos los reyes de Escocia, y las chimeneas de azulejos holandeses, donde se podría haber asado un buey. El príncipe y todos los grandes que iban a verlo, vestidos de seda y encaje. ¡Y qué comida, buen Dios! ¡De qué comidas nos hablaba!

Los ojos de Kenny se hicieron redondos y soñadores al recordar las descripciones escuchadas con el estómago vacío. Con aire distraído sacó la lengua para lamerse la leche del labio superior. Luego se sacudió para volver a lo presente.

—Pues bien —dijo como si nada—. Cuando el ejército abandonó Edimburgo, Christie fue también con ellos, no sé si para cuidar su inversión o para mantenerse a la vista del príncipe.

Roger notó que en esa lista de posibilidades no figuraba la idea de que el hombre hubiera actuado por motivos patrióticos.

Ya fuera por prudencia o ambición, Christie se había quedado con el ejército... por demasiado tiempo. Lo abandonó en Nairn, en la víspera de Culloden, para iniciar el regreso a Edimburgo, en el pescante de una carreta del economato militar.

—Si en vez de la carreta hubiera montado uno de los caballos, tal vez habría llegado —comentó Lindsay, cínico—. Pero no: se topó con todo un saco de Campbell. Tropas del gobierno, ¿entiendes?

Roger asintió.

—Dicen que trató de hacerse pasar por vendedor ambulante, pero en esa misma carretera había comprado una carga de cereal en una finca, y el granjero juró y perjuró que Christie había estado en su patio apenas tres días antes, con una escarapela blanca en el pecho. Y eso fue todo. Se lo llevaron.

Christie fue a parar primero a la prisión de Berwick; luego, por motivos que sólo la Corona sabía, a Ardsmuir, adonde llegó un año antes que Jamie Fraser.

—Él y yo llegamos al mismo tiempo. —Kenny miró dentro de su tazón vacío y cogió la jarra—. Era una cárcel vieja, medio derruida, que llevaba varios años en desuso. Cuando la Corona decidió reabrirla, trajeron hombres de aquí y allá; en total seríamos unos ciento cincuenta. La mayoría, jacobitas convictos. Algún ladrón y uno o dos asesinos.

Súbitamente sonrió, y Roger no pudo evitar el responder con otra sonrisa.

El hombre no era gran narrador, pero hablaba con tan sencilla vivacidad que era fácil imaginar la escena: las piedras manchadas de hollín, los hombres harapientos. Hombres venidos de toda Escocia, arrancados de sus hogares, privados de parientes y amigos, arrojados como otros tantos desechos a un montón de abono, donde la mugre, el hambre y el hacinamiento generaban un calor de podredumbre que descomponía a la vez la sensibilidad y la cortesía.

Para protegerse o por consuelo, se habían formado pequeños grupos que estaban en constante conflicto. Chocaban como guijarros en el oleaje, magullándose unos a otros de vez en cuando mientras aplastaban a cualquier pobre diablo que quedara entre ambos.

—Todo se reduce a comida y abrigo, ¿entiendes? —explicó Kenny, imparcial—. En lugares así no piensas en otra cosa.

Entre los grupos había un pequeño núcleo de calvinistas empecinados, con Thomas Christie a la cabeza. Compartían la comida y las mantas, se defendían entre sí, se comportaban con una santurronería que sacaba de quicio a los católicos.

—Si uno de nosotros estuviera quemándose (y mira que sucedía de vez en cuando, que te empujaran al hogar mientras dormías), ésos no habrían ni meado sobre ti para apagarte. —Lindsay movió la cabeza—. No robaban comida, no, pero se plantaban en un rincón a rezar en voz alta, ¡y dale con los usureros, los idólatras y todo eso! ¡Y cuidaban de que nosotros supiéramos a quiénes se referían! Y entonces llegó Mac Dubh.

El sol del otoño avanzado ya descendía, emborronando en sombras la cara de Kenny, con su barba de tres días; pero Roger notó que se suavizaba, y que relajaba la expresión ceñuda que acompañaba al recuerdo.

—Algo así como el Segundo Advenimiento, ¿no? —dijo, medio para sus adentros. Le sorprendió que el granjero se echara a reír.

—Sólo si te refieres a que algunos ya conocíamos a *Sheumais ruaidh*. No, hombre. Lo trajeron en barco. Sabes que Jamie Roy detesta los barcos, ¿verdad?

—He oído algo de eso —respondió Roger, seco.

—No sé qué has oído, pero es verdad —le aseguró Kenny, muy sonriente—. Entró en la celda tambaleándose, verde como una muchacha; vomitó en el rincón y se arrastró hasta debajo de un banco. Allí se quedó uno o dos días.

Pasada la crisis, Fraser guardó silencio un tiempo, hasta saber quién era quién y qué era qué. Sin embargo, era caballero por naturaleza, señor y gran guerrero, hombre muy respetado entre los escoceses de las Highlands. Todos lo trataban con deferencia natural; le pedían opinión, buscaban su juicio y los débiles se amparaban en su presencia.

—Eso fue como un mazazo para Tom Christie —dijo Kenny, moviendo sabiamente la cabeza—. Había llegado a pensar que era la rana más grande del estanque, ¿entiendes?

A modo de ilustración, metió el mentón e hinchó el cuello, con los ojos dilatados. Roger rompió en una carcajada.

—Entiendo, sí. Y no le gustó tener un competidor, ¿eh?

Lindsay asintió despreocupadamente.

—Tal vez no habría sido tan grave si la mitad de su pequeña banda no hubiera empezado a escapar de sus rezos para escuchar lo que Mac Dubh contaba. Pero lo peor fue lo del nuevo alcaide.

El coronel Harry Quarry, hombre relativamente joven, pero militar experimentado, que había combatido en Falkirk y en Culloden, acudió a reemplazar a Bogle, el alcaide inicial. A diferencia de su predecesor, Quarry sentía cierto respeto por los prisioneros bajo su mando. Y puesto que conocía la reputación de Jamie Fraser, lo trataba como a un enemigo derrotado, pero honorable.

—Poco después de asumir el cargo en Ardsmuir, Quarry hizo que le llevaran a Mac Dubh ante su presencia. No sé qué sucedió entre ellos, pero pronto se convirtió en una costumbre: una vez por semana los guardias se lo llevaban para que se afeitara y se lavara; luego subía a cenar algo con Quarry y le hablaba de lo que hiciera falta.

—Y a Tom Christie tampoco le gustó eso —adivinó Roger.

Comenzaba a formarse una amplia imagen de Christie: ambicioso, inteligente... y envidioso. Era competente por sí mismo, pero a diferencia de Fraser, no había nacido en buena cuna ni era hábil para la guerra, ventajas que bien podían resentir a un comerciante con aspiraciones sociales, aun antes de la catástrofe de Culloden. Roger sintió cierta compasión involuntaria por Christie: Jamie Fraser era un competidor muy duro para los meros mortales.

Kenny movió la cabeza y la echó hacia atrás para vaciar su taza. Luego, con un suspiro de satisfacción, señaló la jarra con un movimiento de cejas. Su visitante dijo:

—No, ya basta, gracias. Pero los masones... ¿cómo sucedió? ¿Dices que tuvo que ver con Christie?

Ya casi no había luz. Tendría que volver a casa caminando en la oscuridad, pero no importaba. La curiosidad no le permitía partir sin enterarse de lo que había ocurrido.

Kenny se reacomodó el kilt sobre los muslos, gruñendo. La hospitalidad era algo muy bonito, pero tenía faena pendiente. Aun así, no podía faltar a la cortesía y el Zorzal le caía simpático, no sólo porque fuera yerno de Mac Dubh.

—Pues verás... —Se encogió de hombros, resignado—. A Christie no le gustó nada que Mac Dubh fuera el grande; él creía que ese lugar le correspondía por derecho. —Clavó un mirada astuta y evaluadora en Roger—. Creo que no sabía lo que cuesta ser jefe en un lugar así. Lo descubrió más adelante. Pero eso no tiene nada que ver. —Agitó una mano, descartando lo irrelevante—. El caso es que Christie también era jefe, sólo que no tan bueno como Mac Dubh. Pero había quienes lo escuchaban, y no sólo entre los chupacirios.

Si Roger se molestó al oír esa caracterización aplicada a sus correligionarios, su ansiedad por saber más hizo que la pasara por alto.

—¿De verdad?

—Hubo más problemas. —Otro encogimiento de hombros—. Pequeñeces, sí, pero lo barruntabas.

Cambios y cismas, las pequeñas fallas y fracturas que resultan cuando dos masas terráqueas se encuentran y se empujan, hasta que entre ellas se levantan montañas o una es subsumida por la otra, en una ruptura de roca y tierra.

—Nos dábamos cuenta de que Mac Dubh estaba pensativo, pero él no suele decir a nadie lo que piensa, ¿verdad?

«A casi nadie —pensó el joven de pronto; recordaba la voz de Fraser, tan baja que apenas se oía sobre el gemido del viento otoñal—. A mí me lo dijo.» El pensamiento fue un pequeño calor repentino en su pecho, aunque lo apartó por no distraerse.

—Una noche Mac Dubh volvió a nosotros bastante tarde, pero en vez de acostarse a descansar nos llamó. A mí y a mis hermanos, a Gavin Hayes, Ronnie Sinclair... y Tom Christie.

Fraser había despertado silenciosamente a los seis hombres para llevarlos hasta una de las pocas ventanas de la celda, donde la luz del cielo nocturno le iluminaba el rostro. Los hombres se reunieron a su alrededor, con los ojos hinchados y los dolores de la jornada, sin saber qué significaría aquello. Desde el último enfrentamiento (una riña entre dos hombres por un insulto sin importancia), Christie y Fraser se mantenían aparte, sin intercambiar una sola palabra.

Era una templada noche de primavera; aún hacía frío, aunque se percibía el olor verde de los brezos y el dejo salado del mar lejano. En noches como ésa uno ansía correr libre por la tierra, siente que la sangre le canturrea en las venas. Cansados o no, los hombres se animaron ante ella.

Christie estaba alerta y receloso. Se encontraba cara a cara con Fraser y cinco de sus aliados más íntimos. ¿Qué intención tenían? Claro que los rodeaban otros cincuenta hombres, algunos de los cuales acudirían en su ayuda si los llamaba. Pero uno podía recibir una buena paliza o hasta morir antes de que nadie se enterara de que corría peligro.

Al principio, Fraser no dijo una palabra; se limitó a sonreír, y alargó la mano hacia Tom Christie. El otro vaciló un momento, suspicaz... pero no había alternativa.

—Cualquiera habría dicho que Mac Dubh tenía un rayo en la mano, por la impresión que recibió Christie.

Kenny apoyó la mano en la mesa; la palma encallecida era dura como un cuerno; los dedos cortos y gruesos se cerraron poco a poco. Una ancha sonrisa le cruzó la cara.

—No sé cómo se enteró Mac Dubh de que Christie era masón, pero así fue. ¡Había que ver su cara cuando comprendió que Jamie Roy también lo era! Fue obra de Quarry —explicó, al ver la pregunta en la expresión de Roger—. Él era maestro.

Un maestro masón, jefe de una pequeña logia militar, compuesta por los oficiales de la guarnición. Como uno de los miembros acababa de morir, les faltaba un hombre para completar los siete requeridos. Después de estudiar la situación y explorarla en algunas conversaciones cautelosas, invitó a Fraser a unirse a ellos. Después de todo, un caballero era siempre un caballero, jacobita o no.

No era una situación muy ortodoxa, se dijo Roger, pero ese Quarry parecía de los que adaptaban los reglamentos a su conveniencia. También Fraser.

—De modo que Quarry lo inició. En un mes pasó de aprendiz a artesano y un mes más tarde era maestro. Fue entonces cuando decidió decírnoslo. Y esa misma noche fundamos una nueva logia, nosotros siete: la segunda logia de Ardsmuir.

Roger lanzó un resoplido de risa al imaginarlo.

—Vosotros seis... y Christie. —Tom Christie, el protestante. Y el hombre, honorable en su rigidez, no tuvo más remedio que respetar su juramento masónico y aceptar como hermanos a Fraser y a sus católicos.

—Eso de entrada. Pero a los tres meses todos los de las celdas eran aprendices. Y a partir de entonces no hubo tantos disturbios.

No tenía por qué haberlos. Los masones sostenían como principios básicos la tolerancia y la igualdad; en una logia no había diferencias entre caballero, artesano, pescador y señor. No podía haber discusiones de política ni de religión entre los hermanos, según las reglas.

—No creo que a Jamie le perjudicara pertenecer a la logia de los oficiales —observó Roger.

—Pues... supongo que no —respondió Lindsay, vagamente.

Luego apartó el taburete para levantarse. El relato había terminado, ya era de noche y había que encender una vela. No dio un solo paso hacia la palmatoria de terracota que estaba sobre el hogar, pero Roger notó por primera vez que no olía a comida en el fuego.

—Es hora de ir a por mi cena —dijo, levantándose—. ¿Quieres acompañarme?

El hombre se animó a ojos vistas.

—Con gusto, *a Smeòraich*. Gracias. Dame un minuto para ordeñar las cabras y estaré contigo.

A la mañana siguiente, después de un delicioso desayuno (huevos batidos y revueltos con carne de bisonte picada, cebollas dulces y setas) encontré a Jamie despierto, aunque sus ojos no estaban lo que se dice brillantes.

—¿Cómo te encuentras? —pregunté mientras dejaba la bandeja que le había llevado para apoyarle una mano en la frente. Aún tenía fiebre, pero no tanta como ayer.

—Preferiría estar muerto. Así al menos la gente dejaría de preguntarme cómo me encuentro —respondió, gruñón.

Interpreté su estado de ánimo como señal de que volvía a la salud.

—¿Has utilizado ya la bacinilla?

Me clavó una mirada ceñuda.

—¿Y tú?

—¿Sabes que cuando no te encuentras bien eres insoportable? —comenté, levantándome para mirar por mí misma la vasija esmaltada. No había nada.

—¿No se te ha ocurrido, Sassenach, que tal vez eres tú quien se vuelve insoportable cuando yo estoy enfermo? Cuando no me haces tragar algo asqueroso, hecho con escarabajos molidos y recortes de pezuña, me clavas los dedos en la barriga y vienes a hacerme preguntas íntimas sobre el estado de mis intestinos. ¡Aah!

Precisamente acababa de retirar la sábana para palparle la parte baja del abdomen. La vejiga no parecía hinchada. Su exclamación se debía sólo a las cosquillas. Me apresuré a palpar el hígado, pero no estaba endurecido; era un alivio.

—¿Te duele la espalda?

—Lo único que tengo es una molestia —dijo, cruzando los brazos para proteger la zona media—. Y cada vez es peor.

—Estoy tratando de ver si el veneno de la víbora te ha afectado los riñones —expliqué, decidida a pasar por alto ese último comentario—. Si no puedes orinar...

—Sí que puedo —me aseguró, cubriéndose hasta el pecho por si se me ocurría exigir pruebas—. Ahora déjame el desayuno y...

—¿Cómo lo sabes? Si no has...

—Sí que he...

Al ver que yo echaba un vistazo escéptico a la bacinilla, murmuró ceñudamente algo que terminaba en «ventana». Giré en redondo; las persianas estaban abiertas y el cristal levantado, pese al frío de la mañana.

—¿Eso has hecho?

—Es que estaba de pie —se defendió— y se me ha ocurrido. Eso es todo.

—¿Por qué estabas de pie?

—Porque se me ha ocurrido. —Me miró con la inocencia de un recién nacido.

Dejé esa pregunta para pasar a temas más importantes.

—¿Había sangre en...?

—¿Qué me has traído para desayunar? —Sin prestar atención a mis investigaciones clínicas, se puso de lado para retirar la servilleta que cubría la bandeja. Al ver la escudilla de pan con leche me miró como para acusarme de la más profunda traición. Antes de que pudiera agregar otra queja me senté en el taburete, a su lado, y le pregunté sin rodeos:

—¿Qué pasa con Tom Christie?

Él parpadeó, cogido por sorpresa.

—¿Por qué? ¿Hay algo de malo en él?

—No sé. No lo he visto.

—Pues yo tampoco lo he visto en más de veinte años —dijo, cogiendo la cuchara para remover con suspicacia el pan con leche—. Si en este tiempo le ha brotado una segunda cabeza, para mí es toda una novedad.

—¡Ja! —exclamé, tolerante—. Es posible, sólo posible, que hayas engañado a Roger. Pero yo te conozco.

Ante eso levantó la vista y sonrió de costado.

—¿Sí? ¿Sabías que no me gusta mucho el pan con leche?

Mi corazón aleteó al ver esa sonrisa, pero conservé la dignidad.

—Si pretendes extorsionarme para que te traiga una chuleta, olvídalo —le aconsejé—. Lo de Tom Christie puede esperar, si es preciso.

—Tráeme gachas con miel y te lo contaré.

Al volverme lo descubrí sonriendo de oreja a oreja.

—Trato hecho. —Volví a mi taburete.

Él reflexionó un momento, pero comprendí que sólo buscaba la manera de comenzar.

—Roger me contó lo de la logia masónica de Ardsmuir —dije, para ayudarlo—. Anoche.

Me miró, sorprendido.

—Y él ¿cómo lo ha sabido? ¿Se lo ha dicho Christie?

—No, fue Kenny Lindsay. Pero al parecer, Christie le hizo una señal masónica a su llegada. En realidad, yo creía que a los católicos no se nos permitía ser masones.

Él enarcó una ceja.

—Es que el Papa no estuvo en la prisión de Ardsmuir y yo sí. Pero ignoraba que estuviera prohibido. Así que Roger también es masón, ¿eh?

—Eso parece. Y tal vez ahora no esté prohibido. Eso vendrá después. —Descarté el tema con un gesto de la mano—. Pero volviendo a Christie, hay algo más, ¿verdad?

Él apartó la vista.

—Sí —dijo en voz baja—. ¿Te acuerdas de cierto sargento Murchison, Sassenach?

—Vívidamente. —Había visto al sargento una sola vez, en Cross Creek, hacía más de dos años. Sin embargo, el nombre me parecía familiar en relación con algo más reciente. Entonces recordé dónde lo había oído—. Lo mencionó Archie Hayes. Eran dos. Gemelos. Uno de ellos fue el que disparó contra Archie en Culloden, ¿no fue así?

Jamie asintió con la cabeza. Tenía los ojos velados, como si hubiera vuelto al tiempo pasado en Ardsmuir.

—Sí. Era lo que cabía esperar de esos dos, que dispararan contra un niño a sangre fría. Nunca he conocido a una pareja tan cruel. —Contrajo la boca, pero sin humor—. Si algo bueno ha hecho Stephen Bonnet en su vida, es matar a uno de esos dos tunantes.

—¿Y el otro? —pregunté.

—Al otro lo maté yo.

En la habitación se hizo un gran silencio, como si los dos estuviéramos muy lejos del cerro, juntos y solos, con esa frase desnuda flotando en el aire, entre ambos. Me miraba de frente, cautelosos los ojos azules, esperando mi respuesta. Tragué saliva.

—¿Por qué? —pregunté, vagamente sorprendida ante la serenidad de mi propia voz.

Entonces, apartó la vista.

—Por cien razones y por ninguna —dijo en voz baja. Se frotó la muñeca con aire distraído, como si aún sintiera el peso de los grilletes—. Podría contarte ejemplos de su crueldad, Sassenach, y todos serían ciertos. Se ensañaban con los débiles, robaban, golpeaban... y eran de los que disfrutan de la crueldad gratuita. En una prisión no había recursos contra esa gente. Pero no lo digo para justificarme. No hay justificación.

A los prisioneros de Ardsmuir se los sometía a trabajos forzados: cortar leña, picar piedras, acarrearlas. Trabajaban en pequeños grupos, cada uno bajo la custodia de un soldado inglés armado de mosquete y cachiporra. El mosquete, para evitar las huidas; la cachiporra, para imponer las órdenes y asegurar la sumisión.

—Era verano. ¿Conoces el verano de las Highlands, Sassenach? ¿La media luz?

Asentí. La media luz estival de la noche de las montañas escocesas, a principios de verano. Tan cerca del polo norte, en el solsticio de verano el sol apenas se pone; desaparece bajo el horizonte, pero aun a medianoche el cielo se mantiene claro y lechoso; el aire no es oscuro, sino que parece envuelto por una bruma ultraterrena. El alcaide de la prisión aprovechaba de vez en cuando esa luz para hacer que los prisioneros trabajaran hasta muy entrada la noche.

—No nos molestaba tanto —dijo Jamie. Tenía los ojos abiertos, pero fijos en lo que veía, en la media luz estival de su memoria—. Era mejor estar fuera que dentro. Aun así, por la noche estábamos tan agotados que apenas podíamos poner un pie delante del otro. Era como caminar en sueños.

Al terminar la jornada, tanto los guardias como los hombres estaban entumecidos por el agotamiento. Se reunía a los distintos grupos de prisioneros y se los formaba en columna para que marcharan de regreso a la cárcel, arrastrando los pies por los brezales, a tropezones y tambaleantes, borrachos por la necesidad de acostarse y dormir.

—Aún estábamos junto a la cantera. Debíamos cargar en la carreta las herramientas y los últimos bloques; luego, seguir a los demás. Recuerdo que levanté un bloque grande y di un paso atrás, jadeando por el esfuerzo. Detrás de mí se oyó un ruido. Al volverme, vi al sargento Murchison. Era Billy, pero eso no lo supe hasta después.

El sargento era sólo una forma achaparrada en la media luz, invisible la cara contra el cielo, cuyo matiz era el de una concha de ostra.

—De vez en cuando me pregunto si lo habría hecho, de haberle visto la cara. —Los dedos de su mano izquierda acariciaron distraídamente la muñeca; comprendí que aún sentía el peso de los hierros.

El sargento había levantado la cachiporra para darle un fuerte golpe en las costillas; luego la usó para señalar una maza abandonada en el suelo y le volvió la espalda.

—No lo pensé ni un momento —dijo Jamie, con voz queda—. En dos pasos caí contra él y le apreté el cuello con la cadena de mis grilletes. No tuvo tiempo de hacer un solo ruido.

La carreta estaba a tres metros escasos del borde del precipicio, con una caída a pico de doce metros; abajo, treinta metros de agua negra y serena, bajo ese vacuo cielo blanco.

—Lo até a uno de los bloques y lo arrojé. Luego volví a la carreta. Allí estaban los dos hombres de mi grupo, como estatuas, observándome a la media luz. No dijeron nada; yo tampoco. Subí y me hice cargo de las riendas; ellos subieron a la parte trasera. Alcanzamos a la columna y continuamos juntos, sin decir una palabra. Nadie echó de menos al sargento Murchison hasta la noche siguiente, pues se pensó que estaba de permiso en la aldea. No creo que lo encuentren jamás.

Entonces pareció tomar conciencia de lo que estaba haciendo y apartó la mano de la muñeca.

—¿Y los dos hombres? —pregunté por lo bajo.

—Tom Christie y Duncan Innes.

Suspiró profundamente. Luego estiró los brazos, moviendo los hombros como para acomodarse la camisa, aunque era holgada. Por fin levantó la mano para girarla de un lado a otro.

—Qué extraño —dijo, observando la muñeca a la luz.

—¿El qué?

—Las marcas. Han desaparecido.

—¿Las marcas... de los grilletes?

Asintió. Se examinaba las muñecas con extrañeza. La piel era clara, curtida en un tono de oro pálido, sin marca alguna.

—Las tuve durante años. Por los roces, ¿comprendes? No sabía que hubieran desaparecido.

Le acaricié con suavidad la muñeca con el pulgar, allí donde la arteria radial cruzaba el hueso.

—Cuando te encontré en Edimburgo ya no las tenías, Jamie. Desaparecieron hace mucho tiempo.

Se miró los brazos y negó con la cabeza, como si le costara creerlo.

—Sí —dijo por lo bajo—. Bueno, también Tom Christie.

# NOVENA PARTE

*Un asunto peligroso*

# 96

## *Aurum*

La casa estaba en silencio; el señor Wemyss había ido al molino, llevando consigo a Lizzie y a la señora Bug, y era demasiado tarde para que la gente del cerro viniera de visita. Todos estarían atareados acarreando leña y agua, encendiendo el fuego para la cena y dando de comer a las bestias.

Yo ya había alimentado y acostado a la mía. *Adso* era una bola soñolienta, encaramada al alféizar de la ventana, bajo un rayo de sol tardío; tenía las zarpas recogidas y los ojos cerrados en un éxtasis de apetito satisfecho. Mi contribución a la cena —un plato que Fergus llamaba elegantemente *Lapin aux chanterelles*, guiso de conejo para los vulgares— burbujeaba alegremente en el caldero desde la mañana, y no requería atención. En cuanto a barrer, limpiar los cristales, quitar el polvo y ese tipo de faena... Si es cierto que el trabajo de la mujer no se acaba nunca, ¿para qué preocuparse de lo que haya quedado pendiente?

Cogí del armario pluma, tinta y el gran registro de casos. Luego, compartiendo el sol con *Adso*, apunté una cuidadosa descripción del bulto que el pequeño Geordie Chisholm tenía en la oreja, que requería observación, y añadí las medidas que había tomado recientemente a la mano izquierda de Tom Christie.

El hombre sufría de artritis en las dos manos y tenía los dedos algo encogidos, pero tras haberlo observado con atención durante la cena, estaba casi segura de que lo de su mano izquierda no era artritis, sino contractura de Dupuytren: una extraña retracción de los dedos anular y meñique hacia la palma de la mano, producida por el acortamiento de la aponeurosis palmar.

En realidad, no tenía que haberlo dudado, pero las manos de Christie estaban tan encallecidas por los años de trabajo que no llegaba a palpar el nódulo característico en la base del anular. Había notado que el dedo tenía un aspecto extraño al suturarle un tajo en la mano. Desde entonces se lo controlaba cada vez que podía persuadirlo de que me permitiera examinarlo, cosa que no sucedía a menudo.

Pese a las aprensiones de Jamie, los Christie eran hasta el momento los arrendatarios perfectos; llevaban una vida tranquila y apartada, salvo por las clases de Thomas, que parecía ser un maestro estricto, pero efectivo.

Algo se erguía detrás de mi cabeza. El rayo de sol se había movido y *Adso* con él.

—Que no se te ocurra, gato —le dije.

En las vecindades de mi oreja izquierda se inició un ronroneo; una zarpa se estiró para tocar con delicadeza mi coronilla.

—¡Oh!, está bien —dije, resignada. En realidad, no había opción, a menos que estuviera dispuesta a levantarme para escribir en otro sitio—. Haz lo que quieras.

*Adso* no podía resistirse a una cabellera. Cualquier cabellera, estuviera o no adherida a una cabeza. Por suerte, sólo el mayor MacDonald había tenido la temeridad de sentarse al alcance de ese gato llevando una peluca puesta. Después de todo, se la devolví, aunque para eso tuve que arrastrarme por debajo de la casa, donde *Adso* había llevado su presa, sin que ningún otro se atreviera a arrancarla de sus fauces. El mayor se mostró bastante austero; el incidente no le impidió seguir visitando a Jamie de vez en cuando, pero ya no se quitaba el sombrero para beber su café de achicoria a la mesa de la cocina. Mantenía el tricornio firmemente clavado en su cabeza y los ojos asimismo clavados en el gato, para vigilar sus movimientos.

Me relajé un poco; si bien no llegué a ronronear, me sentía muy a gusto. Era sedante que el gato me acariciara con las garras medio envainadas, interrumpiendo de vez en cuando su delicada atención para frotar amorosamente su cara contra mi cabeza. Sólo era peligroso cuando se excedía con la gataria, pero esa hierba estaba bien guardada bajo llave. Con los ojos entrecerrados, estuve dándole vueltas a la manera de describir la contractura de Dupuytren sin darle ese nombre, puesto que el barón Dupuytren aún no había nacido.

Pero una imagen vale más que mil palabras, y yo me creía capaz de producir un dibujo lineal más o menos real. Mientras lo intentaba, me pregunté cómo lograr que Thomas Christie me permitiera operarle la mano.

Se trataba de un procedimiento bastante rápido y simple, salvo por la falta de anestesia y el hecho de que Christie fuera abstemio y presbiteriano estricto. Tal vez si Jamie se le sentaba en el pecho, Roger en las piernas y Brianna le sujetaba la muñeca...

Bostecé, abandonando por un instante el problema. La somnolencia desapareció de golpe ante la presencia de una libélula amarilla, de siete u ocho centímetros, que entró por la ventana con un ruido de helicóptero pequeño. *Adso* se lanzó por el aire tras ella, dejándome el pelo totalmente desaliñado y la cinta (que al parecer había estado mordiendo) mojada y maltrecha, colgando tras la oreja izquierda. La retiré con un poco de asco y, después de ponerla a secar en el alféizar, retrocedí unas cuantas páginas. Quería admirar el pulcro dibujo que había hecho de la mordedura ofídica y la aguja hipodérmica de Brianna.

Para mi sorpresa, la pierna había curado bien; hubo bastante desprendimiento de tejidos, pero las larvas se ocuparon de eso con mucha efectividad; sólo quedaron dos pequeñas depresiones en la piel, allí donde la víbora había clavado los colmillos, y la fina cicatriz de la incisión que yo hice para limpiar los tejidos y colocar los gusanos. Jamie aún renqueaba un poco, pero eso podía desaparecer con el tiempo.

Canturreando de pura satisfacción, retrocedí unas pocas páginas más y eché un vistazo a las últimas notas apuntadas por Daniel Rawlings.

> *Josephus Howard... siendo su dolencia principal una fístula del recto, tan antigua que se ha convertido en un grave absceso, junto con un caso avanzado de hemorroides. Tratado con un cocimiento de pezuña de cerveza, mezclada con alumbre napolitano y una pequeña cantidad de miel, hervida junto con jugo de caléndula.*

Una nota posterior de la misma página, fechada un mes más tarde, se refería a la eficacia de este compuesto, con ilustraciones del estado del paciente antes y después del tratamiento. Observé el dibujo con una ceja en alto; Rawlings no era mejor dibujante que yo, pero había logrado captar de manera notable la molestia intrínseca del trastorno.

Me toqué la boca con la pluma, pensativa; luego añadí una nota al margen, apuntando que convenía recomendar una dieta rica en hortalizas fibrosas como apoyo al tratamiento, útil también para prevenir el estreñimiento y las complicaciones más graves que pudieran resultar.

Luego sequé la pluma y la dejé para volver la página. Me preguntaba si «pezuña de cerveza» sería una planta o una supuración de la pata de algún animal. Jamie ya estaba en su estudio. En un momento me reuniría con él.

Casi lo pasé por alto. Estaba apuntado al dorso del dibujo de la fístula, obviamente había sido añadido como comentario casual a las actividades del día.

> *He hablado con el señor Hector Cameron, de River Run, quien me ruega vaya a examinar los ojos de su esposa, cuya vista está gravemente afectada. La plantación está a gran distancia, pero enviará un caballo.*

Eso acabó de inmediato con el ambiente soporífico de la tarde. Me incorporé para pasar la página, fascinada. Quería ver si en verdad el doctor había examinado a Yocasta. Cierta vez, con alguna dificultad, la había persuadido de que me permitiera examinarle los ojos, y tenía curiosidad por conocer las conclusiones de Rawlings. A falta de oftalmoscopio no había manera de saber con certeza la causa de su ceguera, pero yo tenía una fuerte sospecha. Y al menos podía eliminar causas tales como las cataratas y la diabetes. Me pregunté si Rawlings habría visto algo que yo hubiera pasado por alto o si su estado habría empeorado notablemente desde entonces.

> *Sangré al herrero (una pinta), purgué a su esposa con aceite de* Senna *(10 mínimos) y administré al gato tres mínimos de lo mismo (gratis), tras haber observado un pulular de gusanos en las heces del animal.*

Eso me hizo sonreír; por toscos que fueran sus métodos, Daniel Rawlings era buen médico. Me pregunté de nuevo qué habría sido de él y si alguna vez podría conocerlo. Tenía la triste sensación de que no sería así; no concebía que un médico no regresara a reclamar instrumentos tan buenos como los suyos, si estaba en situación de hacerlo.

Acicateado por mi curiosidad, Jamie había hecho algunas averiguaciones, pero sin resultados. Daniel Rawlings había partido hacia Virginia, dejando atrás su caja de instrumentos, para desaparecer sin dejar rastro.

Otra página, otro paciente; sangrados, purgas, ampollas abiertas a lanceta, extirpación de una uña infectada, extracciones de dientes, cauterización de una llaga persistente en la pierna de una mujer... Rawlings había tenido mucho que hacer en Cross Creek, pero ¿habría llegado a River Run?

Sí, allí estaba, una semana y varias páginas después.

*Llegué a River Run después de un viaje espantoso, con viento y lluvia como para hundir un barco y la carretera completamente inundada en algunos tramos, de modo que me vi obligado a cabalgar a campo traviesa, azotado por el granizo y con barro hasta las cejas. Partí al amanecer con el sirviente negro del señor Cameron, que me trajo un caballo. No llegué a lugar seguro hasta mucho después de oscurecer, exhausto y famélico. El señor Cameron me recibió cordialmente con coñac.*

Tras haber hecho el gasto de procurarse un médico, Hector Cameron debió de querer aprovecharlo, pues hizo que Rawlings examinara a todos los esclavos y sirvientes, y también a él mismo.

*Setenta y tres años de edad, estatura media, ancho de hombros, pero algo encorvado. Manos tan deformadas por el reumatismo que no puede manejar ningún elemento más sutil que una cuchara. Por lo demás está bien conservado y muy vigoroso para su edad. Se queja de despertarse por la noche, micciones dolorosas. Me inclino por sospechar una dolencia salaz de la vejiga antes que cálculos o enfermedad crónica de las partes viriles interiores, pues el trastorno es recurrente, pero se prolonga mucho tiempo en cada ocasión, siendo la duración media de cada ataque de dos semanas, acompañado por irritación del órgano masculino. Fiebre leve, sensibilidad al palpar la zona baja del abdomen y orina negra, de olor fuerte, todo lo cual apoya mi opinión.*

*Como en la casa hay una buena cantidad de arándanos secos, he recetado una tisana, de cuyo zumo ha de beber tres tazas al día. También recomendé una infusión de galio, a beber por la mañana y por la noche, por sus efectos refrescantes y por si hubiera arenilla presente en la vejiga, lo cual podría agravar ese trastorno.*

Me descubrí haciendo gestos de aprobación. No siempre estaba de acuerdo con Rawlings, en cuanto a diagnóstico o tratamiento, pero en este caso parecía haber dado en el blanco. Pero ¿qué habría pasado con Yocasta?

Allí estaba, en la página siguiente.

> *Yocasta Cameron, sesenta y cuatro años de edad, trigrávida, bien alimentada y en buen estado general de salud, de aspecto muy juvenil.*

¿Trigrávida? Me detuve un momento ante ese comentario despreocupado. Un término tan simple y desnudo para designar el alumbramiento (por no hablar de la pérdida) de tres hijos. Haber criado a tres hijos hasta superar los peligros de la infancia, sólo para perderlos de una sola vez y de manera tan cruel. Aunque el sol era intenso, sentí un escalofrío en el corazón.

¿Y si hubiera sido Brianna? ¿O el pequeño Jemmy? ¿Cómo hacía una mujer para soportar semejante pérdida? Yo misma la había sufrido y aún no tenía ni idea. Pasado tanto tiempo, todavía despertaba a veces en medio de la noche, sintiendo el peso cálido de una criatura que dormía contra mi pecho, su aliento cálido en mi cuello. Levanté la mano para tocarme el hombro, curvado como si allí reposara la cabeza de un niño.

Tal vez era más fácil haber perdido una hija al nacer, sin los años de relación que habrían dejado agujeros raídos en la trama de la vida diaria. Aun así conocía a Faith hasta el último átomo de su ser; en mi corazón había un hueco que coincidía exactamente con su forma. Pero al menos había sido una muerte natural; eso me permitía sentir que a veces estaba conmigo, en cierto modo, que la cuidaba, que no estaba sola. Pero que te maten a un hijo, que te lo masacren en la guerra... Eran tantas las cosas que podían sucederle a un hijo en esa época.

Con la mente atribulada, continué leyendo la descripción de su caso.

> *No hay señales de enfermedad orgánica ni daño externo de los ojos. El blanco está claro; las pestañas, libres de sustancia alguna; no hay tumor visible. Las pupilas responden normalmente si se pasa una luz ante ellas y cuando se la vela. Al acercar un candil por el costado, el humor vítreo del ojo se ilumina sin mostrar defectos interiores. Noto un leve enturbiamiento que indica una catarata incipiente en la lente del ojo derecho, pero esto no basta para explicar la pérdida gradual de la vista.*

—Hum —dije en voz alta.

Las observaciones de Rawlings coincidían con las mías. A continuación apuntaba el tiempo en que se había producido la pérdida de la vista (más o menos dos años) y el proceso, que no había sido abrupto, sino una disminución paulatina del campo visual.

Probablemente el período había sido más largo; a veces la pérdida era tan gradual que la gente no se percataba hasta que la vista llegaba a estar en grave peligro.

*... fragmentos de visión cortados como lonchas de queso. Hasta lo que resta de la facultad es sólo útil a media luz, pues la paciente exhibe gran irritación y dolor cuando se expone el ojo a la fuerte luz del sol.*

*He visto otros dos casos de este trastorno, siempre en personas de cierta edad, aunque no tan avanzado. Mi opinión es que pronto la vista desaparecerá por completo, sin que sea posible mejorarla. Por suerte el señor Cameron tiene un sirviente negro que sabe leer y lo ha puesto a disposición de su esposa, para que la acompañe y la advierta de la presencia de obstáculos, además de leerle y darle cuenta de cuanto la rodea.*

Ahora la luz había desaparecido y Yocasta estaba completamente ciega. Conque se trataba de una dolencia progresiva; eso no me decía mucho, pues casi todas lo eran. ¿En qué fecha la habría visto Rawlings?

Podía ser cualquiera entre muchas enfermedades: degeneración macular, tumor del nervio óptico, lesión por parásitos, retinitis pigmentosa, arteritis temporal... Desprendimiento de retina probablemente no, pues eso habría sido repentino. Pero mi sospecha preliminar era que se trataba de un glaucoma. Recordé que Fedra mientras mojaba paños con té frío, había dicho que su señora sufría «otra vez» de dolores de cabeza, como si se tratara de algo frecuente. Y Duncan me había pedido que le hiciera una almohada de alhucema para aliviarle las migrañas.

Aun así, esos dolores de cabeza podían no tener relación alguna con la vista. Por entonces yo no había preguntado cómo eran; tal vez se tratara de simple tensión nerviosa, en lugar de la banda de presión que suele acompañar (o no) al glaucoma. Después de todo, una arteritis también habría provocado dolores de cabeza frecuentes. Lo frustrante era que el glaucoma, por sí solo, no tenía síntomas previsibles, salvo la ceguera final. Se debía a un fallo en el drenaje del fluido ocular, de modo que la presión interna del ojo aumentaba hasta provocar lesiones, sin que el paciente ni su médico recibieran advertencia alguna. Pero había otros casos de ceguera asintomáticos.

Mientras contemplaba esas posibilidades caí en la cuenta de que Rawlings había continuado con sus notas en el dorso de la página... pero en latín.

Parpadeé, algo sorprendida. Se notaba que aquello era continuación del pasaje anterior; la escritura a pluma presenta un característico oscurecimiento y decoloración de las palabras, según se va renovando la tinta al mojar la pluma. Los matices de cada anotación tendían a ser diferentes al cambiar de tinta. No: eso había sido escrito al mismo tiempo que la página precedente.

Entonces, ¿por qué el paso repentino al latín? Obviamente, Rawlings sabía un poco de esa lengua, lo cual revelaba que había recibido cierta instrucción formal, aunque no en la ciencia médica. Pero por lo general no lo utilizaba para sus notas clínicas, aparte de alguna frase o palabra ocasional, requerida para la descripción de una dolencia. Allí, en cambio, había una página y media escritas en latín; la letra era escrupulosa, más pequeña que de costumbre, como si hubiera pensado con cautela el contenido del pasaje... o tal vez por una sensación de secreto, como parecía revelar el cambio de idioma.

Hojeé el libro hacia atrás para verificar mi impresión. Había algo de latín aquí y allá, aunque con poca frecuencia y siempre de igual modo: como continuación de un párrafo comenzado en inglés. Era muy extraño. Volví a la parte referida a River Run, con intención de descifrarla.

Después de una o dos frases abandoné el esfuerzo y fui en busca de Jamie. Estaba en su propio estudio, al otro lado del pasillo, escribiendo cartas. O no.

El tintero, hecho con una pequeña calabaza con tapón de corcho, para impedir que la tinta se secara, estaba a mano, bien lleno; percibí el olor leñoso de las agallas de roble, remojadas con limaduras de hierro. En el escritorio había una pluma de pavo nueva, con la punta tan aguzada que parecía más apta para apuñalar que para escribir. En el secante, una página casi en blanco, con tres palabras negras y solitarias en la cabecera. Me bastó verle la cara para saber lo que decían:

«Mi querida hermana.»

Él levantó la vista con una sonrisa irónica y se encogió de hombros.

—¿Qué puedo decirle?

—No sé.

Al verlo había cerrado el registro de casos para ponérmelo debajo del brazo. Me detuve tras él y le estreché con suavidad el hombro. Por un momento él me cubrió la mano con la suya; luego cogió la pluma.

—No puedo seguir diciéndole que lo lamento. —Hizo girar despacio el cañón entre el pulgar y el dedo medio—. Se lo he dicho en todas las cartas. Si estuviera dispuesta a perdonarme...

En ese caso Jenny habría contestado al menos a una de las cartas que él enviaba fielmente a Lallybroch, mes tras mes.

—Ian te ha perdonado. Y los niños también. —De forma esporádica llegaban misivas del cuñado de Jamie, junto con ocasionales notas del joven Jamie y, de vez en cuando, unas líneas de Maggie, Kitty, Michael o Janet. Pero el silencio de Jenny era tan ensordecedor que ahogaba cualquier otra comunicación.

—Desde luego, sería peor que... —Dejó morir la frase, con la vista perdida en el papel. En realidad, nada podía ser peor que ese distanciamiento. Jenny era la persona que más le importaba en el mundo, quizá aparte de mí.

Yo compartía su cama, su vida, su amor, sus pensamientos. Ella había compartido su corazón y su alma desde el día en que nació... hasta el momento en que, por culpa de él, perdió al menor de sus hijos. Al menos así lo veía Jenny.

Me dolía ver que él aún cargaba con la culpa de la desaparición de Ian... y sentía algún resentimiento contra Jenny. Si bien comprendía lo hondo de su pérdida y me solidarizaba con su dolor, Ian no había muerto, hasta donde sabíamos. Sólo ella podía absolver a Jamie; sin duda era consciente.

Acerqué un taburete para sentarme a su lado y dejé el libro. A un lado había una pequeña pila de papeles, cubiertos con su trabajosa letra. Escribir le costaba un gran esfuerzo, pues debía utilizar la mano menos hábil, por añadidura lisiada; pero escribía empecinadamente, casi todas las noches, registrando los pequeños acontecimientos del día. Los visitantes que llegaban al cerro, la salud de los animales, los avances de la construcción, los nuevos pobladores, las noticias de los condados orientales... Lo apuntaba todo, palabra a palabra, para despacharlo por medio de cualquier visitante que pudiera llevar las páginas acumuladas, en la primera etapa de su precario viaje a Escocia. Aunque no todas las cartas llegaran a destino, algunas arribarían. De igual modo nos llegaban las cartas de Escocia, en su mayoría... cuando las enviaban.

Por un tiempo habíamos supuesto que la carta de Jenny se había perdido en el camino, sin más. Pero tanto tiempo después yo ya no tenía esperanzas. Jamie, sí.

—Se me ocurrió que debía enviarle esto. —Buscó entre los papeles hasta encontrar una hoja pequeña, manchada y sucia; el borde mellado revelaba que había sido arrancada de un libro.

Era un mensaje de Ian, única prueba concreta de que el muchacho aún estaba sano y salvo. La habíamos recibido en noviembre, durante el encuentro, a través de John Quincy Myers, montañés que recorría el páramo, tan a gusto entre los indios como entre los colonos, y más aún entre los venados y las zarigüeyas que entre quienes vivían en casas.

La nota, escrita en torpe latín como una broma, aseguraba que Ian estaba bien y que era feliz. Se había casado con una muchacha «a la manera mohawk» —probablemente había decidido compartir su casa, su lecho y su hogar, y ella había decidido permitirlo—; esperaba ser padre en la primavera. Eso era todo. La primavera había pasado sin más noticias. Ian no había muerto, pero era casi igual. Las posibilidades de que volviéramos a verlo eran remotas y Jamie lo sabía; la espesura se lo había tragado.

Jamie tocó suavemente el miserable papel, siguiendo con el dedo las letras redondas, todavía infantiles. Le había contado a Jenny lo que decía la nota, pero sin enviarle el original, y yo sabía por qué: era su único vínculo material con Ian; desprenderse de él era, de algún modo, entregarlo para siempre a los mohawk.

«*Ave!* —decía la nota—. *Ian salutat avunculus Jacobus.*» Ian saluda a su tío James.

Para Jamie era más que un sobrino. Por mucho que amara a todos los hijos de Jenny, Ian era especial. Un hijo adoptivo, como Fergus. Pero a diferencia de Fergus, llevaba su misma sangre y, en cierto modo, reemplazaba al hijo varón que había perdido. Ese otro hijo tampoco había muerto, pero jamás podría reclamarlo. El mundo pareció súbitamente lleno de hijos perdidos.

—Sí —dije, con un nudo en la garganta—. Creo que deberías enviarla. Debería estar en poder de Jenny, aun si...

De pronto la nota me hizo recordar el registro de casos. Lo cogí, con la esperanza de distraer a Jamie.

—Hum, hablando de latín... aquí tengo un fragmento extraño. ¿Podrías echarle un vistazo?

—Por supuesto. —Dejó a un lado la nota de Ian para recibir el libro; lo movió de modo tal que el último rayo de sol cayera sobre la página. Luego frunció apenas el ceño.

—Caramba, este hombre sabe tan poca gramática latina como tú, Sassenach.

—Mil gracias. No todos podemos ser eruditos, ¿sabes? —Me acerqué un poco más para mirar sobre su hombro. Yo estaba en lo cierto: Rawlings no había pasado al latín por puro entretenimiento ni para lucir su erudición.

—«Una rareza...» —dijo Jamie, traduciendo con lentitud mientras pasaba el dedo por la página—. «Estoy despierto...» No, creo que quiso decir «me despertaron». «Me despertaron ruidos en la alcoba contigua. Estoy creyendo»... o sea, creí... «que mi paciente iba a orinar, y me estoy levantando para seguirlo». ¿Por qué, me pregunto?

—El paciente —informé a Jamie—, que era Hector Cameron, tenía un trastorno en la vejiga. Supongo que Rawlings quería verlo orinar para ver en qué consistía la dificultad, si había dolor, sangre en la orina, ese tipo de cosas.

Jamie me miró de soslayo, con una ceja enarcada; luego volvió al registro con un movimiento de cabeza, murmurando algo sobre los gustos peculiares de los médicos.

—*Homo procediente...* «el hombre procede»... ¿Por qué dice «el hombre» en vez de usar su nombre?

—Escribía en latín para guardar el secreto —dije, impaciente por escuchar lo que seguía—. Supongo que si Cameron veía su nombre en el libro, sentiría curiosidad. Pero ¿qué pasó?

—«El hombre sale...» ¿De la casa o sólo de su alcoba? De la casa, ha de ser. «... y yo lo sigo. Camina con paso firme, con celeridad...» ¿Y por qué no? Ah, aquí está. «Me desconcierto. Le doy... le he dado doce granos de láudano.»

—¿Doce granos? ¿Estás seguro de que eso es lo que dice? —Me incliné sobre su brazo para mirar. Él señaló la anotación, inscrita claramente negro sobre blanco—. Pero ¡es una dosis suficiente para tumbar a un caballo!

—Sí, «... doce granos de láudano para ayudar al sueño», dice. Ahora se explica que al doctor le intrigara ver a Cameron correteando por el prado en plena noche.

Le di un codazo.

—¡Sigue!

—Mmfm. Pues bien, dice que fue a la letrina, sin duda esperando encontrar allí a Cameron, pero no había nadie y no había

olor a... eh... no parecía que alguien hubiera estado allí recientemente.

—No necesitas hablar con delicadeza sólo por mí —observé.

—Lo sé —dijo él, muy sonriente—. Pero mi propia sensibilidad no ha encallecido aún, pese a mi largo contacto contigo,
Sassenach. ¡Ay! —Se apartó de pronto, frotándose el brazo pe-
llizcado. Yo fruncí las cejas para clavarle una mirada ceñuda,
aunque en mi interior me alegraba haber aligerado el ánimo de
los dos.

—Olvida tu sensibilidad, por favor —dije, golpeando el suelo con un pie—. Además, nunca la tuviste; de lo contrario no te
habrías casado conmigo. ¿Dónde estaba Cameron?

Él recorrió la página con la vista, formando las palabras con
los labios.

—Él no lo sabe. Vagó por allí hasta que el mayordomo salió
de su agujero, tomándolo por un merodeador, y lo amenazó con
una botella de whisky.

—¡Qué arma más formidable! —comenté, sonriente mientras
me imaginaba a Ulises en gorro de dormir, blandiendo ese im-
plemento destructivo—. ¿Cómo se dice en latín «botella de whisky»?

Jamie echó un vistazo a la página.

—Él dice *aqua vitae*; sin duda es lo más aproximado que
encontró. Pero debe de haber sido whisky, pues dice que el mayordomo le dio una medida para curarle el susto.

—¿Conque no halló a Cameron?

—Sí, al separarse de Ulises. Estaba roncando en su blanco
lecho. A la mañana siguiente preguntó, pero Cameron no recordaba haberse levantado por la noche. —Volvió la página con un
dedo—. ¿Es posible que el láudano le impidiera recordar?

—Puede ser, sí —dije, con las cejas fruncidas—. Es muy
posible. Pero me parece increíble que haya podido andar por ahí
con tanto láudano en el cuerpo... a menos que... —Enarqué una
ceja al recordar los comentarios que Yocasta había hecho durante nuestra discusión, en River Run—. ¿Hay alguna posibilidad
de que tu tío Hector consumiera opio o algo por el estilo? Si
estaba habituado a tomarlo en grandes cantidades, habría desarrollado tolerancia; entonces la dosis de Rawlings no le afectaría
tanto.

Jamie, que nunca se escandalizaba ante la insinuación de que
un pariente suyo pudiera ser un depravado, estudió la idea. Por
fin negó con la cabeza.

—Nunca oí nada de eso. Pero no había motivos para que me lo dijeran.

Y era verdad. Si Hector Cameron tenía medios para permitirse el consumo de narcóticos importados (y por cierto los tenía, pues River Run era una de las plantaciones más prósperas de la zona) era asunto exclusivamente suyo. Aun así, alguien lo habría mencionado.

La mente de Jamie circulaba por otros derroteros.

—¿Para qué salir de la casa en plena noche si sólo quería orinar, Sassenach? —preguntó—. Sé que Cameron tenía una bacinilla. Yo mismo la he usado. Tenía su nombre y el escudo de los Cameron pintados en el fondo.

—Excelente pregunta. —Clavé la vista en la página llena de garabatos crípticos—. Si el hombre sufría grandes dolores o dificultad para orinar, como cuando se expulsa un cálculo renal, pudo haber salido para no despertar a los de la casa.

—No he sabido que mi tío fuera consumidor de opio, pero tampoco que tuviera mucha consideración por su esposa o sus sirvientes —apuntó Jamie, bastante cínico—. Por lo que se comenta, Hector Cameron era bastante cretino.

Me eché a reír.

—Sin duda por eso tu tía se lleva tan bien con Duncan.

*Adso* entró con los restos de la libélula en la boca y se sentó a mis pies, para que yo pudiera admirar su presa.

—Muy bien —lo elogié, dándole una palmadita—. Pero no te empaches, que en la despensa hay un montón de cucarachas de las que debes ocuparte.

—*Ecce homo* —murmuró Jamie, pensativo—. ¿Un *homo* francés, quizá?

—¿Qué? —Lo miré con fijeza.

—¿No se te ha ocurrido, Sassenach, que el hombre a quien el doctor siguió pudo no ser Cameron?

—Hasta ahora no, no se me había ocurrido. —Me incliné para estudiar la página—. Pero ¿por qué debía ser otro, francés por añadidura?

Jamie señaló el borde de la página; allí había unos pequeños dibujos que me parecieron garabatos. Uno de ellos era una flor de lis.

—*Ecce homo* —repitió, tocándolo—. El doctor no estaba seguro del hombre al que seguía; por eso no lo llama por su nombre. Si Cameron estaba drogado, fue otro el que salió esa noche de la casa; sin embargo, él no menciona que hubiera nadie más allí.

—Pero podría no mencionarlo porque no lo comprobó —argüí—. A veces agrega notas personales, aunque casi todas son estrictamente descripciones de casos, sus observaciones sobre los pacientes y los tratamientos aplicados. Aun así... —Fruncí las cejas—. Una flor de lis garabateada en el margen no tiene por qué significar nada, mucho menos que hubiera un francés allí.

Aparte de Fergus, no había en Carolina del Norte mucha gente de esa nacionalidad. Los asentamientos franceses estaban al sur de Savannah, a cientos de kilómetros. La flor de lis podía ser un simple garabato hecho al azar; sin embargo, no había otros en el libro. Cuando Rawlings incluía dibujos, éstos eran esmerados y venían al caso; los utilizaba como recordatorios o como guía para cualquier médico que lo siguiera.

Sobre la flor de lis había una figura que parecía un triángulo, con un pequeño círculo en el vértice y una base curva; abajo, una secuencia de letras. *Au et Aq.*

—A... u —dije lentamente—. *Aurum.*

—¿Oro? —Jamie levantó la vista hacia mí, sorprendido.

Asentí.

—Es la abreviatura científica de oro, sí. «*Aurum et aqua*», oro y agua. Supongo que se refiere a la *goldwasser*, pequeñas escamas de oro suspendidas en una solución acuosa. Es un remedio para la artritis. Y lo curioso es que suele resultar, aunque nadie sabe por qué.

—Costoso —observó Jamie—. Pero supongo que Cameron podía pagarlo. Tal vez guardó una o dos onzas de sus barras de oro, ¿eh?

—Aquí dice que Cameron sufría de artritis. —Fruncí el ceño ante la página y sus crípticas notas al margen—. Quizá pensaba aconsejarle el uso de *goldwasser* para ese trastorno. Pero no entiendo la flor de lis ni esto otro. —Lo señalé—. No es el símbolo de ningún tratamiento médico que yo conozca.

Para sorpresa mía, Jamie se echó a reír.

—Desde luego, Sassenach. Es una brújula masónica.

—¿De verdad? —Levanté la vista, parpadeando—. ¿Cameron era masón?

Con un encogimiento de hombros, se pasó una mano por el pelo. Jamie nunca mencionaba su propia asociación con los masones. Lo habían «hecho», según la expresión popular, en la cárcel de Ardsmuir. Y más allá de cualquier secreto que la sociedad impusiera a sus miembros, rara vez hablaba de lo que había sucedido entre aquellas húmedas murallas de piedra.

—Rawlings también debió de serlo —dijo; pese a su obvia renuencia a hablar del tema, no podía dejar de establecer relaciones lógicas—. De lo contrario no habría sabido de esto. —Un largo dedo tocó el signo de la brújula.

Yo no sabía qué decir a continuación. *Adso* me rescató de la indecisión al subir de un salto al escritorio, tras escupir un par de alas ambarinas, en busca de más *hors d'oeuvres*. Jamie sujetó el tintero con una mano mientras protegía la pluma nueva con la otra. El gato, privado de toda presa, fue a sentarse en el montón de cartas, moviendo con suavidad la cola mientras fingía admirar el panorama. Jamie entornó los ojos ante su insolencia.

—Quita tu peludo trasero de mi correspondencia, animal —dijo, azuzándolo con el extremo afilado de la pluma.

*Adso* dilató los grandes ojos verdes y los fijó en la punta móvil de la pluma; sus omóplatos se tensaron, expectantes. Jamie hizo bailar tentadoramente el objeto, provocando un zarpazo frustrado.

Me apresuré a retirar al gato antes de que estallara el caos, pese a su indignado «¡*mip!*» de protesta.

—No, ese juguete es de él —dije al gato mientras echaba a Jamie una mirada reprobatoria—. Vamos; tienes cucarachas que atender.

Alargué la mano libre hacia el registro; para mi sorpresa, él me la detuvo.

—Déjamelo un poco más, Sassenach —dijo—. Hay algo muy extraño en esta idea de un masón francés vagando por River Run, en medio de la noche. Me gustaría saber qué más dice el doctor Rawlings cuando escribe en latín.

—De acuerdo.

Con *Adso* subido en el hombro y ronroneando ante la perspectiva de las cucarachas, miré por la ventana. El sol se había puesto tras los castaños, en un resplandor de fuego; desde la cocina me llegaba el ruido de las mujeres y los niños. La señora Bug comenzaba a preparar la cena, con la ayuda de Brianna y Marsali.

—Cenaremos pronto —le dije.

Y me incliné para besarlo en la coronilla, que los últimos rayos del sol tocaban con fuego. Él sonrió, se tocó los labios con los dedos, y luego a mí, pero antes de que yo llegara a la puerta ya había vuelto a concentrarse en la estrecha escritura de las páginas. La única hoja, con sus tres negras palabras, quedó olvidada en el extremo del escritorio... por el momento.

# 97

## *Cuestiones de sangre*

Hubo un destello pardo ante la puerta y *Adso* salió disparado de la encimera, como si alguien hubiera gritado: «¡Pescado!» Era la segunda de sus pasiones: Lizzie, que volvía del cobertizo con un cuenco de crema en una mano, un plato con mantequilla en la otra y una gran jarra de leche contra el seno, precariamente sostenida por las muñecas cruzadas. El gato se enroscó en sus tobillos como una cuerda peluda, con la obvia esperanza de hacerla tropezar para que soltara el botín.

—Nada de eso, señorito —le dije, alargando la mano para rescatar la jarra de leche.

—Ay, gracias, señora. —Lizzie relajó los hombros con un pequeño suspiro—. Es que no quería hacer dos viajes.

Estornudó y quiso limpiarse la nariz con el antebrazo, con lo que puso en peligro la mantequilla. Yo saqué un pañuelo del bolsillo y se lo pegué a la nariz, reprimiendo el impulso maternal de decirle: «¡Sopla!»

—Gracias, señora —repitió, con una reverencia.

—¿Te encuentras bien, Lizzie? —Sin esperar respuesta, la cogí por un brazo para remolcarla hasta la consulta, donde las grandes ventanas me proporcionaban luz suficiente para ver.

—Estoy bien, señora, de verdad —protestó, aferrándose a la crema y a la mantequilla como en busca de protección.

Estaba pálida. Lizzie siempre estaba pálida, como si no tuviera un corpúsculo de sobra, pero ese día su piel tenía un matiz extraño que me inquietó. Había pasado casi un año desde su último ataque de malaria y, en general, se la veía bien, pero...

—Ven aquí. —La llevé hacia un par de taburetes altos—. Siéntate un momento.

Con obvia renuencia, pero sin atreverse a protestar, se sentó con los recipientes en equilibrio sobre las rodillas. Después de echar un vistazo a la mirada fija y predatoria de *Adso*, los guardé en el armario.

Pulso normal... normal para Lizzie, claro; siempre tendía a ser algo rápido y superficial. La respiración... bien; no era sibilante ni entrecortada. Las glándulas linfáticas de la mandíbula estaban hinchadas, pero eso no era raro: la malaria las había dejado permanentemente dilatadas, como la curva de un huevo de perdiz bajo la piel. Sin embargo, las del cuello también se habían agrandado.

Le levanté un párpado con el pulgar para observar el orbe gris, ansioso. A primera vista estaba bien, aunque algo enrojecido. Aun así, una vez más había algo raro en sus ojos, aunque me fuera imposible determinar qué. ¿Tal vez un tinte amarillo en la parte blanca? La cogí por la barbilla para girarle la cara hacia el costado, sin que se resistiera.

—Hola. ¿Todo bien? —Roger se detuvo en el vano de la puerta, con un ave muy grande y muy muerta colgando de la mano.

—¡Un pavo! —exclamé, con una cálida nota de admiración.

El pavo me gustaba, sí, pero Jamie y Bree habían matado cinco durante la semana anterior, con lo que nuestras cenas adquirían un dejo de monotonía. En ese momento había tres colgados en el cobertizo de ahumar. Por otra parte, los pavos silvestres eran astutos y difíciles de matar; hasta donde yo sabía, Roger nunca había logrado cazar uno.

—¿Le has disparado tú mismo? —pregunté mientras me acercaba con diligencia para admirarlo.

Él lo sostenía por las patas, con las grandes alas medio desplegadas. Las plumas de la pechuga reflejaban el sol en verdes oscuros iridiscentes.

—No. —Roger tenía la cara enrojecida por el sol, el entusiasmo o ambas cosas—. Lo he golpeado en el ala con una piedra —explicó, orgulloso—. Luego lo he perseguido y le he partido el cuello.

—Estupendo. —Mi entusiasmo era un poco más auténtico. Cuando lo limpiáramos no tendríamos que quitar municiones de la carne, para evitar el peligro de rompernos un diente al comerlo.

—Es precioso, señor Mac. —Lizzie había abandonado su taburete para acercarse a admirarlo—. ¡Qué gordo! ¿Quiere usted que lo lleve para limpiar?

—¿Qué? Pues no, Lizzie. Gracias. Yo mismo me ocuparé.

El color se acentuó un poco bajo la piel bronceada. Reprimí una sonrisa. Quería exhibir su presa ante Brianna, en toda su gloria. Se pasó el ave a la mano izquierda para extenderme la diestra, envuelta en un paño ensangrentado.

—Mientras forcejeaba con éste sufrí un pequeño accidente. ¿Podrías...?

Retiré el paño y fruncí los labios al ver lo que había debajo. El pavo, en su lucha por salvar la vida, le había abierto tres tajos mellados en el dorso de la mano. La sangre estaba casi coagulada, pero de la punción más fresca surgían gotas que corrían por el dedo hasta caer al suelo.

—¡Vaya! Será un segundo. Ven a sentarte. Lo limpiaré y... ¡Lizzie! ¡Espera un momento!

La muchacha, que había aprovechado la distracción para escabullirse hacia la puerta, se detuvo como si hubiera recibido un balazo en la espalda.

—Pero si estoy bien, señora —rogó—. De verdad, no hay nada mal, en serio.

En realidad, sólo la había detenido para que se llevara la mantequilla y la crema guardados en el armario. Para la leche ya era demasiado tarde; *Adso* estaba erguido sobre las patas traseras, con la cabeza y los hombros dentro de la jarra, de la cual surgían pequeños chapoteos. El ruido era un eco al que hacía la sangre de Roger al caer en el suelo. Y eso me dio una idea.

—Se me ocurre algo. Vuelve a sentarte, Lizzie. Sólo quiero una gota de tu sangre.

Lizzie puso la cara de un ratón que, al apartar la vista de su mendrugo, se hubiera encontrado en medio de una reunión de búhos. Pero no acostumbraba desobedecer las órdenes de nadie. De muy mala gana, volvió a sentarse en el taburete junto a Roger, que había depositado el pavo en el suelo.

—¿Para qué quieres sangre? —preguntó con interés—. Puedes tomar de la mía toda la que quieras. —Y levantó su mano herida con una gran sonrisa.

—Eres muy generoso —dije mientras preparaba un trozo de lino y un puñado de portaobjetos—. Pero tú no has tenido malaria.

Cogí a *Adso* por el pellejo del cuello para retirarlo de la jarra y lo dejé caer al suelo para abrir el armario.

—Que yo sepa, no. —Roger observaba mis preparativos con profundo interés.

Lizzie emitió una risa desolada.

—Si la hubiera tenido, lo sabría, señor.

—Supongo que sí. —Él le echó una mirada compasiva—. Es horrible, según dicen.

—De verdad. Todos los huesos te duelen como si los tuvieras rotos por dentro. Es como si tuvieras fuego en los ojos. De pronto te brota el sudor a mares y luego viene el frío, como para que se te partan los dientes de tanto castañetear... —Encogió el cuerpo en un estremecimiento—. Pero yo creía que se me había pasado —añadió, echando un vistazo intranquilo a la lanceta que yo esterilizaba en la llama de mi lámpara de alcohol.

—Eso espero —dije. Con un trozo de paño y alcohol destilado, limpié a fondo la yema de su dedo medio—. Una vez superado el primer ataque, hay personas que no vuelven a tener otro en la vida. Espero que seas una de ellas, Lizzie. Sin embargo, la mayoría recae de vez en cuando. Trato de averiguar si estás a punto de recaer. ¿Lista?

Sin esperar su asentimiento, clavé rápidamente la lanceta en su piel; luego cogí un portaobjetos y apreté la yema. Después de echar generosas gotas de sangre en cada una de las tres placas de vidrio, le envolví el dedo con el paño y la solté.

Me apresuré a estirar las gotas con otro portaobjetos limpio y puse los tres a secar.

—Eso es todo, Lizzie —le dije, sonriente—. Preparar esto me llevará algún tiempo. Cuando esté listo, ¿quieres que te llame para que lo veas?

—¡Oh!, no, no se moleste, señora —murmuró mientras abandonaba el taburete con una mirada temerosa a los portaobjetos—. No necesito verlos.

Y después de sacudirse el delantal, salió de la habitación... olvidando la crema y la mantequilla, después de todo.

—Discúlpame por hacerte esperar —rogué a Roger mientras retiraba del armario tres pequeños recipientes de terracota.

—No te preocupes. —Me observaba con fascinación.

Tras verificar que las manchas de sangre estuvieran secas, deslicé cada placa en un recipiente. Ya podía dedicar mi atención a limpiar y vendar su mano herida, un procedimiento sencillo.

—No es tan malo como yo pensaba —murmuré, limpiándole la sangre coagulada en los nudillos—. Ha sangrado bastante. Eso es bueno.

—Si tú lo dices... —No hizo ninguna mueca, pero mantuvo la cara vuelta hacia la ventana.

—Así se limpian las heridas —expliqué mientras aplicaba un poco de alcohol—. No necesitaré profundizar tanto para desinfectarlas.

Él inhaló con un fuerte siseo. Luego, para distraerse, señaló con la cabeza los portaobjetos puestos a remojar.

—Hablando de sangre, ¿qué piensas hacer con la de la señorita ratita?

—Es un experimento. No sé si funcionará, pero he fabricado algunas tinturas a base de plantas. Si alguna de ellas se fija a la sangre, podré ver bien las células rojas bajo el microscopio... y lo que contienen.

Hablaba con una mezcla de esperanza y entusiasmo vacilante. Lo que me proponía era difícil de hacer con los materiales de que disponía, pero no del todo imposible. Contaba con los solventes acostumbrados: alcohol, agua, trementina y sus destilados, y con una gran variedad de pigmentos vegetales para probar, desde el añil al escaramujo, y conocía bien sus propiedades colorantes.

Aun sin cristal violeta ni carbolfucsina, había podido fabricar una tintura rojiza que hacía muy visibles las células epiteliales, aunque sólo de forma temporal. Quedaba por ver si la misma tintura funcionaría con los glóbulos rojos y lo que incluían dentro o si necesitaría intentar otra cosa.

—¿Qué contienen? —me preguntó, interesado.

—*Plasmodium vivax* —respondí—. El protozoo que causa la malaria.

—¿Y se puede ver? Yo creía que los gérmenes eran demasiado pequeños, incluso para el microscopio.

—Eres peor que Jamie —dije, tolerante—, pero me encanta oír a los escoceses cuando dicen «gérrrrmenes». Suena tan siniestro...

Roger rió.

—Pero no tanto como «muerrrrte» —dijo, retumbando como una mezcladora de cemento.

—Ah, para un buen escocés no hay como «muerrrrte» —le aseguré—. ¡Qué sanguinarios que son!

—¿Todos? —Sonreía de oreja a oreja; por lo visto, la generalización no lo ofendía en absoluto.

—Del primero al último. A primera vista parecéis mansos, pero basta insultar a un escocés o molestar a su familia para que vuelen lanzas y espadas.

—¡Qué raro! —murmuró, observándome—. Pensar que has estado casada con uno durante...

—Mucho tiempo. —Terminé de limpiar con la esponja, enjuagar y secar el dorso de la mano; en la gasa limpia asomaban pequeños parches rojos—. Hablando de hombres sanguinarios —añadí como sin interés—, ¿sabes, por casualidad, a qué grupo sanguíneo perteneces?

Ante eso enarcó una ceja oscura. Al fin y al cabo, yo no pretendía colársela; sólo buscaba una manera de abordar el tema.

—Sí —dijo despacio—. Soy cero positivo.

Los ojos verdes estaban fijos en los míos, con serena atención.

—Qué interesante —dije.

Reemplacé el trozo de gasa por uno limpio y empecé a aplicar el vendaje.

—¿En qué medida es interesante? —preguntó él.

Levanté la mirada y me encontré con la suya.

—Moderadamente.

Retiré los portaobjetos, que chorreaban tintura rosada y azul. Puse uno a secar contra la jarra de leche; luego intercambié los otros dos, colocando el rosado en la tintura azul y viceversa.

—Hay tres grupos sanguíneos principales —dije mientras soplaba con suavidad contra el portaobjetos puesto a secar—. Más, en realidad, pero esos tres son los que todo el mundo conoce. Decimos que una persona es de tipo sanguíneo A, B o cero. Como cualquier otra característica, la determinan nuestros genes. En general, heredas de cada uno de tus padres la mitad de los genes que corresponden a cualquier característica.

—Recuerdo vagamente haber estudiado eso en la escuela —dijo Roger, seco—. Aquellos condenados gráficos sobre la hemofilia en la familia real y cosas por el estilo. Pero supongo que ahora tiene cierta importancia personal, ¿no?

—No lo sé. Podría ser.

El portaobjetos rosado parecía seco; lo deposité bajo el microscopio y me incliné para graduar el espejo. Mientras hacía girar la ruedecilla de enfoque, mirando por el ocular, continué:

—El caso es que esos grupos sanguíneos se relacionan con los anticuerpos, unos objetos pequeños, de forma extraña, que las células sanguíneas tienen en la superficie. Es decir: la gente de tipo A tiene en sus células una clase de anticuerpos; la gente de tipo B, otra diferente, y la de tipo cero no tiene ninguno.

De pronto aparecieron los glóbulos rojos, levemente entintados, como fantasmas redondos y rojizos. Aquí y allá, una mancha de rosado más oscuro señalaba lo que podía ser un poco de desechos celulares o, quizá, un glóbulo blanco, más grande. Pero no había mucho más. Mientras retiraba de sus baños los otros portaobjetos, proseguí:

—Si uno de los padres da al hijo el gen de la sangre tipo cero, y el otro le da el del tipo A, la sangre del niño aparecerá como tipo A, pues lo que el examen revela son los anticuerpos. Aun así, el niño tendrá también el gen del tipo cero.

Agité con suavidad uno de los vidrios en el aire para secarlo.

—Mi tipo sanguíneo es A. Ahora bien: sé que la sangre de mi padre era tipo cero. A fin de que haya aparecido ese tipo, es necesario que sus dos genes hayan sido cero. Por ende, no importa cuál de los dos genes me haya pasado: debe haber sido cero. Por lo tanto, el gen A provino de mi madre.

Viendo que en sus facciones aparecía la familiar expresión de vacuidad, dejé el portaobjetos con un suspiro. Bree, después de dibujar unas esporas de penicilina por encargo mío, había dejado junto al microscopio su bloc y su lápiz de grafito. Busqué una hoja en limpio.

—Mira —dije. Y dibujé a toda prisa un gráfico.

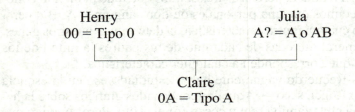

$$Henry \quad\quad\quad\quad\quad Julia$$
$$00 = Tipo\ 0 \quad\quad\quad\quad A? = A\ o\ AB$$
$$Claire$$
$$0A = Tipo\ A$$

—¿Comprendes? —Señalé con la barra de grafito—. No sé con certeza el tipo de mi madre, pero no importa; para que yo tenga el tipo sanguíneo A, ella tiene que haberme pasado ese gen, pues mi padre no lo tenía.

El siguiente portaobjetos estaba casi seco; lo puse en su sitio y me incliné para mirar por el ocular.

—Los tipos sanguíneos, esos anticuerpos, ¿se pueden ver por el microscopio? —Roger estaba a mi espalda, muy cerca.

—No —dije, sin levantar la vista—. Éste no tiene tanta resolución. Pero se pueden ver otras cosas. Al menos, eso espero.

Moví la ruedecilla una fracción de centímetro y las células surgieron a la vista. Dejé escapar el aliento que contenía, recorrida por un pequeño escalofrío de emoción. Allí estaban los glóbulos rojos, grumos rosados en forma de disco; aquí y allá, dentro de algunas de esas células, un grumo más oscuro; algunos, redondeados; otros, como bolos en miniatura. El corazón me palpitaba de entusiasmo.

—¡Ven a ver! —exclamé con deleite. Y me hice a un lado.

Roger se inclinó, intrigado.

—¿Qué es lo que estoy viendo? —preguntó, bizqueando.

—*Plasmodium vivax* —respondí, orgullosa—. Malaria. Esos pequeños grumos oscuros que están dentro de las células.

Los grumos redondeados eran los protozoos, seres unicelulares transferidos a la sangre por la picadura del mosquito. Los que parecía, en cambio, bolos eran protozoos listos para reproducirse.

—Cuando se dividen —expliqué, inclinándome para echar otro vistazo—, se multiplican hasta reventar la célula sanguínea y luego pasan a otras, donde también se multiplican hasta reventarlas; es entonces cuando el paciente sufre el ataque de malaria, con fiebre y escalofríos. Cuando los *Plasmodium* están latentes, sin multiplicarse, el enfermo está bien.

—¿Y qué hace que se multipliquen? —Roger estaba fascinado.

—Nadie lo sabe a ciencia cierta. —Volví a encorchar mis frascos de tintura—. Pero se puede observar para ver qué sucede, si se están multiplicando o no. Nadie puede vivir a fuerza de quinina, ni siquiera tomarla por períodos prolongados; la corteza de quina es demasiado costosa y no sé cuáles serían sus efectos a largo plazo. Y por desgracia, la mayoría de los protozoos no son susceptibles a la penicilina. Pero analizaré la sangre de Lizzie cada tantos días; si veo que el número de *Plasmodium* crece de forma considerable, comenzaré inmediatamente a darle quinina. Con suerte, eso puede evitar que se manifieste. Vale la pena intentarlo.

Él asintió, echando un vistazo al microscopio y al portaobjetos con su mancha rosada y azul.

—Claro que sí —dijo en voz baja.

Roger me miraba mientras yo iba y venía, recogiendo los desechos de mis operaciones. Cuando me agaché para recuperar el paño ensangrentado con el que él se había envuelto la mano, preguntó:

—Y sabes el tipo sanguíneo de Bree, desde luego.

—Tipo B —dije, con la vista en la caja de vendas—. Bastante raro, sobre todo entre las personas blancas. Se encuentra principalmente en poblaciones pequeñas y bastante aisladas; algunas tribus indias del sudoeste norteamericano, ciertos grupos negros... Puede que provinieran de una zona africana específica, pero el vínculo se perdió mucho antes de que se descubrieran los tipos sanguíneos.

—Poblaciones pequeñas y aisladas. ¿Los montañeses de Escocia, por ejemplo?

Alcé la visa.

—Quizá.

Él asintió en silencio; era obvio que reflexionaba. Luego cogió el lápiz y dibujó despacio un nuevo gráfico en el bloc.

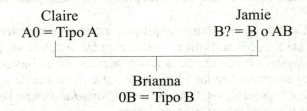

Claire
A0 = Tipo A

Jamie
B? = B o AB

Brianna
0B = Tipo B

—Eso es —asentí a su mirada interrogativa—. Exactamente.

Él respondió con una sonrisa irónica. Luego bajó la vista para estudiar los gráficos.

—¿Eso significa que puedes averiguarlo? —preguntó al fin, sin mirarme—. ¿Con certeza?

—No. —Con un pequeño suspiro, dejé caer el paño en el cesto de la ropa sucia—. Es decir, no puedo decir con certeza si Jemmy es tuyo, pero quizá pudiera decir con certeza si no lo es.

Su tez había perdido el rubor.

—¿Qué quieres decir?

—Bree es tipo B, pero yo soy tipo A. Eso significa que tendrá un gen B y mi gen cero; puede haber dado a Jemmy cualquiera de los dos. Tú sólo pudiste darle un gen tipo 0, pues no tienes otro.

Señalé con la cabeza una serie de tubos que estaban cerca de la ventana; el suero que contenían relumbraba con un matiz de oro pardusco ante el sol de la tarde avanzada.

—Pues bien, si Bree le ha dado un gen cero y tú, su padre, le has dado otro gen cero, su sangre será tipo cero; no tendrá anticuerpos y no reaccionará al suero preparado con mi sangre, con la de Brianna o la de Jamie. Si Brianna le dio su gen B y tú le diste cero, aparecerá como tipo B: su sangre reaccionará ante mi suero, pero no ante el de Bree. En cualquiera de esos casos el padre podrías ser tú... o cualquier otro de tipo sanguíneo 0. No obstante, si...

Recogí el lápiz que Roger había dejado y mientras hablaba, escribí lentamente, ilustrando las posibilidades.

Brianna
0B = Tipo B

Roger
00 = Tipo 0

Jemmy
0B o 00 = Tipo B o Tipo 0

—Pero... —Di unos toques con el lápiz contra el papel—. Si Jemmy resultara tipo A o tipo AB, eso significaría que su padre no era homocigótico del tipo 0. *Homocigótico* significa que los dos genes son del mismo tipo, como tú.

Apunté las alternativas a la izquierda del gráfico anterior.

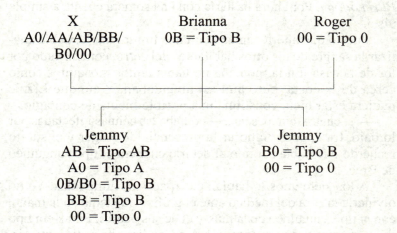

X
A0/AA/AB/BB/
B0/00

Brianna
0B = Tipo B

Roger
00 = Tipo 0

Jemmy
AB = Tipo AB
A0 = Tipo A
0B/B0 = Tipo B
BB = Tipo B
00 = Tipo 0

Jemmy
B0 = Tipo B
00 = Tipo 0

Vi que la vista de Roger se desviaba por un instante hacia esa X y me pregunté por qué lo había escrito así. Después de todo, el otro posible padre no era un desconocido cualquiera. Aun así no tuve el valor de apuntar «Bonnet», tal vez por simple superstición, tal vez por el deseo de mantener la imagen de ese hombre a distancia segura.

—Ten en cuenta que el tipo 0 es muy común —dije, en tono de disculpa.

Roger gruñó, sin apartar del gráfico los ojos sumidos en cavilaciones. Por fin dijo:

—Así que si es tipo 0 o tipo B, puede ser mío, pero no tendremos la certeza. En cambio, si es tipo A o AB, tendremos la seguridad de que no es mío.

Un dedo frotó lentamente el vendaje de la mano.

—Es un análisis muy tosco —dije, tragando saliva—. No puedo... es decir, siempre cabe la posibilidad de un error.

Él asintió sin levantar la vista.

—¿Se lo has dicho a Bree? —preguntó en voz baja.

—Por supuesto. Dijo que no quería saberlo, pero que lo hiciera si tú lo pedías.

Lo vi tragar saliva. Por un momento se llevó la mano a la cicatriz del cuello. Sus ojos estaban clavados en las tablas del suelo; apenas parpadeaba.

Me incliné hacia el microscopio, de espaldas a él, para darle un momento de intimidad. Tendría que hacer una cuadrícula para calcular la densidad relativa de las células infectadas por *Plasmodium*. Por ahora bastaría con una somera cuenta a simple vista.

Puesto que ahora contaba con una tintura fiable, debía analizar la sangre de los otros habitantes del cerro, comenzando por los de la casa. En la montaña no había tantos mosquitos como cerca de la costa, pero aun así abundaban. Y aunque Lizzie pudiera estar bien, constituía una posible fuente de contagio.

—... cuatro, cinco, seis... —contaba las células infectadas por lo bajo, tratando de ignorar la presencia de Roger y el súbito recuerdo que había surgido al decirle cuál era el tipo sanguíneo de Bree.

A los siete años le habían extirpado las amígdalas. Yo no olvidaría la cara del médico ante el gráfico que tenía en la mano, con el tipo sanguíneo de la niña y el de sus padres. Frank era tipo A, como yo. Y dos padres tipo A no podían, bajo ninguna circunstancia, tener un hijo tipo B. El médico nos miró a ambos, con la cara contraída por el bochorno... y me miró con ojos llenos de fría especulación. Era como si tuviera una A escarlata bordada en el pecho. En este caso, una B.

Frank, bendita sea su alma, también vio esa expresión y dijo, con desenvoltura: «Mi esposa era viuda; yo adopté a Bree al poco de nacer.» De inmediato la cara del médico se fundió en disculpas mientras mi esposo me estrechaba la mano con fuerza tras los pliegues de mi falda. Apreté la mano al recordarlo, como para devolverle el gesto... y el portaobjetos se inclinó de pronto, dejándome ante los ojos un vidrio borroso.

Roger se levantó a mi espalda. Me volví hacia él. Sonreía, con los ojos suaves y oscuros como el musgo.

—La sangre no importa —dijo en voz baja—. Es mi hijo.

—Sí. —Se me hizo un nudo en la garganta—. Lo sé.

Un fuerte crujido quebró la pausa momentánea. Bajé la vista, sobresaltada. Unas cuantas plumas de pavo pasaron junto a mi pie. *Adso*, descubierto con las manos en la masa, huyó de la consulta llevándose en la boca el enorme abanico de un ala desprendida.

—¡Por la sangre de Cristo! —exclamé.

# 98

## *Muchacho listo*

Esa noche soplaba un viento frío del este; Roger oía el gemido constante en las grietas del muro, cerca de su cabeza, y más allá de la casa, el crujir de los árboles al ser sacudidos. De pronto, una ráfaga infló el cuero engrasado que cubría la ventana, desprendiéndolo por un lado; la fuerte corriente de aire diseminó los papeles de la mesa e inclinó la llama de la vela en un ángulo alarmante.

Roger se apresuró a poner la vela fuera de peligro y apretó el cuero con la palma de la mano mientras echaba un vistazo sobre el hombro, por si el ruido hubiera despertado a su esposa y a su hijo. Un trapo de cocina se sacudía en su clavo, junto al hogar, y el pellejo de su *bodhran* vibró al paso de la ráfaga. En el hogar, las ascuas despidieron una súbita lengua de fuego. Brianna se movió ante el roce frío en su mejilla.

Se limitó a acurrucarse un poco más bajo los edredones, en todo caso; la corriente movió unas cuantas hebras de pelo rojo y las hizo brillar. El camastro donde Jemmy dormía ahora estaba amparado por la cama grande; desde ese rincón no se oía nada.

Roger dejó escapar el aliento que había contenido y revolvió en un pequeño recipiente de asta, lleno de tonterías útiles, hasta encontrar una tachuela suelta. La clavó en su sitio con el canto de la mano, con lo que la corriente se redujo a una pequeña filtración, y luego se agachó para recoger los papeles caídos.

> *¿Dejarán que regrese la vaca de Telfer?*
> *¿O no harán nada por mí?*

Mientras limpiaba la tinta medio seca de su pluma, repitió para sí los versos; aún los oía en la voz cascada de Kimmie Clelland.

Era una canción llamada *Jamie Telfer of the Fair Dodhead*, una de aquellas baladas antiguas, compuestas por decenas de versos y con decenas de variaciones regionales, todas las cuales se referían a los esfuerzos del fronterizo Telfer por vengar un ataque contra su casa, convocando la ayuda de parientes y amigos. Roger conocía tres de esas variaciones, pero Clellan sabía otra, que incluía todo un argumento secundario sobre Willie, el primo de Telfer.

*Lo juro por mi fe, afirmó Willie Scott.*
*Lo azotaré con el látigo de mi madre.*

Kimmie había dicho que sólo cantaba para pasar el rato o para entretener a los anfitriones cuyo fuego compartía. Recordaba todas las canciones de su juventud en Escocia y le gustaba interpretarlas tantas veces como la gente quisiese mientras le mantuvieran la garganta bien mojada.

El resto de los presentes en la casa grande disfrutaron de dos o tres piezas de su repertorio; a la cuarta comenzaron a bostezar y parpadear; por fin, con los ojos vidriosos, murmuraron una excusa y se retiraron en masa a la cama mientras Roger seguía proporcionando whisky al viejo y lo instaba a repetir la canción una vez más, para grabarse la letra en la memoria.

Pero la memoria era imprevisible; estaba sujeta a pérdidas azarosas y conjeturas inconscientes que reemplazaban a los hechos. Era mucho más seguro confiar las cosas importantes al papel.

La pluma raspaba con suavidad, captando las palabras una a una para clavarlas como luciérnagas en la página. Era muy tarde y Roger tenía los músculos acalambrados por el frío y la inmovilidad, pero estaba decidido a apuntar todos los versos mientras los tuviera frescos en la mente. Por la mañana Clellan podía ser víctima de un oso o morir bajo alguna piedra desprendida, pero Willie, el primo de Telfer, continuaría viviendo.

*Pero yo arriaré la vaca de Jamie Telfer,*
*Mal que pese a todo escocés...*

La vela emitió un breve chisporroteo al llegar a una falla de la mecha. El resplandor vaciló sobre la hoja y las letras se esfumaron de pronto en las sombras mientras la llama se reducía a una enana azul, como la súbita muerte de un sol en miniatura.

Roger dejó caer la pluma y cogió la palmatoria con una maldición sofocada. Luego sopló contra la mecha, con la esperanza de revivir la llama.

—«Pero Willie fue golpeado en la cabeza» —murmuró para sí, entre un soplido y otro, para no olvidarlas—. «Pero Willie fue golpeado en la cabeza, y la espada le atravesó la rodilla.»

Una raída corona anaranjada se elevó un instante, alimentada por su aliento, mas luego disminuyó sin remedio, hasta convertirse en una mota de rojo incandescente que refulgió por un segundo o dos, burlona, antes de desaparecer por completo, sin dejar otra cosa que una voluta de humo blanco en la habitación y un olor a cera caliente en su nariz.

Repitió la maldición en voz más alta. Brianna se movió en la cama, haciendo crujir las barbas de las mazorcas, y levantó la cabeza con un murmullo inquisitivo.

—No te preocupes —susurró él, echando una mirada inquieta al camastro del rincón—. Se ha apagado la vela. Sigue durmiendo.

«Pero Willie fue golpeado en la cabeza...»

—Ngm. —Un suspiro y el ruido de la cabeza que volvía a caer contra la almohada de plumas.

Como un reloj, Jemmy asomó la suya desde su propio nido de mantas; el nimbo de pelusa flamígera se recortó contra el mortecino resplandor del fuego. Hubo una exclamación de necesidad confusa, que no llegaba a ser llanto. Antes de que Roger pudiera moverse, Brianna ya había salido del lecho como un misil teledirigido para arrancar al niño de sus edredones, tirando de sus ropas con una sola mano.

—¡Bacinilla! —espetó a Roger, buscando a ciegas con el pie descalzo—. ¡Busca la bacinilla! Espera un segundo, tesoro —arrulló a Jemmy, con abrupto cambio de tono—. Sólo un segundo, amor...

Impelido a la obediencia instantánea por la urgencia de su tono, Roger se arrojó al suelo y movió el brazo en un arco por el negro vacío, bajo la cama.

«Willie fue golpeado en la cabeza... y en la ¿rodilla, pantorrilla?»

Abrumado por la situación, algún remoto bastión de su memoria se aferraba con tenacidad a la canción, repitiéndola en su oído interno. Aunque sólo la melodía; la letra se esfumaba con celeridad.

—¡Aquí está!

Había hallado el recipiente de terracota; lo golpeó accidentalmente contra la pata de la cama, pero gracias a Dios no se rompió. Lo envió por el suelo hacia Bree.

Ella plantó allí a Jemmy, ya desnudo, con una exclamación satisfecha. Roger continuó tanteando en la penumbra, en busca de su vela caída mientras ella murmuraba frases alentadoras.

—Bueno, tesoro, sí, así es...

«Willie fue matado en la... No, golpeado.»

Encontró la vela, que por suerte no se había partido, y rodeó con cautela el drama que se estaba desarrollando para encenderla en las brasas del fuego. Ya que estaba allí, atizó las ascuas y puso otro leño. El fuego revivido iluminó a Jemmy, que parecía tener éxito en sus intentos de seguir durmiendo, a pesar de su posición y de las instancias de su madre.

—¿No quieres hacer caca? —Y lo sacudía con suavidad por un hombro.

—¿Hacer caca? —se extrañó Roger. Esa curiosa expresión apartó de su mente los restos del verso—. ¿Qué significa eso de «hacer caca»?

Su opinión personal, basada en su experiencia de padre, era que los niños nacían haciendo caca y en adelante mejoraban muy despacio. Así lo dijo, provocando una mirada mortal por parte de Brianna.

—¿Qué? —exclamó ella, en tono cortante—. ¿Cómo que nacen haciendo caca?

Tenía una mano en el hombro de Jemmy, para mantenerlo en equilibrio; la otra le rodeaba la tripa; el índice desaparecía en las sombras de abajo, para controlar su puntería.

—Caca —explicó Roger—. Me parece que está claro.

Ella abrió la boca para replicar, pero Jemmy se tambaleó de un modo alarmante, con la cabeza caída sobre el pecho.

—¡No, no! —exclamó ella, sujetándolo—. ¡Despierta, bonito! ¡Haz caca!

Esa frase insidiosa se había instalado en la mente de Roger y reemplazaba alegremente la mitad del verso esfumado.

«Willie fue sentado a hacer su caca, y la espada atravesó la bacinilla.»

Sacudió la cabeza como para desprendérsela, pero ya era demasiado tarde: las verdaderas palabras habían huido. Ya resignado, se agachó junto a Brianna para ayudarla.

—Despierta, amigo. Tienes que trabajar. —Levantó a Jemmy el mentón con un dedo y le sopló la oreja, agitando los sedosos rizos pegados a su sien, todavía húmedos por el sudor del sueño.

Jemmy entreabrió apenas los párpados. Parecía un pequeño topo rosado que, cruelmente arrancado de su abrigada madriguera, mirara con tristeza el inhóspito mundo superior. Brianna bostezó, parpadeante y ceñuda a la luz de la vela.

—Bueno, si no te gusta «hacer caca», ¿cómo lo decís en Escocia? —interpeló, irritada.

Roger movió el dedo cosquilleante hasta el ombligo del niño.

—Pues... creo recordar que un amigo preguntaba a su pequeño si quería hacer *popó* —comentó.

Brianna respondió con un ruido grosero, pero Jemmy movió los párpados.

—*Popó* —dijo con aire soñador, como si le gustara el sonido.

—Bien, ésa es la idea —lo alentó su padre mientras movía el dedo en la pequeña depresión.

Jemmy soltó el fantasma de una risilla. Comenzaba a espabilarse.

—*Popó* —dijo—. *Popó.*

—Lo que más te guste —se resignó Brianna, todavía fastidiada—. Haz caca, haz *popó*, pero termina con eso, que mami quiere dormir.

—¿No deberías quitarle ese dedo del... hum? —Roger señaló con la cabeza la parte en cuestión—. Vas a provocarle algún complejo.

—Encantada. —Bree se apresuró a retirar la mano, con lo que el pequeño miembro saltó hacia arriba, apuntando directamente a Roger por encima del borde de la bacinilla.

—¡Eh, un mom...! —Alcanzó a levantar una mano como escudo, justo a tiempo.

—*Popó* —dijo Jemmy, sonriendo con adormilado placer.

—¡Mierda!

—*¡Erda!* —fue el eco.

—Pues no se trata exactamente de... ¿Quieres dejar de reírte? —exclamó su padre, irritado mientras se limpiaba la mano con un trapo de cocina.

Brianna negaba con la cabeza, entre resoplidos y gorgoritos, a tal punto que los mechones escapados de su trenza le cayeron contra la cara.

—¡Estupendo, Jemmy! —logró decir.

Así alentado, Jemmy adoptó un aire de intensa concentración, con la barbilla pegada al pecho, y sin más demora pasó al segundo acto del drama nocturno.

—¡Muchacho listo! —dijo Roger, sinceramente.

Una momentánea sorpresa interrumpió el aplauso de Brianna.

Él también quedó sorprendido. Lo había dicho sin pensarlo y, al oír las palabras, por un momento su voz le pareció ajena. Muy familiar, pero ajena. Era como cuando apuntaba la canción de Clellan, oyendo la voz del anciano aun mientras formaba las palabras con sus propios labios.

—Sí, eso es, listo —repitió con más suavidad, dando unas palmaditas en la cabeza sedosa.

Mientras Bree acostaba a Jemmy, entre besos y murmullos admirativos, él llevó la bacinilla afuera para vaciarla. Cumplido ese básico acto higiénico, fue a lavarse las manos en el pozo antes de regresar a la cama.

—¿Has terminado de trabajar? —preguntó Bree, soñolienta. Y se dio la vuelta para plantarle el trasero contra el vientre, sin más ceremonias.

Roger lo interpretó como una muestra de afecto, considerando que, tras haber estado fuera, él tenía unos quince grados menos de temperatura.

—Por esta noche sí.

La rodeó con los brazos y la besó con ternura detrás de la oreja. El calor de su cuerpo era un consuelo y un deleite. Bree, sin más comentarios, le cogió la mano helada para abrigarla bajo su mentón, con un beso en el nudillo. Roger se desperezó un poco y volvió a relajarse. Sus cuerpos se acomodaron con pequeños movimientos, adoptando cada uno la forma del otro. Del camastro surgía un leve ronquido; Jemmy dormía el sueño de los justos y secos.

Brianna había vuelto a atenuar el fuego, que despedía un calor suave y parejo; de vez en cuando se oía un pequeño estallido, cuando la llama escondida encontraba una acumulación de resina o un sitio húmedo. La tibieza lo fue cubriendo y el sueño vino pisándole los talones; extendió una manta de sopor hasta sus orejas y abrió los pulcros armarios de su mente, dando salida a todos los pensamientos e impresiones del día, que se diseminaron en coloridos montones.

Se resistió durante algunos minutos a la inconsciencia para hurgar entre esas riquezas esparcidas, con la vaga esperanza de hallar un trozo de la canción de Telfer, algún fragmento de poesía o música que le permitiera apresar los versos desvanecidos y traerlos a la luz de la conciencia. Pero lo que surgió de entre los escombros no fue la historia del malhadado Willie, sino una voz. Ni la suya ni la del viejo Kimmie Clellan.

«¡Muchacho listo!», decía, con cálida voz de contralto, teñida de risa. Roger dio un respingo.

—¿Qué has dicho? —murmuró Brianna, agitada por el movimiento.

—Anda... sé listo —musitó él, repitiendo las palabras que se formaban en su memoria—. Eso era lo que ella decía.

—¿Quién? —Brianna volvió la cabeza, con un susurro de voz contra la almohada.

—Mi madre. —Él le puso la mano libre en la cintura—. Me has preguntado qué decíamos en Escocia. Lo había olvidado, pero eso era lo que ella solía decirme. «Anda, sé listo.» O: «¿Necesitas ser listo?»

Bree emitió un pequeño gruñido de adormilada diversión.

—Bueno, es mejor que «*popó*».

Durante un rato guardaron silencio. Luego ella dijo, siempre en voz baja, pero ya desaparecidos de su voz todos los rastros del sueño:

—De vez en cuando hablas de tu padre, pero nunca te había oído mencionar a tu madre.

Él encogió un solo hombro y subió las rodillas contra los dóciles muslos de Bree.

—Es que no recuerdo gran cosa de ella.

—¿Qué edad tenías cuando murió? —La mano de Brianna fue a posarse en la suya.

—Pues... cuatro años, creo. Casi cinco.

—Hum... —Con ese murmullo compasivo, le estrechó la mano. Durante un momento quedó sola con sus propios pensamientos, pero luego tragó saliva. Él sintió la tensión de sus hombros.

—Qué.

—... no es nada.

—¿Sí? —Roger separó la mano para retirar la pesada trenza y le acarició el cuello.

Bree giró la cabeza para facilitarle las cosas.

—Es que... estaba pensando... si yo muriera ahora... Jemmy es tan pequeño que no me recordaría en absoluto —susurró, con las palabras medio apagadas por la almohada.

—Claro que sí —la contradijo él de manera automática; quería reconfortarla, aun sabiendo que ella tenía razón.

—Tú no la recuerdas, y eras mucho mayor cuando la perdiste.

—Pero sí que la recuerdo —corrigió él, clavando la yema del pulgar en el punto donde el cuello se unía al hombro—. Sólo que vagos fragmentos. A veces, cuando sueño o cuando pienso en algo distinto, veo una imagen fugaz de ella, oigo el eco de su voz. Hay unas pocas cosas que recuerdo con claridad, como el guardapelo que solía colgarle del cuello, con sus iniciales dibujadas con diminutas piedras rojas. Eran granates.

Es posible que ese guardapelo le hubiera salvado la vida al fracasar en su primer intento de cruzar a través de las piedras. De vez en cuando sentía haberlo perdido; era como una espina clavada bajo la superficie de su piel. Pero siempre apartaba la pena; después de todo, era sólo un trozo de metal.

Aun así lo echaba de menos.

—Eso es un objeto, Roger. —La voz de Bree tenía un dejo de aspereza—. Pero de ella, ¿te acuerdas? ¿Qué sabría Jemmy de mí... o de ti mismo... si de nosotros le quedara sólo...? —Miró a su alrededor, en busca de algún objeto que fuera adecuado—. ¿Tu *bodhran* y mi navaja?

—Sabría que su papá era músico, y su mamá, sanguinaria —replicó él, secamente—. ¡Ay! —Retrocedió un poco al recibir el puñetazo en el muslo. Luego le puso una mano pacificadora en el hombro—. No, de verdad; él sabría mucho de nosotros, y no sólo por las cosas que dejáramos, aunque le servirían de ayuda.

—¿Cómo?

—Pues... —Ella había vuelto a relajar los hombros. Roger sintió el borde del omóplato clavado contra la piel. Estaba demasiado delgada—. Tú estudiaste algo de historia, ¿verdad? Sabes lo mucho que se puede deducir de los objetos domésticos, tales como platos y juguetes.

—Hum... —Ella parecía dudar, pero tal vez sólo quería que la convenciera.

—Y Jem sabría mucho de ti a través de tus dibujos —señaló.

«Y si leyera tu libro de sueños, muchísimo más de lo que cualquier hijo debería saber», pensó. En la lengua le temblaba el impulso de decírselo, de confesar que él mismo lo había leído, pero se lo tragó. Más allá de temer la reacción de Bree, si descubría su intromisión, había un miedo más grande: que ella dejara de escribir allí, porque entonces perdería esos pequeños y secretos vistazos al interior de su mente.

—Creo que eso es verdad —reconoció ella, despacio—. Me gustaría saber si Jem será músico... o dibujante.

«Si Stephen Bonnet toca la flauta», pensó Roger, cínicamente. Pero sofocó esa idea subversiva. Rehusaba contemplarla.

—Es así como nos conocerá mejor —dijo a cambio, reanudando el suave masaje—. Cuando se estudie a sí mismo.

—¿Hum?

—Fíjate en ti. Todo el que te conoce exclama: «¡Tú debes de de ser la hija de Jamie Fraser!» Y no sólo por el pelo rojo. ¿Qué me dices de tu puntería? ¿Y de tu manía por los tomates, igual que tu madre?

Ella lanzó una risilla.

—Sí, es cierto. ¿Por qué has mencionado los tomates? La semana pasada utilicé el último. No habrá más hasta dentro de seis meses.

—Lo siento —dijo él. Y se disculpó con un beso en la nuca. Un momento después añadió—: Hay algo que me intriga. Cuando descubriste lo de Jamie, cuando ambos comenzamos a buscarlo... debiste preguntarte cómo sería. Cuando lo hallaste, ¿resultó ser lo que imaginabas por lo que ya sabías de él? ¿O por lo que sabías de ti misma?

Eso la hizo reír otra vez con cierta ironía.

—No sé —dijo—. No lo supe entonces y sigo sin saberlo.

—¿Qué significa eso?

—Cuando oyes hablar de alguien antes de conocerlo, la persona real no es exactamente como te habían dicho ni como la imaginabas, desde luego. Pero tampoco olvidas lo que habías imaginado; eso permanece en tu mente y, en cierto modo, se funde con lo que descubres al conocerla. —Inclinó la cabeza hacia delante, pensativa—. Además, aun cuando oyes algo de alguien a quien ya conoces, eso también afecta a tu manera de verlo, ¿no es así?

—¿Eh? Hum, supongo que sí. ¿Te refieres... a tu otro padre? ¿A Frank?

—Supongo que sí. —Ella se movió bajo sus manos en un encogimiento de hombros. En esos momentos no quería hablar de Frank Randall—. ¿Qué me dices de tus padres, Roger? ¿Sería por eso por lo que el reverendo guardó todas aquellas cajas con sus cosas? ¿Para que más adelante, al verlas, supieras más de ellos y lo sumaras a tus propios recuerdos?

—Sí, supongo que sí —musitó él, inseguro—. De cualquier modo no tengo ningún recuerdo de mi verdadero padre; sólo me vio una vez, y por entonces yo tenía menos de un año.

—Pero recuerdas a tu madre, ¿no? ¿Un poco, al menos?

Parecía algo ansiosa, como si quisiera que él la recordara. Roger vaciló, impresionado por una idea súbita. La verdad era que nunca había hecho el intento consciente de recordar a su madre. Al pensarlo experimentó una repentina y desacostumbrada vergüenza.

—Ella murió en la guerra, ¿no? —Bree había retomado el masaje que él había suspendido, acariciándole el muslo endurecido.

—Sí... en los bombardeos alemanes.

—¿En Escocia? Yo creía que...

—No. En Londres.

No quería hablar de eso. Nunca había hablado de eso. En las raras ocasiones en que la memoria iba en esa dirección, se desviaba. Ese territorio estaba tras una puerta cerrada, con un gran letrero: «Prohibida la entrada.» Sin embargo, esta noche... sentía un eco de la breve angustia de Bree al pensar que su hijo podía no recordarla. Era como si una voz débil llamara detrás de esa puerta cerrada. Pero ¿estaba cerrada, de verdad?

Ese vacío que sentía tras el esternón bien podía ser miedo. Alargó la mano hacia el pasador de la puerta cerrada. ¿Cuánto recordaba, en verdad?

—Mi abuela materna era inglesa —dijo lentamente—. Viuda. Cuando mataron a mi padre nos fuimos a vivir con ella a Londres.

Llevaba años sin pensar tampoco en su abuela. Pero en ese momento creyó oler la loción de glicerina y agua de rosas que ella se ponía en las manos, la humedad de su apartamento de Tottenham Court Road, atestado de muebles demasiado grandes, restos de una vida previa en la que ella había tenido casa, esposo e hijos.

Inspiró hondo. Bree, al sentirlo, apretó con firmeza la espalda contra su pecho. Él la besó en la nuca. Y la puerta se abrió. Tal vez sólo un poquito, pero por ella surgió la luz de una tarde invernal en Londres, iluminando maltrechos cubos de madera en una alfombra raída. Una mano de mujer construía una torre con ellos; el sol débil diseminaba arcoíris arrancados al diamante de su anillo. Sus propios dedos se curvaron por reflejo.

—Mamá... mi madre... era menuda, como la abuela. Es decir... a mí me parecían grandes, pero recuerdo... recuerdo que se ponía de puntillas para retirar cosas del estante.

Cosas. La bandeja y su azucarero de cristal tallado. La tetera maltrecha. Tres tazas distintas. La suya tenía un oso panda. Una caja de bizcochos... muy roja, con el dibujo de un loro... No había vuelto a ver esos bizcochos; ¿los fabricarían aún? No, por supuesto, ya no...

Apartó con firmeza la mente de esas distracciones.

—Sé cómo era, pero sobre todo por las fotos, no por mis propios recuerdos.

Y aun así tenía recuerdos; lo entendió con una perturbadora sensación en la boca del estómago. Al pensar «mamá» ya no veía las fotos; veía la cadena de sus gafas, una sarta de diminutas cuentas metálicas contra la curva suave de un pecho, una agradable tibieza que olía a jabón contra su mejilla; la tela de algodón de una bata floreada. Flores azules. Con forma de trompeta y vides rizadas. Las veía con toda claridad.

—¿Cómo era? ¿Te pareces en algo a ella?

Se encogió de hombros. Bree se volvió para mirarlo de frente, con la cabeza apoyada en su brazo extendido. Sus ojos brillaban en la penumbra; el interés había superado al sueño.

—Un poco —dijo él, despacio—. Tenía el pelo oscuro, como yo.

Lustroso, rizado. El viento lo levantaba. Tenía granos de arena blanca. Se los había echado él; ella reía al sacudírselos. ¿Alguna playa?

—El reverendo tenía algunas fotos de ella en el estudio. En una estaba conmigo en el regazo. No sé qué mirábamos, pero los dos parecíamos estar conteniendo la risa. En ésa nos parecíamos mucho. Creo que tengo su boca... y tal vez la forma de sus cejas.

Durante largo tiempo había sentido una opresión en el pecho cada vez que veía esas fotos. Luego pasó, las fotografías perdieron su significado y se convirtieron en meros objetos dentro de la casa del reverendo. Ahora volvía a verlas con claridad y la opresión regresaba. Carraspeó con fuerza, en un intento de aliviarla.

—¿Quieres agua? —Bree iba a levantarse para traer la jarra y la taza que tenía en un taburete, pero Roger negó con la cabeza y la detuvo.

—No —dijo, algo enfurruñado. Y carraspeó otra vez. Notaba la garganta tan anudada y dolorida como en las semanas siguientes al ahorcamiento. Sin pensarlo, se tocó la cicatriz con la yema de un dedo. Por fin dijo, buscando una distracción momentánea—: Deberías pintar un autorretrato, la próxima vez que vayas a River Run.

—¿Yo? —Parecía sobresaltada, pero quizá también algo complacida.

—Desde luego. Así quedaría... una imagen permanente. —«Para que Jem te recuerde, por si te sucediera algo.» Las palabras quedaron flotando en la oscuridad e impusieron un momento de silencio. ¡Mierda!, pero si quería reconfortarla—. Me gustaría tener un retrato tuyo —dijo por lo bajo mientras seguía con un dedo la curva de la mejilla y la sien—. Así podremos mirarlo juntos cuando seamos muy viejos. Y yo te diré que no has cambiado nada.

Ella rió un poco, pero volvió la cabeza para besarle los dedos. Luego se tendió de espaldas y estiró las piernas hasta que le crujieron las articulaciones. Por fin se relajó con un suspiro.

—Lo pensaré —dijo.

La habitación quedó en silencio, salvo por el murmullo del fuego y el suave crepitar de los leños. La noche era fría pero serena; por la mañana habría niebla; Roger, al salir, había sentido la humedad que emanaba de los árboles, acumulándose en la tierra. Sin embargo, el interior de la casa estaba tibio y seco. Brianna volvió a suspirar; él sintió que su esposa se hundía en el sueño. Y él también.

La tentación de dejarse llevar era grande. Pero aunque los miedos de Brianna se hubieran calmado, él seguía oyendo ese murmullo: «No me recordaría en absoluto.» Sólo que ahora provenía del otro lado de su puerta mental.

«Sí que te recuerdo, mamá», pensó. Y empujó para abrirla del todo.

—Yo estaba con ella —dijo por lo bajo.

Estaba de espaldas, con la vista perdida en las vigas, apenas visibles para sus ojos adaptados a la oscuridad.

—¿Qué? ¿Con quién? —La pausa del sueño era perceptible en la voz de Bree, pero la curiosidad la espabiló un instante.

—Con mi madre. Y mi abuela. Cuando... la bomba.

Ella giró de pronto la cabeza, consciente de su tensión, pero Roger siguió con la vista clavada en las vigas oscuras, sin parpadear.

—¿Quieres contármelo? —La mano de Brianna encontró la suya y la estrechó.

Él no estaba seguro de querer hacerlo, pero asintió.

—Supongo que te lo debo.

Suspiró profundamente, inhalando los olores a maíz frito y cebolla que pendían en los rincones. En el fondo de su nariz, aromas imaginados a gachas, lana mojada y vapores de gasolina despertaron como guías mudos a través del laberinto de la memoria.

—Era de noche. Sonaron las alarmas antiaéreas. Yo sabía lo que significaban, pero siempre me moría de miedo. No había tiempo de vestirse. Mamá me arrancó de la cama y me puso el abrigo sobre el pijama. Luego corrimos escaleras abajo. Había treinta y seis escalones; ese día los había contado al volver de la tienda. Corrimos al refugio más cercano.

Para ellos, el refugio más cercano era la estación del metro, al otro lado de la calle; sucios azulejos blancos y parpadeo de luces fluorescentes, la emocionante bocanada de aire que venía de muy abajo, como el aliento de un dragón en una cueva.

—Era estimulante. —Vio la gente apiñada, oyó los gritos de los guardias sobre el ruido de la muchedumbre—. Todo vibraba: el suelo, las paredes, el aire mismo.

Haciendo tronar los pies en los peldaños de madera, torrentes de refugiados se abalanzaban hacia las entrañas de la tierra: al primer andén, al de más abajo y al siguiente, como si cavaran hacia un lugar seguro. Había pánico, pero pánico ordenado.

—Las bombas podían atravesar quince metros de tierra, pero los andenes más bajos eran seguros.

Al llegar al pie del primer tramo, corrieron empujándose unos a otros por un breve túnel de azulejos blancos, hasta el tope de la escalera siguiente. Allí había un espacio amplio; la muchedumbre se arremolinó en él, henchida por la presión de los refugiados que provenían del otro túnel, y se redujo un poco, pues sólo una pequeña parte podía apiñarse en el tramo siguiente.

—Había un muro que rodeaba el tope de la escalera. La abuela temía que me aplastaran contra ella, pues la gente bajaba en tropel desde la calle, empujando desde atrás.

De puntillas, con el pecho apretado contra el cemento, alcanzaba a mirar por encima del muro. Abajo, las luces de emergencia formaban líneas seguidas a lo largo de los muros y pintaban franjas en la muchedumbre. La noche estaba avanzada; casi todos llevaban puesto lo que les había dado tiempo de coger al oír las sirenas; la luz alumbraba inesperados destellos de piel desnuda y prendas extrañas. Una mujer lucía un sombrero extravagante, decorado con plumas y frutas, sobre un vetusto abrigo de hombre.

Él observaba con fascinación aquel sombrero, tratando de ver si en verdad tenía un faisán entero. Alguien gritaba: un guardia con un casco blanco, que hacía señas desesperadamente, tratando de meter prisa al gentío, que ya corría hacia el extremo opuesto, para que abriera paso a los que llegaban.

—Muchos niños lloraban, pero yo no. No tenía miedo.

No tenía miedo porque su madre lo llevaba de la mano. Si ella estaba allí, nada malo podía suceder.

—A poca distancia se oyó un gran golpe. Vi que las luces temblaban. Luego se oyó un ruido como de algo que se desgarrara allí arriba. Todo el mundo levantó la vista y comenzó a gritar.

La grieta abierta en el techo no parecía muy alarmante: apenas una línea negra que serpenteaba como una víbora en un rompecabezas, siguiendo las líneas de los azulejos. Pero se ensanchó súbitamente, convertida en las fauces abiertas de un dragón, y dejó entrar un torrente de polvo y piedras.

El hielo se había fundido tiempo atrás, pero en ese momento se le erizó la piel. El corazón le latía con fuerza contra el pecho. Era como si el nudo corredizo volviera a ceñirle el cuello.

—Ella me soltó —dijo, en un susurro estrangulado—. Me soltó la mano.

Brianna se la aferró entre las suyas, tratando de salvar al niño que había sido.

—No le quedó otro remedio —adujo a toda prisa—. No te habría soltado si no hubiera sido preciso, Roger.

—No. —Él negó violentamente con la cabeza—. No es eso lo que... Quiero decir... Espera... Espera un momento, ¿quieres?

Parpadeó con fuerza, tratando de controlar su respiración mientras recomponía los fragmentos destrozados de esa noche. Confusión, frenesí, dolor... pero ¿qué había sucedido en realidad? No guardaba sino una impresión de caos. Aun así, había sobrevivido a todo eso; debía saber lo que había sucedido. Sólo tenía que decidirse a revivirlo.

Los dedos de Brianna seguían estrujando los suyos, lo suficiente como para cortarle la circulación. Le dio una palmadita suave y ella aflojó un poco la mano.

Roger cerró los ojos y dejó que sucediera.

—Al principio no lo recordaba —murmuró al fin—. Es decir, sí, pero recordaba tan sólo lo que me habían contado.

No tenía recuerdo alguno de que lo hubieran llevado a través del túnel, inconsciente, ni de las semanas que había pasado después del rescate, trasladado con otros huérfanos de refugio en refugio, de hogar en hogar, enmudecido por el terror y el desconcierto.

—Sabía mi nombre y mi dirección, desde luego, pero en esas circunstancias no servía de mucho. Mi padre ya había muerto. Aun así, cuando las organizaciones de socorro localizaron al hermano de mi abuela, el reverendo, ya habían logrado averiguar lo que sucedió en el refugio. Fue un milagro que yo no muriera con todos los que perecieron en esa escalera, dijeron. Me explicaron que mi madre debía de haberme perdido en medio del pánico, que la multitud debía de haberme arrastrado escaleras abajo. Fue así como acabé en el nivel inferior, donde el techo resistió.

La mano de Brianna seguía curvada sobre la suya, en un gesto protector, aunque ya no apretaba.

—Pero ¿ahora recuerdas lo que sucedió? —preguntó en voz baja.

—Recordaba, sí, que ella me había soltado la mano. Por eso pensé que el resto también era verdad. Pero no fue así. Ella me soltó la mano. —Las palabras surgían ahora con más facilidad; la opresión de la garganta y el pecho había desaparecido—. Me soltó la mano... y luego me levantó. Esa mujer menuda... me levantó para arrojarme por encima del muro, hacia la muchedumbre que llenaba el andén de abajo. Creo que me desmayé por la caída... aunque recuerdo el rugido con que cedió el techo. De todas las personas que estaban en esa escalera no sobrevivió nadie.

Ella le apretó la cara contra el pecho y respiró hondo, estremecida. Roger le acarició el pelo; por fin su corazón martilleante comenzaba a aminorar la marcha.

—Está bien —le susurró, con voz resquebrajada; la luz del fuego reventaba en manchones estrellados a través de las lágrimas—. No olvidaremos. Ni Jem ni yo. Pase lo que pase, no olvidaremos.

La cara de su madre brillaba muy clara a través de las estrellas. «Muchacho listo», le dijo. Y sonrió.

# 99

## *Hermano*

La nieve empezaba a fundirse. Yo estaba indecisa entre el placer que me causaba el deshielo y el palpitar de la primavera en la tierra... y la preocupación por la pérdida de la barrera glacial que nos protegía, al menos temporalmente, del mundo exterior.

Jamie no había cambiado de idea. Dedicó toda una velada a redactar con esmero una carta a Milford Lyon. Decía que ya estaba listo para estudiar la venta de sus productos (léase whisky ilegal), tal como el señor Lyon le había propuesto; le complacía decir que ya disponía de una cantidad considerable. Sin embargo, lo preocupaba la posibilidad de que su mercancía sufriera algún percance en la entrega (es decir, que fuera interceptada por las autoridades aduaneras o escamoteada en el trayecto), por lo cual deseaba alguna seguridad de que sería transportada por un caballero de reconocida capacidad para esas operaciones (en otras palabras, un contrabandista que supiera moverse a lo largo de la costa).

El señor Priestly, su buen amigo de Edenton —a quien, desde luego, no había visto nunca en su vida—, así como el señor Samuel Cornell, con quien había tenido el honor de trabajar en el consejo de guerra del gobernador, le aseguraban que el más capaz para tales empresas era cierto Stephen Bonnet, cuya reputación era inigualable. Si el señor Lyon estuviera dispuesto a acordar una entrevista con dicho señor Bonnet, a fin de que Jamie se formara una impresión propia en cuanto a la fiabilidad del negocio propuesto, en ese caso...

—¿Crees que aceptará? —pregunté.

—Si conoce a Stephen Bonnet o puede localizarlo, sí, lo hará. —Jamie aplicó el anillo de su padre al lacre—. Priestly y Cornell son nombres que tienen un efecto mágico.

—Y si localiza a Bonnet...

—Iré a reunirme con él.

Despegó el anillo del lacre endurecido, dejando una suave marca rodeada por las diminutas hojas de fresa que caracterizaban el escudo de los Fraser. Representaban la constancia. En ciertos estados de ánimo yo tenía la convicción de que ése era, simplemente, un sinónimo de testarudez.

La carta a Lyon fue despachada a través de Fergus, y yo traté de no seguir pensando en ella. Todavía era invierno; con un poco de suerte el barco de Bonnet se hundiría en alguna tempestad, ahorrándonos a todos una buena cantidad de problemas.

Aun así el asunto continuaba acechando en los rincones de mi mente. El día en que, al regresar de atender un parto, encontré un montón de cartas en el escritorio de Jamie, el corazón se me puso en la garganta.

Gracias a Dios no había respuesta de Milford Lyon. De cualquier modo hubiera quedado rápidamente eclipsada, pues entre el montón de correspondencia había una carta dirigida a Jamie, con la fuerte letra negra de su hermana.

Apenas pude contenerme para no abrirla de inmediato, por si contenía algún reproche hiriente, a fin de arrojarla sin más al fuego antes de que Jamie pudiera verla. Prevaleció el honor: logré contenerme hasta que él regresó de Salem, cubierto del barro recogido en los intransitables senderos. Una vez informado de lo que había llegado, se lavó a toda prisa la cara y las manos antes de ir a su estudio. Después de cerrar cautelosamente la puerta, rompió el sello.

Su cara no reveló nada, pero vi que inhalaba hondo antes de abrirla, como si se preparara para lo peor. Me acerqué en silencio para ponerle una mano en el hombro, a manera de aliento.

Jenny Fraser Murray escribía con mano hábil; su letra era redonda y elegante; las líneas, rectas y de fácil lectura.

16 de septiembre de 1771

Hermano:

Bien. Tras haber cogido la pluma para escribir esta única palabra, me he quedado contemplándola hasta que la vela se ha consumido dos o tres centímetros, sin idea alguna de cómo continuar. Continuar así sería malgastar la cera de abeja, pero si apago la vela y me voy a la cama, habré arruinado una hoja de papel sin utilidad alguna. Por ende, la economía me obliga a continuar.

Podría llenarte de reproches. Así utilizaría la página, además de preservar lo que mi esposo gusta calificar como las maldiciones más horribles que haya tenido el privilegio de escuchar en su larga vida. Eso sería provechoso, pues en su momento me tomé grandes molestias para componerlas y no me gustaría que esos esfuerzos se perdieran. Aun así, creo que el papel disponible no es suficiente para todas ellas.

Además, pienso que tal vez no conviene regañarte ni condenarte, después de todo, pues podrías interpretarlo como justo castigo y, de ese modo, considerar que ya has expiado tu crimen, con lo que dejarías de castigarte a ti mismo. La penitencia sería demasiado simple. Si has tejido tu propio cilicio, prefiero que continúes usándolo, y ojalá te despelleje el alma como la pérdida de mi hijo despelleja la mía.

Pese a todo, supongo que si escribo, es para perdonarte. Sé que algún propósito tenía al coger la pluma y, si bien el perdón me parece al presente una empresa muy dudosa, supongo que la idea se me hará más cómoda con la práctica.

Ante eso las cejas de Jamie ascendieron casi hasta la línea del pelo, pero continuó leyendo en voz alta, fascinado.

Supongo que te preguntarás qué me ha conducido a realizar este acto, de modo que te lo diré.

El lunes pasado salí temprano para visitar a Maggie; ha tenido otro bebé, de modo que has vuelto a ser tío; se trata de una preciosa niña llamada Angelica, nombre que me parece tonto, pero es muy rubia y ha nacido con una marca de fresa en el pecho, lo cual es señal de bondad. Al atardecer emprendí el regreso, pero después de recorrer un trecho mi mula pisó la entrada a la madriguera de un topo y cayó. Tanto la montura como yo nos levantamos algo cojas; era obvio que no podría montar a la bestia y que no llegaría muy lejos si continuaba a pie.

Me encontraba en la carretera de Auldearn, después de haber subido la cuesta desde Balriggan. Normalmente no busco ningún contacto con Laoghaire MacKenzie (pues ha retomado ese nombre, tras haber expresado yo en el distrito mi disgusto por verla utilizar el de Fraser, al que no tenía derecho), pero se acercaba la noche, amenazaba lluvia y su casa era el único lugar donde podía encontrar techo y comida. De modo que desensillé la mula y, dejando que se procurara su cena a la vera del camino, partí cojeando en busca de la mía.

Bajé por detrás de la casa, más allá del establo, y llegué a la pérgola que tú construiste. A estas alturas las enredaderas han crecido tanto que no se veía nada, pero supe que había alguien allí, pues se oían voces.

Entonces comenzó a llover. Era sólo una llovizna, aunque el tamborileo contra las hojas debió de ahogar mi voz, pues nadie respondió a mi llamada. Me acerqué un poco más (arrastrándome como un caracol, ya que me dolía el tobillo derecho por la caída). Cuando estaba a punto de llamar una vez más, oí los ruidos de una rara *hochmagandy* dentro de la pérgola.

—¿*Hochmagandy?* —Miré a Jamie con las cejas enarcadas en gesto de pregunta.

—Fornicación —aclaró él, muy seco.

—¡Ah!... —Y continué leyendo la carta por encima de su hombro.

Me pareció que lo mejor era quedarme quieta, claro. Por lo que alcanzaba a oír, la que se abría de piernas era Laoghaire, pero no tenía ni idea de quién podía ser su compañero. Como tenía el tobillo más hinchado que una vejiga, no podía caminar mucho más. De modo que me vi obligada a esperar bajo la lluvia, escuchando toda esa *inhonesté*.

Si el cortejante hubiera sido un hombre del distrito, yo lo habría sabido, pero no tenía noticias de que aceptara las atenciones de nadie, aunque varios lo hubieran intentado; después de todo, ella es la dueña de Balriggan y vive como una gran señora con el dinero que tú le envías.

Oír aquello me colmó de indignación, pero más aún me sorprendió descubrir la causa. Que mi furia era por ti, por irracional que resulte, dadas las circunstancias. Aun así, tras haber descubierto semejante emoción en mi pecho, me vi obligada a reconocer que mis sentimientos por ti no habían perecido del todo, en verdad.

Aquí se interrumpía el texto, como si Jenny hubiera tenido que atender algún asunto doméstico. En la página siguiente se reanudaba bajo otra fecha.

18 de septiembre de 1771
De vez en cuando sueño con el joven Ian...

—¿Qué? —exclamé—. ¡Qué joven Ian ni qué ocho cuartos! ¿Con quién estaba Laoghaire?

—Ya me gustaría saberlo —murmuró Jamie. Tenía las puntas de las orejas enrojecidas, pero no apartó la vista de la página.

De vez en cuando sueño con el joven Ian. A menudo, esos sueños adoptan la forma de la vida cotidiana; lo veo aquí, en Lallybroch; pero en ocasiones sueño con su vida entre los salvajes... si es que de verdad aún vive (quiero creer que, si no fuera así, mi corazón lo sabría de algún modo).

Ahora comprendo que, a fin de cuentas, todo se reduce a lo mismo con lo que comencé, esa única palabra: «Hermano.» Eres mi hermano, tal como el joven Ian es mi hijo; los dos, siempre, parte de mi carne y de mi espíritu. Si haber perdido a mi hijo me amarga los sueños, haberte perdido a ti me amarga los días, Jamie.

Durante un momento dejó de leer para tragar saliva; luego prosiguió con voz firme.

Me he pasado la mañana escribiendo cartas y preguntándome si terminaría ésta, o la arrojaría al fuego. Pero las cuentas ya están hechas, he escrito a todo el mundo y las nubes se han ido, de modo que el sol brilla a través de la ventana y sobre mí cae la sombra de las rosas de madre.

Muchas veces, a lo largo de estos años, he creído oír la voz de mi madre. Pero en este caso no necesito escucharla para saber qué me diría. Por eso no arrojaré esto al fuego.

Recuerdas, ¿verdad?, el día en que rompí la jarrita de la leche al lanzártela a la cabeza, un día en que me estabas fastidiando. Sé que lo recuerdas, pues una vez se lo mencionaste a Claire. Yo vacilaba en admitir el delito y tú asumiste la culpa, pero padre sabía la verdad y nos castigó a ambos.

Ahora soy diez veces abuela y tengo el pelo gris, pero aún me arden las mejillas de vergüenza y se me encoge el estómago cuando recuerdo aquello: padre hizo que nos arrodilláramos juntos para darnos unos azotes.

Tú chillabas y gruñías como un cachorro mientras te pegaba; yo apenas podía respirar y no me atrevía a mirarte. Luego me tocó el turno, pero estaba tan alterada por las emociones que apenas sentí los golpes. Sin duda, al leer esto dirás, indignado, que fue sólo porque padre me trató con más suavidad, por ser una niña. Es posible que sí y es posible que no; reconozco que Ian es más tierno con sus hijas.

Jamie resopló.

—Sí, has dado en el clavo —murmuró, frotándose la nariz con un dedo. Luego reanudó la lectura, tamborileando con los dedos en el escritorio.

Al terminar, padre dijo que tú recibirías otra azotaina por haber mentido, pues la verdad era la verdad, después de todo. Yo estaba a punto de salir corriendo, pero él me obligó a permanecer donde estaba y dijo, por lo bajo, que si tú pagabas el precio de mi cobardía, no era correcto que yo me librara por completo.

¿Sabes que esa segunda vez no te quejaste? Tal vez no sentiste los golpes en el trasero porque yo los sentí todos.

Ese día juré que no volvería a ser cobarde.

Y ahora veo que es cobardía continuar culpándote por lo de Ian. Siempre he sabido lo que significa amar a un hombre, sea esposo o hermano, amante o hijo. Un asunto peligroso: eso es.

Los hombres irán donde les plazca y harán lo que deban; no corresponde a la mujer pedirles que se queden, ni hacerles reproches por ser lo que son... o por no retornar.

Lo sabía cuando envié a Ian a Francia, con una cruz de abedul y un mechón de mi pelo, rezando para que regresara a mí en cuerpo y alma. Lo sabía cuando te di un rosario y te vi partir hacia Leoch, con la esperanza de que no te olvidaras de Lallybroch ni de mí. Lo sabía cuando el joven Jamie nadó hacia la isla de las focas, cuando Michael se embarcó hacia París. Y debería haberlo sabido, también, cuando el pequeño Ian se fue contigo.

Pero mi vida ha sido afortunada, pues mis hombres han vuelto a mí siempre. Ya estuvieran mutilados o quemados, cojos, deshechos o en harapos, siempre han regresado. Llegué a suponer que era mi derecho. Y eso fue un error.

Desde el Alzamiento he visto muchas viudas. No sé por qué supuse que estaba exenta de esos sufrimientos, que debía ser la única que no perdiera a ninguno de sus hombres y sólo a uno de sus pequeños. Justamente por haber perdido a Caitlin amé tanto a Ian, pues sabía que era mi último hijo.

Aún lo consideraba mi niño, en vez de reconocer que era un hombre. Y siendo así las cosas, sé muy bien que, aun si tú hubieras podido detenerlo, no lo habrías hecho, pues tú mismo eres otra de esas condenadas criaturas.

Ahora he llegado casi al final de esta página y me parece un derroche comenzar otra.

Madre te amó siempre, Jamie. Cuando comprendió que iba a morir me mandó llamar y me encomendó cuidar de ti. Como si yo pudiera dejar de hacerlo jamás.

Tu afectuosísima y amante hermana,

Janet Flora Arabella Fraser Murray

Jamie retuvo el papel un momento; luego lo bajó con mucha suavidad y apoyó la cabeza entre las manos, de modo que yo no podía verle la cara. Tenía los dedos enredados en el pelo y se masajeaba la frente, moviendo despacio la cabeza. Su respiración se oía algo entrecortada.

Por fin dejó caer las manos para mirarme, parpadeando, intensamente enrojecido y con lágrimas en los ojos. Su expresión era extrañísima; en ella se mezclaban el desconcierto, la furia y la risa, que era apenas más visible.

—¡Oh!, Dios —dijo. Se enjugó los ojos con el dorso de la mano—. ¡Oh!, Cristo, ¿cómo diablos lo consigue?

—¿El qué? —Saqué un pañuelo limpio del corpiño para dárselo.

—Hacer que me sienta como si fuera un niño de ocho años. Encima, idiota.

Se sonó la nariz y alargó una mano para tocar con suavidad las rosas aplastadas.


La carta de Jenny me llenó de alegría y aligeró de manera considerable el corazón de Jamie. Al mismo tiempo, seguía sintiendo una gran curiosidad con respecto al incidente que ella había comenzado a describir. Sabía que la de Jamie era aún mayor, pero él se cuidaba mucho de decirlo.

Una semana después llegó una carta de su cuñado Ian; ésa contenía las noticias habituales de Lallybroch y Broch Mordha, pero no mencionaba en absoluto la aventura de Jenny cerca de Balriggan, ni el descubrimiento hecho en la pérgola.

—¿No podrías escribir para preguntarles? —insinué delicadamente, encaramada en la cerca mientras él se disponía a castrar una camada de cochinillos—. ¿A Ian o a Jenny?

—No podría —respondió él, con firmeza—. Después de todo no es asunto mío, ¿verdad? Si esa mujer fue alguna vez mi esposa, hoy no lo es. Y si quiere tener un amante, es asunto suyo.

Pisó el fuelle para avivar la pequeña fogata en la que se calentaba el cauterio. Luego preguntó mientras descolgaba de su cinturón las tijeras de castrar:

—¿Qué extremo prefieres, Sassenach?

Se trataba de escoger entre la gran posibilidad de recibir un mordisco mientras les sujetaba el hocico y la certeza de que me defecaran encima mientras atacaba el otro extremo. Por desgracia, Jamie era mucho más fuerte que yo y, si bien era capaz de castrar a un animal sin dificultad alguna, yo tenía cierta pericia profesional. Por lo tanto, fue más el espíritu práctico que el heroísmo lo que dictó mi decisión. Ya me había preparado para esa actividad; tenía puestos el grueso delantal de lona, los zuecos de madera y una camisa raída que en otros tiempos había pertenecido a Fergus; en cuanto saliera de la pocilga la arrojaría al fuego.

—Tú sujetas; yo corto. —Bajé de la cerca para coger las tijeras.

Siguió un interludio breve, pero ruidoso, después del cual enviamos a los cinco cochinillos a consolarse con los restos de la cocina, bien untadas las vistas posteriores con una mezcla de trementina y brea, para evitar infecciones.

—¿Qué opinas? —pregunté, al ver que ellos se dedicaban a la comida en aparente estado de contento—. Si fueras cerdo, quiero decir, ¿qué preferirías: procurarte solo la comida y conservar tus partes, o renunciar a ellas para disfrutar de una riquísima bazofia?

Esos animales vivirían en un corral, cuidadosamente alimentados con restos de comida para que su carne fuera tierna mientras que a la mayoría de los cerdos se los soltaba en el bosque para que se las arreglaran.

Jamie movió la cabeza.

—Supongo que no pueden echar de menos lo que nunca tuvieron —dijo—. Y siempre han tenido comida. —Durante algunos segundos, apoyado en la cerca, contempló los rabos rizados que se retorcían de placer, ya olvidadas las pequeñas heridas que tenían debajo—. Además —añadió cínicamente—, ese par de huevos da al hombre más dolores que alegrías... aunque no conozco a ninguno que quiera deshacerse de ellos.

—Pues a los sacerdotes puede parecerles una carga, supongo. —Aparté con cuidado la camisa manchada de mi cuerpo antes de quitármela por la cabeza—. ¡Aj! No hay nada tan maloliente como el excremento de cerdo. ¡Nada!

—¿Ni la bodega de un barco negrero? ¿Un cadáver putrefacto? —preguntó, riendo—. ¿Heridas purulentas? ¿Cabritos?

—Mierda de cerdo —aseguré—. Con diferencia.

Jamie cogió la camisa que yo había dejado y desgarró las partes menos sucias para limpiar herramientas o rellenar grietas. Luego arrojó el resto al fuego, y retrocedió cuando una ráfaga de aire lanzó una columna de humo en nuestra dirección.

—Ahora recuerdo a Narsés. Era un gran general, según dicen, a pesar de ser eunuco.

—Puede que la mente viril funcione mejor sin esa distracción —insinué, riendo.

Él sólo respondió con un breve resoplido, aunque divertido. Luego tiró un poco de tierra a las ascuas mientras yo retiraba mi cauterio y el tarro de brea.

Regresamos a la casa conversando de otras cosas, aun cuando en mi mente perduraba uno de sus comentarios: «Ese par de huevos da al hombre más dolores que alegrías.» ¿Había sido sólo un comentario general? ¿O en él acechaba alguna alusión personal?

En lo que me había contado de su breve matrimonio con Laoghaire MacKenzie (bastante poco, por común acuerdo) nada insinuaba que sintiera atracción física por ella. La había desposado por soledad y sentido del deber, pues necesitaba algo que le sirviera de ancla, por lo vacía que era su vida tras su retorno desde Inglaterra. Al menos eso me había dicho.

Y lo creía. Era hombre de honor y yo comprendía su soledad, pues había padecido la mía propia. Por otra parte conocía su cuerpo casi tan bien como el mío. Si bien tenía una gran capacidad de resistir las penurias, igual era su capacidad de experimentar grandes goces. Jamie podía ser asceta por necesidad, pero nunca por temperamento.

En general, yo lograba olvidar que había compartido el lecho de Laoghaire, de manera breve e insatisfactoria, según decía él, pero no que ella había sido y aún era una mujer bastante atractiva.

Lo cual me inducía a lamentar que Jenny Murray no hubiera encontrado otra inspiración para cambiar de sentimientos con respecto a su hermano.

Jamie pasó el resto del día callado y abstraído, aunque volvió a mostrarse sociable cuando, después de la cena, Fergus y Marsali vinieron con los niños a hacernos una visita. Mientras él enseñaba a Germain a jugar a las damas, Fergus repetía para Roger la letra de una balada que había aprendido en los callejones de París, en sus tiempos de carterista juvenil. Las mujeres nos sentamos junto al hogar para coser ropa de bebé, tejer escarpines y, en honor del embarazo de Marsali y el compromiso de Lizzie, entretenernos unas a otras con escalofriantes anécdotas del parto.

—Venía de nalgas, el bebé, y era del tamaño de una lechona de seis meses...

—¡Ja! Germain tenía la cabeza como una bola de cañón, dijo la partera, y venía sentado, el pícaro.

—Jemmy tenía la cabeza enorme, pero lo peor fueron los hombros...

—... *le bourse...* El «bolso» de la dama es naturalmente su...

—Su medio de ganarse la vida, ya entiendo. Pero lo que sigue, cuando su cliente mete los dedos dentro de su bolso...

—No, no muevas todavía. Me toca a mí, porque como te he comido esta pieza, puedo...

—*Merde!*

—¡Germain! —bramó Marsali, clavando una mirada fulminante en su vástago, que se encogió de hombros, con un mohín y una mirada ceñuda al tablero.

—No te preocupes, jovencito. ¿Ves? Ahora te toca a ti. Puedes ir allí, y allí, y allí...

—... *Avez-vous été à la selle aujourd'hui...?* Lo que pregunta a la ramera es...

—«¿Ha estado usted hoy en la silla de montar?» O vendría a ser: «¿Ha salido usted a cabalgar?»

Fergus reía; la punta de su aristocrática nariz iba enrojeciendo con la diversión.

—Pues sí, es una manera de traducirlo, desde luego.

Roger enarcó una ceja, sonriendo a medias.

—¿Sí?

—Pero además, esa expresión es la que utilizan los médicos franceses —intervine, al ver que no entendía—. Como expresión coloquial, significa: «¿Ha movido usted hoy los intestinos?»

—La dama en cuestión bien puede ser *une spécialiste* —explicó Fergus, tan contento—. Yo conocía a una que...

—¡Fergus! —Marsali se había ruborizado intensamente, aunque parecía más divertida que escandalizada.

—Comprendo —murmuró Roger mientras luchaba con los matices de esa sofisticada traducción. Me pregunté cómo sería ponerle música.

—*Comment sont vos selles, grand-père?* —inquirió Germain amistosamente. Al parecer estaba familiarizado con ese tipo de pregunta social. «¿Cómo están tus posaderas, abuelo?»

—Generosas y cómodas —le aseguró Jamie—. Come tus gachas todas las mañanas y jamás tendrás almorranas.

—¡Papá!

—Pero si es verdad —protestó Jamie.

Brianna estaba muy roja y emitía pequeños ruidos burbujeantes. Jemmy se agitó en su regazo.

—*Le petit rouge* come gachas —comentó Germain, mirando atentamente a Jemmy, que mamaba con los ojos cerrados, satisfecho—. Caga piedras.

—¡Germain! —gritamos todas las mujeres al unísono.

—Pero si es verdad —adujo él, en una perfecta imitación de su abuelo. Y con aspecto muy digno, nos volvió la espalda para construir una torre con las damas.

—Parece que no quiere dejar la teta —observó Marsali, señalando a Jemmy con la cabeza—. Germain tampoco quería, pero no tuvo más remedio. Y tampoco la pobre Joanie. —Echó una mirada melancólica a su vientre, que el número tres apenas comenzaba a hinchar.

Sorprendí una brevísima mirada entre Roger y Bree, seguida por una sonrisa a estilo Gioconda en la cara de mi hija. Después de buscar una posición más cómoda, ella acarició la cabeza de Jemmy; su actitud decía con más claridad que las palabras: «Disfrútalo mientras puedas, tesoro.»

Sentí que mis cejas también se elevaban y desvié una mirada hacia Jamie. Él también había visto el intercambio. Su sonrisa fue un equivalente masculino de la de Brianna. Luego volvió al tablero.

—A mí me gustan las gachas —dijo Lizzie con timidez, en un pequeño intento por cambiar de tema—. Sobre todo con leche y miel.

—¡Ah! —exclamó Fergus, recordando su tarea original. Y levantó un dedo hacia Roger—. Tarros de miel. El estribillo, donde *les abeilles* acuden zumbando, ¿comprendes?

—Sí, sí, es cierto. —En cuanto él se interrumpió para tomar aliento, la señora Bug reanudó limpiamente la conversación—. Las gachas con miel son lo mejor para los intestinos, aunque a veces hasta eso falla. ¡Yo supe de un hombre que no pudo hacer de vientre durante más de un mes!

—¡Madre santa! ¿Probó con un trozo de cera untado en grasa de ganso? ¿O una tisana de hojas de parra? —Fergus se distrajo al instante. Francés hasta los tuétanos, era gran conocedor de purgas, laxantes y supositorios.

—Todo —le aseguró la señora Bug—. Gachas, manzanas secas, vino mezclado con hiel de buey, agua bebida a medianoche durante la luna nueva... No había manera de que moviera el vientre. Era la comidilla de la aldea. La gente hacía apuestas y el pobre hombre andaba por allí con la cara gris. Tenía espasmos nerviosos y los intestinos atados como ligas, así que...

—¿Estalló? —preguntó Germain, interesado.

La anciana se sacudió en una breve carcajada.

—No, pequeño, nada de eso. Aunque dicen que le faltó muy poco.

—¿Y cómo es que logró evacuar? —preguntó Jamie.

—Por fin ella dijo que se casaría conmigo, no con el otro tipo —explicó el señor Bug, que dormitaba en un rincón del sofá. Se levantó para desperezarse. Luego apoyó una mano en el hombro de su esposa y ambos se sonrieron tiernamente—. Fue un gran alivio, no lo duden.

Ya era tarde cuando nos acostamos, tras una agradable velada. Para ponerle fin, Fergus cantó la balada de la prostituta en toda su extensión mientras Jamie y Germain marcaban el ritmo con las palmas contra la mesa. Fue muy aplaudido.

Jamie, recostado contra la almohada, con las manos cruzadas detrás de la nuca, reía entre dientes de vez en cuando, al recordar algunos fragmentos de la canción. Hacía frío, lo bastante como para que los cristales de la ventana se empañaran con nuestro aliento, pero él no se había puesto camisa de dormir. Mientras me cepillaba el pelo pude admirar el espectáculo.

Aunque se había repuesto bien de la mordedura de serpiente, aún estaba más delgado que de costumbre; eso permitía ver el arco elegante de la clavícula y los músculos largos del brazo, hueso a hueso. La piel del pecho estaba bronceada allí donde solía dejar la camisa abierta, pero en la cara interior de los brazos se mantenía blanca como la leche, con una red de venas azules a la vista. La luz sombreaba los huesos prominentes de la cara y arrancaba destellos a su vello: canela y ámbar sobre los hombros, rubio oscuro y oro rojizo allí donde cubría el cuerpo desnudo.

—La luz de la vela te favorece, Sassenach —dijo, sonriendo.

Comprendí que me estaba observando: sus ojos azules tenían el color de un océano sin fondo.

—Lo mismo pensaba yo de ti —dije mientras dejaba el cepillo para levantarme. Mi cabellera flotaba en una nube sobre mis hombros: limpia, suave y reluciente. Olía a caléndulas y a girasoles, igual que mi piel. Durante el invierno, bañarse y lavarse la cabeza era toda una hazaña, pero yo había decidido no acostarme con olor a estiércol de cerdo.

—Dejémosla encendida, pues. —Él alargó una mano para impedirme que la apagara y me rodeó con ella la cintura, atrayéndome hacia sí—. Ven a la cama y deja que te mire. Me gusta cómo se mueve la luz en tus ojos, como el whisky cuando lo viertes sobre el *haggis* y luego le prendes fuego.

—Qué poético —murmuré, aunque no hice remilgos cuando él me abrió espacio y me quitó la camisa.

La habitación estaba lo bastante fría como para que se me encogieran los pezones, pero la piel de su pecho proporcionaba un calor delicioso contra los míos. Él me estrechó con un suspiro de placer.

—Creo que la canción de Fergus me ha inspirado —dijo, sopesando uno de mis senos, con un grato equilibrio entre la admiración y la crítica—. Cristo, qué pechos más hermosos tienes. ¿Recuerdas ese verso donde él dice que, de tan enormes como eran las tetas de la dama, podía envolverle las orejas con ellas? Las tuyas no son tan grandes, pero tal vez pudieras envolverme la...

—Para eso no hace falta que sean enormes —le aseguré—. Muévete hacia arriba. Además, no creo que se trate de envolver con ellas, sino de juntarlas, y son lo bastante grandes como para... ¿Ves?

—¡Oh! —exclamó, profundamente gratificado y algo corto de aliento—. Sí, tienes razón. Es... ¡Ah!, esto tiene buena pinta, Sassenach... al menos desde aquí arriba.

—Desde aquí también resulta muy interesante —le aseguré, tratando de no reír ni ponerme bizca—. ¿Cuál de nosotros va a moverse?

—Por ahora, yo. ¿No te roza, Sassenach?

—Pues... un poco. Espera. —Busqué a tientas el bote de ungüento de almendras que tenía en la mesilla y hundí un dedo en él—. Sí, así es mucho mejor, ¿verdad?

—¡Oh!... ¡oh!... sí.

—Y además, ese otro verso —dije, pensativa. Por un momento lo solté; luego deslicé un dedo untuoso por la curva de su nalga—. Lo que la prostituta le hizo al monaguillo.

—¡Oh, Cristo!

—Sí, eso es lo que él dijo. Según la canción.


Mucho más tarde desperté en la oscuridad, al sentir otra vez sus manos sobre mí. Como aún estaba gratamente adormilada, permanecí inerte, dejando que hiciera su voluntad.

Mi mente estaba apenas sujeta a la realidad; tardé un poco en notar que había algo fuera de lugar, y más todavía en despejarme, pero al fin parpadeé para alejar las nubes del sueño.

Él estaba encorvado a medias sobre mí, con la cara medio iluminada por el resplandor del hogar. Tenía los ojos cerrados y el ceño algo fruncido; respiraba por los labios entreabiertos. Se movía casi mecánicamente. Me pregunté, atónita, si era posible que lo estuviera haciendo en sueños.

Una fina capa de sudor le brillaba en los pómulos altos, en el puente de la nariz, en las pendientes y las curvas del cuerpo desnudo. Me acariciaba de un modo extraño, monótono, como quien realiza una tarea repetitiva. El contacto era más que íntimo, pero también impersonal. Era como estar con un hombre cualquiera... o una cosa cualquiera, me dije.

De pronto, sin abrir los ojos, retiró el edredón que me cubría y me separó las piernas con una brusquedad nada habitual en él. Tenía las cejas anudadas en un gesto de concentración. Cerré por instinto las piernas y me escabullí. Entonces me plantó las manos en los hombros y me apartó los muslos con la rodilla para poseerme con rudeza.

Mi agudo chillido de protesta hizo que abriera los ojos. Me miró. Sus pupilas estaban apenas a dos o tres centímetros de las mías, desenfocadas. Luego cobraron abrupta conciencia. Se quedó de piedra.

—¿Quién diablos crees que soy? —dije, en voz baja y furiosa.

Él se separó de mí para lanzarse fuera de la cama; las mantas cayeron al suelo, en desorden mientras él descolgaba su ropa del perchero. Alcanzó la puerta en dos pasos y salió dando un portazo.

Me incorporé, totalmente confundida, para recoger los edredones; me sentía aturdida, enfadada... e incrédula. Me froté la cara con las manos, tratando de espabilarme. ¿Acaso era yo la que soñaba?

No. Era él. Medio dormido (o dormido del todo) me había tomado por la maldita Laoghaire. Ninguna otra cosa podía explicar el que me hubiera tocado con esa desagradable impaciencia, teñida de cólera. Nunca en la vida lo había hecho así.

Obviamente era imposible volver a conciliar el sueño. Pasé algunos minutos contemplando las sombras entre las vigas, pero al fin me levanté para vestirme.

El patio estaba triste y frío bajo la luna. Al salir cerré con suavidad la puerta de la cocina. Nada se movía y el viento no era más que un suspiro entre los pinos. Sin embargo, a cierta distancia se oía un ruido débil y regular. Caminé con cautela hacia él, en la oscuridad.

La puerta del granero estaba abierta.

Me apoyé en el marco, cruzada de brazos mientras él iba de un lado a otro amontonando el heno bajo el claro de luna, como para descargar los nervios. Los míos aún me palpitaban en las sienes, pero comenzaron a ceder mientras lo observaba.

El problema era que entendía demasiado bien.

No había conocido a muchas de las mujeres de Frank, pues él era discreto, pero de vez en cuando sorprendía un intercambio de miradas en una fiesta de la universidad o en el supermercado de la zona; entonces me invadía una cólera furiosa, a la que seguía el desconcierto, pues no sabía exactamente qué hacer con ella.

Los celos no tienen nada que ver con la lógica.

Laoghaire MacKenzie estaba a diez mil kilómetros de distancia; lo más probable era que no volviésemos a verla. Frank, aún más lejos, donde no lo veríamos jamás, en este lado de la tumba.

No, los celos no tienen absolutamente nada que ver con la lógica.

Comenzaba a sentir frío, pero me quedé. Él sabía que yo estaba allí; lo noté por la forma en que mantenía la cabeza vuelta hacia otro lado. Sudaba a pesar del frío, con la tela fina de la camisa pegada a él por una mancha oscura en la espalda. Por fin clavó la horquilla en la parva y fue a sentarse en un banco hecho con medio tronco, la cabeza entre las manos y los dedos frotando violentamente el pelo.

Cuando me miró, su expresión estaba a medio camino entre el desconcierto y una renuente diversión.

—No entiendo.

—¿Qué? —Fui a sentarme cerca de él, con las piernas encogidas bajo el cuerpo. Olí el sudor de su piel, junto con la crema de almendras y un fantasma de su lascivia anterior.

—Nada, Sassenach —respondió en tono seco mientras me miraba de soslayo.

—¿Tan mal están las cosas? —Por probar, le deslicé una mano por la espalda.

Él soltó un profundo suspiro.

—Cuando tenía veintitrés años, no comprendía que al mirar a una mujer se me derritieran los huesos y al mismo tiempo me sintiera capaz de doblar el hierro con las manos. A los veinticinco, no comprendía cómo se podía adorar a una mujer y querer violarla, todo a la vez.

—¿A una sola mujer? —pregunté.

Y obtuve lo que buscaba: la curva en su boca y una mirada que me atravesó el corazón.

—Una sola —confirmó. Me estrechó con fuerza la mano que yo había posado sobre su rodilla, como si temiera que yo se la arrebatara—. Sólo una.

El granero estaba en silencio, pero las tablas crujían en el frío. Me moví un poco en el banco, para acercarme a él. Sólo un poco.

La luz de la luna entraba a torrentes por la puerta y relumbraba en el heno amontonado.

—Y eso es lo que no entiendo tampoco ahora. Te amo, *a nighean donn*. Te he amado desde el momento en que te vi y te amaré hasta que se acabe el tiempo. Mientras estés a mi lado estaré contento con el mundo.

Me recorrió una oleada de calor, pero antes de que pudiera responder, él se volvió a mirarme, con una consternación tal que resultó casi cómica.

—Y si las cosas son así, Claire, ¿por qué, en el nombre de Cristo y todos sus santos, por qué quiero subir a bordo del primer barco que zarpe hacia Escocia, para buscar a un hombre a quien no conozco y matarlo, sólo por acostarse con una mujer sobre la cual no tengo ningún derecho y a la que nunca pude soportar durante más de tres minutos? —Descargó el puño contra el tronco y la madera vibró bajo mis nalgas—. ¡No lo entiendo, no!

Contuve el impulso de decirle: «¿Acaso crees que yo sí?» A cambio me limité a acariciarle muy suavemente los nudillos con el pulgar. No era tanto una caricia como un gesto de consuelo, y así lo interpretó él. Al fin suspiró hondo, me apretó la mano y se levantó.

—Soy un tonto —dijo.

Durante un momento guardé silencio, pero como él parecía esperar alguna confirmación, se la di.

—Tal vez. Pero no irás a Escocia, ¿verdad?

En vez de responder, se levantó para pasearse de un lado a otro, pateando malhumorado los grumos de barro seco, que estallaban como pequeñas bombas. No era posible que estuviese pensando... Me costó mantener la boca cerrada, aunque aguardé con paciencia hasta que él se detuvo frente a mí.

—De acuerdo —dijo, como si fuera una declaración de principios—. No sé por qué me irrita que Laoghaire busque la compañía de otro... No, eso no es verdad: lo sé muy bien. Y no es por celos ni... Bueno, sí, pero eso no es lo principal.

Me miró como si me desafiara a contradecirlo, pero yo me mantenía quieta sin abrir la boca. Entonces respiró profundamente, con la cabeza baja.

—Bien, debo ser sincero. —Apretó los labios un segundo. Luego estalló, sin dejar de mirarme—. ¿Por qué? ¿Qué encuentra en él?

—¿Quién en quién? ¿Laoghaire en el hombre que...?

—¡Es que ella odiaba el sexo! —me interrumpió mientras de una patada deshacía en polvo un terrón de barro seco—. Tal vez yo crea ser mejor de lo que soy... o tú me halagas... —Me clavó una mirada que trataba de ser fulminante, pero acabó en desconcierto—. ¿Soy... soy...?

Yo no sabía si esperaba que yo respondiera: «¡Sí que lo eres!» o «¡No, nada de eso!». Me contenté con una sonrisa que decía ambas cosas.

—Bien, bien —reconoció, de mala gana—. Nunca creí que fuera por mi culpa. Y antes de casarnos yo le gustaba bastante.

Seguramente se me escapó un pequeño bufido, pues me miró. Descarté el asunto con la cabeza.

—Yo pensaba que quizá le disgustaban los hombres en general o el acto en sí. Y en ese caso... pues no era tan grave, porque no era culpa mía, aunque me sentía en la obligación de arreglar eso... —Se perdió en sus pensamientos, con el ceño fruncido. Luego reanudó, suspirando—: Pero tal vez me equivocaba. Quizá fuera culpa mía, sí. Y eso es lo que ahora me atormenta.

Yo no sabía bien qué decirle, pero era obvio que debía decir algo.

—Creo que no era culpa tuya —aseguré—. Era un problema de ella. Aunque tal vez la esté prejuzgando. Al fin y al cabo trató de matarme.

—¿Qué? —Se dio la vuelta, estupefacto.

—¿No lo sabías? Ah...

Traté de recordar si se lo había contado. No, probablemente no. Entre una cosa y otra, entonces no me pareció importante. Pensaba que no volvería a verla. Y después... después perdió toda importancia. Le expliqué brevemente que aquel día, en Cranesmuir, Laoghaire había hecho que me reuniera con Geilie Duncan, sabiendo de sobra que más tarde la iban a arrestar por brujería, con la esperanza de que me arrestaran también, como luego sucedió.

—¡Esa perra maldita! —exclamó, más atónito que otra cosa—. No, no sabía una palabra de eso. ¡Sassenach!, ¿crees que me habría casado con ella, de haberlo sabido?

—Entonces, sólo tenía dieciséis años —aduje; dadas las circunstancias, podía ser tolerante y perdonar—. Tal vez no esperaba que nos juzgaran ni que el tribunal quisiera quemarnos vivas. Quizá sólo pensó que, si me acusaban de bruja, tú perderías interés en mí.

Al menos al revelarle esa argucia había logrado distraerlo.

Su única respuesta fue un bufido. Durante un rato se paseó de un lado a otro, inquieto, haciendo crujir la paja esparcida. Estaba descalzo, pero el frío no parecía molestarle. Por fin se detuvo con un enorme suspiro y apoyó una mano en el banco, la cabeza en mi hombro.

—Perdona —susurró.

Lo abracé para estrecharlo con fuerza contra mí, hasta que volvió a suspirar y los nudos de sus hombros se relajaron. Entonces lo solté. Él se puso de pie y me ofreció la mano.

Cerramos la puerta del granero para volver a casa, de la mano y en silencio.

—Claire —dijo de pronto, con timidez.

—¿Sí?

—No pretendo justificarme... en absoluto. Pero me preguntaba si... ¿alguna vez piensas... en Frank? ¿Cuando estamos...? —Carraspeó—. ¿Acaso la sombra de ese inglés me cruza la cara de vez en cuando?

¿Y qué cuernos podía yo responder a eso? No era posible mentir, pero no sabía cómo decir la verdad sin herirlo y de manera que él pudiera comprender.

Respiré hondo. Al exhalar contemplé el vapor que se alejaba en lentos rizos.

—No quiero hacer el amor con un fantasma —dije por fin, con firmeza—. Y creo que tú tampoco. Pero supongo que, de vez en cuando, el fantasma puede tener otras intenciones.

Su exclamación era una risa.

—Sí —reconoció—. Supongo que sí. Me gustaría saber si a Laoghaire le hubiera gustado más el lecho del inglés que el mío.

—Pues si le gustara más, se lo tendría merecido —dije—. Ahora bien: si a ti te gusta el mío, será mejor que vuelvas inmediatamente a él. Aquí fuera hace un frío terrible.

# 100

## *Ballena muerta*

Hacia finales de marzo, los caminos que descendían de la montaña ya estaban transitables. Como aún no había noticias de Milford Lyon, después de alguna discusión se decidió que Jamie y yo, con Brianna, Roger y Marsali, viajaríamos a Wilmington mientras Fergus llevaba los informes de las mediciones topográficas a New Bern, para archivarlos y registrarlos formalmente.

Las muchachas y yo compraríamos las provisiones que se nos habían agotado durante el invierno, tales como sal, azúcar, café, té y opio mientras Roger y Jamie hacían discretas averiguaciones sobre Milford Lyon... y Stephen Bonnet. Fergus se reuniría con nosotros en cuanto hubiera terminado con lo de los informes topográficos; mientras tanto investigaría a lo largo de la costa, según se le presentara la ocasión.

Una vez localizad Bonnet, Jamie y Roger irían al lugar donde realizaba sus negocios y se turnarían para matarlo a tiros o atravesarlo con la espada, después de lo cual regresarían a las montañas, congratulándose por el trabajo cumplido. Al menos, así entendía yo el plan.

—El hombre propone y Dios dispone —había citado a Jamie, en medio de una discusión sobre el asunto. Él había arqueado una ceja y me había mirado—. No tienes ni idea de lo que puede pasar.

—Es cierto —había dicho—. Aun así, pase lo que pase, estaré listo. —Después de tocar el puñal que tenía en la esquina del escritorio, había continuado haciendo su lista de artículos para la granja.

El calor aumentaba considerablemente según descendíamos de las montañas. Al acercarnos a la costa comenzamos a ver bandadas de gaviotas y cuervos, que giraban en círculos, arracimados sobre los campos recién arados, entre chillidos extáticos bajo el fuerte sol de primavera.

Si en las montañas los árboles apenas comenzaban a rebrotar, en Wilmington ya había flores en los jardines: espigas de aguileñas y espuelas de caballero, amarillas y azules, cabeceaban por encima de las pulcras cercas de la calle Beaufort. Conseguimos alojamiento en una posada pequeña y limpia, algo alejada del muelle. Era relativamente barata y cómoda, aunque algo pequeña y oscura.

—¿Por qué no tienen más ventanas? —gruñó Brianna, después de tropezar con Germain en la oscuridad del descansillo—. Alguien acabará por incendiar la posada de tanto encender velas para ver por dónde se va. Los cristales no son tan caros.

—Impuesto a las ventanas —le informó Roger mientras levantaba a Germain para dejarlo colgar cabeza abajo desde la barandilla, para deleite del niño.

—¿Qué? ¿La Corona cobra impuestos a las ventanas?

—Sí. A la gente debería preocuparle más eso que los timbres o el té, ¿verdad? Pero al parecer están acostumbrados.

—¡Con razón va a haber una revolu...! ¡Oh!, buenos días, señora Burns. El desayuno huele muy bien.

Las muchachas, los niños y yo dedicamos varios días a hacer compras mientras Roger y Jamie mezclaban los negocios con el placer en diversas tabernas. Ya habían terminado con la mayoría de sus recados y Jamie obtenía un pequeño pero útil ingreso adicional mediante el juego de naipes y las apuestas en las carreras de caballos. De Stephen Bonnet, sin embargo, sólo habían sabido que hacía algunos meses que no se lo veía por Wilmington. Por mi parte, saberlo fue un alivio.

Más avanzada la semana, comenzó a llover hasta el punto de tener que pasar dos días encerrados. Más que una simple lluvia, se trataba de una tormenta considerable, con vientos tan fuertes que doblaban las palmas y llenaban de ramas caídas las calles embarradas. Marsali permanecía levantada hasta entrada la noche, escuchando las ráfagas y rezando el rosario o jugando a las cartas con Jamie, para distraerse.

—¿Fergus dijo que vendría de New Bern en un barco grande? ¿El *Octopus*? Suena a barco de buen tamaño, ¿verdad, papá?

—Desde luego que sí. Pero creo que los paquebotes también son muy seguros. No, no descartes ésa, muchacha. Tira el tres de espadas.

—¿Cómo sabes que tengo el tres de espadas? —inquirió ella, con un gesto suspicaz—. Y eso de los paquebotes no es verdad. Lo sabes tan bien como yo. Anteayer vimos los restos de uno en el fondo de la calle Elm.

—Sé que tienes el tres de espadas porque yo no lo tengo —le dijo Jamie, apoyando su mano de cartas contra el pecho—. Y las otras espadas ya están todas en la mesa. Además, Fergus podría venir por tierra, no en barco.

Una ráfaga sacudió las contraventanas.

—Otro motivo para no tener ventanas —comentó Roger mientras miraba la mano de Marsali por encima de su hombro—. Jamie tiene razón: echa el tres de espadas.

—Oye, sigue tú. Yo debo atender a Joanie.

Se levantó de pronto y, después de poner las cartas en las manos de Roger, corrió a la pequeña habitación vecina, que compartía con sus hijos. Yo no había oído llorar a Joanie. Arriba se oyó un golpe fuerte y chirriante: una rama que cruzaba el tejado.

Todos levantamos la vista. Por debajo del alarido del viento se oía el rumor hueco del oleaje, que hervía sobre las marismas sumergidas, castigando la costa.

—«Los que descienden al mar en navíos» —citó Roger, en voz suave—, «y hacen negocio en las muchas aguas, ellos han visto las obras del Señor y sus maravillas en las profundidades. Porque Él habló e hizo levantar el viento tempestuoso, que encrespa las olas».

—Eso es de mucha ayuda, sí —dijo Brianna, fastidiada. Ya estaba nerviosa y el encierro forzado no le mejoraba el carácter. Jemmy, aterrorizado por los ruidos, se había pasado esos dos días pegado a ella como una cataplasma; los dos tenían calor y estaban muy irritables.

Ese malhumor no pareció afectar a Roger, que se agachó con una sonrisa para despegarle a Jemmy, no sin dificultad. Puso al pequeño de pie en el suelo y tiró de sus manos, haciendo que se tambaleara.

—«Tiemblan y titubean como borrachos» —dijo, teatral—, «y toda su destreza es inútil».

Jemmy reía. Hasta Brianna comenzaba a sonreír de mala gana.

—«Entonces claman al Señor en su angustia, y Él los libra de sus aflicciones...»

Al decir «libra» levantó de pronto a Jemmy, dándole una voltereta, con lo que el niño chilló de placer.

—«Él cambia la tormenta en calma, y se apaciguan sus olas. Se alegran luego porque se aquietaron...» —Se acercó a Jemmy para besarlo en la cabeza—. «Y así Él los guía al puerto anhelado.»

Bree aplaudió sarcásticamente la representación, pero sonreía. Jamie, que había recogido las cartas, dejó de barajarlas para mirar hacia arriba. Sorprendida por su repentino silencio, me volví a mirarlo. Él sonrió.

—Ha cesado el viento —dijo—. Mañana saldremos.

Por la mañana había escampado y desde el mar llegaba una brisa fresca, que olía a espliego marítimo, a pinos... y traía el fuerte hedor de una bestia marítima pudriéndose al sol. El muelle aún mostraba una deprimente ausencia de mástiles. No había barcos grandes anclados allí, ni siquiera un queche o un paquebote, aunque el puerto de Wilmington hervía de botes, balsas, canoas y *pi-*

*rettas*, pequeñas embarcaciones de cuatro remos que volaban por el agua como libélulas, haciendo chispear las gotas de sus remos puestos al vuelo.

Una de ellas detectó a nuestro pequeño grupo, desconsolado en el muelle, y se lanzó hacia nosotros. Los remeros alzaron la voz para preguntarnos si necesitábamos transporte. Al inclinarse Roger para rechazar cortésmente el ofrecimiento, la brisa del puerto le arrebató el sombrero, que fue a posarse en la espuma de las aguas parduscas, girando como una hoja.

La embarcación se desvió de inmediato hacia el sombrero flotante y uno de los remeros lo ensartó con la punta del remo, para levantarlo en un gesto triunfal. Pero cuando la *piretta* se acercaba al muelle, la expresión jubilosa del barquero se transformó en estupefacción.

—¡MacKenzie! —exclamó—. ¡Que me asen en un mondadientes si no es él!

—¡Duff! ¡Duff, viejo amigo! —Después de agacharse para recoger su sombrero, Roger ofreció la mano a su conocido.

Duff era un escocés menudo y canoso, de nariz muy larga, quijada escasa y una incipiente barba gris, que le daba el aspecto de haber sido espolvoreado con azúcar. Subió con agilidad al muelle y estrechó a Roger en un abrazo viril, acompañado por violentas palmadas en la espalda y exclamaciones de asombro, todo lo cual fue correspondido con ganas. Los demás observábamos cortésmente ese encuentro mientras Marsali intentaba evitar que Germain saltara al agua.

—¿Lo conoces? —pregunté a Brianna, que examinaba al viejo amigo de su esposo con aire dubitativo.

—Creo que estuvo embarcado con Roger —replicó mientras sujetaba mejor a Jemmy, que encontraba mucho más estimulantes a las gaviotas que al señor Duff.

—Pero ¡qué pinta tienes, hombre! —exclamó el remero, dando un paso atrás. Se pasó la manga por la nariz como si tal cosa—. ¡Chaqueta de gran señor, y qué botones! ¡Y el sombrero! Pero ¡si vas tan puesto que hasta la mierda te resbalaría!

Entre risas, Roger se agachó para recoger el sombrero empapado. Después de golpearlo contra el muslo para desprender una brizna de alga, se lo entregó con aire distraído a Bree, que continuaba observando al señor Duff con bastante desconfianza.

—Mi mujer —la presentó. Luego nos abarcó en un ademán—. Y su familia. El señor James Fraser, la señora Fraser... y la hermana de mi mujer, que también es de los MacKenzie.

—Un servidor, señor... señoras. —Duff se inclinó ante Jamie, apoyando un dedo en el horrible objeto que tenía en la cabeza, en breve muestra de respeto. Luego miró a Brianna y una ancha sonrisa le estiró los labios—. ¡Ah!, así que te has casado con ella; la has sacado de sus bragas, ya veo. —Con un codazo familiar a las costillas de Roger, redujo la voz a un ronco susurro—. ¿Tuviste que pagar al padre por ella... o él te pagó para que te la llevaras? —Y emitió un extraño ruido chirriante que interpreté como risa.

Jamie y Bree le clavaron miradas idénticamente frías a lo largo de las rectas narices, pero antes de que Roger pudiera responder, el otro barquero gritó algo incomprensible desde la embarcación.

—Sí, sí, aguanta el agua, hombre. —El señor Duff acalló a su socio con un gesto de la mano—. Eso es un chiste —me explicó en tono de confidencia—. Entre marineros, ¿sabe usted? «Aguanta el agua», ¿comprende? Porque si no aguantas el agua, terminarás en el fondo del puerto, ¿no? —Y repitió aquellos chirridos, estremecido de regocijo.

—Muy gracioso —le aseguré—. Pero él ha dicho algo sobre una ballena, ¿verdad?

—¡Oh, claro! ¿No es para eso para lo que habéis bajado a la costa?

Todo el mundo lo miró sin entender.

—No —dijo Marsali, demasiado consciente de su cometido como para prestar atención a otra cosa, ni siquiera a una ballena—. ¡Germain, vuelve aquí! No, señor, hemos venido a ver si hay noticias del *Octopus*. ¿Sabe usted algo de él?

Duff negó con la cabeza.

—No, señora. Pero el tiempo ha estado traicionero durante todo el mes en los bajíos... —Al ver que la muchacha palidecía se apresuró a añadir—: Muchos barcos deben de haberse desviado, ¿comprende? Pueden haber buscado otro puerto o estarán frente a la costa, esperando cielos más claros para llegar a éste. Lo que tuvimos que hacer nosotros al llegar en el *Gloriana*, ¿recuerdas, MacKenzie?

—Sí, es cierto —asintió Roger, aunque sus ojos se habían tornado cautos ante la mención de ese barco. Miró un instante a Brianna y luego, a Duff—. Veo que te has separado del capitán Bonnet —dijo, bajando un poco la voz.

Por las plantas de mis pies trepó una pequeña sacudida, como si el muelle estuviera electrizado. Jamie y Bree también reaccionaron, pero de diferente manera. Él dio inmediatamente un paso hacia Duff; ella retrocedió otro.

—¿Stephen Bonnet? —repitió mi esposo, mirándolo con interés—. ¿Conoce usted a ese caballero?

—Lo conozco, sí, señor —dijo Duff, persignándose.

Al ver eso Jamie asintió despacio.

—Ya veo, ya veo. ¿Conoce usted, por casualidad, el paradero actual del señor Bonnet?

—Pues bien, en cuanto a eso...

Duff lo miró con aire especulativo, apreciando los detalles de su vestimenta y su aspecto. A todas luces se preguntaba cuánto podía valer la respuesta a esa pregunta. Pero su socio, allí abajo, se impacientaba cada vez más.

Marsali también.

—¿Adónde pueden haber ido, señor? ¿Si han buscado otro puerto? ¡Quieto, Germain! ¡Acabarás por caerte al agua! —Y se inclinó para coger a su vástago, que colgaba desde el borde del muelle para explorar tan tranquilo el lado interior. Luego se lo cargó a la cadera.

—¿Bonnet? —Jamie enarcó las cejas, con una expresión a la vez alentadora y amenazante.

—¿Van a ver la ballena o no van a ver la ballena? —chilló el caballero del bote, impaciente por buscar empresas más rentables.

Se diría que Duff no sabía a quién responder primero. Sus ojillos parpadeantes iban y venían entre Jamie, Marsali y su socio, cada vez más vociferante. Me adelanté para romper la pausa.

—¿Qué ballena es ésa?

Obligado a concentrarse en esa pregunta, más directa, Duff pareció aliviado.

—¡Pues la ballena muerta, señora! Una muy grande que el mar ha lanzado a la isla. Supuse que todos habían venido a verla.

Entonces caí en la cuenta de que el movimiento de embarcaciones no era del todo casual. Algunas canoas y barcazas grandes se dirigían, en verdad, hacia la boca de Cape Fear, pero la mayor parte de los botes más pequeños iban y venían; ya desaparecían en la bruma distante o regresaban de ella, trayendo pequeños grupos de pasajeros. Las sombrillas de lino brotaban como setas en los botes; entre la gente del muelle había muchos habitantes de la ciudad, que miraban al otro lado con aire de expectación.

—Dos chelines por pasaje completo —sugirió Duff, para congraciarse—. Ida y vuelta.

Roger, Brianna y Marsali se mostraron interesadas. Jamie, inquieto.

—¿En eso? —preguntó, echando una mirada escéptica a la *piretta* que cabeceaba abajo.

El socio de Duff, un caballero de raza e idioma indeterminados, pareció ofenderse ante esa crítica implícita a su embarcación, pero Duff nos tranquilizó:

—Hoy la mar está muy tranquila, señor, muy tranquila. Será como estar sentado en una taberna, ¿no? Muy adecuado para conversar. —Y parpadeó con afable inocencia.

Jamie inhaló profundamente y echó otro vistazo a la *piretta*. Por un lado odiaba los botes. Por el otro, por ir tras Stephen Bonnet haría cosas mucho más desesperadas que subir a bordo de una embarcación. Sólo quedaba por ver si en verdad el señor Duff tenía información que nos sirviera o si sólo buscaba pasajeros. Tragó saliva, buscando valor.

Duff, sin esperar, fortaleció su posición diciendo a Marsali, con aire astuto:

—En la isla hay un faro, señora. Desde arriba se puede mirar mar adentro, a gran distancia, y ver si hay algún barco anclado frente a los bajíos.

Al instante, ella bajó la mano a su bolso. Por encima de su hombro, Germain acercó solícitamente un mejillón muerto hacia la boca anhelante de Jemmy, como un pájaro que diera a su polluelo un jugoso gusano. Al verlo, intervine con tacto.

—No, tesoro —dije, arrojando el mejillón al agua—. Eso es muy feo. —Lo cogí en brazos—. ¿No quieres ir a ver esa bonita ballena muerta?

Con un suspiro resignado, Jamie hundió la mano en su morral.

—Será mejor buscar otro bote más, para que no nos ahoguemos todos a la vez.

A medida que nos adentrábamos en el agua, afuera el día era encantador; una fina capa de nubes cubría el sol y la brisa fresca me indujo a quitarme el sombrero, por disfrutar el placer de sentir el viento en la cabellera. La mar no estaba tan serena, pero el subir y bajar del oleaje nos acunaba de un modo apacible... al menos a quienes no padecíamos de mareos.

Eché un vistazo a la espalda de Jamie, pero mantenía la cabeza inclinada. Al remar, sus hombros se movían en un ritmo fácil y potente.

Resignado a lo inevitable, se había ocupado enérgicamente de la situación. Después de llamar a un segundo bote, había hecho que Bree, Marsali y los niños subieran a él. A continuación, se había quitado el broche, al tiempo que anunciaba que él y Roger cogerían los remos de la *piretta*, a fin de que Duff pudiera despreocuparse y recordar mejor cualquier dato interesante referente a Stephen Bonnet.

—Si tengo algo que hacer, habrá menos posibilidades de que vomite —había murmurado hacia mí mientras se quitaba la chaqueta y la manta.

Roger había dejado escapar un bufido de risa, pero también se había quitado la chaqueta y la camisa. Duff y Peter se instalaron en un extremo de la embarcación; la novedad de que se les pagara para pasearlos en su propio bote les causaba gran hilaridad. A mí se me indicó que me sentara en el otro extremo, frente a ellos.

—Para que vigiles un poco las cosas, Sassenach.

Por debajo de las prendas amontonadas, Jamie me había puesto en la mano la culata de su pistola. Luego, me había ayudado a descender al bote y se había embarcado a su vez, con cuidado. Sólo había palidecido un poco cuando la embarcación se bamboleó bajo su peso.

Por suerte, el día era sereno. Por encima del agua pendía una leve neblina, que oscurecía la silueta lejana de la isla Smith. Las gaviotas y las golondrinas de mar giraban muy arriba. Una gavina de gran volumen parecían pender inmóvil en el aire, cabalgando en el viento mientras nos acercábamos lentamente a la bocana del puerto.

Roger, sentado delante de mí, remaba con rítmicas flexiones de los anchos hombros, claramente habituado al ejercicio. Jamie, frente a él, manejaba los remos con bastante elegancia, pero sin tanta seguridad. No era marinero y jamás lo sería. Aun así la tarea parecía distraerle de su estómago. Por el momento.

—¡Oh!, sí que podría acostumbrarme a esto. ¿Qué dices tú, Peter? —Duff levantó la nariz larga hacia la brisa, con los ojos entornados, para saborear la novedad de que otro manejara los remos.

Peter, que parecía una exótica mezcla de indio y africano, respondió con un gruñido, pero se arrellanó en el asiento junto a su socio, asimismo complacido. Sólo vestía un par de pantalones manchados, atados a la cintura con un trozo de cuerda embreada; estaba tan bronceado por el sol que habría podido pasar por negro, de no ser por la melena larga y oscura que le caía sobre un hombro, decorada con trocitos de concha y diminutas estrellas de mar.

—¿Stephen Bonnet? —inquirió Jamie, cordialmente mientras tiraba de los remos.

—¡Ah!, sí. —Al parecer, Duff habría preferido postergar el tema de manera indefinida, pero una mirada a la cara de Jamie lo resignó a lo inevitable—. ¿Qué desea usted saber? —preguntó, encorvando los hombros en un gesto de cautela.

—Para comenzar, dónde está.

—No tengo ni idea —respondió él, presuroso y ya más satisfecho.

—Pues bien, ¿dónde vio usted a ese cretino por última vez? —preguntó Jamie, paciente.

Duff y Peter intercambiaron una mirada.

—Pues veamos —empezó el escocés, cauteloso—, cuando usted dice «ver», ¿quiere decir dónde estaba la última vez que le puse los ojos encima?

—¿Y qué otra cosa podría significar, idiota? —protestó Roger.

Peter asintió, pensativo, como si apuntara un tanto para nuestro grupo. Luego dio un codazo a su socio.

—Estaba en una taberna de Roanoke, comiendo pastel de pescado —capituló éste—. Horneado con ostras y pan rallado. Y con una jarra de cerveza morena para bajarlo. Y pudin de melaza.

—Es usted muy observador, señor Duff —comentó Jamie—. ¿Y su sentido del tiempo?

—¿Eh? Sí, ya entiendo, hombre. Cuándo fue... Hará dos meses, poco más o menos.

—Y si usted estaba tan cerca como para ver lo que el hombre comía —observó Jamie, tan tranquilo—, supongo que debía de estar compartiendo su mesa, ¿verdad? ¿De qué hablaba?

Duff pareció algo abochornado. Desvió la vista hacia mí; luego, hacia una de las gaviotas que volaban en círculos.

—Pues... principalmente, del culo de la tabernera.

—No creo que ese tema de conversación pueda ocupar toda una comida, por escultural que fuera la muchacha —intervino Roger.

—¡Hombre! No imaginas lo mucho que se puede decir sobre el trasero de una mujer —le aseguró el marinero—. Éste era redondo como una manzana y pesado como un buen pudin. Allí hacía más frío que en un témpano, y pensar en tener esa grupa rolliza y caliente en las manos... Sin ánimo de ofenderla, señora, claro está —añadió presuroso, inclinando el sombrero hacia mí.

—No me ha ofendido —le aseguré con cordialidad.

—¿Sabe usted nadar, señor Duff? —preguntó Jamie, en tono de leve curiosidad.

—¿Qué? —El escocés parpadeó, sobresaltado—. Yo... eh... pues...

—No, no sabe —informó Roger, alegremente—. Me lo dijo.

El otro le arrojó una mirada de traicionada indignación por encima de la cabeza de Jamie.

—¡Vaya lealtad!! —exclamó, escandalizado—. ¡Buen compañero eres tú! ¡Mira que entregarme de ese modo...! ¡Qué desvergüenza!

Mi marido levantó los remos y los dejó chorrear fuera del agua. Roger lo imitó. Nos encontrábamos a unos cuatrocientos metros de la costa, en aguas de un verde intenso, lo cual indicaba que el fondo estaba a varias brazas de profundidad. El bote se meció con suavidad, elevado en el seno de una ola lenta y larga.

—Bonnet —repitió Jamie, todavía en tono cortés, pero cortante.

Peter se cruzó de brazos y cerró los ojos, dejando en claro que ese tema no tenía nada que ver con él. Duff suspiró. Jamie entornó los ojos.

—Pero si les digo la verdad: no tengo la menor idea de dónde puede estar ese hombre. Cuando lo vi en Roanoke estaba haciendo algunos arreglos para traer ciertos... cierta mercancía. Si eso le sirve de algo... —añadió, grosero.

—¿Qué mercancía? ¿Adónde la traía? ¿Para llevarla adónde? —Jamie se inclinaba sobre los remos, con aparente despreocupación, pero detecté cierta tensión en las líneas de su cuerpo. Entonces se me ocurrió que, si su mirada estaba fija en la cara de Duff, a la fuerza veía también el horizonte de atrás, que subía y bajaba hipnóticamente, según la *piretta* se bamboleaba en el oleaje. Una y otra vez...

—Por lo que entendí, cajas de té —respondió Duff, cauteloso—. En cuanto al resto, no sé.

—¿Qué resto?

—Venga, hombre, todo barco que navega por estas aguas lleva diferentes tonterías. Usted ha de saberlo.

Peter había entreabierto los ojos; vi que se posaban en la cara de Jamie con cierto interés. El viento había cambiado un poco y el olor a ballena muerta se acentuaba. Jamie inhaló con lentitud, pero dejó escapar el aire bastante deprisa.

—Trajisteis té. ¿De dónde? ¿De un barco?

—Sí. —El marinero lo observaba con creciente fascinación.

Yo me moví en el estrecho asiento, inquieta. Como sólo le veía la nuca, no podía saberlo, pero era muy probable que empezara a ponerse verde.

—El *Sparrow* —prosiguió Duff, sin apartar la vista de él—. Ancló frente a los bancos y fuimos en botes para traer la carga, a través de la ensenada de Joad. Desembarcamos en el embarcadero de Wylie y allí entregamos todo a un tipo.

—¿Qué... tipo?

Pese a lo frío del viento, vi correr el sudor por el cuello de Jamie. Duff tardó en responder. En sus ojillos hundidos chispeó una mirada especulativa.

—Que no se te ocurra, Duff —dijo Roger en voz baja, pero firme—. Desde aquí puedo alcanzarte con un remo, ¿lo entiendes?

—¿Sí? —El otro los miró a ambos, pensativo, luego, a mí—. Sí, supongo que podríais. Pero aun suponiendo que sepas nadar, MacKenzie, y que el señor Fraser pueda mantenerse a flote... no creo que la señora pueda, ¿verdad? Con tantas faldas y enaguas... —Movió la cabeza, con los labios fruncidos en un gesto pensativo—. Se iría al fondo como una piedra.

Peter se movió ligeramente, recogiendo los pies bajo el cuerpo.

—¿Claire? —dijo Jamie.

Percibí la nota tensa en su voz. Con un suspiro, extraje la pistola que escondía bajo la chaqueta, cruzada en mi regazo.

—Bien —dije—. ¿Contra cuál disparo?

Peter abrió de pronto los ojos, tanto que mostró un anillo blanco en torno a los iris negros. Miró la pistola, luego a Duff y, por último, a Jamie.

—Entrega té a un hombre llamado Butlah —dijo—. Trabaja *pal* señor Lyon. —Luego señaló a su compañero—. Mata él —me propuso.

Así, roto el hielo, nuestros dos pasajeros tardaron muy poco en revelarnos el resto de lo que sabían. Sólo hicieron alguna pausa para que Jamie pudiera vomitar por encima de la borda entre una pregunta y la siguiente.

Tal como Duff había insinuado, el contrabando era tan común en la zona que constituía una práctica comercial generalizada; la mayoría de los mercaderes y todos los barqueros de Wilmington participaban de ella, allí y en casi toda la costa de Carolina, a fin de evitar los asfixiantes impuestos de la mercancía que se importaba por vía oficial. Stephen Bonnet no sólo era uno de los contrabandistas más efectivos, sino que se había convertido en todo un especialista.

—Trae mercancías por encargo —dijo Duff, torciendo el cuello para poder rascarse mejor entre los omóplatos—. Y en cantidad, como quien dice.

—¿Qué cantidad? —Jamie tenía los codos apoyados en las rodillas y la cabeza entre las manos. Eso parecía servir, pues su voz sonaba más firme.

Duff calculó con los labios fruncidos.

—En esa taberna de Roanoke éramos seis. Seis, con botes pequeños, de los que pueden recorrer las ensenadas. Y cada uno cargó todo lo que pudo. En total debieron de ser unos cincuenta cajones de té.

—¿Y con qué frecuencia trae esas cargas? ¿Cada dos meses? —Roger se había relajado un poco, apoyado en los remos. Yo no; clavé en nuestro barquero una mirada dura por encima de la pistola, para hacérselo saber.

—Mucho más a menudo —respondió él, observándome con desconfianza—. No podría asegurarlo, pero uno oye comentarios, ¿entiendes? Por lo que dicen otros barqueros, calculo que en plena temporada trae una carga cada dos semanas. La desembarca en algún punto de la costa entre Virginia y Charleston.

Eso arrancó a Roger un gruñido de sorpresa. Jamie levantó un instante la cabeza.

—¿Y la marina? —preguntó—. ¿A quién paga?

Era una buena pregunta. Los botes pequeños podían rehuir la vigilancia de la marina, pero la operación de Bonnet requería traer mercancía en grandes cantidades, en barcos de gran tamaño. Sería difícil ocultar algo a tal escala... y la respuesta obvia era que él no se molestaba en ocultarlo.

Duff se encogió de hombros.

—¡Hombre! No sé.

—Pero vosotros no habéis trabajado para Bonnet desde febrero —señalé—. ¿Por qué?

Los marineros intercambiaron una mirada.

—Tiene hambre, come pejesapo —me dijo Peter—. Tiene pasta, come algo *mejó*.

—¿Qué?

—El hombre es peligroso, Sassenach —tradujo Jamie, seco—. Prefieren no tratar con él, salvo en caso de necesidad.

—Hay que verlo —dijo Duff, entusiasmado por el tema—. Puedes tratar con él, cómo no... siempre que tu interés corra parejo con el suyo. Pero quizá él decida de repente que el suyo corre hacia otro rumbo...

Peter se pasó un dedo solemne por el cuello fibroso.

—Y no te avisa —continuó su compañero—. Si hace un momento todo eran whisky y cigarros, de pronto te encuentras de espaldas en el suelo, tragando sangre... y aún das gracias por poder tragarla.

—Así que es colérico, ¿no? —Jamie se pasó una mano por la cara y luego secó la palma sudorosa contra la camisa. La tela se le pegaba a los hombros, pero no se la quitaría.

Duff, Peter y Roger afirmaron a una con la cabeza.

—Más frío que el hielo —dijo Roger, con un dejo de tensión en la voz.

—Te mata sin que se le mueva un pelo —aseguró Duff.

—Te corta como a aquella ballena —añadió Peter, señalando la isla.

La corriente nos había acercado mucho más y ya teníamos el animal a la vista. Las aves marinas chillaban por encima del cadáver, lanzándose en picado para arrancar trocitos de carne. A poca distancia se apiñaba una pequeña multitud, con pañuelos y taleguillas contra la nariz.

En ese momento cambió el viento; un fétido soplo de podredumbre nos envolvió como una ola al romper en la playa. Me apreté la camisa de Roger contra la cara. El mismo Peter pareció palidecer.

—Madre de Dios, ten piedad de mí —imploró Jamie por lo bajo—. Voy... ¡Oh, Dios mío! —Y se inclinó hacia la borda para vomitar una y otra vez.

Azucé a Roger clavándole un pie en la nalga.

—Rema —insinué.

Él obedeció con presteza; en pocos minutos la quilla de la *piretta* tocó tierra. Duff y Peter saltaron para remolcar el casco playa arriba; luego me ayudaron a descender, muy galantes: por lo visto no me odiaban por lo de la pistola.

Después de pagarles, Jamie subió un trecho por la playa y se dejó caer en la arena, bajo un pino. Su tez tenía más o menos el mismo color que la ballena muerta: un gris sucio, con manchas blancas.

—¿Os esperamos, señor, para llevaros de regreso? —Duff le rondaba obsequiosamente, con la bolsa ya bien abultada.

—No —dijo Jamie—. Que vayan ellos. —Nos señaló con gesto débil, a Roger y a mí; luego cerró los ojos y tragó saliva con dificultad—. Por mi parte, creo que... volveré... a nado.

# 101

## *Monstruos y héroes*

Los niños, muy ilusionados al ver la ballena, tiraban de sus renuentes madres como si fueran cometas. Yo las acompañé, aunque me mantuve a distancia prudente del enorme cadáver. Mientras tanto, Jamie se reponía en la playa. Roger se llevó a Duff aparte para conversar en privado mientras Peter cedía a la somnolencia en el fondo del bote.

Aunque el animal había sido arrojado a la playa esa misma mañana, debía de haber muerto varios días atrás; semejante estado de descomposición llevaba tiempo. Pese al hedor, algunos de los visitantes más intrépidos estaban de pie sobre el cadáver y saludaban tan felices a los que habían quedado en la playa. Un caballero, armado con un hacha, arrancaba trozos de carne de su flanco y los dejaba caer en dos grandes cubos. Era el propietario de una posada de la calle Hawthorn; al reconocerlo, eliminé para mí ese establecimiento de nuestra lista.

Por el cadáver pululaban alegremente varios crustáceos pequeños, de hábitos menos escrupulosos. Varias personas, también provistas de cubos, recogían los cangrejos más grandes como si fueran fruta madura. También se habían unido al circo unos diez millones de pulgas de la arna; tuve que retirarme a suficiente distancia, frotándome los tobillos.

Al mirar playa abajo, vi que Jamie se había levantado para unirse a la conversación. Duff, cada vez más inquieto, paseaba la vista entre la ballena y el bote. Era obvio que estaba deseoso de volver a su negocio, antes de que la atracción desapareciera por completo.

Por fin logró escapar y corrió a su *piretta*, como perseguido por los fantasmas. Jamie y Roger se acercaron a mí, pero los niños no estaban dispuestos a abandonar la ballena. Brianna tuvo el detalle de ofrecerse a vigilarlos, a fin de que Marsali pudiera subir al faro cercano, por si el *Octopus* estuviera a la vista.

—¿Qué le has dicho al pobre señor Duff? —pregunté a Jamie—. Se lo veía muy preocupado.

—¿Sí? Pues no tiene por qué. —Miró hacia el agua, donde la embarcación de Duff regresaba a toda velocidad al muelle—. No he hecho más que ofrecerle un pequeño negocio.

—Sabe dónde está Lyon —intervino Roger. Parecía inquieto pero excitado.

—Y el señor Lyon sabe dónde está Bonnet, o al menos sabe cómo hacerle llegar un mensaje. Subamos un poco más, ¿quieres? —Jamie, todavía pálido, señaló la escalera de la torre mientras se enjugaba el sudor del cuello.

En lo alto del faro el aire era más fresco, pero yo no podía prestar mucha atención al panorama.

—¿Y bien? —pregunté, no muy segura de querer escuchar la respuesta.

—He encomendado a Duff que lleve un mensaje urgente al señor Lyon. Si todos estamos de acuerdo, dentro de una semana nos encontraremos con el señor Bonnet en el embarcadero de Wylie.

Tragué saliva; mi mareo no tenía nada que ver con la altura. Con los ojos cerrados, me aferré a la barandilla de madera que rodeaba la diminuta plataforma. El viento soplaba con fuerza, haciendo rechinar las tablas de la torre, que parecía terroríficamente endeble.

Jamie cambió de posición para dirigirse a Roger.

—No es un monstruo —le dijo en voz baja—. Es sólo un hombre, ¿recuerdas?

¿Sería verdad? Era un monstruo lo que asolaba a Brianna... y tal vez a su padre. El hecho de matarlo, ¿podría reducirlo otra vez a la simple condición de hombre?

—Lo sé. —La voz de Roger era firme, pero le faltaba convicción.

Abrí los ojos; el océano se extendía ante mí en un banco de niebla. Era vasto y bello... y estaba desierto. Se me ocurrió que era muy posible caer desde el extremo del mundo.

—Navegaste con nuestro Stephen, ¿verdad? ¿Durante cuánto tiempo? ¿Dos meses, tres?

—Casi tres —respondió Roger.

¿«Nuestro Stephen»? ¿Qué pretendía Jamie con ese posesivo tan familiar?

Él asintió, sin dejar de contemplar el ir y venir del mar; la brisa liberaba hebras de pelo de sus ataduras y las hacía bailar como llamas, pálidas a la luz del día.

—Entonces lo conoces lo suficiente.

El joven apoyó su peso contra la barandilla. Era sólida, pero estaba mojada y pegajosa por la llovizna medio seca, allí donde la había alcanzado la espuma de las rocas.

—Lo suficiente —repitió—. ¿Lo suficiente como para qué?

Jamie lo miró a la cara, con los ojos entornados para protegerlos del viento, pero brillantes como navajas.

—Lo suficiente como para saber que es un hombre, nada más.

—¿Y qué otra cosa podría ser? —Roger percibió el filo en su propia voz.

Jamie volvió a contemplar el mar, sombreándose los ojos con una mano, pues estaba de cara al sol poniente.

—Un monstruo —dijo suavemente—. Menos que un hombre... o más.

Roger abrió la boca para replicar, pero descubrió que no podía. Pues era un monstruo lo que ensombrecía de miedo su propio corazón.

—¿Qué pensaban de él los marineros? —Claire se inclinó por encima de la barandilla para mirarlo, desde el otro lado de Jamie; el viento se apoderó de su cabellera y la sacudió en una nube voladora, tempestuosa como el cielo distante.

—¿En el *Gloriana*? —Él respiró hondo; una vaharada de ballena muerta fue a mezclarse con el aroma fecundo de las marismas—. Lo... respetaban. Algunos lo temían. —«Yo, por ejemplo»—. Tenía fama de ser un capitán duro, pero bueno. Competente. Los hombres estaban dispuestos a embarcarse con él, porque siempre llegaba a puerto sano y salvo y sus viajes siempre rendían buenas ganancias.

—¿Era cruel? —preguntó Claire, con una tenue arruga entre las cejas.

—Todos los capitanes son crueles de vez en cuando, Sassenach —dijo Jamie, con un ligero timbre de impaciencia—. Es necesario.

Ella levantó la vista para mirarlo y Roger vio que su expresión cambiaba. El recuerdo le ablandó los ojos; una idea irónica tensó la comisura de la boca. Luego apoyó una mano en el brazo de Jamie y sus nudillos palidecieron al apretar.

—Nunca has hecho sino lo que debías —dijo Claire, en voz tan baja que Roger apenas la oyó. No importaba; obviamente, esas palabras no estaban destinadas a él. Luego alzó un poco el tono—. Hay una diferencia entre crueldad y necesidad.

—Sí —dijo Jamie, casi para sus adentros—. Y una línea muy delgada, quizá, entre un monstruo y un héroe.

## 102

### *La batalla del embarcadero de Wylie*

El estrecho estaba sereno y plano; con la superficie apenas rizada por diminutas ondas levantadas por el viento. «Menos mal», pensó Roger al mirar a su suegro. Al menos Jamie tenía los ojos abiertos, fijos en la costa con una suerte de apasionada desesperación, como si la visión de la tierra firme, aún inalcanzable, pudiera brindarle algún consuelo. En su labio superior brillaban gotas de sudor; su rostro tenía el mismo color nacarado del cielo al amanecer, pero aún no había vomitado.

Roger no se mareaba, pero se sentía casi tan indispuesto como él. Aunque ninguno de los dos había desayunado, era como si hubiera tragado una gran masa de gachas, generosamente aderezadas con tachuelas.

—Allí está. —Duff se reclinó sobre los remos, señalando el muelle con la cabeza.

En el agua hacía fresco (casi frío, a esa hora), pero el aire estaba cargado de humedad y el esfuerzo había hecho que le corriera el sudor por la cara. Peter movía sus remos en silencio; la expresión de su rostro atezado expresaba que prefería mantenerse por completo al margen de ese negocio y, cuanto antes desembarcaran a sus indeseables pasajeros, tanto mejor.

El embarcadero de Wylie parecía un espejismo; flotaba en una capa de niebla, por encima del agua, entre una densa maleza. Lo rodeaban pantanales, achaparrados bosques costeros y anchas extensiones de agua, bajo un sobrecogedor cielo gris pálido. Comparado con los verdes recintos de las montañas, aquello se diría incómodamente desprotegido. Al mismo tiempo, estaba aislado, a varios kilómetros de cualquier signo de presencia humana.

En parte, eso era una falsa impresión; Roger sabía que la plantación estaba a un kilómetro y medio del embarcadero, aunque escondida tras un denso monte que había brotado del suelo pantanoso como un Sherwood enano y deforme, denso de maleza y enredaderas.

El embarcadero en sí consistía en un simple muelle de madera sobre pilotes, junto al cual se levantaba una serie de cobertizos destartalados, descoloridos por la intemperie hasta asumir un gris plateado que parecía desaparecer contra el cielo. En la costa se veía un bote pequeño, en posición invertida. Más allá de los cobertizos, una cerca de palos delimitaba un pequeño corral; de vez en cuando, Wylie debía de transportar su ganado por agua.

Jamie tocó la caja de cartuchos que pendía de su cinturón, ya para tranquilizarse, ya para verificar que todavía estuviera seca. Sus ojos evaluaron el cielo. Entonces Roger cayó en la cuenta de que, si llovía, quizá no podrían confiar en las pistolas. La pólvora se apelotona con la humedad, y si ésta era excesiva, no se encendería. Lo último que deseaba era enfrentarse a Stephen Bonnet con un arma inútil.

«Sólo es un hombre», se repitió para sus adentros. Si permitía que su mente le asignara proporciones sobrenaturales, estaba perdido. Buscando a ciegas una imagen que lo tranquilizara, se fijó en el recuerdo de Stephen Bonnet, sentado en la proa del *Gloriana*, con los pantalones caídos hasta los pies descalzos, la mandíbula floja y los ojos entornados, disfrutando del placer de defecar en paz.

«Demonios», pensó. Si se imaginaba a Bonnet como un monstruo, aquello se le hacía imposible; si se lo imaginaba humano, resultaba peor. No obstante, debía hacerlo.

Le sudaban las palmas de las manos; se las frotó contra los pantalones, sin molestarse en disimular. Llevaba un puñal a la cintura, junto con el par de pistolas; la espada estaba en el fondo del bote, sólida dentro de su vaina. Al pensar en la carta de John Grey, en los ojos del capitán Marsden, sintió un sabor amargo y metálico en el fondo de la garganta.

A una indicación de Jamie, la *piretta* se acercó despacio al embarcadero; todos a bordo estaban alerta a cualquier señal de vida.

—¿No vive nadie aquí? —preguntó Fraser en voz baja, inclinado hacia el hombro de Duff para inspeccionar los cobertizos—. ¿No hay esclavos?

—No —gruñó el remero—. En estos tiempos Wylie no utiliza el embarcadero tan a menudo, pues ha construido un camino nuevo desde su casa; va hacia el interior y sale al camino principal a Edenton.

Jamie lo miró con aire cínico.

—Y como Wylie no lo usa, hay otros que lo aprovechan, ¿no?

Roger vio que el muelle estaba bien situado para el contrabando: desde tierra no se veía, pero el acceso resultaba fácil desde el estrecho. Lo que a primera vista había tomado por isla, a su derecha, era en verdad un laberinto de bancos de arena, que separaban de la parte mayor el canal que conducía al embarcadero de Wylie. Había por lo menos cuatro canales menores que se adentraban en los bancos de arena; dos de ellos habrían dado cabida a un queche de buen tamaño.

Duff rió entre dientes.

—Hay un pequeño camino de conchas que lleva a la casa, amigo. Si alguien viene por allí, lo sabrá usted con tiempo.

Peter se removió, inquieto, señalando los bancos de arena con la cabeza.

—Marea —murmuró.

—Sí, no tendrán que esperar mucho... o sí. Todo depende. —El escocés sonrió de oreja a oreja, como si eso le pareciera muy gracioso.

—¿Por qué? —gruñó Jamie, que no le encontraba la gracia. Ahora que la salvación estaba a mano se sentía algo mejor, pero obviamente no estaba de humor para chistes.

—La marea está subiendo. —Duff dejó de remar lo justo para quitarse la horrible gorra y enjugarse la frente medio calva. Luego agitó la gorra hacia los bancos de arena, donde una bandada de aves acuáticas corrían de un lado a otro, en obvia demencia—. Durante la bajamar el canal no tiene profundidad suficiente para un queche. Dentro de dos horas o un poco más podrán entrar. Si ya están allí fuera, esperando, vendrán enseguida para liquidar el asunto y partir antes de que cambie la marea. Pero si todavía no han llegado, tal vez deban esperar la pleamar del atardecer. Es peligroso navegar por los canales durante la noche. Bonnet no es de los que se asustan por un poco de oscuridad, pero si no lleva prisa, es posible que se demore hasta la mañana siguiente. Sí, es posible que deban ustedes esperar bastante.

Roger se percató de que estaba conteniendo el aliento y lo dejó escapar. Luego inhaló profunda, lentamente; el aire oía a sal y a pinos, con un dejo de pescado muerto. Así que sería muy pronto... o quizá no fuera hasta la caída del sol, o hasta el próximo amanecer. Él deseaba que fuera pronto... y al mismo tiempo, no.

La *piretta* se deslizó junto al muelle; Duff proyectó un remo contra uno de esos pilotes incrustados de percebes, para hacerla girar con habilidad. Jamie trepó al embarcadero a toda prisa, deseoso de llegar a tierra firme. Roger lo siguió, cargado con las espadas y el pequeño hatillo que contenía las cantimploras y la reserva de pólvora. Se arrodilló en el muelle, con todos los sentidos alerta para percibir la menor señal de movimiento humano, pero sólo se oían los gorjeos líquidos de los mirlos en el pantano y el grito de las gaviotas en el estrecho.

Después de revolver dentro de su saco, Jamie extrajo una taleguilla, y se la arrojó a Duff sin decir nada. Era un pago simbólico. El barquero cobraría el resto cuando regresara a buscarlos, al cabo de dos días.

Jamie había aguardado hasta el último momento posible para hacer esos arreglos, a fin de que nadie pudiera hablar con Bonnet hasta después de la reunión... la emboscada. Si tenía éxito, él mismo pagaría el resto del dinero acordado; si no, lo haría Claire.

Recordó la cara de su mujer, pálida y ojerosa, escuchando con los labios apretados lo que Jamie le explicaba a Duff. Sus ojos se habían clavado en el marinero con la amarilla ferocidad del halcón que está a punto de eviscerar una rata, y el hombre se encogió ante la amenaza implícita. Él disimuló una sonrisa al recordarlo. Si la amistad y el dinero no eran suficientes para que Duff mantuviera la boca cerrada, quizá bastara el miedo a la dama blanca.

Ambos permanecieron juntos en el muelle, en silencio mientras la *piretta* se alejaba poco a poco. El nudo que Roger tenía en el estómago se apretaba más y más. Habría querido rezar, pero no podía. Era imposible pedir ayuda para lo que planeaba hacer. No podía esperarla de Dios, del arcángel Miguel ni del reverendo o sus padres. Sólo de Jamie Fraser.

De vez en cuando se preguntaba a cuántos hombres habría matado Fraser... si acaso los contaba, si sabía. No era lo mismo, desde luego, matar a un hombre en combate o en defensa propia, que tenderle una emboscada y planear su asesinato a sangre fría. Aun así, a Fraser debía de resultarle más fácil.

Jamie seguía con la vista el bote que se alejaba, inmóvil como la piedra. Roger notó que sus ojos estaban fijos más allá de la embarcación, más allá del cielo y el agua; miraban sin parpadear alguna cosa maligna. Lo vio tragar saliva con dificultad. No, para él tampoco resultaba fácil.

De algún modo, eso era un consuelo.

Exploraron brevemente todos los cobertizos, sin encontrar más que desechos dispersos: cajones rotos, montones de paja mohosa y unos cuantos huesos roídos por perros o esclavos. Parecía que una o dos de las construcciones se habían utilizado como vivienda, pero no en los últimos tiempos. En una de ellas, algún animal había hecho un nido grande y desordenado; al hurgar Jamie con un palo, un roedor gris y regordete salió disparado entre los pies de Roger y se lanzó al agua, con un chapoteo inquietante.

Ya instalados en el más grande de los cobertizos, que se levantaba en el mismo muelle, se acomodaron para esperar.

El plan era muy sencillo: disparar contra Bonnet en cuanto apareciera. A menos que lloviera, en cuyo caso habría que emplear espadas o cuchillos. Dicho de ese modo el procedimiento parecía fácil, pero la imaginación de Roger no podía dejarlo así.

—Camina, si quieres —dijo Jamie, tras haber pasado un cuarto de hora viendo los movimientos nerviosos de su yerno—. Cuando venga, lo oiremos.

Por su parte, permanecía tan sereno como una rana en un nenúfar, dedicado a inspeccionar metódicamente las armas dispuestas ante él.

—Mmfm... ¿Y si no viene solo?

Jamie se encogió de hombros, con los ojos clavados en el pedernal de la pistola que tenía en la mano. Lo sacudió para asegurarse de que estuviera bien firme.

—Pues nada. Si viene con sus hombres, tendremos que apartarlo de ellos. Me lo llevaré a uno de los cobertizos pequeños, con el pretexto de conversar en privado, y allí lo despacharé. Tú impide que nadie me siga. Sólo necesitaré un minuto.

—¿Sí? Luego vienes como si tal cosa a informar a sus hombres de que acabas de matar a su capitán. ¿Y entonces?

Jamie se frotó el puente de la nariz y volvió a encogerse de hombros.

—Ya habrá muerto. ¿Te parece capaz de inspirar en sus hombres tanta lealtad como para que quieran vengarlo?

—Pues... no —reconoció Roger, despacio. Si bien Bonnet inspiraba a sus hombres para el trabajo duro, no lo hacía basándose en el amor, sino en el miedo y en la esperanza de lograr buenas ganancias.

—He averiguado mucho sobre el señor Bonnet —observó Jamie mientras dejaba la pistola—. Tiene socios, pero no amigos. No navega siempre con la misma tripulación, como suelen hacer los capitanes cuando encuentran unos cuantos hombres que les convienen. Bonnet escoge a sus tripulantes al azar, no por que le sean simpáticos, sino por su habilidad o su fuerza. Por eso no creo que le tengan mucho afecto.

Roger reconoció lo acertado de esa observación. En el *Gloriana* reinaba el orden, pero no había sentido de la camaradería, ni siquiera entre los oficiales. Y lo que Jamie decía era cierto: cuanto habían descubierto revelaba que Bonnet escogía a sus asistentes según los necesitaba; si llevaba compañía a esa cita, a duras penas serían tripulantes leales, sino marineros escogidos en los muelles al azar.

—De acuerdo. Pero si... cuando lo matemos, cualquier hombre que esté con él...

—... necesitará otro empleo —lo interrumpió Jamie—. No: siempre que no disparemos contra ellos ni les demos motivos para sentirse amenazados, no creo que se preocupen mucho por la suerte de su capitán. Aun así...

Recogió su espada con el ceño fruncido y la deslizó dentro de la vaina, para comprobar que no se atascara.

—Por si ésa fuera la situación, me llevaré a Bonnet aparte, como he dicho. Dame un minuto para ocuparme de él; luego busca alguna excusa para venir a por mí. Pero no te detengas: atraviesa directamente los cobertizos y ve hacia los bosques. Allí nos reuniremos.

Roger lo miró con aire escéptico. Pero ¡si parecía que estaba planeando una excursión dominical! «Un paseo a la orilla del río y nos encontraremos en el parque; yo llevaré los bocadillos; tú, el té.»

Carraspeó una y otra vez. Por fin cogió una de sus pistolas. El peso en su mano, frío y sólido, era tranquilizador.

—Bueno. Sólo una cosa más: de Bonnet me encargo yo.

Fraser le clavó una mirada penetrante. Él se la sostuvo, atento al pulso que empezaba a martillear dentro de sus oídos. Su suegro iba a hablar, pero calló. Lo miraba con aire pensativo. Y él podía oír los argumentos; latían en su oído interior, junto con el pulso, tan audibles como si Jamie los hubiera dicho en voz alta: «Nunca has matado a nadie. Ni siquiera sabes lo que es una batalla. No tienes puntería. Con la espada apenas te defiendes. Peor aún: tienes miedo a ese hombre. Y si lo intentas y fallas...»

—Lo sé —dijo, sosteniendo aquella honda mirada azul—. Es mío. Yo me ocuparé de él. Brianna es hija tuya, sí... pero es mi esposa.

Fraser parpadeó y apartó la vista. Por un segundo tamborileó con los dedos contra la rodilla. Luego cogió aliento para un hondo suspiro y se incorporó. Una vez más miró de frente a Roger.

—Estás en tu derecho —dijo formalmente—. Pero no vaciles, no lo desafíes. Mátalo a la primera oportunidad. —Hizo una pausa—. Y si caes... ten la seguridad de que yo te vengaré.

La masa de tachuelas que tenía en su vientre pareció ascender hasta la garganta. Tosió para desalojarla y tragó saliva.

—Estupendo —dijo—. Y si caes tú, seré yo quien te vengue. ¿Trato hecho?

Fraser no se rió y en ese momento Roger comprendió por qué sus hombres lo seguirían adonde fuera y harían lo que él ordenara. Se limitó a mirarlo durante un largo instante, y luego asintió:

—Un extraño trato —dijo Jamie con suavidad al cabo—. Gracias.

Y desenvainó el puñal para pulirlo.

No tenían reloj, pero tampoco lo necesitaban. Aun con el cielo encapotado y el sol invisible, era posible sentir el paso de los minutos, el movimiento gradual de la tierra, según iban cambiando los ritmos del día. Los pájaros que cantaban al amanecer dejaron de hacerlo; comenzaron los que cazaban por la mañana. El chapoteo del agua contra los pilotes cambió de tono, pues la marea creciente retumbaba en el espacio abierto bajo el muelle.

La pleamar llegó y pasó; el retumbo bajo el muelle se tornó hueco al descender el agua. En los oídos de Roger, el pulso iba aflojando, junto con los nudos de sus tripas.

De pronto algo golpeó el muelle. La vibración corrió por las tablas del cobertizo.

Jamie se levantó al instante, con dos pistolas en el cinturón y otra en la mano. Inclinó la cabeza hacia Roger y salió.

El joven ajustó sus pistolas en el cinturón y, después de tocar la empuñadura del cuchillo para asegurarse, fue tras él. Por un momento vio el bote, la madera oscura de su barandilla, que asomaba por encima del borde del muelle. Un segundo después estaba en el cobertizo más pequeño, a la derecha. Jamie había desaparecido; debía de estar en su propio puesto, a la izquierda.

Se apretó contra la pared, para espiar por la ranura, entre el gozne y la puerta. El bote se movía despacio a lo largo del muelle, todavía sin amarras. Sólo alcanzaba a ver un fragmento de la popa; el resto quedaba fuera de la vista. De cualquier modo no podría disparar hasta que Bonnet apareciera en el muelle.

Después de secarse las palmas contra los pantalones, extrajo la mejor de sus dos pistolas; por milésima vez verificó que el pedernal y la carga estuvieran en condiciones. El metal del arma olía a aceite.

El ambiente estaba húmedo; la ropa se le pegaba al cuerpo. ¿Se encendería la pólvora? Volvió a tocar el puñal y, una vez más, repasó las instrucciones de Fraser: «La mano sobre su hombro; clávalo por debajo del esternón, con fuerza. Si estás a su espalda, en el riñón, de abajo arriba.» Santo Dios, ¿podría hacerlo cara a cara? Sí. Hasta deseaba que fuera cara a cara. Quería ver...

Un rollo de cuerda cayó contra las tablas; oyó el golpe y luego la pisada de alguien que subía a la barandilla para amarrarla. Un susurro, un gruñido de esfuerzo, una pausa... Cerró los ojos, tratando de oír por encima del tronar de su corazón. Pisadas. Lentas, pero no furtivas. Se acercaban a él.

La puerta estaba entornada. Se aproximó en silencio al borde, alerta, esperando. Una sombra, difusa a la luz del día nublado, atravesó la puerta. El hombre entró.

Roger embistió desde detrás de la puerta y se arrojó contra él, tumbándolo contra la pared con un golpe seco. El hombre lanzó un grito de sorpresa ante el impacto; el sonido de esa voz lo detuvo, justo cuando rodeaba con las manos un cuello nada masculino.

—¡Mierda! —dijo—. Es decir... eh... le ruego que me perdone, señora.

La tenía apretada contra la pared, con todo su peso contra ella. El resto de su persona tampoco tenía nada de masculino. Con las mejillas encendidas, dio un paso atrás, jadeante.

Ella se sacudió como un perro, se acomodó la ropa y se tocó con suavidad la nuca, allí donde se había golpeado contra el tabique.

—Perdóneme —dijo. Se sentía a la vez horrorizado y completamente estúpido—. No era mi intención... ¿Está usted herida?

La muchacha era tan alta como Brianna, pero de complexión más sólida, pelo castaño oscuro y cara bonita, de huesos anchos y ojos profundos. Sonrió de oreja a oreja y dijo algo incomprensible, con fuerte olor a cebolla. Luego lo miró de arriba abajo con bastante descaro y, obviamente complacida, se subió los pechos con las manos en un gesto de inconfundible invitación mientras señalaba con la cabeza un rincón del cobertizo, donde la paja húmeda despedía un fecundo olor a podredumbre, no del todo desagradable.

—Eh... No, me temo que estás equivocada... No, no toques eso. ¡No! *Non! Nein!*

Forcejeó con sus manos, que parecían decididas a desabrocharle el cinturón. Ella dijo algo más en esa lengua desconocida. Aunque él no entendía una palabra, el sentido era bastante obvio.

—No, estoy casado. ¿Quieres parar?

Ella le echó una mirada llena de risa a través de las largas pestañas negras. Luego reanudó el asalto a su persona.

De no ser por el olor, Roger habría pensado que era una alucinación, pero así, a tan corta distancia, las cebollas eran lo de menos. Aunque a simple vista no estaba sucia, despedía la fetidez arraigada de quien acaba de hacer un largo viaje por mar. Él lo reconoció al instante. Y también un inconfundible hedor a cerdos, que manaba de sus faldas.

—*Excusez-moi, mademoiselle.* —La voz de Jamie surgió desde detrás; sonaba sobresaltada.

La mujer también se sorprendió, aunque sin asustarse. Por lo menos le soltó los testículos a Roger y él pudo dar un paso atrás.

Jamie traía una pistola en la mano, caída junto al costado. Miró a Roger con una ceja enarcada.

—¿Quién es?

—¿Cómo diablos quieres que lo sepa? —En un esfuerzo por recobrar la compostura, Roger se sacudió la ropa—. He supuesto que era Bonnet o alguno de sus hombres, pero es obvio que no es así.

—Obvio. —Fraser parecía dispuesto a buscar el lado humorístico de la situación; un músculo de su boca se retorcía febrilmente—. *Qui êtes-vous, mademoiselle?* —preguntó a la muchacha.

Ella lo miró con la frente arrugada, sin entender, y dijo algo en ese extraño lenguaje. Ante eso, Jamie enarcó las cejas.

—¿En qué idioma habla? —preguntó Roger.

—No tengo ni idea. —A la expresión divertida de Jamie se sumaba cierta cautela. Se volvió hacia la puerta con la pistola preparada—. Vigílala, ¿quieres? No ha venido sola.

Eso era evidente: en el muelle se oían voces. Un hombre y otra mujer. Roger intercambió con su suegro una mirada de estupefacción. No: la voz no era la de Bonnet ni la de Lyon. Y por todos los santos, ¿qué hacían esas mujeres allí?

Al acercarse las voces, la muchacha gritó algo en esa lengua extraña. Aunque no parecía una advertencia, Jamie se apretó junto a la puerta, con la pistola preparada y la otra mano en el puñal.

La estrecha abertura se oscureció casi por completo. Una cabeza oscura y desmelenada asomó en el cobertizo. Jamie se adelantó un paso para clavar la pistola bajo el mentón de un hombre muy corpulento y muy sorprendido. Luego lo aferró por el cuello de la camisa y dio un paso atrás, arrastrándolo hacia el interior.

Casi de inmediato lo siguió una mujer; su complexión alta y robusta, sus facciones bonitas, la identificaron de inmediato: debía de ser la madre de la muchacha. Ella era rubia; el hombre, en cambio (¿quizá el padre de la joven?), tan moreno como el oso al que se parecía. En estatura igualaba a Jamie, o poco menos, pero lo doblaba en amplitud de pecho y hombros; lucía una densa barba.

Ninguno de ellos parecía alarmado en absoluto. El hombre se mostraba sorprendido; la mujer, ofendida. La muchacha reía de manera amistosa. Señaló a Jamie; luego, a Roger.

—Empiezo a sentirme muy tonto —dijo Fraser a su yerno. Y apartó con cuidado la pistola—. *Wer seid Ihr?* —preguntó.

—No creo que sean alemanes —dijo Roger. Luego señaló con el pulgar a la joven, que observaba a Jamie como si evaluara su potencial para un buen ejercicio entre la paja—. Ella no responde al francés ni al alemán, aunque tal vez haya fingido.

El hombre los observaba a ambos con el entrecejo fruncido, como si tratara de entender lo que decían. Pero al oír el vocablo *francés* pareció iluminarse.

—*Comment allez-vous?* —dijo, con el acento más execrable que Roger hubiera oído en su vida.

—*Parlez-vous français?* —preguntó Jamie, sin dejar de vigilarlo.

El gigante, con una sonrisa, mostró el pulgar y el índice separados por dos o tres centímetros.

—*Un peu.*

*Un peu* muy pequeño, tal como descubrirían en breve. El hombre sabía unas diez o doce palabras de francés, lo suficiente como para presentarse: Mijaíl Chemodurow, su esposa Iva, y Karina, su hija.

—*Rushki* —dijo, plantándose una mano en el pecho carnoso.

—¿Rusos? —Roger los miraba, estupefacto. Jamie, en cambio, parecía fascinado.

—Nunca había visto a un ruso —dijo—. Pero ¡por los clavos de Cristo!, ¿qué hacen aquí?

Esa pregunta fue transmitida con cierta dificultad al señor Chemodurow, quien sonrió de oreja a oreja y apuntó un robusto brazo hacia el muelle.

—*Les cochons* —dijo—. *Pour le monsieur Wylie.* —Miraba a Jamie con aire expectante—. *Monsieur Wylie?*

Dado el penetrante aroma que despedían los tres rusos, no fue una sorpresa que mencionaran a los cerdos. Menos obvia era la relación entre los porquerizos rusos y Phillip Wylie. Pero antes de que pudieran formular la pregunta se oyó afuera un fuerte golpe y un ruido chirriante, como si algún objeto de madera, de buen tamaño, hubiera golpeado el muelle. A esto siguió de inmediato un coro de bramidos y chillidos, porcinos en su mayoría; no obstante, algunos eran humanos... y femeninos.

Chemodurow se movió con asombrosa celeridad, pese a su corpulencia, pero Jamie y Roger salieron del cobertizo pisándole los talones. El joven apenas tuvo tiempo de ver que ahora eran dos las embarcaciones amarradas al muelle: además de la pequeña barca del ruso, un bote abierto, de menor tamaño. Varios hombres desembarcaban del bote, erizados de cuchillos y pistolas.

Al verlo, Jamie se arrojó a un lado y desapareció tras uno de los cobertizos. Roger cogió su pistola, pero no sabía si disparar o correr. Vaciló un instante más de lo debido: un mosquete se le clavó bajo las costillas, y lo dejó sin aliento mientras una mano le arrancaba del cinturón las pistolas y el puñal.

—No te muevas, amigo —dijo el hombre que sostenía el mosquete—. Al menor parpadeo te haré volar el hígado a través de la columna.

Hablaba sin animosidad especial, pero con tanta sinceridad que Roger no tuvo deseos de ponerlo a prueba. Se mantuvo quieto, con las manos levantadas a medias, observando.

Chemodurow vadeaba sin vacilación entre los invasores, chapaleando con esas manos que parecían jamones. Uno de los hombres había caído al agua, empujado desde el muelle; el ruso tenía a otro en su poder y lo estaba estrangulando con brutal eficiencia, sin prestar atención a bramidos, amenazas ni golpes.

Los gritos llenaban el aire; Iva y Karina habían corrido hacia su embarcación, en cuya cubierta aparecieron dos de los invasores, cada uno aferrando una versión algo más pequeña de Karina. Uno de los hombres apuntó una pistola hacia las rusas. Debió de apretar el gatillo, pues Roger vio una chispa y una pequeña bocanada de humo, pero el tiro falló. Las mujeres, sin vacilar, cargaron contra él entre alaridos. El hombre, aterrorizado, dejó caer el arma y la niña que sujetaba para arrojarse al agua.

Un golpe seco, sordo, horrible, apartó la atención de Roger de esa escena secundaria. Uno de los hombres, bajo y cuadrado, había golpeado a Chemodurow en la cabeza con la culata de una pistola. El ruso, con un parpadeo, aflojó un poco su presión sobre la víctima. Su atacante hizo una mueca: luego sujetó el arma con más fuerza y lo golpeó otra vez. Entonces Mijaíl puso los ojos en blanco y cayó al muelle, que se sacudió por el impacto.

Roger buscaba con la vista a Stephen Bonnet en medio de la refriega, pero allí no había ni rastro del digno capitán del *Gloriana*. ¿Qué había fallado? Bonnet era luchador por naturaleza, sin un pelo de cobarde. Resultaba inconcebible que hubiera enviado a sus hombres en lugar de ir personalmente. Roger volvió a mirarlos uno a uno, aunque su conclusión se fortaleció al aquietarse el caos. Stephen Bonnet no estaba allí.

No tuvo tiempo de decidir si el descubrimiento era un desencanto o un alivio. En ese momento el hombre que había golpeado a Chemodurow se volvió hacia él. Entonces reconoció a David Anstruther, el comisario del condado de Orange. El otro entornó los ojos al identificarlo, pero no pareció sorprenderse al verlo.

La pelea, si acaso merecía ese nombre, llegaba a su fin. Las cuatro rusas ya habían sido rodeadas y llevadas a empellones al más grande de los cobertizos, entre muchos gritos y maldiciones; también arrastraron hasta allí al caído Chemodurow, que dejó una inquietante estela de sangre en las tablas.

Llegado ese punto, por el borde del muelle apareció un par de manos bien cuidadas; un hombre alto y elegante se encaramó desde el bote. Aun sin la peluca ni la chaqueta verde botella, Roger reconoció sin dificultad al señor Lillywhite, uno de los magistrados del condado de Orange.

Para la ocasión, Lillywhite vestía de sencillo velarte negro, aunque el lino era tan fino como siempre y llevaba espada de caballero. Mientras atravesaba el muelle, sin ninguna prisa, observó el desarrollo de los acontecimientos. Roger vio que apretaba con aire melindroso la boca al ver el rastro de sangre.

Lillywhite hizo un gesto al hombre que sujetaba a Roger. Por fin la presión del arma aflojó un poco, y le permitió inspirar hondo.

—El señor MacKenzie, ¿verdad? —preguntó el magistrado, en tono cordial—. ¿Y dónde está el señor Fraser?

Roger esperaba esa pregunta y había tenido tiempo de preparar la respuesta.

—En Wilmington —dijo, imitando la cordialidad de Lillywhite—. Usted también se ha alejado mucho de su territorio, ¿verdad, señor?

Por un segundo, el hombre encogió las fosas nasales, como si oliera algo desagradable. Y así era, por cierto, aunque Roger dudaba de que fuese la fetidez de los cerdos lo que causaba su malestar.

—No me tome el pelo, señor —dijo el magistrado, cortante.

—No se me pasaría por la cabeza —le aseguró Roger, sin perder de vista al tipo del mosquete, que parecía dispuesto a reanudar sus presiones—. Pero si hemos de formular esa clase de preguntas, ¿dónde está Stephen Bonnet?

Lillywhite lanzó una risa breve; en sus pálidos ojos grises asomó una especie de diversión glacial.

—En Wilmington.

Anstruther apareció junto al codo del magistrado, gordo y sudoroso. Dedicó a Roger una inclinación de cabeza y una fea sonrisa.

—MacKenzie. Encantado de verlo otra vez. ¿Dónde está su suegro? Y lo más importante: ¿dónde está el whisky?

Lillywhite lo miró con el ceño fruncido.

—¿No lo habéis encontrado? ¿Habéis revisado los cobertizos?

—Los revisamos, sí. Allí no hay más que basura. —Se meció sobre la punta de los pies, amenazante—. Venga, MacKenzie, ¿dónde lo tiene escondido?

—Yo no he escondido nada —replicó Roger, con ecuanimidad—. No hay whisky.

Comenzaba a relajarse un poco. Cualquiera que fuese el paradero de Stephen Bonnet, al menos no estaba allí. Sin duda no les gustaría descubrir que lo del whisky había sido una estratagema, pero...

El comisario lo golpeó en la boca del estómago. Él se dobló en dos y se le oscureció la visión. Luchó en vano por respirar, combatiendo el destello del pánico al revivir su ahorcamiento, la oscuridad, la falta de aire...

1216

En los márgenes de su campo visual surgieron manchas luminosas. Cogió aliento, entre jadeos. Estaba sentado en el muelle, con las piernas extendidas hacia delante, y el comisario lo aferraba por el pelo.

—Haz otro intento —le aconsejó Anstruther, al tiempo que lo sacudía con fuerza por la cabeza.

El dolor resultó más irritante que penoso: Roger lanzó un sólido puñetazo al muslo del comisario. El hombre dejó escapar un chillido y lo soltó para saltar hacia atrás.

—¿Ha buscado usted en la otra embarcación? —inquirió Lillywhite, sin prestar atención al sufrimiento del comisario.

Anstruther clavó en Roger una mirada fulminante mientras se frotaba el muslo, pero negó con la cabeza a modo de respuesta.

—Allí no había más que cerdos y las muchachas. ¿Y de dónde diablos han salido ésos? —preguntó.

—De Rusia. —Roger tosió; el dolor le hizo apretar los dientes.

Se levantó con lentitud, con un brazo cruzado sobre el vientre para evitar que se le desparramaran las entrañas. El comisario cerró un puño, ya preparado, pero Lillywhite lo detuvo con un gesto. Luego miró a Roger con incredulidad.

—¿De Rusia? ¿Qué tienen ellos que ver en este asunto?

—Nada, que yo sepa. Han llegado poco después que yo.

El magistrado lanzó un gruñido; parecía disgustado. Reflexionó un momento, ceñudo, y luego decidió probar otro enfoque.

—Fraser tenía un acuerdo con Milford Lyon. Yo he asumido la parte del señor Lyon en ese acuerdo. Es absolutamente correcto que usted me entregue el whisky —dijo, tratando de infundir un tono de cortesía comercial a su voz.

—El señor Fraser ha hecho otros arreglos —explicó Roger, con igual cortesía—. Me ha enviado para que informara al respecto al señor Lyon.

Eso pareció desconcertar a Lillywhite; miraba al joven de hito en hito, proyectando y metiendo los labios fruncidos, como si evaluara su sinceridad. Roger le devolvió una mirada inexpresiva, rogando por que Jamie no le arruinara la mentira con una reaparición inoportuna.

—¿Cómo ha llegado usted aquí? —interpeló Lillywhite, de pronto—. Si no ha viajado en ese bote...

—He venido por tierra desde Edenton. —Bendijo para sí a Duff por esa información mientras señalaba como si nada por encima de su hombro—. Por allí hay un camino de conchas.

Los dos lo miraban fijamente, pero él les sostuvo la mirada sin amilanarse.

—Algo me huele mal, y no es el pantano. —Anstruther olfateó a modo de ejemplo. Luego bufó—: ¡Aj! ¡Qué peste!

Lillywhite, sin prestarle atención, seguía observando a Roger con los ojos entornados.

—Tendré que importunarlo por un momento más, señor MacKenzie —dijo. Y se giró hacia el comisario—. Póngalo con los rusos... si es que lo son.

Anstruther aceptó esa misión con presteza. Azuzando a Roger en las nalgas con la boca del mosquete, lo obligó a caminar hacia el cobertizo donde había encerrado a los rusos. El joven apretó los dientes; se preguntaba hasta qué altura rebotaría el comisario si alguien lo levantaba para estrellarlo contra las tablas del muelle.

Los rusos se habían apiñado en un rincón del cobertizo, donde las mujeres atendían solícitamente al padre y esposo herido, pero todos levantaron la vista al entrar Roger, con un parloteo de saludos y preguntas incomprensibles. Él sonrió hasta donde pudo y apoyó la oreja contra el tabique, a fin de escuchar lo que Lillywhite y compañía se traían entre manos.

En un principio había albergado la esperanza de que aceptaran su explicación y se fueran; aún era posible que lo hiciesen, una vez convencidos de que en realidad no había whisky escondido en el embarcadero. Pero ahora se le ocurría otra posibilidad, mucho más inquietante.

Por la conducta de los hombres era obvio que venían con intención de apoderarse del whisky por la fuerza. Y el hecho de que Lillywhite hubiera permanecido oculto... Desde luego, no podía permitir que se descubriera sus vinculaciones con piratas y contrabandistas.

Tal como estaban las cosas, puesto que no había whisky, Roger no podía denunciar ningún delito por parte de Lillywhite; aunque la ley no permitía el contrabando, tales arreglos eran tan comunes en la costa que el mero rumor no perjudicaría su reputación dentro de su condado. Por otra parte, Roger estaba solo; al menos, eso pensaba Lillywhite.

Obviamente, el magistrado tenía algún vínculo con Stephen Bonnet... y eso bien podía salir a la luz si Roger y Fraser empezaban a hacer preguntas. La operación en que Lillywhite estaba involucrado ¿era tan peligrosa como para que se plantease matar a Roger a fin de evitar que se supiera? Tenía la inquietante sensación de que esos dos podían llegar a esa conclusión.

Eran capaces de llevarlo al pantano, matarlo y hundir su cadáver; luego anunciarían a sus compañeros que él había regresado a Edenton. Aunque alguien rastreara a los miembros de esa banda y lograra hacerlos hablar (dos factores de lo más improbables) no se podría probar nada.

Afuera se oían muchos golpes, gradualmente reemplazados por voces lejanas mientras volvían a inspeccionar los cobertizos y se extendía la búsqueda al pantano próximo.

A Roger se le ocurrió entonces que Lillywhite y Anstruther podían haber ido con la intención de matarlos, a él y a Jamie, después de coger el whisky. En ese caso, ahora habría menos posibilidades de impedirlo, puesto que ya estaban preparados. En cuanto a los rusos, ¿qué harían con ellos? Era de esperar que no les hiciesen daño, pero no había forma de saberlo.

En el techo de hojalata resonó un leve tamborileo; comenzaba a llover. Estupendo: si se les mojaba la pólvora, no podrían dispararle; tendrían que degollarlo. Pasó de desear que Jamie no apareciera antes de tiempo a rogar que no lo hiciera demasiado tarde. En cuanto a lo que podría hacer si aparecía...

Las espadas. ¿Estarían aún donde las habían dejado, en el rincón del cobertizo? La lluvia arreciaba demasiado como para permitirle oír lo que sucedía afuera, de modo que abandonó su puesto para ir a ver.

Los rusos levantaron la vista, con una mezcla de cautela y preocupación. Él sonrió, indicándoles por pequeños gestos que no se entrometieran. Sí, allí estaban las espadas; ya era algo, se dijo, con una pequeña oleada de esperanza.

Chemodurow, que estaba consciente, dijo algo con voz gangosa. De inmediato Karina se levantó para acercarse a Roger y lo tocó con suavidad en el brazo. Después de coger una de las espadas que él cargaba, la desenvainó con un silbido resonante; todos dieron un respingo, entre risas nerviosas. Ella cerró las manos en torno al pomo y alzó el arma por encima del hombro, como un bateador de béisbol. A continuación se puso en guardia junto a la puerta, con un ceño feroz.

—Estupendo —dijo Roger, con una ancha sonrisa de aprobación—. Si alguien asoma la cabeza, se la cortas, ¿sí? —E imitó el movimiento del hacha con el canto de la mano.

Los rusos lanzaron grandes exclamaciones de entusiasta respaldo. Una de las niñas menores quiso coger la otra espada, pero él sonrió, diciendo que muchas gracias, pero prefería conservarla.

Para su sorpresa, la niña negó con la cabeza y añadió algo en ruso. Roger enarcó las cejas, sin comprender. Entonces la jovencita le tiró del brazo para llevarlo consigo hasta el rincón.

Durante el breve cautiverio, habían estado muy ocupadas retirando toda la basura y formando un colchón cómodo para el herido. Así habían descubierto la trampilla que se abría en el suelo, destinada a permitir que los botes pasaran bajo el muelle con la marea baja y descargaran directamente dentro del cobertizo, en vez de hacerlo en el embarcadero.

La marea estaba en descenso; había casi dos metros de altura con respecto a la superficie del agua. Roger se quitó la ropa hasta quedar en pantalones y, descolgándose desde el borde del hueco de la trampilla, se dejó caer de pie, por no zambullirse en algo que podía ser un bajío peligroso.

Con todo, la profundidad superaba su estatura; se hundió en una lluvia de burbujas plateadas hasta que sus pies tocaron el fondo arenoso; entonces se impulsó hacia arriba y rompió la superficie con un torrente de aire. Después de hacer un gesto tranquilizador al círculo de caras rusas que lo miraban por la abertura, braceó hacia el extremo opuesto del muelle.

Desde su posición privilegiada en el techo del cobertizo, Jamie evaluaba el modo en que el magistrado se movía y cómo tocaba el arma. Lillywhite se dio la vuelta, acariciando nerviosamente la empuñadura de su espada. Tenía el brazo largo y buen porte; también era veloz, aunque algo espasmódico. El hecho de que llevara espada en esas circunstancias sugería tanto la familiaridad como la afición al acero.

Anstruther estaba fuera de su vista, apoyado contra el muro del cobertizo, bajo el saliente del techo, pero el comisario no lo preocupaba. Era sólo un matón de brazo corto.

—Debemos matarlos a todos. Es la única manera de estar seguros.

Lillywhite emitió un gruñido de dudoso asentimiento.

—Puede ser, pero ¿y los hombres? No conviene poner nuestro destino en manos de testigos que puedan hablar. Habríamos podido liquidar a Fraser y a MacKenzie sin problemas, donde no se nos viera, pero a tantos... Quizá sea mejor dejar a esos rusos; son extranjeros y no parecen saber una palabra de inglés.

—Me gustaría saber cómo han llegado aquí. No creo que los haya traído una tromba, por pura casualidad. Alguien sabe que están aquí y vendrá a por ellos. Quienquiera que sea ese alguien ha de tener un medio de entenderse con ellos, sin duda. Ya han visto demasiado. Y si usted quiere continuar usando este lugar...

La lluvia seguía siendo ligera, pero caía sin pausa. Jamie giró la cabeza para limpiarse los ojos contra un hombro. Estaba tendido boca abajo, brazos y piernas extendidos como una rana para no deslizarse por la pendiente de la cubierta. Por el momento no se atrevía a moverse. Sin embargo, la lluvia susurraba en el estrecho, abriendo hoyuelos en el agua, y arrancaba un ruido resonante al metal del techo. Si arreciaba un poco más, cubriría cualquier ruido que él hiciera.

Cambió un tanto de posición; a su lado tenía las pistolas, probablemente inutilizadas por la lluvia; en ese momento su única arma fiable era el puñal que presionaba contra su cadera, y ése era mucho más adecuado para un ataque por sorpresa que para lanzarse de frente.

—... enviar a los hombres de regreso con el bote. Nosotros iremos por el camino, después...

Continuaban hablando en voz baja, pero Jamie comprendió que ya habían tomado la decisión; Lillywhite sólo necesitaba convencerse de que era necesario y de que no les llevaría mucho tiempo. Pero primero despedirían a los hombres; el magistrado tenía razón al temer la presencia de testigos.

Parpadeó para despejar los ojos; luego echó un vistazo al cobertizo más grande, donde estaban Roger Mac y los rusos. Había poca distancia entre un edificio y otro: poco más o menos un metro entre techo y techo. Sólo un cobertizo se interponía entre el más grande y él. Pues bien...

Aprovecharía la partida de los hombres para avanzar por los techos, confiado en que la suerte y la lluvia impidieran a Lillywhite y Anstruther levantar la cabeza. Se apostaría por encima de la cubierta del cobertizo y, cuando entraran para cumplir con su cometido, caería sobre el magistrado desde arriba; ojalá pudiera partirle el cuello o, al menos, incapacitarlo al instante. Podía contar con que Roger Mac corriera para ayudarlo a dominar al comisario.

Dadas las circunstancias, era el mejor plan que podía idear. Y no estaba mal. Siempre que no resbalara, por supuesto. En ese caso podía romperse el cuello... o una pierna. Al pensarlo flexionó la izquierda; los músculos de la pantorrilla aún estaban un poco rígidos; había cicatrizado, aunque no podía negar esa pequeña debilidad. Se las apañaba bastante bien para caminar, pero eso de saltar de techo en techo...

—A la fuerza ahorcan... —murmuró. Si volvía a estropearse esa pierna, sería mejor que el comisario lo matara antes de que lo hiciera Claire.

La idea lo hizo sonreír, pero ahora no podía pensar en ella. Más adelante, cuando hubiera terminado, ya lo haría. Tenía la camisa empapada, pegada a los hombros, y la lluvia resonaba en la cubierta de lata como un coro de campanillas. Se deslizó con cuidado hacia atrás para incorporarse sobre las rodillas, listo para arrojarse de nuevo sobre el vientre si alguien levantaba la cabeza.

En el muelle no había nadie. Lillywhite y el comisario habían traído a cuatro hombres, todos los cuales estaban en la arena blanda, al sur del embarcadero, hurgando entre la hierba, que les llegaba a la cintura. Jamie inhaló profundamente y recogió los pies. Pero al girar en redondo captó un movimiento con el rabillo del ojo y quedó petrificado.

Del bosque salían varios hombres. Por un momento pensó que era otra obra de Lillywhite, pero luego cayó en la cuenta de que todos eran negros. Todos, menos uno.

«*Les cochons* —habían dicho los rusos—. *Pour le monsieur Wylie.*» ¡Y allí venía monsieur Wylie con sus esclavos, para recibir sus cerdos!

Volvió a tenderse de bruces y se arrastró por el metal mojado, rumbo a la parte trasera del cobertizo. Quedaba por ver si Wylie se mostraría más dispuesto a ayudarlo que a atravesarlo con su propia espada. Pero sin duda el hombre querría proteger a sus rusos.

El agua estaba fría, aunque no tanto como para entumecerlo, y la marea no era todavía muy fuerte. Aun así, la herida de la garganta, empeorada por el incendio del cañaveral, lo había dejado mucho más falto de aliento que antes; cada tres o cuatro brazadas debía salir a respirar. Tragó un poco de aire y continuó braceando, alerta. Se había dirigido primero hacia el lado sur del embarcadero, pero al oír voces arriba cambió de dirección. Ahora estaba en el lado norte del muelle, escondido en la sombra intensa que arrojaba la embarcación de los rusos.

El olor a cerdo resultaba abrumador; desde la bodega surgían golpes sordos y gruñidos. ¿Era posible que hubieran navegado desde Rusia en ese pequeño navío? Eso parecía, pues la madera estaba maltrecha.

No se oían voces por allí. El susurro de la lluvia en el estrecho cubriría cualquier ruido que él hiciera. Listo, pues. Con los pulmones llenos de aire, se lanzó hacia la luz lluviosa, más allá del muelle.

Nadó desesperadamente, tratando de no chapotear; a cada instante esperaba que una bala de mosquete se le hundiera entre los omóplatos. Se metió entre las hierbas, que le azotaron el brazo y la pierna; luego giró a medias, jadeante, con el escozor de la sal en los cortes. Un momento después gateaba por la maleza del pantano, con las totoras ondulando sobre su cabeza y la lluvia castigándole la espalda; el agua chapoteaba justo debajo de su mentón.

Por fin se detuvo, con el pecho palpitante por falta de aire. Y ahora, ¿qué diablos podía hacer? Haber huido del cobertizo estaba muy bien, pero no tenía ningún plan. Buscar a Jamie, supuestamente, si es que lo conseguía sin que volvieran a atraparlo.

Como si el pensamiento hubiera atraído la atención, oyó el chapoteo de alguien que caminaba a paso lento por el pantano, a poca distancia. Estaba buscando. Se mantuvo inmóvil, con la esperanza de que la lluvia disimulara el ruido de su fuerte respiración.

Más cerca. ¡Maldita sea, se estaban acercando! Buscó torpemente en su cinto, pero había perdido el puñal en el agua. Subió una rodilla hasta el mentón, listo para lanzarse y correr.

De pronto alguien apartó el pasto que lo cubría. Se levantó de un brinco, justo a tiempo para evitar la lanza que se clavó en el agua, allí donde él estaba un momento antes.

El arma quedó temblando frente a él, a un palmo de su cara. En el otro extremo, un negro lo miraba boquiabierto, con los ojos dilatados por el asombro. El hombre cerró la boca y parpadeó.

—¡Usted no zarigüeya! —dijo, en tono de profunda acusación.

—No —reconoció Roger, suavemente. Se tocó el pecho con mano trémula, como para asegurarse de que su corazón seguía allí adentro—. Lo siento.

En su casa, Phillip Wylie era muy diferente a cuando estaba en sociedad. Para atrapar a los cerdos se había ataviado con pantalones holgados y delantal de granjero; mojado por la lluvia y sin rastros de peluca, pintura, polvos ni lunares postizos, conservaba su delgada elegancia, pero se lo veía mucho más normal y razonablemente apto. También algo más inteligente, aunque tendía a quedarse boquiabierto e insistía en interrumpir el relato de Jamie con preguntas y exclamaciones.

—¿Lillywhite? ¿Randall Lillywhite? Pero ¿cómo ha podido...?

—Concéntrese, hombre —dijo Jamie, impaciente—. Más tarde se lo explicaré mejor, pero él y ese comisario van a trinchar a los rusos como si fueran jamones de Navidad. Tenemos que ocuparnos de eso ahora mismo.

Wylie le clavó una mirada fulminante; luego echó un vistazo suspicaz a Roger, que estaba de pie bajo el follaje, semidesnudo, empapado y cubierto de barro sanguinolento.

—Él tiene razón —graznó el joven. Luego tosió y repitió, con más firmeza—: Tiene razón: no disponemos de mucho tiempo.

Apretó los labios en una línea fina y exhaló con fuerza el aliento por la nariz. Luego miró a sus esclavos como si los contara; eran seis, todos armados de varas fuertes. Uno o dos llevaban cuchillos de caña al cinto. Él asintió con la cabeza, como si hubiera tomado una decisión.

—Vamos.

Para evitar el delator crujido de las conchas, atravesaron el pantano a paso lento, pero sin pausa.

—¿Por qué cerdos? —oyó que preguntaba Jamie, con curiosidad.

—No son cerdos —explicó Wylie—. Jabalíes rusos, para caza deportiva. —Hablaba con gran orgullo, moviendo su vara entre la densa hierba—. Todo el mundo dice que, de todos los animales de caza, el jabalí ruso es el adversario más feroz y más astuto. Me propongo soltarlos en los bosques de mi propiedad, para que se reproduzcan.

—¿Quiere cazarlos? —preguntó Jamie, algo incrédulo—. ¿Ha cazado jabalíes alguna vez?

Roger vio que el hombre tensaba los hombros bajo el delantal húmedo. La lluvia había amainado, aunque aún no cesaba.

—No —dijo él—, todavía no. ¿Y usted?

—Yo sí —dijo Jamie. Y tuvo la prudencia de no ampliar su respuesta.

Al acercarse al embarcadero, Roger divisó un fugaz movimiento: la embarcación más pequeña se retiraba.

—Han renunciado a buscarnos, a mí y al whisky, y despiden a los hombres. —Jamie se pasó una mano por la cara para enjugarse la lluvia—. ¿Qué decide usted, Wylie? No hay tiempo que perder. Los rusos están en el cobertizo principal, en el muelle.

Una vez decidido, Wylie no se andaba con rodeos.

—¡Vamos allá! —dijo.

Y agitó una mano para llamar a sus esclavos. Todos corrieron hacia el embarcadero. El grupo giró hacia el camino de conchas, yendo por el muro con un ruido de avalancha. Eso haría que Lillywhite y Anstruther se lo pensaran mejor antes de matar, pensó Roger. Parecía que todo un ejército enemigo se aproximara.

Por su parte, como estaba descalzo, continuaba por el suelo pantanoso, más lento que sus compañeros. Una cara sobresaltada asomó entre los cobertizos y se retiró de inmediato.

Jamie, que también la había visto, lanzó uno de sus salvajes gritos de montañés. Wylie dio un respingo, pero luego se unió a él con un aullido:

—¡Salid de ahí, cabrones!

Los negros, así alentados, comenzaron a gritar también y se lanzaron hacia el muelle, agitando las varas con entusiasmo.

Fue casi una desilusión llegar al muelle y no encontrar a nadie, salvo a los rusos cautivos, que estuvieron a punto de decapitar a Phillip Wylie al verle abrir la puerta de su prisión sin anunciarse. Se hizo una breve inspección del barco ruso y la marisma circundante, pero no encontraron huellas de Lillywhite ni de Anstruther.

—Seguro se van nadando —dijo uno de los negros, al regresar. Y señaló con la cabeza el matorral de los bancos de arena—. ¿Los cazamos?

Era el hombre que había descubierto a Roger; por lo visto, aún estaba deseoso de probar suerte.

—No se han ido a nado —dijo Wylie, por lo bajo. Hizo un gesto hacia la pequeña playa vacía, junto al embarcadero—. Se han llevado mi bote, los tunantes.

Disgustado, comenzó a dar órdenes para el desembarco de los jabalíes rusos. Chemodurow y su familia ya iban hacia la casa de la plantación; las niñas alternaban el asombro ante los esclavos negros con miradas coquetas a Roger, que había vuelto a ponerse la camisa y los zapatos, pero aún tenía los pantalones pegados al cuerpo.

Uno de los esclavos salió del cobertizo con una brazada de armas, lo cual recordó a Wylie sus deberes de anfitrión.

—Le agradezco la ayuda que me ha prestado para proteger mi propiedad, señor —le dijo a Jamie, con una reverencia bastante rígida—. ¿Me permite ofrecerles mi hospitalidad, a usted y al señor MacKenzie?

Roger notó que no parecía muy entusiasmado, pero al menos cumplía.

—Soy yo quien le está agradecido, señor, por ayudarnos a proteger nuestra vida —replicó Fraser, con igual rigidez—. Y aprecio el ofrecimiento, pero...

—Será un gran placer —lo interrumpió Roger—. Muchas gracias.

Y sorprendió a Wylie con un firme apretón de manos. Luego cogió a su suegro por el codo y se lo llevó hacia el camino de conchas, antes de que pudiera protestar. No eran el momento ni el lugar adecuados para sacar el orgullo.

—Pero si no tienes por qué besarle el culo —dijo, en respuesta a los rezongos de Jamie mientras se adentraban en el bosque—. Que su mayordomo nos dé una toalla limpia y algo de almorzar; luego nos iremos, antes de que él termine con sus jabalíes. No he desayunado y tú tampoco. Y si es preciso volver a Edenton a pie, te aseguro que no pienso hacerlo con el estómago vacío.

La idea de la comida pareció restaurar un poco la ecuanimidad de Jamie. Cuando llegaron a la relativa protección del bosque, entre ambos reinaba un optimismo casi embriagador. Roger se preguntó si eso era lo que se sentía después de una batalla: el simple alivio de estar sano y salvo te inducía a reír y decir tonterías sólo para demostrar que aún podías hacerlo.

De mutuo acuerdo, dejaron para más adelante el análisis de los últimos acontecimientos... y las especulaciones sobre el paradero de Stephen Bonnet.

—¡Jabalíes rusos, nada menos! —exclamó Jamie cuando se detuvieron al abrigo del bosque. Se sacudió como los perros—. ¡No creo que ese hombre haya visto un jabalí en toda su vida! Cualquiera diría que no puede matarse sin tanto gasto.

—¿Cuánto crees que puede haberle costado? Más de lo que tú y yo ganaremos en diez años, probablemente. Sólo para que unos cuantos cerdos viajen... ¿cuánto?, ¿casi diez mil kilómetros? —Roger movió la cabeza, estupefacto.

—Pues si hemos de ser justos, no son simples cerdos —observó Jamie, tolerante—. ¿Los has visto?

Roger había visto uno de pasada mientras los esclavos lo arreaban por el muelle. Era alto y peludo; los largos colmillos amarillentos parecían bastante peligrosos. Pero estaba consumido por tan larga travesía marítima; se le marcaban las costillas y había perdido la mitad del pelaje. Era obvio que las patas aún no le respondían en tierra, pues se tambaleaba como borracho sobre esas pezuñas ridículamente pequeñas, ponía los ojos en blanco y gruñía de pánico mientras los esclavos lo azuzaban con sus varas y sus gritos. Roger sintió lástima de él.

—Sí que son grandes —dijo—. Y cuando hayan engordado un poco, supongo que serán todo un espectáculo. Pero no sé si esto les gustará, comparado con Rusia.

Señaló con un gesto el bosque húmedo y enmalezado. El aire estaba cargado de lluvia, pero los árboles bloqueaban la mayor parte del agua, dejando una oscuridad perfumada de resina bajo el dosel de robles y pinos.

—Bueno, no les faltarán bellotas ni raíces —observó Jamie—. Y algún negro de vez en cuando, como postre. Supongo que estarán muy bien.

Roger se echó a reír. Jamie gruñó, divertido.

—Crees que bromeo, ¿eh? Es que tú tampoco has cazado jabalíes.

—No. Tal vez el señor Wylie nos invite a venir y...

Le estalló la nuca. Todo lo demás desapareció.


En algún punto recobró la conciencia. Conciencia de un dolor tan grande que el desmayo resultaba inmensamente preferible. Pero conciencia, también, de los guijarros y las hojas que se le pegaban a la cara y de los ruidos cercanos. Ruidos metálicos, golpes sordos y gruñidos de hombres trabados en seria lucha.

Se obligó a espabilarse y levantó la cabeza, aunque el esfuerzo hizo estallar fuegos artificiales dentro de sus ojos y le puso al borde del vómito. Se apoyó en los codos, con los dientes apretados. Al cabo de un instante su vista se despejó, aunque las cosas eran todavía difusas.

Tardó un segundo en comprender lo que sucedía. Los hombres estaban unos tres metros más allá, donde la maleza y los árboles le impedían ver la lucha. No obstante, captó un murmullo, «*A Dhia!*», entre los jadeos y los gruñidos. Entonces sintió una aguda punzada de alivio: Jamie estaba con vida.

Se irguió sobre las rodillas, tambaleante, y esperó un momento; cuando su vista dejó de entrar y salir de la oscuridad, se encontró mirando el suelo, con la cabeza caída hacia delante. Su espada estaba a pocos pasos, medio cubierta de arena y hojarasca. También una de las pistolas, pero no se molestó en tocarla; aunque la pólvora estuviera seca, no podría sujetar el arma con firmeza.

Falló varias veces, aunque una vez que tuvo la mano bien metida en la cazoleta de la espada se sintió un poco mejor; ya no la dejaría caer. Por el cuello le corría algo que lo mojaba: ¿sangre, lluvia? Daba igual. Se tambaleó y tuvo que aferrarse a un árbol con la mano libre. Parpadeando para alejar la oscuridad, dio un paso más.

Se sentía como el jabalí: el suelo desconocido se movía traicionero bajo sus pies. De pronto pisó algo blando, que rodaba, y cayó sobre un codo.

Al girar con torpeza sobre sí, estorbado por la espada, descubrió que había pisado la pierna de Anstruther. El comisario yacía de espaldas, con la boca abierta y expresión sorprendida. En el cuello tenía un gran corte; en derredor la arena había absorbido mucha sangre, rojiza y maloliente.

Retrocedió, y la sorpresa hizo que incorporara sin pensarlo. Lillywhite estaba de espaldas a él, con la camisa de hilo mojada y pegada a la piel. Arremetía en una estocada, gruñendo; luego lanzaba un golpe de plano, batida, estoque...

Roger movió la cabeza, tratando de librarse de ese estúpido vocabulario de espadachines, pero se quedó jadeando de dolor. Jamie mostraba los dientes en una semisonrisa maniática en el esfuerzo de seguir el arma de su adversario. Pero había visto a su yerno.

—¡Roger! —gritó, corto de aliento—. ¡Roger, *a charaid*!

Lillywhite, en vez de volverse a mirar, embistió, hizo fintas, paró y arremetió.

—No... soy... tan tonto —jadeó.

Sin duda pensaba que Jamie lo mentía para inducirlo a mirar hacia atrás. La visión del joven se nublaba de nuevo en los márgenes. Se aferró a un árbol, tratando de mantenerse en pie. El follaje estaba húmedo y sus manos resbalaron.

—Eh —dijo con voz ronca, sin que se le ocurriera ninguna palabra. Alzó la espada; la punta temblaba—. ¡Eh!

Lillywhite dio un paso atrás y giró en redondo, con los ojos dilatados por la sorpresa. Roger embistió a ciegas, sin apuntar, pero con toda la fuerza que le restaba en el cuerpo.

La espada penetró en el magistrado por el ojo, con un crujido que corrió por el brazo de Roger. Después de rozar el hueso, el metal se clavó en algo más blando y permaneció adherido allí. Trató de soltar la espada, pero su mano estaba cogida en la cazoleta. Lillywhite quedó rígido. Roger sintió que su vida corría hacia abajo por la espada y trepaba por su propio brazo, veloz e impactante como una descarga eléctrica.

Ya despavorido, se retorció en un intento de arrancar la espada. Lillywhite, después de un espasmo, quedó laxo y cayó hacia él, como un enorme pescado. Y él seguía tirando en vano, tratando de librarse del arma.

Por fin Jamie le sujetó la muñeca para liberarlo. Luego lo rodeó con un brazo y se lo llevó, tropezando, ciego de pánico y dolor. Le sostuvo la cabeza y le frotó la espalda, murmurando tonterías en gaélico mientras él vomitaba. Después le limpió la cara y el cuello con puñados de hojas mojadas y le secó la nariz con la manga de la camisa.

—¿Estás bien? —preguntó Roger, en medio de todo eso.

—Estoy bien, sí. Y tú también, ¿verdad?

Por fin pudo ponerse de pie. Su cabeza estaba más allá del dolor; parecía algo separado de él, algo que rondara cerca, sin llegar a tocarlo.

Lillywhite yacía boca arriba en la hojarasca. Roger cerró los ojos, tragando saliva. Oyó que Jamie murmuraba algo por lo bajo; luego, un gruñido, un susurro de hojas y un golpe seco. Cuando volvió a mirar, el muerto estaba boca abajo, con la nuca cubierta de arena y bellotas partidas.

—Vamos. —Jamie le cogió un brazo y se lo pasó por los hombros.

Él levantó la mano libre para señalar vagamente los cadáveres.

—Ellos. ¿Qué hacemos... con ellos?

—Dejarlos para los cerdos.

Cuando salieron del bosque ya podía caminar por sus propios medios, aunque tendía a desviarse hacia los lados. Ante ellos se alzaba la casa de Wylie: una bonita edificación de ladrillo rojo. Cruzaron el prado, sin prestar atención a las miradas de los sirvientes, que se apiñaban en las ventanas del piso de arriba para señalarlos y murmurar entre sí.

—¿Por qué? —preguntó Roger, al detenerse para sacudirse las hojas de la camisa—. ¿Lo han dicho?

—No. —Jamie extrajo de la manga algo mojado que debía de haber sido un pañuelo; después de hundirlo en la fuente ornamental, lo usó para limpiarle la cara. Tras echar una mirada a las sucias vetas resultantes, volvió a aclararlo en la fuente—. La primera noticia que he tenido ha sido el ruido de tu cabeza, cuando Anstruther te ha golpeado. Coge esto, que aún sangras. Cuando me he vuelto a mirar, ya estabas tendido en el suelo. Y un momento después una espada se me ha cruzado por las costillas, como salida de la nada. Mira esto. —Metió los dedos por un largo tajo abierto en la camisa—. Me he agachado tras un árbol y a gatas he logrado desenvainar a tiempo. Pero ninguno de los dos ha dicho una palabra.

Roger presionó con cautela el pañuelo contra la nuca. El contacto del agua fría en la herida le hizo coger aire entre los dientes.

—¡Cielos! ¿Es porque tengo la cabeza reventada o en realidad esto no tiene ningún sentido? ¿Por qué se empeñaban tanto en matarnos?

—Porque nos querían muertos —explicó Jamie, muy lógico mientras se arremangaba para lavarse las manos en la fuente—. Ellos o algún otro.

El dolor había decidido volver a instalarse en la cabeza de Roger. Sentía náuseas otra vez.

—¿Stephen Bonnet?

—Si me gustara el juego, lo apostaría todo a él.

El joven cerró un ojo, a fin de corregir su tendencia a ver dos Jamies.

—Pero ¡si te gusta el juego!

—Pues ya ves.

Jamie se pasó con aire distraído una mano por el pelo revuelto. Luego se volvió hacia la casa. Karina y sus hermanas agitaban la mano detrás de la ventana.

—Lo que me gustaría saber, en este momento, es dónde está Stephen Bonnet.

—En Wilmington.

Jamie viró en redondo, frunciendo el entrecejo.

—¿Qué?

—Que está en Wilmington —repitió Roger. Abrió el otro ojo con cautela, pero todo estaba bien. Había un solo Jamie—. Es lo que ha dicho Lillywhite, pero yo pensaba que bromeaba.

Su suegro lo miró fijamente un momento.

—Quiera Dios que haya sido una broma —dijo.

# 103

## *Entre los mirtos*

*Wilmington*

Comparada con el Cerro de Fraser, Wilmington era una metrópoli embriagadora. En circunstancias normales, las chicas y yo habríamos disfrutado una barbaridad de sus delicias. No obstante, la ausencia de Roger y Jamie, así como el carácter de la misión que se habían impuesto, nos impedían encontrar mucha distracción.

Y no es que no lo intentáramos. Sobrellevábamos los interminables minutos de noches interrumpidas por llantos de niños, acosadas por imágenes peores que ninguna pesadilla. Yo lamentaba que Brianna hubiera visto tantas cosas tras la batalla de Alamance; bastante malas eran ya las suposiciones vagas, nacidas del miedo; mucho peores aún, las que se basaban en la visión de los restos de carne, los huesos destrozados y la mirada vacía y fija.

Nos levantábamos con los ojos hinchados, entre montones de ropa sucia y sábanas húmedas. Después de alimentar y vestir a los niños, salíamos en busca de cualquier alivio mental que se pudiera hallar durante el día: carreras de caballos, tiendas o las veladas musicales por las que rivalizaban, una vez por semana y en noches sucesivas, las dos anfitrionas más eminentes de la ciudad.

La señora Dunning ofreció la suya el día siguiente a la partida de Roger y Jamie. Las ejecuciones de arpa, violín, clavicémbalo y flauta se intercalaban con recitales de poesía (al menos, así se la llamaba) y «Canciones, tanto Cómicas como Trágicas», interpretadas por el señor Angus McCaskill, el popular y cortés propietario de la posada más grande de Wilmington.

En realidad, las Canciones Trágicas eran mucho más divertidas que las Cómicas, debido a que el señor McCaskill tenía la costumbre de poner los ojos en blanco en los pasajes más lúgubres, como si tuviera los versos escritos en el interior del cráneo. Yo mantenía una expresión adecuadamente solemne, aunque debía morderme sin parar la cara interna de la mejilla.

Brianna no necesitaba de ese recurso para ser cortés. Durante toda la actuación lució un semblante tan apasionadamente reflexivo que acabó por desconcertar a los músicos; algunos la observaban con nerviosismo y se escabullían hacia el otro lado del salón, para interponer el clavicémbalo entre ambos. Yo sabía que la actitud de mi hija no se relacionaba en absoluto con la ejecución: antes bien, revivía las discusiones que habían precedido a la partida de los hombres mientras los cuatro nos paseábamos por el muelle, al atardecer.

Fueron prolongadas y vigorosas, aunque se desarrollaron en voz baja; Brianna se mostró apasionada, elocuente y feroz. Jamie, paciente, sereno e inamovible. Yo mantuve la boca cerrada; por una vez fui más terca que cualquiera de ellos. No podía, en conciencia, aliarme con Bree, pues sabía cómo era Stephen Bonnet. Tampoco podía aliarme con Jamie, pues sabía cómo era Stephen Bonnet.

Pero también sabía cómo era mi marido. Y si bien al pensar que iba a enfrentarse con ese hombre me sentía como si estuviera colgada de una cuerda raída sobre un pozo sin fondo, también reconocía que estaba equipado como pocos para esa tarea. Más allá de su habilidad para matar, se trataba de un asunto de conciencia.

Jamie era un escocés de las Highlands. El Señor puede afirmar que la venganza es suya, pero ningún varón de las montañas escocesas, de cuantos conozco, puede aceptar jamás que Dios deba manejar esas cosas sin ayuda. Él creó al hombre por varias razones, y entre las principales figuran la protección de la familia y la defensa de su honor, a cualquier precio.

Lo que Bonnet le había hecho a Brianna no era un crimen que Jamie pudiera perdonar, mucho menos olvidar. Pero más allá de la simple venganza o la amenaza constante que ese hombre representaba para Bree y Jemmy, Jamie se sentía personalmente responsable, al menos en parte, por el daño que Bonnet pudiera causar en el mundo: a nuestra familia o a otras personas. En una ocasión lo había ayudado a escapar del patíbulo; no tendría paz mientras no corrigiera ese error. Y así lo dijo.

—¡Estupendo! —le siseó Brianna, con los puños apretados a los flancos—. Tú tendrás paz. ¡Perfecto! ¿Y qué paz tendremos mamá y yo si tú mueres? ¿O Roger?

—¿Preferirías que fuéramos unos cobardes?

—¡Sí!

—No es verdad —aseguró él—. Ahora piensas así porque tienes miedo.

—¡Por supuesto que tengo miedo! Y también mamá, sólo que ella no lo dice porque piensa que irás de cualquier modo.

—Si piensa eso, tiene razón. —Jamie me miró de soslayo, con un amago de sonrisa—. Me conoce bien, ¿verdad?

Lo miré, pero de inmediato aparté la cara, con los labios bien cerrados, y me dediqué a contemplar los barcos anclados en el puerto mientras la discusión continuaba.

Por fin Roger le puso fin.

—Brianna —dijo suavemente, cuando ella hizo una pausa para respirar.

Ella se volvió, angustiada. Su marido le apoyó una mano en el hombro.

—No permitiré que ese hombre viva en el mismo mundo que mis hijos o mi esposa —continuó—. ¿Partimos con tu bendición... o sin ella?

Bree inhaló bruscamente y se mordió los labios para no echarse a llorar. Vi el movimiento de su garganta al tragarse las lágrimas. No dijo nada más.

Si alguna bendición le dio, fue otorgada por la noche, en la paz del lecho. Jamie recibió mi bendición y mi adiós en la misma oscuridad, siempre sin decir palabra. No había nada que decir. De cualquier modo él iría.

Esa noche no dormimos. Velamos abrazados, callados y conscientes de cada aliento, cada cambio de posición. Nos levantamos cuando las contraventanas dejaron pasar las primeras rendijas de luz gris. Él, para hacer sus preparativos; yo, porque no podía estarme quieta al verlo partir.

Antes de que saliera me puse de puntillas para besarlo y le susurré lo único importante:

—Vuelve.

Él me sujetó un rizo detrás de la oreja, sonriente.

—¿Recuerdas lo que te dije en Alamance? Pues hoy tampoco es el día, Sassenach. Los dos volveremos.


A la noche siguiente, la señora Crawford presentó en su velada a los mismos ejecutantes, poco más o menos, pero con una novedad: fue allí donde conocí el aroma de las velas de mirto.

—¿Qué es ese perfume encantador? —pregunté en el intervalo a la dueña de casa, olfateando los candelabros que decoraban su clavicémbalo. Eran velas de cera, pero el aroma era a la vez delicado y picante.

—Cera de mirto —respondió ella, complacida—. No la utilizo por sí sola, aunque es posible, porque se necesita una tremenda cantidad de bayas, cerca de tres kilos y medio, para obtener poco menos de medio kilo de cera. ¡Imagínese usted! Mi sierva se pasó una semana entera recogiendo bayas y apenas me trajo las suficientes para hacer una docena de velas. De modo que mezclo la cera de mirto con la de abejas. Y he quedado muy satisfecha. Despiden un perfume agradable, ¿verdad?

Se me acercó un poco más para decirme, en un susurro confidencial:

—Alguien me dijo que anoche la casa de la señora Dunning olía a patata quemada.

Así fue como, al tercer día, frente a la alternativa de pasar la jornada encerradas con los tres pequeños o repetir la visita a los disminuidos restos de la ballena, pedí prestados varios cubos a nuestra posadera, encargué una cesta con el almuerzo y reuní a mis tropas para una expedición recolectora.

Brianna y Marsali consintieron de inmediato, aunque con poco entusiasmo.

—Cualquier cosa es preferible a quedarnos sentadas aquí, preocupadas —dijo Brianna.

—Sí, y cualquier cosa es mejor que el olor a pañales sucios y leche agria —añadió Marsali, abanicándose con un libro; se la veía pálida—. No me vendrá mal un poco de aire fresco.

Yo no estaba segura de que pudiera caminar tanto con su abultado vientre (ya estaba en el séptimo mes), pero ella aseguró que el ejercicio le sentaría bien. Brianna y yo podíamos ayudarla cargando a Joanie.

Como suele suceder cuando sales con niños pequeños, nuestra partida se prolongó bastante. Joanie vomitó el puré de batata sobre la pechera de su vestido, Jemmy cometió una indiscreción sanitaria de grandes proporciones y Germain desapareció en la confusión ocasionada por esos percances. Tras media hora de búsqueda, en la que participaron todos los de la calle, fue descubierto tras la caballeriza pública, dedicado a arrojar estiércol contra los carruajes y carretas que pasaban, tan contento.

Una vez que todo el mundo estuvo lavado y cambiado —y en el caso de Germain, amenazado de muerte y descuartizamiento—, bajamos de nuevo la escalera. Entonces descubrimos que el señor Burns, nuestro posadero, había desenterrado amablemente una vieja carretilla de cabra, que tuvo la gentileza de ofrecernos. No obstante, la cabra estaba volcada en comer ortigas en el jardín vecino y rehusó a dejarse atrapar. Tras perseguirla como locas durante un cuarto de hora, Brianna declaró que prefería tirar ella misma de la carretilla antes que seguir jugando al que te pillo con ese animal.

—¡Señora Fraser, señora Fraser!

Ya íbamos calle abajo, con los niños, los cubos y la cesta del almuerzo en la carretilla, cuando la señora Burns salió corriendo de la posada; traía una jarra de cerveza en una mano y una vetusta pistola de pedernal en la otra.

—Serpientes —explicó al entregarme el arma—. Dice mi Annie que la última vez que pasó por allí vio al menos una docena de víboras.

—Serpientes —repetí, aceptando de mala gana el objeto y su correspondiente parafernalia.

Puesto que *víbora* podía aplicarse a cualquier cosa, desde una mocasín hasta la más inofensiva de las culebras, y teniendo en cuenta el talento de Annie Burns para el melodrama, no me preocupé demasiado. Iba a guardar la pistola en el cesto de la comida, pero ante la querúbica inocencia de Germain y Jemmy decidí que era imprudente dejarles un arma a mano, aunque estuviera descargada. Opté por dejarla caer dentro de un cubo y me lo colgué del brazo.

El día era nublado y fresco; desde el océano soplaba una brisa ligera. Parecía probable que lloviera pronto, pero por el momento el paseo resultaba agradable. La tierra arenosa, asentada por las lluvias anteriores, facilitaba el paso.

Guiadas por las indicaciones de la señora Crawford, recorrimos un kilómetro y medio playa abajo, hasta encontrar un bosque costero, donde los pinos se mezclaban con mangles y palmeras en densa maraña, astillada de sol y entretejida de enredaderas. Cerré los ojos para inhalar esa embriagadora mezcla de olores: marismas y arena mojada, resina de pino y salitre, las últimas vaharadas de la ballena muerta... y lo que estaba buscando: el aroma fresco y penetrante de los mirtos.

—Por allí —dije, señalando la enmarañada vegetación.

Como habría sido difícil continuar con la carretilla, la dejamos en el sitio. Mientras los niños corrían a sus anchas, persiguiendo cangrejos y aves, nosotras nos adentramos a paso lento en el bosque achaparrado. Joan se acurrucó en los brazos de su madre, como las marmotas, y se durmió arrullada por el ruido de las olas y el viento.

Pese a lo espeso de la maleza, caminar por allí era más agradable que por la playa abierta; los árboles eran lo bastante altos como para brindar una grata sensación de intimidad y refugio; la fina capa de hojarasca y pinaza permitía pisar mejor.

Jemmy, cansado de caminar, me tiró de la falda y extendió los brazos.

—Venga. —Dejé que el cubo de bayas me colgara de la muñeca y lo alcé con un crujir de vértebras; era un niño muy fornido.

Él me ciñó cómodamente la cintura con los pies cubiertos de arena y apoyó la cara en mi hombro, con un suspiro de alivio.

—Tú te lo pasas muy bien —le dije, palmeándole la espalda con suavidad—, pero ¿quién llevará en brazos a la abuela?

—*Abelo* —respondió él, riendo. Luego levantó la cabeza para mirar a su alrededor—. ¿Dónde *ta abelo*?

—Está ocupado —expliqué, esmerándome en mantener el tono alegre—. El abuelo y papá volverán pronto.

—¡Quiero papá!

—Sí. Mamá también —murmuré—. Mira, tesoro, ¿ves eso? ¿Ves qué bonitas bayas? Vamos a recoger unas cuantas. ¿Verdad que será divertido? ¡No, no te las comas! He dicho que no, Jemmy. En la boca no. ¡Te dolerá la barriguita!

Cuando vimos un exuberante grupo de mirtos, nos diseminamos hasta perdernos de vista entre las matas, pero de vez en cuando nos llamábamos unas a otras, a fin de no extraviarnos.

Yo había dejado a Jemmy en el suelo. Mientras me preguntaba si podía dar alguna utilidad a la pulpa de las bayas, después de hervirlas para extraer la cera, oí un suave crujir de pisadas al otro lado de la mata.

—¿Eres tú, cariño? —pregunté, pensando que era Brianna—. Convendría almorzar pronto; creo que está a punto de llover.

—Pues qué amable invitación —dijo una voz masculina, muy divertida—. Se lo agradezco, señora, pero he desayunado en abundancia hace poco.

Al verlo salir de detrás del arbusto me quedé paralizada, completamente enmudecida. Lo extraño es que mi mente funcionaba a la velocidad de la luz.

«Si Stephen Bonnet está aquí, es que Jamie y Roger están fuera de peligro, gracias a Dios.»

«¿Dónde están los niños?»

«¿Dónde está Bree?»

«¿Dónde está esa pistola, maldita sea?»

—¿Quién es ése, *grand-mère*? —Germain, con algo que parecía una rata muerta colgando de una mano, se aproximó con cautela y miró al intruso con los ojos entornados.

—Germain —dije con voz ronca, sin apartar los ojos de Bonnet—, ve a por tu madre y quédate con ella.

—¿Conque *grand-mère*? ¿Y quién es su madre? —El hombre nos miró alternativamente, interesado. Por fin inclinó el sombrero hacia atrás y se rascó la mandíbula.

—Eso no importa —dije, con toda la firmeza posible—. ¡Ve, Germain!

Eché un vistazo hacia abajo, pero la pistola no estaba en mi cubo. De los seis habíamos dejado tres en la carretilla; sin duda el arma estaba en uno de ellos. Mala suerte.

—¡Oh!, no te vayas todavía, jovencito. —Bonnet hizo un gesto hacia Germain, pero el niñito, alarmado, se escabulló hacia atrás y le arrojó la rata a las rodillas.

La sorpresa hizo que el hombre vacilara un instante, justo lo que Germain necesitaba para desaparecer entre los mirtos. Oí el batir de sus pies contra la arena mientras se alejaba corriendo. Ojalá supiera dónde estaba Marsali. Lo último que necesitábamos era que se perdiese.

Bueno, quizá había cosas peores. Lo último era que Stephen Bonnet viera a Jemmy. Y eso fue lo que sucedió un instante después, cuando mi nieto salió de las matas, con el vestido manchado de barro, y todavía más barro escurriéndose entre los dedos del puño.

Aunque no había sol, el pelo de Jemmy parecía brillar con el fulgor de una cerilla encendida. Mi parálisis desapareció en un segundo: lo alcé a toda prisa y retrocedí varios pasos, tirando el cubo, medio lleno de bayas.

Los ojos de Bonnet, de un verde felino, se iluminaron con la atención del gato al divisar un ratón.

—¿Y quién es este dulce hombrecito? —preguntó, dando un paso hacia mí.

—Mi hijo —respondí al instante mientras estrechaba a Jem contra mi hombro, sin prestar atención a sus forcejeos.

Con la natural perversidad de los pequeños, parecía fascinado por el acento irlandés del intruso. No dejaba de girar la cabeza para mirarlo.

—Ya veo que se parece a su padre. —En las pobladas cejas rubias brillaban gotas de sudor. Se las limpió con la punta de un dedo; ahora el sudor le corría en hilos por los costados de la cara, pero los ojos verdes no vacilaban—. Y a su... hermana. Esa encantadora hija suya, ¿se encuentra por aquí, querida mía? Qué muchacha más encantadora, esa Brianna. Tengo muchos deseos de renovar nuestra relación. —Sonrió.

—No lo pongo en duda —dije, sin esforzarme por disimular mi tono cortante—. Pero ella está en casa... con su marido.

Puse especial énfasis en la palabra *marido*, con la esperanza de que Brianna estuviera lo bastante cerca como para oír la advertencia. Pero él no prestó atención.

—¡En casa, vaya! ¿Y a qué llama usted su casa, señora? —Se quitó el sombrero para secarse la cara con la manga.

—Pues... a la que tenemos en el campo. Una granja. —Señalé vagamente hacia lo que me pareció el oeste. ¿Qué era eso? ¿Una conversación de sociedad? De cualquier modo las opciones eran muy limitadas. Podía darme la vuelta y huir, pero con Jemmy en los brazos me alcanzaría enseguida. O bien podía seguir allí hasta que él revelara sus intenciones. A duras penas iba a buscar un almuerzo al aire libre entre los mirtos.

—Una granja —repitió; un músculo se le contrajo en la mejilla—. ¿Y qué los ha traído tan lejos de su casa, si me permite preguntar?

—No le permito —dije—. Es decir... puede preguntárselo a mi marido. No tardará en venir.

Al decir eso retrocedí otro paso y él avanzó otro al mismo tiempo. Por mi cara debió de pasar una expresión de pánico, pues volvió a avanzar, divertido.

—¡Vaya!, eso lo dudo, mi querida señora Fraser. Verá usted, a estas horas él ya estará muerto.

Estreché a Jemmy con tanta fuerza que le arranqué un grito estrangulado.

—¿Qué quiere decir? —acusé, ronca. La sangre ya no me llegaba a la cabeza; la tenía coagulada en una bola de hielo en torno al corazón.

—Le explicaré: ha sido un trato —dijo. Su diversión parecía ir en aumento—. Un reparto de trabajo, se podría decir. Mi amigo Lillywhite y el bueno del comisario se ocuparían de los señores Fraser y MacKenzie; el teniente Wolff manejaría la parte de la señora Cameron. De ese modo quedaba a mi cargo la agradable tarea de familiarizarme con mi hijo y reencontrarme con su madre. —Su mirada se concentró en Jemmy.

—No sé de qué me está hablando —dije con los labios rígidos. Y sujeté mejor a Jemmy, que observaba a Bonnet con ojos de búho.

Ante eso soltó una risa breve.

—No sabe usted mentir, señora, si me perdona el comentario. No intente usted jugar nunca a las cartas. Sabe de sobra lo que quiero decir, pues me vio allá, en River Run. Francamente, me encantaría saber qué hacían usted y el señor Fraser. ¿Carnear a esa negra a la que Wolff mató? Dicen que la imagen del asesino queda grabada en los ojos de la víctima, pero a juzgar por lo que vi, usted no observaba los ojos. ¿Era algún tipo de magia?

—Wolff... ¿Conque fue él?

En ese momento me daba lo mismo que el teniente hubiera asesinado a una veintena de mujeres; sólo quería entretenerlo con cualquier tema de conversación.

—Pues sí. Es un chapucero, ese Wolff —dijo con objetividad—. Pero como fue él quien averiguó lo del oro, ha exigido participar en la empresa.

¿Dónde estaban Marsali y Brianna? ¿Las habría encontrado Germain? No se oía otra cosa más que el zumbido de los insectos y el batir lejano del oleaje. Pero alguien tenía que oírnos.

—El oro —dije, en voz algo más alta—. ¿A qué oro se refiere? En River Run no hay oro alguno. Yocasta Cameron ya se lo habrá dicho.

Él exhaló una bocanada de aire en cordial incredulidad.

—Reconozco que la señora Cameron miente mejor que usted, querida, pero tampoco a ella la creí. El caso es que el doctor vio ese oro, ¿comprende usted?

—¿Qué doctor?

De las matas surgió un agudo grito de bebé: Joan. Traté de disimularlo con unas toses. Luego repetí, alzando la voz:

—¿A qué doctor se refiere?

—Rawls... creo que se llamaba. O Rawlings. —Bonnet, con el ceño algo crispado, giró la cabeza hacia el grito—. Pero no tuve el placer de conocerlo, de modo que podría equivocarme.

—Lo siento, pero aún no entiendo una palabra de lo que me dice.

Yo intentaba sostenerle la mirada y buscar en el suelo cualquier cosa que se pudiera utilizar como arma, todo a un mismo tiempo. Bonnet tenía una pistola y un cuchillo en el cinturón, pero no parecía deseoso de usarlos. ¿Con qué fin? Una mujer con un niño de dos años en los brazos no representaba ninguna amenaza.

Una ceja rubia y poblada saltó hacia arriba, aunque no parecía tener ninguna prisa.

—¿No? Pues bien, fue Wolff, como le decía. Necesitaba que le extrajeran un diente o algo parecido, y así fue como conoció a ese matasanos en Cross Creek. Luego lo invitó a beber algo y acabó pasando la noche en una taberna, bebiendo con él. Por lo que parece, el doctor era otro borrachín. Antes del amanecer, los dos eran uña y carne. Rawlings dejó traslucir que en River Run había visto una gran cantidad de oro, pues justamente venía de allí, ¿comprende usted?

Rawlings perdió la conciencia o la recuperó lo suficiente como para no decir más, pero esa revelación bastó para reafirmar al teniente en su decisión de obtener la mano (y la propiedad) de Yocasta Cameron.

—Pero la señora no quiso saber nada de él. Y luego anunció que había aceptado al manco. ¡Ah!, qué golpe tan cruel para el orgullo del teniente. —Sonreía al decirlo; le faltaba uno de los molares.

El teniente Wolff, furioso y desconcertado, pidió consejo a su gran amigo, Randall Lillywhite.

—Ya. ¿Y por eso mandó arrestar al cura en la reunión? ¿Para evitar que casara a la señora Cameron con Duncan Innes?

Bonnet asintió.

—Así debía ser. Una pequeña demora nos daría la oportunidad de investigar mejor el asunto.

Esa oportunidad se había presentado durante la boda. Tal como lo habíamos planteado en nuestras teorías, alguien (el teniente Wolff) intentó drogar a Duncan Innes con una taza de ponche y láudano. El plan era dejarlo inconsciente y arrojarlo al río. Durante el revuelo ocasionado por la desaparición del novio y su presumible muerte accidental, Wolff podría revisar el lugar a fondo, en busca del oro... y a su debido tiempo renovar su proposición a Yocasta.

—Pero la puta negra se bebió el preparado —dijo, sin la menor emoción—. Por desgracia no la mató. Y como habría podido decir quién le entregó la taza, Wolff mezcló vidrio molido a las gachas que iban a darle.

—Lo que quiero saber —dije— es qué papel juega usted en todo esto. ¿Qué hacía allí, en River Run?

—¿No sabe usted, querida, que el teniente y yo somos grandes amigos desde hace años? Él me pidió ayuda para eliminar al manco. De ese modo podría dejarse ver en medio de la fiesta, divirtiéndose con total inocencia mientras su rival sufría ese accidente.

Algo ceñudo, dio unos toques con el dedo a la culata de su pistola.

—Una vez que el láudano falló, lo mejor habría sido darle un buen golpe en la cabeza a ese Innes y arrojarlo al agua. Pero no hubo manera; se pasó la mitad del día en las letrinas y siempre había alguien con él.

No había a mi alcance nada que se pudiera usar como arma. Palillos, hojas, fragmentos de concha, una rata muerta... A Germain le había resultado, pero era difícil que Bonnet se dejara sorprender dos veces de esa manera. Durante la conversación, Jemmy iba perdiendo el miedo a ese desconocido y empezaba a querer desasirse.

Retrocedí un poco; Bonnet, al verlo, sonrió. No estaba preocupado. Obviamente no creía que yo pudiera escapar. Y esperaba algo. Por supuesto, me lo había dicho él mismo. Esperaba a Brianna. A buenas horas, comprendí que nos había seguido desde la ciudad; sabía que Marsali y Brianna estaban cerca; era mucho más sencillo esperar a que reaparecieran.

Lo mejor que podía sucederme era que pasara alguien; a pesar de la humedad, aún no llovía y, según la señora Burns, ése era un sitio habitual para las meriendas al aire libre. Pero si alguien pasaba, ¿cómo podría aprovecharlo? Bonnet no tendría el menor reparo en disparar, sin más, contra quien se le cruzara en el camino: allí estaba, jactándose del resto de sus sanguinarios planes.

—La señora Cameron... ahora Innes, se mostró bien dispuesta a hablar en cuanto le insinué que su esposo podía perder algunas de sus atesoradas partes. Pero en realidad esa vieja embustera nos mintió. Más adelante, al reflexionar, se me ocurrió que se mostraría más dispuesta si se trataba de su heredero. —Y miró a Jemmy, chasqueando la lengua—. Así que iremos a ver a tu tía abuela, ¿verdad, pequeño?

Jemmy lo miró con desconfianza y se apretó a mí.

—¿Quién es? —preguntó.

—Mire, es un niño inteligente, que quiere conocer a su padre. Soy tu papá, muchacho. ¿Tu madre no te lo ha dicho?

—¿Papi? —Jemmy miró a Bonnet; luego, a mí.

—¡*Éce* no es papi!

—No, no es tu papi —le aseguré, cambiándolo de posición. Comenzaban a dolerme los brazos bajo su peso—. Es un hombre malo; no lo queremos.

Bonnet rió.

—¿No le da vergüenza, querida? Desde luego que es mío. Me lo dijo su hija, a la cara.

—Tonterías —dije.

Había logrado introducirme entre dos matas de mirto. Trataría de distraerle con la conversación, hasta que pudiera girarme, dejar a Jemmy en el suelo e instarlo a correr. Con un poco de suerte podría bloquearle el paso el tiempo suficiente para que él huyera... siempre que el niño echara a correr.

—Lillywhite —dije, retomando la conversación—. ¿A qué se refería usted cuando dijo que él y el comisario iban a... ocuparse de mi esposo y el señor MacKenzie? —Sólo mencionar la posibilidad me daba náuseas y me hacía sudar frío.

—Pues lo dicho, señora Fraser: su esposo ha muerto. —Había empezado a mirar más allá de mí, entre las matas. Obviamente, esperaba que Brianna apareciera en cualquier instante—. Lo que sucedió durante la boda nos hizo ver con claridad que no convenía permitir que la señora Cameron tuviera tanta protección. Si habíamos de intentarlo de nuevo, era menester que ella no tuviera parientes varones a los que pedir ayuda ni venganza. Por eso, cuando su esposo sugirió al señor Lyon que me llevara a una reunión privada, se me ocurrió que era una buena oportunidad para eliminarlo tanto a él como al señor MacKenzie: dos pájaros de un tiro. Pero luego me pareció mejor que Lillywhite se ocupara de esa parte, junto con su comisario domesticado. —Sonrió—. Mientras tanto yo vendría a por mi hijo y su madre; de ese modo no habría peligro de que algo saliera mal. ¿Comprende usted? Podríamos...

Giré sobre los talones y planté a Jemmy en el suelo, al otro lado de las matas.

—¡Corre! —lo insté—. Corre, Jem, vete.

Se escabulló con un destello rojo, gimoteando de miedo. Bonnet se chocó contra mí.

Trató de apartarme de un empellón, pero yo lo estaba esperando e intenté arrebatarle la pistola que llevaba al cinturón. Él se apartó con un movimiento brusco, pero yo ya había cogido la culata; la desenfundé y mientras caía al suelo, con él encima, la arrojé hacia atrás.

Él rodó hacia un costado y se incorporó sobre las rodillas. De inmediato se quedó de piedra.

—No se mueva... o por la santa Virgen que le volaré la cabeza.

Me incorporé con lentitud, jadeante por la caída. Marsali, blanca como una sábana, apuntaba la vetusta pistola de pedernal contra él, por encima de la curva de su vientre.

—¡Mátalo, *maman*! —La cara de Germain, detrás de ella, brillaba de ansiedad—. ¡Mátalo! ¡Como al puercoespín!

Joan, algo más atrás, empezó a llorar al oír la voz de su madre, pero Marsali no apartaba los ojos de Bonnet. ¿Habría cargado y cebado la pistola? Probablemente, puesto que olía a pólvora.

—Vale, vale —dijo Bonnet, lentamente.

Noté que calculaba la distancia entre él y Marsali: cuatro o cinco metros, demasiado para que pudiera alcanzarla de un salto. Puso un pie en el suelo y empezó a levantarse. En tres pasos llegaría hasta ella.

—¡No dejes que se levante! —Yo también me puse de pie y le di un empujón en el hombro.

Bonnet cayó de lado y amortiguó el golpe con una mano. Luego giró hacia atrás, con más celeridad de la que yo habría podido imaginar nunca, y me cogió por la cintura para ponerme sobre él.

Alguien gritaba detrás de mí, pero yo no podía desviar mi atención. Estuve a punto de clavarle los dedos en un ojo, pero él me apartó bruscamente; mis uñas le abrieron surcos en la piel del pómulo. Rodamos, en un revoleteo de enaguas y maldiciones irlandesas; yo buscaba sus partes íntimas; él las protegía y, al mismo tiempo, trataba de estrangularme.

De pronto se retorció hasta darse la vuelta como un pez; me encontré con su brazo ceñido en torno al cuello, sujetándome contra su pecho. Hubo un susurro de metal contra la piel y algo frío me tocó el cuello. Dejé de forcejear para coger aliento.

Marsali tenía los ojos abiertos como platos y los labios muy apretados. Gracias a Dios, su mirada seguía apuntando a Bonnet y la pistola también.

—Dispara, Marsali —dije, con calma—. Ahora mismo.

—Baja esa pistola, muchacha —dijo Bonnet, con igual serenidad—, si no quieres que le corte el cuello en lo que cuento tres. Uno...

—¡Dispárale! —ordené con todas mis fuerzas. E inhalé mi última bocanada de aire.

—Dos...

—¡Espera!

La presión de la hoja contra mi cuello cedió un poco; con un cosquilleo de sangre, me permitió otro resuello que ya no esperaba. Pero no tuve tiempo de disfrutarlo: Brianna estaba entre los mirtos, con Jemmy aferrado a sus faldas.

—Suéltala —dijo.

Marsali, que contenía el aliento, lo dejó escapar en un jadeo y respiró a fondo.

—No me soltará. Y tampoco importa —les dije a ambas, con firmeza—. Marsali, dispárale. ¡Hazlo ya!

Ella tensó la mano que sostenía el arma, pero no pudo hacerlo. Echó un vistazo a Brianna; estaba muy pálida y le temblaba la mano.

—Mátalo, *maman* —susurró Germain. Pero de su voz había desaparecido la ansiedad. Él también estaba pálido y no se apartaba de su madre.

—Vendrás conmigo, preciosa. Tú y el pequeño. —Al hablar Bonnet sentí la vibración de su pecho; también percibí la media sonrisa en su cara, aunque no podía verla—. Los otros pueden irse.

—No hagas caso —dije, tratando de que Bree me mirara—. No nos dejará ir, y tú lo sabes. Nos matará, a mí y a Marsali, aunque diga lo contrario. Lo único que se puede hacer es dispararle. Si ella no puede, tendrás que hacerlo tú, Bree.

Los ojos de Brianna se desviaron bruscamente hacia mí, espantados. Bonnet gruñó, medio divertido, medio fastidiado.

—¿Condenar a su madre? No es capaz de eso, señora Fraser.

—Oye, Marsali... te matará, y al bebé contigo —dije, tensando los músculos en el esfuerzo de hacérselo comprender, de lograr que disparara—. Germain y Joan morirán aquí, solos. Lo que suceda conmigo no importa, créeme. Por el amor de Dios, ¡dispara ya!

Disparó.

Hubo una chispa y una bocanada de humo blanco; Bonnet dio un respingo. Luego la mano de Marsali se aflojó, la boca de la pistola apuntó hacia abajo... y el proyectil cayó a la arena, junto con el taco. El tiro había fallado.

Marsali gimió de espanto. Brianna, como un rayo, recogió el cubo caído y lo arrojó a la cabeza de Bonnet. Él me soltó para lanzarse a un lado, con un chillido. El cubo me golpeó en el pecho; lo cogí entre las manos y, como una tonta, me quedé mirando el contenido: unas cuantas bayas cerosas pegadas a la madera.

Un momento después Germain y Jemmy lloraban a dúo y Joan chillaba como una loca en el bosque. Dejé caer el cubo para gatear desesperadamente, buscando refugio tras una mata.

Bonnet volvía a estar de pie, enrojecido y con el cuchillo en la mano. Aunque se lo veía furioso, hizo un esfuerzo por sonreír a Brianna.

—Venga, guapa —dijo, alzando la voz para hacerse oír por encima de la barahúnda—. Sólo he venido a por ti y a por mi hijo. No voy a hacerles daño.

—No es tu hijo —replicó ella, en voz baja y enconada—. Él jamás será tuyo.

—¿No? —exclamó él, despectivo—. Pues no es lo que me dijiste en aquella mazmorra de Cross Creek, mi cielo. Y ahora que lo veo... —Miró de nuevo a Jemmy—. Es mío, querida. Se me parece, ¿verdad, muchacho?

Jemmy, entre aullidos, sepultó la cara en las faldas de su madre. Bonnet se encogió de hombros y abandonó todo intento de engatusarla.

—Venga, vamos —dijo. Y dio un paso hacia delante, con intención de apoderarse de Jemmy.

La mano de Brianna salió de entre sus faldas, armada de una pistola. Era la que yo había arrancado del cinturón de ese hombre, y apuntaba al sitio de donde provenía. Bonnet se detuvo en seco, boquiabierto.

—¿Qué me dices? —susurró mientras lo miraba sin parpadear—. ¿Mantienes la pólvora seca, Stephen?

Afirmó la pistola con ambas manos y le disparó a la entrepierna.

Él fue veloz, debo reconocerlo. Aunque no tenía tiempo para huir, se cubrió la parte amenazada con ambas manos, en el mismo instante en que ella apretaba el gatillo. La sangre estalló entre sus dedos en una densa llovizna, sin que yo pudiera ver dónde lo había herido.

Retrocedió con paso vacilante, aferrándose. Miraba en derredor como si no pudiera creerlo. Luego cayó sobre una rodilla. Su respiración se hizo más rápida y trabajosa.

Nosotras lo mirábamos, paralizadas.

Una mano escarbó la arena, dejando surcos ensangrentados. Luego se incorporó despacio, doblado en dos, con la otra mano apretada a la cintura. Estaba muy pálido; sus ojos verdes eran como agua turbia.

Entre jadeos, se volvió y se alejó, como un bicho que alguien hubiera pisado, con movimientos convulsos. Se oyó el ruido de las matas contra las que chocaba. Un momento después desapareció. Detrás de una palmera, un grupo de pelícanos alzó el vuelo con torpe gracia contra el cielo encapotado.

Yo seguía en cuclillas, congelada por el espanto. Algo caliente se me deslizó por la mejilla: una gota de lluvia.

—¿Decía la verdad? —Brianna se agachó junto a mí—. ¿Crees que habrán muerto?

Tenía los labios blancos, pero no estaba histérica. Jemmy, en el hueco de su brazo, se aferraba a su cuello.

—No —dije. Todo parecía remoto, como si las cosas se desarrollaran a cámara lenta. Me levanté poco a poco, de manera precaria, como si no supiese mantenerme en equilibrio—. No —repetí. No sentía pánico al recordar lo que Bonnet había dicho; sólo una certidumbre en el pecho, como un peso pequeño y reconfortante—. No, no han muerto.

Jamie me lo había dicho: no era ése el día en que él y yo debíamos separarnos.

Marsali había desaparecido para ir a por Joanie. Germain, inclinado sobre la arena, estudiaba con fascinación las manchas de sangre. Me pregunté vagamente de qué tipo serían, pero de inmediato aparté la idea de mi mente. «Él jamás será tuyo», le había dicho Brianna.

—Vamos, pequeño —dije mientras daba tiernas palmaditas a Jemmy—. Creo que por ahora prescindiremos de las velas perfumadas.

Roger y Jamie reaparecieron dos días después, al amanecer, y aporrearon la puerta hasta despertar a toda la posada; en las casas vecinas se abrieron las contraventanas y la gente asomó la cabeza, alarmada por los gritos de alegría. Yo estaba razonablemente segura de que Roger tenía una pequeña conmoción cerebral, pero él se negó a acostarse. En cambio permitió que Bree le sostuviera la cabeza en el regazo y tocara el impresionante chichón, entre exclamaciones de horror. Mientras tanto, Jamie nos hizo un breve relato de la lucha que había tenido lugar en el embarcadero y nosotras les dimos una explicación algo confusa de nuestra aventura entre los mirtos.

—Entonces, ¿Bonnet no ha muerto? —preguntó Roger, abriendo un ojo.

—No lo sabemos —reconocí—. Escapó. No sé si su herida era grave. No perdió mucha sangre, pero si recibió el disparo en el bajo vientre, es mortal, casi con certeza. La muerte por peritonitis es muy lenta y horrible.

—Me alegro —dijo Marsali, vengativa.

—¡Me alegro! —repitió Germain, mirándola con orgullo—. *Maman* disparó contra el hombre malo, *grand-père* —explicó a Jamie—. Y la tía también. Estaba lleno de agujeros. ¡Y había sangre por todas partes!

—*Abujeros* —repitió Jemmy, feliz—. ¡*Abujeros, abujeros*, muchos *abujeros*!

—Al menos uno —murmuró Brianna, sin apartar la vista del paño mojado con que estaba limpiando la sangre seca en el cuero cabelludo de Roger.

—¿Sí? Pues si le has volado sólo un dedo o uno de los testículos, muchacha, es posible que sobreviva —comentó Jamie, muy sonriente—. Pero no creo que eso le mejore el carácter.

Fergus llegó en el barco de mediodía. Traía con aire triunfal las escrituras oficialmente selladas de las dos concesiones de tierras, con lo que coronó el día. No obstante, las celebraciones fueron limitadas, puesto que aún quedaba un gran cabo suelto.

Después de una vigorosa discusión, se decidió —es decir, Jamie decidió y rehusó aceptar opiniones contrarias, terco como era— que él y yo viajaríamos de inmediato a River Run. La parte joven de nuestra familia permanecería en Wilmington algunos días más para concluir los asuntos pendientes; mientras tanto se mantendrían alertas por si se hablaba de algún hombre herido o moribundo. Después regresarían al Cerro de Fraser, con cuidado de no acercarse a Cross Creek ni a River Run.

—Así el teniente no podrá influir sobre mi tía amenazándoos a ti o al niño —explicó Jamie a Brianna. Luego se dirigió a sus yernos—. En cuanto a vosotros, *mo charadean*, no podéis dejar a las mujeres y los pequeños solos. ¡Sabe Dios a quién podrían matar esta vez!

Y cerró la puerta a la carcajada que siguió a sus palabras. Sólo entonces se volvió hacia mí, en el descansillo de la escalera. Después de tocar con la punta de un dedo el arañazo que tenía en el cuello, me estrechó contra sí, con tanta fuerza que me crujieron las costillas. Me aferré a él, sin que me importara no poder respirar ni que alguien nos viera. Era feliz sólo con tocarlo, con tenerlo allí.

—Hiciste bien, Claire —murmuró al fin, con la boca contra mi pelo—. Pero por el amor de Dios, ¡no vuelvas a hacerlo!

Al amanecer del día siguiente, partimos solos.

# 104

## *Astucia de zorros*

Llegamos a River Run tres días después a la caída de la tarde, con los caballos sucios y cubiertos de espuma, y nosotros, no mucho mejor. Allí todo parecía tranquilo; el último rayo de sol primaveral iluminaba los prados verdes, destacando el mármol blanco de las estatuas y el mausoleo de Hector, entre los oscuros tejos.

—¿Qué opinas? —pregunté a Jamie. Habíamos detenido a los caballos al pie del prado, para observar bien la situación antes de acercarnos a la casa.

—Por lo menos nadie ha incendiado la propiedad —respondió, empinado sobre los estribos—. Tampoco hay ríos de sangre cayendo en cascadas por la escalinata. Aun así...

Como medida de precaución, sacó una pistola de la alforja y, después de cargarla, se la calzó a la cintura, bajo los faldones de la chaqueta. Así ascendimos lentamente por el camino de entrada.

Cuando llegamos a la puerta principal tuve la certeza de que algo andaba mal. En la casa reinaba una quietud siniestra; no se oía el correteo de los sirvientes, no había música en el salón ni olores a comida que vinieran de la cocina. Lo más extraño era que Ulises no saliera a recibirnos. Durante varios minutos nadie respondió a nuestras llamadas; cuando al fin se abrió la puerta, quien apareció fue Fedra, la criada de Yocasta.

Tenía tan mala cara como la última vez que la vi, casi un año antes, tras la muerte de su madre; estaba ojerosa y demacrada, como una fruta que empezara a pudrirse. Sin embargo, al vernos se le iluminaron los ojos y relajó la boca en visible alivio.

—¡Oh, señor Jamie! —exclamó—. ¡Tanto como he rezado desde ayer, pidiendo que alguien viniera a ayudarnos! Pero estaba segura de que sería el señor Farquard, y eso habría sido peor, porque él es hombre de leyes y todo eso, aunque sea amigo de su tía.

Jamie enarcó las cejas ante esa confusa declaración, aunque le estrechó la mano para tranquilizarla.

—Sí, pequeña. Nunca pensé que yo pudiera ser la respuesta a una plegaria, pero no tengo objeciones. Mi tía... ¿está bien?

—¡Oh!, sí, señor. Ella sí que está bien.

Y se retiró sin darnos tiempo a hacer más preguntas, al tiempo que nos señalaba la escalera.

Yocasta estaba tejiendo en sus habitaciones. Al oír nuestras pisadas alzó la cabeza. Antes de que pudiéramos decir nada, preguntó con voz trémula:

—¿Jamie? —Y se levantó. Aun desde lejos vi que lo que tejía estaba lleno de carreras y le faltaban puntos, cosa rara en sus labores, siempre meticulosas.

—Sí, tía, soy yo. Y Claire. ¿Qué es lo que pasa? —Jamie cruzó la habitación en dos zancadas y le cogió la mano para darle unas palmaditas reconfortantes.

La cara de la anciana sufrió la misma transformación de alivio que habíamos visto en Fedra. Durante un momento pareció que le fallaban las rodillas, pero irguió la columna y se volvió hacia mí.

—¿Claire? Bendita sea santa Bride por haberte traído, aunque no sé cómo... Pero dejemos eso por ahora. ¿Quieres venir? Duncan está herido.

En la habitación contigua, yacía inerte bajo un montón de edredones. En un primer momento temí que hubiera muerto, pero se movió al oír la voz de Yocasta.

—¿Mac Dubh? —preguntó, intrigado. Y asomó la cabeza entre las mantas, bizqueando en la penumbra—. Por todos los santos, ¿qué te trae por aquí?

—El teniente Wolff —dijo Jamie, algo cáustico—. ¿Te suena ese nombre?

—Pues sí, ya lo creo.

La voz de Duncan tenía un dejo extraño, pero no le presté atención; estaba ocupada en encender velas y desenterrarlo para ver qué le sucedía. Esperaba encontrarme con una herida de pistola o puñal, pero a primera vista no había nada de eso. Tuve que reordenar la mente para descubrir que tenía una pierna rota. Por suerte se trataba de una fractura simple, en la parte inferior de la tibia; aunque sin duda alguna dolorosa, no parecía ofrecer ningún riesgo para su salud.

Envié a Fedra en busca de material para entablillarle la pierna mientras Jamie, informado de que Duncan no corría peligro, se sentó para llegar al fondo del asunto.

—¿El teniente Wolff se ha pasado por aquí? —preguntó.

—Eh... sí. —Una vez más esa pequeña vacilación.

—¿Y ya se ha ido?

—Pues sí. —Duncan se estremeció a su pesar.

—¿Duele? —pregunté.

—¡Oh!, no, señora Claire —me aseguró—. Ha sido sólo... bueno...

—Será mejor que me lo cuentes sin rodeos, Duncan —advirtió Jamie, con cierta exasperación—. Y si las cosas son como creo, yo también tengo algo que contarte.

Duncan entornó los ojos, pero luego, con un suspiro de capitulación, se reclinó contra la almohada.

El teniente había estado en River Run dos días antes, pero contra su costumbre no se había presentado por la puerta principal. Lo que hizo fue dejar su caballo maneado a uno o dos kilómetros y aproximarse a pie, con sigilo.

—Lo sabemos sólo porque después encontramos el caballo —explicó Duncan mientras yo le vendaba la pierna—. Pero no sospechábamos que estuviera aquí. Hasta que salí para ir a la letrina, después de cenar, y él se arrojó encima de mí en la oscuridad. Estuve a punto de morir del susto. Y luego casi he muerto de veras, porque me disparó. Si hubiera tenido el brazo de ese lado, creo que me lo habría atravesado. Pero como no lo tengo, no hubo herida.

A pesar de su discapacidad, Duncan se defendió con uñas y dientes: golpeó a Wolff en la cara y cargó contra él, derribándolo hacia atrás.

—Tropezó con el muro de ladrillo y cayó por encima, de modo que se dio un horrible golpe en la cabeza. —Volvió a estremecerse al recordarlo—. Sonó como un melón partido de un hachazo.

—¡Vaya! ¿Entonces murió en el acto? —preguntó Jamie, interesado.

—Pues no. —Duncan parecía haberse tranquilizado durante el relato, pero en ese momento volvió a inquietarse—. Verás, Mac Dubh... Yo también me tambaleé al derribarlo, pisé la canaleta de la letrina y me partí la pierna. Y allí me quedé, gimiendo junto al camino. Por fin Ulises oyó mis llamadas y bajó, seguido por Yo.

Mientras Ulises iba a buscar un par de caballerizos para cargar a Duncan hasta la casa, él le había explicado a Yocasta lo ocurrido. Después, entre el dolor de la pierna rota y su costumbre de dejar que el mayordomo resolviera las dificultades, se despreocupó del teniente.

—Fue culpa mía, Mac Dubh; lo reconozco —dijo, pálido y ojeroso—. Tenía que haber dado un par de órdenes. Pero ni siquiera ahora sé qué es lo que debía mandar, y mira que he tenido tiempo para pensarlo.

El resto de la historia, que le arrancamos pese a su renuencia, era que Yocasta y su mayordomo, tras discutir el asunto, habían llegado a la conclusión de que el teniente ya no era una molestia, sino una verdadera amenaza. Y estando así las cosas...

—Ulises lo mató —dijo Duncan sin rodeos. Luego hizo una pausa, nuevamente horrorizado—. Yo me ha dicho que ella se lo ordenó. Y Dios sabe que es muy capaz de eso, Mac Dubh. No es una mujer a la que puedas fastidiar, mucho menos matar a sus sirvientes, amenazarla y atacar a su esposo.

Sin embargo, su vacilación insinuaba que aún tenía ciertas dudas sobre el papel desempeñado por Yocasta en el asunto.

Jamie ya había captado el motivo de su preocupación.

—¡Cielo santo! —exclamó—. Si alguien se entera, ahorcarán a Ulises en el acto... o algo peor, aunque mi tía se lo haya ordenado.

Ahora que se sabía la verdad, Duncan parecía algo más tranquilo.

—Así es —añadió—. No puedo permitir que vaya al patíbulo, pero ¿qué haré con el teniente? Hay que tener en cuenta a la marina, por no hablar de los comisarios y los magistrados.

Ése era un punto decisivo. La prosperidad de River Run dependía en gran parte de que la marina siguiera comprándole madera y brea. En realidad, el teniente Wolff era el contacto responsable de esos contratos. Resultaba comprensible que la marina de Su Majestad mirara con malos ojos al terrateniente que había matado a su representante local, cualquiera que fuese su motivo. En cuanto a la ley, representada por el comisario y los magistrados, tal vez fuera un poco más comprensiva con la situación... pero no con el perpetrador. Cuando un esclavo derramaba la sangre de un blanco, se le condenaba de inmediato, aunque lo hubieran provocado. Poco importaba lo que hubiera sucedido; aunque diez testigos declararan que Wolff había atacado a Duncan, Ulises no se salvaría. Si alguien se enteraba. Empezaba a comprender la desesperación que reinaba en River Run: los otros esclavos sabían de sobra lo que podía suceder.

Jamie se frotó el mentón con un nudillo.

—Eh... ¿Cómo fue que...? Es decir... ¿No podríamos declarar que lo hiciste tú mismo, Duncan? Después de todo, fue en defensa propia. Y tenemos pruebas de que el hombre vino a asesinarte, con la idea de desposar luego a mi tía por la fuerza o, por lo menos, retenerla como rehén para que revelara lo del oro.

—¿Qué oro? —Duncan puso cara de no entender—. Pero ¡si aquí no hay oro! ¿No quedó eso claro el año pasado?

—El teniente y sus socios creen que sí —lo informé—. Pero Jamie os contará eso dentro de un momento. Ahora bien, ¿qué sucedió con el teniente?

—Ulises le cortó el cuello —dijo Duncan, tragando saliva—. Con mucho gusto diría que fui yo, pero...

Aparte de lo difícil que habría sido degollar a alguien con una sola mano, era demasiado obvio que el teniente había muerto a manos de un zurdo. Y Duncan ni siquiera tenía mano izquierda. Yo sabía que Yocasta Cameron era zurda, al igual que su sobrino, pero por ahora el tacto me impedía mencionarlo. Eché un vistazo a Jamie, que enarcó las cejas.

«¿Ella lo haría?», pregunté en silencio.

«¿Una MacKenzie de Leoch?», respondió su mirada cínica.

—¿Dónde está Ulises? —pregunté.

—En el establo, si es que no se ha ido ya.

Consciente de que su mayordomo sería condenado a muerte si alguien descubría la verdad, Yocasta le había ordenado ensillar un caballo y huir hacia las montañas si veía llegar a alguien.

Jamie respiró hondo y se pasó una mano por la cabeza, pensativo.

—Bueno, lo mejor sería que el teniente desapareciera. ¿Dónde lo habéis puesto, Duncan?

En la boca del enfermo se contrajo un músculo, en un nervioso intento de sonrisa.

—Creo que está en el foso de la barbacoa, Mac Dubh. Envuelto en una tela cubierta de brea y tapado con leña, como si fuera una res de cerdo.

Mi marido volvió a arquear las cejas, pero se limitó a asentir.

—De acuerdo. Déjamelo a mí.

Dejé instrucciones de que dieran a Duncan aguamiel y una infusión de té, eupatorio y corteza de cerezo; luego salí con Jamie para analizar los diferentes métodos de desaparición.

—Lo más sencillo sería enterrarlo en un sitio cualquiera, supongo —dije.

—Mmfm. —Jamie alzó la antorcha de pino para observar, pensativo, el bulto bajo la tela embreada. Aunque el teniente no me inspiraba ninguna simpatía, me pareció patético—. Quizá. Pero pienso en los esclavos. Todos saben lo que sucedió. Si lo sepultamos aquí, también lo sabrán. No se lo dirán a nadie, desde luego, pero su fantasma quedará rondando, ¿no?

Me corrió un escalofrío por la columna, tanto por sus palabras como por el tono práctico con que las dijo.

—¿Su fantasma? —repetí, ciñéndome el chal.

—Por supuesto. Asesinado aquí y escondido sin venganza alguna...

—¿De veras crees que rondaría por aquí? —pregunté, cautelosa—. O te refieres a lo que creerían los esclavos.

Él se encogió de hombros.

—Dudo que haya mucha diferencia. Ellos evitarán el lugar donde lo enterremos; alguna de las mujeres verá su fantasma por la noche y correrán los rumores, como siempre sucede. Y llegará el momento en que uno de los esclavos diga algo en Greenoaks; llegará a oídos de Farquard y no pasará mucho tiempo sin que alguien venga a hacer preguntas. Además, la marina no tardará en buscar al teniente. ¿Y si lo fondeamos en el río? Después de todo, era lo que él pensaba hacer con Duncan.

—No es mala idea —reflexioné—. Pero él quería que Duncan apareciera. En este tramo el río no tiene demasiada profundidad y pasan muchas embarcaciones. Aun si pusiéramos un buen peso al cadáver, es posible que apareciese flotando en la superficie o que alguien lo enganchara con una pértiga. Pero aunque apareciera, ¿habría algún problema? Nadie lo relacionaría con River Run.

Él asintió con la cabeza mientras apartaba la antorcha para que las chispas no le quemaran la manga. Había algo de viento y los olmos cercanos susurraban, inquietos.

—Sí, es cierto. Pero si aparece, alguien de la marina hará una investigación. Alguien vendrá a hacer preguntas. ¿Y qué pasará si interrogan a los esclavos?

—Hum, sí. —Teniendo en cuenta el nerviosismo de los esclavos, cualquier interrogatorio haría que alguno de ellos cayera presa del pánico y dijera lo que no debía.

Jamie contemplaba el bulto tapado con expresión abstraída. Respiré hondo, aunque un vago olor a sangre podrida hizo que exhalara el aire en el acto.

—Supongo que... podríamos quemarlo —dije, tragando bilis—. Al fin y al cabo, ya está en el foso.

—No es mala idea —dijo Jamie. Su boca se contrajo en una vaga sonrisa—. Pero creo que tengo otra mejor.

Se volvió para contemplar la casa. Había luz en algunas ventanas, aunque todo el mundo estaba dentro, acobardado.

—Acompáñame —dijo, súbitamente decidido—. En el establo debe de haber una maza.

El frente del mausoleo estaba cerrado por una reja ornamental de hierro forjado, con una enorme cerradura; la decoraban rosas jacobitas de dieciséis pétalos. Siempre había pensado que era una de las tantas afectaciones de Yocasta Cameron, puesto que los ladrones de tumbas no representaban una amenaza en ese ambiente rural. Los goznes apenas crujieron cuando Jamie abrió la reja: como todo lo de River Run, la mantenían en impecables condiciones.

—¿Te parece que esto es mejor que enterrarlo o quemarlo? —pregunté en susurros, aunque no había nadie por allí.

—¡Oh!, sí. El viejo Hector se ocupará de él y evitará que haga daño a nadie —aseguró Jamie, como si tal cosa—. Y así estará en tierra consagrada. No es cuestión de que su espíritu vague por aquí, causando disturbios, ¿verdad?

Asentí, algo vacilante. Quizá tenía razón. En cuestión de creencias, Jamie comprendía a los esclavos mucho mejor que yo. En realidad, no estaba segura de que se refiriera sólo a los efectos psicológicos sobre ellos; quizá él mismo estaba convencido de que Hector Cameron sería capaz de tratar con esa amenaza *ex post facto* contra su esposa y su plantación.

Levanté la antorcha para que Jamie viera mejor. Había envuelto la maza con trapos, para no desconchar el mármol. Los pequeños bloques de la pared frontal, dentro de la reja, estaban hábilmente cortados de modo que casaran entre sí, y pegados con poco cemento. Al primer golpe, dos de ellos se desplazaron varios centímetros. Con algunos golpes más se abrió un espacio oscuro, por el que se podía ver la negrura interior.

Jamie se detuvo para secarse el sudor de la frente y murmuró algo por lo bajo.

—¿Qué has dicho?

—He dicho que esto hiede —respondió. Parecía intrigado.

—¿De qué te sorprendes? —pregunté, algo irritada—. ¿Cuánto hace que murió Hector Cameron? ¿Cuatro años?

—Pues sí, pero no es...

—¡Qué estáis haciendo! —La voz de Yocasta resonó detrás de mí, agudizada por la agitación.

En el sobresalto dejé caer la antorcha, que parpadeó sin apagarse. La levanté deprisa y avivé la llama, que dejó caer un fulgor rojizo sobre la anciana. Estaba de pie en el camino, fantasmagórica con su camisón blanco. Fedra se acurrucaba detrás de su ama; en la oscuridad sólo era visible el brillo de sus ojos asustados, que iban y venían de nosotros al agujero abierto en el mausoleo.

—¿Que qué estamos haciendo? Pues sepultando al teniente Wolff, por supuesto. —Jamie, tan sobresaltado como yo por la súbita aparición de su tía, pareció algo fastidiado—. Déjalo en mis manos, tía. No tienes por qué preocuparte.

—Pero no debes, ¡no, no debes abrir la tumba de Hector! —Yocasta torció su larga nariz; obviamente había detectado el olor a podredumbre.

—No te aflijas, tía —insistió él—. Vuelve a la casa. Ya me arreglaré. Todo saldrá bien.

Sin prestar atención a esas palabras tranquilizadoras, ella avanzó a ciegas por el camino, tanteando el aire.

—¡No, Jamie, no puedes! Cierra eso. ¡Ciérralo, por Dios!

En su voz era inconfundible el pánico. Vi que Jamie fruncía el ceño, desconcertado. El viento volvió a levantarse en una pequeña ráfaga, que trajo hacia nosotros un olor a muerte mucho más potente. Jamie cambió de expresión; pese a las protestas de su tía, desalojó unos cuantos bloques más con rápidos golpes de maza.

—Trae la antorcha, Sassenach —dijo.

Lo hice, con una creciente sensación de horror. Juntos, hombro con hombro, miramos por la estrecha abertura. Dentro había dos ataúdes de madera lustrada, cada uno en su pedestal de mármol. Y en el suelo, entre ellos...

—¿Quién es, tía? —preguntó Jamie con voz serena.

Ella parecía petrificada; la muselina de su camisón flameaba en torno a sus piernas, agitada por el viento. En el rostro inmóvil, los ojos ciegos iban de un lado a otro, buscando una huida imposible.

Jamie dio un paso adelante y la aferró por un brazo. El susto la arrancó de su trance.

—*Co a th'ann?* —bramó—. ¿Quién es? ¡¿Quién?!

Yocasta movió la boca, tratando de dar forma a las palabras. Tragó saliva y lo intentó otra vez. Parecía mirar por encima del hombro de su sobrino, sabe Dios qué. Me pregunté si aún veía cuando pusieron ese cadáver allí, y ahora volvía a verlo en sus recuerdos.

—Se llamaba... se llamaba Rawlings —dijo vagamente.

Dentro del pecho sentí algo así como una pesa de hierro.

Debí de moverme, pues Jamie me cogió la mano y la estrechó con fuerza.

—¿Cómo fue? —preguntó con calma, aunque su tono daba a entender que no toleraría evasivas.

Entonces, ella cerró los ojos y dejó caer los hombros en un suspiro.

—Lo mató Hector —dijo.

—¿Ah, sí? —Jamie echó una mirada cínica a los ataúdes y al bulto que había en el suelo, entre los dos—. ¡Qué hazaña! Ignoraba que mi tío fuera tan capaz.

—Antes —aclaró ella con voz inexpresiva, como si ya nada importara—. Rawlings era médico. Cierta vez vino a examinarme los ojos. Cuando Hector se puso enfermo hizo que viniera de nuevo. No sé bien qué sucedió, pero lo sorprendió husmeando por donde no debía y le aplastó la cabeza. Hector tenía mal genio.

—Eso parece —comentó Jamie, echando otro vistazo al cuerpo del doctor Rawlings—. ¿Y cómo llegó aquí?

—Nosotros... él... escondió el cadáver; pensaba llevarlo al bosque y abandonarlo allí. Pero luego... empeoró y no pudo levantarse. Un día después, Hector murió. Entonces...

Su mano, larga y blanca, apuntó hacia la bocanada de aire húmedo y frío que surgía de la tumba abierta.

—Las grandes mentes piensan igual —murmuré.

Jamie me dedicó una mirada asesina y me soltó la mano. Se quedó contemplando el mausoleo violado, con las cejas juntas en un gesto de concentración.

—¿Y de quién es el segundo ataúd? —preguntó.

—Mío. —Yocasta empezaba a recobrar el aplomo; irguió los hombros y levantó el mentón.

Jamie me miró con un pequeño bufido. Era creíble que esa mujer prefiriese dejar un cadáver expuesto antes que colocarlo en su propio ataúd, pero así incrementaba las posibilidades de que fuera descubierto. Aun en el caso de que alguien abriera el mausoleo, el médico podría haber descansado completamente a salvo, pues nadie hubiera abierto el féretro de Yocasta hasta que llegara el momento de que recibiese su propio cuerpo. Esa mujer era egoísta, pero estúpida no, en absoluto.

—De acuerdo, mete a Wolff, si es preciso —dijo—. Puede quedarse ahí en el suelo, con el otro.

—¿Por qué no lo ponemos en tu ataúd, tía? —preguntó Jamie; noté que la observaba con atención.

—¡No! —Ella le había vuelto la espalda, pero ante eso se giró deprisa, feroz la cara a la luz de la antorcha—. Es basura. ¡Deja que se pudra en el suelo!

Ante esa respuesta, él entornó los ojos, pero en vez de contestar empezó a retirar los bloques sueltos.

—¿Qué haces? —Yocasta volvió a agitarse al oír el chirrido del mármol, pero se desorientó al mirar y quedó de cara hacia el río. Comprendí entonces que ya estaba completamente ciega; no veía siquiera la luz de la antorcha.

De cualquier modo, en ese instante no podía prestarle atención. Jamie entró por la abertura.

—Ilumíname, Sassenach —dijo en voz baja, que retumbó en la pequeña cámara de piedra.

Lo seguí, respirando apenas. Fedra comenzaba a gemir en la oscuridad, como la *ban-sidhe* cuyos aullidos anuncian la inminencia de una muerte. Sólo que ésa había sucedido mucho tiempo atrás.

Los ataúdes tenían placas de bronce, algo opacas por la humedad, pero perfectamente legibles. «Hector Alexander Robert Cameron», decía una; la otra, «Yocasta Isobeail MacKenzie Cameron». Sin vacilar, él levantó la tapa del segundo.

No estaba claveteada; se movió de inmediato.

—¡Oh! —murmuró Jamie, al ver lo que contenía.

El oro nunca pierde el brillo, al margen del frío o la humedad que haya en el ambiente. Puede pasar siglos enteros en el fondo del mar; un día emergerá en la red de algún pescador, refulgente como el día en que fue fundido. Brilla en la matriz de piedra, canto de sirena que ha llamado a los hombres a lo largo de milenios.

Los lingotes formaban una capa en el fondo del ataúd. Suficiente para llenar dos arcones pequeños, cada uno tan pesado que para cargarlos se requerirían dos hombres... o un hombre y una mujer fuerte. Cada lingote con su flor de lis estampada. Un tercio del oro del francés.

El resplandor me hizo parpadear y se me nublaron los ojos, aparté la vista. Aunque el suelo estaba a oscuras, aún se distinguía la silueta acurrucada contra el mármol claro. «Husmeando donde no debía.» ¿Y qué habría visto Daniel Rawlings, que había dibujado esa flor de lis en el margen de su registro y esa discreta anotación, *«Aurum»*?

Entonces Hector Cameron aún vivía y el mausoleo no estaba herméticamente cerrado. Tal vez Hector, al levantarse en mitad de la noche para ver su tesoro, había guiado hasta allí a su médico, sin saberlo. Ni Cameron ni Rawlings podrían ya decirnos cómo habían sucedido las cosas.

Sentí un nudo en la garganta por el hombre que yacía a mis pies, el amigo y colega cuyos instrumentos utilizaba, cuya sombra, junto a mi codo, me brindaba consuelo y valor cuando trataba de curar a un enfermo.

—¡Qué desperdicio! —murmuré.

Jamie cerró con suavidad el féretro, como si contuviera a un ocupante cuyos restos había perturbado.

Fuera, Yocasta seguía inmóvil en el sendero, con un brazo en torno a Fedra, que había dejado de gimotear. No se sabía muy bien quién sostenía a quién. Por los ruidos, la anciana debía de saber dónde estábamos, pero aún continuaba de cara al río, con los ojos fijos a la luz de la antorcha. Me aclaré la garganta al tiempo que me ceñía el chal con la mano libre.

—¿Y ahora qué hacemos? —pregunté a Jamie.

Él se volvió a mirar la tumba un momento. Luego se encogió de hombros.

—Dejaremos al teniente al cuidado de Hector, como estaba planeado. En cuanto al doctor...

Se llenó lentamente los pulmones, contemplando con aire atribulado los huesos que yacían en elegante abanico, pálidos e inmóviles: dedos de cirujano.

—Creo que deberíamos llevarlo a casa... al cerro —dijo—. Para que descanse entre amigos.

Pasó rozando a las dos mujeres, sin decirles nada ni pedir perdón, y fue a buscar al teniente Wolff.

# 105

## *El sueño de un zorzal*

*Cerro de Fraser
Mayo de 1772*

La noche era fresca. En esa temporada del año aún no habían aparecido los mosquitos sanguinarios; sólo alguna polilla entraba de vez en cuando por la ventana abierta, para revolotear en torno a las ascuas como trocitos de papel quemado, rozándoles las piernas extendidas en una breve caricia.

Ella mantenía la postura en que había caído, medio encima de él; el corazón le palpitaba con fuerza en los oídos. Desde allí podía ver la línea mellada y negra de los árboles, al otro lado del patio; más allá, un trozo de cielo iluminado por las estrellas, tan próximas y brillantes que parecía posible caminar de una a otra, cada vez más arriba, hasta alcanzar el garfio de la luna creciente.

—¿No estás enfadada conmigo? —susurró él. Ahora hablaba con más facilidad, pero ella, que tenía la oreja apoyada contra su pecho, percibió la pequeña vacilación, el punto en que debía forzar el aire para hacerlo pasar por la cicatriz de la garganta.

—No. Nunca te prohibí que lo leyeras.

Él le rozó los hombros, haciendo que curvara la punta de los pies en una reacción de placer. ¿Que si le importaba? No. Probablemente habría debido sentirse expuesta en la intimidad de sus sueños y sus pensamientos; pero podía confiárselos. Él jamás los utilizaría contra ella.

Además, una vez puestos en el papel, sus sueños se convertían en algo independiente, como sus dibujos: el reflejo de una faceta de su mente, breve vistazo a algo visto, pensado, sentido una vez, pero distinto de la mente o el corazón que lo habían creado.

—Pero lo justo es justo. —Apoyó el mentón en el hueco de su hombro; él olía bien, a deseo satisfecho—. Ahora debes contarme uno de tus sueños.

Una risa vibró dentro de su pecho, casi muda, pero ella la percibió.

—¿Sólo uno?

—Sí, pero debe ser importante. Nada de esos sueños donde vuelas, o te persigue un monstruo o vas a la escuela sin ropa. Nada de esos sueños que todos tenemos; uno que hayas tenido sólo tú.

Le rascó suavemente el vello oscuro rizado del pecho, para que se erizara. Tenía la otra mano bajo la almohada; si movía un poco los dedos, tocaba la silueta suave de la «arcaica mujercita», como él la llamaba. Entonces podía imaginar que su propio vientre se hinchaba, redondo y duro. Aún perduraba el espasmo suave en la parte inferior del vientre, último efecto del acto amoroso. ¿Sucedería esta vez?

Él movió la cabeza en la almohada, pensativo. Sus ojos tenían el color del musgo, suave y vívido bajo la luz velada.

—Podría ser romántico —susurró—. Podría decir que éste es mi sueño: tú y yo aquí, solos... nosotros y nuestros hijos. —Giró un poco la cabeza para echar un vistazo al camastro del rincón, pero Jemmy dormía profundamente, invisible.

—Podrías —repitió ella, apretándole la frente contra el hombro—. Pero eso no es un sueño de verdad, sino una fantasía. Ya sabes a qué me refiero.

—Sí.

Él guardó silencio durante un momento; apoyaba la mano ancha y cálida contra su cintura.

—A veces —murmuró por fin—, a veces sueño que canto. Y despierto con la garganta dolorida.

Él no podía verle la cara, o las lágrimas que le escocían en la comisura de los ojos.

—¿Qué cantas? —susurró. Escuchó cómo sonaba el lino de la almohada cuando él negó con la cabeza.

—Nada que conozca o que haya oído nunca —respondió él, muy quedo—. Pero sé que canto para ti.

## 106

## *Manual del cirujano, tomo II*

*27 de julio de 1772*
*He tenido que dejar mis tareas para atender a Rosamund*
*Lindsay, quien ha llegado ya avanzada la tarde con una gra-*
*ve laceración en la mano izquierda, causada por un hacha*
*mientras descortezaba árboles. Herida extensa, pulgar iz-*
*quierdo casi seccionado; el corte se extendía desde la base*
*del índice, por el proceso estiloide del radio, superficialmen-*
*te dañado. La herida databa de tres días atrás; tratada con*
*un tosco vendaje y grasa de tocino. Extensa sepsia, con supu-*
*ración, pronunciada hinchazón de mano y antebrazo. Pulgar*
*ennegrecido; gangrena evidente; penetrante olor caracterís-*
*tico. Líneas rojas subcutáneas, indicativas de envenenamien-*
*to de la sangre, desde el sitio herido casi hasta la fosa ante-*
*cubital.*
*La paciente presentaba temperatura alta (40 °C aprox.),*
*síntomas de deshidratación, desorientación leve, evidente*
*taquicardia.*
*Vista la gravedad de su estado, he recomendado inme-*
*diata amputación del brazo a la altura del codo. La paciente*
*se ha negado a ello; ha insistido en la aplicación de cataplas-*
*ma de paloma, consistente en aplicar a la herida el cuerpo*
*hendido de una paloma recién sacrificada (el esposo de la*
*paciente había traído una). Cortado pulgar a la altura de la*
*base metacarpiana, ligado restos de arteria radial (aplastada*
*en la lesión original) y* superficialis volae. *Limpiada y drena-*
*da la herida, se ha aplicado aproximadamente una onza y me-*
*dia de polvo de penicilina en bruto (origen: corteza de casa-*
*ba podrida, cultivo n.º 23, prep. 15/6/72) en tópico, seguida*
*por una aplicación de ajo crudo triturado (tres dientes), bál-*
*samo de* Berberis canadensis... *y cataplasma de paloma, apli-*
*cada sobre el vendaje, por insistencia del esposo. Suminis-*
*trados fluidos por vía oral: mezcla febrífuga de centaura*
*roja, sanguinaria y lúpulo; agua* ad lib. *Inyectada mezcla de*
*penicilina líquida (cultivo n.º 23), vía intravenosa, dosis un*
*cuarto de onza en suspensión de agua esterilizada.*
*Rápido deterioro de la paciente, con crecientes síntomas*
*de desorientación y delirio, fiebre alta. Extensa urticaria en*

*el brazo y la parte superior del torso. Ha intentado aliviar la fiebre con repetidas aplicaciones de agua fría, sin resultado.*

*Dada la incoherencia de la paciente, he solicitado al esposo autorización para amputar; me ha sido denegada sobre la base de que la muerte parecía inminente y «ella no querría que la enterráramos a trozos».*

*Repetida inyección de penicilina. Poco después la paciente ha caído en la inconsciencia y ha expirado justo antes del amanecer.*

Volví a mojar la pluma, pero dejé que las gotas de tinta cayeran desde el extremo afilado. ¿Qué más debía decir?

El arraigado hábito de la minuciosidad científica luchaba contra la cautela. Era importante describir lo que había sucedido, tan a fondo como fuera posible. Al mismo tiempo dudaba si debía poner por escrito lo que podía ser una confesión de homicidio involuntario. Me obligué a recordar que no era asesinato, pero mis sentimientos no hacían tales distinciones.

—Mis sentimientos se equivocan —murmuré.

Al otro lado de la habitación, Brianna apartó la visa del pan que cortaba, pero al ver que yo inclinaba la cabeza hacia la página, reanudó su diálogo con Marsali. Aunque apenas promediaba la tarde, el día era lluvioso y oscuro. Yo había encendido una vela para escribir, pero las manos de las muchachas revoloteaban como polillas sobre la mesa en penumbra, posándose aquí y allá, entre platos y bandejas.

Lo cierto era que Rosamund Lindsay no parecía haber muerto de septicemia, sino de una reacción aguda a la penicilina no purificada; en pocas palabras, por obra de mi remedio. También era cierto que, si no hubiera recibido atención, el envenenamiento de la sangre la habría matado igualmente. En verdad, no había modo de saber qué efectos tendría la penicilina. Pero de eso se trataba, ¿verdad? De que alguien más pudiera saberlo.

Hice girar la pluma entre el pulgar y el índice. Llevaba un registro muy fiel de mis experimentos con la penicilina: el desarrollo de los cultivos en medios tales como el pan y la corteza de melón podrida, minuciosas descripciones del *Penicillium* visto por el microscopio y los efectos de su aplicación, hasta ese momento muy limitada.

Sí, debía incluir una descripción de los efectos. Pero la cuestión era: ¿para quién llevaba ese registro?

Me mordí el labio, pensativa. Si era sólo para mi propia utilidad, podía limitarme a registrar los síntomas, los tiempos y los efectos, sin apuntar de forma explícita la causa de la muerte. Después de todo, era difícil que se me olvidaran las circunstancias. Pero si quería que mis anotaciones fueran de utilidad para alguna otra persona... alguien que no tuviera ni idea de los beneficios y peligros de los antibióticos...

La tinta se estaba secando en la pluma. Apliqué la punta a la página.

«Edad: 44 años», escribí despacio. En esa época, los registros de casos solían terminar con una piadosa descripción de los últimos momentos del difunto, presumiblemente caracterizados por la resignación cristiana de los justos y el arrepentimiento de los pecadores. Ni lo uno ni lo otro había marcado el fallecimiento de Rosamund Lindsay.

Eché un vistazo al ataúd, que descansaba sobre sus caballetes, cerca de las ventanas surcadas por la lluvia. La cabaña de los Lindsay era demasiado pequeña para un funeral al que acudirían muchos deudos, bajo una lluvia torrencial. El féretro estaba abierto, pero le habíamos cubierto la cara con el sudario de muselina.

Rosamund había trabajado en Boston como prostituta; ya demasiado fornida y entrada en años como para ejercer provechosamente el oficio, viajó hacia el sur en busca de marido. «No podía soportar otro invierno de aquellos —me había comentado, poco después de su llegada al cerro—, ni otro de esos pescadores malolientes.» Encontró el refugio necesario en Kenneth Lindsay, que buscaba una esposa con quien compartir el trabajo de la casa. No fue una unión nacida de la atracción física (entre los dos contarían quizá con seis dientes sanos) ni de la compatibilidad emocional, pero aun así mantenían una relación amistosa.

Jamie se había llevado a Kenny, más desorientado que doliente, para medicarlo con whisky, tratamiento algo más efectivo que el mío. Por lo menos era difícil que resultara letal.

«Causa inmediata de la muerte», escribí. Hice otra pausa. Parecía dudoso que, ante la inminencia de su fin, Rosamund se hubiera volcado en la oración o la filosofía, pero de cualquier modo no había tenido ocasión de hacerlo. Había muerto congestionada, con los ojos saltones y la cara azul, sin que el aliento pudiera pasar por los tejidos hinchados de su garganta.

Sentí un nudo en la mía al recordarlo, como si me estuvieran estrangulando, y bebí un sorbo del té de menta que se enfriaba a mi lado. No me consolaba pensar que la septicemia la hubiera matado con más lentitud. Si bien la asfixia era más rápida, no resultaba mucho más agradable.

Golpeé la punta de la pluma contra el secante; las salpicaduras de tinta se extendieron a través de las fibras, formando una galaxia de diminutas estrellas. Cabía otra posibilidad: que la muerte se hubiera debido a una embolia pulmonar. Era una de las complicaciones posibles de la septicemia y habría explicado los síntomas.

La idea habría podido tranquilizarme, pero no me parecía muy creíble. Guiada tanto por mis conocimientos como por la conciencia, escribí «anafilaxis» antes de poder pensarlo dos veces.

¿Se conocía ya el término «anafilaxis»? En los registros de Rawlings no lo había encontrado, pero aún me quedaban algunos por leer. De cualquier modo sería mejor describirla en detalle, para quien pudiera leer mis notas.

Y ésa era la incógnita, desde luego. ¿Quién las leería? ¿Qué pasaría si mi registro caía en manos de un desconocido, que lo tomara como confesión de asesinato? Era improbable, pero podía suceder. Y yo había estado peligrosamente cerca de que me ejecutaran por bruja, en parte por mis actividades médicas. El gato escaldado huye del agua fría, pensé con cierta ironía.

«Extensa tumefacción de miembro afectado», escribí. La última palabra se esfumó al secarse la pluma. La hundí otra vez en la tinta y continué garabateando:

> *Tumefacción extendida a la parte superior del torso, la cara y el cuello. Piel pálida, marcada con manchas rojizas. Respiración acelerada y superficial, pulso muy rápido y leve, con tendencia a inaudible. Palpitaciones evidentes. Labios y oídos, cianóticos. Exoftalmia pronunciada.*

Tragué saliva otra vez al recordar los ojos de Rosamund, abultados bajo los párpados, cargados de terror e incomprensión. Habíamos tratado de cerrárselos al lavar el cadáver, pues lo acostumbrado era mantener la cara descubierta durante el velatorio, pero en este caso no parecía prudente.

No quería mirar de nuevo el féretro, pero lo hice, como para pedir disculpas. Brianna se volvió a mirarme y de inmediato desvió la cara. El olor de la comida preparada para el velatorio iba llenando la habitación, mezclado con el de la leña y la tinta...

y el roble fresco del ataúd. Tragué a toda prisa otro sorbo de té para asentar el estómago.

Sabía muy bien por qué la primera línea del juramento hipocrático rezaba: «Primero: no causar daño.» Era demasiado fácil hacer daño. ¡Cuánta arrogancia se requería para entrometerse en el físico de una persona! ¡Qué delicado y complejo era el cuerpo, qué ruda la intervención del médico!

Podría haber escrito esas notas en la intimidad de la clínica o el estudio, pero no lo había hecho y sabía por qué. El tosco sudario de muselina relumbraba a la luz lluviosa de la ventana. Pellizqué con fuerza la pluma entre el pulgar y el índice, tratando de olvidar el ruido del cartílago cricoides de Rosamund, que yo había perforado con un cortaplumas, en un último e inútil intento de permitir el paso de aire a sus pulmones forcejeantes.

Sin embargo... no existía un solo médico que no se hubiera enfrentado a lo mismo, en el ejercicio de la profesión. Yo había pasado por eso varias veces, aun en hospitales modernos, equipados con todo lo necesario para salvar la vida... en aquella otra época.

Aquí algún médico futuro se enfrentaría al mismo dilema: aplicar un tratamiento posiblemente peligroso o dejar morir a un paciente que se podría haber salvado. Y ése era mi propio dilema: equilibrar la remota posibilidad de que me condenaran por homicidio con el valor desconocido que mis registros pudieran tener para quien buscara conocimiento en ellos.

¿Quién podría ser esa persona? Mojé la pluma mientras pensaba. Las academias de medicina eran todavía pocas y estaban casi todas en Europa. La mayoría de los médicos obtenía sus conocimientos mediante el trabajo de aprendiz y la experiencia.

Rawlings no había estudiado en ninguna academia. Aunque lo hubiese hecho, muchas de sus técnicas habrían sido chocantes a mi modo de ver. Torcí la boca al recordar algunos de los tratamientos que había leído en esas páginas apretadas: infusiones de mercurio líquido para curar la sífilis, ventosas y ampollas para los ataques epilépticos, sangría para todo tipo de trastornos, desde la indigestión a la impotencia.

Aun así, Daniel Rawlings había sido todo un médico. Al leer sus anotaciones se percibía el interés que dedicaba a sus pacientes, su curiosidad con respecto a los misterios del cuerpo.

Movida por un impulso, volví a sus páginas. Tal vez no hacía más que dar tiempo a mi subconsciente para que tomara una decisión... o quizá sentía la necesidad de comunicarme, siquiera remotamente, con otro médico, alguien como yo.

Alguien como yo. Miré con atención la página, con su escritura pulcra y pequeña, sus minuciosas ilustraciones, sin ver detalles. ¿Había allí alguien como yo?

Nadie. No era la primera vez que pensaba en eso, pero hasta entonces había sido un problema vago, tan distante que no requería ninguna urgencia. En la colonia de Carolina del Norte, hasta donde yo sabía, sólo existía un «doctor» designado formalmente: Fentiman. Bufé con desprecio: era mejor Murray MacLeod y sus inofensivos remedios caseros.

Me bebí el té a sorbos mientras contemplaba a Rosamund. La simple verdad era que yo no duraría eternamente. Con suerte, aún me quedaba mucho tiempo, pero aun así debía encontrar a alguien a quien pudiera pasar al menos los rudimentos de lo que sabía.

Una risita ahogada desde la mesa: las chicas conversaban en susurros sobre el queso de cerdo, el *sauerkraut* y las patatas hervidas. No, pensé con algún pesar. No sería Brianna.

La elección lógica habría sido ella, que por lo menos sabía lo que era la medicina moderna. Con ella no tendría que superar la ignorancia y la superstición, ni explicarle los peligros de los gérmenes, las virtudes de la asepsia. Pero ella no tenía la inclinación natural, el instinto de curar. Aunque ver sangre no la perturbaba (me había ayudado en incontables partos y pequeños procedimientos quirúrgicos), carecía de esa peculiar mezcla de empatía y falta de piedad que necesita el médico.

Tal vez era más hija de Jamie que mía, me dije al observar la luz del fuego en su pelo. Tenía su valor, su gran ternura... pero era el valor de un guerrero y la ternura de una fortaleza capaz de aplastar a voluntad. Yo no había logrado pasarle mi don: el conocimiento de la sangre y el hueso, los caminos secretos del corazón.

Brianna levantó de pronto la cabeza y miró hacia la puerta. Marsali, más lenta, también escuchó.

Apenas llegaba el sonido a través del tamborileo de la lluvia, pero la percibí: una voz humana que cantaba. Una pausa; luego, el rumor de una respuesta que podía parecer un trueno lejano, pero no lo era. Los hombres bajaban desde el refugio de la montaña.

Kenny Lindsay había pedido a Roger que cantara el *caithris* por Rosamund; era el formal lamento gaélico por los muertos. «Ella no era escocesa —había dicho el viudo, limpiándose los ojos, legañosos por las lágrimas y una larga noche de desvelo—. Ni siquiera tenía el temor de Dios. Pero le gustaba cantar y te admiraba mucho, MacKenzie.»

Roger nunca había cantado ni oído un *caithris*. «No te preocupes —había murmurado Jamie, al tiempo que le ponía una mano en el brazo—. Sólo necesitas voz fuerte.» Roger inclinó la cabeza en grave aquiescencia y, en compañía de Jamie y Kenneth, fue al cobertizo de la malta para beber whisky y aprender lo que pudiera sobre la vida de Rosamund, para lamentar mejor su fallecimiento.

La ronca melodía desapareció; el viento había cambiado. Sólo por un capricho de la tormenta habíamos podido oírlo tan pronto. Ahora bajarían por el cerro, para reunir a los deudos de las cabañas más alejadas; luego, a la cabeza de la procesión, volverían a casa para el festín, las canciones y los relatos, que se prolongarían durante toda la noche.

Bostecé sin poder evitarlo; la mera idea me hacía crujir la mandíbula. Me dije, consternada, que no podría resistir tanto. Por la mañana había dormido unas pocas horas, insuficientes para soportar un velatorio gaélico y el subsiguiente funeral. Al amanecer los cuerpos estarían amontonados en el suelo, oliendo a whisky y ropa mojada.

Bostecé otra vez, con los ojos desbordantes, y sacudí la cabeza para despejarla. Me dolían de fatiga todos los huesos del cuerpo; nada deseaba tanto como quedarme en cama por varios días.

En mi concentración no había notado que Brianna estaba de pie a mi espalda. Me apoyó las manos en los hombros y se acercó un poco más, dejándome sentir el calor de su contacto. Marsali se había ido; estábamos solas. Comenzó a masajearme los hombros, moviendo lentamente los dedos hacia el cuello.

—¿Cansada? —preguntó.

—Hum, resistiré —dije.

Cerré el libro y me incliné hacia atrás, relajada por un instante en el puro alivio de su contacto. Sólo entonces me di cuenta de lo tensa que estaba.

El salón estaba sereno y ordenado, listo para el velatorio. La señora Bug atendía la parrilla. Las muchachas habían encendido un par de velas, una a cada extremo de la mesa cargada, y las sombras parpadeaban sobre las paredes encaladas y el ataúd, cada vez que las llamas se inclinaban a impulsos de alguna corriente de aire.

—Creo que la maté —dije de pronto, sin haber tenido intención de hablar—. Fue la penicilina lo que la mató.

Los largos dedos no interrumpieron su tranquilizador movimiento.

—¿De verdad? —murmuró—. De todas formas no había otra cosa que pudieras hacer, ¿me equivoco?

—No.

Me recorrió un pequeño escalofrío de alivio, tanto por la confesión como por el aflojamiento gradual de la dolorosa tensión en los hombros y el cuello.

—Está todo bien —musitó ella, frotando y masajeando—. De cualquier modo habría muerto, ¿verdad? Es triste, pero no hiciste nada malo. Tú lo sabes.

—Sí, lo sé. —Para sorpresa mía, una lágrima solitaria se deslizó por mi mejilla hasta caer en la página, arrugando el papel. Parpadeé con fuerza, en un intento de dominarme. No quería afligir a Brianna.

No lo hizo. Retiró las manos de mis hombros y oí el ruido de un taburete arrastrado. Luego sus brazos me rodearon. Me recosté contra ella, con la cabeza apoyada bajo el mentón. Se limitó a abrazarme, calmándome con el subir y bajar de su respiración.

—Una vez fui a cenar con el tío Joe, cuando él acababa de perder a un paciente —dijo al fin—. Me habló de eso.

—¿Sí? —Me sorprendió un poco; no imaginaba que Joe discutiera esas cosas con ella.

—No era su intención, pero noté que algo le preocupaba, y le pregunté. Él necesitaba hablar. Y yo estaba allí. Después dijo que fue casi como estar contigo. No sabía que te llamase lady Jane.

—Sí —confirmé—, por mi manera de hablar.

Sentí un aliento de risa contra la oreja y sonreí apenas a mi vez. Con los ojos cerrados podía ver a mi amigo, acompañando la conversación con gestos apasionados, encendida la cara por el deseo de bromear.

—Dijo que a veces, cuando sucedían esas cosas, el hospital hacía una especie de investigación formal. No era un juicio, nada de eso, sino una reunión de los otros médicos, para saber con exactitud qué había salido mal. Dijo que era una especie de confesión, contárselo a otros médicos que pudieran comprender... y que aliviaba.

—Ajá. —Ella se movía un poco, meciéndome cariñosamente como si fuese Jemmy.

—¿Es eso lo que te inquieta? —preguntó en voz baja—. Además de lo que pasó con Rosamund, ¿el hecho de estar sola, sin nadie que pueda entenderte de verdad?

Sus brazos me envolvían los hombros, con las manos cruzadas contra mi pecho. Manos jóvenes, anchas, capaces, de piel fresca y clara; olían a pan recién horneado y a mermelada de fresas. Cogí una para apoyar la mejilla contra su palma tibia.

—Al parecer, así es —dije.

La mano me acarició la mejilla y se retiró para acomodarme lentamente el pelo detrás de la oreja.

—Ya pasará —aseguró—. Todo pasará.

—Sí. —Y sonreí, a pesar de las lágrimas que me empañaban los ojos.

No podía enseñarle a ser doctora, pero al parecer, sin saberlo, le había enseñado a ser madre.

—Deberías ir a acostarte —dijo, apartando las manos con renuencia—. Pasará al menos una hora antes de que lleguen.

Exhalé el aliento en un suspiro mientras sentía la paz de la casa a mi alrededor. El Cerro de Fraser había sido, para Rosamund, un breve refugio, pero aun así era un verdadero hogar. Le habíamos dado seguridad y la honraríamos en la muerte.

—Dentro de un minuto —dije, limpiándome la nariz—. Primero debo terminar algo.

Me senté con la espalda erguida ante mi libro, sumergí la pluma y comencé a escribir las líneas que debían quedar allí, por el bien del desconocido médico que me siguiera.

# 107

# Zugunruhe

*Septiembre de 1772*

Desperté empapada en sudor. La fina camisa que usaba para dormir se me adhería al cuerpo, transparente de sudor y recogida por encima de los muslos, dejando traslucir en parches la oscuridad de mi piel, aun a la luz mortecina que entraba por las contraventanas abiertas. En mi desordenado sueño había pateado el edredón y la sábana, pero aun así mi piel palpitaba de calor, en oleadas sofocantes que corrían a través de mí como cera fundida.

Bajé las piernas por el costado de la cama y me levanté, mareada e insegura. Tenía el pelo empapado y el cuello cubierto de sudor; una gota me corría entre los pechos.

Jamie aún dormía. Vi la curva de su hombro y su pelo, oscuro contra la almohada. Se movió un poco, murmurando algo, pero luego recobró la respiración regular del sueño. Yo necesitaba aire y no quería despertarlo. Aparté el mosquitero y salí al pasillo para ir al trastero.

Era un cuarto pequeño, pero tenía una ventana grande a fin de equilibrar la de nuestro dormitorio. Aún estaba sin cristales, cubierta sólo por las persianas de madera; las tablillas dejaban pasar frías ráfagas de aire nocturno que se arremolinaban en el suelo, acariciándome las piernas desnudas. Ansiosa de su frescura, me quité la camisa mojada con un suspiro de alivio; la corriente me rozó las caderas, los pechos, los brazos.

No obstante, el calor continuaba allí, oleadas ardientes que palpitaban sobre mi piel con cada latido del corazón. A tientas en la oscuridad abrí las ventanas, respirando a grandes bocanadas el aire fresco que se abatió sobre mí.

Desde allí se podía mirar por encima de los árboles que rodeaban la casa, cuesta abajo, casi hasta la tenue línea negra del río, muy lejano. El viento agitaba en un murmullo las copas de los árboles, y traía hasta mí el olor penetrante de las hojas y la savia del verano. Cerré los ojos, inmóvil; uno o dos minutos después el calor había desaparecido, como una brasa en el agua, dejándome mojada, pero en paz.

Aún no quería volver a la cama; tenía el pelo húmedo y las sábanas aún estarían pegajosas. Me apoyé en el antepecho, desnuda, con la piel agradablemente erizada por el frescor. El pacífico susurro de los árboles se interrumpió ante el débil llanto de un niño. Miré hacia la cabaña.

Estaba a cien metros de la casa; el viento debía de venir hacia mí para haber traído el llanto. Como cabía esperar, cambió en cuanto me asomé y la voz se perdió en el revoloteo de las hojas. Pero al morir la brisa los gritos me llegaron más potentes, en medio del silencio.

Eran más potentes porque se estaban acercando. Se oyó un crujido de madera: alguien había abierto la puerta de la cabaña para salir. No se veían lámparas ni velas encendidas; el breve vistazo que pude echar a la persona que salía sólo me mostró una silueta alta, recortada contra el tenue resplandor del hogar. Me pareció ver una cabellera, tanto Roger como Brianna dormían con el pelo suelto y sin gorra. Era grato imaginar las lustrosas guedejas negras de Roger, mezcladas en la almohada con el fuego de Brianna. De pronto me pregunté si compartían la almohada.

Los chillidos no cesaban. Eran nerviosos, pero no atormentados. No los causaba un dolor de barriga. ¿Un mal sueño? Aguardé un momento, por si alguien traía al niño hasta la casa en mi busca; por si acaso cogí mi camisa arrugada. No; la figura alta había desaparecido en el bosquecillo de las píceas; Oí que el llanto se alejaba. Eso significaba que tampoco había fiebre.

Al percatarme de que mis pechos se habían endurecido y cosquilleaban en respuesta al llanto, sonreí con cierta melancolía. Parecía extraño que el instinto fuera tan profundo y durara tanto. ¿Llegaría el momento en que nada en mí se conmoviera ante el llanto de un bebé, el olor de un hombre excitado, el roce de mi propia cabellera contra la espalda desnuda? Y si llegaba a ese punto, ¿lamentaría la pérdida o me encontraría en paz, libre de contemplar la existencia sin la intromisión de esas sensaciones animales?

Después de todo, las glorias de la carne no eran los únicos dones del mundo; todo médico ve las abundantes miserias que el cuerpo hereda también... Y aun así... Bañada por el aire del verano tardío, con las tablas pulidas bajo los pies descalzos y el toque del viento en la piel desnuda... todavía no deseaba ser un espíritu puro.

El llanto se hizo más audible y se mezcló con el murmullo grave de una voz adulta, que trataba en vano de tranquilizarlo. Roger, pues.

Me cubrí suavemente los pechos con las manos; me gustaba sentir su blanda plenitud. Recordé cómo eran en mi adolescencia: dos bultos pequeños y duros, tan sensibles al tacto que la mano de un muchacho podía aflojarme las rodillas. Mi propia mano, en verdad. Habían cambiado... y sin embargo, de un modo extraño eran los mismos.

Eso no era el descubrimiento de algo nuevo e inimaginado, sino sólo una nueva conciencia, el reconocimiento de algo que había surgido mientras yo no miraba, como una sombra contra la pared, una presencia insospechada, descubierta sólo al volverme... pero había estado allí desde un principio.

«Mi sombra no es muy grande y siempre va conmigo / pero qué hacer con ella, eso nunca lo he sabido.»

Y si volvía la espalda otra vez, la sombra no me abandonaría. Estaba irrevocablemente sujeta a mí, aunque yo decidiera no prestarle atención: siempre insustancial, intangible, pero presente; pequeña hasta desaparecer bajo mis pies cuando sobre mí brillaba la luz de otras preocupaciones, pero dilatada hasta adquirir proporciones gigantescas al fulgor de algún impulso repentino.

¿Demonio residente o ángel guardián? ¿O sólo la sombra de la bestia, recordatorio constante de lo ineludible que eran el cuerpo y sus apetitos?

Otro ruido se mezcló con el llanto, allí abajo; parecía una tos, pero no cesaba y tenía cierto ritmo. Asomé la cabeza, cauta como un caracol tras una tempestad, y distinguí algunas palabras en el ronco balbuceo.

—*Era un hom-bre, y una mi-na, y su hi-ja Clementine...* —Roger estaba cantando.

Las lágrimas me escocieron en los ojos; retiré la cabeza al instante para que no me viera. Cantaba sin melodía (el tono variaba tanto como el ulular del viento en el pico de una botella vacía), pero aun así era música, un jadeo musical mellado y harapiento, que aquietó el llanto, como si Jemmy tratara de reconocer las palabras, tan penosamente emitidas por la garganta de su padre.

—*Era ru-bia, como un ha-da...* —Después de susurrar cada frase tenía que respirar a jadeos, con un ruido como de tela desgarrado.

Apreté los puños, como si por pura fuerza de voluntad pudiera ayudarlo a emitir la voz.

—*... y calzaba el ciento diez.*

La brisa aún agitaba las copas de los árboles. El verso siguiente se perdió en el murmullo. Durante un minuto o dos no oí nada, por mucho que agucé el oído.

Luego vi a Jamie, muy quieto.

No hizo ruido alguno, pero lo sentí de inmediato: cierto calor, cierta densidad en el aire fresco de la habitación.

—¿Te encuentras bien, Sassenach? —preguntó desde el vano de la puerta.

—Sí, estoy bien —respondí en susurros, para no despertar a Lizzie y a su padre, que dormían en la habitación trasera—. Sólo necesitaba un poco de aire; no quería despertarte.

Él se acercó, fantasma alto y desnudo con olor a sueño.

—Siempre despierto contigo, Sassenach; duermo mal cuando no estás a mi lado. —Me tocó la frente un momento—. Creía que tenías fiebre; la cama estaba húmeda. ¿Estás bien, de verdad?

—Tenía calor y no podía dormir, pero estoy bien, sí. ¿Y tú? —Le toqué la cara; tenía la piel caldeada por el sueño.

Se acercó a la ventana para contemplar la noche conmigo. Había luna llena y los pájaros estaban inquietos; a poca distancia se oía el gorjeo de una curruca tardía; más allá, el chistar de un búho cazador.

—¿Te acuerdas de Laurence Sterne? —preguntó Jamie. Al parecer, esos sonidos le recordaban al naturalista.

—Difícilmente alguien podría olvidarlo —dije, cortante—. El saco de arañas secas impresiona un poco. Por no hablar del olor.

Sterne llevaba consigo un aroma característico, compuesto en partes iguales de olores carnales, la costosa agua colonia que prefería —cuya potencia llegaba a competir, aunque no a vencer, la de diversos conservantes, tales como el alcanfor y el alcohol— y un vago hedor a podredumbre, la de los especímenes que coleccionaba.

Jamie rió entre dientes.

—Es cierto. Huele peor que tú.

—¡Yo no huelo mal! —exclamé, indignada.

—Mmmfm... —Me cogió la mano para acercársela a la nariz—. Cebollas y ajo. Algo picante... ajíes, tal vez. Sí, y clavo de olor. Sangre de ardilla y jugo de carne. —Sacó la lengua como una víbora para tocarme los nudillos—. Almidón... de patatas... y algo leñoso. Hongos venenosos.

—Eso no es justo —protesté, tratando de recuperar la mano—. Sabes muy bien lo que cenamos. Y no eran hongos venenosos, sino setas.

—¿Hum? —Me volvió la mano para olfatearme la palma; luego, la muñeca y el antebrazo—. Vinagre y eneldo; has hecho pepinos encurtidos, ¿verdad? ¡Qué bien!, me gustan. Hum, ah, también se puede oler a leche agria en el vello fino del brazo. ¿Has estado batiendo mantequilla o filtrando leche?

—Dímelo tú, ya que sabes tanto.

—Mantequilla.

—¡Cuernos! —Seguía tratando de apartarme, pero sólo porque su barba crecida me hacía cosquillas en el brazo. Olfateó hacia arriba, hasta llegar al hueco del hombro; su pelo, al rozar mi piel, me arrancó un chillido.

Luego me levantó un poco el brazo para tocar el vello sedoso y húmedo de la axila.

—*Eau de femme* —murmuró, con los dedos bajo la nariz. La risa era perceptible en su voz—. *Ma petite fleur*.

—¡Y eso que me he bañado! —dije, melancólica.

—Sí, con jabón de girasol. —Había un tono de sorpresa en su voz al husmearme la clavícula.

Solté un chillido agudo y él me cubrió la boca con una manaza caliente. Olía a pólvora, heno y estiércol, pero no pude decírselo, amordazada como estaba.

Él se irguió un poco y se inclinó más, hasta que la aspereza de la barba crecida me rozó la mejilla. Su mano cayó, y sentí la suavidad de sus labios contra la sien, el toque de mariposa de su lengua en la piel.

—Y sal —murmuró, cálido su aliento contra la cara—. Tienes sal en la cara y las pestañas mojadas. ¿Has llorado, Sassenach?

—No —dije, aunque sentía un súbito e irracional impulso de hacerlo—. No, he sudado. Tenía... calor.

Ya no; mi piel estaba fresca, fría allí donde la brisa nocturna de la ventana me helaba la parte posterior.

—Ah, pero aquí... hum... —Se había puesto de rodillas, con un brazo en torno a mi cintura para retenerme y la nariz hundida en mi seno—. Oh —dijo, y su voz cambió otra vez.

Normalmente yo no usaba perfume, pero tenía un aceite especial, fabricado en las Indias con azahares, jazmín, vainilla y canela. Como sólo tenía un frasco muy pequeño, usaba apenas un toque de vez en cuando, en ocasiones que pudieran ser especiales.

—Me deseabas —dijo, melancólico—. Y yo me he dormido sin tocarte siquiera. Lo siento, Sassenach. Deberías habérmelo dicho.

—Estabas cansado. —Le acaricié los largos mechones oscuros y los sujeté detrás de la oreja.

Él rió; sentí el calor de su aliento en mi vientre desnudo.

—Para eso podrías levantarme de entre los muertos, Sassenach, y no me molestaría.

Se puso de pie. Pese a lo escaso de la luz, pude comprobar que no se requerirían medidas tan desesperadas.

—Hace calor —dije—. Estoy sudando.

—¿Y crees que yo no?

Sus manos me ciñeron la cintura. Súbitamente me levantó para sentarme en el ancho alféizar. El contacto con la madera fría me hizo jadear; por un acto reflejo me así del marco a cada lado.

—¿Se puede saber que estás haciendo?

No se molestó en responder; de cualquier modo era una pregunta retórica.

—*Eau de femme* —murmuró al arrodillarse, rozándome los muslos con el pelo. Las tablas del suelo crujieron bajo su peso—. *Parfum d'amour*, ¿eh?

La brisa fresca me levantó el pelo, que me cosquilleó la espalda como un suavísimo toque de amante. Jamie me sujetaba con firmeza por la cadera; aunque no corría peligro de caer, sentía el abismo vertiginoso detrás de mí, la noche clara e interminable, con el cielo vacío, sembrado de estrellas. Podía caer infinitamente allí, como una mota pequeña que se fuera calentando más y más con la fricción de la trayectoria, hasta explotar al fin en la incandescencia de una estrella... fugaz.

—¡Chist! —murmuró Jamie, muy lejos.

Ahora estaba de pie, con las manos en mi cintura, y el gemido podía haber sido del viento o mío. Me rozó los labios con los dedos, como cerillas que encendieran llamas contra mi piel. El calor bailaba sobre mí, vientre y pecho, cuello y cara, ardiente delante, frío detrás, como san Lorenzo en su parrilla.

Lo envolví con las piernas y acomodé un talón en la hendidura de sus nalgas; la sólida fuerza de sus caderas era mi única ancla.

—Suelta —me dijo al oído—. Yo te sostendré.

Me solté, sí, inclinada hacia atrás en el aire, a salvo en sus manos.

—Habías empezado a decirme algo sobre Laurence Sterne —murmuré largo rato después, adormilada.

—Es verdad. —Jamie se acomodó, con una mano curvada en gesto posesivo sobre mi nalga.

Le rocé el vello del muslo con los nudillos. Hacía demasiado calor para estar pegados, pero no queríamos separarnos del todo.

—Le gustaban mucho los pájaros. Le pregunté por qué cantan por la noche a finales de verano; como las noches son más cortas, deberían querer descansar, pero no: durante toda la noche, en los setos y en los árboles, se oyen susurros, gorjeos y toda clase de movimientos.

—¿Sí? No lo había notado.

—Porque no tienes costumbre de dormir en el bosque, Sassenach —dijo, tolerante—. Yo sí, y también Sterne. Dijo que también a él le había llamado la atención.

—¿Y sabía por qué?

—No, pero al menos tenía una teoría.

—¡Oh!, mejor aún —murmuré, con soñolienta diversión.

Él rodó un poco hacia un costado, dejando entrar algo de aire entre los cuerpos salobres. Vi un brillo de humedad en la pendiente de su hombro y el sudor entre los vellos rizados del pecho. Él se rascó con suavidad allí.

—Lo que hizo fue capturar a varios pájaros y encerrarlos en jaulas forradas de papel secante.

—¿Qué? —Eso me despertó un tanto, aunque sólo fuera para reír—. ¿Por qué?

—No las forró por completo; sólo el fondo —explicó—. Luego puso allí un platillo con tinta y, en el centro del plato, una taza con semillas, de modo que los pájaros no pudieran comer sin marcharse las patas de tinta. De ese modo, cuando saltaran de un lado a otro dejarían huellas en el papel secante.

—Hum. ¿Y qué demostró con eso?

Los insectos empezaban a encontrarnos, guiados por el almizcle de la piel acalorada. Un agudo *zzzz* junto a mi oreja me instó a dar una palmada al mosquito invisible; luego cogí el tul que Jamie había retirado al levantarse para ir a por mí. Estaba sujeto a un ingenioso mecanismo, invento de Brianna, fijado a la viga que cruzaba por encima de la cama, de modo que, al desenrollarlo, la tela caía por todos lados, protegiéndonos de las sanguinarias hordas veraniegas.

Lo puse en su sitio con algún pesar: si bien dejaba fuera a los mosquitos, los jejenes y las irritantes mariposas nocturnas, también nos privaba de aire y de ver la noche luminosa. Volví a acostarme a cierta distancia; la caldera natural de Jamie era grandiosa en las noches de invierno, pero en el verano tenía sus inconvenientes. Llegado el caso, no me molestaba fundirme en un infierno de deseo, pero ya no tenía más camisas limpias.

—Había muchísimas huellas, Sassenach, pero casi todas en un solo lado de la jaula. En todas las jaulas.

—¿De verdad? ¿Y qué interpretación dio Sterne a eso?

—Pues... había tenido la brillante idea de poner una brújula junto a las jaulas. Y al parecer, los pájaros pasaron toda la noche brincando y forcejeando hacia el sudeste, la dirección en la que migran cuando llega el otoño.

—¡Qué interesante! —Me recogí el pelo en una cola de caballo para refrescarme el cuello—. Pero todavía no es época de migrar, ¿verdad? Y tampoco vuelan por la noche, ni siquiera cuando emigran.

—No. Era como si sintieran la inminencia del vuelo, su atracción, y eso les perturbara el reposo. Lo más extraño es que la mayoría de sus cautivos eran aves jóvenes, que aún no habían hecho nunca el viaje; no conocían el lugar hacia el que se dirigían; sin embargo, sentían su presencia, quizá convocándolos, arrancándolos del sueño.

Me moví un poco; Jamie retiró la mano de mi pierna.

—*Zugunruhe* —dijo con voz queda, rozando con la punta de un dedo la marca húmeda que me había dejado en la piel.

—¿Qué es eso?

—Así lo llamaba Sterne: el desvelo de los pajarillos que se preparan para la partida.

—¿Significa algo en especial?

—Sí. *Ruhe* es «quietud», «descanso». Y *zug*, un viaje de cualquier tipo. Por ende, *zugunruhe* es «inquietud», el desasosiego que precede a un viaje largo.

Me acerqué a él para golpearlo con afecto en el hombro con la frente. Inhalé como si saboreara el delicado aroma de un buen cigarro.

—*Eau d'homme?*

Levantó la cabeza para olfatear con aire dubitativo; luego arrugó la nariz.

—*Eau de chèvre*, creo. Temía que fuera algo peor. ¿Cómo se dice mofeta en francés?

—*Le pew* —insinué, riendo.

Los pájaros cantaron toda la noche.


# 108

# Tulach Ard

*Octubre de 1772*

Jamie sonrió, al tiempo que señalaba con la cabeza hacia atrás.

—Veo que hoy tenemos ayuda.

Roger se volvió y vio que Jemmy marchaba tras ellos, con la frente fruncida en gran concentración y una piedra del tamaño de un puño apretada contra el pecho. Sintió deseos de reír, pero en cambio se sentó en cuclillas para esperar que el pequeño los alcanzara.

—¿Es para la pocilga nueva, *a ghille ruaidh*? —preguntó.

Jemmy asintió con solemnidad. Aunque la mañana todavía era fresca, tenía las mejillas sonrojadas por el esfuerzo.

—Gracias —dijo su padre, con gravedad. Alargó la mano—. ¿Quieres que la lleve?

El pequeño negó con brío, haciendo volar el flequillo.

—¡Yo llevo!

—Queda muy lejos, *a ghille ruaidh* —advirtió Jamie—. Y tu madre te echará de menos, ¿verdad?

—¡No!

—El abuelo tiene razón, *a bhalaich*. Mami te necesita —dijo Roger al tiempo que tendía la mano hacia la piedra—. Dámela y...

—¡No! —Jemmy la estrechó con ademán protector contra el delantal, con la boca apretada en una línea terca.

—Pero no puedes... —comenzó Jamie.

—¡Yo voy!

—No, he dicho que tienes... —quiso decir Roger.

—¡YO VOY!

—Oye, muchacho... —empezaron los dos hombres a la vez. Luego se miraron, entre risas.

—Oye, ¿dónde está mami? —preguntó Roger, intentando otra táctica—. Debe de estar preocupada por ti.

La pequeña cabeza roja se sacudió en vehemente negativa.

—Claire ha dicho que las mujeres iban a coser edredones —le dijo Jamie a su yerno—. Marsali ha comprado un modelo; puede que hayan comenzado la tarea. —Y se sentó en cuclillas junto a Roger, cara a cara con su nieto—. ¿Te has escapado de tu madre?

La suave boca rosada, hasta entonces muy apretada, se contrajo en una risilla.

—Ya me lo imaginaba —reconoció Roger, resignado—. Ven, pues. A casa. —Y se incorporó para alzar al niño, con piedra y todo.

—¡No, no! ¡NO! —Jemmy se puso rígido para resistirse y le hizo daño a Roger al clavarle los pies en el vientre, arqueándose hacia atrás—. ¡Yo ayudo, yo AYUDO!

En sus intentos de hacerse oír sin gritar por encima de los alaridos de su hijo, al tiempo que le impedía caer de cabeza, Roger tardó en escuchar los gritos que llegaban desde la casa.

Por fin recurrió a tapar con la mano la boca abierta del niño. Entre los árboles se oían llamadas femeninas: «¡Jeeeeemm-mmmyyyy!»

—¿Oyes? Lizzie te está llamando —dijo Jamie a su nieto al tiempo que apuntaba con el pulgar hacia el sonido.

—Y no sólo Lizzie. —Otras voces de mujeres se unieron al coro, con creciente enfado—. Mamá, la abuela Claire, la abuela Bug, la tía Marsali. Todas, por lo que se oye. Y no parecen muy contentas contigo, muchacho.

—Será mejor que lo llevemos de vuelta —decidió Jamie, no sin compasión—. Creo que te van a dar una paliza, pequeño. A las mujeres no les gusta que te escapes.

Esa amenazante perspectiva hizo que Jemmy dejara caer la piedra para aferrarse a Roger.

—Voy con papá —dijo, halagador.

—Pero mami...

—¡Mami no! ¡*Quero* papá!

Él le dio unas palmaditas en la espalda, pequeña pero sólida bajo el sucio delantal. Estaba indeciso; era la primera vez que Jem le prefería tan decididamente a Bree, y debía admitir que se sentía halagado. Aunque la actual parcialidad de su hijo se debiera tanto al deseo de evitar el castigo como al de acompañarlo, el caso es que Jem quería ir con él.

—Supongo que podríamos llevarlo —le dijo a su suegro por encima de la cabeza del niño, que anidaba confiado contra su clavícula—. Sólo por esta mañana. A mediodía puedo traerlo de regreso.

—¡Oh!, sí. —Jamie sonrió a su nieto y le devolvió la piedra caída—. Construir pocilgas es cosa de hombres, ¿verdad? No como esas labores de agujas que tanto gustan a las señoras.

—Hablando de señoras... —Roger apuntó el mentón hacia la casa, donde los gritos de «¡Jeemyyyyy!» iban adoptando un tono claramente irritado y teñido de pánico—. Habrá que decirles que está con nosotros.

—Iré yo. —Jamie dejó caer la bolsa que llevaba al hombro y miró a su nieto enarcando una ceja—. Me debes una, muchacho. Cuando las mujeres están de los nervios, se desahogan con el primer hombre que aparece, sea culpable o no. Lo más probable es que sea mi trasero el que reciba la paliza.

Y puso los ojos en blanco; luego, con una gran sonrisa, partió al trote hacia la casa.

Jemmy reía.

—¡Paliza, *abelo*! —anunció.

—Calla, pequeño tunante. —Roger le dio una suave palmada en el trasero; entonces cayó en la cuenta de que el niño llevaba pantalones cortos bajo el delantal, sin pañales—. ¿No quieres caca? —preguntó automáticamente, adoptando la peculiar expresión de Brianna.

—No —dijo Jem, también de forma automática. Pero se tocó por reflejo la entrepierna, de modo que su padre lo llevó sin más detrás de un discreto arbusto.

—Podemos probar mientras esperamos a tu abuelo.

Le dio la impresión de que pasaba una eternidad antes de que Jamie regresara, aun cuando los gritos indignados de las mujeres se habían acallado muy pronto. Si su trasero había recibido una paliza, cualquiera diría que la había disfrutado, pensó Roger, cínico. En los pómulos tenía un leve rubor y traía un aire decididamente satisfecho.

Eso tuvo inmediata explicación cuando sacó un hatillo de debajo de la camisa. Al abrir el paño de cocina puso a la vista media docena de bizcochos, todavía calientes y chorreantes de mantequilla y miel.

—Creo que la señora Bug los destinaba al círculo de costura —explicó mientras distribuía el botín—, pero no creo que los eche de menos. Había masa de sobra en el cuenco.

—En todo caso diré que has sido el único responsable —aseguró su yerno, frenando con un dedo la miel caliente que le corría por la muñeca. La lamió con los ojos cerrados en momentáneo éxtasis.

—¿Cómo es eso? ¿Vas a entregarme a la Inquisición? —Los ojos de Jamie eran triángulos azules de diversión y las migas salían disparadas de su boca—. ¡A mí, que he compartido mi botín contigo! ¡Qué falta de gratitud!

—Tu reputación puede soportarlo —explicó Roger, irónico—. En lo que concierne a la abuela Bug, Jem y yo somos *persona non grata*, después de lo que pasó con su pastel de especias, la semana pasada. Pero todo lo que haga el señor está bien. Podrías comerte todo el contenido de su despensa sin que dijera nada.

Jamie se lamió los labios untuosos de miel, con la complacencia de quien está bien asentado en la simpatía de la cocinera.

—Puede ser —admitió—. Pero si vas a echarme la culpa, será mejor que laves al niño para ocultar las pruebas, antes de volver a casa.

Jemmy se había dedicado a su golosina con total concentración; como resultado, toda su cara brillaba de mantequilla, la miel corría en surcos ambarinos por su blusón y tenía pegadas al pelo varias migas de bizcocho a medio masticar.

—¿Cómo diablos has hecho ya todo eso? —inquirió Roger, asombrado—. ¡Mira cómo te has puesto la camisa! Tu madre nos matará a los dos.

Hizo un inútil esfuerzo por limpiarlo un poco con el paño de cocina, pero sólo consiguió estirar los pegotes.

—No te preocupes —dijo Jamie, tolerante—. Cuando acabe el día estará tan sucio que su madre no detectará unas migajas más o menos. ¡Cuidado, muchacho! —Un rápido movimiento de la mano salvó medio bizcocho que se había partido, cuando el niño intentaba metérselo en la boca de una sola vez. Jamie mordió con aire reflexivo el trozo rescatado—. Aun así, será mejor lavarlo un poco en el arroyo. No conviene que los cerdos le huelan la miel.

Roger sintió cierto desasosiego al notar que Jamie no bromeaba. Era común ver cerdos en el bosque, hozando en la hojarasca. En esa temporada tenían comida abundante y el puerco no ofrecía peligro alguno para un hombre adulto. Pero un pequeño que oliera a miel... Uno pensaba que los cerdos sólo comían raíces y frutas secas, pero Roger recordaba vívidamente haber visto a la gran hembra blanca, algunos días atrás, con la cola ensangrentada de una zarigüeya colgándole del hocico.

El último trozo de bizcocho pareció atascársele en la garganta. Alzó a Jemmy, a pesar de lo pringoso que estaba, y se lo metió bajo un brazo.

—Vamos, pues —dijo con resignación—. A mami no le gustaría nada que te comieran los puercos.

Los postes para la cerca estaban amontonados junto al pilar de piedra. Roger revolvió entre ellos hasta encontrar un trozo astillado; luego hizo palanca con él para levantar un gran bloque de granito, hasta que pudo meter las manos debajo. Con la piedra montada en los muslos, se incorporó muy despacio, enderezando una vértebra cada la vez. El trapo que se había atado a la cabeza estaba empapado y el sudor empezaba a correrle por la cara. Meneó la cabeza para quitárselo de los ojos.

—¡Papi, papi!

Al sentir que le tiraban de los pantalones, parpadeó para despejar los ojos y separó bien los pies, a fin de conservar el equilibrio sin dejar caer la pesada piedra. Luego afirmó las manos.

—¿Qué, hijo? —preguntó, mirando con fastidio hacia abajo.

Jemmy estaba aferrado a la prenda con las dos manos y miraba hacia el bosque.

—Cerdo, papi —susurró—. Cerdo graaande.

Al seguir la dirección de su mirada, Roger se quedó helado.

Se trataba de un enorme jabalí negro, a cuatro pasos de distancia. Medía casi un metro de alzada y debía de pesar unos noventa kilos o más; los colmillos curvos eran tan largos como el antebrazo de Jemmy. El hocico se movía en el aire al olfatear en busca de peligro o comida.

—Mierda —se le escapó a Roger.

Jemmy, que por lo general se apoderaba de cualquier vulgaridad para proclamarla encantado, se limitó a aferrarse de su pierna.

Los pensamientos cruzaban la mente de Roger como trenes cargueros en colisión. ¿Atacaría el cerdo si ellos se movían? Necesitaba moverse; los músculos de los brazos le temblaban por el esfuerzo. Había limpiado a Jem; ¿parecería aún algo que pudiera figurar en el menú de un jabalí?

De todo ese caos rescató un pensamiento coherente.

—Jem —dijo, con voz muy calma—, ponte detrás de mí. Ya —añadió con énfasis, al ver que el animal giraba la cabeza hacia ellos.

Entonces los vio; los ojillos oscuros cambiaron de enfoque. Dio unos pasos hacia delante; las pezuñas parecían absurdamente pequeñas y primorosas bajo esa mole amenazante.

—¿Ves a tu abuelo, Jem? —preguntó, siempre con voz serena. Por los brazos le corrían vetas de fuego; sus codos parecían haber sido triturados.

—No —susurró el pequeño.

Roger sintió que se apretaba aún más contra sus piernas.

—Pues mira hacia atrás. Ha bajado al arroyo. Vendrá desde allí.

El jabalí actuaba con cautela, pero sin miedo. Eso es lo que pasa cuando no los persigues como es debido, se dijo él. Habría que destripar unos cuantos en el bosque, una vez por semana, para que los otros aprendieran la lección.

—¡Abelo! —La voz de Jemmy resonó tras él, en un chillido de miedo.

Al oírla, el jabalí erizó de pronto una cresta de cerdas en la columna y bajó la cabeza, con los músculos abultados.

—¡Corre, Jem! —gritó Roger—. ¡Ve con tu abuelo!

Un torrente de adrenalina hizo que, de pronto, la piedra no pesara nada. La arrojó contra el cerdo que venía a la carga y le acertó en la paleta. El animal se tambaleó, con un bufido de sorpresa; luego abrió la boca en un bramido y cargó contra él, moviendo la cabeza para cortar con los colmillos.

No podía hacerse a un lado para dejarlo pasar: Jem aún estaba muy cerca de su espalda. Lo pateó en la mandíbula con todas sus fuerzas; luego se arrojó sobre él, tratando de aferrarse a su cuello.

Sus dedos resbalaron, sin hallar asidero en el pelo áspero ni en los duros rollos de carne bien firme. Pero ¡si era como luchar contra un saco animado! Al sentir algo caliente y mojado en la mano, la retiró con presteza; ¿Lo habría tajeado? No sentía dolor alguno. Tal vez era sólo saliva de las fauces... o sangre de una herida tan profunda que no la sentía. Bajó la otra mano a ciegas y, al encontrar una pata peluda, tiró con fuerza.

El puerco cayó de lado con un chillido de sorpresa y se lo quitó de encima. Roger cayó sobre las manos y una rodilla, que dio contra una piedra. Una descarga de dolor le recorrió desde el tobillo a la entrepierna; se acurrucó involuntariamente, paralizado por el impacto.

El jabalí se había levantado. Se sacudió con un gruñido y un repiqueteo de cerdas, de cara hacia el lado opuesto. De su pelaje se desprendía el polvo; tenía el rabo en tirabuzón bien enroscado contra la grupa. Dentro de un segundo giraría sobre sí para abrirlo desde la barriga hasta la garganta y pisotear los restos. Roger cogió una piedra, pero era sólo un terrón seco que se le deshizo en la mano. Desde la izquierda le llegó el jadeo de un hombre que acudía a la carrera y un grito azuzante:

—*Tulach Ard! Tulach Ard!*

El jabalí, al oír el grito de Jamie, giró en redondo para enfrentarse al nuevo enemigo, con la boca abierta y los ojillos enrojecidos de ira. Jamie traía su puñal en la mano; se vio el brillo del metal cuando él lo movió en un amplio círculo para herir al cerdo: luego bailó hacia un costado antes de que cargara. Un puñal. ¿Se podía luchar contra eso con un puñal?

«Estás como una puta cabra», pensó Roger, con toda claridad.

—No, no creas —dijo su suegro, jadeante.

Entonces cayó en la cuenta de que había hablado en voz alta. Jamie estaba en cuclillas, con el peso equilibrado en la pun-

1282

ta de los pies; alargó la mano libre hacia el joven, sin apartar la vista del cerdo, que se había detenido a escarbar el suelo y balanceaba el testuz entre ambos, como evaluando las posibilidades.

—*Bioran!* —exclamó Fraser, con un gesto urgente—. Un palo, una lanza... ¡dame algo!

Una lanza... El poste astillado de la cerca. Su pierna entumecida aún se negaba a funcionar, pero pudo arrojarse a un lado y coger el trozo de madera; de nuevo en cuclillas, lo apuntó hacia delante, con el extremo roto hacia el enemigo.

—*Tulach Ard!* —aulló—. ¡Ven aquí, gordo cabrón!

El animal, distraído por un momento, giró hacia él. Jamie apuntó el puñal entre los omóplatos. Hubo un chillido penetrante y el jabalí giró, manando sangre por el profundo tajo abierto en la paleta. Fraser se arrojó hacia un costado, pero cayó al tropezar con algo. El cuchillo voló de su mano extendida.

Roger embistió con la improvisada lanza en ristre y la clavó con todas sus fuerzas justo debajo del rabo. El animal, con otro chillido, pareció alzarse en el aire. El palo se agitó entre las manos del joven, despellejándoselas con la áspera corteza. Lo sujetó con fuerza mientras el cerdo se estrellaba contra ella, en un borrón de furia contorsionada, cabezazos, rugidos y sangre que volaba hacia todos lados, mezclada con el barro negro.

Jamie se había levantado, sucio y aullante, para coger otro poste de la cerca; lo descargó contra el cerdo, que ya se levantaba, y la madera golpeó el cráneo con el chasquido de una pelota contra el bate. El animal, algo aturdido, se sentó bruscamente.

Un grito agudo desde atrás hizo que Roger girara sobre sus pantorrillas. Jemmy venía corriendo precariamente hacia el jabalí, con el puñal de su abuelo sujeto con las dos manos por encima de la cabeza; su cara brillaba como una remolacha, llena de ferocidad.

—¡Jem! —gritó él—. ¡Atrás!

Oyeron cómo gruñía el cerdo tras él. Jamie gritó algo, pero Roger no podía distraer su atención. En el momento en que se arrojaba hacia el niño, un movimiento en los bosques, detrás de Jemmy, hizo que levantara la vista. Un rayo gris, pegado al suelo; se movía tan deprisa que él sólo tuvo una vaga impresión de lo que era.

No necesitó más.

—¡Lobos! —gritó a Jamie.

Que vinieran lobos a sumarse al jabalí era a todas luces injusto. Alcanzó a Jemmy, le quitó el cuchillo y lo cubrió con su cuerpo, apretándose al suelo. Luego esperó, con extraña calma mientras el niño se retorcía como loco bajo él. ¿Serían colmillos o dientes?

—Quieto, Jem, quieto. Papi está contigo.

Tenía la frente apretada contra la tierra y la cabeza de Jem en el hueco de su hombro. Con un brazo protegía al niño. En la otra mano aferraba el puñal. Curvó los hombros; sentía la nuca desnuda y vulnerable, pero no podría hacer nada por protegerla.

Ya se oía al lobo, que aullaba y gemía para llamar a sus compañeros. El jabalí armaba un escándalo insoportable: una especie de alarido largo, continuo. También Jamie, demasiado falto de aliento como para seguir gritando, lo cubría de insultos en breves e incoherentes ráfagas de gaélico.

Arriba se oyó un zumbido extraño, seguido por un golpe sordo, peculiar; luego, un silencio repentino y total.

Roger, sobresaltado, levantó un poco la cabeza. El jabalí estaba de pie a pocos pasos, con la mandíbula colgante, como en total estupefacción. Jamie, de pie tras él, cubierto de barro y sangre, mostraba una expresión parecida.

El animal cayó de rodillas, con los ojos vidriosos, y se derrumbó sobre el flanco; de su cuerpo asomaba el astil de una flecha, frágil e inofensiva comparada con la mole del animal.

Jemmy lloraba y se retorcía bajo él. Se incorporó despacio y lo estrechó entre los brazos. Le temblaban las manos, pero se sentía curiosamente en blanco. Notó que le palpitaba la rodilla y el ardor de la palma despellejada. Mientras calmaba a Jemmy con automáticas palmaditas en la espalda, giró la cabeza hacia el bosque.

El indio estaba de pie junto a los árboles, arco en mano.

Tuvo la vaga idea de buscar al lobo. Estaba olfateando la res del cerdo, a pocos pasos de Jamie. Pero su suegro no le prestaba atención. Él también miraba fijamente al indio.

—Ian —dijo por lo bajo. Y un gozo incrédulo floreció poco a poco a través de las manchas de barro, sangre y pasto—. Cielo santo. Es Ian.

# 109

## *La voz del tiempo*

Como Lizzie no tenía madre que se ocupara de su ajuar, las mujeres del cerro se agruparon para proveerla de cosas tales como enaguas, camisones y medias tejidas; las damas más habilidosas cosieron las piezas para el edredón. Cuando se completaba la cubierta de un edredón, todo el mundo subía a la casa grande para ayudar a acolcharlo; había que coser laboriosamente la cubierta y el forro, sujetando en el medio cualquier cosa abrigada que se pudiera conseguir: mantas gastadas, restos de tejidos o de la carda.

En general, yo no tenía mucho talento ni paciencia para la costura, pero sí destreza manual para hacer puntadas pequeñas y pulcras. Más importante aún: contaba con una cocina grande, con buena luz y espacio suficiente para el armazón, y también con los servicios de la señora Bug, que mantenía a las costureras bien provistas de té y bollos de manzana.

Estábamos dedicadas a acolchar una cubierta que la esposa de Evan Lindsay había armado en tonos crema y azul, cuando Jamie apareció súbitamente en la puerta del pasillo. La mayoría de las mujeres no lo vio, pues estábamos enzarzadas en una apasionante conversación sobre los esposos que roncan, en general, y sobre los propios en particular. Sin embargo, yo estaba de cara a la puerta. Por lo visto, él no quería interrumpir ni llamar la atención, pues no entró en la cocina; pero en cuanto lo miré me hizo un gesto urgente con la cabeza y desapareció hacia el estudio.

Eché un vistazo a Bree, que estaba a mi lado. Ella también lo había visto; se encogió de hombros, enarcando una ceja mientras yo escondía el nudo de la hebra entre las capas de tela. Después de clavar la aguja en la labor, me levanté con una excusa.

—Dale cerveza a la hora de cenar —aconsejaba la señora Chisholm a la señora Aberfeldy—. En buena cantidad y bien aguada. Así tendrá que despertarse para orinar cada media hora y no podrá comenzar con esos ronquidos que sacuden el techo.

—Sí, ya lo intenté —objetó la señora Aberfeldy—. Pero cuando vuelve a la cama quiere... hum. —Y se ruborizó mientras las damas reían—. ¡Así duermo menos que con los ronquidos!

Jamie esperaba en el pasillo. En cuanto aparecí me cogió de un brazo para llevarme a la puerta principal.

—¿Qué...? —comencé, intrigada.

Entonces vi al indio sentado en el umbral.

—¿Qué...? —pregunté de nuevo.

Se levantó para volverse hacia mí con una sonrisa.

—¡Ian! —Y me arrojé a sus brazos.

Estaba flaco y duro como un trozo de cuero secado al sol; su ropa olía a leña y tierra húmedas, con un dejo al humo y los olores corporales de las casas comunales. Retrocedí un paso, y me sequé los ojos para mirarlo mejor. En ese momento algo frío me hociqueó la mano, arrancándome otro pequeño grito.

—¡Tú! —dije a *Rollo*—. ¡No esperaba volver a verte!

Sobrecogida por la emoción, le froté con ganas las orejas. Él dio un breve ladrido y agachó las patas delanteras, meneando el rabo con igual furia.

—¡Perro! ¡Perro! ¡Aquí, perro! —Jemmy irrumpió desde su cabaña, corriendo tanto como se lo permitía lo corto de sus piernas, radiante la cara y el pelo mojado, erguido en púas. *Rollo* voló hacia él y lo tumbó en un alboroto de chillidos.

En un principio temí que *Rollo*, por ser medio lobo, viera en el niño una presa, pero enseguida quedó claro que los dos estaban jugando, mutuamente embelesados. El radar maternal de Brianna detectó los chillidos y la hizo acudir deprisa.

—¿Qué...?

Su vista fue hacia los bultos que se debatían en el césped, pero Ian se adelantó para abrazarla y darle un beso. Su grito atrajo al resto de las mujeres ocupadas en el edredón. En el porche hubo una erupción de preguntas, exclamaciones y pequeños chillidos como respuesta al entusiasmo general.

En medio del caos resultante, noté que Roger había aparecido con un arañazo en la frente, un ojo negro y camisa limpia. Eché un vistazo a Jamie, que estaba a mi lado, contemplando todo aquello con una enorme sonrisa permanente. Su camisa no sólo estaba sucia perdida, sino que tenía una desgarradura en la pechera y un enorme siete en la manga. Además, tenía manchas enormes de barro y sangre seca; fresca, no se veía ninguna. Si tenía en cuenta el pelo mojado y la camisa limpia de Jemmy (que ya no lo estaba, por cierto), aquello era sumamente sospechoso.

—¿Qué diantre habéis hecho? —interpelé.

Él negó con la cabeza, todavía sonriente.

—No tiene importancia, Sassenach. Pero hemos traído un jabalí fresco para que lo descuartices... cuando tengas tiempo.

Me aparté el pelo de la cara, exasperada.

—¿Es la versión local del cordero cebado para celebrar el retorno del hijo pródigo? —pregunté, señalando con la cabeza a Ian, que ya estaba sumergido del todo en una marea de mujeres.

Lizzie, aferrada de su brazo, estaba completamente encendida por el entusiasmo. Al verla sentí un leve reparo, pero lo aparté por el momento.

—¿Ian ha venido con amigos? ¿O con su familia, quizá?

—Casi dos años atrás había escrito que su esposa esperaba familia. Si todo había salido bien, la criatura ya debía de estar en edad de caminar.

Ante eso la sonrisa de Jamie se atenuó un poco.

—No. Está solo. Exceptuando al perro, desde luego —agregó, señalando con la cabeza a *Rollo*, que estaba tendido sobre el lomo, con las patas en el aire, revolviéndose alegremente bajo las embestidas de Jemmy.

—¡Oh!, bueno. —Me acomodé el pelo y volví a atar la cinta. Comenzaba a pensar qué haríamos con las mujeres, el jabalí fresco y alguna cena de celebración... pero probablemente la señora Bug se encargaría de eso—. ¿Hasta cuándo se quedará? ¿Lo ha dicho?

Jamie respiró a fondo y me puso una mano en la espalda.

—Para siempre —dijo. Su voz estaba llena de gozo, pero también tenía un extraño tinte de tristeza que me intrigó—. Ha vuelto a casa.


Se hizo muy tarde antes de que termináramos con el jabalí, el edredón y la cena. Por fin los visitantes se fueron, cargados de cotilleos. No tanto cotilleo, en verdad, pues Ian, aunque cordial con todos, se mostraba reticente. Había dicho muy poco sobre su viaje desde el norte... y nada en absoluto con respecto a los motivos.

—¿Ian te ha dicho algo? —pregunté a Jamie, cuando nos encontramos solos en su estudio por un instante, antes de cenar.

Él negó con la cabeza.

—Muy poco. Sólo que ha venido para quedarse.

—¿Es posible que a su esposa le haya sucedido algo horrible? ¿Y al bebé? —Sentía una profunda punzada de aflicción, tanto por Ian como por la bonita y menuda mohawk, llamada Wakyo'teyehsnonhsa, «La Que Trabaja Con Las Manos». Ian la llamaba Emily. Morir de parto no era raro, incluso entre las indias.

Jamie volvió a negar con la cabeza, ya serio.

—No sé, pero algo así debe de haber sucedido, porque no los ha mencionado siquiera... y los ojos de ese muchacho son mucho más viejos que él.

En ese momento Lizzie apareció en la puerta, con un mensaje urgente de la señora Bug referido a los preparativos para la cena, y tuve que irme. Mientras seguía a la muchacha hacia la cocina, no pude menos que preguntarme qué significaría para ella el retorno de Ian, sobre todo si estábamos en lo cierto en nuestras suposiciones sobre su esposa mohawk.

Lizzie había estado enamoriscada de Ian y lloró durante meses enteros su decisión de quedarse entre los kahnyen'kehaka. Pero desde entonces habían pasado más de dos años, mucho tiempo en la vida de una persona tan joven.

Yo sabía lo que Jamie había querido decir con su comentario sobre los ojos de Ian; en verdad, no era el mismo muchacho impulsivo y alegre que habíamos dejado entre los indios. Tampoco Lizzie seguía siendo el ratoncillo tímido y embelesado de entonces.

Sin embargo, estaba comprometida con Manfred McGillivray. Cabía agradecer que ni Ute ni sus hijas hubieran participado esa tarde en el grupo de costura. Con un poco de suerte, el retorno de Ian pronto perdería su encanto.

—¿Estarás cómodo aquí abajo? —le pregunté a Ian, dubitativa. Le había puesto en la mesa de cirugía varios edredones y una almohada de plumas, después de que él rechazara el ofrecimiento del señor Wemyss, dispuesto a cederle su propia cama, y el de la señora Bug, que deseaba instalarle un cómodo jergón ante el hogar de la cocina.

—¡Oh!, sí, tía. —Me sonrió de oreja a oreja—. No imaginas en qué sitios hemos dormido *Rollo* y yo. —Y se estiró con un bostezo—. ¡Cielos!, hace más de un mes que no me acuesto ya cerrada la noche.

—Supongo que también te levantarías con el alba. Por eso me pareció que estarías mejor aquí; si quieres dormir hasta más tarde, nadie te molestará.

Él se echó a reír.

—Sólo si dejo la ventana abierta, para que *Rollo* pueda ir y venir a voluntad. Aunque parece pensar que se puede cazar muy bien aquí adentro.

El perro estaba sentado en medio de la habitación, con los ojos amarillos y lupinos fijos en el armario. Tras la puerta cerrada se oía un rumor grave, como de agua bullendo en una tetera.

—Apuesto por el gato —comentó Jamie, que entraba en ese momento—. Nuestro pequeño *Adso* tiene muy alta opinión de sí mismo. La semana pasada lo vi persiguiendo a un zorro.

—Y el hecho de que tú fueras atrás con un rifle no tiene nada que ver con el hecho de que el zorro huyera, desde luego —señalé.

—Por lo que a tu *cheetie* concierne, no, nada —aseguro él, muy sonriente.

—*Cheetie* —repitió Ian, por lo bajo—. Qué bueno es poder hablar otra vez en escocés.

Jamie le rozó un brazo con la mano.

—Supongo que sí, *a mhic a pheathar* —le dijo casi en un susurro—. ¿Has olvidado el gaélico?

—*'S beag 'tha fhios aig fear a bhaile mar 'tha fear na mara bèo* —respondió el muchacho, sin vacilar. Era un dicho muy conocido: «Quien vive en tierra poco sabe de cómo vive el marino.»

Jamie rió, gratamente sorprendido, y la sonrisa de su sobrino se ensanchó aún más. Tenía la cara curtida y muy bronceada; los puntos tatuados trazaban feroces medialunas desde la nariz hasta los pómulos. Pero por un instante vi bailar la picardía en sus ojos de color avellana; era otra vez el muchacho que conocíamos.

—Solía decir cosas así, para mí —dijo, atenuando la sonrisa—. Miraba cada objeto y pensaba su nombre gaélico: *avbhar, coire, skirlie...* Para no olvidar. —Miró a Jamie con timidez—. Tú me dijiste que no olvidara, tío.

Jamie carraspeó.

—Es cierto, Ian —murmuró—. Me alegro. —Estrechó con fuerza el hombro de su sobrino. Un momento después se abrazaban con ganas, palmoteándose las espaldas con muda emoción.

Cuando acabé de secarme los ojos y sonarme la nariz ya se habían separado. Ambos retomaron el aire de estudiada despreocupación y fingieron ignorar mi descenso al sentimentalismo femenino.

—Seguí aferrado a lo escocés y lo gaélico, tío —dijo Ian, carraspeando a su vez—. El latín me costaba más.

—No creo que hayas tenido muchas ocasiones de practicar el latín —observó Jamie—. A menos que pasara algún jesuita.

Ante eso el muchacho hizo un gesto raro. Nos miró a ambos; luego, a la puerta de la consulta.

—Pues no ha sido exactamente así, tío.

Fue a echar un vistazo al pasillo, como para asegurarse de que no hubiera nadie cerca; luego volvió a la mesa. Llevaba en la cintura un talego pequeño de cuero, que parecía contener —más allá del arco, el carcaj y el cuchillo— todas sus posesiones materiales. Lo había dejado a un lado antes, pero ahora lo volvió a coger y después de revolver brevemente en él, sacó un libro pequeño, encuadernado en piel negra, y se lo entregó a Jamie, que lo observó con aire intrigado.

—Cuando... cuando estaba a punto de abandonar la Aldea de la Serpiente, la anciana Tewaktenyonh me dio este librillo. No era la primera vez que lo veía: Emily... —Hizo una pausa y tuvo que carraspear con fuerza antes de continuar, con voz serena—. Emily le había pedido una página para que yo pudiera haceros saber que estaba bien. ¿Recibisteis aquella nota?

—La recibimos, sí —le aseguré—. Más adelante Jamie se la envió a tu madre.

—¿Ah, sí? —La expresión de Ian se iluminó al pensar en su madre—. ¡Qué bien! Supongo que se alegrará de saber que he vuelto.

—No lo dudes —le aseguró su tío—. Pero ¿qué es esto? Parece un breviario.

—Eso parece. —Ian se rascó una roncha de mosquito en el cuello—. Pero no es eso. Míralo, ¿quieres?

Me acerqué a Jamie para mirar por encima de su hombro.

El libro tenía un borde de papel roto, allí donde se había arrancado la hoja de guarda. Pero no había título ni letra impresa. Parecía una especie de libro de viaje; sus páginas estaban cubiertas de escritura en tinta negra.

En lo alto de la primera página se destacaban dos palabras, en letras grandes y temblorosas.

«*Ego sum*», decían, «Yo soy».

—¿Tú eres, pues? —musitó Jamie—. Bien, ¡¿y quién eres?! Media página más abajo continuaba la escritura, ahora ya más pequeña y controlada, aunque parecía haber algo extraño en ella.

«*Prima cogitatio est...*»

—Esto es lo primero que me viene a la cabeza —tradujo Jamie.

> *Yo soy; todavía existo. ¿Existía en ese espacio intermedio? Forzosamente sí, pues lo recuerdo. Más adelante trataré de describirlo. Ahora me faltan palabras. Me siento descompuesto.*

Las letras eran pequeñas y redondeadas, cada una dibujada por separado, obra de un escribiente pulcro y cuidadoso. Pero se tambaleaban como borrachas, inclinadas en la página. A juzgar por la escritura se encontraba muy mal, sí.

En la página siguiente la letra se había afirmado, junto con los nervios del escritor.

*Ibi denum locus...*

*Éste es el sitio, desde luego. Pero también es el tiempo correcto, lo sé. Los árboles y las matas son diferentes. Antes había un claro al oeste, que ahora está completamente poblado de laureles. Cuando entré en el círculo tenía a la vista una magnolia grande; ahora ha desaparecido; en su lugar hay un roble tierno. El ruido es diferente. En lugar de los vehículos de la carretera, a lo lejos, sólo se oyen los pájaros. Y el viento.*

*Aún estoy mareado. Tengo las piernas débiles. Todavía no puedo sostenerme de pie. Desperté bajo el muro donde la serpiente se muerde la cola, pero a cierta distancia de la cavidad donde trazamos el círculo. Debo de haberme arrastrado, pues tengo tierra y arañazos en las manos y la ropa. Al despertar seguí tendido durante un rato, demasiado desorientado como para levantarme. Ya estoy mejor. Todavía débil y enfermo, pero jubiloso. Funcionó. Hemos triunfado.*

—¿Hemos? —repetí, mirando a Jamie con las cejas arqueadas. Él se encogió de hombros y volvió la página.

*La piedra ha desaparecido. Sólo queda una mancha de hollín en mi bolsillo. Raymond tenía razón: era un zafiro pequeño y sin pulir. Debo apuntarlo todo, por el bien de quienes puedan venir detrás de mí.*

Un pequeño escalofrío de premonición me corrió por la espalda, erizándome el pelo de la nuca. «Quienes puedan venir detrás de mí.» Sin querer, alargué la mano para tocar el libro; fue un impulso irresistible; necesitaba tocarlo como fuera, establecer algún contacto con el desaparecido escritor.

Jamie me echó una mirada curiosa. Con algún esfuerzo aparté la mano y la cerré en un puño. Después de una breve vacilación, él volvió la vista al libro.

Por fin comprendí qué me llamaba la atención de esa escritura: no había sido trazada a pluma. Cuando se escribe a pluma, el color de las líneas es siempre desigual: oscuro allí donde se ha cargado tinta, para ir atenuándose trazo a trazo. Allí todas las palabras eran iguales; estaban escritas en una línea de tinta negra, fina y dura, que dentaba un poco las fibras de la página. Las plumas de ave jamás hacían eso.

—Bolígrafo —dije—. Lo escribió con bolígrafo, ¡Dios mío!

Jamie se volvió a mirarme. Sin duda estaba pálida, pues él hizo ademán de cerrar el libro. Negué con la cabeza y le indiqué por una seña que continuara leyendo. Él frunció el ceño, pero de inmediato volvió su atención a la lectura; al ver la página siguiente enarcó las cejas.

—Mira —dijo con suavidad, girando el libro hacia mí para señalar una línea.

Estaba escrita en latín, como las otras, pero mezcladas en el texto había palabras extrañas, largas y desconocidas.

—¿Mohawk? —preguntó Jamie a su sobrino—. Esta palabra está en la lengua de los indios, sin duda. Uno de los idiomas algonquinos, ¿verdad?

—Llueve Mucho —dijo Ian, en voz baja—. Es kahnyen'kehaka, la lengua de los mohawk, tío. Llueve Mucho es el nombre de alguien. Y también esto otro: Caminante Fuerte, Seis Tortugas y El Que Habla Con Los Espíritus.

—Yo creía que los mohawk no tenían lenguaje escrito —comentó Jamie.

—Así es, tío Jamie. Pero alguien escribió esto. —Señaló la página con la cabeza—. Y si buscas el sonido de las palabras... —Se encogió de hombros—. Son nombres de mohawk, estoy seguro.

Después de mirarlo por un largo instante, Jamie reanudó su traducción.

*Yo tenía uno de los zafiros; Llueve Mucho, el otro. El Que Habla Con Los Espíritus, un rubí; Caminante Fuerte cogió el diamante y Seis Tortugas, la esmeralda. En cuanto al diagrama, no sabíamos con certeza si debía tener cuatro puntas, por los puntos cardinales, o cinco, en forma de pentáculo. Pero como éramos cinco los que hicimos el juramento de sangre, trazamos el círculo con cinco puntas.*

Entre esa frase y la siguiente había un pequeño espacio en blanco; luego la escritura cambiaba, tornándose firme y homogénea, como si el escribiente hubiera hecho una pausa para reanudar su relato más adelante.

*He ido a mirar. No hay rastros del círculo... pero a fin de cuentas no veo por qué debería haberlos. Creo que he estado un rato inconsciente; trazamos el círculo en la boca misma de la grieta, pero allí no hay marcas que expliquen cómo me arrastré o rodé hasta el sitio donde me encontraba al desper-*

*tar; sin embargo, hay marcas de lluvia en el polvo. Mi ropa*
*está húmeda, pero no sé si es por la lluvia, por el rocío ma-*
*tinal o por el sudor de haber yacido al sol; cuando desperté*
*era casi mediodía, pues el sol estaba en el cenit, y hacía calor.*
*Tengo sed. ¿Me alejé de la grieta a rastras antes de derrum-*
*barme? ¿O la fuerza de la transición me arrojó a cierta dis-*
*tancia?*

Al oír eso tuve la extrañísima sensación de que las palabras eran el eco de algo que sonaba dentro de mi cabeza. Nunca antes las había oído; sin embargo, me sonaban horriblemente conocidas. Meneé la cabeza para despejarla; al levantar la vista encontré los ojos de Ian clavados en mí, cargados de especulaciones.

—Sí —dije sin rodeos, en respuesta a esa mirada—. Yo también. Brianna y Roger también.

Jamie, que había hecho una pausa para desenredar una frase, levantó la vista. Al ver la cara de su sobrino y la mía, me cogió una mano.

—¿Cuánto pudiste leer, muchacho? —preguntó en voz baja.

—Mucho, tío —respondió Ian, sin apartar los ojos de mí—. Pero no todo. —Una breve sonrisa le tocó los labios—. Y sin duda no he descifrado bien la gramática... pero creo que lo entiendo. ¿Y tú?

No estaba claro si la pregunta estaba dirigida a mí o a Jamie. Los dos intercambiamos una mirada vacilante. Luego me volví hacia el joven y asentí con la cabeza. Jamie hizo lo mismo mientras me estrechaba la mano.

—Ajá. —Una profunda satisfacción iluminó la cara de Ian—. ¡Ya sabía que no podías ser un hada, tía Claire!

Ian no pudo mantenerse despierto por mucho más tiempo, pero detuvo su huida hacia la cama para sujetar a *Rollo* por la piel del pescuezo mientras yo retiraba del armario a *Adso*, siseando como una serpiente y erizado hasta duplicar su tamaño. Lo sujeté también por el pellejo, para evitar que me destripara mientras lo ponía fuera de peligro. Ya en mi dormitorio lo dejé caer en la cama sin ceremonias y me volví inmediatamente hacia Jamie.

—Dime qué pasó después —le exigí.

Él ya había encendido una vela; mientras se desabrochaba la camisa con una mano, abrió el libro con la otra y se hundió en el lecho, todavía absorto en la lectura.

—No pudo hallar a ninguno de sus amigos. Pasó dos días buscándolos por la campiña cercana, pero no había ni rastro. Estaba muy afligido, aunque al fin decidió que debía continuar; necesitaba comida y no llevaba consigo más que un cuchillo y un poco de sal. Debía cazar o buscar a otra gente.

Ian decía que Tewaktenyonh le había dado el libro con la recomendación de que me lo trajera. Había pertenecido a un hombre llamado Dientes de Nutria, quien, según dijo ella, era alguien de mi familia. Al oír eso sentí que un dedo helado me tocaba la columna... y aún seguía allí. Me recorrían pequeños escalofríos de intranquilidad, que cosquilleaban sobre mi piel como toques de manos espectrales. ¡Mi familia!

En verdad, yo le había dicho a esa mujer que Dientes de Nutria podía ser «alguien de mi familia», al no poder describir de otra manera el peculiar parentesco que une a los viajeros del tiempo. Nunca había conocido a Dientes de Nutria en carne y hueso, pero si era quien yo creía, a él pertenecía la cabeza enterrada en nuestro pequeño cementerio, con empastes de plata y todo.

Tal vez estaba a punto de saber, por fin, quién había sido en realidad... y cómo diantre había llegado a tan asombroso final.

—No era gran cazador —observó Jamie con aire crítico—. No pudo siquiera entrampar una ardilla de tierra, en pleno verano.

Por suerte para Dientes de Nutria, si en verdad se trataba de él, estaba familiarizado con muchas plantas comestibles. Parecía sumamente satisfecho de sí mismo por haber sabido reconocer el caqui y la papaya.

—No es gran hazaña reconocer un caqui —comenté—. ¡Parecen pelotas de béisbol anaranjadas!

—Y saben a bacinilla —añadió Jamie, a quien no le gustaba nada esa fruta—. Pero él estaba hambriento, y para el hambre no hay... —Dejó el dicho sin terminar para continuar con su traducción.

El hombre había pasado algún tiempo vagando por el páramo, aunque no se trataba exactamente de vagar, pues seguía un rumbo determinado, guiándose por el sol y las estrellas. Eso resultaba extraño: ¿qué iba buscando?

Fuera lo que fuese, por fin llegó a una aldea. No hablaba el idioma de los habitantes —«¿Y por qué había de hablarlo?», se preguntó Jamie en voz alta—, pero según sus anotaciones, le afligió profundamente descubrir que las mujeres usaban calderos de hierro para cocinar.

—¡Eso es lo que dijo Tewaktenyonh! —interrumpí—. Cuando me hablaba de él, si es que se trata del mismo hombre —añadí *pro forma*—, dijo que se paseaba alrededor de los calderos, los cuchillos y los rifles. Afirmaba que los indios debían... ¿Cómo lo dijo ella?... Que debían «retornar a las costumbres de sus antepasados», porque de lo contrario el blanco los comería vivos.

—Un tipo muy nervioso —murmuró Jamie, aún pegado al libro—. Y también afecto a la retórica.

No obstante, una o dos páginas más allá se aclaraba un poco el porqué de esa extraña obsesión con los calderos.

—«He fracasado» —leyó Jamie—. «Llego demasiado tarde.» —Irguió la espalda y me echó una mirada antes de continuar.

*No sé exactamente en qué momento estoy ni puedo averiguarlo; esta gente no cuenta los años por ninguna de las escalas que conozco, aunque dominara bien su lengua y pudiera preguntarles. Pero sé que es demasiado tarde.*

*Si hubiera llegado al tiempo que yo quería, antes de 1650, no habría hierro en esta aldea, tan lejos de la costa. Que lo utilicen aquí como cosa habitual significa que me encuentro por lo menos cincuenta años más tarde, ¡si no más!*

Este descubrimiento sumió a Dientes de Nutria en una gran depresión; pasó varios días absolutamente desesperado. Al fin reunió fuerzas; no había nada que hacer, salvo continuar. Y partió solo hacia el norte, con algo de comida que le dieron los de la aldea.

—No tengo la menor idea de lo que pretendía hacer —observó Jamie—, pero debo reconocer que tenía valor. Todos sus amigos, muertos o desaparecidos; él, desprovisto de todo, sin pistas sobre dónde está... y aun así continúa.

—Sí... pero si he de serte franca, no creo que se le ocurriera otra cosa —dije. Y toqué suavemente el libro. Recordaba los primeros días, tras mi propio paso a través de las piedras.

Desde luego, la diferencia era que ese hombre había cruzado adrede. Aún quedaba por descubrir por qué y cómo lo había hecho.

Mientras viajaba solo por el páramo, sin otra compañía que su pequeño libro, Dientes de Nutria había resuelto ocupar su mente con un relato del viaje, sus motivos y sus intenciones.

*Quizá no tenga éxito en mi intento... en nuestro intento. En realidad, lo que parece más probable ahora mismo es que*

*perezca aquí, en territorio desierto. Pero en ese caso me con-
solará pensar que dejo algún registro de nuestra noble empresa. Es el único monumento recordatorio que puedo ofrecer
a quienes fueron mis hermanos, mis compañeros de aventura.*

Jamie hizo una pausa para frotarse los ojos. La vela estaba
casi consumida; yo también lagrimeaba tanto por los bostezos
que apenas veía la página y estaba mareada por la fatiga.

—Vamos a parar —dije. Y apoyé la cabeza en su hombro,
reconfortada por su tibia solidez—. Ya no puedo mantenerme
despierta, de verdad. Y no me parece bien que apresuremos su
relato. Además... —me interrumpió un bostezo enorme, que me
dejó tambaleante y parpadeando—, tal vez Bree y Roger también
deberían escucharlo.

Jamie se contagió de mi bostezo; luego sacudió con fuerza
la cabeza, parpadeando como un gran búho rojo arrancado de su
árbol.

—Tienes razón, Sassenach. —Y cerró el libro para depositarlo con suavidad en la mesa, junto a la cama.

No pasé por el tocador antes de acostarme; no hice más que
quitarme la ropa y cepillarme rápidamente los dientes antes de
meterme en la cama, con la camisa interior. *Adso*, que dormitaba
tan feliz en la almohada, se disgustó al ver que nos adueñábamos
de ese espacio, pero ante la insistencia de Jamie se trasladó al
otro extremo de la cama, refunfuñando, y allí se derrumbó sobre
mis pies como una alfombrilla peluda.

Minutos después, ya olvidada la ofensa, se dedicó a rozar
suavemente el edredón y mis pies, ronroneando con aire soñoliento.

Su presencia era casi tan sedante como el ronquido suave
y regular de Jamie. En general me sentía a gusto allí, segura en
el sitio que había creado para mí en ese mundo, y feliz por estar
con Jamie, cualesquiera que fuesen las circunstancias. Pero de
vez en cuando veía, con súbita claridad, la magnitud del abismo
que había cruzado, la desquiciante pérdida del mundo en el que
había nacido, y me sentía muy sola. Y aterrada.

Las palabras de ese hombre, su pánico y su desesperación,
me habían devuelto el recuerdo de todo el miedo y las dudas de
mis viajes a través de las piedras. Me acurruqué contra mi esposo dormido, abrigada y protegida. Y oí las palabras de Dientes
de Nutria como si sonaran en mi oído interno: un grito desolado
que resonaba a través de las barreras del tiempo y el idioma.

Al pie de aquella página, la escritura en latín se había vuelto más y más precipitada; algunas letras eran sólo motas de tinta; el final de las palabras se perdía en una frenética danza de arañas. Y luego, las últimas líneas, escritas en inglés, como si el latín del escritor se hubiera disuelto en la desesperación.

*Oh, Dios, Dios mío...*
*¿Dónde están?*

Sólo al día siguiente por la tarde logramos reunir a Brianna, Roger e Ian, y retirarnos en privado al estudio de Jamie sin despertar una curiosidad no deseada. La noche anterior, la bruma de la fatiga se había combinado con la súbita aparición de Ian para que casi todo pareciera razonable. Pero mientras realizaba mis tareas a la intensa luz de la mañana, me resultaba cada vez más difícil creer que el diario existiera en verdad, que no fuese simplemente algo soñado.

No obstante, allí estaba: pequeño, negro y sólido en el escritorio de Jamie. Él e Ian habían pasado la mañana en el estudio, concentrados en su traducción. Al reunirme con Jamie comprendí, por lo revuelto de su pelo, que el relato le había resultado apasionante, inquietante... o ambas cosas a la vez.

—Les he dicho de qué se trata —dijo sin preámbulos, refiriéndose a Roger y a Bree.

Los dos se habían sentado en sendos taburetes, juntos y solemnes. Jemmy, que se negaba a separarse de su madre, jugaba con una sarta de cuentas debajo de la mesa.

—¿Lo habéis leído todo? —pregunté mientras me dejaba caer en la segunda silla.

Jamie asintió. Luego echó un vistazo al joven Ian, que estaba de pie junto a la ventana, demasiado inquieto como para sentarse. Llevaba el pelo corto, pero lo tenía casi tan desaliñado como Jamie.

—Sí. No voy a leer el resto en voz alta, pero me pareció mejor comenzar por el punto donde se decide a narrarlo todo desde el comienzo.

Había marcado la página con el trozo de piel curtida que utilizaba como señalador. Abrió el diario en ese sitio y comenzó a leer:

*El nombre que me dieron al nacer es Robert Springer.*
*Rechazo ese nombre y todo cuanto lo acompaña, porque es*

*el amargo fruto de siglos de asesinatos e injusticias, símbolo de robo, esclavitud y opresión...*

Jamie comentó, mirando por encima del borde del libro:

—Ya veis por qué no quiero leerlo todo, palabra por palabra; el hombre se pone tedioso cuando toca el tema. —Deslizó un dedo por la página—. «En el año de Nuestro Señor... el señor de ellos, ese Cristo en cuyo nombre violan, saquean y...» Bueno, hay más de lo mismo, pero al fin resulta ser 1968. ¿Supongo que estáis familiarizados con todos esos asesinatos y saqueos de los que habla?

Miraba a Bree y a Roger, con las cejas en alto. Ella se incorporó de golpe, aferrando el brazo de su marido.

—Conozco ese nombre —dijo, sofocada—. Robert Springer. ¡Lo conozco!

—¿Conocías a Springer? —pregunté, con una sensación extraña: entusiasmo, miedo o simple curiosidad.

Ella negó con la cabeza.

—A él no, pero vi su nombre en los periódicos. ¿Tú no? —Se volvió hacia Roger, pero él negó con la cabeza, con el ceño fruncido—. Bueno, tal vez en el Reino Unido no se haya publicado, pero en Boston fue un caso muy sonado. Creo que Robert Springer era uno de los Cinco de Montauk.

Jamie se pellizcó el puente de la nariz.

—¿Los cinco qué?

—Era sólo algo que... que algunos hacían para llamar la atención. —Brianna descartó el asunto con un ademán de la mano—. No tiene importancia. Eran activistas que defendían los derechos de los indios americanos. Al menos así comenzaron, pero estaban tan chiflados que hasta esas organizaciones los mandaron a freír buñuelos.

—¿Buñuelos? ¿Dónde buñuelos? —Jemmy había captado la única palabra que tenía interés para él.

—No, es otra clase de buñuelos, cariño. Lo siento.

Bree, en busca de algo que pudiera distraerlo, le dio su brazalete de plata. Al ver la expresión intrigada de su padre y su primo, inspiró hondo y recomenzó. Con alguna aclaración de Roger o mía, intentó definir las cosas y hacer una descripción breve, aunque confusa, del triste estado en que se encontraban los indios americanos del siglo XX.

—Conque ese Robert Springer es... o era... un indio de tu época, o algo así. —Jamie tamborileó los dedos contra la mesa, con un gesto de concentración—. Bueno, eso concuerda con su propio relato; al parecer, él y sus amigos estaban muy enfadados por la conducta de los que llamaban «blancos». Supongo que se referían a los ingleses. O a los europeos.

—Pues sí, sólo que hacia 1968 ya no eran europeos, sino americanos, y los indios eran americanos antes que ellos. Por eso comenzaron a denominarse «americanos nativos» y...

Roger la interrumpió en pleno discurso con una palmada en la rodilla.

—Dejemos la historia para después —propuso—. ¿Qué decían los periódicos de Robert Springer?

—¡Oh!... —Ya desconcertada, Bree frunció el entrecejo para concentrarse—. Que desapareció. Desaparecieron los Cinco de Montauk. El gobierno los buscaba por la voladura de algo... o por amenazar con hacerlo, ya no recuerdo. Se les arrestó, pero salieron bajo fianza. Y de la noche a la mañana desaparecieron los cinco.

—Está claro —murmuró el joven Ian, echando un vistazo al diario.

—Durante una o dos semanas los periódicos hablaron mucho del asunto —continuó ella—. Los otros grupos de activistas acusaban al gobierno de haberlos eliminado, para no sufrir bochornos de lo que saldría a relucir durante el juicio. Y el gobierno lo negaba. De modo que se los buscó a fondo. Creo recordar que encontraron el cadáver de uno... en los bosques de New Hampshire, Vermont o algo así. Pero no se pudo determinar de qué había muerto. En cuanto a los otros, no había el menor rastro por ninguna parte.

—«¿Dónde están?» —cité por lo bajo—. «Dios mío, ¿dónde están?»

Jamie asintió con sobriedad.

—Pues sí, creo que este Springer puede ser el mismo. —Tocó la página que tenía ante sí con algo parecido al respeto—. Él y sus cuatro compañeros renunciaron a cualquier vinculación con el mundo de los blancos y adoptaron otros nombres, que se correspondieran con sus orígenes. Al menos, eso dice.

—Sería lo decente —comentó Ian, en voz baja.

En él había una quietud distinta, extraña; me vi obligada a recordar que durante los dos últimos años había sido mohawk; le habían lavado la sangre blanca y cambiado el nombre por el de Hermano del Lobo, convirtiéndolo en uno de los kahnyen'kehaka, los Guardianes de la Puerta del Oeste.

Me pareció que Jamie también había reparado en esa quietud, pero no apartaba los ojos del libro. Mientras volvía las hojas, una a una, iba resumiendo su contenido.

Robert Springer —Ta'wineonawira, «Dientes de Nutria», como prefería llamarse—, tenía muchas vinculaciones en el tenebroso mundo de la política radical y en otro más sombrío aún: el que denominaba «chamanismo americano nativo». No sé hasta qué punto se parecía lo que él hacía con las creencias originales de los iroqueses, pero Dientes de Nutria creía descender de los mohawk y adoptó los restos de tradición que pudo hallar... o inventar.

*Fue en una ceremonia de bautismo donde conocí a Raymond.*

Al oír eso me incorporé de golpe. Al principio también había mencionado ese nombre, pero sólo ahora me llamaba la atención.

—¿Describe a ese tal Raymond? —pregunté, ansiosa.

Jamie negó con la cabeza.

—Físicamente, no. Sólo dice que era un gran chamán, capaz de transformarse en pájaros o animales... y de caminar a través del tiempo —añadió con delicadeza, mirándome con intención.

—No sé —dije—. Me pareció... Una vez... Pero ahora no sé.

—¿Qué? —Brianna nos miraba a ambos, intrigada.

Me coloqué bien el pelo.

—No importa. En París conocí a alguien que se llamaba Raymond. Me pareció... Pero ¿qué podría estar haciendo ese tipo en Norteamérica, en 1968? —estallé.

—Pues tú también estabas allí, ¿verdad? —señaló Jamie—. Dejemos eso a un lado, por el momento.

Y continuó traduciendo el texto, con un lenguaje extrañamente artificioso.

Como Raymond le intrigaba, Dientes de Nutria se había entrevistado varias veces con él, llevando consigo a sus amigos más íntimos. Poco a poco concibieron «un plan grandioso, audaz, de concepción deslumbrante».

—Modesto, ¿no? —murmuró Roger.

*Hubo una prueba. Muchos fracasaron, pero yo no. Fuimos cinco los que la pasamos, los que oímos la voz del tiempo; cinco, los que juramos con sangre y por nuestra sangre acometer esta gran empresa, rescatar a nuestro pueblo de la ca-*

*tástrofe. Reescribir su historia y corregir las injusticias, de modo que...*

Roger lanzó un lamento:

—¡Oh!, por Dios, ¿qué se proponían? ¿Asesinar a Cristóbal Colón?

—No tanto —señalé—. Quería llegar antes de 1600, según dice. ¿Sabe alguien qué sucedió entonces?

—No sé qué sucedió entonces —respondió Jamie, frotándose la cabeza con una mano—, pero sé muy bien qué se proponía. Su plan era presentarse a la Confederación Iroquesa y lograr que se alzaran contra los pobladores blancos. Consideraba que los colonos todavía eran pocos y que los indios podrían eliminarlos con facilidad, si los iroqueses se ponían a la cabeza.

—Quizá estaba en lo cierto —observó Ian, con voz queda—. He oído los relatos de los ancianos. Cuentan que, cuando llegaron los primeros o'seronni, les dieron la bienvenida, pues traían cosas para comerciar. Cien años después los o'seronni aún eran pocos... y los kahnyen'kehaka, los amos, líderes de las naciones. Podrían haberlo hecho, en efecto, si hubieran querido.

—Pero no habrían podido detener a los europeos —objetó Brianna—. Eran demasiados. ¿O pretendían que los mohawk invadieran Europa?

Una ancha sonrisa cruzó la cara de sus padre.

—Me habría gustado ver eso —dijo—. Esos mohawk habrían dado más de un dolor de cabeza a los *sassenachs*. Pero no, por desgracia. —Me echó una mirada sardónica—. Nuestro amigo Robert Springer no era tan ambicioso.

No obstante, lo que planeaban Dientes de Nutria y sus compañeros era bastante ambicioso, sí, y tal vez... sólo tal vez... factible. Su intención no era impedir por completo el asentamiento de los blancos; les quedaba suficiente cordura como para comprender que eso sería imposible. Lo que planeaban era poner a los indios en guardia contra los blancos, establecer el comercio en sus propios términos y negociar desde una posición de poder.

—En vez de permitir que se asentaran en gran número, podrían mantener a los blancos acorralados en poblaciones pequeñas. No dejar que construyeran fortificaciones. Exigir armas desde el comienzo. Imponer sus propias condiciones para comerciar. Mantenerlos en inferioridad numérica y armamentística... y obligar a los europeos a enseñarles a trabajar el metal.

—*Prometheus redux* —dije.

Jamie resopló de risa. Roger movió la cabeza, algo admirado.

—Es un plan de locos —dijo—, pero hay que admitir que tenían coraje. Tal vez habría resultado... si hubieran podido convencer a los iroqueses... y si hubieran actuado en el momento adecuado, antes de que el poder pasara a manos de los europeos. Pero todo salió mal, ¿no? Primero llega en época equivocada, demasiado tarde; luego cae en la cuenta de que ninguno de sus amigos ha pasado con él.

Vi erizarse súbitamente la piel en el brazo de Brianna y capté la mirada de entendimiento que me dirigió. De pronto imaginaba cómo debía de ser, llegar desde tu propia época sin esperarlo... y encontrarte sola.

Le dirigí una pequeña sonrisa y apoyé una mano en el brazo de Jamie. Él me la estrechó, distraído.

—Sí. Según dice, al ver que todo había salido mal estuvo cerca de la desesperación. Pensó en regresar, pero ya no tenía su piedra preciosa. Y ese tal Raymond había dicho que se necesitaba tener una a modo de protección.

—Pero al final la consiguió —apunté.

Me levanté para hurgar en el último estante, hasta encontrar el gran ópalo en bruto; su fuego interior chisporroteaba a través de la espiral tallada en su superficie.

—Es decir... supongo que no pueden haber existido muchos indios que se llamaran Dientes de Nutria y estuvieran relacionados con la Ciudad de la Serpiente.

Yo había encontrado el ópalo enterrado junto a la calavera con los empastes de plata. Tewaktenyonh, una anciana mohawk, jefa del Consejo de las Madres de la Ciudad de la Serpiente, lo había reconocido y me había contado la historia de Dientes de Nutria y de su muerte. Aunque en la habitación hacía calor, me estremecí.

La gema, grande y suave, también parecía caliente; froté con cautela la espiral. «La serpiente que se muerde la cola», había dicho él.

—Sí, pero él no la menciona. —Jamie, arrellanado en la silla, se pasó las dos manos por el pelo suelto—. El relato termina cuando él decide que no queda más remedio; cualquiera que fuera el año y aunque estuviera solo, llevaría a cabo su plan.

Durante un instante, todos guardaron silencio al pensar en lo enorme e inútil del plan.

—No puede haber creído que resultaría —objetó Roger. Su voz ronca daba un cierto carácter definitivo a las palabras.

Jamie movió la cabeza; miraba el libro, pero sus ojos, oscuros y remotos, parecían ir más allá.

—No. Lo que dice aquí, al final, es que en su pueblo habían muerto millares luchando por su libertad y que otros millares morirían en años venideros. Él recorrería el mismo sendero por el honor de su sangre; un guerrero mohawk no podía pedir otra cosa que morir en el combate.

Oí que Ian suspiraba detrás de mí; Brianna inclinó la cabeza y la cabellera le ocultó la cara. Roger estaba vuelto hacia ella, grave el perfil. Pero yo no veía a ninguno de ellos. Veía a un hombre con la cara pintada de negro en señal de muerte; caminaba por la noche a través de un bosque chorreante, con una antorcha que ardía en fuego frío.

Un tirón a mi falda me arrancó de la imagen. Jemmy estaba a mi lado.

—¿Qué eso?

—¿El qué...? Ah, es una piedra, tesoro. Una piedra bonita, ¿ves?

Le mostré el ópalo y él lo cogió con las dos manos, antes de dejarse caer sentado para observarlo.

Brianna se pasó una mano bajo la nariz. Roger carraspeó con un ruido de tela desgarrada.

—Lo que me gustaría saber —dijo, señalando el diario— es por qué diablos escribió eso en latín.

—Pero si lo dice. Había estudiado latín en la escuela. Quizá por eso se volvió contra los europeos. —Jamie sonrió al joven Ian, que hizo una mueca—. Y se le ocurrió escribirlo en latín por si alguien lo encontraba; de ese modo no le prestaría atención, pensando que era sólo un libro de oraciones.

—Es lo que pensaron los kahnyen'kehaka —intervino Ian—. Pero la vieja Tewaktenyonh lo conservó. Y cuando yo... partí, me lo dio para que te lo trajera, tía Claire.

—¿A mí?

Sentí cierta vacilación al tocar las páginas abiertas. Hacia el final, la tinta comenzaba a secarse; las letras resbalaban; algunas palabras eran sólo garabatos en el papel. Me pregunté si habría descartado el bolígrafo vacío o si lo conservaba, como inútil recordatorio de ese futuro desaparecido.

—¿Sabría ella lo que contenía el libro? —pregunté.

Ian permaneció impasible, pero sus ojos de avellana insinuaban una tribulación. En sus tiempos de escocés no solía disimular sus sentimientos.

—Lo ignoro —dijo—. Sabía algo, sí, pero no sé qué. No me lo dijo, tan sólo que te trajera el libro. —Nos miró sucesivamente: a Brianna, a Roger, a mí—. ¿Es cierto? —preguntó—. Lo que has dicho, prima... lo que sucederá con los indios.

Ella lo miró de frente.

—Me temo que sí —musitó—. Lo siento, Ian.

Él se limitó a asentir con la cabeza mientras se frotaba el puente de la nariz con un nudillo. Pero yo me quedé muy intrigada.

Aunque no hubiera renunciado en verdad a su auténtica gente, los kahnyen'kehaka también eran los suyos. A pesar de aquello que lo había obligado a partir, fuera lo que fuese.

Iba a abrir la boca para preguntarle qué había sucedido con su esposa, pero oí al pequeño Jemmy. Se había retirado bajo la mesa con su botín y le hablaba en tono coloquial, aunque ininteligible. Pero de pronto su voz cambió a un tono de alarma.

—Quema —dijo—. ¡Mami, quema!

Brianna ya se había levantado de su taburete, con expresión preocupada, cuando comenzó el ruido. Fue un sonido agudo, penetrante, como el que despide una copa de cristal cuando frotas el borde con un dedo mojado. Roger se incorporó, sobresaltado.

Brianna se agachó para sacar al niño de debajo de la mesa. En el momento en que se incorporaba, con él en brazos, se oyó un súbito *¡pum!*, como un disparo, y el ruido cesó de golpe.

—¡Santo Dios! —exclamó Jamie.

Era poco decir, en esas circunstancias. De los estantes, los libros, las paredes, de la falda de Brianna, asomaban astillas de fuego relumbrante. Una de ellas había pasado silbando junto a la cabeza de Roger, rozándole una oreja; por el cuello le corría un hilo de sangre, pero él no parecía haberse percatado.

En la mesa refulgía un graneado de puntos brillantes: una lluvia de aquellas agujas había atravesado la gruesa madera. Ian lanzó una exclamación y se inclinó para arrancarse un fragmento de la pantorrilla. Jemmy se echó a llorar. Fuera, *Rollo*, el perro, ladraba con furia.

El ópalo había estallado.


Aún era pleno día; la llama de la vela era casi invisible, sólo una ola de calor a la luz de la tarde avanzada que entraba por la ventana. Jamie apagó de un soplido la mecha que había usado para encenderla y se sentó tras el escritorio.

—¿No has notado nada extraño en esa piedra cuando se la has dado al niño, Sassenach?

—No. —Aún estaba impresionada por la explosión; los ecos de ese ruido fantasmagórico me resonaban en el oído interno—. La he sentido caliente... pero todo está caliente en esta habitación. Y no hacía ningún ruido.

—¿Ruido? —Me miró con extrañeza—. ¿El ruido que ha hecho al estallar, dices?

Entonces fui yo quien lo miró de reojo.

—No, antes. ¿No lo has oído?

Él negó con la cabeza, con una pequeña arruga entre las cejas. Miré a los otros, Bree y Roger asintieron; los dos estaban pálidos y descompuestos. Ian, en cambio, movió la cabeza; parecía muy interesado, pero tenía cara de no entender.

—No he oído nada —dijo—. ¿Cómo sonaba?

Brianna abrió la boca para responder, pero Jamie levantó una mano.

—Un momento, *a nighean*. Jem, *a ruaidh*, ¿has oído algún ruido antes de la explosión?

Jemmy ya se había recuperado del miedo, pero seguía acurrucado en el regazo de su madre, con el pulgar en la boca. Miró a su abuelo con grandes ojos azules, que ya comenzaban a inclinarse visiblemente, y asintió con lentitud, sin sacarse el dedo de la boca.

—Y la piedra que te ha dado la abuela ¿estaba caliente?

Jemmy me clavó una mirada de intensa acusación y volvió a asentir. Sentí una pequeña oleada de culpa... seguida de otra mucho mayor al pensar en lo que habría podido suceder si Bree no lo hubiera retirado de inmediato.

Habíamos arrancado la mayor parte de las astillas clavadas en la madera; formaban un montoncito de fuego roto en el escritorio. Una me había levantado un pequeño trozo de piel en el nudillo; me lo llevé a la boca; sabía a plata.

—Dios mío, cortan como cristal quebrado.

—Es que son cristal quebrado. —Brianna estrechó al niño un poco más.

—¿Cristal? ¿Crees que no era un ópalo de verdad? —Roger enarcó las cejas y se inclinó hacia delante para recoger una de aquellas agujas.

—Claro que sí... pero los ópalos son cristales. Cristal volcánico duro. Las gemas son gemas porque tienen una estructura cristalina que las hace bonitas. Los ópalos sólo tienen una estructura realmente quebradiza, comparada con la mayoría. —La cara de Bree empezaba a recobrar el color—. Yo sabía que se podían romper con un golpe de martillo o algo así, pero nunca supe de ninguno que hiciera esto.

Señaló con la cabeza el montón de esquirlas. Jamie recogió una de las más grandes, entre el pulgar y el índice, y me la ofreció.

—Sostenlo en la mano, Sassenach. ¿Lo notas caliente?

Admití el trozo mellado con timidez. No pesaba casi nada; delgado y translúcido, lanzaba vívidas chispas azules y anaranjadas.

—Sí —dije, inclinando con cuidado la palma de un lado a otro—. No mucho; más o menos a la temperatura de la piel.

—Yo lo siento frío —dijo Jamie—. Dáselo a Ian.

Entregué el trozo de ópalo a Ian, que lo acarició con un dedo cauto, como si fuera algún animalillo que pudiera morder si se le fastidiaba.

—Está frío —informó—. Como cualquier trozo de cristal, tal como dijo la prima Brianna.

Tras probar alguna vez más, quedó establecido que la gema estaba caliente, aunque no mucho, para Brianna, para Roger y para mí, pero no para Jamie o Ian. Entonces ya se había fundido la parte superior de la cera del gran reloj de vela, con lo cual Jamie pudo extraer las piedras escondidas en ella. Después de quitarles con el pañuelo el último resto de cera caliente, las puso a enfriar alineadas en el borde del escritorio.

Jemmy observaba todo con gran interés; parecía haber olvidado su desventura.

—¿Te gustan, *a ghille ruaidh*? —le preguntó Jamie.

El niño asintió inmediatamente y se estiró hacia ellas desde el regazo de su madre.

—Quema —recordó luego, y retiró un poco la mano, con una expresión de duda en las facciones—. ¿Quema?

—Pues espero que no —dijo su abuelo. Y cogió la esmeralda, una piedra toscamente pulida, tan grande como la uña de su pulgar—. Toma esto, *a bhalaich*.

Brianna parecía a punto de protestar, pero se mordió el labio. Jemmy hizo lo que su abuelo le decía: cogió la piedra, todavía receloso, pero su cautela se desvaneció en una sonrisa al observarla.

—¡Bonita!

—¿Quema? —preguntó Brianna, lista para quitársela.

—Sí, quema —confirmó él, muy satisfecho, apoyándola contra el vientre.

—Déjame ver. —Con alguna dificultad, Brianna logró poner los dedos en la gema, aunque Jemmy no estaba dispuesto a entregarla—. Está caliente —informó—. Como el ópalo, pero no quema, no. Si te quema, la tiras inmediatamente, ¿has entendido? —ordenó al niño.

Roger observaba todo aquello con aire fascinado.

—Él también la tiene, ¿verdad? —me dijo con suavidad—. Cincuenta y cincuenta, dijiste, o tres posibilidades de cuatro, depende... Pero la tiene, ¿verdad?

—¿El qué? —Jamie miró primero a Roger y luego a mí, con una ceja pelirroja enarcada en un gesto de pregunta.

—Creo que puede... viajar. —Se me oprimía el pecho al pensarlo—. Recuerda lo que dijo Dientes de Nutria. —Eché un vistazo al diario, olvidado en el escritorio—. Dijo que habían debido pasar una prueba para verificar si podían «oír la voz del tiempo». Sabemos que no todos pueden... hacerlo. —Me sentía inexplicablemente tímida al tratar el tema delante de Ian—. Pero algunos pueden. Por lo que dijo Dientes de Nutria, había una manera de averiguar quién podía y quién no antes de hacer el intento.

Jemmy no prestaba atención a la conversación de los adultos; se mecía hacia delante y hacia atrás, canturreando, con la gema apretada en la mano regordeta.

—¿Crees que «la voz del tiempo» es...? Jem, ¿oyes algo en la piedra? —Roger se inclinó hacia delante y cogió al niño del brazo, para obligarlo a apartar su atención de la esmeralda—. ¿Te canta, Jem?

El pequeño levantó la vista, sorprendido.

—No —dijo, inseguro. Luego—: Sí. —Se llevó la piedra a la oreja, ceñudo. Luego se la entregó a Roger—. ¡Cántale, papá!

Él la aceptó con cautela, sonriente.

—No sé canciones de roca —dijo con su voz ronca—. Sólo de rock. —Y acercó la esmeralda a su oído, algo azorado. Después de escuchar con atención, con una arruga entre las cejas, bajó la mano—. No... no puedo. No podría decir que oigo nada, pero... Probad vosotras.

Le pasó la piedra a Brianna y ella, a su vez, a mí. Ninguna de nosotras oía nada en especial; sin embargo, me parecía percibir algo, si prestaba mucha atención. No era exactamente un sonido; antes bien, una vibración levísima.

—¿Qué pasa? —preguntó Ian, que seguía los procedimientos con gran interés—. Vosotros tres no sois *sìdheanach*, pero ¿por qué podéis... hacer lo que hacéis mientras que el tío Jamie y yo no podemos? Tú tampoco puedes, ¿verdad, tío Jamie? —preguntó, vacilante.

—Gracias a Dios, no —replicó su tío.

—Es genético, ¿no? —preguntó Brianna—. Debe serlo.

Jamie y Ian parecieron desconfiar de ese término desconocido.

—¿Genético? —repitió Ian, arrugando las cejas.

—¿Por qué no, si lo es todo lo demás? El tipo sanguíneo, el color de ojos...

—Pero todo el mundo tiene ojos y sangre, Sassenach —objetó Jamie—. Sean del color que sean, todos podemos ver. Esto... —Señaló la pequeña colección de piedras.

Suspiré con impaciencia.

—Sí, pero hay otras cosas que son genéticas. Todo, si lo piensas bien. Mira.

Me volví hacia él y le saqué la lengua. Jamie parpadeó; Brianna lanzó una risa ante su expresión. Sin prestarles atención, metí la lengua y volví a sacarla, esta vez con los bordes curvados hacia arriba, formando un cilindro.

—¿Qué me dices de esto? —pregunté—. ¿Puedes hacerlo?

Jamie parecía divertido.

—Por supuesto. —Sacó la lengua enrollada y la agitó a manera de demostración—. Todo el mundo puede, ¿o no? ¿Ian?

—¡Oh!, sí, por supuesto. —Ian hizo la misma demostración—. Todo el mundo puede.

—Yo no —aclaró Brianna.

Jamie pareció desconcertado.

—¿Cómo que no puedes?

—¡Blah! —Ella sacó la lengua plana y la revolvió de lado a lado—. No puedo.

—Tienes que poder. —Jamie frunció el entrecejo—. Pero si es sencillo, muchacha. ¡Cualquiera puede hacerlo! —Sacó otra vez la lengua para enrollarla y desenrollarla, como un paternal oso hormiguero que incitara a su vástago con una apetitosa masa de insectos. Luego miró a Roger con las cejas subidas.

—Eso pensaría cualquiera, ¿verdad? —dijo el joven, melancólico. Y sacó a su vez la lengua. Plana—. ¡Blah!

—¿Lo ves? —le dije con tono triunfal—. Algunas personas son capaces de curvar la lengua, y otras, simplemente, no lo son. No es algo que se pueda aprender. O naces con ello, o no.

Jamie los observó a ambos un momento. Luego se volvió hacia mí.

—Supongamos por un segundo que tienes razón. ¿Por qué la muchacha no puede hacerlo, si tú y yo podemos? Me aseguras que es hija mía, ¿no?

—Es hija tuya, con toda seguridad. Como te lo dirá cualquiera que tenga ojos en la cara.

Él echó un vistazo a Brianna, como para evaluar su delgadez, su estatura y la masa de pelo rojizo. Ella le sonrió y sus ojos azules se arrugaron en forma de triángulo. Su padre le devolvió la sonrisa. Luego se volvió hacia mí, encogiéndose de hombros en amable capitulación.

—Acepto tu palabra, Sassenach, puesto que eres una mujer honorable. Pero ¿cómo explicas lo de la lengua?

—Bueno, tú sabes de dónde vienen los bebés —comencé—. Lo del huevo y la...

—Lo sé —dijo él, cortante. Las orejas se le habían enrojecido un poco.

—Es decir: se requiere algo de la madre y algo del padre. —Sentí que yo también enrojecía un poco, pero continué, animosa—: A veces la influencia del padre es más visible que la de la madre; a veces sucede al revés. Pero ambas... eh... influencias están allí. Los llamamos genes: las cosas que el bebé recibe de sus dos padres, que afectan a su aspecto y su capacidad.

Jamie echó un vistazo a su nieto, que canturreaba otra vez, empeñado en apilar una piedra sobre otra; el sol centelleaba en su pelo cobrizo. Al levantar la vista se encontró con los ojos de Roger; entonces volvió apresuradamente su atención a mí.

—Bien, ¿y...?

—Pues bien, los genes afectan algo más que al color del pelo o de los ojos. Ahora bien... —Empezaba a entusiasmarme con mi disertación—. Cada persona tiene dos genes por cada característica: uno del padre, uno de la madre. Y cuando se forman los... eh... gametos en los ovarios y los testículos...

—Quizá sea mejor dejar eso para después, Sassenach —interrumpió Jamie, mirando de soslayo a Brianna. Por lo visto no consideraba que la palabra *testículos* fuera adecuada para los oídos de su hija, si él tenía las orejas en llamas.

—No te preocupes, papá, ya sé de dónde vienen los bebés —le aseguró ella, sonriendo.

—Pues bien. —Volví a coger las riendas de la conversación—. Tienes un par de genes por cada característica: un gen por tu madre y otro por tu padre. Pero cuando llega el momento de transmitirlos a tus propios hijos, sólo puedes pasar uno de los dos. Porque el niño recibirá otro gen de su madre, ¿comprendéis?

Miré a Jamie y a Roger con una ceja interrogativa. Ellos asintieron a la vez, como hipnotizados.

—Bien. Decimos que algunos genes son dominantes y otros, recesivos. Si una persona tiene un gen dominante, será ése el que resulte visible. Puede tener otro gen que sea recesivo; en ese caso no se le ve, pero aun así puede pasar a los descendientes.

Mi público escuchaba con recelo.

—¿No estudiaste todo esto en la escuela, Roger? —preguntó Bree, divertida.

—Pues sí —murmuró él—, pero creo que ese día no presté mucha atención. Después de todo, no esperaba que el asunto llegara a importarme.

—¡Qué bien! —dije, seca—. Continúo. Tú y yo, Jamie, tenemos uno de los genes dominantes que nos permiten enrollar la lengua. Pero también debemos tener cada uno un gen recesivo que no permite hacerlo. Y por lo visto, cada uno de nosotros transmitió el gen recesivo a Bree. Por lo tanto, ella no puede enrollar la lengua. También Roger debe de tener dos copias de ese gen recesivo, puesto que si tuviera siquiera uno de los genes dominantes, podría hacerlo. Y no puede. QED. —Hice una reverencia.

—¿Qué es *tes-mículos*? —inquirió una vocecilla. Jemmy había abandonado sus piedras y me miraba con profundo interés.

—Eh... —Miré a los otros en busca de ayuda.

—Tus huevos, hijo —explicó Roger, disimulando una sonrisa.

Jemmy pareció muy interesado.

—¿Yo tengo huevos? ¿Dónde tengo huevos?

—Eh... —Roger echó un vistazo a Jamie.

—Mmfm —musitó su suegro. Y se quedó contemplando el techo.

—Bueno, es que tú llevas kilt, tío Jamie —señaló Ian, muy sonriente.

Jamie clavó en su sobrino una mirada acusadora, pero antes de que pudiera moverse, Roger se había inclinado para abarcar con mano suave la ingle del niño.

—Aquí, *a bhalaich*.

Jemmy se tocó la entrepierna. Luego miró a Roger con las cejas tejidas en un gesto de intriga.

—Eso no es huevo. ¡Eso es pilín!

Jamie se levantó con un profundo suspiro, convocó a Roger con la cabeza y cogió al niño de la mano.

—Vale. Vamos fuera, para que te enseñemos.

La cara de Bree tenía el mismo color que su pelo y sus hombros se agitaban apenas. Roger, también sospechosamente rosado, abrió la puerta y se hizo a un lado para dar paso a nieto y abuelo.

No creo que Jamie se detuviera a pensarlo. Llevado por un impulso, se volvió hacia el niño y sacó la lengua en forma de cilindro.

—¿Puedes hacer eso, *a ruaidh*?

Brianna respiró hondo, con ruido de pato sobresaltado, y se quedó de piedra. Roger también. Miraba a Jemmy como si el pequeño fuera un artefacto explosivo, listo para estallar como el ópalo. Jamie comprendió, un segundo demasiado tarde, y se puso pálido.

—Joder —murmuró, muy bajito.

Los ojos de su nieto se cargaron de reproche.

—¡No, *abelo*! ¡*Ezo* mala *palabia*! ¿Mamá?

—Sí —confirmó Brianna, fijando en Jamie los ojos entornados—. Tendremos que lavarle la boca con jabón.

En realidad, él tenía cara de haberse tragado un buen vaso de jabón de lejía.

—Sí —dijo, carraspeando. Su rubor se había borrado por completo—. Sí, he dicho algo muy feo, Jeremiah. Debo pedir perdón a las damas. —Se inclinó formalmente ante nosotras—. *Je suis navré, mesdames. Et monsieur* —añadió, dirigiéndose a su yerno.

Roger hizo un leve gesto de asentimiento. Seguía mirando a Jemmy, pero mantenía la cara meticulosamente inexpresiva.

La cara redonda del pequeño había asumido esa expresión de beatífico deleite que lucía cada vez que se hablaba en francés. Ésa había sido la intención de Jamie, estaba claro. De inmediato aportó su pequeña contribución a ese idioma de arte y caballerosidad.

—*Frère Jacques, Frère Jacques*...

Roger miró a Bree. Algo pareció cruzar entre ambos. De inmediato él cogió la otra mano del niño, interrumpiendo por un instante su canción.

—Oye, *a bhalaich*, ¿puedes hacer eso?

—*FRÈRE*... ¿*Ezo* qué?

—Mira al abuelo.

Jamie respiró a fondo y sacó rápidamente la lengua enrollada.

—¿Puedes hacer eso? —repitió Roger.

—Sí. —Jemmy, muy sonriente, sacó la lengua. Plana—. ¡Blah!

Por la habitación circuló un suspiro colectivo. Jemmy, ignorante de todo, levantó los pies para colgarse momentáneamente de las manos de Roger y Jamie, y los plantó en el suelo. Luego recordó su pregunta original.

—¿*Abelo* tiene huevos? —preguntó, tirándoles de las manos, con la cabeza muy inclinada hacia atrás para mirar a Jamie.

—Tengo, sí —fue la seca respuesta—. Pero los de tu papá son más grandes. Vamos.

Al compás de la desafinada canción de Jemmy, los hombres se lo llevaron, colgado como un gibón entre ambos, con las rodillas pegadas al mentón.

## 110

### *Tiempo de guerreros*

Deshice entre las manos hojas secas de salvia y dejé caer las escamas verdigrises entre las brasas. El sol descendía en el cielo, aún sobre los castaños, pero el pequeño cementerio ya estaba en sombras, de modo que el fuego refulgía.

Los cinco habíamos rodeado en círculo el trozo de granito con el que Jamie marcara la sepultura del desconocido. «*Como éramos cinco, trazamos el círculo con cinco puntas.*» De común acuerdo, la ceremonia no era sólo en su honor, sino también en el de sus cuatro ignotos compañeros... y en el de Daniel Rawlings, que yacía a poca distancia, bajo el fresno, en su tumba nueva y definitiva.

El humo se elevó desde el pequeño brasero de hierro, pálido y fragante. Yo había traído también otras hierbas, pero sabía que la salvia era sagrada para los tuscarora, los cherokee y los mohawk, pues su humo purificaba.

Froté entre las manos agujas de enebro; luego, ruda, a la que llamaban «hierba de gracia», y romero, que al fin y al cabo servía para el recuerdo.

Las hojas de los árboles cercanos susurraron con suavidad en la brisa del atardecer; el ocaso cambió de gris a dorado el humo que se alzaba en el firmamento, donde aguardaban las tenues estrellas.

Jamie levantó la cabeza, de un fuego tan intenso como el que ardía junto a sus pies, y se volvió hacia el oeste, donde vuelan las almas de los muertos. Habló en voz baja, en gaélico, pero nosotros sabíamos ya el suficiente como para entenderlo.

> *Retornas esta noche a tu hogar de invierno,*
> *A tu hogar de otoño, de primavera y de verano;*
> *Retornas esta noche a tu hogar perpetuo,*
> *A tu lecho eterno, a tu eterno descanso.*

> *El sueño de las siete luces sea tuyo, oh, hermano,*
> *El sueño de los siete gozos sea tuyo, oh, hermano,*
> *El sueño de los siete descansos sea tuyo, oh,*
> > *hermano,*
> *Del brazo de Jesús, el Cristo de Gracia.*

> *La sombra de la muerte yace sobre tu cara,*
> > *bienamado,*
> *pero el Jesús de Gracia te rodea con su mano.*
> *Cerca de la Trinidad, di adiós a tus dolores:*
> *Cristo se alza ante ti y la paz está en su mente.*

Ian se acercó a él. La luz evanescente le tocó la cara, iluminando intensamente sus cicatrices. Lo recitó primero en lengua mohawk; luego, en inglés, para los demás.

> *Que la caza sea efectiva,*
> *que tus enemigos caigan ante tus ojos,*
> *que tu corazón habite siempre gozoso en el albergue*
> > *de tus hermanos.*

—Habría que repetirlo muchas veces —añadió, inclinando la cabeza como para pedir perdón—. Con los tambores, ¿entendéis? Pero creo que ahora bastará con una sola.

—Está bien, Ian —le aseguró Jamie. Y miró a Roger.

Él tosió y carraspeó antes de hablar. El dejo ronco de su voz era tan transparente y penetrante como el humo.

> *Señor, hazme conocer mi final*
> *y la medida de mis días,*

*Para que comprenda lo frágil que soy.*
*He aquí que has hecho mis días de un palmo*
*y mi edad es nada junto a la tuya.*
*Escucha mi plegaria, ¡oh!, Señor, y presta oído a mi*
*    llanto;*
*No niegues tu paz a mis lágrimas;*
*pues soy extranjero ante Ti,*
*un viajero, como mis padres lo fueron.*

Luego guardamos silencio mientras la oscuridad nos rodeaba sin sonido alguno. Al apagarse la última luz, cuando el follaje perdió su brillo por encima de nosotros, Brianna recogió la jarra de agua y la vertió sobre las brasas. Humo y vapor se alzaron en una nube espectral; el aroma del recuerdo se perdió entre los árboles.


Bajamos hacia la casa por el estrecho sendero, ya casi a oscuras. Brianna iba delante, guiándonos; los hombres, detrás de mí. Había gran cantidad de luciérnagas que serpenteaban entre los árboles e iluminaban la hierba, cerca de mis pies. Una de ellas se posó un momento en la cabellera de Brianna, titilando.

En todo bosque, al anochecer, hay un profundo silencio que pide quietud al corazón; y al pie, que pise la tierra con ligereza.

—¿Lo has pensado, *a cliamhuinn*? —preguntó Jamie, a mi espalda. Hablaba en tono amistoso, pero la formalidad del apelativo dejaba claro que la pregunta era seria.

—¿El qué? —La voz de Roger sonó serena, casi inaudible su ronquera.

—Lo que haréis, tú y tu familia. Ya sabéis que el pequeño puede viajar... y lo que significaría quedaros.

Lo que significaría para todos ellos, pensé, intranquila. Guerra, combates, incertidumbre. Lo único cierto era el peligro. Peligro de enfermedad o accidente para Brianna y Jem. Peligro de muerte en el parto si ella volvía a quedarse embarazada. Y para Roger, peligro en cuerpo y alma. Su cabeza se había curado, pero cuando pensaba en Randall Lillywhite yo veía la inmovilidad en el fondo de sus ojos.

—Sí —respondió él, invisible detrás de mí—. Lo he pensado... y lo sigo pensando... *m'athair-cèile*.

Sonreí un poco al oír que llamaba «suegro» a Jamie, pero el tono de su voz era totalmente serio.

—¿Quieres que te diga lo que pienso? ¿Y tú me dirás lo que piensas?

—Hazlo, sí. Aún hay tiempo para pensar.

—En los últimos días he estado recordando a Hermon Husband.

—¿Al cuáquero? —Jamie parecía sorprendido. Tras la batalla de Alamance, Husband había abandonado la colonia con su familia. Yo creía haber oído que estaban en Maryland.

—Él, sí. ¿Qué habría pasado si él no hubiera sido cuáquero? ¿Se habría puesto a la cabeza de los reguladores para la guerra?

Jamie gruñó, pensativo.

—No lo sé —dijo, aunque parecía interesado—. ¿Crees que con un buen líder habrían podido triunfar?

—Sí. O quizá no; es verdad que no tenían armas, pero podrían haberse defendido mejor. Y en ese caso...

Ya teníamos la casa a la vista. Había luz en las ventanas de atrás; estaban alimentando el fuego y encendiendo las velas para la cena.

—Lo que va a suceder aquí... Creo que si la Regulación hubiera tenido un buen líder, quizá no comenzaría en Massachusetts, dentro de tres años, sino, aquí.

—¿Sí? Y en ese caso, ¿qué?

Roger emitió un pequeño bufido, equivalente verbal de un encogimiento de hombros.

—¿Quién sabe? Sé lo que está sucediendo en Inglaterra en estos momentos: no están preparados, no tienen ni idea de lo que arriesgan aquí. Si estallara de pronto una guerra, si hubiera estallado en Alamance, podría extenderse con celeridad. Podría acabar antes de que los ingleses sospecharan siquiera lo que sucedía. Se podrían ahorrar años de guerra, miles de vidas.

—O no —apuntó Jamie, seco.

Roger rió.

—O no —coincidió—. Pero el hecho es que hay un tiempo para los hombres de paz... y también un tiempo para los guerreros.

Brianna había llegado a la casa, pero se detuvo a esperarnos. Ella también había estado escuchando la conversación. Roger se detuvo ante ella y levantó la vista. La lluvia de chispas que volaba por la chimenea le iluminó la cara.

—Tú me convocaste —dijo al fin, aún contemplando aquella oscuridad refulgente—. En la reunión, ante la hoguera.

—*Seas ri mo làmh, Roger an t'oranaiche, mac Jeremiah mac Choinnich* —dijo Jamie, por lo bajo—. Te convoqué, sí. «Ven a mi lado, Roger, el cantor, hijo de Jeremiah.»

—*Seas ri mo lâmh, a mhic mo thaighe* —dijo el joven—. «Ven a mi lado, hijo de mi casa.» ¿Lo dijiste de verdad?

—Sabes que sí.

—En ese caso, yo también lo digo de verdad. —Alargó la mano para posarla en el hombro de Jamie. Vi que sus nudillos palidecían al apretar—. Estaré a tu lado. Nos quedaremos.

Brianna, junto a mí, dejó escapar el aliento que contenía, en un suspiro como el del viento crepuscular.

# 111

## *Y aun así salen a su encuentro*

La cera del gran reloj de vela se había consumido un poco, pero quedaban muchos de esos anillos negros que marcaban las horas. Jamie dejó caer nuevamente las piedras en el charco de cera fundida que rodeaba la vela: uno, dos, tres... y sopló. La cuarta piedra, el topacio grande, estaba guardado en una pequeña caja de madera, envuelta en tela engrasada. La enviaríamos a Edimburgo, dirigida al primo político de la señora Bug, quien podía venderla, merced a sus vinculaciones con banqueros; luego, una vez deducida una comisión adecuada por su ayuda, se ocuparía de transferir los fondos a Ned Gowan.

La carta incluida dentro de la caja encomendaba a Ned averiguar si Laoghaire MacKenzie convivía con un hombre en estado equivalente al matrimonio y, en ese caso, lo instaba a declarar cumplido el contrato entre dicha Laoghaire MacKenzie y James Fraser, efectuado lo cual los fondos provenientes de la venta de esa piedra serían depositados en un banco, como dote de la llamada Joan MacKenzie Fraser, hija de la mencionada Laoghaire, para el caso de que la muchacha contrajera matrimonio.

—¿Estás seguro de que no quieres pedirle a Ned que te diga quién es el hombre? —pregunté.

Él negó con la cabeza.

—Si él decide decírmelo, bien. Si no me lo dice, bien igualmente. —Me echó una mirada irónica. Por lo visto, su penitencia sería la curiosidad insatisfecha.

Al otro lado del pasillo, Brianna conversaba con la señora Bug y, al mismo tiempo, regañaba a Jemmy. La interrumpió la voz de Roger y el chillido entusiasta del pequeño, cuando su padre lo alzó en brazos.

—¿Te parece que Roger ha tomado la decisión correcta? —pregunté en voz baja.

Su elección me alegraba mucho... y también a Jamie, sin duda. No obstante, pese a la peculiar perspectiva que Brianna, Roger y yo teníamos de los sucesos venideros, sabía que mi esposo tenía una idea mejor de lo que se avecinaba. Y si el paso a través de las piedras tenía sus peligros, lo mismo podía decirse de la guerra.

Él hizo una pausa para pensar; luego alargó un brazo para coger un pequeño volumen de la estantería. Estaba encuadernado con tela barata y bastante ajado; era una edición de Tucídides que había adquirido, con la loca esperanza de que Germain y Jemmy aprendieran griego al punto de poder leerlo.

Abrió el libro con suavidad, para evitar que las páginas se desprendieran. A mis ojos, las letras griegas parecían las circunvoluciones de un gusano empapado en tinta, pero él halló sin dificultad el párrafo que buscaba.

> *Los más bravos son, sin duda, aquellos que tienen la visión más clara de lo que se avecina, de gloria y peligro por igual, y aun así salen a su encuentro.*

Tenía las palabras ante sí, pero me pareció que no las leía del papel, sino en las páginas de su memoria, en el libro abierto de su corazón.

La puerta se cerró con violencia. Oí que Roger gritaba fuera, alzando la voz quebrada en advertencia para llamar a Jemmy. Luego, su risa grave y medio sofocada mientras Bree le decía algo; su voz fue un sonido más ligero, demasiado lejano como para entenderlo. Después, se alejaron. Sólo quedó, en el silencio, el suspiro del viento entre los árboles.

—Los más bravos son aquellos que tienen la visión más clara. Pues bien, tú lo sabes, ¿verdad? —observé suavemente.

Apoyé una mano en su hombro, justo donde se unía al cuello, y seguí con el pulgar los poderosos tendones mientras observaba las contorsiones del gusano en la página. Él lo sabía y yo también, pues la visión que él tenía era la que yo le había mostrado.

Retuvo el libro, pero inclinó la cabeza hacia un lado. Su mejilla me rozó la mano y su pelo denso me tocó la muñeca, suave y tibio.

—Ah, no —dijo—. Yo no. Sólo hay bravura si puedes elegir, ¿verdad?

Me eché a reír, sollocé y me sequé los ojos con la muñeca de la otra mano.

—¿Y tú crees que no tienes opciones?

Hizo una pausa. Luego cerró el libro y lo retuvo entre las manos.

—No —dijo al fin, en tono extraño—. Ahora no.

Giró en la silla para mirar por la ventana. Sólo se veía la gran pícea roja a un lado del claro y la sombra densa del robledal, detrás de ella, donde se enredaban las zarzas escapadas del patio. El sitio ennegrecido donde se alzó la cruz ardiente ya estaba densamente cubierto de cebada silvestre.

El aire se movió; entonces caí en la cuenta de que el silencio no era tal, después de todo. Nos rodeaban los sonidos de la montaña: reclamos de pájaros, susurro de agua a lo lejos... y también voces que hablaban en el tránsito murmurado del día a día: una palabra junto a la pocilga, una llamada desde la letrina. Por debajo y por encima de todo eso, el ruido de los niños, gritos y risas traídos por el aire inquieto.

—Supongo que tienes razón —dije, al cabo de un momento.

Era cierto: ya no había opciones; saberlo me brindó una especie de paz. Lo que había de sobrevenir, sobrevendría. Y nosotros le plantaríamos cara del mejor modo posible, con la esperanza de sobrevivir; eso era todo. Si no lo lográbamos, tal vez ellos sí. Recogí entre las manos su coleta y enredé mis dedos en ella, aferrándome como a la cuerda de un ancla.

—Pero ¿y las otras opciones? —pregunté mientras contemplábamos el patio desierto y las sombras del bosque, más allá—. ¿Todas las decisiones que tomaste y que te trajeron hasta aquí? Ésas fueron reales... y muy valientes, a mi modo de ver.

Bajo la punta de mi dedo índice sentí la fina línea de su antigua cicatriz, sepultada debajo de las ondas rojizas. Él se recostó contra mi mano y se dio la vuelta para mirarme.

—Bueno —dijo, con una leve sonrisa. Me tocó la mano y encerró mis dedos entre los suyos—. Tú sabes de eso, ¿verdad, Sassenach?

Me senté a su lado, muy cerca, su mano sobre la mía. Así pasamos un rato, contemplando las nubes de lluvia que rodaban por encima del río, como una amenaza de guerra lejana. Y pensé que, cualquiera que fuese nuestra decisión, tal vez todo llevara a lo mismo.

La mano de Jamie se tensó un poco sobre la mía. Lo miré, pero él continuaba observando algo más allá del patio, más allá de las montañas y de las nubes lejanas. Me estrechó los dedos un poco más, hasta que el anillo se me clavó en la carne.

—Cuando llegue el día en que debamos separarnos —dijo casi con un susurro, y se volvió para mirarme—, si mis últimas palabras no son «te amo», será porque no habré tenido tiempo.

# Agradecimientos

Mi más profundo agradecimiento a:

Mi correctora de estilo, Jackie Cantor, que siempre ha apostado por este libro.

Mi agente, Russ Galen, siempre a mi lado con escudo y lanza.

Stacey Sakal, Tom Leddy y el resto de los maravillosos integrantes de producción, que han sacrificado su tiempo, talento y salud mental por la producción de este libro.

Kathy Lord, que es una de esas personas únicas y encantadoras: una excelente correctora de pruebas.

Virginia Norey, la diseñadora del libro (también conocida con el nombre de Diosa del Libro), quien se las compuso para que todo esto cupiera entre dos cubiertas y tuviera un aspecto atractivo.

Irwyn Applebaum y Nita Taublib, editor y subeditora, quienes vinieron a la fiesta aportando su parte.

Rob Hunter y Rosemary Tolman, por la información inédita sobre la guerra de la Regulación y esos antepasados tan pintorescos e interesantes: James Hunter y Hermon Husband. (No toda esa gente es de mi invención; sólo algunos.)

Beth y Matthew Shope, y Liz Gaspar, por la información sobre la historia y las creencias de los cuáqueros de Carolina del Norte. (Y apuntamos, para ser cien por cien exactos, que Hermon Husband no era técnicamente cuáquero en la época que abarcaba este relato, pues se lo había excluido de las reuniones locales por ser demasiado inciendiario.)

Bev LaFlamme, Carol Krenz y los maridos de ambas, francés y franco-canadiense respectivamente (quienes sin duda se preguntan qué clase de amigas tienen sus mujeres), por sus expertas opiniones sobre los movimientos intestinales de los franceses y por ayudarme con expresiones curiosas en esa lengua.

Julie Giroux, por la música de Roger y la maravillosa *Sinfonía Culloden*. Roy Williamson por *The Flower of Scotland* (letra y música) copyright © The Corries (music) Ltd.

Roger H. P. Coleman, R. W. Odlin, Ron Parker, Ann Chapman, Dick Lodge, Olan Watkins y muchos miembros del Compuserve Masonic Forum, por su información sobre la Libremasonería y las Logias Irregulares, alrededor de 1755 (lo cual sucedió mucho antes del establecimiento del Rito Escocés, de modo que no se molesten en escribirme al respecto, ¿de acuerdo?).

Karen Watson y Ron Parker, por su asesoramiento sobre las estaciones del metro londinense en la Segunda Guerra Mundial... con las cuales he procedido a tomarme pequeñas libertades técnicas.

Steven Lopata, Hall Elliott, Arnold Wagner, R. G. Schmidt y Mike Jones, todos ellos honorables guerreros, por las útiles discusiones sobre cómo piensa y se comporta un hombre antes, durante y después de la batalla.

R. G. Schmidt y otras personas de lo más amables, cuyos nombres lamentablemente olvidé apuntar, que contribuyeron con diferentes datos e informaciones útiles sobre las creencias, el idioma y las costumbres de los cherokee. (Ese cántico de la cacería del oso, que termina con «*Yoho!*», figura en los registros históricos. Hay muchas cosas que yo no podría inventar por mucho que quisiera.)

La familia Chemodurow, porque generosamente permitió que me tomara la libertad de retratarlos como porqueros rusos. (Es cierto que, en el siglo XVIII, Carolina del Norte importó jabalíes rusos para cazar. Puede que esto guarde relación con lo popular que es la barbacoa en el Sur.)

Laura Bailey, por sus valiosísimos consejos y comentarios sobre las costumbres y la vestimenta del siglo XVIII; he prestado cuidadosa atención a casi todo.

Susan Martin, Beth Shope y Margaret Campbell, por sus expertas opiniones sobre la flora, fauna, geografía, clima y mentalidad de Carolina del Norte; y a todos aquellos que se den cuenta de que sólo un bárbaro pondría tomates en una salsa para barbacoa. Las aberraciones en estos aspectos del relato son resultado del descuido, licencia literaria y/o tozudez de la autora.

Janet McConnaughey, Varda Amir-Orrell, Kim Laird, Elise Skidmore, Bill Williams, Arlene McCrea, Lynne Sears Williams, Babs Whelton, Joyce McGowan y a las decenas de personas amables y solidarias de Compuserve Writers Forum, dispuestos a responder en un instante a cualquier pregunta tonta, sobre todo si tenía algo que ver con mutilaciones, asesinatos, enfermedades, edredones o sexo.

La doctora Ellen Mandell, por el asesoramiento técnico sobre cómo ahorcar a alguien y a continuación cortarle el cuello, sin matarlo durante el proceso. Cualquier error en la ejecución de este consejo es mío.

Piper Fahrney, por sus excelentes descripciones de lo que se siente cuando te enseñan a combatir con espada.

David Cheifetz, por matar dragones.

Iain MacKinnon Taylor, por su valiosísima ayuda en las traducciones gaélicas y sus encantadoras sugerencias para el discurso de Jamie junto a la hoguera.

Karl Hagen, por sus consejos sobre gramática latina, y a Barbara Schnell, por los fragmentos latinos y alemanes, amén de sus asombrosas traducciones de las novelas al alemán.

Julie Weathers, mi difunto suegro Max Watkins, y Lucas, por ayudarme con los caballos.

Las damas de Lallybroch, por su entusiasta y constante apoyo moral, que incluyó una considerable provisión de variedades internacionales de papel higiénico.

Centenares de personas que, amable y voluntariamente, me han enviado información interesante sobre todo tipo de cosas, desde el desarrollo y los usos de la penicilina, la manera de tocar el *bodhran*, la distribución de la pícea roja y el sabor de la zarigüeya (me han contado que es grasa, por si sientes curiosidad).

... y a Doug Watkins, mi marido, por la última línea de este libro.

# Sobre la autora

**Diana Gabaldon** nació en Arizona, en cuya universidad se licenció en Zoología. Antes de dedicarse a la literatura, fue profesora de biología marina y zoología en la Universidad del Norte de Arizona. Este trabajo le permitió tener a su alcance una vasta biblioteca, donde descubrió su afición por la literatura. Tras varios años escribiendo artículos científicos y cuentos para Walt Disney, Diana comenzó a publicar en internet los capítulos iniciales de su primera novela, *Forastera*. En poco tiempo, el libro se convirtió en un gran éxito de ventas; un éxito que no hizo más que aumentar con las demás novelas de la saga: *Atrapada en el tiempo*, *Viajera*, *Tambores de otoño*, *La cruz ardiente*, *Viento y ceniza*, *Ecos del pasado* y *Escrito con la sangre de mi corazón*.